पूत अनोखो जायो

स्वामी विवेकानंद के जीवन की क्रांतिकारी महागाथा

नरेन्द्र कोहली

पेंगुइन स्वदेश
पेंगुइन रैंडम हाउस इम्प्रिंट

पेंगुइन स्वदेश

यूएसए। कनाडा। यूके। आयरलैंड। ऑस्ट्रेलिया। सिंगापुर
न्यू ज़ीलैंड। भारत। दक्षिण अफ्रीका। चीन

पेंगुइन स्वदेश, पेंगुइन रैंडम हाउस ग्रुप ऑफ़ कम्पनीज़ का हिस्सा है,
जिसका पता global.penguinrandomhouse.com पर मिलेगा

पेंगुइन रैंडम हाउस इंडिया प्रा. लि.,
चौथी मंजिल, कैपिटल टावर-1, एम जी रोड,
गुड़गांव 122 002, हरियाणा, भारत

पेंगुइन
रैंडम हाउस
इंडिया

प्रथम संस्करण हिन्द पॉकेट बुक्स द्वारा 2010 में प्रकाशित
यह संस्करण हिन्द पॉकेट बुक्स में पेंगुइन रैंडम हाउस द्वारा 2022 में प्रकाशित

10 9 8 7 6 5 4 3 2

इस पुस्तक में व्यक्त विचार लेखक के अपने हैं, जिनका यथासंभव तथ्यात्मक सत्यापन किया गया है, और इस संबंध में प्रकाशक एवं सहयोगी प्रकाशक किसी भी रूप में उत्तरदायी नहीं हैं।

ISBN 9789353495329

मुद्रकः रिप्लिका प्रेस प्रा.लि., इंडिया

www.penguin.co.in

पेंगुइन स्वदेश

पूत अनोखो जायो

डॉ. नरेन्द्र कोहली प्रसिद्ध हिन्दी साहित्यकार हैं। कोहली ने साहित्य की सभी प्रमुख विधाओं में अपनी लेखनी चलाई है। उन्होंने सौ से अधिक ग्रंथों का सृजन किया है। हिन्दी साहित्य में महाकाव्यात्मक उपन्यास की विधा को प्रारंभ करने का श्रेय नरेन्द्र कोहली को ही जाता है। पौराणिक एवं ऐतिहासिक चरित्रों की गुत्थियों को सुलझाते हुए उनके माध्यम से आधुनिक समाज की समस्याओं एवं उनके समाधान को समाज के समक्ष प्रस्तुत करना कोहली की अन्यतम विशेषता है। कोहली सांस्कृतिक राष्ट्रवादी साहित्यकार हैं, जिन्होंने अपनी रचनाओं के माध्यम से भारतीय जीवन-शैली एवं दर्शन का सम्यक् परिचय करवाया है।

जनवरी, 2017 में उन्हें पद्मश्री से सम्मानित किया गया।

1

आधी रात हो चुकी थी। अपने मन की अशांति और व्याकुलता से संघर्ष करता, नरेन्द्र अपने कमरे में लेटा हुआ था। भयंकर ऊहापोह से उसका मन जैसे विस्फोट की स्थिति तक पहुंच गया था। विचारों के अंधड़ उसके अस्तित्व के चिथड़े उड़ा देना चाहते थे।

व्याकुलता में उसने अनेक बार विभिन्न कोणों में करवटें बदलीं; किंतु किसी करवट भी कल नहीं पड़ रही थी। जब किसी भी प्रकार लेटा नहीं रह सका, तो उठकर खड़ा हो गया। कुछ देर अपना सिर पकड़े पलंग पर बैठा रहा, और फिर विकट व्याकुलता की स्थिति में, कमरे के एक सिरे से दूसरे सिरे तक चक्कर काटने लगा।

उसके मन में कुछ बिंब प्रकट हुए : धन संपत्ति, सोना-चांदी प्रासाद, हार्थ-घोड़े, बग्घियां, दास-दासियां, वस्त्राभूषण, भोजन व्यंजन, सुंदर स्त्रियां, ऐश्वर्य में लिप्त जीवन।

नरेन्द्र की व्याकुलता बढ़ गई। उसके टहलने में अधिक व्यग्रता प्रकट होने लगी, जैसे उन बिंबों से पीछा छुड़ाने का प्रयत्न कर रहा हो। वह टहलता चला गया। तब उसके मन में दूसरे बिंब प्रकट हुए : संन्यासी का जीवन, हिमालय की गुफा, वल्कल वस्त्र, सिर पर जटाएं, तपस्या, तपस्या और तपस्या। ईश्वर से प्रेम, ईश्वर की भक्ति, ईश्वर के दर्शन, ईश्वर का साक्षात्कार। बिंबों की संख्या इतनी अधिक थी कि वे एक-दूसरे पर आरोपित प्रत्यारोपित होने लगे।

अपने कमरे में टिके रहना असंभव हो गया। उसका दम घुट रहा था। वह कपाट खोलकर कमरे से बाहर निकल आया। उसे लगा वह आत्मनियंत्रण खो चुका था।

विभिन्न गलियों के आल जाल के चक्कर काटता हुआ, वह मुख्य सड़क पर पहुंचा। वहां से वह गंगातट की ओर चल पड़ा। गंगा के जल से भीगी हवा उसके मुख से टकराई तो जैसे उसकी आत्मा सुगबुगाई : "यह उचित नहीं है। उचित नहीं है।"

"जानता हूं।" उसने अपनी आत्मा को समझाया, "किंतु अब रुकना संभव नहीं। प्रतीक्षा नहीं कर सकता मैं। आत्मदमन की भी कोई सीमा होती है।" वह आगे बढ़ता चला गया।

गंगा का जल था कि अंधकार में एक विराट अंधकार का सागर बह रहा था। तट पर एक ओर कुछ बजरे बंधे खड़े थे। उनमें से छनकर मंद-सा प्रकाश बाहर आ रहा था। उसने अपनी दृष्टि फेर ली। दूर धारा के मध्य भी एक बजरा था, जो न चल रहा था और न ही खड़ा था। नरेन्द्र मुग्ध दृष्टि से उसकी ओर देखता रहा और फिर जैसे उसकी आंखों में एक विकट तृष्णा झलकी।

आतुरता में उसने छलांग लगाई। जल ने फटकर उसके लिए स्थान बना दिया। नरेन्द्र ने अपने कूदने के स्थान से पांच-छह मीटर आगे, जल में से सिर बाहर निकाला।

वह वेग से धारा के बीच वाले बजरे की ओर तैरता चला गया। अंततः वह बजरे के निकट पहुंचा। बजरे से लगा-लगा कुछ देर तैर कर जैसे उसके विषय में कुछ जानकारी प्राप्त करता रहा। फिर बजरे की पट्टी पकड़, उचककर ऊपर आ गया।

माझी अथवा सेवक लोग बजरे के एक सिरे पर बने छोटे से कक्ष में अथवा उसी के आसपास रहे होंगे। बजरे के मुख्य भाग में कोई नहीं था।

नरेन्द्र दो एक छोटे कक्षों को निर्विघ्न पार कर, केन्द्र में बने मुख्य कक्ष में आ गया। मध्य भाग में मूल्यवान कालीन बाघंबर बिछाए, पद्मासन लगाए महर्षि देवेन्द्रनाथ ठाकुर ध्यान कर रहे थे। नरेन्द्र उनके सम्मुख खड़ा हो गया।

"महाशय!"

महर्षि का ध्यान टूटा, आंखें खुलीं। वे विचलित थे और कुछ क्षुब्ध भी। उनके सामने जैसे कोई छाया खड़ी थी। उन्होंने अपने निकट रखी लालटेन उठाई। नरेन्द्र के चेहरे पर पूरा प्रकाश पड़ा : सिर से पैर तक भीगा हुआ। कपड़े शरीर से चिपक गए थे। उसके बालों और वस्त्रों से पानी टपक रहा था और उससे फर्श पर बिछा कालीन गीला हो रहा था।

"नरेन्द्रनाथ दत्त! तुम इस समय यहां?"

"आप मुझे जानते हैं महर्षि?"

"ब्रह्म समाज के उत्सवों में तुम्हें गाते हुए सुना है।" वे बोले, "किंतु आधी रात को गंगा की मध्य धारा में खड़े बजरे में? तुम..."

"मुझे आपसे एक प्रश्न पूछना है महर्षि! रुक नहीं सका।"

"तैर कर आए हो?"

"इस समय नौका कहां मिलती।"

देवेन्द्रनाथ प्रच्छन्न खीज के साथ बोले, "इतना विकट है तुम्हारा प्रश्न?"

"मेरे जीवन-मरण का प्रश्न है।"

"पूछो।"

नरेन्द्र उनके निकट चला गया। अपनी दृष्टि से जैसे उन्हें चीरते हुए बोला, "संसार का लक्ष्य है–इंद्रियभोग। धन-संपत्ति, सोना चांदी, प्रासाद, हाथी घोड़े, दास दासियां वस्त्राभूषण, भोजन व्यंजन, कामिनी कांचन, पर मनुष्य के जीवन का लक्ष्य क्या है?"

देवेन्द्रनाथ उसकी ओर देखते रहे, कुछ बोले नहीं।

"क्या मानवजीवन का लक्ष्य है–इनमें लिप्त न होना, इन सबका त्याग? विसर्जन?"

"हां पुत्र! ये सब बंधन हैं। वे जीवात्मा को बांधते हैं। भोग से मुक्ति ही जीवन का लक्ष्य है।"

"अर्थात् संन्यासी का जीवन। हिमालय की गुफा। वल्कल वस्त्र। सिर पर जटाएं तपस्या। ईश्वर से प्रेम, ईश्वर की भक्ति। ईश्वर के दर्शन। ईश्वर का साक्षात्कार।"

"हां! ईश्वर के दर्शन। ईश्वर का साक्षात्कार।"

"आपने ईश्वर को देखा है?" नरेन्द्र ने जैसे झपटकर पूछा।

देवेन्द्रनाथ उसकी ओर देखते रह गए, कोई उत्तर दे नहीं पाए।

नरेन्द्र का स्वर कुछ और प्रबल हो गया, "आपने ईश्वर का साक्षात्कार किया है?"

महर्षि ने उसकी ओर देखा और जैसे सायास अपने हृदय का सारा माधुर्य वाणी में उंडेला, "पुत्र! तुम्हारे नेत्र, एक योगी के नेत्र हैं।"

नरेन्द्र ने भी उनकी ओर देखा। उसकी आंखों में निराशा और कठोरता थी।

"तुम ध्यान किया करो पुत्र! मैं तुम्हारे लिए एक महान् योगी का भविष्य देख रहा हूं।"

नरेन्द्र की आंखों की कठोरता का भाव और भी सघन हो गया। उसमें निराशा उतर आई। उसने एक शब्द भी नहीं कहा और वापस जाने के लिए मुड़ गया।

"सुनो पुत्र! इस अंधेरे में गंगा में मत कूदना।" देवेन्द्रनाथ ने पीछे से कहा।

किंतु नरेन्द्र रुका नहीं, वह चलता चला गया।

"रुक जाओ। मत कूदो।" देवेन्द्रनाथ ने पुनः कहा।

"कूद कर ही खोजना होगा। खोज कर कौन कूदता है।" नरेन्द्र ने जाते जाते कहा।

2

विश्वनाथ अपने कक्ष में बैठे, कुछ कागज देख रहे थे। नरेन्द्र ने प्रवेश कर पूछा, "आपने बुलाया बाबा?"

"हां!" विश्वनाथ ने अपने कागज इत्यादि नीचे रख दिए, "एफ. ए. में द्वितीय श्रेणी आ गई। अब?"

"अब बी. ए.।"

"अंग्रेज़ी वाला बी. ए.? या बांगला वाला बीए?

नरेन्द्र ने उनके परिहास की ओर ध्यान नहीं दिया, "आप नहीं चाहते कि मैं आगे पढ़ूं?"

"नहीं! बी. ए. करो। मेरी इच्छा है कि तुम विधि की शिक्षा प्राप्त कर, अटर्नी बनो।"

वितृष्णा से भरा हुआ नरेन्द्र कुछ कहे बिना ही बाहर जाने लगा।

"नरेन्द्र! पिता के रूप में तुम्हारी शिक्षा के अतिरिक्त भी मेरे कुछ दायित्व हैं।

नरेन्द्र ने आधे मुड़कर पूछा, "क्या बाबा?"

"तुम्हारा विवाह!"

"शास्त्र के अनुसार पच्चीस वर्ष की अवस्था तक ब्रह्मचर्य का पालन करना होता है।"

"धर्मशास्त्र के अनुसार!" विश्वनाथ बोले, "किंतु यह अर्थशास्त्र का युग है। पच्चीस वर्ष के लड़के के लिए हमारे समाज में वधू नहीं मिलती। उस अवस्था की सारी लड़कियां अपने-अपने ससुराल पहुंच चुकी होती हैं।"

"पर बाबा! मैं अभी से बंधना नहीं चाहता। गृहस्थी के दायित्व..."

"पागल है तू! बहू हम लाएंगे तो दायित्व हमारा होगा या तुम्हारा? हमारे रहते तम्हारे दायित्व का अर्थ?"

"संतान का पालन, पिता का दायित्व है और पत्नी का पालन, पति का।" नरेन्द्र ने कहा।

"बेकार की बात।"

"विवाह कर न मैं गृहस्थी के दायित्वों से बच सकता हूं, न उसके प्रलोभनों से।"

विश्वनाथ अपने असहाय क्रोध में उसकी ओर देखते रह गए। नरेन्द्र चुपचाप कमरे से निकल गया। उसके जाते ही भुवनेश्वरी दूसरे द्वार से कमरे में आ गई, "नहीं माना न!"

"यह तो एकदम ही हाथों से निकला जा रहा है।" विश्वनाथ बोले।

3

रविवार के दिन प्रातः ही हेडो तालाब के किनारे, एक गोरा पादरी सड़क पर भाषण की मुद्रा में खड़ा था। वह मदारी के समान भीड़ इकट्ठी हो जाने की प्रतीक्षा कर रहा था। छितरे-छितरे से लोग इधर-उधर आते-जाते दिखाई पड़ रहे थे। कुछ उसके निकट आ गए थे। कुछ उत्सुकता से उसकी ओर देख रहे थे।

सहसा पादरी बोला, "हमारा ईश्वर इस सारे संसार को बनाता है। सूरज, चांद और सितारे बनाता है। इस सारी कायनात को बनाता है; और हिंदुओं के ईश्वर को बनाता है, इनका कुम्हार।"

नरेन्द्र के पग थम गए। उसने दृष्टि उठा कर पादरी की ओर देखा। किंतु व्यर्थ के झमेले से बचने के लिए, उसने स्वयं को बलात् आगे धकेला। पादरी के शब्द अब भी उसके कानों में पड़ रहे थे।

"वह गंदा कुम्हार अपने पैरों से रौंदकर इस गंदी मिट्टी से एक घटिया सी मूर्ति बना देता है और हिंदू उसकी पूजा करने लगते हैं। उसके सम्मुख माथा टेकने लगते हैं। वह उनका ईश्वर हो जाता है।"

नरेन्द्र सब कुछ अनसुना कर चुपचाप आगे बढ़ जाना चाहता था; किंतु उसके पैरों में जैसे रोक ही लग गई।

"हिंदू का धर्म है या राक्षसों का अघोर तंत्र। पति अपनी पत्नी को प्रतिदिन पीटता है। किसी दिन अधिक क्रोध आ जाए तो उसे जीवित जला देता है। वह नहीं जलाता तो उसकी मृत्यु के बाद, उसके संबंधी उसकी पत्नी को सती बनाने के नाम पर जीवित जला देते हैं। यह कोई धर्म है?"

अब नरेन्द्र स्वयं को रोक नहीं पाया। उसने पादरी को तीखी दृष्टि से देखा, पादरी को घेर कर खड़े, उसकी बातें सुन रहे लोगों पर भी घृणा की एक दृष्टि डाली; और फिर भीड़ को धकियाता सा उस पादरी के सामने जा खड़ा हुआ, "क्या प्रत्येक हिंदू पति अपनी

पत्नी को जीवित जला देता है?"

पादरी ने उपेक्षा से उसकी ओर देखा और उदंडता से कहा, "हां! जला देता है।"

"तो फिर इतनी सारी सुहागिनें जीवित कैसे हैं?" नरेन्द्र ने उसे डांटा. "सारी विधवाओं को जीवित जला दिया जाता है तो तीर्थस्थलों और मंदिरों में इतनी सारी विधवाओं की भीड़ कहां से आ जाती है?"

"मंदिर जाता ही कौन है।" पादरी बोला, "हम तो यही जानते हैं कि हिंदू लोग अपनी पत्नियों को जला देते हैं।"

"कुछ मूर्खों के दुष्कर्मों के कारण तुम सारे हिंदू समाज को कलंकित कर रहे हो। जो जलाता है, उस अपराधी को दंडित न करवा कर तुम हमारे धर्म को कलंकित करने में लगे हो।"

पादरी को क्रोध आ गया, "ऐ ऐ ज्यादा मत बोल।"

"समाज की कुप्रथाओं को धर्म पर आरोपित करना न्याय नहीं है।" नरेन्द्र उग्र हो उठा, "अंग्रेज़ों को शराब पीते देख कर हमने तो कभी ईसा को मदिरापान का समर्थक नहीं कहा। न ही ईसाई समाज को पियक्कड़ माना।"

"ऐ होश में आओ। तुम हमारे पैगंबर का अपमान नहीं कर सकते।"

"अपने पैगंबर का अपमान तो तुम कर रहे हो–झूठ बोल कर, अन्य धर्मों की झूठी निन्दा कर।"

"यह झूठ है?" पादरी चिल्लाया, "क्या तुम्हारे यहां सती प्रथा नहीं है?"

"ऐसी कोई प्रथा होती तो प्रत्येक घर में पत्नियां, पति के शव के साथ चितारोहण कर रही होतीं।" नरेन्द्र बोला, "सती वह नहीं होती, जो पति के शव के साथ चितारोहण करती है।"

पादरी आपे से बाहर हो गया, "वही होती है। वही होती है। तुम लोग अंधविश्वासी हो। औरतों को जला देते हो। तुम्हारी माताएं अपने जीवित बच्चों को नदी में फेंक देती हैं। तुम लोग मनुष्य नहीं पशु हो। मिट्टी के बुतों की पूजा करते हो।"

चारों ओर से लोग जमा होने लगे। कुछ धक्का मुक्का भी होने लगा। कुछ लोग बीच-बचाव में चीख चिल्ला रहे थे।

"हम मूर्तिपूजा करते हैं, तो तुम क्या करते हो?" नरेन्द्र ने कहा, "तुम्हारे गिरजों पर क्या सलीब पर टंगी ईसा की मूर्ति नहीं होती? माता मरियम की मूर्ति के सम्मुख सिर नहीं झुकाते तुम लोग?"

"ऐ ज़ुबान संभालकर। अंगेजों के राज्य में तुम एक पादरी का अपमान कर रहे हो।" पादरी ने अपना घूंसा हवा में लहराया, "जब जेल में सड़ोगे तब जानोगे कि किससे बातें कर रहे हो।"

भीड़ में से आगे बढ़ कर एक बलिष्ठ पुरुष ने पादरी का उठा हुआ हाथ थाम लिया, "सावधान! इस बच्चे पर हाथ मत उठाना।"

हक्का-बक्का सा पादरी उस पुरुष की ओर देख ही रहा था कि एक अन्य व्यक्ति भी आगे बढ़ आया, "तर्क नहीं कर सका तो घूंसेबाजी पर उतर आया।"

पादरी का भी एक पक्षधर सामने आ गया, "तुम चुप रहो। अधिक बकवास करोगे तो तुम्हारे ये सारे दांत तोड़ दूंगा, जो मुंह से बाहर निकल आए हैं।"

वे लोग एक दूसरे से गुत्थमगुत्था हो रहे थे कि एक सिपाही आ गया, "ऐ कौन झगड़ा कर रहा है। दंगा करोगे तो मार मार कर हड्डियां तोड़ दूंगा। अंग्रेज़ों का राज है। इसे नवाबी राज मत समझना।"

"हम दंगा नहीं कर रहे।" नरेन्द्र ने कहा, "पर इन्हें भी तो संभालिए जो धार्मिक प्रवचन के नाम पर हमारे धर्म का निरंतर अपमान करते रहते हैं।"

"अच्छा समझा दूंगा इन्हें भी। तुम तो चलो। जिसे देखो, वही बड़ा विद्वान् हो गया है।"

4

संध्या समय विश्वनाथ घर लौटे, तो उनका शरीर थका हुआ और मन बोझिल था।

"आज बहुत थक गए हो।" भुवनेश्वरी ने कहा, "उठो मुंह-हाथ धो कर कुछ खा-पी लो।"

विश्वनाथ मंद स्वर में बोले, "काकी ने वकील के माध्यम से नोटिस भिजवाया है।"

"क्या?"

"हम बिना किसी अधिकार के उनके पति के घर में रह रहे हैं।"

"उनके पति के घर में?"

"वे कहती हैं कि यह भवन उनके पति का है; और हम बलपूर्वक इसपर अधिकार जमाए बैठे हैं। वे असहाय विधवा हैं, इसलिए हमसे लड़ नहीं सकतीं। यदि हमने यह भवन खाली नहीं किया तो वे अदालत से प्रार्थना करेंगी कि भवन खाली करा कर, पूरी तरह से उन्हें सौंपा जाए।"

"तो फिर क्या सोचा है तुमने? काकी के विरुद्ध मुकदमा लड़ोगे?"

"तो क्या यह मिथ्या आरोप चुपचाप स्वीकार कर लूं?" विश्वनाथ बोले।

"नहीं! असत्य से समझौता तो कभी नहीं!" भुवनेश्वरी सहमत हो गईं, "किंतु इस घर में हमारा जीवन विषाक्त हो जाएगा। ऐसा तो काकी का स्वभाव नहीं है कि कचहरी में मुकदमा लड़ें और घर में हमसे स्नेह बनाए रखें।"

"यह तो शायद काली काका के जीवन में भी संभव नहीं होता। पर इस आरोप के रहते मैं इस भवन में नहीं रहूंगा। अब तो अदालत से वैध अधिकार प्राप्त कर ही यहां बसूंगा।" विश्वनाथ कुछ आवेश में बोले, "अपने पिता का एकमात्र उत्तराधिकारी होने के कारण, यह भवन मेरा है। सारा का सारा मेरा है।"

"इस भवन को छोड़ दोगे?"

"न्यायालय से न्याय मिलने तक।"

"तो हम रहेंगे कहां?"

"कहीं कोई स्थान किराए पर ले लेंगे।"

"किराए पर?"

"हां। क्यों?"

"अपना घर रहते हुए?"

"अपना घर अब है कहां?"

5

जनवरी की सुबह थी। ऋतु ठंडी तो थी; किंतु कष्टदायक नहीं थी। प्रेसिडेंसी कॉलेज के वरांडों और परिसर में जैसे समय से पूर्व ही वसंत ऋतु आ गई थी। चारों ओर चहल-पहल थी। नरेन्द्र अपने मित्रों के साथ एक ओर बरामदे में खड़ा था। उसने अचकन और पाजामा पहन रखा था और कलाई में पिता की दी हुई घड़ी बांध रखी थी। अन्य लड़कों ने कोट पतलून पहन रखी थी।

"तुम यही कपड़े पहनोगे?" तरुण ने पूछा।

"पश्चिमी वेशभूषा की तुलना में तो यही ठीक हैं।" नरेन्द्र ने उत्तर दिया।

"ये लोग हमें धोती कुर्ता क्यों नहीं पहनने देते? बंगाल की जलवायु..." पल्टू कह रहा था।

"अंग्रेज़ साहब बहादुर का सरकारी कॉलेज है। अधिकांश अध्यापक अंग्रेज़ या यूरोपीय हैं। उन्हें हम लोग धोती-कुर्ते में नंगे ही लगते हैं। वे उसे शिष्ट परिधान नहीं मानते। अब या तो टाई के साथ कोट और पतलून पहनो या फिर अचकन और पाजामा।" नरेन्द्र हंसा, "और कलाई पर घड़ी भी होनी चाहिए।"

"यह घड़ी तो मेरी समझ में एकदम ही नहीं आती। कॉलेज में घंटी तो बजती ही है।" अमल बोला।

"अरे बंगालियों को समय पालन की शिक्षा भी तो देनी है, वह बिना घड़ी के कैसे संभव है।" नरेन्द्र ने ठहाका लगाया।

"अरे नरेन्द्र! तुमने विषय कौन-कौन-से लिए हैं?"

"मैंने। मैंने लिए हैं–बांगला साहित्य। अंग्रेज़ी साहित्य। गणित, तर्कशास्त्र और मनोविज्ञान। अर्थात् लॉजिक एंड साइकॉलोजी।"

"न साहित्य में अधिक अंक मिलते हैं, न साइकॉलोजी में। तुमने ऐसे विषय क्यों लिए?" माणिक चकित था।

"डरता हूं कहीं अधिक अंक आ गए, तो उन्हें कहां संभालूंगा। मेरे पास तो कोई बड़ा बटुआ भी नहीं है।"

"मैं गंभीरता से पूछ रहा हूं। प्रत्येक समझदार छात्र वही विषय लेता है, जिसमें सुविधा से अधिक अंक आएं और प्रथम श्रेणी बने। और तुम..." माणिक बोला।

"समझदार छात्र अंकों के लिए पढ़ रहे हैं, और मैं...।"

"और तुम?"

"मैं पढ़ रहा हूं ज्ञान के लिए।"

"फिर परिहास।" माणिक ने बुरा-सा मुंह बनाया।

"परिहास नहीं, सत्य बता रहा हूं। परीक्षा में अधिक अंक आ गए और न मानसिक विकास हुआ, न ज्ञान बढ़ा, तो वे अधिक अंक तुम्हें लज्जित नहीं करेंगे?"

"इसमें लज्जा की क्या बात है। संसार अंक देखता है, सर्टिफिकेट। ज्ञान देखता ही कौन है? सारी नौकरियां अंक देखकर मिलती हैं।" अमल बोला।

"पद के लिए अंक ठीक हैं। प्रतिभा के लिए नहीं। प्रतिभा को ज्ञान चाहिए। अंक दूसरों को प्रभावित करने के लिए हैं, ज्ञान अपने परितोष के लिए है।"

"और यदि इन विषयों की पढ़ाई से तुम्हें कोई अच्छी नौकरी न मिली?" पल्टू ने पूछा।

"अपना विकास नहीं करना, बस नौकरी करनी है? नौकरी के लिए अच्छे अंक चाहिएं, ज्ञान चाहे हो या न हो। अंकों के लिए हम केवल वे विषय पढ़ें, जिनमें अंक लुटाए जाते हैं। उनका भी उतना ही अध्ययन करें, जितना हमारे पाठ्यक्रम में है। संभव हो तो पाठ्यक्रम के भी वे ही अंश पढ़ें, जो परीक्षा में पूछे जाने वाले हैं।" नरेन्द्र रुककर बोला, "यह शिक्षा नहीं है।"

"तो क्या है?"

"व्यवसाय। व्यापार। धंधा।"

"तुम्हारी बातें मेरी समझ में नहीं आतीं।" माणिक बोला, "तुम सब कुछ उलझा देते हो। मैं तो एक सरल-सा जीवन जीना चाहता हूं।"

"अज्ञान में प्रसन्न हो तो प्रसन्न रहो। कोल्हू के बैल के काम को व्यवसाय मानते हो तो मानो। किंतु न जीवन इतना संकीर्ण है और न शिक्षा, कक्षा तक ही सीमित है। मेरे मन में सहस्रों प्रश्न हैं। मुझे उन प्रश्नों के उत्तर चाहिए। अपनी शिक्षा से। अपने अधयापकों से। नित्यप्रति प्रकाशित होने वाली पुस्तकों से।"

"कैसे प्रश्न?"

"संसार किसने बनाया? क्यों बनाया?"

"इस विषय में मेरा ज्ञान अत्यंत स्पष्ट है। मुझे निश्चित् रूप से ज्ञात है कि यह संसार मैंने नहीं बनाया।"

"और मैं दिन रात यह सोच-सोचकर परेशान हूं कि यह संसार कहीं मैंने ही तो नहीं बनाया।" नरेन्द्र हंस पड़ा।

6

सुरेश बाबू के घर में अनेक लोग एकत्रित थे। नरेन्द्र भी एक कोने में बैठा था– अन्यमनस्क-सा। किसी के आने की प्रतीक्षा थी।

सुरेश बाबू ने ठाकुर के साथ प्रवेश किया। बहुत आदर से ठाकुर को ले जाकर नियत

स्थान पर बैठाया। ठाकुर ने एक उड़ती हुई दृष्टि से सबको देखा।

सुरेश बाबू ने नरेन्द्र को संकेत किया। वह वाद्ययंत्रों के पास जा बैठा। हारमोनियम अपने हाथ में लेकर सुरेश बाबू की ओर देखा।

"गाओ।" सुरेश बाबू ने कहा।

"यह लड़का कौन है?" ठाकुर ने पूछा।

"यह नरेन्द्रनाथ दत्त है ठाकुर! कॉलेज में पढ़ता है। इसके पिता, विश्वनाथ दत्त हाईकोर्ट में अटर्नी का काम करते हैं। बहुत भले आदमी हैं। मुहल्ले में तो उन्हें दाता विश्वनाथ कहा जाता है।"

"यह लड़का भजन ही गाएगा न?"

"हां ठाकुर!"

और नरेन्द्र ने गाना आरंभ किया :

"रहना नहीं देस बिराना है।
यह संसार कागद की पुड़िया; बूंद पड़े घुल जाना है।
यह संसार कांटों की बाड़ी, उलझ पुलझ नरि जाना है।
यह संसार झाड़ ओ झांखर, आग लगि बरि जाना है।
कहत कबीर सुनो भई साधो! सतगुरु नाम ठिकाना है।"

ठाकुर पूरी तन्मयता से नरेन्द्र का भजन सुन रहे थे। भजन समाप्त होने पर ठाकुर ने कमरे में बैठे लोगों पर दृष्टि डाली। उनकी दृष्टि रामचंद्र दत्त पर रुकी। संकेत से उन्हें अपने पास बुलाया।

"इस लड़के को लेकर दक्षिणेश्वर आना। सुना सुरेश! इसे लेकर दक्षिणेश्वर आना।"

"अच्छा ठाकुर। अवश्य लाऊंगा।"

ठाकुर जाने के लिए उठ खड़े हुए। चलते हुए, नरेन्द्र के पास रुके, "तुम बहुत अच्छा गाते हो।" उन्होंने नरेन्द्र के दोनों हाथ पकड़कर बारी-बारी, उन्हें उलट-पलटकर देखा, जैसे कुछ खोज रहे हों, "तुम बहुत अच्छे लड़के हो। किसी दिन दक्षिणेश्वर आना। मां काली के दर्शन करना। आएगा न?"

नरेन्द्र को उनका यह सारा व्यवहार कुछ विचित्र लग रहा था। उसे तो सुरेश बाबू ने मात्र एक भजन गाने के लिए बुलाया था और वह पड़ौसी धर्म के नाते चला आया था। यह दक्षिणेश्वर जाने की बात बीच में कहां से आ गई? वह चुपचाप उनकी ओर देखता रहा।

"आएगा न? अवश्य आना।" ठाकुर ने आग्रह किया।

नरेन्द्र ने अनायास ही स्वीकृति में अपना सिर हिला दिया। इस वृद्ध की बात को क्या टालना।

7

पूर्वाह्न का समय था। ऊपर के तल के अपने कमरे की खिड़की के निकट कुसुमलता

चारपाई पर लेटी थी। पंद्रह-सोलह वर्ष की अवस्था। सामान्य नाकनक्श की लड़की। थोड़ी देर में उचककर खिड़की से सामने के मकान की खिड़की की ओर देख लेती थी। किंतु वहां कोई दिखाई नहीं दे रहा था।

"यह नया किराएदार कहां चला गया?" कुसुमलता ने मन-ही-मन कहा, "न पढ़ रहा है, न गा रहा है। कमरा छोड़ तो नहीं गया? किरायेदारों की यही तो मुसीबत है, कहीं टिककर रहते ही नहीं।"

इस विचार से ही उसका मन जैसे डूबने लगा। वह साहस कर उठ खड़ी हुई। संकोच छोड़ कर खिड़की में से भली प्रकार झांका। कहीं कोई दिखाई नहीं दिया। मन मारकर फिर से लेट गई। पर व्याकुलता के कारण लेटा नहीं गया, तो उठकर बैठ गई। एक पुस्तक उठाई। पृष्ठ उलटे और पुस्तक एक ओर डाल दी। कुछ नहीं सूझा तो दर्पण के सामने जा बैठी। अपने आपको निहारती रही और फिर कंघी उठा ली। बाल सीधे किए और कंघी पटक दी।

"आज कहां चला गया?"

वह पुनः लेट गई। पर अपनी व्याकुलता का क्या करती। किसी भी कल चैन नहीं पड़ रहा था।

तभी नरेन्द्र का स्वर सुनाई दिया। वह अपने कमरे में गा रहा था। कुसुमलता खिल उठी। नहीं! वह कमरा छोड़कर कहीं नहीं गया था।

वह कूदकर खड़ी हो गई। खिड़की से झांक कर देखा : नरेन्द्र बैठा गा रहा था। वह खिड़की के पल्ले के ओट में हो गई। कहीं वह उसे देख कर अपना गाना बंद ही न कर दे।

"रमैया बिन नींद न आवै।
नींद न आवै, विरह सतावै, प्रेम की आंच ढुलावै।
बिन पिया जोत मंदिर अंधियारो, दीपक दाय न आवै।
पिया बिन मेरी सेज अलूनी, जागत रैन बिहावै।"

कुसुमलता अपनी चारपाई पर लौट आई। उसने अपनी आंखें बंद कर लीं। वह अपनी प्रसन्नता को घूंट घूंट कर पी रही थी। और फिर बिस्तर पर लोट लगाने लगी–नहीं रहेगी। तुम्हारी सेज अलूनी नहीं रहेगी। मैं तो कब से चली आई होती, तुमने ही कभी आंख उठाकर नहीं देखा।

वह उठकर पुनः दर्पण के सामने जा बैठी। कंघी उठा ली।

नीचे से मां पुकार रही थीं, "अरी कुसुम! कुसुमलता! नीचे आ।"

"मेरे सिर में भयंकर वेदना है मां!" उसे झूठ बोलने में एक क्षण भी नहीं लगा, "सो रही हूं।"

"अच्छा। थोड़ी देर सो ले।"

कुसुम दर्पण में देखकर हंसी। आड़ी तिरछी होकर अपने रूप पर मुग्ध दृष्टि डालती

रही और कंघी करती रही।

रात्रि का प्रथम प्रहर बीत गया था। कुसुमलता चारपाई पर लेटी थी, किंतु सो नहीं पाई थी। सोना चाहती भी नहीं थी। वह एकाग्र होकर टोह ले रही थी। घर में नीचे के तल पर सारी ध्वनियां शांत हो गईं, तो वह चादर हटाकर उठ खड़ी हुई। खिड़की से झांककर देखा : नरेन्द्र के कमरे में प्रकाश था। गली में एकांत हो गया। प्रायः घरों में बत्तियां बुझ गईं। कुसुम ने जल्दी-जल्दी अपने बाल संवारे। अलमारी में कपड़ों के पीछे कहीं छुपाई हुई रंगीन धोती निकाल कर बांधी। कानों, गले और कलाइयों में आभूषण पहने। सीढ़ियां उतरकर नीचे आई।

उसने बाहरी द्वार के कपाट खोलकर गली में झांका। गली एकदम निर्जन थी। कहीं कोई खटका नहीं था। वह कपाट भिड़ाकर गली पार कर नरेन्द्र के मकान तक आई। नरेन्द्र के कमरे तक ले जाने वाली सीढ़ियों के कपाट भिड़े हुए थे। हथेली के दबाव से वे खुल गए। कुसुम मुस्कराई। वह दबे पांव सीढ़ियां चढ़ गई। मार्ग में कोई बाधा नहीं आई। नरेन्द्र के कमरे का द्वार खुला था। कमरे में अभी प्रकाश भी था। नरेन्द्र एक पुस्तक लिए, भूमि पर चटाई बिछाए अत्यंत कलात्मक मुद्रा में बैठा पढ़ रहा था। कुसुम द्वार के बीचोंबीच खड़ी हो गई।

नरेन्द्र का ध्यान उचटा। उसने दृष्टि उठाकर देखा और चकित रह गया : बीच द्वार एक किशोरी खड़ी थी। वह उसे नहीं पहचानता था।

वह उठने के प्रयत्न में घुटनों के बल बैठ गया। कुछ निनिष तक समझ नहीं पाया। उसकी ओर देखता रहा। किंतु किशोरी के चेहरे पर अपने लिए मुग्धता के भाव देखकर उसे स्थिति का कुछ-कुछ आभास हो गया।

उसके हाथ जुड़ गए, "मैं तुम्हारी क्या सेवा कर सकता हूं मां! बोलो। रात को इस समय आई हो। कोई कष्ट ही होगा..."

कुसुम ठिठक गई। उसके मन में तो कुछ और ही चित्र थे। कितने रंगीन सपने थे। ऐसा कुछ तो उसने सोचा भी नहीं था।

"बोलो मां! अपनी माता के समान ही तुम्हारी सेवा करूंगा। आदेश दो। अपने पुत्र को आदेश देने में संकोच कैसा?"

कुसुमलता देखती की देखती रह गई। कुछ क्षण स्तब्ध खड़ी रही और फिर मुंह में पल्लू ठूंसे रोती हुई उल्टे पांव भाग गई।

8

विश्वनाथ ने किराये पर नया घर ले लिया था। संध्या का समय था। वे कचहरी से लौट आए थे और नरेन्द्र की प्रतीक्षा में बैठे थे कि वह आए तो सारा परिवार भोजन करे। छोटा महेन्द्र उनके पास भूमि पर बैठा था।

भुवनेश्वरी भोजन की तैयारी में थी। उनकी गोद में भूपेन्द्र था। उनकी सहायता के

लिए किरण उनके साथ थी।

नरेन्द्र आया तो विश्वनाथ ने उसकी ओर देखा, "तुम्हारी मां बता रही थीं कि तुमने वह कमरा छोड़ दिया।"

"वहां कुछ असुविधा थी बाबा।"

"वही तो पूछ रहा हूं, क्या असुविधा थी?"

"पडोसियों के व्यवहार के कारण तन्मयता भंग होती थी। आप चिंतित न हों। मैं नानी के घर पर मजे में हूं।"

"जानता हूं।" विश्वनाथ रुके, "पर तुम्हें नानी के घर ही बसाना होता तो अलग से तुम्हारे लिए कमरा क्यों लेता? कमरा असुविधाजनक लग रहा था तो मुझे बताते, मैं तुम्हारे लिए दूसरे कमरे..."

"नहीं! और कोई कमरा नहीं चाहिए।" नरेन्द्र ने झपटकर कहा, "मैं नानी के घर ही रहूंगा।"

"वहां रहोगे तो वे चाहेंगी कि तुम भोजन भी वहीं करो। उन्हें असुविधा होगी। स्वयं तो वे कुछ खाती नहीं। अब तुम्हारे लिए इस अवस्था में रसोई में लगेंगी।"

"नहीं! भोजन यहीं करूंगा। मैं नानी को मना लूंगा।"

"पर एक पृथक् कमरे में तुम्हें क्या आपत्ति है?"

"बाबा! किसी भी कमरे में पड़ोसियों के कारण असुविधा हो सकती है।"

"समाज में रहोगे तो पड़ोसियों की थोड़ी-बहुत असुविधा तो रहेगी ही। तुम्हारे कारण किसी को असुविधा नहीं होती क्या? दिन भर बाजा लिए बैठे रहते हो।"

नरेन्द्र कुछ नहीं बोला। चुपचाप कमरे से निकल गया। विश्वनाथ उस द्वार की ओर देखते रह गए। नरेन्द्र का स्वर सुनाई दिया, "मां! भात दो। भूख लगी है।"

विश्वनाथ ने जैसे हताश हो कर कहा, "यह लड़का..."

9

विश्वनाथ आंगन के एक कोने में स्नान कर रहे थे। नरेन्द्र स्नान और ध्यान कर कुर्ते के बटन बंद करता हुआ, भोजन के लिए आ गया। वह रसोई के भीतर, द्वार के निकट ही आसन बिछाकर बैठ गया।

"मां! भात दो।"

भुवनेश्वरी छत पर कपड़े सुखा रही थीं। वहीं से झांक कर देखा। पिता अभी नहा रहे थे और पुत्र भोजन मांग रहा था। भुवनेश्वरी को नरेन्द्र का इस प्रकार जल्दी मचाना अच्छा नहीं लगता।

"बाबा को नहा तो लेने दे।"

"मुझे जल्दी है मां! बाहर जाना है।"

"तुझे तो सदा ही ताड़ाताड़ी मची रहती है।" उन्होंने किरण को संकेत किया, "थाली परोस दे किरण!"

किरण ने नरेन्द्र के सम्मुख पहले पानी का गिलास रखा, फिर थाली। बड़े पतीले में से भात परोसा। छोटे बर्तनों में से दो सूखी सब्जियां परोसीं और उसके ऊपर से मछली का रसा डाल दिया। नरेन्द्र का ध्यान उसकी ओर नहीं था। वह अपने हाथों से जैसे कुर्ते के बटन और आस्तीन इत्यादि ठीक करता रहा था और मुंह में किसी मंत्र का जाप करता चल रहा था।

"खाओ।"

नरेन्द्र ने बेध्याने ही भात में शाक और रसा मिलाया और एक बड़ा-सा कौर मुंह में डाल लिया। थोड़ा चबाया और निगलने से पहले ही रुक गया। प्रश्न भरी दृष्टि से किरण की ओर देखा और फिर वही दृष्टि, छत से उतरकर निकट आ गई भुवनेश्वरी पर भी डाली। सहसा वह उठकर रसोई से बाहर आ गया। मुंह का कौर नाली में थूक दिया और पानी लेकर कुल्ला करने लगा।

"कंकड़ आ गया क्या? कहा भी था किरण से कि उबालने से पहले चावल की थाली मुझे दिखा दे। पर सब अपनी ही मनमानी करते हैं।" भुवनेश्वरी ने खेद जताया।

नरेन्द्र लौट आया। गिलास फर्श पर रखा; किंतु स्वयं आसन पर नहीं बैठा।

"तुम्हें मालूम नहीं कि मैं केवल निरामिष भोजन करता हूं?"

किरण नटखट-सी मुद्रा में मुसकराई, "जिस बात को सारा मुहल्ला जानता है, उसे मैं कैसे नहीं जानूंगी।"

नरेन्द्र ने हल्के आवेश के साथ कहा, "तो फिर मछली क्यों परोसी?"

"कब परोसी मछली?"

नरेन्द्र ने थाली की ओर संकेत किया, "यह निरामिष है?"

"और क्या है?"

"मछली निकालकर उसका झोल मुझे दे दिया, तो वह निरामिष हो गया?"

किरण कुछ नहीं बोली। भुवनेश्वरी अपने स्थान पर ठगी-सी बैठी रह गई।

"तू बीले को दाल भात ही दे देती।"

विश्वनाथ लोटा भर पानी सिर पर डालने ही वाले थे। उनका हाथ रुक गया। वे बिना किसी को संबोधित किए हुए, जैसे अपना आवेश प्रकट करने को बोले, "इसकी चौदह पीढ़ियों ने मछलियां और कछुए खाकर जीवन व्यतीत किया है। अब यह ब्रह्मदैत्य बन गया है और मछली नहीं खाता। बंगाल में रहेगा और मछली नहीं खाएगा तो क्या खाएगा–घोड़ार डिम?"

नरेन्द्र ने अपने पिता की ओर देखा भर और बिना कोई उत्तर दिए घर से बाहर निकल गया। भुवनेश्वरी उसे जाते हुए देखती रहीं।

"यह तुमने क्या किया?"

"क्या कर दिया मैंने?" विश्वनाथ ने पूछा।

"लड़के को डांट दिया। वह अब बच्चा नहीं है कि तुम्हारी डांट चुपचाप सह जाए।"

"बच्चा होता तो गोद में बैठा कर मछली ही नहीं, रोगन जोश भी खिलाता।"

"पलट कर उत्तर नहीं देता तो क्या हुआ। खाना छोड़ गया। अब सारा दिन भूखे पेट बाहर की गलियां नापता फिरेगा।"

"और तुम भी सुन लो। मुझे उसके ये रंगढंग पसंद नहीं हैं। मांस मछली नहीं खाएगा, विवाह नहीं करेगा, तो क्या करेगा? अपने दादू के समान भगवा धारण कर काशीवास करेगा?"

"तो तुम उसे ब्राह्म समाज की सभाओं में सम्मिलित होने से रोक क्यों नहीं देते? वह शाकाहारी भोजन करता है। भूमि पर कंबल बिछा कर सोता है।" भुवनेश्वरी का स्वर कुछ तीखा था।

"ब्राह्म समाज से मेरा कोई विरोध नहीं है। पर लोग मुख से कहते भर हैं; यह तो उनपर आचरण करने लगता है।"

"जब इतना कुछ जानते हो, तो फिर उसे डांटते क्यों हो?"

भावुकता के कारण विश्वनाथ का स्वर रुंध गया, "पिता हूं उसका। मुझे उसकी चिंता है।"

भुवनेश्वरी अपने पति को देखती रह गईं।

10

घर लौटते हुए मार्ग में नरेन्द्र की रामचंद्र दत्त से भेंट हो गई।

"अरे नरेन! कहां से?"

"ब्राह्म समाज की सभा में गया था दादा!"

"समाज सुधार हो रहा है।"

"समाज सुधार का काम उपहास योग्य तो नहीं है दादा!"

"नहीं! मैंने ऐसा कब कहा।"

"तो फिर इस प्रकार क्यों पूछ रहे हैं?"

"ब्राह्म समाज धर्म की बात भी करता है और समाज सुधार की भी। धर्म दृष्टि तो अपने आप में ही ईश्वर की सारी सृष्टि के प्रति इतनी सदय हो उठती है कि समाज-सुधार का उसमें अवकाश ही नहीं रह जाता। व्यक्ति को अपने ही इतने दोष दिखाई देने लगते हैं कि उन्हें सुधारने में ही जीवन व्यतीत हो जाता है। दूसरों से लड़ने के स्थान पर अपने आप से ही महासमर चलता रहता है। ईश्वर को पाने का लक्ष्य त्याग, सामाजिक विधि-विधान को आड़ा-तिरछा करने का काम धर्मलाभ के आकांक्षियों के लिए, कोई बहुत उपयुक्त लक्ष्य तो नहीं है।"

"पर मैं तो ईश्वर को ही खोज रहा हूं दादा!"

"ब्राह्म समाज में?" वे रुककर खड़े हो गए, "घर की ओर ही चल रहे हो?"

"हां! आप किधर जा रहे हैं?"

"चलो! मैं भी घर ही जा रहा हूं।" वे चल पड़े, "नरेन! तुम्हारा विवाह हो रहा है?"

नरेन्द्र ने चौंककर उन्हें कुछ विचित्र दृष्टि से देखा।

"क्यों? क्या मेरी सूचना ठीक नहीं है?" रामचंद्र दत्त बोले।

"बाबा मेरा विवाह करना चाहते हैं; किंतु मैंने अभी हां नहीं की है।"

"अभी नहीं करना चाहते। बाद में करोगे? कब?"

"बाद की बाद में देखी जाएगी। अभी तो दादा! मन में विवाह की कल्पना भी नहीं है।"

"लड़की सांवली है, इसलिए?" "

नरेन्द्र ने चकित होकर रामचंद्र दत्त की ओर देखा, "मैं तो समझ रहा था कि बात चलाने से पहले बाबा मेरा मन भांप रहे हैं।"

"पुत्र के विवाह के लिए पिता अपने पुत्र से अनुमति लेता है क्या?"

"नहीं! अनुमति नहीं। मेरी इच्छा जानने के लिए।"

"लड़की देखी जा चुकी है। उसका वर्ण कुछ सांवला है। क्षतिपूर्ति के लिए कन्या के पिता दस सहस्र रुपए देने को प्रस्तुत हैं।"

"दस सहस्र रुपए?"

"क्या विश्वनाथ दत्त जैसे बड़े आदमी के इतने सुदर्शन और गुणवान पुत्र का इतना दाम भी नहीं आंका जाएगा?"

नरेन्द्र चुपचाप उनकी ओर देखता रहा।

"तुम्हारे बाबा ने भी मुझसे चर्चा की थी; किंतु कन्या के पिता ने तो मेरे घुटने पकड़कर अनुनय के स्वर में गंभीर आग्रह किया है कि मैं किसी प्रकार तुम्हें सहमत कर लूं। समझाऊं, मनाऊं और आवश्यक हो तो थोड़ा दबाव भी डालूं।"

"क्या बाबा को रुपयों की इतनी आवश्यकता है?"

"नहीं जानता। उन्होंने इस विषय में मुझसे कोई चर्चा नहीं की है।"

रामचंद्र दत्त का घर आ गया। दोनों ने भीतर प्रवेश किया। राम ने उसे बैठाया।

"दादा! मैं विवाह नहीं करना चाहता।"

"लड़की अधिक रूपवती चाहिए या धन अधिक चाहिए?"

"नहीं।"

"अधिक सुशिक्षित चाहिए?" उन्होंने रुककर नरेन्द्र को देखा, "या या तुमने कोई लड़की देख रखी है?"

"मुझे विवाह नहीं करना है दादा!"

"पर कोई कारण भी तो हो।"

"विवाह मेरी आवश्यकता नहीं, मेरे लक्ष्य तक पहुंचने के मार्ग की बाधा है।"

रामचंद्र दत्त ने उसकी ओर एक गहरी दृष्टि से देखा, "ओह!"

"मेरा लक्ष्य न रूप है, न यौवन, न धन, न संतान।"

"तो क्या है तुम्हारा लक्ष्य–विद्या? ज्ञान? यश? ख्याति?"

"नहीं।"

"ऊंचा पद?"

"नहीं!"

"समाज-सुधार? देश की स्वतंत्रता?"

"नहीं।"

"तो?"

"मैं पत्नी नहीं, ईश्वर को खोज रहा हूं।"

रामचंद्र दत्त स्तब्ध रह गए।

"तुम विवाह...इसलिए नहीं कि लड़की काली है?"

"मुझे पत्नी नहीं, ईश्वर चाहिए।" नरेन्द्र का स्वर अत्यंत दृढ़ था।

रामचंद्र दत्त को जैसे उन्माद हो गया। शरीर में रोमांच हो गया और आंखों में अश्रु आ गए।

उन्होंने स्वयं को संभाला और बोले, "इतने लोग विवाह करते हैं। बच्चे पैदा करते हैं, उन्हें पालते हैं, वे धर्मलाभ नहीं करते? वे मंदिर जाते हैं, पुण्य अर्जित करते हैं।"

"वे मंदिर जाकर प्रसाद पाते हैं, ईश्वर नहीं। मैं ईश्वर को पाना चाहता हूं–साक्षात्। अपनी कल्पना या भावना में नहीं, प्रत्यक्ष।" वह उठकर खड़ा हो गया, "मैं ईश्वर से मिलना चाहता हूं। बातें करना चाहता हूं। मैं उसे वैसे पाना चाहता हूं, जैसे पौराणिक कथाओं में साधकों ने उसे पाया है।"

रामचंद्र दत्त जैसे आपे में नहीं रहे। बोले, "तुम जानते भी हो कि तुम क्या कह रहे हो?"

नरेन्द्र ने उनकी ओर देखा, "अच्छी तरह जानता हूं।"

"ईश्वर को पाने के लिए संसार को त्यागना पड़ता है।"

"जानता हूं। कबीर ने कहा है–'हम घर जारा आपना, लिया मुराड़ा हाथ। अब घर जारौं तासु का जो चले हमारे साथ।।'–मैं भी किसी ऐसे व्यक्ति को खोज रहा हूं, जो अपना घर जला चुका हो और अब मेरा घर भी जला सके।"

"इस मार्ग की कठिनाइयां जानते हो?"

"जानता नहीं हूं, किंतु जो हैं, उनके लिए तैयार हूं। सुख आराम छोड़ सकता हूं। घर-बार से नाता तोड़ सकता हूं। भोजन और निद्रा का त्याग कर सकता हूं। आवश्यकता पड़ने पर प्राण भी दे सकता हूं। और कुछ?"

रामचंद्र दत्त ने उठकर एक प्रकार की व्यग्रता में नरेन्द्र को उसकी दोनों भुजाओं से पकड़ लिया, "तो फिर इधर-उधर क्या भटक रहा है। ईश्वर को पाना है तो दक्षिणेश्वर जा और ठाकुर के पैर पकड़ ले।"

किंतु नरेन्द्र में किसी प्रकार का कोई उत्साह नहीं जागा।

"क्यों?"

"मैंने सुना है दादा! दक्षिणेश्वर के काली मंदिर का वह पुजारी एकदम गंवार है।" रुककर राम की ओर देखा; किंतु राम ने तत्काल कोई उत्तर नहीं दिया, "जो कुछ मुझे स्पेंसर, हैमिल्टन, लॉक के दर्शनग्रंथों में नहीं मिला, वह मुझे उस पुजारी से मिल जाएगा?"

"वे उन दार्शनिकों को नहीं जानते किंतु वे भगवान को जानते हैं।"

नरेन्द्र ने चौंककर उनकी ओर देखा : यह बात तो उसने कभी नहीं सुनी थी। किंतु उसे सोचना चाहिए था कि भक्त और दार्शनिक दो पृथक प्रकार के लोग होते हैं।

"तर्कप्रधान वैज्ञानिकों और बुद्धिजीवियों के इस लोक में, इस बौद्धिक युग के मध्य, इस पगले ठाकुर ने शायद यही सिद्ध करने के लिए अवतार ग्रहण किया है कि ईश्वरप्राप्ति के लिए बहुत बुद्धि, ज्ञान और तर्क की आवश्यकता नहीं होती। वह तो मात्र निर्मल हृदय से प्राप्त हो जाता है।"

"आप उनका इतना सम्मान करते हैं?" नरेन्द्र का मन जाने क्यों गद्‌गद्‌ हो उठा।

"हां! तुम्हें क्या बताऊं। उनके चरणों में बैठकर मैंने क्या पाया है।"

"आप अपनी हताशा में उनके पास गए। उस मनःस्थिति में व्यक्ति कहीं भी सांत्वना पा लेता है। डूबते को तिनके का सहारा होता है। किंतु मैं डूब नहीं रहा, तो उस तिनके को कैसे अपना सहारा मान लूं?"

"सुरेश बाबू तो डूब नहीं रहे थे।" रामचंद्र दत्त ने रुककर नरेन्द्र की ओर देखा, जैसे उसके उत्तर की प्रतीक्षा कर रहे हों; किंतु नरेन्द्र ने कोई उत्तर नहीं दिया। वे स्वयं ही कुछ संभलकर बोले, "सुरेश बाबू के व्यसनों से मैं पीड़ित था और चाहता था कि वे उससे मुक्ति पाएं। उन्हें जब मैंने ठाकुर से मिलने का परामर्श दिया, तो उन्होंने कहा, यदि वह पुजारी मेरी समस्या का समाधान न कर पाया तो मैं उसके ऐसे कान खींचूंगा कि वह भी याद रखेगा। सुरेश बाबू ठाकुर की खिल्ली उड़ाने गए थे, आज वे उनकी चरणवंदना करते हैं।"

"आप कहते हैं तो चला जाऊंगा, किंतु यदि उसने रसगुल्लों से मेरा उचित सत्कार नहीं किया तो मैं उस गंवार को ऐसा पाठ पढ़ाऊंगा, कि वह भी याद रखेगा।" नरेन्द्र ने कहा।

"ठीक है, जो मन में आए करना। कब चलोगे?"

"सोच कर बताऊंगा। किंतु बाबा को समझा दें कि नारी जाति मेरे लिए केवल मातृ जाति है। मैं नारी को और किसी दृष्टि से देख ही नहीं सकता।"

11

सुरेश बाबू कार्यालय से लौटकर अभी अपनी छतरी, झोला, कागज इत्यादि यथास्थान रख ही रहे थे कि नरेन्द्र आ गया।

सुरेश प्रसन्न हो गए, "कैसे हो नरेन्द्र! ठाकुर तुम्हारे गाने की बड़ी प्रशंसा कर रहे थे। स्मरण है न, उन्होंने तुम्हें दक्षिणेश्वर आने के लिए कहा था।"

"याद है। राम दादा भी मुझे वहां जाने के लिए कह रहे थे। पर..."

"पर क्या?"

"जाने का कोई लाभ भी है?"

"जो ठाकुर के निकट जाता है, वह तत्काल लाभ का अनुभव करता है।"

"उस गंवार देहाती से दिखने वाले पुजारी में मुझे ऐसा कुछ भी दिखाई नहीं देता, जिसमें मेरी निष्ठा जम सके। उसकी साधना का तो मुझे पता नहीं है; किंतु पढ़ा-लिखा वह एकदम नहीं है। अंग्रेज़ी, संस्कृत, हिंदी अथवा अन्य किसी भाषा का ज्ञान तो उसे क्या होगा, वह तो किसी पढ़े-लिखे बंगाली के समान बांग्ला भी नहीं बोल सकता। देहाती स्त्री पुरुषों के समान बांग्ला बोलता है और वह भी हकला कर।"

"फिर भी एक बार चलो। मुझे ही देखो।"

"आप! हां, ठीक है। किंतु प्रत्येक व्यक्ति की प्रकृति भिन्न होती है। पृष्ठभूमि भिन्न होती है। मैं विश्वविद्यालय की आधुनिक शिक्षा प्राप्त कर रहा हूं। मेरे मन की संरचना अन्य प्रकार की है। वे पुरानी परिपाटी के व्यक्ति हैं। मेरी आस्था निराकार ईश्वर में है और वे काली मंदिर के पुजारी हैं।..."

"मुझे इन बातों का बहुत ज्ञान नहीं है। मैं तो एक ही बात जानता हूं, और वह मैंने ठाकुर से ही सीखी है।"

"क्या?"

"तुम ईश्वर के किस रूप में आस्था रखते हो, यह महत्त्वपूर्ण नहीं है। महत्त्वपूर्ण यह है कि तुम ईश्वर को अपने कितने निकट अनुभव करते हो। तुम उसके अस्तित्व को कितनी तीव्रता से अनुभव करते हो। ठाकुर के निकट जाते ही, अपने चारों ओर जीवंत ईश्वर का आभास होने लगता है।" सुरेश बाबू बोले।

"ईश्वर का आभास ...?" नरेन्द्र को रोमांच हो आया।

"मैं रूप, गुण, आकार के विषय में कुछ नहीं जानता; किंतु एक अत्यंत सूक्ष्म, अतीन्द्रिय, सात्विक अनुभूति होती है। मैं उसे ही ईश्वर का आभास कहता हूं।"

"यह सब आपके उस पुजारी का सम्मोहन तो नहीं है?"

"तुम्हारे जैसे दृढ़संकल्प नवयुवक को कोई सम्मोहित नहीं कर पाएगा। तुम इसे मेरा निमंत्रण मान कर एक बार, मेरे साथ दक्षिणेश्वर चलो। इस रविवार को चलो। मेरी बग्घी जाएगी ही।"

"अच्छा! चलूंगा। किंतु एक बात कहे देता हूं कि न तो मैं आपके समान उनको अपना गुरु समझूंगा और न ही उनके कहने पर ब्राह्म समाज छोडूंगा।"

सुरेश बाबू कुछ बोले नहीं। जोर से हंस पड़े।

12

सुरेन्द्रनाथ मित्र की बग्घी दक्षिणेश्वर पहुंची। बग्घी में से नरेन्द्र तथा उसके तीन मित्र– प्रियनाथ, मोती तथा दाशरथि सान्याल उतरे। रामचंद्र दत्त सब के पश्चात् बग्घी से उतरे नरेन्द्र ने देखा कि मंदिर के प्रांगण में प्रवेश करते ही सुरेश और राम दोनों ही अतिरिक्त

श्रद्धा से नत हो गए। सिर झुकाए और हाथ जोड़े, दर्शन के लिए मंदिर के भवन की ओर चले। नरेन्द्र और उसके मित्र उस ओर नहीं गए। नरेन्द्र के मन में अतिरिक्त सावधानी थी और उसके मित्रों के चेहरे पर उपेक्षा और ऊब के भाव थे।

वे लोग ठाकुर के कक्ष के सामने जा कर रुके। कमरा लोगों से भर हुआ था। लोग फर्श पर बैठे हुए पूरी तन्मयता से ठाकुर की बातें सुन रहे थे। ठाकुर पूर्व की ओर मुंह किए, तख्त पर बैठे थे और प्रसन्नवदन ईश्वर की चर्चा कर रहे थे।

"जब एक बार हरिनाम या राम नाम लेते ही, रोमांच हो जाता है, आंसुओं की धारा बहने लगती है, तब निश्चित् समझो कि संध्यादि कर्मों की आवश्यकता नहीं रह गई है। तब कर्म त्याग का अधिकार पैदा होता है–कर्म आप ही आप छूट जाते हैं। उस अवस्था में केवल राम नाम, हरिनाम या केवल ओंकार का जप करना ही पर्याप्त है। संध्यावंदन का लय गायत्री में होता है; और गायत्री का ओंकार में।"

नरेन्द्र का सावधानी का कवच कब लुप्त हो गया, उसे ध्यान ही नहीं रहा। वह ठिठक कर ध्यान से सुनने में लीन हो गया। ठाकुर की दृष्टि भी नरेन्द्र पर पड़ी:

"तुम वहां बैठो।"

नरेन्द्र अपने मित्रों के साथ कक्ष में प्रवेश कर चटाई पर बैठ गया। ठाकुर उनका निरीक्षण कर ही रहे थे कि सुरेश बाबू उनके निकट आ गए।

"ठाकुर! यह वही नरेन्द्र है, जिसने उस दिन मेरे घर पर गीत गाया था।"

"हां! अच्छा भजन था वह।" ठाकुर ने नरेन्द्र की ओर देखा, "और क्या सीखा है? कोई बांग्ला भजन भी गाते हो?"

"बांग्ला गीत तो अभी दो चार ही सीखे हैं।"

"तो उन्हीं में से कोई गाओ।"

"बाजा?"

"उठा लो।" ठाकुर ने एक कोने की ओर संकेत किया।

नरेन्द्र ने बाजा उठा लिया है और गाया :

"मन चलो निज निकेतने"

गीत के मध्य ठाकुर अंतर्मुखी हो गए और गीत समाप्त होते-होते ठाकुर की चेतना बहिर्मुखी हो गई। वे अपने आसन से सहसा उठे और नरेन्द्र की ओर चल पड़े।

सबका ध्यान उस ओर चला गया : क्या कर रहे हैं ठाकुर?

ठाकुर नरेन्द्र के पास आ गए। नरेन्द्र चकित सा रह गया। ठाकुर ने बिना कुछ कहे, नरेन्द्र का हाथ पकड़, उसे उसके स्थान से उठा लिया और खींचते हुए से कमरे के बाहर वरांडे में उत्तर की ओर ले चले।

ठगे से नरेन्द्र की बांह पकड़, उसे लगभग घसीटते हुए से, वे एक कमरे में प्रवेश कर गए। उसकी बांह छोड़ कर कमरे के कपाट का सांकल चढ़ा दिया, ताकि कोई बाहर से भीतर न आ सके। वे नरेन्द्र की ओर पलटे। उनकी आंखों से आनन्द के अश्रुओं की

धारा बहने लगी थी। वे किसी अत्यंत घनिष्ठ व्यक्ति के समान उपालंभ भरे स्वर में बोले, "तू इतने दिनों पश्चात् आया। मैं किस प्रकार तेरी प्रतीक्षा करता रहा, तू सोच भी नहीं सकता।"

नरेन्द्र भौंचक-सा उनकी ओर देखता रह गया–जाने वे क्या कह रहे थे।

"विषयी मनुष्यों की व्यर्थ की बकवाद सुनते-सुनते मेरे कान जले जा रहे हैं; और अपने मन की बात किसी से न कह सकने के कारण, मेरा पेट फूलता जा रहा है।" ठाकुर कह रहे थे।

अवाक् नरेन्द्र चकित दृष्टि से उन्हें देखता रहा। ठाकुर जैसे रो ही पड़े; और अगले ही क्षण वे नरेन्द्र के सम्मुख हाथ जोड़कर खड़े हो गए," मैं जानता हूं प्रभु! आप वही पुरातन ऋषि-नर रूपी नारायण हैं। जीवों का इस दुर्गति से उद्धार करने के लिए आपने पुनः संसार में अवतार लिया है।"

नरेन्द्र स्तंभित ही रह गया, जाने ये क्या कह रहे हैं?

और सहसा ठाकुर ने कहा, "ठहरो। यहीं मेरी प्रतीक्षा करना। कहीं जाना नहीं।"

ठाकुर ने कपाट खोले और वेग से बाहर चले गए। नरेन्द्र ने चैन की सांस ली। किस पागलखाने में फंस गया वह। उसने विचित्र सी शक्लें बनाईं; न तो बाहर निकलने का कोई प्रयत्न किया और न ही उस विषय में कुछ सोचा।

उसका मन विनोदपूर्ण चंचल बालक के समान जैसे अपने आप से बातें कर रहा था। मैं किस के दर्शन करने चला आया? यह तो सर्वथा उन्मत्त व्यक्ति है। पगला। मैं विश्वनाथ दत्त का पुत्र नरेन्द्रनाथ दत्त हूं और ये मुझ से इस प्रकार वार्तालाप कर रहे हैं, जैसे मैं अभी-अभी आकाश से उतरा, कोई देवता हूं।

ठाकुर लौट आए। उनके हाथों में मक्खन, मिश्री तथा मिठाई थी। वे अपने हाथ से, स्वयं ही आतुरतापूर्वक नरेन्द्र को मिठाई खिलाने की चेष्टा करने लगे, "खाओ।"

नरेन्द्र ने उनका हाथ थामने का प्रयत्न किया, "आप मिठाई मुझे दे दीजिए। मैं अपने मित्रों के साथ बांट कर खाऊंगा। इस प्रकार उनसे छिपकर एकांत में खाना शोभनीय नहीं है।"

"वे लोग भी खाएंगे। पहले तुम तो खा लो।"

ठाकुर ने हाथ बढ़ाया; किंतु नरेन्द्र ने तत्काल मुंह नहीं खोला। थोड़ा मक्खन उसके मुंह पर लिपट गया। बाध्य होकर उसने मुंह खोल दिया है। ठाकुर खिलाते रहे और उनके आग्रह के सम्मुख सर्वथा असहाय होकर नरेन्द्र खाता रहा।

"बोल। तू शीघ्र ही एक दिन मेरे पास आएगा। अकेला। आएगा न? बोल।" ठाकुर ने कहा।

"आऊंगा।"

"शीघ्र आना। अधिक विलंब मत करना...और अकेले आना।"

नरेन्द्र ने स्वीकृति में सिर हिला दिया। ठाकुर ने कमरे के कपाट खोल दिए और

बाहर आ गए। नरेन्द्र भी उनके पीछे-पीछे बाहर निकला। वे दोनों लौट कर अपने-अपने स्थान पर इस प्रकार सहज भाव से बैठ गए, जैसे विशेष कुछ भी घटित ही न हुआ हो।

"देखो तुम लोग। नरेन्द्र सरस्वती के प्रकाश से किस प्रकार दीप्तिमान है।" सहसा ठाकुर ने कहा।

लोग चकित होकर नरेन्द्र की ओर देख रहे थे। उसके मित्रों के चेहरे पर उपहास का भाव था। रामचंद्र दत्त तथा सुरेश बाबू प्रसन्न थे। नरेन्द्र ने एक बार चकित होकर ठाकुर की ओर देखा और संकोच से सिर झुका लिया।

"रात को निद्रा से पूर्व क्या तुम्हें कोई प्रकाश दिखाई देता है?" ठाकुर ने नरेन्द्र से पूछा।

"जी हां!" नरेन्द्र ने कुछ विस्मित हो कर पूछा, "क्या अन्य लोगों को दिखाई नहीं देता?"

ठाकुर ने उसके प्रश्न का कोई उत्तर नहीं दिया। जैसे अपने आप से ही बोले, "सब कुछ सिद्धांतानुकूल है।"

उन्होंने दृष्टि उठाकर उपस्थित लोगों की ओर देखा, "देखो! यह लड़का अपने जन्म से ही ध्यानसिद्ध है। तुम लोगों को जैसे देख रहा हूं, तुम लोगों से बातचीत कर रहा हूं, वैसे ही ईश्वर को भी देखा जाता है और उससे भी बात की जा सकती है।" उनका स्वर अवसाद में डूब गया, "किंतु वैसा चाहता कौन है? लोग स्त्री पुत्र के शोक में घड़ों आंसू बहाते हैं। विषय और धन के लिए तरसते हैं। किंत ईश्वर के दर्शन नहीं हुए–कह कर कौन रोता है। कौन यह कह कर दुखी होता है, जैसा कि नरेन्द्र ने गाया–'जाबे कि हे दीन आमार विफले चालिए?' "

नरेन्द्र ने मुग्ध भाव से उनकी ओर देखा।

"ईश्वर को मैं नहीं पा सका–यह सोच कर कोई व्याकुल होकर उन्हें पुकारता है, तो वे अवश्य ही उसे दर्शन देते हैं।"

नरेन्द्र तन्मय होकर उनकी ओर देख रहा था; किंतु जैसे मात्र देखने से उसे संतोष नहीं हो रहा था। वह अनायास ही उनकी ओर सरकने लग। तब तक सरकता ही रहा, जब तक उनके एकदम निकट नहीं पहुंच गया। ठाकुर के एकदम सम्मुख पहुंच, अपनी गर्दन उठा उसने उनकी आंखों में आंखें डाल दी, "आपने स्वयं ईश्वर के दर्शन किए हैं?"

ठाकुर अबोध बालक के समान हंसे, निर्दोष हंसी, "हां! मैं उन्हें वैसे ही देखता हूं, जैसे तुम्हें देख रहा हूं।"

नरेन्द्र स्तब्ध रह गया। ऐसे उत्तर की उसे तनिक भी अपेक्षा नहीं थी। ऐसा उत्तर तो आजतक किसी ने दिया। कैसा विश्वास और कैसी दृढ़ता, कैसा सत्य... उसको अगला प्रश्न ही नहीं सूझा। वह उठकर खड़ा हो गया।

बुरी तरह ऊब चके उसके मित्र भी अपने स्थान पर उठ खड़े हो गए। वे लोग बिना

कुछ कहे हुए, हाथ जोड़ कर बाहर निकल आए।

13

संध्या समय नरेन्द्र अंबु गुहा के अखाड़े में गया तो उसकी दृष्टि अखाड़े के निकट खड़े राखाल पर पड़ी। वह व्यायाम करने के लिए तैयार था।

राखाल स्थूल शरीर का नरेन्द्र की ही अवस्था का लड़का था। नरेन्द्र लपक कर उसके पास पहुंचा।

"क्यों रे हाथी! प्रातः प्रार्थनासभा में क्यों नहीं आया?"

"नहीं आ सका।"

"पर क्यों?"

"कोई व्यक्तिगत काम था।"

"ऐसा कौन-सा व्यक्तिगत काम था, जो तू मुझे बता नहीं सकता?"

"कहीं चला गया था।"

"कहां चला गया था?"

उसने जैसे अपनी इच्छा के विरुद्ध बाध्य होकर बताया, "दक्षिणेश्वर।"

नरेन्द्र कुछ खीज कर बोला, "जब तुझे प्रार्थनासभा में जाना था तो तू दक्षिणेश्वर क्यों चला गया? तुझे मालूम तो हैं न कि तू ब्राह्म समाज का सदस्य है? तूने उसकी नियमावली पर हस्ताक्षर किए हैं। और तू यह भी जानता है कि दक्षिणेश्वर के काली मंदिर का पुजारी प्रतिमापूजन करता है।"

"जानता हूं। किंतु..."

"किंतु क्या?"

"ठाकुर की ममता मुझे सब कुछ भुला देती है। मां की ममता से भी अधिक सघन लगती है उनकी ममता। उनके पास पहुंच कर लगता है कि मैं अपनी मां की गोद में पहुंच गया हूं।"

नरेन्द्र कुछ अटपटा गया। राखाल की बात का प्रतिकार नहीं किया जा सकता था, "वह सब ठीक है; किंतु इस ममता के चक्कर में अपनी नियमावली मत भूल जाना। हमने प्रतिमापूजन के विरोध का संकल्प किया है।"

"मुझे मालूम है।" राखाल ने कहा, "जा अब लंगोट बांधकर आ।"

14

नरेन्द्र दक्षिणेश्वर में ठाकुर के कमरे के द्वार पर पहुंचा। वह बुरी तरह थका हुआ था। वस्त्र भी बहुत स्वच्छ नहीं रह गए थे।

ठाकुर अपने कक्ष में अकेले भाव विभोर से बैठे थे। नरेन्द्र को देखकर, ठाकुर का आनन्द सहज ही प्रकट हो गया, "आ जा! आ जा मेरे पास।"

सम्मोहित-सा नरेन्द्र बढ़ता-बढ़ता उनकी चौकी के पास पहुंच गया। ठाकुर ने अपने निकट चौकी पर थपकी दी, "बैठ। यहां बैठ। मेरे पास।"

नरेन्द्र कुछ संकोच से चौकी पर बैठ तो गया, किंतु कुछ हटकर। उनके एकदम निकट नहीं बैठा। ठाकुर भाव में तन्मय हो गए। अस्पष्ट स्वर में कुछ बुदबुदाते हुए, वे स्थिर दृष्टि से उसे देखते रहे। फिर धीरे-धीरे उसकी ओर सरकने लगे। नरेन्द्र के मन में ढेर सारा असमंजस था। वह समझ नहीं पा रहा था कि ठाकुर क्या करने जा रहे हैं। कुछ आशंकित भी था, जाने यह पगला क्या करे।

और सहसा ठाकुर ने अपना दाहिना पैर उसके वक्ष पर स्थापित कर दिया।

नरेन्द्र की विचित्र स्थिति थी। वह समझ नहीं पा रहा था कि वे क्या कर रहे हैं और वह उन्हें रोक भी नहीं पा रहा था। अवश-सा बैठा था। उन्होंने यह क्यों किया? पर यह कैसा स्पर्श था। वह सिहर उठा। वह अपनी खुली आंखों से देख रहा था कि कमरे की दीवारों के साथ साथ सारी वस्तुएं कहीं शून्य में विलीन होती जा रही हैं। क्या था यह? क्या सारे ब्रह्मांड के साथ, उसका क्षुद्र अहम् भाव भी सर्वव्यापक महाशून्य में विलीन होता जा रहा था?

नरेन्द्र घबरा गया...अहम् भाव का नाश ही तो मृत्यु है। और वह मृत्यु उसके सामने अत्यंत निकट आ गई थी।...वह स्वयं को और रोक नहीं पाया। चिल्लाकर बोला, "यह क्या कर रहे हैं आप? घर पर मेरे तो मां बाबा हैं।"

ठाकुर खिलखिलाकर हंस पड़े, जैसे कोई बालक अपने खेल की सफलता पर प्रसन्न हो कर हंसता है।

उन्होंने नरेन्द्र का हाथ पकड़ लिया और उसके वक्ष को सहलाया, "अच्छा तो अभी रहने दे। एकदम ही होने की कोई आवश्यकता भी नहीं है। समय आने पर ही सब होगा।"

नरेन्द्र चकित रह गया। ठाकुर द्वारा उसका वक्ष छूते ही वह सारा दृश्य, वह अपूर्व प्रत्यक्ष, विलुप्त हो गया था। कमरे के भीतर और बाहर की सारी वस्तुएं, पूर्ववत् ही अवस्थित हो गई थीं। हे ईश्वर! यह सब क्या है। नरेन्द्र प्रकृतस्थ हो गया; किंतु उसका मन जैसे वायुवेग से भागता ही चला गया, यह सब क्या हुआ?

ठाकुर सहज रूप से मुसकराए, "आज तो तू सुरेश की बग्घी में नहीं आया?"

"नहीं।"

ठाकुर के स्वर में स्नेह का निर्झर फूट आया, "तो फिर कैसे आया तू? किराए की गाड़ी में?"

"नहीं! पैदल आया हूं।"

"फिर तो तू थक गया होगा। कलकत्ता से बहुत दूर है दक्षिणेश्वर।"

"हां! दूर तो है। पहली बार गाड़ी में आया था तो दूरी का पता ही नहीं चला।" नरेन्द्र ने कहा।

"अच्छा तू बैठ। तेरे खाने के लिए कुछ ले आऊं। थका तो तू है ही, पर भूख भी तो लगी होगी न।"

ठाकुर बाहर चले गए। नरेन्द्र बैठा रहा। उसके मन में भयंकर संकल्प-विकल्प चल रहा था। एक मन कहता था, 'तू किस मायाजाल में फंसता जा रहा है। उठ, अब घर चल। वे यहां नहीं हैं, तो फिर बैठा उनकी प्रतीक्षा क्यों कर रहा है?' और दूसरा मन कहता था, 'नहीं। भागने की क्या आवश्यकता है? भाग ही गया तो कैसे समझूंगा कि यह सब क्या था। पहले मन ने धिक्कारा, 'इस मायाजाल को समझने की आवश्यकता ही क्या है? इससे ईश्वर मिल जाएगा क्या?' और दूसरा मन कह रहा था, 'तो भागने से ईश्वर मिल जाएगा क्या?'

ठाकुर लौट आए। उनके हाथों में फल और मिठाइयां थीं। वे आकर चौकी पर बैठ गए, "ले खा। यही सब पा सका हूं, तेरे लिए।"

नरेन्द्र सहज भाव से आकर उनके पास बैठ गया। वह समझ नहीं पा रहा कि वह उनके इस स्नेहपूर्ण आमंत्रण को स्वीकार करना नहीं चाहता, या कर नहीं सकता।

ठाकुर ने उसकी ओर देखा। जब उसने अपना हाथ आगे नहीं बढ़ाया तो उन्होंने स्वयं अपने ही हाथों मिठाई खिलाने का प्रयत्न आरंभ किया, "खा। ले खा।"

नरेन्द्र को भूख लगी थी। खाना तो उसे था ही, इसलिए वह खा रहा था; किंतु बच्चों के समान इस प्रकार उनके हाथों से नहीं खाना चाहता था। संकोच उसे छोड़ नहीं रहा था। मन निरंतर बोल रहा था। 'विचित्र हैं ये। स्वयं अबोध शिशु के समान हैं, समाज का शिष्टाचार नहीं जानते या मुझे छोटा-सा बालक समझते हैं?'

अंततः नरेन्द्र ने कुछ अपने हाथों से खाया और कुछ ठाकुर ने उसे अपने हाथों से खिलाया। खा-पीकर नरेन्द्र उठ खड़ा हुआ, "अच्छा अब चलूं।"

ठाकुर के चेहरे की नैसर्गिक प्रसन्नता तत्काल विलीन हो गई, "अभी से?"

नरेन्द्र हंसा, "मुझे कलकत्ता लौटना भी तो है। अभी से नहीं चलूंगा, तो कब पहुंचूंगा?"

ठाकुर ने तथ्य को स्वीकार किया। कुछ सहज हुए, "बोल! फिर शीघ्र ही आएगा तो?"

नरेन्द्र के असमंजस ने उसे पुनः आ घेरा। क्षण भर के लिए कुछ सोचता खड़ा रहा। फिर बोला, "आऊंगा।"

15

अगली बार जब नरेन्द्र दक्षिणेश्वर पहुंचा, तो ठाकुर की प्रसन्नता की सीमा नहीं रही। आह्लाद में झूलते हुए वे उठ खड़े हुए, "आज यहां नहीं बैठेंगे। छुट्टी का दिन है। बहुत आवागमन है। तुझसे एकांत में कोई चर्चा नहीं हो सकेगी। चल! यदुलाल की वाटिका में टहल आते हैं।"

नरेन्द्र के उत्तर के लिए ठाकुर रुके नहीं। नरेन्द्र उनके पीछे-पीछे चल पड़ा।

"यदुलाल की वाटिका सबके लिए खुली रहती है क्या?" उसने पूछा।

"पता नहीं। पर यदुलाल मलिक तथा उसकी माता मेरे प्रति कुछ श्रद्धा रखते हैं।

मेरे लिए मनाही नहीं है। उसके कर्मचारी भी मुझे पहचानते हैं। वाटिका सुंदर है। तुझे भाएगी।"

"यदुलाल मलिक वहीं होंगे क्या?"

"उसका होना, न होना आवश्यक नहीं है रे। उसके कर्मचारियों को आदेश है कि मैं आऊं, तो गंगा किनारे वाली बैठक मेरे लिए खोल दी जाए।"

ठाकुर को देखकर वाटिका का चौकीदार सम्मानपूर्वक खड़ा ही नहीं हो गया। उसने झुककर श्रद्धापूर्वक ठाकुर को प्रणाम किया।

"तू ईश्वर को भी स्मरण करता है, या केवल यदुलाल कि संपत्ति का ही ध्यान करता है?"

"स्वामी की संपत्ति का ध्यान तो करना ही चाहिए। मेरा तो यही धर्म है। उसीका पालन करता हूं।"

"तू तो धर्म का बड़ा मर्मज्ञ हो गया है।" ठाकुर हंसे, "बात कहता तो ठीक है, पर उसे समझता नहीं है।"

"कैसे ठाकुर?"

"तेरा स्वामी यदुलाल मलिक ही है, ईश्वर नहीं? यदुलाल की संपत्ति का ध्यान रखता है, ईश्वर के ऐश्वर्य का स्मरण नहीं करता?"

चौकीदार झेंप गया, "मैं ठहरा मूरख। इतनी दूर तक कहां सोच पाता हूं। आपकी कृपा हो तो थोड़ा धर्मलाभ मुझे भी हो जाए।"

"आज तो केवल मेरे लाभ की बात सोच। इस लड़के को वाटिका दिखाने लाया हूं। गंगा किनारे वाली बैठक खोल दे। हम लोग थोड़ी देर वहां भी बैठेंगे।"

चौकीदार हाथ जोड़कर मुंह ही मुंह में कुछ बुदबुदाता हुआ आगे-आगे भाग गया। उसकी चिंता छोड़, ठाकुर नरेन्द्र को साथ लिए, गंगा किनारे टहलते रहे। वे उस समय अत्यंत चपल मनःस्थिति में थे। छोटी-छोटी चीजों की ओर नरेन्द्र का ध्यान खींच रहे थे। कभी गंगा की किसी लहर की ओर इंगित करते, कभी जल के ऊपर कूद आई, किसी मछली को दिखाते। फूलों और पक्षियों में आज उनकी कुछ अधिक ही रुचि जाग गई थी। वे तो अनासक्त भाव से बालक बन कर जैसे अपने किसी मित्र को फूल और तितलियां दिखा रहे थे।

सहसा वे बोले, "आ अब थोड़ी देर बैठक में बैठें।"

वे बैठक की ओर चल पड़े। नरेन्द्र के आने की प्रतीक्षा उन्होंने नहीं की। नरेन्द्र पीछे रह गया। वे तीव्र गति से चलते हुए बैठक में प्रवेश कर गए।

नरेन्द्र ने बैठक में प्रवेश किया तो देखा कि ठाकुर समाधिस्थ होते जा रहे हैं। नरेन्द्र जाकर उनके निकट बैठ गया। तब तक ठाकुर पूर्णतः समाधिस्थ हो चुके थे। नरेन्द्र के लिए यह और भी अच्छा अवसर था। वह उन्हें निकट से देख और परख सकता था। वह उनके एकदम निकट आ गया और स्थिर भाव से उन्हें देखने लगा। अकस्मात् ही ठाकुर

ने आगे बढ़कर उसका स्पर्श किया। नरेन्द्र पर्याप्त सावधान था; किंतु उस शक्तिपूर्ण स्पर्श से वह अभिभूत हुए बिना नहीं रह सका। उसका बाह्य ज्ञान जैसे लुप्त होता जा रहा था। वह वह बेसुध होकर वहीं लेट गया।

"तू कौन है?" ठाकुर ने पूछा।

नरेन्द्र उनके सामने अचेतावस्था में लेटा हुआ था। उसने कोई उत्तर नहीं दिया; किंतु ठाकुर की मुद्रा ऐसी थी, जैसे वे समाधिस्थ होकर भी अपने प्रश्न का मौन उत्तर पा रहे थे। थोड़ी देर तक जैसे वे उत्तर को सुनते रहे और फिर उन्होंने पुनः पूछा।

"कहां से आया है?"

वे पुनः पहले के ही समान समाधि में उसका उत्तर सुनते रहे।

"क्यों आया है? कितने दिन यहां रहेगा?"

उसका उत्तर सुनकर ठाकुर ने आंखें खोलीं। हाथ बढ़ाकर नरेन्द्र के वक्ष को सहलाया। अब वे पूर्णतः प्रकृतस्थ हो चुके थे। उनके अधरों पर उपलब्धि की मधुर मुस्कान थी।

नरेन्द्र की चेतना लौटी। उसकी समझ में नहीं आया कि उसके साथ क्या हुआ था। उसका मस्तिष्क उलझता जा रहा था। मेरे लिए ये और भी अबूझ होते जा रहे हैं। बुद्धि से तो शायद इन्हें कभी नहीं समझा जा सकता। इस अलौकिक महापुरुष को समझने के लिए मुझे इनकी ही कृपा प्राप्त करनी होगी।

16

केशवचंद्र सेन और विजयकृष्ण गोस्वामी विदा हो गए तो नरेन्द्र कुछ उत्तेजित स्वर में बोला, "यह सब क्या कह दिया आपने?"

ठाकुर प्रसन्न मुद्रा में थे। बोले, "क्या कह दिया मैंने?"

"केशवचंद्र सेन और विजयकृष्ण गोस्वामी जैसे बड़े लोगों के साथ मेरी तुलना उचित है क्या? तुलना तो तुलना, आपने तो कहा कि केशव जिस शक्ति के विकास से संसार में विख्यात है, नरेन्द्र के पास उस प्रकार की अट्ठारह शक्तियां पूर्ण मात्रा में विद्यमान हैं।"

"हां! मैंने जो देखा, वही कहा।"

"और आपने कहा, केशव और विजय का हृदय दीपशिखा के समान ज्ञान के प्रकाश से उज्ज्वल बना हुआ है। नरेन्द्र के भीतर ज्ञान सूर्य ने उदित होकर माया मोह रूपी अज्ञान को अपसारित कर दिया है। यह भी देखा है आपने?"

"हां! यह भी देखा है। तुम क्या समझते हो कि बिना देखे ही मैं यह सब कहता रहता हूं।"

"लोग पागल कहेंगे आपको। कहां जगद्विख्यात केशव और साधकप्रवर विजय और कहां उनके सामने मुझ जैसा एक स्कूली लड़का।" नरेन्द्र ने जैसे चेतावनी दी, "फिर कभी उनके साथ मेरी तुलना कर यह सब मत कहिएगा।"

"तू क्या सोचता है, मैंने ही ऐसा कहा है?"

"तो क्या और भी किसी ने कहा है?" नरेन्द्र हंसा, "मैंने तो नहीं सुना।"

"मां ने मुझे वैसा दिखाया। इसी कारण मैंने कहा। सत्य बोलना भी अपराध है तेरे समाज में?"

"मां दिखा देती हैं या आपका मस्तिष्क स्वयं ही अपनी कल्पनाओं को साक्षात देखता रहता है? यदि मेरे साथ ऐसा होता, तो मैं निश्चित् कर लेता कि वह मेरे ही मस्तिष्क की मृगमरीचिका है। वे विकृत मस्तिष्क की कल्पनाएं हैं। पाश्चात्य विज्ञान और दर्शन ने प्रमाणित कर दिया है कि चक्षु तथा कर्ण इत्यादि इंद्रियां अपने विकारों के कारण अनेक बार हमें भ्रमित करती हैं। यदि कोई बलवती इच्छा किन्हीं बातों की कल्पना करती रहती है, तो फिर कहना ही क्या। इंद्रियां तो हमें पग-पग पर धोखा देती हैं। आप मुझे प्यार करते हैं और प्रत्येक क्षेत्र में मुझे बहुत महान देखने की इच्छा करते हैं–संभवतः इसीलिए आपको वैसे मिथ्या दर्शन होते रहते हैं। इन्हें अंग्रेज़ी में हैल्यूसिनेशंस कहते हैं।"

"और किसी को ऐसे दर्शन क्यों नहीं होते? और किसी के मन मस्तिष्क में माया नहीं है?"

"बहुत महत्त्वाकांक्षी हृदय और बहुत कल्पनाशील मन के साथ ही ऐसा होता है।"

"मुझे सचमुच मां के दर्शन होते हैं।"

"हैल्यूसिनेशन में सबके साथ ऐसा ही होता है। किसी को भूत-प्रेत दिखाई देते हैं, किसी को देवी देवता। किंत उन सबके भौतिक अस्तित्व का कोई भौतिक प्रमाण नहीं है।"

"मां मुझ से बातें भी करती हैं।"

"बातें! ऐसे कई लोगों के साथ देवी-देवता तो नृत्य भी करते हैं। महाराज! आप अपने आपको संभालिए। कहीं यह रोग बढ़ न जाए।"

ठाकुर का चेहरा उतर गया। संशय ने जैसे उन्हें ग्रस ल्यिा, "किंतु इससे पहले मैंने कितनी ही बार परीक्षण किया है। मां मुझे सदा सत्य दिखाती हैं। कभी मिथ्या नहीं दिखातीं।"

"होगा।"

"तो फिर इतना सत्यनिष्ठ होकर भी तू यह क्यों कहता है कि ये दर्शन मेरे मस्तिष्क की विकृत कल्पनाएं हैं?"

"क्योंकि ये वस्तुतः आपके मस्तिष्क की विकृत कल्पनाएं हैं।"

ठाकुर ने एक आहत-सी दृष्टि से उसकी ओर देखा कुछ बोले नहीं। चुपचाप उठकर मां भवतारिणी के मंदिर की ओर चले गए।

थोड़ी देर में ठाकुर मंदिर से लौट आए। उनका चेहरा अत्यंत प्रसन्न था। वे अपनी आतुरता में जैसे दौड़ते हुए नरेन्द्र के पास पहुंचे, "मैंने मां से तेरी शिकायत की है।"

"तो क्या कहा मां ने?"

"मां ने कहा है, तू उसकी बात सुनता ही क्यों है। मां ने कहा है कि कुछ ही दिनों

में नरेन्द्र तेरी सारी बातों को सत्य मान लेगा।"

नरेन्द्र ने अपना माथा ठोक लिया, "अब इन्हें कौन समझाए।"

17

संध्या का समय था। कलकत्ता में ब्राह्म भक्तों की सभा चल रही थी। उपासना और ध्यान समाप्त कर, आचार्य मंच से भक्तों को संबोधित करने के लिए आ गए थे।

ठाकुर ने भवन में प्रवेश किया। वे अर्द्धभावावस्था में थे और सीधे मंच की ओर जा रहे थे। उपस्थित लोगों में मर्मर ध्वनि फैल गई। सबको सूचना हो गई कि काली मंदिर के प्रतिमापूजक पुजारी सभा में पधारे हैं। लोग उनको देखने को उतावले हो उठे। अनुशासन टूट गया। कुछ लोग खड़े हो गए। कुछ उचकने लगे और कुछ तो बैंचों पर ही खड़े हो गए। आचार्य ने अपना भाषण रोक दिया।

नरेन्द्र भजन मंडली के साथ बैठा था। ठाकुर को देखकर चौंका–ये यहां कैसे आ गए?

उसने देखा कि मंच पर आसीन आचार्य अथवा कोई भी विशिष्ट व्यक्ति उनके स्वागत के लिए नहीं उठा। वे लोग ठाकुर के इस प्रकार आ जाने से प्रसन्न नहीं लगते थे। शायद उनकी उपेक्षा करने का प्रयत्न कर रहे थे।

नरेन्द्र उठ खड़ा हुआ। उनका स्वागत करने के लिए उनकी ओर बढ़ा। संभव है उनको सहारा भी देना पड़े।

ठाकुर मंच के निकट आ गए और वहीं समाधिस्थ हो गए।

चर्चा फैल गई कि ठाकुर समाधिस्थ हो गए हैं। लोगों में समाधिस्थ पुरुष को देखने की लालसा और भी बढ़ गई। सभा में उथल-पुथल मच गई और तभी गैस की सारी बत्तियां एक साथ ही बुझ गईं। अंधकार हो जाने से भगदड़ और भी भयंकर हो गई।

नरेन्द्र ने लपककर उस भगदड़ से बचाने के लिए ठाकुर को अपनी बाहों में घेर लिया। ठाकुर की समाधि भंग हो गई। नरेन्द्र ने उन्हें संभालकर उठाया। भीड़ से उनकी रक्षा करते हुए, ठाकुर के साथ आए हुए, उनके भतीजे रामलाल की सहायता से मंदिर के पिछले द्वार से उन्हें बाहर ले आया।

ठाकुर जिस गाड़ी में आए थे, वह बाहर खड़ी थी। नरेन्द्र ने ठाकुर को गाड़ी में बैठाया और स्वयं भी साथ बैठ गया। वह उन्हें ऐसे ही नहीं छोड़ सकता था। उन्हें दखिणेश्वर पहुंचाना आवश्यक था। ठाकुर के इस अपमान से नरेन्द्र के मन में अथाह पीड़ा थी। ठाकुर के प्रति उसका ममत्व भी जैसे उसके सामने पहली बार उद्घाटित हुआ था।

एक लंबे मौन के पश्चात् वह धीरे से बोला, "आपको इस प्रकार उनकी सभा में नहीं आना चाहिए था।"

"तू दक्षिणेश्वर नहीं आएगा तो क्या मैं भी तुझे देखने के लिए कलकत्ता न आऊं?"

"मेरे प्रति आपका स्नेह ठीक है; किंतु आपको अपना भी तो ध्यान रखना चाहिए। वे आपको अपमानित करने का प्रयत्न कर रहे थे।"

"स्नेह में अपना क्या ध्यान?"

नरेन्द्र का स्वर कुछ आक्रोशपूर्ण हो गया. "यह मोह है। पुराण में लिखा है कि राजा भरत दिन-रात अपने पालतू मृग के विषय में सोचते हुए, मर कर अगले जन्म में मृग बन कर ही उपन्न हुए। आपको मेरे प्रति इतनी चिंता नहीं करनी चाहिए। उसका परिणाम सोच कर सावधान हो जाना चाहिए।"

"तू ठीक कहता है। ठीक ही तो है। तो फिर क्या होगा? मैं तो तुझे देखे बिना नहीं रह सकता।"

नरेन्द्र खीज उठा, "आप अपने लिए भी कठिनाई उत्पन्न कर रहे हैं और मुझे भी कष्ट दे रहे हैं। यह मोह है। मोह अनर्थ की जड़ होता है। किसी भी व्यक्ति में इतनी आसक्ति का क्या अर्थ?"

ठाकुर मुस्कराते रहे, कुछ बोले नहीं।

वे लोग दक्षिणेश्वर आ पहुंचे। ठाकुर दुखी और थकी-सी दृष्टि से उसे देखते हुए, मां भवतारिणी के मंदिर में चले गए। नरेन्द्र वहीं खड़ा रह गया। वह कुछ उत्तेजित था, कुछ पीड़ित था। निश्चय नहीं कर पा रहा था कि क्या करे। तभी ठाकुर मंदिर से बाहर निकले और उसकी ओर आए। वे न तो अब दुखी थे, न हताश। वे पूर्णतः प्रफुल्लित मुद्रा में थे।

"अरे मूर्ख! मैं तेरी बात नहीं मानूंगा। मां ने कहा, तू नरेन्द्र को साक्षात् नारायण समझता है, इसलिए उससे इतना प्यार करता है। जिस दिन तू उसके भीतर नारायण को नहीं देखेगा, उस दिन उसका मुख भी देखने की तुझे इच्छा नहीं होगी।"

"आप तो बस!" वह समझ नहीं पा रहा था कि उसके मन में क्रोध अधिक था अथवा प्रेम।

18

दक्षिणेश्वर के काली मंदिर के प्रांगण में हाजरा अपने कमरे के बाहर वरांडे में बैठा माला फेर रहा था। नरेन्द्र को अपनी ओर देखकर उसका ध्यान माला से उचट गया।

"कैसे हो लरेन?"

"ठाकुर समाधिस्थ हो गए हैं। सोचा, उनके प्रकृतस्थ होने तक कुछ तंबाकूसेवन या धूम्रपान।"

"पता नहीं गदाधर को कब ज्ञान होगा। ईश्वर को पाने के लिए चेतना जगानी होती है। चेतना खोने से क्या मिलेगा।"

नरेन्द्र को हाजरा द्वारा ठाकुर की आलोचना सुखद नहीं लगी। कुछ तीखे स्वर में बोला, "धूम्रपान।"

"अभी तो हरिनाम जप रहा हूं।" हाजरा उपदेश देने की मुद्रा में आ गया, "जगत् स्वप्नवत् है। पूजा और चढ़ावा इत्यादि सब मन का भ्रम है। केवल अपने यथार्थ रूप की चिंता करना ही हमारा लक्ष्य है। हम यह भूल जाते हैं कि हम वही परमात्मा हैं–सोऽहम्।"

नरेन्द्र ने दृष्टि उठा कर ठाकुर के कमरे की ओर देखा। वे कक्ष से बाहर निकल कर उसी की ओर आ रहे थे। उनके साथ मास्टर मोशाय–महेन्द्रनाथ गुप्त थे। वे उनके निकट आ गए।

"क्या बातचीत हो रही है?" ठाकुर ने पूछा।

नरेन्द्र हंसा, "कुछ गहरी बातें हो रही थीं। आप उन्हें ऊंची बातें भी कह सकते हैं।"

"शुद्ध ज्ञान और शुद्ध भक्ति एक ही है। दोनों एक ही स्थान पर पहुंचाते हैं।... बस बात इतनी सी है कि भक्ति का मार्ग अत्यंत सरल है।"

नरेन्द्र ने चकित होकर ठाकुर की ओर देखा, "यह तो हाजरा की स्थापना का उत्तर हो गया।" वह अपनी मौज में गुनगुनाने लगा, "ज्ञान विचार का और कोई प्रयोजन नहीं है मां! अब मुझे पागल बना दे।" वह महेन्द्रनाथ गुप्त की ओर मुड़ा, "हैमिल्टन की एक पुस्तक में मैंने पढ़ा है : A learned ignorance is the end of Philosophy and begining of religion."

ठाकुर ने एक बार नरेन्द्र की ओर देखा और फिर महेन्द्र से पूछा, "इसका अर्थ क्या है?"

"दर्शनशास्त्र की पोथियां पढ़कर व्यक्ति विद्वान् होकर भी मूर्ख ही रहता है। अतः वह धर्म की ओर उन्मुख होता है।" नरेन्द्र ने कहा।

"थैंक्यू। थैक्यू।"

नरेन्द्र ठहाका मार कर हंस पड़ा। रुककर सूर्य की ओर देखा। दिन ढलने को था।

"अच्छा! अब मैं चलूं महाराज!"

नरेन्द्र प्रणाम कर चला गया। ठाकुर आहत से खड़े रह गए। थोड़ी देर पहले तक का उनका उल्लास सहसा ही अवसाद में विलीन हो गया।

19

अपनी नानी रघुमणि के घर, 'तंग' में नरेन्द्र अपने सहपाठी हरिदास चट्टोपाध्याय और दाशरथि सान्याल के साथ बैठा था। यह कमरा पहले तल पर था। उसकी खिड़की गली में खुलती थी। उसका द्वार सीढ़ियों की ओर था। उनके निकट पुस्तकें बिखरी थी। वे एक साथ अध्ययन के लिए बैठे थे।

नीचे गली में से किसी ने पुकारा, "नरेन! नरेन!!"

नरेन्द्र हड़बड़ा कर उठ खड़ा हुआ और मित्रों से कुछ कहे बिना ही नीचे की ओर भागा।

"शायद रामकृष्ण देव आए हैं।" दाशरथि ने कहा।

हरिदास चकित रह गया, "तुमने कैसे जाना? उनका स्वर पहचानते हो?"

"जिस घबराहट में नरेन्द्र भागा है, उसी से अनुमान लगाया। आजकल नरेन्द्र उनकी बहुत चर्चा करता है। उनके प्रति उसका पूज्य भाव किसी से भी छिपा नहीं है।" दाशरथि ने कहा।

ठाकुर और नरेन्द्र ऊपर आ रहे थे। उनके पीछे पीछे रामलाल भी था।

"तू इतने दिनों तक आया क्यों नहीं?" ठाकुर ने कहा।

उनका कंठ गद्गद् था। आंखों में विह्वलता के अश्रु थे। नरेन्द्र ने उनके प्रश्न का कोई उत्तर नहीं दिया। उसका सारा ध्यान उनको सहारा देकर ऊपर लाने में लगा था। कमरे में आकर ठाकुर चारपाई पर बैठ गए। अंगोछे से बनी पोटली की गांठ खोली। उसमें संदेश थे। उन्होंने अंगोछा नरेन्द्र की ओर नहीं बढ़ाया। स्वयं ही संदेश उठा कर उसके मुंह की ओर बढ़ाया।

"ले खा।"

नरेन्द्र कुछ संकुचित हो उठा। एक छिपी दृष्टि से अपने मित्रों की ओर देखा।

"ले खा।" ठाकुर ने पुनः कहा।

नरेन्द्र ने संदेश लेने के लिए हाथ बढ़ाया, "लाइए मुझे दीजिए। अपने मित्रों को भी तो दूं।"

ठाकुर ने अनिच्छा से संदेश नरेन्द्र की ओर बढ़ा दिए। नरेन्द्र ने संदेश अपने मित्रों को दिए और स्वयं भी खाए। जब तक नरेन्द्र ने स्वयं अपने मुख में संदेश नहीं डाला, तब तक ठाकुर के चेहरे पर खिन्नता बनी ही रही।

"अरे तेरा गाना बहुत दिनों से नहीं सुना। गाना तो गा।" ठाकुर ने कहा।

नरेन्द्र ने हाथ बढ़ा कर तानपुरा उठा लिया। स्वर बांध कर गाना आरंभ किया:

"ओ मां कुल कुंडलिनी! जागो। तुम नित्यानन्द स्वरूपिणी हो। ब्रह्मानन्द स्वरूपिणी हो। ऐ मूलाधार पद्म में बसने वाली मां! तुम सर्प के समान सोई हुई हो। त्रिताप रूप अग्नि से, ओ मां मेरा तन मन जला जा रहा है। ऐ स्वयंभू शिव की सहचरी शिवे! मूलाधार को छोड़, स्वाधिष्ठान में उदित होकर, सुषुम्ना के पथ से ऊपर उठो। फिर मां! मणिपूर, अनाहत, विशुद्ध और आज्ञाचक्रों में से होते हुए, मस्तक में पहुंच कर, परम शिव के साथ युक्त हो जाओ। हे सच्चिदानन्ददायिनी! वहां पर आनन्द के साथ क्रीड़ा करो।"

गीत आरंभ होते ही ठाकुर भावस्थ होने लगे थे और क्रमशः वे पूर्ण समाधि में चले गए। उनकी वह स्थिति देखकर दाशरथि और हरिदास घबरा गए। दाशरथि भाग कर पानी ले आया और छींटे देकर ठाकुर की चेतना लौटाने का प्रयास करने वाला ही था कि नरेन्द्र ने उसका हाथ पकड़ लिया।

"इसकी आवश्यकता नहीं है।"

"तो?"

"वे अचेत नहीं भावस्थ हुए हैं। भजन सुनकर उनकी चेतना लौट आएगी।"

नरेन्द्र ने पुनः गाया :

"ऐक बार तेमनि, तेमनि, तेमनि करे, नाचो मां श्यामा!"

ठाकुर क्रमशः प्रकृतस्थ हुए। नरेन्द्र ने गाना रोक दिया।

"दक्षिणेश्वर चलेगा! चल न!" ठाकुर ऐसे बोले, जैसे अभी कुछ घटित ही न हुआ हो।

नरेन्द्र ने कोई उत्तर नहीं दिया।

"तू कब से नहीं आया।" ठाकुर ने आग्रह किया, "चल न! अभी लौट आना।"

नरेन्द्र के मित्र चकित भाव से नरेन्द्र और ठाकुर की ओर देख रहे थे। वे लोग तो यहां पढ़ने आए थे। और ठाकुर...वे शायद उन्हें पढ़ने नहीं देंगे।

नरेन्द्र ने तानपुरा यथास्थान रख दिया और जाने के लिए उठ खड़ा हुआ। उसके मित्र हक्के बक्के से उसे देखते रह गए। नरेन्द्र ठाकुर को सहारा देता हुआ सीढ़ियों की ओर ले चला।

20

विश्वनाथ और नरेन्द्र भोजन कर चुके तो हाथ धो, कुल्ला कर, विश्वनाथ एक कुर्सी पर बैठ गए।

"अपने घर, कॉलेज तथा समाज से बचा हुआ समय भगवान को अर्पित किया जाता है; और तुम हो कि भगवान् से बचे हुए समय को घर, कॉलेज और समाज को देना चाहते हो।"

"क्योंकि भगवान मेरे लिए अधिक महत्वपूर्ण हैं।"

"भगवान की ओर अधिक पग बढ़ाकर जिन लोगों ने सांसारिक सफलता पाई है, वह पाप और पाखंड के माध्यम से ही पाई है। मैं नहीं चाहता कि तुम भी वैसा करो।" विश्वनाथ बोले।

"मैं सांसारिक सफलता के लिए तो ब्राह्म समाज या काली मंदिर नहीं जाता।"

"तो?"

"ईश्वर को खोजने जाता हूं।"

विश्वनाथ को नरेन्द्र की बात सुन कर सहज होने में कुछ समय लगा, "तुम अपनी यह खोज कुछ समय के लिए स्थगित नहीं कर सकते? भगवान कहीं भागे तो जाते नहीं।"

"कारण?"

"पारिवारिक और सामाजिक दायित्व पूरे कर लो, फिर अवकाश होने पर ईश्वर को खोजना।..." विश्वनाथ बोले, "अभी ध्यान से पढ़ाई करो। विश्वविद्यालय में प्रथम आना भी तुम्हारे लिए कठिन नहीं है। कानून पढ़ो। उच्च शिक्षा के लिए विलायत जाओ। लौट कर अच्छी प्रैक्टिस करो।"

"उससे क्या होगा?"

"विवाह करो। भगवान तुम्हें मुझसे कहीं अधिक सुख समृद्धि दें।"

"सुख समृद्धि! आप यही चाहते हैं?"

"कोई पिता अपने पुत्र के लिए और क्या चाहेगा। मैं नहीं चाहता कि तुम एक संन्यासी के बहकावे में आकर भिखारी हो जाओ।"

"अबोध बालक नहीं हूं मैं कि कोई मुझे बहका ले जाए।"

"अबोध बालक तो नहीं हो; किंतु बहकाए जा सकते हो। तभी तो दक्षिणेश्वर का

वह संन्यासी तुम्हारे कमरे में आकर तुम्हें ब्रह्मचर्य का उपदेश देता है।"

"ठाकुर?"

"तुम्हारी नानी ने स्वयं अपने कानों से सुना है। अब यह मत कह देना कि वे झूठ बोल रही हैं।"

"नहीं! वे झूठी नहीं हैं। किंतु ठाकुर मुझे बहका नहीं रहे, वे मुझे मार्ग दिखा रहे हैं। मुझे वह सब नहीं चाहिए बाबा! जिसका प्रबंध आप मेरे लिए कर रहे हैं।"

नरेन्द्र कमरे से निकल कर आंगन में आ गया। वहां भुवनेश्वरी उसकी प्रतीक्षा ही कर रही थीं। उसे देखते ही उस पर झपट पड़ी।

"तुम्हारे पिता भी कोई धनपिशाच नहीं हैं। उन्होंने भी जीवन भर धन का न तनिक लोभ किया है, न मोह रखा है। जिस पर परिवार का दायित्व होता है, उसकी अनेक चिंताएं होती हैं। वही समझता है धन की आवश्यकता को।"

"मां तुम भी।"

"तुम्हारे बाबा ने निमाईचरण बोस अटर्नी एट लॉ के अधीन तुम्हें प्रशिक्षणार्थी नियुक्त करवा दिया है। ईश्वरचंद्र विद्यासागर महाशय के मैट्रिपालिटन इंस्टिट्यूशन के विधि संकाय में तुम्हारा नाम लिखवा दिया है। इधर बी. ए. पास करो, उधर कानून की शिक्षा भी हो जाएगी। बी. ए. के पश्चात् तुम्हें कानून की पढ़ाई में अधिक समय नहीं लगाना पड़ेगा।"

"और कुछ?"

"समय निकाल कर तुम उनके तथा निमाई काका के साथ कभी कभी हाईकोर्ट भी चले जाया करो, ताकि तुम्हारा प्रशिक्षण हो सके। तुम्हारे बाबा को डॉक्टर ने विश्राम करने के लिए कहा है।"

"क्या हुआ है उन्हें?"

"छाती में कभी कभी दर्द होता है।"

"मेरा भी विचार है कि उन्हें विश्राम करना चाहिए।" नरेन्द्र ने कहा, "पर वे तो एक के पश्चात् एक दायित्व अपने ऊपर लेकर अपना बोझ बढ़ा रहे हैं।"

"कौन-सा दायित्व?"

"उन्हें मेरा भविष्य बनाने के लिए इतनी चिंता नहीं करनी चाहिए।"

नरेन्द्र बाहरी द्वार की ओर बढ़ गया। वहीं से बिना पीछे मुड़े बोला, "नानी के घर जा रहा हूं।"

भुवनेश्वरी सांकल लगाकर मुड़ी तो देखा कि विश्वनाथ कमरे से बाहर निकल आंगन में आ रहे हैं।

"मैं यह नहीं कहता कि उसे हमारी कोई चिंता नहीं है या वह उदंड हो गया है। किंतु उसके मन में जो धुन समा गई है, वह उसे और किसी दिशा में देखने ही नहीं देती।" वे बोले।

"इस अवस्था में सारे लड़के ऐसे ही होते हैं। जब पत्नी आएगी, पैरों में बेड़ी पड़ेगी तो अपने आप सब कुछ ठीक ठीक सूझने लगेगा।"

"पैरों में बेड़ी डलवाने वाला कोई लक्षण दिखता भी है तुम्हें? मुझे तो इसका काली मंदिर के परमहंस से मिलना जुलना भी हितकर नहीं लगता। वहां जाता रहा तो हमारे काम का नहीं रहेगा।"

"यह तो आज ही जाना कि संतान का धर्म की ओर बढ़ना भी माता पिता को चिंतित कर देता है।"

21

नरेन्द्र हाथ में 'अष्टावक्र संहिता' लिए, ठाकुर के पास बैठा था।

"यह कैसी पुस्तक दे दी है आपने महाराज! यह तो घोर नास्तिकता है।"

"ऐसा क्या है रे इस में?" ठाकुर लीलापूर्वक बोले।

"अष्टावक्र कहते हैं, 'मैं अद्‌भुत हूं। मैं स्वयं को नमस्कार करता हूं, जिसका कभी क्षय नहीं होता और जो ब्रह्मा से लेकर तृण तक के नष्ट हो जाने पर भी जीवित रहता है।'... वे अपने शिष्य राजा जनक से कहते हैं, 'संसार तुमसे उत्पन्न होता है, जैसे समुद्र से बुलबुले उत्पन्न होते हैं।' "

"तो क्या हो गया?" वे बोले।

"जीव अपने आपको स्रष्टा समझे, इससे बड़ा पाप और क्या हो सकता है? मैं ईश्वर हूं, तुम ईश्वर हो। जन्ममरणशील सारे पदार्थ ही ईश्वर हैं–इससे बड़ी तर्कविरोधी बात और क्या हो सकती है? ऐसी बात कोई संतुलित बुद्धि से कह सकता है क्या?"

ठाकुर हंसे, "तू इस समय उनकी बातें स्वीकार न करना चाहे तो न कर, पर ऋषियों को ब्रह्मज्ञान हुआ था। लेश मात्र भी विषयबुद्धि हो तो ब्रह्मज्ञान नहीं होता। तू उन ऋषि मुनियों की निन्दा और ईश्वर के स्वरूप की इतिश्री क्यों करता है?"

"कोई ईश्वर के किसी भी विचित्र रूप की कल्पना कर ले तो क्या मैं उसे ही स्वीकार कर लूं?"

"ईश्वर के जिस स्वरूप में तूने निष्ठा स्थापित की है, वही उनका एक मात्र रूप है? तू सर्वज्ञ है? तेरी बुद्धि के बाहर ज्ञान है ही नहीं? जो तुझसे मतभेद रखते हैं, वे सब अज्ञानी और मूर्ख हैं?"

"किंतु ईश्वर का वह स्वरूप, मानव बद्धि को स्वीकार्य तो हो।"

"मानव की बुद्धि जानती ही कितना है? अपनी बुद्धि पर नहीं, ईश्वर की दया पर विश्वास रख। तू सत्यस्वरूप भगवान् को पुकारता चल, उसके पश्चात् वे जिस रूप में तेरे सामने प्रकट हों, उसी पर विश्वास कर।"

नरेन्द्र ने कोई उत्तर नहीं दिया। वह अपनी खीज के मारे और चर्चा भी नहीं करना चाहता था। ठाकुर को वहीं बैठा छोड़, उनके कमरे से निकल कर नरेन्द्र टहलता हुआ हाजरा के कमरे की ओर गया।

ठाकुर के कमरे से कुछ हट कर हाजरा का कमरा था। हाजरा अपने कमरे में अकेला बैठा हुक्का पी रहा था। उसने द्वार पर नरेन्द्र को देखकर उत्साहपूर्वक उसका स्वागत किया।

"आओ। आओ लरेन!"

नरेन्द्र ने मुस्कराने का प्रयत्न किया।

"कुछ विचलित दिखाई पड़ते हो। क्या गदाधर से कुछ कहासुनी हो गई?"

"ठाकुर ने आज कुछ अद्भुत बातें बताई हैं।" नरेन्द्र हंसा, "वे चाहते हैं कि मैं भी उन पर विश्वास कर लूं।"

"ऐसी कौन-सी अद्भुत बात है?"

"कुछ कथा कहानी।"

"गांव के अनपढ़ किसानों के लिए तो वह सब ठीक है। उन बेचारों ने कभी कुछ पढ़ा नहीं, सोचा नहीं, जाना नहीं। पर तुम सब कॉलेज के लड़के गदाधर की विचित्र बातों पर कैसे विश्वास कर लेते हो। वह कहता है कि मनुष्य की बांहों को तौल कर वह उसकी आत्मा तक को परख लेता है।"

"वे कहते हैं, संसार में जो कुछ भी है, सब कुछ ईश्वर है। ईश्वर के अतिरिक्त यहां और कुछ भी नहीं है। जो कुछ भी दिखाई पड़ रहा है, वह सब ईश्वर है।" नरेन्द्र हंसा, "लाइए ईश्वर मोशाय! यह हुक्के के रूप में जो ईश्वर, आपके हाथ रूपी ईश्वर ने थाम रखा है, इसे मेरे हाथ रूपी ईश्वर को थमा दीजिए। आज मैं तंबाकू रूपी ईश्वर का अच्छी तरह आनन्द लूंगा।"

दोनों ने मुक्तकंठ से अट्टहास किया। हाजरा ने अपना हुक्का नरेन्द्र की ओर बढ़ा दिया। नरेन्द्र ने हुक्का थाम लिया।

"यह गदाधर भी कभी-कभी।" हाजरा बोला।

ठाकुर ने लड़खड़ाती-सी अवस्था में उनके कक्ष में प्रवेश किया। नरेन्द्र तत्काल उठकर खड़ा हो गया। हुक्का हाजरा को थमाया और ठाकुर को सहारा देने के लिए पकड़ लिया।

ठाकुर के स्पर्श मात्र से उसके भीतर जैसे अनेक झंझावात एकसाथ उठ खड़े हुए। उसके चारों ओर के वैविध्यपूर्ण रूपाकार, जैसे अपना-अपना आकार छोड़ कर उसके निराकार में ही समा गए। सब ओर ईश्वर ही ईश्वर था और कुछ था ही नहीं। उसने देखा, जो गिर रहा है, वह भी ईश्वर ही है और जिसने बांहें फैला कर उसे थामा है, वह भी ईश्वर ही है। ऐसा भी नहीं था कि एक ईश्वर दूसरे ईश्वर से मिल रहा हो। वहां तो दोनों में कोई भेद ही नहीं था। जैसे एक मेघ, दूसरे मेघ में मिल जाए अथवा हवा का एक झोंका, दूसरे झोंके के साथ मिलकर एक हो जाए। नरेन्द्र ने कुछ नहीं कहा।

ठाकुर अब तक संभल चुके थे। वे सीधे होकर अपने कमरे की ओर लौट गए। नरेन्द्र ने देखा, चले जाने वाले और वहां खड़े रहने वाले में कोई अंतर नहीं था। दोनों ही ईश्वर थे।

"यह गदाधर यहां क्या करने आया था।" हाजरा बोला, "गिरने? ताकि तुम उसे थाम लो। थाम लिया तो वह लौट गया। कोई बात भी नहीं की।"

नरेन्द्र ने हाजरा की बात का कोई उत्तर नहीं दिया।

22

नरेन्द्र भोजन करने बैठा। साथ ही महेन्द्र और भूपेन्द्र भी बैठे खा रहे थे। मां ने थाली में भात परौस दिया। उसने दृष्टि उठाकर देखा। अन्न, थाली, मां, महेन्द्र, भूपेन्द्र, वह स्वयं सब ईश्वर ही हैं। सिवाय ईश्वर के और कुछ भी नहीं है। भुवनेश्वरी ने नरेन्द्र को इस प्रकार हक्का-बक्का बैठे देखा। उनके चेहरे पर चिंता के भाव उभरे : जाने क्या हो गया है इस लड़के को।

"बैठा क्यों है? खाता क्यों नहीं?"

"खा तो रहा हूं मां!"

किसी प्रकार दो एक कौर खाकर नरेन्द्र का हाथ रुक गया।

"तुझे हो क्या गया है?" भुवनेश्वरी ने चिंतित स्वर में पूछा।

"कुछ भी तो नहीं।"

"तो फिर खाता क्यों नहीं? खाना स्वादिष्ट नहीं बना?"

"अभी खाया ही कहां है, जो बता दूं।"

"कहीं से कुछ खा आया है? भूख नहीं है?"

"नहीं।"

"स्वास्थ्य ठीक नहीं है?"

"नहीं! सब ठीक है मां!"

"तो फिर खाता क्यों नहीं? स्वस्थ मनुष्य क्या इस प्रकार व्यवहार करता है कि घिसट-घिसटकर दो कौर खाए और फिर हाथ रोक कर बैठ जाए।"

"इस समय मेरा मन कुछ अटपटा गया है।" नरेन्द्र बोला, "ठीक से भोजन कर नहीं पा रहा, किंतु चिंता की कोई बात नहीं है मां!"

नरेन्द्र ने प्रयत्नपूर्वक दो चार कौर खाए। भुवनेश्वरी भयभीत दृष्टि से उसे देखती रहीं। जाने इस लड़के को क्या हो गया है।

नरेन्द्र ने अपनी मां की ओर देखा, उसे लगा कि ईश्वर चिंतित हो गया है। वह उठ खड़ा हुआ, हाथ धोए, कुल्ला किया।

"अच्छा मां! मैं कॉलेज जा रहा हूं।"

भुवनेश्वरी कुछ नहीं बोलीं। बस चिंतित दृष्टि से उसकी ओर देखती रहीं। भूपेन आकर उनसे चिपक गया। नरेन्द्र बाहर के द्वार की ओर चला गया। भुवनेश्वरी ने भूपेन को अपने साथ और भी जोर से चिपका लिया।

कॉलेज जाते हुए, नरेन्द्र सड़क के बीच खड़ा हो गया। उसे अब भी चारों ओर ईश्वर

ही दिखाई पड़ रहा था। सामने से गाड़ियां आ रही थीं, किंतु मन में तनिक-सा भी यह विचार नहीं आया कि गाड़ियां उसके ऊपर चढ़ सकती हैं, उसे चोट लग सकती है, इसलिए उसे मार्ग में से हट जाना चाहिए। ईश्वर के मन में भय कैसा? और ईश्वर से भय कैसा? गाड़ीवान खीजकर उसे बचाते थे। झपट झपटकर उसे डांटते थे। मार्ग चलते लोग उसकी बांह पकड़ कर उसे किनारे की ओर खींच लेते थे।

वह कॉलेज पहुंचा। कॉलेज में भी उसकी वही स्थिति रही। अध्यापकों और लड़कों में तो कोई भेद लगता ही नहीं था; बेंचों और लड़कों में भी कोई भेद दिखाई नहीं पड़ता था। जो कुछ अध्यापक हैं, वही तो लड़के भी हैं। फिर जाने क्यों अध्यापक उन्हें लगातार कुछ न कुछ पढ़ाने और बताने का प्रयत्न कर रहे हैं।

23

नरेन्द्र रसोई में बैठा था। भुवनेश्वरी ने उसे भोजन परोसा। वह खाने लगा। भुवनेश्वरी एक प्रकार से संतुष्ट होकर रसोई से बाहर निकल गईं। नरेन्द्र खाता खाता भात को देखने लगा और फिर वहीं लेट गया।

भुवनेश्वरी लौटीं। नरेन्द्र को थाली के निकट ही लेटा हुआ देखकर चिंतित हो उठीं।

"देखती हूं, तुझे कुछ हो गया है।"

"कुछ नहीं हुआ है मां!"

"जाने किन किन मंदिरों और मठों में जाता है। किन किन साधु संतों के साथ बैठता उठता है। किस किस प्रकार की साधना और तपस्या करता है। जाने क्या रोग है तुझे। तेरे बाबा भी कलकत्ता में नहीं हैं।"

"मां! मुझे कुछ नहीं हुआ है।"

पर भुवनेश्वरी स्वयं को संभाल नहीं पाईं। दीवार का सहारा लेकर भूमि पर बैठ गईं।

भूपेन्द्र मां के पास आया तो उसकी बांह पकड़कर भुवनेश्वरी ने अपने पास बैठा लिया। वे जैसे अपने आप से कह रही थीं, "अब यह बचेगा नहीं।"

नरेन्द्र उठकर मां के पास आया, "नहीं मां! मुझे कुछ नहीं हुआ है। यह तो ठाकुर मुझे समझा रहे हैं कि अद्वैत भाव क्या होता है।" सहसा उसे दिखाई दिया कि वह और मां तो एक ही हैं।

"लो! तुम भी तो वही हो मां! जो मैं हूं। कोई भेद नहीं है। कौन किसको समझाए। भेद हो तो समझाया भी जाए।"

और सहसा नरेन्द्र ने स्वयं को झंझोड़कर जगाया। वह उठा और घर से बाहर निकल गया।

वह घर से बाहर निकला। गली पार कर सड़क पर आया और हेडो तालाब की ओर निकल गया। 'ये मेरे हाथ पैर इतने शिथिल क्यों होते जा रहे हैं। कहीं यह पक्षाघात जैसा कोई रोग तो नहीं? पर नहीं! वैसा कुछ होता तो मेरे हाथ पैर मेरे मस्तिष्क का आदेश कैसे मानते?'

चलता-चलता वह हेडो तालाब तक पहुंचा। रुक कर कुछ क्षण सोचा। उसकी आंखों में एक निर्णय की चमक आई। उसने तालाब के किनारे लगी लोहे की छड़ों को अपने हाथों में पकड़ लिया। एक क्षण के लिए उनको देखा और फिर अपना सिर उन पर ठोक दिया।

रुक कर देखा, उस पर कोई प्रभाव पड़ा है या नहीं? अपनी हथेली से माथा टटोल कर देखा–है कोई घाव? बहता हुआ रक्त? पर न कोई पीड़ा थी। न कोई घाव! उसके शरीर में इतनी शक्ति ही नहीं रह गई, या छड़ें ही कोमल हो गई थीं? या फिर छड़ें भी वही हैं, जो वह स्वयं है?

वह कोई निर्णय नहीं कर पाया। मुड़कर घर की ओर चल पड़ा। यह कोई रोग नहीं है। मैंने ठाकुर का उपहास किया था, यह उसी का दंड है। पर ठाकुर हाजरा को दंडित क्यों नहीं करते? हाजरा न केवल उनकी बात नहीं मानता, उनका उपहास भी करता है, उनका विरोध करता है, उनके शिष्यों को उनके विरुद्ध भड़काता है, विद्रोह के लिए उकसाता है। उन्होंने उसे तो कभी दंडित नहीं किया। तो मेरे ही साथ ऐसा क्यों? क्या किया मेरे साथ? वह सारा कुछ प्रत्यक्ष कर दिया, जो वेदांत के ग्रंथों में लिखा है। मुझे वह सब दिखा दिया, जो 'अष्टावक्र संहिता' में वर्णित है। सम्मोहित नहीं किया, उन ग्रंथों का सत्य दिखा दिया। इंद्रियां जो कुछ देखने में असमर्थ थीं, वह सब कुछ दिखा दिया। ऋषियों ने जो कुछ अपनी विकट तपस्या और दीर्घ साधना से प्राप्त किया था, वह सब कुछ ठाकुर ने सहज ही एक स्पर्श से दे डाला। कोई और होता तो अपना विरोध करने वाले मूर्ख को इतना बड़ा वरदान कभी न देता।

24

अगले सप्ताह नरेन्द्र पुनः ठाकुर के पास पहुंचा। भूमिष्ठ हो प्रणाम किया। ठाकुर ने उसे देखा और उसकी ओर पीठ कर बैठ गए, जैसे उसका मुंह भी न देखना चाहते हों। नरेन्द्र समझ गया, वे उससे रुष्ट थे। कारण? कुछ समझ में नहीं आया। वह घूम कर पुनः उनके सामने आ खड़ा हुआ। उन्होंने पुनः घूमकर उसकी ओर पीठ कर ली।

"मुझ से रुष्ट हैं?"

ठाकुर ने कोई उत्तर नहीं दिया।

नरेन्द्र थोड़ी देर खड़ा रहा और फिर कमरे से बाहर आ गया। वरांडे में दीवार के साथ टेक लगा कर बैठ गया। उसकी दृष्टि दूर आकाश पर टिकी थी। वह सोच रहा है। उसे एक के पश्चात् एक कर अनेक घटनाएं याद आ रही थीं।

"ब्रह्म समाज में हम किसी देवी देवता को नहीं मानते। प्रतिमापूजन भी नहीं करते।" नरेन्द्र ने कहा था, "मेरे मन में तनिक भी श्रद्धा नहीं होती, आपकी मां काली के लिए।"

ठाकुर ने क्षुब्ध होकर कहा था, "मूर्ख! ऐसी बातें करनी हैं तो मत आया कर यहां।"

नरेन्द्र मुस्करा कर उनके सामने से हट गया था। उनके कमरे में ही उनके छोटे मोटे

काम करता रहा। चीजें संवारता रहा। बाहर से कुछ फूल ले आया। थोड़ी देर के पश्चात् चिलम बनाकर वह उनके सामने आ खड़ा हुआ। वे पहले तो कठोर आंखों से उसकी ओर देखते रहे। फिर मुस्करा पड़े और अंततः उसके हाथ से चिलम पकड़ ली।

"जो मेरे आदमी हैं, वे अवश्य आएंगे। डांट सुनकर भी आएंगे।" ठाकुर ने कहा था।

इसी प्रकार एक बार और उनमें विवाद हुआ था। उस बार अधिकतर नरेन्द्र ही बोला था और बहुत आवेश में बोला था। ठाकुर उसकी ओर देखकर असहमति में सिर हिला देते थे। अंततः नरेन्द्र उनके सम्मुख ही बहरा बन कर बैठ गया था। वे उसे धीरे-धीरे स्नेहपूर्वक समझाते रहे थे। वह उनके सम्मुख ऐसा कठोर तथा उपेक्षापूर्ण चेहरा बनाकर बैठा रहा, जैसे उनके प्रत्येक शब्द से उसका विकट विरोध हो। वह उनकी बात सुन ही न रहा हो और सुन भी रहा हो तो उसको विचार योग्य न मानता हो।

अंततः ठाकुर भड़क उठे थे, "जब तुझे मेरी कोई बात माननी ही नहीं है, तो यहां क्या करने आता है?"

नरेन्द्र ने मुंह फुला लिया था, "मैं यहां आपका उपदेश सुनने नहीं आता, न आपसे आदेश लेने आता हूं।"

"तो फिर क्या करने आता है?"

"आपसे प्रेम करता हूं, इसलिए आता हूं।"

तब भी ठाकुर मुस्करा पड़े थे।

नरेन्द्र उठकर खड़ा हो गया। उसने झांक कर देखा–ठाकुर अब भी वैसे ही बैठे थे।

नरेन्द्र कमरे में आ गया और जाकर उनके सम्मुख खड़ा हो गया। किंतु उन्होंने पुनः मुंह फेर लिया। नरेन्द्र हताश हो गया–आज क्या हो गया है ठाकुर को?

नरेन्द्र दक्षिणेश्वर आया। ठाकुर के कमरे के द्वार पर पहुंचा। वे अपनी चौकी पर बैठे थे। वे ध्यान में नहीं थे, शायद किसी की प्रतीक्षा कर रहे थे। वह द्वार पर ही खड़ा रहा। ठाकुर ने उसके आने को लक्ष्य तो किया; किंतु कोई प्रतिक्रिया प्रकट नहीं की।

किंतु आज ठाकुर ने उसे देख कर मुंह नहीं फेरा था, उसकी ओर पीठ नहीं की थी। नरेन्द्र के मन में उत्साह का संचार हुआ। वह ठाकुर के एकदम निकट चला आया। भूमिष्ठ हो प्रणाम किया। सिर उठाया और ठाकुर की ओर देखा।

"मैं अब तुझसे बात भी नहीं करता, तो क्यों आता है यहां?" ठाकुर के चेहरे पर रोष प्रकट हो गया।

नरेन्द्र भी एक अधिकारपूर्ण धृष्ट मुस्कान के साथ बोला, "आप समझते हैं कि मैं आपकी बातें सुनने आता हूं। नहीं। मैं आपसे मिलने आता हूं। आपको देखने आता हूं।"

"पर क्यों आता है तू?"

"क्योंकि आपसे प्रेम करता हूं।"

ठाकुर के चेहरे का भाव तत्काल बदल गया। वे प्रसन्न हो गए।

"मैं परीक्षा कर रहा था कि आदर सत्कार न पाने पर तू भाग तो नहीं जाता। तेरे जैसे आधार में ही, इतनी अवज्ञा और उपेक्षा सहन हो सकती है। कोई दूसरा होता तो कब का भाग गया होता। और फिर इधर झांकता भी नहीं।"

25

संध्या ढल चुकी थी। अंधकार हो चुका था। विश्वनाथ घर लौटे तो बहुत थके हुए थे। वे चौकी पर बैठ गए। भुवनेश्वरी ने पानी लाकर दिया। उन्होंने गिलास पकड़ लिया।

"इतनी देर कहां लगा दी। मुझे चिंता होने लगती है।"

"अरे एक मुवक्किल के कागज देखने अलीपुर गया था। आने जाने में इतना समय लग गया और थकान अलग हो गई।" विश्वनाथ बोले।

"तो इतना काम लेते ही क्यों हो। तुम्हारी अवस्था अब इतना श्रम करने की नहीं है।"

"श्रम नहीं करूंगा तो परिवार कैसे चलेगा?" वे अधलेटे से हो गए, और वक्ष पर हाथ फेरने लगे, "पता नहीं क्या हो गया है, छाती में दर्द हो रहा है।"

भुवनेश्वरी घबरा कर बोली, "डॉक्टर को बुलाऊं क्या?"

"नहीं! डॉक्टर का क्या काम। थकान से हो रहा होगा। विश्राम करने से ठीक हो जाएगा।" उन्होंने इधर-उधर देखा, "नरेन्द्र घर में नहीं है क्या?"

"नहीं! दोपहर से ही बाहर गया हुआ है। औषध का लेप कर दूं?"

"नहीं! नरेन्द्र को मैंने इतनी स्वतंत्रता दे रखी है। कहीं उसका अहित ही न हो। वह कानून की पढ़ाई के प्रति तनिक भी गंभीर नहीं है। अटर्नी के काम में उसका मन नहीं लगता। उसका ध्यान तो बस दक्षिणेश्वर के उस वृद्ध की ओर है, या फिर ईश्वर की ओर।"

"स्वतंत्रता न देना चाहो तो वह मान जाएगा? आरंभ से ही उसपर शासन करते, तो वह कोई बंधन मानता भी। अब तो वह परम स्वतंत्र है। उसका विवाह भी तो नहीं किया तुमने। हमारी न मानता तो बहू की तो मानता।"

"मैंने तो हर प्रकार से प्रयत्न कर के देख लिया। हर बार कोई न कोई अड़चन आ जाती है। पता नहीं भगवान् की क्या इच्छा है।"

"अपने आलस्य को भगवान पर मत थोपो। तुम्हें कानून कचहरी से अवकाश हो तो उसके विवाह के विषय में कुछ सोचो। भगवान की दया है कि लड़कियों के विवाह हो गए।"

विश्वनाथ ने हंसने का प्रयत्न किया, "लड़कियों के विवाह तो अपने आप हो गए, लड़के का विवाह मैं नहीं करवा रहा। जो काम हो गया, उसका श्रेय भगवान को और जो नहीं हुआ, उसका दोष मुझ पर। पत्नियां शायद ऐसा ही न्याय करती हैं।"

"करने न करने वाले तुम दो ही तो हो। एक भगवान और दूसरे तुम। अब इस

झंझट को छोड़ो और लड़के के विवाह के लिए कोई जुगाड़ करो।"

विश्वनाथ गंभीर हो गए, "कल दो स्थानों पर जा रहा हूं। एक बहू चुन ही लूंगा और फिर देखूंगा कि नरेन्द्र विवाह कैसे नहीं करता।" उन्होंने भुवनेश्वरी की ओर देखा, "अब तो प्रसन्न हो, या कुछ और?"

"और क्या। बस ध्यान देने की बात है। लड़के का विवाह लड़कियों के विवाह से कुछ अधिक कठिन नहीं है।" वे रुक गईं, "व्यथा कुछ कम हुई हो तो खाना परोसूं।"

"नरेन नहीं आएगा? कुछ कह कर गया है क्या?"

"मित्रों के साथ गया है, उसे देर भी हो सकती है। आना होता तो अब तक आ गया होता। जहां होगा, वहीं खा लेगा।" उन्होंने निकट आकर स्नेहपूर्वक कहा, "तुम खा लो। दिन भर के भूखे हो। जल्दी खालोगे तो कुछ आराम भी कर पाओगे।"

"अच्छा! तुम थाली लगाओ। मैं आता हूं।"

विश्वनाथ खाने बैठे तो भुवनेश्वरी ने हाथ में पंखा ले लिया किंतु वे पंखा कम कर रही थीं, अधिकांशतः पति का चेहरा ही देख रही थीं। विश्वनाथ बहुत धीरे-धीरे भोजन कर रहे थे। उनके चेहरे से स्पष्ट था कि वे कष्ट में हैं।

भुवनेश्वरी ने चिंतित स्वर में कहा, "औषध का लेप कर दूं?"

विश्वनाथ ने हल्के से सिर हिला कर स्वीकृति दे दी।

विश्वनाथ लेट गए। भुवनेश्वरी औषध का लेप कर रही थीं। हाथ लेप कर रहे थे और आंखें विश्वनाथ के चेहरे का हाल पढ़ने का प्रयत्न कर रही थीं।

"बस अब ठीक है।" विश्वनाथ उठ बैठे, "तुम मुझे हुक्का दे दो। मैं कुछ काम करूंगा।"

भुवनेश्वरी चिढ़ गईं, "अब भी काम। आज के लिए पर्याप्त नहीं हो गया।"

"तुम स्त्रियां कभी नहीं समझोगी। कल के केस की तैयारी नहीं करूंगा तो कैसे काम चलेगा? तुम हुक्का ले आओ। कुछ कागज़ पढ़ने से मैं मर नहीं जाऊंगा।"

भुवनेश्वरी बुरा-सा मुंह बना कर हुक्का लेने चली गईं। विश्वनाथ बिस्तर से उठकर कागज देखने लगे। कुछ कागज छांटकर उन्होंने पृथक कर लिए। उन्हें लेकर बिस्तर पर बैठ गए।

भुवनेश्वरी हुक्का ले आईं। विश्वनाथ ने दो एक कश लिए। भुवनेश्वरी कुछ संतुष्ट होकर चली गईं।

विश्वनाथ को लगा कि पीड़ा कुछ बढ़ रही है। उन्होंने हुक्का रख दिया। वक्ष को हाथ से दबाया। उन्हें उबकाई आ गई।

"भुवनेश्वरी!"

वे कागज रखकर उठे। उल्टी के लिए बाहर जाने का प्रयत्न किया, किंतु नाली तक पहुंचने से पहले ही उल्टी हो गई।

घबराई हुई भुवनेश्वरी भागती हुई आईं। उनके पीछे पीछे नन्हा भूपेन्द्र भी आ गया। दूसरे कमरे से महेन्द्र भी भागा आया।

भुवनेश्वरी ने महेन्द्र की सहायता से विश्वनाथ को बिस्तर पर लेटाया।

"जा तू डॉक्टर को बुला ला।"

विश्वनाथ ने रोका, "अरे डॉक्टर की क्या आवश्यकता है। शरीर में कष्ट था। मुझे भोजन नहीं करना चाहिए था। खा लिया, सो उल्टी हो गई। अब रात को इस समय डॉक्टर का क्या करना है।"

"तू जा। यदि बीले का कोई मित्र मिले, तो वह जहां कहीं भी हो, उसे समाचार भिजवा दे।"

विश्वनाथ ने और भी मंद स्वर में विरोध किया, "अब लड़के को इतनी रात को कहां भेज रही हो।"

वराहनगर में भवनाथ के घर एक कमरे में नरेन्द्र, भवनाथ और सातकड़ी लाहिड़ी सोए हुए थे। बाहर के द्वार के जोर से पीटे जाने का शब्द हुआ। कोई जोर-जोर से कपाट पीट रहा था और साथ ही पुकार रहा था, "भवनाथ! ओ भवनाथ!"

नरेन्द्र की आंख खुल गई। भवनाथ और सातकड़ी भी जाग गए। भवनाथ ने लालटेन जलाई। नरेन्द्र ने कलाई घड़ी देखी : दो बज रहे थे।

नरेन्द्र बाहर के द्वार की ओर झपटा। द्वार खोला। सामने हेमाली खड़ा था। उसके चेहरे पर शोक और घबराहट के साथ-साथ थकान भी स्पष्ट थी।

"हेमाली! तू यहां! इस समय?"

"नरेन! तू जल्दी घर चल।"

"अभी? इस समय? घर पर सब ठीक तो है न?"

"तू चल तो।"

नरेन्द्र ने पलट कर अपने मित्रों पर एक दृष्टि डाली, "चल तो रहा हूं, पर हुआ क्या है?"

"तेरे बाबा की हृदय गति रुक गई है। अब जल्दी चल। वहां सब लोग तेरी प्रतीक्षा कर रहे हैं।"

26

नरेन्द्र के घर की चौखट पर कुछ लोग जमा थे। नरेन्द्र कुछ दूरी पर अशौच वेश में बैठा था। उन लोगों से हुई, अपनी मां की चर्चा वह सुन नहीं पाया था। केवल इतना देखा था कि उनसे कुछ चर्चा कर, मां घर के भीतर गईं और अपने गहने निकाल लाईं। चुपचाप अपने गहने उनके सम्मुख रख कर हाथ जोड़ दिए। वे लोग चले गए और भुवनेश्वरी ने द्वार बंद कर लिया।

"यह सब क्या है मां?"

"वे हमारे ऋणदाता थे। उनके पैसे तो चुकाने ही थे पुत्र!"

नरेन्द्र चकित रह गया, "ऋणदाता?"

भुवनेश्वरी की आंखों में अश्रु आ गए। नरेन्द्र ने उठकर मां के अश्रु पोंछे।

"मुझे पहले यह सब क्यों नहीं बताया मां?" नरेन्द्र बोला, "मैं इतना छोटा तो नहीं हूं कि घर की स्थिति मुझसे इस प्रकार छुपाई जाती।"

"तुमसे कुछ छिपाया नहीं है। हां! सामने बैठाकर कभी बताया नहीं। तेरे बाबा ने मुझे भी कभी उस प्रकार नहीं समझाया। किंतु इतनी बात तो मैं स्वयं भी समझ सकती थी कि अपना भवन छोड़कर यह छोटा-सा घर भाड़े पर क्यों लिया गया। बग्घी और कोचवान क्यों नहीं रखे गए। तेरे शैशव में अकेले तुझे पालने के लिए दो दो नौकरानियां रखी गई थीं; किंतु आज घर में एक भी नौकर क्यों नहीं है। तुम्हारे बाबा अब वैसे बड़े बड़े भोज क्यों नहीं करते। बताने को क्या था। देखकर भी तो समझा जा सकता था पुत्र!"

"किंतु मैंने यह सब क्यों नहीं देखा? मैं भी तो इसी घर में रहता था।"

"इस घर में? तू तो किसी और लोक में रहता था। उस लोक में ईश्वर था, ब्राह्म समाज और दक्षिणेश्वर के वे ठाकुर थे; किंतु तेरा घर और परिवार नहीं थे। कौन जानता है, ईश्वर ने तेरे बाबा का जीवन इसीलिए लौटा लिया हो कि तेरी आंखें आकाश से नीचे उतर कर पांव तले की धरती को भी देखें।"

नरेन्द्र का सिर झुक गया। उसने अपना मुंह घुटनों में छुपा लेने का प्रयत्न किया। सहसा उसने सिर उठाया। उसके चेहरे पर अब कोई चिंता नहीं थी। न अवसाद ही था। उसने मां की ओर देखा और तेजस्वी स्वर में बोला, "पर यह कैसे संभव है मां! बाबा इतना कमाते थे, इतना खर्च करते थे। इतने संपन्न व्यक्ति की मृत्यु के तत्काल पश्चात्, ऐसी स्थिति कैसे आ सकती है? अभी तो अशौच का काल भी समाप्त नहीं हुआ। अकस्मात् इतना बड़ा परिवर्तन?"

"अकस्मात् कुछ नहीं हुआ। हां! तुम्हारे लिए उसका उद्‌घाटन अब हुआ है।"

"फिर भी।"

"तुम्हारे पिता ने जितना कमाया, उतना ही खर्च किया। पैतृक संपत्ति पा कर कालिचरण काका सर्वथा अकर्मण्य हो गए थे। काली काका ने जीवन भर कभी कुछ नहीं कमाया। अपने पूर्वजों की संपत्ति बेच-बेचकर जीवनयापन किया। तुम्हारे बाबा की कमाई पर अपना अधिकार जताया। तुम्हारे बाबा स्वयं को एक निर्धन संन्यासी का पुत्र मानते थे। उन्होंने यही माना कि निर्धन का पुत्र अर्जित करता है और धनी का पुत्र बैठ कर खाता है। वे नहीं चाहते थे कि वे अपने पीछे इतनी संपत्ति छोड़ जाएं कि उनके पुत्र काली काका के समान अकर्मण्य हो जाएं।" उन्होंने नरेन्द्र की ओर देखा, "तुम्हारे बाबा व्यर्थ धन उड़ाने वाले व्यसनी या विलासी नहीं थे। हां! खुला खर्च करते थे। उनका हृदय बहुत बड़ा था। जानते ही हो, अपने समाज में वे 'दाता' के रूप में जाने जाते थे।"

"किंतु मां! कोई व्यक्ति कितना भी खुला खर्च करे, यदि वह अपनी आय से

अधिक खर्च नहीं करता, तो उसके पास कुछ तो जमा पूंजी होती ही है। न भी कमाए, तो वर्ष दो वर्ष उसकी गृहस्थी चल सकती है। हाथी मरे भी तो सवा लाख का।"

"तुम्हारे बाबा के पास व्यावहारिक व्यापार बुद्धि नहीं थी।"

"काली काका कमाते नहीं थे तो बाबा अपनी सारी कमाई उन्हें दे क्यों देते थे? बाबा को कुछ तो सोचना चाहिए था।"

"तू न अपने बाबा को जानता है और न उनके काका को। काका स्वयं को इस परिवार का मुखिया मानते थे। परिवार के किसी भी सदस्य की सारी आय को खर्च करने का नैतिक अधिकार था उनको। इस सर्वस्वहरण से बचने के लिए तुम्हारे बाबा ने तुम्हारे नाम से थोड़ी संपत्ति खरीद ली थी। वीरेश्वराबाद वाली संपत्ति। एक दिन तुम्हारे बाबा घर पर नहीं थे। काका ने मुझसे वे कागज ले लिए। कहा कि किसी कानूनी कारवाई के लिए उस दस्तावेज की आवश्यकता है। मैं उनके सम्मुख कुछ बोल नहीं सकी। मैं मूर्ख क्या जानती थी कि वे छल करेंगे। उन्होंने वे कागज महाजन के पास बंधक रख दिए, जहां से वे कभी नहीं लौटे।" वे रुकीं, "मेरे नाम से भी कुछ संपत्ति खरीदी गई थी। अनावृष्टि के दिनों में किसान तुम्हारे बाबा के पास लगान माफ करवाने आए। वे किसानों को कष्ट के समय मना नहीं कर सकते थे। इसीलिए उन्होंने वह भूमि मेरे नाम से खरीदी थी। क्या जानते थे कि मैं उनसे भी अधिक दुर्बल हो जाऊंगी। मैंने किसानों का लगान माफ कर दिया। एक बार लगान क्या माफ किया, फिर कभी लगान मिला ही नहीं। मैं और तुम्हारे बाबा-दोनों ही ऐसे थे कि हमने कभी उसकी चिंता भी नहीं की। परिणामतः उस भूमि पर उन किसानों का ही कानूनी कब्जा हो गया।"

"पर मां!"

"तेरे बाबा विभिन्न मुकदमों के संदर्भ में कलकत्ता से बाहर ही बाहर रहे। वे अपने व्यवसाय की पूर्णरूपेण देखभाल नहीं कर सकते थे। उसका दायित्व अपने सहयोगियों पर छोड़ रखा था। कौन जानता था कि उनके अपने विश्वसनीय सहयोगी ही विश्वासघात करेंगे। हम रायपुर में थे। सहयोगियों ने फर्म की ओर से बहुत सारा ऋण लिया था; किंतु उसे चुकाने का दायित्व तुम्हारे बाबा पर छोड़ गए।"

"बाबा प्रतिकार कर सकते थे। आखिर वे भी अटर्नी थे।"

"प्रतिकार का ही तो प्रयत्न कर रहे थे। पैतृक भवन के लिए काकी द्वारा चलाया गया मुकदमा झेल रहे थे और इधर यह सब..."

"मां! बाबा ने इतने लोगों की सहायता की। इस कठिन समय में क्या वे हमारी सहायता नहीं करेंगे?"

"सहायता लौटाई तो नहीं जाती पुत्र! और फिर किसी से भिक्षा लेकर मैं अपने पति को अपमानित नहीं कर सकती। दाता की पत्नी, याचक नहीं बनेगी।"

"वह ठीक है; किंतु बाबा से भी तो कुछ लोगों ने ऋण लिया होगा। कुछ लोग बाबा के भी तो देनदार होंगे।"

"देनदार हमारे निकट नहीं फटकेगा और लेनदार हमारी चौखट नहीं छोड़ेगा।"

नरेन्द्र कुछ सोचता रहा और फिर बोला, "चिंता मत करो मां! तुम्हारा पुत्र सर्वथा असमर्थ नहीं है।"

27

नरेन्द्र ने स्नान, ध्यान किया। फिर वह जाप के लिए बैठ गया। भुवनेश्वरी आती जाती उस पर दृष्टि डालती रहीं और कुछ चकित और कुछ रुष्ट होने का भाव दरशाती रहीं।

नरेन्द्र जाप कर उठा तो भुवनेश्वरी ने पूछा, "कहीं जा रहा है बीले?"

"हां मां! एक पुराने परिचित के पास जा रहा हूं, काम खोजने।"

भुवनेश्वरी उसकी ओर देखती रहीं, कहें या न कहें। फिर कहने का निश्चय कर बोली, "स्मरण रखना, तुम धन कमाने जा रहे हो, काम तो तुम्हारे पास वैसे भी बहुत हैं।"

नरेन्द्र हतप्रभ-सा मां को देखता रह गया, "ठीक है मां! स्मरण रखूंगा। अच्छा किया, ध्यान दिला दिया। चलता हूं।"

"कुछ खाएगा नहीं?"

"परिचित के घर जा रहा हूं। कुछ सत्कार तो वह करेगा ही। खाकर गया तो दुबारा खाना पड़ेगा।"

भुवनेश्वरी ने तीखी दृष्टि से देखा, "न खा कर गया तो भूखा भी रहना पड़ सकता है।"

"यह अंधविश्वास है मां!"

नरेन्द्र कमरे से निकल आया। सहसा उसने अपनी जेब टटोली। क्षण भर सोचा और फिर सारे पैसे निकालकर इस प्रकार सामने रख दिए कि मां को आवश्यकता पड़े तो वह वहां से उठा सकें।

बाहर निकल, नरेन्द्र गली में आया। गली से सड़क पर। एक टांगे वाले की ओर देखा। उधर पग बढ़ाने से पहले ही उसको स्मरण हो आया कि पैसे तो उसके पास हैं ही नहीं। वह मुस्कराया और पैदल ही चल पड़ा।

धीरेन्द्र पाल बाहर जाने के लिए कपड़े पहने तैयार था। नरेन्द्र को देखकर वह कुछ अटपटा-सा गया। नरेन्द्र को भीतर आने का मार्ग देने के स्थान पर वह मार्ग में ही अड़ गया।

"अरे नरेन्द्र! तुम! इस समय यहां?"

"क्यों? इससे पहले कभी क्या मैं तुम्हारे घर नहीं आया?"

"मेरा विचार है कि अभी तो तुम्हारे बाबा का अशौच काल भी पूरा नहीं हुआ।"

"हां! वह तो नहीं हुआ है। तुम कहीं जा रहे हो क्या?"

"हां! ऑफिस जा रहा हूं।"

नरेन्द्र मुसकराया, "तुम अपने मुद्रणालय को आफिस कहते हो?"

"काम करने के स्थान को अंग्रेज़ी में ऑफिस कहते हैं।"

"हां! काम करने के स्थान को वर्कशॉप भी कहते हैं। कार्य की प्रकृति के अनुसार उसे स्कूल, कॉलेज, अस्पताल, बैंक इत्यादि कुछ भी कह सकते हैं।" नरेन्द्र ने कहा, "पर हम मुद्रणालय को मुद्रणालय ही क्यों नहीं कहते?"

"अच्छा! तुम यहीं ठहरो। मैं अपना सामान ले आऊं, फिर ऑफिस चलते हैं–मेरा तात्पर्य है, प्रेस।"

धीरेन्द्र पाल भीतर चला गया। नरेन्द्र समझ गया कि धीरेन्द्र उसे घर के भीतर नहीं ले जाना चाहता। वह अपने कंधे उचकाकर वहीं उसकी प्रतीक्षा करने लगा।

धीरेन्द्र कुछ कागज इत्यादि लेकर बाहर आया, "चलो।"

वे गली में कुछ दूर ही चले थे कि धीरेन्द्र ने पूछा, "क्या कह रहे थे तुम, अशौचकाल में ही तुम्हें घर से क्यों निकलना पड़ा?"

नरेन्द्र ने कोई उत्तर नहीं दिया। चुपचाप चलता रहा।

"तुमने बताया नहीं।"

"बाबा रहे नहीं। अब परिवार के पालन-पोषण का दायित्व मेरा है। मैं कोई काम करना चाहता हूं।"

"काम! अर्थात् कुछ धन कमाना चाहते हो। पर इतनी आतुरता क्या है?"

"आतुरता नहीं, आवश्यकता है।"

"किस प्रकार का काम चाहते हो?"

"तुम किस प्रकार का काम दे... या सुझा सकते हो?"

"नौकरी चाहते हो या...?"

"नौकरी या पारिश्रमिक पर कोई काम। व्यापार नहीं करूंगा।"

धीरेन्द्र पाल ने उसे देखा, अपनी आंखें मटकाईं और चुप रह गया।

वे लोग मुद्रणालय पहुंचे तो उसे खुला पाया। कर्मचारी आ चुके थे और काम आरंभ हो चुका था।

"तुम यहां बैठो। मैं कर्मचारियों को कुछ निर्देश दे आऊं।"

वह नरेन्द्र के उत्तर की प्रतीक्षा किए बिना भीतर चला गया। नरेन्द्र वहां बैठा कागजों और पत्रिकाओं को उलटता-पलटता रहा। कभी बाहर सड़क की ओर देख लेता और कभी उस द्वार की ओर, जिससे धीरेन्द्र भीतर गया था।

धीरेन्द्र उस द्वार से प्रकट हुआ, "हां! तुम काम के विषय में कह रहे थे।"

नरेन्द्र ने उसकी ओर देखा। कहा कुछ नहीं।

"सोचता हूं, कुछ ऐसा काम करें कि मौज मस्ती भी रहे और कुछ पैसा भी कमा लें।" धीरेन्द्र ने कहा।

नरेन्द्र ने तब भी कुछ नहीं कहा।

"मेरे लिए दो चार पुस्तकें लिख सकते हो? अच्छे पैसे दूगा।"

"लिख सका तो अवश्य लिखूंगा।" नरेन्द्र ने कहा, "क्या लिखना है?"

धीरेन्द्र ने कुछ नहीं कहा। अपने मेज की दराज खोलकर उसमें से कुछ पुस्तकें निकाल कर मेज पर इस प्रकार रख दी कि नरेन्द्र उन्हें देख सके।

"यह क्या है?"

"मसाला! इन्हें ले जाओ और इनके आधार पर ऐसी चीज तैयार करो कि दो शब्द पढ़ते ही पुरुष का रक्त खौलने लगे और नारी की बोटी-बोटी थिरकने लगे। चित्र हम जुटा लेंगे।"

नरेन्द्र ने एक पुस्तक उठा ली। उसके दो चार पृष्ठ उलट-पलटकर देखे और उसे वापस मेज पर रख, सारी पुस्तकें परे धकेल दीं।

"यह सब नहीं।" वह आक्रोश से तिलमिला रहा था, "मैं किसी प्रकार की कोई घटिया पुस्तक नहीं लिखूंगा।"

धीरेन्द्र पाल हंसा, "मैं कब कह रहा हूं, घटिया पुस्तक लिखो। तुम्हें कहा ही इसलिए है कि तुम बढ़िया पुस्तक लिखोगे।"

"मैं कोई अनैतिक काम नहीं करूंगा।"

"क्यों? मां ने मना किया है?"

"बको मत।"

धीरेन्द्र पाल ने नरेन्द्र की ओर देखा। नरेन्द्र अब भी क्रोध में था।

"तो फिर क्या लिखोगे? विदेशी लेखकों की पुस्तकें चोरी कर बांग्ला में अपने नाम से छपवाओगे?"

"मैं अधर्म का कोई काम नहीं करूंगा।"

"या तो धर्म ही कमा लो या फिर पैसा ही बना लो। नोट कमाने हैं तो धर्म अधर्म कुछ नहीं देखना होगा।"

"नहीं चाहिए मुझे पैसा। अधर्म से मुझे कुछ नहीं चाहिए।"

धीरेन्द्र पाल ने स्थिर दृष्टि से नरेन्द्र की ओर देखा, "तो फिर तुम काम खोजने की यह पद्धति छोड़ो। एक प्रार्थनापत्र लिखो और उसे लिए-लिए विभिन्न कार्यालयों में नौकरी मांगते फिरो। शायद कहीं धर्म बचा हो और तुम्हें वहां स्थान मिल जाए।"

नरेन्द्र उठ खड़ा हुआ, "अच्छा चलता हूं।"

"कहां जाओगे?"

"श्रीचरण के पास जा रहा हूं। खाली हूं। थोड़ा समय उसके पास बैठूंगा।"

"तो यहां ही क्यों नहीं बैठ जाते?" .

"मैं आया था कि तुमसे कुछ धन प्राप्त करूंगा; किंतु तुम तो मेरा धर्म भी छीन लेना चाहते हो।"

श्रीचरण ने कपाट खोले तो सामने नरेन्द्र को खड़ा पाया–उदास, हताश, जैसे या तो थक कर गिर पड़ेगा या रो देगा।

"आ! आ! भीतर आ।"

मार्ग देने के लिए श्रीचरण एक ओर हट गया। भीतर आकर नरेन्द्र एक कुर्सी पर बैठ गया।

"बात क्या है?"

"थक गया हूं।" नरेन्द्र ने कहा।

"मुझे तो तुम चिंतित, उदास, हताश और जाने क्या-क्या लग रहे हो?"

"हां! कुछ चिंतित भी हूं।"

"क्या चिंता है?"

"मेरी चिंता..." नरेन्द्र कुछ आवेश के साथ बोला, "पैसा ही सब कुछ है, भगवान् कुछ नहीं हैं?"

"चिंता तो तुम्हारी बहुत महत्वपूर्ण है। पर इसका समाधान तो प्रत्येक व्यक्ति अपने ही ढंग से करेगा।"

"अपने ढंग से क्यों? सत्य तो एक ही होना चाहिए।"

"हां! एक जैसे लोगों का सत्य एक होता है। मेरे लिए पैसा यथार्थ है और भगवान् कल्पना।"

नरेन्द्र जैसे तड़प उठा, "भगवान कल्पना नहीं है।"

"भगवान सत्य है भी, तो बहुत दूर का सत्य है, जैसे आकाश के पार का स्वर्ग। वहां पहुंचने का माध्यम है, एक बोतल मदिरा। एक बोतल पी लो तो या आसमान नीचे आ जाता है, या मनुष्य ऊपर पहुंच जाता है।"

"मैं मदिरा नहीं पीता। स्वर्ग मिले तब भी नहीं।"

"नहीं पीते तो आज पी लो। सारी चिंताएं दूर हो जाएंगी। उसके बाद भोजन करेंगे। मदिरा के पश्चात् भोजन का आनन्द ही कुछ और होता है।"

"जानता हूं, मदिरा के बाद भोजन का आनन्द।" नरेन्द्र बोला, "उस समय न तुम्हें थाली और फर्श का अंतर दिखाई पड़ता है, न मुंह और नाक का। मुझे मालूम नहीं था, तुम दिन में भी पीने लगे हो।"

"अकारण ही रुष्ट हो रहे हो। मैं तो यह सारा आयोजन तुम्हारी सहानुभूति में कर रहा हूं।"

"मुझ पर इतनी कृपा मत ही करो। मैं अपनी चिंताओं से स्वयं ही निबट लूंगा।"

नरेन्द्र उठकर खड़ा हो गया।

श्रीचरण ने उसे आश्चर्य से देखा, "जो वस्तु सुख को दुगना और दुख को समाप्त कर देती है, उससे ऐसे रुष्ट क्यों रहते हो तुम?"

"जो पदार्थ मनुष्य की बुद्धि को विकृत कर दे, वह उसके तन और मन दोनों के

लिए विष है; और मुझे विष का सेवन स्वीकार्य नहीं है।"

28

नरेन्द्र पैदल ही दक्षिणेश्वर जा रहा था। गाड़ी के लिए पैसे नहीं थे, इसलिए जहां भी जाना हो, पैदल ही जाना पड़ता था।

दक्षिणेश्वर पहुंच कर नरेन्द्र ने देखा : अपने कमरे में ठाकुर चौकी पर बैठे थे और त्रैलोक्यनाथ सान्याल गा रहे थे। सुरेश बाबू और महेन्द्रनाथ गुप्त भी आए हुए थे। ठाकुर के हाथ में पट्टी बंधी थी।

निकट आकर नरेन्द्र ने ठाकुर को प्रणाम किया और उनके सम्मुख ही भूमि पर बैठ गया। उसका अशौच वेश, चेहरे पर की थकान और कष्ट के लक्षण देखकर भी त्रैलोक्यनाथ के गाने में कोई व्यतिक्रम नहीं हुआ। गीत पूरा कर सान्याल ने हाथ जोड़ कर ठाकुर को प्रणाम किया। नरेन्द्र ने आतुरता से ठाकुर की ओर देखा। शायद वे उससे कुछ कहेंगे; किंतु ठाकुर उससे कुछ नहीं बोले। उन्होंने सब लोगों की ओर देखा और बोले :

"हरि ही सेव्य हैं और हरि ही सेवक हैं। यह भाव पूर्ण ज्ञान का लक्षण है। पहले नेति- नेति कहने पर, ईश्वर ही सत्य है, और सब मिथ्या है, यह बोध होता है। उसके पश्चात् साधक देखता है कि वे ही सब कुछ हुए हैं। ईश्वर ही माया, जीव, जगत्–ये सब हुए हैं। जैसे एक बेल में गूदा, बीज और खोपड़ा है। खोपड़ा और बीज निकाल देने पर, गूदा रह जाता है। परंतु यदि बेल का भार जानने की इच्छा हो तो खोपड़ा और बीज निकाल देने से काम नहीं चलेगा। उसी प्रकार जीव-जगत् को छोड़ कर पहले सच्चिदानन्द में जाया जाता है। उन्हें प्राप्त कर लेने के पश्चात् मनुष्य देखता है ये सब जीव जगत् भी वे ही हुए हैं। जिस वस्तु से गूदा बना है, उसीसे खोपड़ा और बीज भी बने हैं। जैसे मट्ठे का मक्खन और मक्खन का मट्ठा। परंतु कोई यह भी कह सकता है कि सच्चिदानन्द इतने कड़े क्यों हो गए? इस पृथ्वी को दबाने से यह बड़ी कठिन जान पड़ती है। उसका उत्तर यह है कि शोणित और शुक्र तो इतना कोमल पदार्थ है, किंतु उन्हीं से इतने मनुष्य और इतने बड़े-बड़े जीव तैयार हो रहे हैं। ईश्वर से सब कुछ हो सकता है। एक बार अखंड सच्चिदानन्द तक पहुंचकर, फिर वहां से उतर कर यह सब देखो। वे ही सब कुछ हुए हैं। संसार उनसे अलग नहीं है। गुरु के पास वेद पढ़कर श्रीरामचंद्र को वैराग्य हो गया। उन्होंने कहा, संसार यदि स्वप्नवत् है तो उसका त्याग करना ही उचित है। इससे दशरथ डर गए। राम को समझाने के लिए उन्होंने गुरु वसिष्ठ को भेजा। वसिष्ठ ने कहा, 'राम! तुम हमें समझा दो कि ईश्वर संसार से अलग एक वस्तु है। यदि तुम समझा सको कि ईश्वर से संसार नहीं हुआ, तो तुम उसे छोड़ सकते हो।' राम चुप रह गए। उन्होंने उत्तर नहीं दिया। सब तत्त्व अंत में आकाश तत्त्व में लीन हो जाते हैं। सृष्टि के समय आकाश तत्त्व से महत् तत्त्व, महत् तत्त्व से अहंकार : ये सब क्रमशः तैयार हुए हैं। अनुलोम और विलोम। भक्त इन सबको मानते हैं। भक्त अखंड सच्चिदानन्द को भी मानते हैं और जीव जगत् को भी। परंतु योगी का मार्ग अलग है। वह परमात्मा में पहुंच कर फिर वहां से

नहीं लौटता। उसी परमात्मा से युक्त हो जाता है। थोड़े के भीतर जो ईश्वर को देखता है, उसे खंड ज्ञानी कहते हैं। वह सोचता है, उसके परे और उसकी सत्ता नहीं है। भक्त तीन श्रेणी के होते हैं। अधम, मध्यम और उत्तम। अधम भक्त कहता है, वे हैं ईश्वर; और ऐसा कह कर आकाश की ओर अंगुली उठा देता है। मध्यम भक्त कहता है, वे हृदय में अंतर्यामी के रूप में विराजमान हैं। उत्तम भक्त कहता है, वे ही सब कुछ हुए हैं। नरेन्द्र पहले परिहास कर कहता था 'यदि वे ही सब कुछ हुए हैं, तो ईश्वर लोटा भी है, और थाली भी।' "

अपना नाम सुन नरेन्द्र कुछ आश्वस्त हुआ : ठाकुर उसे एकदम भूले नहीं हैं। बोला, "यह आपके हाथ को क्या हुआ है?"

"रेलिंग के पास गिर पड़े।" सुरेश बाबू ने कहा।

"देह के साथ सुख दुख तो लगा ही रहता है।" ठाकुर ने त्रैलोक्यनाथ की ओर देखा, "देखो न! नरेन्द्र के पिता का देहांत हो गया।"

नरेन्द्र के कान खड़े हो गए, ठाकुर सब कुछ जानते हैं।

"उसके घर वाले बड़ा कष्ट पा रहे हैं; परंतु कोई उपाय नहीं हो रहा। वे कभी सुख में रहते हैं, कभी दुख में"

त्रैलोक्यनाथ ने जैसे कुछ घबरा कर पूछा, "जी, क्या नरेन्द्र पर ईश्वर की दया नहीं होगी?"

ठाकुर हंस पड़े, "और कब होगी।"

नरेन्द्र उनकी ओर देखता रह गया। क्या अर्थ है इसका?

"काशी में अन्नपर्णा के मंदिर में कोई भूखा नहीं रहता। किंतु किसी-किसी को सांझ तक बैठे रहना पड़ता है।" ठाकुर ने पुनः कहा।

नरेन्द्र के मन में हताशा जागी : ईश्वर उसे भी देंगे किंतु सब के पश्चात्। संध्या तक उसे भूखा ही रहना होगा।

"हृदयनाथ ने शंभु मलिक से कुछ रुपए मांगे थे।" ठाकुर बोले, "शंभु मलिक अंग्रेज़ी मत का आदमी है। उसने कहा, 'तुम्हें क्यों रुपए दूं। तुम परिश्रम कर उपार्जन कर सकते हो। तुम कुछ रोजगार तो करते ही हो। हां! कोई बहुत गरीब व्यक्ति हो, तो उसकी बात और है। अंधे, लूले, लंगड़े को कुछ देना भी ठीक है।' तब हृदयनाथ ने कहा, 'ईश्वर करें, मुझे आपके रुपए लेने के लिए, अंधा, लूला लंगड़ा न ही होना पड़े।' "

नरेन्द्र ने ठाकुर से कुछ नहीं पूछा; किंतु उसके मन में निरंतर ऊहापोह चलता रहा, ठाकुर यह कहानी क्यों सुना रहे हैं? ईश्वर की कृपा पाने योग्य असहाय वह नहीं है या हृदयनाथ के समान उसके मन में भी अभिमान भरा है?

ठाकुर ने नरेन्द्र की ओर देखा। उनकी आंखों में स्नेह भरा था।

पर वह नरेन्द्र को शांत नहीं कर सका। वह जैसे चेतावनी के स्वर में बोला, "मैं आजकल नास्तिक दार्शनिकों के विचारों का अध्ययन कर रहा हूं।"

ठाकुर तनिक भी विचलित नहीं हुए, "दो मार्ग हैं। एक अस्ति, दूसरा नास्ति। तुम अस्ति मार्ग को ही ग्रहण क्यों नहीं करते?"

सुरेश बाबू ने भी नरेन्द्र की ओर देखा। उसकी पीड़ा का अनुभव किया और उसे सांत्वना सी देते हुए बोले, "ईश्वर तो बड़े न्यायी हैं। क्या वे अपने भक्त की देखभाल नहीं करेंगे?"

"शास्त्रों में लिखा है कि पूर्वजन्म में जिन लोगों ने दान इत्यादि किया हो, धन उन्हीं को मिलता है।" ठाकुर शिशुओं के समान हंसे, "किंतु संसार तो ईश्वर की माया है। माया के राज में बड़ा गोलमाल है। कुछ समझ में नहीं आता।"

नरेन्द्र को यह सब अच्छा नहीं लग रहा था। उसका विरोध प्रबल हो रहा था। उसने उपेक्षा से मुंह बिचका दिया।

"ईश्वर का काम कुछ समझ में नहीं आता।" ठाकुर बोले, "भीष्म देव शरशैया पर लेटे हुए थे। पांडव उनसे मिलने गए। साथ ही श्रीकृष्ण भी थे उन्होंने देखा, भीष्म रो रहे थे। कारण पूछा जाने पर भीष्म बोले, 'जिनके साथ साथ साक्षात् नारायण घूम रहे हैं, उन पांडवों की भी विपत्ति का अंत नहीं होता।'" ठाकुर ने नरेन्द्र की ओर देखा, "जिन्हें वेदों में शुद्धात्मा कहा है, एक वही परमात्मा अटल, सुमेरुवत् निर्लिप्त तथा सुख और दुख से निरपेक्ष है। उनकी माया में बड़ी जटिलता है। किसके बाद क्या होगा, कुछ कहा नहीं जा सकता।"

नरेन्द्र अपनी खिन्नता में हंसा, "लगता है, मेरे और ईश्वर के झगड़े में आप ईश्वर का पक्ष ले रहे हैं।"

सुरेश बाबू ने वातावरण को हल्का करने के लिए परिहास की मुद्रा में कहा, "पूर्वजन्म में दान करने से यदि इस जन्म में धन मिलता है, तो हमें इस जन्म में दान इत्यादि करना चाहिए।"

नरेन्द्र का मन उचाट हो गया : उसकी दशा अन्य लोगों के मनोरंजन का कारण बन रही थी। उसका क्षोभ जैसे फूट पड़ा, "मेरी इस चर्चा में कोई रुचि नहीं है। मेरी चेतना पर तो इन दिनों ह्यूम, वेन, मिल और कांट के सिद्धांत फिर फिर प्रहार कर रहे हैं।"

नरेन्द्र के चेहरे पर विरोध और कठोरता के भाव प्रकट हुए। सब लोग चकित हो कर उसकी ओर देख रहे थे किंतु ठाकुर के चेहरे पर करुणा का भाव था।

29

भुवनेश्वरी छोटे भूपेन्द्र को कपड़े पहना रही थीं कि नरेन्द्र बाहर जाने को तैयार होकर आ गया।

"चलता हूं मां!"

"भोजन नहीं करेगा?"

"नहीं मां! निमंत्रण है।"

भुवनेश्वरी ने उसे संदेह की दृष्टि से देखा, "तू दिन प्रतिदिन इतना दुबला होता

जा रहा है कि मुझे चिंता होने लगी है। तू कहीं खाता भी है, या मुझे ऐसे ही बहका देता है?"

"जिसे सारा कलकत्ता मोटा कहता है, तुम्हें अपना वह बेटा दुबला दिखाई देता है?"

"यह सब दूसरे लोगों के लिए रहने दे। मुझे तो सत्य बता कि यह सब क्या हो रहा है।"

"दिन भर चलता हूं। व्यर्थ का मोटापा छंट रहा है। मैं पहले से पुष्ट ही हुआ हूं मां! दुर्बल नहीं।"

भुवनेश्वरी ने भूपेन्द्र को कपड़े पहना, दूसरे कमरे में जाने के लिए हाथ से संकेत किया, "महेन्द्र! इसे देखना।"

भूपेन्द्र दूसरे कमरे की ओर भाग गया।

"तो फिर तू मेरी बात क्यों नहीं मान लेता।" भुवनेश्वरी बोलीं।

"क्या मां?"

"तेरे बाबा ने एक अच्छे परिवार में तेरा संबंध तय किया था। दहेज में बड़ी राशि ...तेरी पढ़ाई का खर्च। तुझे बैरिस्टर बनाने के लिए विलायत भेजेंगे। लड़की सुंदर और सुशील है। बस तू एक बार हां कह दे।"

"पर बाबा के देहांत के पश्चात् तो वे लोग पीछे हट गए थे।"

"नहीं। शोक की घड़ी में वे विवाह की बात नहीं कर सकते थे, इसलिए मौन रहे। फिर अब तुझ पर दबाव डालने के लिए बाबा भी नहीं हैं, तेरी ओर से आश्वासन मिले तो मैं संदेश भेजूं।"

"मां! मैं पहले ही अपने दायित्वों का निर्वाह नहीं कर पा रहा। अब एक और ओढ़ लूं..."

"बहू के आते ही तेरी आर्थिक चिंताएं मिट जाएंगी।"

"वह धन जीवन भर तो नहीं चलेगा मां! एक अस्थायी समाधान के लिए मैं अपने पैरों में स्थायी बेड़ियां डाल लूं?"

"बात केवल पैसों की नहीं है। बहू आएगी तो तू सुखी होगा। तेरी चिंताएं मिटेंगी। तुम लोगों का सुख देख कर मेरे जीवन में भी कुछ रस आएगा।"

"तुम जिसे नाव समझ रही हो मां! वह मुझे भवसागर के मध्य डुबो देने की माया है।"

नरेन्द्र मां का उत्तर सुनने के लिए नहीं रुका। वह बाहर निकल गया।

संध्या का समय था। अन्नदा गुहा के घर बहुत बड़ा समारोह था। अनेक अतिथि आ चुके थे। और लोग आते जा रहे थे।

नरेन्द्र पहुंचा तो थका हुआ तो था ही, भूखा भी था। उसके कपड़े भी मैले थे। अन्नदा ने उत्साहपूर्वक आगे बढ़कर उसका स्वागत किया।

"कब से तेरी प्रतीक्षा कर रहा हूं। लोग आ चुके हैं और तेरे गायन की उत्सुकता से प्रतीक्षा कर रहे हैं।"

नरेन्द्र ने कुछ नहीं कहा। चुपचाप उसके साथ चल पड़ा। किंतु उसके मन में किसी प्रकार का उत्साह नहीं था।

"तू इतना ढीला क्यों है भाई? ऐसा तो तू कभी नहीं था।" अन्नदा ने उसके कंधों को पकड़ कर निरीक्षण किया, "आज तेरे वस्त्र भी कुछ मैले लग रहे हैं। सीधा घर से नहीं आ रहा क्या?"

नरेन्द्र ने कोई उत्तर नहीं दिया। मुस्करा कर टाल गया।

अन्नदा बोला, "पर तू आ गया, यही बहुत है। अब तू बढ़िया से दो-चार गीत सुना दे। लोगों की तबीयत फड़क उठे। फिर देखना, मैं तुझे ऐसी ऐसी सुंदरियों से मिलवाऊंगा कि तेरा यह विषाद दो क्षण को भी टिक नहीं पाएगा।"

नरेन्द्र कोई उत्तर दे भी नहीं पाया था कि अन्नदा ने उसे अस्थायी रूप से बनाए गए मंच पर धकिया दिया। वहां वाद्ययंत्र रखे थे और दो व्यक्ति तबला और तानपुरा लेकर बैठे थे। नरेन्द्र ने हारमोनियम संभाल लिया।

"थोड़ा जल भिजवा देना।"

"ओह अपनी हड़बड़ी में भूल ही गया। तुम इतनी दूर से आए हो और मैंने जल भी नहीं पूछा।" अन्नदा हंसा, "चलो, अब तो भूल हो ही गई, गायन के पश्चात् तुम्हें तृप्त कर दूंगा।" उसने जल पिलाने वाले नौकर को संकेत किया, "ऐ जल इधर ला।"

नरेन्द्र ने जल पिया। उसकी अंगुलियां हारमोनियम पर चलने लगीं। अन्नदा उसे देखता रहा। नरेन्द्र गाने लगा तो अन्नदा ने इधर उधर दृष्टि दौड़ाई। उसकी दृष्टि अपने चचेरे भाई तुषार पर गड़ी। उसने उसे संकेत से बुलाया।

"देख! इन दिनों नरेन्द्र बहुत दुखी है। उसका विषाद कैसे मिटे, कुछ समझ में नहीं आता।" वह रुका, "अभी तो मैंने उसे गाने पर बैठा दिया है। जब गा चुके तो उसकी देखभाल जरा ठीक से करना। मैं कुछ और कामों में व्यस्त हूं।"

"अच्छा दादा!"

"देख कोई प्रमाद न हो।"

"नहीं दादा! आप निश्चिंत रहें।"

"इस गायक को देख रही हो न! इसका नाम है नरेन्द्रनाथ दत्त!"

कांतिमोहिनी उसकी ओर देखती रही, कुछ बोली नहीं।

"कैसा है?" तुषार ने पूछा।

"सुदर्शन है। प्रियदर्शन है। कंठ भी बहुत मधुर है।"

"हमारा मित्र है। आजकल बहुत परेशान है। जानते बूझते, स्वेच्छा से न कभी सुरा के निकट फटकेगा, न सुंदरी के। अब तुम अपना चमत्कार दिखाओ। अपने रूप और

चातुर्य से उसे ऐसा मुग्ध करो कि वह समाज और कलंक की बात भूल कर, अपना मस्तक तुम्हारे चरणों पर नहीं तो गोद में अवश्य रख दे। उसे खिलाओ, पिलाओ, उसे इतना कामसुख दो कि वह अपना प्रत्येक दुख भूल जाए। स्मरण रखना, तुम दुख के एक रोगी का उपचार कर रही हो। वैद्य के समान व्यवहार करना, वेश्या के समान नहीं, और न ही उसपर मुग्ध होकर उसकी प्रेमिका अथवा पत्नी बनने का स्वप्न पालना।" तुषार हंसा, "उससे मेरा हृदय टूक-टूक हो जाएगा।"

कांतिमोहिनी ने उसे वक्र दृष्टि से दूखा, "विचित्र हैं आप भी तुषार बाबू! जल में कूदने का आदेश भी दे रहे हैं और डूबने तथा तैरने–दोनों का निषेध भी कर रहे हैं।"

"तो नहीं कर पाओगी?"

"इसमें कठिनाई ही क्या है?" कांतिमोहिनी इठलाई, "अपने पैरों पर क्या, कहिए तो उसे लाकर आपके चरणों पर डाल दूं।"

"बात तो तब है, जब वह अपने सारे आदर्शों को भूलकर, अपने दुख की औषधि के रूप में, तुम्हें ढूंढने के लिए मेरी चौखट पर सिर पटक-पटक कर तुम्हारा पता पूछे।"

"आप देखते चलिए..."

भजन समाप्त कर नरेन्द्र ने अपनी अंगुलियां रोक लीं और हारमोनियम बंद कर दिया। चारों ओर से प्रतिवाद के स्वर उठे। लोग अभी और सुनना चाहते थे। पर नरेन्द्र बुरी तरह निढाल हो चुका था। उसके लिए बैठना भी कठिन हो रहा था। वह उठ खड़ा हुआ। तुषार ने आगे बढ़ कर उसका हाथ थाम लिया।

"बहुत बढ़िया। चमत्कार। ऐसी तन्मयता तो बड़े-बड़े संगीत शिरोमणियों में भी नहीं होती। दो चार गीत और..."

नरेन्द्र मंद और दुर्बल स्वर में बोला, "नहीं तुषार! मैं बहुत थक गया हूं।"

"क्लांत ही नहीं हताश भी लग रहे हो।" तुषार रुका, "मेरी मानो तो भोजन से पहले तुम थोड़ा विश्राम कर लो।"

"विश्राम! यहां? इस परिवेश में?"

"तुम्हें किसी एकांत कक्ष में बंद कर देता हूं। नहीं तो कोई तुम्हें शांति से भोजन भी नहीं करने देगा। लोग बहुत स्वार्थी होते हैं।"

"ठीक है।" नरेन्द्र ने स्वीकार कर लिया।

तुषार कक्ष से बाहर निकल, कपाट भिड़ा कर चला गया। कमरे में दो-तीन बड़ी आराम कुर्सियां थीं। लिखने की मेज थी, जिससे सटा हुआ एक पलंग था। पलंग पर साफ-सुथरा बिस्तर था।

नरेन्द्र पहले तो एक कुर्सी पर बैठ गया; किंतु तत्काल ही उठकर पलंग पर जा लेटा।

फिर उठकर अपना कुर्ता उतार कर पलंग की पाटी पर रखा और पुनः लेट गया। किंतु कुछ सोच कर उसने कुर्ता पुनः पहन लिया और निश्चिंत होकर लेट गया।

तभी किसी ने कपाट को हथेली से थपथपाया।

"कौन है? आ जाओ।"

कपाट खुले और कांतिमोहिनी ने कक्ष में प्रवेश किया। नरेन्द्र चौंका और उठकर बैठ गया।

"आप?"

"क्षमा कीजिएगा, आपके विश्राम में बाधा डाल रही हूं।" उसने कपाट भिड़ा दिए, "आप मुझे नहीं जानते, मैं कांतिमोहिनी हूं।"

"किसे खोज रही हैं?".

"आपसे ही मिलने आई हूं। आप नरेन्द्रनाथ दत्त हैं, जो अभी-अभी बाहर संगीत की सरिता बहा रहे थे।"

नरेन्द्र ने अन्यमनस्क भाव से शिष्टाचारवश कहा, "बैठिए।"

"आपकी उपस्थिति में बैठने का अपराध नहीं करूंगी। आपके विश्राम में बाधा बनकर आई हूं—क्या यह अपराध ही पर्याप्त नहीं है।"

"नहीं! आपने कोई अपराध नहीं किया। कहिए।"

"संगीत में मेरे प्राण बसते हैं। आप जैसे गायक को इतना निकट पाकर मैं अपने लोभ का संवरण नहीं कर पाई।"

"अपना उद्देश्य कहिए।"

"मैं गांव में ही जन्मी पली हूं। मेरे व्यवहार में यदि कुछ अनुचित लगे तो गंवार समझ कर मुझे क्षमा कर दें।"

अकस्मात् ही उसने आगे बढ़ कर नरेन्द्र के पैर पकड़ लिए।

"अरे यह क्या कर रही हैं आप?" नरेन्द्र ने अपने पैर समेट लिए और आवेश में बोला, "आप तो मुझे अपराधी बना देंगी।" उसने सायास स्वयं को संयत किया, "आप अपना अभिप्राय कहिए।"

कांतिमोहिनी संकुचित सी उठ खड़ी हुई, "संगीत में मेरे प्राण बसते हैं। गांव में थोड़ा अभ्यास भी किया है। किसी अच्छे संगीतकार से शिक्षा पा सकूं, इसलिए बाबा मुझे कलकत्ता ले आए। कलकत्ता में मेरे एक काका हैं। बाबा के मौसी के पुत्र। संपन्न हैं। काफी संपत्ति है।"

कांतिमोहिनी मौन हो गई।

"फिर?"

"कलकत्ता आकर एक ही सप्ताह में जाने क्या हुआ, बाबा को चार-पांच उल्टियां हुईं और वे स्वर्ग सिधार गए। कुछ समझ नहीं आया... संभव है, उन्हें विष दिया गया हो, किंतु मेरे पास कोई प्रमाण नहीं हैं।"

नरेन्द्र का मन जैसे उसका दुख सुनकर सहम गया, "आपका दुख साधारण नहीं है। मैं आजतक समझ नहीं पाया कि ईश्वर इतनी क्रूर क्रीड़ा क्यों करता है।"

कांतिमोहिनी ने पल्लू से अपनी आंखें पोंछी और अपने विषाद को जैसे सायास गटक लिया।

"मैंने इसे ईश्वर की इच्छा मानकर स्वयं को स्वस्थ किया। उस लक्ष्य को पाने का प्रयत्न आरंभ किया, जिसके लिए हम कलकत्ता आए थे।"

कांतिमोहिनी पुनः चुप हो गई, जैसे आगे बोलने में असमर्थ हो। उसने एकाध बार बोलने का प्रयत्न किया, तो गला रुंध गया। उसने बड़ी-बड़ी आंखें उठा कर नरेन्द्र की ओर देखा, तो अश्रु टपक पड़े। बाध्य होकर उसने अपना सिर झुका लिया।

"फिर?"

"बाबा के पास जो कुछ था, वह काका ने संभाल लिया। गांव लौटना चाहा तो लौटने नहीं दिया। उन्होंने बताया कि बाबा की संपत्ति पर भी मेरा कोई अधिकार नहीं था। कानून के अनुसार अब काका ही उसके स्वामी थे। मैंने स्वीकार कर लिया कि बाबा की सारी संपत्ति काका ले लें, किंतु बाबा की संतान को भी तो अपनी संतान के समान ग्रहण करें। मेरी संगीत-शिक्षा की कोई व्यवस्था कर दें।"

"तो क्या कहते हैं वे?"

"पहले तो बोले कि किसी अच्छे गुरु से संगीत-शिक्षा प्राप्त करने में बहुत व्यय होगा। मैंने आग्रह किया तो मुझे एक विचित्र से व्यक्ति को सौंप दिया, जिसे संगीत का थोड़ा बहुत ज्ञान था। मैंने उसे भी स्वीकार कर लिया। किंतु तब मुझे ज्ञात हुआ..."

"क्या?"

"संगीत-शिक्षा नहीं दी जा रही थी, मुझे वेश्यावृत्ति के लिए तैयार किया जा रहा था।"

"क्या?"

"मैं नहीं जानती थी कि काका मेरा मूल्य ले चुके थे या अभी भाव तौल ही कर रहे थे। मैंने विरोध किया तो संगीताचार्य का आना जाना बंद हो गया; किंतु काका मेरे विवाह की बात करने लगे।"

"वह तो ठीक ही है।"

कांतिमोहिनी जैसे फट पड़ी, "ठीक! वे मुझे किसी के हाथों बेचने की तैयारी कर रहे हैं। सीधे-सीधे कोठे पर नहीं बैठा सके तो कोई और मार्ग खोज रहे हैं।"

नरेन्द्र को लगा कि संसार में उससे भी अधिक दुखी लोग हैं। उसने स्वयं को संभाला, "हो सकता है कि यह आपके आशंकित मन की कल्पना हो।"

"नहीं। घर में मेरी स्थिति एक क्रीत दासी की सी है। काम न करूं, तो पीटी जाती हूं।" वह नरेन्द्र के अत्यंत निकट आ गई, "देखिए इस प्रकार पीटा जाता है मुझे।"

उसने अपना वस्त्र हटा दिया।

नरेन्द्र ने अपना मुख फेर लिया।

कांतिमोहिनी तत्काल सावधान हो गई। उसने पुनः स्वयं को ढंक लिया।

"क्या आपके काका यह नहीं समझते कि इस प्रकार पिटने पर आप घर छोड़ कर भाग सकती हैं?" नरेन्द्र ने कहा।

"बंदिनी हूं घर की। खिड़की से बाहर झांक नहीं सकती, किसी से मिल नहीं सकती।"

"तो फिर यहां कैसे चली आईं?"

"जाने किस उद्देश्य से यहां लाए हैं। मुझे गुहा बाबू से मिलाकर स्वयं मदिरा पीने बैठ गए हैं। डरती हूं कि कहीं मेरा मूल्य लेकर, मुझे यहीं किसी को सौंप तो नहीं जाएंगे।"

"आपका संदेह निर्मल भी तो हो सकता है।"

"नहीं नरेन्द्र बाबू नहीं! आप मेरी रक्षा करें।"

वह बाहें फैलाए नरेन्द्र की ओर बढ़ी, जैसे उसको अपने आलिंगन पाश में बांध लेगी। नरेन्द्र को उसकी कथा में प्रामाणिकता नहीं लग रही थी। उसकी आंखों में वह त्रास नहीं था, जिसकी वह चर्चा कर रही थी। वस्त्रों के प्रति उसकी उदासीनता, शरीर उघाड़ने की आतुरता। स्पर्श की व्याकुलता। यह अबोधता नहीं थी, शरीर का बोध था। वह मुग्ध होकर नहीं, लुब्ध्ध करने आई थी।

नरेन्द्र ने उसे बाहों की दूरी पर ही रोक दिया।

"मैं आपकी रक्षा कैसे कर सकता हूं?"

"काका से मुझे बचा लें। मुझे आश्रय दें। मैं आपकी दासी बनकर रहूंगी। अपना सर्वस्व आपके चरणों में समर्पित कर दूंगी। मुझे ग्रहण करें नरेन्द्र बाबू। मैं आपको त्रिलोक का सुख दूंगी। अपने जीवन के किसी दुख का चेत नहीं रहेगा आपको।"

नरेन्द्र का स्वर कठोर तथा अत्यंत दृढ़ हो गया, "रुको। देखो बच्ची! इस मिट्टी के शरीर के सुख के लिए तुमने आज तक जाने क्या-क्या किया है। मृत्यु से उस पार जाने के किसी संबल का संग्रह भी किया है? हीन बुद्धि छोड़ो और भगवान को पुकारो।"

कांतिमोहिनी स्तब्ध खड़ी रह गई। ऐसा पुरुष तो उसने आजतक नहीं देखा था।

"और देखो! ऐसा पाखंड मत करो, जिससे कभी कोई पुरुष किसी भली और दीन दुखी महिला का विश्वास ही न करे।"

कांतिमोहिनी को वहीं खड़ी छोड़, नरेन्द्र कमरे से बाहर निकल गया।

कांतिमोहिनी ने बाहर आकर तुषार को जा पकड़ा, "मेरे साथ अच्छा परिहास किया तुषार बाबू! एक साधु को लुब्ध करने के लिए भेज दिया।"

"क्यों? उसने आत्मसमर्पण नहीं किया?"

"मैं मेनका नहीं हूं, जिसे आपने विश्वामित्र को जीतने के लिए भेज दिया।"

तुषार ने उसे मुग्ध भाव से देखा, "हो तो तुम मेनका भी और उर्वशी भी, किंतु आज

तुम्हें कोई अर्जुन मिल गया है।"

30

स्नान इत्यादि कर, नरेन्द्र ने जाप किया। जाप के पश्चात् वह उठा तो भुवनेश्वरी ने पूछा, "कहीं जा रहा है क्या?"

नरेन्द्र मुस्कराया, "जाऊंगा नहीं, तो काम कैसे मिलेगा?"

भुवनेश्वरी की तीक्ष्ण दृष्टि ने उसे भेदने का प्रयत्न किया, "काम खोजने जा रहा है या कहीं और?"

"नहीं मां! दक्षिणेश्वर नहीं जा रहा। घर में भोजन की व्यवस्था न हो और मैं दक्षिणेश्वर जा कर भजन करता रहूं–ऐसा मूर्ख नहीं हूं।"

"दक्षिणेश्वर ही जाता है, और कहीं नहीं जाता तू?"

नरेन्द्र ने चकित होकर मां की ओर देखा, "जाता तो अनेक स्थानों पर हूं, पर तुम्हारे रोष का कारण क्या है?"

"अब बहुत भोला मत बन। मैं जानती हूं, तू कहां जाता है।"

"यह भी जानती हो कि तुम्हारा बीले झूठ नहीं बोलता।"

"परसों संध्या समय कहां गया था तू?"

"अन्नदा गुहा के घर। उसके घर उत्सव था।"

"तू जानता है, हमारे पड़ौसी क्या कहते हैं, तेरे विषय में?"

"नहीं जानता। इन दिनों किसी से भेंट नहीं हुई। क्या कहते हैं?"

"नरेन्द्र कुसंगति में पड़ गया है।"

नरेन्द्र की मुस्कान कटुता लिए हुए थी, "तुम जानती हो मां! पड़ौसियों ने मुझे कभी अच्छा लड़का नहीं समझा।"

"उसे छोड़। अन्नदा गुहा के घर अच्छे लोग नहीं आते। वे लोग अनैतिक ढंग से पैसा कमाते हैं। वहां सुरा और सुंदरी का प्रचलन है।"

"मेरा उन वस्तुओं से कोई वास्ता नहीं है।"

"यदि तू उनके व्यसनों का साथी नहीं है, तो उनसे तेरी मित्रता कैसी?"

"संगीत में रुचि के कारण मां!"

"वे लोग मदिरा नहीं पीते?"

नरेन्द्र ने असहाय भाव से अपने कंधे झटक दिए।

"बोल।"

"पीते हैं; किंतु मेरा उससे कोई संबंध नहीं है। हमारे अच्छे दिनों में बाबा के पैसे से हमारे अपने संबंधी भी मदिरा पिया करते थे। स्मरण है तुम्हें?"

"स्मरण है।"

"एक बार मैंने बाबा से पूछा था कि वे उन दुर्व्यसनों के लिए पैसा क्यों देते हैं? उन्होंने कहा था, जब तुम जान जाओगे कि संसार में कितना दुख है और उसको भुलाने

के लिए मनुष्य किस-किस प्रकार का प्रयत्न करता है, तो यह भी समझोगे कि मैं किस प्रकार की करुणा के कारण उन्हें धन देता हूं।"

"मद्यपों के प्रति बड़ी करुणा जगी है। आज उनके प्रति करुणा दिखाएगा और कल स्वयं मदिरापान करेगा? दुखी तो तू भी है आजकल।"

"मैंने मदिरा का स्पर्श भी नहीं किया। मेरा विश्वास करो मां!"

"मधु का स्पर्श नहीं किया, केवल मधुबाला का स्पर्श किया?"

नरेन्द्र ने चकित भाव से मां को देखा : किसने बता दिया उन्हें यह सब?

"बोलता क्यों नहीं, कौन थी तेरे साथ? एकांत कक्ष में तेरे चरणों में प्रणाम निवेदन कर रही थी वह?"

"तुम सब कुछ जानती हो मां?"

"हां! सब कुछ जानती हूं। अब तू यह पूछेगा कि किसने बताया।"

"नहीं पूछूंगा। क्या उसने यह भी बताया कि मैंने क्या किया, क्या कहा। कितना दोष था मेरा? कितनी इच्छा थी?"

"यह भी जानती हूं कि तुझे वहां खाने को कुछ नहीं मिला। घर आकर भी तूने कुछ नहीं खाया।" भुवनेश्वरी का स्वर कुछ कोमल हो गया, "किंतु बीले! तू उसके साथ उस एकांत कक्ष में था, यह बात सहस्र लोग जानते हैं। उसके लोभ को ठुकरा कर चला आया, यह तो चार लोगों को भी मालूम नहीं है।" वे रो पड़ीं, "तू नहीं जानता पुत्र! लोग तेरे विषय में क्या-क्या कहते हैं।"

"उस दुष्प्रचार पर नहीं, अपने पुत्र पर विश्वास करो मां!" वह रुका, "अब चलूं?"

"अभी ठहर।" भुवनेश्वरी ने नरेन्द्र की बांह पकड़ कर उसे बैठा लिया, "एक बार फिर कह रही हूं। मेरी बात मान जा।"

"मैं तुम्हारी कौन सी बात नहीं मानता मां!"

"बहुत चतुर हो गया है। मां का आज्ञाकारी भी बना रहता है और मानने वाली बात मानता भी नहीं।"

नरेन्द्र ने अपनी दृष्टि मां पर जमा दी, "तुम फिर मेरे विवाह की चर्चा कर रही हो?"

"वही कह रही हूं।" भुवनेश्वरी का स्वर शिथिल हो गया, "जबसे मैंने परसों की घटना के विषय में सुना है, मेरा मन कांप रहा है।"

"उस घटना का मेरे विवाह से क्या संबंध?"

"संबंध है, तभी तो कह रही हूं।"

"तुम मुझे व्यसनों से दूर रखना चाहती हो?"

"हां"

"और फिर भी चाहती हो कि मेरा विवाह हो जाए। विवाह तो भोग का प्रवेशद्वार है मां!"

"भोग से दूर रहना बहुत कठिन है बीले। इसलिए मनुष्य के लिए, धर्मसंगत जीवन

का विधान किया गया, जिसमें भोग का भी अपना युक्तियुक्त अंश है। यदि मनुष्य को बहुत भूख न लगी हो, तो वह अखाद्य नहीं खाता। किंतु यदि उसे बहुत समय तक भूखा रहना पड़े, तो जब उसका संयम टूटता है, वह न खाद्य अखाद्य का भेद करता है और न ही उसे मात्रा का ध्यान रहता है। समझता है, क्या कह रही हूं।"

"हां मां!"

"एक बार तू कांतिमोहिनी के प्रलोभन का तिरस्कार कर चला आया..."

"तुम्हें उसका नाम भी मालूम है?"

"मुझे उसके विषय में वह भी मालूम है, जो शायद तुझे आज तक नहीं मालूम।"

"क्या?"

"वह कलकत्ता में नई आई वेश्या है। तू उसे नहीं पहचानता। किंतु उसे पहचानने वाले और बहुत लोग हैं। एक बार तू उसके प्रलोभन का तिरस्कार कर चला आया, तो इसका अर्थ यह नहीं कि तू कामदहन करने वाला भगवान शंकर हो गया। संसार में तो पग-पग पर प्रलोभन बिखरे पड़े हैं। जिस किसी क्षण तू तनिक भी दुर्बल पड़ा, यह तमोगुणी भोग का संसार तुझे निगल जाएगा। मैं कौन सदा बैठी रहूंगी, तेरी देखभाल करने के लिए। तूने कवच नहीं बांधा तो संसार के प्रलोभनों के इस रणक्षेत्र में कभी तो हताहत होगा ही।"

"कवच?"

"हां! प्रलोभनों के इस संसार में पत्नी ही पति का कवच होती है पुत्र! एक बार तू गृहस्थ बन जाएगा, तो न तेरे मन में किसी कांतिमोहिनी का लोभ जागेगा और न उसे ही साहस होगा कि वह तेरे निकट आए। तुझे अकेला देखकर कोई न कोई तो जाल फेंकती ही रहेगी। तू किस किस का तिरस्कार कर, उनसे शत्रुता मोल लेता रहेगा। तू समाज में रह कर समाज से मुक्त नहीं रह सकता पुत्र! और समाज में तुझे रहना होगा। तूने अपनी गृहस्थी का मोह त्याग भी दिया तो, अपने कंधों पर आ पड़ी पिता की गृहस्थी तो चलाएगा न। मुझे भूखी मरने के लिए छोड़ जाएगा या अपने भाइयों को गली-गली भीख मांगते देख, उनकी ओर, हाथ नहीं बढ़ाएगा?"

"नहीं मां! नहीं।"

"समाज की उपेक्षा कर, गृहस्थी नहीं चल सकती। समाज की उपेक्षा नहीं की जा सकती, तो संसार की अवमानना कैसे कर पाएगा? भीष्म के समान क्यों जीता है, युधिष्ठिर के समान जी। दायित्व को स्वीकार किया है तो संसार को भी अंगीकार कर।"

"युधिष्ठिर ने ही क्या सुख पाया मां? अथवा परिवार को भी उसने क्या दिया?"

"तो भीष्म ने ही क्या दिया परिवार को–अपमान, घृणा, अधर्म और युद्ध? भीष्म बाणों की शैया पर लेटे रहे और युधिष्ठिर सदेह स्वर्ग गया। और कौन गया है, अपनी इस देह के साथ वहां? और यदि वैसी इच्छा न हो तो श्रीकृष्ण के समान जी। अपने दायित्वों का पालन कर। गृहस्थ जीवन को स्वीकार कर। सांसारिक भोगों का अनासक्त

भोग कर।"

"मेरी तो कुछ समझ में ही नहीं आता।"

"तो मां की इच्छा को अपना धर्म मान।"

"अच्छा! मैं चलता हूं मां।" नरेन्द्र बाहर निकल गया।

उसे रोकना कठिन मान भुवनेश्वरी ने पीछे से, कुछ उच्च स्वर में पुकार कर कहा, "मैं संबंधियों के घर संदेश भिजवा रही हूं कि नरेन ने स्वीकृति देदी है। वे विवाह की तैयारी करें।"

नरेन्द्र ने सुना; किंतु वह पलटा नहीं। चलते-चलते बोला, "जो तुम्हारे मन में आए, करती रहो। तुम्हें कौन रोक सकता है।"

31

सांझ ढल चुकी थी। झुटपुटा-सा हो रहा था। भुवनेश्वरी रसोई नें थीं और नरेन्द्र वरांडे में बैठा था।

गली में से किसी ने बाहरी द्वार के कपाट जोर-जोर से खटखटाए और पुकारा है, "अरे घर में कोई है?"

नरेन्द्र ने उठकर कपाट खोले। सामने एक अपरिचित व्यक्ति खड़ा था।

"किस से मिलना है भाई?"

"मुझे नहीं मिलना है।" उस व्यक्ति ने कहा, "मैं तो गाड़ीवान हूं। गाड़ी में एक भद्र पुरुष बैठे हैं, जो नरेन बाबू से मिलना चाहते हैं।"

कोई गाड़ी में से उतरा। उस अंधकार में नरेन्द्र पहचान नहीं पाया। वह गाड़ी के निकट चला गया और देखकर स्तब्ध रह गया।

"ठाकुर! आप?"

कुछ कहे बिना ठाकुर ने अपने दोनों हाथ बढ़ा दिए, जैसे उसे अपनी बाहों में भर लेंगे। नरेन्द्र ने लपककर उनके चरण छूकर प्रणाम किया।

"आप कैसे चले आए ठाकुर? आइए। आइए। घर के भीतर आइए।"

"नहीं! भीतर नहीं आऊंगा। अंधकार हो गया है और मुझे दक्षिणेश्वर लौटना भी है।"

"दक्षिणेश्वर से ही आ रहे हैं?"

"हां! समाचार सुनकर रुक नहीं सका। गाड़ी किराए पर ली और सीधा चला आया।"

"कैसा समाचार महाराज?"

ठाकुर ने आगे बढ़कर स्नेहपूर्वक उसका हाथ पकड़ लिया, "सुना, तेरा विवाह निश्चित् हो गया है। क्या यह सच है रे?"

"हां महाराज! तय तो हो गया है।"

"तूने भी सहमति देदी है? या तेरी मां ने ही तय किया है?"

"तय तो बाबा ने ही कर दिया था। अब मां ने अपनी स्वीकृति भिजवा दी है।"

"तूने अपनी सहमति देदी क्या?"

"इन परिस्थितियों में मैं मां का विरोध नहीं कर सकता महाराज!"

"विरोध कर नहीं सकता या करना नहीं चाहता?"

"मैं मां का दिल नहीं दुखाना चाहता। वे चाहती हैं कि मैं विवाह कर लूं, ताकि वे आश्वस्त हो जाएं कि मैं समाज में रहूंगा और मां तथा भाइयों का पालन पोषण करूंगा।"

"पालन पोषण तू करेगा? संसार को पालना तेरा काम है क्या?"

नरेन्द्र ठिठककर रह गया–सत्य कह रहे हैं ठाकुर। नरेन्द्र इतना अहंकारी कैसे हो सकता है?

ठाकुर ने नरेन्द्र की बांह को स्नेह से सहलाया और उसकी कोई एक नाड़ी दबा दी। नरेन्द्र समझ नहीं पाता कि ठाकुर क्या कर रहे हैं। वह जिज्ञासापूर्वक उनकी ओर देखता रहा। ठाकुर ने बांह छोड़ दी।

"तेरा विवाह कभी नहीं होगा।"

नरेन्द्र अवाक् खड़ा ठाकुर की ओर देखता रह गया। ठाकुर मुड़कर गाड़ी की ओर चले गए। गाड़ी में बैठे और कोचवान से बोले, "चल! जल्दी चल!"

जब तक नरेन्द्र संभलता, ठाकुर की गोड़ी जा चुकी थी। नरेन्द्र पैर घिसटता हुआ, घर के भीतर आ गया और वहीं जा बैठा, जहां पहले बैठा था।

"कौन आया था बीले?" भुवनेश्वरी ने पूछा।

"मेरे एक परिचित थे मां!"

"तो चले क्यों गए?"

"मेघ वर्षा कर क्यों चला जाता है।"

भुवनेश्वरी कुछ न समझने का भाव लिए खड़ी रहती हैं–शायद नरेन्द्र कुछ और कहे; किंतु वह कुछ नहीं कहता। चूल्हे पर भात चढ़ा था, वे कब तक खड़ी रहतीं।

32

प्रातः भुवनेश्वरी ने रसोई में प्रवेश किया। चावलों का पीपा और एक बड़ी थाली लेकर फर्श पर बैठ गईं। पीपे का ढक्कन खोलकर उसमें के सारे चावल थाली में उलट दिए। लगभग आधा सेर चावल थे। वे उन चावलों को देखती रहीं और फिर अपने दोनों हाथों से सिर पकड़ लिया।

दूसरे कमरे में से नरेन्द्र के जप का मर्मर स्वर आ रहा था। सहसा स्वर बंद हो गया। नरेन्द्र का जप पूरा हो गया था।

"हे भगवान! तेरी कृपा बनी रहे।"

भुवनेश्वरी स्वयं को रोक नहीं सकीं। उनका रुद्ध क्षोभ फूट पड़ा, "चुप भी रह। बचपन से ही तो भगवान भगवान करता आया है। भगवान ने ही तो किया है यह सब।"

उन्होंने अपने उस क्रोध में चावल वापस पीपे में डाल दिए। पीपा उठाकर उसके स्थान पर रख दिया।

डांट के पश्चात् से नरेन्द्र का स्वर सुनाई नहीं दिया था। वे विचलित हो उठीं। उनसे कुछ कहे बिना नरेन्द्र कहीं चला तो नहीं गया। अपने आक्रोश में भुवनेश्वरी ने उसके भगवान को जो कुछ कह दिया था। वह उसको अच्छा नहीं लगा होगा।

वे उठकर दूसरे कमरे में आईं। नरेन्द्र वहीं बैठा था। अभी वह चारपाई से उठा ही नहीं था। अपने हाथों में सिर पकड़कर इस प्रकार बैठा था, जैसे जड़ हो गया हो।

"क्या है रे? आज उठना नहीं है? इस प्रकार क्यों बैठा है?"

नरेन्द्र ने मुख उठाकर मां की ओर देखा। उसका चेहरा चिंता और चिंतन से निष्प्राण हो रहा था।

"क्या सोच रहा है, भोर ही भोर?"

"तुम्हारी ही बात पर विचार कर रहा था मां! क्या सचमुच ईश्वर नहीं है?"

"और कोई काम नहीं है तुझे, दिन भर ईश्वर से कुश्ती करने के अतिरिक्त? अच्छा! अब उठ। आज कहीं जाना नहीं है?"

"जाना तो है मां! दो एक कार्यालयों से कुछ आश्वासन मिला है। संभव है कहीं काम लग जाए।"

भुवनेश्वरी अपनी व्यस्तता में बाहर चली गईं।

नरेन्द्र उठकर रसोई में आया। चावलों वाला पीपा खोल कर देखा। कुल आधा सेर चावल बचे थे। आज दोनों समय घर के सारे सदस्य भर पेट भोजन नहीं कर सकेंगे।

उसने पीपा बंद कर वापस रख दिया। लौट कर कमरे में आया। किल्ली पर टंगे अपने कुर्ते की जेब टटोली। जेब में एक पैसा भी नहीं था। नरेन्द्र ने कुर्ता पहन लिया और बाहर जाने के लिए निकला।

भुवनेश्वरी ने देखा तो टोका, "अरे अभी से कहां चल दिया। भात बना रही हूं। खाकर जाना।"

नरेन्द्र क्षण भर के लिए झिझका और फिर बोला, "मां! मेरा तो एक मित्र के घर निमंत्रण है। तुम लोग खा लेना।"

33

भवनाथ और दाशरथि के साथ नरेन्द्र चला जा रहा था। तीनों उदास से थे। कोई भी बातचीत नहीं कर रहा था। सहसा नरेन्द्र के पैर में जोर से टीस उठी। वह जहां का तहां खड़ा रह गया।

"क्या हुआ?"

"पैर में बड़ी पीड़ा है। देखता हूं, क्या हुआ।"

नरेन्द्र लंगड़ाता हुआ निकटतम वृक्ष की छाया में जा बैठा। उसने अपना जूता उतार कर देखा। जूते के तले में छेद हो गया था। नरेन्द्र मुसकराया और उसने जूता उठा कर

परे फेंक दिया। पैर के तलवे में छाला पड़ गया था। उसी से कुछ छू गया था; किंतु छाला अभी फटा नहीं था। भवनाथ और दाशरथि दोनों ही असहाय भाव से नरेन्द्र को देखते खड़े रह गए। किसी की समझ में नहीं आ रहा था कि क्या किया जाए। थोड़ी देर में भवनाथ ने धीरे-धीरे गुनगुनाना आरंभ किया।

"बहिछे कृपाधन ब्रह्म निःश्वास पवने।"

नरेन्द्र की आंखों के सामने अपनी माता और भाइयों के सूखे चेहरे घूम गए। चावलों का वह खाली पीपा।

नरेन्द्र जैसे तड़पकर बोला, "चुप रह। जिन्हें भूख की ज्वाला से पीड़ित परिजनों का कष्ट नहीं सहना पड़ता, जिन्हें अन्न और वस्त्र का अभाव नहीं सताता, पंखे की हवा का आनन्द लेते हुए, उन्हें ही ब्रह्म के निःश्वास की कल्पना सुखकर प्रतीत होती है।"

दोनों मित्र हतप्रभ रह गए। वे नरेन्द्र के परिवार की दशा जानते थे किंतु कोई कर ही क्या सकता था।

नरेन्द्र कुछ संयत हुआ, "कुछ दिन पहले तक मुझे भी प्रतीत होती थी, किंतु आज। जीवन के कठोर सत्य के सम्मुख यह सब विकृत परिहास मालूम पड़ता है।" उसने रुककर भवनाथ की ओर देखा, "मेरी बात से दुख हुआ? कैसे समझोगे कि निर्धनता की किस सीमा तक पिसकर मेरे मुख से यह बात निकली है।"

भवनाथ ने स्नेह से उसका कंधा थपथपा दिया, "कोई बात नहीं। मैं समझता हूं।"

संध्या समय नरेन्द्र बुरी तरह से थक कर घर पहुंचा।

"कोई काम बना?" भुवनेश्वरी ने पूछा।

"नहीं।"

भुवनेश्वरी की दृष्टि नरेन्द्र के पैरों पर पड़ी, "तेरे जूते कहां हैं?"

"फट गए थे मां! फेंक दिए।"

"सारा दिन नंगे पैर ही घूमता रहा?"

नरेन्द्र ने हंसने का प्रयत्न किया, "जूते फेंक देने के पश्चात् तो नंगे पैर ही घूमना था।"

भुवनेश्वरी को जैसे काठ मार गया। वे अवाक् बैठी मुखर आंखों से नरेन्द्र को देखती रहीं : उनका यह राजकुमारों जैसा पुत्र अब इस स्थिति में आ पहुंचा है।

भुवनेश्वरी ने स्वयं को संभाला, "आज एक विचित्र बात हुई है।"

नरेन्द्र चौंका, "क्या कोई और नया लेनदार निकल आया?"

"नहीं! लेनदार नहीं, शायद देनदार हो। किंतु उसने यह कहा नहीं है।"

"क्या मतलब?"

"एक अनाम पत्र आया है। लिखा है कि वह तुम्हारा मित्र है। कष्ट के इन दिनों में तुम्हारी कुछ सहायता करना चाहता है। अतः कुछ रुपए भेज रहा है।"

नरेन्द्र को विश्वास नहीं हुआ। बोला, "दिखाओ।"

भुवनेश्वरी ने एक लिफाफा लाकर उसे पकड़ा दिया। नरेन्द्र ने उसे बहुत उलट-पलट कर देखा; किंतु जो कुछ लिखा था, उससे अधिक कुछ भी जान नहीं पाया।

भुवनेश्वरी ने उसे रुपए दिखाए, "क्या करूं इनका?"

नरेन्द्र का स्वर कातर हो उठा, "सहायता स्वीकार कर लेने के अतिरिक्त और हम कर ही क्या सकते हैं।"

बाहर के द्वार का सांकल खटका। महेन्द्र ने जाकर द्वार खोला। रामचंद्र दत्त और सुरेश बाबू आए थे। रामचंद्र दत्त ने अपने हाथ में पकड़ा थैला भुवनेश्वरी की ओर बढ़ा दिया।

"दीदी! रास्ते में अच्छे आम दीख गए। बच्चों के लिए लेता आया।" उन्होंने नरेन्द्र की ओर देखा, "बहुत दिनों से ठाकुर से मिलने नहीं गए।"

"जा नहीं सका। दिन भर इतने जूते घिसने पड़ते हैं।" उसने अपने पैरों की ओर देखा, "जाने अब ये कब जूते पहनेंगे।"

सुरेश बाबू कुछ समझे, कुछ नहीं समझे, "कोई काम नही मिला?"

"नहीं।"

रामचंद्र दत्त ने सांत्वना देने का प्रयत्न किया, "समय सदा एक-सा नहीं रहता। ये दिन भी सदा नहीं रहेंगे। ईश्वर से प्रार्थना करो कि शीघ्र कट जाएं।"

सहसा नरेन्द्र का चेहरा क्रोध से विकृत हो गया। आंखों से स्फुलिंग झड़ने लगे, "किससे प्रार्थना करूं, जिसका कोई अस्तित्व नहीं है...और यदि है भी तो उसे पुकारने की कोई आवश्यकता नहीं है। उससे किसी फल की प्राप्ति नहीं होती।"

रामचंद्र दत्त ने चकित दृष्टि से उसे देखा : उन्होंने नरेन्द्र के मुख से ऐसी बात सुनने की अपेक्षा कभी नहीं की थी, "यह सब नहीं कहना चाहिए।"

"मैं कुछ छिपाता नहीं...न कर्मों को, न विचारों को।"

"जानता हूं; किंतु क्या तुम जानते हो कि चारों ओर तुम्हारे विषय में क्या चर्चा है? क्या कहते हैं लोग?"

"क्या कहते हैं? यही तो कि मैं नास्तिक हो गया हूं। दुष्ट लोगों के साथ मिलकर मदिरापान और दुराचार करने लगा हूं।"

"हां"

नरेन्द्र के मन में जैसे ज्वालामुखी फूटा, "अपने दुख और कष्टों को भुलाने के लिए कोई मदिरा पिए, वेश्यालय जाए तो उसमें मैं क्यों आपत्ति करूं? अपने दुख भूल सकूं तो मैं भी वही करूंगा।"

रामचंद्र दत्त फटी-फटी आंखों से नरेन्द्र को देखते रह गए : यह नरेन्द्र तो उन्होंने आज पहली बार ही देखा था, "और जो मैंने सुना है कि ईश्वर के न होने के प्रमाण स्वरूप तुम मिल, वेन, कांट तथा ह्यूम इत्यादि पाश्चात्य दार्शनिकों के तर्क उद्धृत ही नहीं करते,

उनके साथ प्रचंड युक्तियों तर्कों की अवतारणा भी करने लगते हो। तुम यह क्यों नहीं सोचते कि लोग तुम्हारी इन बातों से और भी रुष्ट होंगे। वे पूर्ण निष्ठा से मान बैठेंगे कि तुम एकदम पतित हो गए हो।"

"लोगों का भय नहीं है मुझे। जनमत के कारण मैं सत्य को छिपा कर पाखंड नहीं कर सकता।"

"न हो लोगों का भय; किंतु ईश्वरीय दंड से तो डरो।"

नरेन्द्र तड़पकर बोला, "भय से ईश्वर पर विश्वास करना दुर्बलता की चरम पराकाष्ठा है दादा! मैंने जब तक ईश्वर पर विश्वास किया, उससे प्रेम किया है। मेरे मन में ईश्वर का भय नहीं है।"

"तुम्हारे विषय में ये सारी बातें ठाकुर तक भी पहुंच रही हैं। लोग जानना चाहते हैं कि इनमें सच्चाई है या नहीं। और तुम...." रामचंद्र दत्त का स्वर आवेशपूर्ण हो उठा, "तुम प्रतिकार करने के स्थान पर अपने मुख से पुष्टि कर रहे हो। चाहते हो कि ठाकुर भी तुमसे रुष्ट हो जाएं और जो लोग तुम्हारी सहायता करना चाहते हैं, वे भी कुछ न कर सकें।"

नरेन्द्र ने अपने आक्रोश को तो दबाया किंतु स्वर की कठोरता नहीं दब सकी, "पहले भय दिखाया और अब आप मुझे लोभ दिखा रहे हैं दादा! मैं इनसे सत्य बोलने से विरत नहीं हो सकता।"

रामचंद्र दत्त झुंझलाकर चुप हो गए। वे स्वयं को शांत रखने के लिए जैसे अपने आप से संघर्ष कर रहे थे।

"तुम इधर बहुत दिनों से दक्षिणेश्वर नहीं गए।" सुरेश बाबू ने मौन को तोड़ा।

"नहीं।"

रामचंद्र दत्त ने सहज होने के प्रयत्न में बात का सूत्र पकड़ा, "कब आओगे?"

"कह नहीं सकता। दिन भर नौकरी के लिए इधर-उधर भागता हूं। संध्या समय कानून की पढ़ाई के लिए जाता हूं।"

रामचंद्र दत्त ने उठने का उपक्रम किया, "अच्छा! समय निकालकर आना। ठाकुर तुम से मिलकर प्रसन्न होंगे।"

वे लोग बाहरी द्वार की ओर बढ़े। नरेन्द्र अपने स्थान पर बैठा रहा। भुवनेश्वरी उनको विदा करने के लिए उनके साथ द्वार तक गईं। वे लोग द्वार के निकट पहुंचे तो नरेन्द्र ऊंचे स्वर में बोला, "विलास के लिए भी धन की आवश्यकता होती है राम दादा!"

राम और सुरेश ने पलट कर नरेन्द्र को देखा। उसके इस वाक्य का अर्थ समझा और वे लोग रुक गए।

"एक बात कहूं दीदी! बुरा तो न मानोगी?" राम बोले।

"तू ऐसी बात कहेगा ही क्यों, जो मुझे बुरी लगे।"

"मुझे लगता है दीदी! चिंताओं और कष्टों से नरेन्द्र इस समय विक्षिप्त-सा हो रहा

है। हमें उसके लिए कुछ करना चाहिए।"

"मैं ऐसा क्या कर सकती हूं रे!"

"उसका विवाह कर दो दीदी!"

"सोचा था कि शायद एक यही मार्ग है। बीले सुख पाता और हमारी आर्थिक स्थिति कुछ सुधरती। बीले को कैसे राजी किया, मैं ही जानती हूं; किंतु उन लोगों ने ही मना कर दिया।"

राम चौंके, "क्यों?"

"दरिद्र परिवार के लड़के से वे अपनी बेटी का विवाह क्यों करेंगे भला।"

रामचंद्र दत्त कुछ संभलकर, कुछ सचेत भाव से बोले, "कन्याएं तो और भी हैं दीदी!"

भुवनेश्वरी ने उत्सुकता से उनकी ओर देखा।

"बलराम बसु कब से अपनी कन्या के विषय में कह रहे हैं, बस मेरी ही जिह्वा नहीं खुली।"

"बलराम बसु! नरेन्द्र भी उन्हें जानता है शायद।"

"हां! नरेन्द्र जानता है उन्हें। वे ठाकुर के ही व्यक्ति हैं। नरेन्द्र को उनका परिवार अवश्य भाएगा।"

"मैं पूछती हूं उससे। कन्या कैसी है?"

"आपको प्रिय लगेगी। एक बार नरेन्द्र से पूछ लें। शेष सब कुछ मैं कर दूंगा।"

"अच्छा।"

उन्हें विदा कर भुवनेश्वरी भीतर लौट आईं। नरेन्द्र हथेली पर माथा धरे वैसे ही बैठा था। भुवनेश्वरी उसके निकट आ गईं। वात्सल्य भरे हाथ से उसके सिर को छुआ और बालों को सहलाया।

नरेन्द्र ने दृष्टि उठा कर मां की ओर देखा। भुवनेश्वरी के चेहरे पर मुस्कान और आंखों में दुलार था। मां का वात्सल्य पाकर नरेन्द्र की जड़ता टूटी। उसकी आंखों में भी स्निग्धता लौटी।

"राम तुम्हारे लिए एक संबंध का संदेश लाया था। तुम्हारे परिचित बलराम बसु की कन्या है।"

"नहीं मां!" नरेन्द्र कुछ रुक कर, असाधारण दृढ़ता से बोला, "अब मेरे विवाह की चर्चा कभी मत करना, कन्या चाहे किसी की भी हो।"

"क्यों रे? ऐसा क्या हो गया?" उनके स्वर में चुहल थी, "एक स्थान पर संबंध नहीं हुआ, तो अब विवाह ही नहीं करेगा। बड़ा एकनिष्ठ प्रेमी है।"

नरेन्द्र ने मां की ओर निषेध की मुद्रा में देखा।

पर भुवनेश्वरी रुकी नहीं, "उस कन्या को कभी देखा भी था या बाबा के मुख से गुणगान सुन कर ही..."

"नहीं मां! ऐसा कुछ नहीं। पहले दिन से विवाह न करने का मेरा अटल निर्णय था। बीच में कुछ दुर्बल हो गया। या कहो, लोभ से पराजित हो गया था।"

"कैसा लोभ?"

"उच्च शिक्षा और अपनी आंखों से यूरोप देखने का लोभ। पढ़ाई के लिए मुझे विलायत भेजे जाने की बात थी न। तुम्हारा आग्रह सुनकर परिवार के सुख का भी ध्यान आया। किंतु अब मैंने सुखी जीवन और सुंदर पत्नी–दोनों का ही विचार एकदम त्याग दिया है।"

"क्यों? अब क्या है? अब तो तू नास्तिक हो गया है। ईश्वर को ही नहीं मानता तो अब ब्रह्मचर्य का पालन किसलिए?"

नरेन्द्र तड़प उठा, "राम नहीं मिले तो जाकर ताड़का की संगति करने लगूं?" उसका स्वर और भी आक्रामक हो उठा, "ईश्वर के दर्शन नहीं हुए तो विवाह कर बच्चे पैदा करने लग जाऊं?"

34

महेन्द्रनाथ गुप्त आए थे। नरेन्द्र ने उनको वरांडे में बैठाया।

महेन्द्रनाथ गुप्त ने पसीना पोंछा, "आजकल प्रातः से ही इतनी गर्मी हो जाती है कि दो डग चलना भी कठिन हो जाता है।"

"हां! अब वर्षा हो तो गर्मी से पिंड छूटे।"

"तो आजकल क्या हो रहा है? कुछ लिख रहे हो क्या?"

"लिखना क्या है? हां! गीत गोविन्द का बांग्ला में अनुवाद अवश्य किया है।"

"गीतगोविन्द का क्यों? मेघदूत का करते तो कुछ वर्षा भी होती।"

नरेन्द्र मुसकराया, "आप कहते हैं तो उसका भी कर देता हूं। किंतु मेरा मन ईश्वर से उचट जाने पर भी शृंगार में नहीं रमता।"

महेन्द्रनाथ गुप्त हंसे, "तो कुछ गा कर सुनाओ। देखें, बांग्ला में गाया गया गीत गोविन्द कैसा लगता है।"

नरेन्द्र ने इधर उधर देखा और फिर मन में निश्चय कर, थोड़ी देर अपनी हथेली से चारपाई को ठोक कर ताल दिया। सहसा रुक कर बोला, "बांग्ला में नहीं, अभी संस्कृत में ही सुनिए :

"ललितलवंग लता परिशीलन कोमल मलय समीरे
मधुकर निकर करणविद कोकिल, कूजित कुंज कुटीरे"

थोड़ी ही देर में महेन्द्रनाथ गुप्त भी उसके साथ गाने लगे। नरेन्द्र को यद्यपि महेन्द्रनाथ गुप्त के साथ गाने में थोड़ी कठिनाई हो रही थी, फिर भी वह उन्हें प्रोत्साहित करता रहा। कुछ ही क्षणों के पश्चात् वे दोनों, मस्ती में गीत गोविन्द की पंक्तियां इस प्रकार गाने लगे, जैसे नरेन्द्र के जीवन में कभी कोई कष्ट आया ही न हो।

संगीत का ज्वार उतरा तो दोनों कुछ सहज हुए।

"ठाकुर मुझसे पूछ रहे थे कि इधर मैं तुमसे मिला हूं या नहीं।"

"आपने क्या कहा?"

"बता दिया कि इधर कुछ दिनों से भेंट नहीं हुई है; किंतु नरेन्द्र के पास जाने का विचार है।"

"तो क्या कहा, उन्होंने?"

"बोले, उसे दक्षिणेश्वर ले आओ।"

नरेन्द्र अपना आश्चर्य छिपा नहीं सका, "क्यों? मुझ से रुष्ट नहीं हैं वे?"

"रुष्ट क्यों होंगे?"

नरेन्द्र का स्वर व्यथा से भरा हुआ था, "मैं नास्तिक हो गया हूं न! मेरा पतन हो गया है। मैं बुरे लोगों से मिलता हूं। मदिरापान करता हूं। वेश्यालय भी जाता हूं, यह सब नहीं सुना उन्होंने?"

महेन्द्रनाथ गुप्त हंस पड़े, "ओह वह सब! वह सब सुन रखा है उन्होंने।"

"फिर भी रुष्ट नहीं हैं?"

"लगता तो नहीं। किसी न किसी बहाने तुम्हें स्मरण करते ही रहते हैं डॉक्टर रामचंद्र दत्त ने कहा कि मित्र मोशाय की कन्या के साथ नरेन्द्र का विवाह ठीक हो रहा है, बहुत धन देने को कहा है, तो बोले कि इसी तरह किसी दल का नेता बन जाएगा। वह जिस ओर प्रवृत्त होगा, उसी ओर बड़ा व्यक्ति होकर यश पाएगा, कभी कहते हैं। नरेन्द्र अद्वैत का उपहास करने के लिए कहता था, थाली ब्रह्म, लोटा ब्रह्म। किसी-न-किसी बहाने तुम्हें याद करते ही रहते हैं। सुरेश बाबू के बगीचे वाले उत्सव में भी तुम नहीं आए। तुम्हें पूछ रहे थे।"

"आश्चर्य है, मेरी इतनी निन्दा सुनने के बाद भी?"

"पहले तो कोई तुम्हारे विरुद्ध कुछ कहता तो बढ़-चढ़कर तुम्हारी प्रशंसा करने लगते थे। निन्दा करने वाला, अपने आप ही चुप हो जाता था। फिर जब कुछ लोगों ने बलपूर्वक कहा कि तुम्हारा पतन हो गया है तो बोले, मुझे मालूम है और उससे भी अधिक बहुत कुछ मालूम है। एक दिन कुछ लोगों ने कहा कि उन्होंने स्वयं अपनी आंखों से तुम्हें कुसंगति में देखा है तो एक शब्द भी नहीं बोले। बस अपना मुंह फेर लिया। अंततः जब भवनाथ ने रोते हुए कहा कि महाराज! नरेन्द्र की ऐसी दुर्गति होगी, यह तो स्वप्न में भी नहीं सोचा था, तो एकदम भड़क उठे। डांटकर बोले, 'चुप रह मूर्ख! मां ने कहा है कि वह कभी वैसा नहीं हो सकता। यदि फिर कभी ऐसी बात कही तो तेरा मुंह नहीं देखूंगा।'"

नरेन्द्र जैसे आकाश से गिरा। यह सब तो उसकी कल्पना से परे था। वह चुप बैठा रह गया–वह क्या माने, क्या न माने।

"तो कब आओगे?"

"दक्षिणेश्वर?"

"दक्षिणेश्वर न आ सको तो परसों ईशानचंद्र मुखर्जी के घर आ जाना। ठाकुर वहां आ रहे हैं। ठाकुर ने तुम्हें अवश्य आने को कहा है। मैं तुम्हें वहीं मिलूंगा। आओगे न?"

"प्रयत्न करूंगा।"

"अवश्य आना। मैं प्रतीक्षा करूंगा।" वे उठ खड़े हुए, "अच्छा चलता हूं।"

उन्हें विदा कर नरेन्द्र आकर पुनः अपने स्थान पर बैठ गया; किंतु अब वह चिंतित नहीं, उल्लसित था। भीतर से भुवनेश्वरी आईं। उन्होंने भी नरेन्द्र में यह परिवर्तन देखा।

"क्या सोच रहा है बीले?"

"मां! पिछले दिनों क्या मैं सत्य की खोज में ही उन तर्कों तक पहुंचा था, जो ईश्वर के अस्तित्व का निषेध करते हैं?"

भुवनेश्वरी नरेन्द्र में दिखाई देने वाले परिवर्तन से प्रसन्न थीं, "वह ईश्वर के विरुद्ध तेरा रोष भी तो हो सकता है।"

"अहंकार भी तो हो सकता है मां! जिसके माध्यम से मैं नास्तिकता का पोषण कर रहा था?"

"हमें कृतघ्न नहीं होना चाहिए बीले! ईश्वर ने तुझे कितने ही लोगों से बढ़कर क्षमताएं दी हैं। कितना सुख और ऐश्वर्य दिया था। एक जरा-सी विपत्ति आई तो तू ईश्वर के अस्तित्व को ही अस्वीकार करने लगा।"

"तुम ठीक कहती हो मां!" वह उठ कर खड़ा हो गया, "मैं जरा बाहर टहल आऊं।"

नरेन्द्र घर से बाहर निकल आया। शैशव से ही मैं संन्यासी बनने का स्वप्न पालता रहा हूं। आज ईश्वर ने संन्यासी जीवन का आभास मात्र दिया, तो मैं ईश्वर से रुष्ट हो गया? संन्यासी का कोई परिवार होता है क्या? संन्यासी को क्या समय से परौसा हुआ थाल मिल जाएगा? भूखे रहने की संभावना नहीं हो सकती? संन्यासी के रूप में क्या कड़ी धूप में नंगे पांव अजाने मार्गों पर भटकना नहीं पड़ेगा? क्या सचमुच ईश्वर ने मुझे संन्यासी जीवन का पूर्वाभास दिया है? यदि सत्य ही ईश्वर नहीं है, तो इस संसार में जीवित रहने का प्रयोजन ही क्या है?

35

नरेन्द्र ईशानचंद्र मुखर्जी के घर पहुंचा तो ठाकुर आ चुके थे। वे लोग नीचे वाली बैठक में बैठे हुए थे। ठाकुर के साथ दक्षिणेश्वर से हाजरा भी आया था; किंतु इस समय उसके व्यवहार में कहीं भी ठाकुर के प्रति प्रतिस्पर्धा या विरोध का भाव दिखाई नहीं दे रहा था। अनुगत की भांति वह शांत मुद्रा में सिर झुकाए बैठा हुआ था।

नरेन्द्र और महेन्द्रनाथ गुप्त प्रायः साथ साथ ही वहां पहुंचे थे। दोनों ने ठाकुर को प्रणाम किया और उनके निकट बैठ गए। ठाकुर ने कोई विशेष प्रतिक्रिया व्यक्त नहीं की। नरेन्द्र को लगा, वे उसे देखकर इतने विचलित हो गए थे कि उन्हें स्वयं को संभालने में कुछ समय लग गया। वे सीधे उससे बात न कर, कुछ इधर-उधर की चर्चा करने लगे थे।

एक अपरिचित शक्तिभक्त कमरे में बैठा था। उसके माथे पर सिंदूर का बड़ा-सा टीका लगा था।

ठाकुर उसे देखकर हंसे, "इनके माथे पर तो मार्का ही लगा हुआ है।" वे महेन्द्रनाथ गुप्त की ओर मुड़े, "आज स्कूल नहीं गए?"

"जी! आज रथयात्रा के उत्सव की छुट्टी है न!"

ठाकुर नरेन्द्र की ओर मुड़े, "तेरी चाकरी के लिए मैंने ईशान से कहा है। ईशान एक दिन दक्षिणेश्वर में रहा था। तभी मैंने उससे तेरी बात की थी। बहुतों के साथ उसका परिचय है।"

नरेन्द्र चकित रह गया। वह नहीं जानता था कि ठाकुर उसके लिए नौकरी के प्रबंध में लगे हुए हैं।

"हां! ईशानचंद्र मुखर्जी कंट्रोलर जनरल के दफ्तर में एक विभाग के प्रभारी हैं। वे प्रयत्न करेंगे तो अवश्य ही कोई-न-कोई काम बन जाएगा। पर आप तो चाकरी के विरोधी थे महाराज!"

"हां! था तो। हूं भी। पर तेरी आवश्यकता..."

गायन की व्यवस्था हो रही थी। पखावज, तबलों तथा तानपुरे का प्रबंध किया जा रहा था। एक व्यक्ति पखावज में लगाने के लिए थोड़ा मैदा लेकर आया। उधर से ईशानचंद्र मुखर्जी आए।

"नरेन्द्र! कुछ गाओ भाई। ठाकुर के आनन्द के लिए गाओ।"

नरेन्द्र ने ईशानचंद्र मुखर्जी की ओर देखा : गाने का अनुरोध करने वाला यह व्यक्ति कंट्रोलर जनरल के दफ्तर में एक विभाग का प्रभारी है। वह उसकी नौकरी का प्रबंध कर रहा है। नरेन्द्र को उसे प्रसन्न रखना चाहिए।

ठाकुर ने ईशान की ओर देखा, "अभी तो मैदा ही आ रहा है, भोजन में तो बहुत देर होगी।"

ईशान हंसा, "जी नहीं। ऐसी कोई देर भी नहीं है।"

एक पंडित बीच में बोले, "दर्शन आदि शास्त्रों से काव्य मनोहर है। काव्य का पाठ होता है तो वेदांत, सांख्य, न्याय इत्यादि सब रूखे जान पड़ते हैं। काव्य की अपेक्षा गीत मनोहर है। संगीत को सुनकर पाषाण हृदयों का भी हृदय द्रवित हो जाता है। यद्यपि गीतों में इतना आकर्षण होता है, तथापि सुंदरी स्त्री की तुलना में वह कम है। अभी एक सुंदर स्त्री यहां से निकल जाए तो न किसी का मन काव्य में लगेगा, न कोई गीत ही सुनेगा। सब के सब उस स्त्री को देखने लगेंगे। और जब भूख लगती है, तब काव्य गीत, नारी –कुछ भी अच्छा नहीं लगता। अन्न चिंता चमत्कारा।"

ठाकुर हंसे, "पंडित जी महान् रसिक प्रतीत होते हैं।"

पखावज बंध गया था। नरेन्द्र ने गाना आरंभ किया। ठाकुर ने नरेन्द्र के मुख की ओर देखा। उसके स्वर में तन्मय होने का प्रयत्न किया। सहसा वे ईशान की ओर मुड़े

और अत्यंत मंद स्वर में बोले, "मैं विश्राम करूंगा।"

ईशान और उनका पुत्र शिरीष, ठाकुर को बांह पकड़ कर सहारा देते हुए उठा ले गए। महेन्द्रनाथ गुप्त भी उनके साथ चले गए।

नरेन्द्र ने देखा कि उसका गाना आरंभ होते ही ठाकुर उठकर चले गए हैं। नरेन्द्र का मन बुझ गया। जिसके लिए वह गा रहा था, जब वह ही सुनने के लिए नहीं ठहरा, तो अब गाकर क्या होगा?

ईशान के घर से ठाकुर को शशधर पंडित के घर जाना था। उनके लिए गाड़ी आई थी। उन्हें ऊपर से उतार कर लाया गया। वे गाड़ी में बैठने लगे; किंतु फिर रुक गए।

"नरेन्द्र से कहो कि मेरे साथ गाड़ी में शशधर पंडित के घर चले। कहीं अपने घर ही न चला जाए।"

नरेन्द्र भक्तों की भीड़ में से निकल कर सामने आ गया। उसके मन में अब भी द्वंद्व था। चेहरा तनिक भी प्रसन्न नहीं था।

ठाकुर ने अपना हाथ बढ़ाया, "आ। गाड़ी में आ जा।"

नरेन्द्र ने हल्के रोष से कहा, "आप चलिए। मैं पंडित जी के घर पहुंच जाऊंगा। गाड़ी में आपके साथ हाजरा मोशाय हैं तो।"

नरेन्द्र ने शशधर पंडित के घर में प्रवेश किया तो सबसे पहले रामचंद्र दत्त मिले, "कैसे हो नरेन्द्र!"

"ठीक ही हूं दादा!"

वह ठाकुर के निकट जाकर अनमाना-सा बैठ गया।

ठाकुर बोले, "तेरा गाना मैं सुन रहा था, पर अच्छा न लगा, इसलिए चला आया," फिर कहा, "अभी इसका मन नौकरी के लिए गा रहा है, ईश्वर के लिए नहीं। इसलिए गाना सर्वथा अलोना हो गया था। एकदम फीका।"

अब उनका व्यवहार नरेन्द्र की समझ में आया। ठीक कह रहे थे वे। शब्द कुछ भी रहे हों, गा तो वह ईशान के लिए ही रहा था।

उसका मुख लज्जा से लाल हो गया।

36

संध्या ढल रही थी। कुछ-कुछ अंधकार हो चला था। आकाश पर घनघोर बादल छाए हुए थे। नरेन्द्र सड़क पर नंगे पांव चल रहा था। चेहरे से थका हुआ लग रहा था। शरीर पसीना-पसीना हो रहा था। कपड़े भी बहुत स्वच्छ नहीं थे। दो-तीन दिन हो गए थे, भरपेट भोजन नहीं किया था। आज प्रातः से अन्न का एक दाना भी पेट में नहीं गया था। भूख, अवसाद और थकान ने जैसे उसे झकझोर कर रख दिया था।...

सहसा वह ठिठक कर खड़ा हो गया। उसकी दृष्टि बाईं ओर मुड़ने वाली गली पर

पड़ी। तृष्णा भरी आंखों से उस गली की ओर देखा। उसकी आंखों में एक दृश्य उभरा

उस गली में वह श्यामाचरण घोषाल के द्वार पर खड़ा है। उसने द्वार खटखटाया। श्यामाचरण ने आकर द्वार खोला। वह उसे भीतर ले गया। सम्मानपूर्वक बैठाया। सत्कार किया। भरपेट स्वादिष्ट भोजन...

उसके पग उस गली में लालसापूर्वक दो डग बढ़े भी; किंतु वह थम गया। उसकी आंखों ने एक अन्य दृश्य देखा...

वह रात के प्रथम प्रहर में अपने घर पहुंचा। मां ने सूखे मुह से पूछा, 'बीले! आज भी कोई काम नहीं हुआ रे?' उसने उत्तर दिया, 'मां! काम तो बन ही गया। मैंने घोषाल के घर भर पेट खा लिया है। तुम लोग आज भूखे ही सो जाओ।'

घोषाल के घर की ओर बढ़ते हुए उसके पग रुक गए। अपने सूखे होंठों पर उसने जीभ फिराई। अपने मलिन वेश को देखा और आगे चल पड़ा। मेघों का गर्जन सुनकर आकाश की ओर देखा। अंधेरा घिर आया था। न आकाश स्पष्ट दिखाई दे रहा था और न मेघ ही।

बिजली चमकी। मेघ भी थमे नहीं। पहले कुछ हल्की बूंदें पड़ी और फिर धारासार वर्षा होने लगी। नरेन्द्र ने इधर-उधर देखा : कहीं आश्रय मिल सकता है क्या? फिर अपनी ओर देखा। भीग तो वह चुका ही था। अब रुक कर क्या होगा? वह जल्दी-जल्दी डग भरने लगा।

उसकी बुद्धि अचानक ही बहुत वाचाल हो गई थी, किस पाप का दंड दे रहे हो भगवन? संसार में एक-से-एक नीच और पापी भरे पड़े हैं। उन्हें तो कोई दंड देता नहीं। न समाज, न सरकार और न भगवान। उन्हें सुख-सुविधाएं दे रखी हैं। वैभव और ऐश्वर्य, मुझे ही क्यों यह सब झेलना पड़ रहा है? दुख... दारिद्र्य... अपमान... पीड़ा...। इसलिए कि मेरे मन में ईश्वर के प्रति आस्था है? भक्ति है? ठाकुर भी इतनी प्रशंसा करते हैं, इतना प्रेम करते हैं, सारे शिष्यों में श्रेष्ठ मानते हैं। फिर क्यों मुझे ही यह कठिन परीक्षा देनी पड़ रही है। यह तेरा न्याय है भगवान!

और तब विवेक जागा, तुझे सुख सुविधाएं नहीं दीं? काम खोजने निकला था, तो धीरेन्द्र पाल ने तेरे सामने भी योजनाएं रखी थीं। पर तूने उसका साथ नहीं दिया। तुझे कांतिमोहिनी का संदेश नहीं मिला था? वह तेरे चरणों में अपने समस्त वैभव के साथ आत्मसमर्पण करना चाहती थी। तूने वह धन, ऐश्वर्य, सुख, संपत्ति, भोग...सब कुछ स्वेच्छा से ठुकराया अभागे। अपनी मूर्खता के लिए तू भगवान को दोषी ठहराता है।

बुद्धि बोली, वह अधर्म था। अनीति थी। अधर्म का धन। कांतिमोहिनी कैसी स्त्री है, कौन नहीं जानता। मैं नारी सुख को अवांछनीय मानता हूं। ग्रहण भी करता तो उस पापिष्टा को, उसके धन को...

विवेक ने उत्तर दिया, जिसे सुख चाहिए, वह माध्यम नहीं देखता। जिसे धन चाहिए, वह उसका स्रोत नहीं देखता। मूर्ख! पहले यह तो निश्चय कर कि तुझे क्या चाहिए?

धन? ऐश्वर्य? भोग?

बुद्धि ने कहा, हां! धन, ऐश्वर्य और भोग चाहिए, किंतु धर्म के मार्ग से।

विवेक चुप नहीं रहा, धर्म के मार्ग से ईश्वर मिलता है, ऐश्वर्य नहीं। ईश्वर चाहिए या ऐश्वर्य?

बुद्धि बोली, ईश्वर। ईश्वर। केवल ईश्वर...

...तो ऐश्वर्य की याचना मत कर। विवेक बोला, संसार के ग्रहण से ईश्वर नहीं मिलता। ईश्वर मिलता है, संसार के त्याग से, तपस्या से, साधना से, वैराग्य से...

नरेन्द्र ठिठक कर खड़ा हो गया। फिर से चलने के लिए पैर उठाया तो उसके पग डगमगा गए। गिरने से बचने के लिए, सहारा चाहिए था। उसने हाथ बढ़ाया। वहां कुछ नहीं था। रात काफी हो गई थी। सड़क खाली पड़ी थी। नरेन्द्र असहाय-सा सामने वाले मकान के चबूतरे पर लेट गया।

वह अपनी स्थिति समझ नहीं पा रहा था, वह अर्द्धचेतनावस्था में देख रहा था। मन में रंग-बिरंगे चित्रों तथा विचारों का उदय और लय हो रहा था। उस प्रक्रिया को रोक, किसी विषय पर विचार करने की क्षमता उसके मन में नहीं थी। उसका आत्मनियंत्रण जैसे समाप्त हो गया था। उसके अपने हाथ में कुछ नहीं था। वह किसी और के हाथ का खिलौना था। फिर अकस्मात् ही उसे लगा कि उसकी आत्मा पर लिपटी धुंध की पर्तें क्षीण होती जा रही थीं, जैसे किसी दिव्य प्रकाश को ढंकने वाली यवनिकाएं हटती जा रही हों। धुंधलके साफ होते जा रहे थे। अंधकार छंटता जा रहा था। अब वह शरीर नहीं, मात्र प्रकाश था। दिव्य प्रकाश। आकाश पर से भी मेघ हट गए थे और एक दिव्य अस्तित्व प्रकट हुआ था। वह जैसे प्रकाशस्वरूप था। उसमें ताप नहीं था। केवल ज्योति थी। उसमें और नरेन्द्र की अपनी आत्मा में कहीं कोई अंतर नहीं था। उस विराट ज्योति का बिंब उसकी आत्मा पर पड़ रहा था। उसके मन में अनेक विषय स्पष्ट होते जा रहे थे। उसके संशय मिटते जा रहे थे। द्वंद्व विलीन होते जा रहे थे।

आत्मा ने कहा... मैं जान गया हूं कि शिव के संसार में अशिव क्यों है? ईश्वर की कठोरता और न्यायपरकता में भी अनन्य करुणा समाहित है। मैं आनन्दस्वरूप हूं। मेरे चारों ओर आनन्द ही आनन्द है।

उस दिव्य ज्योति का स्वर चंद्रमा की किरणों के समान आया और नरेन्द्र की आत्मा का अंग बन गया। 'प्रशंसा की कोई सार्थकता नहीं है। वह अहंकार को पोषित करती है। निन्दा का कोई अर्थ नहीं है। उसका लक्ष्य अहंकार को आहत करना है। अहंकार न हो तो प्रशंसा और निन्दा अर्थशून्य हैं। निन्दा, प्रशंसा, यश, प्रसिद्धि, सम्मान, अधिकार, इन सबकी उत्पत्ति का स्रोत अहंकार ही है। अहंकार न हो तो इन सबका कोई अस्तित्व नहीं है। भ्रम के किन बंधनों में बंधा है तू। धर्म और अधर्म, सुख और दुख–सब मनके हैं, तुम्हारे नहीं। और मन तुम्हारा नहीं है। तुम न कर्ता हो, न भोक्ता। तुम सर्वस्व के एक मात्र द्रष्टा हो। तुम स्वयं को द्रष्टा न मानकर कर्ता मान बैठे हो–यही तुम्हारा बंधन

है। क्या तुम्हें अहंकार रूपी काल भुजंग ने डस लिया है, जो तुम मान बैठे हो कि तुम कर्ता हो। तुम कर्ता नहीं हो, इस आस्था का अमृत पियो और सदा सुखी रहो।'

क्रमशः उसकी आत्मा और दिव्य ज्योतिपुंज के मध्य मेघों का आवरण आ गया। प्रकाश सिमट गया। सब पूर्ववत् हो गया। नरेन्द्र की चेतना लौटी। अब वह पूर्णतः स्वस्थ था। न शरीर में थकान, न मन में क्लांति। शरीर में असीम बल भर आया था और मन शांति से परिपूर्ण था। उसके मस्तिष्क में जैसे कोई सुरीली तान गूंज रही थी। 'शरीर सत्य नहीं है। सत्य तो आत्मा है। यह संसार तो भ्रम का जाल है। सत्य केवल ईश्वर है। तुम पृथ्वी नहीं हो। तुम जल नहीं हो। तुम अग्नि नहीं हो। तुम वायु नहीं हो, और न ही तुम धौ हो...मुक्ति प्राप्त करने के लिए आत्मा को, चेतना को, साक्षी तथा चित् रूप में जानो। अज्ञान के वन को निश्चय की अग्नि से जला दो। अनुभव करो कि तुम शुद्ध बोध हो और तत्काल वीतशोक तथा आनन्दित हो जाओ।'

37

नरेन्द्र अपने घर पहुंचा तो रात्रि थोड़ी ही शेष बच रही थी। सांकल खटखटाया। उनींदी किंतु चिंतित भुवनेश्वरी ने आकर द्वार खोला।

"तू? इस समय? रात को कहीं रुक गया था तो पुत्र! सवेरा हो ही लेने देता।"

"कहीं रुका होता तो सवेरे ही आता मां!"

आंगन पारकर दोनों वरांडे में आए। भुवनेश्वरी ने उसे प्रकाश में देखा : वह सिर से पैर तक भीगा हुआ था, किंतु पूर्णतः शांत और प्रसन्न दिखाई पड़ रहा था। न भूखा लगता था, न उनींदा।

"कहीं नहीं रुका? रात भर चलता ही रहा है तू?" .

"नहीं! थककर एक स्थान पर बैठ भी गया था। बस! अब तुम मेरी चिंता मत करो। जाकर सो रहो। मेरे कारण तुम पूरी नींद भी नहीं ले पाती हो।"

"कुछ खाएगा?"

"नहीं मां!" आगे बढ़कर उसने अपनी भुजा से माता के दोनों कंधों को घेर लिया और स्नेहपूर्वक बलात् धकेलता हुआ उनके कमरे तक ले आया, "मुझे किसी वस्तु की आवश्यकता नहीं है। तुम सो जाओ।"

भुवनेश्वरी ने विचित्र दृष्टि से उसे देखा, किंतु कुछ कहा नहीं। वे बिस्तर पर लेट गईं।

नरेन्द्र स्वयं आकर अपने बिस्तर पर लेट गया। उसकी आंखों में अब भी नींद नहीं थी। उसे अपनी आत्मा का स्वर सुनाई पड़ रहा था... परिवार के पालन-पोषण और जीवन के सुख भोग के लिए तेरा जन्म नहीं हुआ है। यह संसार तेरा प्राप्य नहीं है। तुझे इसके पार जाना है। माया की इस यवनिका के पार, उस मायापति का साक्षात्कार करना है। वह गृहपालन से नहीं, गृहत्याग से होगा। तुझे अपने पितामह के समान गृहत्याग करना है। संन्यासी होकर तपस्या करनी है।

नरेन्द्र उठ बैठा। उसने एक छोटी संदूकची निकाली। उसे खोला। उसमें विभिन्न प्रकार के कागज थे। वह उन्हें देखता गया और फैलाता गया। दो चार कागज इधर-उधर कर वह एक पर रुक गया। उसे खोला... जन्मपत्रिका। विश्वनाथ दत्त के पुत्र नरेन्द्रनाथ दत्त की जन्मपत्रिका! अरे...

पत्रिका पर कुछ पंक्तियां रेखांकित थीं। उन्हें पढ़ा...'यह जातक पृथ्वी के तल पर घूमते हुए, परिव्राजक का जीवन व्यतीत करेगा।' नरेन्द्र रुक गया... तो इसलिए बाबा मेरे विवाह के पीछे पड़े हुए थे।

38

सुरेन्द्रनाथ मित्र के घर ठाकुर आए हुए थे।

नरेन्द्र ने आकर ठाकुर को भूमिष्ठ हो प्रणाम किया। वह अभी पूरी तरह उठ भी नहीं पाया था कि ठाकुर ने उसकी भुजा पकड़ ली।

"तुझे आज मेरे साथ दक्षिणेश्वर चलना होगा।"

नरेन्द्र निष्क्रिय-सा बैठा रह गया। उसके चेहरे पर स्पष्ट अनिच्छा थी।

"आज नहीं जा पाऊंगा महाराज!"

"क्यों नहीं जा पाएगा?"

"किन्हीं कारणों से आज घर पर रहना आवश्यक है।"

"आज रात तेरे घर में सेंध लगने वाली है?"

"नहीं! कुछ लोग मिलने आने वाले हैं।"

ठाकुर हंसे, "तेरे भावी ससुराल से?"

"नहीं ससुराल की कोई बात नहीं है। मुझसे मिलने कोई आए और मैं न मिलूं तो उसे निराशा होगी न?"

"तू नहीं चलेगा तो मुझे निराशा नहीं होगी?"

"दक्षिणेश्वर कितनी दूर है। आने-जाने में कितना समय लगेगा। मां घर पर अकेली हैं।"

"तेरी मां को क्या इसका अभ्यास नहीं है?"

"मुझे कुछ काम भी करना है।"

"कल कर लेना।"

"मैं जल्दी ही किसी दिन आऊंगा न!"

"नहीं! तुझे आज ही चलना होगा। आज मैं तुझे किसी प्रकार नहीं छोड़ूंगा।"

"आपकी हठ के सामने किसी और की चली है क्या। पर मैं जल्दी ही लौट आऊंगा।"

"हां! हां! जल्दी लौट आना। पहले चलेगा या पहले लौटेगा?"

गाड़ी में ठाकुर और नरेन्द्र साथ साथ बैठे। ठाकुर कुछ अधिक बातें करने की मुद्रा में नहीं थे। अधिकांशतः आत्मलीन ही रहे। नरेन्द्र को भी लग रहा था कि आज उनकी

मुद्रा कुछ अधिक गंभीर थी।

दक्षिणेश्वर पहुंच कर देखा : कुछ लोग पहले से बैठे उनकी प्रतीक्षा कर रहे थे। ठाकुर अपने तख्त पर बैठ गए। नरेन्द्र उनके सम्मुख अन्य लोगों के साथ फर्श पर बैठ गया। ठाकुर कुछ सोच रहे थे। कुछ लोगों ने उनसे ईश्वर संबंधी चर्चा करने का आग्रह किया। ठाकुर हां न में टाल कर मौन हो गए।

सहसा ठाकुर को भावावेश हो गया। वे अपने स्थान से उठकर डगमगाते पगों से नरेन्द्र की ओर बढ़े। लोगों ने हटकर उन्हें मार्ग दे दिया। वे नरेन्द्र के पास आए और वहीं बैठकर अत्यंत स्नेहपूर्वक उसका हाथ पकड़ लिया। उनकी आंखें डबडबाई हुई थीं। गालों पर अश्रु ढुलक पड़े। वे गाने लगे :

'कथा कहिते डेराई
न कहिते ओ डेराई,
आमार मने सन्देह्य
बुझि तोमाय हाराई, हा-राई।'

नरेन्द्र समझ गया कि ठाकुर उसके गृहत्याग के संकल्प को जान गए हैं। नरेन्द्र की भी आंखों से अश्रु ढुलकने लगे। कमरे में बैठे अन्य परिचित-अपरिचित लोग चकित रह गए। क्या हो गया ठाकुर को?

ठाकुर कुछ प्रकृतस्थ हुए।

"क्या हुआ महाराज?" भवनाथ ने पूछा।

"कुछ नहीं रे।" ठाकुर अश्रु पोंछकर निर्दोष भाव से हंसे, "हम दोनों के मध्य वैसा ही कुछ हो गया था।"

अंधकार हो गया था। एक-एक कर दो-चार लोग ठाकुर को प्रणाम कर, विदा होते गए। नरेन्द्र अभी द्विधाग्रस्त भाव से बैठा था।

"इधर तो आ रे।"

नरेन्द्र उठकर उनके पास आया।

"तू गृहत्याग का संकल्प कर चुका है?"

नरेन्द्र ने सिर झुका लिया। कुछ कहा नहीं।

"तेरी माता और भाइयों का पालन कौन करेगा?"

"महाराज! अहंकार ने मुझे छोड़ दिया है। जो सारे संसार का पालनकर्ता है, वही उनका भी पालन करेगा।"

"किंतु यह दायित्व तो तुझे सौंपा गया है।"

नरेन्द्र ने दृष्टि उठाकर सीधे उनकी आंखों में देखा, "दायित्व सौंपा गया होता, तो साधन भी दिए गए होते।"

ठाकुर ने स्नेहपूर्वक उसका हाथ पकड़ लिया, "जानता हूं, तू मां के काम के लिए

आया है। संसार में तू कभी नहीं रहेगा।" उनकी आंखें डबडबा आईं, "किंतु जब तक मैं हूं, मेरे लिए रह।" उनकी आंखों से अश्रु टपकने लगे, "मुझे वचन दे। बोल। वचन दे।"

नरेन्द्र मौन बैठा रहा। बोला नहीं। फिर उसकी आंखों से भी अश्रु ढरने लगे। उसने धीरे-से सिर हिला दिया।

39

नरेन्द्र और महेन्द्रनाथ गुप्त, नरेन्द्र के घर के वरांडे में बैठे थे।

"ठाकुर तुम्हें स्मरण कर रहे थे।"

"क्या कह रहे थे?"

"हाजरा ने बताया है कि तुम फिर किसी मुकदमे में पड़ गए हो।"

"पुराना मुकदमा है। मकान वाला। बाबा के समय से ही चल रहा है। हाजरा को अब मालूम हुआ होगा। ठाकुर क्या कह रहे थे?"

"ठाकुर ने कहा, 'नरेन्द्र जगदंबा को नहीं मानता। देह धारण करके शक्ति को मानना चाहिए। शक्ति को अस्वीकार करने में उसका इस सीमा तक जाना अच्छा नहीं। अब तो शक्ति के ही अधिकार क्षेत्र में आया है। जज साहब भी जब गवाही देते हैं, तो उन्हें अपने आसन से उठकर गवाह के कटघरे में खड़ा होना पड़ता है।' फिर उन्होंने मुझसे पूछा, 'क्या तुमसे नरेन्द्र की भेंट नहीं हुई।' मैंने बताया कि इधर नहीं हुई। बोले, 'एक बार मिलना और गाड़ी में बैठाकर यहां ले आना।'"

नरेन्द्र ने कोई उत्तर नहीं दिया।

"आज दक्षिणेश्वर चलोगे?"

"नहीं! आज नहीं। मुझे बैरिस्टर के पास मिलने जाना है, मुकदमे की अगली तारीख के लिए।"

"इस आर्थिक स्थिति में तुम मुकदमा कैसे लड़ रहे हो?"

नरेन्द्र अपने अधरों पर एक अवसन्न मुस्कान ले आया, "बैरिस्टर बाबा के मित्र हैं। वे हमारी सहायता कर रहे हैं और कुछ घर का सामान बिक रहा है।"

"ठाकुर शनिवार को अधरचंद्र सेन के घर आ रहे हैं। वहीं आ जाओ।"

"शनिवार को? ठीक है। आने का प्रयत्न करूंगा। शनिवार 6 सितंबर?"

महेन्द्रनाथ गुप्त हंसे, "हां! 6 सितंबर 1883 ईसवी। तिथि के साथ सन् संवत् भी तो बोला करो।"

40

ठाकुर अपने कमरे में अकेले बैठे सहजावस्था में हल्के-हल्के कोई गीत गुनगुना रहे थे। नरेन्द्र ने आकर उनके चरण पकड़ लिए।

ठाकुर ने उसकी ओर देखा, "क्या है रे? आज यह सब क्या हो रहा है?"

"आपने कहा था कि अपनी मां और भाइयों के पालन का दायित्व मुझे सौंपा गया है।"

"हां! कहा तो था। यदि मां की यह इच्छा न होती, तो तेरे पिता का देहांत क्यों होता?"

"अपने दायित्व को पूर्ण करने में मैं सर्वथा असमर्थ रहा हूं।"

"तो?"

"जिसका दायित्व है, उसे ही लौटा रहा हूं।"

"तो मेरे पांव क्यों पकड़े हुए है?"

"आप जगदंबा से कहें कि वह अपना काम अपने हाथ से करें। मुझे इस दायित्व से मुक्त करे।"

"क्या हो गया है आज? तेरा पौरुष इतना दीन क्यों हो रहा है?"

"क्योंकि अपने पौरुष का भ्रम मिट गया है। मेरी मां और भाइयों का कष्ट दूर करने के लिए, आपको जगदंबा से प्रार्थना करनी होगी।"

ठाकुर छिटककर अलग खड़े हो गए, "मैं ऐसी सांसारिक बातें मां से नहीं कहता। उसकी माया है, वह स्वयं चलाए, जैसे उसका मन चाहे। मैं टांग अड़ाने वाला कौन हूं।"

नरेन्द्र हठपूर्वक बोला, "जब संसार उसका है, तो सांसारिक बातें भी तो उसी से कही जाएंगी।"

"तू कहां मानता है कि संसार उसका है। मानता है क्या? मां को तू नहीं मानता। इसीलिए तुझे कष्ट है।"

"यह सत्य नहीं है कि मां को मानता नहीं, सत्य यह है कि मैं मां को जानता नहीं।"

"तो फिर तू उससे क्यों कहलवाना चाहता है, जिसे तू जानता ही नहीं। उससे ही क्यों नहीं कहता, जिसे तू जानता है?"

नरेन्द्र की आंखें गीली हो गईं, "उसी से तो कह रहा हूं। मैं तो केवल आपको ही जानता हूं। आप मां को जानते हैं, तो मेरे लिए आप ही उनसे कहिए।"

"अरे मैंने तो कितनी ही बार कहा है। मां! नरेन्द्र का दुख कष्ट दूर कर दो। पर तू मां को मानता नहीं, इसलिए मां सुनती ही नहीं।"

"आप फिर कहिए। मेरी ओर से कहिए। जब तक न मानें, तब तक कहिए। नहीं तो मैं आपके चरण नहीं छोडूंगा।"

"तू तो बहुत हठी है रे। अच्छा! तू स्वयं मां से कह तू मां को नहीं जानता तो जान-पहचान कर।"

नरेन्द्र को लगा, ठाकुर ठीक कह रहे हैं। वह व्यर्थ ही हठ कर रहा है। जान-पहचान करने से ही तो परिचय होगा।

"अपना मार्ग स्वयं अपने पैरों से चलना होता है रे। किसी के कंधे पर चढ़कर कितनी यात्रा हो सकती है।"

"मां मेरी बात सुनेंगी?"

"क्यों नहीं सुनेंगी? जगदंबा हैं वे। सबकी मां। पुत्र की प्रार्थना पर ध्यान नहीं देंगी क्या?"

नरेन्द्र आत्मलीन-सा सोचता रह गया। क्या कहे वह?

"आज मंगलवार है। रात को काली मंदिर में जाकर, मां को प्रणाम कर। तू जो कुछ मांगेगा, मां तुझे वही देंगी।" ठाकुर के स्वर में वचन का सा भाव आ गया था, "मेरी मां चिन्मयी ब्रह्मशक्ति हैं। उन्होंने अपनी इच्छा से इस संसार का प्रसव किया है। वे चाहें तो क्या नहीं कर सकतीं?"

ठाकुर के चरणों पर से नरेन्द्र की पकड़ शिथिल हो गई। ठाकुर ने अपने पैर खिसका लिए।

नरेन्द्र उठ बैठा।

"जा! मन की उद्विग्नता शांत कर। चिंता, विरोध और अंहकार को गंगा में तिरोहित कर आ। मन में सतोगुण की वृद्धि कर। मां का ध्यान कर।"

नरेन्द्र उन्हें हाथ जोड़कर गंगा तट पर जा बैठा।

रात का एक प्रहर बीत चुका था। नरेन्द्र वैसे ही गंगा तट पर बैठा था। ठाकुर उसके निकट आ खड़े हुए।

"जा अब। मंदिर में जा। मां के दर्शन कर। अपने परिवार के लिए जो मांगना हो मांग ले।"

नरेन्द्र ने एक बार दृष्टि उठाकर उनके चेहरे की ओर देखा और फिर उठ खड़ा हुआ। वह मंदिर की ओर चल पड़ा। ठाकुर भी उसके पीछे-पीछे चले, किंतु उनकी चाल पर्याप्त धीमी थी। वे मंदिर की ओर न जाकर, अपने कमरे में बैठ गए, जहां से मंदिर का द्वार दिखाई पड़ता था। उन्होंने देखा कि नरेन्द्र मंदिर में प्रवेश कर रहा था।

नरेन्द्र ने मंदिर में प्रवेश किया। उसका चेहरा जैसे आवेश से दीप्त था। मन में आतुरता थी। अपने चारों ओर वह जैसे किसी दिव्य अस्तित्व का अनुभव कर रहा था। उसे लगा, मंदिर जैसे इस लोक का अंग नहीं था। उसमें तो दिव्य ऐश्वर्य का लोक वर्तमान था। उसने दृष्टि उठाकर मां की प्रतिमा की ओर देखा। वहां निर्जीव प्रतिमा नहीं थी। यथार्थ में ही चिन्मयी, अनन्त प्रेम और सौन्दर्य की आधाररूपिणी सशरीर विद्यमान थीं। नरेन्द्र का हृदय भक्ति से आप्लावित हो रहा था। अत्यंत विह्वल बालक के समान, उसके कंठ में से एक सिसकारी उभरी। आंखों में अश्रु आ गए। उसके हाथ जुड़ गए और मुख से निकला, "मां!" वह भूमिष्ठ हो मां को बार-बार प्रणाम करता रहा। न मन में और कुछ था, न जिह्वा पर। बार-बार स्वतः ही उच्चरित हो रहा था, "मां!" वह जैसे मां के दर्शनों से अभिभूत था। कई बार प्रणाम कर, मां-मां पुकार लेने के पश्चात् उसकी दृष्टि मां के मुख पर जैसे चिपक गई। उसका संपूर्ण अस्तित्व उसकी दृष्टि में ही समा गया। उसके मुख से प्रस्फुटित हुआ, "मां! मुझे भक्ति दो, वैराग्य दो, विवेक दो मां! ताकि मैं तुम्हारा अबाध दर्शन करता रहूं।" उसे लगा वह किसी शांति सागर में किसी शांत द्वीप

पर बैठा था। आसपास कुछ नहीं था। सारा संसार-प्रपंच विलीन हो गया था। बस वह था और मां थीं।

ठाकुर ने अपने स्थान पर बैठे देखा कि नरेन्द्र मंदिर से बाहर आ रहा है। उसके पैर डगमगा रहे थे, जैसे नशे में हो। मन झूम रहा था; और अधरों पर मां की स्तुति थी।

वह पर्याप्त निकट आ गया तो ठाकुर ने पूछा, "क्यों रे! मां से गृहस्थी का अभाव दूर करने की प्रार्थना की है न?"

नरेन्द्र चौंका। कुछ विस्मित और कुछ चिंतित हुआ।

"नहीं महाराज! वह तो मैं भूल ही गया।"

"उनका उद्धार कैसे होगा, जिनको समय पर अपने हित-अहित का ध्यान नहीं रहता। मैं तो तेरे लिए ईशान जैसे छोटे-छोटे अधिकारियों से भी याचना करता रहता हूं और तू है कि मां के सामने से भी खाली हाथ लौट आया।"

"खाली हाथ? नहीं! मैं खाली हाथ तो नहीं लौटा महाराज! याचना तो मैंने भी की, किंतु...अब क्या करूं महाराज?"

"जा जा।" ठाकुर ने जैसे उसे मंदिर की ओर धकेला, "फिर जाकर प्रार्थना कर। अभी कुछ नहीं बिगड़ा।"

ठाकुर अपने स्थान पर बैठे मुस्कराते रहे। उन्होंने देखा कि नरेन्द्र पुनः मंदिर में गया है। उन्होंने अपनी आंखें बंद कर ली।

ठाकुर ने अपनी आंखें खोली। नरेन्द्र मंदिर से बाहर आ रहा था। वह क्रमशः उनके निकट आता गया, किंतु ठाकुर के चेहरे पर कोई उत्सुकता अथवा जिज्ञासा नहीं थी। वे जानते थे कि क्या हुआ है। नरेन्द्र उनके निकट आ गया।

"क्यों रे, अबकी बार तो कह आया न?"

नरेन्द्र चौंका। उसकी तल्लीनता भंग हुई। वह जैसे किसी सम्मोहन से जागा।

"नहीं महाराज!"

"तो फिर क्या कर आया?"

"मैं तो अपने वश में ही नहीं रह पाता महाराज! मां को देखते ही उनके प्रभाव से संसार की सारी बातें भूल कर, केवल ज्ञान-भक्ति लाभ की बात ही कह पाता हूं।"

"यह क्या रे! स्वयं को संभालकर वैसी प्रार्थना क्यों नहीं करता? हो सके तो और एकबार जाकर, उन बातों को कह आ। जल्दी जा।"

नरेन्द्र देख रहा था, ठाकुर उसे भीतर धकेल रहे थे, जैसे तत्काल न गया तो देर हो जाएगी। नरेन्द्र पुनः मंदिर की ओर चला गया। ठाकुर उसे जाते देख मुसकराते रहे।

इस बार मंदिर में प्रवेश करने पर नरेन्द्र का अनुभव आत्मविस्मृति का नहीं हुआ। मां सामने साक्षात् खड़ी थीं। नरेन्द्र का अपना अस्तित्व भी विलीन नहीं हुआ। उसे स्मरण

रहा कि वह क्या मांगने आया है? मां स्नेहमयी दृष्टि से उसकी ओर देख रही थीं। जैसे पूछ रही हों, "क्या चाहिए तुझे? मांग। जो मांगना है तुझे, मांग।"

लज्जा के मारे नरेन्द्र के पांव जड़ हो गए। कंठ सूख गया और जिह्वा निस्पंद हो गई। उसने मां की ओर देखा।

"मैं और कुछ नहीं मांगता मां! मुझे ज्ञान और भक्ति दो।" उसका मन एकाग्र होता गया, "...तुम्हें पराया मानकर तुमसे मांगने आया था, जैसे तुम्हें मेरा ध्यान ही न हो। मां को अपने शिशु का ध्यान नहीं होगा तो और किसे होगा। मां ने यदि अपने शिशु के मुख से दूध का कटोरा हटा लिया है, तो उसका भी कोई कारण होगा। शिशु को कोई ऐसा रोग होगा, जिसमें दूध पीना उसके लिए हानिकारक होगा। मुझे भक्ति और ज्ञान दो मां! केवल भक्ति और ज्ञान। और कुछ नहीं। मां! मां!!"

ठाकुर अपने स्थान पर बैठे नरेन्द्र को मंदिर से निकलते देखते रहे। वह पूर्णतः आत्मलीन था।

"क्यों रे, मांग लाया मां से धन-दौलत?"

नरेन्द्र ने एक दृष्टि उन पर डाली और सीधे उनके चरणों पर जा गिरा।

"आपने ही मुझे विस्मृति में डाल दिया। मेरा यह मतिभ्रम आपका ही दिया हुआ है। अब आपको ही कहना होगा, जिससे मेरे परिवार वालों को अन्न-वस्त्र का कष्ट न हो।"

"अरे मैं तो वैसी प्रार्थना किसी के लिए भी नहीं कर सका। मेरे मुख से तो वैसी कोई सांसारिक याचना निकलती ही नहीं।"

"तो मैं अब किसके पास जाऊं? किससे याचना करूं?"

"तुझे कह दिया कि जो कुछ मां से मांगेगा, वही पा जाएगा तो अब और क्या चाहिए तुझे?"

"पर मां के सम्मुख जाकर मैं कद्दू कोंहड़ा तो नहीं मांग सकता न। नहीं मांग सका मां से मैं।"

"तू मांग नहीं सका तो तेरे भाग्य में सांसारिक सुख ही नहीं है। अब बता मैं क्या करूं?"

"मां से नहीं कहना चाहते तो आप स्वयं ही वर दीजिए कि मेरे परिजनों के कष्ट दूर हों। आपके एक बार कह देने से ही उनके अभावों की पूर्ति हो जाएगी।"

"तुझे विश्वास है?"

"हां! मुझे दृढ़ विश्वास है।"

ठाकुर उसकी ओर देखते रहते हैं। नरेन्द्र अब भी उनके चरण दृढ़ता से पकड़े हुए था।

"अच्छा जा! उनको मोटे अन्न और वस्त्रों का कोई अभाव नहीं रहेगा।"

नरेन्द्र ने उनके चरण छोड़ दिए। एक बार उनकी ओर देखा और फिर अपना मस्तक ही उनके चरणों पर रख दिया।

प्रातः अपने कमरे में बैठे ठाकुर गा रहे थे। नरेन्द्र उनके निकट बैठा था। बैकुंठनाथ भी वहीं था।

"तुमि जले, तुमि स्थले,
तुमि आद्यमूले गो मां!
आओ सर्वघटे, अक्षपुटे,
साकार आकार निराकारा।।
तुमि संध्या, तुमि गायत्री,
तुमिइ जगद्धात्री गो मां!
तुमिइ अकुलेर बाणकर्त्री
सदा शिवेर मनोहरा।।
मां! त्वं ही तारा।
तुमि त्रिगुणाधरा परात्परा।
तोरे जानी मां ओ दीनदयामयी
तुमि दुर्गमेते दुःखहरा।।

उन्होंने नरेन्द्र पर एक स्नेहमयी दृष्टि डाली और फिर बैकुंठनाथ की ओर देखा। और सहसा वे गंभीर दार्शनिक भक्त से एकदम बच्चा बन गए। निपट बालक के समान मचल कर बोले।

"तंबाकू पियूंगा।"

बैकुंठनाथ कुछ अटपटा गया। फिर उठा और चिल्लम में तंबाकू लगाकर, ठाकुर का हुक्का उनके हाथ में दे दिया। ठाकुर ने हुक्का पकड़ा। ताबड़-तोड़ दो-तीन बार खींचा और हुक्का बैकुंठ की ओर बढ़ा दिया। बैकुंठ ने हुक्का थाम लिया और चकित होकर उनकी ओर देखा।

"चिल्लम मैं पियूंगा।" ठाकुर बोले।

बैकुंठ के कुछ करने से पहले ही उन्होंने स्वयं ही हुक्के पर से चिलम उतार ली। दो-तीन कश लिए और चिलम को नरेन्द्र के मुख से सटा कर बोले, "पी! मेरे हाथ से पी।"

हतप्रभ बैकुंठ ने ठाकुर की ओर देखा। नरेन्द्र भी कुछ स्कुचित हो गया।

ठाकुर ने उसे डपट दिया, "तेरी बुद्धि बड़ी छोटी है रे। क्या तू और मैं भिन्न हैं?" उन्होंने अपनी ओर संकेत किया, "यह भी मैं हूं," और फिर नरेन्द्र की ओर संकेत किया, "वह भी मैं हूं।"

उन्होंने नरेन्द्र को चिलम पिलाने के लिए हाथ उसकी ओर हाथ बढ़ा दिया।

"लाइए! मुझे दीजिए। मैं स्वयं पी लूंगा।"

ठाकुर ने अपना हाथ उसके मुंह से सटा दिया, "नहीं! मेरे हाथ से पी।"

बाध्य होकर नरेन्द्र ने दो-तीन बार खींचा। उसके मुंह हटाते ही ठाकुर स्वयं उसी चिलम से पीने लगे। नरेन्द्र व्याकुल हो उठा।

"महाराज! आपका हाथ उच्छिष्ठ हो गया है। हाथ धोकर तंबाकू पीजिए।"

ठाकुर उसी प्रकार चिलम पीते रहे, "धत् मूर्ख। तुझमें भारी भेदबुद्धि है।"

अंधकार हो गया था।

नरेन्द्र और बैकुंठनाथ दक्षिणेश्वर मंदिर से बाहर निकले। नरेन्द्र ने अपने कुर्ते की जेब में हाथ डाला। उसकी जेब में एक भी पैसा नहीं था; किंतु उसके चेहरे पर चिंता का कोई लक्षण नहीं था।

"आप किराये की गाड़ी अथवा नाव पर जाना चाहें, तो जाएं। मैं तो पैदल ही जाऊंगा।"

बैकुंठनाथ क्षण भर असमंजस में रहे फिर बोले, "नहीं! मैं भी पैदल ही चलूंगा। आपका संग है, तो फिर क्या चिंता।"

"थक तो नहीं जाएंगे?"

"नहीं थकूंगा। आपके साथ वार्तालाप में थकान का पता ही नहीं चलेगा।"

"ऐसा क्या गुण है मेरे वार्तालाप में?"

"तारापद कहता है..." बैकुंठनाथ कुछ संकुचित होकर बोले, "आपका मित्र है न, वह तारापद घोष। वह मेरे साथ मेरे ही दफ्तर में काम करता है। बहुधा आपकी चर्चा किया करता है। कहता है कि आपके समान रोचक और ज्ञानवर्द्धक बातें करने वाला व्यक्ति उसने नहीं देखा। वह आपसे बहुत प्यार करता है। वह कहता है, आप भी उससे बहुत प्रेम करते हैं।"

"प्रेम! संसार में केवल ठाकुर ही हैं, जो प्रेम करना जानते हैं और कर सकते हैं। दूसरे लोग केवल अपने स्वार्थसाधन के लिए प्रेम का बहाना करते हैं।" नरेन्द्र ने रुककर बैकुंठ की ओर देखा, "आप मेरा विश्वास करेंगे, अकेले ठाकुर ही प्रथम दिन की भेंट से आज तक हर समय, समान भाव से मुझ पर विश्वास करते आए हैं। अन्य कोई नहीं। सगी मां और भाई भी नहीं।" उसके स्वर में अपूर्व आह्लाद जाग उठा था, "उनके इस प्रकार के विश्वास और प्रेम ने ही मुझे जन्म भर के लिए बांध लिया है। मैं उनका ऋणी हूं। दास हूं उनका, क्रीत दास...।"

41

ठाकुर की दृष्टि सामने बैठे नरेन्द्र पर पड़ी। उनकी आत्मलीनता और बढ़ने लगी और मन के भाव बदलने लगे, 'यह बैठा है नरेन्द्र। कैसा चिंतित है। इसकी माँ इसे संसार में रोके रखना चाहती है। चाहती है कि यह विवाह करे, नौकरी करे, घर-गृहस्थी करे। इधर माँ

काली उसकी प्रतीक्षा कर रही हैं। कब वह इधर आए, और उनका काम करे...' और सहसा ठाकुर को लगा कि बलराम की आत्मा उनके भीतर सघन होकर गोप बालकों के समान माँ काली को आश्वासन दे रही है, '...मैं लाऊँगा माँ! नरेन्द्र को तेरे पास। मैं लाऊँगा। ऐसा मंत्र फूँकूँगा, उसके कान में कि सांसारिक बंधन उसे रोक नहीं पाएँगे...मैं लाऊँगा माँ! उसे तेरे पास! मैं लाऊँगा...'

ठाकुर उठकर खड़े हो गए और उनकी आत्मलीनता सघन होकर समाधि में परिणत हो गई। उन्होंने अपना पैर नरेन्द्र के घुटने पर रख दिया था, 'देख माँ! नरेन्द्र आएगा। मैं लाऊँगा उसे...'

ठाकुर जब तक समाधिस्थ रहे, नरेन्द्र भी अपने स्थान से हिला नहीं। कीर्तन चल ही रहा था। वह जानता था कि ठाकुर अधिक देर तक समाधिस्थ नहीं रहेंगे। और यदि वे शीघ्र प्रकृतिस्थ नहीं भी होंगे, तो वह उनकी समाधि को भंग करने का प्रयत्न नहीं करेगा। ठाकुर का समाधिस्थ होकर उसे इस प्रकार स्पर्श करना उसके लिए भी एक अद्‌भुत अनुभव था, जैसे शरीर के कण-कण से एक ऊर्जा-सी फूटने लगती थी और वह सारी ऊर्जा सामंजस्य की ओर बढ़ती थी, जैसे उसकी विभिन्न प्रवृत्तियों को विरोधी दिशाओं में भागने से रोककर जुए में बाँध दिए गए बैलों के समान एक ही दिशा में बढ़ने को बाध्य कर देती थी।

ठाकुर प्रकृतिस्थ हुए। वे अपने स्थान पर जा बैठे और फिर जैसे कीर्तन में रम गए।

ठाकुर के प्रकृतिस्थ होते ही नरेन्द्र का सम्मोहन भी टूट गया। जाने क्यों नरोत्तम का कीर्तन उसे मुग्ध नहीं कर पा रहा था। या तो उसका अपना ही मन उचाट था, या फिर संगीत में कोई त्रुटि थी। यदि वह वहाँ थोड़ी देर और बैठता, तो बहुत संभव था कि अपनी व्याकुलता में कुछ ऐसा कर बैठता, जिससे कीर्तन अथवा कीर्तनकार की अवमानना होती। इससे तो अच्छा था कि वह वाटिका की सैर कर आए....

कीर्तन चलता रहा और नरेन्द्र उठकर बाहर चला गया। ठाकुर की दृष्टि लगातार नरेन्द्र का पीछा कर रही थी। वह बाहर निकल गया तो उनका मन भी अशांत हो उठा। अब तक वे बलराम बनकर कृष्ण को यशोदा से छीन रहे थे और अब सहसा ही, उनके मन में यशोदा का भाव जागा, जाने कृष्ण कहाँ होगा? उसे भूख लगी होगी। वह कहाँ भटक रहा होगा। पता नहीं वहाँ कोई उसकी देखभाल भी करेगा या नहीं। कोई उसे कुछ खाने को देगा भी या नहीं...

"बाबूराम!" ठाकुर ने हाथ के संकेत से बाबूराम को अपने निकट बुलाया।

"मेरे कमरे में एक बर्तन में खीर रखी है। जा, नरेन्द्र उधर ही गया होगा। उसे वह खीर दे दे। वह खा लेगा।"

बाबूराम ने कुछ कहा नहीं, बस, ठाकुर को देखा भर। उसकी आँखें पूछ रही थीं, 'और मैं? खीर नरेन्द्र को दे दूँ, और मैं?'

ठाकुर की भी आँखें ही बोलीं, 'पता नहीं उसने कुछ खाया भी है या नहीं। जा, जाकर

खीर उसे दे दे।'

बाबूराम कमरे की ओर जाने के लिए मुड़ गया, किंतु उसकी मुद्रा जैसे अब भी कह रही थी–'हाँ! मैं जानता हूँ। आपके यहाँ रखी खीर तो नरेन्द्र को ही मिलेगी।'

42

"देवेंद्र बाबू नहीं आए हैं। वे आहत अभिमान से कहते हैं, 'हमारे अंदर तो कुछ सार नहीं है। हम वहाँ आकर क्या करेंगे।'"

नरेन्द्र समझ गया कि देवेंद्र बाबू के बहाने गिरीश अपने आहत अभिमान की चर्चा कर रहा था, ठाकुर ने उसे लहसुन वाली कटोरी जो कह दिया था। नाटककार था न, रूपक में बात कर रहा था। एक पात्र पर दूसरा पात्र आरोपित कर रहा था, किंतु ठाकुर ने कोई विशेष चिंता नहीं की। अत्यंत सहज भाव से बोले, "पहले तो वे ऐसी बातें नहीं करते थे।"

ठाकुर ने गिरीश के कथन को अपने ऊपर आरोप के रूप में भी स्वीकार नहीं किया था। लोगों के अभिमान को अक्षुण्ण बनाए रखने भर के लिए यदि वे उनकी अपेक्षाओं के अनुरूप व्यवहार करते रहेंगे, तो ठाकुर सहज कैसे रह पाएँगे। शायद इसीलिए वे इन बातों का दायित्व अपने सिर नहीं लेते...

गिरीश ने ठाकुर के जलपान की व्यवस्था कर रखी थी। थियेटर है तो क्या, वह उन्हें बिना सत्कार के नहीं जाने देगा।

ठाकुर ने जलपान आरंभ किया। मिठाई का एक टुकड़ा उन्होंने नरेन्द्र की ओर बढ़ाया, "लो, तुम भी खाओ।"

यतीन ने देखा : ठाकुर ने अन्य उपस्थित लोगों में से किसी को न तो खाने का निमंत्रण दिया था, न ही उनमें से किसी की ओर तश्तरी बढ़ाई थी बस केवल नरेन्द्र...

वह जैसे पूर्णतः अनियंत्रित हो उठा था। विस्फोट-सा करता हुआ बोला, "आप बस 'नरेन्द्र! खाओ', 'नरेन्द्र! खाओ' कह रहे हैं। और भी तो इतने लोग यहाँ उपस्थित हैं। हम लोग मनुष्य नहीं हैं? अपदार्थ हैं? या बाढ़ के साथ बह आए घास-फूस हैं?"

नरेन्द्र ने यतीन की ओर देखा, क्या हो गया है उसे? साधु-संतों के साथ इस प्रकार व्यवहार किया जाता है क्या? यतीन के लिए ठाकुर नए नहीं थे। क्या वह ठाकुर के व्यवहार को समझता नहीं है? वैसे खाने-पीने का कोई अभाव नहीं था यतीन को। वह शोभा बाजार के धनी-मानी राजाओं के परिवार में से था–राधाकांत देव का पुत्र! तो यह भी आहत अभिमान का ही चीत्कार था। गिरीश और उसके आसपास इतने आहत अभिमानी क्यों एकत्रित हो गए थे? ये कहीं गिरीश के ही प्रतिबिंब तो नहीं थे?

ठाकुर ने नरेन्द्र की ओर देखा, "देख, यतीन तेरे ही विषय में कह रहा है।" उन्होंने स्निग्ध भाव से यतीन की ठोड़ी पकड़ उसे प्यार से हिलाया और सहास बोले, "दक्षिणेश्वर आना। वहाँ मैं तुम्हें खाने के लिए पर्याप्त दूँगा।" उनके चेहरे पर किसी प्रकार का कोई

असहज भाव नहीं था...न यतीन के अभद्र प्रलाप का मलाल, न पक्षपात के आरोप का उद्वेग।

नरेन्द्र के मन के भावों की पुष्टि हो रही थी। ठाकुर से सामाजिक शिष्टाचार के नाम पर अथवा अपनी अपेक्षा जताकर स्नेह नहीं पाया जा सकता था।

आज का रविवार अन्य रविवारों से पर्याप्त भिन्न था। आज होली भी थी और चैतन्य महाप्रभु का जन्मदिवस भी। कैसा संयोग था कि जिन कृष्ण की चर्चा के बिना होली की कल्पना अधूरी लगती थी, चैतन्य का प्राकट्य-दिवस उसी होली के दिन आ पड़ा था। दक्षिणेश्वर में विशेष उत्साह था।

ठाकुर के कमरे में पहुंचकर नरेन्द्र ने उन्हें प्रणाम किया और उनके सामने फर्श पर बिछी चटाई पर बैठ गया।

"तेरी तबीयत तो ठीक है न?" उसे देख ठाकुर तख्त से उठकर उसके पास चटाई पर आ बैठे, सुना है तू गिरीश घोष के यहाँ प्रायः जाता है।"

नरेन्द्र ठिठका। अभी उस दिन ही तो उन्होंने 'स्टार' थियेटर में पूछ लिया था, 'गिरीश से तेरी क्या मित्रता?' और आज फिर पूछ रहे हैं कि क्या वह प्रायः गिरीश के घर जाया करता है और फिर उसकी तबीयत से उसका क्या संबंध? इतना तो स्पष्ट था कि ठाकुर को उसका गिरीश से मिलना-जुलना अच्छा नहीं लगता था। पर क्यों? गिरीश तो ठाकुर की भक्ति करता है, उन्हें अवतार मानता है, और ठाकुर ने भी उस पर कृपा की है।

"जी, हाँ! कभी-कभी जाया करता हूँ।" नरेन्द्र बोला।

"कभी-कभी नहीं।" ठाकुर बोले, "तू वहाँ बहुत जाने लगा है। इतना जाना अच्छा नहीं।"

"क्यों?"

"लहसुन के कटोरे को कितना भी धोओ, कुछ-न-कुछ गंध तो उसमें रहेगी ही। और तुम सब लड़के शुद्ध आहार के हो। लड़कों ने कामिनी और कांचन का स्पर्श भी नहीं किया है। बहुत दिनों तक कामिनी और कांचन का उपभोग करने पर लहसुन की तरह गंध आने लगती है। उन दोनों का इस प्रकार मिलना उचित नहीं है।"

"क्या होगा दोनों के मिलने से?" नरेन्द्र की हठ बोलने लगी थी।

"जैसे पूरा पका हुआ शुद्ध फल और कौए का काटा हुआ आम। कौए का काटा हुआ आम देवता पर चढ़ ही नहीं सकता, उसके खाने में भी संदेह है। जैसे नई हाँड़ी और दही जमी हाँड़ी। दही जमी हाँड़ी में दूध रखते डर लगता है। प्रायः उसमें दूध खराब हो जाता है।" ठाकुर ने उसकी ओर देखा, "गिरीश जैसे गृहस्थ योग भी चाहते हैं और भोग भी। जैसा भाव रावण का था–नाग कन्याओं और देव कन्याओं को हथियाना चाहता था, उधर राम की प्राप्ति की आशा भी रखता था। असुर लोग अनेक प्रकार के भोग भी करते

हैं और नारायण को पाने की इच्छा भी रखते हैं।"

नरेन्द्र के मन में पर्याप्त उथल-पुथल थी। अभी उस दिन जब ठाकुर 'वृष-केतु' नाटक देखने गए थे, उन्होंने गिरीश को कहा था कि लहसुन की गंध चली जाएगी और आज फिर...

"गिरीश ने पहले के लोगों का संग छोड़ दिया है।" नरेन्द्र ने अपनी ओर से गिरीश का पक्ष प्रस्तुत किया।

"ठीक है।" ठाकुर बोले, "किंतु बूढ़ा बैल बधिया बनाया गया है। संस्कार कठिनाई से ही छूटते हैं।"

"गिरीश इन दिनों केवल ईश्वर का ही चिंतन करता है।" नरेन्द्र ने विरोध किया।

"अच्छा है।" ठाकुर का स्वर कुछ सहज हुआ, किंतु तत्काल ही वे अपने पिछले स्थान पर लौट आए, "किंतु इतनी गालियाँ क्यों दिया करता है? मुझसे इतनी अभद्र भाषा क्यों बोलता है?"

नरेन्द्र के मन में बहुत कुछ स्पष्ट हुआ, उसे बताया गया था कि पिछले सप्ताह बहुत कुछ घटित हो गया था। ठाकुर नाटक देखने 'स्टार' थियेटर गए थे। गिरीश की उनके प्रति भक्ति बहुत बढ़ गई थी, किंतु उस समय वह सुरा पीकर भ्रष्टबुद्धि हुआ पड़ा था। उस स्थिति में उसकी भक्ति कुछ व्यग्र हो उठी थी। उस अस्वाभाविक अवस्था में वह ठाकुर के पीछे पड़ गया, 'वचन दो कि तुम मेरे पुत्र होकर जन्मोगे।' ठाकुर ने उत्तर दिया कि उनके पिता शुद्धसत्व ब्राह्मण थे, वे भला क्यों गिरीश के पुत्र होने जाएँ? इस पर क्रुद्ध होकर गिरीश ने ठाकुर को अभद्र गालियाँ दीं। अन्य उपस्थित लोगों ने कछ बीच-बचाव किया और ठाकुर को दक्षिणेश्वर ले आए। उन्होंने ठाकुर को यह परामर्श भी दिया कि वे ऐसे पापी के पास फिर न जाएँ और न ही कभी उसे अपने निकट आने दें। ठाकुर चुपचाप सब कुछ सुनते रहे। अगले दिन दक्षिणेश्वर में भी वही प्रसंग चलता रहा। उस दिन जब रामचंद्र दत्त ठाकुर के पास दक्षिणेश्वर पहुँचे तो ठाकुर ने पूछा, 'राम! तुम्हारा क्या मत है?' रामचंद्र दत्त बोले, 'कालिय नाग ने जैसे श्रीकृष्ण से कहा था कि प्रभु! तुमने मुझे विष ही दिया है, फिर मैं अमृत कहाँ से लाऊँ? गिरीश बाबू की भी वही स्थिति है। आपने जो कुछ उन्हें दिया है, उसी से तो वे आपकी पूजा करेंगे। वे अमृत कहाँ से पाएँगे?' रामचंद्र दत्त की बात सुनकर ठाकुर उन्हीं की गाड़ी में गिरीश के घर पहुँचे। नशा उतर जाने पर गिरीश को भी अपनी भूल का अनुभव हो गया था। वह ग्लानि और पश्चात्ताप के कारण भोजन इत्यादि त्याग बैठा था। ठाकुर को देखते ही वे उनके चरणों में लोट गया, 'ठाकुर, आज यदि तुम नहीं आते, तो मैं समझता कि तुम निंदा-स्तति को अब भी समान भाव से ग्रहण नहीं कर सके हो–परमहंस नाम में तुम्हारा अधिकार नहीं हुआ है। पर आज मैं समझ गया कि तुम वही हो, वही हो। अब तुम मुझसे छल नहीं कर सकोगे।'

नरेन्द्र ने यह सब कुछ सुना था और ठाकुर पर मुग्ध भी हुआ था और अब ठाकुर क्या कह रहे हैं? स्वयं तो गिरीश के घर जाकर पतित-पावन का यश लूट आए और उसे

वे गिरीश से दूर रखना चाहते हैं? क्या लीला कर रहे हैं ठाकुर? या वह सब मात्र सामाजिकता थी और मन से वे अभी तक उसे क्षमा नहीं कर पए हैं?

"मेरी वह अवस्था नहीं है कि अभद्रता सहन कर सकूँ।" ठाकुर कह रहे थे, "जब बिजली गिरती है, तब मोटी चीजें उतनी नहीं हिलतीं, जितनी झरोखे की झँझरियाँ हिल जाती हैं। सतोगुण की अवस्था में कोलाहल नहीं सहा जाता। हृदयराम इसीलिए चला गया। माँ ने उसे यहाँ नहीं रखा। अंतिम दिनों में बहुत बढ़ा-चढ़ी करने लगा था। मुझे गालियाँ देता था, हल्ला मचाता था।" और सहसा ठाकुर की चर्चा ने विकट मोड़ लिया, "मेरे विषय में गिरीश के विचारों से क्या तुम सहमत हो?"

नरेन्द्र के भीतर-ही-भीतर विचार-शृंखला झटके से टूट गई। ठाकुर कहाँ-से-कहाँ छलाँग लगा देते हैं। अभी वे गिरीश की अभद्रता की चर्चा कर रहे थे, नरेन्द्र और दूसरे लड़कों को उससे दूर रखने का प्रयत्न कर रहे थे और सहसा...

"वह आपको ईश्वर का अवतार मानता है।" नरेन्द्र बोला और फिर उसका स्वर कुछ दृढ़ हो गया, "मैंने इस विषय में कुछ नहीं कहा।"

नरेन्द्र अत्यंत स्पष्ट शब्दों में कह रहा था कि उसने ठाकुर के अवतारत्व को स्वीकार नहीं किया है, किंतु ठाकुर ने रंच मात्र भी प्रतिक्रिया प्रकट नहीं की, जैसे उन्होंने कुछ सुना ही न हो। बोले, "किंतु उसका विश्वास बहुत दृढ़ है, क्या तुम्हें ऐसा नहीं लगता?"

नरेन्द्र उसका क्या उत्तर देता। उसने अपनी दृष्टि चारों ओर घुमाई। महेंद्र गुप्त भी आकर उन दोनों के निकट चटाई पर बैठ गया था और कमरे में ठाकुर के अनेक भक्त आ गए थे। कमरा प्रायः भर चुका था।

"देखो बच्चे, कामिनी और कांचन त्यागे बिना ईश्वर की प्राप्ति नहीं हो सकती।"

ठाकुर संवाद की स्थिति में नहीं थे। वे आत्मलीन होकर जैसे भावमग्न हो चुके थे। उनकी दृष्टि में करुणा भी थी और स्नेह भी। वे विभोर होकर गा उठे–

"बात करते हुए भी भय होता है, न करने पर भी भय होता है। हमारे हृदय में यह संदेह है कि राधा! तुम्हारे जैसे धन को हम खो न बैठें। तेरा मन जैसा है, तुझे हम वैसा ही मंत्र देंगे। पर तेरा मन तेरे पास है भी? हम लोग जिस मंत्र के बल से विपत्तियों से त्राण पाते हैं, उसी मंत्र से दूसरों को भी उत्तीर्ण करते हैं। अब सब कुछ तुम्हारे ही ऊपर निर्भर है।"

नरेन्द्र स्पष्ट देख रहा है कि ठाकुर भयभीत हैं कि नरेन्द्र किसी अन्य का हो गया है। किसका? गिरीश का? ठाकुर को छोड़कर कोई गिरीश का हो सकता है क्या? और गिरीश का होकर कोई ठाकुर से दूर हो सकता है क्या? पर ठाकुर के इस प्रेममय आशंकित मन का कोई क्या करे? ठाकुर स्वयं ही कहते हैं कि व्यक्ति जिससे जितना अधिक प्रेम करता है, उसे लेकर उतना ही आशंकित भी रहता है। इस साक्षात् प्रेम-मूर्ति को कोई क्या समझाए?

नरेन्द्र का मन ही तरल नहीं हुआ, आँखें भी भर आईं। वह सजल नयन प्रेम के

उस अवतार को देखता रहा।

44

"अब नरेन्द्र उतना क्यों नहीं आते?"

ठाकुर की मुद्रा गंभीर हो गई। लगा, उनके मन की कोई सोई हुई पीड़ा जाग उठी है।

"अन्न की चिंता बड़ी गंभीर होती है," उन्होंने श्वास छोड़ा, "बड़े-बड़ों की बुद्धि ठिकाने लगा देती है।"

"अन्नदा गुहा के पास तो नरेन्द्र का आना-जाना खूब है।" बलराम के स्वर में स्पष्ट शिकायत थी, जैसे वह ठाकुर द्वारा नरेन्द्र को दिए गए रक्षा कवच को खंडित कर देना चाहता था।

नरेन्द्र के प्रति अनेक लोगों के मन में अनेक प्रकार के विरोध थे–ठाकुर जानते थे–उन विरोधों के अपने व्यक्तिगत कारण भी थे, किंतु सबसे बड़ा कारण तो नरेन्द्र के प्रति ठाकुर का प्रेम ही था। प्रत्येक व्यक्ति शायद अपनी स्पर्धावश उनके सम्मुख प्रमाणित करना चाहता था कि जिस नरेन्द्र को ठाकुर इतना प्रेम करते हैं, वह इस योग्य नहीं है। बलराम तो शायद यह कहना चाहता था कि नरेन्द्र के पास अन्य लोगों के लिए तो समय है, ठाकुर के लिए ही नहीं है।

"हाँ! ऑफिस वाले एक व्यक्ति के यहाँ नरेन्द्र और अन्नदा–ये लोग जाया करते हैं।" ठाकुर बोले, "ये सब मिलकर वहाँ ब्रह्म समाज करते हैं।"

"उस ऑफिस वाले का नाम तारापद है।" चुन्नीलाल ने बताया।

ठाकुर के इस प्रमाण से भी बलराम जैसे संतुष्ट नहीं हुआ। बोला, "कुछ ब्राह्मण कहते हैं, अन्नदा गुहा बड़ा अहंकारी है।"

ठाकुर समझ रहे थे। बलराम के मन से नरेन्द्र का विरोध हट नहीं रहा था। इसलिए अब वह नरेन्द्र को छोड़कर, नरेन्द्र की संगति को दूषित सिद्ध करने का प्रयत्न कर रहा था।

"ब्राह्मणों की इन बातों पर ध्यान ही नहीं देना चाहिए।" ठाकुर आदेशात्मक स्वर में बोले, "उनका हाल तो जानते ही हो। जो उन्हें दान नहीं देता, वह बदमाश हो जाता है, और जो दे दे, वह भला मानस। धन का लोभी विश्वसनीय नहीं होता।" ठाकुर ने रुककर बलराम को देखा और जैसे अपना निर्णय सुना दिया, "अन्नदा को मैं जानता हूँ–वह अच्छा आदमी है।"

45

फिर तो घोर तर्क ठन गया। ईश्वर यदि अनंत हैं, तो उनके अंश किस प्रकार होंगे? इस विषय में हैमिल्टन का क्या विचार है, हर्बर्ट स्पेंसर क्या मानता है, टिंडल और हक्सले ने क्या कहा? शब्दों पर शब्द, वाक्यों पर वाक्य, उक्तियों पर उक्तियाँ, तर्कों पर तर्क...

"मुझे यह सब अच्छा नहीं लगता।" ठाकुर उस वितंडावाद से जैसे घबराकर बोले, "मैं तर्क क्यों करूँ? सब कुछ तो साफ-स्पष्ट देख रहा हूँ–वे ही सब हैं, वे ही सब कुछ हुए हैं। यह भी है, और वह भी। एक अवस्था में मन और बुद्धि अखंड में खो जाते हैं। नरेन्द्र को देखकर मेरा मन अखंड में लीन हो जाता है।" उन्होंने रुककर गिरीश की ओर देखा, "इस विषय में तुम्हारी क्या राय है?"

गिरीश हँस पड़ा : जिस प्रकार का दंगल वह नरेन्द्र से चाहता था–वह ठाकुर ने करने नहीं दिया। नरेन्द्र को तर्क-क्षेत्र में सबके सामने चित करने की उसकी कामना पूरी नहीं हुई। तो अब ठाकुर उसे किस जाल में फँसा रहे हैं? बोला, "आप मुझसे यह क्यों पूछ रहे हैं? जैसे एक इस प्रश्न को छोड़, शेष सब कुछ मैं जानता ही हूँ।"

ठाकुर के चेहरे पर हलका-सा असमंजस उभरा, "फिर वही! समाधि से दो चरण नीचे उतरे बिना, कुछ कहा ही नहीं जाता। शंकर ने जो समझाया है, वह ठीक है, पर रामानुज का विशिष्टाद्वैत भी ठीक है।"

"विशिष्टाद्वैत क्या है?" नरेन्द्र ने पूछा।

"विशिष्टाद्वैत रामानुज का मत है अर्थात् जीव, जगत्, विशिष्ट ब्रह्म–सब मिलकर एक। जैसे बेल–बिल्व-फल। एक ने उसके खोपड़े को अलग, बीजों को अलग और गूदे को अलग कर लिया था। फिर यह समझने की आवश्यकता हुई कि वह बेल वजन में कितना था। तब केवल गूदा तौलने पर बेल का वजन कैसे पूरा उतर सकता था। पूरा वजन समझना है तो खोपड़ा, बीज और गूदा तीनों ही एक साथ लेने होंगे। वैसे तो खोपड़े और बीजों को निकालकर, गूदे को लोग असल चीज समझते हैं, पर फिर विचार करके देखो–जिस वस्तु का गूदा है, उसी का खोपड़ा भी है और उसी के बीज भी। पहले नेति-नेति करके जाना पड़ता है। जीव नेति, जगत् नेति–इस प्रकार विचार करना पड़ता है। ब्रह्म ही वस्तु है, और सब अवस्तु, फिर यह अनुभव होता है–जिसका गूदा है, खोपड़ा और बीज भी उसी के हैं। जिसे ब्रह्म कहते हो, उसी से जीव और जगत् भी हुए हैं। जिसकी नित्यता है, लीला भी उसी की है। इसीलिए रामानुज कहते हैं–जीव जगत्–विशिष्ट ब्रह्म। इसे ही विशिष्टाद्वैतवाद कहते हैं।" ठाकुर ने रुककर उन लोगों को देखा, "अब बताओ, इसमें विचार क्या करना है? मैं स्पष्ट देख रहा हूँ कि वे ही सब कुछ हुए हैं–वे ही जीव और जगत् हुए हैं; किंतु अपने भीतर चैतन्य को जगाए बिना कोई, उस पूर्ण चैतन्य को जान नहीं सकता। तर्क तो तभी तक हैं, जब तक उन्हें कोई पा नहीं लेता। उनकी कृपा से चैतन्य-लाभ करना चाहिए। चैतन्य-लाभ करने पर समाधि होती है, कभी-कभी देह भी विस्मृत हो जाती है। कामिनी और कांचन पर आसक्ति नहीं रह जाती। ईश्वर की चर्चा के सिवाय और कुछ नहीं सुहाता। विषय-वासना की चर्चा से कष्ट होता है। विचार करने पर उनके विषय में एक प्रकार का ज्ञान होता है, ध्यान करने पर दूसरे प्रकार का; किंतु वह एक भिन्न ही ज्ञान है, जो तब प्राप्त होता है, जब वे स्वयं अपने आपको दिखा देते हैं। जब वे स्वयं समझा देते हैं कि अवतार इस प्रकार का होता है, जब वे अपनी

मनुष्य-लीला समझा देते हैं–तब तर्क की आवश्यकता नहीं रह जाती। जैसे वर्षों से अँधेरे पड़े कमरे के भीतर दियासलाई घिसने से एकाएक उजाला हो जाता है, उसी प्रकार एकाएक वे अगर उजाला दे दें, तो सब संदेह अपने आप मिट जाते हैं। तर्क करके उन्हें कौन जान सका है।"

ठाकुर ने उन्हें तर्क के लिए उकसाया था, और ठाकुर ने ही तर्क की व्यर्थता की घोषणा कर दी। अब और विवाद का कोई अर्थ ही नहीं था।

नरेन्द्र आकर ठाकुर के निकट बैठ गया, "तीन-चार दिन तो मैंने काली का ध्यान किया, किंतु कहाँ, मुझे तो कुछ भी नहीं हुआ।"

ठाकुर देख रहे थे, नरेन्द्र उनके अभीप्सित मार्ग पर आ रहा था। प्रसन्नता से बोले, "धीरे-धीरे होगा। काली और कोई नहीं–जो ब्रह्म हैं, वे ही काली भी हैं। काली आद्या शक्ति हैं। जब वे निष्क्रिय रहती हैं, तब उन्हें ब्रह्म कहते हैं, और जब वे सृष्टि, स्थिति और प्रलय करती हैं, तब उन्हें शक्ति कहते हैं, काली कहते हैं। जिन्हें तुम ब्रह्म कह रहे हो, उन्हें ही मैं काली कहता हूँ।"

46

"नरेन्द्र! तू पंडित ईश्वरचंद्र विद्यासागर से मिल आया क्या?" भुवनेश्वरी ने कमरे में प्रवेश करते हुए पूछा।

"हाँ, माँ! मिल आया।"

"क्या कहा उन्होंने?"

"आश्वासन दिया है, वचन नहीं दिया।" नरेन्द्र बोला, "वैसे उनका आश्वासन भी बहुत अर्थ रखता है।"

"आश्वासन क्या और वचन क्या? मैं तो नौकरी की बात कर रही हूँ।" भुवनेश्वरी के स्वर में कुछ अधैर्य था, "नौकरी देंगे या नहीं?"

नरेन्द्र के मन में आया कि माँ के इस अधैर्य पर हँस पड़े, किंतु माँ की चिंता ने उसे हँसने नहीं दिया। माँ सचमुच चिंतित थीं।

"बात यह है माँ! कि मैट्रोपोलिटन इंस्टिट्यूशन की सुकिया स्ट्रीट वाली शाखा में भी एक अध्यापक का स्थान होने की संभावना है, किंतु अगले महीने चाँपातला में उनकी एक और शाखा भी खुलने वाली है।" नरेन्द्र ने माँ की ओर देखा, "कुछ चर्चा ऐसी है कि वहाँ वे मुझे हैडमास्टर बना देंगे। तो फिर...।"

"देख!" भुवनेश्वरी ने उसे टोक दिया, "सुकिया स्ट्रीट में स्कूल है, और चाँपातला में खुलने वाला है। यहाँ अध्यापक का स्थान है और वहाँ हैडमास्टर का स्थान बनने वाला है। तू चुपचाप उसे स्वीकार कर, जो है। जो होने वाला है, वह जब हो लेगा, तब देखा जाएगा। ऐसा न हो कि तू चाँपातला में खुलने वाली शाखा का हैडमास्टर बनने का स्वप्न ही देखता रह जाए और सुकिया स्ट्रीट में कोई और व्यक्ति अध्यापक बनकर बैठ जाए।" भुवनेश्वरी ने रुककर उसकी ओर देखा और फिर आदेश दिया, "जो नौकरी मिल रही है,

चुपचाप उसे स्वीकार कर।"

नरेन्द्र हँसा, "वही कर रहा हूँ, माँ! वही कर रहा हूँ।"

भुवनेश्वरी कुछ शांत होकर बैठ गई, "तेरी नौकरी लग जाए। घर में नियमित आय होने लगे, तो आत्मा पर से कुछ बोझ कम हो। न सही तेरे पिता के समय की समृद्धि, किंतु घर में नियमित आहार तो हो।" भुवनेश्वरी का स्वर कुछ कोमल हो गया, "फिर तू चैन से अपनी पढ़ाई पूरी कर। वकील बन और अपने पिता के इन संबंधियों को सँभाल।"

नरेन्द्र आकर माँ के निकट बैठ गया और गंभीर स्वर में बोला, "माँ! यदि बुरा न मानो तो एक बात कहूँ।"

उस स्थिति में भी भुवनेश्वरी के अधरों पर मुस्कान आ गई, "अच्छा! अब तुझे माँ के बुरा मानने की इतनी चिंता हो गई कि उसके भय से तू सत्य भी नहीं बोलेगा।"

"नहीं माँ! बोलूँगा तो सत्य ही, पर चिंता इतनी ही है कि वह सत्य अभी बोलूँ या बाद के किसी समय के लिए टाल दूँ।"

"अभी बोल!" भवनेश्वरी के मुख पर तेज लहराया, "सत्य को टालना भी धर्म नहीं है।"

"तो माँ!" बोलने से पहले नरेन्द्र कुछ क्षण रुका, "न्याय कहता है, अन्याय का विरोध करो। अन्याय का विरोध करने के लिए संघर्ष भी करना पड़ता है। संघर्ष से युद्ध जन्म लेता है। इसलिए न्याय के लिए युद्ध भी करना पड़ता है।"

"तू मुझे नीति-शास्त्र पढ़ा रहा है?" भुवनेश्वरी ने उसे विचित्र दृष्टि से देखा, "तू सीधा-सादा सच क्यों नहीं बोलता?"

"सच ही बोल रहा हूँ माँ! इतनी अधीर मत होओ।" नरेन्द्र हँसा, "किंतु शांति, युद्ध की अपेक्षा सदा वरेण्य है।"

"क्या अभिप्राय है तेरा?" भुवनेश्वरी के स्वर में प्रखरता आई, "तू अपने पिता के संबंधियों के विरुद्ध मकान का मुकदमा नहीं लड़ना चाहता?"

"नहीं! ऐसा मैंने नहीं कहा।" नरेन्द्र बोला।

"तो और क्या कहा तूने?" भुवनेश्वरी का स्वर तनिक भी शांत नहीं हुआ था, "तू शांति की बात कर रहा है।"

"हाँ! शांति की बात कर रहा हूँ।" नरेन्द्र बोला, "क्योंकि युद्ध करने के लिए युद्ध का खर्च भी झेलना पड़ता है।" नरेन्द्र ने माँ को देखा, "मेरी नौकरी के संदर्भ में जिस समृद्धि की बात तुम कह रही थीं माँ! वह कैसे आ सकती है, यदि मेरा वेतन मुकदमे की फीस के रूप में ही खर्च होता रहे?"

"उस खर्च से बचने के लिए, हम अपना मकान छोड़ दें?" भुवनेश्वरी ने पूछा।

"नहीं!" नरेन्द्र ने उत्तर दिया, "आखिर पांडवों ने भी पाँच गाँव लेकर समझौता करने की बात कही थी। वे भी नहीं मिले, तो अंततः युद्ध किया। यदि हमें भी पाँच गाँव मिल

जाएँ तो युद्ध की स्थिति नहीं आएगी।"

"तू समझौता चाहता है?"

"हो जाए तो अच्छा ही है।" नरेन्द्र बोला, "दोनों पक्ष मुकदमे के खर्च और परेशानी से बच जाएँगे।"

"चाहे न्याय न भी मिले?"

"जिस न्याय के लिए सब कुछ ध्वस्त हो जाए, उसका आग्रह अभी हम न ही करें, तो क्या बुराई है।" नरेन्द्र धीरे से बोला, "न्याय का अपना महत्त्व है, किंतु सहिष्णुता और दया भी कम मूल्यवान नहीं, माँ!"

भुवनेश्वरी को लगा, वह अपने पुत्र के सम्मुख असहाय होती जा रही है। जिस संघर्ष की बात वह कर रही थी, उसका समर्थन वह नहीं कर रहा। वैसे भी जो दया और सहिष्णुता की बात करता है, वह न्याय के लिए युद्ध नहीं करता, किंतु तभी भुवनेश्वरी का अपना ही मन बदल गया, ठीक ही तो कह रहा है नरेंद्र। यदि वे इस स्थिति में नहीं हैं कि काली काका के परिवार के साथ मुकदमेबाजी कर सकें, तो क्यों न वे लोग उनके साथ समझौता कर लें। यदि एक-आध कमरा छोड़कर उनका समझौता हो जाए, तो मुकदमे की इस सारी परेशानी और खर्च से तो वे लोग बच जाएँगे। उसे लगा, नरेन्द्र युद्ध से भाग नहीं रहा, वह लंबे युद्ध को चतुराई से लड़ना सीख रहा है। जब भुवनेश्वरी के पुत्र अपनी शिक्षा समाप्त कर लेंगे, अपनी आजीविका अर्जित करने में समर्थ हो जाएँगे, तो वह अधिक बलपूर्वक मुकदमा लड़ सकेगी।

"क्या तुम्हारे पिता के संबंधियों ने समझौते की कोई बात कही है?" भुवनेश्वरी ने पूछा।

"नहीं!" नरेन्द्र बोला, "उन्होंने कुछ नहीं कहा। वे इस समय हमसे अधिक समर्थ हैं। वे समझौते की बात क्यों करेंगे?"

"तो कौन करेगा?"

"तुम करोगी माँ!" नरेन्द्र मुस्कराया, "तुम ठाकुर माँ के पास जाओ और उनसे किन्हीं भी शर्तों पर सम्मानजनक समझौते की चर्चा करो, ताकि दत्त परिवार के इन दोनों पक्षों की रही-सही जमीन-जायदाद कचहरी की भेंट न चढ़ जाए।"

"तुझे नहीं लगता कि मेरी ओर से इस प्रकार का प्रस्ताव होने पर उनकी उदंडता को और भी बल मिलेगा और उनके सम्मुख हम अपने सम्मान की रक्षा नहीं कर पाएँगे?"

"सम्मान!" नरेन्द्र ने जैसे हुंकार भरी, "यह भी अहंकार का ही दूसरा नाम है, माँ! जिसकी आड़ में मनुष्य अनेक प्रकार की मानसिक और शारीरिक हिंसा करता है।"

भुवनेश्वरी ने तमककर नरेन्द्र की ओर देखा, "मैं तो समझती थी कि दक्षिणेश्वर के साधु ने तेरी मति विवाह इत्यादि से ही विमुख की है, किंतु देखती हूँ कि..."

"क्या देख रही हो माँ?" नरेन्द्र मुस्करा रहा था।

"कि उसने तेरी मति ऐसी भ्रष्ट कर दी है कि तुझे न अपनी धन-संपत्ति की चिंता

है, न अपने सम्मान और स्वाभिमान की।" भुवनेश्वरी बोली, "ऐसे क्या जीवन चलता है?"

"नहीं माँ! ऐसी बात नहीं है। ऐसे जीवन तो चलता है, संसार नहीं चलता।" नरेन्द्र गंभीर हो गया, "मेरा स्वाभिमान और सम्मान नष्ट नहीं हुआ हैं। हाँ! अहंकार कुछ अंशों में विगलित अवश्य हो गया है। अहंकार प्रेम का शत्रु है। उसके रहते हम अपने विपक्षी और विरोधी से प्रेम नहीं कर सकते, अतः उसे नष्ट कर देना चाहते हैं। पर यदि हमारा अंहकार मिट जाए तो हम अपने विरोधी से भी प्रेम कर सकते हैं। उसके अहित से चिंतित हो सकते हैं। अतः उसका हित करने का प्रयत्न कर सकते हैं। उसे सुधारना चाहते हैं, नष्ट करना नहीं।"

भुवनेश्वरी को लगा, उसका मुख विस्मय से खुल गया है। उसने नरेन्द्र का विद्रोही रूप देखा था, वह उदंड और स्वतंत्र हो सकता था, वह अपना पक्ष प्रस्तुत करने के लिए तर्क कर सकता था, किंतु यह अहंकार के विगलन की बात, विरोधी से प्रेम करने की बात...

"तुम्हें असुविधा हो, तो मैं बात करता हूँ।" नरेन्द्र बोला, "किंतु यदि बात करने मैं गया तो मझे ठाकुर माँ से नहीं, काका से बात करनी पड़ेगी।"

"नहीं! नहीं!! मैं ही जाऊँगी।" भुवनेश्वरी बोली, "स्त्रियों में समझौता होना फिर भी सरल है। पुरुषों में तो तकरार की ही अधिक संभावना है।"

भुवनेश्वरी ने झूठ नहीं कहा था; किंतु एक और बात जो उसके मन में थी, वह छुपा गई थी। यदि नरेन्द्र वहाँ बात करने गया और उसकी त्याग-भावना कुछ अधिक मुखर हो गई, संधि की इच्छा अधिक प्रबल हो गई, तो संभव है वह सब कुछ उन्हीं को दे आए। उसे तो बस जीवन चलाना है, संसार नहीं चलाना। पता नहीं, जीवन भी कब तक चलाना है।

47

"क्या हुआ माँ!" भुवनेश्वरी के घर में प्रवेश करते ही नरेन्द्र ने पूछा।

"होना क्या है रे!" भुवनेश्वरी का स्वर भर्रा आया था, "तेरी ठाकुर माँ कहती है कि उसने तुम्हारे अनाथ पिता का पालन-पोषण किया, हम उसका आभार तो मानते नहीं, उलटे उससे उसकी जायदाद छीनना चाहते हैं।"

"अर्थात् भगवान् कृष्ण का संधि-प्रस्ताव भी दुर्योधन ने अस्वीकार कर दिया?"

भुवनेश्वरी कुछ चमत्कृत हुई; उसके जाने से पहले भी नरेन्द्र ने पांडवों द्वारा पाँच ग्राम माँगे जाने की चर्चा की थी, अब वह कृष्ण के संधि-प्रस्ताव की बात कह रहा है। सच ही वही तो बात है। पांडु साधना के लिए वन गया तो धृतराष्ट्र ने उसका राज्य हड़प लिया। यहाँ ससुर जी के संन्यासी होते ही काली काका ने संपत्ति हथिया ली, किंतु वास्तविक धृतराष्ट्र तो काकी है। काकी तो धृतराष्ट्र, गांधारी और दुर्योधन का सम्मिलित रूप है।

"हाँ, पुत्र! तो अब युधिष्ठिर युद्ध-सज्जित हो।" भुवनेश्वरी बोली।

"बाध्य होकर लड़ना तो पड़ेगा ही माँ!" नरेन्द्र बोला, "ठीक है! मैं निमाई काका के पास जा रहा हूँ। वहीं से बलराम बसु के घर चला जाऊँगा।"

"बलराम बसु के घर क्या है?" भुवनेश्वरी के स्वर में चिंता भी थी और विरोध भी।

"वहाँ ठाकुर आए हुए हैं।" नरेन्द्र बोला, "उनसे भेंट कर लूँगा।"

"दक्षिणेश्वर का वह साधु?" भुवनेश्वरी ने पूछा।

"हाँ, माँ!" नरेन्द्र बोला, "ठाकुर अर्थात् दक्षिणेश्वर के साधु–श्री रामकृष्ण देव। लोग उन्हें परमहंस देव भी कहते हैं।"

नरेन्द्र के स्वर ने ही भुवनेश्वरी को बहुत कुछ समझा दिया था। वह उस साधु की जितनी ही अवमानना करती थी, नरेन्द्र उसे उतना ही अधिक सम्मान देकर उसकी चर्चा करता था।

"तू दोनों काम कैसे करेगा नरेन?" भुवनेश्वरी कुछ खीझकर बोली, "वकील से मिलकर मुकदमा लड़ेगा और साधु से मिलकर वैराग्य की चर्चा करेगा?"

"तुम्हारे लिए मुकदमा जीतूँगा," नरेन्द्र बोला, "अपने लिए ईश्वर।"

48

नरेन्द्र ने ठाकुर को प्रणाम किया और उनके निकट बैठा ही था कि घर की महिलाओं ने भीतर से हलवा बनाकर भेजा। यह विशेष रूप से ठाकुर के लिए बनाया गया था। ठाकुर के गले में गिल्टी-सी पड़ गई थी और उन्हें अनेक चीजें खाने में कठिनाई होने लगी थी। कोई भी कठोर पदार्थ उन्हें कष्ट पहुँचाता था, इसीलिए वे केवल नर्म पदार्थ ही सुविधा से खा पाते थे। बलराम ने कदाचित् इसीलिए गर्म-गर्म तरलप्राय हलवा तैयार करवाया था कि ठाकुर सरलता से उसे निगल सकें।

नरेन्द्र का ध्यान ठाकुर की गिल्टी की ओर चला गया। ग्रीष्म के आरंभ में ही प्रायः होली के बाद से ही ठाकुर को ऋतु का ताप कष्ट देने लगा था। आगे-आगे तो गर्मी और भी तीखी होती जाएगी। ठाकुर के भक्तों में से जाने किसने गर्मी से उनकी रक्षा करने के लिए, कवच के रूप में बर्फ को खोज निकाला था। ठाकुर भी बच्चों के समान बर्फ वाला पानी, बर्फ वाला शर्बत तो पीते ही थे, कभी-कभी बर्फ चबाने भी लगे थे। उन्हें इस प्रकार गर्मी से मुक्त होते देख, उनके शिष्य, भक्त, प्रशंसक–सब ही दक्षिणेश्वर आते हुए बर्फ ले आने लगे। संभवतः उसी अतिरेक के कारण पहले तो उनके गले में हलकी-सी पीड़ा आरंभ हुई और फिर गिल्टी-सी पड़ गई। बर्फ का सेवन तो रुक ही गया, अन्य खाद्य-पदार्थों में भी चुनाव करके खाने की स्थिति आ गई।

ठाकुर ने थाली में हलवा देखा और अत्यधिक प्रसन्न बालक के समान नरेन्द्र से बोले, "अरे, माल आया है माल! खा! खा!"

नरेन्द्र देख रहा था, ठाकुर खूब मौज में थे। उन्हें अपने गले की गिल्टी की विशेष चिंता नहीं थी, और न ही ध्यान इस ओर था कि वे अनेक अन्य पदार्थ नहीं खा सकते

हैं, इसलिए हलवा आया है। नरेन्द्र न तो हलवा देखकर प्रसन्न हो सका और न ही उत्साह से खा सका।

मकान का किराया देने की उनकी स्थिति नहीं थी। और अपने मकान में वे लौट नहीं सकते थे। ऊपर से मुकदमे का खर्च! उसे नौकरी नहीं मिली तो उन्हें यह किराए का मकान भी छोड़ना पड़ेगा। फिर कहाँ जाएँगे वे? माँ? दोनों छोटे भाई...

आज निमाईचंद्र बसु ने बताया था कि मुकदमा जब नरेन्द्र के पक्ष में जा रहा था तो कालीप्रसाद दत्त की विधवा ने अपने पक्ष में एक अंग्रेज़ बैरिस्टर खड़ा कर लिया था। उसने कुछ विचित्र दलीलें दी थीं और जज से छानबीन के लिए कुछ समय माँग लिया था। इसका अर्थ था कि मुकदमा उनकी अपेक्षा से भी लंबा चलेगा।"

"कैसी दलीलें?" नरेन्द्र ने पूछा था, "कोई ऐसी भी दलील हो सकती है, जिसके अंतर्गत पिता की संपत्ति पुत्र को न मिले?"

"ये तो कानूनी दाँव-पेच हैं पुत्र!"

"वकील लोग इन्हीं बातों की रोटी खाते हैं।" निमाई बाबू हँसे थे, "देखो! संभव है, वे यह प्रमाणित करना चाहें कि दुर्गादास दत्त ने जिस संप्रदाय में संन्यास ग्रहण किया था, उसके नियमों के अनुसार व्यक्ति संन्यास ग्रहण करने से पूर्व अपना सर्वस्व दान करता है। अब दान में कोई अपनी संपत्ति अपने पुत्र को तो देता नहीं।"

"तो आप भी यह सिद्ध कर सकते हैं कि दान यदि पुत्र को नहीं दिया जाता तो भाई को भी नहीं दिया जाता।" नरेन्द्र ने उनकी बात बीच में ही काट दी थी।

निमाई बाबू ने जैसे स्तब्ध होकर उसकी ओर देखा, "तुम ठीक कह रहे हो नरेन! यह बात मेरे ध्यान में तो आई ही नहीं।"

"नरेन तो अपने आप में ही बैरिस्टर हो सकता है।" बैरिस्टर बैनर्जी ने उनका समर्थन किया था।

"वे यह भी प्रमाणित करने का प्रयत्न कर सकते हैं कि संन्यास लेने से पहले दुर्गादास अपने हिस्से की संपत्ति अपने छोटे भाई कालीप्रसाद के हाथों बेच चुके थे।" निमाई बाबू बोले।

"कालीप्रसाद के पास यह संपत्ति खरीदने के लिए धन कहाँ से आया?" नरेन्द्र ने तमककर कहा, "उन्होंने जीवन-भर कभी कोई काम नहीं किया, कभी कुछ कमाया नहीं। संपत्ति बेचने का कोई कारण होना चाहिए। यदि वह संयुक्त परिवार था तो इसका अर्थ है कि दुर्गाप्रसाद तथा कालीप्रसाद में कोई विभाजन ही नहीं हुआ था। उन दोनों में कुछ भी बँटा हुआ नहीं था, तो फिर दोनों में से कौन किसी को कुछ बेचता?"

"और यदि दुर्गाप्रसाद ने अपना कोई उधार चुकाने के लिए धन प्राप्त करने के लिए अपनी संपत्ति कालीप्रसाद के नाम लिख दी हो तो?" बैरिस्टर बैनर्जी ने पूछा।

"संयुक्त परिवार में यदि कोई उधार था, तो वह केवल दुर्गाप्रसाद के नाम कैसे हो

सकता है?" नरेन्द्र बोला, "वह उधार भी दोनों भाइयों पर होगा, ऐसे में एक अपना ऋण चुकाने के लिए अपनी संपत्ति दूसरे को कैसे दे देगा?"

निमाई बाबू चुप हो गए, जैसे उन्हें अब कोई तर्क ही न सूझ रहा हो।

"पर यदि वे यह सिद्ध करने का प्रयत्न करें कि वह संयुक्त परिवार था ही नहीं? दुर्गाप्रसाद और कालीप्रसाद में विभाजन हो चुका था?" बैरिस्टर बैनर्जी ने कहा।

"ऐसी स्थिति में कालीप्रसाद को कोई अधिकार नहीं था कि वे अपने संन्यासी हो गए भाई को खोजकर, बाँधकर घर ले आएँ और उसे तीन दिनों तक कमरे में बंद रखें।" नरेन्द्र बोला, "यदि ठाकुर माँ ऐसी कोई बात कहती हैं, यदि ऐसा कोई जाली दस्तावेज उपस्थित करती हैं, तो हम भी यह प्रमाणित करने का प्रयत्न करें कि उन्हीं तीन दिनों में दुर्गादास को बंदी बनाकर, बाँधकर रख, मार-पीटकर, भूखा रख उनसे इस प्रकार के दस्तावेज पर हस्ताक्षर करवाए गए हैं। और एक बात और है, निमाई काका!" नरेन्द्र बोला, "मेरी दादी अपने जीवन में एक दिन भी उस मकान को छोड़ कहीं और नहीं रहीं–न अपने पति के संन्यासी होने के पहले, न संन्यासी होने के बाद। तो यह विभाजन कब हुआ?"

"गुड!" बैरिस्टर बैनर्जी ने कहा, "तुम जल्दी अपनी पढ़ाई पूरी करो और वकालत आरंभ करो नरेन्द्र! तुम्हारे सामने अच्छे से अच्छा वकील भी टिक नहीं पाएगा।"

"एक और बात भी है ध्यान देने की," निमाई बाबू बोले, "यदि वे यह प्रमाणित करते हैं कि विश्वनाथ बाबू ने अपने काका अथवा उनके पुत्रों से संपत्ति का बँटवारा कर लिया था और अपने जीवन में ही वे यह मकान छोड़ चुके थे, इसलिए इसपर तुम लोगों का कोई अधिकार नहीं है तो?"

नरेन्द्र क्षण-भर अवाक् बैठा रह गया।

"यदि विश्वनाथ बाबू ने संपत्ति त्याग न दी होती तो इतने बड़े भवन के रहते हुए अपने जीवन में ही वे अपनी पत्नी और बच्चों के साथ किराए के मकान में क्यों चले गए?" निमाई बाबू बोले।

किंतु अब तक नरेन्द्र को भी उत्तर सूझ गया था, "यदि मेरे बाबा यह मकान त्याग ही चुके थे–बेच चुके थे या दान दे चुके थे, तो फिर उस मकान पर अपना कानूनी अधिकार प्राप्त करने के लिए ठाकुर माँ ने मुकदमा क्यों किया?" नरेन्द्र रुका, "मुकदमा उन्होंने किया है, और हम लोगों के द्वारा मकान छोड़ने के पश्चात् किया है। क्यों?"

निमाई बाबू ने नरेन्द्र की पीठ ठोकी, "वाह पुत्र! वाह! कानूनी दाँव-पेच कुछ भी हों, समय कितना ही लगे, किंतु अब मुझे विश्वास है कि मुकदमा हम ही जीतेंगे।"

49

"मेरे गले की वेदना पहले की तुलना में बहुत बढ़ गई है।" ठाकुर ने डॉक्टर को बताया, "कष्ट अधिक है।"

"मुँह खोलिए।"

डॉक्टर ने टॉर्च इत्यादि से निरीक्षण कर स्वीकार किया, "रोग पहले से बढ़ गया है।

भावावेश अधिक हुआ, या बातें अधिक की?"

डॉक्टर को पानिहाटी महोत्सव के विषय में बता दिया गया।

"उस दिन तो पानी भी बहुत बरसा था।" डॉक्टर बोला, "आप सारा दिन भीगते रहे होंगे?"

"हाँ! भीगा भी था।" ठाकुर ने स्वीकार किया।

डॉक्टर कुछ देर सोचता रहा, फिर बोला, "पानी में भीगे होंगे। भीगे पैरों के साथ देर तक भावावेश में रहे होंगे। रोग तो बढ़ना ही था।"

"यह सब राम के कारण हुआ।" ठाकुर बोले, "यदि वह दृढ़ भाव से मना कर देता तो क्या मैं पानिहाटी जाता?"

"राम बाबू डॉक्टर हैं क्या?" डॉक्टर ने टोका, "आपको अपना ध्यान स्वयं रखना चाहिए।"

"डाक्टरी नहीं करता तो क्या, राम ने डाक्टरी पास तो की है। वह मना कर देता तो क्या मैं उसकी बात नहीं मानता?" ठाकुर अब भी रुष्ट थे, "ऊपर जल, नीचे जल, आकाश से वृष्टि, रास्ते में कीचड़। ऐसी स्थिति में राम मुझे वहाँ ले जाकर नचा लाया।"

"खैर, जो होना था, हो गया। अब आप कुछ दिन सावधानी से रहें, तो दर्द ठीक हो जाएगा।"

"क्या सावधानी डॉक्टर साहब?" नरेन्द्र ने पूछा।

"दवा बदल रहा हूँ।" डॉक्टर ने उत्तर दिया, "गले पर लेप करना होगा और बोलना एकदम बंद। चुपचाप बैठे रहें। कंठ को पूरा विश्राम चाहिए।"

ठाकुर बोले, "परंतु एकदम बातचीत बंद कर, क्या रहा जा सकता है? लोग इतनी दूर-दूर से आते हैं, और मैं उनसे एक बात भी न करूँ! यह कैसे हो सकता है?"

"आपको देखने से ही आनंद होता है।" डॉक्टर ने आश्वासन दिया, "एक बार अच्छे हो जाइए, तब बातें ही बातें होंगी।"

संध्या होने को थी कि डॉ. राखाल ठाकुर को देखने के लिए आए।

ठाकुर ने स्वागत किया, "आइए, बैठिए।" किंतु अब तक चल रही चर्चा उन्होंने नहीं छोड़ी। बोले, "सत्य बोलना कलिकाल की तपस्या है। सत्य वचन, ईश्वर पर निर्भरता और पर-स्त्री को माता के रूप में देखना–ये सब ईश्वर-दर्शन के उपाय हैं।"

सहसा ठाकुर ने अपने गले पर हाथ रखा और वे डॉक्टर की ओर मुड़े। शिशु के-से अनुनय से बोले, "भाई, इसे अच्छा कर दो।"

डॉ. राखाल हँस पड़े, "मैं अच्छा करूँगा?"

ठाकुर भी हँस पड़े, "डॉक्टर भी नारायण का रूप है। नारायण ही तो डॉक्टर के रूप में आते हैं।"

"अच्छा, अब आपके रोग की परीक्षा कर लें।" डॉ. राखाल उठ खड़े हुए।

ठाकुर ने जैसे सहमकर उनकी ओर देखा, "एक डॉक्टर ने परीक्षा के नाम पर ऐसे जीभ दबाई थी, जैसे बैल की जीभ दबाई जाती है।"

"नहीं, मैं वैसा कुछ नहीं करूँगा।" डॉ. राखाल हँसे, "आप निश्चित रहिए। तनिक भी पीड़ा नहीं होगी।"

ठाकुर ने मुँह खोल दिया। डॉक्टर ने टॉर्च जलाई ही थी कि ठाकुर ने पुनः अनुनयपूर्वक कहा, "भाई! इसे अच्छा कर दोगे न?"

डॉ. राखाल हँस पड़े, "मैं रोग का निदान करूँगा और दवा दूँगा। आपको स्वस्थ करना ईश्वर का काम है।"

परीक्षण कर, डॉक्टर दवा देकर विदा हो गए तो ठाकुर जैसे कुछ निश्चिंत होकर बोले, "सारा दिन ऐसे ही बीत गया। नरेन्द्र, कुछ गा।"

नरेन्द्र ने गाना आरंभ किया, किंतु वह देख रहा था कि ठाकुर के रोग का कष्ट उन्हें संगीत का आनंद भी नहीं लेने दे रहा था। और यदि ठाकुर ही संगीत में रस नहीं ले पाएँगे, तो गाने का लाभ ही क्या?

संगीत अधिक देर नहीं चल सका।

50

योगींद्र मोहिनी द्वारा भेजा गया व्यक्ति दक्षिणेश्वर से लौट आया। वह समाचार लाया था कि ठाकुर का रोग कुछ और बढ़ गया है। उनके कंठ से आज रक्त आया है। वे भोजन के लिए नहीं आ सकेंगे।

सब लोग सन्न रह गए। ठाकुर के रोग का तो सबको पता ही था, किंतु इतनी जल्दी ऐसी स्थिति आने वाली है, इसका अनुमान उन्हें नहीं था।

"राम बाबू! तुम तो डॉक्टर हो," गिरीश ने कहा, "अब क्या करना होगा?"

रामचंद्र दत्त ने तत्काल कोई उत्तर नहीं दिया, वे मन-ही-मन जैसे कुछ सोचते रहे।

"जिन्हें लेकर इतना आनंद है, शायद वे अब चल देंगे।" नरेन्द्र ने धीरे से कहा।

"कैसी बातें करते हो तुम!" गिरीश झपटकर बोला, "मुख से निकालने से पहले शब्दों पर कुछ विचार तो कर लिया करो।"

"विचार करके ही कह रहा हूँ।" नरेन्द्र के स्वर में तनिक भी कंपन नहीं था।

"तुम यह कैसे कह सकते हो?" महेंद्र गुप्त ने कुछ शांत स्वर में पूछा।

"मैंने डॉक्टरी ग्रंथ पढ़कर और अपने डॉक्टर मित्रों से पूछकर जान लिया है कि ऐसा कंठ-रोग क्रमशः कैंसर में परिणत हो जाता है।" नरेन्द्र बोला, "आज रक्त आने की बात सुनकर ऐसा अनुमान होता है कि यह रोग भी कैंसर ही होगा। इस रोग की औषधि अभी तक आविष्कृत नहीं हुई है।"

"मेरा मन नहीं मानता।" गिरीश बोला, "क्यों राम बाबू?"

"नरेन्द्र सत्य कह रहा है।" राम ने उत्तर दिया, "मैं साहसपूर्वक कह नहीं सका, नरेन्द्र ने कह दिया।"

"तो कोई मार्ग नहीं?" शशि ने पूछा।

"जब तक कोई व्यक्ति जीवित है, तब तक उसकी चिकित्सा का प्रयत्न तो जारी रहना ही चाहिए।"

"तो उपचार ठीक से हो!" देवेंद्रनाथ मजूमदार ने कहा, "क्या उन्हें कलकत्ता ले आना संभव नहीं है?"

"हाँ! यह उचित रहेगा।" महेंद्र गुप्त ने तत्काल समर्थन कर दिया।

"और न केवल डॉक्टरी इलाज, वरन् होम्योपैथिक और आयुर्वेदिक चिकित्सा भी कराई जाए।" नरेन्द्र बोला।

"पर कलकत्ता में लाकर उन्हें रखेंगे कहाँ?" देवेंद्र ने पुनः पूछा।

"एक मकान किराये पर ले लेंगे।" राम ने उत्तर दिया।

"किंतु मकान का किराया तथा अन्य खर्च?" देवेंद्र का आर्थिक अभावों से पीड़ित मन विभिन्न प्रश्न उठा रहा था।

"अरे, कर लेंगे कुछ।" गिरीश कुछ झल्लाकर बोला, "सब मिलकर कर लेंगे।"

"पर वे कलकत्ता आ जाएँगे?" नरेन्द्र ने जिज्ञासा की।

'क्यों, वे अपना उपचार करवाना नहीं चाहेंगे क्या?" राम ने कहा, "और कलकत्ता उनके लिए कोई नया स्थान तो है नहीं। फिर हम सब लोग कलकत्ता में हैं।"

मौन छा गया, जैसे सब लोग अपने-अपने मन में इस नई स्थिति संबंधी अनेक समस्याओं का समाधान कर रहे हों।

तभी योगींद्र मोहिनी के मुख से एक सिसकी फूटी। सबकी दृष्टि उसकी ओर उठ गई।

"श्रीमाँ ने मुझे बताया था," उसने रुँधे कंठ से कहा, "ठाकुर ने उनसे बहुत पहले कहा था कि, 'जब मैं किसी के भी हाथ का खाऊँगा, कलकत्ता में रात बिताऊँगा, और खाद्य, अग्रभाग किसी को देकर बाकी अंश स्वयं ग्रहण करूँगा, तब जानना कि शरीर छोड़ने में अब अधिक विलंब नहीं है।' "

"नरेन्द्र को जब अजीर्ण रोग हो गया था और वह बहुत दिनों तक दक्षिणेश्वर नहीं आया था।" शरत् ने कहा, "यह तब की ही बात है।"

"तुम अजीर्ण के कारण दक्षिणेश्वर नहीं गए थे?" गिरीश ने नरेन्द्र से जैसे स्पष्टीकरण माँगा।

"मैंने सोचा कि दक्षिणेश्वर में पथ्य की असुविधा होगी–इसलिए नहीं गया था।"

"तब?" गिरीश ने शरत् की ओर देखा।

'ठाकुर ने एक दिन प्रातः ही नरेन्द्र को बुलवा भेजा।"

"ऐसा हुआ?" गिरीश ने पुनः नरेन्द्र से पूछा।

"हाँ।" नरेन्द्र ने पुष्टि की, "ठाकुर ने प्रातः ही बुलवा लिया। तब श्रीमाँ ने उनके लिए भोजन तैयार करवाकर भिजवाया था। ठाकुर ने अपने लिए पका हुआ भात तथा

तरकारी का रसा स्वयं न खाकर पहले मुझे दिया। मैंने खा लिया तो बचा हुआ अंश ठाकुर ने स्वयं ग्रहण किया।"

"इस पर श्रीमाँ ने आपत्ति की।" शरत् बोला, "उनसे कहा कि वे बचा हुआ अंश न खाएँ, वे उनके लिए पुनः रसोई बना देंगी। पर ठाकुर ने चिंता नहीं की। बोले, 'नरेन्द्र को अग्रभाग देने से मन में संकोच का अनुभव नहीं हो रहा था। इससे कोई दोष न होगा।' किंतु श्रीमाँ को उनकी बहुत चिंता रही।"

"श्रीमाँ ने उन्हें स्मरण नहीं कराया कि उन्होंने ऐसा कहा था?" गिरीश ने पूछा।

"स्मरण तो उसे कराया जाए, जिसे कुछ विस्मृत हुआ हो।" शरत् बोला, "ठाकुर को कुछ भी विस्मृत नहीं होता।"

"मुझे भी बताया गया है कि बहुत पहले एक बार ठाकुर ने कहा था," महेंद्र गुप्त ने कहा, "कि बहुत-से लोग जब मुझे ईश्वर के समान मानेंगे, श्रद्धा-भक्ति करेंगे, तभी इस शरीर का अंतर्धान होगा।' "

"हाँ! कहा था ठाकुर ने यह सब।" गिरीश कुछ खीजकर बोला, "तो हम कुछ न करें? हाथ पर हाथ धरे बैठे रहें?"

"देखो जी. सी.!" नरेन्द्र ने बहुत शांत स्वर में गिरीश को संबोधित किया।

राम ने चकित होकर नरेन्द्र की ओर देखा : वह स्वयं से उन्नीस वर्ष बड़े गिरीशचंद्र को 'जी. सी.' कहकर संबोधित कर रहा था, जैसे वह उसका समवयस्क ही नहीं, कोई अंतरंग मित्र हो। गिरीश ने भी इसका कोई विरोध नहीं किया था, जैसे उसके लिए यह कोई स्वाभाविक संबोधन हो।

"एक-दूसरे पर खीजने और आपस में झगड़ने की कोई बात नहीं है।" नरेन्द्र बोला, "हम सब जानते हैं कि हम ठाकुर से कितना प्रेम करते हैं और हम उनके लिए सब कुछ करना चाहते हैं।"

"क्या प्रमाण है इसका कि सब कुछ करना चाहते हो?" गिरीश अब भी खीजा हुआ था, "एक से एक किस्सा-कहानी सुना रहे हो।"

"कोई किस्सा-कहानी नहीं सुना रहा।" नरेन्द्र के स्वर में एक प्रकार की डपट थी, "आज से प्रायः दो महीने पहले, अपने रोग की आरंभिक स्थिति में एक दिन ठाकुर प्रातः आठ बजे से तीन बजे तक मौन धारण करके लेट गए थे। तब सबके मन में ऐसी ही आशंकाएँ जन्मीं थीं। ठाकुर अस्वस्थ तो हैं, किंतु क्या उन्होंने जान लिया है कि शीघ्र ही वे इस धाम को छोड़ देंगे? वे बातें नहीं कर रहे थे तो श्रीमाँ भी रो रही थीं। राखाल और लाटू तो खुलकर रो रहे थे। श्रीमती गोलाप सुंदरी भी वहीं थीं–वे भी रो रही थीं। और अनेक लोग भी थे। लोग ठाकुर से बार-बार पूछ रहे थे, 'क्या आप सदा के लिए चुप रहेंगे?' फिर भी उनके लिए डॉक्टर नहीं बुलाया गया? औषध नहीं दी गई, या उनका उपचार नहीं किया गया?" नरेन्द्र ने गिरीश पर एक भरपूर दृष्टि डाली, "अब स्थिति और भी गंभीर है। सेवा तो हम लोग करेंगे ही। पता नहीं तुम स्थिति को समझते नहीं, या हर बात को

नाटकीय बनाना तुम्हारा स्वभाव बन गया है।"

"तो हम क्या करें?" अंततः गिरीश ने कुछ शांत होकर कहा।

"मैं समझता हूँ कि हमें बलराम बाबू, सुरेश बाबू तथा अन्य लोगों को भी सूचित करना चाहिए और जैसे कुछ देर पहले तय किया था, ठाकुर को कलकत्ता लाकर उनकी उचित चिकित्सा का प्रबंध करना चाहिए।" नरेन्द्र बोला।

"मेरा विचार है कि नरेन्द्र ठीक ही कह रहा है।" रामचंद्र दत्त ने समर्थन किया, "किंतु हमें थोड़ा-सा व्यावहारिक होकर भी सोच लेना चाहिए।"

"व्यावहारिक होकर सोचने का क्या अर्थ?" देवेंद्र ने पूछा।

"भाई! ठाकुर को कलकत्ता लाएँगे। एक मकान किराए पर लेंगे।" राम बोला, "अच्छे-अच्छे डॉक्टर बुलाएँगे। आखिर इन पर खर्च भी होगा। उसके लिए धन का प्रबंध तो करना पड़ेगा न।"

राम की बात के पश्चात् जैसे सन्नाटा छा गया...

मौन को नरेन्द्र ने ही तोड़ा, "मेरी आर्थिक स्थिति ऐसी नहीं है कि मैं किसी विशेष सहायता का वचन दे सकूँ।" उसने आँखें उठाकर उन लोगों की ओर देखा, "किंतु ठाकुर की सेवा और देखभाल का दायित्व मैं ले सकता हूँ। मेरे साथ मेरे मित्र होंगे। वह सारी व्यवस्था हम देख लेंगे।"

"धन को लेकर तो मेरी भी यही स्थिति है," देवेंद्र भी धीरे से बोला, "मैं भी किसी प्रकार कोई सहायता नहीं कर सकता।"

थोड़ी देर के लिए वहाँ पुनः एक असुविधाजनक मौन छा गया। उसका सबसे तीव्र प्रभाव गिरीश पर ही हुआ। उसने कुछ ऐसी दृष्टि से उन सबकी ओर देखा, जैसे किसी असाधारण दुस्साहस करने से पहले कोई व्यक्ति अपने आसपास के लोगों को देखता है।

"पैसे की कोई चिंता नहीं है।" वह चीत्कार के-से स्वर में बोला, "कोई नहीं देगा पैसे, तो सारा खर्च मैं दूँगा।"

रामचंद्र दत्त ने उसे पहली बार कुछ कठोर आँखों से देखा, "तुम सारा खर्च कहाँ से दे दोगे?"

"मैं अपना मकान बेच दूँगा।" गिरीश तड़पकर बोला।

राम ने उसकी ओर देखा भर, किंतु कुछ कहा नहीं।

"पर ठाकुर कलकत्ता आने के लिए मान जाएँगे?" योगींद्र मोहिनी ने जैसे अपने आपसे पूछा।

"यही तो देखना है कि इच्छा भक्त की चलती है, या भगवान की..." नरेन्द्र के चेहरे पर हलकी-सी मुस्कान थी।

51

बाग बाजार में दुर्गाचरण मुखर्जी स्ट्रीट के एक छोटे मकान के सामने गाड़ी रुकी और गिरीश तथा राम ने लाटू की सहायता से ठाकुर को गाड़ी से उतारा। दक्षिणेश्वर से यहाँ

तक गाड़ी में आने पर भी ठाकुर काफी थक-से गए थे। भूमि पर पग रखते ही वे कुछ इस प्रकार खड़े हो गए, जैसे दूर से दौड़कर आया आदमी, साँस को स्थिर करने के लिए खड़ा हो जाता है।

कुछ स्थिर होकर वे मकान की ओर मुड़े और दृष्टि उठाकर उसे देखा, "यह मकान है?"

"हाँ, महाराज!"

"गंगा कहाँ है?" ठाकुर ने पूछा, "क्या इसके पीछे बहती है?"

"नहीं, महाराज!" राम कुछ संकुचित स्वर में बोला, "यहाँ से कुछ दूर है। इस मकान की छत से गंगा-दर्शन होते हैं महाराज!"

ठाकुर ने उसकी बात का कोई उत्तर नहीं दिया और धीरे-धीरे चलते हुए मकान में प्रवेश कर गए। वे वरांडे से एक कमरे में गए और वहाँ से दूसरे कमरे में, जैसे मकान का निरीक्षण कर रहे हों और सहसा वे कमरे से निकलकर पुनः वरांडे में आए और बाहर की ओर चल पड़े।

राम, गिरीश और महेंद्र गुप्त अवाक् खड़े उन्हें देखते रह गए। कहाँ जा रहे हैं ठाकुर? जब वे वापस गली में पहुँच गए तो राम और गिरीश भी उनके पीछे दौड़े, "कहाँ जा रहे हैं?"

"मैं इस मकान में नहीं रह सकता।" ठाकुर ने स्पष्ट शब्दों में कहा, "इसमें तो मेरा दम घुट जाएगा।"

"तो आप जा कहाँ रहे हैं?" राम ने पूछा।

ठाकुर ने कोई उत्तर नहीं दिया। वे चलते ही रहे। इतने अस्वस्थ और अशक्त होते हुए भी जाने वे इतनी तेज कैसे चल रहे थे। गिरीश पग बढ़ाकर उनके निकट आया और बोला, "जहाँ आपकी इच्छा है, वहीं चलें महाराज! किंतु गाड़ी में चलें। आप स्वस्थ नहीं हैं।"

किंतु ठाकुर न रुके, न गाडी में बैठने के लिए सहमत हए। जब थोडी दर चल चुके तो राम, गिरीश और महेंद्र को भी समझ में आ गया कि वे रमाकांत बसु स्ट्रीट में बलराम बसु के भवन की ओर जा रहे हैं।

बलराम के घर के सम्मुख जाकर वे रुक गए, "बलराम को सूचना दो कि मैं आया हूँ।"

महेंद्र भीतर गया और बलराम को बुला लाया।

बलराम ने आकर ठाकुर को प्रणाम किया, "आइए, महाराज! पधारिए।"

"सुनो बलराम!" ठाकुर धीरे से बोले, "जो मकान इन लोगों ने मेरे लिए लिया है, वह बहुत छोटा और तंग है। वहाँ न हवा है, न प्रकाश, न गंगा ही पास बहती है। हरियाली तो कहीं है ही नहीं। दक्षिणेश्वर के काली मंदिर के उद्यान जैसे घर में रहने वाला व्यक्ति, क्या उस मकान में जीवित रह पाएगा? इसीलिए मैं यहाँ आ गया हूँ।"

"पधारिए महाराज!" बलराम ने परम सुख के साथ कह, "मेरे रहते आपको उस मकान में रहने की आवश्यकता ही क्या है? जब तक उपयुक्त मकान न मिले, यहीं रहिए। यह तो मेरा सौभाग्य है।"

वैद्य गंगाप्रसाद सेन ने ठाकुर का परीक्षण किया। नाड़ी देखी, जिह्वा का निरीक्षण किया, गले को देखा। ठाकुर से उनका कष्ट सुना और कहा, "महाराज! आपको औषध भिजवा देता हूँ, किंतु औषध का सेवन नियम से कीजिए। कुपथ्य मत लीजिए। अधिक से अधिक विश्राम कीजिए। खाने-पीने में गले के लिए जो भी कष्टकारक हो, वह मत खाइए। बहुत कम बोलिए, और धीरे बोलिए। कोई ऐसी गतिविधि मत कीजिए, जिससे शरीर अथवा मन पर जोर पड़े।"

"मैं तो कुछ करता ही नहीं।" ठाकुर हँसे, "नौकरी मैं नहीं करता, व्यापार मेरा नहीं है। बैठे-बैठे बस अपनी माँ की चर्चा करता हूँ। आप कहते हैं तो वह भी नहीं करूँगा, बस उसकी चिंता करूँगा।"

वैद्य नीचे उतर आए। उनके पीछे-पीछे राम, बलराम, देवेंद्र और महेंद्र गुप्त भी आ गए।

"क्या विचार है वैद्य जी?" बलराम ने पूछा।

"इन्हें रोहिणी रोग है, और वह काफी विकसित भी हो चुका है।" वैद्य ने कहा, "डॉक्टर लोग जिसे कैंसर कहते हैं, रोहिणी भी वही रोग है। शास्त्र में उसकी चिकित्सा का विधान रहने पर भी उसे असाध्य बताया गया है। औषध दे रहा हूँ। किसी को भेजकर मँगवा लीजिए। शेष भगवान की इच्छा।"

52

डॉ. महेंद्रलाल सरकार ठाकुर का परीक्षण करने आए, तो उन्होंने ठाकुर को पहचान लिया। मथुर बाबू के जीवन-काल में उनकी दो-एक बार ठाकुर से भेंट हुई थी।

ठाकुर ने अपना कष्ट बताया, कुछ महेंद्र गुप्त, रामचंद्र दत्त और नरेन्द्र ने।

डॉ. सरकार ने सारी बात सनुकर कहा, "मैं औषधि दे रहा हूँ, किंतु रोगी को बहुत सावधानी से रहना होगा। औषधि लेने में प्रमाद नहीं होना चाहिए और खाने में कुपथ्य नहीं होना चाहिए। मुझे प्रतिदिन रोगी का समाचार देने के लिए किसी को आना होगा और मेरे निर्देशों को रोगी तक पहुँचाना होगा। ठीक है?"

"ठीक है डॉक्टर साहब!" नरेन्द्र बोला, "किंतु आपका निदान क्या है?"

"तुम उस चक्कर में मत पड़ो।" डॉक्टर हँसे, "'होम्योपैथी' में रोगी के लक्षणों का अध्ययन किया जाता है और उनके अनुसार औषधि दी जाती है।" वे ठाकुर की ओर मुड़े, "तो इस समय काली मंदिर में पूजा कौन करता है?"

"मेरा भतीजा है–रामलाल।" ठाकुर बोले।

"और आप?"

"मैं पेंशन पर हूँ।" ठाकुर हँस पड़े।

"मंदिर के प्रबंधक भी सरकार के समान कार्य करते हैं।" डॉक्टर बोले, "पेंशन भी देते हैं?"

"वे नौकरी पर रखते हैं और त्रुटि होने पर निकाल देते हैं।" ठाकुर बोले, "आवश्यक समझने पर किसी-किसी का मंदिर में प्रवेश निषेध भी कर देते हैं, जैसे हृदु का किया और हाजरा का किया।"

"अच्छा।" डॉक्टर सरकार चलने के लिए उठ खड़े हुए।

डॉक्टर को विदा कर रामचंद्र दत्त, महेंद्रनाथ गुप्त, बलराम बसु, सुरेंद्रनाथ मित्र तथा नरेन्द्र नीचे के कमरे में एकत्रित हुए।

"ठाकुर के पास एक व्यक्ति को चौबीस घंटे रहना होगा।" रामचंद्र दत्त ने कहा।

"लाटू है न उनके पास।" बलराम ने कहा।

"लाटू तो है।" राम बोला, "पर लाटू शारीरिक श्रम ही तो कर सकता है। उसे जो कहिएगा, वह कर देगा, किंतु क्या करना है, इसका निर्णय वह नहीं कर पाएगा। उसके लिए कोई समझदार व्यक्ति चाहिए जो घर से इतना मुक्त हो कि चौबीसों घंटे यहाँ रहे।"

"ठाकुर के पास मैं रहूँगा।" नरेन्द्र बोला, "आप चिंता न करें।"

राम की आँखों में जैसे विस्मय तैर गया, "तुम चौबीसों घंटे यहाँ रहोगे तो तुम्हारी नौकरी का क्या होगा? पढ़ने कब जाओगे? घर वालों को कैसे देखोगे?"

"उन सबसे अधिक चिंता मुझे ठाकुर की है। ठाकुर मुझे उन सबसे अधिक प्रिय हैं। उन सबको छोड़ सकता हूँ, ठाकुर को नहीं छोड़ सकता।"

"तुम नौकरी छोड़ दोगे?" राम की चिंता कम नहीं हो रही थी, "इतने समय के पश्चात् इतनी कठिनाई से मिली नौकरी छोड़ दोगे? नौकरी क्या रोज-रोज मिलती है?"

"ठाकुर क्या रोज-रोज मिलते हैं?" नरेन्द्र बोला।

राम को लगा कि उसके मन में ठाकुर की अनेक उक्तियाँ स्पष्ट हो रही थीं। वह शायद भक्ति का स्वरूप समझ रहा था। भक्त को तो भगवान ही चाहिए, और कुछ भी नहीं। अपनी आजीविका भी नहीं, अपना जीवन भी नहीं। वह भगवान को पाने के लिए कुछ भी छोड़ सकता है, कुछ भी। नरेन्द्र में और लोगों में एक मूलभूत अंतर है। कितना कठोर और निर्मोही है वह। उसे संसार की माया तनिक भी नहीं व्यापती। धन, रूप, यौवन–उसे कुछ भी मुग्ध नहीं करता। निर्धनता, असहायता, भूख, रोग, अभाव–उसे कुछ भी भयभीत नहीं करता। ठाकुर उसकी सच्ची ही प्रशंसा करते हैं।

53

ठाकुर अल्पकालिक हल्की नींद ले रहे थे, या वैसे ही आँखें बंद किए विश्राम कर रहे थे। लाटू एक ओर दीवार से टेक लगाए, फर्श पर बैठा-बैठा ऊँघ रहा था।

नरेन्द्र ने निकट जाकर लाटू के कंधे पर हाथ रखा।

लाटू ने आँखें खोल दीं और चुपचाप उसकी ओर देखा।

नरेन्द्र ने अंगुलियों के संकेत से उसे अपने पीछे आने के लिए कहा और बाहर निकल गया।

बरामदे में कुछ दूर चलकर उसने लाटू से कहा, "नीचे जाकर कुछ देर सो जाओ। मैं ठाकुर के पास बैठा हूँ।"

"नहीं। मैं ठीक हूँ।" लाटू बोला, "मुझे कोई ऐसी नींद नहीं आ रही। मैं ठाकुर के पास ही रहूँगा।"

"नहीं।" नरेन्द्र के स्वर में आदेश था, "ज्यादा भक्ति मत झाड़ो। जो कह रहा हूँ, करो। हो सकता है कि आज रात भी जागना पड़े। उस समय ऊँघ जाओगे तो बड़ी समस्या होगी। जाओ।"

नरेन्द्र ठाकुर के कमरे की ओर मुड़ गया। उसने भीतर जाकर धीरे से किवाड़ भिड़ा दिए और ठाकुर के पलंग के पास एक ओर चुपचाप बैठ गया।

ठाकुर का रोग एक-दो दिन में ठीक होने वाला नहीं है। नरेन्द्र सोच रहा था, 'संभव है ठाकुर अपनी लीला का संवरण कर रहे हों।' उनके निकट रहने का यही अवसर था। उनसे जो लेना-देना था, वह अब हो ही जाना चाहिए था। न असावधान रहने का अवसर था, न कोताही अथवा प्रतीक्षा का। ठाकुर ने उन सबको सेवा का अवसर दिया था, जो उनकी सेवा करना चाहते थे। वे शायद उन सबकी अपने प्रति भक्ति की परीक्षा ले रहे थे या फिर यह संकेत था कि जिसे ठाकुर से जो कुछ प्राप्त करना था, कर ले! वे अब अधिक दिन नहीं रहेंगे।

सहसा नरेन्द्र का ध्यान दूसरी ओर चला गया। जब भी कभी ठाकुर बहुत अबोध और असहाय दिखने लगते थे, जब वे निष्क्रिय पड़े दिखाई देते थे, उनके आसपास कुछ बहुत महत्त्वपूर्ण घटित हो जाता था, जिसके परिणाम दूरगामी होते थे। तो यह रोग, यह अस्वस्थता भी ठाकुर की लीला ही थी क्या? रोगी तो वे हैं ही, रोग भी असाध्य है, इसका कष्ट भी वे झेल रहे हैं, किंतु इस लीला का प्रयोजन क्या है? भक्तों की परीक्षा? या कुछ और? या वे चाह रहे हैं कि इस रोग के माध्यम से उनके आसपास के लोगों में आध्यात्मिकता की लालसा उत्कट हो, ईश्वर-लाभ का प्रयत्न तीव्र हो?

ठाकुर ने अपनी आँखें खोलीं। करवट बदली और नरेन्द्र की ओर देखा, "क्यों रे! तू कब से बैठा है? पहले तो लाटू था यहाँ।"

"लाटू को मैंने थोड़ा विश्राम करने भेज दिया है।" नरेन्द्र बोला, "वह रात-भर का जागा था। यहाँ बैठा-बैठा ऊँघ रहा था।"

ठाकुर ने मुग्ध भाव से नरेन्द्र को देखा, "तूने बहुत अच्छा किया। साधारण से अति साधारण जीव का भी वही महत्त्व और सम्मान समझना चाहिए, जो हम अपना समझते हैं।"

ठाकुर ने उठने का प्रयत्न किया। नरेन्द्र ने उन्हें सहारा दिया।

"अब मुझे तेल मलने और नहलाने का काम कौन करेगा?" ठाकुर ने पूछा, "लाटू

को तो तूने सुला दिया।"

"मैं करूँगा महाराज!" नरेन्द्र बोला, "क्या आपका इतना-सा भी काम आपका नरेन नहीं कर सकता?"

"नहीं। यह तेरा काम नहीं है।" ठाकुर के स्वर में दृढ़ता थी, "तेरे लिए और काम हैं, तू वही कर।"

"ठीक है, थोड़ी देर में काली आ जाएगा।" नरेन्द्र बोला, "वह आपके शरीर पर तेल मल देगा और फिर छत पर धूप में चौकी पर बैठाकर नहला भी देगा।"

"हाँ, जा! उसे भेज दे।" ठाकुर ने कहा।

54

संध्या कुछ ढली और अँधेरा होने लगा तो एक-एक कर सब लोग अपने-अपने घर चले गए।

"काली!" नरेन्द्र ने पुकारा, "अब तुम भी घर जाओ। हाँ, रास्ते में गोलाप माँ को उनके घर छोड़ते जाओ।"

"और तुम?" काली ने पूछा, "तुम घर नहीं जाओगे?"

नरेन्द्र हँसा, "मैं भी चला गया तो यहाँ ठाकुर के पास कौन रहेगा—लाटू?"

काली मौन खड़ा रह गया : नरेन्द्र ठीक ही कह रहा था। ठाकुर को सारी रात लाटू के भरोसे नहीं छोड़ा जा सकता।

"पर तुम तो प्रातः से ही यहाँ हो, अब सारी रात कैसे जागोगे?" काली ने पूछा।

"जागना क्या है?" नरेन्द्र बोला, "ठाकुर के पलंग के पास फर्श पर चटाई बिछाकर सोता रहूँगा। ठाकुर पुकारेंगे तो जाग जाऊँगा, नहीं तो ठाठ से खर्राटे लूँगा। नींद नहीं आई तो कुछ पढ़ लूँगा। परीक्षा की तैयारी हो जाएगी।"

काली जानता था कि वास्तविकता यह नहीं है। वह बलराम बसु के घर एक सप्ताह तक ठाकुर के पास रहा था। ठाकुर तो वैसे ही बहुत कम सोते थे और आजकल तो स्वस्थ भी नहीं थे। प्रत्येक घंटे-डेढ़ घंटे के बाद उन्हें किसी-न-किसी वस्तु की आवश्यकता होती ही थी। कोई यह सोचे कि वह रात-भर ठाकुर की सेवा भी करेगा और सो भी लेगा तो यह संभव नहीं था।

"सारी रात सो नहीं पाओगे।" काली बोला, "और थका हुआ उनींदा आदमी पढ़ाई भी क्या करेगा?"

"सेवाव्रत लेकर नींद की बात नहीं सोचनी चाहिए।" इस बार नरेन्द्र गंभीरता से बोला, "सेवा तो उपासना है। उपासना के भाव से ही सारी रात जागना चाहिए।"

काली थोड़ी देर मन-ही-मन विचार करता रहा और सहसा उसकी मुद्रा बदल गई, "गोलाप माँ को उनके घर छोड़कर मैं भी यहीं आ रहा हूँ। मैं तुम्हारे साथ रहूँगा। ठाकुर की सेवा का सारा यश तुम अकेले को नहीं लेने दूँगा।"

"अरे, नहीं! उसकी आवश्यकता नहीं है।"

"तुम्हें नहीं है, मुझे तो है।" काली ने कहा।

नरेन्द्र मुस्कराया, "तो दिन-रात यहीं रहने का विचार है–चौबीसों घंटे?"

"तुम रहोगे तो मैं भी रहूँगा।" काली ने कहा।

"मैं तो रहूँगा ही।" नरेन्द्र मुस्कराया, "मैंने ठाकुर का पूर्ण सेवाकर्म ग्रहण किया है। उनकी चिकित्सा करवाने के लिए एक भी पैसा नहीं दे सकता, तो सेवा तो करनी ही चाहिए न।"

"हम मिलकर भी तो सेवा कर सकते हैं।"

"ठीक है।" नरेन्द्र का स्वर गंभीर और आदेशात्मक हो गया, "यहाँ रहोगे तो मेरा अनुशासन मानना होगा। दिन-रात न जागने दूँगा, न काम करने। दिन-रात काम करके बीमार पड़ोगे तो तुम्हारी सेवा कौन करेगा? ठाकुर को देखूँगा या तुम्हें? इसलिए दो घंटे दिन में और दो घंटे रात में तुम ठाकुर की सेवा करोगे। दोपहर को उनके शरीर में तेल लगाओगे और छत पर ले जाकर धूप में नहलाओगे। स्वीकार?"

"स्वीकार।"

"तो जाओ।" नरेन्द्र बोला, "गोलाप माँ को उनके घर छोड़ आओ।"

55

महेंद्र गुप्त प्रातः काफी जल्दी आ गया। उसने झाँककर ठाकुर के कमरे में देखा, ठाकुर शायद नाम-जाप कर रहे थे। नरेन्द्र भी आँखें बंद किए हुए एक ओर बैठा था। महेंद्र ने हाथ जोड़कर ठाकुर को प्रणाम किया और नरेन्द्र को बाहर आने का संकेत किया।

नरेन्द्र की आँखें खुल गईं। वह ध्यान नहीं कर रहा था, आँखें बंद कर कुछ विचार कर रहा था। उसने महेंद्र को देखा और उठकर बाहर आ गया।

"क्या बात है मास्टर महाशय! कुछ चिंतित लग रहे हैं!" नरेन्द्र ने कहा।

"हाँ, बात तो चिंता की ही है।" महेंद्र गुप्त ने कहा, "कल मैं विद्यासागर महाशय से मिला था–स्कूल से तुम्हारी छुट्टी के संदर्भ में।"

"तो?"

"उन्होंने पूछा–कितने दिन की छुट्टी चाहिए?"

"मैंने लिख तो दिया था–अनिश्चित् काल के लिए। जब तक ठाकुर स्वस्थ नहीं हो जाते।" नरेन्द्र बोला, "मैं दिनों में गिनकर समय कैसे बता सकता हूँ?"

"मैंने भी उनसे यही कहा था।" महेंद्र गुप्त बोला।

"तो क्या कहा उन्होंने?"

"उन्होंने कहा कि नरेन्द्र बहुत महान् कार्य कर रहा है। ठाकुर की सेवा बहुत आवश्यक है, किंतु अध्यापक के लिए विद्यालय ही उसका मंदिर है। पढ़ाना उसकी उपासना है, और अपने विद्यार्थियों के विकास का सतत प्रयत्न उसका धर्म है।" महेंद्र गुप्त ने बताया, "उन्होंने कहा कि ठाकुर के रोग की अवधि निश्चित नहीं है और वे अनिश्चित काल के लिए विद्यार्थियों की पढ़ाई के प्रति उदासीन नहीं रह सकते। नरेन्द्र

को विद्यार्थियों की सेवा पहले करनी चाहिए, ठाकुर की बाद में।"

"आप जानते हैं, मैं यह नहीं कर सकता।" नरेन्द्र अत्यंत सहज भाव से बोला।

"मैंने भी उनसे यही कहा था।" महेंद्र गुप्त ने उत्तर दिया, "तो उन्होंने कहा, कि यदि यह स्थिति है तो नरेन्द्र को चाहिए कि नौकरी से त्यागपत्र दे दे, उसे इस प्रकार छुट्टी नहीं मिल सकती।"

"तो आप त्यागपत्र लेते जाइए।" नरेन्द्र अत्यंत शांत स्वर में बोला, "मुझे ऐसी नौकरी नहीं करनी है।"

"क्या तुम विद्यासागर महाशय से इस विषय में बात करना नहीं चाहोगे?"

"इसमें बात क्या करनी है और अनुनय-विनय भी क्या करनी है।" नरेन्द्र तनिक भी अस्थिर दिखाई नहीं दे रहा था, "विद्यासागर महाशय कुछ अनुचित तो कह नहीं रहे। इस समय अपने विद्यार्थियों का विकास ही उनके जीवन का चरम लक्ष्य है, और मेरे लिए अपने गुरु की सेवा।" नरेन्द्र रुका, "वे अपने धर्म का निर्वाह कर रहे हैं और मैं अपने धर्म का।"

"पर तुम्हारा परिवार?" महेंद्र गुप्त पर्याप्त चिंतित दिखाई दे रहे थे।

"अपने संसार को देखूँ या अपने ईश्वर को?" नरेन्द्र हँसा, "मैं बहुत पहले से जानता हूँ कि मेरा जन्म नौकरी करने अथवा चाँपातला के मैट्रोपोलिटन इंस्टिट्यूशन के छात्रों को पढ़ाने के लिए नहीं हुआ है।"

शशि प्रायः भागता हुआ आया, "नरेन! नरेन! मैंने सुना है कि तुम कल सुबह से यहीं हो। रात को भी यहीं रहे। न स्कूल गए, न घर। न पढ़ने, न पढ़ाने। मुझे क्यों नहीं बताया?"

"क्या नहीं बताया?" नरेन्द्र हँसा।

"मेरा तात्पर्य है कि" शशि कुछ अटका, "मैं भी ठाकुर की सेवा के लिए यहाँ रहना चाहता हूँ।"

"तुम्हारे माता-पिता मान जाएँगे?" नरेन्द्र ने पूछा।

"तुम क्या अपनी माता की अनुमति से यहाँ रह रहे हो?" शशि ने जैसे उसपर प्रहार किया।

"तुम जानते हो, मैं आरंभ से ही परम स्वतंत्र हूँ।" नरेन्द्र मुस्कराकर बोला, 'मैं तो परंपरागत आदर्श पुत्र कभी भी नहीं रहा। अपनी जीवन-पद्धति के संदर्भ में न मैं उनकी अनुमति पर निर्भर रहा, न मैंने उनकी आज्ञाओं का पालन किया।"

"वह तो ठीक है," शशि बोला, "पर ठाकुर की सेवा मेरा भी तो धर्म है।"

"हाँ, है तो।" नरेन्द्र ने उत्तर दिया, "किंतु क्या अभी तक तुम्हारी समझ में नहीं आया कि ठाकुर का धर्म और हमारे माता-पिता का धर्म सदा से आत्म-विरोधी रहे हैं? माता-पिता सदा ही हमें बाँधकर माया की गोद में डाल देना चाहते थे और ठाकुर हमारे

सारे बंधन काटकर हमें ईश्वर के चरणों तक पहुँचाना चाहते रहे हैं।"

कुछ क्षण शशि नरेन्द्र की ओर देखता रहा और फिर बोला, "नरेन! कभी तो हमें एक ओर हो ही जाना है। दो नौकाओं में पग रख हम कहीं नहीं पहुँच पाएँगे।"

"तो?"

"मैं यहीं, तुम्हारे साथ रहकर ठाकुर की सेवा करूँगा।" शशि का स्वर पर्याप्त दृढ़ था।

"भोजन करने घर जाओगे तो माता-पिता समझाएँगे, लुभाएँगे, डाँटेंगे, और बहुत संभव है कि पीटें भी, या बाँधकर घर में रख लें।" नरेन्द्र बोला, "और तुम तो अपने काका-काकी के पास रहते हो। उन्हें तुम्हारे कारण परेशानी होगी।"

"मैं भोजन करने घर नहीं जाऊँगा।"

"सोने के लिए तो जाओगे?"

"नहीं, सोने के लिए भी नहीं जाऊँगा।" शशि बोला, 'यहीं रहूँगा, यहीं सोऊँगा, यहीं खाऊँगा–तुम्हारे साथ।"

"सोच लो।" नरेन्द्र ने उसे परीक्षक दृष्टि से देखा, "यह न हो कि हम तुम्हें कोई दायित्व सौंपें और फिर पता चले कि शशिभूषण महाराज अपने घर से ही निकल नहीं पा रहे हैं।"

"नहीं, ऐसा नहीं होगा।" शशि बोला, "बोलो, क्या दायित्व सौंपते हो?"

"ठाकुर की सेवा–दो घंटे दिन में, दो घंटे रात में।" नरेन्द्र बोला, "और जो काम आवश्यक लगे।"

"ठीक है।"

"जाओ, ठाकुर के पास।"

तभी पीछे से किसी ने पुकारा, "नरेन! नरेन!"

नरेन्द्र ने घूमकर देखा : छोटा गोपाल दौड़ता हुआ आ रहा था।

"लो, एक और गुरु-भक्त स्वयं-सेवक आ गया।" उसके कुछ कहने से पहले ही नरेन्द्र बोला, "अब यह भी यहीं रहने के लिए झगड़ा करेगा।"

56

"ठाकुर की शारीरिक व्याधि एक मिथ्या स्वाँग मात्र है।" गिरीश अपनी गूंजती हुई अभिनेता की वाणी में कह रहा था, "किसी विशेष लक्ष्य से, किसी उद्देश्य के साधन के लिए ही जानबूझकर उन्होंने उसे अंगीकार कर लिया है। जब उनकी इच्छा होगी, वे उसे झटककर उठ खड़े होंगे और पहले के समान ही स्वस्थ हो जाएंगे।" उसने रुककर अपने श्रोताओं पर ऐसी दृष्टि डाली, जैसे उन सबको सम्मोहित कर लेना चाहता हो, "अरे, अवतारों को भी कभी रोग-शोक हुआ है! यह सब तो उनकी लीला है, जैसे कोई अभिनेता मंच पर अभिनय करता है। यदि मैं 'बिल्वा-मंगल' में अंधे व्यक्ति का अभिनय करूँ, तो क्या मैं सचमुच अंधा हो जाऊँगा।"

"तुम अंधे नहीं होगे," सुरेंद्रनाथ मित्र ने कहा, "और तुम्हें अंधत्व का कष्ट भी नहीं

होगा; किंतु ठाकुर कितने कष्ट में हैं, तुम देख नहीं रहे हो? न खा-पी सकते हैं, न ठीक से सो सकते हैं।"

"मेरा अभिनय देखने वाले को भी लगेगा कि मैं उस चक्षुहीनता के कारण बहुत कष्ट में हूँ, धक्के खाता हूँ, टकराता हूँ, गिरता हूँ, मेरे मुख से पीड़ा के कारण कराह भी निकल जाती है। किंतु मैं जानता हूँ कि मैं गिरीशचंद्र घोष हूँ, और अभिनय कर रहा हूँ।"

"दृष्टांत अपनी जगह ठीक हो सकता है, किंतु यह मानना कठिन है कि ठाकुर को कोई कष्ट ही नहीं है।" राम ने अपना मत व्यक्त किया।

"तो फिर उनमें और हममें अंतर ही क्या?" गिरीश ने घूरकर राम को देखा, "तुम यह कहना चाहते हो कि ठाकुर ने इस जन्म अथवा अपने पिछले जन्म में ऐसे पाप-कर्म किए थे जिनके कारण जगदंबा उन्हें इस रूप में दंडित कर रही हैं?"

"नहीं! मैं यह नहीं कह रहा।" राम जैसे इस लांछन से सिहर उठा, "मैं कह रहा हूँ कि जगदंबा ने जन-कल्याण हेतु अपना कोई प्रगाढ़ अभिप्राय सिद्ध करने के लिए इन्हें कुछ समय के लिए व्याधिग्रस्त कर रखा है। जगदंबा का उद्देश्य पूरा होते ही वे ठाकुर को पुनः पूर्णतः स्वस्थ कर देंगी।"

"जब पुनः पूर्णतः स्वस्थ करना ही है, तो जगदंबा उन्हें इतना कष्ट ही क्यों देंगी?' गिरीश ने पूछा।

"क्यों अपने जीवन में श्रीराम ने कष्ट नहीं सहे या श्रीकृष्ण ने?" राम ने कहा, "अंततः तो वे लोग पूर्णकाम हुए ही।"

"एक बात मैं भी कहना चाहता हूँ राम दादा!" नरेन्द्र ने राम की बात बीच में ही काट दी, "जन्म, मृत्यु, जरा, व्याधि आदि शरीर के धर्म हैं। शरीर होगा तो हम इनसे मुक्त नहीं रह सकते। श्रीराम और श्रीकृष्ण ही नहीं, बद्ध और ईसा ने भी जब शरीर धारण किया तो शरीर के कष्ट पाए ही। सबसे बड़ी बात यह है कि उनके शरीरों का भी क्षय हुआ।"

"तुम्हारा विचार है कि ठाकुर के शरीर का भी नाश होगा ही?" गोपाल दादा ने पूछा।

"क्यों नहीं होगा?" नरेन्द्र का स्वर अत्यंत दृढ़ था, "जो अजर और अमर है, वह है आत्मा। शरीर तो है ही नश्वर। ठाकुर का भी।" उसने सीधे गिरीश की आँखों में देखा, "इसका यह अर्थ कदापि नहीं है जी. सी. कि हम उनकी सेवा-सुश्रूषा नहीं करेंगे या उनकी चिकित्सा नहीं करेंगे।"

"इसका तो अर्थ हुआ कि तुम उन्हें अवतार नहीं मानते?" गिरीश ने कहा।

"क्या मानता हूँ, क्या नहीं –इसे छोड़ो।" नरेन्द्र बोला, "तुम्हें तो मैं केवल इतना कह रहा हूँ कि प्रकृति के कुछ नियम हैं। सारी सृष्टि उन नियमों के अधीन है। जिसका जन्म होता है, उसकी मृत्यु भी होती है, और इसका अपवाद कोई नहीं है।"

"ठाकुर कैसे हैं?" श्रीमाँ ने पूछा, "कुछ स्वास्थ्य-लाभ हुआ?"

"नहीं, कोई ऐसा विशेष लाभ तो दिखाई नहीं देता।" गोपाल दादा ने बताया।

श्रीमाँ कुछ चिंतित हुईं, "क्यों? डॉक्टर योग्य नहीं या औषध लाभकारी नहीं है?"

"नहीं, वह सब तो ठीक है।" गोपाल दादा ने बताया।

"तो फिर क्या बात है?"

"डॉक्टर के निर्देश के अनुसार पथ्य तैयार करने वाला कोई व्यक्ति नहीं है।" गोपाल दादा ने बताया, "इसलिए कदाचित् रोग बढ़ गया है।"

"ओ माँ!" श्रीमाँ का स्वर चिंतित था, "तो मुझे क्यों नहीं बताया? मैं आ जाती।"

"वहाँ आपके रहने की सुविधा नहीं है।" गोपाल दादा ने कहा, "यही सोचकर।"

"मेरी सुविधा-असुविधा अधिक महत्त्वपूर्ण है या ठाकुर का स्वास्थ्य?" श्रीमाँ का स्वर अशांत हो उठा, "सुविधा नहीं है, तो न सही। ठाकुर ने स्वयं ही तो कहा था, 'जब जैसा तब तैसा, जहाँ जैसा वहाँ वैसा, जिसे जैसा उसे वैसा। क्या मैं ठाकुर के उपदेशानुसार देश-काल-पात्र भेद से अपना व्यवहार नहीं बदल सकती?"

"भूल हुई माँ!" गोपाल दादा ने कहा, "उस मकान में अपरिचित पुरुषों के बीच, सब प्रकार की असुविधाएँ ही असुविधाएँ हैं।"

"कोई बात नहीं।"

"स्त्रियों के रहने के लिए अलग से कमरे नहीं हैं।"

"ठाकुर के बालक-भक्त जहाँ रहते हैं, उनके साथ के कमरे में मेरे लिए व्यवस्था कर देना। माँ को पुत्रों से क्या संकोच?"

"स्नान इत्यादि के लिए भी एक ही स्थान है।" गोपाल दादा बोले।

"मैं अन्य लोगों के जागने से पहले ही स्नान कर लूँगी।" श्रीमाँ ने कहा, "मेरे कारण किसी को असुविधा नहीं होगी।"

"और किसी को असुविधा की बात नहीं है माँ!" गोपाल दादा का स्वर कुछ संकुचित हुआ, "आपको असुविधा न हो।"

"मेरी असुविधा की चिंता नहीं।" श्रीमाँ बोली, "ठाकुर वहाँ असुविधा में हों और मैं यहाँ बैठी रहूँ, यह नहीं होगा। मुझे तुम वहीं ले चलो।"

"सुनो! सुनो! सब लोग कुछ समय के लिए ठाकुर को कमरे में अकेला छोड़ दो।" गोपाल दादा ने कहा, "श्रीमाँ भोजन लेकर आ रही हैं।"

सब लोग उठ खड़े हुए, किंतु उनके कमरे से बाहर जाने से पहले ही ठाकुर ने कहा, "उसके आ जाने से मुझे तो बहुत सुविधा हो गई है, किंतु तुम लोगों को कोई असुविधा तो नहीं हुई?"

"नहीं, महाराज! असुविधा की क्या बात है।" महेंद्रनाथ गुप्त ने कहा।

ठाकुर को संतोष नहीं हुआ, "तू बता नरेन! यह मास्टर या तो बोलेगा ही नहीं, या अप्रिय सत्य नहीं बोलेगा।"

"नहीं, महाराज! सचमुच ही किसी को कोई असुविधा नहीं है।" नरेन्द्र बोला, "सच

तो यह है कि लाटू और गोपाल दादा हमें बताते न रहते कि श्रीमाँ यहाँ आ गई हैं और हम सबका भोजन वे ही बना रही हैं, तो शायद हमें मालूम भी न होता कि वे यहीं, इसी मकान में रहती हैं।"

"ऐसा कैसे संभव है रे?" ठाकुर मंद-मंद हँसे।

"माँ ने बताया है," गोपाल दादा बोले, "कि वे प्रातः तीन बजे ही उठ जाती हैं। किसी भी अन्य व्यक्ति के जागने से पहले निवृत्त हो, नहा-धोकर तिमंजिले की छत के पास वाले चबूतरे पर जा बैठती हैं। न कोई वहाँ तक जाता है, न किसी को पता चलता है कि वे यहाँ रहती हैं। दिन-भर वहीं रहकर, ठीक समय पर पथ्य इत्यादि तैयार कर मुझे या लाटू को बता देती हैं। दोपहर को वे उसी स्थान पर भोजन और विश्राम करती हैं। रात के ग्यारह बजे, सब लोगों के सो जाने पर, वहाँ से उतरकर अपने लिए निर्दिष्ट कमरे में आकर सोती हैं।"

"वह बड़ी समझदार है और विकट तपस्विनी भी।" ठाकुर ने अत्यंत आत्मतोष के साथ कहा।

57

सीढ़ियों से शशि उतरा।

"अरे, नरेन्द्र! देखो, शशि तो यहीं है।" काली ने कहा।

"तुम कहाँ थे भाई?" नरेन्द्र ने चकित होकर पूछा।

"ऊपर छत पर था।" शशि बोला, "मैंने काका को आते देख लिया था और उनके आने का उद्देश्य भी समझ लिया था। छत पर से ही मैंने उन्हें जाते हुए भी देखा, तो नीचे उतर आया।"

"बिना स्नान किए, बिना खाए–ऊपर बैठे रहे?" छोटे गोपाल ने पूछा "और यदि वे रात तक यहीं बैठे रहते, रात-भर तुम्हारी प्रतीक्षा करते?"

"तो मैं रात-भर छत पर बैठा ठाकुर का नाम जपता रहता।" शशि बोला, "उनसे बचा भी रहता और तपस्या-धर्म भी पूरा होता।"

"अच्छा! अब क्या विचार है?" नरेन्द्र बोला, "वे तुम्हें घर आने के लिए कह गए हैं।"

"जिस दिन ठाकुर स्वस्थ हो जाएँगे अथवा तुम उन्हें छोड़कर अपने घर चले जाओगे, उस दिन मैं भी अपने घर चला जाऊँगा।" शशि बोला, "अब मुझे घर लौट जाने का उपदेश मत देना, मुझे भूख लग रही है।"

"नहीं, मैं तुम्हें वैसा उपदेश नहीं दूँगा।" नरेंद्र बोला, "तुम भूखे हो और भूखे को अपने द्वार से लौटाना भी पाप है, और दूसरे द्वार की ओर धकेलना भी। मैं तो तुम्हारी भूख का अभिनंदन करता हूँ। प्रयत्न करूँगा कि तुम्हारी भूख बढ़ती ही रहे। तुम्हें कभी तृप्ति न हो।"

"क्या मतलब?" शशि कुछ चकित था।

"मैं भात की भूख की बात नहीं कर रहा हूँ।" नरेन्द्र बोला, "मैं तो तुम्हारी उस भूख की चर्चा कर रहा हूँ, जिसको लेकर तुम ठाकुर के द्वार आए हो। इस भूख का जागना कितना शुभ है।" नरेन्द्र ने रुककर उनकी ओर देखा, "एक बार ठाकुर ने मुझसे कहा, 'मेरे बच्चे! मान लो एक कमरे में सोने का एक थैला रखा है, और उसके पास ही दूसरे कमरे में एक चोर है, तो क्या तुम सोच सकते हो कि उस चोर को नींद आएगी? नहीं, कदापि नहीं–उसके मन में लगातार यही उथल-पुथल मची रहेगी कि मैं उस कमरे में कैसे पहुँचूँ तथा उस सोने को कैसे पाऊँ। इसी प्रकार क्या तुम सोच सकते हो कि जिस मनुष्य की यह दृढ़ धारणा हो गई कि इस माया के प्रसार के पीछे एक अविनाशी, अखंड, आनंदमय परमेश्वर है, जिसके सामने इंद्रियों का सुख कुछ भी नहीं है, तो उस परमेश्वर को प्राप्त किए बिना वह मनुष्य चुपचाप बैठ सकता है? क्या वह अपने प्रयत्न क्षण-भर के लिए भी स्थगित कर सकता है? कदापि नहीं–असह्य छटपटाहट के कारण वह पागल हो जाएगा।' " नरेन्द्र ने शशि की ओर देखा, "ठाकुर को उस दिव्य उन्माद ने ग्रस लिया था। मैं चाहता हूँ कि हम सबको भी वह दिव्य उन्माद ग्रस ले। हम सब उसके मारे पागल हो जाएँ। मैं चाहता हूँ कि ठाकुर के जीवन की गंभीर ईश्वरानुरागजनित साधना तथा उपदेश का वर्णन करके उनकी महिमा सारे संसार में प्रचारित कर इस संसार को मुग्ध और स्तंभित कर दूँ।" नरेन्द्र ने 'ईसानुसरण' का वाक्य उद्धृत किया, " 'प्रभु को जो यथार्थ रूप से प्यार करेगा, उसका जीवन पूर्णतया प्रभु के जीवन के अनुसार गठित होगा'–अतः हम लोग ठाकुर को ठीक-ठीक प्यार करते हैं या नहीं, इसका प्रमाण उस भूख से ही मिलेगा।"

58

"बहुत संभव है कि ठाकुर को आरोग्य-लाभ में एक लंबा समय लग जाए। यदि ऐसा हुआ, तो उनके खर्च की व्यवस्था करने में कठिनाई होगी। इतना खर्च हम कितने दिन वहन कर सकते हैं?" महेंद्र गुप्त ने कहा।

"हम साधारण लोग हैं। कोई धन-कुबेर नहीं।" राम बोला, "अपने परिवार का खर्च घटाकर हम कितने दिनों तक यह व्यवस्था चला सकते हैं?"

"चिंता ठीक है," गिरीश कुछ अशांत स्वर में बोला, "किंतु हमारे परिवार को और पैसे चाहिए, इसलिए हम ठाकुर को यहाँ छोड़कर भाग जाएँ? परिवार की अपेक्षाओं का कोई अंत है? वह तो अंधा कुआँ है।"

"ठाकुर को छोड़कर भागना नहीं है।" राम बोला, "उनकी सेवा तो हमें करनी ही है, किसी भी प्रकार करें। पर क्या कोई ऐसी व्यवस्था नहीं हो सकती कि ठाकुर को जब तक देखभाल की आवश्यकता हो, हम कर सकें।"

"देखो, अकेले ठाकुर का खर्च बहुत अधिक नहीं है।" बलराम ने कहा, "किंतु उनके साथ और भी तो इतने सारे लोग यहाँ रहते हैं। उनसे मिलने इतने लोग आते हैं। अकेले ठाकुर के लिए तो इतना बड़ा मकान भी नहीं चाहिए। एक अच्छा खुला, बड़ा-सा

कमरा हो तो पर्याप्त है।"

"ठीक है।" महेंद्र गुप्त ने कहा, "किंतु सेवा के लिए कुछ लोगों को तो रहना ही होगा।"

"तो?"

"मुझे इन लड़कों तथा अन्य लोगों के रहने की चिंता नहीं है।" महेंद्र गुप्त ने कहा, "मुझे चिंता उनके यहाँ से चले जाने की है। कल शशिभूषण चक्रवर्ती को खोजते उसके चाचा यहाँ आ गए थे। छोटे गोपाल और काली के घर वाले भी लगातार उन्हें घर लौट आने के संदेश भिजवा रहे हैं। ये लोग लौट गए तो ठाकुर की दिन-रात की सेवा कैसे होगी? हाँ, एक नरेन्द्र ही है जिसके घर से संदेश नहीं आ रहे, या उसे संदेश मिलते भी हों, तो वह उन्हें पी जाता है।"

"इस दृष्टि से हमें और भी स्वयंसेवक चाहिएं," गिरीश बोला, "और तुम लोग वर्तमान सेवकों को भी भगा देना चाहते हो।"

"कोई किसी को भगा नहीं रहा।" सुरेन्द्र कुछ चिढ़कर बोला, "चर्चा तो केवल व्यवस्था की हो रही है। बड़ी बड़ी संस्थाएं, व्यापारिक कंपनियां, यहां तक कि सरकारें भी अपनी आर्थिक स्थितियों को देखती-निरखती रहती हैं। हमने जरा आय-व्यय की बात कर ली, तो तुम यह क्यों समझ लेते हो कि हम ठाकुर की सेवा नहीं करना चाहते, जैसे उनकी चिंता करने वाले एक तुम ही हो।"

गिरीश को सुरेंद्र के ये तेवर अच्छे नहीं लगे। बोला, "मुझे इस बात की तनिक भी चिंता नहीं है कि तुम लोग क्या सोच रहे हो–मैं तो यह जानता हूँ कि ठाकुर के लाभ के लिए, मैं अपने मकान की एक-एक ईंट बेच दूँगा। उन्हें मैं धन की कमी नहीं होने दूँगा।"

"देखो! झगड़ा मत बढ़ाओ। इसमें झगड़े की कोई बात नहीं है।" बलराम ने गिरीश को कुछ शांत करते हुए कहा, "मैं तो यह मानता हूँ कि हममें से कोई भी ठाकुर के लिए कुछ नहीं कर रहा है। ठाकुर अपने लिए आवश्यक वस्तुएँ स्वयं ही जुटा लेते हैं। हमें तो वे केवल उसका श्रेय देते हैं।" वह रुका, "पर यदि हम यह मान लें कि ठाकुर हमारी परीक्षा लेने के लिए, अपनी आवश्यक वस्तुएँ न भी जुटाएँ तो क्या घर में कन्या का विवाह होता है, परिवार के किसी व्यक्ति को कोई दीर्घव्यापी रोग हो जाता है या ऐसा ही कोई अवसर आ जाता है, तो हम लोग वह सारा खर्च पूरा करते हैं या नहीं। रुपए नहीं होंगे, तो थोड़े-बहुत स्वर्णाभूषण होंगे। कुछ तो होगा। खर्च हम चला लेंगे। हमें अपनी धन-संपत्ति ठाकुर से अधिक प्रिय तो नहीं है न।"

"इस प्रकार सोचा जाए तो फिर हमें आशंकित ही नहीं होना चाहिए कि धन का अभाव होगा।" महेंद्र गुप्त ने कहा, "ठाकुर ने जिन्हें सेवा का अधिकार दिया है, उन्हें वे सामर्थ्य भी प्रदान करेंगे।"

"मुझे यह दुश्चिंता नहीं व्यापती।" गिरीश निश्चिंत स्वर में बोला, "मुझे तो ठाकुर

के भीतर ऐसा आध्यात्मिक प्रकाश दिखाई देता है कि मेरी दुश्चिंताएँ जाने कहाँ चली जाती हैं। हृदय नवीन उत्साह से परिपूर्ण हो जाता है। विचार बुद्धि से परे, किसी उच्च धरातल पर पहुँचाकर, कोई मुझे दिव्यालोक दिखा देता है। मुझे ऐसा लगता है कि जिन्हें मैंने अपने जीवन-पथ के परम अवलंब के रूप में ग्रहण किया है, वे केवल अतिमानव ही नहीं, आध्यात्मिक जगत् के आश्रय हैं, जीवों की परम गति हैं–देवमानव, नारायण हैं।"

किसी के पगों की आहट सुनकर गिरीश रुक गया।

डॉ॰ महेंद्रलाल सरकार ठाकुर के कमरे से निकल नीचे आ रहे थे।

वे लोग सब उठकर खड़े हो गए। डॉक्टर भी उनके निकट आकर रुक गए। वे कुछ बहुत उत्साहित दिखाई नहीं पड़ रहे थे।

"बैठिए डॉक्टर मोशाय!" महेंद्र गुप्त ने एक कुर्सी उनकी ओर खिसका दी।

डॉक्टर सरकार जैसे उसके आग्रह से नहीं, स्वेच्छा से बैठ गए।

"क्या बात है डॉक्टर साहब!" सुरेंद्र ने पूछा, "आप कुछ चिंतित लग रहे हैं?"

"हाँ! कुछ चिंता तो है ही।" डॉ. सरकार ने कहा, "आपके ठाकुर पर औषधियों का कोई विशेष प्रभाव नहीं हो रहा। जिन औषधियों के प्रयोग से कुछ सफलता पाई भी थी, उनका अब विशेष लाभ नहीं हो रहा।"

"कोई विशेष कारण डॉक्टर मोशाय?" गिरीश ने पूछा।

"कारण अभी समझ में नहीं आ रहा, किंतु मेरा अनुमान है कि कलकत्ता की दूषित वायु, उन औषधियों को पूर्ण रूप से काम नहीं करने दे रही।"

"तो?" सबकी उत्सुक आँखें डॉ. सरकार की ओर उठीं।

"उन्हें यदि कलकत्ता से बाहर किसी खुले उद्यान-भवन में रखा जा सके।" डॉ. सरकार ने उत्तर दिया, "जहाँ वायु स्वच्छ हो। आसपास इतना कोलाहल न हो। कुछ हरियाली भी हो। हो पाएगा?" डॉ. सरकार ने महेंद्र गुप्त की ओर देखा।

"होगा, डॉक्टर मोशाय! होगा। ठाकुर के लिए कुछ भी होगा।" गिरीश ने बड़े फक्कड़ अंदाज में कहा।

"तो ठीक है। आप लोग आज से ही मकान देखना आरंभ कर दें।" डॉ. सरकार उठकर चले गए।

59

काशीपुर का उद्यान-भवन, स्वयं में कितना भी आकर्षक क्यों न हो, उसकी तुलना दक्षिणेश्वर काली मंदिर के सौंदर्य से नहीं की जा सकती थी। दक्षिणेश्वर का सारा सौंदर्य प्रकृति द्वारा निर्मित था, जबकि काशीपुर का उद्यान मानव-निर्मित था। फिर भी इतने लंबे समय तक कलकत्ता में रहने के बाद ठाकुर को यह स्थान रमणीय प्रतीत हुआ। उद्यान की खुली हवा ने जैसे उनके मन की प्रफुल्लता लौटा दी थी। अपनी दृष्टि को उस सौन्दर्य से भर लेने के लिए, उन्होंने उस सारे भू-खंड को देखा। बहुत दिनों के बाद उनमें बिना किसी का सहारा लिए टहलने की इच्छा जागी थी।

इधर-उधर थोड़ा घूमकर वे सीढ़ियाँ चढ़ उस बड़े कमरे में आए, जो उनके रहने के लिए चुना गया था। कमरा देखकर वे उसके साथ लगी मुँडेर वाली छत पर आए और देर तक उद्यान की शोभा देखते रहे।

श्रीमाँ भी प्रसन्न थीं। श्यामपुकुर के मकान के समान न तो यह छोटा और बंद मकान था, न ही उन्हें यहाँ बंद और संकुचित होकर रहना पड़ेगा। ठाकुर की सेवा का उन्हें अधिक अवसर मिलेगा।

ठाकुर को उनके कमरे में पूर्णतः व्यवस्थित कराके, काली और शशि को उनके पास छोड़कर नरेन्द्र नीचे आया।

"राखाल! अब तुम भी घर जाकर भोजन कर आओ।" उसने कहा, "और शरत्! तुम अभी रुकोगे, या घर जाओगे?"

"इच्छा तो मेरी यहीं रुकने की है।" शरत् बोला, "पर कहीं ऐसा न हो कि बाबा मुझे खोजते हुए यहाँ आ जाएँ।"

"तुम ईश्वर को खोजते हुए यहाँ आए हो और बाबा तुम्हें खोजने यहाँ आ जाएँगे।" नरेन्द्र हँस रहा था, "ऐसा न हो कि उन्हें यहाँ आकर ईश्वर दिख जाएँ और वे भी यहीं रह जाएँ।"

"ऐसा नहीं होता।" शरत् गंभीर हो गया, "ठाकुर ठीक ही कहते हैं कि एक बार बाल-बच्चे हो जाएँ तो उनकी माया ऐसी प्रबल होकर व्यक्ति के मन और बुद्धि पर पर्दा डालती है कि मनुष्य को ईश्वर के स्थान पर अपनी संतान ही दिखने लगती है।"

"तो ठीक है।" नरेन्द्र की विनोद-वृत्ति जाग उठी थी, "वे आएँगे, तो उन्हें तुम दिखाई दोगे और वे तुम्हारा कान पकड़कर घसीटते हुए घर ले जाएँगे।"

"तुमने कभी सोचा है नरेन, कि ऐसा क्यों है कि माता-पिता यह तो चाहते हैं कि उनके लड़के धार्मिक हों किंतु, जब कोई सचमुच ही धर्म की ओर चल पड़ता है, तो वे उसे वापस संसार में खींच लाना चाहते हैं।"

"माता-पिता का यही वास्तविक धर्म है कि वे संतान की प्रत्येक इच्छा का विरोध करें।" नरेन्द्र खुलकर हँसा।

"शशि मेरे साथ घर नहीं चलेगा?" शरत् ने पूछा।

"उससे पूछ लो।" नरेन्द्र ने उत्तर दिया, "जाता है तो ले जाओ। पर मेरा विचार है, वह जाएगा नहीं।"

"तुम सबको घर भेज रहे हो, तो यहाँ पीछे रहेगा कौन?" राखाल बोला, "तुम अकेले पीछे सब कुछ सँभाल लोगे?"

"क्यों, अकेले क्यों?" नरेन्द्र बोला, "मैं हूँ, काली है, शशि है, छोटा गोपाल है, लाटू है।" वह रुका, "और फिर राम दादा, गिरीश, सुरेंद्र, मास्टर मोशाय सब लोग आते-जाते रहते हैं। और तुमको भोजन करने के लिए घर भेज रहा हूँ, रहने के लिए नहीं। तुम लौटकर आओगे, तो मैं चला जाऊँगा।"

राखाल के चेहरे पर संकोच के भाव उभरे, "मेरा तो तुम्हें पता ही है कि घर जाता हूँ तो वहीं का हो रहता हूँ।" उसके स्वर में कुछ आवेश लौटा, "ठाकुर का व्यवहार भी मेरी समझ में नहीं आता। तुम लोगों को सब कुछ छोड़कर अपने पास आने के लिए कहते थे और मैं दक्षिणेश्वर में रहने के लिए आता था, तो मुझे घर भेज देते थे। परिणाम क्या है? तुम लोग साधना करते रहे, ठाकुर की सेवा करते रहे, और मैं कभी अपना स्वास्थ्य सुधारने के लिए वृंदावन में निवास करता रहा, कभी गृहस्थ-धर्म का निर्वाह करने के लिए घर में निवास करता रहा।" वह नरेन्द्र की ओर मुड़ा, "अब इतने दिनों के बाद यहाँ आया हूँ, तो तुम मुझे घर भेज रहे हो।"

"राखाल!" नरेन्द्र का स्वर आदेशात्मक था, "ठाकुर का विचार था कि तुम्हारा इस जीवन का कुछ भोग शेष था, इसलिए तुम्हें घर भेजते थे। मैं तुम्हें भोजन करने के लिए घर भेज रहा हूँ। अब ज्यादा भावुकता मत बघारो। तुम लौटकर आओगे तो मैं घर जाऊँगा।"

60

नरेन्द्र ने माँ को प्रणाम किया ही था कि भुवनेश्वरी ने पूछा, "मैंने सुना है, तू अपने स्कूल भी नहीं जा रहा और तूने नौकरी भी छोड़ दी है।"

"हाँ, माँ! छोड़ दी है।" नरेन्द्र ने इतने सहज भाव से कहा, जैसे दैनंदिन की कोई बहुत साधारण बात कही हो।

भुवनेश्वरी हतप्रभ खड़ी रह गई। उसने कल्पना भी नहीं की थी कि इतनी प्रतीक्षा और कठिनाई से मिली हुई वह नौकरी नरेन्द्र इस प्रकार छोड़ देगा। और कितनी सरलता से वह उसे स्वीकार कर रहा है।

"पर क्यों?"

"नौकरी के साथ मैं अपने गुरु की सेवा नहीं कर सकता था।"

"और नौकरी के बिना तू हमारा पालन नहीं कर सकता।" भुवनेश्वरी जैसे तड़पकर बोली, "तेरे गुरु की सेवा तो उनका कोई और शिष्य भी कर लेगा, किंतु हमारा पालन करने वाला दूसरा पुत्र कहाँ है?"

नरेन्द्र बैठ गया, "नहीं, माँ! ऐसा कुछ नहीं है। मनुष्य किसी का भी पालन नहीं करता। पालनकर्ता तो स्वयं ईश्वर है।"

"पर हमारे पालन-पोषण के लिए नौकरी करने के लिए तो ईश्वर नहीं आता। सब जगह मनुष्यों को ही नौकरी करते देखती हूँ।" भुवनेश्वरी ने कहा, "विचित्र तर्क है तेरा, अपने गुरु की सेवा तो तू करेगा, ईश्वर नहीं; और हमारा पालन ईश्वर करेगा, तू नहीं।"

"विचित्र कुछ नहीं है माँ!" नरेन्द्र मुस्कराया, "कर्ता तो ईश्वर ही है। मनुष्य उसका निमित्त है। यदि उसे आपका पालन मेरे माध्यम से ही करवाना है, तो वही होगा।"

"पर वह कैसे होगा?" भुवनेश्वरी कुछ तीखी पड़ी, "तूने नौकरी तो छोड़ दी है।"

"नौकरी तो छोड़ दी है माँ! किंतु पढ़ाई नहीं छोड़ी है।" नरेन्द्र बोला, "मैंने सोचा

है, पढ़ाई पूरी करूँगा। वकालत करूँगा। तुम्हारे लिए, महेंद्र और भूपेंद्र के लिए धन की व्यवस्था करूँगा, और फिर गृहस्थी से संबंध तोड़कर, भगवान की आराधना में लीन हो जाऊँगा।"

"इसका क्या अर्थ?" भुवनेश्वरी ने आशंकित मन से पूछा, "भगवान की आराधना में तो तू अब भी लीन है!"

"नहीं, माँ! मैंने संन्यास लेने का संकल्प कर रखा है।"

भुवनेश्वरी स्तब्ध रह गईं : यह लड़का उन्हें कभी कोई सुख भी देगा या केवल पीड़ित करने के लिए ही उसने पुत्र बन जन्म लिया है?

"यह सिखाया है तेरे उस साधु गुरु ने?" भुवनेश्वरी ने कहा तो, किंतु मन-ही-मन वे जान रही थीं कि इसका भय तो नरेन्द्र के जन्म से ही था।

"नहीं, माँ! उन्होंने तो अभी संन्यास लेने से रोक रखा है। मैंने तो यह निर्णय कब से कर रखा है।" नरेन्द्र बहुत शांत मन से बोला, "मेरा जन्म नौकरी करने, विवाह करने, संतान उत्पन्न कर उसका पालन करने के लिए नहीं हुआ है माँ! मुझे लगता है कि मेरे लिए ईश्वर का विधान कुछ और ही है।"

"हाँ! ईश्वर अपना विधान तुझे ही तो बताता है।" भुवनेश्वरी के स्वर में चीत्कार था, "मैं तुझे कहे देती हूँ बीले! मैं तुझे कभी इसकी अनुमति नहीं दूँगी, और यदि तूने ऐसा कुछ किया, तो उसके लिए तुझे कभी क्षमा नहीं करूँगी।"

नरेन्द्र हल्के से हँसा, जैसे किसी अबोध शिशु की बात पर हँस रहा हो।

"मैं सच कह रही हूँ।" भुवनेश्वरी पुनः बोलीं।

"और माँ! तूने यदि मुझे ईश्वर की आराधना से विमुख करने का प्रयत्न किया, तो जगदंबा तुझे कभी क्षमा नहीं करेंगी।" नरेन्द्र का स्वर अत्यंत गंभीर हो उठा था।

भुवनेश्वरी सहमकर चुप रह गईं। स्वयं को सँभालने में उन्हें कुछ क्षण लग गए, "पहले सोच, तुझे कानून की पढ़ाई करनी है। मकान के बँटवारे के संबंध में मुकदमा चल रहा है। अपने संबंधी शत्रु हो गए हैं। ऐसे में तू घर में नहीं रहेगा, तो कैसे होगा?"

नरेन्द्र तनिक भी विचलित नहीं हुआ, "मुकदमे के लिए मैं वकीलों से मिल ही लेता हूँ। तारीख पर कचहरी में हाजिर रहता हूँ। और पढ़ाई," नरेन्द्र रुका, "पुस्तकें अपने साथ ले जा रहा हूँ। काशीपुर में जब जैसा संभव होगा, पढ़ाई भी करता रहूँगा।"

भुवनेश्वरी का चेहरा आवेश से कुछ लाल हो गया, किंतु वे स्वयं को नियंत्रित करती हुई असहाय आक्रोश के साथ बोली, "जा, जो मन में आए, कर। आज तक तूने कभी किसी की मानी है कि अब मानेगा।"

नरेन्द्र ने माँ को न मनाने का प्रयत्न किया, न समझाने का। वह अपनी पुस्तकों की ओर बढ़ गया और ले जाने के लिए पुस्तकें छाँटने लगा।

"भोजन करेगा या वह भी गुरु-पत्नी का परौसा हुआ ही होना चाहिए?" थोड़ी देर के पश्चात् भुवनेश्वरी ने दूसरे कमरे से पुकारकर पूछा।

नरेन्द्र अनायास ही मुस्करा पड़ा : माँ के मन का द्वंद्व, उनके एक वाक्य में से भी छलक रहा है, क्रोध और वात्सल्य। उनका कहा न मानने वाले उद्दंड पुत्र के प्रति क्रोध है, और बाहर से घर आए पुत्र को खिलाने-पिलाने की माँ की तीव्र लालसा। न तो वे क्रोध का शमन कर पा रही हैं और न ही अपनी लालसा का संवरण।

"तुम्हारे हाथ का पकाया भोजन कैसे छोड़ सकता हूँ माँ!" नरेन्द्र बोला. "तुम परौसो, मैं आ रहा हूँ।"

61

नीचे के बड़े कमरे में काली, शशि, राखाल, शरत्, बाबूराम, योगीन, तारक तथा छोटा गोपाल सब एकत्रित थे और चुपचाप बैठे एक-दूसरे का चेहरा देख रहे थे। उनके चेहरों पर एक अनाम चिंता छप-सी गई थी और उनके आसपास भय का वातावरण था।

नरेन्द्र को देखते ही उन लोगों में हल्की-सी सुगबुगाहट जागी। सबकी आँखें उसकी ओर उठीं और राखाल ने अत्यंत मंद स्वर में कहा, "लो, नरेन्द्र आ गया।"

नरेन्द्र उनके निकट आया। उन लोगों ने पुनः उसे देखा-भर। उसके स्वागत में कुछ भी नहीं कहा। न उनके चेहरों पर खुलकर उल्लास झलका और न ही किसी ने उसे उसकी अनुपस्थिति में घटी घटनाओं की सूचना देने की आतुरता दिखाई।

नरेन्द्र के लिए उन सबका यह व्यवहार काफी असहज था—"क्या बात है?"

"कुछ भी तो नहीं।" राखाल बोला, "हम लोग तुम्हारी प्रतीक्षा ही कर रहे थे। अच्छा हुआ, तुम आ गए।"

नरेन्द्र क्षण-भर में ही समझ गया कि राखाल सच नहीं बोल रहा है।

"क्या रे गुजू!" नरेन्द्र ने उसकी बाँह पकड़ी, "तुझे ढंग से झूठ बोलना नहीं आता, तो झूठ क्यों बोलता है?"

"कौन झूठ बोल रहा है?" राखाल कुछ आवेश में बोला, "ऐसी तो कोई बात नहीं है कि तुम्हारे यहाँ पग धरते ही तुमको तत्काल बताई जाए।"

"तत्काल न सही।" नरेन्द्र हँसा, "बैठ जाऊँ, सुस्ता लूँ, तो बताने के लिए कुछ है।"

"कुछ न कुछ तो होता ही है।" काली ने बात सँभाली, "डॉक्टर आया था। ठाकुर को देख गया है। अब तुम आए हो, तो तुम्हें बताया ही जाएगा कि वह क्या कह गया है, ठाकुर का स्वास्थ्य कैसा है, इत्यादि।"

नरेन्द्र बैठ गया। उसने बारी-बारी उन सबके चेहरों को देखा : थोड़ी देर पहले तक जो लोग उसे चिंतित-से लगे थे, वे अब जैसे अपराधियों के समान आत्म-स्वीकृति में सिर झुकाए उसके सामने खड़े थे। वे लोग कुछ-न-कुछ तो छिपा ही रहे थे, पर क्या छिपा रहे थे? कोई ऐसी बात, जो उन सबसे सामान्य रूप से संबद्ध थी? या किसी एक का रहस्य नहीं था वह?

"ठाकुर का स्वास्थ्य कैसा है?" उसने जैसे अकबकाकर पूछा।

"ठीक है।" राखाल कुछ अटपटाया, "मेरा अभिप्राय है कि वैसा ही है, जैसा तुम छोड़कर गए थे।"

"वे इस समय कष्ट में तो नहीं हैं?" नरेन्द्र ने पूछा।

"नहीं। विश्राम कर रहे हैं।" शरत् ने बताया।

"उनके पास कौन है?"

"लाटू और गोपाल दादा।"

सहसा नरेन्द्र के मस्तिष्क में एक नई बात कौंधी, "डॉक्टर ने क्या कहा है? डॉक्टर नें उनके रोग के विषय में कोई नई बात बताई है?"

"नहीं। डॉक्टर ने तो कहा है कि उन्हें गले का कैंसर है, जिसे वैद्य लोग संगृहिणी कहते हैं।" शरत् बोला, "वह तो तुम जानते ही हो।"

"यह मैं जानता हूँ।" नरेन्द्र बोला, "यह भी जानता हूँ कि यदि यह असाध्य नहीं, तो दुःसाध्य अवश्य है। यह भी जानता हूँ कि बहुत संभव है कि ठाकुर अपनी लीला का संवरण ही कर रहे हों, पर डॉक्टर ने नया ऐसा क्या कहा है, जिससे तुम लोग चिंतित और भयभीत हो?"

"ठाकुर के विषय में डॉक्टर ने नया ऐसा कुछ भी नहीं कहा है।" राखाल जल्दी से बोला।

"तो किसके विषय में कहा है?"

"हम लोगों के विषय में।" योगीन के कंठ से पहली बार वाणी फूटी।

"अच्छा, डॉक्टर तुम लोगों का परीक्षण कर किसी ऐसे रोग का निदान कर गए हैं, जिसने तुम्हें डरा दिया है!" नरेन्द्र खुलकर हँसा, "तुम सब लोगों को एक ही रोग है क्या?"

"डॉक्टर ने कहा है।" राखाल क्षण-भर को रुका और फिर जैसे सारा साहस बटोरकर बोल गया, "कि ठाकुर का रोग छूत का रोग है। उनकी सेवा करने वालों को भी यह रोग हो सकता है। इसलिए हम सबको सावधान रहना चाहिए।"

सहसा नरेन्द्र के प्राण जैसे किसी निद्रा से जागे, "आओ, मेरे साथ।"

"कहाँ?" जैसे सबने ही अनायास एक साथ पूछ लिया।

"जहाँ मैं ले जाऊँ।" नरेन्द्र लीलापूर्वक हँसा।

"इसका क्या अर्थ?" काली ने पूछा।

"इसका अर्थ है, मेरे प्रति अपने विश्वास और प्रेम का प्रमाण दो।" नरेन्द्र हँसा, "मेरा विश्वास करो, संसार का कोई चिकित्सक अपने संशय में भी नहीं कह सकता कि मुझे छूत का रोग है।"

"तुम हम पर व्यंग्य कर रहे हो।" शशि तड़पकर बोला, "तुम समझते हो कि एक तुम ही ठाकुर से प्रेम करते हो?"

"कौन कह रहा है कि मैं ठाकुर से प्रेम करता हूँ? मैं तो कह रहा हूँ कि तुम लोग

मुझसे प्रेम करते हो, अतः मुझ पर विश्वास करते हो।" नरेन्द्र बोला, "प्रश्न ठाकुर के प्रति मेरे प्रेम का नहीं, मेरे प्रति तुम्हारे प्रेम का है।"

नरेंद्र चल पड़ा।

अन्य सब लोग अपने स्थान पर ही खड़े रहे, जाने नरेन्द्र कहाँ जा रहा है और क्या करना चाहता है। पर न तो नरेन्द्र रुका और न ही उसने पलटकर देखा कि कोई उसके साथ आ रहा हैं या नहीं। वह न संशय में था, न द्वंद्व में। उसके दृढ़ पग सीढ़ियाँ चढ़ते जा रहे थे और वह प्रतिक्षण उनसे दूर होता जा रहा था।

राखाल ने सबसे पहले पहचाना। यह नरेन्द्र की दुस्साहसी मुद्रा थी। वह नरेन्द्र को पहचानता था। नरेन्द्र की यह मुद्रा। कहीं नरेन्द्र अपने लिए कोई संकट ही मोल न ले। अपनी सुरक्षा की बात तो बाद में आएगी, पहले तो नरेन्द्र की सुरक्षा का प्रश्न है।

राखाल एक प्रकार से नरेन्द्र के पीछे भागा। इस तेजी से शायद उसने कभी भी सीढ़ियाँ नहीं फलाँगी थीं। राखाल के पीछे काली भागा, उसके पीछे शशि और फिर सब ही एक साथ चल पड़े। उन्हें प्रत्येक दशा में नरेन्द्र के साथ रहना था। नरेन्द्र उनका अहित नहीं कर सकता। उन्हें उसपर विश्वास करना ही था।

ऊपर पहुँचकर नरेन्द्र ठाकुर के कमरे की ओर चल पड़ा। उसने अब भी पीछे मुड़कर नहीं देखा था, किंतु उसका यदि थोड़ा भी ध्यान अपने मित्रों की ओर था तो वह उनके पगों की आहट को सुन सकता था। वे लोग उसके पीछे-पीछे आ रहे थे। वह जानता था कि वे लोग उसका साथ नहीं छोड़ सकते।

ठाकुर के कमरे के किवाड़ खुले हुए थे। नरेन्द्र ने द्वार पर रुककर, झाँककर भीतर देखा। ठाकुर शायद दोपहर का भोजन कर विश्राम कर रहे थे। वे सीधे लेटे हुए थे और उनकी आँखें मुँदी हुई थीं। उनके अधरों पर ऐसी मुस्कान थी, जैसे कोई छोटा बच्चा दूसरों को छकाने के लिए आँखें मूँद सोने का अभिनय भी कर रहा हो और अपनी मुस्कान से अपने अभिनय का भ्रम तोड़ भी रहा हो।

लाटू एक ओर दीवार के पास आसन बिछाए, ध्यान की मुद्रा में बैठा था, किंतु उसकी आँखें मूँदी हुई नहीं थीं। वह एकटक ठाकुर को निहार रहा था।

नरेन्द्र ने हाथ के संकेत से उसे बाहर बुलाया। लाटू निःशब्द उठा और दबे पाँव आकर उनके पास खड़ा हो गया। उसकी आँखें नरेन्द्र की ओर उठीं, "क्या है?"

"ठाकुर ने कुछ खाया?" नरेन्द्र ने पूछा।

"हाँ, खाया।" लाटू ने मुँह बनाया, "पर क्या खाया? श्रीमाँ ने इतने जतन से लपसी जैसा नमकीन दलिया बनाया था ताकि ठाकुर यदि खा न सकें, तो सटक ही लें। पर वे तो खाते क्या, चबाते क्या, सटक भी नहीं सके।"

"अरे, खाया कि नहीं–यह बता।"

"खाने लगे तो कंठ में कुछ जाई अटका। खाँसी उठी और कौन जाने क्या भीतर गया, क्या बाहर आया।" लाटू बोला, "हमें तो एही लगा कि कंठ के नीचे कम गया,

कंठ के ऊपर ही अधिक आया।"

"उलटी हो गई?" नरेन्द्र ने पूछा।

"नाहीं। उलटी काहे होई।" लाटू बोला, "बस उच्छू होई गया।"

"देख, दर्शन मत झाड़।" नरेन्द्र बोला, "ठीक से बता कि उन्होंने कुछ खाया कि नहीं।"

"हम जो देखे, सो बता दिया।" लाटू बोला, "अब इसको खाना कहेंगे कि नाहीं कहेंगे–ई आप जानो।"

"तेरे हिसाब से तो ठाकुर ने कुछ खाया ही नहीं।" नरेन्द्र बोला, "फिर वे सो कैसे रहे हैं?"

"अब ई तो महाराज ही जानें।" लाटू बोला, "हमसे बोले कि विश्राम करेंगे।" लाटू ने रुककर ठाकुर के पलंग के नीचे पड़े एक प्याले की ओर तर्जनी उठाई, "देखो, ऊ पड़ा है प्याला। उसमें जो कुछ है, उससे पता चल जाएगा कि कितना खाए और कितना उगले।"

नरेन्द्र ने अपने मित्रों पर एक दृष्टि डाली। वे सब उसके अत्यंत निकट थे और लाटू की बात पूरे ध्यान से सुन रहे थे।

"ला तो वह प्याला।" नरेन्द्र ने लाटू से कहा, "देखें, महाराज ने क्या खाया है और क्या उगला है।"

लाटू दबे पाँव कमरे में गया और वह प्याला उठा लाया। ठाकुर ने इस बीच न आँखें खोली थीं, न करवट बदली थी।

नरेन्द्र ने लाटू से वह प्याला ले लिया। क्षण-भर प्याले को देखा और लाटू से पूछा, "तू अच्छी तरह जानता है न कि ठाकुर ने इसी प्याले को अपने होंठों से लगाया था और यह दलिया उन्हीं के खाने का उच्छिष्ट है?"

"लो, सुनो नरेन बाबू की बातें।" लाटू के होंठ हँसी की मुद्रा में फैले, "हम अपने हाथों महाराज को ई प्याला दिए। खाँसी हुई तो अपने हाथों महाराज को सहारा देकर ई प्याला पकड़े। सब लोग दुखी होकर लौट गए कि महाराज कुछ खा नहीं पाए।"

"अच्छा, ठीक है।"

इससे पहले कि कोई कल्पना भी कर सकता कि नरेन्द्र क्या करने जा रहा है, नरेन्द्र ने वह प्याला अपने होंठों से लगा लिया और जैसे एक ही घूँट में सारा का सारा दलिया सटक गया।

राखाल का हाथ उठा; किंतु वह नरेन्द्र की कलाई थाम नहीं पाया। शशि के होंठ हिले; किंतु उससे शब्द नहीं फूटे। काली का पग उठा; किंतु वह आगे नहीं बढ़ा।

नरेन्द्र ने प्याला लाटू के हाथ में पकड़ाया और अपने मित्रों की ओर मुड़ा, "अब हममें ठाकुर के रोग की छुआछूत की कोई चर्चा नहीं होगी।"

गोपाल कमरे से बाहर चला गया तो नरेन्द्र ने ठाकुर की ओर देखा : शायद वे कुछ कहना चाहें। पर नहीं। वे तत्काल कुछ नहीं कहना चाहते थे। वे तो आँखें बंद कर विश्राम कर रहे थे।

नरेन्द्र ने उधर से दृष्टि फेरी ही थी कि ठाकुर बोले, "तुझे नींद आ रही हो, तो किवाड़ लगाकर तू भी सो जा।"

"नहीं! नींद नहीं आ रही।" नरेन्द्र बोला।

उसका मन 'किवाड़ लगाकर' शब्दों पर अटक गया। वह सोए या न सोए, किंतु शायद ठाकुर चाहते थे कि वह किवाड़ बंद कर दे। पर क्यों? क्या वे नरेन्द्र से कुछ अति गोपनीय कहना चाहते हैं? या उन्हें ठंड तो नहीं लग रही? दिसंबर का महीना था। ठंड तो होनी ही थी और फिर यह तो उद्यान-भवन था। नगर से दूर खुले स्थान पर। चारों ओर वृक्ष थे। दो पोखर थे। गंगा भी बहुत दूर नहीं थी। इन दिनों ठाकुर इतने दुर्बल हो गए थे। शरीर की प्रतिरोध-शक्ति प्रायः समाप्त हो गई थी।

नरेन्द्र ने उठकर किवाड़ भिड़ा दिए। वह धीरे-धीरे चलता हुआ ठाकुर के पास आया, "ठंड तो नहीं लग रही महाराज?"

"नहीं! ऐसी कोई बात नहीं है।" ठाकुर बोले, "तुझसे कुछ कहना है। आसपास कोई और तो नहीं है न?"

"नहीं, कोई नहीं है।"

यह कोई नई बात नहीं थी। ठाकुर कई बार अपने और पराए लोगों का भेद करते थे।

"बहुत सेवा कर रहा है।" ठाकुर धीरे से बोले, "बदले में तुझे क्या दूँ रे!" उन्होंने रुककर नरेन्द्र की ओर देखा, "बोल। क्या पुरस्कार चाहिए? लड़के-बच्चे पुरस्कार के लोभ के बिना कोई काम नहीं करते।"

ठाकुर उसकी परीक्षा ले रहे हैं क्या? नरेन्द्र ने सोचा या सचमुच ही लड़का-बच्चा समझकर उसके साथ परिहास कर रहे हैं? नहीं। शायद यह परिहास नहीं था। परिहास होता तो गोपाल को इस प्रकार भेजने की आवश्यकता नहीं थी। वे ऐसे में किवाड़ बंद नहीं करवाते।

"बोल! बोलता क्यों नहीं?"

नरेन्द्र हँस पड़ा, "मुझे एकदम ही छोटा बच्चा समझ रखा है कि आपसे कुछ खाने के लिए माँगूँगा या कहीं घूमने जाने की इच्छा प्रकट करूँगा।"

"फिर भी।" ठाकुर बोले, "अपना घर छोड़कर यहाँ पड़ा है। सुना है, तूने अपनी नौकरी भी छोड़ दी है। क्या यह सब तू बिना किसी लोभ के कर रहा है?"

नरेन्द्र की सहज प्रतिक्रिया हुई कि वह ठाकुर को डाँट दे। वे उसे इतना नीच और लोभी समझते हैं? आज तक उन्होंने यही जाना है उसे? पर अगले ही क्षण वह शांत हो

गया। वे ऐसी लीला भी करते ही रहते हैं। वह उन्हें कोई तीखी और चुभने वाली बात कहेगा, तो वे भी पलटकर पूछ सकते हैं कि वह उन्हें कितना समझ पाया है?

"जो माँगूँग, देंगे आप?" नरेन्द्र मुस्कराया, जैसे ठाकुर की चाल को मोड़कर उन्हीं पर लागू कर देना चाहता हो, "बोलिए! देंगे आप?"

"दे सकूँगा तो दूँगा।" ठाकुर ने मुस्कराने का प्रयत्न किया, "स्थिति होने पर कोई पिता मना करता है क्या? एक बार तूने अपने परिवार के लिए अन्न-वस्त्र के लिए कहा था। अब क्या अपने लिए नौकरी माँगेगा? लगी–लगाई नौकरी तो छोड़ दी तूने।"

"मुझे लोभ है कि आप मेरी सेवा से ठीक हो जाएँगे।" नरेन्द्र बोला, "आप स्वस्थ हो जाएँ, मुझे यह वरदान दीजिए। आप नीरोग हो जाइए।"

"पगला है तू तो।" ठाकुर बोले, "मैं तुझे अपने लिए माँगने को कह रहा हूँ, और तू मेरे लिए माँग रहा है।"

"नहीं, महाराज! यह मैं अपने लिए ही माँग रहा हूँ।" नरेन्द्र बोला, "आपका स्वास्थ्य हमें चाहिए। मुझे, आपके अन्य शिष्यों को, आपके भक्तों को।"

तू वह माँग रहा है, जो मेरे पास नहीं है।" ठाकुर ने उत्तर दिया, "वह माँग, जो मेरे पास हो।"

नरेन्द्र चुप हो गया। ठाकुर ने उसे निरुत्तर कर दिया था।

"अच्छा सुन।" ठाकुर ने कुछ क्षणों के अंतराल के पश्चात् कहा, "मेरे पास आठ सिद्धियाँ और नौ निधियाँ हैं। किंतु अब इस रोगी शरीर का उनको क्या करना है।" ठाकुर ने उसकी ओर देखा, "मैं चाहता हूँ, वह सब तुम्हें दे दूँ। बोल, लेगा?"

नरेन्द्र ने औचक ही ठाकुर की ओर देखा, क्या आज सचमुच ठाकुर उसकी परीक्षा ले रहे हैं? बार-बार उसे लोभ दिखा रहे हैं और उससे पूछ रहे हैं। क्यों? पर नहीं, यह परीक्षा नहीं है। यह ठाकुर का प्रेम है। वे आज सचमुच ही प्रेम से विह्वल हैं। उनकी स्थिति शायद उस पिता की-सी है, जो अपने बच्चे को ले जाकर हलवाई की दुकान पर खड़ा कर देता है और चाहता है कि बच्चा अपनी इच्छा से कुछ ले ले। बच्चे को तृप्त देखकर पिता को जो सुख मिलता है–ठाकुर को वही चाहिए।

पर क्या दे रहे हैं ठाकुर उसे? सिद्धियाँ और निधियाँ?

"इनसे मुझे ईश्वर मिलेगा क्या?" नरेन्द्र ने पूछा, "ये मुझे ईश्वर-लाभ करवाएँगी?"

"नहीं!" ठाकुर उसे पूर्ण सजगता और गंभीरता से देख रहे थे, "उनसे ईश्वर-लाभ में कोई सहायता नहीं मिलती।"

नरेन्द्र के मन में आया कि कहे, 'आप अपने बच्चे को गलत दुकान पर क्यों ले आए हैं? जो उसे नहीं चाहिए, आप उसे वही दिलवाने पर क्यों तुले हुए हैं?'

"यदि उनसे ईश्वर नहीं मिलता, तो फिर वे मेरे किस काम की? ऐसा खजाना तो आप अपने पास ही रखिए। मुझे अनावश्यक वस्तुओं को सहेजे रखने की कोई इच्छा नहीं है।"

उसने ठाकुर की ओर देखा : कहीं उन्हें बुरा तो नहीं लगा? नहीं! वे प्रसन्न थे। वे शायद नरेन्द्र की धातु परख रहे थे। उनकी आँखों में प्रेम और आह्लाद के अश्रु थे।

63

प्रायः आधी रात के समय ठाकुर का कष्ट अचानक ही बढ़ गया।

उन्होंने आँखें खोलकर कुछ व्याकुलता से इधर-उधर देखा।

"क्या बात है महाराज?" नरेन्द्र ने स्नेहपूर्वक उनके कंधे पर हाथ रखा, "नींद नहीं आ रही क्या?"

"वेदना है रे! कंठ में असह्य वेदना है।" ठाकुर धीरे से बोले, "जाने माँ क्या चाहती हैं।"

"औषधि दूँ?" नरेन्द्र ने पूछा।

"औषधि तो दे चुका न?" ठाकुर ने कहा, "अब और कितनी बार औषधि देगा?"

"वह तो नियमित दी जाने वाली औषधि थी महाराज!" नरेन्द्र ने उत्तर दिया, "सहसा पीड़ा बढ़ जाने पर दी जाने वाली पृथक् औषधि है।"

"तो वही दे!" ठाकुर बोले, "जैसे रोग जगदंबा की माया है, वैसे ही औषधि भी। देखें कि एक माया दूसरी माया को काटती है या नहीं।"

नरेन्द्र ने शशि को संकेत किया, "औषधि निकाल।"

शशि औषधि ले आया। नरेन्द्र ने उससे एक छोटी कटोरी में पानी में डालकर घोल तैयार किया। एक चम्मच में भरकर वह ठाकुर के मुख के निकट लाया।

"यह क्या है रे?" ठाकुर ने पूछा। "महेंद्रलाल सरकार की औषधि तो छोटी-छोटी मीठी गोलियों के रूप में होती है।"

"हाँ, महाराज!" नरेन्द्र बोला, "सामान्यतः तो छोटी-छोटी मीठी गोलियाँ ही होती हैं, किंतु विपत्काल में तत्काल पीड़ा कम करने के लिए यह औषधि पानी में घोलकर आधे-आधे घंटे के पश्चात् दी जाती है।"

"तो सारी रात तू मुझे सोने ही नहीं देगा?" ठाकुर ने हँसने का प्रयत्न किया, "दवा ही पिलाता रहेगा?"

"यदि आपकी वेदना कम हो गई और आप सो गए तो क्यों दूँगा औषधि?" नरेन्द्र ने वातावरण को कुछ हल्का कर दिया, "तब मैं भी तानकर सो जाऊँगा। मुझे न जागने का शौक है, न जगाने का।"

"यह तो नहीं कहोगे कि अभी दो चम्मच बाकी है। इसे पीकर ही सोना।" "नहीं कहूँगा।" नरेन्द्र बोला, "यदि आप सो गए या आपने कह दिया कि अब औषधि की आवश्यकता नहीं है, तो शेष औषधि फेंक दूँगा।"

औषधि का पहला चम्मच देते ही लगा कि ठाकुर की वेदना कुछ कम हो गई है। उनके चेहरे से पीड़ा का भाव कुछ पुँछ-सा गया। अधरों पर एक कोमल-सी मुस्कान आ गई; किंतु नींद उन्हें तब भी नहीं आई, और क्रमशः वेदना बढ़ने लगी। नरेन्द्र ने पुनः

औषधि दी, किंतु उसका तनिक भी लाभ होता दिखाई नहीं दिया।

"अब?" शशि ने नरेन्द्र की ओर देखा।

"इस समय तो डॉक्टर को भी सूचना नहीं दी जा सकती।" नरेन्द्र बोला, "किसी प्रकार इनकी वेदना कम हो जाती।"

"जब राजेंद्रनाथ दत्त ने कहा था कि ठाकुर का उपचार करना चाहते हैं, और उन्होंने एक औषधि भी खोज रखी है, तो उसका प्रयोग क्यों नहीं किया गया?" शशि ने कुछ क्रोध से कहा, "पता नहीं, ये रामचंद्र दत्त और सुरेंद्रनाथ मित्र इत्यादि अपने आपको क्या समझते हैं। उन्हें बस अपना मत प्यारा है, किसी के सुख-दुःख से क्या लेना-देना।"

उन्हें क्यों व्यर्थ ही कोस रहा है?" ठाकुर ने अपनी वेदना के मध्य भी मुस्कराने का प्रयत्न किया, "जो माँ की इच्छा है, वही हो रहा है। इसमें राम क्या करेगा और डॉक्टर सरकार की ही क्या चलेगी।"

ठाकुर को खाँसी का दौरा-सा पड़ा। वे उठकर बैठ गए।

नरेन्द्र ने उनको कंधे से पकड़ सहारा दिया और पीठ सहलाता हुआ बोला, "वह ठीक है महाराज! इच्छा तो माँ की ही चलेगी, किंतु मायारूपी रोग का उपचार तो मायारूपी औषधि से ही होगा। जब डॉक्टरी चिकित्सा चल ही रही है, तो अच्छे-से-अच्छा डॉक्टर और अच्छी-से-अच्छी औषधि को प्राप्त करने का प्रयत्न तो करना ही चाहिए।"

"ठीक है।" ठाकुर अब भी नरेन्द्र और शशि को शांत करने का प्रयत्न कर रहे थे, "किसी को तो निर्णय लेने का कार्य करना ही होता है। वह अपनी क्षमता-भर ही तो कर पाएगा। जो उन्हें उचित जँचा, वह उन्होंने किया।"

ठाकुर को पुनः खाँसी आ गई।

नरेन्द्र ने उन्हें लिटा दिया, "आप बोलिए मत। बोलने से वेदना और बढ़ेगी। मैं औषधि देता हूँ।"

इस औषधि की उपयोगिता में नरेन्द्र को अब तनिक भी विश्वास नहीं रह गया था, फिर भी चम्मच-भर औषधि उसने ठाकुर को पिला दी–न सही औषधि का प्रभाव, कंठ तो गीला होगा। शायद उसी से खाँसी रुके या उसका कष्ट कम हो।

रात आँखों में ही बीत गई।

नरेन्द्र नीचे उतर आया। सबसे पहले उसने शरत् को जगाया, "ठाकुर के पास चले जाओ। वहाँ शशि अकेला है।"

शरत् आँखें मलता हुआ, ठाकुर के कमरे की ओर चला गया।

"उठो काली!" नरेन्द्र ने काली को जगाया, "जल्दी से तैयार हो जाओ और डॉक्टर सरकार के पास जाकर, उनसे कहो कि ठाकुर सारी रात बहुत कष्ट में रहे हैं। यदि वे औषधि बदलना चाहें तो यही उपयुक्त अवसर है।"

थोड़ी ही देर में काशीपुर का उद्यान-भवन सारा का सारा जाग उठा। आज समय से पूर्व ही सवेरा हो गया था।

"राखाल! तुम बलराम बसु के घर चले जाओ।" नरेन्द्र ने कहा, "उन्हें ठाकुर का हाल बताओ और डॉक्टर से संपर्क करने के लिए कहो, और...।" उसने रुककर बाबूराम और निरंजन की ओर देखा, "तुम लोग राम दादा और सुरेंद्रनाथ मित्र के घर जाओ और उन्हें सूचना दो।"

"आज अवकाश का दिन है।" योगीन बोला, "अंग्रेज़ों का नववर्ष है न। संभवतः ये सारे लोग स्वतः ही ठाकुर का हाल पूछने आएँगे।"

"यदि किसी कारण से कोई नहीं आया, या देर से आया तो बाद में नरेन्द्र को ही दोष दिया जाएगा।" नरेन्द्र बोला, "अपना दायित्व समझकर जो कुछ कर सकते हैं, हमें कर देना चाहिए।"

दस बजते-बजते डॉ. सरकार और राजेंद्रनाथ दत्त दोनों ही आ गए। उन दोनों ने ठाकुर की नाड़ी का परीक्षण किया और परस्पर चर्चा कर ठाकुर को नई औषधि दी। यह वही औषधि थी, जो राजेंद्रनाथ दत्त ने सोच रखी थी, लाइकोपोडियम-200।

औषधि के मुख में जाते ही, ठाकुर की व्याकुलता क्रमशः कम होने लगी और वेदना के लक्षण क्षीण होने लगे।

"कैसे हैं?" राजेंद्रनाथ दत्त ने उत्साहित होकर पूछा।

"पहले से अच्छा हूँ।" ठाकुर ने मुस्कराने का प्रयत्न किया।

"अब इसी औषधि को नियमित लें।" डॉ. सरकार ने मुड़कर नरेन्द्र की ओर देखा, "पिछली औषधि रोक दो। जब तक इससे लाभ होता दिखाई दे, तब तक यही दो। दो बातों का निरीक्षण बहुत सावधानी से करना है–एक, इनके कंठ का कष्ट तथा दूसरे, इनका संपूर्ण स्वास्थ्य तथा मन की प्रसन्नता। यदि इन्हें लगता है कि वेदना में तो कमी नहीं आई है, किंतु प्रसन्नचित्त रहते हैं, तो भी यही औषधि देते रहो।"

"आपको नींद आ रही है क्या?" राजेंद्रनाथ दत्त ने ठाकुर से पूछा।

"हाँ, सोने की इच्छा है।" ठाकुर बोले, "सारी रात न मैं सोया, न ये लड़के।"

"कोई बात नहीं।" राजेंद्रनाथ ने कहा, "आप भोजन कर आज लंबी नींद लीजिए। रात की क्षतिपूर्ति हो जाएगी। और जब आप निश्चित सोएँगे तो ये लड़के भी लंबी तानेंगे।"

64

अवसर देखकर नरेन्द्र ठाकुर के पास पहुँचा। इस समय ठाकुर कष्ट में नहीं लग रहे थे। मन शांत था और चेहरे पर सहज मुस्कान थी।

सहसा नरेन्द्र का मन बदल गया। पूछने तो वह कुछ और आया था, किंतु उसे लगा कि यह पूछने का नहीं, माँगने का अवसर था।

"सबकी तो बन आई, कुछ मुझे भी तो दीजिए।" स्वयं अपने स्वर की दीनता पर उसे आश्चर्य हुआ। वह ठाकुर के स्नेह में इतना पगा हुआ था कि उसने कभी अपने और

ठाकुर के मध्य इतनी दूरी ही नहीं पाई थी कि उसे कभी दीन होना पड़ता। उसने तो स्नेहमयी समता में उनका विरोध किया था और जो कुछ माँगा था, बड़े अधिकार से माँगा था, "सबका काम हो गया, क्या मेरा न होगा?"

ठाकुर जैसे इस याचना को सुनने और उसके उत्तर में वरदान देने को तैयार ही बैठे थे। उन्होंने इस बात पर तनिक भी आश्चर्य नहीं दिखाया कि उनका नरेन आज उनसे कुछ इस प्रकार माँग रहा था, जैसे वह भी पराया हो।

नरेन्द्र को लगा कि बहुत संभव था कि ठाकुर की ही इच्छा रही हो कि नरेन्द्र इस समय और किसी प्रकार की चर्चा करने के स्थान पर कुछ इसी प्रकार का वर माँगे, जो वे उसे देना चाहते हैं। तभी तो नरेंद्र के मन की सारी जिज्ञासाएँ विलीन हो गई थीं और वह अनायास ही इस प्रकार की याचना कर बैठा था। नरेन्द्र ने अनेक बार देखा था कि ठाकुर के सम्मुख पहुँचकर लोगों की मनःस्थिति ठाकुर की इच्छा के ही अनुकूल हो जाती थी। यदि वे अवतार थे, तो वे ईश्वर का ही रूप थे। यह प्रकृति उन्हीं की चाकर थी, तो फिर उनकी इच्छा के अनुकूल ही परिवर्तित क्यों न हो जाती।

"तू अपने घर का कोई प्रबंध करके आ जा, सब हो जाएगा।" वे अत्यंत सहज भाव से बोले।

यह पहला अवसर नहीं था जब ठाकुर ने उसे अपने परिवार के दायित्व से सर्वथा निवृत्त हो जाने के लिए कहा था। वे कितनी ही बार इस प्रकार के संकेत कर चुके थे। कभी वे उसकी चिंता को अनावश्यक बताते थे, कभी उस दायित्व से मुक्त हो जाने को कहते थे। और ये ठाकुर ही तो थे, जो अनेक लोगों को उपदेश देते थे कि उन्हें पहले अपने असहाय माता-पिता का पोषण करना चाहिए। हाजरा से वे इस कारण रुष्ट भी रहते थे कि वह अपनी वृद्ध माता की देखभाल नहीं करता; किंतु नरेन्द्र को उन्होंने सदा यही कहा था कि वह उस दायित्व से स्वयं को मुक्त कर ले। क्या उन्होंने उसके परिवार के दायित्व को स्वयं ग्रहण कर लिया है?

किंतु ठाकुर ने उसे और सोचने नहीं दिया। बोले, "तू चाहता क्या है?"

नरेन्द्र जानता था कि यही वह अवसर था, जब उसे बहुत सोच-समझकर बोलना चाहिए था। जब ठाकुर देने को प्रस्तुत थे तो वह वही माँगे, जो उसे चाहिए था, और उतना माँगे, जितना चाहिए था, वह कम क्यों माँगे? छोटी चीज क्यों माँगे?

"मेरी इच्छा है," वह बोला, "तीन-चार दिनों तक निर्विघ्न, अनवरत समाधिलीन रहा करूँ। बस, यदा-कदा थोड़ा भोजन करने के लिए उठूँ।"

उसकी बात से ठाकुर प्रसन्न नहीं दीखे।

"तू तो बड़ी नीच बुद्धि का व्यक्ति है। समाधि से भी ऊँची अवस्था है।" ठाकुर बोले, "तू स्वयं ही तो गाता है, 'जो कुछ है, सो तू ही है।'"

नरेन्द्र को स्मरण हो आया। बहुधा ठाकुर कहा करते हैं कि समाधि से उतरकर मन देखता है कि ईश्वर ही जीव और जगत् के रूप में प्रकट हुए हैं। यह अवस्था ईश्वर-कोटि

की हो सकती है। वे कहते हैं न कि जीव-कोटि समाधि की अवस्था को प्राप्त करता तो है, किंतु फिर वह उससे नीचे नहीं उतर सकता। ठाकुर उसे ईश्वर-कोटि का मनुष्य मानते हैं और समाधि से भी उच्चतर अवस्था प्राप्त कराना चाहते हैं।

नरेन्द्र ने ठाकुर की ओर देखा, जैसे पूछ रहा हो, 'तो मैं क्या करूँ?'

"तू अपने घर के लिए कोई व्यवस्था करके आ।" ठाकुर पुनः बोले तो उनके स्वर में पहले की तुलना में कहीं अधिक स्नेह वर्तमान था, "समाधि-लाभ से भी ऊँची अवस्था हो सकेगी तेरी।"

"शरत्! नींद नहीं आ रही न?" नरेन्द्र ने धीरे से कहा, "चल! बाहर बगीचे में टहलें।" उसने दृष्टि उठाकर गोपाल की ओर देखा, "तू चलेगा गोपाल?"

"कहाँ?" छोटा गोपाल निकट आ गया।

"बाहर बगीचे में टहलते हैं।"

पौष की सुनसान रात थी। आकाश निरभ्र था। नीचे दूर तक खुली समतल भूमि थी। दूर-दूर तक कोई स्वर नहीं था। नरेन्द्र चुपचाप चलता रहा, जैसे एकदम अकेला हो, या तो उसके साथ कोई न हो, या उसे किसी की आवश्यकता न हो–वह अपने आपमें ही पूर्ण हो।

सहसा वह रुका। उसने मुड़कर बारी-बारी शरत् और गोपाल की ओर निमंत्रण-भरी दृष्टि से देखा। निश्चित् रूप से वह कुछ कहना चाहता था। वे दोनों उसके निकट आ गए।

"ठाकुर को जो भीषण व्याधि हुई है, उससे उन्होंने शरीर छोड़ने का संकल्प किया है या नहीं, कौन कह सकता है।" नरेन्द्र ने धीरे से कहा, "समय रहते, उनकी सेवा और ध्यान-भजन करके, जहाँ तक हो सके, आध्यात्मिक उन्नति कर लो, नहीं तो उनके चले जाने पर पश्चात्ताप की सीमा नहीं रहेगी। 'यह काम हो जाए तो भगवान को पुकारूँगा।' 'वह काम हो जाए तो साधना-भजन में लगूँगा।' इस प्रकार तो समय बीतता जा रहा है और हम वासना के जाल में जकड़ते जा रहे हैं। इस वासना का ही तो परिणाम सर्वनाश और मृत्यु है–वासना का त्याग करो, त्याग करो।"

शरत् और छोटे गोपाल ने आश्चर्य से नरेन्द्र को देखा–यह नरेन्द्र का कौन-सा रूप था? ठाकुर के शरीर छोड़ने की बात वह कैसे सहज रूप में कह लेता है, जैसे शुभ-अशुभ का उसे कोई विचार ही न हो और आज वह त्याग की कैसी बात कर रहा है। जीवन में कांचन और कामिनी के त्याग की बात तो ठाकुर भी बहुधा कहते ही रहते हैं, किंतु नरेन्द्र का यह आवेश! यह तो जैसे वासना के नहीं, संसार के ही त्याग की बात कर रहा है।

नरेन्द्र का वैराग्यपूर्ण तथा ध्यानपरायण मन जैसे बाहर की नीरवता की प्रतिक्रियास्वरूप अपने भीतर ही उसकी उपलब्धि कर रहा था। भीतर कमरे में सोने का प्रयत्न करते हुए जो मन विक्षिप्त की भाँति सहस्रों दिशाओं में उड़ता फिर रहा था, वही इस समय जैसे समाधिस्थ होना चाहता था।

नरेन्द्र एक वृक्ष के नीचे जा बैठा। उसने लक्ष्य विशेष से चारों ओर दृष्टि घुमाई और फिर पेड़ से गिरे सूखे पत्तों और टूटी टहनियों को हाथ से बटोरकर एक स्थान पर एकत्र-सा करता हुआ बोला, "इनमें आग लगा दें। साधु लोग भी ऐसे समय में वृक्षों के नीचे धूनी जलाया करते हैं।"

शरत् ने आश्चर्य से उचककर नरेन्द्र की ओर देखा : क्या है इसके मन में? अभी तो यह वासना के त्याग की चर्चा कर रहा था और अब साधुओं के समान धूनी जलाने की बात कर रहा है। इसका वैराग्य क्या इतना प्रबल हो गया है? कहीं यह संन्यास ग्रहण करने की तो नहीं सोच रहा?

"नरेन! यदि ठंड से बचना था, तो अंदर कमरे में ही क्या बुरा था?" छोटे गोपाल ने कुछ अटपटे ढंग से कहा, "मुझे तो इतनी ठंड भी नहीं लग रही है।"

"हम संन्यासियों के समान धूनी जलाकर अंतर में छिपी वासनाओं को जला डालें।" नरेन्द्र ने कहा।

आग जल उठी। यह किसी यज्ञ में पवित्र आहुति देने जैसा था, जिससे आहुति के साथ-साथ अपने-अपने अंतर की वासनाओं को उस अग्नि को समर्पित कर, अपने हृदय को पवित्र करने का क्रम चल रहा था। उस ठंडी नीरव रात में जैसे स्वयं शंकर ने अपना तीसरा नेत्र खोल दिया था और केवल काम ही नहीं, समस्त वासनाएँ ही उस अग्नि में जलकर क्षार होती जा रही थीं। सबके हृदय में अपूर्व उल्लास था। उन्हें लग रहा था, मानो सचमुच ही समस्त सांसारिक वासनाएँ भस्मीभूत हो जाने से मन स्वच्छ हो आया था और त्वरित गति से सतोगुण की ओर बढ़ रहा था। मन के भीतर से जो निकल रहा था, वह संसार था और जो उसमें समा रहा था, वह भगवान था।

दो-तीन घंटे बीत गए। अब आसपास और ईंधन नहीं था। वे लोग अग्नि शांत कर भीतर चले आए। किसी ने किसी से कुछ नहीं कहा और वे अपने-अपने स्थान पर सोने के लिए लेट गए। उस समय प्रातः के चार बज रहे थे।

65

भुवनेश्वरी घबराकर अपने चिंतन-संसार से बाहर निकल आई, "कहाँ से आ रहा है तू?"

"काशीपुर से।"

"कुछ खाया-पिया भी है या सुबह से भूखा ही है?"

"मैं तो जन्म-जन्मांतर का भूखा हूँ माँ!" नरेन्द्र की माधुरी अपनी माया बिखेरने लगी थी, "कभी ज्ञान का, कभी ईश्वर के दर्शनों का तथा कभी तेरे स्नेह का।"

"देखती हूँ, तू उस साधु के पास रहकर बहुत सारा छल करना भी सीख गया है।" सारे आत्मनियंत्रण के बावजूद भुवनेश्वरी के अधरों पर मुस्कान खिल आई, "आराधना करता है शिव की और लीला सीख रहा है कृष्ण की।"

भुवनेश्वरी को लगा कि वे मात्र मुख से कह ही नहीं रहीं, उनका मन सचमुच ही अपने पुत्र की मोहिनी पर लुब्ध हो रहा था। वे अपने ही इस पुत्र को समझ नहीं पातीं

: जिसके कृत्यों से वे रुष्ट रहती हैं, उसी पर वे इतनी मुग्ध कैसे हो सकती हैं?

"लगता है, आज तू सचमुच भूखा है।" उन्होंने स्वयं को सँभाला, "जा, स्नान कर ले। थोड़ा भात है। शाक भी है। खा ले।"

"तुम लोग खा चुके?"

भुवनेश्वरी सतर्क हो गईं : उनका यह पुत्र, घर में किसी के भूखे रहते कभी अन्न का दाना भी मुख में नहीं डालेगा।

"बच्चे खा चुके हैं।" भुवनेश्वरी बोली, "मैं तुझे खिलाकर खाऊँगी।"

"तुम्हारे हाथ का बना भोजन बहुत याद आता है माँ!" नरेन्द्र उठता हुआ बोला।

"तो फिर जान-बूझकर स्वयं को उससे वंचित क्यों करता है रे?" भुवनेश्वरी का स्वर कुछ विह्वल हो चला था, "क्यों इतने-इतने दिन बाहर रहता है? क्यों समय-असमय इधर-उधर मारा-मारा फिरता है?"

"क्योंकि मैं स्वार्थी नहीं होना चाहता माँ!" नरेंद्र पूर्ण आश्वस्त स्वर में बोला, "मैं अपनी पसंद के भोजन के लोभ में रुग्ण गुरु की सेवा से मुँह तो नहीं चुरा सकता न।"

भुवनेश्वरी को लगा कि उनका मन एक बार फिर से तपने लगा था, 'गुरु की सेवा—उस गुरु की सेवा, जिसने इसका घर नहीं बसने दिया। अपने परिवार से उसको इस प्रकार तोड़ लिया कि वह समाज में रहने योग्य ही न रहे। जन्म दिया भुवनेश्वरी ने, पालन-पोषण किया भुवनेश्वरी ने, और हो गया वह गुरु का।'

भुवनेश्वरी ने अपने मन को साधा, कहीं उनके मुख से कोई कठोर बात ही न निकल जाए। चार दिनों के पश्चात् वह घर आया है, कहीं ऐसा न हो कि वह बिना कुछ खाए-पिए फिर घर से चला जाए।

"अच्छा! जा, स्नान करके आ। मैं थाली परोसती हूँ," भुवनेश्वरी शून्य में देखती हुई बोली, "तू खा ले, तो फिर मैं भी खाकर रसोई समेटूँ।"

"माँ! मैं वहाँ रहता हूँ ताकि गुरु की सेवा कर सकूँ। उस सेवा का प्रबंध कर सकूँ। गुरु के निकट रह सकूँ, उनकी इच्छा होते ही उनके सम्मुख उपस्थित हो सकूँ। जब वे कुछ सिखाना चाहें, तो उसे सीख सकूँ। व्यवस्था और संगठन के लिए भी मेरा वहाँ रहना बहुत आवश्यक है माँ!" नरेन्द्र बोला, "और फिर तपस्या भी तो उनके निकट रहकर ही कर सकता हूँ।"

"जानती हूँ वह सब मैं।" भुवनेश्वरी का स्वर अब भी प्रखर था, "पर एक तपस्या माँ की सेवा और भाइयों का पालन-पोषण भी है। तपस्या श्रवणकुमार ने भी की थी।"

माँ की बात में सच्चाई थी। तपस्या तो श्रवणकुमार ने भी की ही थी। किंतु माँ का लक्ष्य उसे तपस्या के लिए प्रेरित करना था, अथवा मात्र ठाकुर से दूर करना? निश्चय ही वे उसे ठाकुर से विलग करना चाहती थीं; किंतु वह माँ से वाद-विवाद करने नहीं आया था। माँ को उनकी भूल दर्शाना उसका लक्ष्य नहीं था। उसे तो माँ की पीड़ा को समझना

था और भरसक उसे दूर करना था।

"तुम क्या चाहती हो माँ?"

"अपनी पुस्तकें ले। नानी के घर जा। 'तंग' में बैठकर एकाग्र होकर कानून की पढ़ाई कर। परीक्षा में अच्छे अंक लेकर उत्तीर्ण हो। वकील बनकर धर्नाजन कर तथा माँ और भाइयों का पालन कर।"

माँ का चिंतन पूर्णतः स्पष्ट था। वे जानती थीं कि उन्हें क्या चाहिए। किंतु वे यह समझ ही नहीं पा रही थीं कि वे अपने पुत्र से क्या छीन रही हैं और नरेन के लिए यह दंड कितना कठोर और यातनापूर्ण है।

"अच्छा, तुम भोजन करो। मैं 'तंग' में बैठकर तुम्हारी आज्ञानुसार अध्ययन करूँगा।" उसने अपने दोनों हाथ माँ के कंधों पर रख दिए, "तुम जानती हो माँ! तुम्हारी इच्छा मेरे लिए क्या अर्थ रखती है।"

"जानती हूँ।" भुवनेश्वरी बोली, "यह भी जानती हूँ कि तेरा सुख मेरे लिए कितना महत्त्वपूर्ण है।" भुवनेश्वरी क्षण-भर के लिए रुकी, "पर यह भी सोचती हूँ कि तूने मेरे गर्भ से जन्म लेकर मुझे जितना सुख दिया है, कहीं तू अपनी तपस्या से मुझे उतना ही दुःख भी तो नहीं देने वाला?"

नरेन्द्र क्षण-भर मौन खड़ा रहा, फिर उसने दृष्टि भरकर माँ को देखा, "मैं तुम्हें दुःख नहीं दूँगा माँ! पर यह भी सत्य है कि मैंने तुम्हें कभी कोई सुख भी नहीं दिया है।"

भुवनेश्वरी ने कुछ चकित होकर उसकी ओर देखा, "यह तू क्या कह रहा है रे?"

"माँ! तुम्हें सुखी किया है मेरे प्रति तुम्हारे मोह ने!" नरेन्द्र बोला, "और जहाँ मोह होगा, वहाँ दुःख भी आएगा। अपने मोह को प्रेम में बदल लो माँ! मैं ही क्या, तुम्हें कोई भी दुःख नहीं दे पाएगा।"

भुवनेश्वरी की आँखें कुछ और खुल गईं, जैसे किसी अनपेक्षित विराटता को देखकर स्तब्ध रह गई हों और फिर बोली, "ईश्वर की माया भी यदि मोह में नहीं डालेगी तो यह लीला कैसे चलेगी। अब अपना कपट छोड़। ऋषियों की बोली मत बोल। मेरा पुत्र ही बना रह और जो कह रही हूँ, वही कर।"

"क्या कहती हो माँ?"

"मेरे आदेश से तपस्या कर।" भुवनेश्वरी ने कहा, "तपस्या वह नहीं होती, जो अपने मन के अनुकूल हो। वह प्रेय होता है। तपस्या में शरीर भी तपता है और मन भी। आवारागर्दी छोड़। जा, जाकर 'तंग' में बैठ और कानून की पढ़ाई कर।"

माँ के इस अनपेक्षित नवीन रूप को देखकर नरेन्द्र भी जैसे विस्मित खड़ा रह गया। फिर मुस्कराकर बोला, "यह तो कोई ऐसी तपस्या नहीं है माँ! पढ़ाई तो मैं कर ही रहा हूँ। तुमने मात्र स्थान बदल दिया है, ताकि वातावरण मेरे अनुकूल न रहे और मैं स्वयं को शापित-सा अनुभव करूँ।"

"तू शापित नहीं है, पर जा, शापित-सा अनुभव कर।" भुवनेश्वरी के स्वर में स्नेह

भी था और आवेश भी, "अब बातें मत बना। पुस्तकें उठा और जा, ताकि मैं भोजन कर सकूँ।"

नरेन्द्र ने एक शब्द भी नहीं कहा, उसने पुस्तकें उठाईं और तंग में चला गया।

उसने माँ से ठीक ही कहा था कि माँ ने उसे, उसकी इच्छा के विरुद्ध कोई कार्य करने को नहीं कहा था। पढ़ना उसे बहुत प्रिय था। ठाकुर ने कई बार संकेत किया था कि यह कानून इत्यादि की पढ़ाई सांसारिक विद्या थी। नरेन्द्र ठाकुर से असहमत नहीं था। वे ठीक ही कहते थे, किंतु यदि नरेन्द्र इस पढ़ाई को धर्मशास्त्र के अध्ययन से जोड़ देता था तो जैसे ऋषि-वाणी से इसकी तुलना करते चलने का आनंद था। ऋषियों ने भी तो सामाजिक नियमन के लिए चिंतन किया था। ये कानून भी समाज की व्यवस्था के लिए ही बनाए गए थे। पर एक अंतर था, धर्मशास्त्र का निर्माण ऋषियों ने अपने स्वतंत्र चिंतन से किया था। वे लोग समाज के सुख के लिए, सामाजिक नियमन कर रहे थे; किंतु अब जिन कानूनों की पढ़ाई नरेन्द्र कर रहा था, वह ऋषियों का स्वतंत्र चिंतन नहीं था, वह शासन का तंत्र था। वह समाज-हित के लिए नियमन नहीं था, वह शासन द्वारा शासितों के नियंत्रण का प्रयत्न था। इसमें लोक-हित से कहीं अधिक राजा का स्वार्थ था।

उसने पुस्तक खोल ली, किंतु उस पर दृष्टि गड़ाने से पहले ही उसका मन चिंतन की पिछली लीक पर चल पड़ा। सचमुच ही ऋषि-चिंतन और किसी शासक के दंड-विधान में बहुत अंतर होता है, और यह अंतर तब और भी बढ़ जाता है, जब वह शासक उस दंड-विधान की रचना किसी अन्य देश पर अपना आधिपत्य जमाए रखने तथा वहाँ के निवासियों की दासता को चिर-स्थायी बनाए रखने के लिए कर रहा हो। तब वह ऋषि-चिंतन कैसे हो सकता हैं? वह तो स्वार्थ है। स्वार्थ-चिंतन भी क्यों, वह तो षड्यंत्र-रचना है। मकड़े के समान जाला बुनना है, ताकि उसमें निरीह कीट-पतंग आकर फँस जाएँ और उनका भक्षण किया जा सके। उसका अध्ययन समाज-हित की ओर कैसे प्रेरित कर सकता है? वह व्यक्ति के मन को उदात्त धरातलों की ओर कैसे संचारित कर सकता है? और नरेन्द्र तो मात्र उसका अध्ययन ही नहीं कर रहा, उसके माध्यम से अपनी आजीविका अर्जित करने की भी सोच रहा था। वह उससे अर्जित धन से अपनी माँ और भाइयों के पालन-पोषण की व्यवस्था भी करना चाहता था। लोग अपराध करेंगे और उसकी शरण में आएंगे। उसे बताएंगे कि उन्होंने चोरी, डकैती, हत्या अथवा बलात्कार किया है। वह उनसे धन पाने के लोभ में उन्हें दंड से बचाने के लिए अपनी बुद्धि और कानूनी ज्ञान का प्रयोग करेगा। उन्हें दंड से बचाएगा और उनसे धन पाएगा। वह अत्याचारियों का सहायक ही नहीं उनका रक्षक भी होगा। यह जानते हुए कि हत्यारा कौन है, वह उसकी सहायता नहीं करेगा, जिसके परिजन की हत्या हुई है–क्योंकि उसके पास वकील मोशाय को देने के लिए धन नहीं होगा। धर्मशास्त्र यह तो नहीं कहता।

वह धन तो कमाएगा, किंतु किन लोगों में रहकर? किनकी सहायता करके? फिर घर में समृद्धि आने पर पुनः उसके विवाह की चर्चा चलेगी। पुनः संबंध के लिए प्रस्ताव आएँगे। पत्नी आएगी, दहेज आएगा, संतान होगी, उनका पालन पोषण होगा। तब कोई उसे पाप के उस धन को त्यागने देगा? आज तो माँ और भाई हैं, कल पत्नी और बच्चे होंगे। आज वह दायित्व से मुक्त नहीं हो पा रहा, तो कल हो पाएगा? शायद कभी नहीं हो पाएगा। तब उसके जीवन में गुरु के लिए कौन-सा स्थान होगा? ईश्वर-दर्शन का क्या होगा? कहाँ रहेगी भक्ति? कहाँ रहेंगे विवेक और वैराग्य?

यह कैसा तंत्र रच दिया माँ ने? वह तो अपनी ममता का जाल फैलाकर उसे ठाकुर से सदा के लिए दूर कर देंगी। नरेन्द्र की आँखों में अश्रु आ गए, "न माँ! तपस्या के नाम पर ऐसा दंड मत दो।"

और सहसा उसे लगा कि उसके चारों ओर अंधकार ही अंधकार है। पवन भी जैसे सघन ही नहीं हुआ, जमकर ठोस हो गया है। उसे साँस लेने में कठिनाई ही नहीं हो रही थी, श्वास ही रुद्ध हो गया था। उसका सारा शरीर पसीने में भीग गया था। उसके हृदय की गति जैसे मंद पड़ती जा रही थी। यह उसे क्या हो रहा था?

और तब वह समझा कि यह उसका वर्तमान नहीं, भविष्य था जिससे उसे घुटन हुई थी। यदि उसके जीवन में से ठाकुर निकल गए तो क्या रह जाएगा उसका जीवन! किसी के जीवन में से सारा प्रकाश छिन जाए, सारा स्नेह छिन जाए तो ऐसा ही हो जाएगा उसका जीवन। ऐसे भयंकर जीवन को लेकर क्या करेगा नरेन्द्र? इस तामसिक जीवन को, तामसिक जीवन क्यों, यह तो स्वयं साक्षात् तमस ही है। नरेन्द्र के मन में जैसे एक भय अंकुरित हुआ और उस अंकुर ने तत्काल एक विराट रूप धारण कर उसके संपूर्ण व्यक्तित्व को ग्रस लिया। ऐसा जीवन उसे नहीं चाहिए।

नरेन्द्र झपटकर उठ खड़ा हुआ और खुली हवा में साँस लेने के लिए बाहर भागा, किंतु बाहर पहुँचकर उसके पग रुके नहीं। वह भागता ही चला गया। वह न तो यह जानता था कि वह क्यों भाग रहा है और न ही यह जानता था कि वह कहाँ पहुँचने के लिए भागा जा रहा है। उसे लग रहा था कि उसने कोई बहुत ही भयानक दृश्य देखा है और वह उससे बहुत दूर चला जाना चाहता था, जहाँ उस दृश्य की स्मृति भी उसके मन में न रहे।

भागते-भागते नरेन्द्र हाँफने लगा था। उसका शरीर अब श्रम के स्वेद से भीग रहा था। टाँगें भी अब रुककर कुछ विश्राम करना चाहती थीं; किंतु उसका मन जैसे थमने के विचार से ही भयभीत हो जाता था और उसके पगों की गति बढ़ जाती थी।

सहसा उसे लगा कि उसकी क्षमता की भी सीमा है। अब शायद उसे थमना ही पड़े। पर वह है कहाँ? उसने दृष्टि उठाकर देखा, वह काशीपुर में प्रवेश कर चुका था।

"'विवेक चूड़ामणि' सुनकर मन एकदम बिगड़ैल घोड़े के समान बंधन तुड़ाने के लिए

मचल उठा है। शंकराचार्य लिखते हैं, 'इन तीनों संयोगों को बड़ी ही तपस्या का फल समझना चाहिए, ये बड़े भाग्य से मिलते हैं–मनुष्यत्वं मुमुक्षुत्वं महापुरुष संश्रयः।'" नरेंद्र बोला, "मैं सोचता हूँ, मेरे लिए तीनों का संयोग हो गया है। बड़ी तपस्या का फल है कि मनुष्य-जन्म हुआ है, मुक्ति की इच्छा हुई है, और ऐसे महापुरुष का संग प्राप्त हुआ है।"

महेंद्र गुप्त के मुख से जैसे अनायास ही निकला, "अहा!"

"संसार अब एकदम अच्छा नहीं लगता। संसार में जो लोग हैं, उनसे भी मन उखड़ गया है।" नरेन्द्र बोला, "दो-एक भक्तों को छोड़कर और कुछ अच्छा नहीं लगता।"

क्षण-भर के लिए लगा कि नरेन्द्र के लिए महेंद्र गुप्त की उपस्थिति जैसे कोई अर्थ नहीं रखती थी। वह तो अपने आपसे ही बातें कर रहा था। उसके भीतर तीव्र वैराग्य का उद्दाम वेग अपना प्रचंड रूप प्रकट कर रहा था। प्राणों में ऐसी उत्कट उथल-पुथल मची थी कि मन सँभाले नहीं सँभलता था।

"आप लोगों को तो शांति मिल गई, परंतु मेरे प्राण अस्थिर हो रहे हैं।" सहसा वह महेंद्र गुप्त की ओर पलटा, "आप लोग धन्य हैं।"

महेंद्र गुप्त ने कोई उत्तर नहीं दिया। क्या कहता : नरेन्द्र की व्याकुलता देखकर विचलित हो गया था। ठाकुर बहुधा कहा करते थे कि ईश्वर के लिए व्याकुल होना चाहिए, तब उनके दर्शन होते हैं। नरेन्द्र की व्याकुलता असाधारण थी। क्या नरेन्द्र भी ईश्वर-दर्शन के निकट पहुँच चुका है?

रात के नौ बजे थे। महेंद्र गुप्त सोने से पहले ठाकुर को प्रणाम करने ऊपर पहुँचे। ठाकुर के पास निरंजन और शशि बैठे हुए थे। ठाकुर आँखें बंद किए शांत लेटे थे। महेंद्र गुप्त समझ नहीं पाए कि वे सो गए हैं या मात्र आँखें ही मूँद रखी हैं।

"नरेन्द्र यहाँ नहीं है?" महेंद्र गुप्त ने पूछा।

"वह दक्षिणेश्वर चला गया है।" शशि ने बताया।

"इस अंधकार में?"

"अमावस्या है न आज।" निरंजन ने कहा।

"अकेला ही गया है?"

"नहीं, दो-एक व्यक्ति और भी गए हैं।" शशि ने बताया।

ठाकुर की आँखें हलकी-सी खुल गईं।

महेंद्र कुछ सहम-सा गया, कहीं उसके वार्तालाप से ठाकुर की नींद तो नहीं उचट गई।

"नरेन्द्र की अवस्था कितने आश्चर्य की है।" ठाकुर मंद किंतु उल्लसित स्वर में बोले, "यही नरेन्द्र पहले 'साकार' को नहीं मानता था। और अब उसके प्राणों में कैसी खलबली मची हुई है।" उन्होंने अपनी आँखें पूरी खोल दीं, "एक शिष्य ने गुरु से पूछा, 'ईश्वर कब मिलते हैं?' गुरु ने कहा, 'चल मेरे साथ। मैं बताता हूँ कि ईश्वर कब मिलते हैं।' शिष्य साथ चला। गुरु उसे एक तालाब के पास ले गए। शिष्य अपनी जिज्ञासा में,

असावधान-सी मुद्रा में जाकर गुरु के निकट खड़ा हो गया। गुरु ने उसे धकेलकर पानी में गिरा ही नहीं दिया, डुबो दिया। शिष्य ने असावधानी में एक-आध डुबकी खाई और फिर सँभलकर अपना सिर पानी से ऊपर उठाया। गुरु ने उसे बाहर निकालने अथवा निकलने में उसकी सहायता करने के स्थान पर उसकी गर्दन पकड़ उसे पुनः इस प्रकार पानी में डुबो दिया कि न वह सिर पानी से बाहर निकाल सके, न साँस ले सके। दो क्षण डुबोए रखने के पश्चात् गुरु ने छोड़ दिया। शिष्य जल से बाहर निकल आया और उसने आश्चर्य से पूछा, 'यह क्या गुरु जी?' 'कहो, तुम्हारे प्राण कैसे हो रहे थे?' 'प्राण! प्राण छटपटा रहे थे, जैसे अब निकलने ही वाले हों।' शिष्य ने कहा, 'पर आपने ऐसा क्यों किया गुरु जी?' गुरु शांत स्वर में बोले, 'जैसे तुम्हारे प्राण श्वास के लिए छटपटा रहे थे, वैसे ही जब भगवान के लिए छटपटाएँ, तो समझना कि अब दर्शन में देर नहीं है। अरुणोदय होने पर, पूर्व में लाली छा जाने पर जान लेना चाहिए कि अब सूर्योदय होगा।' नरेन्द्र अब उसी प्रकार छटपटा रहा है।" ठाकुर के चेहरे पर आह्लाद का आभास था।

67

सारी रात ठाकुर की देखभाल कर प्रातः राखाल सो गया था। नरेन्द्र उसे उठाने की सोच ही रहा था कि ठाकुर ने उसे टोक दिया।

"इसे सोने दे।" ठाकुर ने कहा, "और तू तुरंत स्नान कर मेरे पास आ जा।"

नरेन्द्र ने कारण नहीं पूछा। ठाकुर के ये तरुण शिष्य ठाकुर के साथ एक प्रकार से अकेले थे। रात को प्रायः कोई भी गृहस्थ वहाँ नहीं होता था। कोई बाहरी व्यक्ति उनके दर्शन करने रात को आता नहीं था। ठाकुर साधना की कोई-न-कोई नई बात अपने शिष्यों को सिखाते ही रहते थे–कभी सामूहिक रूप से और कभी अलग-अलग। कई बार तो नरेन्द्र को लगता था कि ठाकुर ने जान बूझकर इस रोग की इतनी यातना स्वीकार की है, ताकि वे अपने शिष्यों को सारे संसार के प्रभावों से मुक्त कर, अपने निकट रख सकें, ताकि उन लोगों की साधना आगे बढ़ सके।

ठाकुर ने यह सब जान बूझकर किया था या नहीं, यह तो वे ही जानें, किंतु इतना तो नरेन्द्र भी समझ रहा था कि काशीपुर, उन लोगों के लिए सेवासदन, तपोभूमि, साधना-क्षेत्र और विश्वविद्यालय का सम्मिलित रूप हो गया था। वे ठाकुर के निर्देशन में साधना कर रहे थे। ठाकुर की सेवा भी तो उनकी तपस्या ही थी। और एक साथ बैठकर परस्पर चर्चा करना लगभग किसी विश्वविद्यालय का रूप उपस्थित कर देता था।

नरेन्द्र नहाकर आया तो ठाकुर ने कहा, "यह मंत्र मैंने अपने गुरु से पाया था। वे साधु जो राम लला को लेकर आए थे। वही मंत्र तुम्हें दे रहा हूँ। तू इसका मनन और जाप कर।"

उन्होंने उसके कान में धीरे से 'राम' मंत्र का उच्चारण किया और उसकी त्रिकुटी का अपने अँगूठे से स्पर्श कर दिया।

"जा अब! मनन और ध्यान कर।" ठाकुर ने कहा।

"और राखाल?" नरेन्द्र ने पूछा।

"जाग जाएगा।" ठाकुर कुछ व्याकुलता से बोले, "तू जा। ब्रह्ममुहूर्त बीतना नहीं चाहिए।"

मंत्र प्राप्त कर, नरेन्द्र के भीतर भावोन्माद का असाधारण ज्वार उठ खड़ा हुआ। यह मात्र ज्वार नहीं था। यह तो जैसे झंझावातों पर झंझावातों का प्रहार-सा था, जिसमें अकुला-अकुलाकर सागर स्वयं बौरा जाए।

नरेन्द्र के मन में एक नया भाव उठ खड़ा हुआ था। ठाकुर ने आज उसे 'राम' का मंत्र क्यों दिया था। 'माँ' की ही भक्ति करने को क्यों नहीं कहा? क्या इसलिए कि राम के पास हनुमान जैसे सेवक हैं और वे संजीवनी बूटी ला सकते हैं? नरेन्द्र के मन में जैसे एक पूरी योजना उभर आई थी। ठाकुर की तो ठाकुर ही जानें, किंतु नरेन्द्र अब इस मंत्र का जाप कर राम से संजीवनी प्राप्त करेगा, ताकि ठाकुर स्वस्थ हो सकें। जब राम अपने अचेत तथा मृत्यु के निकट पहुँचे हुए भाई लक्ष्मण के लिए संजीवनी मँगवा सकते हैं, तो वे ठाकुर के लिए उसे संजीवनी क्यों नहीं दे सकते?

नरेन्द्र का मन आपे में नहीं रह गया। वह उद्यान-भवन की परिक्रमा कर रहा था और उच्च तथा अत्यंत करुण स्वर में 'राम' नाम का जाप कर रहा था। अपनी ही दुर्दांत इच्छा-शक्ति के वशीभूत होकर, वह जैसे आत्म-नियंत्रण खो बैठा था। संध्या तक तो वह पूर्णतः बावला ही हो गया था। उसका भाव-विह्वल स्वर, 'राम' को पुकारते हुए, जैसे उद्यान-भवन के चारों ओर कोई कवच बुन रहा था। उसकी बाह्य चेतना लुप्त हो गई थी। वह अपने भावोन्माद की उत्ताल तरंगों की क्रीड़ा का पात्र बना हुआ था।

गुरुभाइयों ने घबराकर, ठाकुर को समाचार दिया। ठाकुर मुस्कराए, "करने दो। अपने आप ठीक हो जाएगा।"

किंतु नरेन्द्र ठीक नहीं हुआ। उसका उन्माद बढ़ता ही जा रहा था, जैसे पूर्णिमा में सागर की तरंगें। गुरुभाइयों की घबराहट बढ़ी और वे चिंतित हो उठे। वे पुनः ठाकुर के पास पहुँचे।

"अच्छा! उसे यहाँ बुला लाओ।" ठाकुर बोले।

उसे लाना सरल था क्या? वे लोग उसके पास पहुँचे तो नरेन्द्र ने ऐसी हुंकार भरी, जैसे उसके शरीर में स्वयं हनुमान समा गए हों। वह उछलकर भागा।

"तुम लोग ठहरो।" छोटे गोपाल ने कहा।

छोटे गोपाल ने बहुत दूर तक जाकर उसे पकड़ा। कुछ समझाया, कुछ मनाया, कुछ बहकाया और बलात् उसे पकड़ लाया।

"ऐसा क्यों कर रहा है?" ठाकुर ने अत्यंत स्नेह से कहा, "इससे क्या होगा?"

"आपके भले में ही हम सबका भला है।" नरेन्द्र बोला।

"वस्तुतः मनुष्य यह भी नहीं जानता कि किस बात में उसका वास्तविक भला है।" ठाकुर गंभीर थे, "ईश्वर से मत लड़ो।"

"पर यह स्थिति मेरे वश में नहीं है।"

"जानता हूँ। तुम किस स्थिति का अनुभव कर रहे हो, उसमे मैं बारह वर्ष रहा हूँ। एक रात में तुम्हें क्या मिल जाएगा? समय आने से ही तो होगा।"

"पर इस उन्माद का क्या करूँ?" नरेन्द्र ने रुककर ठाकुर को देखा, "आप मुझे कोई ऐसी औषध दे दीजिए, जो मेरे हृदय और मन के सारे रोग दूर कर दे। मुझे शांति दे दे।"

ठाकुर अत्यंत मधुर ढंग से मुस्कराए, "या तो यहाँ मेरे पास बैठकर, दिन भर मुझे भजन सुना, या फिर पंचवटी में बैठकर ध्यान कर।"

"उससे तो मेरा उन्माद बढ़ भी सकता है।"

"नहीं।" ठाकुर पूर्ण आश्वस्त स्वर में बोले, "उसका शमन होगा।"

68

नरेन्द्र और गिरीश–दोनों एक साथ दक्षिणेश्वर आए थे। नरेन्द्र आजकल प्रायः प्रतिदिन यहाँ आ रहा था। वह ठाकुर से चर्चा करके आता था और उनके निर्देशों के अनुसार ध्यान इत्यादि करता था। ठाकुर प्रसन्न थे कि नरेन्द्र प्रचंड तपस्या कर रहा है।

आज गिरीश अवसर देखकर नरेन्द्र के साथ हो लिया था और अपने विभिन्न संशयों के ताने-बाने बुनता चुपचाप यहाँ तक चला आया था।

"यहां बैठकर तुम कोई नया नाटक नहीं बुन पाओगे।" नरेन्द्र ने कहा।

"नहीं, नाटक नहीं बुन रहा हूँ।" गिरीश मुस्कराया, "एक पात्र को समझने का प्रयत्न कर रहा हूँ।"

"पात्र को छोड़ो।" नरेन्द्र बोला, "स्रष्टा को समझने का प्रयत्न करो। वह समझ में आ गया तो फिर सारे पात्र, सारी घटनाएँ, सारा नाटक समझ में आ जाएगा।"

"स्रष्टा को कैसे समझूँ?" गिरीश ने पूछा।

"मेरे साथ ध्यान करने बैठ जा।" नरेन्द्र बोला, "और शेष उसपर छोड़ दे।"

नरेन्द्र ने इधर-उधर देखा और एक वृक्ष के नीचे जा बैठा।

"बैठो।" उसने गिरीश को अपने निकट बैठने का संकेत किया।

गिरीश बैठ गया। आसन बाँधा और आँखें बंद कर लीं।

किंतु गिरीश को लगा कि वह अपना ध्यान एकाग्र नहीं कर पा रहा है। शरीर पर विभिन्न स्थानों पर तीखी चुभन थी। उसने आँखें नहीं खोलीं। हल्के-से चपत से चुभन वाले स्थान पर आघात किया। संभवतः मच्छर उसे काट रहे थे। एक-आध मच्छर होता तो कोई बात नहीं थी। यहाँ तो मच्छरों के झुंड-के-झुंड लगते थे। अब या तो गिरीश ध्यान ही कर लेता, या मच्छरों को ही मार लेता। ध्यान त्रिकुटी पर हो और शरीर को मच्छर छलनी कर रहे हों, तो ध्यान त्रिकुटी से उतर, मच्छर पर ही जा लगता है।

गिरीश आँखें खोलने ही वाला था कि उसका ध्यान नरेन्द्र की ओर चला गया। नरेन्द्र ने आँखें खोली होतीं तो उसका मुँह भी खुल गया होता। उसने जी. सी. को पुकारकर

कुछ-न-कुछ अवश्य कहा होता। इसका अर्थ यह हुआ कि इन नच्छरों के बावजूद नरेन्द्र ध्यान कर रहा है और अभी तक उसने मच्छरों से हार नहीं मानी है। तो फिर गिरीश ही क्यों उनसे हार मान ले?

गिरीश ने अपनी आँखें मूँदी नहीं, मीच लीं। ये मच्छर यदि नरेन्द्र को नहीं डिगा सकते, तो उसे कैसे हरा सकते हैं। किंतु गिरीश से यह बात छिपी नहीं थी कि वह बड़ी कठिनाई से अपने हाथ को चलने से रोक रहा था, अन्यथा उसका हाथ लगातार मच्छरों पर प्रहार करने के लिए मचल रहा था। मच्छर थे कि उसके शरीर को अनवरत बेध रहे थे, और उसका मन बार-बार भीष्म पितामह की कल्पना कर रहा था, जो इतने लंबे समय तक बाणों पर सोए रहे थे। यदि मच्छरों का डंक इतना कष्टकारक है, तो बाणों का तीक्ष्ण फल कितना पीड़ादायक होगा!

सहसा उसके मन में विचार कौंदा–उसने यह कैसे मान लिया कि यदि नरेन्द्र ने उसे पुकारा नहीं, तो वह ध्यान लगाए बैठा ही होगा? हो सकता है कि उसने कब से आँखें खोल रखी हों और बैठा गिरीश का तमाशा देख रहा हो। गिरीश का रक्त पीते मच्छर उसे तो बहुत सुहावने लग रहे होंगे। यदि कुछ अधिक विनोद सूझा होगा, तो संभव है कि उठकर दबे पाँव इधर-उधर खिसक गया हो। बहुत संभव है, वह उठकर मंदिर की ओर चला गया हो, या क्या पता, काशीपुर की ओर ही चला गया हो, ताकि गिरीश जब परेशान होकर उसे ढूँढ़ता हुआ काशीपुर पहुँचे, तो वह तालियाँ बजाकर हँस सके।

गिरीश को लगा कि मच्छरों के असंख्य डंकों की चुभन से भी कहीं अधिक वेदनादायक नरेन्द्र की हँसी थी। उसका धैर्य चुक गया और आँखें अनायास ही खुल गईं।

पर नरेन्द्र तो उसके सम्मुख अपने स्थान पर निश्चल बैठा था। उसकी आँखें बंद थीं और वह ध्यान में पूर्णतः निमज्जित लग रहा था। गिरीश की आँखें आश्चर्य से फैल गईं। उसने निकट जलाई धूनी के प्रकाश में देखा, नरेन्द्र के शरीर पर एक-दो नहीं, हजारों की संख्या में मच्छर इस प्रकार चिपके हुए थे, जैसे मच्छर उसके शरीर पर बैठे न हों, उसने मच्छरों से बुना कोई काला कंबल ओढ़ रखा हो।

69

"मैं चाहता हूँ महाराज! कि कुछ साधुओं को भगवा वस्त्र, रुद्राक्ष की माला और चंदन दान करूँ। अन्न तो उन्हें घर-घर से मिलता ही है। वे घर उन्हें याद भी नहीं रह जाते होंगे। रुद्राक्ष की माला उनके पास रहेगी तो..."

"वे रुद्राक्ष की माला से भगवान का स्मरण करेंगे या तेरा?" ठाकुर हँसे, "तू अपने नाम की माला जपवाना चाहता है?"

"नहीं, महाराज, नहीं।" गोपाल दादा ने कुछ घबराकर कहा, "मुझे तो केवल यह संतोष रहेगा कि मेरी दी हुई वस्तु उन सात्त्विक लोगों के किसी काम आई।"

ठाकुर ने तत्काल कोई उत्तर नहीं दिया। उनके चेहरे पर थोड़ी देर पहले तक का वह क्रीड़ामय हास्य लुप्त हो गया था। उनके चेहरे पर स्नेहमयी गंभीरता आ गई थी, "यदि

तू सचमुच सात्त्विक लोगों के हाथ में अपने पैसे से खरीदी कोई वस्तु देना चाहता है तो सच्चे संन्यासियों को दे। नरेन्द्र को दे, राखाल को दे, काली को दे, शशि और शरत को दे।"

"पर महाराज, वे तो संन्यासी नहीं हैं। ये लड़के..." गोपाल दादा का मुख आश्चर्य से खुल गया था।

"उनसे बड़े संन्यासी तुझे कहीं नहीं मिलेंगे।" ठाकुर ने अत्यंत गंभीर वाणी में कहा, "संन्यासी का संबंध मन के वैराग्य से है, बाहरी वेशभूषा और पाखंड से नहीं।"

गोपाल स्तब्ध खड़ा रह गया, इन तरुणों को वह भगवा वस्त्र कैसे दे सकता है? वे सारे-के-सारे छोटी अवस्था के लड़के हैं। वे जाने इस दान को किस दृष्टि से देखेंगे? उनके माता-पिता सुनेंगे तो क्या कहेंगे?

"सोच क्या रहा है?" ठाकुर ने जैसे उसे प्रोत्साहित करने के लिए फटकारा, "वस्त्र ले आया है या अभी लाने हैं?"

"वस्त्र तो मैं ले आया हूँ महाराज! किंतु उन लड़कों को भगवा देने का साहस नहीं कर पाऊँगा।"

"तो किसी और को देने का भी कोई अर्थ नहीं है।" ठाकुर बोले, "तू नहीं दे सकता तो ला मुझे दे, जिसे चाहूँगा, दे दूँगा।"

नरेन्द्र ने कमरे में प्रवेश किया, प्रणाम कर, हाथ जोड़कर वह खड़ा हो गया, "कैसे हैं महाराज आप?"

"नरेन! तू बैठ यहीं।" ठाकुर बोले, "या जा, अपने मित्रों को भी बुला ला।"

"किसको बुलाऊँ महाराज?"

"जो-जो हैं सबको बुला ला। राखाल, बाबूराम, निरंजन, योगींद्र, तारक, शशि, शरत्, काली, लाटू–सबको बुला ला।"

"क्या बात है महाराज," नरेन्द्र हँसा, "कोई सभा होगी क्या? आपको तो डॉक्टरों ने बोलने से मना किया है।"

"नहीं, सभा नहीं होगी, महोत्सव होगा।" ठाकुर बोले, "ऐसे आनंद के क्षण बार-बार नहीं आते। आज तुम लोगों को कुछ देना चाहता हूँ–कुछ असाधारण। जा, नहीं तो जो रह जाएगा, वह पछताएगा।"

नरेन्द्र ने आश्चर्य से ठाकुर की ओर देखा–ठाकुर पूर्णतः गंभीर थे। यह किसी भी प्रकार उनका परिहास नहीं था। जाने वे क्या देना चाहते थे।

"जा, जल्दी जा। जो-जो मिले, उसे बुला ला।" ठाकुर ने कहा, "विलंब का कोई कारण नहीं है।"

नरेन्द्र चला गया। ठाकुर ने गोपाल की ओर देखा, "जा, ले आ। जो काम मैं स्वयं करना चाहता था, वह तेरे निमित्त हो जाए।"

"आप इन लड़कों को संन्यास की दीक्षा देंगे महाराज? इनके परिवार, इनके माता-पिता..."

ठाकुर हँसे, "पिता तो एकमात्र परम पिता परमात्मा है, और सारी सृष्टि के जीव हमारा अपना परिवार ही तो हैं। तू जा, ले आ।"

नीचे के कमरे में पहुँचे गोपाल ने वस्त्र और रुद्राक्ष की मालाएँ अपने हाथ में उठाईं तो उसका मन जैसे कुछ और ही हो गया–वह क्यों भयभीत है? अपना मन सँभाल गोपाल ठाकुर के कमरे में लौटा तो उसने देखा कि नरेन्द्र अपने सारे मित्रों को बुला लाया था। जाने इस समय वे सब-के-सब यहाँ कैसे थे? क्या ठाकुर ने पहले से ही यह सब सोच रखा था?

ठाकुर उठकर बैठ गए, "ला, दे मुझे।" उन्होंने अपने हाथ फैलाए।

गोपाल ने आगे बढ़कर वे सारे वस्त्र और रुद्राक्ष की मालाएँ ठाकुर के फैले हाथों पर रख दीं। इन हाथों से बढ़कर वे कौन-से पवित्र हाथ थे, जिन्हें वह खोज रहा था!

ठाकुर ने वे वस्त्र और मालाएँ अपने पास बिस्तर पर रख लीं। गोपाल के उन लड़कों के चेहरों को पढ़ने का प्रयत्न किया। क्या किसी के चेहरे पर चिंता, आश्चर्य अथवा घबराहट का कोई भाव था? नहीं, वे सब तो आश्वस्त और उल्लसित भाव से खड़े थे।

"ले, नरेन्द्र ले, माँ की कृपा और मेरा उत्तराधिकार ग्रहण कर। जो वस्त्र तेरे शरीर पर शोभा पाएँगे, वे मुझसे ले।"

नरेन्द्र इस आह्लाद से आगे बढ़ा, जैसे बहुत आकर्षक और स्वादिष्ट मिष्टान्न सामने देखकर कोई लोभी बच्चा लपकता है। उसके चेहरे पर विस्मय भी था और आनंद भी, जैसे कह रहा हो कि ठाकुर ने उसे आज तक एक-से-एक बढ़िया मिठाई खिलाई थी, किंतु अपने प्रेम का ऐसा अनुपम उपहार तो पहले कभी नहीं दिया था।

गोपाल ने अन्य लड़कों की ओर देखा। वे जैसे आतुरता से ठाकुर की ओर देख रहे थे–'क्या ठाकुर उनपर भी वैसी ही कृपा करेंगे, जैसी उन्होंने नरेन्द्र पर की है?

"ले, राखाल!" ठाकुर बोले, "ले, तारक, ले, निरंजन!" ठाकुर एक-एक को बुलाकर रुद्राक्ष और भगवा देते जा रहे थे। बाबूराम, योगींद्र, शशि, शरत्, काली, लाटू।"

सहसा गोपाल का मन पलटा–'क्या सोच रहा है वह? वह यह मानकर चल रहा था कि ये तरुण जैसे वंचित किए जा रहे हैं। उनका सारा सांसारिक सुख उनसे छीना जा रहा है, उसपर तपस्या के बंधन बाँधे जा रहे हैं। उसकी समझ में अब तक यह क्यों नहीं आया कि यह 'वंचना' नहीं 'उपलब्धि' है। ठाकुर इन लड़कों को तपस्या के बंधनों में नहीं बाँध रहे, सांसारिक बंधनों से मुक्त कर रहे हैं। वे उनसे 'संसार' छीन नहीं रहे, वे उनको 'ईश्वर' दे रहे हैं।'

गोपाल का मन जैसे डूबता जा रहा था। तीनों लोकों की संपदा उसकी आँखों के सम्मुख लुटाई जा रही थी और वह खाली हाथ वंचित-सा खड़ा था। वह नहीं जानता कि इस ऐश्वर्य का कोई कण भी उसकी झोली में पड़ेगा या नहीं। उसने तो यह सोचा भी

नहीं था कि इस दान का इतना महत्त्व है। क्या ठाकुर उसपर कृपा नहीं करेंगे? अब तो उनके पास वस्त्र बचे ही कितने थे!

"ले, गोपाल! तू भी ले।" ठाकुर ने उसकी ओर देखा।

गोपाल को लगा, वह वंचित होते-होते बच गया है। यदि कहीं ठाकुर ने अपना हाथ रोक लिया होता तो उससे अधिक कंगला और लुटा-पिटा और कौन होता!

ठाकुर के पास एक वस्त्र और एक माला शेष रह गई थी।

"इसे गिरीश को दे दूँगा।" ठाकुर ने नरेन्द्र की ओर देखा, "नरेन! अपने इन शिष्यों को मैं तुम्हारे संरक्षण में छोड़ रहा हूँ। ध्यान रखना कि मेरे बाद भी ये आध्यात्मिक साधना करते रहें। ऐसा न हो कि मैं देह त्यागूं और ये फिर संसार में प्रवेश कर जाएं।"

70

"क्या बात है? तू इतना व्याकुल क्यों दीख रहा है?"

"व्याकुल नहीं, चिंताग्रस्त हूँ।" नरेन्द्र ने मुस्कराने का प्रयत्न किया, "चिंता में आपके पास नहीं आऊँगा, तो किसके पास जाऊँगा?"

"किसकी चिंता है तुझे?" ठाकुर बोले, "अपनी माता की? भाइयों की?"

"नहीं, इस बार तो आपकी चिंता है।"

"मेरी?" ठाकुर हँसे, "मेरी क्या चिंता है तुझे?"

"मेरे पिता का देहांत हुआ था तो मेरे परिवार पर आर्थिक संकट आ पड़ा था।" नरेन्द्र बोला, "इस बार आपके गृहस्थ-शिष्य अपना हाथ खींच रहे हैं, तो मेरे गुरु-परिवार पर अधिक संकट आएगा।"

"क्या बात है रे? ठीक-ठीक बताता क्यों नहीं?" ठाकुर बोले।

"राम दादा तथा उनके मित्रों का कहना है कि हम लोग फिजूलखर्ची कर रहे हैं। उन लोगों को यह स्वीकार्य नहीं है। इसलिए आपकी सेवा के लिए दो ही व्यक्ति इस उद्यान-भवन में रहें, शेष लोग अपने-अपने घर जाएँ, और अपने घर पर रहकर ही आपकी सेवा करें।"

"वे लोग मेरे शिष्यों को मुझसे दूर रखना चाहते हैं?" ठाकुर कुछ विचलित हुए।

"नहीं, वे आपको आपके शिष्यों के लिए अनुपलब्ध कर देना चाहते हैं।" निरंजन बोला, "वे समझते हैं कि आप केवल उन लोगों के हैं, जो इस उद्यान-भवन के खर्च के लिए पैसा देते हैं।"

"तो फिर मैं उनसे पैसा नहीं लूँगा।" ठाकुर ने जैसे अपने आपसे कहा, "क्यों न पैसा इंद्रनारायण जमींदार से लिया जाए? या बड़ा बाजार से उस लक्ष्मीनारायण को बुला लाओ। वह एक बार मुझे दस हजार रुपए दे रहा था, मैंने मना कर दिया था।"

"पर इंद्रनारायण या लक्ष्मीनारायण का पैसा शुद्ध है?" नरेन्द्र ने पूछा, "आप उनके पैसे से खा सकेंगे?"

"हाँ। उनके एक-एक पैसे के साथ सैकड़ों कामनाएँ लगी होती हैं।" ठाकुर बोले,

"तो फिर माँ की इच्छा पूरी होने दो।" वे कुछ देर मौन रहकर बोले, "नरेन! तूने एक बार संसार त्यागने का संकल्प किया था, तब मैंने तुम्हें रोका था। मैंने कहा था, 'मेरे इस शरीर के रहते, तुम संसार का त्याग मत करो, मेरे निकट रहो।' पर संन्यासी जीवन की तैयारी तो तुम लोगों को करनी ही है।"

कमरे में उपस्थित प्रायः प्रत्येक व्यक्ति ने ठाकुर की ओर देखा, "कैसी तैयारी?"

"मैं तुम लोगों के संग रहूँगा। तुम्हारा लाया अन्न खाऊँगा।" ठाकुर बोले, "तुम लोग मेरे लिए द्वार-द्वार भिक्षा माँग सकोगे?"

"यदि भिक्षा के बिना संन्यासी जीवन नहीं होता, तो क्यों नहीं माँगेंगे? उसमें विकल्प ही कहाँ है!" नरेन्द्र बोला, "और आपके लिए भिक्षा माँगना तो हमारा गौरव होगा।"

"तो फिर उसका अभ्यास आज से ही आरंभ कर दो।" ठाकुर ने कहा, "आज ही जाओ और मेरे साथ अपने भोजन के लिए प्रत्येक द्वार पर भिक्षा माँगो।"

"ऐसे अन्न तो हो जाएगा।" नरेन्द्र बोला, "किंतु मकान? मकान का किराया कहाँ से आएगा?"

"नहीं रहूँगा इस उद्यान-भवन में।" ठाकुर बोले, "तू अपने कंधे पर बैठाकर जहाँ ले चलेगा, वहीं चलूँगा। किसी पेड़ के नीचे बैठा देगा, तो पेड़ की छाया में रहूँगा। पर तुम लोग सोच लो," ठाकुर मुस्कराए, "तुम लोग अंग्रेज़ी पढ़े-लिखे जेंटलमैन हो। तुम्हारे परिवार, समाज के संभ्रांत परिवार हैं। अपनी सवर्णता का बोध भी होगा और फिर अपना अहंकार। कहीं यह सब तुम्हारे मार्ग में न आएँ।"

"मेरी तो एक साध पूरी हो जाएगी महाराज!" नरेन्द्र सहज रूप से बोला।

"तुम यह भूल सकोगे कि तुम विश्वनाथ दत्त जैसे संभ्रांत और धनी-मानी पिता के पुत्र हो?" ठाकुर ने पूछा।

"मैं यह याद रखूँगा कि मैं दुर्गादास संन्यासी का पौत्र हूँ।" नरेन्द्र बोला, "इसमें कठिनाई ही कहाँ है?"

"तो फिर जाओ तुम लोग। भगवा धारण करो। ईश्वर के नाम पर भिक्षा माँगो। लौटकर भिक्षा के अन्न को पकाओ और आज का भोजन करो।" ठाकुर अत्यंत प्रसन्न थे।

नीचे बड़े कमरे में पहुँचकर नरेन्द्र ने शशि को भेजकर अपने अन्य गुरुभाइयों को भी बुला लिया, "देखो, यह बात पंडित शशधर तर्क चूड़ामणि ने भी कही है कि ध्यान या चित्त की एकाग्रता की सहायता से अपनी तथा दूसरों की शारीरिक व्याधि ठीक की जा सकती है। यदि ठाकुर चाहें तो वे स्वयं को स्वस्थ कर सकते हैं, पर वे निजी सुख के लिए ऐसा कुछ करना नहीं चाहते। किंतु हम तो अपने गुरु के स्वास्थ्य के लिए ऐसा प्रयत्न कर ही सकते हैं। हम उनसे आग्रह करते हैं तो स्वयं प्रयत्न क्यों नहीं करते?"

सारे गुरुभाई नरेन्द्र की ओर देख रहे थे। उन्होंने तो ऐसा कुछ सोचा भी नहीं था।

"हम सबको चाहिए कि हम इसी समय यहाँ बैठकर अपने चित्त को एकाग्र कर ध्यान करें और अपना ध्यान ठाकुर के रोगी कंठ पर केंद्रित करें। देखें कि इस अनुष्ठान से क्या कोई लाभ होता है?"

सबके चेहरों से स्पष्ट था कि इस अनुष्ठान में किसी को भी कोई आपत्ति नहीं थी। किंतु लाटू शायद कुछ पूछना चाह रहा था।

"क्या बात है लाटू?" नरेन्द्र ने पूछा।

"क्या मैं ठाकुर से कह आऊँ कि हम लोग ऐसा अनुष्ठान कर रहे हैं, इसलिए मैं थोड़ी देर उनके पास नहीं आऊँगा?"

"नहीं।" नरेन्द्र बोला, "मैं उनसे कह तो आया हूँ कि हम थोड़ी देर बाद आएँगे। तू भी हमारे साथ यहाँ बैठ।"

अब चर्चा की कोई आवश्यकता नहीं थी। सब जानते थे, क्या करना है। नरेन्द्र ने कमरे के किवाड़ भिड़ा दिए और सबसे पहले पद्मासन लगाकर बैठ गया। उसके पश्चात् कुछ क्षणों के अंतराल से सब लोग बैठ गए। आँखें मुँद गईं और क्रमशः वे लोग ध्यान की एकाग्रता की ओर बढ़ने लगे। कुछ ही क्षणों में वहाँ अभेद्य सन्नाटा छा गया।

संध्या समय नरेन्द्र पुनः ठाकुर के पास पहुँचा। उसने बिना किसी भूमिका के सीधा प्रश्न किया, "क्या आपने माँ से कुछ कहा? क्या उत्तर दिया माँ ने?"

ठाकुर चुपचाप उसे देखते रहे।

"क्या आपने माँ से नहीं कहा?" नरेन्द्र का स्वर अभियोग लगाता-सा लगा।

"मैंने अपने गले की ओर इंगित करते हुए कहा, 'घाव के कारण मैं कुछ खा नहीं पा रहा। कृपा कर कुछ कर दो माँ, कि मैं थोड़ा-बहुत कुछ खा सकूँ।'"

"तो क्या कहा माँ ने?" नरेन्द्र कुछ आक्रामक हो रहा था।

"माँ ने तुम सब लोगों की ओर इंगित कर कहा, 'क्या इनके मुखों से तुम ही नहीं खा रहे हो?' मैं लज्जित हो गया, कुछ कह नहीं सका।" ठाकुर अब भी अपनी उस लज्जा से उबर नहीं पाए थे।

अब लज्जित होने की बारी नरेन्द्र की थी। उसने अपने गुरु को माँ के सम्मुख अनुचित याचना कर लज्जित होने के लिए बाध्य किया था। अपराधी गुरु नहीं थे, वह था, जिसके स्नेह में बँधकर ठाकुर ने इस प्रकार की याचना की थी जो माँ की दृष्टि में अनुचित थी। किंतु माँ का एक छोटा-सा उत्तर कितना कुछ कह रहा था। यही तो सृष्टि-चक्र की अपरिहार्यता थी। नियम किसी के लिए भी शिथिल नहीं होते, चाहे वह व्यक्ति स्वयं ईश्वर का अवतार ही क्यों न हो। और फिर उन सबके मुख से ठाकुर ही खा रहे थे, इसका अर्थ हुआ कि उन सबके माध्यम से ठाकुर का ही काम आगे बढ़ रहा था। कोई एक व्यक्ति, चाहे वह कितना ही महान् क्यों न हो, अकेला अपने ही दम पर सृष्टि-चक्र नहीं चलाता, वह सृष्टि का अंग मात्र होता है। माँ ने व्यक्ति की नश्वरता और

सृष्टि-चक्र की अनश्वरता का कितना सुंदर उदाहरण प्रस्तुत किया था। सृष्टि के लिए व्यक्ति-व्यक्ति का भेद कोई अर्थ नहीं रखता। क्या माँ अपने इस उत्तर से उन लोगों को अद्वैत वेदांत समझा रही थीं?

71

नरेन्द्र ने आँखें खोल दीं। उसकी बाईं ओर, काली आँखें बंद किए ध्यान कर रहा था।

"काली! काली! बात सुन।" नरेन्द्र ने धीरे से पुकारा।

वह जानता था, यदि काली गहरी ध्यानावस्था में नहीं होगा तो तत्काल आँखें खोल देगा।

काली ने तत्काल तो आँखें नहीं खोली, किंतु कोई विशेष विलंब भी नहीं किया। इसका अर्थ था कि काली की एकाग्रता अभी सघन नहीं हुई थी। नरेन्द्र ने उसे पुकारकर उसका कोई अहित नहीं किया था।

काली ने आँखें खोलकर उसकी ओर देखा, "क्या है?"

"एक प्रयोग में तुम्हारी सहायता चाहिए।" नरेन्द्र ने कहा।

"बोलो!"

"थोड़ी देर में मुझे छूना।" नरेन्द्र बोला।

काली ने कुछ कहा नहीं, किंतु उसकी आँखों में अंकित प्रश्न से स्पष्ट था कि वह कुछ समझ नहीं पाया है।

"थोड़ी देर में मुझे छूना।" नरेन्द्र पुनः बोला, "और जब मैं पूछूँ, तो मुझे बताना कि तुमने क्या अनुभव किया।"

नरेन्द्र पुनः अपनी आँखें बंद कर चुका था। इसका अर्थ स्पष्ट था कि नरेन्द्र उसे प्रश्न पूछने का किसी प्रकार का कोई अवसर नहीं देना चाहता था।

अकबकाया-सा काली कुछ देर तक नरेन्द्र को देखता रहा, किंतु नरेन्द्र तो अपने ध्यान में लीन हो चुका था। अब तो वह आँखें खोलने के पश्चात् ही कुछ बताएगा और जिस ढंग से उसने काली से कहा था, उसका अर्थ था कि काली उसे अभी छुए आँखें खोलने से पहले। आँखें खोलने के पश्चात् प्रकृतिस्थ होने पर नरेन्द्र को छूने पर क्या प्रयोग होता! शायद वह यही तो चाहता था कि जब वह ध्यान कर रहा हो, तभी काली उसे छुए।

उसने हाथ बढ़ाकर नरेन्द्र का दायाँ घुटना छुआ।

काली का हाथ जैसे नरेन्द्र के घुटने पर नहीं, किसी विद्युत्-प्रवाह पर पड़ गया था। उसके रोम तनकर खड़े हो गए और रगों में रक्त नहीं जैसे आघात प्रतिघात प्रवाहित होने लगे। उसके हाथ को ऐसे झटके लग रहे थे, जैसे हाथ को ही नहीं, स्वयं काली को ही उठाकर दूर फेंक देंगे। किंतु आश्चर्य की बात यह थी कि विद्युत् के वे झटके जो उसे दूर फेंक देना चाहते थे, उसे छोड़ भी नहीं रहे थे। उसका हाथ नरेन्द्र के घुटने से चिपक गया था:

चिलम तैयार कर शरत् लौट आया। उसने देखा, काली ध्यानावस्थित नरेन्द्र का

दाहिना घुटना छू रहा है और उसका हाथ किसी यंत्र के समान विचित्र-सी कँपकँपाहट लिए हिल रहा है। तभी नरेन्द्र ने अपनी आँखें खोल दी और बोला, "पर्याप्त है। तुम्हें कैसा अनुभव हुआ?"

काली ने अपना बायाँ हाथ दाईं हथेली में थाम रखा था। उसके चेहरे पर आश्चर्य ही नहीं, घबराहट के भी लक्षण थे।

"तुम्हारा हाथ नरेन्द्र को स्पर्श करने के कारण काँप रहा था?" शरत् ने भी चकित होकर पूछा।

"हाँ!" अस्त-व्यस्त काली के मुख से अनायास निकला, "प्रयत्न करने पर भी मैं उसे निस्पंद नहीं रख पा रहा था।"

"यह क्या है नरेन्द्र?" शरत् का आश्चर्य बढ़ता ही जा रहा था।

"मैं स्वयं नहीं जानता।" नरेन्द्र बोला, "यह तो ठाकुर ही बताएँगे। यह मुझे अवश्य लगा कि मेरे शरीर के भीतर कुछ नवीन और अद्‌भुत प्रवाहित हो रहा है।"

"प्रातः ठाकुर से पूछेंगे।" शरत् बोला, "इस समय शायद वे विश्राम कर रहे हों।"

"हाँ, ठीक है।" नरेन्द्र सहज भाव से बोला, "इस समय तो तुम भी हम दोनों के साथ बैठकर ध्यान ही करो।"

शरत् भी आसन बिछाकर बैठ गया और उसने आँखें मूंद लीं।

प्रातः चार बजे शशि उस कमरे में आया। उसने देखा, नरेन्द्र, शरत् और काली ध्यानमग्न बैठे हैं।

नरेन्द्र!" उसने पुकारा, "नरेन्द्र!"

नरेन्द्र ने आँखें खोलीं।

"ठाकुर बुला रहे हैं।"

नरेन्द्र जैसे तत्काल सजग हो उठा, "ठाकुर जाग गए हैं?"

"हाँ, जाग गए हैं और कुछ व्याकुल भी हैं।" शशि ने बताया।

"क्यों? रात को नींद नहीं आई? क्या वेदना बढ़ गई है?" नरेन्द्र ने पूछा।

"नहीं, ऐसा कुछ तो नहीं है।"

नरेन्द्र तो स्वयं ही ठाकुर के पास जाने को उत्सुक था। उन्होंने बुला भेजा है तो और भी अच्छा है।

नरेन्द्र ने ठाकुर को प्रणाम किया।

"यह सब क्या है नरेन?" ठाकुर के स्वर में हल्की-सी डाँट थी।

"क्या हुआ महाराज?" उसने कुछ चकित स्वर में पूछा।

"संचय से पहले ही अपव्यय आरंभ कर दिया। अर्जन से पहले ही विसर्जन।" ठाकुर बोले, "पहले पर्याप्त मात्रा में संचय करो, फिर तुम जान पाओगे कि उसको कब, कहाँ और कैसे खर्च करना है। माँ स्वयं तुम्हें सिखाएँगी।"

नरेन्द्र समझ गया कि ठाकुर किस विषय में कह रहे हैं। वह स्तब्ध-सा खड़ा रह गया। ठाकुर को सब कुछ मालूम है? वे यहाँ लेटे-लेटे सब कुछ जानते हैं कि कहाँ क्या हो रहा है? बाह्य संसार की घटनाएँ तो उन्हें कोई बता भी सकता है, किंतु किसके भीतर क्या घटित हो रहा है।

ठाकुर की बात अभी समाप्त नहीं हुई थी। बोले, "तुम सनझ नहीं रहे हो कि तुमने अपनी मनोवृत्ति उसपर आरोपित कर काली की कैसी क्षति की है। वह एक विशेष मनोवृत्ति में एक विशेष दिशा में प्रगति कर रहा था।" उन्होंने उसकी ओर कुछ खेद से देखा, "वह सब नष्ट हो गया, जैसे छठे महीने में गर्भपात हो गया हो।"

नरेन्द्र अपनी अनजानी उपलब्धि की सूचना देकर ठाकुर को प्रसन्न करना चाहता था। वह क्या जानता था कि उस उपलब्धि के साथ जुड़ी हुई समस्याएँ भी हैं? ठाकुर उसकी उपलब्धि से प्रसन्न न हों, ऐसा संभव नहीं है, किंतु अपनी नादानी में वह ठाकुर के एक शिष्य की हानि कर बैठा था। वह तो केवल अपने विषय में सोच रहा था, किंतु ठाकुर की दृष्टि में तो हर कोई था। उन्हें तो सबकी चिंता थी।

72

"महाराज! अब क्या रामचंद्र दत्त, सुरेंद्रनाथ मित्र तथा कालीपद घोष आपकी कृपा से वंचित ही रहेंगे? आप इनकी भेंट स्वीकार नहीं करेंगे तो क्या उन्हें अपने दर्शन करने की भी अनुमति नहीं देंगे?"

"उन्हें रोका किसने है रे?" ठाकुर ने सहज भाव से पूछा।

"निरंजन ने रोका है। वह एक डंडा लेकर सीढ़ियों पर बैठा है। उसकी इच्छा के बिना कोई आपके पास नहीं आ सकता।" महेंद्र गुप्त ने कहा, "शायद नरेन्द्र भी यही चाहता है। इसने निरंजन को कभी मना नहीं किया।"

"नहीं।" ठाकुर मुस्कराए, "उन्हें उनके अहंकार ने रोक रखा है। जब उन्होंने मुझे अपनी संपत्ति समझकर इन लड़कों पर अपना अनुशासन स्थापित करने का प्रयत्न किया, तो ये लड़के कैसे तड़पे। द्वार-द्वार भिक्षा माँगने चल दिए कि कहीं इनसे इनके ठाकुर को कोई छीन न ले।" ठाकुर ने महेंद्र गुप्त को देखा, "अब, जब इन लड़कों ने मुझे अपनी संपत्ति मान लिया तो राम अपना अहंकार छोड़कर नरेन्द्र के पास भी बात करने नहीं आया।"

"वे क्यों बात करने आएँगे?" नरेन्द्र बोला, "वे लोग तो बड़े आदमी हैं। आदेश दे सकते हैं, आदेश मान नहीं सकते।"

"उन्होंने मेरे पालन के लिए यदि अपने परिवार के खर्च में से एक अंश का दान दिया तो उन्हें अभिमान हो गया, और ये लड़के जिन्होंने अपना जीवन समर्पित कर दिया, जो भिक्षा माँगने पर उतर आए, उन्होंने तो कोई अहंकार नहीं किया!" उन्होंने लाटू की ओर देखा, 'मैंने कहा, दुर्बलता के कारण घर से बाहर शौच आदि के लिए जाना शायद संभव न होगा, तो जानते हो, इस लाटू ने क्या कहा?"

महेंद्र ने कोई उत्तर नहीं दिया। आँखों में प्रश्न लिए बैठा रहा।

"इसने हाथ जोड़कर, सरल गंभीर भाव से कहा, 'जो आज्ञा हो महाराज! मैं आपका मेहतर हाजिर हूँ।'" ठाकुर ने महेंद्र गुप्त की ओर देखा, "इन लड़कों को आदेश देना चाहते हैं राम, सुरेंद्र और कालीपद? इनसे बात करना नहीं चाहते?"

"नहीं, ऐसी बात तो नहीं है।" महेंद्र गुप्त बोले, "इन लोगों से उनका कोई विरोध तो नहीं है।"

"विरोध-भाव तो नहीं है।" राखाल ने कहा, "स्वामी-भाव है उनका। जरा शशि से उनके विषय में चर्चा कर देखो।"

"खैर!" ठाकुर बोले, "किसी भी ओर कोई प्रतिशोध-भाव नहीं होना चाहिए। उन तीनों को भी अपना अहंकार छोड़ना चाहिए। ये सब लड़के हैं। उनके छोटे भाइयों के समान हैं। इनसे प्रेम का व्यवहार करना चाहिए।"

"नरेन्द्र से पूछिए," महेंद्र गुप्त ने कुछ भीत स्वर में कहा, "कि यह उनको आपके पास आने देगा?"

"मैं तो सारे संसार को लाकर ठाकुर के चरणों में डाल देना चाहता हूँ। उनको ही नहीं आने दूँगा?" नरेन्द्र हँसा, "मुझे तो राम दादा और सुरेंद्र मित्र ही लाए थे ठाकुर के पास।"

"सुन लिया?" ठाकुर बोले, "उनसे कहो, वे अपने अहंकार का शमन करें और इन लडकों से मेल-मिलाप कर लें। जाओ।"

निरंजन उठ खड़ा हुआ। उसके पैरों को जैसे पंख लग गए। वह दौड़ता हुआ कमरे से बाहर निकला और दो-दो सीढ़ियाँ फलाँगता हुआ, ऊपर ठाकुर के कमरे में जा पहुँचा।

उसे इस प्रकार घबराया हुआ आते देख ठाकुर की आँखों में प्रश्न उदित हुआ। ठाकुर की सेवा के लिए वहाँ उपस्थित शशि और काली ने भी कुछ आश्चर्य से उसकी ओर देखा।

"महाराज!" निरंजन हाँफने और रोने के मध्य बोला, "नरेन्द्र की मृत्यु हो गई है। उसका शरीर एकदम ठंडा होकर अकड़ गया है।"

और वह मुँह बाए ठाकुर की ओर देखता रहा कि ऐसा समाचार सुनकर उनके मुख से चीत्कार क्यों नहीं फूटा? उन्होंने अपने हाथों से अपना माथा क्यों नहीं पीटा, या उन्होंने उसे ही डाँटकर यह क्यों नहीं कहा कि चुप रह अभागे, यह संभव नहीं है। ठाकुर तो ऐसे बैठे हैं, जैसे कुछ हुआ ही न हो। और फिर वे किंचित् हँसे जैसे उन्हें कोई बहुत सुखद समाचार मिला हो। या वे पहले से ही जानते थे कि क्या हो रहा है और क्या होगा।

"कुछ तो कहिए महाराज!" निरंजन अत्यंत दीन होकर बोला, "इतने बड़े शोक के बाद भी आप मौन हैं। क्या आपको नरेन्द्र से तनिक भी मोह नहीं है?"

ठाकुर पुनः हँसे, "नरेन्द्र को कुछ नहीं हुआ। नरेन्द्र को कुछ नहीं होगा। तुम चिंता मत करो।"

निरंजन लौटकर ध्यान-कक्ष में आया।

सारे गुरुभाई नरेन्द्र के आसपास घिर आए। वे लोग नरेन्द्र को नाम से पुकार रहे थे, उसके शरीर को तरह-तरह से हिला रहे थे। उन्होंने देखा, उसकी श्वास-प्रक्रिया भी बंद हो गई थी। वे लोग उसके शरीर की मालिश कर रहे थे और किसी भी कृत्रिम प्रकार से श्वास-प्रक्रिया को पुनः आरंभ करने का प्रयत्न कर रहे थे, किंतु उन्हें सफलता नहीं मिल रही थी।

"क्या उसकी मृत्यु हो गई है?" बाबूराम ने पूछा।

"मुझे लगता है कि मृत्यु हुई नहीं है, हो रही है।" राखाल बोला।

"चलो, ठाकुर के पास चलें।" योगीन ने कहा।

"मैं ठाकुर के पास होकर आया हूँ।" निरंजन ने बताया, "ठाकुर कहते हैं, 'नरेन्द्र को कुछ नहीं हुआ, नरेन्द्र को कुछ नहीं होगा।' " निरंजन का स्वर आक्रोश से भरा था।

"पर नरेन्द्र को कुछ हो गया है।" गोपाल ने कहा, "ठाकुर को अपने कमरे में लेटे हुए क्या मालूम है, यहाँ नरेन्द्र किस स्थिति में है?"

"पर यदि ठाकुर ने कहा है कि नरेन्द्र को कुछ नहीं होगा, तो हमें थोड़ी प्रतीक्षा करनी चाहिए।" राखाल ने प्रस्ताव रखा।

"मेरा विचार है कि राखाल ठीक कह रहा है।" गोपाल ने राखाल का समर्थन किया, "हमें थोड़ी प्रतीक्षा कर लेनी चाहिए।"

वे लोग नरेन्द्र को घेरकर बैठ गए। सबको उसकी हालत में सुधार की प्रतीक्षा थी। समय था कि बीत ही नहीं रहा था। क्षण जैसे घंटों में परिणत हो गए थे। नरेन्द्र की हालत में तनिक भी सुधार नहीं हुआ था। जैसे-जैसे समय बीतता जा रहा था, गुरुभाइयों की घबराहट बढ़ती जा रही थी। नरेन्द्र मृत्यु के मुख में समाता जाएगा और वे लोग निष्क्रिय खड़े उसे देखते रहेंगे?

"हमें ठाकुर के पास पुनः जाना चाहिए।" अंततः काली बोला।

"तो चलो।" राखाल बोला, "यहाँ भी तो प्रतीक्षा ही कर रहे हैं।"

"कुछ लोग यहीं ठहरो। मैं ठाकुर के पास जाता हूँ।" गोपाल ने कहा, "निरंजन, तुम यहीं रहो और योगीन, तुम भी।"

गोपाल, राखाल और काली ऊपर ठाकुर के पास पहुँचे, "महाराज, नरेन्द्र को क्या हो गया है?"

उन्हें यह देखकर कुछ बुरा लगा कि नरेन्द्र के विषय में जानते हुए भी ठाकुर अत्यंत शांति से लेटे रहे थे। राखाल, काली और गोपाल प्रायः एक साथ ही बोल रहे थे और उसकी स्थिति का जल्दी-जल्दी उत्तेजित होकर वर्णन कर रहे थे। किंतु ठाकुर पर उसका तनिक भी प्रभाव नहीं हुआ। वे गोपाल की ओर मुड़े और तनिक मुस्कराकर बोले, "उसे वैसे ही रहने दो। उसने इस स्थिति तक पहुँचने के लिए मुझे बहुत परेशान किया है।"

"पर महाराज! वह इतना चिल्ला क्यों रहा है?" गोपाल अब भी परेशान था, "उसे

अपने शरीर के विषय में इस प्रकार की जिज्ञासा करने की आवश्यकता ही क्या है? उसे क्यों लग रहा है कि उसका शरीर वहाँ नहीं है?"

"वह निर्विकल्प समाधि से लौटा है।" ठाकुर के स्वर में जैसे सम्मान का भाव था, "अभी वह शुद्ध-बुद्ध आत्मा है। शरीर का भान उसे नहीं है। क्रमशः सब सहज हो जाएगा।"

रात के प्रायः नौ बजे नरेन्द्र की चेतना लौटी। वह प्रकृतिस्थ हो चुका था। अब उसकी समझ में आ रहा था कि उसका मन, शरीर, आत्मा–सब यथास्थान ही हैं। समाधि के इस नए अनुभव के पश्चात् यह संसार उसके लिए कुछ और ही हो गया था। उसे याद आया कि उसने ठाकुर से इसी प्रकार की समाधि का वरदान चाहा था। ठाकुर ने उसे वह दे दिया। अब उसे गुरु के चरणों में प्रणाम करने के लिए जाना चाहिए।

वह सीढ़ियाँ चढ़कर ऊपर ठाकुर के कमरे में आया। उन्हें प्रणाम किया और उनके सम्मुख बैठ गया।

ठाकुर प्रसन्न लग रहे थे। बोले, "अब जब माँ ने तुम्हें सर्वस्व का साक्षात्कार करा दिया है, तुम्हारा यह सुख संदूक में बंद रहेगा और उसकी कुंजी मेरे पास रहेगी। तुम्हें बहुत सारा काम करना है। जब तुम मेरा सारा काम कर लोगे तो तुम्हारा यह सुख तुम्हें लौटा दिया जाएगा।"

नरेन्द्र ने दोनों हाथ जोड़े, "मैं समाधि में बहुत सुखी था। कृपा कर मुझे उसी स्थिति में रहने दीजिए।"

ठाकुर के चेहरे का मंद हास्य लुप्त हो गया, "स्वार्थी मत बन। माँ की कृपा से यह स्थिति तेरे लिए सहज हो जाएगी। तुझे उस समाधि से भी आगे जाना है।"

नरेन्द्र ने स्वीकृति में दोनों हाथ जोड़ दिए और भूमि पर माथा रखकर ठाकुर को प्रणाम किया, "जैसी आपकी इच्छा।"

नरेन्द्र उठकर कमरे से चला गया। ठाकुर ने उसे थोड़े में ही सब कुछ समझा दिया था।

नरेन्द्र चला गया तो ठाकुर शशि और शरत् की ओर मुड़े, "नरेन्द्र की मृत्यु उसकी अपनी इच्छा के अधीन रहेगी। जिस क्षण वह जान जाएगा कि वह कौन है, वह इस शरीर में एक क्षण भी नहीं रहेगा।" वे थोड़ी देर जैसे मन-ही-मन किसी बात का आनंद लेते रहे और फिर हल्के से हंस कर बोले, "वह अपनी बौद्धिक और आध्यात्मिक शक्ति से इस संसार को हिला देगा।"

74

"महाराज! नरेन्द्र, काली और तारक कहीं चले गए हैं।" राखाल ने सूचना दी, "आपको बताकर गए हैं क्या?"

"नहीं! मुझसे तो चर्चा भी नहीं की।" ठाकुर के स्वर में चिंता का लेश भी नहीं था।

किंतु राखाल नरेन्द्र के लिए चिंतित था, "महाराज! आपसे झगड़ा तो नहीं हुआ? वह रूठकर तो नहीं गया?"

"अरे नहीं! तू पागल है क्या?" ठाकुर हँसे, "मैं क्या अपने नरेन से लड़ँगा? वह लड़ भी पड़े, मैं नहीं लड़ूँगा।" ठाकुर ने उसपर अपनी दृष्टि जमाई, "और देख! अब नरेन पहले जैसा क्रोध नहीं करता। वह किसी से झगड़ा नहीं करता। वह अब लड़का नहीं है। निर्विकल्प समाधि प्राप्त कर चुका प्रौढ़ साधक है।"

"वह सब तो ठीक है।" राखाल बोला, "पर है तो वह नरेन ही न! और आजकल तो वह बहुत उग्र साधना कर रहा है। कहीं गौतम बुद्ध के समान उग्र संकल्प करके बैठ गया तो? हम कहाँ खोजते रहेंगे उसके शरीर को?"

ठाकुर सहज भाव से मुस्कराए, "चिंता ठीक है, किंतु भयभीत होने की कोई बात नहीं है। नरेन संसार में कहीं भी जाए, वह लौटकर यहीं आएगा।"

"महाराज! वह साधना के लिए गया है। जाने कहाँ गया है।" राखाल पुनः बोला, "कहीं कुछ पा गया–कोई आकर्षक साधना-स्थल, कोई सिद्धि, कोई साधु, कोई गुरु तो वहीं रम जाएगा वह। फिर हम कैसे पाएँगे उसे?"

ठाकुर उसी प्रकार शांत लेटे रहे, "संसार में कहीं भी चले जाओ, कुछ भी अतिरिक्त नहीं मिलेगा। जो कुछ भी कहीं है, वह सब इस शरीर में भी है।"

राखाल अवाक् रह गया। ठाकुर तरह-तरह से उन लोगों को समझा रहे थे, फिर भी वे ठाकुर को एक साधारण साधु ही समझ रहे हैं। वे लोग अपने गुरु का महत्त्व क्यों नहीं समझते? केवल इसलिए कि ठाकुर उन लोगों को बहुत सहज-सुलभ हैं? ठाकुर भी यदि किसी दुर्गम स्थल पर जाकर बैठ गए होते, थोड़ा पाखंड करते, अपना बड़प्पन दिखाते, तो ये सारे गुरुभाई उनके दर्शन पाने को तड़पते। ठाकुर ने कहा था न कि माँ उनका शरीर अब और नहीं रखेंगी। माँ को भय है कि यह सरल और मूर्ख बूढ़ा कहीं सब कुछ सहज ही न लुटा दे। अयोग्य लोग भी उससे बहुत कुछ पा जाएँगे।

राखाल लौटकर नीचे के कमरे में आया। शरत्, शशि, लाटू, गोपाल, बाबूराम, निरंजन–सब ही उसके चारों ओर घिर आए थे। उन सारे चेहरों पर भिन्न-भिन्न प्रकार। की व्याकुलता थी।

"राखाल! मुझे लगता है कि वे तीनों बोधगया गए हैं।" बाबूराम बोला, "आजकल वे लोग भगवान बुद्ध के चिंतन और दर्शन की बहुत चर्चा किया करते थे।"

"संभव है कि ऐसा ही हो।" निरंजन ने स्वीकार किया, "नरेन्द्र बहुधा भगवान बुद्ध के जीवन की घटनाओं से अपना तादात्म्य अनुभव करता था।"

"मेरा मन होता है, मैं भी बोधगया जाऊँ।" छोटा गोपाल बोला।

राखाल भड़क उठा, "तुम्हारे लिए अब ठाकुर अनावश्यक हो गए हैं? उनकी सेवा के स्थान पर, अपनी साधना के लिए उन्हें छोड़ जाना चाहते हो?"

"ऐसा तो मैंने कुछ नहीं कहा।" छोटा गोपाल तड़पकर बोला, "तुमने यह सब कैसे

मान लिया?"

"नरेन्द्र क्यों चला गया ठाकुर को छोड़कर?" निरंजन का स्वर भी कुछ उग्र हुआ।

"नरेन्द्र ने ठाकुर का जूठा, मवादयुक्त दलिया उठाकर पी लिया था।" राखाल भी क्रुद्ध स्वर में बोला, "तुम वह कर सके थे कि अब नरेन्द्र की बराबरी करने को तड़प रहे हो!"

"हम द्वार-द्वार भिक्षा माँगकर ठाकुर के लिए अन्न जुटाने की साध रखते हैं, तो उन्हें कष्ट देकर साधना के लिए जाने की बात नहीं सोचेंगे।" गोपाल दादा बोले, "हमारे लिए ठाकुर की सेवा, अपनी व्यक्तिगत साधना से अधिक महत्त्वपूर्ण है।"

राखाल की उत्तेजना जैसे शांत हो गई। उसे लगा, उसके मन की बात गोपाल दादा ने कह दी है।

---

9 अप्रैल, 1886 की संध्या को प्रायः पाँच बजे महेंद्र गुप्त काशीपुर के उद्यान-भवन में आए, तो वहां ठाकुर के रोग और कष्ट के बावजूद एक प्रकार का उल्लास दिखाई पड़ रहा था। नरेन्द्र, काली और तारक लौट आए थे।

"सुना है, विद्यासागर एक नया स्कूल खोलने वाले हैं।" महेंद्र गुप्त को देखते ही निरंजन बोला, "आप वहाँ नरेन के लिए प्रयत्न क्यों नहीं करते?"

महेंद्र गुप्त कुछ कहते, उससे पूर्व ही नरेन्द्र दृढ़तापूर्वक बोला, "अब विद्यासागर के पास नौकरी करने की आवश्यकता नहीं है।"

वे लोग ठाकुर के कमरे की ओर बढ़ गए। पीछे से आकर शशि और राखाल भी मिल गए थे।

ठाकुर को प्रणाम कर नरेन्द्र बैठ गया।

ठाकुर ने उसे अत्यंत स्नेहभरी दृष्टि से देखा और अपने पैरों को सहलाने का संकेत किया और पूछा, "तूने कुछ खाया?"

नरेन्द्र ने स्वीकृति से सिर हिला दिया।

"यह वहाँ गया था–बोधगया।" ठाकुर के स्वर में स्पष्टतः प्रसन्नता का पुट था।

"जी! लोगों ने मुझे बताया है अभी।" महेंद्र गुप्त बोले, और वह नरेन्द्र की ओर मुड़ा, "बुद्धदेव का क्या मत है?"

नरेन्द्र ने ठाकुर के चरण सहलाते हुए दृष्टि उठाकर महेंद्र गुप्त की ओर देखा, "तपस्या करके उन्होंने जो पाया, वह मुख से नहीं कह सके। इसीलिए लोग उन्हें नास्तिक कहते हैं।"

"नास्तिक क्यों? नास्तिक नहीं।" ठाकुर बोले, "मुख से अपनी अवस्था वे नहीं कह सके। बुद्ध क्या हैं, जानते हो? बोधस्वरूप की चिंता करके वही हो जाना–बोधस्वरूप बन जाना।" ठाकुर का स्वर आज पूर्णतः स्वस्थ लग रहा था, "बुद्ध का और क्या मत है?"

"ईश्वर है या नहीं–ये बातें बुद्ध नहीं कहते थे।" नरेन्द्र ने उत्तर दिया, "किंतु

आजीवन सारे जीवों के प्रति उन्होंने करुणा दिखाई। उनमें वैराग्य भी कितना था।"

नरेन्द्र ने रुककर ठाकुर की ओर देखा, जैसे अपने मत पर उनकी प्रतिक्रिया जानना चाहता हो, किंतु ठाकुर ने कुछ नहीं कहा।

"बुद्ध ने शक्ति अथवा उस प्रकार की किसी अन्य चीज की परवाह नहीं की।" नरेन्द्र ने अपनी बात आगे बढ़ाई, "वे तो केवल निर्वाण के ही इच्छुक थे। बोधि-वृक्ष के नीचे जब तपस्या करने के लिए बैठे तो कहा, 'इहैव सुष्यतु मे शरीरम्।' अर्थात् यदि मैं निर्वाण की प्राप्ति न कर सकूँ तो मेरा शरीर यहीं सूख जाए–ऐसी दृढ़ प्रतिज्ञा। शरीर ही तो वास्तविक शत्रु है। उसे नियंत्रित किए बिना क्या कुछ हो सकता है?"

"बुद्धदेव के सिर पर क्या बड़े-बड़े बाल थे?" ठाकुर ने पूछा।

"नहीं। बहुत-सी रुद्राक्ष मालाएँ एकत्रित करने पर जैसा होता है, मालूम होता है, उनके सिर पर वैसे ही बाल थे। नरेन्द्र ने कहा।

"और आँखें?"

"आँखें समाधिलीन।" नरेन्द्र बोला।

ठाकुर चुप रहे। सहसा वे मुस्कराए, "अच्छा! यहाँ तो सब कुछ है न? मसूर और चने की दाल और इमली तक।"

"उन सब अवस्थाओं का भोग कर आप कुछ नीचे की अवस्था में रहते हैं।" नरेन्द्र ने कहा।

"किसी ने मानो नीचे खींच रखा है।" ठाकुर कुछ आत्मलीन-से होते हुए लगे।

महेन्द्र गुप्त ठाकुर को पंखा कर रहे थे। ठाकुर ने उनके हाथ से पंखा ले लिया और बोले, "जैसे यह पंखा देख रहा हूँ, ठीक इसी प्रकार मैंने ईश्वर को प्रत्यक्ष देखा है।" ठाकुर ने अपने हृदय पर हाथ रखा और नरेन्द्र की ओर देखा, "मैंने देखा कि ईश्वर और हमारे हृदय में जो हैं–दोनों एक ही हैं।"

"हाँ, हाँ! सोऽहम्।" नरेन्द्र ने उनका समर्थन किया।

"दोनों को एक हल्की-सी रेखा विभाजित करती है, ताकि मैं यह अलौकिक आनंद प्राप्त कर सकूँ।" ठाकुर बोले।

नरेन्द्र ने कुछ चकित होकर ठाकुर को देखा : ठाकुर ने इस समय यह चर्चा क्यों आरंभ की? नरेन्द्र बुद्धदेव के इसी गुण पर तो मुग्ध था। क्या ठाकुर बुद्धदेव से अपना तादात्म्य दिखा रहे थे?

"महापुरुष स्वयं पार होकर जीवों को पार करने के लिए इस संसार में रहते हैं।" वह महेंद्र की ओर देखकर बोला, "इसलिए वे अहंकार और शरीर के सुख-दुःखों को सहते हैं। जैसे कुलीगिरी–मजदूरी। हम लोग बाध्य होकर कुलीगिरी करते हैं, परंतु महापुरुष तो स्वेच्छा से यह कुलीगिरी करते हैं।"

"ठीक कहता है नरेन्द्र।" ठाकुर बोले, "छत दीख तो पड़ती है, परंतु छत पर चढ़ना जरा कठिन काम है। है न?"

"जी, हाँ।"

"परंतु यदि कोई चढ़ गया हो, तो नीचे रस्सी लटकाकर वह दूसरे को भी चढ़ा ले सकता है।" ठाकुर बोले, "हृषीकेश का एक साधु आया था।"

"अब बातचीत रहने दीजिए। बहुत देर हो गई।" सहसा राखाल ने उनके निकट पहुँचकर कहा और फिर वह अन्य लोगों की ओर मुड़ा, "इनका रोग बढ़ न जाए।"

75

"अब मैं बहुत दिनों तक तुम्हारे साथ नहीं रहूँगा, किंतु मैं चाहता हूँ कि मेरे यह तन त्यागने के पश्चात् भी तुम लोग एक साथ ही रहो।" ठाकुर बोले, "एक वय के इतने सारे लोगों का एक साथ रहना बहुत सरल नहीं होता, उनमें मतभेद भी होते हैं। तुम लोग संगठित होकर रहो–ऐसी व्यवस्था मैं चाहता हूँ। इसीलिए मैं तुम लोगों को आदेश दे रहा हूँ कि तुम लोग सदा नरेंद्र की आज्ञा मानोगे, उसका साथ दोगे और उसे कभी भी, किसी भी परिस्थिति में नहीं त्यागोगे।"

सारे गुरुभाइयों के मुख विस्मय से खुल गए। ठाकुर का यह आदेश ऐसा नहीं था, जिससे उन लोगों को कोई विशेष विरोध होता। वैसे भी वे लोग नरेन्द्र से इतना प्रेम करते थे कि उसकी इच्छा उन लोगों के लिए आदेश के ही समान होती थी, फिर भी ठाकुर के इस प्रकार कहने में अनेक ध्वनियाँ निहित थीं। क्या ठाकुर बहुत शीघ्र उनको छोड़कर जाने वाले थे, इसलिए इस प्रकार की व्यवस्था कर रहे थे? क्या ठाकुर अपने बाद रह जाने वाला कोई ऐसा संगठन बना जाना चाहते थे?

"तुममें से किसी को कोई आपत्ति तो नहीं है?" ठाकुर ने पूछा।

किसी ने कुछ नहीं कहा। उनका भाव या तो फटी-फटी आँखों से ठाकुर को देखने का था अथवा मौन सहमति में सिर झुका लेने का।

नरेन्द्र भौंचक-सा खड़ा ठाकुर को देख रहा था।

ठाकुर ने अपनी दृष्टि नरेन्द्र की ओर फेरी और पुनः धीरे से बोले, "मैं अपने इन पुत्रों को तुम्हारे संरक्षण में छोड़कर जा रहा हूँ। इनका ध्यान रखना। यह न हो कि मेरे पश्चात् ये लोग अपनी साधना छोड़ अपने-अपने घर चले जाएँ। यह दायित्व तेरा है कि इनकी साधना चलती रहे।"

"महाराज! आज आप कैसी बातें कर रहे हैं?" नरेन्द्र बोला, "आप स्वयं हमारे साथ रहिए। मेरा और मेरे इन गुरुभाइयों का शिक्षण कीजिए। हमारे आध्यात्मिक विकास को अपने हाथों आगे बढ़ाइए।"

ठाकुर ने अपना हाथ उठाकर उसे आगे बोलने से रोक दिया, किंतु वे स्वयं भी कुछ नहीं बोले। उन्होंने हाथ अपने कंठ पर रखकर बताया कि वे कष्ट में हैं और बोल नहीं सकेंगे।

ठाकुर ने हाथ के संकेत से लाटू से लिखने की सामग्री माँगी। इसका अर्थ था कि वे अभी कुछ कहना तो चाहते थे किंतु बोल न सकने के कारण उन्हें लिखकर कहना पड़

रहा था।

लाटू लेखन-सामग्री ले आया तो ठाकुर ने लिखा, 'नरेन अपने गुरुभाइयों का शिक्षण करेगा।'

सारे गुरुभाइयों ने निकट आ झुककर अपने गुरु का लिखित आदेश पढ़ा।

नरेन्द्र जैसे तड़पकर बोला, "मैं नहीं करूँगा।"

"तुम्हें करना पड़ेगा।" ठाकुर ने पुनः लिखा, "समय आने पर मेरी सिद्धियाँ तुम्हारे माध्यम से अभिव्यक्त होंगी।"

उन्होंने लेखन-सामग्री लाटू को पकड़ा दी। इसका अर्थ था कि अब वे कोई चर्चा नहीं करेंगे। जो कुछ कहना था उन्होंने अंतिम रूप से कह दिया था।

संध्या-समय उन्होंने नरेन्द्र को बुलाने के लिए कहा। नरेन्द्र आया तो ठाकुर ने शेष लोगों को संकेत से बाहर जाने के लिए कह दिया।

कमरे के कपाट भीतर से बंद कर नरेन्द्र ठाकुर के निकट आया तो बोले, "ध्यान के लिए पद्मासन लगाकर बैठ जा।"

नरेन्द्र पद्मासन लगाकर उनकी ओर देखने लगा।

"आँखें मूँदकर ध्यान कर।" ठाकुर बोले।

नरेन्द्र ने आँखें मूँदने से पहले देखा कि ठाकुर भी समाधिस्थ होने की तैयारी में हैं। उसने आँखें बंद कीं, तो सदा के समान वृत्तियाँ अंतर्मुखी हो गईं; किंतु बाह्य चेतना के लुप्त होने से पहले उसे लगा कि उसके पिछले अनुभवों से आज का अनुभव कुछ भिन्न था। उसके सारे शरीर में फिर से विद्युत् की धारा प्रवेश कर रही थी। विद्युत् की धारा का-सा अनुभव उसने पहले भी कई बार किया था, किंतु वह उसके अपने शरीर के भीतर का अनुभव था। यह धारा तो जैसे बाहर से उसमें प्रवेश कर रही थी और उसके अपने शरीर का अंग बनती जा रही थी। यह उसे समाधि की ओर नहीं, अचेतावस्था की ओर ले जा रही थी।

नरेन्द्र का मन हुआ कि वह आँखें खोल दे और देखे कि यह सब क्या है। कहीं ठाकुर कोई और प्रयोग तो नहीं कर रहे किंतु नरेन्द्र की इंद्रियाँ जैसे उसके अपने नियंत्रण में ही नहीं थीं। उसकी आँखें न उसकी इच्छा से खुल रही थीं, न बंद हो रही थीं। वह तो अचेत और असहाय होता जा रहा था।

नरेन्द्र की चेतना लौटी। उसे स्मरण हो आया कि ठाकुर ने उसे ध्यान करने के लिए बैठने को कहा था। किंतु उसका तो जैसे ध्यान नहीं टूटा था, मूर्च्छा टूटी थी। वह ध्यान की भूमि से नीचे नहीं उतरा था, संज्ञाहीनता से अकस्मात् संज्ञा के क्षेत्र में आया था।

उसने आँखें खोली। उसके सम्मुख, अपने बिस्तर पर ठाकुर तकियों के सहारे सर्वथा हताश और ऊर्जाशून्य लेटे नहीं, पड़े हुए थे। क्रमशः वह सजग हुआ। उसके मन में प्रश्न

जागने लगे–कैसे पड़े हैं ठाकुर! जैसे उनके शरीर का सत्त्व किसी ने निचोड़ लिया हो। और यह क्या? उनकी आँखों से तो अश्रु बह रहे थे। क्या उनकी व्यथा असहनीय हो गई है? किंतु न तो वे कराह रहे थे, न उन्होंने अपनी इस पीड़ा में उसे जगाया या किसी और को बुलाया था। तो ठाकुर रो क्यों रहे थे?

"क्या हुआ महाराज?"

ठाकुर ने न अपने अश्रु छिपाए, न अपना भाव। गले में फँसती हुई आवाज में बोले, "नरेन! आज मैंने अपना सर्वस्व तुम्हें दे डाला। जो माँ इस शरीर में निवास करती थीं, वे आज से तुझमें निवास करेंगी। मैं तो फकीर हो गया रे!"

नरेन्द्र अवाक् बैठा अपने गुरु को देखता रह गया। उसके मुख से एक शब्द भी नहीं निकला।

ठाकुर का जीवन यातना का पर्याय बन गया था। दिन-भर पीड़ा और कराह। खाना-पीना लगभग असंभव हो गया था। बोलने में भी कम कष्ट नहीं था, किंतु इच्छा और आवश्यकता होने पर किसी-किसी समय ठाकुर दो-चार वाक्य बोल ही लेते थे, किसी समय लेखन-सामग्री माँगकर कुछ लिख देते थे और किसी समय सर्वथा मौन रह जाते थे।

ठाकुर की कराह बीच में ही रुक गई। उन्होंने करवट बदली। नरेन्द्र की ओर देखा और बोले "नरेन! तुझे अब भी विश्वास नहीं है? सत्य मान, जो राम था, जो कृष्ण था–वह ही इस शरीर में रामकृष्ण है।" उन्होंने रुककर नरेन्द्र को देखा, "तुम्हारे वेदांतिक चिंतन के अनुरूप नहीं, वैसे ही।"

नरेन्द्र स्तब्ध भी था और अवाक् भी। और क्या प्रमाण चाहिए था उसे?

76

15 अगस्त, 1886 की संध्या को डॉ. नवीन पाल, ठाकुर को देखने के लिए आए।

"मेरा कष्ट अब पराकाष्ठा पर है।" ठाकुर ने कहा, "किसी भी औषधि से कोई लाभ नहीं हो रहा।"

"देखूँ तो।" डॉ. नवीन पाल ने उनका नाड़ी-परीक्षण किया, "और क्या लगता है आपको?"

"देग भर-भरकर चावल और मसूर की दाल खाने को मन करता है।" ठाकुर बोले।

"हूँ।"

डॉ. नवीन पाल ने बदल-बदलकर कई औषधियाँ दीं, किंतु किसी से कोई लाभ नहीं हुआ।

गोधूलि से कुछ पहले ठाकुर ने व्याकुलता से इधर-उधर देखा।

"क्या चाहिए महाराज?" नरेन्द्र ने पूछा।

"मुझे साँस लेने में कठिनाई हो रही है।" ठाकुर ने अटक-अटककर कहा।

"डॉक्टर को बुलाएँ महाराज?" शशि और राखाल ने पूछा।

ठाकुर ने कोई उत्तर नहीं दिया। उनकी आँखें मुँद गईं। श्वास-प्रक्रिया कुछ नियमित हो गई, और वे समाधिस्थ हो गए।

समाधि में डॉक्टर को बुलाने का कोई अर्थ नहीं था।

"हम लोग 'हरि ॐ तत् सत्' का उच्चारण करें।" नरेन्द्र ने कहा।

'हरि ॐ तत् सत्' का कीर्तन आरंभ हो गया। वे लोग बिना रुके, निरंतर सस्वर कीर्तन करते रहे।

मध्य रात्रि के कुछ बाद, ठाकुर में बाह्य चेतना लौटने के कुछ लक्षण दिखाई दिए। शिष्यों में प्रसन्नता की लहर दौड़ गई। ठाकुर समाधि में ही थे। भय की कोई बात नहीं थी।

उन्होंने उठने का प्रयत्न किया। उन्हें पाँच-छह तकियों के सहारे बैठाया गया। शशि अब भी उनके पीछे बैठा, उन्हें सुविधापूर्वक बैठने में सहायता कर रहा था।

"मुझे भूख लगी है।" ठाकुर ने बहुत धीरे से कहा।

शिष्य तत्काल दौड़े। श्रीमाँ ने दलिया गर्म करके दिया। ठाकुर ने थोड़ा-सा दलिया खाया और बर्तन पीछे हटा दिया।

वे तकियों के सहारे कुछ सीधे होकर बैठे और नरेन्द्र को निकट आने का संकेत किया।

नरेन्द्र उनके एकदम निकट आ गया। वे बहुत धीरे बोल रहे थे। नरेन्द्र सुन नहीं पा रहा था। शशि, जो उनकी पीठ से सटा बैठा था, उसे भी कुछ सुनाई नहीं दे रहा था।

नरेन्द्र ने अपना काम उनके मुख से लगभग सटा दिया।

"मेरे शिष्यों का ध्यान रखना।" ठाकुर जैसे फुसफुसाकर, किंतु स्पष्ट स्वर में कह रहे थे, "अब कभी संशय मत करना। वैसे मैं तुमसे दूर नहीं। पर काम तुम्हें ही करना है। अपना लक्ष्य याद रखना। यह माँ का कार्य है। माँ का।"

ठाकुर रुके। कुछ सीधे हुए और बोले, "जय माँ काली! जय माँ काली! जय माँ काली!"

उन्होंने संकेत से लेटने की इच्छा प्रकट की। शिष्यों ने सहारा दिया, और वे धीरे से लेट गए।

एक बजकर दो मिनट पर उनके शरीर में हलका-सा स्पंदन हुआ, उनके रोम खड़े हो गए, पुतलियाँ नासिकाग्र पर केंद्रित हो गईं, चेहरे पर दिव्य मुस्कान आई और वे पुनः समाधिस्थ हो गए।

'हरि ॐ तत् सत्' का उच्चारण पुनः आरंभ हो गया। कीर्तन चलता रहा। रात का अंधकार हल्का सलेटी हआ। आकाश पर लालिमा के लक्षण त्रकट हो रहे थे।

"हमें श्रीमाँ को सूचना दे देनी चाहिए।" नरेन्द्र बोला।

"ठाकुर की समाधि की सूचना?" लाटू ने कहा, "ठाकुर तो तीन-तीन दिन समाधि

में बैठे रहते थे।"

"वह ठीक है।" नरेन्द्र बोला, "फिर भी श्रीमाँ को सूचना दो। किसी को भेजो, दक्षिणेश्वर से रामलाल दादा को बुला लाए।"

श्रीमाँ सीढ़ियाँ चढ़कर ऊपर आईं और ठाकुर के निकट बैठ गईं। उन्होंने थोड़ी देर मौन रहकर ठाकुर को देखा और फिर जैसे उनके मुख से चीत्कार फूटा, "माँ! तुम कहाँ चली गईं माँ!" उनकी आँखों से अश्रु बह रहे थे।

शिष्यों के कलेजे जैसे स्तब्ध रह गए। श्रीमाँ क्या कह रही हैं! तो क्या सचमुच ठाकुर चले गए? श्रीमाँ उन्हें 'माँ' कहकर संबोधित कर रही थीं।

77

नरेन्द्र घर पर ही था।

सुरेंद्र को इस प्रकार अपने द्वार पर आया देखकर चकित हो गया, "मित्र मोशाय आप यहाँ?"

"क्यों? क्या मैं यहाँ नहीं आ सकता?"

"आप तो आ सकते हैं, पर मैं बुला नहीं सकता।"

सुरेंद्र बैठ गए, "ठाकुर आए थे, मेरे ध्यान में। पूछ रहे थे, नरेन्द्र क्या कर रहा है? वे मुझे कुछ आदेश दे गए हैं।" वे रुके, "अब तुम्हारी क्या योजना है?"

"मित्र मोशाय! कुछ बातें मेरे मन में उभर रही हैं। और मुझे अपने भविष्य का कुछ आभास हो रहा है। मेरे परिवार की जो स्थिति है, वह तो आप जानते ही हैं।" उसने रुककर कुछ क्षण सुरेंद्र को देखा, "संसार त्यागने की अपनी सारी व्याकुलता के बावजूद मेरे मन में एक कल्पना थी कि कानून की पढ़ाई कर किसी नौकरी अथवा प्रैक्टिस से मैं अपनी माता और भाइयों की जीविका का प्रबंध कर संन्यास लूँगा। किंतु आप जानते हैं, मैंने कानून की पढ़ाई त्याग दी है। अब मैं गीता और उपनिषद् ही पढ़ता हूँ। इसका अर्थ है कि अब मैं कोई नौकरी नहीं करूँगा। प्रैक्टिस नहीं करूँगा। परिवार की किसी नियमित आय का कोई साधन मेरे माध्यम से नहीं होगा।"

"तो?"

"ठाकुर ने कहा था, जब तक उन्होंने देह धारण कर रखी है, तब तक मैं संसार न त्यागूँ। अब ठाकुर ने देह त्याग दी है, इसलिए मेरे संसार त्यागने का समय भी आ गया है।" नरेन्द्र बोला, "अपने परिवार के लिए अन्न-वस्त्र की कोई स्थायी व्यवस्था मेरे मन में नहीं है, इसलिए उन्हें भगवान के भरोसे ही छोड़ना होगा। सोचता हूँ, मैं गृह-त्याग कर दूँ और यहाँ से कहीं चला जाऊँ।"

"कहाँ जाओगे?"

"कहीं भी। जहाँ एकांत हो, साधना की सुविधा हो।"

सुरेंद्र ने एक भरपूर दृष्टि उस पर डाली और बोले, "तुम कहाँ जाओगे? मैं एक

मकान किराए पर ले लेता हूँ। तुम वहाँ रहो, ठाकुर के संन्यासी शिष्यों को भी वहाँ एकत्रित करो। उसे तुम लोग ठाकुर का मंदिर बना दो। हम गृहस्थ भी यदा कदा वहाँ जाकर, तुम्हारे आनंद के सहभागी होकर अपने मन की शांति पाएँगे।"

नरेन्द्र ने उसे सुखद आश्चर्य से देखा, जैसे उसपर विश्वास न कर पा रहा हो, "अच्छी तरह सोच लिया है न? इतने लोगों के रहने का खर्च तो होगा। फिर राम दादा।"

"राम का इसमें कोई काम नहीं है।" सुरेंद्र अपेक्षाकृत दृढ़ स्वर में बोले, "मैं काशीपुर वाले मकान पर ठाकुर के लिए एक निश्चित राशि खर्च करता ही था। अब वही राशि मैं तुम्हें दे दिया करूँगा।" उन्होंने रुककर नरेन्द्र को देखा, "तुम लोगों को कोई हिसाब नहीं लिखना होगा, कोई तुमसे खर्च के विषय में नहीं पूछेगा।"

"राम दादा भी नहीं?"

"राम तो बिल्कुल ही नहीं।"

78

प्रातः नरेन्द्र घर से निकलने लगा तो भुवनेश्वरी ने टोक दिया, "कहाँ जा रहा है तू?"

"काम से जा रहा हूँ माँ!"

"क्या काम है तुझे, जिसके लिए सुबह-सुबह घर से निकल जाता है और रात गए देर तक कलकत्ता की सड़कों पर भटकता फिरता है?"

"भटकना भी बहुत बड़ा काम है माँ!" नरेन्द्र मुस्करा रहा था, "तुम्हें मालूम है, शंकराचार्य कितना भटके थे? यदि वे उतना न भटकते तो शायद कभी शंकराचार्य न बनते। और देखो माँ, राम तो चौदह वर्ष भटक-भटककर अवतार ही बन गए।"

"मैं तेरी इस कला से बहुत परिचित हो चुकी हूँ और तू इस कला से लोकप्रिय नहीं हो रहा है। लोगों को तेरी सूरत से भी वितृष्णा होने लगी है।"

नरेन्द्र आकर भुवनेश्वरी के पास बैठ गया, "देख रहा हूँ कि तुम्हारे जासूस सारे नगर में फैले हैं। मैं कब, कहाँ क्या करता हूँ, इसकी सूचना तुम्हें मिलती रहती है। पर यह सूचना तो मेरे लिए भी नई है कि लोगों को मेरी सूरत से भी वितृष्णा होने लगी है। तुम्हें यह सूचना किसने दी माँ?"

"चल! अब बहुत बन मत।" भुवनेश्वरी ने उसे स्नेहपूर्वक डाँटा, "तू क्या शशि और शरत् के घर नहीं गया था?"

"गया था माँ!" नरेन्द्र बोला, "मैं तो अपने गुरुभाइयों के घर जाता ही रहता हूँ।"

"जाता तो रहता है," भुवनेश्वरी बोली, "पर क्या तूने कभी यह भी विचार किया है कि वह समय किसी भले आदमी के घर जाने का है भी या नहीं? किसके घर कितनी देर बैठना चाहिए, क्या यह भी कभी सोचा है तूने? किसी के लड़के को रात देर तक सड़क पर टहलाते हुए उपदेश देते रहना क्या उचित है?"

"इसमें उचित-अनुचित की बात कहाँ से आई माँ?" नरेन्द्र बोला, "जब वे मेरे साथ धूनी जलाकर उसके चारों ओर बैठ सारी रात वेदांत-चर्चा करते थे, तब तो किसी ने नहीं

सोचा कि वह उचित है या नहीं। जब वे दक्षिणेश्वर के किसी वृक्ष के नीचे मेरे साथ बैठकर सारी रात ध्यान करते थे, तब तो किसी ने नहीं कहा कि वह सब अनुचित था। जब ठाकुर की शय्या के साथ लगे, हम सारी रात उनका उपदेश सुनते थे और निर्देशानुसार साधना करते थे, तब तो तुम्हारा यह औचित्य हमारे आड़े कभी नहीं आया।"

"वे दिन और थे बीले!" भुवनेश्वरी ने बहुत दिनों के पश्चात् नरेन्द्र को उसके शैशव के नाम से पुकारा था, "अब वे लड़के पुनः घर लौट आए हैं। उन्होंने अपने स्कूल-कॉलेज की शिक्षा आरंभ कर दी है। उनके माता-पिता नहीं चाहते कि वे लोग पुनः घर छोड़ जाएं। तुम उनकी शिक्षा के लिए विघ्न-स्वरूप हो। घण्टों उनके पास बैठकर अनर्गल बातों से उनका समय नष्ट करते हो।"

"मैं तो अपने पिछले दिनों की चर्चा करता हूँ। ठाकुर के जीवन की घटनाएँ सुनाता हूँ।" नरेन्द्र बोला, "और उन्हें समझाता हूँ कि इस शिक्षा से कुछ नहीं होगा। यह सारी सांसारिक शिक्षा माया का अंधकार है, जो उन्हें वास्तविक ज्ञान और ईश्वर से दूर कर रही है।"

"तू चाहता है कि वे लोग अपनी पढ़ाई छोड़ दें? डिग्रियों का मोह त्याग दें?"

"हाँ, माँ!" नरेन्द्र बोला, "यह सब अज्ञान है। सत्य तो केवल ठाकुर हैं।"

भुवनेश्वरी उसकी ओर देखती रहीं : यह लड़का समझता नहीं है या समझना नहीं चाहता? फिर बोली, "क्या यह सत्य नहीं है कि तुझे देखकर शरत् ने अपना द्वार बंद कर दिया था?"

"सत्य है माँ!"

"और तब तूने क्या किया?"

"मैं उसके कपाट तब तक पीटता चला गया, जब तक कि उसने घबराकर द्वार खोलकर मुझे भीतर नहीं बुला लिया।" नरेन्द्र जैसे अपनी सफलता पर उल्लसित हो उठा था।

"तू सचमुच पगला है बीले!" भुवनेश्वरी बोली, "कोई तेरा इतना अनादर और अपमान करता है, और तू उनके आध्यात्मिक उत्थान के प्रयत्न में लगा है। वे तेरा मुख नहीं देखना चाहते और तू उनको पारमार्थिक ज्ञान देने पर तुला है।"

नरेन्द्र के चेहरे से मुस्कान लुप्त हो गई। वह गंभीर हो उठा, "मान, अपमान, आदर, अनादर, सत्कार, धिक्कार–ये सब तो अहंकार की माया हैं माँ! एक बार अहंकार का विगलन कर कोई देखे तो इन द्वंद्वों का कोई अर्थ ही नहीं रह जाता। वे लोग मेरे गुरुभाई हैं माँ! मेरे मन में उनके प्रति सिवाय प्रेम के अन्य कोई भाव हो ही नहीं सकता। मैं उनका पतन कैसे देख सकता हूँ!"

"तू उनका उत्थान चाहता है?" भुवनेश्वरी ने उसे घूरकर देखा, "तू चाहता है कि सभ्य घरों के ये लड़के हाथ में कटोरा लेकर सड़कों पर आ जाएँ और द्वार-द्वार भीख माँगते फिरें?"

"यही उनका उत्थान है।"

"तेरे गुरु ने तो यह जीवन-पद्धति धारण नहीं की थी।"

नरेन्द्र खिलखिलाकर हँस पड़ा, "ठाकुर के अनेक गृहस्थ शिष्यों की यही मान्यता है कि ठाकुर ने संन्यास का उपदेश नहीं दिया, किंतु उनके संन्यासी शिष्य तो यह नहीं मानते। ठाकुर ने अपने किस शिष्य को क्या उपदेश दिया और कौन-सी विधि सुझाई, यह तो वह शिष्य ही जानता है।" उसने रुककर भुवनेश्वरी की ओर देखा, "अपने संन्यासी शिष्यों को उपदेश देते समय तो ठाकुर गृहस्थ शिष्यों को बाहर निकाल देते थे। वे क्या जानेंगे कि अपने संन्यासी शिष्यों को लेकर ठाकुर की क्या योजना थी।"

"तो तुम लोग अपने ठाकुर के उपदेश को किस रूप में साकार करना चाहते हो?" भुवनेश्वरी ने जैसे पहली बार वास्तविक जिज्ञासा की थी।

"ठाकुर के सारे संन्यासी शिष्य भी एकमत नहीं हैं माँ!" वह रुका, "कुछ तो यह मानते हैं कि एक मठ की स्थापना होनी चाहिए; किंतु मेरे गुरुभाई मानते हैं कि मठ हो या न हो, वे संन्यास लेंगे ही। वे परिव्राजक, भ्रमणशील घुमक्कड़ साधु का जीवन व्यतीत करेंगे और जीवित रहने के लिए द्वार-द्वार भीख माँगेंगे।"

"तू क्या चाहता है?" भुवनेश्वरी ने पूछा।

"मठ बन जाए, जो इन सारे संन्यासियों को मात्र भिखारी बनने से रोके। मेरे कुछ गुरुभाई मानते हैं कि उन्हें पहले ईश्वर-लाभ करना है और तब धर्मोपदेश और सेवा-कार्य।" नरेन्द्र कुछ क्षणों के लिए जैसे आत्मलीन होकर मौन हो गया और फिर अपनी अन्यमनस्कता तोड़ता हुआ बोला, "और मैं चाहता हूँ कि वे सारे संसार में ठाकुर के उपदेशों का प्रचार करें और अपने हृदय को पवित्र करने के लिए उन्हें तपस्या के रूप में मानव-सेवा करनी चाहिए। अंततः उसीसे उन्हें ईश्वर-लाभ होगा।"

भुवनेश्वरी को लगा कि वह फिर से अन्यमनस्क हो गया है और शायद किसी गंभीर चिंता में लीन है।

वह सिहर उठी। इस लड़के के भीतर वीरेश्वर महादेव ने क्या भर रखा है। इसकी आँखों का सम्मोहन, चेहरे का माधुर्य, वाणी की मिठास और तर्कों का इंद्रजाल किसी को भी अपने साथ बहा ले जाने में समर्थ है। इससे तो घर-गृहस्थी की, भाइयों के पालन-पोषण की, मकान के मुकदमे की चर्चा ही ठीक है। कहीं ऐसा न हो कि यह अपनी बातों से माँ के मन में भी वैराग्य जगा दे। कहीं भुवनेश्वरी का मन भी मचल गया तो महेंद्र और भूपेंद्र का क्या होगा? इसके गुरुभाइयों के अभिभावक इससे सत्य ही डरते हैं। यह तो उनके लड़कों को भगा ले जाने वाला जादूगर है।

79

वे लोग ताँगे में आ बैठे तो तारक ने पूछा, "कहाँ है मठ?"

"कलकत्ता और दक्षिणेश्वर के मध्य, वराहनगर में।" नरेन्द्र बोला, "गंगातट भी निकट है और काशीपुर का श्मशान घाट भी, जहाँ ठाकुर की अंत्येष्टि हुई थी।"

"अच्छा स्थान है।" तारक बोला, "किसने चुना?"

"कुछ भवनाथ ने और कुछ हमारी निर्धनता ने।"

"हाँ! भवनाथ तो वराहनगर में ही रहता है न!" तारक ने जैसे अपने आप को याद दिलाया, "और निर्धनता ने कैसे चुना?"

"किराया कम है।" राखाल ने कहा, "अधिक किराया हम दे नहीं सकते। दे सकते तो कदाचित् इससे अच्छा स्थान चुनते।"

"कितना किराया है?"

"ग्यारह रुपए मासिक।"

"अरे!" तारक चौंका, "काशीनगर के उद्यान-भवन का तो अस्सी रुपए था। इसका इतना कम क्यों? क्या बहुत छोटा स्थान है?"

"नहीं, इतना छोटा भी नहीं है।" नरेन्द्र ने उसे आश्वासन दिया, "निकट ही है। अब तुम सब कुछ अपनी आँखों से देख लेना।"

ताँगा जिस दो मंजिले मकान के सामने रुका, वह बाहर से सुनसान ही नहीं, उजाड़ भी लग रहा था।

"भवन तो टूट-फूटकर गिरने की प्रतीक्षा कर रहा है।" तारक बोला।

"मेरा तुमसे मतभेद है।" राखाल ने कहा, "मै मानता हूँ कि भवन गिरने की प्रतीक्षा नहीं कर रहा, गिरने को तत्पर बैठा है।"

"नहीं, भवन गिरने को आतुर है।" नरेन्द्र हँसकर बोला, "तुम्हें बहुत निराशा हुई?"

"नहीं! निराशा क्यों होगी!" तारक बोला, "हमें तपस्या के लिए कोई एकांत स्थान चाहिए, नवाब सिराजुद्दौला का महल तो चाहिए नहीं।"

"तो तुम्हें यहाँ पर्याप्त एकांत मिलेगा।" नरेन्द्र बोला।

"कलकत्ता से दूर है, इसलिए?"

"नहीं।"

"पुराना और उजाड़ भवन है, इसलिए?"

"नहीं।"

"श्मशान घाट के निकट है, इसलिए?"

"नहीं।"

"तो?"

"इसलिए कि यह भवन भुतहा माना जाता है।" नरेन्द्र बोला, "आसपास के लोगों की मान्यता है, जो शव काशीपुर श्मशान घाट में जलते हैं, उनकी आत्माएँ आकर इसी मकान में बस जाती हैं।"

"और अब तो उनकी मान्यता सच होने जा रही है।" राखाल बोला।

"क्यों?"

"क्योंकि तुम किसी भूत से कम तो हो नहीं।" वह हँसा।

"तुम चिंता मत करो," नरेन्द्र बोला, "मैं इसमें बहुत सारे भूत एकत्रित कर दूँगा।"

वे लोग ताँगे से उतरकर, टूटे फाटक से होते हुए मुख्य भवन के निकट आए।

"नीचे की मंजिल में साँप भी बहुत हैं और छिपकलियाँ भी।" नरेन्द्र बोला, "इन साँपों के कारण भी राजा इसे महादेव का साम्राज्य कहता है। इस साम्राज्य में अपने लिए स्थान बनाने के लिए कुछ सफाई करनी होगी, कुछ लड़ाई! यहाँ बसने वाले जीव-जंतु बहुत सुविधा से तो अपना अधिकार नहीं छोड़ेंगे!"

"अपना अधिकार कौन छोड़ता है।" तारक बोला, "और फिर हम तो किराएदार हैं, अनधिकृत घेर-घार करने वालों को कैसे रहने देंगे।"

"आओ, तुम्हें दिखाऊँ।" नरेन्द्र ऊपर चढ़ गया।

पूर्व के जिस कमरे के सम्मुख वह रुका, वह कुछ ठीक-टाक हालत में था।

"इस कमरे को हम ठाकुर का मंदिर बनाना चाहते हैं।" नरेन्द्र ने कहा।

"ठीक सोचा है।" तारक सहमत हो गया, "ठाकुर के रहने का कमरा तो कुछ ठीक-ठाक हो।"

बीच का मुख्य कमरा जीर्ण और ध्वस्तप्राय स्थिति में था। उसे रहने के योग्य किसी भी स्थिति में नहीं कहा जा सकता था।

"यह हमारा कमरा होगा।" नरेन्द्र बोला, "पसंद आया?"

"बहुत!" तारक मुस्कराया, "इतने बड़े कमरे की तो मैंने कल्पना भी नहीं की थी।"

"बाहर एक छज्जा भी है।" नरेन्द्र ने बताया, "किंतु वह क्षतिग्रस्त है। उधर कोई न ही जाए तो अच्छा है। इसीलिए उधर के कपाट बंद कर रखे हैं।"

वे लोग नीचे उतर आए।

"भवन के पश्चिम की ओर कभी उद्यान रहा होगा।" नरेंद्र उसी ओर मुड़ गया, "अब वह वन के समान हो गया है। बहुत दिनों से उसे किसी ने सँवारा नहीं है। झाड़ियाँ उग आई हैं। घास-पात ने सब जगह अपना अधिकार जमा लिया है। हमारी इच्छा होगी तो अपने श्रम से भगवान के सौंदर्य को अनुभव करने के लिए उसे उद्यान में बदल लेंगे अथवा तपस्या के लिए उसे और भी बीहड़ वन बन जाने देंगे।"

पश्चिम से होते हुए वे लोग भवन के पिछवाड़े में आ गए। यहाँ एक छोटा-सा पोखर था। उसपर इतनी काई जम चुकी थी कि पानी दिखाई नहीं पड़ता था। काई के साथ-साथ जो दूसरी चीज दृष्टि को अपनी ओर खींचती थी, वे थे मच्छरों के झुंड। पोखर न केवल मच्छरों की जन्म और पोषण का क्षेत्र था, वरन् वे वहाँ अनंत काल से परम स्वतंत्रता का आनंद भोग रहे थे।

"पहली दृष्टि में मुझे यह बहुत भयानक स्थान लगा।" नरेन्द्र बोला, "फिर मैंने सोचा कि महाकाल और महाकाली के भक्तों के लिए इससे उत्तम स्थान दूसरा कोई नहीं हो सकता।"

"ठीक कहते हो।" राखाल ने उसका समर्थन किया।

टहलते-टहलते वे पुनः ऊपर के बड़े कमरे में आ गए।

"तुम कब से यहाँ रहना चाहते हो?" नरेन्द्र ने पूछा।

"मैं और कहीं जा ही नहीं रहा।" तारक बोला, "मैं तो इसी क्षण से यहीं रह रहा हूँ।"

"हम कलकत्ता लौटकर गोपाल दादा को भेज देते हैं।" नरेन्द्र बोला, "वे भी आज से यहीं रहेंगे। छोटे गोपाल को सूचना दे देते हैं, वह ठाकुर का बिस्तर, उनके बर्तन तथा उनकी अन्य वस्तुएँ बलराम के घर से यहीं ले आएगा।"

"काली को भी सूचना दे दो।" तारक बोला, "वह भी शीघ्र ही आ जाएगा।"

"क्यों, क्या वह श्रीमाँ के साथ नहीं लौटेगा?" राखाल ने पूछा।

"नहीं! वह तो वृंदावन पहुँचकर ही पृथक् हो गया था।" तारक ने बताया, "श्रीमाँ तो अभी कुछ समय और रहेंगी। फिर शायद वे तीर्थाटन करती हुई लौटेंगी। काली उतनी देर कलकत्ता से बाहर नहीं रहेगा।"

"ठीक है। उसे भी सूचित कर देते हैं।" नरेन्द्र ने कहा, "वह अपने कार्यक्रम के अनुसार लौट आएगा।"

"और गंगाधर?"

"गंगा शायद तिब्बत की ओर निकल गया है।" राखाल बोला, "कुछ ऐसी ही सूचना है। पर जब भी लौटेगा, मठ में ही आएगा।"

"अच्छा, एक सूचना और है।" नरेन्द्र ने तारक से कहा, "मठ के लिए एक रसोइया भी नियुक्त किया गया है।"

"साधु-संन्यासी क्या नौकर-चाकर रखेंगे?" तारक ने पूछा।

"साधु-संन्यासी दिन-भर चूल्हा-चौका करते रहेंगे, तो तपस्या कब करेंगे? इसी विचार से सुरेंद्रनाथ मित्र ने मठ के लिए एक रसोइये की नियुक्ति कर दी है।"

"कितने रुपयों पर नियुक्त हुआ है वह?" तारक ने पूछा।

"क्यों, क्या तुमको अपने लिए चाहिए वह नियुक्ति?" नरेन्द्र हँसा, "छह रुपए मासिक लेगा। उसका नाम भी शशि है। आएगा तो शेष प्रश्न उससे पूछ लेना।"

80

"क्या बात है?" सुरेंद्र बाबू बोले, "अचानक ही उठ खड़े हुए?"

"शरत् और शशि के पास भी जाऊँगा।" नरेन्द्र बोला, "जानता हूँ, अभी उन्हें आकर मठ में रहने के लिए सहमत नहीं कर सकता, किंतु उन्हें मठ में आकर अपने गुरुभाइयों से मिलने का निमंत्रण तो दे आऊँ।"

"नरेन!" सुरेंद्र ने अत्यंत गंभीर स्वर में कहा, "तुम जानते हो कि जो कुछ तुम कर रहे हो, उसमें कितना जोखिम है?"

"जोखिम? जोखिम कैसा?" नरेन्द्र हँस रहा था।

"ठाकुर के देह-त्याग पर शारदाप्रसन्न के पिता ने प्रसन्नतापूर्वक हँसते हुए कहा था, 'मैंने कालीघाट पर जाकर जाप किया था, तभी तो ऐसा हुआ।" सुरेंद्र बोले।

"यह सब बकवास है।" नरेन्द्र ने उत्तर दिया, "किसी के जाप से ठाकुर का कोई अनिष्ट नहीं हो सकता।"

"वह तो मैं भी जानता हूँ।" सुरेंद्र ने कहा, "मैं तो केवल इतना बता रहा हूँ कि जिन लड़कों को तुम मठ में लाने का प्रयत्न कर रहे हो, उनके माता-पिता और अभिभावक इस सीमा तक भी जा सकते हैं। जो लोग ठाकुर की मृत्यु की कामना कर सकते हैं, वे तुम्हारा अनिष्ट नहीं चाहेंगे?"

"सुरेन बाबू! अब मैं अपना इष्ट देखूँ कि अपने गुरुभाइयों का?" नरेन्द्र हँसा, "आज तक मैं अपनी माँ का ही मोह दूर नहीं कर पाया तो अपने गुरुभाइयों के परिवारजनों का मोह कैसे दूर कर सकता हूँ। किंतु अपने गुरुभाइयों का मोह तो मुझे दूर करना ही है।"

"मैंने सुना है कि शशि के पिता भी तुम्हें बहुत कोस रहे हैं कि तुम उनके अच्छे-भले लड़के को नष्ट करने पर तुले हो।" सुरेंद्र अब भी चिंतित था।

"हम घर जारा आपना, लिया मुराड़ा हाथ। अब घर जारूँ तासू का, जो चलै हमारे साथ।।" नरेन्द्र हँसता हुआ उठ खड़ा हुआ, "अब चलूँ।"

"सावधान रहना।"

शरत् ने कपाट खोले और उन्हें कमरे के भीतर बैठाया। नरेन्द्र के लिए यह पर्याप्त सुखद अनुभव था, पिछली बार तो कपाट ही नहीं खुले थे।

"कैसे हो तुम लोग?" शरत् ने पूछा।

"आनंद में हैं।" काली बोला, "ध्यान करते हैं, पूजा करते हैं, अध्ययन करते हैं, चर्चा करते हैं और भजन गाते हैं।"

शरत् कुछ हत्प्रभ-सा दीख रहा था। उसने अपनी जिह्वा से तो कुछ नहीं कहा, किंतु उसकी आँखें जैसे अपनी पीड़ा और वंचना की कथा स्पष्ट कह रही थीं।

"कौन करवाता है यह सब तुमसे? ठाकुर तो अब हैं नहीं।" शशि ने कमरे में प्रवेश करते हुए कहा।

"ठाकुर ने हम सबके सामने नरेन्द्र को कहा था, 'मेरे बाद तुम अपने गुरुभाइयों को एक साथ रखना। यह न हो कि ये सांसारिक जीवन में लौट जाएँ।' " काली ने कहा।

"सब ठाकुर की कृपा है! वे ही सब कुछ चला रहे हैं। उनकी इच्छा है कि मठ की स्थापना हो और हम सब उसमें रहें और संन्यासी जीवन के आदर्श पर चलें।" नरेन्द्र ने कहा।

"पर तुम स्वयं तो मठ में रहते नहीं।" शशि बोला।

"मैं मठ में नहीं रहता।" नरेन्द्र बोला, "पर ठाकुर तो वहाँ रहते हैं।"

"ठाकुर वहाँ रहते हैं?" शशि जैसे अपने आपसे बोला।

"हाँ, ठाकुर वहाँ रहते हैं।" नरेन्द्र बोला, "मठ में प्रवेश करते ही, उनकी उपस्थिति का भान होता है। उनकी बातें स्मरण हो आती हैं।" नरेन्द्र ठाकुर के विचारों में डूब गया, "मेरे विवाह की बात सुनकर, माँ काली के पैर पकड़कर, वे रोए थे, 'माँ! वह सब फेर दे माँ! नरेन्द्र कहीं डूब न जाए।' "

"हाँ, प्रेम तो वे मुझसे भी बहुत करते थे।" शरत् की आँखों के सामने भी ठाकुर संबंधी अनेक दृश्य घूमने लगे थे।

"पिताजी का देहांत हो गया, माँ और भाइयों को भोजन तक की कठिनाई हो गई, तब मैं एक दिन अन्नदा गुहा के साथ उनके पास गया था।" नरेन्द्र बोला, "उन्होंने अन्नदा से कहा, 'नरेन्द्र के पिताजी का देहांत हो गया है। घर वालों को बड़ा कष्ट हो रहा है। इस समय यदि इष्ट मित्र उसकी सहायता करें, तो बड़ा अच्छा हो।' अन्नदा के चले जाने पर मैंने उनसे रोषपूर्वक कहा, 'आपने उनसे ये बातें क्यों कहीं?' वे रोने लगे। बोले, 'अरे, तेरे लिए मैं द्वार-द्वार भीख माँग सकता हूँ।' उन्होंने हम सबको अपने प्रेम के वशीभूत कर लिया था।"

"कहते तो ठीक हो।" शशि बोला, "पर अब वे मिलेंगे कहाँ? सब कुछ समाप्त हो गया।"

"कुछ भी समाप्त नहीं हुआ मूर्ख!" नरेन्द्र हँसकर बोला, "हम सबकी देह उनकी जीवित समाधि है। हमसे दूर नहीं हैं वे। मठ में जाकर देख तो सही, वे वहाँ हैं या नहीं।"

"मैं आज तुम्हारे साथ चलूँगा।" शशि बोला, "यदि वे वस्तुतः वहाँ हैं, तो मैं कैसा मूर्ख हूँ जो कलकत्ता विश्वविद्यालय से बी.ए. की उपाधि की याचना कर रहा हूँ।"

"चलूँगा तो मैं भी।" शरत् बोला, "किंतु रात को मठ में मुझे रोकना मत। बाबा..."

"तो चलो। मठ में जाने का अर्थ मठ में रह जाना तो नहीं है।" नरेन्द्र बोला, "अपने मित्रों से मिलो। मठ की दिनचर्या देखो। अपनी इच्छानुसार उसमें सम्मिलित होओ।"

काली की कथा से ऊब कर शशि बोला, "अच्छा! मुझे ठाकुर का मंदिर तो दिखाओ।"

"आओ! आओ!" छोटा गोपाल उत्सुकतापूर्वक सबसे आगे चला।

कमरे के द्वार पर आते ही सबके मन न केवल कुछ भारी हो गए, वरन् उनका सिर भी श्रद्धावनत हो गया।

शशि सबसे पहले ठाकुर की शय्या के निकट आया। उसने हाथ जोड़कर प्रणाम किया और हाथ बाँधे ससम्मान इस प्रकार खड़ा हो गया, जैसे ठाकुर स्वयं उस चारपाई पर लेटे हों। कुछ देर वह आत्मलीन-सा इस प्रकार मौन-मूक खड़ा रहा, जैसे कोई दर्शनार्थी मंदिर में आता है; और फिर इस प्रकार क्रियाशील हुआ, जैसे वह इस मंदिर का पुजारी

हो। उसने चारपाई को थोड़ा-सा खिसकाकर सीधा किया। लपेटकर रखे गए बिस्तर को खोलकर, एक-एक कपड़े को झाड़कर बिछाया, जैसे ठाकुर उसपर सोने के लिए आने वाले हों। उनके जूतों को चारपाई के निकट उस स्थान पर रखा, जहाँ ठाकुर चारपाई पर लेटते समय रखते थे। उनके बर्तन इत्यादि भी उसने सँवारकर एक ओर इस प्रकार लगा दिए, जैसे ठाकुर यहाँ रहते हों और उनके ये बर्तन प्रतिदिन प्रयोग में आते हों। और फिर उसने उनका चित्र लाकर चारपाई पर रख दिया। उसने भूमिष्ठ हो प्रणाम किया और कमरे से बाहर निकल आया।

सबने अनुभव किया कि शशि द्वारा सँवारे जाने पर उस कमरे का रूप ही बदल गया था। अब तक वह एक कमरा था, जहाँ ठाकुर का सामान रखा गया था और अब वह एक कमरा था, जिसमें ठाकुर निवास करते थे।

वे लोग कमरे से बाहर निकले तो शशि ने नरेन्द्र से कहा, "तुमने ठीक कहा था नरेन! मैंने मठ में आकर ठाकुर के अस्तित्व का अनुभव किया है। मैं कल से ठाकुर की पूरी सेवा करूँगा।"

"पूरी सेवा का अर्थ?" नरेन्द्र कुछ चकित था।

"ठाकुर का बिस्तर लगेगा। उनको भोग लगेगा। उनकी पूजा होगी। आरती होगी और उसी मंदिर में ध्यान किया जाएगा।" शशि बोला।

"यदि तुम यह सब करना चाहते हो तो तुम्हें प्रातः बहुत सवेरे आना पड़ेगा।" गोपाल दादा ने कहा।

" 'आना पड़ेगा' का क्या अर्थ है?" शशि बोला, "मैं घर जा ही नहीं रहा। मैं अब यहीं रहूँगा।"

"ओह शशि!" नरेन्द्र ने उसे भुजाओं में भर लिया, "तुमने सचमुच यहाँ ठाकुर का साक्षात्कार किया है। ठाकुर सचमुच हम पर बहुत कृपालु हैं।"

81

नरेन्द्र को बाबूराम के साथ कहीं जाने की चर्चा करते सुन निरंजन ने पूछा, "कहाँ जा रहे हो तुम लोग?"

"काकी के घर।" नरेन्द्र मुस्करा रहा था।

"काकी? जिनके साथ तुम्हारा जायदाद का मुकदमा चल रहा है?" काली ने पूछा।

"अरे, नहीं! उनके घर जाकर क्या करूँगा!" नरेन्द्र बोला, "एक और काकी हैं मेरी, उनके घर निमंत्रण है।"

"अच्छा! जो निमंत्रण भिजवा दे, वही काकी!" शशि हँसा, "संन्यासी के साथ बड़ी समस्या है, जो कोई कहलवा दे कि आकर भोजन कर जाओ, वही काकी हो जाती है।"

"नहीं, ऐसा कुछ नहीं है।" बाबूराम बोला, "नरेन्द्र मेरे साथ मेरे गाँव जा रहा है आँटपुर। माँ ने निमंत्रण भेजा था कि बड़े दिन की छुट्टियों में कुछ दिनों के लिए गाँव आ जाना।"

"ओह! तो बाबूराम महाशय की माँ नरेन्द्र की काकी कैसे हो गईं?" तारक भी वार्तालाप में आ मिला था।

"भूल हो गई भाई! कहना चाहिए था, माँ के पास जा रहा हूँ।" नरेन्द्र बोला, "बाबूराम की माँ, मेरी काकी कैसे हुईं, वे तो मेरी भी माँ हुईं।"

"अब ठीक है।" शशि बोला, "मैं भी माँ के पास, आँटपुर जाऊँगा। आखिर बाबूराम की माँ, मेरी भी तो माँ हुईं।"

"तो मेरी माँ क्यों नहीं हुईं?" काली ने पूछा।

"ओह-हो! तुम सबकी माँ हुईं।" नरेन्द्र बोला, "पर निमंत्रण तो मेरे लिए ही है।"

"माँ से निमंत्रण की क्या अपेक्षा?" शशि बोला, "मैं तो इसलिए जाऊँगा, क्योंकि मेरा मन हो रहा है।"

"जिस-जिसका मन है, सब चलो भाई!" बाबूराम बोला, "माँ ने कहा है, अपने मित्रों के साथ आना।"

"चौबीस मील की यात्रा है।" बाबूराम बोला, "पहले रेलगाड़ी से और फिर बैलगाड़ी से।"

"हमें डरा रहा है, संन्यासियों को?" गंगाधर हँसा, "हम जो अपने पैरों से पहाड़ों की चोटियों को सहमा आए हैं।"

"मैंने तो यूँ ही बता दिया।" बाबूराम अपनी रक्षा करता हुआ बोला, "यह न हो कि बाद में कहो, हमने तो सोचा था कि कलकत्ता ही जाना है।"

"पीछे मठ में कौन रहेगा?" नरेन्द्र ने पूछा।

"मठ में?"

"हाँ, मठ में। ठाकुर के पास कौन रहेगा?"

"पीछे मैं हूँ।" गोपाल दादा ने कहा, "सब लोग तो एक साथ जा नहीं सकते। जब भी जाना होगा, बारी-बारी जाना होगा।"

"मैं भी पीछे मठ में ठहरूँगा।" राखाल ने कहा।

"और मैं भी।" छोटा गोपाल बोला।

82

दिन-भर उन लोगों ने भजन-कीर्तन और ईश्वर-चर्चा की थी और संध्या-समय शारदाप्रसन्न को शिव और गंगाधर को पार्वती के रूप में सजाकर हर-गौरी उत्सव मनाया था।

रात के भोजन के पश्चात् उन्होंने बाहर खुले में धूनी रमाई और उसे चारों ओर से घेरकर बैठ गए। आकाश साफ था और धूनी में काठ के बड़े-बड़े टुकड़े जल रहे थे। दिसंबर का अंतिम सप्ताह होने पर भी धूनी के आसपास ठंड नहीं थी।

धूनी के निकट बैठते ही नरेन्द्र का मन जैसे सारी सांसारिकता धूनी में जला देना चाहता था। यह अग्नि, यह दाह, यह भस्म–ये सब त्याग और संन्यास के लक्षण थे। नरेन्द्र का मन इतना आतुर हो उठता था कि संसार में व्यर्थ जीवन व्यतीत करने के भाव

को वह सँभाल ही नहीं पा रहा था।

"हमारे जीवन का उद्देश्य मानव-सेवा होना चाहिए। हमें मानव-सेवा को ही आध्यात्मिक साधना मानना चाहिए।" नरेन्द्र की वाणी जैसे स्वयं त्याग की अग्नि थी, जो सारी आसक्ति को जला देना चाहती थी, "व्यर्थ की इस स्कूली पढ़ाई का क्या लाभ। एक क्षण के लिए भी हमारे मन को सांसारिक प्रलोभनों में आसक्त नहीं होना है। जीवन में एकमात्र सत्य ईश्वर का साक्षात्कार ही है। श्रीरामकृष्णदेव के जीवन का यही अर्थ है। हमें अवश्य ही ईश्वर का साक्षात्कार करना चाहिए।"

उसने अपनी आँखें मूँद लीं। यह संकेत था कि अब सब लोग ध्यान करेंगे। अतः सबने ही आँखें बंद कर लीं। कुछ ही क्षणों में वहाँ पूर्ण शांति हो गई। सबकी वृत्तियाँ अंतर्मुखी हो गईं। बाहरी परिवेश का उनके लिए कोई अस्तित्व नहीं था। न उन्हें दिसंबर की आधी रात की ठंडी हवा की चिंता थी, न धूनी में जलती अग्नि की लपलपाती जिह्वाओं की। वे सब ध्यानस्थ हो चुके थे।

ध्यान का सत्र लंबा चला। कई घंटे व्यतीत हो गए। नरेन्द्र ने आँखें खोली तो अन्य लोगों ने भी अपना ध्यान भंग किया, किंतु नरेन्द्र अपने स्थान से उठा नहीं। बोला, "मेरा मन हो रहा है कि आज हम नाज़रथ-पुत्र ईसा के जीवन की कुछ चर्चा करें।"

"अवश्य।" काली बोला, "इस समय तो जाकर सो जाना जैसे अपने आपको ही धोखा देना है।"

"ईश्वर का यह दूत मार्ग प्रदर्शित करने के लिए अवतीर्ण हुआ था। वे हमें बताने आए थे कि आत्मा बाह्याचार में नहीं है, गूढ़ दार्शनिक तर्क-वितर्कों से आत्मतत्त्व की उपलब्धि नहीं होती। अच्छा होता यदि तुम कोई पुस्तक न पढ़ते, अच्छा होता यदि तुम विद्याहीन होते। मुक्ति के लिए इन उपकरणों की आवश्यकता नहीं है, उसके लिए धन, ऐश्वर्य और उच्च पद की भी जरूरत नहीं है, यहाँ तक कि पांडित्य की भी आवश्यकता नहीं है। उसके लिए केवल एक वस्तु की आवश्यकता है—और वह है पवित्रता। 'पवित्र हृदय पुरुष धन्य हैं,' क्योंकि आत्मा स्वयं पवित्र है। अपवित्र हो भी कैसे सकती है! ईश्वर से ही उसका आविर्भाव हुआ है। वह ईश्वरप्रसूत है। बाइबिल के शब्दों में वह ईश्वर का निःश्वास है। कुरान की भाषा में वह ईश्वर की आत्मास्वरूप है। ईश्वरात्मा कभी अपवित्र हो सकती है? किंतु दुर्भाग्य से हमारे शुभाशुभ कार्यों के कारण वह मानो सदियों की मैल, सैकड़ों वर्षों की अशुद्धि और धूलि से आवृत है। हमारे नानाविध दुष्कर्म, नानाविध अन्यायपूर्ण कार्य शत-शत वर्षों से अज्ञानरूपी धूलि और मलिनता द्वारा उसके प्रकाश को मंद कर रहे हैं। केवल इस धूलि और मैल की तह को उस्पर से पोंछने भर की देर है कि आत्मा पुनः अपनी उज्ज्वल एवं दिव्य प्रभा से प्रकाशित हो जाएगी। 'पवित्र-हृदय व्यक्ति धन्य हैं, क्योंकि वे ईश-दर्शन करेंगे। महान स्वर्ग-राज्य तुम्हारे ही अंतर में विराजमान है।' और इसीलिए नाज़रथ का यह महान् पैगंबर पूछता है, 'जब स्वर्ग तुम्हारे अंतर में विराजमान है, तो उसे ढूँढ़ने अन्यत्र कहाँ जा रहे हो? अपनी आत्मा को

माँज-धोकर स्वच्छ करो, और वह तत्काल मिल जाएगा। वह तो पहले से ही तुम्हारा है। यदि वह तुम्हारा न होता तो तुम उसे कैसे पा सकते? तुम उसके अधिकारी हो। तुम अमरता के उत्तराधिकारी हो। तुम उस नित्य सनातन पिता की संतान हो।'" नरेन्द्र ने रुककर उन लोगों को देखा, "उसकी दूसरी शिक्षा है—त्याग, जो प्रायः सभी धर्मों का आधार है। आत्मशुद्धि कैसे प्राप्त की जा सकती है? त्याग द्वारा। एक धनी युवक ने एक बार ईसा से पूछा, 'प्रभु, अनंत जीवन की प्राप्ति के लिए मैं क्या करूँ?' ईसा बोले, 'तुझमें एक बड़ी कमी है। जाकर अपनी सारी संपत्ति बेच डाल। जो धन प्राप्त हो, उसे गरीबों को दे दे। तुझे स्वर्ग में अक्षय धन-संपदा प्राप्त होगी। उसके बाद क्रूस धारण कर मेरा अनुगमन कर।' धनी युवक यह सुनकर अत्यंत उदास हो गया और दुखी होकर चला गया, क्योंकि उसके पास विशाल संपत्ति थी : हम सब न्यूनाधिक अंशों में उसी युवक के समान हैं। रात-दिन हमारे कानों में यही वाणी ध्वनित होती रहती है। हम अपने आनंद और विषयोपभोग के क्षणों में सोचते हैं कि हम और सब कुछ भूल गए हैं, पर जब कभी क्षण-भर का विराम आता है, तो हमारे कानों में वही ध्वनि गूँजने लगती है, 'अपना सर्वस्व त्यागकर मेरा अनुसरण कर।' 'जो अपनी जीवन-रक्षा का प्रयत्न करेगा, वह उसे खो देगा, और जो मेरे लिए अपना जीवन खोएगा, वह उसे पा लेगा।' जो भी अपना जीवन उन्हें समर्पित कर देगा, वही अमृतत्व-लाभ करेगा, उसे ही अमरता वरण करेगी। हमारी समस्त दुर्बलता के बीच एक क्षण का विराम आ उपस्थित होता है और पुनः उसी वाणी की घोषणा हमारे कानों में शुरू हो जाती है, 'अपना सर्वस्व त्याग कर दे, उसे गरीबों को बाँट दे, और मेरा अनुगमन कर।' यही एक आदर्श है जिसकी ईसा मसीह ने शिक्षा दी है, जिसकी दुनिया के सभी पैगंबरों ने शिक्षा दी है। इस त्याग का क्या तात्पर्य है? त्याग का मर्म केवल यही है कि निःस्वार्थता ही नैतिकता का एकमेव आदर्श है। निःस्व बनो। पूर्ण निःस्वार्थपरता ही आदर्श है। यदि किसी ने तुम्हारे एक गाल पर थप्पड़ मार दिया है, तो दूसरा गाल भी उसकी ओर बढ़ा दो। यदि किसी ने तुम्हारा कोट छीन लिया है, तो तुम उसे अपना चोगा भी दे दो।"

नरेन्द्र चुप हो गया। उसके नेत्रों में अलौकिक तेज था, वाणी में दिव्य संगीत और हृदय में वैराग्य की धधकती अग्नि।

"तुम चाहते हो कि हम सब सर्वस्व त्यागकर, संन्यास ग्रहण करें?" बाबूराम ने पूछा।

"हाँ! यही चाहता हूँ।" नरेन्द्र का स्वर जैसे अपने नियंत्रण में न रहकर कहीं और से प्रेरित हो रहा था, "ठाकुर ने हमें संन्यास की दीक्षा दी थी। हमने भगवा धारण किया था। हम स्वयं को संन्यासी कहते भी हैं; किंतु हम फिर लौट-लौटकर संसार में चले जाते हैं। हम क्यों नहीं पूरे मन से त्यागियों का मार्ग अपनाते?"

धूनी अपनी पूरी प्रचंडता से जल रही थी। उसकी लपटों में उनके चेहरे चमक रहे थे।

"क्या हम ईश्वर को साक्षी मान आज ही संन्यास ग्रहण करने की शपथ लें?" नरेन्द्र ने पूछा।

"मैं तैयार हूँ।" शशि बोला।

'मैं भी।" काली ने कहा।

"मेरा विचार है कि हम सब मन से प्रस्तुत हैं।" तारक ने कहा, "आज, इसी क्षण हम संन्यास का संकल्प कर लें, और आज ही वह दिन और समय भी तय कर लें, जब हमें अपने मठ में औपचारिक रूप से, धर्म की दृष्टि से विधिवत् संन्यास ग्रहण करना है।"

"यह ठीक है।" काली बोला, "अन्य लोगों को भी सूचना भेज देते हैं। जिस-जिसको आना होगा, उस दिन तक आ जाएगा।"

"तुम सब सहमत हो भाइयो?" नरेन्द्र ने पूछा।

"सहमत हैं।" सबने हाथ उठा दिए।

"तो फिर संन्यासियों के स्वामी तारकेश्वर को साक्षी मानकर शपथ लो कि हम स्वेच्छा और अपने मन से संन्यास ग्रहण करते हैं।" नरेन्द्र ने कहा।

"हम स्वामी तारकेश्वर को साक्षी मानकर संन्यास की शपथ लेते हैं।" समवेत स्वर में उन सबने कहा।

नरेन्द्र ने हाथ जोड़कर आकाश की ओर देखा, "हमारी लाज रखना प्रभु!"

मातंगिनी देवी बाहर आईं, "तुमने यह शपथ आज ली है मेरे बच्चो! मेरा आशीर्वाद है! तुम्हारा ध्यान शायद इस ओर नहीं गया। 24 दिसंबर की रात व्यतीत हो चुकी, हम 25 दिसंबर के सवेरे की ओर बढ़ रहे हैं। आज बड़ा दिन है। प्रभु ईसा का जन्म आज के ही दिन हुआ था।"

"ओह! तभी परिवेश में ईसा की ऐसी जीवंत गंध थी।" नरेन्द्र बोला।

काली मंत्र बोलता गया। नरेन्द्र उन्हें दुहराता गया और अग्नि में आहुति डालता गया। अंततः उसने अपना पिंडदान किया।

होम पूरा हुआ तो काली बोला, "स्मरण रहे, तुमने संन्यास की विधिवत् दीक्षा ली है। अब तुम संन्यासी हो, परमहंस संन्यासी। तुम अपना श्राद्ध स्वयं अपने हाथों कर चुके। अपना पिंडदान कर चुके। अपने परिवार और समाज के लिए तुम मृतक समान हुए। तुम्हारी कोई जाति नहीं, गोत्र नहीं। तुम सामाजिक विधि-निषेध से मुक्त हुए। यज्ञोपवीत से मुक्त हुए। तुम किसी भी जाति अथवा धर्म के व्यक्ति का छुआ और पकाया हुआ भोजन खा सकते हो। तुमने सामाजिक विधि-निषेध को त्यागा, सामाजिक विधि-निषेध ने तुम्हें त्यागा। ॐ शिवाय नमः। ॐ गुरुवाय नमः।"

काली चुप हो गया।

तारक ने उसे कुछ चकित दृष्टि से देखा, "यह सब क्या है?"

"क्यों?" नरेन्द्र ने उत्तर दिया, "संन्यास की तो विधि यही है। इसमें चकित होने की क्या बात है?"

"मैं यह सब नहीं कर सकता। मैं अपने हाथों अपना श्राद्ध नहीं कर सकता।" तारक अपने सामने जैसे कुछ अकल्पनीय देख रहा था, "त्याग और तपस्या का जीवन जीना और बात है, और यह सब?"

नरेन्द्र ने संकेत किया।

काली ने पुनः मंत्र पढ़ने आरंभ किए। इस बार बाबूराम दीक्षा ले रहा था। उसके पश्चात् एक-एक कर शशि, शरत, राखाल, निरंजन और शारदा ने दीक्षा ली। सबसे अंत में काली को स्वयं नरेन्द्र ने दीक्षा दी।

वे लोग होम की अग्नि शांत कर ऊपर के बड़े कमरे में आए।

"मेरा विचार है नरेन, कि अब तुम सब लोगों को संन्यासियों के नए नाम भी दे दो।" शरत् ने कहा, "संन्यास की दीक्षा लेकर, जब पिछली प्रत्येक वस्तु और संबंध से नाता तोड़ लिया है, तो पुराना नाम ही क्यों रहे?"

"वैसे भी संन्यास के साथ नाम तो बदल ही जाता है।" काली बोला।

"बोलो, तुम्हें क्या नाम पसंद है काली?" नरेन्द्र ने पूछा।

"हमारे नेता के रूप में यह दायित्व तुम्हारा है।" काली बोला, "जो नाम तुम्हें रुचे, वही मुझे स्वीकार्य होगा।"

"चलो! तुम वेदांती हो, जीव और ब्रह्म का भेद स्वीकार नहीं करते, इसलिए तुम्हारा नाम अभेदानंद होगा।" नरेन्द्र ने कहा, "शरत्! तुम्हारा नाम शारदानंद। ठीक है?"

"ठीक है।"

"और शशि! तुम्हारा नाम?"

"रामकृष्णानंद।" शशि ने जैसे अपने लिए नाम सोच रखा था।

नरेन्द्र मौन रह गया, उसने स्वीकृति नहीं दी।

"क्यों, क्या बात है?" राखाल ने पूछा।

"यह नाम तो मैं अपने लिए सोच रहा था।" नरेन्द्र बोला, "चलो, इस पर फिर विचार करेंगे। राखाल का नाम ब्रह्मानंद। ठीक?"

"ठीक है।" राखाल ने स्वीकार किया।

"निरंजन का नाम निरंजनानंद और शारदाप्रसन्न का त्रिगुणातीतानंद।" नरेन्द्र ने सबके नाम प्रस्तावित कर दिए।

"और तुम्हारा?" राखाल ने पूछा।

"मेरा और शशि का तो अभी विवाद है न!"

"ओह! अच्छा नरेन! हम क्या परस्पर भी अपने नए नामों का प्रयोग करेंगे?" काली ने पूछा।

"यह तो तुम्हारी अपनी इच्छा पर है। वैसे इस विषय में दो-एक बातें विचारणीय हैं।" नरेन्द्र ने उन लोगों को देखा, "हमारा समाज संन्यासियों को सम्मान की दृष्टि से नहीं देखता–विशेषकर भगवाधारी संन्यासी बंगाल के लोगों को शायद एकदम ही स्वीकार्य नहीं हैं। वे या तो अबंगाली लँगोटीधारी, अथवा नागा साधुओं को जानते हैं, या श्वेत वस्त्रधारी वैष्णव वैरागियों को। सम्मान वे इन दोनों का भी नहीं करते, भिक्षा चाहे दे दें। शंकराचार्य के 'पुरी' साधुओं से उनका परिचय एकदम नहीं है। हमें तो वे एकदम ही समझ नहीं पाते।" वह पुनः रुका, "तुम्हें याद है, उस दिन जब हम लोग इसी कमरे में बैठे भजनों का आनंद उठा रहे थे, तो अनेक लोग अचानक ही हमारे कमरे में घुस आए थे और फिर बिना कोई कारण बताए लौट गए थे?"

"हाँ! हाँ!!" राखाल बोला, "कुछ मालूम हुआ, वह क्या था?"

"उन लोगों की धारणा थी कि हम सब लोग विलास और व्यभिचार के लिए यहाँ रहते हैं और संन्यास का पाखंड करते हैं।"

"कोई कारण?" शशि बोला, "कोई प्रमाण?"

"उस दिन शरत् गा रहा था। उसके स्वर का माधुर्य उन्हें नारी-कंठ का-सा आभास दे गया। बस, उन्हें प्रमाण मिल गया कि शायद कोई गणिका यहाँ गाने आई थी। वे दलबद्ध होकर हमें रँगे हाथों पकड़ने आए थे, पर प्रमाण न मिलने पर चुपचाप लौट गए।"

"तुमने उस दिन बताया होता तो मैं उनकी ऐसी पिटाई करता।" निरंजन बोला।

"हमने लोगों को पीटने के लिए संन्यास नहीं लिया है।" नरेन्द्र बोला, "हमें उनकी वृत्ति सुधारने का काम करना है। हमारा प्रयत्न होना चाहिए कि उनसे हमारी दूरी बढ़े नहीं। हम समाज-शत्रु न माने जाएँ। अभी हमें भगवा वस्त्र भी मठ के भीतर ही पहनना चाहिए। बाहर जाते हुए सामान्य वस्त्र ही पहनो, ताकि हम, लोगों की आँखों में न खटकें।"

"और नाम?"

"नाम का भी आवश्यकता के अनुसार ही प्रयोग करो।" वह बोला, "मेरे लिए एक बड़ी कठिनाई है। यद्यपि संन्यास ग्रहण करने के पश्चात् अपने परिवार से अब मेरा कोई संबंध नहीं रह गया है, किंतु मैं यह भूल नहीं सकता कि उनका मकान संबंधी मुकदमा चल रहा है। यदि मैंने वह मुकदमा छोड़ दिया तो उन्हें उसे लड़ने का कानूनी अधिकार ही नहीं रह जाएगा। यदि मेरे काका लोगों को मालूम हो गया कि मैंने संन्यास ग्रहण कर लिया है तो मुकदमे में उनका पहला तर्क यही होगा कि संन्यासी के रूप में जायदाद पर मेरा कोई अधिकार नहीं है। परिणाम यह होगा कि मेरी माँ और दोनों भाई सदा के लिए बेघर हो जाएंगे। इसलिए उनको मकान दिलवाने तक मुझे वह मुकदमा लड़ना होगा और उसे लड़ने के लिए मेरा नाम नरेन्द्रनाथ दत्त ही रहेगा। दूसरे किसी नाम से वह मुकदमा लड़ने का कानूनी अधिकार मुझे नहीं है।"

"ठाकुर की पूजा का समय हो गया।" शशि ने कहा, "मैं जा रहा हूँ।"

"अरे, शशि!" नरेन्द्र ने पुकारा।

"क्या बात है?" राखाल ने पूछा, "वह तो चला गया है।"

"अरे, उसे समझाओ! अब हम लोग परमहंस संन्यासी हैं। अब उस पूजा का अधिकार हमें नहीं है।" नरेन्द्र बोला।

"वह मानेगा क्या?" शरत् ने पूछा।

"मानेगा कैसे नहीं!" नरेन्द्र बोला और शशि के पीछे चल पड़ा।

पूजा के कमरे में पहुँचकर उन्होंने देखा कि शशि पूजा की तैयारी कर रहा था।

"शशि!"

शशि बोला नहीं, केवल आँखें उठाकर उसकी ओर देखा।

"अब हम संन्यासी हैं–परमहंस संन्यासी।" नरेन्द्र बोला, "अब हमें विधि-विधान की पूजा का अधिकार नहीं है। तुमने देखा नहीं, ठाकुर ने भी काली मंदिर का पुजारी-पद छोड़ दिया था।"

"यह पूजा का कमरा है, विवाद का नहीं।" शशि ने धीरे से कहा।

"इसे ठाकुर का कमरा रहने दो।" नरेन्द्र बोला, "पूजा की बात अब छोड़ दो। बहुत हो, तो ध्यान करने का काम यहीं कर लेंगे।"

"चुप रहो।" शशि का स्वर कुछ आवेशयुक्त हो गया था।

"तुम समझते क्यों नहीं!" नरेन्द्र उसके एकदम निकट चला गया, जैसे उसकी बाँह पकड़कर उसे खड़ा कर देगा, "प्रत्येक संकल्प की एक मर्यादा होती है। संन्यास का पालन इस अगंभीरता से नहीं होगा। कभी-कभार पूजा कर लेना भी और बात है।"

"चुप रहो।" शशि क्रोध से बोला।

"इसमें चिल्लाने की क्या बात है?" नरेन्द्र वैसे ही बोलता चला गया, "प्रतिदिन साधारण गृहस्थ के समान ऐसे ही पूजा कर, तुम परमहंस संन्यासियों को परिहास का पात्र

बनाना चाहते हो!" और नरेन्द्र ने सहज भाव से आगे बढ़कर शशि की पुष्पों की टोकरी उठा ली, जैसे उसकी पूजा को रोकने को वह भी दृढ़ संकल्प हो।

शशि ने आग्नेय नेत्रों से नरेन्द्र को देखा और उठ खड़ा हुआ। उसकी मुट्ठियाँ बँध गईं और दाँत भिंच गए। निश्चित् रूप से उसका क्रोध साधारण नहीं था।

और सहसा शशि ने आगे बढ़, नरेन्द्र के केश अपनी मुट्ठी में जकड़ लिए और उसे एक साथ घसीटता और धकेलता हुआ कमरे से बाहर ले गया।

सब लोग स्तब्ध खड़े रह गए। दो गुरुभाई कभी, किसी भी स्थिति में इस प्रकार परस्पर हाथापाई करेंगे, यह तो किसी ने सोचा भी नहीं था। किसी और के साथ होता तो फिर भी शायद ऐसी बात नहीं थी, किंतु नरेन्द्र के साथ।

नरेन्द्र को बाहर छोड़कर शशि कमरे में लौट आया। वह अपने आसन पर बैठ गया। ठाकुर का ध्यान किया। मन कुछ शांत हुआ। उसकी समझ में आया कि वह क्या कर बैठा है।

उसने भूमिष्ठ हो ठाकुर को प्रणाम किया और बाहर आया। नरेन्द्र सामने ही बैठा था। वह न रुष्ट लग रहा था, न क्रुद्ध ; बैठा मंद-मंद मुस्करा रहा था, जैसे अपनी किसी शरारत का आनंद उठा रहा हो...

शशि धीरे-धीरे उसके पास आया, "नरेन! मैं क्रोध में बहुत अशिष्ट हो उठा था। मुझे क्षमा करो।"

"जानते हो इस सारे समय मैं क्या सोच रहा था?"

"क्या सोच रहे थे? मुझे मठ से निकालने का निश्चय किया है क्या?" शशि ने पूछा।

"नहीं! मैं सोच रहा था," नरेन्द्र बोला, "कि चाहे तुमने विरजा होम करके संन्यास ग्रहण किया है, किंतु तुम्हारे लिए आदि से अंत तक ठाकुर ही ठाकुर हैं। और कुछ भी नहीं। इसलिए..."

"इसलिए क्या?"

"इसलिए रामकृष्णानंद तुम्हारा ही नाम रहेगा। तुम जैसा गुरुभक्त मिलना कठिन है। इस नाम पर केवल तुम्हारा ही अधिकार है। तुम हो स्वामी रामकृष्णानंद।"

"ओह! नरेन्द्र!" शशि उससे लिपट गया, "तुम अद्भुत हो।"

84

काली ने गीता का पाठ पूर्ण कर शांति-पाठ किया, "ॐ शांति! शांति!"

नरेन्द्र, शशि, शरत्, राखाल, शारदाप्रसन्न, बाबूराम–सब लोग अपने-अपने वाद्य-यंत्र सँभालकर, नृत्य और संगीत के साथ, बिल्व-वृक्ष की परिक्रमा करने लगे। उनके गीत के बीच-बीच में एक स्वर 'शिव गुरु! शिव गुरु!' का जाप भी कर रहा था।

कृष्ण पक्ष की चतुर्दशी थी। रात्रि गंभीर होती चली गई। चारों ओर सघन अंधकार था और अखंड मौन। गेरुआ वस्त्र पहने हुए ये किशोर भक्त अनवरत जाप कर रहे थे,

‘शिव गुरु! शिव गुरु!’ उनके इस महामंत्र की ध्वनि जैसे मेघ के समान गंभीर रव उत्पन्न कर अनंत आकाश में गूँज रही थी।

उनकी पूजा समाप्त होते-होते, उषा का आभास होने लगा था। सघन और सर्वशक्तिमान अंधकार का वक्ष चीरकर प्रकाश फूटने ही वाला था। यही उपयुक्त समय था। मठ के सारे संन्यासियों ने ब्राह्म-मुहूर्त में गंगा-स्नान किया।

सवेरा हो गया।

स्नान कर सारे संन्यासी ठाकुर-मंदिर में प्रणाम कर ‘दानवों के कमरे’ में एकत्रित हुए। इस कमरे की दीवारों पर अनेक देवी-देवताओं के चित्र लगे हुए थे। क्रूसधारी ईसा का भी चित्र लगा हुआ था। एक कोने में एक चारपाई बिछी थी, किंतु उस पर बांग्ला, संस्कृत तथा अंग्रेजी की पुस्तकों का ढेर लगा था, और जो स्थान बच गया था, उस पर कुछ वाद्य-यंत्र रखे हुए थे। उसी के साथ दीवार पर एक तानपूरा लटक रहा था। संन्यासियों के सोने के लिए एक ओर पंक्तिबद्ध चटाइयाँ बिछी थीं। प्रत्येक चटाई पर एक छोटा-सा तकिया भी था।

नरेन्द्र ने नया गेरुआ वस्त्र धारण किया था। वस्त्र सुंदर था। उसके चेहरे पर तपस्या-संभूत पवित्र आभा थी। उसकी छवि में तेज और स्नेह का अद्‌भुत मिश्रण था। चौबीस वर्ष का वह युवा संन्यासी भौतिक और आध्यात्मिक—दोनों ही दृष्टियों से साधारण रूप से आकर्षक था।

“लाओ भाई! व्रत के पारण के लिए जो स्वर्गीय पदार्थ हैं, उन्हें प्रस्तुत करो।” नरेन्द्र ने कहा, “अब भूख असह्य हो गई है।”

महेंद्र गुप्त मन-ही-मन जैसे स्तब्ध रह गए : ये तपस्वी कल प्रातः से ही उपवास कर रहे थे। न दिन में कुछ खाया, न रात में। दिन में दैनंदिन कार्य कर, रातभर का जागरण किया है। मात्र जागरण ही नहीं किया, प्रायः सारी रात अखंड मंत्र-जाप किया है। अब स्नान करके आए हैं, तो भूख तो लगी ही होगी। और महेंद्र गुप्त ने तो एक बार भी नहीं सोचा कि मठ में इन लोगों को किसी पदार्थ की आवश्यकता होगी। वे भी तो कुछ फल या मिठाई ला सकते थे।

“व्रत-पारण के लिए क्या प्रबंध है?” उसने राखाल से पूछा।

“ओह! उसके लिए बलराम ने कल ही फल और मिष्टान्न इत्यादि भिजवा दिए थे।” राखाल बोला, “शशि के कठोर शासन और निरंजन की चौकसी में वह सब कुछ सुरक्षित है।”

“आपको भी मिलेगा।” नरेन्द्र बोला, “निश्‍चिंत रहें।”

शशि फल और मिठाई ले आया। उसने कमरे के मध्य में सामग्री रखते हुए कहा, “सब लोग पहले एक-एक फल खाओ और फिर मिष्टान्न।”

“धन्य हो बलराम! तुम धन्य हो।” नरेन्द्र बोला, “तुम्हें भी हमारी तपस्या का फल मिलेगा।”

"धन्य-धन्य! धन्य-धन्य!" तपस्वियों ने जैसे शोर मचा दिया। उनकी सारी गंभीरता जाने कहाँ विलीन हो गई थी। संयम और मर्यादा बालकों के खेल में परिणत हो गए। तपस्या पूरी हो गई थी और उत्सव आरंभ हो गया था।

नरेन्द्र ने फल खा लिया और बालक के समान उच्च स्वर में हँसा, "देखो! देखो! बलराम ने चाहे कितना ही बड़ा रसगुल्ला भिजवाया हो, मैं पूरा का पूरा रसगुल्ला एक बार में ही खा सकता हूँ।"

उसने एक रसगुल्ला उठाकर, पूरा-का-पूरा अपने मुँह में डाल लिया। रसगुल्ला बड़े आकार का था। पूरा रसगुल्ला मुँह में डालकर, उसे चबाने के लिए मुँह चलाना संभव नहीं था। लग रहा था कि नरेन्द्र रसगुल्ला मुँह में डालकर जैसे फँस गया था। चबाने में असफल हो, उसने साबुत रसगुल्ला निगलने का प्रयत्न किया। किंतु रसगुल्ला उसके कंठ में जा फँसा था। उसका शरीर एकदम निस्पंद हो गया। नेत्र निर्निमेष हो गए, जैसे साँस लेने में भी कठिनाई हो रही हो।

नरेन्द्र का शरीर ही नहीं, कमरे में उपस्थित सारे लोग ही निस्पंद हो गए। क्या हो गया है नरेन्द्र को? कहीं वह चकराकर गिर ही न पड़े। राखाल घबराकर उसे थामने के लिए आगे बढ़ा।

नरेन्द्र ने अपनी जिह्वा से रसगुल्ला बाएँ गाल की ओर धकेलकर कहा, "मैं तो एकदम ठीक हूँ भाई!"

कमरे में जोर का एक सम्मिलित ठहाका पड़ा और राखाल ने उसे घूँसा दिखाया, "दुष्ट कहीं का! मेरे तो प्राण ही खींच लिए।"

शशि ने मिठाई अपने हाथों में लेकर सबको बाँटनी आरंभ की, "जय श्री गुरु महाराज!"

सबने उसके पीछे हर्षपूर्वक जय-ध्वनि की, "जय श्री गुरु महाराज!"

85

शशि प्रायः भागता हुआ आया, "नरेन्द्र कहाँ है?"

"दानवों के कमरे में।" महेंद्र गुप्त ने बताया, "क्यों?"

"मेरे पिता आ रहे हैं।" शशि बोला, "वे मुझे पूछेंगे। मुझे नहीं पाएँगे तो नरेन्द्र को पूछेंगे। मिल जाएगा, तो उसे बुरा-भला कहेंगे। इसलिए मैं नहीं चाहता कि वे नरेन्द्र के सामने पड़ें।"

"तो तुम उन्हें रोक लेना।"

"मैं उन्हें मिल गया तो मुझे घसीटकर घर लौटा ले जाना चाहेंगे।" शशि बोला, "इसलिए मैं तो भाग रहा हूँ। आप प्रयत्न कीजिएगा की पिताजी नरेन्द्र से न मिल पाएँ। और जितनी जल्दी हो सके, उन्हें यहाँ से विदा कर दीजिएगा।"

शशि पीछे के दरवाजे से बाहर निकल गया।

महेंद्र गुप्त सीढ़ियों के पास आ खड़े हुए। शशि के पिता ऊपर आए। वे महेंद्र गुप्त

को जानते थे। फिर भी उसे सामने खड़ा देख बोले, "मैं शशिभूषण का पिता हूँ, ईश्वरचंद्र! मुझे पहचानते हैं न?"

"हाँ-हाँ। क्यों नहीं? आपसे पहले भी भेंट हुई है।"

"शशि कहाँ है?"

"शशि तो मठ में नहीं है।" महेंद्र गुप्त बोले, "आइए। पधारिए।"

महेंद्र गुप्त उन्हें काली के कमरे में ले गए, "कैसे आए आप?"

ईश्वरचंद्र थोड़ी देर स्वयं को संयत करते रहे, फिर बोले, "अपने बेटे को मिलने आया हूँ। हर बार यह आशा लेकर आता हूँ कि वह मिल जाएगा तो उसे घर ले जाऊँगा। अब यह समय उससे कुछ सेवा पाने का है, या उसके पीछे घूमने का? निर्धन व्यक्ति हूँ। अपने पास और कोई साधन है नहीं, और पुत्र है कि माता-पिता को छोड़कर कभी किसी की सेवा करने बैठ जाता है, कभी किसी की।"

"ईश्वर के मार्ग पर चल रहा है, कोई पतित कार्य तो कर नहीं रहा।" महेंद्र गुप्त बोले।

"जानता हूँ। नास्तिक नहीं हूँ। मैं भी तंत्र-साधना करता हूँ। पाइकपाड़ा के राजा इंद्रनारायण सिंह का सभा-पंडित रहा हूँ।" ईश्वरचंद्र बोले, "पर कोई घर-परिवार छोड़कर इस प्रकार भागता नहीं फिरता।" उन्होंने रुककर महेंद्र गुप्त की ओर देखा, "यहाँ का कर्ता कौन है?" और फिर उत्तर की प्रतीक्षा किए बिना ही बोले, "यही नरेन्द्र सारे अनर्थों का कारण जान पड़ता है। गुरु के देहांत के पश्चात् ये सारे लड़के राजी-खुशी घर लौट गए थे। फिर से स्कूल-कॉलेज जाने लगे थे। पर यह नरेन्द्र...।"

"यहाँ कोई कर्ता नहीं है।" महेंद्र गुप्त ने उत्तर दिया, "सब बराबर हैं। किसी की अपनी इच्छा हो तो नरेन्द्र क्या कर सकता है? वह किसी को बलात् तो खींचकर ला नहीं सकता।" महेंद्र गुप्त रुके, "अब देखिए, क्या हम लोग सदा के लिए अपना घर छोड़कर यहाँ आ सकते हैं?"

"अजी, तुम लोगों ने तो बहुत अच्छा किया। दोनों ओर की रक्षा कर रहे हो।" ईश्वरचंद्र बोले, "तुम लोग जो कुछ कर रहे हो, उसमें धर्म नहीं है क्या? हमारी भी तो यही इच्छा है कि शशि यहाँ भी रहे और वहाँ भी रहे। आकर कभी देखो, शशि की माँ रो-रोकर कैसी बेहाल हुई पड़ी है।"

"शशि भी आप लोगों को बहुत याद करता है।" महेंद्र गुप्त ने उन्हें सांत्वना दी, "कई बार तो रोता है कि माता-पिता की सेवा नहीं कर पाया।"

"तो आता क्यों नहीं माता-पिता के पास? कौन रोकता है उसे?"

"ईश्वर-लाभ की कामना। साधुओं के सत्संग की इच्छा।"

"साधुओं की खोज में क्यों इतना मारा-मारा फिरता है?" ईश्वरचंद्र पुनः आवेश में आ गए, "वह कहे तो मैं उसे एक अच्छे महात्मा के पास ले जाऊँ। राजा इंद्रनारायण के पास एक महात्मा आए हुए हैं। बहुत सुंदर स्वभाव है। चले, देखे न ऐसे महात्मा को।"

महेंद्र गुप्त कुछ नहीं बोले। वे कह भी क्या सकते थे!

शशि के पिता को विदा कर महेंद्र गुप्त लौटे तो राखाल दिख गया। किंतु राखाल महेंद्र गुप्त के पास बैठा नहीं। बोला, "मास्टर मोशाय! चलिए, 'दानवों के कमरे' में चलें। वराहनगर के कुछ शिक्षित लोग आए हुए हैं। नरेन्द्र से उनकी बातचीत हो रही है। आह! नरेन्द्र भी क्या बात कहता है।" राखाल एकदम चमत्कृत लग रहा था।

"क्यों? क्या कह दिया नरेन्द्र ने?"

"नरेन्द्र ने कहा, 'जब तक अपने भीतर काम है, तभी तक स्त्री की सत्ता है, अन्यथा स्त्री और पुरुष में कोई भेद नहीं रह जाता।' "

"ठीक है। बालक और बालिकाओं में यह भेद-बुद्धि नहीं रहती।" महेंद्र गुप्त ने कहा।

"इसीलिए तो कहता हूँ कि हम लोगों को चाहिए कि साधना करें। माया के पार गए बिना, ज्ञान कैसे होगा?" राखाल बोला, "साधना से ही माया की कारा टूटेगी, भेद-बुद्धि समाप्त होगी और सम-बुद्धि का उद्भव होगा।" उसने मुड़कर देखा, "आइए।"

वे लोग 'दानवों के कमरे' में पहुँचे तो नरेन्द्र की बात प्रायः समाप्ति पर थी। वह कह रहा था, "संध्यादि कर्मों के लिए न तो अब स्थान ही है, न समय ही।"

"वह तो ठीक है।" एक आगंतुक कह रहा था, "पर महाशय! साधना करने से क्या ईश्वर मिलेंगे?"

"उनकी कृपा होगी तो अवश्य मिलेंगे।" नरेन्द्र बोला, "गीता में कहा है न ईश्वरः सर्वभूतानां हृद्देशे अर्जुन तिष्ठति। उनकी कृपा के बिना साधन-भजन कहीं कुछ नहीं होता। इसलिए उनकी शरण में जाना चाहिए।"

एक अन्य व्यक्ति, जो बहुत देर से मुग्ध भाव से नरेन्द्र को देख रहा था, बहुत मधुर भाव से बोला, "हम लोग यदा-कदा यहाँ आकर आपको कष्ट देंगे।"

"अवश्य।" नरेन्द्र बोला, "जब जी चाहे, आया कीजिए। आप लोगों के वहाँ, गंगा-घाट पर हम लोग भी तो नहाने के लिए जाया करते हैं।"

"उसके लिए हमारी ओर से कोई आपत्ति नहीं है।" वह व्यक्ति बोला, "हाँ! कोई और न जाया करे।"

"नहीं! नरेन्द्र ने उत्तर दिया, "यदि आप कहें, तो हम भी नहीं जाया करें।"

"नहीं! नहीं!! ऐसी बात नहीं है।" वह बोला, "पर यदि आप यह देखें कि आपकी देखा-देखी बाहर के अन्य लोग भी जा रहे हैं, तो आप न जाइएगा।"

86

नरेन्द्र मठ में लौट आया था, यह सारे गुरुभाइयों के लिए संतोष का विषय था, किंतु उन्हें आश्चर्य भी था कि वह इतनी जल्दी कैसे लौट आया।

"क्यों? क्या काशी में मन नहीं लगा?" शरत् ने पूछा।

"लगता तो ऐसा ही है।" बाबूराम के स्वर में हल्का सा उपालंभ था, "इसने हमें वहाँ कुछ सोचने-समझने का अवसर ही नहीं दिया। बस! जान को आ गया, वापस मठ में चलो।"

"क्यों भाई! ऐसा क्या हो गया?" शशि ने पूछा।

"होना क्या था!" नरेंद्र हँसा, "मेरी स्थिति उस माँ की-सी हो गई, जो अपने छोटे-से बच्चे को पहली बार घर में अकेला छोड़ बाहर निकल गई हो।"

"वाह! वाह!" तारक ने विद्रूप की मुद्रा बनाई, "शशि को देखो, तो वह मठ वालों की माँ बना बैठा है, और अब यह दूसरी माँ! क्या हमारी तपस्या का लक्ष्य ईश्वर-दर्शन से परिवर्तित होकर अब बच्चे पालना हो गया है?"

"चुप!" राखाल ने उसे डाँटा, "ऐसे क्यों नहीं पूछता कि हमारा लक्ष्य क्या मातृत्व है? और वास्तविक अर्थों में यही तो हमारा आदर्श है। ठाकुर भी तो माता के समान हम सबकी देखभाल करते थे?"

"पता नहीं मुझे क्या हो गया था।" नरेन्द्र बोला, "सहसा ही मेरी इच्छा इतनी दुर्दमनीय हो गई कि मैं मठ में पहुँचकर तुम सबके निकट रहूँ। तुम्हारे साथ मिलकर ध्यान करूँ, तुम्हारे साथ रहकर अध्ययन करूँ, तुम लोगों से चर्चा करूँ, वाद-विवाद करूँ।"

"वहाँ काशी में कोई ऐसा विद्वान् अथवा तपस्वी नहीं मिला, जिसका आकर्षण तुम्हें वहाँ बाँध सकता?" शशि ने पूछा।

"लोग तो वहाँ बड़े-बड़े मिले।" नरेन्द्र बोला, "किंतु अपने मठ के समान सात्त्विक वातावरण कहीं नहीं मिला। भास्करानंद के साथ चर्चा के बाद तो मैं एकदम ही उखड़ गया।"

"अब तो बाहर नहीं जाओगे?" शशि ने पूछा।

"जाऊँगा क्यों नहीं!" नरेन्द्र बोला, "कुछ ही दिनों में फिर से निकलूँगा। इस बार लंबी यात्रा पर निकलूँगा, और वह भी अकेला।"

भवन प्रमदा बाबू का ही था। प्रमदादास मित्र तक पहुँचने में उसे तनिक भी कठिनाई नहीं हुई।

प्रमदा बाबू ने उसे साग्रह बैठाया, "कहाँ से आए हो?"

"कलकत्ता से।"

"नाम क्या है?"

"नाम!" नरेन्द्र कुछ हिचकिचाया, "संन्यासी का क्या नाम और क्या ठिकाना! बस, संन्यासी हूँ।"

प्रमदा बाबू मुस्कराए, "फिर भी।"

"जी! विविदिषानंद।" नरेन्द्र ने कहा।

प्रमदा बाबू चौंके, "कलकत्ता से आए हो, या वराहनगर से?"

नरेन्द्र को भी विस्मय हुआ, "आया तो वराहनगर से ही हूँ, किंतु आप कैसे जानते हैं?"

"मैं गंगाधर से तुम्हारे विषय में सुन चुका हूँ।" प्रमदा बाबू बोले।

"किंतु वह तो तिब्बत की ओर चला गया है।"

"हाँ! तिब्बत जाने से पहले ही भेंट हुई थी।" प्रमदा बाबू बोले, "तुम किधर निकले हो?"

"तीर्थयात्रा पर।" नरेन्द्र बोला, "सोचा यह था कि वाराणसी में जितने दिन हूँ–संस्कृत के कुछ ग्रंथों का पठन-पाठन करता रहूँ।"

"संस्कृत में तुम्हारी रुचि है?"

"बहुत।"

प्रमदा बाबू न केवल मौन हो गए, उनके चेहरे पर हल्का सा विषाद भी प्रकट हो गया।

"क्या हुआ?" नरेन्द्र बोला, "क्या आपको संस्कृत में मेरी रुचि से कोई दुःख हुआ?"

"नहीं!" प्रमदा बाबू ने मुस्कराने का प्रयत्न किया, "मैं जब कभी संस्कृत भाषा या उस में उपलब्ध वाङ्मय के भविष्य के विषय में सोचता हूँ तो परेशान हो उठता हूँ।"

"क्यों? ऐसी क्या बात है?"

"संस्कृत एक अत्यंत विकसित भाषा है और उसमें अथाह ज्ञान भरा पड़ा है।" प्रमदा बाबू बोले, "किंतु अब हमारे देश की मेधा, ज्ञान के पीछे नहीं, धन के पीछे पड़ी है। उसे ज्ञान नहीं, धन चाहिए। यह देश ज्ञान के उस अथाह भंडार के लुप्त हो जाने की प्रतीक्षा कर रहा है।"

नरेन्द्र प्रमदा बाबू के उदास चेहरे को देखता रहा, और फिर सहसा बोला, "उपाय क्या है?"

"उपाय तो अनेक हैं।" प्रमदा बाबू बोले, "किंतु उनको कोई स्वीकार तो करे। मैं सोचता हूँ कि गृहस्थ तो अर्थकरी विद्या के पीछे ही भागेगा, उसे ज्ञान का क्या करना है, किंतु संन्यासी तो निकला ही ज्ञान की खोज में है, वह तो उसकी रक्षा करे।"

"तो उसमें क्या अड़चन है?" नरेन्द्र ने पूछा।

"अड़चन!" प्रमदा बाबू की हँसी में प्रसन्नता के स्थान पर रुदन था, "हमारा संन्यासी तो है ही निरक्षर। अधिकांशतः वह भिखारी है। पेट पालने के लिए उसने गेरुआ धारण कर रखा है।" प्रमदा बाबू ने अश्रुभरी आँखों से नरेन्द्र की ओर देखा, "इसलिए जब गंगाधर ने तुम्हारे संस्कृत-प्रेम के विषय में बताया, तो मुझे बेहद प्रसन्नता हुई।" प्रमदा बाबू ने सायास अपने कंठ को अवरुद्ध होने से रोका, "तुम मुझे वचन दो कि तुम स्वयं भी संस्कृत-वाङ्मय पढ़ोगे, अपने मित्रों को भी पढ़ने के लिए प्रेरित करोगे और जन-सामान्य में भी उसका प्रचार करोगे।"

"मैं तो स्वयं आपके पास याचक बनकर आया हूँ।" नरेन्द्र हँस पड़ा, "आप मुझ पर कृपा भी कर रहे हैं और मुझसे याचना भी कर रहे हैं। हमारा मठ अत्यंत निर्धन और साधनहीन है।" नरेन्द्र बोला, "इसलिए न हमारे पास पुस्तकें हैं, न उनके अध्ययन का

मार्ग दिखाने वाले विद्वान। मेरी आपसे प्रार्थना है कि यदि कोई ग्रंथ हमें उपलबध न हो और वह आपके संग्रह में उपलब्ध हो, तो हम पर दया कर हमें अध्ययन हेतु वह ग्रंथ उधार देने की कृपा अवश्य करें।" नरेन्द्र कुछ रुका, "और यदि कहीं समझने में हमें कोई कठिनाई हो, तो गुरुवत् हमारी कठिनाई को दूर करें।"

"मैं तो धन्य हुआ कि मुझे कोई ऐसा शिष्य मिला।" प्रमदा बाबू उठ खड़े हुए, "आओ! तुम्हें अपनी कुछ पुस्तकें दिखाऊँ।"

मार्ग के किनारे एक वृक्ष की छाया में बैठा एक व्यक्ति कितनी शांति से चिलम पी रहा था।

चिलम और उससे उठता धुआँ देखकर नरेन्द्र को याद आ गया–वह बहुत दूर से पैदल चलता आ रहा था। उसने भोजन भी ठीक से नहीं किया था। मार्ग में तीन घरों के सम्मुख उसने भिक्षा के लिए गुहार लगाई थी। ब्रजवासियों ने जो कुछ दिया, उसने खा लिया; किंतु इस समय वह भूखा भी था और थका हुआ भी। उसे तंबाकू पीने की बहुत आवश्यकता थी।

वह उस व्यक्ति के निकट चला गया।

"क्या है बाबा जी?" उस व्यक्ति ने पूछा, "मार्ग जानना चाहते हैं क्या?"

"नहीं, भाई! चिलम के दो-एक कश लेना चाहता हूँ।" नरेन्द्र बोला, "जरा मुझे भी चिलम देना।"

बैठने के लिए नरेन्द्र इधर-उधर कोई उपयुक्त स्थान देख ही रहा था कि वह व्यक्ति बोला, "आप मेरी चिलम पिएँगे बाबा जी?"

"हाँ! क्यों नहीं?" नरेन्द्र ने अपना हाथ आगे बढ़ाया।

पर उस व्यक्ति ने अपनी चिलम नरेन्द्र को पकड़ाई नहीं। वह चिलम थामे अपने हाथ नरेन्द्र से दूर हटाकर बोला, "क्या कह रहे हैं बाबा जी! आप मेरी चिलम पिएँगे! मैं जात का भंगी हूँ महाराज!"

"भंगी?" नरेन्द्र का हाथ सहज रूप से पीछे हट गया और मन अनुपलब्धता की भावना से निराश होकर बुझ गया।

थके मन से पाँव घसीटता नरेन्द्र वापस अपने मार्ग पर आ गया और किंकर्तव्यविमूढ़ता की स्थिति में दस-पंद्रह पग आगे बढ़ गया। सहसा वह सजग हुआ। उसके मन में बैठा कोई प्रकाश-बिंदु उसे लगातार धिक्कार रहा था। वह कैसा परमहंस संन्यासी है, जो जाति-विचार करता है और भंगी को हीन मानकर उसकी चिलम नहीं पीता? वह कैसा वेदांती है, जो प्रत्येक जीव में छिपे ब्रह्म को नहीं पहचान पाता? उसने तो जगत् को सत्य मानकर ब्रह्म को मिथ्या घोषित कर दिया। नरेन्द्र को लगा कि उसके पैरों की न केवल गति कम हो गई है, वरन् शायद वे थम ही गए हैं। वह इस प्रकार वृक्ष के नीचे बैठ, उस ब्रह्म की उपेक्षा करके नहीं जा सकता।

वह मुड़ा। तेज-तेज चलता हुआ उस व्यक्ति के पास लौटा ही नहीं, एक निश्चित् संकल्प के साथ आकर उसके पास बैठ गया।

उस व्यक्ति ने चकित होकर नरेन्द्र की ओर देखा। उसकी जाति सुनकर एक संन्यासी का चुपचाप चला जाना उसके लिए अधिक स्वाभाविक था। किंतु वह सन्यासी लौट आया था। क्यों?

"एक कश मुझे भी दो।" नरेन्द्र ने चिलम की ओर हाथ बढ़ाया।

उस व्यक्ति ने मुख से कुछ कहा नहीं, किंतु अपनी चिलम समेत जितना सिमट सकता था, सिमट गया।

नरेन्द्र मन-ही-मन खिलखिला पड़ा। देखो तो ब्रह्म को! यहाँ कैसा रूप बनाए बैठा है और कैसी नौटंकी कर रहा है। यह उसकी नौटंकी ही तो नरेन्द्र की परीक्षा थी। वह देखना चाह रहा था कि नरेन्द्र अपने मन के इस जड़ संस्कार को छोड़ सकता है? तोड़ सकता है?...

"लाओ! मुझे एक कश दो।" नरेन्द्र का हाथ निश्चयात्मक रूप में उस व्यक्ति की ओर बढ़ा।

"नहीं, महाराज!" उस व्यक्ति की आँखों में भय और शरीर में संकोच जागा, "मैं अपनी जूठी चिलम आपको दे दूँगा, तो मुझे नरक में भी स्थान नहीं मिलेगा।"

"और यदि मैं चिलम पिए बिना चला गया, तो मुझे नरक में स्थान नहीं मिलेगा।" नरेन्द्र ने उसके हाथ से चिलम पकड़ ली।

"महाराज! आप भ्रष्ट हो जाएँगे।" वह व्यक्ति भय से पीला पड़ गया।

"तुम निश्चिंत रहो," नरेन्द्र बोला, "मैं स्वयं को पवित्र करने का प्रयत्न कर रहा हूँ। मैं परमहंस संन्यासी हूँ–तुम मेरी चिंता मत करो।"

नरेन्द्र ने उसके पास बैठकर शांति से तीन-चार बार हुक्का खींचा और एक अलौकिक तृप्ति का रसपान करता हुआ आगे बढ़ गया।

नरेन्द्र रात को आकर काला बाबू के कुंज में ठहर गया था। कलकत्ता से आने वाले बलराम बसु के सारे परिचित, उनके पूर्वजों के बनवाए हुए इसी मंदिर में निवास किया करते थे। दो वर्ष पहले श्रीमाँ ने भी वर्ष-भर इसी मंदिर में निवास किया था।

नरेन्द्र की भक्ति का आवेश आज ज्वार पर था। वह समझ रहा था कि उसे कृष्ण नहीं छल रहे, यह माया थी जो उसे छलने का प्रयत्न कर रही थी। यदि श्रीकृष्ण उसे परख ही रहे थे, तो परख लें। वह परीक्षा देने को तैयार था। पर क्या श्रीकृष्ण भी परीक्षा के लिए तैयार थे? नरेन्द्र भी आज उनकी परीक्षा लेगा! वह उनकी शरण आया था। उनके द्वार आया था। आज वह किसी से भिक्षा नहीं माँगेगा। किसी से याचना नहीं करेगा। वह वही खाएगा, जो श्रीकृष्ण खिलाएँगे। जो कुछ उसे अयाचित मिलेगा, वही खाएगा, नहीं तो भूखा रहेगा।

मेघ गहराते गए और थोड़ी देर में वर्षा होने लगी। यह फुहार नहीं थी, जो मात्र भिगो देती। यह तो धारासार वर्षा थी, जो डुबो सकती थी। अब नरेन्द्र की समझ में आ रहा था कि वर्षा से गोवर्धन कैसे रक्षा करता है। कितना भी पानी बरसे, उसे बहकर नीचे ही जाना होगा, जब तक कि वह यमुना में ही न पहुँच जाए। इंद्र के मेघ गोवर्धन के रहते किसी को कैसे डुबो पाएँगे।

दोपहर हो आई थी, किंतु धूप का कोई कष्ट नहीं था। वर्षा धाराप्रवाह होती जा रही थी। चारों ओर जल-ही-जल था। धूप नहीं थी, किंतु समय तो हो ही गया था। पेट को भूख लग आई थी। पैदल चलने से भूख और थकान कुछ अधिक ही परेशान करने लगी थी। गीली मिट्टी में पाँव भी कैसे धँस रहे थे और यह चलना सामान्य चलने की तुलना में अधिक श्रमसाध्य हो गया था।

नरेन्द्र बिना कुछ खाए-पिए चलता ही चला गया। पेट भूख का कोई संकेत भेजता तो नरेन्द्र मुस्कराकर अपने आप ही कहता, "अरे भई, चल! वह छलिया तेरी परीक्षा ले रहा है। अन्न तो भेजा नहीं और भूख भेज दी।"

किंतु बातों से तो न पेट भर रहा था, न मन सँभल रहा था, और दूसरी ओर गीली मिट्टी से निरंतर संघर्ष चल रहा था। मिट्टी पैरों से चिपक जाना चाहती थी, और पैर मिट्टी से पूर्णतः मुक्त हो जाना चाहते थे। जब मिट्टी चिपक नहीं पाई तो फिसलनमयी हो गई। 'यह मुझे गिराकर ही दम लेगी।' नरेन्द्र ने मन ही मन कहा, 'फिसलकर नहीं गिरूँगा, तो भूख से चकराकर गिरूँगा। किंतु गिरूँगा नहीं तो वह श्याम उठाएगा किसको?'

नरेन्द्र के पग मन-मन भर के हो रहे थे। उसे लग रहा था कि दृष्टि भी धूमिल हो रही है। संभवतः चाल में भी स्थिरता नहीं रह गई थी। उसका तर्क कह रहा था कि वह अब गिरने ही वाला है। और उसका विश्वास कह रहा था कि कृष्ण अब उसे थामने ही वाला है। नरेन्द्र को इस खींचतान में रस आने लगा था। अच्छा है, वह गिर जाए तो कृष्ण की पोल तो खुल जाएगी। नरेन्द्र के उन्मादी मन में सूरदास की पंक्तियाँ गूँजी :

"मोहिं प्रभु तुम सौं होड़ परी।
ना जानौं करिहौं अब कहा तुम नागर नवल हरी।
सूरदास बिनती कह बिनवौ दोषनि देह भरी।
अपनौ बिरद सम्हारहुगे तौ या में सब निबरी।"

सहसा पीछे से किसी ने पुकारा, "बाबा जी! जरा थमना।"

नरेन्द्र ने पुकार तो सुनी, किंतु न वह रुका, न उसने मुड़कर देखा और न ही उसने कोई उत्तर दिया। न जाने पुकारने वाला किसको पुकार रहा था। यहाँ आसपास इतने साधु-संन्यासी थे। पुकारने वाला उनमें से किसी को भी पुकार रहा हो सकता है। वह यह क्यों माने कि कोई अपरिचित उसे ही पुकार रहा है। कोई सतयुग तो है नहीं कि भक्त ने हठ पकड़ी और भगवान का आसन डोल गया।

पुकारने वाला और भी निकट आ गया था, "साधु महाराज! आपसे ही कह रहा हूँ।

जरा थम जाओ। ऐसे क्यों भाग रहे हो कि तुम्हें पकड़ने के प्रयत्न में मैं ही फिसलकर गिर जाऊँ।"

नरेन्द्र ने उसकी तनिक भी चिंता नहीं की। उसने अपनी चाल कुछ और तेज कर दी ठीक है, अब कृष्ण को ही परीक्षा देने दो।

वह व्यक्ति एकदम निकट आ गया, "महाराज! आपके लिए भोजन लाया हूँ।"

नरेन्द्र के भीतर बैठा परीक्षक कुछ और कठोर हो गया। वह इतनी जल्दी संतुष्ट होने वाला नहीं था। इस जरा-सी बात से वह कृष्ण की महिमा कैसे मान जाए। यदि सचमुच ही कृष्ण ने उसके लिए भोजन भेजा था तो अब उसे खिलाने का प्रयत्न भी करे। नरेन्द्र भी तो इस लुका-छिपी का कुछ आनंद ले। गोप बालकों के साथ बहुत खेला है कृष्ण। कुछ नरेन्द्र के साथ भी खेल ले। देखें, कितना बड़ा खिलाड़ी है यह कृष्ण।...

नरेन्द्र ने भागना आरंभ कर दिया। उसे स्वयं यह सोचकर आश्चर्य हो रहा था कि थोड़ी देर पहले तक तो जैसे वह चक्कर खाकर गिरने वाला था और अब सहसा उसमें इतनी शक्ति कहाँ से आ गई थी कि वह भागता जा रहा था।

नरेन्द्र आगे-आगे भाग रहा था और वह व्यक्ति पीछे-पीछे। यदि वह कोई साधारण दानशील भक्त था, जो किसी साधु-संन्यासी को भोजन कराकर पुण्य कमाना चाहता था, तो वह उसी के पीछे क्यों भाग रहा था? किसी अन्य साधु, संन्यासी, भिक्षुक, भिखारी, किसी पंडे-पुरोहित को भोजन क्यों नहीं करा देता... हो सकता है कि वह भी कोई नरेन्द्र जैसा ही हठी साधक हो जो इस प्रकार के पलायनशील साधु को ही भोजन करवाने का संकल्प कर रहा हो। नरेन्द्र को इस खेल में पहले से भी अधिक रस आने लगा था।... बहुत छकाया था कृष्ण ने गोप बालकों को, आज भाग रहा है न नरेन्द्र के पीछे! नरेन्द्र गोपालों का सारा हिसाब बराबर कर देगा।

सहसा वह व्यक्ति उसके एकदम निकट आ गया। उसने लपककर नरेन्द्र का हाथ थाम लिया, "दौड़ा-दौड़ाकर मार डाला महाराज! मील-भर से भागते आ रहे हो। अब तो भोजन कर लो।"

नरेन्द्र खड़ा-खड़ा हाँफ रहा था। उसके मुख से एक शब्द भी नहीं निकला। किंतु उसकी आँखें उस व्यक्ति को निरख-परख रही थीं। उसमें कुछ भी असाधारण या विशेष नहीं था। वह ब्रज का साधारण ग्वाला ही लग रहा था। घुटनों तक की ऊँची धोती, गले में बंडी, सिर पर गमछा और हाथ में खाने की पोटली।

उसने नरेन्द्र के हाथ को आगे खींच उस पर पोटली धर दी, "भोजन कर लो नरश्रेष्ठ! उसके बाद चाहे जितना दौड़ा लेना।"

नरेन्द्र ने अनायास ही पोटली पकड़ ली थी। वह ढंग से हँस भी नहीं पा रहा था। प्रयत्न कर रहा था कि साँस कुछ स्थिर हो तो वह दो शब्द बोले। किंतु उस व्यक्ति ने तनिक भी प्रतीक्षा नहीं की। खाने की पोटली नरेन्द्र ने थामी ही थी कि वह पलटकर चल दिया। नरेन्द्र साँस ही स्थिर नहीं कर पाया कि उससे कुछ पूछता या कुछ कहता। किंतु

उस स्थिति में भी नरेन्द्र की आँखों ने देखा कि वह व्यक्ति न तो परिक्रमा के मार्ग पर आगे बढ़ा, न ही उस मार्ग पर वापस लौटा, वह तो लीक छोड़कर पास के वृक्षों के पीछे कहीं ओझल हो गया था।

87

हाथरस स्टेशन पर नरेन्द्र बैठा था। आखिरी गाड़ी भी जा चुकी थी। गाड़ी से उतरे यात्री अपने-अपने घर पहुंच चुके थे और प्लेटफार्म सुनसान हो गया था। "महाराज! भूख लगी है क्या?"

"हाँ।"

"तो मेरे घर चलिए।"

"क्या खिलाओगे?" स्वामी के चेहरे पर हल्की सी मुस्कान उभरी।

शरत् गुप्त ने फारसी में एक शे'र पढ़ा।

"इसका क्या अर्थ?" स्वामी ने पूछा।

"इसका अर्थ है, 'ऐ प्रियतम! तुम मेरे घर पधारे हो, मैं अपने कलेजे के टुकड़ों से संसार का सर्वश्रेष्ठ व्यंजन बनाकर तुम्हें परोसूँगा।'" शरत् गुप्त ने कहा।

"तो फिर चलो! तुम्हारे ही घर चलते हैं।" स्वामी ने कहा, "देखें, तुम्हारा कलेजा कितना स्वादिष्ट है।"

स्वामी ने अपना कमंडल और झोला उठाया।

"झोले में क्या है स्वामी जी?"

"तलाशी लोगे?"

"नहीं! उत्सुकतावश पूछ रहा हूँ कि संन्यासी जीवन में किन वस्तुओं की आवश्यकता पड़ती है।" शरत् गुप्त ने कहा।

"आवश्यकता तो व्यक्ति की होती है, संन्यासी जीवन की नहीं।" स्वामी ने कहा, "वैसे मेरे झोले में एक प्रति 'गीता' की है, एक 'इमिटेशन ऑफ क्राइस्ट' की।"

"आप ईसाई हैं–'इमिटेशन ऑफ क्राइस्ट' पढ़ते हैं?"

"यदि कहूँ, 'हाँ', तो तुम पूछोगे कि फिर मैं 'गीता' क्यों पढ़ता हूँ?" स्वामी हंसे "और शायद अपने घर पर भोजन भी नहीं कराओगे।"

"नहीं! नहीं! ऐसी बात नहीं है।" शरत् गुप्त भी हँसा, "भोजन तो कराऊँगा ही पर सचमुच यह जिज्ञासा रहेगी ही।"

"मेरे धर्म में सम्प्रदाय की कोई सीमा नहीं है।" स्वामी ने कहा, "हम ईश्वर-लाभ के लिए निकले हैं, मार्ग का कोई बंधन नहीं है।"

"स्वामी जी! आपको अंग्रेज़ी का भी अभ्यास है, तभी तो 'इमिटेशन ऑफ क्राइस्ट' पढ़ते हैं।" और सहसा शरत् गुप्त सकपका गया, "सामान्यतः हमारे साधु, संन्यासी हिंदी और संस्कृत ही जानते हैं। आप शायद हिंदीभाषी नहीं हैं।"

"बंगाली हूँ, इसलिए मातृभाषा बांग्ला है। वैसे हिंदी बोल रहा हूँ, इसलिए हिंदीभाषी

हूँ।" स्वामी ने कुछ नटखट भंगिमा में कहा।

"आपके उच्चारण से लगा।" शरत् गुप्त बोला, "वैसे मैं भी बंगाली ही हूँ। जौनपुर के मुसलिम-बहुल समाज में पला हूं। उर्दू-हिंदी का ही अधिक अभ्यास है। बांग्ला बोल लेता हूँ।" वह हँसा, "नाम शरत् गुप्त है। यहां असिस्टेंट स्टेशन मास्टर हूँ।" उसने रुककर स्वामी की ओर देखा, "यहाँ अच्छा-खासा बंगाली समाज है। आपको असुविधा नहीं होगी।"

"सुविधा खोजनी होती तो संन्यास क्यों लेता?" स्वामी ने उसे तीखी दृष्टि से देखा, "बंगालियों में रहना होता तो कलकत्ता क्यों छोड़ता।"

शरत् अटपटा गया। उसने तो संन्यासी को प्रसन्न करने का प्रयत्न किया था।

शरत् ने जेब से चाबी निकालकर ताला खोला।

"घर पर और कोई नहीं है?"

"अकेला ही रहता हूँ; किंतु चिंता न करें, बहुत स्वादिष्ट भोजन करवाऊँगा।"

"विवाह नहीं किया?" संन्यासी ने पूछा, "स्त्री-सुख का अभाव नहीं खलता?"

"नहीं।" शरत् गुप्त बोला, "वासना मुझे आकृष्ट नहीं करती।"

"हुँ।" स्वामी मौन रह गए।

शरत् ने स्वामी को सादर बैठाया। पिछले द्वार से दो कुलियों को पुकार कर उन्हें बाजार से विभिन्न चीजें लाने को भेजा। और अपनी वर्दी बदलने चला गया।

"मैं आपका नाम जान सकता हूँ स्वामी जी?" उसने लौटकर पूछा।

"विविदिषानन्द।"

"अर्थ?"

"विविदिषा का अर्थ है, ज्ञान-प्राप्ति की इच्छा।"

कुली हाथरस के प्रसिद्ध पकवान लेकर लौटे और उसने स्वामी को भोजन कराया। स्वामी ने भी तृप्त होकर खाया। स्पष्टतः उन्हें बहुत दिनों से अच्छा भोजन नहीं मिला था।

"कहाँ जा रहे हैं स्वामी जी?"

"वृन्दावन से हरिद्वार।"

"तो यहाँ क्यों उतर पड़े?"

"टिकट यहीं तक का था।"

"क्यों?"

"इतने ही पैसे थे।"

"और भोजन क्यों नहीं किया?"

"पैसे नहीं थे।"

"कब से नहीं किया?"

"कल प्रातः से।"

"यदि मैं न आता तो?"

"मैं तुम्हारे पास नहीं आता।"

"नहीं।" शरत् कुछ झेंपकर बोला, "यदि मैं आपको भोजन नहीं कराता तो आप क्या करते? वहीं बैठे रहते?"

"बैठा रहता।"

"क्या करते?"

"भगवान की प्रतीक्षा।"

"आपका विचार है कि भगवान आपके लिए भोजन भिजवाता?" शरत् के स्वर में संशय खनक रहा था।

"यदि भिजवाता नहीं तो स्वयं लाता।" स्वामी ने सहज भाव से कहा।

शरत् के चेहरे का उल्लास जैसे कुछ मुरझा गया।

"क्यों?" स्वामी ने उसे वक्र दृष्टि से देखा, "बुरा लगा? सोचते होगे कि संन्यासी बहुत कृतघ्न है, जो भोजन कराने का आभार भी नहीं मानता।"

"नहीं! ऐसी बात तो नहीं है।" शरत् ने स्वयं को सँभाला, "यह सब तो सामाजिक शिष्टाचार...।"

"संन्यासी तुम्हारे भरोसे तो अपने मठ से निकला नहीं था।" स्वामी मधुर ढंग से बोले, "जिसके भरोसे निकला था, उसी का दिया खाता हूँ। याचना नहीं करता, भिक्षा नहीं माँगता। वह दे देता है तो खा लेता हूँ और तानकर सो जाता हूँ, नहीं तो भूखे पेट उसे स्मरण करता हूँ। यदि उसका आभार न मानें तो कृतघ्नता होगी न! इसलिए तुम्हारा आभार नहीं मानता!"

शरत् समझ नहीं पाया कि उसके भीतर क्या बीता कि उसने एक आकस्मिक आवेश में झपटकर स्वामी के चरण पकड़ लिए, "महाराज! महाराज! मैं अज्ञानी हूँ, निर्बुद्धि हूँ। मुझे विद्या दीजिए महाराज!"

संन्यासी ने मुस्कराकर उसे देखा और बांग्ला में गाया : "विद्या प्राप्त करना चाहते हो तो जाओ, अपने चंद्रमुख को क्षार से ढक लो, अन्यथा अपना मार्ग देखो।"

शरत् मुग्ध-भाव से स्वामी के मुख को देखता रहा और उनके संगीत को अपने कानों से पीता रहा और सहसा उसका मन संन्यासी के शब्दों पर अटक गया। ठीक तो कह रहा था वह, जब तक सांसारिक और दैहिक सौंदर्य पर दृष्टि टिकी रहेगी, ज्ञान कहाँ से प्राप्त होगा। तभी तो संन्यासी सबसे पहले अपने रूप-सौन्दर्य को ढकते-छिपाते हैं।

शरत् गुप्त ने क्षण भर में ही निश्चय कर लिया। वह अपनी रसोई में चला गया। इस समय तो भोजन बाजार से आया था; किंतु प्रातः चूल्हा जला था। उसकी ठंडी राख अब तक चूल्हे में पड़ी थी। शरत् के निश्चय प्रेरित हाथ आगे बढ़े और उसने चूल्हे से अँजुरी भर-भरकर राख अपने चेहरे पर मल ली।

भस्मावृत चेहरा लेकर वह स्वामी के सम्मुख पहुँचा, "लीजिए, स्वामी जी!"

स्वामी ने अकस्मात् सामने आ खड़े उस भूत को पहले तो कुछ आश्चर्य से देखा और फिर जैसे उन्हें हँसने का दौरा ही पड़ गया। उनकी हँसी की एक लहर मंद होती थी, तो दूसरी सपाटेदार लहर उसपर चढ़ दौड़ती थी।

संन्यासी को शांत होते न देख, शरत् ने अपनी हताशा में रुआँसे स्वर से पूछा, "क्या बात है स्वामी जी? इतना हँस क्यों रहे हैं?"

स्वामी ने स्वयं को कुछ संयत किया, "तुमने भारतचंद्र रे की कृति 'विद्या-सुंदर' पढ़ी है क्या?"

"नहीं तो!" शरत् बोला, "मैंने बांग्ला साहित्य पढ़ा ही कहाँ है!"

"उस कृति में 'विद्या' नायिका का नाम है।" संन्यासी ने बताया, "कथा का नायक सुंदर, विद्या को प्राप्त करने की अभिलाषा प्रकट करता है तो विद्या की सखी मालिनी उससे ये पंक्तियाँ कहती है, जो मैंने गाई थीं, और तुम सचमुच ही मुख पर राख मलकर आ गए।"

अब हँसने की बारी शरत् गुप्त की थी।

"स्वामी जी! मैं आपकी सेवा में प्रस्तुत हूँ। मुझे आदेश दें, मैं आपकी क्या सेवा करूँ?"

स्वामी ने ध्यानपूर्वक शरत् के चेहरे को देखा : यह मात्र सामयिक आवेश था अथवा सचमुच दीर्घव्यापी और गंभीर निश्चय?

"क्या तुम भिक्षा-पात्र हाथ में लेकर इस महान् अभियान के लिए कार्य कर सकते हो?" स्वामी की आँखें जैसे उसकी आत्मा के आर-पार देख रही थीं, "क्या तुम मेरे लिए द्वार-द्वार जाकर भिक्षा माँग सकते हो?"

"अवश्य।" शरत् बोला, "यह तो कुछ भी नहीं। मैं तो किसी अत्यंत बीहड़ काम की अपेक्षा कर रहा था स्वामी जी!"

"तो मेरा भिक्षा-पात्र उठाओ और अपने स्टेशन के कुलियों के घर से भिक्षा माँगकर लाओ।"

शरत् ने स्वामी की ओर देखा और उनकी बात को समझा : स्वामी उसके अहंकार का पूर्णतः विनाश कर देना चाहते थे। यदि वे उसे मात्र भिक्षा माँगने के लिए कहते तो उसके अहम् का विगलन तब भी होता, संभ्रांतता का अभिमान तब भी टूटता, किंतु जिस स्टेशन पर उसने वर्षों तक असिस्टेंट स्टेशन मास्टर के रूप में अधिकारपूर्वक शासन किया है, उसी स्टेशन के निम्नतम श्रेणी के कर्मचारियों के घर से भिक्षा माँगने का आदेश देकर शायद स्वामी उसके समर्पण की तीव्रता को परखना चाहते हैं।

शरत् ने स्वामी का कमंडल उठा लिया और कुलियों के निवास की ओर चला गया।

स्वामी बैठे प्रतीक्षा करते रहे। उन्होंने कह तो दिया था और शरत् चला भी गया था, किंतु क्या वह भिक्षा माँग पाएगा? कोई अपरिचित भिखारी हो तो लोग उसे भिक्षा दें या

न दें, कोई उसे आश्चर्य से नहीं देखता, कोई उससे यह नहीं पूछता कि वह भिक्षा क्यों माँग रहा है, किंतु अपने असिस्टेंट स्टेशन मास्टर को इस प्रकार भिक्षा माँगते देखकर कुली और उनके घरवाले किस दृष्टि से शरत् को देखेंगे? किन शब्दों में उससे पूछेंगे कि वह भिक्षा क्यों माँग रहा है? घर में आटा समाप्त हो गया या सारा वेतन खर्च हो गया है?

शरत् लौटा तो स्वामी का विचार-प्रवाह भी टूटा। स्वामी ने देखा : शरत् के भिक्षा-पात्र में कुछ आटा था, कुछ चावल, कुछ एक छोटे सिक्के भी थे और किसी ने उसे एक बैंगन भी भिक्षा में दिया था। इसका अर्थ था कि शरत् किसी प्रकार एक-दो घरों से भिक्षा माँगकर मात्र उनके आदेश की पूर्ति करके नहीं आया था, वह तो पूर्ण निष्ठा से शायद प्रत्येक कुली के घर से भिक्षा माँगकर लाया था।

शरत् ने भिक्षा-पात्र स्वामी के चरणों में रख दिया।

"लोगों को आश्चर्य नहीं हुआ कि असिस्टेंट स्टेशन मास्टर शरत्‌चन्द्र गुप्त भिखारी क्यों हो गया है?" स्वामी ने पूछा।

शरत् हँस पड़ा, "उन्होंने तो कुछ इस प्रकार व्यवहार किया जैसे वे बहत दिनों से इस बात के लिए तैयार हुए बैठे हों कि शरत् गुप्त को अंततः तो भिक्षा ही माँगनी है। शायद मेरे जीवन की चरम परिणति इसी प्रकार अपेक्षित थी।"

स्वामी भी हँसे, "हाँ, सोचते होंगे, जिसने घर में ससम्मान भिखारी को ठहरा रखा है, वह अंततः स्वयं भी भीख ही माँगेगा, 'हम घर जारा आपना, लिया मुराड़ा हाथ। अब घर जारौं तासुका, जो चलै हमारे साथ।'"

शरत् ने कुछ नहीं कहा। चुपचाप खड़ा स्वामी को देखता रहा।

"कुछ बोलता क्यों नहीं?" स्वामी ने स्नेहमयी डाँट पिलाई, "उजबक की तरह मेरा मुँह क्या देख रहा है?"

"स्वामी जी!" शरत् बहुत मंद स्वर में बोला, "मैं आपसे दीक्षा ग्रहण करना चाहता हूँ। आप मुझे अपना शिष्य बना लीजिए।"

88

मठ में रामकृष्णानन्द, अभेदानन्द और शारदानन्द ने स्वामी का स्वागत किया।

"अच्छा हुआ, तुम आ गए।" रामकृष्णानन्द ने कहा, "नहीं तो मठ ही उजड़ता जा रहा था। जिसे देखो, वह तपस्या करने अथवा तीर्थ-दर्शन करने चला गया है।"

"तेरी पढ़ाई कैसी चल रही है?" स्वामी ने पूछा।

"यहाँ पढ़ाई क्या चलती है।" शारदानन्द ने कहा, "बंगाल में तो जैसे वेद-विद्या का लोप ही हो गया है। थोड़ा-बहुत तंत्र-मंत्र मिल जाए तो मिल जाए, अन्यथा कुछ नहीं। खोजते-खोजते परेशान हो गए, किंतु कोई ग्रंथ ही नहीं मिलता।"

"अच्छा! ग्रंथ मिल जाएँगे।" शिवानन्द ने टोका, "नरेन्द्र अस्वस्थ भी है और थका हुआ भी। अभी उससे वेद या संस्कृत व्याकरण पढ़ने मत बैठ जाना।"

स्वामी को लिटा दिया गया, और वे लोग आकर उनके निकट बैठ गए।

"तुम लोग ठीक कहते हो।" स्वामी ने धीरे से कहा, "यदि हम लोग सचमुच अपना विकास चाहते हैं, तो हमारे पास एक अच्छा बड़ा पुस्तकालय तो होना ही चाहिए।"

"पुस्तकालय?" अभेदानन्द के स्वर में एक प्रकार की कटुता थी, "हमारे राम बाबू हैं न, उनका विचार है कि हम लोग ठाकुर के साथ रहे हैं। उनका आशीर्वाद हमें प्राप्त है। अब हमें उनकी भक्ति और पूजा-उपासना करने के अतिरिक्त किसी अन्य प्रयत्न की कोई आवश्यकता नहीं है, न भजन-पूजन की, न तपस्या की, न तीर्थ-दर्शन की और न शास्त्र तथा अन्य ग्रंथों के अध्ययन की।"

"नहीं!" नरेन्द्र धीरे से बोला, "यह अत्यंत सीमित, संकीर्ण और संकुचित वृत्ति है। एक व्यापक मानवीय धर्म को परे धकेल, मात्र अपने गुरु और उनके दर्शन को लेकर बैठ जाने से काम नहीं चलेगा। हमें पूरे भारत में हिंदू धर्म की मूलभूत धारणाओं और समानताओं को खोजना होगा। यह समाज किन मान्यताओं से परिचालित हो रहा है और उनका शास्त्रीय आधार क्या है?" नरेन्द्र ने उन लोगों को देखा, "मैंने अभी अपने देश का एक बहुत छोटा-सा भूभाग ही देखा है, किंतु फिर भी मेरी प्रादेशिक और प्रांतीय सीमाओं को तोड़ देने के लिए पर्याप्त है। हम एक व्यापक भारतीय समाज के अंग हैं।"

"पर बंगाली समाज का अबंगालियों से क्या संबंध?" रामकृष्णानंद ने कहा, "उनका खान-पान, रीति-रिवाज, धर्म-ज्ञान सब हमसे भिन्न है।"

"यह लाटू है न! तुम्हारा स्वामी अद्भुतानन्द।" स्वामी का स्वर कुछ कठोर हुआ, "वह तुमसे भिन्न है?"

"वह तो बंगाल में रहने के कारण...।"

"बंगाल में रहने के कारण उसकी भाषा पर प्रभाव पड़ा है, उसके दर्शन और अध्यात्म पर नहीं।" स्वामी ने कहा, "और वह तो फिर बंगाल के निकटस्थ बिहार का है, हमसे दूर-दूर तक के हिंदू उसी वृहत् समाज के सदस्य हैं। मेरे मन में एक तीव्र जिज्ञासा है, जिस सामाजिकता का यह निर्वाह कर रहे हैं, जिस जाति-प्रथा का बोझ ये ढो रहे हैं, वह उन्हें समाज ने दी है, या धर्म ने भी उसका कोई आधार प्रदान किया है। उसके लिए हमें शास्त्र पढ़ने होंगे, वेद-वेदांत, कर्मकांड, ज्ञानकांड–सब कुछ जानना होगा।"

89

स्वामी ने माँ और नानी दोनों को प्रणाम किया।

"तू बहुत अस्वस्थ है क्या?" भुवनेश्वरी ने पूछा।

"अस्वस्थ था। अब ठीक हूँ।" स्वामी मुस्कराए, "मैं वकील के पास गया था।"

"जानती हूँ।" रघुमणि ने जैसे डाँटकर कहा, "अपने स्वास्थ्य का ध्यान क्यों नहीं रखता? समय से खाता-पीता क्यों नहीं? यह कहाँ लिखा है कि भक्ति में खाना-पीना गड़बड़ करो।"

"नानी माँ।' स्वामी हँसे, "भक्ति में खाना-पीना छोड़ दो–यह आदेश तो माँ दुर्गा का है।"

"कहाँ पढ़ा तूने? बता मुझे, किस ग्रंथ में लिखा है?" रघुमणि रुष्ट स्वर में बोलीं।

"माँ अपर्णा ने महादेव को पाने के लिए जो तपस्या की थी, उसमें उन्होंने पर्ण खाने भी बंद कर दिए थे। केवल वायु पर रही थीं। यह अन्न-जल त्यागना ही तो हुआ।" स्वामी मुस्कराए, "यह कथा तुमने ही मुझे सुनाई थी न नानी माँ?"

"अरे, कथा सुनाई थी, उसे यथार्थ प्रमाणित करने के लिए तो नहीं कहा था न!" रघुमणि ने खीजकर कहा, "आधा रह गया है, पहले से। यह गोरा रंग देख तो कैसा सँवला गया है।"

"क्या कहा वकील ने?" भुवनेश्वरी ने पूछा।

"मकान का कब्जा लेने के लिए कुछ कागज बनवाने पड़ेंगे और कागज बनवाने के लिए रुपयों का प्रबंध करना पड़ेगा।"

"रुपयों का प्रबंध!" भुवनेश्वरी जैसे अपने आपसे बोली, "कहाँ से होगा रुपयों का प्रबंध! मैं तो कहती हूँ कि हम यहीं, माँ के मकान में रह लेंगे, उस मकान को बेच डालो–सारा संकट ही कट जाए।"

"उस मकान को बेचने के लिए, उस पर पहले अपना कब्जा चाहिए माँ!" स्वामी बोले, "जब तक कब्जा नहीं मिलता, तब तक वह हमारा है ही नहीं। और जो चीज हमारी नहीं है, उसे हम बेच कैसे सकते हैं?"

"क्यों, यदि खरीदने वाले को हम यह कहें कि वह हमें पहले पैसे दे दे।"

"मान लो कि कोई तुम्हें पैसे दे दे। तुम पैसे खर्च कर दो, और फिर किसी कानूनी अड़चन के कारण वह मकान तुम्हें न मिले, तो?" स्वामी बोले, "कोई ग्राहक इतना कच्चा नहीं हो सकता, जो बिना मकान का कब्जा लिए, तुम्हें उसका मूल्य दे दे।"

"अरे, तो इस मकान को बेच दो न!" रघुमणि ने कहा।

"इसे बेच दें और वह मिला नहीं तो?" भुवनेश्वरी ने पूछा, "फिर तो इससे भी जाएँगे!"

"तो फिर मेरी उस दो कट्ठा जमीन को क्यों नहीं बेच देती?" रघुमणि ने आग्रह से कहा, "कब से तो मैं कह रही हूँ। उसपर धान बोना है क्या?"

"मैं उसे बचाए रखना चाहती थी माँ!" भुवनेश्वरी बोली, "पर लगता है कि अब तुम्हारी जायदाद हमारे मुकदमे की बलि चढ़ेगी ही।"

"मेरी जायदाद!" रघुमणि बड़बड़ाईं, "मुझे छाती पर रखकर ले जानी है वह जमीन! तेरी ही तो है। तेरे काम आ जाए, तेरे बच्चों के काम आ जाए, तो मुझे और क्या चाहिए!"

"अच्छा बीले!" भुवनेश्वरी बोली, "बेच दे वह जमीन। माँ को आज तक मैंने कभी कुछ दिया तो है नहीं।"

"ठीक है माँ! मैं दलाल को कह दूँगा।" स्वामी बोले, "जमीन बिक जाएगी, तो उसके धन से तुम्हें मकान का कब्जा मिल जाएगा, फिर चाहे उस मकान को बेचकर नानी माँ को मालामाल कर देना।"

"हाँ! मैं मालामाल होकर रहूँ और तू द्वार-द्वार भिक्षा माँगता रह।" रघुमणि बोलीं, "जिसके खाने-पीने के दिन हैं, वह तो तपस्या कर रहा है, और मैं बुढ़िया मालामाल हो रही हूँ।"

"अरे, नानी माँ! तुम्हें बुढ़िया कहता कौन है?" स्वामी हँसे, "हम सब तो अभी बच्चे हैं, जवान तो एकमात्र तुम्ही हो। देखो न, हम सबके पालन-पोषण का पुरुषार्थ तुम्हीं तो दिखा रही हो।"

"और कुछ सीखा हो, न सीखा हो, किंतु संन्यासियों की ठग-विद्या खूब सीख गया है।" रघुमणि भी हँसीं, "जा! यह मोहिनी किसी कन्या पर डाल, जो तेरे पीछे-पीछे डोले और तेरा योग छुड़ा दे। मुझे जवान सिद्ध करके क्या होगा!"

"अच्छा, चलता हूँ।" स्वामी हँसते हुए उठ खड़े हुए, "चलकर मोहिनी डालने के लिए नानी माँ की पसंद की कोई कन्या ढूँढूँ।"

90

"लोग उन्हें पवहारी बाबा ही क्यों कहते हैं?" स्वामी ने पूछा, "यह उनका नाम तो नहीं हो सकता।"

"तुमने न मेरे विषय में कुछ पूछा, न पिता जी के विषय में, न गार्जीपुर के विषय में," सतीशचंद्र मुकर्जी ने मुस्कराते हुए कहा, "गार्जीपुर पहुँचते ही पवहारी बाबा। लगता है, तुम हमसे मिलने नहीं आए, बाबा के लिए ही आए हो।"

"सत्य तो यही है कि मैं तुम्हारी सहायता से बाबा से निलने आया हूँ।" स्वामी बोले।

"बाबा जब सारे भारत का भ्रमण कर लौटे तो उन्होंने अपने लिए एक गुफा खुदवा ली थी।" सतीश ने बताया, "वे उसमें प्रवेश कर घंटों बिताया करते थे। अपने आहार के विषय में भी वे कठोर नियमों का पालन करते थे। दिन-भर अपने छोटे-से आश्रम में काम करते, अपने आराध्य भगवान राम की पूजा करते, उत्तम प्रकार के विभिन्न व्यंजन तैयार करते। इन व्यंजनों का भगवान को भोग लगाकर, उन्हें अपने मित्रों तथा निर्धन लोगों में प्रसाद-स्वरूप बाँट देते थे। अन्य लोग जब सो जाते, तो बाबा तैरकर गंगा-पार चले जाते और वहाँ सारी रात साधना-भजन में बिताकर ब्राह्म-मुहूर्त में वे वापस लौट आते और अपने मित्रों को जगाकर, पुनः अपने नित्य कर्म में लग जाते। ऐसा करते-करते उनका अपना आहार दिन-प्रतिदिन कम होने लगा। सुना जाता है कि अंततः वे दिन-भर में केवल एक मुट्ठी नीम के कड़वे पत्ते अथवा कुछ लाल मिर्चें खाकर ही रह जाते थे।"

"ओह!" स्वामी ने आश्चर्य प्रकट किया।

"बाद में उन्होंने रात को गंगा-पार जाना भी छोड़ दिया," सतीश ने बताया, "वे अपना अधिकाधिक समय उस गुफा में ही बिताने लगे। वे उस गुफा में महीनों ध्यानमग्न बैठे रहते और फिर थोड़े समय के लिए बाहर निकलते। यह कोई नहीं

जानता था कि वे इस लंबी अवधि में वहाँ क्या खाकर रहते थे इसलिए लोग उन्हें 'पव-आहारी' अर्थात् वायु के आहार पर जीवित रहने वाले बाबा कहने लगे।"

"उनके दर्शन हो सकते हैं?" स्वामी ने पूछा।

"वे इतने सहज और सुलभ हैं कि कोई भी उनके पास जा सकता है, किंतु ध्यान में बैठे हों, तो उन तक कोई पहुँच नहीं सकता और वे ध्यान से कब उठेंगे, यह कोई कह नहीं सकता।"

"तो लोग उनसे कैसे मिलते हैं?" स्वामी ने पूछा।

"प्रतीक्षा करते हैं। बाबा मिल जाएँ तो ठीक, नहीं तो वापस।" सतीश बोला, "अधिकांश लोग, बाबा के ध्यान से उठ जाने की सूचना पाकर ही दर्शनार्थ जाते हैं।"

सतीश के पिता ईशान बाबू कमरे में आए और उत्फुल्ल स्वर में स्वामी की ओर बढ़े, "नरेन्द्र!"

किंतु स्वामी का वेश और आकृति देखकर जैसे स्तब्ध रह गए, "यह क्या कर लिया है नरेन्द्र?"

"क्या कर लिया है ईशान बाबू?" स्वामी ने नमस्कार के लिए हाथ जोड़े।

सतीश कुछ चौंका : उसका बाल-सखा नरेन्द्र, उसके पिता को सीधे-सीधे नाम से संबोधित कर रहा था।

"सिवाय अपने चेहरे के सब कुछ सुखा डाला है।" ईशान बाबू ने स्नेह जताया।

"कहाँ सुखा पाया।" स्वामी के स्वर में मात्र विनय अथवा शिष्टाचार नहीं था, सत्य का तेज था, "सोचा तो यह था कि या तो ईश्वर के दर्शन ही करूँगा, या फिर शरीर को सुखाकर इसका त्याग करूँगा; किंतु न ईश्वर के दर्शन हुए, न शरीर ही सूखकर गिरा।"

ईशान बाबू स्तब्ध रह गए–ऐसा संकल्प! और उस कथन में सत्य की वह कठोरता। क्या नरेन्द्र सचमुच इस सीमा तक जा सकता है?

"तुम्हारी तपस्या तुम्हारे चेहरे से प्रकट हो रही है।" ईशान बाबू ने स्वयं को सँभालकर कहा, "तुम्हारे साथ रहना और बातें करना अत्यंत सुखकर रहेगा ; किंतु मैं चौबीस तारीख को वाराणसी जा रहा हूँ। तीन दिन हैं, गंगा-दर्शन कर लो, पवहारी बाबा के दर्शन कर लो, अपने मित्र से गपशप कर लो, फिर मेरे साथ वाराणसी चलो, दोनों साथ-साथ विश्वनाथ जी के दर्शन करेंगे। वहीं से कलकत्ता चले जाएँगे।"

स्वामी गंगा-तट पर आए। अंजुलि में गंगा-जल लेकर प्रणाम किया। कितना मनोरम स्थान था! गंगा जी कितनी निर्मल हैं, किंतु उसमें स्नान करना कष्टसाध्य है। जल तक जाने का कोई सीधा मार्ग नहीं है। रेत में बहुत दूर तक चलना पड़ता है। पर यह स्थान स्वास्थ्य के लिए लाभदायक होना चाहिए। वैद्यनाथ का जल अपच कर देता है। प्रयाग में घनी बस्ती है। वाराणसी में मलेरिया का अभेद्य गढ़ है। गाजीपुर इन सबसे मुक्त है। बलराम बसु के यहाँ आकर रहना चाहिए।

अगले दिन स्वामी सतीश के साथ पवहारी बाबा के दर्शन करने के लिए गए।

चारों ओर ऊँची दीवारें थीं, देखने में अंग्रेज़ों के बड़े-बड़े बँगलों जैसा लगता था।

"भीतर नहीं जा सकते?" स्वामी ने पूछा।

"नहीं! उनकी इच्छा होगी तो स्वयं ही दरवाजे पर आकर, भीतर से बातचीत करेंगे।"

"भीतर है क्या?"

"कुछ लोग कहते हैं, अंदर बगीचा है। बड़े-बड़े कमरे तथा चिमनी इत्यादि हैं।"

"तो द्वार पर बैठकर बाबा के आने की प्रतीक्षा करें?" स्वामी ने पूछा।

"कोई लाभ नहीं है।" सतीश के मन में अलग योजना थी, "यहाँ आसपास बहुत लोग रहते हैं और वे बाबा की गतिविधि पर दृष्टि रखते हैं।" सतीश ने बताया, "बाबा जिन दिनों ध्यान नहीं कर रहे होते और दर्शन देते हैं, उन दिनों यह समाचार तुम्हें घर बैठे मिल जाएगा।" सतीश रुका, "आओ चलो! तुम्हें क्लब में ले चलूँ। वहाँ लोग तुमसे मिलना चाहते हैं।"

स्वामी प्रतिदिन सतीश से पूछ रहे थे कि बाबा के दर्शन कब होंगे, किंतु सतीश भी कुछ नहीं बता पा रहा था। यह तो कोई भी नहीं जानता था कि बाबा कब ध्यान छोड़कर बाहर निकलेंगे। और स्वामी का मन विचित्र प्रकार के द्वंद्व में फँसा हुआ था। वे मठ से वाराणसी जाने के लिए निकले थे। वाराणसी में दो-चार दिन रहकर उन्हें हृषीकेश जाना था। हृषीकेश से उत्तराखंड की यात्रा। अखंडानंद तिब्बत की यात्रा कर आए थे और स्वामी यहाँ गाजीपुर में बैठे थे। किंतु उन्हें अभी बाबा के दर्शन नहीं हुए थे।

ईशान बाबू ने वाराणसी जाते हुए पूछा भी था, "चलोगे नरेन?"

"अभी? कैसे जा सकता हूँ! अभी बाबा के दर्शन नहीं हुए हैं।" स्वामी ने कहा था।

"अरे! तो उनके दर्शन फिर कभी कर लेना।"

किंतु स्वामी के कानों में प्रयाग के गोविन्द बाबू का स्वर गूंज रहा था, "बनारस जहाँ है, वहीं रहेगा, किंतु पवहारी बाबा के विषय में यह नहीं कहा जा सकता।"

पर पवहारी बाबा अपना ध्यान ही नहीं तोड़ रहे थे। तंग आकर एक दिन स्वामी बाबा के द्वार पर जा बैठे : यह एक प्रकार से उनका अनशन था - कैसे दर्शन नहीं देंगे बाबा! स्वामी उनके द्वार पर भूखे-प्यासे बैठे रहेंगे। कहते हैं कि बाबा हठयोगी हैं, तो स्वामी का भी हठयोग ही सही। वे बाबा के दर्शन किए बिना नहीं जाएँगे...

गाजीपुर की जलवायु कलकत्ता से भिन्न थी। जनवरी का अंतिम सप्ताह गाजीपुर में बहुत ठंडा था। हवा भी अच्छी-खासी चल रही थी, जो वसंत के आने का अग्रिम संदेश था। किंतु यह वसंत के आगमन का संदेश ही था, स्वयं वसंत का नहीं। ठंड कुछ अधिक ही थी। स्वामी ने पर्याप्त ऊनी कपड़े भी नहीं पहने थे। संन्यासी के पास इतने कपड़े होते ही कहाँ हैं। ठंडी हवा से सिर में पीड़ा होने लगी, तो स्वामी को लगा, अब यहाँ और बैठना उचित नहीं था। बाबा पर उनके इस अनशन का कोई प्रभाव नहीं पड़ने वाला था। वे तो

अपनी इच्छा से ही दर्शन देंगे। शाम ढल रही थी और उसके साथ-साथ शीत का दंश तीखा होता जा रहा था। रात को यह शीत असहनीय हो जाएगा।...

स्वामी लौट आए, किंतु उनका द्वंद्व कुछ और ही बढ़ गया था। एक ओर उनका मन कहता था कि वे व्यर्थ ही अपना आगे बढ़ना टालकर यहाँ पड़े हुए हैं। संन्यासी के लिए एक स्थान पर इतनी देर तक टिके रहना उचित नहीं था। वैसे भी उन्हें शायद ठंड लग गई थी। सिर में तो पीड़ा थी ही, जुकाम भी आरंभ हो गया था। यदि वे यहाँ अस्वस्थ हो गए, तो उनकी उत्तराखंड की यात्रा और भी आगे खिसक जाएगी। बाबा के दर्शन हो जाते तो अच्छा था, किंतु यदि वे दर्शन नहीं देते, तो स्वामी कब तक वहाँ पड़े रहेंगे?

उन्हें बहुत प्रतीक्षा नहीं करनी पड़ी। सतीश ने सूचना दी कि बाबा के समाधि से उठने के लक्षण दिखाई पड़ रहे हैं। स्वामी ने तनिक भी विलंब नहीं किया। वे तत्काल बाबा के निवास पर जा पहुँचे। बाबा तक पहुँचने में उन्हें विशेष असुविधा नहीं हुई। स्वामी ने उन्हें साष्टांग प्रणाम किया।

"सुखी रहो बच्चा!" बाबा का स्वर अत्यंत मधुर और संगीतमय था।

'यह क्या योग की उपलब्धि है?' स्वामी ने सोचा और कहा, "बाबा! मन बहुत अशांत है। भटक रहा हूँ। लक्ष्य आज तक नहीं मिला। आप कुछ कृपा करें।"

बाबा हँसे–बहुत मंद और मधुर हास–"यह दास क्या कर सकता है! करने वाले तो प्रभु हैं। उनसे माँग। और किसी से भी क्यों माँगता है।"

"आपका बालक हूँ बाबा! आपकी शरण में आया हूँ।" स्वामी ने भक्तिपूर्वक कहा, "प्रभु की कृपा आपके माध्यम से ही आएगी।"

"दास क्या जाने, प्रभु की क्या इच्छा है।" बाबा बोले, "दास को यह अधिकार भी नहीं है कि वह प्रभु की लीला में अपनी टाँग अड़ाए।"

"अच्छा बाबा! एक प्रश्न पूछूँ?" स्वामी ने पूछा।

"तुम्हारी पूछने की प्रवृत्ति अभी गई नहीं।" बाबा की निश्छल हँसी फिर सुनाई दी, "पूछो।"

"आप संसार की सहायता करने के लिए गुफा से बाहर क्यों नहीं निकलते?"

"प्रभु स्वयं संसार की सहायता करने में असमर्थ हो गए हैं कि यह दास सेवा करे।" बाबा बोले, "अपने प्रभु पर ऐसा अविश्वास तो अच्छा नहीं।"

"टालने की बात न करें बाबा!" स्वामी ने आग्रह किया, "आपको समाज के सामने आने में संकोच क्यों है?"

"अपने प्रिय की सेज छोड़कर गला-गली डोलती गोरी को क्या मिल जाएगा?" बाबा हँस रहे थे।

"आप परिहास कर रहे हैं बाबा!" स्वामी करुण स्वर में बोले, "संसार में इतना दुःख है, इतनी पीड़ा है। आप उनके मध्य जाएँगे, तो उनका क्लेश मिट जाएगा।"

"गाजीपुर में कब तक हैं?"

"आपके दर्शन हो गए।" स्वामी बोले, "अब किसी भी दिन वाराणसी चला जाऊँगा।"

"मेरी शरण आए हैं। मेरी कृपा चाहते हैं। और किसी भी दिन चले जाएँगे।" बाबा हँसे, "कुछ दिन यहाँ ठहरकर मुझे कृतार्थ कीजिए। प्रभु आपका कल्याण करेगा।"

स्वामी तो जैसे स्तब्ध रह गए : क्या कह रहे हैं बाबा! वे उन्हें रुकने के लिए कह रहे हैं।... "प्रभु कल्याण करेगा"... कितना बड़ा आश्वासन है। उन्होंने दृष्टि उठाकर देखा : बाबा जा चुके थे।

स्वामी ने निकट खड़े बैरागी की ओर देखा।

"अब बाबा आज नहीं आएंगे।" उसने कहा और वह भी चला गया।

स्वामी दूसरी बार बाबा से मिले तो उन्होंने बाबा को कुछ और अच्छी तरह देखाः वे अच्छे लंबे-चौड़े और दोहरे शरीर के व्यक्ति थे। देखने में अपनी वास्तविक अवस्था से बहुत कम प्रतीत होते थे। उनकी एक ही आँख थी। उनकी वाणी का माधुर्य असाधारण ही नहीं, अद्भुत था।

"बाबा! यदि आप अपनी गुफा से बाहर नहीं निकलेंगे तो आपके यहाँ वर्तमान रहते, लोगों को आपका क्या सहयोग मिलेगा?" स्वामी ने पूछा, "आपको नहीं लगता कि लोग आपके संपर्क-लाभ से वंचित हो रहे हैं?"

"आपका लोक-संपर्क पर इतना बल क्यों है?" बाबा ने अपने मधुर ढंग से पूछा।

"मेरे गुरुदेव तो इसे 'माँ का कार्य' कहते थे।" स्वामी ने कहा, "वे चाहते थे कि मैं लोगों की सेवा करूँ। उन्हें सांसारिकता के मोह से जगाऊँ।"

बाबा कुछ देर चुप रहे।

"क्या बात है बाबा! कुछ कह क्यों नहीं रहे?"

"बीच में आपके गुरुदेव आ गए न!" बाबा हँसे, "उनसे मतभेद प्रकट करना इस दास को शोभा नहीं देता है।"

"बात उनसे विरोध की नहीं, बात तो मेरी जिज्ञासा की है बाबा!"

"आपकी क्या ऐसी धारणा है कि केवल स्थूल शरीर द्वारा ही दूसरों की सहायता हो सकती है? क्या शरीर के क्रियाशील हुए बिना केवल मन ही दूसरों के मन की सहायता नहीं कर सकता?"

स्वामी ने विचार किया, ठीक कह रहे थे बाबा। ठाकुर इस प्रकार गुफा में बंद होकर तो नहीं रहते थे; किंतु वे भी दक्षिणेश्वर से बाहर कम ही जाते थे। फिर भी अपने मन की शक्ति से ही उन्होंने अपने सारे शिष्य इकट्ठे कर लिए थे। क्या बाबा भी अपने मन की तरंगें इस सारे परिवेश में भेजकर उसे सात्त्विक बना रहे हैं।

"अच्छा, बाबा!" स्वामी पुनः बोले, "ऐसे श्रेष्ठ योगी होते हुए भी आप होमादि क्रिया तथा श्रीरघुनाथ जी की पूजा आदि कर्म–जिन्हें साधना की केवल आरंभिक अवस्था

माना जाता है–क्यों करते हैं?"

"मैं क्या जानूँ!" बाबा बोले, "दास तो वही करता है, जो प्रभु करवाता है। आरंभिक स्थिति है या अंतिम स्थिति, यह तो वे ही जानें, जो स्वामी हैं।"

"इसलिए पूछता हूँ बाबा!" स्वामी बोले, "ताकि मुझे भी मार्ग मिल सके। मुझे क्या करना है, जिससे मेरा विकास हो सके! आप अपने विकास के लिए ही तो यह करते होंगे।"

इस बार बाबा ने टालने का प्रयत्न नहीं किया। बोले, "आप यह क्यों समझ लेते हैं कि प्रत्येक व्यक्ति अपने ही कल्याण के लिए कर्म किया करता है? एक मनुष्य दूसरों के लिए कर्म नहीं कर सकता?"

"ओह!" स्वामी का ध्यान पहले इस ओर क्यों नहीं गया, न कृष्ण अपने लिए कर्म कर रहे थे, न बुद्ध, न ही ठाकुर अपने लिए कर्म कर रहे थे। यह तो निष्काम कर्म की चरम परिणति थी।...

"हमें क्या ऐसा प्राप्त करना है, जिसके लिए कर्म करें।" बाबा बोले, "सबसे बड़ा धन ईश्वर है।"

"पर ईश्वररूपी धन पाने के लिए तो कंगाल होना पड़ता है।"

"हाँ!" बाबा के चेहरे पर मंद हास उभरा, "ईश्वर उन अकिंचनों का धन है, जिन्होंने सब वस्तुओं का त्याग कर दिया है।"

स्वामी अपने सामने बैठे पूर्ण त्यागी को देख रहे थे। ठाकुर ने भी भयंकर पीड़ा के दिनों में भी माँ से कभी यह नहीं कहा कि 'मेरे शरीर की रक्षा करो' अथवा 'मेरे प्राणों की रक्षा करो।' यह शरीर भी उस प्रभु का दिया हुआ है। यह प्राण भी उसी के हैं। मेरा क्या है?

"ईश्वर अपने उन्हीं भक्तों को फिर कष्ट क्यों देता है बाबा?"

"कष्ट!" बाबा मुस्कराए, "कष्ट क्या होता है भक्त? ये सब तो मेरे प्रियतम के पास से आए हुए दूत हैं। यह उसका प्रेम है। आपको क्या उसके प्रेम की पहचान नहीं है? जिनसे रुष्ट होता है, उन्हें इतना सुख देता है कि वे उसे भूल जाते हैं।"

स्वामी का मन तत्काल बाबा से सहमत हो गया। ठाकुर ने इतनी पीड़ा क्यों पाई थी? ईसा क्रूस पर क्यों टँगे थे? तुलसीदास ने बाहु-मूल की पीड़ा क्यों सही थी? कबीर ने कहा था न : "सुख के माथे सिल पड़े, नाम हृदय ते जाय। बलिहारी वा दुःख के, जो पल-पल नाम रटाय।।"

"मूल मंत्र निष्काम कर्म है भक्त!" बाबा शायद पहली बार अपनी ओर से बोले थे, " 'कर्म' के साथ 'कामना' मत जोड़ो, उसे निष्काम ही रहने दो। एकाग्र होकर कर्म करो, पूर्ण तल्लीनता से। जिस प्रकार श्री रघुनाथ जी की पूजा अंतःकरण की पूर्ण तल्लीनता से करते हो, उसी एकाग्रता और लगन से ताँबे के क्षुद्र बर्तन को भी माँजो। यही कर्म-रहस्य है। 'जस साधन, तस सिद्धि।' अर्थात् ध्येय-प्राप्ति के साधनों से वैसा ही प्रेम रखना

चाहिए मानो वे स्वयं ही ध्येय हों।"

बाबा ने कहा था कि वे प्रातः गंगास्नान कर, दिन भर उपवास करें। सारा दिन हरिनाम का जप करें और अगले दिन प्रातः उनके पास विधिवत् दीक्षा के लिए आएँ। स्वामी सुबह से निरन्न ही थे और संध्या-समय अपनी चारपाई पर लेटे हुए मन ही मन हरिनाम का जप कर रहे थे। कमर की पीड़ा के कारण एक करवट लेटे रहना तो कठिन था ही, कभी कभी तो व्याकुलता से बार बार करवट बदलकर देखना पड़ता था कि उन्हें किसी भी स्थिति में लेटकर आराम मिलता है या नहीं।

स्वामी ने करवट बदली। उनके दाहिने ओर एक आकृति खड़ी थी। कौन? स्वामी ने सोचा–उनके इस एकांत कक्ष में, जहाँ वे साधना करते हैं, उनके अज्ञान में ही कौन आ गया? पर ये तो ठाकुर थे, उनके गुरु! श्रीरामकृष्ण देव! स्वामी अवाक् रह गए। यह उनका भ्रम था, या ठाकुर सचमुच ही उनके निकट आए थे?

स्वामी ने अपनी आँखें मलीं। ठाकुर की आकृति कुछ अधिक सजीव हो गई। वे खड़े थे चुपचाप। बहुत उदास मुद्रा थी और आँखें छलछलाई हुई थीं। ठाकुर इतने दुखी क्यों हैं? स्वामी ने स्वयं अपने आपसे पूछा–ठाकुर की ऐसी आकृति तो उन्होंने कभी नही देखी। वे तो आनंद के सागर थे। अपने रोग, अपनी शारीरिक पीड़ा की चरमावस्था में भी कभी इस प्रकार उनकी आँखें नहीं भर आईं! तो...?

स्वामी अपने स्थान से हिले नहीं। ठाकुर के भौतिक शरीर का दाह संस्कार उन लोगों ने अपने हाथों किया था। उनकी चिता-भस्म, राम दादा के काँकुड़गाछी योगोद्यान में और वराहनगर में मठ के पूजा-कक्ष में रखी हुई है। किसे छुएँगे स्वामी? यह ठाकुर का स्थूल शरीर तो हो ही नहीं सकता। तो क्या अपने सूक्ष्म शरीर में ठाकुर यहाँ आए हैं? श्रीमाँ ने भी कई बार चर्चा की थी कि जब भी वे अपने सौभाग्य चिह्न त्यागने लगती हैं, ठाकुर आकर उनके सम्मुख खड़े हो जाते हैं। वे उन्हें सदा यह विश्वास दिलाए रखना चाहते हैं कि वे उनके निकट हैं, उपस्थित हैं, वर्तमान हैं।

तो क्या ठाकुर आज उन्हें भी यही विश्वास दिलाने आए हैं? वे उनके साथ हैं। उनसे दूर नहीं हैं। श्रीमाँ सौभाग्य चिह्न त्यागने का उपक्रम करती हैं, तो वे प्रकट होते हैं, किंतु स्वामी क्या त्याग रहे हैं? स्वामी चौंके–तो क्या उनके गुरुभाइयों की यह आशंका सत्य है कि पवहारी बाबा से दीक्षा लेने का अर्थ है, ठाकुर को त्यागना?

स्वामी ने करवट बदल ली। पर करवट बदल लेने मात्र से यह भाव तो समाप्त नहीं हो जाता कि ठाकुर उनकी पीठ के पीछे खड़े हैं। और यह अनुभूति तो अत्यधिक भयानक थी कि ठाकुर उनके पास आए हैं और स्वामी उनकी ओर पीठ कर लेटे हुए हैं, जैसे वे उनका अपमान करना चाहते हो...

स्वामी ने पुनः करवट बदली। ठाकुर उसी प्रकार खड़े थे–उदास, पीड़ित आँखों में अश्रु भरे हुए बस, कुछ कह नहीं रहे थे। बोल क्यों नहीं रहे? स्वामी ने सोचा। किंतु

अशरीरी अनुभवों में कोई बोलता कहाँ है? स्वप्न में कोई बोलता है? फिर भी तो हम सारा संदर्भ समझते हैं, बातचीत करते हैं। कहते-सुनते हैं। क्या ठाकुर ने सब कुछ कह नहीं दिया? उनकी मनोवेदना क्या स्वामी समझ नहीं रहे? इसका अर्थ क्या यह नहीं है कि स्वामी चाहे अपने तर्कों से अपने मन को बहलाए रखें, किंतु सत्य को वे स्वयं नहीं जान रहे थे? वे जो कुछ कर रहे थे, उसका वास्तविक स्वरूप क्या था–यह ठाकुर समझ रहे थे, वराहनगर मठ में बैठे, उनके गुरुभाई समझ रहे थे। बस, नहीं समझ रहे थे तो स्वयं स्वामी ही नहीं समझ रहे थे। यह तो बिल्कुल वैसा ही है जैसे मदिरा, गणिका अथवा अन्य किसी विलास में आसक्त व्यक्ति ही नहीं जानता कि वह अपने विनाश की ओर बढ़ रहा है, जबकि शेष सारा समाज जानता है कि उसका अंत निकट है। क्या स्वामी की स्थिति भी सम्मोहित अथवा आसक्त व्यक्ति की सी है, जो अपने ही कृत्यों के स्वरूप को ठीक ठीक समझ नहीं पाता।

स्वामी का मन जैसे कुछ शांत हुआ। उनकी उत्तेजना कम हुई। अपने गुरुभाइयों की निर्णय-बुद्धि पर वे विश्वास करें या न करें, किंतु ठाकुर की प्रज्ञा पर वे संदेह नहीं कर सकते। यदि ठाकुर उनके इस निर्णय से दुखी हैं, तो वे अपना यह निर्णय त्याग देंगे। वे पवहारी बाबा से दीक्षा नहीं लेंगे।

स्वामी को लगा, जैसे उनके वक्ष पर से मनों बोझ उतर गया है। उनकी आत्मा जैसे हल्की और स्वच्छ हो गई है और उनका मन एक अद्भुत उन्मुक्तता का अनुभव कर रहा है। उन्होंने पलटकर देखा–ठाकुर अब वहाँ नहीं थे।

स्वामी चारपाई से उठ बैठे। चारों ओर दृष्टि घुमाई। ठाकुर कहीं नहीं थे। वे द्वार तक आए, कपाट भीतर से बंद थे।

91

स्वामी ने गिरीशचंद्र घोष के कपाट खटखटाए।

कपाट स्वयं गिरीश ने ही खोले। गिरीश में इतने ही दिनों में काफी परिवर्तन आ गया था। उम्र अधिक दिखने लगी थी और शरीर भी कुछ निढाल हो गया लगता था।

गिरीश ने भी कुछ चकित होकर स्वामी को देखा, जैसे पहचानने के लिए भी प्रयत्न करना पड़ रहा हो। सहसा उसकी आँखों में पहचान आई, "अरे भिखारी! साला संन्यासी! तू?" उसने आगे बढ़कर स्वामी को कंधों से थाम लिया।

"हाँ रे भाँड़! मैं ही हूँ।" स्वामी ने उसी चंचलता से उत्तर दिया, "तुम तो बुढ़ा गए जी.सी.!"

"आ, भीतर आ।" गिरीश ने भीतर आने का मार्ग दिया, "सुना, कैसा चल रहा है तुम्हारा मठ?"

स्वामी का चेहरा गंभीर हो गया। तत्काल उन्होंने कोई उत्तर नहीं दिया।

गिरीश ने बैठकर पूछा, "क्या बात है, कुछ बोलता क्यों नहीं? इस प्रकार गुमसुम खड़ा है जैसे फिर कोई शोक-समाचार लाया है।"

"जी.सी.! तुम नगर में तो रहते हो, पर शायद मठ के विषय में कुछ विशेष नहीं जानते।"

"क्या मतलब?"

"तुम जानते हो, सुरेन्द्रनाथ मित्र और बलराम बसु दोनों का देहांत हो चुका है। मठ का खर्च चलाने वाले मुख्यतः ये ही दोनों लोग थे।"

"ओह!" गिरीश ने जैसे स्वामी के कहे बिना ही बात भाँप ली, "तो मठ आर्थिक कठिनाई में है?"

"कठिनाई!" स्वामी ने कहा, "मैं तो यहाँ था नहीं। अब देख रहा हूँ कि शशि दिन-रात ठाकुर की पूजा-सेवा संबंधी दायित्वों में व्यस्त रहता है और फिर भिक्षा के लिए आसपास निकल जाता है। और कोई खाए न खाए, वह ठाकुर को तो भोग लगाएगा ही। कभी भिक्षा न मिले तो कहीं से एक कोंहड़ा ही तोड़ लाता है या कुँदरू की बेल की पत्तियों को उबालकर उनके साथ जैसा भी भात मिले अपने गुरुभाइयों को खिला देता है। राखाल यहाँ है नहीं। शरत् और सदानंद को मैं काली की देखभाल के लिए वाराणसी भेज चुका हूँ। शेष लोग सुबह उठकर ही जप और ध्यान में लग जाते हैं। कुछ खाने को मिला गया तो ठीक, नहीं तो मान लेते हैं—साधना ही सत्य है, शरीर और शारीरिक आवश्यकताओं का कोई महत्त्व नहीं है।"

"मुझे किसी ने बताया ही नहीं। नहीं तो मैं सुरेन्द्र और बलराम जैसा धनी चाहे नहीं हूँ, किंतु अपने गुरुभाइयों को इस प्रकार भूखा तो नहीं रहने देता।"

"इसीलिए तुम्हारे पास आया हूँ।" स्वामी ने कहा, "जानता हूँ कि बहुत धनी तुम नहीं हो, किंतु यदि इस समय तुमने और मास्टर महाशय ने नहीं सँभाला तो तुम्हारे गुरुभाइयों को यह मठ छोड़ना पड़ेगा।" स्वामी ने जैसे प्रस्तावना के रूप में कहा, "घर त्यागा है तो वे मठ भी त्याग सकते हैं। किंतु संकट यह है ठाकुर की चिता-भस्म और उनकी गद्दी कहाँ रखी जाएगी?" स्वामी ने रुककर एक चेतावनी भरी दृष्टि गिरीश पर डाली, "यदि तुम कहो कि वे वस्तुएँ राम दादा को सौंप दी जाएँ और उन्हें काँकुड़गाछी के उद्यान में प्रतिष्ठित कर दिया जाए, तो फिर पहले जैसा ही झगड़ा होगा। निरंजन और शशि तो मानेंगे ही नहीं, इस बार हम भी नहीं मानेंगे।"

"क्या चाहते हो?" गिरीश के स्वर में असहायता का अंश था।

"चाहते तो हम बहुत कुछ हैं।" स्वामी ने कुछ मुस्कराकर कहा, "हम गंगातट पर अपने गुरु का भव्य स्मारक बनाना चाहते हैं। उनका मंदिर, उनका आश्रम। सुरेन्द्र मित्र ने उसके लिए एक हजार रुपए देने का वचन भी दिया था। किंतु सुरेन्द्र मित्र के देहांत के पश्चात् उन हजार रुपयों की तो क्या, मठ के खर्च के लिए सौ रुपए महीना मिलने की भी आशा नहीं रह गई। इसलिए स्मारक के विषय में इस समय सोचना कठिन लग रहा है। ठाकुर के आदेश बहुत स्पष्ट हैं : उनके द्वारा स्थापित इस त्यागी-मंडली की मैं सेवा करूँ। त्यागी-भक्त एकसाथ रहें; और उसका दायित्व उन्होंने मुझे सौंपा था।"

"क्या करने की सोच रहे हो?"

"मैं तुलसी और तिल निवेदित कर तथा अपना शरीर अर्पित कर उनका दास हूँ। उनकी आज्ञाओं का पालन किसी भी प्रकार करूँगा ही। कलकत्ता ही नहीं, बंगाल भर के धनी-मानी व्यक्तियों से सहायता मांगूंगा। और यदि यहाँ यह संभव नहीं हुआ तो प्रदेश के बाहर अन्य प्रदेशों से धन संचित करने का प्रयत्न करूँगा। पर अभी तो यह कहने आया हूँ कि इस मठ को किसी प्रकार चलाए रखो। यह भी न रहा तो आगे का काम किसके आधार पर चलेगा?"

गिरीश सिर झुकाए सोचता रहा।

"स्थिति वस्तुतः गंभीर है। आश्वस्त रहो कि हम लोग अपने गुरुभाइयों को अन्न के अभाव में मरने नहीं देंगे। न छत के अभाव में इधर-उधर बिखरने देंगे। किंतु यदि स्मारक नहीं बन पाया तो सचमुच हमें धिक्कार है।" उसने स्वामी की ओर देखा, "तुम अपने घर नहीं गए?"

"चला जाऊँगा।" स्वामी ने धीरे से कहा, "मेरे लिए सब जगह एक ही समस्या है–धन का अभाव। अपने परिवार से लेकर अपने देश के सामान्य जन तक। कई बार मन में आता है कि यह सब छोड़-छाड़कर अपने देश के लिए कुछ करूँ, पर फिर न जाने कौन मेरा मार्ग ही नहीं रोकता, मेरे उत्साह पर भी ठंडे छींटे दे देता है। धीरे-धीरे मेरी समझ में आ रहा है कि भारत ही एकमात्र ऐसा देश है जिसके जीवन का आधार धर्म है। हमारा उत्थान हुआ था तो अध्यात्म के मार्ग से ही। हमारा पतन हुआ है तो अध्यात्म के त्याग के कारण ही। हम यदि अपना स्वार्थ त्याग सकें, अपने जीवन के आधार के रूप में अध्यात्म को स्वीकार कर सकें, तो हमारा चहुँमुखी विकास होगा। ऐसे में मुझे लगने लगता है कि मेरा अध्यात्म अंततः मुझे देशभक्ति की ओर ले जाता है और मेरी देशभक्ति मुझे अध्यात्म की ओर प्रेरित करती है।" स्वामी ने रुककर गिरीश की ओर देखा, "मुझे अपने परिवार और अपने मठ की समस्याओं का समाधान तो करना ही है, पर मुझे अपने देश और आत्मा की समस्याओं का समाधान भी करना है।"

"तो क्या सोच रहे हो तुम?"

"सोचना क्या है? वह धम्मपद में कहा है न कि न किसी से डरो, न किसी की चिंता करो, गैंड़े के समान अकेले पृथ्वी पर विचरो। सिंह के समान, जो भैरव से कंपित नहीं होता; वायु के समान, जो किसी जाल में नहीं फँसता; कमल के पुष्प की पंखुड़ी के समान, जो पानी से भीगती नहीं–निर्लिप्त और अनासक्त होकर गैंड़े के समान पृथ्वी पर अकेले विचरो।"

"विचित्र आदमी हो तुम।" गिरीश बोला, "एक ओर मठ चलाने की बात कर रहे हो, गुरुदेव का स्मारक बनवा रहे हो और दूसरी ओर स्वयं ही इन सबमें से निकल भागना चाहते हो।"

"ठीक कह रहे हो, विचित्र आदमी तो हूँ ही। सुनो! गंगाधर कश्मीर में पुलिस द्वारा

जासूसी के संदेह में बंदी बना लिया गया था। यहाँ का पता देकर बड़ी कठिनाई से छूटा। यहाँ आया तो बालीगंज स्टेशन पर ही पुलिस ने पुनः उसे किसी संदेह में धर लिया। इंस्पेक्टर उसे लेकर मठ में आया और हमारी साक्षी का विश्वास कर उसे छोड़ गया। उससे भी विरजा होम करवा, गेरुआ वस्त्र दे दिया है। उसका नाम अब अखंडानंद है।"

"तो?" गिरीश ने पूछा।

"उसी अखंडानंद को लेकर उत्तराखंड की यात्रा पर जाने की सोच रहा हूँ।"

"उसी को क्यों?"

"क्योंकि हिमालय-क्षेत्र में यात्रा का अनुभव कदाचित् उसी को सबसे अधिक है।" स्वामी कुछ चंचल हो आए थे, "तुम्हारे कहे अनुसार विचित्र आदमी न होता तो तुम्हारे ही समान भाँड़ का जीवन न जीता।"

"अच्छा, आ गए तुम अपनी औकात पर!" गिरीश बोला, "भिक्षा भी माँगोगे और गाली भी दोगे!"

और वे दोनों एक साथ ही जोर से हँस पड़े।

92

मठ लौटते हुए रास्ते में स्वामी उपेन्द्रनाथ मुकर्जी के घर चले गए। उपेन्द्र ने उल्लसित भाव से उनका स्वागत किया, "अरे, नरेन्द्र, तुम आ गए? मैं सोच ही रहा था कि तुमसे संपर्क करूँ।"

"क्यों, क्या बात है?" स्वामी ने पूछा, "कोई प्रसन्नता की बात हो तो मिठाई खिलाओ।"

उपेन्द्रनाथ आकर बैठ गया, "भई, वह जो पुस्तक थी न 'राजभाषा', वह तो धड़ाधड़ बिक रही है। उससे बसुमती साहित्य मंदिर का नाम तत्काल चारों ओर फैल गया है।"

"यह तो सचमुच ही संदेश खिलाने वाली बात है।" स्वामी हँसे, "अब तुम एक काम और करो कि पुराणों का बँगला अनुवाद सस्ते दामों में छापो और जन-सामान्य तक पहुँचाओ। तुम देखोगे कि लोग इन पुस्तकों के कितने भूखे हैं। 'राजभाषा' छापकर तुमने पता नहीं कितनी अंग्रेज़ी की सेवा की है और कितनी अपने देशवासियों की, पर पुराण छापकर निश्चित् रूप से तुम बंगवासियों का उपकार करोगे।"

"हाँ! यह तो अच्छा विचार है।" उपेन्द्र जैसे उसी समय से उस योजना पर विचार कर रहा था, "यह मुझे पहले क्यों नहीं सूझा!"

"नहीं सूझा, तो नहीं सही।" स्वामी हँसे, 'मैं जो बैठा हूँ सुझाने वाला। अपना तो जीवन का लक्ष्य ही एक है–योजना, प्रस्ताव और उपदेश।"

किंतु उपेन्द्र स्वामी का साथ नहीं दे सका। वह अकस्मात् ही गंभीर हो गया, "तुम्हारे सुझाने की बात से याद आया। तुम सचमुच बहुत लोगों को बहुत कुछ सुझाते रहते हो, किंतु सुझाने से पहले व्यक्ति और उसका लक्ष्य तो देख लिया करो।"

"मैं समझा नहीं!" स्वामी की आँखों में जिज्ञासा थी।

"धीरेन्द्र पाल को जानते हो?"

"क्यों नहीं जानता।" स्वामी बोले, "किसी समय वह मेरा पड़ौसी था। बाद में पता चला कि वह शरत् और शशि का बाल-सखा भी था।"

"तुम यह तो नहीं भूले होगे कि अपने पिताजी के देहांत के पश्चात् जब तुम उसके पास काम पाने की आशा से गए थे तो उसने कुछ कुत्सित प्रस्ताव किए थे?"

"भूला तो नहीं हूँ।" स्वामी बोले, "किंतु यह सब स्मरण करने का क्या लाभ?"

"यह भी जानते होगे कि उसके चारित्रिक पतन के कारण उसके अपने मित्रों ने उसे छोड़ दिया है?" उपेन्द्र बोला, "और यह भी जानते होगे कि शरत् और शशि उससे बात भी नहीं करते?"

"जानता हूँ।"

"और फिर भी तुम उससे मिलते-जुलते हो?"

"मैं संन्यासी हूँ। मेरा काम किसी से घृणा करना नहीं है।" स्वामी बोले।

"घृणा मत करो, किंतु वे लोग तुम्हारा लाभ तो न उठा पाएँ–इसका तो ध्यान रखो।"

"तुम स्पष्ट रूप से बताते क्यों नहीं?" स्वामी बोले।

"धीरेन्द्र पाल तुमसे बलराम बसु के घर में मिलने आया था?"

"हाँ!"

"उसने तुमसे 'दैनिक बंगवासी' तथा तारकेश्वर मन्दिर के महंत के बीच हुई लड़ाई की चर्चा की थी और उस संदर्भ में समाचारपत्रों में प्रकाशित निबंधों की सूचना दी थी?" उपेन्द्र ने पूछा।

"हाँ! और मैंने कहा था, यदि मैं महंत का वकील होता तो ये-ये तर्क देता।"

"तुमने धर्मशास्त्रों से कई श्लोक उद्धृत किए थे, जो कानून की दृष्टि से महंत की स्थिति पुष्ट करते थे?"

"हाँ!" स्वामी बोले, "पर मैंने तो वह सब परिहास में ही कहा था। मैं महंत का मुकदमा लड़ने तो जा नहीं रहा।"

"तुमने तो यह सब परिहास में कहा था, किंतु धीरेन्द्र पाल ने वह सब लिख लिया था और उसने महंत से मिलकर वे सारे तर्क और उद्धरण उसके सामने प्रस्तुत कर दिए और जानते हो?"

"क्या?"

"उसने इस सेवा के पारिश्रमिक-स्वरूप महंत से दो सौ पचास रुपए वसूल किए। इतनी राशि, जिससे तुम्हारे परिवार का कई महीनों का खर्च चल जाता।"

स्वामी गंभीर हो गए, "मुझे लोभ न दिखाओ, नहीं तो मेरे मन में अपने प्रत्येक शब्द और प्रत्येक कृत्य का मूल्य वसूलने का कुविचार जागेगा। संन्यासी की क्षमताएँ अपने लिए नहीं होतीं।"

"पर तुम यह तो सोचो कि तुम किसकी सहायता कर रहे हो!" उपेन्द्र बोला, "वह चरित्रहीन, कुत्सित व्यक्ति।"

स्वामी ने अपनी दाहिनी हथेली उठा, उपेन्द्र को आगे बोलने से रोक दिया, "वह दरिद्र है। मेरे पास किसी को देने के लिए एक मुट्ठी अन्न भी नहीं है। मेरे लिए यही संतोष बहुत है कि उसको मेरे कारण एक कौर भोजन मिल गया।" स्वामी उठ खड़े हुए, "और वह इतना कुत्सित भी नहीं है। तारकेश्वर से जब वह कलकत्ता लौटा तो उसने स्वयं अपने मुख से यह सब मुझे बता दिया था।"

93

स्वामी और अखंडानन्द ने श्रीमाँ को साष्टांग प्रणाम किया।

"ठाकुर तुम्हारा कल्याण करें पुत्र! उठो। कैसे हो?"

"सुखी हैं माँ!" स्वामी ने कहा, "किंतु आप कहाँ ठहरी हैं? इस घुसुड़ी गाँव में कोई सुख-सुविधा तो है नहीं। और वैसे भी यह स्थान बेलुड़ के श्मशान के बहुत निकट है।"

"जहाँ भक्त ठहरा दें, वहीं सुख मानना चाहिए पुत्र!" श्रीमाँ के मुख पर किंचित् मुस्कान थी, "वैसे कामारपुकुर और जयरामवाटी में ही कौन सी सुख-सुविधा है। मैं इन सबकी अभ्यस्त हूँ। तुम बताओ, तुम्हारा मठ कैसा चल रहा है?" "मठ को अब गिरीश घोष और मास्टर मोशाय सँभालने का प्रयत्न कर रहे हैं, किंतु मठ के भाई बहुत कष्ट में हैं। खाने को नहीं, पहनने को नहीं। कोई रुग्ण हो जाए तो दवा-दारू नहीं।" स्वामी बोले, "वे प्रातः उठकर ही साधना में लग जाते हैं। खाने को कुछ न मिले तो दुखी होने के स्थान पर यह मान प्रसन्न हो जाते हैं कि चलो, खाने पर समय नष्ट नहीं हुआ। साधना के लिए अधिक समय मिल गया।"

"मैं बोधगया में थी नरेन, तो मैंने देखा कि भगवान के नाम पर कितना ऐश्वर्य संचित था वहाँ।" श्रीमाँ बोली, "कैसा हुआ होगा मेरा मन, सोचो। मेरे मन में ठाकुर के प्रति भाव उठा, 'तुम मनुष्य के रूप में आए, अपने भक्तों के साथ लीला की और चले गए। बस! सब समाप्त हो गया क्या? यदि यही होना था तो फिर संसार में आकर इतना कष्ट सहने की क्या आवश्यकता थी? मैंने वाराणसी और वृन्दावन में असंख्य साधु देखे हैं, जो भिक्षा माँगकर खाते हैं और एक वृक्ष की छाया से दूसरे वृक्ष की छाया में अपना डेरा बदलते हैं। ऐसे साधुओं की न इस देश में कमी थी, न है। मेरे जिन बच्चों ने तुम्हारे नाम पर अपना घर-बार और भविष्य छोड़ा है, मैं उनको द्वार-द्वार भीख माँगते नहीं देख सकती। मेरी प्रार्थना है कि तुम्हारे नाम पर सर्वस्व त्यागने वाले ये बच्चे मोटे अन्न और मोटे वस्त्र के अभाव में न रहें। वे एक साथ रहें, तुम्हारा नाम जपें, तुम्हारे विचारों और आदर्शों का वहन करें, और भव-आतप से दुखी लोग उनके पास आकर कुछ शांति पाएँ। क्या तुम इसके लिए नहीं आए थे? इन बच्चों को इस प्रकार भटकते देखकर मुझे बहुत कष्ट होता है।'"

स्वामी, श्रीमाँ को देख रहे थे–वे बच्चों के कष्ट से दुखी थीं, पर कामारपुकुर में जिस

प्रकार का जीवन उन्होंने व्यतीत किया है, वह मठ के भाइयों के जीवन से कम कष्टप्रद था? उन्होंने एक बार भी ठाकुर से उसकी शिकायत नहीं की। एक बार भी ठाकुर से अपने लिए कुछ नहीं माँगा।

"तो मठ में मेरे बच्चे फिर क्या खाते हैं?" श्रीमाँ ने उनकी ओर देखा।

"स्थिति देखकर कोई भी भिक्षाटन के लिए चला जाता है।" अखंडानन्द ने कहा, "किंतु यदि कोई न जा सके, तो शशि तो है न! वह मठ के भाइयों के खान-पान का ध्यान किसी माँ के समान रखता है। वैसे भी कोई चाहे भूखा रह जाए, किंतु वह ठाकुर को भूखा नहीं रख सकता। उनको तो वह भोग लगाएगा ही। वह भिक्षा माँगकर लाता है, ठाकुर को भोग लगाता है और अपने भाइयों को भी उनकी साधना के मध्य में से बलात् घसीटकर कुछ न कुछ खिला देता है। छोटे बच्चों के मुख में माँ जैसे किसी न किसी प्रकार दो कौर डाल ही देती है, वैसे ही शशि भी किसी न किसी प्रकार उनके मुख में कुछ न कुछ प्रविष्ट करा ही देता है।"

"धन्य है शशि की सेवा!" श्रीमाँ बोलीं।

"माँ, वह तो एक स्कूल में नौकरी को भी तैयार हो गया था, ताकि अपने वेतन से वह मठ के भाइयों का भरण-पोषण कर सके।" स्वामी बोले, "अभी तो उसे रोक दिया है, किंतु हमारे जाने के पश्चात् वह अपने आपको रोक पाएगा या नहीं, कहना कठिन है।"

"तुम कहीं जा रहे हो?" श्रीमाँ ने पूछा।

"हाँ, माँ! मैं गंगाधर को साथ लेकर जा रहा हूँ।"

"कहाँ जा रहे हो?"

"तपस्या के लिए हिमालय-क्षेत्र में जाना चाहता हूँ माँ!" स्वामी बोले, "सोचा है, गंगा मैया के तट के साथ-साथ पैदल चलूँगा। साधारण संन्यासी के समान भिक्षा माँगूँगा और इस यात्रा को अपनी आध्यात्मिक साधना मानूँगा।"

"मठ में गुरुभाइयों को बता दिया है?"

"ओह!" अखंडानन्द बोले, "नरेन ने मठ में कहा, 'जा रहा हूँ, तब तक वापस नहीं लौटूँगा, जब तक यह अनुभूति न पा लूँ कि मेरे स्पर्श मात्र से मनुष्य दिव्य परिवर्तन को प्राप्त कर लेगा।'"

"बड़ा कठोर संकल्प किया है।" श्रीमाँ बोलीं।

"बिना कठोर हुए काम कहाँ बनता है माँ!" स्वामी बोले, "अच्छा! अब इस गंगाधर की बातें मत सुनो। मेरा भजन सुनो।"

"सुना पुत्र! तेरे किन्नर-कंठ का संगीत भी ईश्वर की दिव्य विभूति है।" श्रीमाँ ने स्वामी की ओर अपेक्षापूर्ण दृष्टि से देखा।

स्वामी ने गाना आरंभ किया, "अब लौं नसानी, अब न नसैहों। रामकृपा भवनिसा सिरानी, जागै अब न डसैहों।।"

जैसे-जैसे भजन आगे बढ़ रहे थे, स्वामी की तन्मयता बढ़ती जा रही थी। वे एक के पश्चात् एक गीत गाते जा रहे थे और लग रहा था कि वे ध्यान का एक के बाद एक सोपान चढ़ते जा रहे हैं। बजाय थकने के उनकी स्फूर्ति जैसे बढ़ती जा रही थी।

तीन भजनों के पश्चात् स्वामी रुके तो श्रीमाँ बोलीं, "पुत्र! तुम्हारे भीतर योग और संगीत एक हो गए लगते हैं। तुम सूक्ष्म शब्द को भी साक्षात् कर देते हो।"

"माँ, आपने गिरीश घोष के नाटक 'बिलवा मंगल' के मंचन के समय की वह घटना सुनी है?" अखंडानन्द ने पूछा।

श्रीमाँ ने उसकी ओर देखा, जैसे पूछ रही हों, "कौन-सी घटना?"

" 'बिलवा मंगल' का मंचन तभी समाप्त हुआ था और गिरीश घोष की मंडली तथा उनके मित्र मंच पर एकत्रित हो आए थे। तभी गिरीश घोष हमारे नरेन को पकड़कर वहीं ले आया और बोला, 'मैंने तुम्हें नाटक दिखाया, तुम हमें गीत सुनाओ।' आपने देखा ही है, गाने का आग्रह करने पर नरेन कभी मना नहीं करते। बड़ी तत्परता से गाने लगते हैं। गिरीश ने इन्हें मंच पर बैठा दिया, जहाँ उसकी मंडली की अभिनेत्रियाँ इधर-उधर बैठी सुस्ता रही थीं। नरेन ने तानपूरा साधा और गाने लगे। गाते ही जैसे वे योग तक जा पहुँचे। मंच पर इधर-उधर अस्त-व्यस्त बैठी हुई अभिनेत्रियाँ कुछ अटपटा महसूस कर, अचकचाकर उठ खड़ी हुईं और दूर चली गईं। गिरीश घोष ने उनकी परेशानी देखी। उसका कारण उसकी समझ में नहीं आया; किंतु दो भजनों के पश्चात् वह नरेन को वहाँ से उठा ले गया, ताकि उसकी अभिनेत्रियाँ कुछ सहज हो सकें। अगले दिन जब उसने उन अभिनेत्रियों की परेशानी का कारण पूछा तो उन्होंने उसे उपालंभ देते हुए कहा, 'हम हल्के चरित्र की साधारण नाचने-गाने वाली लड़कियाँ हैं। आपने एक ऐसे साधक को हमारे निकट ला बैठाया, जिसकी छाया से भी हम मलिन हैं। उसकी सात्त्विकता के निकट जाने का हमारा साहस ही नहीं हो सकता।' "

"हाँ। इसमें तो कोई संदेह नहीं कि नरेन्द्र का संगीत तपोभूमि की सृष्टि कर देता है।"

"माँ, आप भी किसकी बातों में आ गईं।" स्वामी कुछ संकुचित होते हुए बोले, "गंगाधर तो लबाड़िया है। अच्छा माँ! अब हमें अनुमति दीजिए। यदि मैं सफल हुआ, यदि मैं सच्चा मनुष्य बनकर लौट सका, तभी आऊंगा, नहीं तो यह अंतिम दर्शन है।"

"क्या कह रहे हो पुत्र?" श्रीमाँ बोली, "यह कैसी बात?"

"नहीं माँ! आपके आशीर्वाद से सफल होकर शीघ्र लौटूँगा।" स्वामी मुस्कराए।

"ज्ञानलाभ और कार्यसिद्धि के पश्चात् शीघ्र लौटो पुत्र!" श्रीमाँ ने आशीर्वाद दिया, "अपनी माँ से मिलने अपने घर कब जाओगे?'

निमिष भर के लिए स्वामी जैसे अवाक् रह गए। फिर बोले, "मेरी माँ तो बस आप हैं माँ! और किसी माँ का कोई काम नहीं।"

श्रीमाँ की आँखों में अश्रु आ गए। पल्लू से आँसू पोंछकर उन्होंने अखंडानन्द की

ओर देखा, "पुत्र गंगा! मैं अपना, हम सबका, सर्वस्व तुम्हारे हाथों में सौंप रही हूँ। इसका ध्यान रखना। तुमने पहाड़ों में यात्राएँ की हैं। तुम अधिक अनुभवी हो। इसके खाने-पीने का ध्यान रखना।"

स्वामी और अखंडानन्द ने श्रीमाँ को साष्टांग प्रणाम किया और उठकर चले गए।

श्रीमाँ उनकी दूर होती हुई आकृतियों को देखती रहीं...

ठीक कहा था श्रीमाँ ने! नरेन्द्र उनका सर्वस्व था–ठाकुर का, माँ का, अपने गुरुभाइयों का।

अपनी अर्धचेतनावस्था में उन्होंने एक दिव्य दृश्य देखा था–ठाकुर पीपल के वृक्ष के समीप खड़े थे। वे चलकर नरेन्द्र के निकट आए और उसके शरीर में विलीन हो गए।

नरेन्द्र सचमुच ही उन सबका सर्वस्व था।

94

1890 ई. के अगस्त का पहला सप्ताह था। प्रातः धारासार वर्षा हुई थी; और अब बादलों का छंट जाना अच्छा लग रहा था।

मन्मथनाथ चौधरी दोपहर के भोजन के पश्चात् अपने बंगले के खुले वरांडे में रखी कुर्सियों में से एक पर बैठे थे। यहां से गंगा की धारा भली प्रकार दिखाई देती थी। किंतु इस समय उनका ध्यान अपने सामने बैठे दो संन्यासियों पर टिका था और वे बुरी तरह खीजे हुए थे।

प्रातः राजा शिवचंद्र के पुत्र कुमार नित्यानन्दसिंह इन साधुओं को मन्मथ बाबू को यह कह कर सौंप गए थे कि उनसे कुमार की भेंट गंगातट पर हुई थी और कुमार उन दोनों की असाधारणता से बहुत प्रभावित हुए थे।

कुमार के जाने के पश्चात् अपने ढंग से उन्होंने संन्यासियों के सम्मुख अपना विरोध जता दिया था, "शायद आप लोग हिंदू हैं। सनातनी हिंदू।"

"सुविधा के लिए यही मान लीजिए।" उनमें से एक ने कहा था।

"किंतु मैं ब्राह्म हूं।" मन्मथ बाबू ने कुछ कठोर होने का प्रयत्न किया था, "आप जानते हैं कि ब्राह्म लोग हिंदू नहीं होते। मुझे हिंदू शास्त्रों पर तनिक भी श्रद्धा नहीं है।"

संन्यासियों ने मुस्कराकर वह सूचना स्वीकार कर ली। कोई टिप्पणी नहीं की। मन्मथ बाबू को लगा, उनकी नीति सफल नहीं हुई। उन्हें कुछ अधिक प्रहारक होना चाहिए था।

"मेरे घर में भोजन से आपका धर्म भ्रष्ट हो सकता है।" अपनी वाणी की वक्रता से वे स्वयं ही सहम गए थे।

"यह आचार-विचार गृहस्थों का है।" पहले संन्यासी ने ही पुनः कहा, "संन्यासी सामाजिक बंधनों से मुक्त होता है।"

"हां।" मन्मथ बाबू सोच रहे थे, "फोकट में भोजन पाना हो तो इस प्रकार के आदर्श बघारने चाहिएं।" बोले, "किंतु धार्मिक बंधनों से तो मुक्त नहीं होता संन्यासी।"

"नहीं।"

"तो विधर्मी के घर भोजन से आपका धर्म रोकता नहीं आपको?"

"जाति-पांति तथा संप्रदाय-भेद को धर्म नहीं मानता।" वही संन्यासी पुनः बोला, "यह व्यवस्था समाज की है, समाज की भी नहीं, व्यवसायों की है। धर्म का इनसे कुछ लेना देना नहीं है।"

"कहां की यात्रा कर रहे हैं आप?" मन्मथ बाबू ने पूछा।

"हिमालय क्षेत्र की यात्रा करना चाहते हैं।"

"क्यों?"

"तपस्या के विचार से।"

"कलकत्ता में तपस्या नहीं हो सकती?"

"अब तक जो कुछ किया है, कलकत्ता में ही किया है; किंतु कलकत्ता में घर परिवार, मित्र बंधु, गुरुभाई बहुत निकट हैं। वहां साधक का मोह नहीं छूटता। उसके लिए आवश्यक है कि साधक एकांतवास करे, या कम से कम अपने प्रियजनों से तो दूर ही रहे।"

मन्मथ बाबू को जैसे अपने मतलब का सूत्र मिल गया, "किस परिवार के हैं आप? आपके माता पिता कौन हैं? कहां रहते हैं?"

संन्यासी बहुत सधे हुए ढंग से मुस्कराया, "संन्यासी से उसके पूर्वाश्रम और अतीत के विषय में कुछ नहीं पूछना चाहिए।"

संन्यासी ने एक ही वाक्य से उन्हें निरस्त कर दिया था, किंतु मन्मथ बाबू उससे प्रभावित नहीं, आहत हुए थे। भिखमंगा चतुर है। शब्द-चातुरी में पारंगत है। अपने व्यवसाय के सारे मंत्र जानता है। इससे और वार्तालाप का कोई लाभ नहीं था।

मन्मथ बाबू ने पास रखी एक पुस्तक उठा ली–वे पढ़ते रहेंगे तो संन्यासी अपनी उपेक्षा मानकर स्वयं ही उठ जाएंगे। रूठ कर उनके घर से ही चले जाएं तो और भी अच्छा है।

"कौन सी पुस्तक पढ़ रहे हैं?" सहसा पहले साधु ने सीधे मन्मथ बाबू से ही पूछ लिया।

"बौद्धधर्म पर लिखी गई एक पुस्तक का अंग्रेज़ी में अनुवाद है।" मन्मथ बाबू के स्वर में स्पष्ट व्यंग्य था, "कुछ पढ़े लिखे भी हैं? अंग्रेज़ी आती है?"

"थोड़ी थोड़ी।" साधु मुसकरा कर बांग्ला में ही बोला, "अंग्रेज़ी जानने से ही कोई पढ़ा लिखा हो जाता है?"

"क्यों! पढ़ लिख कर ही तो अंग्रेज़ी आती है।" मन्मथ बाबू ने कुछ आवेश में कहा।

"नहीं! ऐसे बहुत सारे अंग्रेज़ और अमरीकी हैं जो तनिक भी पढ़े लिखे नहीं हैं किंतु उनको अंग्रेज़ी आती है।"

"पर भारत में ऐसा नहीं है।" मन्मथ बाबू ने स्वयं को संभाला, "आप पढ़े लिखे हैं, तो महात्मा बुद्ध के विषय में भी कुछ जानते होंगे। नाम तो सुना ही होगा?"

उन्होंने प्रश्न अंग्रेज़ी में ही किया था। सोचा, अभी इस पाखंडी की पोल खुल जाती है।

"कौन हिंदू उनके विषय में नहीं जानता।" साधु ने अपनी ओर से कोई टिप्पणी नहीं की।

"आपका उनके विषय में क्या विचार है?" मन्मथ बाबू साधु को घेर लेना चाहते थे।

"सर्वभूतों के प्रति और विशेषकर अज्ञानी और दीन जनों के प्रति अद्‌भुत सहानुभूति में ही तथागत का महान गौरव सन्निहित है।" संन्यासी ने परिष्कृत अंग्रेज़ी में कहा, "बुद्धदेव सदा यही कहते, 'मैं दरिद्र और साधारण जनों के लिए आया हूं, अतः मुझे जनभाषा में ही बोलने दो। यही कारण है कि उनके अधिकांश उपदेश अब तक भारत की तत्कालीन भाषा में ही पाए जाते हैं।"

मन्मथ बाबू का मुख आश्चर्य से खुल गया : उन्हें एक भिखारी से इस विचार की अपेक्षा नहीं थी, न ही इस भाषा की। कुछ संभलकर अंग्रेज़ी में बोले, "क्या आप यह मानते हैं कि बुद्ध के दर्शन के पश्चात् ईश्वर की आवश्यकता ही नहीं रह गई है?"

संन्यासी मुसकराया, "दर्शनशास्त्र और तत्वज्ञान का स्थान जो भी हो, पर जबतक इस लोक में मृत्यु नाम की घटना है, जबतक मानव हृदय में दुर्बलता जैसा भाव है, जबतक मनुष्य में अंतःकरण से दुर्बलताजनित करुण क्रंदन बाहर निकलता है, तबतक इस संसार में ईश्वर में विश्वास बना रहेगा।"

मन्मथ बाबू ने चर्चा की दिशा बदल दी, "आप भगवान को मानते हैं?"

"केवल भगवान को ही मानता हूं।"

"श्रीकृष्ण को भगवान मानते हैं?" लगा, मन्मथ बाबू अपने मन में चिरसंचित कोई प्रश्न पूछ रहे हों।

"हां! श्रीकृष्ण को भगवान नहीं मानूंगा तो और किसे मानूंगा।" संन्यासी की आंखों में अद्‌भुत चमक थी।

"तो उन्होंने गोपियों से प्रेम कर उनसे विवाह क्यों नहीं किया?"

"श्रीकृष्ण तो मुझ से भी प्रेम करते हैं, तो क्या वे मुझ से विवाह कर लें?"

"आप परिहास कर रहे हैं।"

"नहीं। मैं पूर्ण गंभीरता से कह रहा हूं।" संन्यासी ने कहा, "यदि आप श्रीकृष्ण से यह अपेक्षा करते हैं कि वे सारी गोपियों से विवाह कर लेते, तो आप न उनके प्रेम को समझते हैं, न गोपियों के प्रेम को। वह कामविहीन प्रेम था–अलौकिक प्रेम। उसकी परिणति विवाह नहीं –भगवद्प्राप्ति थी। काम संबंध तो उस दिव्य प्रेम को लौकिक धरातल पर ले आता। वृन्दावन में श्रीकृष्ण की अवस्था ही क्या थी? निरे बालक ही तो थे।"

"अच्छा स्वामी जी! यह बताइए कि भगवान राम ने सीता की अग्निपरीक्षा क्यों ली? किसी व्यक्ति की परीक्षा लेने के लिए उसे अग्नि में प्रविष्ट कराना तो कोई मानवता नहीं है।"

"भगवान राम ने सीता माता को अग्नि में प्रविष्ट कराया, क्योंकि वे भगवान थे। अग्नि में प्रविष्ट कराकर भी वे उनकी रक्षा कर सकते थे।" संन्यासी मुसकरा रहे थे।

"यह तो कोई उत्तर न हुआ।" मन्मथ बाबू बोले, "अवतार बनकर मानव लीला कर रहे थे, तो मानव के समान ही आचरण करना चाहिए न।"

"ठीक कह रहे हैं आप।" संन्यासी पुनः उनसे सहमत हो गए, "पर आप यह बताइए कि यदि कोई मनुष्य–आप या मैं–अग्नि में प्रवेश कर यह कहे, 'हे अग्निदेव! मैं सच्चा हूं, इसलिए मुझे जलाना मत।' तो क्या वह जलने से बच जाएगा?"

"नहीं!" मन्मथ बाबू बोले, "प्रकृति के नियम नहीं बदल सकते।"

"तो फिर आपने अपने प्रश्न का उत्तर स्वयं दे दिया।" संन्यासी मुसकरा कर रह गए।

"मैं समझा नहीं।"

"एक ओर हो जाइए।" संन्यासी बोले, "या तो मान लीजिए कि वे भगवान थे और लीला कर रहे थे; या फिर यह मान लीजिए कि मनुष्य के लिए न तो यह संभव है कि वह अग्नि में प्रवेश कर जीवित ही नहीं, सुरक्षित निकल आए; न यह संभव है कि वह किसी और को अग्नि में प्रवेश कराए और उसे वहां से जीवित निकाल लाए। इसलिए न वह परीक्षा ली गई, न वह परीक्षा दी गई–यह तो कवि की सुंदर कल्पना मात्र है।"

"आपको संगीत का भी कुछ ज्ञान है?" मन्मथ बाबू ने एक नया क्षेत्र खोज निकाला।

"बहुत थोड़ा-सा।"

"तो कोई भजन सुनाइए।" मन्मथ बाबू के स्वर में आग्रह था और मन में एक संशय–कहीं वे इस भिखारी को अनावश्यक महत्व तो नहीं दे रहे?

"तानपूरा या हारमोनियम मिल जाएगा?" संन्यासी ने पूछा।

"दोनों हैं।"

मन्मथ बाबू ने पीछे खड़े नौकर की ओर देखा। वह घर के भीतर चला गया और थोड़ी ही देर में दोनों यंत्र ले आया।

संन्यासी ने तानपूरा हाथ में लेकर, उसे बांधा और संस्कृत के कुछ प्रसिद्ध श्लोक गाने आरंभ किए। उपनिषदों में से कुछ मंत्र गाकर उन्होंने विवेकचूड़ामणि के कुछ छंद सुनाए।

मन्मथ बाबू सिर झुकाए चुपचाप सब कुछ सुनते रहे। उन्होंने ऐसा संगीत सचमुच कभी नहीं सुना था, किंतु इस संगीत के धोखे में वे ब्राह्म होते हुए एक हिंदू को सच्चा साधु कैसे मान सकते थे...

संन्यासी ने गीत गोविन्दम् के कुछ अंश संस्कृत और कुछ बांग्ला में गाए और तानपूरा रख दिया, "बस! आज और नहीं।"

तभी सर्वथा अप्रत्याशित रूप से मन्मथ बाबू अपने स्थान से उठकर स्वामी के निकट आकर भूमि पर बैठ गए। उन्होंने स्वामी के घुटनों पर हाथ रखा, "स्वामी जी!"

संन्यासी मुस्कराए, "क्या है मन्मथ बाबू? आप इस घर के स्वामी हैं, ऐसे भूमि पर क्यों बैठ रहे हैं?"

"आप अस्वीकार मत कीजिएगा स्वामी जी!"

"क्या?"

"नहीं! आप वचन दीजिए।"

"संन्यासी की मर्यादा का उल्लंघन न हो तो अवश्य स्वीकार करूंगा।" स्वामी बोले, "वचन देता हूं।"

"मैं कल सायं भागलपुर के कुछ गायकों और संगीतप्रेमियों को अपने घर बुलाना चाहता हूं।" मन्मथ बाबू बोले, "उनको मालूम तो हो कि संगीत क्या होता है।"

"अच्छा, बुला लीजिए।" स्वामी ने अत्यंत सहज भाव से कह दिया।

मन्मथ बाबू के घर अच्छी खासी भीड़ थी। उन्होंने शायद नगर के किसी संगीत के धनी को नहीं छोड़ा था। आचार्य भी बुलाए थे और नवशिक्षित भी। गायक भी आए थे और श्रोता भी।

"क्यों मन्मथ बाबू! आपके स्वामी जी घंटा-डेढ़ घंटा तो गाएंगे न?" नाथूराम ने पूछा "भई! उससे जल्दी हम घर नहीं लौट सकते। मेरी पत्नी अपनी किसी सहेली से मिलने चली गई है। घंटा भर तो वहां बैठेगी ही न।"

"हां! हां!! उतना तो गाएंगे ही।" मन्मथ बाबू बोले, "शास्त्रीय संगीत क्या एक डेढ़ घंटा भी नहीं चलेगा।"

"वह सब हम नहीं जानते।" नाथूराम ने जैसे चेतावनी दी, "यदि वे पंद्रह-बीस मिनट गाकर रुक गए, तो हम उठकर घर नहीं जाएंगे। यहीं बैठे रहेंगे।"

"हां! हां!! क्यों नहीं। यहीं ठहरिएगा। भोजन कर के जाइएगा।" मन्मथ बाबू दूसरे अतिथियों की ओर बढ़ गए।

स्वामी ने तानपूरा स्वयं संभाला और कैलाश बाबू जैसे सिद्ध तबलावादक को संगत के लिए बैठाया गया। स्वामी ने उन्हें कुछ निर्देश दिए और गाना आरंभ किया। सबसे पहले उन्होंने सरस्वती वंदना की। शिव स्त्रोत्र गाए। उपनिषदों के कुछ अंश सुनाए और फिर वे तुलसी, मीरा और सूर के भजनों पर आए। कुछ बांग्ला के गीत सुनाए और फिर ठाकुर के प्रिय भजनों में से चुनकर मां काली के भजन गाए।

कैलाश बाबू संगत तो करते जा रहे थे; किंतु अब उनमें वह उत्साह नहीं रह गया था। उसके पश्चात् कुछ असुविधा सी होने लगी थी। अपनी अंगुलियों की शिथिलता की

उन्होंने चिंता नहीं की थी; किंतु अब तो अंगुलियां जैसे पथराने लगी थीं। लग रहा था, उनमें कोई संवेदना ही शेष नहीं रह गई थी। जड़ हो गई थीं एकदम। अंततः उन्होंने हाथ रोक लिया...

स्वामी ने उनकी ओर देखा और वे भी रुक गए। श्रोता जैसे एक सम्मोहन से जाग उठे।

"क्या हुआ?" अनेक स्वर एक साथ बोले, "रुक क्यों गए?"

"कैलाश बाबू अब और संगत नहीं कर सकेंगे।"

मन्मथ बाबू ने घड़ी देखी, प्रातः के तीन बज रहे थे, स्वामी निरंतर आठ घंटे गाते चले गए थे और लोग बैठे सुनते रहे थे। कोई उठा नहीं। कोई ऊबा नहीं। किसी को भूख-प्यास का अनुभव नहीं हुआ।

"हम कल शाम को फिर आएंगे।" नाथूराम ने जाते जाते कहा।

"हां! हां!! हम भी आएंगे!!" अनेक लोगों ने अपनी सहमति जताई।

95

वे लोग पैदल चलते हुए नैनीताल को काफी पीछे छोड़ आए थे। जनसंख्या विरल होती जा रही थी और वन कुछ सघन हो चला था।

"गंगा!" सहसा स्वामी ने कहा, "मेरे मन में एक बात आई है।"

"क्या?" अखंडानन्द ने उनकी ओर देखा।

"हम दोनों साथ-साथ यात्रा करें, यह मेरी ही इच्छा थी, किंतु अब लग रहा है कि इस प्रकार हमें सर्वथा अकेले रहने का तनिक भी अभ्यास नहीं हो पाएगा।"

"तो?" अखंडानन्द के स्वर में आशंका थी...ये नरेन दा भी प्रत्येक क्षण अपने साथियों से संबंध का सूत्र तोड़ कर भागने को उद्यत रहते हैं।

"क्या हम लोग कुछ दूर तक अकेले अकेले यात्रा नहीं कर सकते?" स्वामी बोले, "हम लोग यहां से अलग हो जाते हैं। तुम पगडंडी के मार्ग से जाओ; मैं वन के भीतर से होकर आता हूं। हम लोग वन के उस पार काकड़ीघाट पर मिलेंगे। जो पहले पहुंचेगा, वह दूसरे की प्रतीक्षा करेगा।"

छः दिन पैदल चलकर वे लोग नैनीताल पहुंचे थे और अब वे नैनीताल भी पीछे छोड़ आए थे। स्वामी नैनीताल में भी रुकने के बहुत इच्छुक नहीं थे; किंतु ताल के ठंडे पानी में नहाते समय अखंडानन्द के वक्ष में पीड़ा होने लगी थी। अतः उन्हें विश्राम करने के लिए वहां रुकना पड़ा था, किंतु नैनीताल के पश्चात् से ही स्वामी ने एकांत की रट क्यों लगा दी? वे लोग अच्छे भले एक दूसरे की संगति में मौन या भगवद्चर्चा करते हुए यात्रा कर रहे थे। स्वामी को अखंडानन्द की संगति भी अखरने लगी थी क्या?

तीन दिन निरंतर चलने के पश्चात् अखंडानन्द अब काकड़ीघाट आ पहुंचे थे। स्वामी अभी नहीं आए थे। अखंडानन्द आरंभ से ही जानते थे कि वे स्वामी से कहीं पहले काकड़ीघाट पहुंच जाएंगे।

दोपहर का समय था। अखंडानन्द पीपल के वृक्ष के नीचे बैठ गए। कुछ देर प्रकृति का आनन्द लेते रहे और फिर आंखें बंद कर अपने गुरु का नामजप करने लगे। उन्हें समय का कोई बोध नहीं था। किंतु सहसा लगा कि बहुत समय हो गया है, सूर्य ढलने को है। अब तक तो स्वामी को आ जाना चाहिए था। यदि वे अभी तक नहीं पहुंचे हैं तो निश्चित् रूप से वे मार्ग से भटक गए हैं।

अखंडानन्द वन में घुस गए और बहुत सावधान रहते हुए भी वे सघन वन में प्रवेश कर गए। सहसा उन्हें लगा कि आस पास ही कहीं बहुत सुगंधित पुष्पों का झुंड है। ऐसी सुगंध तो उन्होंने इस वन में पहले कभी नहीं सूंघी थी। कहीं उन्होंने भी तो भीम के समान सौगंधिक सहस्रदल कमलों का कोई सरोवर ही तो नहीं खोज लिया? यह उनके लिए कोई अनजाना क्षेत्र था और लगता था कि यहां बहुत सारे सुगंधित पुष्प थे। वे उसी दिशा में चल पड़े।

अकस्मात् ही उनके पग रुक गए। उनके सामने वह सुगंधित पुष्पोद्यान था। छोटे छोटे पौधों और घने वृक्षों के मध्य दो मानव आकृतियां एक दूसरे के गले मिल रही थीं। अखंडानन्द ने अपने सिर को झटका...वे कोई स्वप्न देख रहे हैं क्या? स्वयं ठाकुर स्वामी के गले मिल रहे थे।

अखंडानन्द स्तब्ध खड़े रह गए। ऐसे रोमांच का अनुभव उन्होंने इससे पहले कभी नहीं किया था। वे क्या देख रहे हैं और सहसा ठाकुर विलुप्त हो गए। वहां स्वामी अकेले ही खड़े थे। अखंडानन्द उलटे पगों लौट आए। वे प्रकट नहीं करना चाहते थे कि उन्होंने गुरु-शिष्य का यह मिलन देखा है। यदि स्वामी स्वयं ही बताना चाहें तो बात और है, पर ठाकुर को अखंडानन्द ने उनकी इच्छा के विरुद्ध तो नहीं देखा होगा। यदि वे उनके सम्मुख प्रकट नहीं होना चाहते तो अदृश्य ही रहते। इसका अर्थ तो यही है कि वे चाहते थे कि अखंडानन्द भी देख लें कि ठाकुर उनके साथ हैं और अपने प्रिय नरेन से तो वे दूर रहते ही नहीं।

स्वामी उनके निकट आ गए, "गैंजेस! मुझे खोजने वन में घुस आए? तुम्हें यहां पहुंचे बहुत समय हो गया क्या?"

"हां! कुछ घंटे तो हो ही गए हैं।" अखंडानन्द बोले, "आपको वन में कोई कष्ट तो नहीं हुआ?"

"गुरु की कृपा बनी रहे, तो कोई कष्ट हमें छू भी कैसे सकता है।"

स्वामी ने ठाकुर की चर्चा की भी थी और नहीं भी की थी। यह तो कहा था कि गुरु की कृपा बनी रहे तो कष्ट कैसे हो सकता है; किंतु यह नहीं कहा कि ठाकुर उनके साथ ही थे।

वे कोसी और सुइया के संगम पर आए। स्वामी खड़े के खड़े रह गए। कैसा सुंदर और पवित्र दृश्य था।

"आओ, स्नान करें।" वे जल में प्रवेश कर गए।

अखंडानन्द नैनीताल में नहाने से हुई वक्ष की पीड़ा से कुछ डरे हुए अवश्य थे; किंतु ऐसे पवित्र स्थल पर स्नान करने का लोभ वे कैसे छोड़ देते। स्वामी के समान डूब कर तो नहीं नहाए; किंतु जल का आनन्द वे भी लेते रहे।

जी भर कर नहा लेने के पश्चात् स्वामी बाहर निकले। शरीर को सुखा कर वे अश्वत्थ वृक्ष की ओर चले।

"ध्यान करने के लिए इससे अच्छा स्थल और क्या हो सकता है।" स्वामी ने कहा और बिना उत्तर की प्रतीक्षा किए हुए वे ध्यान के लिए बैठ गए।

रात भर उन्हें यहीं रुकना था। आगे की यात्रा तो प्रातः ही आरंभ होगी। अखंडानन्द ने भी यही उचित समझा कि वे स्वामी के ध्यान से उठने की प्रतीक्षा करने के स्थान पर स्वयं भी ध्यान करने बैठ जाएं। बिना रात के विश्राम और भोजन इत्यादि की चर्चा किए, स्वामी जिस आतुरता से ध्यान के लिए बैठे थे, उसमें कुछ न कुछ विशेषता अवश्य थी।

वे लोग कितनी देर ध्यान में बैठे रहे–अखंडानन्द नहीं जानते; किंतु जब वे बहिर्मुखी हुए तो स्वामी अभी उसी प्रकार ध्यान में बैठे थे। अकाश की कालिमा में दरक पड़ गई थी। आकाश स्लेटी रंग का हो गया था। सूर्य का कहीं कोई चिह्न नहीं था, किंतु उसकी आभा के दबे पांव आने की अनुभूति हो रही थी। अखंडानन्द पूर्व की ओर मुख कर आकाश को निहारते रहे। यह प्रकृति थी–उनके प्रिय की प्रिया और शक्ति। कितने रूप बदलती है यह प्रकृति भी। ठाकुर ठीक ही कहते थे, संसार में जितने भी पिंड हैं–जड़ अथवा चेतन; वे सब प्रकृति के ही रूप हैं, प्रकृति सर्वरूपधारिणी है।

स्वामी ने आंखें खोलीं। इतना प्रकाश हो चुका था कि अखंडानन्द उनका चेहरा देख सकते। उनका चेहरा शांत था, किंतु आंखों में अद्भुत प्रसन्नता थी।

"ओह गंगाधर!" वे तत्काल बोले, "मैं अभी अभी अपने जीवन के कुछ महानतम क्षणों का अनुभव कर के उठा हूं। मेरे जीवन की एक कठिनतम समस्या इस अश्वत्थ वृक्ष के नीचे सुलझ गई है। मुझे समाधान मिल गया है। मैंने पिंड और ब्रह्मांड की एकता को खोज लिया है। इस शरीर के पिंड में वह सब कुछ है, जिसका ब्रह्मांड में अस्तित्व है। मैंने संपूर्ण सृष्टि को एक परमाणु के भीतर देखा है।"

अखंडानन्द ने देखा–स्वामी उत्फुल्ल थे, जैसे किसी महान् वस्तु की उपलब्धि हुई हो। जो कुछ उन्होंने खोजा था, वह देखा ही था। उसे वैज्ञानिक प्रयोगशाला में प्रमाणित करने का उनके पास कोई साधन नहीं था। वे उस पर कोई निबंध अथवा पुस्तक छपवाकर संसार में न कोई यश पा सकते थे, न धन। फिर भी इतने प्रसन्न थे, यह उनकी साधना की सफलता थी। यह ज्ञान की उत्फुल्लता थी। जीवन के चारों पुरुषार्थों में से अर्थ और काम उन्हें नहीं चाहिए था। धर्म और मोक्ष ही उनके लक्ष्य थे। उसके लिए साधन थे–भक्ति और ज्ञान। ज्ञान ही तो पाया था उन्होंने।

"जो कुछ ब्रह्मांड के धरातल पर है, ठीक वही पिंड के धरातल पर भी है। समझ

रहे हो मेरी बात?" स्वामी ने पुनः कहा, "मैंने देखा कि ब्रह्मांड के धरातल पर ब्रह्म के शरीर पर प्रकृति लिपटी हुई है। ठीक वैसे ही हमारी आत्मा पर यह शरीर लिपटा हुआ है। शिव से आलिंगनबद्ध पार्वती के अनेक चित्र देखे थे; किंतु उसका अर्थ तो आज ही समझ में आया है। शब्द और उसकी अभिव्यक्ति। शब्द और अर्थ। तुलसीदास ने ठीक ही लिखा है : गिरा अरथ, जल वीचि सम कहित भिन्न, न भिन्न। गिरा और उसके अर्थ को, जल और उसकी लहर को हम भिन्न कहते हैं, पर क्या वह भिन्न है? उसी प्रकार हम ब्रह्म और प्रकृति को भिन्न कहते हैं, पर क्या वह भिन्न है? मैंने देखा प्रत्येक परमाणु की संरचना यही है। कुछ भी भिन्न नहीं है।"

अखंडानन्द ने कुछ नहीं कहा। बस स्वामी को देखते रहे।

"अब चलें? इस पवित्र स्थान से विदा लें?" स्वामी का स्वर अब भी उल्लसित था।

स्वामी अपनी प्रसन्नता में भूल गए थे कि उन लोगोंने रात को भी कुछ नहीं खाया था। अब प्रातः भी बिना कुछ खाए पिए चल पड़ेंगे, तो मार्ग में जाने कुछ मिले न मिले। यह सत्य ही है कि जिसने भौतिक रूप से विलीन हो चुके गुरु का आलिंगन पाया हो और समाधि में सृष्टि के अद्‌भुत रहस्य को देखा हो, उसे अपनी भूख प्यास का ध्यान कैसे रहेगा। भोजन जैसी अध्यात्मशून्य और सांसारिक बात कह कर अखंडानन्द, स्वामी की इस आनन्द की लहर को खंडित करना नहीं चाहते थे। वे चुपचाप स्वामी के साथ चल पड़े।

स्वामी उड़े जा रहे थे। उनके पैर भूमि पर नहीं पड़ रहे थे। उनकी आत्मा जैसे अदृश्य रूप से अमृत के घट पी रही थी। आज उन्होंने वह देखा और अनुभव किया था, जो उनके आसपास के किसी व्यक्ति ने न देखा है, न जाना है। कुछ लोगों ने सुना होगा, कुछ ने पढ़ा होगा। पर कौन इसका कितना आभास पा सकता होगा। कौन जानता है। अनेक लोगोंने तो उसे कोरी कपोल कल्पना कह कर कभी गंभीरता से विचारा भी नहीं होगा।

चलने में पसीना बहुत आ रहा था और अखंडानन्द की भूख प्रकट होती जा रही थी। अंततः जब वे स्वयं को रोक नहीं पाए तो बोले, "कुछ देर रुक कर विश्राम करलें और कुछ भोजन का भी उपक्रम करें।"

स्वामी हंसे, "भूख तो मुझे भी लग रही है और थकान भी है; किंतु अल्मोड़ा अब है ही कितनी दूर? वहां पहुंच कर भोजन भी हो जाएगा।"

"अभी अल्मोड़ा चार मील है। मुझे नहीं लगता कि हम इस अवस्था में वहां तक सकुशल पहुंच सकेंगे।" अखंडानन्द बोले, "ऐसा न हो कि मार्ग में ही शरीर बैठ जाए।"

"चलो! देखते हैं कि कौन पहले बैठता है, शरीर या मन।" और स्वामी उसी उल्लसित भाव से चलते गए।

स्वामी चल तो रहे थे किंतु उनकी चाल में अब पहले जैसा वेग नहीं था, यद्यपि उनका चेहरा उतना ही प्रसन्न दिखाई दे रहा था। क्लांति उन पर हावी हो रही थी। उसमें भूख का भी योगदान था; किंतु स्वामी थे कि उससे हार मानने को तैयार नहीं थे। वे

अल्मोड़ा पहुंच कर ही रुकना चाहते थे।

अल्मोड़ा अभी दो मील था कि स्वामी के पग कुछ विचलित हुए। स्वामीने अपनेआप को धक्का दिया। परिणाम यह हुआ कि पग तो आगे बढ़े नहीं, शरीर नीचे आ गया।

अखंडानन्द ने स्वामी को भूमि पर ढेर होते देखा तो आशंकित हो उठे। इसी परिणाम की चिंता थी उन्हें।

उन्होंने आगे बढ़कर स्वामी को संभाला; किंतु तब तक स्वामी भूमि पर प्रायः लेट चुके थे। अखंडानन्द के मन में एक बार असहायता जागी : यदि स्वामी ऐसे असमर्थ होकर लेट जाएंगे तो और कोई क्या कर सकेगा; किंतु इस सनय जो कुछ हो सकता था, अखंडानन्द को ही करना था।

उन्होंने इधर उधर दृष्टि दौड़ाई–आसपास कोई नहीं था। कोई घर नहीं था। कोई यात्री नहीं था। कुछ दूर पर एक घेर सा दिखाई पड़ रहा था। वे उसी की ओर भागे, शायद वहां जल ही मिल जाए। इस समय थोड़ा सा जल भी स्वामी को सहारा दे पाएगा।

वह घेर एक कब्रिस्तान का था। वे कब्रिस्तान में जीवन मांगने कहां आ गए? किंतु दीवार से लगी कुटिया में एक व्यक्ति दिखाई दिया। वे निकट गए। वहां एक फकीर बैठा था।

"क्या बात है साधु बाबा! क्या खोज रहे हो?" उसने पूछा।

"मेरा साथी अचेत होकर गिर पड़ा है।"

"कोई बीमारी है उसे?"

"नहीं! हम लोग बहुत दूर से भूखे प्यासे चलते आ रहे हैं। भूख असह्य हो गई होगी।"

"भूख।" फकीर मुस्कराया, "सारी दुनिया उसीसे तो बेहोश है। चलो देखते हैं।"

उसने कुटिया में लटकी एक टोकरी को टटोला और उसमें से एक खीरा निकाल लिया। खीरा चीरने के लिए एक छुरी भी ले ली।

"मेरे पास भी भूख मिटाने के लिए आज यही है।" वह बोला, "पर चलो, जो अल्लाह की मर्ज़ी।"

स्वामी वैसे ही पड़े थे। हिल भी नहीं पा रहे थे। किंतु उनका चेहरा अभी भी प्राणवान लग रहा था।

फकीर ने खीरा छील कर उनकी ओर बढ़ाया, "खा लो। इससे भूख और प्यास दोनों ही मिटती हैं।"

"मेरे मुंह में डाल दो।" स्वामी दुर्बल स्वर में बोले, "हाथ नहीं उठ रहा।"

"साधु महाराज! मुसलमान हूं और कब्रिस्तान में रहता हूं। मेरे हाथ से खा लोगे?"

"तुम जो कोई भी हो, आखिर हैं तो हम सब भाई ही।" स्वामी ने कहा, "खिलाओ।"

फकीर टुकड़ा टुकड़ा कर खीरा उनके मुंह में डालता रहा और वे उसे निगलते रहे।

कुछ ऊर्जा आई तो उन्होंने खीरा चबाना आरंभ किया, "क्या नाम है तुम्हारा?"

"जुलफिकार अली।"

"तुमने मेरे प्राण बचाएं हैं जुलफिकार अली।" स्वामी बोले, "मैं तुम्हारा यह उपकार कैसे चुकाऊंगा।"

"मैं शर्मिंदा हूं कि आप जैसा पाक इंसान मेरे द्वार पर आया और मैं उसे सिवाय एक खीरे के और कुछ नहीं दे सका।"

"यह संजीवनी बूटी है। मुझ अचेत लक्ष्मण के लिए तुम हनुमान बनकर इसे लेकर आए। संकुचित होने की बात नहीं है। तुमने सचमुच मेरे प्राण बचाए हैं। भगवान् तुम्हें, तुम्हारी साधना में सफलता का वर दें।"

स्वामी उठकर बैठ गए।

96

स्वामी को अल्मोड़ा बहुत भाया था। उनकी व्याकुलता काफी कम हो गई थी। चारों ओर का प्राकृतिक सौन्दर्य जैसे ईश्वर के सौन्दर्य को ही साकार कर रहा था। जलवायु की दृष्टि से भी यह स्थान बहुत ही मनमोहक था। बद्रीशाह से उनका पहले परिचय नहीं था; किंतु अब वे उनके पूर्णतः आत्मीय हो चुके थे। उनके गुरुभाई पहले से ही बद्रीशाह से परिचित थे। शारदानन्द और कृपानन्द इसी उद्यानभवन में रुक कर स्वामी की प्रतीक्षा कर रहे थे। बद्रीशाह उन लोगों का पूरा सत्कार कर रहे थे। वे चारों गुरुभाई कलकत्ता की जनसंकुलता से ही नहीं, अल्मोड़ा नगर की छितराई और विरल जनसंख्या से भी दूर बद्रीशाह के उद्यान भवन में पूर्णतः शांति और संतोष का अनुभव कर रहे थे। बहुत दिनों से बिछुड़े अपने गुरुभाइयों से सहस्रों प्रकार की बातें होती थीं।

प्रातः उन्होंने कहा, "मैं अल्मोड़ा के आसपास के सुंदर और एकांत स्थलों को देखने जा रहा हूं। देर हो जाए तो चिंता मत करना। रात भर न भी आऊं, तो भी मेरी खोज में मत निकल पड़ना।"

"अर्थात् अकेले जा रहे हैं?" अखंडानन्द कुछ चौंक कर बोले, "हम भी साथ चलेंगे। हमें प्रकृति का सौन्दर्य बुरा लगता है क्या? और मेरी तो आपके साथ यात्रा करने की संधि है।"

"हम कलकत्ता के न्यायालय में ऐसा कोई शपथपत्र दाखिल कर चले थे क्या?" स्वामी क्षण भर को मुसकराए और फिर उनका स्वर गंभीर ही नहीं, कुछ कठोर भी हो गया, "नहीं! मैं अकेला ही जाऊंगा। तुम लोग अपनी इच्छानुसार अकेले या इकट्ठे किसी और दिशा में जा सकते हो।"

स्वामी चलते-चलते अल्मोड़ा नगर से दूर निकल गए। पहाड़ी ग्रामों का भी अपना ही सौन्दर्य होता है। सीढ़ियों के समान बने खेत। दूर-दूर पर कई स्तरों पर बने अकेले घर। विभिन्न प्रकार के काम करती श्रमशील महिलाएं। स्वच्छ वायु के साथ साथ बादलों की आंख मिचौनी। लंबे-लंबे वृक्ष। स्वामी ने सड़क छोड़ दी थी। वे पगडंडियों पर भी नहीं

चल रहे थे। वे तो जैसे सीधे पहाड़ों पर चढ़ जाना चाहते थे। जैसे पक्षी आकाश पर सीधा उड़ता है, वे भूमि पर उसी सीध में चल रहे थे। कुछ ऊबड़-खाबड़ चट्टानों पर चढ़ते हुए वे एक गुफा के सामने आ खड़े हुए। गुफा थी या प्रकृति ने कोई छोटी सी कुटिया ही बना दी थी। या यहां पहले कोई रहता भी रहा है? पहले ही क्यों? अब भी रह रहा हो सकता है।

उन्होंने दृष्टि उठा कर इधर उधर देखा–आसपास कोई दिखाई पड़े, तो उससे पूछें कि यहां कोई रहता तो नहीं? पर वहां कोई नहीं था।

गुफा कुछ ऊंचाई पर थी। स्वामी उचक कर गुफा में प्रविष्ट हो गए। यहां कोई रहता भी होगा, तो न तो उसने किसी प्रकार का कोई सांकेतिक कपाट लगाया था और न ही कोई नामपट्ट। वहां चोरी हो जाने के लिए, कोई चीथड़ा भी नहीं था। स्वामी निस्संकोच यहां बैठ कर उस अज्ञात गुफावासी की प्रतीक्षा कर सकते थे।

वे पद्मासन लगा कर बैठ गए। थोड़ी देर मेघाच्छन्न आकाश की मधुर छवि देखते रहे और फिर आकाश और मेघों के विषय में सोचते-सोचते स्वामी अंतर्मुखी होते गए। धीरे-धीरे उनका ध्यान एकाग्र होता गया और उनकी आंखें बंद हो गईं।

उन्हें ध्यान लगाने में कभी भी असुविधा नहीं हुई थी, किंतु उसकी सघनता में कभी कभी कुछ अंतर अनुभव होता था। सघनता के ही अनुपात में आनन्द का भी अंतर था। आज उन्हें लग रहा था कि सारी ही स्थितियां जैसे उनके अनुकूल थीं। ध्यान की सघनता विकसित होती जा रही थी और आनन्द का स्तर उच्च से उच्चतर होता जा रहा था। यह गुफा कोई सिद्ध गुफा थी, जिसमें बैठते ही आनन्दस्वरूप परमात्मा प्रकट हो जाते थे। उस आनन्द की तुलना भौतिक संसार के किसी सुख से नहीं की जा सकती थी। स्वामी किसी गोताखोर के समान उसमें गहरे से गहरे उतरते जा रहे थे। यह संसार उनकी चेतना से लुप्त हो गया था और वे सृष्टि के उस खंड में पहुंच गए थे, जहां सब कुछ स्वतः प्रकाशित था, अपने आप में पूर्ण था। किसी को किसी और पर निर्भर रहने की आवश्यकता नहीं थी। पर किसी का क्या प्रश्न था? एक ही तत्व था। और कुछ था ही नहीं। कहीं कोई भेद नहीं था, अहंकार भी नहीं था। कोई खंड नहीं था। किसी की किसी से कोई तुलना नहीं थी। एक विराट सत्ता, जो सब ओर व्याप्त थी। उसकी किसी से कोई तुलना नहीं थी। ऐसे आनन्द की अनुभूति तो उन्हें पहले कभी नहीं हुई थी।

सहसा उन्हें लगा कि उनके भीतर से ही कोई उन्हें धक्के मार रहा है और कह रहा है, "तू इस आनन्द को भोगने के लिए नहीं आया है, कर्म के लिए आया है। उठ। गुफा से बाहर निकल। अपने कर्तव्य के विषय में सोच। अपने कर्म की ओर बढ़।"

किंतु स्वामी उठने को तैयार नहीं थे। जाने यह कौन सी माया थी, जो उनकी परीक्षा ले रही थी और उन्हें भ्रम में डाल रही थी। ध्यान में बैठे व्यक्ति को विचलित करना आत्मा का काम तो नहीं हो सकता। यह तो वही कर सकता है, जिसे उनकी इस आनन्दानुभूति से ईर्ष्या हो रही हो। यह तो माया ही कर सकती है। उन्हें लगा जैसे उनका मन अपनी

सांसारिक माया को मरते देख अपना वेश बदल कर आया है और उन्हें बहका रहा है। यदि वे इस आनन्दसागर में निमग्न रहेंगे, तो उनका मन अपनी माया में उन्हें फिर कभी बांध नहीं पाएगा। सारा संसार तो मन में होता है। मन असमर्थ हो गया तो संसार की माया समाप्त हो जाएगी। इसीलिए मन उनके साथ यह छल कर रहा है, पर मन को ही तो नियंत्रित करना है। उसकी उच्छृंखलता का ही तो दमन करना है...

उन्हें लगा, भीतर से विचार की तरंगों के रूप में ही नहीं, भौतिक धरातल पर भी कोई उन्हें अपने हाथों में उठा कर बाहर की ओर इस प्रकार धकेल रहा है, जैसे अभी उछाल कर गुफा से बाहर फेंक देगा। न तो वे अपने स्थान से उठे और न ही उन्होंने आंखें खोलीं। किंतु उनका ध्यान बहिर्मुखी हो चुका था। कहीं ऐसा तो नहीं कि गुफा का स्वामी लौट आया हो और वह उन्हें उठाने के लिए धक्के मार रहा हो? किंतु यदि कोई व्यक्ति उन्हें उठाने का प्रयत्न कर रहा होता तो वह अपने मुख से भी तो कुछ कहता। यहां कोई स्वर नहीं था, कोई शब्द नहीं था। और फिर पहले तो उनका अपना मन ही उन्हें धकेल रहा था। यह सब क्या है?

स्वामी ने आंखें खोल दीं। उनके आसपास कोई नहीं था। संध्या होने को थी। थोड़ी देर में अंधकार हो जाएगा। वे ग्राम से बहुत दूर थे। उनके पास पैसे भी नहीं थे। गांव में जाकर वे करते भी क्या। कहीं उनकी भूख ने ही तो उन्हें ध्यान से नहीं उठाया था? नहीं! समाधि की स्थिति में भूख इस प्रकार विचलित नहीं करती। पर अब वे उठ ही गए हैं तो आस पास के वृक्षों से ही कुछ भिक्षा मांग लें। जाने यहां फलों का कोई वृक्ष था भी या नहीं। और इतने भूखे तो वे थे भी नहीं कि फलों के अभाव में वे वृक्षों के पत्ते खाने लगें!

वे गुफा से निकल कर वृक्षों के निकट आए। कुछ तो साधारण वृक्ष थे, कुछ फलों से लदे थे। कुछ स्वामी के परिचित फल थे; कुछ को वे नहीं पहचानते थे। किंतु उनको खाने में स्वामी को कोई संकोच नहीं था। एक बार मन में आया भी कि कहीं वे विषैले अथवा शरीरके लिए हानिकारक ही न हों। किंतु वे अभी अभी समाधि से उठकर आए थे। उनके मन में न मृत्यु का भय था, न किसी शारीरिक कष्ट का। चारों ओर ईश्वर ही व्याप्त था। वे तो उसी के प्रेम के आनन्द में भीगे मन से दो तीन फल खा कर फिर जाकर समाधिस्थ हो जाना चाहते थे।

उन्होंने दो चार फल खाए, न तो फलों के स्वाद की ओर उनका ध्यान गया और न ही उन्होंने देखा कि वे क्या खा रहे हैं। वह सब व्यर्थ था। भोजन जीवन का लक्ष्य नहीं था। खाना, जीवन की बाध्यता न होती तो कदाचित् वे अपने स्थान से उठते ही नहीं।

वे फिर से गुफा में आकर पद्मासन में बैठ गए; किंतु ध्यान लगाने की प्रक्रिया से पहले ही उनके मन में प्रश्न उठ खड़ा हुआ–वह कौन था, जो उन्हें बाहर और भीतर से धक्के मार कर समाधि से ही नहीं जगा रहा था, उन्हें इस गुफा से भी बाहर निकाल रहा था? उन्हें आस पास कोई भी दिखाई नहीं पड़ा था। कोई होता तो दिखाई पड़ता।

और बाहर कोई होता भी तो उनके भीतर से कौन उन्हें उठने के लिए ठेल रहा था? क्या यह भी समाधि की कोई नई स्थिति थी? नहीं! यह समाधि का अंग नहीं हो सकता। यह ठाकुर की इच्छा ही हो सकती है, जब-जब उन्होंने ठाकुर के सम्मुख समाधि के सुख में डूबे रहने की इच्छा की, ठाकुर ने उनका विरोध ही किया था।

तीन दिनों तक स्वामी के साथ लगातार यही प्रक्रिया घटित होती रही। वे ध्यानस्थ होते रहे, समाधि का आनन्द पाते रहे और फिर कोई अदृश्य शक्ति उन्हें गुफा से बाहर निकालने का प्रयत्न करती रही। वे पूरी तरह स्वीकार कर चुके थे कि यह प्रभु का ही संकेत है। दैवी इच्छा यह नहीं है कि वे आजीवन उस गुफा में बैठे समाधि के आनन्द में डूबे रहें।

चौथे दिन उन्होंने अपने गुरुभइयों के पास अल्मोड़ा लौट जाने का निश्चय किया।

प्रातः के स्नान-ध्यान के पश्चात् वे अल्मोड़ा की ओर चल पड़े। वे गुफा से दूर होते जा रहे थे; किंतु उनको लग रहा था कि उनका मन वहीं गुफा में ही छूटा जा रहा है। 'मन छूटता है तो छूटे।' उन्होंने स्वयं को झिड़का, 'मैं मन के कहे से नहीं चल सकता।' वे तो प्रभु के एक यंत्र थे। जो दैवी इच्छा थी, उन्हें उसी का पालन करना था। अपने सुख के लोभ में वे अपने कर्तव्यों से मुख नहीं मोड़ सकते थे। श्रीकृष्ण ने गीता में कहा है कि कष्ट के भय से यदि कोई अपने कर्तव्यों की ओर से मुख फेरता है तो वह तामसिक त्याग है। वे कष्ट के भय से कर्तव्यों से मुख नहीं मोड़ रहे थे; किंतु सुख के लोभ में कर्तव्यों से विमुख होना भी तो वैसा ही तामसिक कर्म है, भय और लोभ में अंतर ही कितना है। दोनों एक ही सिक्के के दो पक्ष हैं। कुछ छिनने का भय, कुछ पाने के लोभ से भिन्न कहां है?

उद्यानभवन में पहुंचकर उन्होंने देखा, उनके तीनों गुरुभाई वहीं थे। उन्होंने स्वामी का उचित स्वागत भी किया; किंतु उनके चेहरों पर वह उल्लास नहीं था, जिसकी स्वामी ने कल्पना की थी।

शारदानन्द अपने मन पर जैसे कोई बोझ रखे हुए बोले, "कहां थे इतने दिन?"

"बहुत अधिक भ्रमण किया क्या?" अखंडानन्द ने भी तनिक बोझिल स्वर में पूछा।

"नहीं! भ्रमण नहीं किया। एकांत में एक गुफा में ध्यान करता रहा।" स्वामी ने कहा, "और यहां का क्या समाचार है?"

"कलकत्ता से एक तार आया है।" शारदानन्द ने धीरे से कहा, "उसे पढ़ लो।"

"कलकत्ता से तार।" स्वामी कुछ चकित हुए, "उन्हें कैसे मालूम हुआ कि हम यहां हैं?"

"आप किसी को सूचना दें न दें किंतु हम तो मठ से संपर्क बनाए रखते हैं। लगता है कि शशि महाराज से ही आपके परिवार वालों को आपका पता मिला है।"

"तार मेरे लिए है और मेरे परिवार वालों का है?" स्वामी चकित थे और उनके स्वर

में कुछ रोष भी झलक रहा था।

शारदानन्द ने मुख से कुछ नहीं कहा, तार उनकी ओर बढ़ा दिया।

अपने गुरुभाइयों के चेहरों को देखते हुए, स्वामी समझ रहे थे कि तार में कोई अच्छा समाचार नहीं है। कोई न कोई चिंता का विषय है। उन्होंने तार पर एक दृष्टि डाली– उनकी बहन योगेन्द्रबाला ने अपने ससुराल में आत्महत्या कर ली थी।

स्वामी स्तब्ध रह गए। बाईस वर्षों की थी उनकी यह बहन। उनसे पांच वर्ष छोटी। इस अवस्था में आत्महत्या। स्वामी के मन में संचित, समाधि से अर्जित सारा आनन्द जैसे विगलित होकर बह गया।

आंखों के सामने कितने ही दृश्य घूम गए। वे योगेन्द्र के साथ खेले थे। योगेन्द्रबाला को उन्होंने खेलाया था। उसे पढ़ाया था। उसके साथ बहुत समय बिताया था। उनके ही समान विद्रोहिणी थी वह। बहुत सारी बातें नहीं मानती थी। कितनी मानसिक और शारीरिक ऊर्जा थी उसमें। विद्रोह तो उसे करना ही था। पर यह भी कोई विद्रोह हुआ? जीवन से विद्रोह...

स्वामी की आंखों में अश्रु आ गए। उन्हें लगा, उन्हें तत्काल कलकत्ता के लिए चल पड़ना चाहिए। योगेन्द्र से तो अब वे नहीं मिल सकते किंतु अपनी दुःखिनी माता को तो कुछ सांत्वना दे सकेंगे। मां ने बहुत कष्ट सहा है। कैसा लगता होगा मां को जब उनके सामने उनकी युवती पुत्री ने अपने प्राण त्यागे होंगे। उसने अपना दुख किसी को बताया नहीं होगा। बताया होता, तो यह स्थिति ही क्यों आती। क्या दुख रहा होगा, उसको?

वे अन्यमनस्क से अनायास ही धीरे धीरे चलते हुए अपने कमरे में आ गए। अपने आसन पर बैठ गए। क्या कहेंगे मां से? "मां! जन्म, जीवन और मृत्यु, ईश्वर के हाथ में है। 'हानि लाभ, जीवन मरण, यश अपयश विधि हाथ।' इस में योगेन्द्र की इच्छा नहीं, ईश्वर की इच्छा है।" यह भी कह सकते हैं कि "मां! जन्म और मृत्यु का कोई अर्थ ही नहीं है। जीवात्मा का न जन्म होता है और न ही उसकी मृत्यु होती है। जो आता है और जाता है–वह तो मिट्टी का शरीर है। आत्मा तो अजर अमर है।"

ये सब समझाएंगे वे मां को? तो वे स्वयं ही यह सब क्यों नहीं समझते? उनकी आंखों में अश्रु क्यों हैं? उनके हृदय में इतनी पीड़ा क्यों है? वे क्यों मानते हैं कि योगेन्द्रबाला उनकी बहन थी। क्यों नहीं मानते कि वह एक आत्मा थी, परमात्मा का अंश थी। जाने कहां से आई थी और कहां चली गई। वे जो बार-बार गाते हैं–हे जीव! अपने घर चलो। तो वह घर कहां है? क्यों नहीं मान लेते कि वह जीव अपने घर चला गया है। पर वे नहीं मान पा रहे। योगेन्द्र अपनी आयु पूरी कर, प्राकृतिक मृत्यु को प्राप्त होती, तो उन्हें न मां को समझाने की आवश्यकता थी न स्वयं को। किंतु वैसा नहीं हुआ था। योगेन्द्र ने अपनी पीड़ा को असह्य पाकर सायास अपने प्राण त्यागे थे।

उनके विवेक ने उन्हें झटका दिया–संसार में स्वामी की इच्छा चलती है या ईश्वर की? ईश्वर ने एक प्रकार चाहा और स्वामी दूसरी प्रकार चाहते हैं। यह किस प्रकार की

भक्ति है उनकी कि वे ईश्वर की इच्छा के विरुद्ध चलना चाहते हैं?

पर यह दुख केवल योगेन्द्र का नहीं था–बंगाल ही नहीं, समग्र भारत की नारी का था। क्यों नहीं नारी को भी शिक्षा और उच्च शिक्षा दी जा सकती? क्यों उसे ब्रह्मवादिनी नहीं बनने दिया जा सकता। जो विवाह नहीं करना चाहती और ब्रह्म को प्राप्त करना चाहती है? क्यों आवश्यक है कि नारी विवाह करे ही। संतान को जन्म दे। उसका पालन-पोषण करे और फिर उसके मोह में बंधी सांसारिक दलदल में धंसती चली जाए। योगेन्द्र को तो वे नहीं बचा सके, किंतु भारत में नारी के लिए कुछ क्यों नहीं किया जा सकता? क्या उसे शिक्षा नहीं दी जा सकती? क्या बालविवाह का कलंक समाज से नहीं मिटाया जा सकता? क्या नारी भी पुरुष के समान स्वयं अपने भाग्य का निर्णय नहीं कर सकती?

स्वामी को लगा कि उनके मन से जैसे योगेन्द्र की पीड़ा तिरोहित हो गई है और उसके स्थान पर भारतीय नारी की पीड़ा आ कर बैठ गई है। उन्हें नारी शिक्षा के लिए अधिक से अधिक प्रयत्न करने की आवश्यकता थी। बिना शिक्षा के नारी का उद्धार नहीं हो सकता था।

97

वे लोग अभी देहरादून से छः मील दूर थे। राजपुर में अपने आगे आगे, मार्ग पर जाते हुए उन्होंने एक और संन्यासी को देखा।

"एक और संन्यासी!" कृपानन्द ने कहा।

"पहाड़ों के शीत से डरकर मेरे समान भाग आया होगा।" अखंडानन्द ने कहा।

"वैसे कृपानन्द! संसार में हमारे अतिरिक्त भी संन्यासी हैं।" स्वामी ने मुस्कराकर कहा।

शारदानन्द की दृष्टि भी उस पर पड़ी : वह इतनी दूर से उनके गुरुभाई तुरीयानन्द जैसा लग रहा था।

स्वामी ने उसे ध्यान से देखा, "अरे यह तो हरि है। अपना हरि!"

और वे हरिनाथ चट्टोपाध्याय ही थे–स्वामी तुरीयानन्द। वे लोग बड़े आनन्द से मिले। अब वे पांच हो गए थे।

"हरि, कैसे हो?' स्वामी ने पूछा।

"मैं तो भला चंगा हूं।" तुरीयानन्द बोले, "तुम ही कुछ ढीले लग रहे हो और गंगाधर तो एकदम निढाल लग रहा है।"

"हां। ये दोनों कुछ अस्वस्थ हैं।" शारदानन्द ने कहा, "हम गंगाधर की चिकित्सा के लिए ही देहरादून जा रहे हैं। और तुम?"

"मैं तो अपने भ्रमण के संदर्भ में गंगोत्री से लौट कर यहां राजपुर में एक एकांत स्थान खोज कर ठहरा हुआ हूं और साधना कर रहा हूं।" तुरीयानन्द हंसे, "और कुछ साधा हो न साधा हो, किंतु पुलिस वालों को मैंने साध लिया है।"

"पुलिस वालों को? उनसे तुम्हारा क्या काम?" सब चकित थे।

"मुझे अकेले रहते देख पुलिस के गुप्तचर विभाग का एक अधिकारी मेरे पीछे पड़

गया। जाने उसे मेरे विषय में क्या संदेह था। या तो वह मुझे किसी विदेशी शक्ति का जासूस समझता था या फिर कोई सशस्त्र क्रांतिकारी।"

"चोर डाकू क्यों नहीं?" कृपानन्द ने पूछा।

"तुम्हें देखता तो यही समझता।" तुरीयानन्द हंसे, "मैं साधना करने बैठता तो वह आ धमकता। कहता कि इस युग में इसली साधु होते ही कहां हैं। सारे अपराधी ही तो साधु का वेश बनाए घूमते हैं। मैंने उसे बहुत समझाया कि हिंदुओं को कलंकित करने के लिए यह सब विधर्मियों और विशेषकर ईसाई पादरियों का दुष्प्रचार है। किंतु वह नहीं माना। जब मेरा धैर्य चुक गया तो मैंने उसे बहुत डांटा और कहा कि यदि वह फिर मेरे पास आया तो मैं उसे कंधे पर उठाकर ले जाऊंगा और किसी ऊंची पहाड़ी से खड्ड में फेंक आऊंगा। वह हंसा, 'तुम पुलिस से भी नहीं डरते?' मैंने कहा, 'मैं यमराज से भी नहीं डरता। पुलिस किस खेत की मूली है।' मैंने उसे बताया कि मैं हिंस्र पशुओं से भरे हुए वनों में निःशस्त्र घूमता रहता हूं। इसलिए संसार रूपी वन के क्षुद्र हिंस्र जीव–पुलिस से भयभीत होने का कोई कारण नहीं है।' 'तो इस तपस्या के ढोंग से तुम्हें क्या मिल जाएगा?' 'आत्मा की मुक्ति।' मैंने कहा, 'यह मत पूछना कि मुक्त ही कराना है तो देश को मुक्त क्यों नहीं कराता।' 'यही तो पूछना है।' उसने कहा। 'तो सुनो।' मैंने कहा, 'मुक्त व्यक्ति ही देश को मुक्त करा सकता है। देश अंग्रेज़ों से मुक्त हो भी जाए तो यहां के लोग मुक्त हो जाएंगे, यह बात दावे से कोई नहीं कह सकता। मैं माया से मुक्त होने की तपस्या कर रहा हूं। यहां सब माया के बंदी हैं। जो माया से मुक्त हो गया, उसके लिए कहीं कोई बंधन नहीं है।'"

"तो उसकी समझ में आ गया?" शारदानन्द ने पूछा।

"कह नहीं सकता; किंतु अब वह मेरा भक्त है। आप मेरे साथ होंगे तो आपकी भी सेवा करेगा।"

"हरि का विचार बुरा नहीं है।" स्वामी हंसे, "हमें ठहरने का स्थान भी चाहिए और गंगाधर की चिकित्सा भी करानी है। यदि हम इसके पुलिसिया भक्त के पास चलें और वह हमें कारागार में बंद कर दे तो ठहरने का स्थान भी हो जाएगा और कारागार के अस्पताल में गंगाधर का उपचार भी हो जाएगा।"

"और कारागार में रहना अपने आप में तपस्या भी है।" शारदानन्द हंसे।

वे लोग देहरादून के सिविल सर्जन डॉ. मैकलारेन के पास आए, जिनके लिए टिहरी राज्य के दीवान ने उन्हें परिचयपत्र दिया था। डॉक्टर ने पत्र देखकर उनका स्वागत किया; किंतु पांच साधुओं को देख कर वह विशेष प्रसन्न नहीं था।

"मैंने तो सुना है कि हिंदू साधु अस्वस्थ होने पर अपनी चिकित्सा नहीं कराते। अपना रोग दूर करने के लिए अपने ईश्वर से प्रार्थना करते हैं।" डॉक्टर ने कुछ वक्रता से अटक-अटक कर हिंदी में कहा।

उसकी भाषा संबंधी कठिनाई देख कर स्वामी ने अंग्रेज़ी में कहा, "हमारे देश में

संन्यासियों की भी विभिन्न कोटियां और श्रेणियां हैं। अपनी चिकित्सा न करवाने वाले संन्यासी भी हो सकते हैं। किंतु हम लोगों का आयुर्विज्ञान और चिकित्साशास्त्र से कोई विरोध नहीं है। चिकित्सा को हम अपना और डॉक्टर का कर्म मानते हैं, जिसका परिणाम ईश्वर के हाथ में है।"

डॉक्टर ने चकित हो कर स्वामी की ओर देखा, "ऐसी अंग्रेज़ी कहां से सीखी?"

"हम सब ने कलकत्ता विश्वविद्यालय में शिक्षा ग्रहण की है।"

डॉक्टर जैसे संतुष्ट हो गया और उसने अखंडानन्द की अच्छी तरह परीक्षा की।

"इन्हें ब्रॉन्काइटस है।" अंततः उसने कहा, "और बहुत पुराना है। ऐसी अवस्था में ठंड से दूर रहना चाहिए। पहाड़ों पर जाना, इनके लिए मृत्यु के निकट जाना है। इन्हें पहाड़ों से नीचे ही नहीं, पहाड़ों से दूर ले जाइए और जो दवा लिख कर दे रहा हूं, उसका सेवन करवाइए।"

तुरीयानन्द की गुफा में न अखंडानन्द के लिए विश्राम की व्यवस्था हो सकती थी और न ही वे पांचों गुरुभाई उसमें रह सकते थे। तुरीयानन्द का गुप्तचर विभाग वाले उस व्यक्ति के अतिरिक्त और किसी से परिचय नहीं था। वह कहां रहता था, यह भी वे नहीं जानते थे। वैसे स्वामी उसके पास जाना भी नहीं चाहते थे।

वे सारे नगर में खोजते फिरे किंतु उन्हें ढंग का न कोई मंदिर मिला और न ही धर्मशाला, जिसमें वे अस्वस्थ अखंडानन्द के साथ ठहर सकते। बहुत खोजने पर भी जब कोई स्थान नहीं मिला तो स्वामी की दृष्टि एक अधबने मकान पर टिकी। मकान बनते बनते रुक गया था। न तो वह पूरा हुआ था और न ही उसमें कोई निर्माण कार्य चल रहा था।

स्वामी ने उसमें प्रवेश किया।

एक साधु को घर में प्रवेश करते देख कर चौकीदार दौड़ा आया, "क्या बात है साधु महाराज? आप किसको खोज रहे हैं?"

"खोज तो मैं ईश्वर को रहा हूं।" स्वामी हंसे, "शायद उसी ने हमें यहां भेजा है।"

"ईश्वर नाम का कोई व्यक्ति यहां नहीं रहता।" चौकीदार बोला।

"जानता हूं। वैसे जिस ईश्वर को मैं खोज रहा हूं, वह व्यक्ति नहीं है।" स्वामी हंसे, "भाई! हम पांच संन्यासी हैं। हममें से एक बहुत अस्वस्थ है। अतः हम यात्रा नहीं कर सकते। देहरादून में हमारे पास रुकने का कोई स्थान नहीं है। यदि तुम अनुमति दो तो तुम्हारे इस अधबने मकान में कुछ दिन ठहर जाएं।"

चौकीदार कुछ विनीत हो गया, "महाराज! अनुमति तो सेठ जी से लेनी होगी, जिनका मकान है।"

"वे कहां मिलेंगे?"

"वे यहां नहीं आते, मैं ही उनके पास जाता हूं।"

"तो भाई! उनसे कहो कि बाहर से आए पांच संन्यासी बड़े कष्ट में हैं। वे आपके

इस अधबने मकान की छत के नीचे आश्रय चाहते हैं। जिस दिन हमारा साथी कुछ स्वस्थ हो जाएगा, हम चले जाएंगे।"

चौकीदार चुपचाप खड़ा रहा।

"हम अपने अस्वस्थ साथी को यहां दीवार की ओट में छत के नीचे लेटा देते हैं, ताकि उन्हें ठंडी हवा न लगे। स्वयं नगर में कोई और ठिकाना खोजने के लिए निकल जाते हैं।" स्वामी ने प्रस्ताव रखा, "तब तक तुम अपने सेठजी से अनुमति ले आओ। यदि हमें संध्या तक नगर में और कोई ठिकाना नहीं मिला और तुम्हारे स्वामी ने अनुमति दे दी तो हम यहां रुकेंगे, अन्यथा चले जाएंगे।"

"कहां?" चौकीदार ने कुछ चकित होकर पूछा।

"भगवान का संसार बहुत बड़ा है।"

चौकीदार संन्यासी की सज्जनता पर मुग्ध था। उसने अपने दोनों हाथ जोड़ दिए, "बड़ी कृपा होगी महाराज! आप मेरी स्थिति समझते हैं न! न मैं सेठजी से पूछे बिना आपको यहां ठहरा सकता हूं और न ही साधुओं का निरादर करने का पाप कर सकता हूं। इच्छा तो स्वामी की ही चलेगी।"

"इच्छा तो स्वामी की ही चलेगी।" स्वामी बोले, "किंतु वह स्वामी तुम्हारा सेठ नहीं, ईश्वर है–संसार का स्वामी।"

"आप ज्ञानी हैं महाराज।"

स्वामी आत्मलीन से पल्टन बाजार में से निकल रहे थे कि एक दुकान में से उन्होंने एक व्यक्ति को बाहर निकलते देखा। उसका चेहरा उन्हें कुछ परिचित-सा लगा; किंतु यह व्यक्ति पूरे साहबी ठाठ में था और उसके साथ जो स्त्री थी, वह भी पाश्चात्य पहनावे में थी। यह हृदयनाथ नहीं हो सकता। जेनरल असेंबली इंस्टिट्यूट, कलकत्ता में हृदय उनका सहपाठी था। वह बंगाली इतना साहब तो हो सकता था, किंतु उसके साथ यह महिला? यह तो किसी प्रकार भी बंगाली नहीं थी।

तभी हृदय की दृष्टि उनपर पड़ी। उसने भी जैसे ध्यान से देखा और पहचानने का प्रयत्न किया, "नरेन्द्र तुम?"

"हां! मैं ही हूं।" स्वामी ने कहा, "तुम हृदय ही हो न?"

"हां! तुम्हारा पुराना सहपाठी। यहां एक स्कूल में अध्यापक हूं और ये मेरी पत्नी हैं।" उसने कहा।

स्वामी ने अपना दाहिना हाथ उठाया ही था कि स्त्री ने हाथ मिलाने के लिए अपना दाहिना हाथ बढ़ा दिया; किंतु स्वामी ने हाथ न मिलाकर उसे आशीर्वाद दिया।

"तुम्हारा वेश कुछ बदला हुआ है।" हृदय ने कहा।

"बहुत कुछ बदल गया है–वेश भी और परिवेश भी।" स्वामी ने कहा, "मेरी माया मर गई है।"

"मेरा भी बहुत कुछ परिवर्तित हो गया है।" हृदय ने कहा, "मैंने ईसाई धर्म और समाज को स्वीकार कर लिया है। मेरी पत्नी भी ईसाई है। यह बंगाली भी नहीं है।"

स्वामी सोच ही रहे थे कि वे हृदय से अखंडानन्द को आश्रय देने को कहेंगे, किंतु वह बात उनकी जिह्वा पर आते-आते रुक गई। नहीं! यह संभव नहीं है। जब कोई हिंदू ईसाई हो जाता है, तो वह हिंदओं का शत्रु हो जाता है।

"अच्छा! चलता हूं।"

हृदय को स्वामी की यह त्वरा समझ में नहीं आई; और न ही उसे इसकी अपेक्षा थी। वह अपने एक पुराने सहपाठी से शायद बहुत कुछ कहना सुनना चाहता था।

"अच्छा! अभी तो देहरादून में ही हो न?"

"हां! दो तीन सप्ताह तो यहीं हूं।" स्वामी ने कहा।

"तो किसी दिन मेरे घर आओ। कुछ देर बैठेंगे। कुछ नई पुरानी बातें करेंगे।"

स्वामी को हृदय का व्यवहार अपनी अपेक्षा से अधिक मधुर लगा। वह उन्हें अपने घर आने का निमंत्रण दे रहा था।

"भिक्षुक को जिस द्वार से भिक्षा मिलने की आशा होती है, वह उस द्वार पर अवश्य जाता है।" स्वामी ने कहा।

हृदय हंस कर रह गया और स्वामी आगे बढ़ गए।

वे लोग दिन भर भटकते रहे किंतु उन्हें कोई ऐसा स्थान नहीं मिला, जहां वे टिक सकते। संध्या समय वापस लौटे तो उनके लिए सबसे महत्वपूर्ण चौकीदार का संदेश था।

"सेठजी ने कहा है कि यदि उन संन्यासियों को ठहरने में कोई कष्ट नहीं है, तो वे अवश्य ठहरें।" चौकीदार ने बताया, "उन्होंने कहा है कि यदि रुग्ण संन्यसी की औषध के लिए पैसों की आवश्यकता हो तो वे कुछ सहायता कर सकते हैं।"

"भगवान बड़ा दयालु है।" स्वामी ने आकाश की ओर देखा, "तुम्हारे सेठ भी पुण्यात्मा लगते हैं।"

ठिकाना तो मिल गया था; किंतु उपचार के पश्चात् भी अखंडानन्द का स्वास्थ्य सुधर नहीं रहा था। उन्हें श्वास लेने में कठिनाई हो रही थी।

"अखंडानन्द को इतना कष्ट क्यों है?" शारदानन्द ने पूछा।

"मुझे लगता है कि यह मकान सीलनभरा है। इतनी सीलन गंगाधर के लिए ठीक नहीं है। उसे शुष्क जलवायु की आवश्यकता है।" स्वामी ने कहा, "यहां रह कर तो वह सिविल सर्जन की औषध से भी ठीक नहीं हो सकता। हमें उसे किसी अच्छे स्थान पर रखना होगा।"

सब देख रहे थे कि स्वामी बहुत चिंतित थे। वस्तुतः जानते बूझते उनमें से कोई भी अखंडानन्द को उस मकान में रखने का इच्छुक नहीं था; किंतु इस बाध्यता में कोई भी क्या करता।

"भगवान हमारी परीक्षा ले रहे हैं।" तुरीयानन्द ने कहा।

"नहीं!" स्वामी बोले, "भगवान हमें संदेश दे रहे हैं कि गंगाधर को कहीं और ले चलो।"

अगले दिन स्वामी हृदय के घर पहुंचे। वह स्कूल से आ चुका था और वरांडे में बैठा चाय पी रहा था। स्वामी को अपने घर में प्रवेश करते देख वह कुछ विस्मित हुआ। उस दिन स्वामी जिस प्रकार उसे इतनी जल्दी छोड़ कर भागे थे, उसके बाद उसे आशा नहीं थी कि वे उसका निमंत्रण स्वीकार करेंगे।

"आओ। आओ।" वह अपने स्थान से उठ खड़ा हुआ।

"तुम्हें मेरे इतनी जल्दी आने की आशा नहीं थी?"

"न उस दिन उतनी जल्दी जाने की आशा थी। बैठो। मुझे लगा, शायद तुम मेरे धर्मांतरण से प्रसन्न नहीं हो और वैसे भी किसी ईसाई के घर का आहार स्वीकार नहीं करोगे।"

स्वामी बैठ गए, "संन्यासी तो सात्विकता खोजता है और वह किसी भी धर्म, जाति और देश में हो सकती है।" उन्होंने रुक कर हृदय की ओर देखा, "तुम्हारे धर्मांतरण से मुझे कोई प्रसन्नता तो नहीं ही हो सकती।"

"फिर भी तुम आए। पुनः हिंदू बनाने के लिए?"

"नहीं! मैं ऐसा कोई व्यापार नहीं करता।" स्वामी बोले, "मैं एक स्वार्थ से आया हूं।"

"संन्यासी और स्वार्थ?" हृदय बाबू हंसे।

"एक समस्या है। उसी समस्या के कारण उस दिन भागा था और आज उसी के कारण आया हूं। मेरे गुरुभाई स्वामी अखंडानन्द को ब्रॉन्काइटस ने जकड़ रखा है। मैं उसके लिए एक आश्रय खोज रहा हूं।"

"यदि तुम चाहो तो उसे मेरे घर पर ठहरा सकते हो।"

"तुम्हें कोई असुविधा तो नहीं होगी? पत्नी की आपत्ति..."

"नहीं! आपत्ति होगी भी तो वह अखंडानन्द को घर से निकाल नहीं देगी। निश्चिंत रहो।"

स्वामी मुसकराए, "और तुम्हें घर से निकाल दे, तो?"

"नहीं!" हृदय बाबू भी मुसकराए, "मैं इस घर में दृढ़ता से स्थापित हूं। हां! कभी कभी मेरी पत्नी आग्रह करती है कि प्रातः की प्रार्थना में घर में उपस्थित सभी लोग सम्मिलित हों। तुम्हारे गुरुभाई को उसमें कोई आपत्ति तो नहीं होगी?"

"नहीं! प्रभु की प्रार्थना में किसी को क्या आपत्ति हो सकती है।"

"हम प्रभु ईसा की उपासना करते हैं।"

"जहां तक वह प्रभु की उपासना है, वहां तक किसी हिंदू को कोई आपत्ति नहीं होगी। और मेरे गुरुभाइयों को तो एकदम नहीं होगी।"

"तो ठीक है, तुम अपने गुरुभाई को ले आओ।"

98

"आ गए महाराज!"

"हां भैया! आ गया।"

स्वामी ने उन्हें देखा तो चकित रह गए, "अरे गंगा तुम यहां! मैं तो तुमसे मिलने के लिए हृदय बाबू के घर जा रहा था।"

अखंडानन्द स्वयं को और नहीं रोक सके। बोले, "आप वहां न ही जाएं तो ठीक है। मैं अब वहां रहना नहीं चाहता। वहां मेरा दम घुटता है।"

"तुम उन्हें बता कर आए हो कि तुम उनका स्थान छोड़ रहे हो?"

"नहीं!"

"तो क्या कह कर आए हो?"

"कहा कि टहलने के लिए जा रहा हूं।"

"सत्य नहीं बता सकते थे? संन्यासी और मिथ्याभाषण।"

"मैं मिथ्याभाषण नहीं करता।" अखंडानन्द कुछ उत्तेजित थे, "वहां से निकला, तो स्वयं नहीं जानता था कि मैं उनका स्थान सदा के लिए छोड़ रहा हूं। एक आवेश में टहलने के लिए निकला था और सचेत तब हुआ, जब यहां पहुंच गया। यहां आ जाने के पश्चात् अब मैं पुनः उनके घर में लौट जाने की बात सोच भी नहीं सकता। इसमें मिथ्याभाषण कहां है? कहो तो अब जाकर उनको बता आऊं कि मैंने उनका घर छोड़ दिया है।"

"रहने दो। इस स्थिति में तुम्हारा उनके घर जाना उचित नहीं है।"

स्वामी हृदय बाबू के घर पहुंचे तो देखा कि वहां दो पादरी भी बैठे थे।

हृदय बाबू ने स्वामी का स्वागत किया, "आपके गुरुभाई तो सुबह से ऐसे टहलने गए हैं कि अभी तक लौटे ही नहीं।"

संन्यासी को देख, पादरियों की आंखों में परायापन झांकने लगा। उसमें हृदय बाबू के लिए थोड़ा तिरस्कार भी था।

"ये मेरे कॉलेज में सहपाठी थे–नरेन्द्रनाथ दत्त।" हृदय ने बताया, "संन्यासी हो गए हैं। अखंडानन्द इनके ही गुरुभाई हैं।"

"क्या लाभ उस धर्म का, जिसके प्रचारक बनकर अपने एक रोगी साथी की चिकित्सा के साधन भी न जुटा सकें।" एक पादरी बोला।

स्वामी ने उसकी ओर देखा, "धर्म को हम अर्थोपार्जन का साधन नहीं मानते और संन्यास धारण कर हम न धन कमाते हैं और न धर्म का प्रचार करते हैं।"

"तो क्या करते हैं?" दूसरा पादरी विषाक्त स्वर में बोला, "एक साथी के अस्वस्थ हो जाने पर ईसाई घरों में आश्रय खोजते हैं?"

"पादरी और संन्यासी में बहुत अंतर है।"

"क्या अंतर है–कि हम अलग अलग धर्मों के संन्यासी हैं?"

"तुम पादरी बनकर आर्थिक सुरक्षा पाते हो, क्योंकि तुम एक चर्च विशेष के प्रचारक हो। उनके कर्मचारी हो।" स्वामी का स्वर भी बहुत कोमल नहीं रह गया था, "संन्यासी किसी की नौकरी नहीं करता. वह प्रभु के मार्ग का यात्री है। उसके हाथ का यंत्र है।"

"बहुत ऊंचे मत उड़ो।" उनमें से एक ने कहा, "किसी न किसी का आसरा तो सबको चाहिए ही। लगता है, तुम्हारे पास कोई आसरा नहीं है। प्रभु ईसा की शरण में आ जाओ तो तुम्हें भी हृदय बाबू के समान किसी अच्छे स्कूल में शिक्षक की सम्मानजनक नौकरी मिल सकती है। ऊंची कक्षाओं को न सही, चौथी तक के बच्चों को तो पढ़ा ही लोगे।"उसने रुक कर स्वामी को चुनौती भरी दृष्टि से देखा, "तुमने किसी ईसाई पादरी को अपने समान भीख मांगते देखा है? जिसके पास खाने को ही न हो, वह ईश्वर की चर्चा क्या करेगा।"

"ईसा मसीह किसकी नौकरी करते थे?" स्वामी ने उसकी आंखों की चुनौती को वहीं कुचल दिया, "या वे धर्म के मार्ग पर नहीं चल रहे थे? हम संन्यासी हैं। हम ईश्वर पर निर्भर हैं। धन कमाना होता तो किसी सेठ साहूकार के पास गए होते। ईश्वर से तो हम यही मांगते हैं कि हमें धन से मुक्ति दे।"

"तो फिर अपने गुरुभाई को लेकर प्रभु ईसा के एक अनुयायी के घर क्यों आए? इसलिए कि हिंदुओं के मन में रोगियों और असहायों के लिए करुणा नहीं होती। कष्ट में कोई किसी की सहायता नहीं करता।"

"हिंदुओं ने संसार भर के असहायों को अपने देश में आश्रय दिया है। संसार का थोड़ा सा इतिहास पढ़ लो।" स्वामी बोले, "अपने गुरुभाई को लेकर मैं न तो तुम्हारे चर्च गया था और न ही एक ईसाई के घर आया था। मैं उसे अपने एक मित्र के पास लाया था। हम तुम्हारे समान धर्म के व्यापारी नहीं हैं, इसलिए न तो धन का गणित करते हैं और न ही देखते हैं कि कितनी संख्या में हमने दूसरे धर्मावलंबियों का धर्मांतरण किया। ईश्वर के जीवों को मिलाते नहीं हो, उनका विभाजन करते हो। मनुष्य को मनुष्य के रूप में न देखकर, उन्हें हिंदू, मुसलमान और ईसाई के रूप में देखते हो। कहने को कहते रहो कि भगवान एक है; किंतु तुम्हारे मन में ईसाई गॉड, मुसलमान अल्लाह और हिंदू ईश्वर की ही अवधारणा है। तुम धर्म का प्रचार नहीं कर रहे, अपना गिरोह तैयार कर रहे हो।"

"गिरोह डाकुओं का होता है।" पादरी ने बड़ी कटुता से कहा।

"जानता हूं।" स्वामी ने हृदय बाबू की ओर देखा, "मुझे खेद है कि तुम्हारे घर में बैठ कर मुझे ईसाई पादरियों के कृत्यों का विरोध करना पड़ रहा है। मैं तुम्हारे प्रति अपनी कृतज्ञता व्यक्त करने आया था। तुम्हें यह सूचना भी देनी थी कि अखंडानन्द अब लौट कर यहां नहीं आएंगे।"

"क्यों?"

"उसका कारण तुम या तुम्हारा परिवार नहीं है।" स्वामी बोले, "वे यहां से रुष्ट होकर भी नहीं गए हैं। हम अब भी तुम्हारे कृतज्ञ हैं कि तुमने हमारी सहायता की। और मैं अब भी तुम्हें अपना मित्र मानता हूं। हम फिर मिलेंगे।"

स्वामी ने हाथ उठा कर सबको आशीर्वाद दिया और बाहर निकल आए। उन्हें अखंडानन्द की चिंता थी। उस सीलन भरे मकान में उनका स्वास्थ्य और भी बिगड़ जाएगा। पर वे उन्हें वापस हृदय बाबू के घर जाने के लिए भी नहीं कह सकते थे। जिस विष से वे भाग कर आए थे, उस प्रदूषण का अनुभव स्वामी को इतनी ही देर में हो गया था। अखंडानन्द के लिए कोई प्रबंध तो करना ही होगा।

सहसा स्वामी का मन एक प्रकार के आनन्द से भर उठा। वे तो अखंडानन्द के लिए इस प्रकार चिंतित हो रहे हैं, जैसे अखंडानन्द ने उनके भरोसे संसार में जन्म लिया है और उसका पालनपोषण वे ही कर रहे हैं। अखंडानन्द भी उसी ईश्वर के जीव हैं, जिसके जीव स्वयं स्वामी हैं। अखंडानंद भी उसी ठाकुर के शिष्य हैं, जिनके शिष्य स्वयं स्वामी हैं। जाने ईश्वर के मन में क्या है। यदि अखंडानन्द के लिए कोई और प्रबंध न हुआ होता तो वे हृदय बाबू का घर छोड़ कर इस प्रकार न चले आते।

स्वामी नगर भर का चक्कर लगा कर लौटे तो देखा, उनके गुरु भाई बड़ी शांति से सामूहिक रूप से अपने गुरु का नामजप कर रहे थे। वहां किसी प्रकार की चिंता का लेश भी नहीं था। स्वामी भी जाकर उनके साथ बैठ गए।

नामजप पूरा हुआ तो तुरीयानन्द बोले, "आज नगर में गुप्तचर विभाग का अपना वह भक्त मिल गया था। उसने बताया कि वह एक वकील को जानता है, जो साधु संतों की कुछ सेवा करने का इच्छुक है। वकील कश्मीरी ब्राह्मण है–पंडित आनन्दनारायण। मैं उससे मिलने चला गया था। उसने कहा है कि वह अस्वस्थ संन्यासी को अपने घर में तो नहीं रखेगा, क्योंकि उससे संन्यासी और परिवार वालों–दोनों को ही असुविधा हो सकती है; किंतु वह संन्यासी के रहने की व्यवस्था कर देगा।"

"घर में नहीं ठहराएगा और रहने की व्यवस्था भी कर देगा?" स्वामी ने पूछा।

"वह एक छोटा मकान किराए पर ले देगा, जिसमें वह अस्वस्थ संन्यासी की देखभाल का सारा प्रबंध कर देगा।"

"गैंजेस! मेरा विचार है कि अब जब तुम स्वयं को स्वस्थ अनुभव करो, इलाहाबाद चले जाओ। प्रयागराज वैसे भी तीर्थों का सिरमौर है। तुम्हारे इस रोग में वहां की जलवायु तुम्हें बिना औषध के ही ठीक कर देगी। वहां मेरे मित्र हैं। मैं उनके नाम तुम्हें पत्र दे देता हूं और उन्हें भी सूचित कर देता हूं। तुम्हारा उपचार भी हो जाएगा और तुम प्रयागराज में तपस्या भी कर सकोगे।" स्वामी ने कहा, "वैसे कृपानन्द तुम्हारे साथ रहेंगे। हम प्रयत्न करेंगे कि सीधे अथवा मठ के माध्यम से तुम्हारे संपर्क में रहें।"

"और तुम लोग?"

"हम लोग हृषीकेश जा कर तपस्या करेंगे। देखें कितने दिनों तक हमारा क्रम चल पाता है। जैसी ठाकुर की इच्छा होगी, वैसा ही होगा।" स्वामी बोले।

99

हृषिकेश के निकट के जंगल में तुरीयानन्द, कृपानन्द और शारदानन्द बांस काट रहे थे।

अखंडानन्द प्रयागराज न जाकर अपने एक मित्र के पास सहारनपुर चले गए थे, अतः कृपानन्द पुनः स्वामी के पास लौट आए थे। उन्हें हृषिकेश में आए हुए कुछ दिन हो चुके थे। गंगा के तट पर, चंदेश्वर महादेव के मंदिर के पास, उन्होंने एक कुटिया बना ली थी। उसमें रहकर वे लोग कठिन तपस्या कर रहे थे। मधुकरी वृत्ति से खाने को जो मिल जाता था, उसी पर संतोष कर लेते थे। किंतु दो तीन दिनों से उन्हें लगने लगा था कि उनके द्वारा बनाई गई कुटिया उन सब के लिए कुछ ज्यादा ही छोटी थी। यद्यपि वे चारों उसमें लेट भी सकते थे, सो भी सकते थे; किंतु उसमें इतना स्थान नहीं था कि एक व्यक्ति के लेट जाने पर उसे असुविधा में डाले बिना शेष का चलना फिरना भी संभव हो सके। वे कुटिया को कुछ बड़ा करने के विचार को अपने मन में पाल रहे थे।

आज प्रातः से स्वामी को कुछ हल्का ज्वर था। बीच-बीच में उन्हें ज्वर हो जाता था। कर्णप्रयाग से चलने के पश्चात् से पूरी तरह स्वस्थ कभी भी नहीं हुए थे। यद्यपि वे अपनी दिनचर्या का पूरा निर्वाह कर रहे थे।

आज ज्वर इतना था कि वे बैठ नहीं पा रहे थे। वे लेटे हुए थे। ऐसे में उनके गुरुभाई द्विविधा में थे कि वे स्वामी की देखभाल करें अथवा अपनी अपनी तपस्या के लिए गंगातट पर चले जाएं। तभी उन्होंने निर्णय किया कि वे वन से बांस काट लाएं, ताकि वे स्वामी के निकट भी रहें और कुटिया का निर्माण भी कर लें। स्थान बन जाएगा तो स्वामी चाहे लेटे रहें, वे लोग भी कुटिया में ध्यान तो कर ही सकते हैं।

शारदानन्द ने कुल्हाड़ी एक ओर रखी और अपनी भुजा को सहलाया, "मेरे विचार से तो ये पर्याप्त हैं। और वैसे भी संन्यासी को अधिक लोभ नहीं करना चाहिए।"

"हां! पर्याप्त हैं। अब इन्हें समेटो।"

वे कुटिया में लौटे तो स्वामी बेसुध से पड़े थे। उनका ज्वर बहुत बढ़ गया था। उनके गले में भी बहुत कष्ट था, उनका हाथ अचेतावस्था में भी अपने गले पर जा पड़ता था, जैसे सांस न ले पा रहे हों और गला घुट रहा हो। संभवतः उन्हें गलघोटू रोग ने पकड़ लिया था।

"स्वामी यहां इस स्थिति में पड़े हैं और हम वहां मूर्खों के समान बांस काटते रहे और किस्से कहानियां कहते रहे।" शारदानन्द बोले।

"इनके मुंह में थोड़ा गंगाजल डालो।" तुरीयरानन्द ने उनकी नाड़ी पकड़ी, "नाड़ी बहुत मंद है और रुकती-सी लग रही है।"

"मैं किसी डॉक्टर को देखूं?" कृपानन्द ने कहा।

"यहां पास ही अस्पताल है न कि तुम किसी डॉक्टर को ले आओगे।" शारदानन्द

कुछ चिढ़ कर बोले।

"नहीं। डॉक्टर लाने के लिए तो देहरादून जाना पड़ेगा।" तुरीयानन्द बोले, "मुझे तो लगता है कि इनकी नाड़ी थम चुकी है। हम बड़े मूर्ख हैं, हमें अपने साथ कुछ आवश्यक औषधियां रखनी चाहिएं।"

"औषधालय और चिकित्सक भी साथ रखने चाहिएं।" कृपानन्द बोले, "साधना के लिए निकले संन्यासी और राजा की सवारी में अंतर होता है।"

तुरीयानन्द की आंखों में अश्रु आ गए। वे भजन गाने लगे।

शारदानन्द ने स्वामी की कलाई थामी, "नाड़ी तो थम चुकी है। शरीर भी ठंडा हो रहा है। कहीं प्राण निकल ही तो नहीं गए?"

कृपानन्द ने भी कलाई थाम कर नाड़ी देखी और धीरे से कलाई भूमि पर रख कर जोर से चीत्कार कर रो पड़े। तुरीयानन्द और शारदानन्द को भी लगा कि वे अब स्वयं को रोक नहीं पाएंगे। उनका प्रिय नरेन्द्र उनके सामने धरती पर पड़ा था। उनके नीचे दो खुरदुरे कंबल बिछे थे। ऊनी कपड़ों का इतन अभाव। ऐसे बिस्तर पर सोया रोगी तो अपने प्राण त्यागेगा ही। कैसे स्थान पर नरेन्द्र को पटक कर इस रोग ने उनका दम घोंट दिया जहां न कोई वैद्य है न चिकित्सक कि वे लोग चिकित्सा का प्रयत्न तो करते। न सही प्रयत्न, नाटक ही करते। पर यहां तो...

वे तीनों रो रहे थे। बीच बीच में किसी की हिचकी या चीत्कार का स्वर होता। पर करने को कुछ नहीं था। वे लोग इस वन में आकर अपने प्रिय नरेन्द्र को खो चुके थे...

तभी एक औघड़ साधु ने कुटिया में प्रवेश किया, "काहे रौते हो भाई?"

तीनों ने उसकी ओर देखा : वह साधारण साधुओं जैसा एक साधु था। जटाएं और दाढ़ी बढ़ी हुई थी और उसने स्वयं को सिर से पैर तक एक हो कंबल में लपेट रखा था। उसकी आंखों में प्रश्न ही नहीं, विरोध भी था, जैसे उन तीनों के रुदन ने उसकी समाधि में विघ्न डाला हो।

शारदानन्द ने स्वामी की ओर संकेत कर दिया।

"हमारे गुरु भाई चले गए।" तुरीयानन्द ने कहा।

"चले गए तो अपने घर पहुंच गए होंगे।" साधु ने स्वामी की नाड़ी जांची और उनकी ओर मुड़ा, "कोई नहिं गवा। झुठे शोर मत मचावा।"

उसने पूर्ण शांति के साथ अपने थैली के आकार के बटुए में से पीपल का चूर्ण निकाल कर मधु में मिलाया और उसे बलात् स्वामी के कंठ में उंडेल दिया, "थोड़ी ठंड लग गई है, तुम्हारे गुरु भैया को। और कुछ नहीं भया। ई झुट्ठे का रौना धौना बंद करा।"

वह चला गया।

तीनों उसे जाते हुए देखते रहे। न उसे रोक सके, न कुछ कह सके। किंतु उन्होंने देखा कि स्वामी का शरीर अब उतना ठंडा नहीं था। उनकी नाड़ी लौट रही थी और क्रमशः

वे स्वस्थ हो रहे थे।

स्वामी ने आंखें खोलीं और उनके होंठ हिले। शारदानन्द ने अपना कान उनके अधरों के निकट रख कर सुनने का प्रयत्न किया। वे कह रहे थे, "रोना धोना छोड़ो, मैं ऐसे मरने वाला नहीं हूं।"

उन्होंने अपने अश्रु पोंछ लिए और मुस्कराने का प्रयत्न किया। स्वामी पूर्णतः सचेत थे। वे बोले, "तुम लोग दुखी हुए। मेरा उपचार कराने की बात भी सोची। डॉक्टर को पुकार रहे थे, पर ईश्वर को क्यों नहीं पुकारा। मनुष्य डॉक्टर की इच्छा से मरता और जीता है क्या?"

"हम तो ऐसे विचलित हुए कि भगवान को भूल ही गए। तुरीयानन्द ने आरंभ में कुछ भजन गाए भी। पर हमारे अश्रु ही नहीं थम रहे थे।" कृपानन्द ने कहा।

"सुख के माथे सिल परे, नाम हृदय तें जाय। बलिहारी वा दुःख के जो पल पल नाम रटाय।" स्वामी बोले, "जिसे स्मरण रखना चाहिए था, उसे ही भूल गए।" उन्होंने रुक कर सबको देखा, "प्रभु ने मुझे मेरी अचेतावस्था में दिखाया है कि मेरे इस जीवनका एक विशिष्ट प्रयोजन है। उसके पूरा हुए बिना न मुझे शांति मिलेगी और न मेरा यह शरीर छूटेगा। और कार्य पूरा हो जाने के पश्चात् यह शरीर रह नहीं सकता।" स्वामी की दृष्टि अपने गुरुभाइयों द्वारा लाए गए बांसों पर पड़ी, "तो बांस आ गए हैं। चलो कुटिया का विस्तार करें।"

"वह सब हम कर लेंगे।" तुरीयानन्द बोले, "आप अभी बहुत दुर्बल हैं। आप विश्राम करें।"

100

दिसंबर का महीना था। मेरठ में शीत का प्रकोप चल रहा था। प्रातः का समय था। अभी यह निश्चित् रूप से कहा भी नहीं जा सकता था कि आज भी सूर्यदेव के दर्शन होंगे, या कुहरा ही छाया रहेगा। आसिस्टैंट सिविल सर्जन डॉ. त्रैलोक्यनाथ घोष का द्वार खटका। नौकर ने कपाट खोले और द्वार पर इतने सारे साधुओं की टोली देखकर कुछ घबरा सा गया, "क्या है?"

"डॉ. त्रैलोक्यनाथ घोष का घर यही है?"

"लिखा तो है।" नौकर ने द्वार पर लगा नामपट्ट दिखाया , "पर आप लोग शायद इंग्रेजी नहीं पढ़ सकते।"

"हमें डॉक्टर साहब से मिलना है।" स्वामी ने कहा।

"वे इतनी सुबह रोगियों को नहीं देखते।" नौकर बोला, "वैसे वे अभी उठे भी नहीं हैं। आप लोग अस्पताल चले जाइए। वे वहीं आ जाएंगे।"

"हमारा एक रोगी खो गया है। हमें किसी ने बताया है कि वह उपचार के लिए यहीं भर्ती हुआ है। वह अभी यहीं है या उसकी छुट्टी हो गई है–हमें मालूम नहीं है। यदि वह अभी यहीं है तो उससे मिलने का समय क्या है?" स्वामी ने कहा।

"यह घर है, अस्पताल नहीं। यहां कोई रोगी भर्ती कैसे हो सकता है।" नौकर बौखलाया-सा बोला।

"यह सब गोरखधंधा तुम्हारी समझ में नहीं आएगा, पुत्र!" स्वामी बोले, "तुम जाकर घर में जो कोई भी जगा हो, उसे सूचना दो कि स्वामी अखंडानंद के गुरुभाई उनके विषय में जानना चाहते हैं और यदि वे यहीं हैं तो उनसे मिलना चाहते हैं।"

नौकर चला गया और स्वयं डॉ. त्रैलोक्यनाथ घोष बाहर आए।

"डॉक्टर मोशाय!" स्वामी बांग्ला में बोले, "हमारे एक गुरु भाई स्वामी अखंडानंद देहरादून से प्रयागराज के लिए चले थे। वे किसी कारणवश सहारनपुर पहुंच गए थे। हम लोग उनकी खोज में सहारनपुर गए थे। वहां से पता चला कि वे अपनी चिकित्सा के लिए मेरठ में आपकी शरण में आए हैं। हम उनका समाचार जानना चाहते हैं।"

डॉक्टर साहब ने कपाट पूरे खोल दिए, और बांग्ला में ही बोले, "आप लोग भीतर आ जाइए। स्वामी जी अभी यहीं हैं। उनका उपचार चल रहा है। वे स्वस्थ हो रहे हैं; किंतु अभी पूर्णतः स्वस्थ नहीं हैं।" उन्होंने नौकर को पुकारा, "बैठक खोल कर इन्हें बैठाओ।"

नौकर ने उन्हें बैठक में बैठाया और डॉक्टर साहब ने अखंडानंद को सूचना दे दी।

अखंडानंद बैठक में आए और स्वामी को देखा तो स्तब्ध रह गए, "अरे यह क्या?"

"क्या?" स्वामी ने पूछा।

"तुम तो कंकाल हो गए नरेन दा!"

"ये इस अवस्था में भी हरिद्वार में तपस्या करते रहे हैं।" ब्रह्मानंद बोले।

"और महाराज! आप कब इनसे आ मिले?"

"बैठो! बैठो! बताते हैं।" शारदानन्द बोले, "स्वामी तब से स्वस्थ हुए ही नहीं हैं। कहीं भी पूर्ण चिकित्सा हुई नहीं और न ही विश्राम ही मिला। वहीं टिहरी के दीवान आए थे। उन्होंने इन्हें दिल्ली के एक हकीम के पास लाने के लिए कहा और पैसे इत्यादि भी दिए; किंतु ये पैसे हमें देकर स्वयं अकेले ही हरिद्वार चले गए, तपस्या करने। महाराज उन्हीं दिनों कंखल में साधना कर रहे थे। उन्होंने इनके विषय में सुना तो मिलने गए। देखा कि सब कुछ अस्त-व्यस्त है। स्वामी किसी प्रकार की कोई चिकित्सा नहीं करवा रहे हैं और अपनी तपस्या भी नहीं छोड़ रहे हैं, क्योंकि उनको विश्वास है कि जीवन और मरण ईश्वर के हाथ में है..."

"और नहीं तो किसके हाथ में है?" स्वामी ने कहा।

"हां बाबा! उसी के हाथ में है, किंतु रोग आने पर सब ही वैद्य के पास जाते हैं। कोई ईश्वर के पास नहीं जाता, न कोई यह सोच कर घर में बैठा रहता है कि ईश्वर की इच्छा होगी, तो सब ठीक हो जाएगा। आखिर ठाकुर भी तो अपनी चिकित्सा करवाते ही थे।"

"चिकित्सा तो मैं भी करवा ही रहा हूं।" स्वामी बोले।

"किंतु आप स्वस्थ नहीं हैं।" डॉक्टर साहब आ गए थे, "आपका रोग पुराना हो चुका है और यदि लगकर चिकित्सा नहीं की गई तो यह आपको भारी पड़ेगा।"

"मैं चिकित्सा के लिए ही दिल्ली जा रहा हूं।" स्वामी ने कहा।

"जाइए।" डॉक्टर साहब बोले, "किंतु मेरा विचार है कि अभी आप दिल्ली तक भी यात्रा न करें। स्वामी अखंडानंद यहां हैं ही। आप भी मेरे घर पर ही रुक जाइए। मैं अपनी औषधियां देकर देख लूं, फिर आवश्यकता हो तो आप दिल्ली भी जा सकते हैं।"

"हम पहले ही आपके बहुत आभारी हैं कि आपने अखंडानंद की इतनी सेवा की है। हम आपपर और बोझ नहीं डालना चाहते।" स्वामी बोले।

"स्वामी अखंडानंद मुझ पर बोझ नहीं हैं। सहारनपुर से मेरे मित्र बांकेबिहारी चटर्जी ने इन्हें मेरे पास भेजा था।" डॉक्टर साहब बोले, "मैं उनका ऋणी हूं कि उन्होंने मुझे एक महात्मा की संगति में रहने का अवसर दिया। मेरे पास इतनी व्यवस्था नहीं है, नहीं तो मैं आप सबको ही यहां ठहरा लेता, पर आप इस रुग्णावस्था में बिना चिकित्सा के किसी असुविधा में रहें, यह मेरी आत्मा कदापि स्वीकार नहीं करेगी। भगवान ने अकारण ही आपको मेरे द्वार पर नहीं भेजा है।"

101

अखंडानंद को डॉ. त्रैलोक्यनाथ घोष के घर पर रहते डेढ़ महीना हो गया था। वे अब स्वस्थ थे। स्वामी यद्यपि अभी दवा खा रहे थे; किंतु इतने अस्वस्थ भी नहीं थे कि डॉक्टर के घर रहना उनके लिए आवश्यक हो। उन्हें वहां आए हुए पंद्रह दिन हो गए थे। डॉ. त्रैलोक्यनाथ घोष से कह सुन कर और औषधि-सेवन का वचन देकर वे अखंडानन्द के साथ सेठजी की बगीची में आ गए। सेठजी यज्ञेश्वर बाबू के मित्र थे और उन्होंने अपनी बगीची में साधुओं के ठहरने की व्यवस्था कर रखी थी।

स्वामी टहलने नहीं जाते थे। वे अभी औषधि का सेवन कर रहे थे और उन्हें पर्याप्त विश्राम भी मिल रहा था। वे अखंडानंद से कहकर मेरठ सार्वजनिक पुस्तकालय से कुछ पुस्तकें मंगवा लेते थे और समय मिलते ही उन्हें पढ़ने लगते थे। उनके अध्ययन के घंटे बढ़ गए थे और संध्या समय जुट आने वाली मंडली के सामने थोड़ी सी धर्मचर्चा भी करने लगे थे।

स्वामी पिछले तीन दिनों से अखंडानन्द के माध्यम से पुस्तकालय से सर जॉन लब्बक के समग्र साहित्य का एक एक खंड मंगवा रहे थे। एक दिन में एक खंड पढ़ कर अगले दिन वे उसे लौटा देते थे।

अखंडानंद ने तीसरा खंड लौटाया, तो पुस्तकालयाध्यक्ष ने उन्हें ध्यान से देखा, "आप क्या तमाशा कर रहे हैं साधु महाराज!"

"क्यों? क्या हुआ?" अखंडानंद ने उसे आश्चर्य से देखा।

"आपने यह पुस्तक पढ़ ली है?"

"नहीं।"

"तो प्रतिदिन पुस्तक ले जाने और अगले दिन बिना पढ़े लौटाने का पाखंड क्यों कर रहे हैं?"

अखंडानंद क्रुद्ध तो नहीं हुए किंतु उत्तेजित अवश्य हो गए। उन्होंने उसे घूर कर देखा, "ये जितनी पुस्तकें तुम्हारे आसपास अल्मारियों में लगी हुई हैं, वे सब तुमने पढ़ ली हैं क्या?"

"नहीं!"

"तो तुम उनके बीच सजकर बैठने का पाखंड क्यों कर रहे हो, जैसे तुम संसार के सबसे बड़े विद्वान हो?"

"मैं यहां का पुस्तकालयाध्यक्ष हूं महोदय!" उसने कहा, "मैं यहां इसलिए बैठा हूं कि जो लोग पढ़ना चाहें, उन्हें उनकी रुचि के अनुसार पुस्तकें उपलब्ध करवा सकूं।"

"मैं भी एक पाठक की ही सेवा कर रहा हूं। एक खंड प्रतिदिन इसलिए ले जाता हूं कि जिसने उसे मंगवाया है, वह उसे पढ़ सके।"

"तो आप पुस्तक अपने पढ़ने के लिए नहीं ले जाते?"

"ऐसा कोई नियम है कि जो पुस्तक ले जाए, वही उसे पढ़े भी? या पाठक का सशरीर आपके सम्मुख उपस्थित होना अनिवार्य है?"

"नहीं! ऐसा तो नहीं है।"

"तो फिर आप यह क्यों नहीं मान सकते कि यह पुस्तक मैं अपने एक गुरुभाई के लिए ले जाता हूं, जो उसे पढ़कर ही लौटाते हैं।"

"यदि यह सत्य है," पुस्तकालयाध्यक्ष ने कहा, "तो आपका वह गुरुभाई आपको उल्लू बना रहा है।"

"उल्लू पैदा होते हैं, बनाए नहीं जाते।" अखंडानंद ने उसकी आंखों में देखा, "वैसे आपको यह दिव्यज्ञान कैसे हुआ?"

"क्योंकि यह पुस्तक, जो आप ले जाते हैं, उसे एक दिन में पूरा पढ़कर समझना तो दूर उलटना पलटना भी संभव नहीं है।"

अखंडानंद ने पुस्तक का खंड उठा लिया और बोले, "कल मैं नहीं आऊंगा। उन्हीं को भेजूंगा"

अगले दिन स्वामी स्वयं ही पुस्तकालय गए।

"मैं ही वह व्यक्ति हूं, जो अपने गुरुभाई के माध्यम से अपने लिए आपसे पुस्तकें मंगवाता है।" स्वामी ने कहा, "आजकल मैं सर जॉन लब्बक की रचनाएं पढ़ रहा हूं। आपको यह संदेह है कि मैं पुस्तकें पढ़ता नहीं हूं। मंगवाता हूं और लौटा देता हूं।" स्वामी ने उसकी ओर अधिकारपूर्वक देखा, "इस विषय में और विवाद करने से कहीं अच्छा है कि आप इन पुस्तकों के आधार पर मेरी परीक्षा ले लीजिए—मौखिक या लिखित। मेरा कहना है कि मैंने ये पुस्तकें पूरी तरह पढ़ी और समझी हैं।"

"नहीं! यह आवश्यक नहीं है।" पुस्तकालयाध्यक्ष बोला, "वैसे भी इस पुस्तकालय से आज तक किसी संन्यासी ने अंग्रेज़ी की कोई पुस्तक नहीं ली है। अंग्रेज़ी में लिखी गई किसी विदेशी लेखक की पुस्तक उनके बस की नहीं होती।"

"आपका यह भ्रम मिटना चाहिए। सत्य यह है कि हमारे संन्यासी जिस अध्यात्म का चिंतन करते हैं, उस तक अभी कोई विदेशी लेखक पहुंचा ही नहीं है।"

"आप अपवाद हैं?"

"नहीं! अपवाद नहीं हूं। उन जैसा ही हूं। बस! मेरी कुछ रुचि इन विषयों में भी है।"

"अच्छा, आप इतना ही बता दीजिए कि लब्बक विज्ञान के किस क्षेत्र से संबंधित हैं।" पुस्तकालयाध्यक्ष ने बहुत सावधानी से कहा।

"कौन से लब्बक?" स्वामी ने पूछा, "पिता या पुत्र?"

पुस्तकालयाध्यक्ष कुछ खिसिया गया, "आप किस की रचनाएं पढ़ रहे हैं?"

"देखिए, पिता का नाम था जॉन विलियम्स लब्बक। वे गणितज्ञ और खगोलशास्त्री थे। उनकी पुस्तकें मैं पहले पढ़ चुका हूं।" स्वामी बोले, "पुत्र का नाम है प्रोफेसर सर जॉन लब्बक। वे पुरातत्ववादी और नृतत्वशास्त्री हैं। मानव मनोविज्ञान के विषय में भी उन्होंने बहुत कुछ लिखा है। उनकी पुस्तकों के नाम तो आप जानते ही होंगे। अब उन पुस्तकों में से आपको जो कुछ पूछना हो, पूछ लें।"

पुस्तकालयाध्यक्ष को संकोच हो रहा था। वह स्वयं तो यह भी नहीं जानता था कि लब्बक नाम से पिता और पुत्र दोनों लेखक हैं; और दोनों के क्षेत्र पृथक्-पृथक् हैं।

"आप मुझे इतना बता दें कि प्रो. लब्बक अमरीकी हैं या जर्मन, तो मैं संतुष्ट हो जाऊंगा।"

"वे अंग्रेज़ हैं।" स्वामी ने कहा, "जर्मन लोग अंग्रेज़ी में पुस्तकें नहीं लिखते। हां! उनकी पुस्तकों का अंग्रेज़ी में अनुवाद अवश्य होता है।"

पुस्तकालयाध्यक्ष कुछ सोचता बैठा रह गया।

"देखिए, यदि हम प्रो. लब्बक के वैज्ञानिक क्षेत्र को भी छोड़ दें तो उनकी एक बड़ी प्रसिद्ध उक्ति है–"I cant but think that the world would be better and brighter if our teachers would dwell on the duty of happiness as well as happiness of duty; for we ought to be as bright and genial as we can, if only because to be cheerfull ourselves is most effectual contribution to the happiness of others." उनकी यह उक्ति मुझे अपनी गीता के निष्काम कर्म का स्मरण दिलाती है। हमें प्रत्येक स्थिति में प्रसन्न रहना है। प्रत्येक कर्तव्य को प्रसन्नतापूर्वक पूरा करना है। कर्तव्य को कभी बोझ नहीं मानना चाहिए। दुख का कारण होने पर भी अपनी इंद्रियों को उसके संपर्क में नहीं आने देना चाहिए।" स्वामी ने कहा, "और यह भी सत्य है कि यदि आप प्रसन्न, सात्विक और

स्वस्थ लोगों से मिलेंगे तो आप भी प्रसन्न रहेंगे। जो लोग स्वयं मुंह लटकाए रहते हैं और सदा अपने दुखों और रोगों की चर्चा करते रहते हैं, उनके निकट जाकर आप भी उदास हो जाते हैं।"

"आप ठीक कहते हैं स्वामी जी!" पुस्तकालयाध्यक्ष ने पहली बार उन्हें सम्मानजनक शब्दों में संबोधित किया।

उसने लब्बक की रचनाओं का एक खंड निकाला। उसके पृष्ठ उलटे। उसकी दृष्टि लब्बक की प्रसिद्ध उक्तियों पर ठहर गई।

"स्वामी जी! हम संसार में अधिकांशतः क्या देखते हैं?"

स्वामी मुसकराए, "सामान्यतः आपके प्रश्न का उत्तर मैं कुछ और देता, किंतु आप यह लब्बक के संदर्भ में पूछ रहे हैं तो उनकी एक बड़ी प्रसिद्ध उक्ति है what we see depends mainly on, what we look for. संसार में आप भगवान को खोजेंगे तो आपको भगवान दिखाई पड़ेंगे; शैतान को खोजेंगे तो शैतान दिखाई देगा। यही कारण है कि प्रभु के मार्ग में चलने के लिए आवश्यक है कि पहले मनुष्य अपने हृदय को निर्मल करे। सांसारिकता का कूड़ा मन में संचित कर यदि हम भगवान को खोजने निकलेंगे, तो वे हमें कभी दिखाई नहीं पड़ेंगे।"

पुस्तकालयाध्यक्ष की आंखों में से श्रद्धा झांकने लगी, "स्वामी जी! मैं अपने संदेह के कारण लज्जित हूं। यदि मैं ईसाई न होता तो आपके चरण छू लेता। किंतु यह पूछे बिना नहीं रह सकता कि आप इतनी जल्दी कैसे पढ़ लेते हैं। मैं तो एक घंटे में दस पृष्ठों, से अधिक नहीं पढ़ पाता।"

"यह कोई चमत्कार नहीं है।" स्वामी बोले, "एकाग्रता और अभ्यास से सब कुछ संभव है।"

102

स्वामी को दिल्ली आए हुए दस दिन हो चुके थे। दिल्ली में घूमते हुए उनके मन में अनेक जिज्ञासाएं जाग उठी थीं। स्वामी को लग रहा था कि उनके भीतर का इतिहास का विद्यार्थी उठकर बैठ गया था। इस समय उनके मन में कोई आध्यात्मिक प्रश्न नहीं था, कोई सामाजिक समस्या नहीं थी, बस इतिहास ही इतिहास था।

स्वामी ने लालकिले में प्रवेश किया। उन्हें लगा, इतिहास जैसे सप्राण हो उठा था। इस द्वार से मुगल सेनाएं निकला करती होंगी। भीतर बहुत छोटा-सा बाजार था। संभवतः मुगलों के समय ये दुकानें न होकर पहरेदारों की कोठरियां रही होंगी। और फिर खुला मैदान।

स्वामी सीधे चलते गए। वे दीवान-ए-आम के सामने खड़े थे। इन महलों में फर्श था और स्तंभों पर छत थी। छत परं अनेक प्रकार की कलात्मक कारीगीरी थी। किंतु इनकी दीवारें नहीं होती थीं। खैर यह तो दीवान-ए-आम था। यहां बादशाह अपनी सामान्य प्रजा को दर्शन देता था और आवश्यक होने पर उसकी समस्याएं भी सुलझाता था। पर जब

यहां धूप आती होगी, तो उसे कैसे रोका जाता होगा? और हवा...जब ठंडी हवा चलती होगी तो उससे यहां बैठा व्यक्ति कांप कांप जाता होगा। पर मुगलों के दीवान-ए-खास की भी यही स्थिति थी। यहां विशिष्ट लोग ही बैठा करते होंगे। यह भी कोई कक्ष नहीं था। इसमें दीवारें और दरवाज़े नहीं थे। अविशिष्ट लोग किले के बाहर ही रोक दिए जाते होंगे, या फिर किसी एक सीमा पर पहरेदार अनावश्क लोगों को रोक देते होंगे। राजा जब अपने विशिष्ट लोगों के साथ बैठते होंगे तो अन्य लोग इस ओर फटक भी नहीं पाते होंगे। उसके आगे अंतःपुर था। यह यमुना के तट पर था। दीवार के साथ ही यमुना बह रही थी। यहां राजपरिवार की महिलाएं स्वच्छंद रूप से रहा करती होंगी। नदी की ओर से किसी के आने की कोई संभावना नहीं थी। उस समय का वास्तु शिल्प काफी भिन्न था। आजकल के समान शयनकक्ष ढूंढ़ो तो एक भी न मिले। पर्दे इत्यादि लग जाते होंगे, तो इनका रूप कुछ और हो जाता होगा। आज तो वहां कमरे के नाम पर दो चार छोटी-छोटी कोठरियां थीं और शेष लंबे वरांडे थे, जिनके बीचोंबीच से पानी की धारा बहने का प्रबंध था। बीच-बीच में फव्वारे थे। ये धाराएं स्नानागार में से आ रही थीं। सारे महल को ठंडा रखने का यह अच्छा प्रबंध था, किंतु यमुना से यह पानी किले के ऊपर कैसे चढ़ाया जाता होगा? और यदि पानी ऊपर नहीं चढ़ाया जाता होगा, तो उसका इस प्रकार फव्वारों में आना संभव नहीं था।

स्वामी जिस दीवार के पास खड़े थे, वह दीवार नहीं, संगेमर्मर की जाली थी। उसके पार बहुत सारे लोग खड़े थे। कुछ लोग बाहर से आए हुए भी लग रहे थे। प्रतिदिन ही आते होंगे। किंतु कुछ बांग्ला शब्दों ने स्वामी का ध्यान अपनी ओर खींचा था। उन्होंने दृष्टि उठा कर जाली में से देखा, वे जैसे स्तब्ध रह गए। उनके सामने उनके गुरुभाई खड़े थे, जिन्हें वे मेरठ में छोड़ कर आए थे। तो वे उनका पीछा करते हुए यहां भी आ गए, स्वामी ने उसका निषेध भी किया था। फिर भी वे लोग माने नहीं। स्वामी के मन में आया कि वे चुपके से खिसक जाएं और दिल्ली छोड़ दें। दूसरी ओर उनके मन में आ रहा था कि वे उनका सामना करें और उनकी इस प्रवृत्ति को रोकें। वे लोग ईश्वर की खोज में परिभ्रमण कर रहे थे, एक दूसरे की खोज में नहीं। ईश्वर को खोजने की साधना और मित्रों के साथ लुक्काछिप्पी खेलने में अंतर है।

स्वामी ओट से निकल कर उनके सामने आ खड़े हुए।

उनकी दृष्टि भी स्वामी पर पड़ी, "अरे नरेन! नरेन्द्र बाबा।"

"हां!" स्वामी की आंखों में वर्जना थी, "मैंने कहा था न कि मेरा पीछा मत करना।"

"पर हमने तो पीछा नहीं किया।" शारदानन्द ने कहा, "हम तुम्हारे विलुप्त हो जाने के पश्चात् दस दिन मेरठ में ही रुके रहे हैं, ताकि तुम्हें जहां कहीं जाना हो चले जाओ। पर इसका यह अर्थ तो नहीं कि हम आजीवन मेरठ में ही बैठे रहते। दिल्ली तो ऐसा नगर है कि इस क्षेत्र में जो भी आएगा, वह दिल्ली देखने के लिए रुकेगा ही।"

"तुम मुझे खोजते हुए यहां नहीं आए हो?"

"देखो नरेन!" अद्वैतानन्द ने कहा, "हम तुम्हें खोजते हुए नहीं निकले हैं। हमने यह भी निश्चय किया है कि दिल्ली से हम भी पृथक् पृथक् हो जाएंगे और विभिन्न दिशाओं में एक-एक, दो-दो की टोलियों में निकल जाएंगे।"

"मैं आपकी बात को सत्य मान लूं गोपाल दा?" स्वामी ने कहा।

"यदि हम ठाकुर के निकट रह कर और इतनी तपस्या कर आजतक झूठे ही हैं तो फिर इस तपस्या का क्या लाभ?" अद्वैतानन्द ने कहा।

"नहीं! मैं वह नहीं कह रहा।" स्वामी कुछ शांत हुए, "मैं तो उस मोह की चर्चा कर रहा हूं, जो हम सबको बांधे हुए है और जिससे हमें मुक्त होना है।"

"हम तुम्हारा पीछा करते हुए नहीं आए हैं, किंतु हमें यह ज्ञात हो गया है कि अंग्रेज़ी बोलने वाले एक बंगाली संन्यासी, सेठ श्यामलदास की बगीची में ठहरे हुए हैं और संध्या समय कुछ धर्मचर्चा भी करते हैं।" अखंडानंद ने कहा, "हम सोच रहे थे कि संध्या समय उनके दर्शन करेंगे।"

"स्वामी जी के निजी सचिव से समय लिए बिना तुम ऐसी बात कैसे सोच सकते हो।" तुरीयानन्द ने उसे डांटने का अभिनय किया।

स्वामी भी कुछ विनोद की मनःस्थिति में आ गए, "अभी निजी सचिव की नियुक्ति नहीं हुई है। थोड़ी प्रतीक्षा करो।" वे रुके, "तुम लोग संध्या समय बगीची में आ जाना, किंतु हमारे ठहरने की व्यवस्था अलग-अलग ही रहेगी। नहीं तो बिना बताए, मेरठ से मेरे भागने का लाभ ही क्या? वहां तो हम एक साथ रह ही रहे थे।"

स्वामी आगे चल पड़े, "एक बात अभी से बता दूं। मैं किसी भी दिन, तुम लोगों को सूचना दिए बिना दिल्ली छोड़ दूंगा। मुझे नहीं मालूम कि तुम लोग यहां से कहां जाने की तैयारी में हो; किंतु मैं राजपूताना की ओर जाऊंगा। मेरे पीछे मत आना। समझे?" उनका स्वर बहुत गंभीर था, "हमें अपने मोह को जीतना ही होगा।"

103

अलवर स्टेशन के बाहर की सड़क खुली और लंबी थी। कहीं कोई विशेष भीड़-भाड़ नहीं थी। शायद नगर अभी ढंग से रात की नींद के बाद जागा भी नहीं था। कहीं-कहीं प्रातःभ्रमण के लिए निकले कुछ लोग थे और कहीं मुंह अंधेरे ठाकुर जी के दर्शन करने के अभ्यस्त कुछ भक्त, मंदिर की ओर जा रहे थे।

स्वामी के मन में धम्मपद के शब्द गूंज रहे थे :

"मार्ग के अभाव में भी,
निर्भय और निश्चिंत होकर,
आगे बढ़ो।
संसार में अकेले विचरो,
जैसे वन में गैंडा या सिंह विचरता है।
आसपास के कोलाहल से विचलित मत होओ।

उस पवन के समान विचरो,
जो किसी जाल में बांधा नहीं जा सकता।
उस कमल पत्र के समान रहो,
जिस पर जल की बूंद की छाया भी नहीं ठहरती।
एकाकी विचरण करो,
जैसे वन में गैंडा विचरता है।"

स्वामी प्रसन्न थे कि वे अपने गुरुभाइयों के प्रति अपना मोह भी त्याग आए थे। मां उन्हें सामर्थ्य दें कि वे इसी प्रकार निर्मोही बने रहें।

कोई बस्ती आ गई थी। सड़क के दोनों ओर मकान आरंभ हो गए। मकान बड़े थे –खुले और सुंदर। स्वामी उनको देखते और आगे बढ़ते जा रहे थे। सहसा उनकी दृष्टि एक बोर्ड पर टिक गई–"राजकीय औषधालय"। बोर्ड न होता तो वे उसे विद्यालय या वैसी ही कोई संस्था मान लेते।

स्वामी के पैर रुक गए, जैसे इसी को खोज रहे हों। दो क्षण सोचा और औषधालय में प्रवेश कर गए।

औषधालय शायद अभी-अभी खुला था। दो एक लोग सफाई कर रहे थे। वे स्थानीय राजस्थानी वेशभूषा में थे। एक व्यक्ति जो खड़ा उनका निरीक्षण कर रहा था या उनका काम समाप्त होने की प्रतीक्षा कर रहा था, वह उनसे कुछ भिन्न था। वह अंग्रेज़ी वेशभूषा में था।

उसने एक साधु को इस प्रकार प्रवेश करते देखा तो बोला, "आप क्या रोगी न की?"

स्वामी मन ही मन मुसकराए, "बंगाली है। ऐसी हिंदी तो कोई बंगाली ही बोल सकता है। यह राजस्थानी हो ही नहीं सकता।"

"महाशय! ए खाने साधुसंन्यासीर थाकिबार कि एकटू स्थान हइते पारे?"

"आपनी बांगाली न कि?" वह व्यक्ति उछल पड़ा। और फिर वह धाराप्रवाह बांग्ला में बोला, "मैं गुरुचरण लश्कर हूं। बांगाली हूं। यहां का डॉक्टर हूं। निश्चोई। आशून। आज्ञा होय। आशून।"

"भगवान आप पर अपनी कृपा बनाए रखें।" स्वामी ने कहा, "यहां कोई स्थान है, जहां एक साधु टिक सके?"

गुरुचरण ने उत्तर देने में एक क्षण भी नहीं लगाया। बोला, "है न!" उसने सफाई करते लोगों की ओर देखा, "ऐ तुम लोग देखना। कोई रोगी आए तो बैठा लेना। मैं अभी आता हूं।"

"आइए।"

स्वामी उसके पीछे-पीछे बाहर आए।

"मैं तो नौकरी के लिए आया।" वह बोला, "आप बंगाल से इतनी दूर कैसे आ गए?"

"तुम अपने प्रभु की नौकरी कर रहे हो डॉक्टर। मैं अपने प्रभु की नौकरी पर आया हूं।" स्वामी ने कहा।

"किस की? अलवर के महाराज की?" लश्कर ने चौंक कर पूछा।

"इस धरती का निर्माण मेरी मां ने किया है; अलवर के महाराज ने नहीं। मां से मेरा तात्पर्य है–जगदंबा। इस धरतीका निर्माण जगदंबा ने किया है।"

लश्कर ने कुछ सजग भाव से अपने आस पास देखा। नहीं! स्वामी की बात किसी ने नहीं सुनी थी।

"और मेरी उसी मां ने मुझे परिव्राजक बनाया है।" स्वामी बोले, "मां की इस सृष्टि को निहारना और उसके विषय में जानकारी प्राप्त करना मेरी नौकरी है।"

"और वेतन?"

"वेतन है मन की प्रसन्नता और पेट भर रोटी–वह भी दिहाड़ी के हिसाब से।"

वे लोग पंसारी बाजार में आ गए थे। दोनों ओर दूकानें थीं। अधिकांश दुकानें खुल गई थीं। कुछ अभी खोली जाने की प्रतीक्षा में थीं। उन्हीं दुकानों के बीच में से होकर ऊपर जाती सीढ़ियों के निकट जा कर लश्कर रुक गया।

"आइए।"

"यह आप मुझे कहां ले जा रहे हैं?" स्वामी बोले, "यह आपका घर तो नहीं हो सकता।"

"नहीं! यह मेरा घर नहीं है। यह पंसारी बाजार है।" लश्कर ने कहा, "नीचे दुकान है, ऊपर एक अच्छा कमरा है।"

वे दोनों ऊपर आए। लश्कर ने भिड़े कपाट खोले।

"आइए।"

स्वामी कमरे में आ गए तो लश्कर ने कहा, "यह कमरा हम लोगों ने संन्यासियों के लिए ही रख छोड़ा है। अभी आप यहां डेरा डालें। असुविधा होगी, तो कहीं और अच्छी जगह पर व्यवस्था हो जाएगी। एईखाने थाकिते कोष्ट होबे कि?"

तो यहां संन्यासी आते ही रहते हैं–स्वामी ने सोचा–और ये महाशय उनका आतिथ्य करते ही रहते हैं। साधुओं के भक्त लगते हैं। तभी तो इतनी सरलता से साथ चल पड़े। नहीं तो साधु को देखकर सहस्रों शंकाएं जागती हैं, गृहस्थ के मन में।

"ठीक है?" गुरुचरण ने पूछा।

"ठीक है। एकदम ठीक है।" स्वामी ने प्रसन्नता जताकर उसे आश्वस्त किया, "संन्यासी को राजप्रासाद नहीं चाहिए।"

"आप अभी कुछ लेंगे? चाय? खाने के लिए कुछ?" गुरुचरण ने पूछा।

"नहीं। अभी कुछ नहीं।"

"जल?"

"अच्छा। जल भिजवा दो।"

"अभी भिजवाता हूं।" गुरुचरण ने बाहर जाते-जाते कहा, "मैं अभी थोड़ी देर में आऊंगा।"

104

थोड़ी देर में गुरुचरण अपने मित्र जमालुद्दीन के साथ लौटा तो कमरे के द्वारपर ही ठिठक गया। स्वामी ने अपना कंबल खोलकर फर्श पर बिछा लिया था और उस पर एक गेरुआ-सा वस्त्र डाल दिया था। अपनी पुस्तकें एक ओर सजा ली थीं। उनके निकट उनका कमंडल रखा हुआ था और दंड कमरे के एक कोने में दीवार से टिका दिया था।

गुरुचरण और जमालुद्दीन ने अपने जूते कमरे से बाहर ही उतार दिए। कमरे में प्रवेश कर स्वामी को प्रणाम किया और संकुचित से बैठ गए।

"ये मेरे मित्र हैं–मौलवी साहब।" गुरुचरण ने कहा, "यहां के हाई स्कूल में उर्दू और फारसी पढ़ाते हैं। मैं इन्हें बुला लाया हूं, ताकि आपको अकेलापन न अखरे। मैं भी अपने रोगियों को निपटा कर आ जाऊंगा।"

"मेरी सेवा आप कर चुके डॉक्टर साहब!" स्वामी बोले, "अब आप रोगियों की सेवा कीजिए। किसी को शारीरिक कष्ट से मुक्ति दिलाना भी ईश्वर की उपासना ही है। वह साधुसेवा से बड़ा काम है।"

गुरुचरण चला गया।

"यहां आइए मौलवी साहब।" स्वामी ने अपने निकट कंबल को हाथ से थपथपाते हुए कहा, "निकट बैठकर और अधिक अच्छी चर्चा हो पाएगी।"

जमालुद्दीन ने स्वामी के चेहरे पर एक भरपूर दृष्टि डाली।

"ऐसे क्या देख रहे हैं?"

"डॉक्टर ने कहा था कि एक बंगाली दरवेश आए हैं, लेकिन आपकी बोली तो..."

"मेरा हिंदी का उच्चारण बंगालियों जैसा नहीं लग रहा आपको?" स्वामी हंसे, "उच्चारण का अर्थ समझते हैं न आप?"

"जी।" जमालुद्दीन ने सिर हिलाया, "तलफ़्फ़ुज़।"

"हां! मैं कुछ साफ हिंदी बोल लेता हूं।" स्वामी बोले, "डॉक्टर के समान नहीं बोलता। आपको कुछ आश्चर्य हुआ होगा।"

"आश्चर्य तो आपको भी हुआ होगा।" जमालुद्दीन ने कहा, "डॉक्टर एक मौलवी को एक हिंदू साधु के पास क्यों ले आया? सारे अलवर में उसे कोई हिंदू नहीं मिला?"

"उसकी बात बाद में करेंगे। पहले आप अपना नाम बताएं।" स्वामी ने कहा, "डॉक्टर ने आपका नाम तो बताया ही नहीं।"

"नाम मेरा जमालुद्दीन है।" उसने कहा, "पर यहां सब लोग मुझे मौलवी साहब कहकर ही काम चला लेते हैं।"

"नहीं! आप संन्यासी नहीं हैं। इसलिए आपको आपके नाम से ही जाना जाना चाहिए।" स्वामी बोले, "मुझे इन बातों पर आश्चर्य नहीं होता।"

"क्यों? कोई साधारण मुसलमान तो हिंदू साधु के पास जाएगा नहीं, न ही कोई हिंदू किसी मुसलमान फकीर के पास जाएगा।" जमालुद्दीन ने कहा।

"तो मैं मान लेता हूं कि आप असाधारण हैं।"

"नहीं! मेरा मतलब यह नहीं था।" जमालुद्दीन कुछ झेंप गया।

"वैसे ठीक कहते हैं आप। धरती पर बहुत बटवारा है। क्तिु जो प्रभु की खोज में निकले हैं, वे उनके बनाए हुए जीवों में भेद नहीं करते।"

स्वामी के वाक्यसे जमालुद्दीन जैसे चमत्कृत हो उठा। स्वयं को सहज करने का प्रयत्न करता हुआ बोला, "कहते तो सब यही हैं लेकिन अपने आमाल में वैसा बरतते नहीं। आप मुझे मलेच्छ नहीं मानेंगे–या यवन?"

"आप मुझे काफिर मानते, मेरा अपमान करते तो मैं आपको मलेच्छ मान लेता।" स्वामी हंसे, "आपने डॉक्टर के ही समान मेरे सामने सिर झुकाया तो मैं आपको मलेच्छ कैसे मान लेता?"

"आप समझते हैं कि हिंदुओं के लिए कुरान शरीफ सम्मान योग्य है?" अकस्मात् ही जमालुद्दीन ने विषय बदल दिया, "आपने पढ़ा है?"

स्वामी ने उस पर एक गहरी दृष्टि डाली, जैसे पूछना चाहते हों कि उसने सबसे पहले यही प्रश्न क्यों किया, किंतु अगले ही क्षण उनकी मुद्रा बदल गई। शांत भाव से बोले, "मैं अपनी मां से प्रेम करता हूं।"

"स्वाभाविक है।" जमालुद्दीन ने कहा।

"मैं उनके गुणों पर मुग्ध हूंगा। उनकी प्रशंसा करूंगा। इससे मुझे प्रसन्नता मिलेगी।" स्वामी ने कहा, "पर इसके बाद यदि मुझे आपकी मां में भी प्रशंसा योग्य कोई बात दिखाई देती है, तो मुझे उसकी प्रशंसा करनी चाहिए कि नहीं?"

"क्यों नहीं करनी चाहिए। जरूर करनी चाहिए।"

"यदि मैं आपकी मां की प्रशंसा करता हूं। उनसे भी थोड़ा बहुत प्यार करता हूं। उनको सम्मान देता हूं, तो कोई बुराई है क्या?"

"कोई बुराई नहीं है।" जमालुद्दीन ने कहा, "पर मैं कुछ और पूछ रहा था।"

"वही बता रहा हूं।" स्वामी बोले, "मैं अपनी मां से प्रेम करता हूं, उसके लिए यह आवश्यक नहीं है कि मैं अन्य माताओं से घृणा या ईर्ष्या करूं।"

"ठीक कह रहे हैं आप।"

"यदि मैं ईर्ष्यालु और संकीर्ण बुद्धि का नहीं हूं तो अपनी मां से प्रेम करते हुए भी मुझे दूसरी माताओं के गुणों को सराहना चाहिए और उनसे घृणा नहीं करनी चाहिए।" स्वामी बोले।

"मैं मां की नहीं कुरान की बात कह रहा था स्वामी जी।"

"मैं भी वही कह रहा हूं।" स्वामी बोले, "हमारे शास्त्र मानते हैं कि भक्ति दो प्रकार की होती है। पहली गौणी और दूसरी परा। गौणी भक्ति का लक्षण है कि व्यक्ति अपने आदर्श से प्रेम करता है और उस प्रेम के कारण अन्य सारे आदर्शों से घृणा करता है। अन्य आदर्शों से घृणा किए बिना उसका अपने आदर्श के प्रति प्रेम प्रतिपादित ही नहीं होता। दूसरे प्रकार की भक्ति है–परा भक्ति। उसमें मनुष्य अपने आदर्श की पूजा करते हुए भी अन्य सारे आदर्शों से प्रेम कर सकता है; क्योंकि वह उन आदर्शों के पीछे बैठे अपने प्रिय को पहचानता है। गौणी भक्ति निम्न कोटि के मन की भक्ति है। परा भक्ति परिपक्व और उदार मन की भक्ति है।"

"तो आप मानते हैं कि हिंदुओं को भी कुरान शरीफ पढ़ना चाहिए? आपने पढ़ा है?" जमालुद्दीन ने अपना प्रश्न दुहरा दिया।

"मैंने कहा न जो प्रभु की खोज में निकले हैं, वे इस प्रकार की भेदबुद्धि नहीं रखते। हिंदू कुरान पढ़ सकते हैं। मुसलमान वेद पुराण पढ़ सकते हैं।" स्वामी बोले, "मैंने कुरान पढ़ा है। मैं इस्लाम को भी, अन्य मार्गों के समान ईश्वर तक पहुंचने का एक मार्ग मानता हूं, एकमात्र मार्ग नहीं। जहां हम अपनी उपासना पद्धति को ईश्वर तक पहुंचने का एकमात्र मार्ग मान लेते हैं, वहीं हम स्वयं को उन लोगों से पृथक कर लेते हैं, जो हमारी पद्धति से उपासना नहीं करते। इसे हम अहंकार कहते हैं। यह प्रकति की माया है, जिसके वशीभूत होकर हम भेदबुद्धि का अनुसरण करते हैं।"

"पर इस्लाम तो मानता है कि कुरान अल्लाह की वाणी है।"

"तभी तो कुरान में उसके आरंभ से आज तक किसी ने कोई परिवर्तन करने का साहस नहीं किया।" स्वामी बोले, "वह आज भी पूर्णतः उसी रूप में विद्यमान है, जिसमें वह प्रस्तुत किया गया था। उसमें कोई प्रक्षेप नहीं है, कोई परिवर्तन नहीं है।"

जमालुद्दीन कुछ क्षणों तक स्वामी की ओर देखता रहा और फिर बोला, "आपको डॉक्टर पर भी आश्चर्य नहीं हुआ कि उन्हें एक हिंदू दरवेश की सेवा के लिए जो पहला आदमी सूझा, वह मुसलमान है।"

"जब तक मैं यह मान न लूं कि मुझे आश्चर्य हुआ, तब तक आपको संतोष नहीं होगा क्या?" स्वामी हंसे, "आप दोनों में ही भेदबुद्धि नहीं है और आप दोनों ही सच्चे हृदय से प्रभु की खोज में लगे हैं। इसीलिए एक दूसरे के मित्र हैं।" स्वामी ने रुककर जमालुद्दीन को देखा और बड़ी गंभीरता से बोले, "बहुत संभव है कि डॉक्टर ने इस विधि से मेरी ही परीक्षा करनी चाही हो। वे मेरे ही मन को देखना चाहते हों।"

105

गोविंद सहाय आधा कंपनी बाग पार कर चुके थे कि उनकी दृष्टि एक वृक्ष के नीचे बैठे संन्यासी पर पड़ी। गोविंद सहाय ने उसकी ओर ध्यान से देखा। इसे उन्होंने पहले कभी कंपनी बाग में तो क्या, अलवर नगर में भी नहीं देखा था।

"ऐ साधु बाबा! यहां कैसे बैठे हो?"

संन्यासी ने अपनी आंखें उनकी ओर फेरीं। मुस्कराया और बोला, "इस दुनिया के मेले में अपनी मां से बिछड़ गया हूं। उसी को खोज रहा हूं। पता नहीं कब वह मेरी सुध लेगी।"

गोविंद सहाय भौंचक रह गए, यह पच्चीस-तीस वर्षों का युवा संन्यासी कह रहा है कि वह अपनी मां से बिछुड़ गया है। और फिर मुस्करा भी रहा है। कोई बच्चा यह कहता तो बात उनकी समझ में आती। और यहां तो कोई भीड़-भाड़ भी नहीं है। वे कुछ कहने जा ही रहे थे कि उनका ध्यान एक बार फिर संन्यासी के शब्दों पर चला गया, "दुनिया के मेले में..." तो उसकी मां आवश्यक नहीं कि अलवर में खोई हो। वह कहीं खो गई है और यह उसे खोज रहा है।

"अलवर में बिछुड़े हो बाबा! या कहीं और?"

संन्यासी मुसकराए, "यही तो अब स्मरण नहीं भाई! कि कब बिछुड़े और कहां बिछुड़े। तुम जानते हो कि तुम कब बिछुड़े?"

गोविंद सहाय को लगा कि संन्यासी कुछ विक्षिप्त है। समझता है कि सब लोग अपनी अपनी मां से बिछुड़ गए हैं। उसे क्या मालूम कि गोविन्द सहाय की मां तो गांव में अपने घर में बैठी है। वे न कहीं गईं, न खोईं, "मेरी मां तो अपने घर बैठी है। वह मुझ से बिछुड़ी नहीं है।"

"मेरी मां भी अपने घर में बैठी है। संन्यासी ने प्रसन्न मुद्रा में कहा, "किंतु वह घर कहां है और घर तक जाने का मार्ग किधर से है? तुम अपने घर का मार्ग जानते हो?"

गोविंद सहाय का मन हुआ कि अब चल ही पड़ें; किंतु पग नहीं उठे।

"तुम अपने घर का मार्ग भूल गए हो बाबा?"

संन्यासी ने अपने आसपास, चारों ओर अपनी हंसी के फूल बिखेर दिए, "अकेला मैं ही भूला हूं? तुम नहीं भूले? तुम जानते भी हो कि तुम कौन हो? कहां से आए हो? कहां जाना है?" उसने रुक कर गोविंद सहाय पर एक दृष्टि डाली, "जो भी इस संसार में आता है, वह माया में इतना लिप्त हो जाता है कि भूल ही जाता है कि वह कौन है। कहां से आया है। उसे कहां जाना है।"

गोविंद सहाय को लगा कि अब वे संन्यासी की बात कुछ कुछ समझ रहे हैं। वह शायद अपनी सांसारिक मां की बात नहीं कर रहा था। वह जगदंबा की बात कर रहा था। वह यह नहीं कह रहा था कि मां खो गई हैं। वह कह रहा था कि वह मां से बिछुड़ गया है। हां! वह घर कहां है, जहां से वह आया है, और जहां लौट कर जाना है?

गोविंद सहाय उसके निकट बैठ गए, "तुम जगदंबा की बात कर रहे हो बाबा?"

"ठीक समझे।"

"तो उसे यहां अलवर में खोज रहे हो?'

"क्यों अलवर में जगदंबा नहीं है?" संन्यासी ने उनकी ओर देखा, "अलवर वालों ने मां को निकाल दिया है या मां ने अलवर को अपने राज्य से निष्कासित कर रखा है?"

"नहीं! मेरा तात्पर्य है कि लोग कहीं एकांत में वन या पर्वत पर तपस्या करते हैं। अलवर नगर में... क्या जगदंबा कंपनी बाग में संध्या समय सैर करने आती हैं, जो यहां खोज रहे हो?"

संन्यासी की आंखों में उन्माद झलका, "वे तो प्रतिक्षण, प्रतिकण में सैर कर रही हैं। हम ही उन्हें देख नहीं पाते। जहां कहीं शक्ति है, जहां कहीं गति है, जहां कहीं ऊर्जा है, वहां वे ही हैं। वे अलवर में भी हैं।" संन्यासी की आंखों में एक चंचल ललित दामिनी दमकी, "अब यह मत पूछना कि वे किस गली और किस मकान में रहती हैं?"

संन्यासी ने शून्य में देखा और बड़े गहरे स्वर में पुकारा, "मां!"

गोविंद सहाय को लगा कि संन्यासी का वह स्वर दिग दिगंत में गूंज रहा है। किसी कातर बालक के हठी स्वर जैसा वह सारी दिशाओं के क्षितिज से टकरें मार मार कर लौट आया है और संन्यासी के भीतर प्रवेश कर घुमड़ रहा है। वह जैसे किसी सुरंग को गूंजा रहा था–वह कैसा स्वर था, जिसका तार ही नहीं टूट रहा था।

गोविंद सहाय के लिए यह एक अद्भुत अनुभव था।

उन्होंने आगे बढ़कर संन्यासी के चरण थाम लिए।

106

गोविंद सहाय का घर स्वामी के रहने के लिए भी असुविधाजनक हो गया था और उनसे मिलने आने वालों के लिए भी। अंततः उनके रहने की व्यवस्था पंडित शंभुनाथ के घर में की गई। शंभुनाथ अलवर राज्य के सेवानिवृत्त इंजीनियर थे। उनका मकान बहुत खुला था और घर के सदस्य बहुत कम थे। यह व्यवस्था स्वामी जी के लिए भी सुविधाजनक थी।

स्वामी नौ बजे बाहर निकले तो देखा तीस बत्तीस लोग उनकी प्रतीक्षा कर रहे थे।

जमालुद्दीन ने अपने दो मित्रों से परिचय कराया, "स्वामी जी! हमारे ये दोस्त हैं– कुर्बान अली। ये शिया हैं। और ये हैं मुहम्मद जावेद। ये कट्टर सुन्नी हैं। इन दोनों में बहुत मतभेद है। ये चाहते हैं कि आप स्पष्ट करें कि दोनों में से किसका धर्म सच्चा है?"

स्वामी हंसे, "आपके अलवर में क्या कोई ऐसा कारीगर नहीं है, जो पीतल और तांबे को भी ऐसा रंग दे कि वे देखने में लोहे जैसे लगें?"

"है क्यों नहीं! हमारे यहां तो ऐसे-ऐसे कारीगर हैं कि...।"

"यदि ऐसा कर दिया जाए," स्वामी बोले, "तो क्या वह पीतल लोहा हो जाएगा?"

"नहीं!" कुर्बान अली ने कहा, "लोहा होने के लिए तो लोहा ही होना होगा। दिखने को तो लकड़ी भी लोहे जैसी दिख सकती है।"

"ठीक कहा, कुर्बान अली!" स्वामी बोले, "अल्लाह के प्यारे होने के लिए तो अल्लाह से प्यार करने वाला ही होना पड़ेगा, ऊपर से रूप चाहे कोई ओढ़ लो। नमाज़ के समय सजदा कर-करके माथे पर बना यह निशान हो या पंडित का तिलक हो, ये तो संसार को दिखाने के नामपट्ट हैं।"

"तो आपने यह भगवा क्यों धारण कर रखा है स्वामीजी! यह तो नामपट्ट भी नहीं, पूरा का पूरा बोर्ड ही है।"

सबकी दृष्टि उधर उठ गई। एक देहाती-सा व्यक्ति बड़े उजड्ड भाव से कह रहा था।

"भगवा मैंने धारण किया है, क्योंकि भगवा भिखारियों का वेश है।" स्वामी बोले, "मैं श्वेत वस्त्र धारण करूं तो कोई निर्धन मुझसे सहायता मांग सकता है। मेरे पास एक दमड़ी भी नहीं है। ऐसे में मैं उसे क्या दूंगा? संकट में घिरे किसी व्यक्ति की फैली हथेली पर मैं कुछ न रख सकूं तो मुझे कितना कष्ट होगा। किंतु इस भगवे वेश को देखकर कोई मुझसे सहायता नहीं मांगता। भिक्षुक को तो भिक्षा दी ही जा सकती है, मांगी कैसे जाए।"

लगा वह उद्दंड व्यक्ति शांत हो गया है।

"यह मत सोचना मेरे मित्र! कि तुम्हें चुप कराने के लिए मैंने ऐसा उत्तर दिया है।" स्वामी बोले, "यही सत्य है।"

"संन्यास ग्रहण करने से पहले आपकी जाति क्या थी स्वामी जी?"

सन्नाटा छा गया। ये प्रश्न तो किसी संन्यासी से पूछे जाने योग्य नहीं थे। जाने क्या बात थी, कौन से लोग आ गए थे....

"कायस्थ!" स्वामी ने निष्कंप स्वर में उत्तर दिया।

"इन प्रश्नों को छोड़िए स्वामी जी! इनका अध्यात्म या ईश्वर से क्या संबंध है।" डॉक्टर लश्कर ने कहा, "कृपया बताएं कि भोजन में छूआछूत को मानने का क्या औचित्य है?"

"प्रश्न तो प्रश्न ही होते हैं डॉक्टर साहब! अपने श्रोताओं द्वारा पूछे गए व्यक्तिगत प्रश्नों के उत्तर नहीं दूंगा तो उनके साथ संवाद कैसे हो पाएगा?" स्वामी ने हंस कर कहा, "खानपान में छूआछूत के विचार के कारण हिंदुओं का धर्म उनकी रसोई और बर्तन-भांडों में ही सीमित हो गया है।"

स्वामी के स्वर की कटुता का अनुभव कोई भी कर सकता था।

"पर ऐसा क्यों हुआ?"

"श्रुति में एक प्रसिद्ध वाक्य है आहारशुद्धौ सत्त्वशुद्धिः सत्त्वशुद्धौ ध्रुवा स्मृतिः। इसका अर्थ है, जब आहार शुद्ध हो जाता है, तब सत्त्व भी शुद्ध हो जाता है। सत्त्व शुद्ध होने पर स्मृति अर्थात् ईश्वर स्मरण भी ध्रुव, अचल और स्थायी हो जाता है।"

"फिर तो आहार संबंधी यह विचार श्रुतिसम्मत हो गया।" डॉक्टर ने कहा।

"पहली बात तो यह समझने की है कि इस शब्द 'सत्त्व' का अर्थ क्या है?" स्वामी ने अपने श्रोताओं की ओर देखा, "आपमें से कोई बताना चाहे तो बताइए।"

"नहीं स्वामी जी! आप ही बताइए।" प्रायः लोग एक साथ बोले।

"श्रुति कहती है कि आहार शुद्ध होने पर सत्त्व शुद्ध होता है।" स्वामी ने कहा, "रामानुज ने आहार शब्द को भोज्य पदार्थ के अर्थ में ग्रहण किया है। उनके अनुसार यह

आहार शुद्धि हमारे जीवन का एक मुख्य अवलंब है। आहार किन कारणों से दूषित होता है?"

किसी ने कुछ नहीं कहा।

"रामानुज मानते हैं कि तीन प्रकार के दोषों से आहार दूषित होता है।" स्वामी ने बात आगे बढ़ाई, "प्रथम है जाति दोष। भोज्य पदार्थों की जाति में प्रकृतिगत दोष। जैसे लहसुन तथा प्याज जैसे पदार्थों में तीव्र गंध।"

"तो गंध से किसी का क्या बिगड़ता है।" वही व्यक्ति बोला, जिसने भगवा धारण करने वाला प्रश्न पूछा था, "स्वादिष्ट चीज को इतनी-सी गंधके लिए छोड़ा तो नहीं जा सकता।"

स्वामी ने उसे बड़ी रुचि से देखा, "तुम्हारा नाम क्या है मित्र! तुम्हारे प्रश्न खुरदुरे अवश्य हैं किंतु सच्चे हैं।"

"मेरा नाम धनराज है स्वामी जी।"

"तो धनराज!" स्वामी ने कहा, "जो छोड़ते हैं, वे केवल गंध के ही लिए नहीं छोड़ते। प्याज और लहसुन से रजस तत्त्व में भी वृद्धि होती है। जो रजोगुण से मुक्त होना चाहते हैं, वे इन चीजों का सेवन नहीं करते।"

"भोजन का दूसरा दोष स्वामी जी?"

"दूसरा है आश्रय दोष। जिस पदार्थ को कोई दूसरा छू लेता है, वह छूने वाले के दोष से दूषित हो जाता है। दुष्ट मनुष्य के हाथ का भोजन, तुम्हें भी दुष्ट कर देगा।" स्वामी बोले, "मैं समझता हूं कि आश्रयदोष का एक महत्वपूर्ण पक्ष है कि जिस पैसे अथवा साधन से वह अन्न प्राप्त किया गया, वह पैसा कैसे अर्जित किया गया। महाभारत में भगवान श्रीकृष्ण जब शांतिवार्ता के लिए पांडवों के दूत बन कर हस्तिनापुर गए थे, उन्हें दुर्योधन ने भोजन के लिए अपने प्रासाद में आमंत्रित किया था; किंतु भगवान श्रीकृष्ण ने उसका तिरस्कार कर महात्मा विदुर के घर भोजन किया था। वहां तो जाति का कोई प्रश्न नहीं था। दुर्योधन के घर भोजन न करने के अनेक कारणों में से एक कारण यही था कि दुर्योधन का धन अधर्म से अर्जित था और विदुर का धर्म से।"

"और तीसरा दोष स्वामी जी?"

"तीसरा है निमित्त दोष। भोजन में बाल, कीड़े या धूल पड़ जाने से निमित्त दोष होता है। उसे तामसिक भोजन कहा गया।" स्वामी ने कहा, "यदि इन तीन प्रकार के दोषों से मुक्त भोजन किया जाए, तो अवश्य ही सत्त्वशुद्धि होगी।" स्वामी कुछ रुके, "इस बात के महत्व को मैं अस्वीकार नहीं करता; किंतु यदि इतना ही पूर्ण सत्य हो तो धर्म बाएं हाथ का खेल हो गया। यदि पाक साफ भोजन ही से धर्म होता है तो फिर प्रत्येक मनुष्य धर्मात्मा बन सकता है।"

"कैसे स्वामी जी?" जमालुद्दीन ने पूछा।

"इस प्रश्न का उत्तर शंकराचार्य से मिलेगा। वे कहते हैं कि 'आहार' शब्द का अर्थ

है–इंद्रियों द्वारा मन में विचारों का समावेश, आहरण होना या आना।" स्वामी बोले, "जब मन निर्मल होता है, तो सत्त्व भी निर्मल होता है। इसके पहले नहीं।"

"तो महत्वपूर्ण भोजन नहीं, मन की शुद्धता है?" डॉक्टर ने पूछा।

"तुम्हें जो रुचे वही भोजन कर सकते हो।" स्वामी बोले, "यदि केवल खाद्य पदार्थ ही सत्त्व को मलमुक्त करता है, तो खिलाओ बंदर को जीवन भर दूध भात। देखें तो कि वह एक महान् योगी होता है या नहीं। यदि ऐसा ही होता तो गाएं और हरिण भी परम योगी हो गए होते।" स्वामी कुछ रुक कर बोले, "तो समाधान क्या है? आहार के विषय में शंकराचार्य का सिद्धांत ही मुख्य है। यह सत्य है कि शुद्ध भोजन से शुद्ध विचार होने में सहायता मिलती है। दोनों का एक दूसरे से घनिष्ठ संबंध है। दोनों आवश्यक हैं, किंतु त्रुटि यही है कि लोग शंकराचार्य का उपदेश भूल गए हैं। हम लोगों ने आहार का अर्थ भोजन मान लिया है। और अपने धर्म को रसोई तक सीमित कर दिया है।"

मध्याह्न तक उपस्थित जनसमूह जमा रहा। स्वामी के मुख को विराम नहीं था। जिस किसी ने जो कुछ पूछा, स्वामी ने उसका तत्काल उत्तर दिया। प्रसंगवश शक्ति-उपासना की बात उठी। जगदंबा का महात्म्य कीर्तन करते करते स्वामी के प्राण इस प्रकार नाच उठे कि मुंह से और कुछ निकला ही नहीं–केवल मां! मां!! पहले उच्च कंठ से, बाद में क्रमशः अति अस्फुट स्वर में। बाह्य प्रदेश छोड़कर वही ध्वनि, अंतरके प्रदेश में जा मिली। उनका सर्वांग स्थिर हो गया। दोनों आंखों से अश्रु बह निकले।

श्रोता उस भाव दर्शन पर मुग्ध होकर उस मुखको निहारते रहे। स्वामी ने गाना आरंभ किया। उनका मधुर कंठ और नेत्रों के अश्रु, भक्तों को अपने साथ बहा ले गया।

मध्याह्न के समय पंडित शंभुनाथ उन्हें भोजन के लिए भीतर लिवा ले गए। भोजन के उपरांत फिर बाहर आकर स्वामी ने देखा कि आसपास के ग्रामों के लोग बैटे उनकी प्रतीक्षा कर रहे हैं। स्वामी ने अपने मधुर कंठ से गाया :

(आमि) गेरुआ बसन अंगेते परिये, शंखेर कुंडल परि।
योगिनीर वेशे जाब सेई देशे, यथाय निष्ठुर हरि।।
मथुरा नगरे प्रति घरे घरे
खुंजिब योगिनी हये।
यदि कोन घरे मिले प्रान बंधु
बांधिब अंचल दिए।
आमि अपना बंधुया आपनि बांधिब,
राखिते मारिबे केऊरे
जदि दाखे केऊ त्याजिब ए जीउ
नारिवध दिव तारे।"

गाते-गाते स्वामी की आंखों से अश्रु बहने लगे। सबकी दृष्टि साधु की तेजस्वी मूर्ति

पर गई।

स्वामी ने भजन पूरा किया। श्रोताओं में से भी अनेक ने अपनी आंखें पोंछीं। उन्होंने स्वामी को एक प्रवचनकर्ता के रूप में ही देखा था। पर उनका संगीत तो अद्‌भुत था।

107

स्वामी आकर अपने आसन पर बैठे तो जमालुद्दीन उनके पास आया, "स्वामी जी! मेरी बड़ी इच्छा है कि कल आप मेरे घर पर भोजन करें।"

इससे पहले कि स्वामी कुछ कहते, जमालुद्दीन पंडित शंभुनाथ के पास पहुंच गया, "पंडित जी! मैं ऐसा इंतजाम कर दूंगा कि आपको कोई एतराज़ नहीं होगा।"

"पर मैंने तो अभी कोई आपत्ति की ही नहीं है।" शंभुनाथ ने हंसकर कहा।

"आपने आपत्ति की तो नहीं है। पर मैं सोचता हूं कि स्वामीजी तो संन्यासी हैं। उन पर जातपात का कोई बंधन नहीं है। किंतु आपको आपत्ति हो सकती है।"

"तो आप क्या प्रबंध करेंगे मौलवी साहब! कि मुझे आपत्ति न हो?"

"मैं सारा सामान, मेज कुर्सियां तक ब्राह्मणों के द्वारा धुलवा दूंगा। ब्राह्मणों के घरों से लाए गए बर्तनों में ब्राह्मणों द्वारा भोजन पकाया जाएगा।"

"यह क्या प्रबंध हुआ, मौलवी साहब!" स्वामी मुसकरा रहे थे, "ब्राह्मण ब्रह्म को पाने का प्रयत्न करनेके स्थान पर मेज-कुर्सियां धोएगा, रसोई करेगा।"

"यह तो पंडितजी का मनभावन प्रबंध है स्वामी जी।" जमालुद्दीन ने कहा, "मैं पास भी नहीं फटकूंगा। यह यवन बस दूरसे देखता रहेगा। आप स्वामी जी को मेरे घर पर भोजन करने की इजाज़त दे दीजिए।"

स्वामी कुछ विस्मित थे। निमंत्रण उनके लिए था और अनुमति पंडित शंभुनाथ से ली जा रही थी। पर शायद जमालुद्दीन ने ठीक मार्ग पकड़ा था। आपत्ति स्वामी की ओर से नहीं, पंडित शंभुनाथके द्वारा ही होने वाली थी।

पंडित शंभुनाथ ने जमालुद्दीन की वह दीन मुद्रा देखी तो भाव विह्वल होकर उसका हाथ पकड़ कर प्रेम से सहलाया, "इन परिस्थितियों में तो मौलवी साहब! स्वामी जी ही क्यों, मैं भी आपके घर भोजन करने चलूंगा।"

स्वामी की चिंता दूर हो गई। जमालुद्दीन की यह दीनता उन्हें भी कहीं दूर तक छू गई थी। यदि कहीं शंभुनाथ उसे मना कर देते तो स्वामी को तनिक भी अच्छा नहीं लगता।

"जमाल!" स्वामी ने पुकारा, "यह सारा प्रबंध पंडितजी के लिए ही करना। मेरे लिए इनमें से कुछ भी आवश्यक नहीं है।"

स्वामी ने कृष्णकथा समाप्त की। आंखें बंद कर प्रभु का ध्यान किया। अपनी दोनों हथेलियों से अपनी आंखों और चेहरे को मला, "शिव! शिव!!"

किसी ने उनके चरणोंको स्पर्श किया। स्वामी ने आंखें खोलीं और उस व्यक्तिको देखा।

"ये अलवर राज्य के दीवान हैं स्वामी जी!" शंभुनाथ ने उनका परिचय करवाया, "मेजर रामचंद्र जी।"

"प्रभु आपका कल्याण करें।" स्वामी बोले, "तो बात राजपुरुषों तक पहंच गई।"

"पुष्प की सुगंध फैलते देर ही कितनी लगती है स्वामी जी!" दीवान बोले, "यह हमारा सौभाग्य है कि आपने हमारे राज्य और नगर को अपनी चरणधूलि डालने योग्य समझा।"

"कैसे आए दीवान जी?"

"वैसे तो आपके दर्शन करने आया था स्वामी जी।" दीवान बोले, "किंतु आपके मुख से कृष्णकथा सुनकर लोभ बढ़ गया है। इच्छा है कि आपकी चरणधूलि मेरे घर को भी पवित्र करे।"

"क्यों? साधु को परखना चाहते हो?"

दीवान स्तब्ध खड़े रह गए। मुख से एक शब्द भी नहीं निकला।

स्वामी हंसे, "उसमें ऐसा कोई दोष भी नहीं है दीवान जी! जो आप इस प्रकार अवाक् हो गए। मेरे गुरु कहते थे, 'साधु को परखो। दिन में परखो। रात में परखो।' वे यह भी कहा करते थे कि धार्मिक होने का अर्थ मूर्ख होना नहीं होता। आप भी अपनी बुद्धि से परखिए कि यह साधु आपके राज्य में आकर कहीं कोई षड्यंत्र तो नहीं कर रहा।"

"मुझ पर दया करें स्वामी जी!" दीवान ने अपना माथा भूमि पर टिका दिया।

108

कमरे के बाहर खड़े जमालुद्दीन और पंडित शंभुनाथ में बहुत मंद स्वर में कोई विवाद चल रहा था। जब उसका समाधान होता दिखाई नहीं दिया तो स्वामी ने पुकारा, "क्या बात है भाई! पंडित और मौलवी में कोई सहमति नहीं हो रही?"

वे दोनों हंसते हुए भीतर आ गए। उनके साथ डॉक्टर लश्कर भी थे।

"स्वामी जी! विवादका विषय है कि पहले आपको भोजन करा दिया जाए, या पूरी पंगत बैठा दी जाए।" डॉक्टर ने कहा।

"हां! विषय तो बहुत गंभीर है।" स्वामी बोले, "इसका निर्णय हो जाए तो कहीं सृष्टि आगे बढ़े।"

"नहीं स्वामीजी! पंगत बैठाने से आपकी अवमानना...।"

स्वामी जोर से हंस पड़े, "पंडितजी! साधु तो भिखारियों की पंगत में बैठ कर भोजन पाता है। आप उसकी अवमानना से डर रहे हैं।"

डॉक्टर ने अपनी आंखों में उमड़ आए अश्रु पोंछ लिए, "और दूसरी समस्या यह है स्वामी जी! कि जब आप भोजन कर रहे हों, उस समय यह यवन उस कमरे में रहे या न रहे?"

"हां! समस्या तो यह भी बहुत बड़ी है।" स्वामी बोले, "जहां तक मेरे भोजन का प्रश्न है, यदि पंगत बैठती है तो जमाल भी हमारे साथ पंगत में बैठे; और यदि पहले मुझे

भोजन कराते हो तो जिस माता की रसोई में प्रभु का यह प्रसाद तैयार हुआ है, वह अपने पति के साथ मिल कर अपने हाथों मुझे भिक्षा दे।" स्वामी ने उन लोगों की ओर देखा, "अब जैसी तुम्हारी इच्छा हो, वह कर लो। पर जल्दी करो। साधु को भूखा रखकर कष्ट मत दो।"

पहले स्वामी को ही भोजन करवाया गया। वे खाकर हाथ धोने के लिए उठे तो उन्होंने देखा कि कुर्बान अली पानी लिए खड़ा था।

"अरे तुम भी यहीं हो।" स्वामी ने कहा, "कब आए?"

"मैं तो आरंभ से ही यहीं था स्वामी जी!" वह बोला, "दूसरे कमरे में था। आपके सामने नहीं आया।"

"तो अब क्यों आ गए?" स्वामी हंस रहे थे।

"अब न आता तो आप से वर कब मांगता।"

"तो तुम्हें वर चाहिए?"

"हां स्वामी जी!"

"मुझे कोई देवता मान लिया है क्या?"

"अब मानने को रह क्या गया है। वह तो साबित हो चुका।"

"तो मांग लो।"

"स्वामी जी एक रोज़ मेरे घर में भी अपनी जूठन गिराएं।" उसका गला रुंध गया, "जब आप हमें पराया नहीं मानते तो फिर हमें भी यह अधिकार मिलना चाहिए।"

"साधु के यजमान बढ़ रहे हैं।" स्वामी पहले तो मुसकराए, फिर तत्काल गंभीर होकर बोले, "लोग तुम्हें बिरादरी से निष्कासित तो नहीं कर देंगे?"

"कर भी दें तो चिंता नहीं है।" वह बोला, "वैसे ऐसा कुछ नहीं होगा। जमालुद्दीन को किसने निकाल दिया? और अब तो कितने ही लोग आपके चरणों में बैठने को आतुर हैं। आपको उन सबके घर जाना होगा। उनकी रसोई को पवित्र करना होगा।"

"होगा भाई होगा।" स्वामी ने अपनी आंखें मूंद कर आकाश की ओर देखा, "शंकर! शंकर!!"

109

महाराज मंगलसिंह आए। दीवान और उनके परिवार ने बाहर फाटक पर उनकी अगवानी की; किंतु स्वामी अपने कमरे में ही रहे।

"संन्यासी कहां है?" मंगलसिंह ने पूछा।

"आइए अन्नदाता!" दीवान उन्हें मार्ग दिखाते हुए भीतर ले आए।

मंगलसिंह को 'अन्नदाता' संबोधन अपने आप में काफी गंवारू लगता था। वे अपने लिए 'योर हाईनेस' और 'हिज़ हाईनेस' ही सुनना चाहते थे, किंतु दीवान को शायद अभी इसका पूरा अभ्यास नहीं हुआ था; या फिर दीवान को गंवारूपन का रोग था।

"आपने मुझे संन्यासी से मिलने के लिए बुलाया नहीं था दीवान जी!" मंगलसिंह

ने कहा, "आपने केवल उनकी प्रशंसा की थी। मुझे ही लगा कि आपकी इच्छा है कि मैं उनसे मिलूं।"

"आपकी कृपा है महाराज! कि आप अपने दीवान की इच्छा को इतना महत्व देते हैं।"

"अपने दीवान की इच्छापूर्ति के अतिरिक्त मेरा दायित्व बनता है कि मैं अपने दीवान की इन ठगों से रक्षा करूं।"

दीवान का मन कांप गया : महाराज मंगलसिंह स्वामी जी को पहले से ही ठग मान चुके हैं। ऐसे में वे उनका समुचित सम्मान कैसे कर पाएंगे।

"महाराज की अनुकंपा है।" दीवान इतना ही कह पाए।

"मैं संन्यासी को राजमहल में भी आमंत्रित कर सकता था।" मंगलसिंह बोले, "किंतु देखना आवश्यक था कि वह इसके योग्य है भी या नहीं। कहीं आप व्यर्थ ही तो अपना आतिथ्य नष्ट नहीं कर रहे।"

"आप स्वयं उन्हें तौल लें महाराज!" ..

"बाणिया हूं मैं कि हाथ में तराजू लेकर तौलता रहूं।" मंगलसिंह का स्वर तिरस्कारपूर्ण हो गया।

"नहीं! महाराज पारखी हैं। सोने और मिट्टी का अंतर जानते हैं।"

उन्होंने कमरे में प्रवेश किया। मंगलसिंह ने एक दृष्टि स्वामी पर डाली और हाथ जोड़, सिर झुका कर प्रणाम किया।

स्वामी ने आशीर्वाद की मुद्रा में हाथ उठाया, "महादेव शिव आपका कल्याण करें राजन्!"

मंगलसिंह एक कुर्सी पर बैठ गए। शेष लोग खड़े ही रहे

"साधु महाराज!" मंगलसिंह ने कहा, "मुझे बताया गया है कि आप बहुत बड़े विद्वान हैं। बंगाली, हिंदी, संस्कृत और यहां तक कि अंग्रेज़ी भी जानते हैं। सच है?"

"थोड़ी बहुत जानता ही हूं।" स्वामी ने बड़े निरभिमानी भाव से कहा।

"इसका अर्थ है कि यदि आप चाहें तो अपने गुजारे भर का ही नहीं, अच्छा खासा कमा सकते हैं। उतना भी कमा सकते हैं, जितना हमारे दीवान कमा लेते हैं।"

"कोई स्वयं नहीं कमाता राजन्! प्रभु ही उसे देते हैं।"

"आप कमा सकते हैं या नहीं?" राजा का स्वर कुछ ऊंचा उठा।

"प्रभु की इच्छा हो तो कमा सकता हूं।" स्वामी बोले, "दीवान के बराबर ही क्यों, राजा के बराबर भी कमा सकता हूं।"

"तो फिर कमाते क्यों नहीं? द्वार द्वार भीख क्यों मांगते फिरते हैं?"

दीवान रामचंद्र इसी बात से डर रहे थे।

स्वामी के चेहरे पर किसी प्रकार का कोई उद्वेग नहीं था।

"आप चाहें राजन्! तो अपना समय प्रजा पालन में लगाकर प्रजा का हित कर सकते हैं। वह आपका धर्म है। आप प्रजा के प्रति अपने कर्तव्यों की ओर ध्यान क्यों नहीं देते?" स्वामी ने निष्कंप स्वर में कहा, "अपना सारा समय सदा अंग्रेज़ों की संगति में पशुओं का आखेट करने में ही क्यों व्यतीत करते हैं?"

दीवान स्तब्ध रह गए : कैसा साहसी संन्यासी है। महाराज के मुख पर ऐसी बात कह देना...

मंगलसिंह ने सुना और चुप रह गए। उनके चेहरे पर क्रोध प्रकट नहीं हुआ। लगा कि वे सचमुच अपने मन को टटोलने का प्रयत्न कर रहे हैं कि वे ऐसा क्यों करते हैं।

"कह नहीं सकता कि मैं ऐसा क्यों करता हूं।" अंततः मंगलसिंह ने कहा, "पर इतना तो कह ही सकता हूं कि यह मुझे अच्छा लगता है।"

"मैं भी इसी कारण से सब ओर भटकता फिरता हूं। मुझे यह अच्छा लगता है। आप वन में भटकते हैं, मैं जनपद में भटकता हूं। मैं एक परिव्राजक हूं।" स्वामी हंसे, "आपने ध्यान नहीं दिया, आप में और मुझमें एक समानता भी है राजन्!"

मंगलसिंह ने दृष्टि उठा कर स्वामी की ओर देखा।

"हम दोनों ही पशुओं के आखेटक हैं।"

"आप आखेट करते हैं?" राजा के चेहरे पर स्पष्ट आश्चर्य का भाव था।

"आप वन में ईश्वर द्वारा उत्पन्न किए गए पशुओं का आखेट करते हैं और मैं मनुष्य के मन में प्रकृति द्वारा उत्पन्न किए गए पशुओं–काम, क्रोध और लोभ इत्यादि का आखेट करता हूं।"

मंगलसिंह के चेहरे का भाव कुछ शांत हुआ। वे स्वामी के उत्तर को चुपचाप निगल गए।

"स्वामी जी महाराज! मूर्तिपूजा में मेरी तनिक भी श्रद्धा नहीं है। मेरा भविष्य क्या है?" मंगलसिंह के अधरों पर एक वक्र मुस्कान थी।

"यह आपका परिहास है।" स्वामी का स्वर कुछ रुष्ट लगा।

"नहीं। पूरी गंभीरता से पूछ रहा हूं।" मंगलसिंह ने कहा, "मैं सचमुच ही अन्य लोगों के समान न पत्थर को, न मिट्टी को, न किसी धातु को भगवान मानकर उसकी पूजा कर सकता हूं। क्या इस कारण से मृत्यु के पश्चात् मुझे दंडित किया जाएगा?"

"क्या हिंदुओं में निगुर्ण निराकार की साधना नहीं है?" स्वामी बोले, "हम मानते हैं कि प्रत्येक व्यक्ति को अपने स्वभाव और अपनी आस्था के अनुसार ही अपनी उपासना पद्धति चुननी चाहिए।"

दीवान कुछ विचलित हुए। स्वामी के मुखसे उन्होंने सगुण साकार की भक्ति के इतने अच्छे वर्णन सुने थे। वे आज निर्गुण का पक्ष ले रहे हैं। महाराजा को प्रसन्न करना चाहते हैं क्या? पर साधु... वह भी स्वामी जैसा, वह क्या राजा की चाटुकारिता करेगा?

तब तक स्वामी की दृष्टि दीवार पर टंगे एक चित्र पर जा लगी थी।

"यह चित्र उतार कर मुझे देंगे दीवान जी?"

दीवान ने संकेत किया। एक हुज़ूरी ने पूरे आदर और सम्मान के समारोह के साथ वह चित्र उतारकर स्वामी के हाथों में पकड़ा दिया।

"किसका चित्र है?" स्वामी ने पूछा।

"यह हमारे महाराज की छवि है स्वामीजी।"

"इस पर थूकिए दीवानजी। इस पर कोई भी थूक सकता है। स्वामी का स्वर उन सबको थर्रा गया, "इसमें है ही क्या? इस पर थूकने में किसी को क्या आपत्ति हो सकती है?"

दीवान पर जैसे गाज गिरी। वे समझ ही नहीं पा रहे थे कि स्वामी को हो क्या गया है। उनकी दृष्टि कभी मंगलसिंह के चेहरे पर टिकती और कभी स्वामी पर। पर स्वामी थे कि मौन ही नहीं हो रहे थे। वे निरंतर कहते जा रहे थे, "थूको। इस पर थूको।"

अंततः दीवान ने ही अपने सारे संयम के बावजूद चीत्कार किया, "आप क्या कह रहे हैं स्वामी जी! यह हमारे महाराज की छवि है। मैं इसका अपमान कैसे कर सकता हूं।"

"महाराज सशरीर तो इसमें उपस्थित नहीं हैं न।" स्वामी ने कहा, "यह कागज का टुकड़ा ही तो है। इसमें न तो महाराज का मांस है, न त्वचा, न अस्थियां और न ही रक्त। यह न तो महाराज के समान बोलता है, न चलता है, न वैसा व्यवहार करता है। तब भी आप सब इस पर थूकने से इंकार करते हैं, क्योंकि आपको इस कागज के टुकड़े में अपने महाराज की छवि दिखाई पड़ती है। इस छवि पर थूकने को भी आप महाराज का अपमान मान रहे हैं।"

स्वामी मंगलसिंह की ओर मुड़े, "आप देख रहे हैं राजन्! इस चित्र में आप नहीं हैं, फिर भी एक प्रकार से आप इसमें उपस्थिति हैं, वरन् आप ही हैं। इसीलिए आपके निष्ठावान कर्मचारी मेरी बात सुनकर इतने परेशान थे। इसे देखकर उनके मनमें आपका ध्यान आता है। इस पर दृष्टि पड़ते ही उनको लगता है कि यह आप ही हैं। इसीलिए इस कागज़ का भी वे उतना ही सम्मान करते हैं जितना कि आपका करना चाहिए।" स्वामी रुके, "प्रभु भक्तों के साथ भी यही होता है। वे देवों की धातु और लकड़ी की प्रतिमाओं के माध्यम से ईश उपासना करते हैं। देव प्रतिमा उनके मनमें उनके इष्टदेव को प्रस्तुत करती है। ध्यान करने में उनकी सहायता करती है। इस प्रकार साधक प्रतिमा की पूजा नहीं करता, प्रतिमा के माध्यम से अपने इष्टदेव अथवा ईश्वर की उपासना करता है।" स्वामी पुनः रुके, "मैं परिव्राजक हूं। मैंने बहुत यात्राएं की हैं; किंतु मैंने कहीं भी किसी हिंदू को 'ओ पाषाण! मैं तेरी उपासना करता हूं। ओ धातु! मुझ पर कृपा करो।' कहते हुए नहीं सुना। महाराज! प्रत्येक प्राणी उस परम पिता परमात्मा की ही उपासना करता है। ईश्वर भी उपासक की समझ और संवेदना के अनुसार ही स्वयं को प्रकट करते हैं।"

मंगलसिंह बहुत ध्यान से स्वामी की बात सुन रहे थे। अब उनके मुख पर उस प्रकार

की वितृष्णा नहीं थी। विनीत भाव से बोले, "स्वामी जी! मुझे स्वीकार करना ही पड़ता है कि आपने मेरी आंखें खोल दी हैं। सचमुच मैंने भी आज तक किसी को मिट्टी, पत्थर अथवा धातु की पूजा करते हुए नहीं देखा। मैं मूर्तिपूजा का मर्म ही नहीं जानता था।"

मंगलसिंह कुर्सी से उठकर स्वामी के सम्मुख भूमि पर बैठ गए। उनके हाथ जुड़े हुए थे और आंखों में अश्रु थे। बोले तो उनके कंठ में कोई अवरोध था, "मुझ पर दया करें स्वामी जी! जाने मेरा भविष्य क्या होगा।"

"क्या होगा महाराज!" स्वामी हंसे, "प्रभु बहुत दयालु हैं। उनकी कृपा अनेक रूपों में हम तक आती है और हमें अपने गंतव्य की ओर ले जाती है। जिसे हम कष्ट कहते हैं, वह भी प्रभु की कृपा ही होती है। मनुष्य अपनी इच्छा से प्रभु की ओर नहीं मुड़ता तो प्रभु कुछ कठोर होकर उसे शिक्षा देते हैं। वे हमारे पिता हैं। हमसे प्रेम करते हैं। हमें उनका प्रेम समझना चाहिए और उनसे प्रेम करना चाहिए।"

मंगलसिंह हाथ जोड़ दिए, "आपने जो कुछ कहा है, उसका अक्षर अक्षर सत्य है। इतने दिनों तक मैं ही अंधकार में था। कछ भी नहीं समझ सका था। आज मेरी आंखें खुल गईं।"

स्वामी जाने के लिए उठ खड़े हुए।

"महाराज! मुझ पर अनुग्रह कीजिए।" मंगलसिंह बोले।

"राजन्! सिवाय परमात्मा के कोई किसी पर अनुग्रह नहीं कर सकता। वह असीम करुणासिंधु है। आप उन्हीं की शरण ग्रहण करें। वे निश्चय ही आप पर कृपा करेंगे।"

मंगलसिंह ने वहां से जाने की कोई जल्दी नहीं दिखाई। स्वामी चले गए तो भी मंगलसिंह बैठे रहे। अंत में उन्होंने कहा, "दीवानजी! मैंने आज तक ऐसा महात्मा नहीं देखा। कुछ ऐसा कीजिए कि वे कुछ समय तक आपके पास वास करें, ताकि मैं उनके निकट बैठकर कुछ समय उनके सत्संग का लाभ पा सकूं।"

"आपने मेरे मन की बात कही है महाराज! मैं अपनी ओर से पूरा प्रयत्न करूंगा!" दीवान ने गंभीर स्वर में कहा, "किंतु जाने सफलता हाथ लगे या न लगे। वे बहुत स्वतंत्र और तेजस्वी पुरुष हैं। उनको न लुभाया जा सकता है, न वे दबाव में आते हैं।"

संध्या समय दीवान स्वामी के दर्शनों के लिए गए। उनका प्रवचन सुना। स्वामी ने कुछ भजन भी गाए। अंत में दीवान विदा लेने स्वामी के निकट गए। उनके चरण स्पर्श किए।

स्वामी ने आशीर्वाद नहीं दिया। बोले, "आज आप बहुत विचलित हैं दीवान जी! मन पर कोई बोझ है क्या?"

"बोझ तो है स्वामी जी! किंतु चिंता का नहीं संकोच का।"

"क्या बात है?"

"बहुत दिनों से सोच रहा हूं कि आपसे कैसे प्रार्थना करूं कि आप कुछ दिन मेरे घर पर निवास कर हमें अपनी सेवा का अवसर दीजिए।"

"आपको मैं यहां किसी कष्ट में लग रहा हूं?"

"नहीं! ऐसी तो कोई बात नहीं।" दीवान बोले।

"मैं आपको संतुष्ट नहीं लगता क्या?"

"यह बात भी नहीं है।"

"तो?"

"मैं तो अपने संतोष के लिए कह रहा हूं।"

स्वामी हंस पड़े, "अपने संतोष के लिए आप किसी और का संतोष नष्ट करना चाहते हैं?"

"इन्हीं बातों को सोच-सोच कर तो आज तक मैं संकोच करता रहा।" दीवान बोले, "आप कुछ दिन मेरे यहां वास करें, फिर चाहे पंडित जी के पास वापस आ जाएं।"

"मुझे सदा अलवर में ही तो नहीं रहना है दीवान जी!"

"इसी बात से तो डरता हूं।" दीवान जी दीन होकर बोले, "संन्यासी की मौज का क्या पता। आप किसी भी दिन निश्चय कर सकते हैं कि आप अलवर छोड़ रहे हैं, तो फिर मैं आपकी संगति कैसे पाऊंगा स्वामी जी!"

स्वामी मौन रहे।

"आप के लिए सारे भक्त समान होने चाहिएं स्वामी जी!"

"आप मुझे उपदेश दे रहे हैं दीवान जी?" स्वामी हंस रहे थे।

दीवान ने अपने कान पकड़ लिए, "भगवान मुझ से ऐसा पाप न करवाएं। मैं तो अपने भावावेश में कह गया। शायद उचित शब्दों का उपयोग नहीं कर पाया।"

"दीवान जी! आपके घर पर रहने में एक कठिनाई है।"

"क्या महाराज?" दीवान चौंके।

"आपकी हवेली अलवर के दीवान मेजर रामचंद्र की हवेली है। वहां सामान्य जन का प्रवेश कैसे होगा?" स्वामी ने उनकी ओर देखा, "संन्यासी स्वयं को किसी हवेली अथवा प्रासाद में बंद नहीं कर सकता। वह सर्वसाधारण की संपत्ति है।"

"समझ गया महाराज!" दीवान बोले, "शायद भगवान की इच्छा है कि मेरी हवेली आपके माध्यम से जन-साधारण के लिए खुल जाए। आप वहां रहेंगे, तो लोग आपके आकर्षण से वहां आएंगे।"

"आप अपनी विशिष्टता त्याग कर उनके समान होकर उनके साथ बैठ पाएंगे?"

"मुझ में क्या विशिष्टता है महाराज? यह कि मेरे पास राज्य का दिया हुआ एक पद है।" दीवान और विनीत हो गए, "आपके पास ईश्वर का दिया हुआ पद और प्रतिभा है। मुझे तो आपसे ही सीखना है। जब आप इतने महान् होकर इतने साधारण हो सकते हैं, तो मुझ में ऐसा क्या है। आपके सम्मुख, मैं उन लोगों के साथ भूमिपर बिछी दरी पर

बैठूंगा। शायद इसी बहाने मेरी आत्मा का भी कुछ परिष्कार हो जाए।"

110

मेजर रामचंद्र की हवेली के बाहरी मैदान में स्वामी एक चौकी पर बैठे थे और उनके सामने घास पर बिछी दरी पर बीस-पच्चीस युवा बैठे थे। इस समय और कोई भी वहां नहीं था। दीवान जी भी अनुपस्थित थे। यह वस्तुतः एक अनौपचारिक-सी कक्षा थी, जिसमें युवा लोग अपनी जिज्ञासाएं और समस्याएं लेकर आते थे। स्वामी को लग रहा था कि उनकी किसी योजना के बिना ही यहां युवाओं का एक ऐसा दल संगठित हो गया था, जो पूर्ण संन्यास लेना नहीं चाहता था; किंतु अध्यात्म के नियमों के अनुसार जीवन को धर्म की मर्यादा में जीना चाहता था।

"स्वामी जी!" पूरन ने कहा, "मेरी एक समस्या है—बड़ी व्यक्तिगत-सी।"

"बोलो।" स्वामी ने उसे प्रोत्साहित किया, "संभव है कि तुम्हारे बताने से पता चले कि वह औरों की भी समस्या है।"

"न तो मैं भिक्षा मांग सकता हूं और न अपने माता पिता को असहाय अवस्था में छोड़ सकता हूं। मुझे आजीविका तो चाहिए ही।"

"आजीविका किसे नहीं चाहिए पुत्र!"

"आप हमें सच्चाई से जीना सिखाते हैं, ईमानदारी और साहस जैसे गुणों की चर्चा करते हैं। सात्विक और निःस्वार्थ सेवा से परिपूर्ण जीवन जीनेके लिए कहते हैं। किंतु क्या यह संभव है। जो व्यक्ति नौकरी में है, उसके लिए तो एकदम ही संभव नहीं है। नौकरी में वही करना पड़ता है, जो आपका स्वामी चाहता है। वैसे भी वह निःस्वार्थ सेवा नहीं है, क्योंकि हम उसे अपनी आजीविका के रूप में कर रहे हैं। उसके बदले में वेतन ले रहे हैं। और यदि व्यापार की बात करें, तो सत्य और सरलता तो व्यापार में संभव ही नहीं है। व्यापार का तो अर्थ ही है, धोखाधड़ी और बेइमानी। ऐसे में इस संसार में रह कर हम नैतिकता की रक्षा कैसे कर सकते हैं?"

"तुम्हारी पीड़ा बड़ी यथार्थ है पुत्र!" स्वामी बोले, "नौकरी करते हुए, एक बात स्मरण रखो कि तुम जिसके पास नौकरी कर रहे हो, वह तुम्हारा स्वामी है, किंतु तुम्हारा एक स्वामी और भी है। वास्तविक स्वामी वही है। उसने तुमको यह जीवन दिया है और इस सृष्टि की रचना की है। नौकरी किसी की भी करो; किंतु अपने वास्तविक स्वामीकी आज्ञाओं के विरुद्ध कैसे जा सकते हो। यदि स्वार्थवश किसी का अहित करते हो तो अपने वास्तविक स्वामी की आज्ञाओं का उल्लंघन कर रहे हो। थोड़ा ईश्वर को स्मरण करना, थोड़ा उसका विश्वास करना, थोड़ा उसका भरोसा करना सीखो। सत्य के लिए थोड़ा जोखिम उठाना सीखो, थोड़ा साहस करना सीखो।" स्वामी हंसे, "अपने सांसारिक लोभ की रक्षा करते हुए हम सात्विक जीवन नहीं जी सकते। हित और लोभ का अंतर समझो। लोभ में हित नहीं होता। हित का लोभ करो, लोभ का हित नहीं। सांसारिक लोभ के प्रवाह में आत्मा का पतन हो जाए तो यह लाभ का सौदा नहीं है। एक बात और...।" वे रुके,

"तुमने कृषि की चर्चा ही नहीं की। तुम देख रहे हो, जो युवक अंग्रेजी के दो अक्षर पढ़ जाता है, वह अपना गांव छोड़ कर नगर की ओर भागता है। वहां वह कोई ऐसा काम खोजता है, जो कुर्सी पर बैठकर हो सके, जिसमें हाथ और कपड़े मैले न करने पड़ें, मन और आत्मा चाहे कितने भी मलिन हो जाएं।"

"खेती में तो स्वामी जी! न पैसा है और न सम्मान।" सरमा बोला, "जिसको देखिए, वही किसान को हांककर जो चाहे करवा ले–जमींदार, सरकारी अधिकारी, गांव का बाणिया। सब ही तो उसके स्वामी होते हैं।"

"अपने स्वभाव को पहचानो और अपने स्वधर्म को जानो।" स्वामी बोले, "हम लोग एक भूल करते हैं कि अपने वंश या व्यवसाय के अनुसार अपना स्वभाव बनाने का प्रयत्न करते हैं। जबकि होना यह चाहिए कि हम अपने स्वभाव के अनुसार अपना व्यवसाय चुनें। अपना वंश चुनना हमारे हाथ में नहीं है।"

"अब किसान क्या कर सकता है।" सरमा बोला, "अपने बेटे के हाथ में हल बैल ही तो पकड़ा सकता है। बाणिया अपने बेटे को दुकान पर ही बैठा सकता है।"

"एक कथा सुनो।" स्वामी बोले, "गुरु नानक ने एक खत्री परिवार में जन्म लिया था। खत्री संभवतः आरंभ में क्षत्रिय थे; किंतु किसी समय उनके क्षत्रिय संस्कार छूट गए और वे खत्री हो गए। वे व्यापारी हो गए। नानक कुछ बड़े हुए तो उनके पिता ने अपने व्यवसाय के अनुसार उन्हें कुछ पूंजी दी और सौदा कर आने को कहा। गुरु नानक अपने वंश के अनुसार नहीं चले, वे अपने स्वभाव और स्वधर्म के अनुसार चले। अपनी पूंजी उन्होंने आर्थिक लाभ के किसी व्यापार में नहीं लगाई। वे उसे दुखी और गरीबों में बांट आए। घर लौटने पर उनके पिता ने पूछा, 'सौदा कर आए?' उन्होंने उत्तर दिया, 'हां, पिता जी! सच्चा सौदा कर आया।' "

"वे गुरु नानक थे, इसलिए ऐसा कर सके।" सरमा ने कहा, "हम साधारण जन ऐसा कैसे कर सकते हैं?"

स्वामी हंस पड़े, "यह तो सत्य है कि वे गुरु नानक थे, इसीलिए ऐसा कर सके; किंतु तुम अपना विकास कर, महान् पुरुषों के समान व्यवहार नहीं कर सकते–यह क्यों मानते हो? तुम में भी वही ब्रह्म है, जो महान् पुरुषों में विद्यमान है। स्वयं पर विश्वास करना सीखो।"

"वह सब ठीक है स्वामी जी! पर मुझे आप बताइए कि किसान का बेटा चाहे भी तो कैसे पढ़ सकता है और पढ़ जाए तो समय नष्ट करने के सिवाय उसका लाभ ही क्या है?" धनराज ने कहा।

"राजा जनक को स्मरण करो।" स्वामी बोले, "उनके एक हाथ में हल था और दूसरे हाथ में वेद। इसका अर्थ समझते हो?"

"हां!"

"क्या?"

"उनका एक भी हाथ खाली नहीं था। दोनों हाथों में लड्डू थे।"

"वे लड्डू तुम न केवल दोनों हाथों में पकड़े रख सकते हो, वरन् उनका स्वाद भी चख सकते हो।" स्वामी हंस पड़े, "इसका अर्थ है कि वे कृषि और ज्ञान को एक समान महत्व दे रहे थे। वे सांसारिक ज्ञान और आध्यात्मिक ज्ञान दोनों का महत्व समझते थे और इसीलिए वे किसी की भी उपेक्षा नहीं करते थे। वैसे राजा थे, इसलिए अवसर आने पर हल रख कर तलवार भी उठा लेते थे।"

"तो उनका वर्ण क्या था?" धनराज ने पूछा।

"मुझसे वर्गीकरण करने को कहोगे तो मैं कहूंगा कि वे ब्राह्मण थे, क्योंकि उनका स्वभाव एक अनासक्त ज्ञानी का स्वभाव था।" स्वामी ने कहा, "किंतु प्रजापालन के लिए वे कृषि को महत्व देते थे और प्रजारक्षा के लिए शस्त्रों को। हमारे यहां आजकल यह हो रहा है कि जिसको ज्ञान है, वह कृषि कर नहीं रहा और जो कृषि कर रहा है, उसे किसी प्रकार का ज्ञान नहीं है। हमें वैज्ञानिक ढंग से खेती करनी चाहिए, ताकि हमारे खेतों की उपज बढ़े। हमारे युवक पढ़ लिख कर नगरों की ओर नहीं ग्रामों की ओर बढ़ें। हमारे ग्रामों में जो ज्ञान की भूख है, उसे देखो। पढ़ा लिखा आदमी जाकर ग्रामीणों के बीच बैठता है तो वे उसका सम्मान करते हैं। इस प्रकार ऊंच-नीच का भेद कम होता है। समाज में समरसता आती है। सरमा! तुम भी ज्ञान प्राप्त कर खेती करो।" स्वामी रुके, "एक बात और। तुम लोग संस्कृत और अंग्रेज़ी दोनों पढ़ो। संस्कृत इसलिए कि अपने देश, अपने धर्म, अपने प्राचीन ज्ञान को जान सको और अंग्रेज़ी इसलिए कि पश्चिम से आए आधुनिक ज्ञान से परिचित हो सको।"

111

"स्वामी जी! आपने कहा था कि हमें अपने देश को जानने के लिए अपना इतिहास पढ़ना चाहिए। मैंने थोड़ा पढ़ा है।" गुरुचरण लश्कर आकर स्वामी के पास बैठ गए, "पर मुझे लगता है कि वह बहुत वैज्ञानिक पद्धति से नहीं लिखा गया है।"

"यह सत्य है कि भारतीय इतिहास अव्यवस्थित है। उसका कालक्रम त्रुटिपूर्ण है। हम उसके पूर्वापर की ठीक से रक्षा नहीं कर पाए हैं।" स्वामी ने कहा।

"पूर्वापर तो क्या, मुझे तो लगता है कि हमारा अतीत ही गड़बड़ है। उसको पढ़कर तो लगता है कि हमारे पास गर्व करने को कुछ है ही नहीं।" हरबक्स फौजदार ने कहा।

स्वामी ने उसे गहरी दृष्टि से देखा, "हमारा अतीत गड़बड़ नहीं है, उसका चित्रण ठीक नहीं हुआ है।" स्वामी बोले, "हमारे देश का इतिहास अंग्रेज़ों ने लिखा है। क्यों लिखा है, उन्होंने? क्या आवश्यकता थी, उन्हें हमारा इतिहास लिखने की? क्यों आवश्यक था, उनके लिए हमारा अतीत खोजना?"

"क्यों?" डॉ. लश्कर ने किसी उत्सुक शिशु के समान दोहरा दिया।

"हमें दुर्बल बनाने के लिए।" स्वामी बोले, "वे केवल हमारे पतन का चित्रण करते हैं। हमारे दोषों को खोजते हैं। दोष नहीं हैं, तो उनको गढ़ते हैं। जो घटनाएं कभी नहीं

घटीं, उनकी कल्पना करते हैं। घटनाओं के मनमाने कारण आविष्कृत कर लेते हैं। झूठे प्रमाण जुटाते हैं। जहां सत्य मिल सकता है, वहां उसकी खोज न करते हैं, न किसी को करने देते हैं।"

"पर असत्य की इस साधना का उनको क्या लाभ होगा?" गोविन्द सहाय ने सहज भाव से पूछा।

"वे हमारे मस्तिष्क में अंकित कर देना चाहते हैं कि हम सदा से तुच्छ और निकृष्ट लोग रहे हैं। पश्चिम के लोग हम से श्रेष्ठ थे और हैं, अतः हमें उन्हें अपना स्वामी मान लेना चाहिए और उनकी दासता में प्रसन्न रहना चाहिए।"

"पर उनमें कुछ अच्छे लोग भी तो होंगे स्वामी जी!" धनराज ने कहा। "हां! सरल और सच्चे लोग भी हैं। उन्होंने कुछ लिखा भी है; किंतु विदेशी लोग, जो हमारे धर्म, हमारे दर्शन, हमारी संस्कति और हमारी परंपराओं को बहत कम समझते हैं, हमारे इतिहास का पूर्वाग्रहरहित लेखन कैसे कर सकते हैं?" स्वामी बोले, "इसीलिए अनेक भ्रांत धारणाएं और त्रुटिपूर्ण दूषित व्याख्याएं उसमें घर कर गई हैं। फिर भी उन विदेशियों ने हमें सिखाया है कि प्राचीन इतिहास की खोज कैसे होनी चाहिए। अब यह हमारा काम है कि हम अपने इतिहास लेखन के लिए स्वतंत्र मार्ग बनाएं और उस पर चलें।"

"उसके लिए हमें क्या करना होगा स्वामी जी?"

स्वामी ने देखा : यह पंद्रह-सोलह वर्षों का एक किशोर था–माधव! वह कई दिनों से उनके पास आ रहा था। सबकी बातें ध्यान से सुनता था और कभी कभी कोई प्रश्न पूछ लेता था। पर आज उसके चेहरे पर स्वामी को जो आग्रह और संकल्प दिखाई दिया था, वह उन्होंने पहले कभी नहीं देखा था।

"हम वेदों, पुराणों और भारत के प्राचीन आलेखों को पढ़ें, और भारत का वास्तविक, सहानुभूतिपूर्ण और प्रेरणादायक इतिहास लिखना अपने जीवन भर का कार्य और लक्ष्य बना लें। भारत का इतिहास लिखना भारतीयों का काम होना चाहिए, अंग्रेज़ों का नहीं। इसलिए तुम आज से ही स्वयं को भारत के प्राचीन अमूल्य रत्नों को अंधेरी गुफाओं से खोज निकालने के काम में लगा दो। किसी का एक छोटा-सा बच्चा भी खो जाता है, तो वह तब तक टिक कर नहीं बैठता, जब तक उसे खोज नहीं निकालता। तुम भी जब तक सामान्य जन के मानस में भारत के गौरवपूर्ण अतीत को जीवंत न कर दो, तब तक चैन से मत बैठो। वही वास्तविक राष्ट्रीय शिक्षा होगी। उसके विकास से ही वास्तविक राष्ट्रीय चेतना जन्म लेगी।"

112

28 मार्च, 1891 को प्रातः ही स्वामी अलवर से जाने और अपने भक्तों से विदा होने को तैयार खड़े थे।

जमालुद्दीन अपना उदास लंबूतरा चेहरा लिए उनके सामने विद्यमान था।

"क्या बात है जमाल! ऐसी रोनी सूरत क्यों बना रखी है भाई?" स्वामी ने उसके

कंधे पर हाथ रखा।

"स्वामी जी! आप अब जा रहे हैं, जब रमज़ान का महीना सामने खड़ा है।" जमालुद्दीन ने कहा, "मैंने सोचा था कि रमज़ान के महीने में जब मैं रोज़े से होऊंगा, आपके चरणों में बैठ कर धर्म और अल्लाह के विषय में चर्चा किया करूंगा। आप ही नहीं होंगे, तो मैं किस के पास जाऊंगा।"

स्वामी हंस पड़े, "एकदम बच्चों के समान मुंह बिसूर रहे हो। तुम्हें तो प्रसन्न होना चाहिए कि रमज़ान का महीना आ रहा है। यह महीना अन्य महीनों से उत्तम है। अल्लाह का फरमान है–अस्सौमसली व अना अजजीविहीं, अर्थात् रोज़ा मेरे लिए है; और मैं ही उसका फल दूंगा। रोज़ा अंतःसाधना है, इसका बाहर से नहीं, भीतर से, हृदय से संबंध है। पैग़ंबर साहब का कहना है कि जिसने रोज़ा रख कर झूठ बोला, झूठ पर अमल करना न छोड़ा, तो अल्लाह को इस बात का लिहाज़ नहीं है कि उसने खाना-पीना छोड़ रखा है। केवल खाना पीना छोड़ना रोज़ा नहीं है। रोज़ा रखने का वास्तविक उद्देश्य है कि मनुष्य प्रत्येक बुराई और पाप से दूर रहे। यह महीना सब्र का, हमदर्दी का महीना है। इस महीने अल्लाह की रहमत, कृपादृष्टि मिलती है, माफी मिलती है–जहन्नुम से, नरक की आग से।"

जमालुद्दीन की आंखों में आंसू चमके, "चलिए, आपके ये शब्द याद आते रहेंगे और मैं अल्लाह का धन्यवाद करता रहूंगा कि उसने मुझे ये कुछ दिन आप जैसे संत के चरणों में बैठने के लिए दिए। सच पूछिए तो मैं कभी इतना मुसलमान नहीं था, जितना आपकी सोहबत में रह कर हो गया हूं।"

तभी गोविन्द सहाय और हरबक्स फौजदार टप्परवाली बैलगाड़ी ले आए।

"यह रथ किस के लिए है भाई?"

"देखिए स्वामी जी!" दीवान जी ने कहा, "अब आप हमारी प्रार्थना मानिए और पैदल यात्रा की हठ छोड़ दीजिए। आप समझते हैं न! राजपूताने की इस प्रचंड धूप और तपिश में जब आप पैदल यात्रा करेंगे, आपको पसीना आएगा और हमारे हृदय पर फफोले उभर आएंगे। आप हमें इतना कष्ट क्यों देना चाहते हैं? और फिर मार्ग का एक भाग सर्वथा मानवरहित सुनसान वन है। वहां हिंस्र पशु भी हैं।"

"आपने अभी तक हमें अपना चित्र भी नहीं दिया है।" धनराज ने स्वामी के कुछ भी कहने से पहले कहा, "इसलिए हमारा अधिकार बनता है कि हम आपके साथ कुछ थोड़ा-सा समय और बिताने का आग्रह करें। हम आपको न पैदल जाने देंगे, और न अकेले।"

"तो तुम मेरे साथ चलोगे?" स्वामी ने कुछ चकित स्वर में कहा।

"केवल धनराज ही नहीं, हम सब भी आपके साथ चलेंगे।" गुरुचरण ने बताया।

स्वामी का स्वर निर्णायक हो गया, "परिव्राजक अपने साथ शोभायात्राएं ले कर नहीं चलता।"

"पर भक्तजन अपने आराध्य को और गृहस्थजन अपने प्रिय अतिथि को विदा करने के लिए ग्राम के बाहर तक जाते ही हैं। कालिदास ने भी शकुंतला नाटक में कहलवाया है कि प्रिय जनों को विदा करने के लिए जल तक जाना चाहिए–कोई नदी, कोई तालाब, कोई सरोवर।" पंडित शंभुनाथ बोले, "यह हमारी संस्कृति है।"

"तो आपके ग्राम की सीमा कहां तक है?"

"मेरा विचार है कि हम लोग आपको जयपुर पहुंचा ही आएं, आपका चित्र भी तो बनवाना है।" धनराज ने कहा।

"क्या मूर्खता की बात है।" स्वामी ने उसे स्नेह से डांटा, "विदा करने के लिए कुछ दूर तक जाना और बात है और जयपुर पहुंचाना दूसरी। मुझे बाध्य मत करो कि मैं रात के समय उठ कर चुपके से चल दूं।"

"फिर तो श्रृंगवेरपुर का दृश्य हो जाएगा।" जमालुद्दीन ने हंसकर कहा, "अयोध्यावासी सोते ही रह जाएंगे और श्रीराम दंडक वन पहुंच जाएंगे।"

'नहीं! हम आपके साथ जयपुर नहीं आ रहे। हमारा प्रयत्न है कि हम वहां तक आपके साथ चलें, जहां से आप रेलगाड़ी में यात्रा कर सकें।" दीवान जी ने कहा, "यदि आप अलवर से गाड़ी पकड़ते तो हम आपको अलवर स्टेशन से विदा करते।"

"नहीं! मैं आसपास का प्रदेश भी देखना चाहता हूं; और आप लोगों की अनुपस्थिति ही नहीं, आपके अज्ञान में गाड़ी पकड़ना चाहता हूं।" स्वामी बोले, "यदि आप मुझे रेलगाड़ी के किसी अन्य स्टेशन से पंद्रह बीस मील पहले ही विदा कर देंगे और वहां से पैदल यात्रा की सुविधा देंगे तो मैं आपकी बात मान सकता हूं।"

113

स्वामी जयपुर राज्य के फौज बख्शी ठाकुर हरिसिंह लाड़खानी के घर में बैठे थे। ठाकुर साहब हृष्टपुष्ट और दीर्घाकार पुरुष थे। सेनापति होने पर भी वे सेना के संबंध में कम, अध्यात्म के विषय में ही अधिक चर्चा कर रहे थे।

"मेरी समस्या यह है स्वामी जी! कि मैं कल्पना ही नहीं कर पाता कि इस त्रिगुणात्मक माया का वह स्वामी, निर्गुण निराकार परम पुरुष अपनी ही माया के अधीन होकर त्रिगुणात्मक प्रकृति द्वारा उत्पन्न किया गया यह मानव शरीर धारण करेगा?" हरिसिंह बोले, "इस शरीर की अपनी सीमाएं हैं। इसे मां के गर्भ में से जन्म लेना पड़ता है। प्राकृतिक शरीर के दुख सुख भोगने पड़ते हैं। शरीर धर्म का निर्वाह करना पड़ता है। भोजन भी करना पड़ता है और शौच के लिए भी जाना पड़ता है। लोभ, क्रोध और ईर्ष्या द्वेष को भी झेलना पड़ता है। निर्गुण ब्रह्म के संदर्भ में इन बातों की कल्पना भी असह्य लगती है।"

"इस संकट से जूझने वाले आप पहले व्यक्ति तो नहीं हैं ठाकुर साहब!" स्वामी बोले, "आपने गोस्वामी तुलसीदास का ग्रंथ रामचरितमानस पढ़ा होगा।"

"पढ़ना चाहिए किंतु ढंग से नहीं पढ़ा; या कहिए कि अबतक नहीं पढ़ा है।"

हरिसिंह बोले, "वहां भी मेरा वेदांती मन अवतार को मानने में भड़क उठता है और मैं वह ग्रंथ पढ़ नहीं पाता।"

"आपकी समस्या मैं समझता हूं।" स्वामी बोले, "मैं रामचरितमानस की चर्चा इसलिए कर रहा था, क्योंकि उसमें महादेव शिव की पत्नी, उमा की भी यही समस्या है।"

"अच्छा!"

"तुलसीदास ने इसी विचार से मानस को आरंभ किया है।" स्वामी बोले, "उनकी प्रतिज्ञा है कि ब्रह्म ने ही राम के रूप में जन्म लिया है। कबीर की उक्ति 'दसरथ सुत तिहूं लोक बखाना। राम नाम को मरम है आना।।' भी उनके ध्यान में रही होगी। वे बार-बार कहते हैं कि दशरथपुत्र राम ही ब्रह्म हैं। और इसी प्रतिज्ञा को सिद्ध करने के लिए सारा मानस लिखा गया है।" स्वामी ने रुक कर हरिसिंह की ओर देखा, "आप सोचिए, तुलसी के युग में आपकी समस्या कितने लोगों की समस्या रही होगी कि तुलसीदास को उसका निराकरण करने के लिए और अपनी प्रतिज्ञा सिद्ध करने के लिए ही रामचरितमानस लिखना पड़ा।"

"पर मैं एक दूसरी बात कहता हूं।" पंडित सूर्यनारायण भी चर्चा में सम्मिलित हो गए, "वेदांती होने के नाते मैं यह मानता हूं कि संसार में सिवाय उस परम सत्ता के और किसी का अस्तित्व नहीं है। इसलिए जो कुछ है, वही है। वही निर्गुण निराकार ब्रह्म ही इतने सारे शरीरों के रूप में संसार में विद्यमान है। न केवल मैं यह मानता हूं कि वह अवतार भी लेता है, वरन् वही अवतार लेता है। जब और कुछ है ही नहीं, तो दूसरा कोई कहां से आएगा? मैं भी वही हूं और अवतरित होने वाला व्यक्ति भी वही है। इसलिए मैं अवतारों की किसी प्रकार की विशिष्ट आध्यात्मिक शक्ति में विश्वास नहीं रखता। आप कह सकते हैं कि पौराणिक अवतारों में मेरा कोई विश्वास नहीं है। जब हम सब ब्रह्म हैं तो मुझ में और एक अवतार में क्या अंतर है?"

"कोई अंतर नहीं है।" स्वामी की आंखों में कुछ चंचलता झिलमिलाई, "आप जो कह रहे हैं, वह सर्वथा सत्य है। आपमें और पौराणिक अवतारों में कोई अंतर नहीं है। किंतु मेरे मन में एक बात स्पष्ट नहीं है। मेरी इस समस्या का निराकरण भी आप ही कर सकते हैं।"

पंडित सूर्यनारायण कुछ प्रसन्न दिखे। उनका पहला पासा ही सीधा पड़ा था। अकस्मात् ही जयपुर में आकर प्रतिष्ठित हो जाने वाले इस अज्ञात संन्यासी ने भी उनकी मान्यता स्वीकार कर ली थी। उन्हें लगा कि इस समय इस सभा में वे सबसे महत्वपूर्ण हो उठे हैं, "कौन सी समस्या?"

"हिंदुओं ने दस अवतार माने हैं। उन में कच्छप भी हैं, मत्स्य भी हैं और वराह भी हैं।" स्वामी बोले, "कृपा कर आप स्पष्ट करेंगे कि इनमें से आप कौन से हैं? किससे आपकी तुलना कर, समझा जाए कि आपमें और उनमें कोई अंतर नहीं है?"

जोर का एक ठहाका पड़ा और विद्वानों की वह गंभीर सभा आह्लाद का सरोवर बन गई।

पंडित सूर्यनारायण खिसिया कर चुप हो गए। कुछ क्षण पहले तक खिला हुआ उनका चेहरा, इस समय पर्याप्त मलिन लग रहा था। निश्चित् रूप से उन्होंने स्वामी की बात को मात्र परिहास नहीं माना था। वह वेदांती अभी मानापमान के भाव से मुक्त नहीं हुआ था और न ही अपने अहंकार को गला पाया था।

स्वामी नहीं चाहते थे कि कोई स्वयं को इस प्रकार अपमानित अनुभव करे। बोले, "पंडित जी! अन्यथा न मानें। वेदांत के स्तर पर यह प्रश्न ही नहीं, यह अनुभव भी बहुत आवश्यक है। मानव जाति से ही नहीं, उच्चतर और निम्नतर प्राणियों से भी तादात्म्य का अनुभव करना पड़ता है।"

"यह कैसे संभव है?" पंडित सूर्यनारायण ने उस मलिनता से बाहर निकलने के लिए स्वामी का हाथ थाम लिया।

"जब मेरे गुरु ने मुझे वेदांत का अनुभव देना चाहा था, उन्होंने अपनी अर्ध ध्यानावस्था में मेरे शरीर को अपने पैर से छू दिया था। तब मुझे मार्ग पर चलते, तांगे में जुते घोड़े और अपने आप में अभेद दिखाई पड़ने लगा। हममें कोई अंतर नहीं रह गया था।" स्वामी बोले, "और ठाकुर साहब! आप भी ध्यान दें।" स्वामी ने हरिसिंह का ध्यान आकृष्ट किया, "यदि हमारी तर्क बुद्धि आड़े न आए और हम वाल्मीकीय रामायण में वर्णित वानरों, भालुओं, गिद्धों और गरुड़ों इत्यादि को पशु और पक्षियों के रूप में ही स्वीकार कर पाएं तो वह वेदांत का अदभुत उदाहरण है।"

"वह कैसे?" सूर्यनारायण कुछ और सक्रिय हो उठे।

"वहां मनुष्य और मनुष्येतर प्राणियों में कोई अंतर नहीं है।" स्वामी ने कहा, "श्रीराम उन्हें न स्वयं से भिन्न मानते हैं, न पशु-पक्षी मान कर उनका निरादर करते हैं। वे भाइयों के समान उनके साथ रहते और स्नेहपूर्ण व्यवहार करते हैं।"

"इसका अर्थ है कि रामायण पशु-पक्षियों की एक अद्भुत कथा नहीं है, उसमें गंभीर आध्यात्मिक संकेत हैं।" हरिसिंह बोले।

"ठाकुर साहब! एक बात कहता हूं, बुरा मत मानिएगा।" स्वामी ने कहा।

"कहिए। कहिए। हम आप से कुछ सीखने के लिए बैठे हैं, बुरा मानने के लिए नहीं।" हरिसिंह बोले, "वे राजपूत और ही प्रकार के होते थे, जो बातों बातों में तलवार निकाल कर अपने विरोधी का सिर काट लिया करते थे।"

"ऐसे वर्णन मैंने भी पढ़े हैं।" स्वामी बोले, "उनके कारण मेरा राजपूतों से विरोध नहीं है। मेरे मन में उनके प्रति सम्मान है। वे, जो बातों बातों में तलवार निकाल कर सामने वाले का सिर काट लेते थे, वे बातों ही बातों में हंसते हुए अपने प्राण भी दे देते थे। किंतु मैं कुछ और कह रहा हूं।"

"कहिए न!"

"वेदांत, ब्रह्मसमाज अथवा आर्यसमाज के नाम पर हम निराकारवादी हो गए हैं, इसलिए हम पुराणों से भी एक प्रकार का भेद अथवा विरोध पाल बैठे हैं।" स्वामी बोले,

"परिणाम यह है कि हमने अपने अनेक महान् ग्रंथों को पढ़ना बंद कर दिया है। और तो और लोगों ने रामायण, महाभारत और भागवत् से भी एक दूरी बना ली है। यह कोई शुभ लक्षण नहीं है। इससे हिंदुओं में बहुत सारे विभाजन हो जाएंगे। वेदांत के नाम पर सारी मानव जाति ही नहीं मनुष्येतर प्राणियों से भी अभेद मानने वाले वेदांती, हिंदुओं में ही बीसियों भेद उत्पन्न कर रहे हैं।"

"आपका कहना तो उचित ही है।" हरिसिंह बोले, "किंतु हमारे अब मूर्तिपूजा के संस्कार ही नहीं रहे। हम किसी विग्रह में ईश्वर की सत्ता की कल्पना ही नहीं कर पाते। जब तक हम किसी विग्रह में जीवंत ईश्वर का अनुभव ही न कर लें, तब तक भारी कठिनाई है।"

स्वामी का चेहरा कुछ और गंभीर हो आया, "वह अनुभूति तो केवल उपयुक्त पात्र को समर्थ गुरु द्वारा स्पर्श, वचन अथवा विचार द्वारा ही कराई जा सकती है।"

एक हुजूरी ने आकर सेनापति के कान के निकट कुछ कहा। वे उठ खड़े हुए।

"स्वामी जी! मैं भोजन की व्यवस्था देखने जा रहा हूं। कृपया भोजन कर के ही जाइएगा।" उन्होंने सूर्यनारायण की ओर देखा, "पंडित जी! आप भी मुंह जुठाए बिना नहीं जाएंगे। एकादशी और अमावस्या का बहाना भी आज नहीं चलेगा। यह भोज स्वामी जी के सम्मान में है। इसकी उपेक्षा नहीं होनी चाहिए। हम सब को स्वामी जी की उपस्थिति का लाभ उठाना है।"

स्वामी ने हरिसिंह को सूचना दी कि वे अजमेर जाना चाहते हैं तो जैसे हरिसिंह के पेट के तल में से शूल उठने लगा। वेदना उनके चेहरे पर प्रकट हो गई।

"यह क्या स्वामी जी!" वे बोले, "अभी तो हम आप से पूरी तरह परिचित भी नहीं हुए और आप हमें छोड़ कर जाना चाहते हैं।"

"आपके स्नेह का अपनी जगह पर बहुत महत्व है ठाकुर साहब! किंतु मैं जयपुर में इसलिए तो नहीं आया था कि आप मुझे जान सकें। संन्यासी को जानना क्या और उससे मोह पालना क्या।"

"और आपका अष्टाध्यायी का अध्ययन?"

"वह चल नहीं पाया।"

"क्या पंडित जी योग्य व्यक्ति नहीं हैं?"

"नहीं! ऐसा कुछ तो नहीं है। वे परम विद्वान् हैं, पर हमारी गाड़ी चल नहीं पाई।" स्वामी बोले, "समझ लीजिए कि अभी जगदंबा की इच्छा नहीं है।"

पर हरिसिंह शांत नहीं हो पाए, "और वह जो हम घंटों विवाद करते रहे हैं, उसका भी तो अभी निबटारा नहीं हुआ है।"

"किसका?"

"प्रतिमापूजन का।" हरिसिंह बोले, "मूर्तिपूजा के पक्ष में आपने जितने भी तर्क

दिए हैं, उनकी काट नहीं है मेरे पास; किंतु मेरी बुद्धि हारी है, मेरा मन तो नहीं माना। आप मुझे इस प्रकार बीच रास्ते में छोड़ कर तो नहीं जा सकते।"

स्वामी हंस पड़े, "आपका मन नहीं मानता तो क्या हानि है। आवश्यक तो नहीं कि सब लोग प्रतिमापूजन ही करें। आप उस मार्ग पर चलें, जिसपर आपका मन मानता हो। आप निराकार की उपासना करें।"

"पर क्यों?" हरिसिंह ने अपनी हठ नहीं छोड़ी, "आप जैसा गुरु उपलब्ध हो, तो मैं प्रतिमा पूजन का आनन्द क्यों न पाऊं? मैं भगवान के जीते जागते रूप को क्यों न देखूं। मैं राम और कृष्ण के लीला-रस से क्यों वंचित रहूं? आप इतने कठोर क्यों हैं स्वामी जी!"

स्वामी हंस पड़े, "संन्यासी तो कठोर होता ही है ठाकुर साहब! कोमल होकर भी कभी कोई संन्यास का पालन कर सका है।" वे रुके, "अच्छा चलिए, थोड़ा टहल अते हैं। झगड़ा तो मार्ग में भी हो ही सकता है।"

टहलने का प्रस्ताव नया नहीं था। इससे पहले भी कितनी ही बार हरिसिंह स्वामी के साथ टहलने के लिए निकले थे। हरिसिंह की हवेली में भी एक अच्छी खासी वाटिका थी; किंतु वे लोग सामने के सार्वजनिक उद्यान में जाया करते थे।

"ठाकुर साहब!" वे लोग बाहर आ गए तो स्वामी ने कहा, "यदि हम परस्पर तर्क वितर्क न करें और नामजप करते चलें तो कैसा रहे?"

हरिसिंह ने चकित भाव से स्वामी की ओर देखा : पहले तो कभी स्वामी ने ऐसा प्रस्ताव नहीं किया था। आज उन्होंने ऐसा क्यों कहा? क्या वे हरिसिंह द्वारा होने वाले प्रश्नों को टालना चाहते हैं? या वे उनके तर्कों से बचना चाहते हैं? यह तो एक प्रकार से उनका मुंह बंद करने का आयोजन है। किंतु सहमति में कोई हानि भी नहीं थी। शास्त्र में नामजप का पर्याप्त महत्व है। गीता में भी श्रीकष्ण ने जप यज्ञ को सबसे महत्वपूर्ण यज्ञ बताया है।

सामने से कुछ लोगों का समूह निकला। यह किसी प्रकार की शोभायात्रा थी। शायद श्रीकृष्ण की झांकी जा रही थी। सबसे आगे चलने वाले व्यक्ति ने अपने सिर पर श्रीकृष्ण की प्रतिमा उठा रखी थी। शेष सारे लोग भजन गाते हुए साथ साथ चल रहे थे। उनके स्वर से हरिसिंह का नामजप डांवाडोल होने लगा था।

सहसा स्वामी ने हरिसिंह को छुआ, "देखिए ठाकुर साहब! है न वह जीता जागता देवविग्रह! देखिए उसका स्वरूप।"

हरिसिंह ने दृष्टि उठाई तो उन्होंने देखा : प्रतिमा वेणुगोपाल की थी। और वह प्रतिमा नहीं थी। वे तो स्वयं श्रीकृष्ण, गाय का सहारा लिए हुए, त्रिभंगी मुद्रा में खड़े बांसुरी बजा रहे थे। गाय पीछे मुड़ मुड़ कर उनके चरण चाट लेती थी। गाय की आंखों में जैसा समर्पण भाव था, वैसा जीवंत भाव हरिसिंह ने आज तक किसी मनुष्य की आंखों में भी नहीं देखा था। श्रीकृष्ण के अधरों पर स्नेह था और आंखों से करुणा की वर्षा हो रही थी। उनकी बांसुरी का स्वर जैसे हरिसिंह के कानों से होकर उनकी आत्मा में प्रवेश कर रहा था।

हरिसिंह का भावांतर हो गया था। वे निर्निमेश आंखों से देखते जा रहे थे। उनके सारे शरीर में रोमांच हो गया था। रोम-रोम विद्युत संचार का अनुभव कर रहा था और आंखों के बाएं कोनों से निरंतर ठंडे अश्रु बह रहे थे। कैसे शीतल थे अश्रु और कितना आनन्ददायक था अश्रु बहाना।

हरिसिंह स्वयं नहीं जानते थे कि वे कितनी देर तक इसी स्थिति में स्तब्ध खड़े रहे।

"आइए ठाकुर साहब! वे लोग चले गए।"

हरिसिंह सजग हुए। वे लोग जा चुके थे। अब वहां न वे लोग थे और न ही कृष्ण की वह प्रतिमा। किंतु उनके मन में तो कृष्ण अभी भी उसी प्रकार त्रिभंगी मुद्रा में खड़े बांसुरी बजा रहे थे। वह कोई प्रतिमा नहीं थी। वे तो जीते जागते कृष्ण थे। उनकी बांसुरी का स्वर अब भी हरिसिंह के कानों में गूंज रहा था।

हरिसिंह ने स्वामी के चरण पकड़ लिए, "स्वामी जी! अनेक बार तर्क करके इस विषय को समझ नहीं सका था। आज आपकी कृपा से अपूर्व दर्शन प्राप्त हो गया।"

"उठिए ठाकुर साहब! यह सड़क है। कोई देखेगा कि राज्य का फौज बक्षी एक संन्यासी के चरण पकड़ कर बैठा है तो क्या सोचेगा।"

"अब तो यही इच्छा है स्वामी जी! कि आजीवन यही चरण पकड़ कर बैठा रहूं।" हरिसिंह बोले, "मैं अंधा था आजतक। जो देखने योग्य था, वह तो आज देखा। सारा शास्त्रज्ञान एक ओर और ये अपूर्व दर्शन एक ओर। जो ऐसे अपूर्व रस का पान करते हैं, वे शास्त्र के तर्क क्यों मानेंगे।"

114

आबू पर्वत की सुहानी ऋतु थी और संध्या का समय था।

मुंशी फ़ैज़ अली वेइलिज वॉक पर सैर कर रहे थे। उनके आगे-आगे लोगों का एक बड़ा समूह चल रहा था, जिसके मध्य एक गेरुवाधारी साधु दिखाई पड़ रहा था। उनमें कोई चर्चा चल रही थी और वह साधु उनको समझा रहा था। मुंशी जी की ऐसे साधुओं और उनके चेलों में कोई श्रद्धा नहीं थी। वे चाहते थे कि उन्हें मार्ग मिल जाए तो वे उन लोगों के दाएं-बाएं होकर आगे निकल जाएं। उनकी चर्चा सुनने के स्थान पर वे प्रकृति के सौन्दर्य का आनन्द उठाना अधिक लाभदायक मानते।

तभी वह साधु मार्ग छोड़कर एक ऊंचे से स्थान पर जा बैठा। उसकी चाल ढाल में एक विचित्र सी मस्ती थी। उसके साथियों ने भी मार्ग छोड़ दिया और साधु को घेर कर बैठ गए। साधु ने अपनी तरंग में मीरा का एक भजन गाना आरंभ किया :

"माई री! मैं तो गोविंद लीनो मोल।
कोई कहे सस्ता, कोई कहे महंगा, मैं तो लीन तराजू तौल।"

साधु का स्वर बहुत मीठा था और संगीत पर उसकी पकड़ भी अच्छी लग रही थी। मुंशीजी के पांव रुक गए। उन्होंने देखा, राह चलते अनेक लोग रुक गए थे। रुकने वालों में कितने तो विदेशी पर्यटक भी थे।

साधु ने वह भजन पूरा किया और दूसरा आरंभ कर दिया। उनका कार्यक्रम लंबा लगता था, पर मुंशीजी इच्छा होने पर भी संगीत की समाप्ति तक रुक नहीं सकते थे। उन्हें समय से अपने स्थान पर वापस पहुंचना था।

मुंशी जी टहलते हुए नगर से बाहर जाने वाली सड़क पर बहुत दूर निकल गए। पीछे से किसी अंग्रेज़ की सवारी आ रही थी। फ़ैज़ अली सड़क से नीचे उतर गए, किंतु वह उन्हें दबाता ही चला गया। वे अपने बचाव के लिए पहाड़ से जा लगे। वहां एक गुफा सी थी, अपने को बचाने के लिए वे जैसे उस गुफा में ही शरण लेने के लिए उसकी ओर बढ़े हों, पर वैसी स्थिति नहीं आई। सवारी निकल गई। अब तक वे गुफा के इतने पास आ चुके थे कि उसमें झांक भी सकते थे।

उसके अंदर एक आदमी बैठा हुआ था। उन्होंने ध्यानसे देखा : यह तो वही साधु था। साधु ने भी उन्हें देख लिया था। वह मुसकरा रहा था।

"किसे खोज रहे हैं वकील साहब? जिसे खोजना चाहिए, उसे या उसके किसी बंदेको?"

फ़ैज़ अली उसके वाक्य से स्तब्ध रह गए... कैसे-कैसे संकेत दे रहा है वह–जिसे खोजना चाहिए! किसे खोजना चाहिए? अपने उस सर्जनहार ही को तो। पर आजतक उन्होंने उसे नहीं खोजा। नमाज़ पढ़ कर ही अपना कर्तव्य पूरा हुआ मान लिया।

"तो यह आपके प्रभु की कोठी है और उन्होंने आपको यह आरामगाह दी है। यही आपकी ख्वाबगाह है?" वे भी मुसकरा रहे थे।

"मुझे तो प्रभु ने अपने हृदय में जगह दी है।" स्वामी ने कहा, "यह गुफा तो इस पिंजरेके लिए है।"

"मैं भी भीतर आ जाऊं?" फ़ैज़ अली हंसे, "आप तो प्रभु के हृदय में रहते हैं। यह पिंजरा एक मुसलमान के गुफा में आने पर आपत्ति तो नहीं करेगा?"

"पिंजरे को आपत्ति है। वह कहता है कि क्या आप कभी भूल नहीं सकते कि आप मुसलमान हैं और मैं हिंदू हूं।"

"ओह!" फ़ैज़ अली प्रयत्नपूर्वक गुफा में प्रवेश कर गए, "वर्षोंका अभ्यास है, छूटते छूटते ही छूटेगा।"

"इस रोग को जितनी जल्दी हो सके, छोड़ दीजिए।"

"स्वामी जी!" फ़ैज़ अली बोले, "यह गुफा प्रकृति की बनाई हुई तो लगती नहीं।"

"मेरा भी यही विचार है। प्राकृतिक गुफा को मनुष्य के हाथ ने संवारा है। या तो किसी महात्मा ने अपने लिए इसे कुछ बड़ा किया है, या फिर किसी भक्त ने हम जैसे परिव्राजकों के लिए यह व्यवस्था की है।"

"अच्छा! आपने कहा कि आपको प्रभु ने अपने हृदय में जगह दी है।" फ़ैज़ अली बोले, "हमने तो आज तक यही सुना था कि मनुष्य को चाहिए कि भगवान को अपने

दिल में जगह दे।"

"मनुष्य कौन होता है किसीको कोई जगह देने वाला।" स्वामी तड़पकर बोले और फिर शांत हुए, "देखिए! भगवान तो प्रत्येक जीव के हृदयमें है। बात केवल इतनी-सी है कि हमने उसे सांसारिक सुखों की अपनी इच्छाओं के नीचे दबा दिया है। जब वह किसी को अपने हृदय में स्थान देता है तो वह उस पर सांसारिक सुखों का भ्रम खोल देता है। उसे उसकी वास्तविकता समझा देता है। पक्षी और पिंजरे का अंतर स्पष्ट कर देता है।"

मुंशीजी अंदर तक भीग गए। कैसा साधु है यह! भ्रमों के गुंजलक कैसे खोल देता है।

"अच्छा एक बात बताइए स्वामी जी!" मुंशीजी बोले, "हमें बताया गया है कि अल्लाह एक ही है। यदि वह एक ही है, तो फिर सारा संसार उसी ने बनाया होगा।"

"सत्य है।"

"तो फिर इतने प्रकार के मनुष्य क्यों बनाए। हिंदू बनाए, मुसलमान बनाए, ईसाई बनाए, यहूदी बनाए। उन सबको अलग-अलग धार्मिक ग्रंथ दिए। एक ही जैसे मनुष्य बनाने में उसे क्या एतराज़ था, ताकि लोग न बंटते और न आपस में मतभेद होता। न कोई लड़ाई झगड़ा होता।"

स्वामी हंस पड़े, "कैसी होती वह सृष्टि, जिसमें एक ही प्रकारके फूल होते। केवल गुलाब होता, कमल न होता। कमल होता तो गुलाब न होता, गेंदा न होता, मौलश्री न होती, रजनीगंधा का फूल न होता?"

"ओह हां!" फ़ैज़ अली ने स्वयं ही जोड़ दिया, "एक ही सालन होता, एक ही दाल होती। खाने का एक ही स्वाद होता। वह दुनिया तो बड़ी फीकी सी होती।"

"इसीलिए उसने इतने प्रकार के जीव जंतु और मनुष्य बनाए कि हम पिंजरेका भेद भुला कर जीव की एकता को पहचानें।"

"तो फिर इतने प्रकारके मज़हब?"

"मज़हब तो मनुष्य ने बनाए हैं, प्रभुने तो केवल धर्म बनाया है।"

"तो फिर ऐसा क्यों है कि एक मज़हब में कहा गया कि गाय और सूअर खाओ, दूसरे में कहा गया कि गाय मत खाओ, सूअर खाओ, तीसरे में कहा गया, गाय खाओ, सूअर मत खाओ। इतना ही नहीं, जो खाए, उसे अपना दुश्मन समझो।"

स्वामी हंस पड़े, "मेरे प्रभु ने कहा–यह सब?"

"मज़हबी लोग तो यही कहते हैं।"

"देखो! किसी भी देश प्रदेश का भोजन वहां की जलवायु की देन है। सागरतट पर बसने वाला आदमी समुद्र में खोती तो कर नहीं सकता, वह सागर से पकड़कर मछलियां ही तो खाएगा। उपजाऊ भूमि के प्रदेश में खेती-बाड़ी हो सकती है। वहां अन्न, फल और शाक-पात उगाया जा सकता है। उन्हें अपनी खेती के लिए गाय और बैल बहुत उपयोगी लगे। उन्होंने गाय को अपनी माता माना, धरती को माता माना, नदी को माता माना।

ये सब उनका पालन-पोषण माता के समान ही करती हैं। अब जहां मरुभूमि हो, वहां खेती कैसे होगी? खेती नहीं होगी, तो वे गाय और बैलों का क्या करेंगे? अन्न है नहीं, तो खाद्य के रूप में वे पशुओं को ही खाएंगे। तिब्बत में कोई शाकाहारी कैसे हो सकता है? वही स्थिति अरब देशों में है। जापान में भी इतनी भूमि नहीं है कि कृषि पर ही निर्भर रह सकें।" स्वामी ने फ़ैज़ अली की ओर देखा, "हिंदू कहते हैं कि मंदिर में जानेसे पहले या पूजा करने से पूर्व स्नान करो। मुसलमान नमाज़ पढ़ने से पहले वज़ू करते हैं। क्या अल्लाह ने कहा है कि नहाओ मत, केवल लोटे भर पानी से हाथ मुंह धो लो?"

"कहा ही होगा।" फ़ैज़ अली बोले।

"नहीं! अरब देशों की मरुभूमि में इतना पानी ही कहां है कि वे पांच समय नहाएंगे। जहां पीने के लिए पानी का प्रबंध करने में कठिनाई हो रही हो, वहां कोई पांच समय कैसे नहा सकता है। यह तो भारत में ही संभव है, जहां नदियां बहती हैं, झरने फूटते हैं, कुंएं जल देते हैं। तिब्बत में पानी उपलब्ध भी हो तो पांच बार ठंडे पानी से नहाकर आदमी सिकुड़ कर ही मर जाएगा। समझ रहे हो मेरी बात? यह सब ईश्वर ने मनुष्यों को बांटने के लिए नहीं कहा है, यह सब माता प्रकृति ने मनुष्य को समझाया है।"

"जी!"

"मनुष्य की मृत्यु होती है। उसके शव का अंतिम संस्कार करना होता है। अरब देशों में वृक्ष नहीं थे, केवल रेत थी, अतः वहां मृत्तिका समाधि का प्रचलन हुआ, जिसे आप दफ़नाना कहते हैं। भारत में वृक्ष बहुत बड़ी संख्या में थे। लकड़ी उपलब्ध थी, अतः यहां अग्नि संस्कार का प्रचलन हुआ। जिस देश में जो सुविधा थी, वहां उसी का प्रचलन हुआ। वहां जो मज़हब जन्मे, उन्होंने उसी को स्वीकार किया और उसके साथ अपना दर्शन भी जोड़ दिया।"

"इसका अर्थ तो यह हुआ कि हमें शव का अंतिम संस्कार प्रदेश और देश के साधनों के अनुसार करना चाहिए, मज़हब के अनुसार नहीं।" फ़ैज़ अली ने कुछ विस्मय से कहा।

"हां! यही उचित है।" स्वामी बोले, "किंतु अब तो उसके साथ दर्शन भी जुड़ गया है। मुसलमान मानता है कि उसका यह शरीर कयामत के दिन उठेगा, इसीलिए वह उस शरीर को जला कर समाप्त करना नहीं चाहता। हिंदू मानता है कि उसकी आत्मा फिर से नया शरीर धारण करेगी, इसीलिए उसे मृत शरीर एक क्षण के लिए भी उपयोगी नहीं लगता।"

"एक मुसलमान के शव को जलाया जाए और एक हिंदू के शव को दफ़नाया जाए तो क्या प्रभु नाराज़ नहीं होंगे?"

"प्रकृति के नियम ही प्रभु का आदेश हैं। वैसे प्रभु कभी रुष्ट नहीं होते। वे प्रेमसागर हैं, करुणासागर हैं।"

"तो हमें उनसे डरना नहीं चाहिए?"

"नहीं। हमें उनसे प्रेम करना चाहिए, केवल प्रेम। अपने पिता से, उस दया के सागर से भय का क्या कारण है। डरते हम उससे हैं, जिससे हम प्यार नहीं करते।" स्वामी ने अपनी आंखें बंद कर लीं। उनकी बंद पलकों से अश्रु टपक रहे थे।

फ़ैज़ अली स्तब्ध रह गए। प्रेम का यह स्वरूप तो उन्होंने आज ही देखा था।

वे खड़े प्रतीक्षा करते रहे। थोड़ी देर में स्वामी ने अपनी आंखें खोलीं, "उस परमपिता को कठोर मानना अपराध है।"

"तो फिर मज़हबों के कटघरों से मुक्त कैसे हुआ जा सकता है?" फ़ैज़ अली ने पूछा।

"सचमुच कटघरों से मुक्त होना चाहते हो?"

फ़ैज़ अली ने अपना सिर हिला दिया।

"फलों की दुकान पर जाओ।" स्वामी बोले, "तुम देखोगे कि वहां आम बिक रहे हैं, संतरे हैं, केले हैं, नारियल हैं। किंतु दुकान तो फलों की है न। उनके नाम पृथक्-पृथक् हैं किंतु वे सब फल हैं।"

"हां! स्वामीजी।"

"अंश से अंशी की ओर चलो। तुम पाओगे कि सब उसी प्रभु के रूप हैं।"

फ़ैज़ अली अकबकाए से खड़े, संन्यासी को देखते रहे।

"तो मनुष्य यह सब क्यों नहीं समझता?" अंततः वे बोले।

"प्रभु की माया उसे समझने दे तो समझे।

115

आंगन में मीठी-मीठी धूप में चारपाई बिछाए, कौपीन धारण किए, भगवा वस्त्र ओढ़े, एक साधु सो रहा था। मुंशी जगमोहनलाल का मन खटक गया। फ़ैज़ अली इन महाशय के विषय में इतनी बार बता चुके थे; किंतु जगमोहन को जैसे आजतक विश्वास ही नहीं हुआ था : फ़ैज़ अलीके घरमें एक हिंदू साधु! जिस निर्द्वन्द्व भाव से वह सो रहा था, उससे तो लगता था कि जैसे यह उसी का घर हो। कैसा होगा वह साधु, जो एक मुसलमान के घर में टिका हुआ है? और फ़ैज़ अली को क्या हो गया है कि वे एक हिंदू साधु को अपने घर में सुलाए हुए हैं।

फ़ैज़ अली ने जगमोहन को सम्मानपूर्वक अंदर बैठाया।

"यह साधु–कुछ पता लगाया?"

"पता क्या लगाना है। पहुंचे हुए दरवेश हैं।" फ़ैज़ अली ने बड़े सम्मान से कहा, "बीहड़ सा नाम है। ठहरिए मैं बताता हूं।" फ़ैज़ अली ने श्रमपूर्वक उच्चारण किया, "विविदिशानन्द। अद्भुत साधु हैं।"

"महाराज ने अनुमति दी है?" जगमोहन ने पूछ ही लिया।

"नहीं तो। महाराज को तो सूचना भी नहीं है। वे मेरे निमंत्रण पर आए हैं।"

"वकील साहब!" जगमोहन ने गंभीर स्वर में कहा, "ज़माना कैसा जा रहा है, उस

पर भी आपने एक अपरिचित साधु को महाराज की हवेली में ठहरा रखा है। आजकल कितने चोर-उचक्के साधुओं का वेश बनाए घूमते हैं।"

"ये उनमें से नहीं हैं।" फ़ैज़ अली ने दृढ़तापूर्वक कहा।

"कोई सच्चा साधु दिन में इस प्रकार नहीं सोता।" जगमोहनलाल बोले।

"जानता हूं; पर ये बंगाल के हैं। समय मिले तो वहां दोपहर के भोजन के पश्चात् थोड़ा विश्राम करने का प्रचलन है। कभी-कभी एक आध झपकी भी ले लेते हैं।" फ़ैज़ अली अपने स्थान से टस से मस नहीं हुए।

"आपको ये सज्जन कहां टकरा गए?"

फ़ैज़ अली ने सारी गाथा सुना दी।

"गुफा?"

"जी! वे पहाड़ की एक गुफा में रहकर तपस्या कर रहे थे। चंपा गुफा में। मैं स्वयं वहां जाकर कई बार उनसे मिला। उनसे अल्लाह की चर्चा की। मैं उनका मुरीद हो गया। वे जिस प्रकार प्रभु की चर्चा करते थे, उससे मेरे मन में भी एक प्रकार का उल्लास जागता था, मेरा ज्ञान बढता था और भक्ति में वृद्धि होती थी। लगता था उन्होंने ईश्वर के साक्षात दर्शन किए हैं। जैसे ईश्वर उनके सम्मुख खड़े हों। मैं उनके प्रति श्रद्धा से इतना भर उठा कि मेरे मन में एक प्रबल कामना जागी कि मैं उनकी कोई सेवा करूं।"

"और वे किशनगढ़ कोठी में आ गए।"

"नहीं! मैंने उनसे कहा कि वे इतनी कृपा करें कि मुझे कुछ करने का अवसर दें।" फ़ैज़ अली बोले, "स्वामी जी ने कहा, 'सचमुच कुछ करना चाहते हो तो मेरी इस गुफा में कपाट लगवा दो।' "

"गुफा में कोई सोने चांदी का भंडार था क्या?" जगमोहनलाल ने कटाक्ष किया।

"नहीं! वर्षा ऋतु आ रही थी और गुफा में कपाट नहीं थे। उनकी बात सुनकर मैंने ही कहा, 'आप यहां इस छोटी-सी खोह में इतने कष्ट में क्यों रह रहे हैं। मेरे पास इतनी बड़ी हवेली है और मैं नौकर चाकरों के साथ वहां अकेला रहता हूं। आप मेरे साथ ही क्यों नहीं चलते। मैं आपके भोजन के लिए अलग से प्रबंध करवा दूंगा।' वे हंसे। बोले, 'उसकी आवश्यकता नहीं है। मैं वही खाऊंगा, जो तुम खाओगे।' मेरे लिए इससे बड़ी प्रसन्नता और क्या हो सकती थी। मैं उन्हें अपनी पलकों पर बैठा कर ले आया। अब जब उनकी मौज होती है, वे चर्चा करते हैं तो ऐसा सत्संग होता है कि मैं आपसे क्या कहूं।"

"कहां से आए हैं?"

"मैंने पूछा नहीं। वैसे रहने वाले बंगाल के हैं।"

"कहां जाएंगे?"

"मैंने पूछा नहीं।"

जगमोहनलाल के मन की गांठ खुल नहीं पा रही थी। उन्होंने अनेक साधु संन्यासी

देखे थे। महाराज को तो साधुओं की सेवा का व्यसन ही था। किसी साधु के विषय में सुनते तो तत्काल उससे मिलने के इच्छुक हो उठते, किंतु हिंदू साधु और एक मुसलमान के घर!

स्वामी जी अपनी नींद पूरी कर उठे। जगमोहन ने उनका स्वर सुना : "शिव! शिव!!"

वे भीतर आए।

"आइए स्वामी जी!" फ़ैज़ अली ने उनका स्वागत किया, "आइए आपका अपने एक मित्र से परिचय कराऊं।"

स्वामी आकर बैठ गए, "शिव! शिव!!"

"ये मुंशी जगमोहनलाल हैं।" वे बोले, "आप खेतड़ी नरेश राजा अजितसिंह जी के प्राइवेट सेक्रेटरी हैं। उनके साथ ही आबू आए हुए हैं।"

जगमोहन ने हाथ जोड़ कर प्रणाम किया और स्वामी ने आशीर्वाद दिया, "प्रभु आपका कल्याण करें।"

"स्वामी जी! आप साधु होकर एक मुसलमान के घर पड़े हैं। कभी तो आपका भोजन उनसे छू ही जाता होगा।"

स्वामी के चेहरे पर ऐसे भाव उभरे जैसे वे बुरी तरह आहत हुए हों। उन्हें लगा कि जगमोहन उनके सामने ही फ़ैज़ अली के सत्कार का तिरस्कार कर रहे हैं।

"मैं संन्यासी हूं, इसलिए आपके किसी भी प्रकार के विधि निषेध से मुक्त हूं। मैं किसी के भी साथ भोजन कर सकता हूं। इससे भगवान अप्रसन्न नहीं होते। यह शास्त्र द्वारा अनुमोदित है। भय भगवान का नहीं, आपका और आपके समाज का है। आप लोग तो शास्त्र और भगवान से भी ऊपर उठ गए हैं। मैं तो देखता हूं कि विश्व प्रपंच में ब्रह्म सर्वत्र प्रकाशित है। मेरी दृष्टि में इस ऊंच-नीच का कोई अर्थ नहीं है। अपने-पराए का कोई भेद नहीं है। धर्मों का विभाजन मेरे लिए कोई अर्थ नहीं रखता।"

जगमोहन को लगा कि स्वामी नहीं बोल रहे, जैसे बिजली कड़क रही है। कड़कती बिजली में कोई मल नहीं होता। वह तो जैसे स्वयं प्रभु का ही प्रकाश है। उनके भीतर के संदेह ध्वस्त होते जा रहे थे। स्वामी ने सत्य ही कहा था : गीता में भी तो लिखा है कि समदृष्टि रखने वाला व्यक्ति वही है, जो विद्वान् ब्राह्मण, चांडाल और कुत्ते में भी कोई भेद नहीं करता। तभी तो स्वामी शास्त्र का हवाला दे रहे हैं, जगमोहन ने तो गीता पढ़ी भर थी। स्वामी शायद उसे अपने जीवन में उतार रहे थे, या उतार चुके थे।

"जब आप भगवान से भी नहीं डरते तो आपको मेरा और मेरे समाज का भय क्यों है?" जगमोहन ने परिहास किया।

"बताया तो।" स्वामी बोले, "संन्यासी से यह नहीं सीखते कि समाज में भेदभाव कम होना चाहिए। उसे समझाते हैं कि वह भेदभाव करे। मुझ से सच बोलना सीखने

के स्थान पर व्यावहारिकता के नाम पर मुझे झूठ बोलने का उपदेश दे रहे हैं। पर आपको क्या दोष देना। हमारा समाज ही ऐसा है।"

"आप ठीक कहते हैं स्वामी जी!" जगमोहन हंसे, "हम ऐसे ही जीव हैं, सीखते कम हैं, सिखाने का प्रयत्न अधिक करते हैं। अपनी भूल मानता हूं। मुझे क्षमा करें। आप कहां से पधारे हैं महाराज?"

"कलकत्ता से।"

"कहां जाएंगे?"

"जाना तो द्वारका था; किंतु प्रभु ने मना कर दिया। इसलिए यहीं ठहर गया। नहीं जानता, आगे कहां जाऊंगा।"

"प्रभु ने मना कर दिया!" जगमोहनलाल चकित थे, "प्रभु स्वयं आए थे मना करने?"

"हां! स्वयं ही तो आते हैं।" स्वामी मुंशी जी का उपहास समझ रहे थे, "आप सड़क पर जा रहे हों और सामने से किसी गोरे की सवारी आ जाए, तो आप उस गाड़ी से जा भिड़ेंगे क्या?"

"नहीं। रुक जाऊंगा।"

"किसके कहे से रुक जाएंगे?"

"मन के।"

"यही तो भ्रम है। प्रभु साक्षात् गाड़ी बनकर आपको रोक रहे हैं और आप समझ रहे हैं कि आप अपने मन के कहे से रुक गए हैं। सामने खड़े भगवान को भी आप पहचानना नहीं चाहते।" स्वामी हंसे, "मैं द्वारका जा रहा था और मेरे श्याम अपने साक्षात् श्यामल वेश में मेघ बनकर सारे पश्चिमी तट पर बरसने लगे। उसी वर्षाने मुझे रोक दिया। आपको लगता है कि वर्षा के रूप में प्रभु नहीं थे, कोई और था?"

"आप ठीक कह रहे हैं स्वामी जी!" जगमोहनलाल लज्जित से हो गए," अब आप मेरी एक प्रार्थना स्वीकार करें।"

"क्या?"

"आप महाराज खेतड़ी–हमारे महाराज अजितसिंह जी को भेंट का दान अवश्य दें। आप उनसे मिलकर प्रसन्न होंगे।"

"पर संन्यासी को राजा से क्यों मिलना चाहिए?" स्वामी ने कहा, "आप यह तो नहीं सोच रहे कि मैं महाराज से कुछ पुरस्कार पाकर प्रसन्न होऊंगा; या महाराज मुझे कुछ देकर प्रसन्न होंगे?"

"नहीं! महाराज आपका उपदेश सुनकर प्रसन्न होंगे। वे अत्यंत धर्मनिष्ठ राजा हैं।" जगमोहन रुके, "इस समय राजपूताना के सारे राजाओं में धर्म का वैसा मर्मज्ञ और कोई नहीं है। उनका चरित्र सबसे उज्ज्वल और पवित्र है।"

"यह सत्य है तो मुझे उनसे अवश्य मिलना चाहिए। क्तिु...।" स्वामी रुक गए।

"किंतु क्या स्वामी जी?"

"राजदरबार के शिष्टाचार का निर्वाह करने के लिए झूठ नहीं बोलूंगा। कोई अप्रिय सत्य बोल बैठा तो महाराज रुष्ट होंगे। मेरा कुछ नहीं बिगड़ेगा; किंतु वे कष्ट पाएंगे।"

"नहीं! ऐसा कुछ नहीं होगा। महाराज को चाटूकारिता प्रिय नहीं है। वे सत्य के अन्वेषी हैं। कठोर से कठोर सत्य बिना रुष्ट हुए सुन सकते हैं।"

"यह एक प्राइवेट सेक्रेट्री द्वारा अपने प्रभु की प्रशस्ति नहीं है तो मैं उनसे मिलना चाहूंगा।"

"महाराज से कबका समय लूं?" जगमोहन ने पूछा।

"परसों।" स्वामी बोले, "मैं चार जून को आऊंगा।"

जगमोहन प्रणाम कर विदा हो गए। मन में कहीं यह भाव जाग रहा था कि फ़ैज़ अली मुसलमान होकर भी कितना भाग्यशाली था कि स्वामी जी का साथ पा गया; और वे साधुओं पर संदेह ही करते रहे। ऐसे संदेह में पड़े रहेंगे तो श्रद्धा कैसे जागेगी और श्रद्धा न हुई तो भक्ति कहां से आएगी। भक्ति ही नहीं होगी तो प्रभु के दर्शन कहां से होंगे, यह सारा जन्म बीत जाएगा और वे इसीप्रकार राजाओं के प्राइवेट सेक्रेटरी ही बने रहेंगे।

116

स्वामी की चाल गर्वीले सिंह की सी थी। उनके आस पास कुछ ऐसा दिव्य परिवेश था कि राजा भी उनके सामने अकिंचन लगने लगते थे।

वे निकट आए और मैत्रीपूर्ण भाव से मुस्कराए। अजितसिंह ने आगे बढ़ कर उनके चरण छू लिए।

"प्रभु आपको दिव्य विभूतियों से संपन्न करें राजन्!" स्वामी बोले, "किंतु चरण छूने से पहले यह परीक्षा तो कर ली होती कि जिसके चरण छू रहे हैं, वह व्यक्ति चरणस्पर्श के योग्य भी है।"

राजा ने अपने हाथ जोड़ दिए, "आप तो उसके सर्वथा योग्य हैं, पता नहीं, मैं उसके योग्य हूं या नहीं।"

"साधु राजन्! साधु!" स्वामी के मुख से अनायास ही निकल गया, "मुझे लगता है कि मैं ठीक स्थान पर आ गया हूं।"

"ठीक स्थान? आपको आश्रय चाहिए क्या?"

"आश्रय तो प्रभु देता है।" स्वामी बोले, "मैं कुछ ऐसे सात्विक पुरुषों की खोज में हूं, जिनकी सहायता से अपने गुरु द्वारा बताया हुआ मां का कार्य कर सकूं।"

अजितसिंह मुसकराए, "मां का कार्य?"

"जगदंबा का कार्य। प्रभु का कार्य।"

"हां! भगवान राम भी तो देवताओं का कार्य करने ही आए थे।" अजितसिंह बोले, "मैं किसी भी सात्विक कार्य के लिए प्रस्तुत हूं महाराज!"

सेवक ने जल प्रस्तुत किया। स्वामी जी ने जल पी कर राजा की ओर देखा, "किन चिंताओं में डूबे हुए हैं आप?"

"सोच रहा था कि मुझे युवराज की आवश्यकता क्यों है, आपको क्यों नहीं है?"

"मेरे पास ऐसी कोई भौतिक संपत्ति नहीं है, जिसके लिए मुझे उत्तराधिकारी की आवश्यकता हो।"

"आपके पास भी संपत्ति रही होगी, जिसे संन्यास के समय आप ने त्याग दिया होगा।"

"नहीं।" स्वामी मुसकराए, "मैं अपनी संपत्ति अर्जित कर सकूं, इससे पूर्व ही प्रभु ने मेरे पिता की सारी संपत्ति का हरण कर मुझे भिक्षुक बना दिया था। मेरे लिए संकेत पूर्णतः स्पष्ट था। प्रभु स्वयं मुझे कह रहे थे कि मेरे सम्मुख संन्यास के अतिरिक्त और कोई मार्ग नहीं था।"

"आप धन अर्जित तो कर सकते थे।"

"उसकी भी सुविधा प्रभु ने नहीं दी।" स्वामी बोले, "नौकरी खोज रहा था, उन्होंने मुझे नौकरी नहीं दी।"

"आप उसके लिए ईश्वर से रुष्ट नहीं हैं?" राजा पूछे बिना नहीं रह सके, "संसार में लोगों को इतना कुछ दिया और आपको कुछ नहीं दिया। प्रभु के पास किस पदार्थ का अभाव है?"

स्वामी हंसे, "उसकी कृपा है कि उसने मुझे मायाजाल में बंधने से बचाए रखा। कवच के समान मुझ से लिपट गया और माया को पास फटकने नहीं दिया। मैंने सदा उससे भक्ति, विवेक और वैराग्य मांगा है। धन तो कभी मांगा ही नहीं। उसने तो मेरी ही इच्छा पूरी की है। राजन्! आप जानते हैं कि द्रौपदी के पास कृष्णभक्ति की अद्‌भुत संपदा थी।"

"जानता हूं। उनके पुकारने मात्र से श्रीकृष्ण साक्षात् उपस्थित हो जाते थे।"

"कैसे मिली यह संपदा?" स्वामी के स्वर में भावावेश था, "परीक्षा के पश्चात् ही तो।... उसके पतियों का राज्य छिन गया। वे दुर्योधन के दास हो गए। राजसभा के मध्य द्रौपदी को अपमानित किया गया। उसे निर्वस्त्र करने का प्रयत्न किया गया। किंतु वह तब भी कृष्ण को ही पुकारती रही। तभी तो श्रीकृष्ण आए।" स्वामी ने पुनः राजा की ओर देखा, "भगवान अर्जुन के सारथि बने। उसको गीता का उपदेश दिया। क्यों अर्जुन इतना प्रिय था श्रीकृष्ण को?"

अजितसिंह ने कुछ नहीं कहा। वे एकटक स्वामी की ओर देखते रहे।

"क्योंकि अर्जुन को श्रीकृष्ण को त्याग कर संसार में कुछ नहीं चाहिए था।" स्वामी ने कहा, "जब श्रीकृष्ण ने पूछा कि अर्जुन को निःशस्त्र कृष्ण चाहिएं अथवा सशस्त्र नारायिणी सेना? अर्जुन ने निःशस्त्र कृष्ण को मांगा। अर्जुन को बिना श्रीकृष्ण के कुछ नहीं चाहिए था। जो कुछ चाहिए था, श्रीकृष्ण के साथ चाहिए था, श्रीकृष्ण के माध्यम

से चाहिए था।" स्वामी मुसकराए, "तो मैं कैसे मान लूं कि मुझे प्रभु की भक्ति सांसारिक संपत्ति को त्यागे बिना मिल जाएगी? और प्रभु मिल जाएं तो सांसारिक संपत्ति का महत्व ही क्या रह जाता है? प्रभु ने बड़ी कृपा की कि मुझे अपनी भक्ति दी। मैं कैसे कहूं कि उन्होंने मुझे कुछ नहीं दिया। जो पदार्थ किसी किसी को मिलता है, वही उन्होंने मुझे दे दिया।"

"तो मैं अपनी संपत्ति त्याग दूं? राज्य छोड़ दूं?"

स्वामी ने मुसकराकर मुंशी जी की ओर देखा : वे बहुत डरे हुए दीख रहे थे।

स्वामी ठठाकर हंस पड़े, "ये डरे खड़े हैं, कहीं मैं आपको संपत्ति-त्याग का परामर्श न देदूं। अथवा भगवान के नाम पर मैं स्वयं ही आपकी संपत्ति न मांग लूं।" स्वामी कुछ रुके, "नहीं! आप संपत्ति का त्याग मत कीजिए। प्रभु से उनकी भक्ति मांगिए। उसके बदले में वे आपकी संपत्ति मांगें तो दे दीजिए। उसका लोभ मत कीजिए।"

"स्वामी जी! यदि मैं यह मानूं कि मैं अपनी संपत्ति से इसीलिए चिपका बैठा हूं, क्योंकि उन्होंने मुझ से यह संपत्ति मांगी ही नहीं–तो क्या यह स्वयं को भरमाने वाला कुतर्क नहीं होगा?"

"नहीं! संपत्ति प्रभु की है, आप तो उसके भंडारी भर हैं,।" स्वामी बोले, "उसे चाहिए होगी, अपने आप ले लेगा। तब देखना होगा कि वंचित होकर भी आप उससे प्रेम करते हैं, उसके कृतज्ञ होते हैं, या रुष्ट होते हैं। महत्वपूर्ण यह नहीं है कि संपत्ति है, महत्वपूर्ण यह है कि आप उस संपत्ति पर किसका अधिकार मानते हैं। आप की कितनी आसक्ति है उस संपत्ति में।"

राजा कहीं खो गए। सहसा उन्होंने पूछा, "स्वामी जी! मुझे कभी-कभी जीवन एकदम निस्सार लगने लगता है। आखिर क्या है यह जीवन?"

"निस्सार नहीं है जीवन।" स्वामी बोले, "प्रतिकूल अवस्थाचक्र में जीव को आत्मस्वरूप दिखलाने का नाम जीवन है। वह निस्सार कैसे हो सकता है।"

राजा पुनः मौन हो गए। उनके मन में विचारों के बवंडर उठ रहे थे... ठीक कह रहे हैं स्वामी। केवल सांस लेते रहना जीवन नहीं है। और ये प्रतिकूल परिस्थितियां क्या हैं? जीव को अपने मूल स्वरूप के निकट लौटने से रोकने वाली परिस्थितियां ही तो प्रतिकूल परिस्थितियां हैं। यही सांसारिकता है। सांसारिकता में लुब्ध होकर, भोगों को भोगते रहना भी जीवन नहीं है। ईश्वर को भूले रहना भी जीवन नहीं है। संसार में रहकर इसपर मग्ध न होना, इसमें आसक्त न होना भी जीवन नहीं है? आत्मसाक्षात्कार भी जीवन नहीं है। स्वामी कह रहे हैं कि प्रतिकूल अवस्थाचक्र में जीव को उसका आत्मस्वरूप दिखलाने का नाम जीवन है। तो जीवन उन्होंने ही जिया, जिन्होंने भवसागर में पड़े जीव को उसका वास्तविक रूप दिखलाया, उसका स्वरूप दिखलाया। उसे मार्ग दिखलाया। और यह सब आत्मसाक्षात्कार किए बिना कैसे संभव है? स्वयं शिक्षित हुए बिना, दूसरे को शिक्षित करना कैसे संभव है?

"शिक्षा क्या है स्वामी जी?"

"विचारों का स्नायु से घनिष्ठ संबंध जुड़ने का नाम शिक्षा है।"

राजा चौंके, स्वामी जी ने पुस्तकीय ज्ञान की चर्चा ही नहीं की थी। विचारों को स्नायु से घनिष्टतापूर्वक संबंधित करने को शिक्षा कह रहे हैं।

"जबतक कोई भाव मन में ऐसे दृढ़ संस्कार के रूप में स्थापित न हो जाए कि जिससे प्रत्येक शिरा और स्नायु में उसका कार्य विकसित हो, तब तक भाव वास्तव में मन की अपनी संपत्ति नहीं कहा जा सकता।"

ठीक कह रहे हैं स्वामी जी! राजा सोच रहे थे, भारत और यूरोप के विभिन्न विश्वविद्यालयों से ऊंचा ज्ञान प्राप्त कर आए लोगों का भी आचरण नहीं सुधरता। उनके जीवन में कोई उदात्तता नहीं आती। वे उतने ही स्वार्थी और लोभी बने रहते हैं, जितने कि वे उस शिक्षा से पहले थे। उनके पास विचार तो हैं, किंतु वे उनके संस्कार नहीं हैं। वे सिद्धांत उनके आचरण में नहीं उतरते।

"उदाहरण के लिए हम श्रीरामकृष्ण देव के जीवन की घटनाओं को ले सकते हैं।" स्वामी ने कहा, "किसी धातु के टुकड़े के स्पर्श मात्र से ही परमहंस देव का शरीर निद्रावस्था में भी कांप जाता था। यह उनके कांचन त्याग की सिद्धि थी। उनका संपूर्ण जीवन मानों पवित्रता का विकास और मानव मन के लिए सर्वोत्कृष्ट शिक्षा के आदर्श का दृष्टांत था।"

सेवक पुनः उपस्थित हो गया। राजा ने दृष्टि उठाकर उसकी ओर देखा।

"महाराज! आठ बजे का समय है। भोजन की सुविधा कब होगी?"

"हां! लगवाओ। हम स्वामी जी के साथ ही भोजन करेंगे।" सहसा अजितसिंह स्वामी की ओर मुड़े, "आपको तो कोई आपत्ति नहीं है स्वामी जी!"

"नहीं!" स्वामी हंसे, "भिक्षुक को भिक्षा में कैसी आपत्ति।"

भोजन के थाल आ गए और स्वामी ने पूरी रुचि से भोजन किया।

"आप सोच रहे होंगे राजन्! कि यह संन्यासी कैसा चटोरा है।"

"नहीं...।"

"नहीं! संकोच की कोई बात नहीं है।" स्वामी बोले, "जो ईश्वर की कृपा से उपलब्ध हो, उसके प्रति चाहे मोह न हो, किंतु उसका पूरा पूरा रस लेना भी सीखना चाहिए।"

इस बार राजा के साथ-साथ मुंशी जी ने भी चौंक कर स्वामी की ओर देखा : वे जैसे भगवद्गीता का ही भाष्य कर रहे थे। और इसका कहीं यह अर्थ भी था कि राजा अपनी संपत्ति का भोग करें। उससे मोह न करें; किंतु उसका पूरा पूरा रस लेना सीखें। स्वामी राजा से संपत्ति त्याग की बात नहीं कहेंगे।

"अच्छा राजन्! मैं आप से विदा लूं।"

"नहीं। स्वामी जी! थोड़ा और रुकिए। आपकी बातों से मन भरा नहीं। भूख ही जागी है।"

"अच्छा है न। मन भर जाता तो आप फिर कभी बुलाते ही नहीं। भगवान करें, आपकी भूख जगी रहे। भिक्षुक की भिक्षा बनी रहे।"

"भिक्षुक और आप। आप तो राजाओं के राजाधिराज हैं। जो राज्य आपके पास है किसी राजा के पास नहीं है। थोड़ी देर बैठिए।" अजितसिंह ने आग्रह किया, "आपका ध्यान करने का समय तो नहीं हो गया?"

"ध्यान के लिए तो रात पड़ी है।" स्वामी बैठ गए, "हां! आपसे भिक्षा पाई है तो आपको आशीष भी देता चलूं। आपको दो एक भजन सुनाता हूं।"

"आपको संगीत से प्रेम है? आप गाते भी हैं?" अजितसिंह ने चकित होकर पूछा।

"गाता नहीं हूं। भगवान का स्मरण करता हूं।"

स्वामी राजा के उत्तर के लिए नहीं रुके। उन्होंने गायत्री मंत्र से आरंभ कर ईशावास्योपनिषद् के मंत्रों का संगीतमय उच्चारण किया और फिर गाया–

"श्रीरामचंद्र कृपालु भजु मन हरण भवभय दारुणम्।

नवकंज लोचन, कंजमुख, करकंज पदकंजारुणम्।।"

राजा स्तब्ध रह गए। ऐसा संगीत तो उन्होंने जीवन भर कभी नहीं सुना था। और स्वामी कह रहे थे कि वे केवल भगवान का नाम लेते हैं। शायद इस कोटि का संगीत ही भगवान का नाम लेने योग्य होता है। वे कुछ कहते, इससे पहले ही स्वामी उठ खड़े हुए।

"चलता हूं राजन्! आपकी घड़ी बता रही है कि ग्यारह बज गए हैं।"

"आपने अपना नाम तो बताया ही नहीं स्वामी जी!" अजितसिंह अभी भी जैसे उनके संगीत के सम्मोहन से मुक्त नहीं हुए थे।

"संन्यासी का क्या नाम राजन्! नाम और रूप का संसार ही तो माया का संसार है।"

"फिर भी स्वामी जी!" राजा जैसे घबरा कर बोले, "आपको खोजा कैसे जाएगा।"

"मैं खो जाऊं तो ही तो आप मुझे खोजेंगे।" संन्यासी ने हंसकर कहा, "अभी मैं खो नहीं रहा। वहीं किशनगढ़ भवन में समाधि लगाऊंगा।"

"फिर भी स्वामी जी!"

"आप मुझे विविदिषानंद के नाम से खोज सकते हैं।"

"कल दर्शन दीजिएगा।" अजितसिंह ने कहा, "प्रातः आइएगा। संध्या के पश्चात् तो समय ही नहीं बचता है।"

"भगवान आपको सुखी रखें।" स्वामी ने हाथ उठा कर आशीर्वाद दिया और बाहर की ओर चल पड़े।

117

अजितसिंह को स्वामी याद आ गए। उन्हें आश्चर्य हुआ, स्वामी को उनके चुरुट पीने पर कोई आपत्ति नहीं थी। वे तो स्वयं भी कभी-कभार एक-आध चुरुट का सेवन कर लिया

करते थे।

पिछले कुछ ही दिनों के परिचय में वे लोग एक-दूसरे के कितने निकट आ गए थे, जैसे वर्षों से एक दूसरे के मित्र हों। कभी-कभी तो उनमें राजा और संन्यासी का भेद भी नहीं रह जाता है। यह समझना भी कठिन हो जाता है कि उन दोनों में कौन राजा है और कौन संन्यासी। स्वामी में अनेक बातें राजाओं की सी थीं और अजितसिंह अनेक बातों में स्वयं को संन्यासी ही पाते थे। वे दोनों जैसे एक-दूसरे की सहायता के लिए जन्मे थे; एक-दूसरे के पूरक होकर। अजितसिंह को संगीत अत्यंत प्रिय था; और स्वामी को संगीत का न केवल अगाध ज्ञान था, वरन् वे दिव्य कंठ लेकर जन्मे थे। स्वामी ने उन्हें हार्मोनियम थमा दिया था। वे हार्मोनियम बजा रहे थे और स्वामी वेदों की ऋचाएं गा रहे थे। वे सारी रात इसी प्रकार गाते-बजाते और एक दूसरे के संगीत का रस लेते रहते कि अजितसिंह ने देखा कि उनके दास-दासियां आसपास घिर आए हैं। वे संगीत की पवित्रता से भी आकृष्ट हुए हो सकते हैं और राजा की प्रसन्नता पाने के लिए भी। किंतु दूसरे दिन मुंशी जी ने संकेत किया कि अपने महाराज को एक संन्यासी के लिए हार्मोनियम बजाते देखकर, वे लोग दंग रह गए थे। वे समझ नहीं पा रहे थे कि उनके राजा, इतने साधारण व्यक्ति कैसे हो सकते हैं!

प्रजा कुछ भी समझे, अजितसिंह उस प्रकार के विशिष्ट व्यक्ति नहीं होना चाहते थे, जो हाथीदांत की मीनारों में रहते हैं। उन्हें संगीत भी प्रिय था और स्वामी भी। कितनी बार उनकी इच्छा होती थी कि हार्मोनियम लेकर किसी मंदिर में जा बैठें और रात भर प्रभु को रिझाने के लिए गाते रहें। वैसा तो वे कभी कर नहीं पाए किंतु एकांत में अपनी कविता की पंक्तियां गुनगुनाते रहते थे :

“पिय बिन मोकूं कछु न सुहावे।
तड़फत जिय अति ही अकुलावे।।”

स्वामी ने भी उनका यह गुनगुनाना सुना था। वे इन पंक्तियों पर ऐसे रीझे कि हार्मोनियम लेकर स्वयं ही उन्हें गाने बैठ गए। और जब वे अंतिम चरण पर पहुंचे... “मरण न देत आस मिलिबे की” तो ऐसे मगन हुए कि उस पंक्ति को गाते ही चले गए। कितने प्रकार से घुमा-फिरा कर, संगीत की कितनी ही बंदिशों में...लगा कि जैसे वे किसी आवेश में हों।

अजितसिंह ऐसे ही साधारण व्यक्ति हो जाना चाहते थे, जो चौराहे पर खड़ा होकर गा सके... “मरण न देत आस मिलिबे की” उन्हें यही पीड़ा खाए जाती थी कि वे साधारण व्यक्ति होकर क्यों नहीं जन्मे।

118

अजितसिंह स्वामी के स्वागत के लिए बाहर निकल आए और उन्हें अपने साथ भीतर ले गए।

“आज कुछ नया व्यापार हो रहा है राजन्!” स्वामी हंसे।

"यह भी रियासती कारोबार है स्वामी जी!" अजितसिंह बोले, "चूंकि हम सिंह कहलाते हैं, इसलिए वन के सिंहों को मारना और उनका चर्म सुखाना हमारे कामों के साथ जुड़ गया है।"

"हम सिंह को क्यों मारते हैं?" स्वामी ने कुछ गंभीर होकर पूछा।

"वह हिंस्र पशु है।" अजितसिंह बोले, "उसे उसकी हिंसा का दंड मिलता है।"

"इस दृष्टि से तो जो वन में जाकर सिंह का आखेट करता है, वह भी हिंसा ही कर रहा है, उसे उसकी हिंसा का दंड मिलता है?"

"मिलना तो चाहिए।"

"पर हम हिंसा और उसके दंड के रूप में न सोचें। यह सोचें कि सिंह किस के लिए हिंस्र है?" स्वामी हंसे, "हम हिंस्र उसके लिए होते हैं, जिससे हम भयभीत हैं अथवा जो हम से भयभीत है, अतः हमारे प्रति हिंस्र है।"

"तो उसका समाधान क्या है?"

"अपने मन के भय और हिंसा को जीतना।" स्वामी बोले, "यदि मेरे मन में भय नहीं है. तो मैं हिंस्र नहीं होऊंगा और यदि मैं हिंस्र नहीं होऊंगा तो सिंह भी मेरे प्रति हिंस नहीं होगा। यह प्रकृति का नियम है।"

"स्वामी जी! मैं एक संकट में हूं। चाहता हूं कि आप उसका समाधान कर दें।" अजितसिंह गंभीर स्वर में बोले।

"आप जैसे व्यक्ति पर कैसा संकट महाराज! आप पर तो राम भी प्रसन्न हैं और उनकी माया भी।"

"आप जानते हैं कि यह स्थान स्थाई रूप से हमारा नहीं है।"

"हां। ऐसा कुछ आभास मुझे था।"

"इसीलिए यह आज तक डेरा कहलाता रहा है। इसे महल या कोठी नहीं कहा गया। खेतड़ी के राजपरिवार के उपयुक्त एक भवन निर्माणाधीन था। वह बनकर तैयार हो गया है। हम कल ही अग्निहोत्र करा कर धार्मिक रीति से उसमें प्रवेश करना चाहते हैं।"

"तो उसमें अनुचित ही क्या है महाराज!"

"हम चाहते हैं कि न केवल कल आप उसमें उपस्थित रहें, वरन् हमारे साथ भोजन भी करें।"

"मैं तो प्रतिदिन आपके साथ भोजन कर रहा हूं। कल भी कर लूंगा।"

"ठीक कहते हैं महाराज!" अजितसिंह बोले, "किंतु उस समय ठाकुर समाज के अनेक अतिथि होंगे। वे भोजन से पहले मदिरापान भी करेंगे। हो सकता है कि उनके व्यवहार में कुछ अशोभनीय भी हो; किंतु मैं कुछ नहीं कर सकता। उनको निमंत्रित करना भी आवश्यक है और उनको मदिरापान से भी नहीं रोका जा सकता। मैं अपने आप को ही नहीं रोक सकता, तो उनको क्या रोकूंगा?" अजितसिंह ने स्वामी की ओर देखा, "ऐसी स्थिति में आप भी उस भोज में सम्मिलित हो पाएंगे? मेरी इच्छा है कि आपका आशीर्वाद

हमें प्राप्त हो।"

स्वामी दो क्षण मौन रहे, "स्थिति को मैं समझता हूं राजन्! सामान्यतः ऐसे स्थान पर किसी संन्यासी को नहीं रहना चाहिए; और आप चाहते हैं कि मैं वहां रहूं।"

"जी।"

"मैं वहां रहूंगा।" स्वामी बोले, "मैं न मदिरा से भयभीत हूं, न मदिरांध ठाकुरों से। मैंने बहुत पियक्कड़ देखे हैं। वैसे संन्यासी में इतना संयम तो होना ही चाहिए कि यदि कोई अशोभनीय बात हो जाए तो वह उसको सहन कर ले। मुझे पंगत में न बैठाएं। अलग से चौकी लगवा दें।"

"उसमें कोई कठिनाई नहीं है।" अजितसिंह ने कहा, "कल का भोज अंग्रेज़ी पद्धति का है। अतः भोजन एक बड़े मेज़ के चारों ओर कुर्सियों पर बैठकर होगा। आपके लिए अलग मेज़ की व्यवस्था कर दी जाएगी। आशा है, कि आप मुझे इस असुविधा के लिए क्षमा करेंगे।"

"इसमें आपका दोष ही क्या है कि आपको क्षमा किया जाए।" स्वामी हंसे, "पहले मैं सोचता था कि जिनका देश एक विदेशी शक्ति के पैरों तले कुचला जा रहा हो, उस देश के ये भारतीय राजा इस प्रकार मदांध क्यों हैं? अब मैं समझ गया हूं कि वे मदांध हैं, इसीलिए हमारा देश पराधीन है।"

"तो उनका कुछ शिक्षण भी तो होना चाहिए महाराज! और वह आपसे अच्छा और कौन कर सकता है।"

"कुछ ऐसा ही सोच कर मैं राजसमाज के निकट आया हूं राजन्!"

119

"स्वामी जी! यह मेरे मित्र हैं, हरविलास शारदा। आज ही अजमेर से आए हैं। कुछ दिन हमारे साथ यहीं रहेंगे।" ठाकुर मुकुंदसिंह ने परिचय कराया, "इन्होंने भी आपकी नगरी कलकत्ता से ही बी.ए. की उपाधि प्राप्त की है; और अब अजमेर के मेयो कॉलेज में पढ़ा रहे हैं।"

स्वामी ने हरविलास शारदा की ओर देखा : बाईस-चौबीस वर्षों का शालीन सा राजस्थानी युवक! यह पढ़ने के लिए कलकत्ता कैसे पहुंच गया? पढ़े-लिखे होने का गुमान हरविलास के चेहरे पर अवश्य था।

हरविलास ने नमस्कार किया।

"प्रभु आपको सद्बुद्धि दें।" स्वामी ने अपने स्थान पर बैठे-बैठे दाहिना हाथ उठाकर आशीर्वाद दिया।

"आप आर्यसमाजी हैं स्वामी जी?" हरविलास ने पूछा।

"नहीं! मैं संन्यासी हूं।"

हरविलास को उत्तर कुछ विचित्र लगा। यदि वह आर्यसमाजी नहीं है, तो बताना चाहिए कि सनातनधर्मी है, ब्रह्मसमाजी है, देवसमाजी है, कबीरपंथी है...यह क्या उत्तर

हुआ कि मैं संन्यासी हूं।

"ठाकुर मुकुंदसिंह पक्के आर्यसमाजी हैं। इसलिए पूछ लिया।" हरविलास ने कहा, "मैं अपना प्रश्न बदल देता हूं, क्या आप आर्यसमाजी संन्यासी हैं?"

स्वामी हंसे, "यदि संन्यास लेने के पश्चात् भी जाति, गोत्र और संप्रदाय हमारे साथ चिपके ही रहें तो संन्यास का लाभ ही क्या? वैसे मैं ईश्वर का अन्वेशी हूं। आप मुझे किस वर्ग में रखेंगे?"

"हरविलास! तुमने जिरह आरंभ कर दी।" मुकुंदसिंह ने हरविलास के बोलने से पहले ही हंसकर कहा, "स्वामी जी! हमारे मित्र हरविलास वकील तो नहीं हैं; किंतु कानूनबाज़ पक्के हैं। कलकत्ता विश्वविद्यालय में अंग्रेज़ी शिक्षा पाई है। तर्क इनकी घुट्टी में है। वैसे भी स्वयं को सुधारवादी मानते हैं इसलिए आर्यसमाज के समर्थक हैं और स्वामी दयानन्द के विचारों से बहुत प्रभावित हैं। अभी इस प्रयत्न में होंगे कि आपको किस कोण से सुधारा जा सकता है।"

"अच्छी बात है। सुधारना ही चाहते हैं, बिगाड़ना तो नहीं चाहते।" स्वामी हंसे, "एक महर्षि से प्रभावित होने में कोई दोष नहीं है। लोग तो साधारण से ईसाई पादरियों से प्रभावित होकर समाजसुधार करने निकल पड़ते हैं; और अंततः ईसाई हो जाते हैं।"

"आर्यसमाजी नहीं हैं और ठाकुर मुकुंदसिंह जैसे आर्यसमाजी के घर रह रहे हैं। लगता है, ये अभी तक आपके विचारों को सुधार नहीं पाए।" हरविलास ने परिहास की मुद्रा बनाई।

"मैं तो एक मुसलमान वकील के साथ रह रहा था।" स्वामी हंसे, "ये डर गए होंगे कि कहीं वह मुझे सुधार न ले। या इनसे मेरा ऐसा पतन देखा नहीं गया होगा और ये मुझे यहां उठा लाए। संभव है कि इनके मित्र महाराज ने इनसे कहा हो कि ये मेरा उद्धार करें।"

"कौन महाराज?"

"खेतड़ी के राजा अजितसिंह।"

"अरे ठहरो हरविलास!" मुकुंदसिंह ने हस्तक्षेप किया, "ऐसे ही स्वामी जी से मत उलझो। जो इन्हें जानता है, वह इनके चरण धोकर पीने में अपना सौभाग्य मानता है। ये मेरे यहां अपनी चरणधूलि डालने और जूठन गिराने को सहमत हो गए, यह मेरा पूर्वजन्मों का पुण्य ही था। राजा अजितसिंह प्रतिदिन इनकी कृपा की कामना करते रहते हैं। तुम इनको कंवर्ट करने का प्रयत्न मत करो।"

हरविलास कुछ उलझ गए...संन्यासी स्वयं को आर्यसमाजी नहीं मान रहा था। मुकुंदसिंह उनके चरण धोकर पीने में सौभग्य की बात कर रहे थे। संन्यासी खेतड़ी नरेश अजितसिंह से भी परिचित लगता था। और यह संन्यासी एक मुसलमान वकील के साथ रह रहा था।

"यद्यपि स्वामी जी अत्यंत गंभीर विचारक हैं, किंतु अनेक बार इनका परिहास भी

बहुत घातक होता है। इनकी विनोदी वृत्ति से संभलकर रहना। ये तुम्हें बना भी रहे हो सकते हैं। इनका कहा अभिधा में ही मत मान लेना।"

मुकुंदसिंह अभी और भी बहुत सारी चेतावनियां देना चाहते थे कि स्वामी ने कहा, "अजमेर की गर्मी से भाग कर आए हैं?"

"नहीं! बालविवाह से भाग कर आए हैं।" उत्तर मुकुंदसिंह ने ही दिया।

स्वामी ने हरविलास की ओर देखा, "इसका क्या अभिप्राय है महाशय?"

"देखिए राजस्थान में बालविवाह का प्रचलन है।"

"बालविवाह तो बंगाल में भी होते हैं।"

"मैं सोलह वर्षों का भी नहीं हुआ था कि मेरे माता-पिता ने मेरे विवाह की चर्चा चला दी और फिर उसके लिए प्रयत्न भी आरंभ कर दिया।" हरविलास ने कहा, "तब से अब तक मैं घर से भागा ही रहता हूं। आपको नहीं लगता स्वामी जी! कि छोटी अवस्था में विवाह नहीं होना चाहिए।"

"आप बालविवाह से भागे हुए हैं और मैं विवाह से ही भागा हुआ हूं।" स्वामी हंसे, "मैं सदा आशंकित रहता हूं कि..."

"कि कहीं कोई आपका विवाह न कर दे।" हरविलास जोर से हंसा, "नहीं! कि कहीं आप जैसे किसी प्रतिभाशाली व्यक्ति को विवाह कर संतान उत्पन्न करने और उसका पालन-पोषण करने में ही न जोत दिया जाए।"

"तो फिर हमारे धर्म में सुधार होना चाहिए न!" हरविलास को लगा कि उन्होंने अपना तर्क जीत लिया है।

"धर्म ने कभी कहा है कि प्रत्येक व्यक्ति का विवाह होना चाहिए और वह विवाह उसके बाल्यकाल में ही होना चाहिए?" स्वामी ने उसकी ओर देखा।

"हरविलास! फंस गए तुम?" मुकुंदसिंह हंसे।

"फंसने की क्या बात है?" हरविलास ने विरोध किया, "हिंदुओं में बालविवाह नहीं होता क्या?"

"विवाह का प्रचलन हिंदू समाज में है अथवा हिंदू धर्म में?" स्वामी ने पूछा, "धर्म तो ब्रह्मचर्य पर बल देता है। पच्चीस वर्ष की अवस्था से पहले गृहस्थ आश्रम में प्रवेश करने की अनुमति कोई स्मृति नहीं देती। और स्मृति भी तो समाजशास्त्र ही है। समाज का विधान है। धर्म तो विवाह की बात करता ही नहीं। धर्म, पत्नी-प्राप्ति की नहीं, ईश्वर-प्राप्ति की बात करता है। अब आप सोच लें श्रीमान हरविलास शारदा! कि आप समाज सुधार करना चाहते हैं, या धर्मसुधार?"

हरविलास कुछ आवेश में आ गए, "चलिए, न सही बालविवाह। मूर्तिपूजा को क्या कहेंगे आप?"

"मूर्तिपूजा को क्या कहूंगा, मूर्तिपूजन ही कहूंगा। बहुत होगा तो प्रतिमापूजन कह लूंगा। अंग्रेज़ी में उसे कुछ लोग आयडल वर्शिप या आयकॉन वर्शिप भी कहते हैं। आप

उसे कुछ और कहते हैं क्या?" स्वामी ने हरविलास की ओर देखा, "किंतु प्रश्न तो विवाह और बालविवाह का था। आप बालविवाह के भय से भाग कर, अजमेर से आबू पर्वत आए हैं; और यहां उसकी चर्चा से भाग रहे हैं। आप इतना भागते क्यों हैं?" स्वामी मुस्करा रहे थे, "थक जाइएगा।"

"मैं भाग नहीं रहा। अपनी बात तर्कपूर्ण ढंग से रखना चाह रहा हूं।"

"तर्क की यह कौन सी पद्धति है कि आपका तर्क नहीं चला तो आपने चर्चा का विषय ही बदल दिया?" स्वामी अब भी हंस रहे थे, "विवाह से कूद कर आप मूर्तिपूजा पर आ गए।"

हरविलास रुक गए... हां! वे अपने आवेश में सुधार के एक विषय से दूसरे विषय पर कूद गए थे। उन्हें तो सुधार करना था, कोई शास्त्रार्थ तो करना नहीं था।

इस बार मुकुंदसिंह कुछ नहीं बोले, वे हरविलास की ओर देखते रहे।

"विवाह! हां विवाह! मेरा विरोध विवाह से नहीं, बालविवाह से है। विवाह तो सबको करना ही होता है, पर उसके लिए एक उपयुक्त अवस्था होती है।" हरविलास बोले, "छोटे-छोटे बच्चों का विवाह कर उनका विकास रोक दिया जाए, यह तो उचित नहीं है।"

मैं आपसे सहमत हूं कि विवाह बाल्यकाल में नहीं होना चाहिए; किंतु यह दोष समाज का है, या धर्म का?" स्वामी ने पूछा।

"समाज का।" हरविलास मान गए।

"तो आप धर्म को सुधारने क्यों चल दिए? केवल इसलिए कि अंग्रेज़ों के राज्य में आपको हिंदू धर्म को गालियां देने की खुली छूट मिली हुई है?" स्वामी बोले, "पहले आप अपने मस्तिष्क में स्पष्ट करें कि कौन से दोष समाज के हैं और कौन से धर्म के। समाज के दोषों के लिए, समाज की कुरीतियों के लिए, धर्म को अपराधी न ठहराएं। ठीक है?"

हरविलास ने सहमति में सिर हिला दिया।

"अब यह बताएं कि आपकी इस मान्यता का आधार क्या है कि विवाह प्रत्येक व्यक्ति के लिए आवश्यक है?" स्वामी ने पूछा, "मैंने विवाह नहीं किया। मेरे गुरुभाइयों में से अधिकांश ने विवाह नहीं किया है। विवाह करना अपने आप में कर्म है। जो लोग विवाह करते हैं, वे बताएं कि वे विवाह क्यों करते हैं?"

"देखिए, विवाह के बिना मनुष्य अकेला होता है, अधूरा होता है। जीव विज्ञान इसको प्रमाणित करता है। स्त्री और पुरुष मिलकर एक पूरी इकाई बनाते हैं।" हरविलास ने कहा, "तभी उनकी संतान उत्पन्न होती है। संतान से ही सृष्टि आगे बढ़ती है। मैं समझता हूं कि प्रकृति का मूल लक्ष्य अगली पीढ़ियों का जन्म है। उसीके लिए स्त्री पुरुष में परस्पर आकर्षण के इतने बीज बोए गए हैं। काम संबंधों में सुख की अनुभूति संजोई गई है। संतान के प्रति इतना मोह कीलित किया गया है। यदि माता-पिता के मन में वात्सल्य का यह उत्स न होता तो संतान का जन्म और उसका पालन पोषण संभव नहीं

था। किंतु...”

“किंतु?” मुकुंदसिंह ने चर्चा में जैसे हुंकारा भरा।

“किंतु यह सब बाल्यावस्था में नहीं होता। उसके लिए स्त्री और पुरुष शरीरों का परिपक्व होना आवश्यक है। अतः विवाह की अवस्था निर्धारित होनी चाहिए। शरीर को विकसित होने का अवसर दिया जाना चाहिए। बालविवाह अनुचित है, अन्याय है।”

स्वामी ने हरविलास की बात पूरी शांति से सुनी, “तो प्रकृति ने मनुष्य को यह शरीर और जीवन इसलिए दिया है कि वह संतान उत्पन्न कर, उनका पालन-पोषण करे और उन्हें भावी पीढ़ी के रूप में संतान उत्पन्न करने के लिए छोड़ जाए।”

“जी।”

“मनुष्य को यह जन्म इसलिए नहीं मिला कि वह अपना विकास करे?”

“जीवविज्ञान की दृष्टि से मानव शरीर प्रकृति का सबसे विकसित यंत्र है।” हरविलास ने अपने सिद्धांत की स्थापना कुछ इस मुद्रा में की, जैसे वह संसार का अंतिम सत्य हो।

“जीवविज्ञान की दृष्टि से।” स्वामी हंसे, “किंतु संसार में और भी बहुत सारे विज्ञान हैं। उनकी दृष्टि से देखें तो स्थिति कुछ बदलती लगेगी आपको।”

“जैसे?” हरविलास ने चुनौती दी।

“यदि मानव शरीर ही सृष्टि का सबसे विकसित यंत्र है, तो इसमें अहंकार क्यों है?” स्वामी ने पूछा, “लोभ, मोह, काम, क्रोध क्यों है? ईर्ष्या द्वेष क्यों है? घृणा और हिंसा क्यों है?”

“क्योंकि ये सब प्रकृति के अंग हैं।” हरविलास ने कहा, “ये विशेषताएं प्रत्येक जीव में पाई जाती हैं।”

“जीव में पाई जाती हैं, ईश्वर में तो नहीं।” स्वामी बोले, “जीव अधिक विकसित है, या ईश्वर?”

“ईश्वर।” हरविलास ने निर्द्वंद्व भाव से स्वीकार किया।

“तो जीव को विकसित होकर ईश्वर तक पहुंचना है या नहीं? ईश्वर के समान बनना है या नहीं?” स्वामी ने हरविलास पर एक प्रखर दृष्टि डाली; किंतु जब वे बोले तो उनका स्वर पूर्णतः शांत था, “हम मानते हैं कि आत्मा, परमात्मा का अंश है। उस दृष्टि से ये प्राकृतिक गुण ईश्वरीय गुण नहीं हैं, वे त्रिगुणात्मक प्रकृति के गुण हैं। अतः माया के गुण हैं। इस तर्क से ये गुण, परमात्मा के अंश, आत्मा के भी अंग नहीं हैं। जीव को प्रकृति का नियंत्रण करना है। अतः जीव को इन गुणों पर विजय प्राप्त करनी है। उसे अपना विकास करना है। शरीर रहते हुए ही, मन के इन दुर्गुणों से मुक्ति पानी है। स्वयं को स्वच्छ करना है। अपने स्वरूप को पहचानना है। अपने उस रूप को प्राप्त करना है, जो वस्तुतः ईश्वर का अंश है।”

“आप ठीक कह रहे हैं।” हरविलास ने कहा, “मैं आपसे पूर्णतः सहमत हूं।”

ठाकुर मुकुंदसिंह ने अपने माथे पर हाथ मारा, "तुम दो आत्मविरोधी विचारों से कैसे सहमत हो?"

"क्या मतलब?" हरविलास समझ नहीं पा रहे थे।

"मतलब यह कि यह स्पष्ट होना चाहिए कि मनुष्य के जीवन का लक्ष्य आत्मविकास है अथवा संतान की उत्पत्ति?" स्वामी ने कहा।

"ये दोनों बातें एक साथ नहीं हो सकती क्या?"

"नारी-पुरुष संसर्ग से काम सुख मिलता है। वह शारीरिक सुख, और अधिक सुख की कामना जगाता है। मनुष्य के मन में उसके प्रति लोभ बढ़ता है। सुख नहीं मिलने पर क्रोध जागता है।" स्वामी बोले, "आप देख रहे हैं कि विवाह और संतान-जन्म का अर्थ है, काम-क्रोध-लोभ-मोह के जाल में और अधिक फंसते जाना। पहले हम अपने लिए यह सब चाहते हैं; और फिर अपनी संतान के लिए, फिर उनकी संतान के लिए। इस प्रकार हम अपने विकास के लिए, जिन प्राकृतिक गुणों को जीतना चाहते हैं, विवाह कर संतान उत्पन्न करने से वे ही गुण विकसित होते हैं और हम प्रकृति के बंधनों में और कठोरता से बंध जाते हैं। उसके और भी बद्ध दास बन जाते हैं। हम स्वयं ही अपने विकास के विरुद्ध काम करने लगते हैं। स्वयं को स्वच्छ करने के स्थान पर मल में और डूबते जाते हैं।" स्वामी ने अपनी बात को रेखांकित किया, "विवाह न तो मानव जीवन का एकमात्र उद्देश्य हो सकता है, न उससे मनुष्य का विकास होता है। उससे माया का प्रसार होता है। वह तो माया का जाल और कसता है, मनुष्य की दासता को और कठोर और दीर्घकालीन बनाता है।"

"पर यदि कोई भी व्यक्ति विवाह नहीं करेगा, अगली पीढ़ी उत्पन्न नहीं होगी, तो सृष्टि आगे कैसे चलेगी?" हरविलास का स्वर अपनी पराजय में प्रखर हो गया था।

"इस सृष्टि को आपने प्रकट किया है क्या? इसको आगे चलाना आपका काम है क्या? आप बच्चे पैदा नहीं करेंगे तो सृष्टि नष्ट हो जाएगी?" स्वामी अत्यंत मधुर स्वर में बोले, जैसे किसी बच्चे को लाड़ लड़ा रहे हों, "आप इस बात को भूल रहे हैं कि प्रजनन की प्रक्रिया में आप एक उपकरण मात्र हैं। आप किसी बड़े यंत्र में एक कील के समान हैं। विडंबना यह है कि कील स्वयं को न केवल संपूर्ण यंत्र मान बैठा है, वरन् उसे यह भ्रम भी हो गया है कि वह उस यंत्र को बनाने वाला, चलाने वाला और उसका स्वामी है।" स्वामी ने हरविलास की ओर देखा, "आपको नहीं लगता कि आपको उपकरण बनाकर कोई और शक्ति इस सृष्टि का चक्र चला रही है?" वे कुछ रुके, "आपको लगता है कि आप विवाह नहीं करेंगे तो सृष्टि समाप्त हो जाएगी। मैं आपसे कहना चाहता हूं कि जो ईश्वर मनुष्य, अन्य जीव-जंतुओं और वनस्पति के माध्यम से प्रजनन का कार्य कर लेता है, इच्छा होने पर वह अन्य उपकरणों से भी वह कार्य कर लेगा। कुंती के पुत्रों की कथा हम को मालूम है। ईसा मसीह को उनके भक्त कुमारी मरियम का पुत्र मानते हैं। आपने देखा होगा कि एक वृक्ष के नीचे उसी प्रजाति के अन्य पौधे उग आते हैं। उसके लिए

नर-मादा के जोड़े की आवश्यकता नहीं होती।" स्वामी हंसे, "किंतु आप धर्मसुधार की बात कर रहे थे।"

"जी!" इस बार हरविलास सावधान थे, "पूजा तो धार्मिक विषय है न! तो मूर्तिपूजा भी धर्म का ही विषय है। उसमें सुधार होना चाहिए या नहीं।"

"किस में? धर्म में या मूर्तिपूजा में?"

"मूर्तिपूजा में।" हरविलास ने कुछ आवेश में कहा, "उसमें सुधार होगा, तो ही तो धर्म में सुधार हो पाएगा।"

"तो आप मूर्तिपूजा में सुधार चाहते हैं।" स्वामी बोले, "कैसा सुधार? मूर्तियां सुंदर हों? उन्हें अच्छे वस्त्र पहनाए जाएं? उन्हें स्वच्छ स्थान पर रखा जाए?"

"मैं मानता हूं कि मूर्तिपूजा अंधविश्वास है। वह एक कुरीति है।"

"ऐसा मानने का कोई कारण?" स्वामी ने मधुर ढंग से पूछा।

"मूर्तिपूजा से ईश्वर नहीं मिल सकता।"

"इस निष्कर्ष पर आप कैसे पहुंच गए?" स्वामी ने पूछा, "आपने कितने काल तक मूर्तिपूजा की कि आपको उसकी व्यर्थता का बोध हो गया?"

"मैंने मर्तिपूजा नहीं की। मैं उसका विरोधी हूं।" हरविलास का आवेश मुखर हो रहा था।

"आपने मूर्तिपूजा नहीं की और आप इस निष्कर्ष पर पहुंच गए कि मूर्तिपूजा से ईश्वर नहीं मिल सकता। यह तो वैसा ही है कि आप पानी में उतरे नहीं और आपने सिद्धांत बना लिया कि तैरना संभव नहीं है।" स्वामी शांत भाव से बैठे थे।

"आपको नहीं लगता कि मूर्तिपूजा एक विकृति है और हमें उसका विरोध करना चाहिए?" हरविलास ने कुछ खीज कर कहा।

"मुझे क्या लगता है, उसे रहने दीजिए।" स्वामी बोले, "प्रश्न यह है कि आप उसे विकृति क्यों मानते हैं?"

"मूर्ति खाती नहीं, तो फिर उसे भोग लगाने का क्या लाभ? यह पाखंड नहीं है क्या?"

"ठाकुर को भोग लगाने वाला भक्त भी जानता है कि मूर्ति खाती नहीं है। और भगवान को खिलाने वाला वह होता भी कौन है। भगवान ही उसके पालनकर्ता हैं। किंतु वह अपना भाव संप्रेषित करता है। जो कुछ प्रभु ने उसे प्रदान किया है, वह उसी में से भगवान का भोग लगा कर अपनी कृतज्ञता जताता है, जिसे अंतर्यामी भगवान ग्रहण करते हैं।" स्वामी बोले, "जैसे इन भौतिक चक्षुओं से दिखाई न पड़ने वाला आपका प्रभु आपकी प्रार्थना या मुसलमानों की नमाज़ को ग्रहण करता है, वैसे ही वह भोग लगाने वाले अपने भक्त का भाव ग्रहण करता है।" स्वामी शांत भाव से बैठे रहे, "आपके पास क्या प्रमाण है कि आपकी प्रार्थना तो वह सुन लेता है; किंतु भोग लगाने वाले भक्त का भाव वह ग्रहण नहीं करता है? आपकी प्रार्थना सुनी जाने की आपके पास कोई पावती आती है

क्या?"

हरविलास को कोई उत्तर नहीं सूझा तो उसने अपना उद्घोष उच्चरित कर दिया, "मूर्तिपूजा अंधविश्वास है।"

"उनकी श्रद्धा को आप अंधविश्वास कैसे कह सकते हैं?' स्वामी बोले, "मूर्तिपूजा के विरुद्ध आपकी यह धारणा आपका अंधविश्वास क्यों नहीं है?"

"आप समझते क्यों नहीं कि मूर्ति पर कोई भी कीट-पतंग चढ़ सकता है। उसे गंदा कर सकता है। तो फिर मूर्ति को भगवान मान कर उसकी पूजा कैसे की जा सकती है?" हरविलास ने कुछ झल्ला कर कहा।

"देखिए, इतना तो मूर्तिपूजक भी जानते हैं कि मूर्ति उनके आराध्य का प्रतीक है, वह स्वयं भगवान नहीं है। आप मुझे बताएं कि किस धर्म, संप्रदाय या उपासना पद्धति में प्रतीक नहीं हैं? किस देश का झंडा नहीं होता? कहां झंडे को सलामी नहीं दी जाती?"

"तो मूर्ति एक प्रकार का झंडा है?" हरविलास जैसे स्वामी को चिढ़ा रहे थे।

"मूर्ति झंडा नहीं है, प्रतीक है, जो एक निराकार अस्तित्व, या भाव का प्रतिनिधित्व करती है। भक्त की साधना में बल हो तो वह उसी प्रतिमा में से भगवान को प्रकट कर लेता है, जैसा मेरे गुरुदेव किया करते थे।" स्वामी बोले, "आप झंडे को सलामी देते हैं। उसका सम्मान करते हैं। कोई भी कीट-पतंग उस झंडे पर चढ़ सकता है। कोई भी कीट-पतंग किसी धार्मिक ग्रंथ पर चढ़ कर उसे अपवित्र कर सकता है। कोई भी कीट-पतंग, पूजा-स्थलों, पूजा प्रतीकों और तीर्थस्थानों पर जा कर उसे अपवित्र कर सकता है। तो आप धर्मग्रंथों, पूजास्थलों, पूजा प्रतीकों और तीर्थस्थानों को भी त्याग देंगे, या उन्हें अंधविश्वास में सम्मिलित कर देंगे?"

"पर मूर्तिपूजा से ईश्वर नहीं मिलता।" हरविलास ने बलपूर्वक कहा।

"मूर्तिपूजा के विरोध से ईश्वर मिल जाता है? या फिर भी ईश्वर का भजन करना पड़ता है?"

मुकुंदसिंह ठठाकर हंस पड़े, "बताओ हरविलास! मूर्तिविरोध से ईश्वर मिलता है क्या? मूर्तिविरोध भी किसी प्रकार की उपासना है क्या? आज तक इस विधि से किसी को ईश्वर मिला है क्या? राजा राममोहन राय ने मूर्तिपूजा का विरोध किया। अपने इस विरोध के कारण अपनी मां को तीर्थयात्रा के लिए पैसे नहीं दिए। वे रोती रहीं और राममोहन अपनी जगह पर अडिग रहे। मां को रुलाकर उन्हें ईश्वर मिल गया क्या?" मुकुंदसिंह रुके, "यदि मूर्ति के विरोध से ईश्वर मिलता तो आज तक प्रत्येक मुसलमान को ईश्वर मिल चुका होता।"

"ठाकुर साहब आप भी!" हरविलास का मुख आश्चर्य से खुल गया, "आर्यसमाज तो मूर्तिपूजा का विरोध करता है।"

"ठीक कहते हो हरविलास!" मुकुंदसिंह ने कहा, "सत्यार्थ प्रकाश में 'न तस्य प्रतिमा अस्ति'– कहकर मूर्तिपूजा का खंडन किया गया है। इस खंडन के द्वारा ही

मूर्तिपूजा का होना सिद्ध है; क्योंकि जो वस्तु होती है, उसी का खंडन किया जाता है।"

हरविलास चकित दृष्टि से मुकुंदसिंह की ओर देखते रहे और स्वामी मुकुंदसिंह के समर्थन में मौन रहे।

"हरविलास! धर्मसुधार के नाम पर हिंदुओं का सुधार हुआ या नहीं, मैं कह नहीं सकता; किंतु हिंदुओं का विभाजन अवश्य हो गया। उनमें हीन भावना अधिक गहरी जम गई। हर संप्रदाय तो उनके दोष गिना रहा था। उनमें नए नए संप्रदाय बनते गए और वे एक दूसरे से दूर होते गए।" मुकुंदसिंह कहते गए, "ब्रह्म समाज भी तो हिंदुओं के सुधार के लिए ही उठा था और आज वे स्वयं को हिंदू ही नहीं मानते। ईसाइयों ने उन्हें बताया कि हिंदुओं में बहुत सारे दोष हैं और वे उनसे सहमत हो गए। वे हिंदुओं की तुलना में ईसाइयों के अधिक निकट हो गए। अंग्रेज़ों के प्रति उनके मन में अधिक सहानुभूति उत्पन्न हो गई। वे हिंदुओं के दोष और ईसाइयों के गुण बताते हैं। उससे हिंदुओं का सुधार होगा अथवा उनका नाश होगा?"

हरविलास के पास इन तर्कों का उत्तर नहीं था किंतु वे तत्काल अपना दृष्टिकोण बदलने को तत्पर नहीं थे।

"आओ हरविलास! बहुत डांट खा चुके, अब थोड़ा खाना भी खा लो। भोजन प्रस्तुत है।" ठाकुर मुकुंदसिंह ने कहा, "भोजन के पश्चात् स्वामी जी तुम्हें एक बहुत सुंदर भजन भी सुनाएंगे।"

स्वामी हंसे, "यह क्या भोजन का शुल्क है? मैं तो भिक्षुक हूं। शुल्क चुकाए बिना भोजन करता हूं। वह मेरी भिक्षा है।"

"आप जो चाहे कहें, मेरा दृष्टिकोण यह है कि हम आपके संगीत के याचक हैं। आप हमें एक भजन की भिक्षा दें।" मुकुंदसिंह ने कहा।

हरविलास विस्मित रह गए। स्वामी का तर्क वे सुन चुके थे, क्या उनका संगीत भी उतना ही दिव्य है। अद्भुत व्यक्ति है यह!

स्वामी का गायन सुनकर हरविलास को लगा कि वे किसी और लोक में आ गए हैं। वह लोक, जो न केवल संगीतमय है, वरन् परम सात्विक भी है। उस स्वर में ऐसा कुछ था कि उसके आसपास दूषित विचार ठहर ही नहीं सकते थे। स्वामी से दूर होने का अर्थ था, उस संगीतमय और सात्विक लोक से वापस इस कठोर, क्रूर मर्त्यलोक में लौट आना। हरविलास आज पहली बार समझ रहे थे कि सत्संग का अर्थ क्या होता है। उसका सुख क्या होता है।

स्वामी ने सैर करने जाने की इच्छा प्रकट की, तो हरविलास भी उठ खड़े हुए, "स्वामी जी! मैं भी साथ चलूंगा।"

"क्यों आपको भी सैर का शौक है?"

"नहीं! मुझे बातों का लोभ है।" हरविलास ने कहा, "मैं आप से ढेर सारी बातें

करना चाहता हूं।"

"इतने वाचाल हैं आप!" स्वामी हंसे, "तो हमें किसी एकांत डगर पर चलना होगा, नहीं तो मेरे परिचय के बहुत सारे लोग साथ लग जाएंगे–कुछ बातों के लोभी। कुछ संगीत के प्रेमी।"

"आप चलते हुए भी गाते हैं क्या?"

"चलते हुए भी गा लेता हूं और गाने के लिए सड़क किनारे बैठ भी जाता हूं। यह तो साथ चलने वालों की श्रद्धा पर निर्भर है।" स्वामी बोले, "कई बार सड़क किनारे गाते सुन कर लोग भिक्षा स्वरूप कुछ डाल भी जाते हैं।"

"ऐसे तो हमारी बात नहीं हो सकेगी।"

"बातें तो होंगी; किंतु केवल आप से बातें नहीं हो सकेंगी। वह तो सार्वजनिक सम्मेलन सा हो जाता है।"

"आबू में आपके परिचितों की संख्या बहुत अधिक है क्या?" हरविलास ने पूछा।

"प्रतिदिन कोई न कोई नया परिचय हो ही जाता है।" स्वामी हंसे, "जैसे आज आप से हो गया।"

"यह परिचय तो नहीं है। यह तो गले पड़ना है।" हरविलास भी हंसे, "राह चलते लोग आपके गले पड़ जाते होंगे।"

"जो गले पड़ गया, वह गले का हार हो गया।" स्वामी बाहर निकल आए।

वे दोनों कुछ देर चुपचाप चलते रहे, फिर अद्वैत की चर्चा चल निकली। और तभी स्वामी एक भवन के सम्मुख खड़े हो गए। उन्होंने सांकल खटखटाया।

हरविलास को यह कुछ अच्छा नहीं लगा। उनकी चर्चा जैसे अभी आधे मार्ग में ही थी। अभी और बहुत कुछ पूछना और जानना था। हरविलास ने दृष्टि उठा कर देखा: यह किशनगढ़ भवन था।

कपाट खुले। सामने एक सेवक खड़ा था।

"अरे स्वामी जी आप!" उसने चरण छुए और एक ओर हट कर उनके लिए, भीतर आने का मार्ग बना दिया, "वकील साहब आपकी चर्चा कर ही रहे थे।"

"तुम कैसे हो हरिसिंह?" स्वामी ने कहा, "घर पर अब तुम्हारा पुत्र स्वस्थ है न?"

"जी स्वामी जी! आपकी कृपा है।"

"आओ हरविलास!" स्वामी ने कहा और आगे बढ़ गए।

सामने से फ़ैज़ अली अपनी शेरवानी के बटन बंद करते हए दौड़ते आए।

"प्रणाम स्वामी जी! प्रणाम! कहां गायब हो गए थे आप। इतने दिनों से दर्शन ही नहीं हुए।"

"यहीं आपके आबू पर्वत में साकार से निराकार हो गया था।" स्वामी हंसे, "आप को अपने नए मित्र से मिलाऊं।"

स्वामी ने परिचय कराया और वे लोग बैठ गए।

"वकील साहब! मैं और हरविलास मार्ग में अद्वैत की चर्चा कर रहे थे।"

"मुझे तो स्वामी जी, आपका वह उद्यान वाला उदाहरण नहीं भूलता।"

"कौन सा उदाहरण?" हरविलास का मन जैसे खिल उठा, वे लोग यहां आ अवश्य बैठे थे; किंतु उनकी चर्चा अभी समाप्त नहीं हुई थी।

"एक इकलौता फूल, फूल होता है। एक जाति के फूलों के अनेक पौधे हों तो क्यारी होती है। और अनेक प्रकार के फूलों की क्यारियां ही नहीं घास के मैदान भी हों तो उनका समूह उद्यान होता है।" फ़ैज़ अली ने कहा, "वैसे ही इस सृष्टि में जितने भी प्रकार के जीव-जंतु, वनस्पति, नदियां, पर्वत, झरने, समुद्र, आकाश–सबको मिला दिया जाए तो ब्रह्म होता है। वह कहीं पृथक् नहीं है, दूर नहीं है। हम सबके भीतर है। हम सब उसके भीतर है।"

"वकील साहब! जब आप स्वामी जी को अपने घर ले आए थे, तो आपके मन में यह संशय नहीं जागा कि मुस्लिम समाज आपका विरोध करेगा?" हरविलास ने पूछा, "या स्वामी जी आपको हिंदू बना लेंगे?"

"जब आप किसी से प्रेम करते हैं तो आप उसका सामीप्य चाहते हैं। और कोई इच्छा आपके मन में नहीं होती।" फ़ैज़ अली बोले, "न किसी और की ओर ध्यान होता है कि कोई क्या कहेगा।"

"फिर भी कुछ तो सोचा ही होगा आपने।"

"हां! सोचा तो था।" फ़ैज़ अली बोले, "इससे पहले कि मैं स्वामी जी को मुसलमान बना लूं या वे मुझे हिंदू बना लें, कुछ बातें मेरी समझ में आ गई थीं। और स्वामी जी तो उनको पहले से ही समझते थे।"

"कौन-सी बातें?" हरविलास की उत्सुकता जाग उठी। उन्हें लग रहा था कि कोई बहुत ही अद्भुत सत्य उनके सामने उद्घाटित होने वाला है।

"स्वामी जी ने मुझे समझा दिया था कि मैं चाहे हृदय से उनकी पूजा करूं, किंतु मेरा हिंदू धर्म स्वीकार करना एकदम आवश्यक नहीं था।"

"क्यों?"

"क्योंकि यह धारणा कि प्रत्येक व्यक्ति के लिए ईश्वर तक पहुंचने का एक ही मार्ग है–बहुत हानिकारक, निरर्थक और सर्वथा त्याज्य है। यदि संसार में हर एक मनुष्य का धार्मिक मत एक हो जाए, और प्रत्येक व्यक्ति एक ही मार्ग का अवलंबन करने लगे, तो संसार के लिए वह अत्यंत बुरा दिन होगा। तब तो सब धर्म और सारे विचार नष्ट हो जाएंगे। सब लोगों की स्वाधीन विचारशक्ति और वास्तविक् विचारभाव नष्ट हो जाएंगे। वैभिन्न्य ही जीवन का मूल मंत्र है। यदि इसका अंत हो जाए तो सारी सृष्टि का लोप हो जाएगा। विचारों में जब तक यह भिन्नता रहेगी, तब तक हम जीवित रहेंगे।"

"धिक्कार है उनके प्रेम को, जो अपने भाइयों को, किसी अन्य मार्ग से ईश्वर की ओर जाते देख, उनका सत्यानाश करना चाहते हैं। यदि यह प्रेम है तो द्वेष क्या हुआ?

हमारा झगड़ा संसार के किसी भी धर्म से नहीं है, चाहे वह लोगों को ईसा की पूजा करने की शिक्षा दे, अथवा मुहम्मद की अथवा किसी और मसीहा की।"

"क्या हिंदू नहीं कहते कि तुम राम की पूजा करो?"

हरविलास की बात पूरी भी नहीं हुई थी कि स्वामी ने गर्जन किया, "हिंदू कहते हैं–प्यारे भाइयो! मैं तुम्हारी सहायता करूंगा, परंतु तुम भी मुझे अपने मार्ग पर चलने दो। यही हमारा इष्ट है। तुम्हारा मार्ग बहुत अच्छा है, इसमें कोई संदेह नहीं किंतु संभव है कि वह मेरे लिए घोर हानिकारक हो। डाक्टरों का कोई उत्तम समूह भी मुझे नहीं बता सकता कि कौन सा भोजन मेरे लिए अच्छा है, जितना कि मेरा अपना अनुभव मुझे बताता है। उसी प्रकार मैं अपने निजी अनुभव से जानता हूं कि मेरे लिए कौन सा मार्ग सर्वश्रेष्ठ है। यही लक्ष्य है। यही इष्ट है। और इसीलिए हम कहते हैं कि यदि मंदिर, प्रतीक या प्रतिमा के सहारे, तुम अपनी आत्मा में स्थित परमेश्वर को जान सको, तो उसके लिए हमारी ओर से बधाई। चाहो तो दो सौ मूर्तियां गढ़ो। यदि किसी नियम अनुष्ठान द्वारा ईश्वर को प्राप्त कर सको, तो बिना विलंब उसका अनुष्ठान करो। चाहे जो क्रिया हो, चाहे जो अनुष्ठान हो, यदि वह तुम्हें ईश्वर के समीप ले जा रहा है, तो उसी को ग्रहण करो, जिस किसी मंदिर में जाने से तुम्हें ईश्वर-प्राप्ति में सहायता मिले, वहीं जा कर उपासना करो। परंतु उन मार्गों पर विवाद मत करो। जिस समय तुम विवाद करते हो, उस समय तुम ईश्वर की ओर नहीं, पशुत्व की ओर बढ़ते हो।" स्वामी ने मानों अपनी बात का निष्कर्ष प्रस्तुत किया, "हमारा धर्म किसी को अलग नहीं करता, वह सभी को समेट लेता है।"

"यही कारण है हरविलास जी! कि मैं हिंदू नहीं हो पाया और न स्वामी को मुसलमान बना पाया।" फ़ैज़ अली ने धीरे से कहा, "मैं अल्लाह की इबादत करता हूं, इसलिए मुसलमान हूं; और स्वामी का मार्ग मेरे मार्ग से भिन्न है, फिर भी मैं उसे असत्य नहीं मानता, इसलिए हिंदू हूं। कुछ समझे आप?"

हरविलास कुछ कह नहीं पाए, वे फ़ैज़ अली को क्या बताते कि वे क्या क्या समझ गए थे।

120

नई कोठी में प्रवेश के अवसर पर अग्निहोत्र हुआ। इक्कीस ब्राह्मणों को भोजन कराया गया। उन्हें दक्षिणा में दो-दो पैसे देकर विदा किया गया।

अजितसिंह को चार बजे अवकाश मिला। वे हाथमुंह धोकर पांच बजे क्लब चले गए। वहां बिलियर्ड्स खेलते रहे। आरिक्सन साहब से बात हो रही थी कि पिकॉक साहब ने हस्तक्षेप किया, "राजा साहब! आज आपकी नई कोठी में पूजा पाठ हुआ। आपने हमें निमंत्रित नहीं किया। हम देखना चाहते हैं कि आप पूजा कैसे करते हैं।"

"पूजा तो आस्था का प्रश्न है पिकॉक साहब! वह न देखने की चीज़ है, न दिखाने की।" अजितसिंह ने कहा, "आप संध्या समय आइए। हमारी बिरादरी का भोज है।

आकर उन्हें देखिए। वहीं आपको स्वामी जी से भी मिलाऊंगा।"

"हां! मैंने नाथ्या से सुना है कि इधर एक संन्यासी आपसे मिलने आता है। सुना है, वह अंग्रेज़ी भी बोलता है।"

"हां! स्वामी जी को अंग्रेज़ी का अच्छा ज्ञान है।"

"वह अंग्रेज़ी बोल कर भीख मांगता है?" पिकॉक साहब हंसे, "मैं देखना चाहूंगा कि वह अंग्रेज़ी में भीख कैसे मांगता है। मैंने आज तक किसी को अंग्रेज़ी भाषा में भीख मांगते नहीं सुना।"

अजितसिंह का मुंह कड़वा हो गया। उन्होंने पिकॉक साहब को भोज में बुलाने का विचार स्थगित कर दिया। बोले, "वे अंग्रेज़ी बोलकर भीख नहीं मांगते, ज्ञान बांटते हैं। आपने किसी को अंग्रेज़ी में ज्ञान बांटते सुना है या नहीं?"

"अंग्रेज़ी में तो ज्ञान ही ज्ञान है।" पिकॉक साहब ने हंसकर कहा, "इस देश का सौभाग्य है कि कुछ लोग यहां अंग्रेज़ी भी जानते हैं। किंतु कोई संन्यासी अंग्रेज़ी पढ़कर क्या करेगा? उसे बाइबल तो पढ़ना नहीं है।"

"उन्होंने बाइबल भी पढ़ा है।" अजितसिंह बोले, "वैसे उन्होंने अंग्रेज़ी इसलिए नहीं पढ़ी कि अंग्रेज़ी से ज्ञान प्राप्त कर सकें..."

"तो क्यों पढ़ी अंग्रेज़ी?"

"ताकि संस्कृत का ज्ञान अंग्रेज़ी में दे सकें।"

"इम्पॉसिबल।" पिकॉक साहब आगे बढ़ गए।

राजा समझ गए कि उनकी भी भोज में आने में कोई रुचि नहीं है। और यदि वे वहां आ गए तो वहां कुछ न कुछ अशोभन घट जाएगा।

साढ़े आठ बजे अजितसिंह अपनी नई कोठी–खेतड़ी भवन–में लौट आए।

भोज का प्रबंध चल रहा था। थालियों के लिए एक सौ मेज़ें लगाई गई थीं। उनके चारों ओर बैठने के लिए कुर्सियां रखी गई थीं। कुर्सियों की भी समस्या थी। किस को कहां बैठाया जाए? कोई किसी से कम नहीं था। किसको किसके साथ बैठाया जाए कि उन में खटपट न हो। कोई पीकर चुप हो जाता था और कोई वाचाल। कोई पीकर सो जाता था और कोई कुश्ती लड़ने लगता था। सबका सम्मान बना रहे और सब एक दूसरे से प्रसन्न रहें–उसके लिए बहुत प्रयत्न करना पड़ता था।

स्वामी समय से आ गए। अजितसिंह ने आगे बढ़कर उनका स्वागत किया। उन्हें ले जाकर सारी कोठी दिखाई। विभिन्न अतिथियों से उनका परिचय कराया।

"स्वामी जी! आप इस उपस्थित राज समाज का उद्‌बोधन करेंगे?"

"क्यों अपने उत्सव का रंग बिगाड़ना चाहते हैं राजन्। आपके ये अतिथि किसी संन्यासी का उद्‌बोधन सुनने के लिए एकत्रित नहीं हुए हैं। उन्हें खाने-पीने दीजिए। परस्पर चर्चा करने दीजिए। मुझे भी देखने दीजिए कि मेरी उपस्थिति का किस पर क्या

प्रभाव होता है।"

स्वामी जी एक ओर बैठ गए। उनके निकट ही चौबे जी के लिए स्थान बनाया गया था। उन्होंने सितार पर अपनी कला दिखानी आरंभ की।

सितार में स्वामी दिव्य संगीत का आनन्द ले रहे थे, जैसे वे किसी मंदिर में बैठे हों। उनसे कुछ दूरी पर अपने पांच साथियों के साथ बैठे ठाकुर फतहसिंह राठोड़, फिर ठाकुर मुकुंदसिंह चौहान और हरविलास शारदा, तब जामनगर के मानसिंह अपने एक मित्र के साथ बैठे थे। उनमें से अधिकांश मदिरा पी रहे थे। जैसे वे किसी मुजरे में आए हों। उनके लिए सितार मादक ध्वनियां उत्पन्न कर रही थी।

बारह बजे लोग खाने की मेज़ की ओर आए। स्वामी पृथक् मेज़ पर बैठे। उनके ही समान एक और मेज़ पर बाबू नेकराम बैठे।

भोजन निर्विघ्न समाप्त हो गया। उसके पश्चात् किसी की रुचि ठहरने की नहीं थी। सेवक और कोचवान भी अपने स्वामियों को उनके ठिकानों पर पहुंचा कर अपने अपने डेरे पर जाने को आतुर थे।

अपने अतिथियों को विधिवत् विदा कर राजा स्वामी जी के पास आ बैठे।

"आपने भोजन किया स्वामी जी!"

"भोजन क्यों नहीं करूंगा। मदिरा से उन ठाकुरों का पेट भरा हुआ था, मैं तो भूखा ही था।"

अजितसिंह मुसकराए, "मैं जानता हूं, उन ठाकुरों की खैर नहीं है। जबतक आपके सामने पी गई मदिरा, उल्टियां कर वे निकाल नहीं देंगे, तब तक सो नहीं पाएंगे।"

स्वामी ने राजा से नहीं पूछा कि उनके इस अनुमान का कारण क्या था। राजा अपनी मस्ती में थे। जाने वे आज से नई कोठी में आ जाने के कारण प्रसन्न थे, या भोज के निर्विघ्न सामाप्त हो जाने के कारण। या किसी और कारण से...पर वे प्रसन्न थे।

"अभी सोना नहीं है राजन्!" स्वामी ने पूछा।

"नहीं स्वामी जी! आज आप हैं, मैं हूं और इतनी अच्छी रात है। कुछ देर संगीत का आनन्द लिया जाए।"

राजा ने संकेत किया। सेवक उनके लिए हार्मोनियम ले आए। राजा ने बजाना आरंभ किया और स्वामी की ओर देखा।

"बूझत स्याम कौन तू गोरी!
कहं रहती, काकू तू बेटी, देखि नहीं कबहूं ब्रज खोरी।"

स्वामी ने पद पूरा किया और राजा की ओर देखा, "क्या बात है राजन्! जब वे सारे राजा और ठाकुर यहां एकत्रित थे, तब वे मदिरा पान करते रहे और चौबे जी की सितार सुनते रहे। हम तब उन्हें सूरदास का यह भजन क्यों नहीं सुना सके?"

"मुझे लगता है स्वामी जी! कि इस संपूर्ण राजसमाज का उचित शिक्षण ही नहीं हुआ है। इन्हें किसी ने मानवीय संस्कार देने का प्रयत्न नहीं किया। इन्हें केवल यह

बताया गया कि वे अन्य लोगों से श्रेष्ठ हैं। संसार में भोग करने आए हैं। और वही वे कर रहे हैं।" राजा ने कहा।

"उचित शिक्षण तो किसी का भी नहीं हुआ है राजन्!" स्वामी का स्वर बहुत गंभीर था, "हमारे शासक हैं विदेशी। वे क्यों चाहेंगे कि इस देश के उपयुक्त कोई श्रेष्ठ शिक्षानीति विकसित की जाए और यह देश अपने पैरों पर उठ कर खड़ा हो जाए और आदर्श जीवन जिए।"

"अभी तो मुझे ही आप से शिक्षा प्राप्त करनी है–सांसारिक भी और आध्यात्मिक भी। आप मुझे शिक्षित कर दें, मैं अपनी प्रजा को शिक्षित कर दूंगा।" राजा ने रुक कर स्वामी की ओर देखा और आगे बढ़कर उनके चरण पकड़ लिए, "स्वामी जी! आप मेरी प्रार्थना स्वीकार करें। मेरे साथ खेतड़ी चलें।"

स्वामी ने राजा के हाथों को अपने चरणों पर से हटा दिया, "यह आप क्या कर रहे हैं राजन्! इससे राजा की मर्यादा का हनन होता है, और राजपुरुषों की दृष्टि में आपका सम्मान कम होता है।"

"मुझे राजा बनकर क्या करना है, यदि मुझे इतनी भी स्वतंत्रता नहीं है कि मैं अपनी इच्छा से अपने गुरु के चरण छू सकूं?"

"पर मैं आपका गुरु कहां हूं?"

"आपने मुझे अपना शिष्य स्वीकार नहीं किया है, पर मैं तो कब से आपको अपना गुरु मान चुका हूं। महाराज! कुछ आत्मदर्शन का उपदेश दीजिए।"

स्वामी ने स्नेहपूर्वक उन्हें देखा, और फिर जैसे एक आवेश में कहा, "राजन्! आपको आत्मदर्शन का नहीं, कर्मयोग का उपदेश ग्रहण करना होगा। आपको कर्म करना होगा, मनका दास बनकर नहीं, मनका स्वामी बनकर। संघर्ष, निरंतर संघर्ष–ही क्षात्रधर्म है। निष्काम कर्म ही सुख का मूलमंत्र है। राजन्! संघर्ष करो अपने मन से। संघर्ष करो अपनी प्रजा के सुख के लिए। क्षत्रिय का धर्म संघर्ष है, निरंतर संघर्ष। स्वीकार है?"

"स्वीकार है गुरुदेव!"

स्वामी ने देखा : राजा के चेहरे पर उनका दृढ़ संकल्प प्रकट हो रहा था।

121

नारायणदत्त शास्त्री ने देखा तो उनका माथा ठनक गया–यह महाराज ने क्या किया!

उन्हें प्रातः ही सूचना मिल गई थी कि राजा अजितसिंह खेतड़ी लौट आए हैं और आबू पर्वत से अपने साथ एक संन्यासी को भी लाए हैं। उसे उन्होंने अपने राजमहल के सब से ऊंचे चौबारे में ठहराया है।

अजितसिंह ने राजपंडित को प्रणाम किया और मुसकरा कर पूछा, "क्या बात है शास्त्री जी! इतने दिनों के पश्चात् आपके दर्शन भी हुए तो इस चिंतित मुद्रा में। खेतड़ी से मेरी अनुपस्थिति में कोई आपको कष्ट देता रहा है क्या?"

राजपंडित की मुद्रा चिंतित ही बनी रही, वे शिष्टाचारवश भी मुसकरा नहीं सके,

"राजन्! आपके आते ही कुछ ऐसा देखा है कि मन में राजवंश के अनिष्ट की चिंता व्याप गई।"

"ऐसा क्या हो गया महाराज!" राजा के चेहरे की मुस्कान मंद नहीं हुई।

"राजन्! मैंने राजभवन के सर्वोच्च चौबारे पर संन्यासी की कौपीन सूखती देखी है।"

"हां! स्वामी जी वहां ठहरे हुए हैं। उन्हीं की होगी।"

"इसका अर्थ समझते हैं महाराज?" राजपंडित का स्वर कुछ हिंस्र हो उठा, "शास्त्र की चेतावनी है कि जहां संन्यासी की कौपीन सूखती है, वहां राजलक्ष्मी निवास नहीं करती। राजभवन भी मठ बन जाता है।" राजपंडित ने गंभीर स्वर में कहा, "महाराज! मेरी बात मानें। उन्हें कहीं किसी भी अत्यंत श्रेष्ठ भवन में ठहरा दें। दस-बीस सेवक उनकी देखभाल के लिए नियुक्त कर दें। किंतु संन्यासी को रातदिन राजमहल में रखना अच्छा नहीं है।"

राजा गंभीर हो गए, "मुझे राजलक्ष्मी से कहीं अधिक यह कौपीन सुहाती है। मैं इस राजभवन को मठ देखना चाहता हूं। यदि नर्तकियों के नूपुरों के स्थान पर यहां पवित्र मंत्रों का निनाद गूंजे तो यह राजभवन और भी सात्विक हो जाएगा। धन, संपत्ति और सांसारिक अधिकारों की छीनझपट के द्वेषपूर्ण कोलाहल के स्थान पर संन्यासियों का तपस्यापूर्ण मौन मुखरित हो तो किसे अधिक शांति का अनुभव नहीं होगा।"

नारायणदास शास्त्री के लिए यह सब कुछ बहुत अनपेक्षित था। उनका मुंह खुला का खुला रह गया। वे तो समझ रहे थे कि उनकी चेतावनी से राजा पर गाज गिरेगी और वे तत्काल संन्यासी के ठहराने की व्यवस्था कहीं और कर देंगे।

"महाराज! मुझे क्षमा करें; किंतु क्या आप जानते हैं कि आप क्या कह रहे हैं। आपको राज से मोह नहीं तो न सही; किंतु रियासतों के मुकुट इस प्रकार सड़क पर पड़े नहीं मिलते।"

"आप ठीक कहते हैं पंडित जी! भगवा वस्त्र आपको कहीं भी मिल जाएगा; किंतु संन्यासी की कौपीन सड़क पर पड़ी नहीं मिलती। उसके लिए लोग हिमालय पर जाकर वर्षों-वर्ष तपस्या करते हैं।" राजा ने राजपंडित की ओर देखा, "इस राजपूताने में ही इतनी रियासतें हैं, इतने राजा है, इतने राजवंश हैं, किंतु सारे राजपूताने में कहीं एक स्थान पर संन्यासी की कौपीन है? चारों ओर भोग ही भोग है, कहीं त्याग का कण भर भी दिखाई देता है आपको?" राजा का आवेश कुछ शांत हुआ, "राज्य तो भगवान की माया है। हमें संसार से बांधने के लिए है। हमारी परीक्षा के लिए है। संन्यासी की कौपीन भगवान की कृपा का प्रमाण है। राजा होना दुर्लभ नहीं है, संन्यासी होना दुर्लभ योग है।"

राजपंडित समझ गए कि राजा को इस विषय में समझाया नहीं जा सकता। उन्हें राज्य का मोह नहीं दिखाया जा सकता। किंतु संसार में और मोह भी हैं।

स्वयं को संयत कर बोले, "राजन्! राजपंडित का धर्म है कि वह राजा को उनका हित और अनहित बताए। पर यदि राजा की आत्मा पर किसी संन्यासी का कब्ज़ा हो जाए

तो राजपंडित उन्हें क्या परामर्श दे सकता है।" वे कुछ रुक कर बोले, "संन्यासी होना इतना ही सुखकर होता, जितना आप समझ रहे हैं, तो वह संन्यासी भी बंगाल से चलकर यहां खेतड़ी में आकर आपकी शरण नहीं खोजता। संन्यासी एक एक पैसे के लिए दूसरों का मुंह जोहता है।"

"पंडित जी! वे संन्यासी बंगाल से चलकर मेरी शरण में नहीं आए हैं। मैं ही उनके चरण पकड़ कर उनसे निवेदन कर रहा हूं कि वे मुझे अपनी शरण में ले लें।"

"तो राजन्! आप समझ नहीं पा रहे हैं कि आप किस मायाजाल में फंस गए हैं।" शास्त्री जी ने कहा, "आप अपना और अपने परिवार का हित-अनहित नहीं देख पा रहे हैं।"

राजा हंस पड़े, "वस्तुतः अब ही तो मैंने समझा है कि मैं किस मायाजाल में फंसा हुआ हूं। अब, जब मेरी नींद खुल गई है और मैं बिस्तर से उठ जाना चाहता हू, आप सब मुझ से फिर से सो जाने का आग्रह कर रहे हैं।" और सहसा राजा तड़पकर राजपंडित की ओर मुड़े, "क्या आज तक, मुझ से पहले कोई राजा संन्यासी नहीं हुए? आखिर आप इतने परेशान क्यों हैं? केवल इसलिए कि आपने महल के ऊंचे चौबारे पर एक संन्यासी की कौपीन सूखती देख ली है?"

"महाराज! बात यह नहीं है।" राजपंडित बोले, "जिस मार्ग पर आप बढ़ रहे हैं, वह अत्यंत कंटकाकीर्ण है।"

"जानता हूं, शास्त्री जी!" राजा बोले, "आपने ही मेरे सामने चर्चा करते हुए अनेक बार कहा है कि हम यह शरीर नहीं हैं। सांसारिक संबंध भ्रम मात्र हैं। वास्तविक संबंध तो ईश्वर से ही होता है। आज जब आपकी ही बातों को मैं सत्य मान कर उन पर चलना चाह रहा हूं तो आप मुझे उससे रोकना चाहते हैं। क्या है यह सब–मात्र चकल्लस? वह अलौकिक ज्ञान क्या मात्र चर्चा के लिए है? उस पर आचरण नहीं करना चाहिए?"

"उस पर आचरण करने से संसार का सब कुछ छूट जाता है महाराज!"

"जो छूट जाता है, वह आपने देख लिया और जो प्राप्त होता है, वह आपने नहीं देखा।" राजा का स्वर कुछ दृढ़ हुआ, "मुझे वह व्यक्ति मिल गया है, जो इस ज्ञान को मात्र चकल्लस नहीं मानता, वह उसको अपने जीवन में उतार चुका है और संसार का त्याग कर जो पाया जा सकता है, उसे पा चुका है। अब आप मुझसे यह न कहें कि मैं आपके ज्ञान को सत्य मानूं किंतु उसपर आचरण न करूं। मैं दोमुंहा झूठा जीवन नहीं जीना चाहता।"

राजपंडित उठ खड़े हुए, "मेरा काम महाराज को समझाना था। अब कोई यह न कहे कि मैंने अपना कर्तव्य पूरा नहीं किया।"

122

अजितसिंह ने उठकर स्वामी को प्रणाम किया और अंग्रेज़ी में पूछा, "कैसे हैं महाराज?

खेतड़ी में आपको कोई कष्ट तो नहीं है?"

"नहीं। कोई कष्ट नहीं है।" स्वामी ने भी अंग्रेज़ी में ही उत्तर दिया, "एक आपके अंग्रेज़ी बोलने के अभ्यास का कष्ट था, अब वह भी नहीं है।"

अजितसिंह प्रसन्न हो गए, "कारण?"

"अरे यहां अपने मुसाहिबों और गोले-गोलियों के सामने आप हर समय एक संन्यासी की चिरौरी करते रहेंगे, तो उन लोगों को कैसा लगेगा। अच्छा है कि अंग्रेज़ी में बातचीत हो, न वे कुछ समझें, न कुछ सोचें।"

"यह भी अच्छी रही।" अजितसिंह हंसे, "किंतु मेरे लिए तो एक नई चिंता आरंभ हो गई है।"

"क्या?" स्वामी ने पूछा।

"आबू मेरी रियासत नहीं है। वहां मैं कभी तो सामान्य आदमी भी हो सकता था। यहां प्रत्येक क्षण कोई न कोई स्मरण कराता रहता है कि मैं राजा हूं और मेरा अहंकार फूलता रहता है।" अजितसिंह ने कहा, "यहां आकर मेरी मनोभूमि ही बदल गई है। जो थोड़ा-सा आध्यात्मिक विकास हो रहा था, वह भी थम गया है। पतन का आरंभ है यह।"

स्वामी हंस पड़े, "यह अनुभूति ही बताती है कि आप अपनी मानसिक साधना में लगे हुए हैं।"

"वस्तुतः विलास में आकंठ डूबा मैं किसी प्रकार की तपस्या के योग्य ही नहीं हूं।"

"नहीं! ऐसी कोई बात नहीं है।" स्वामी बोले, "मुझे तो लगता कि खेतड़ी के प्रासाद, विलासभूमि होते हुए भी, तपस्वी की कुटिया बनने का पूरा सामर्थ्य रखते हैं। थोड़ी सी तपस्या मैं भी यहां करना चाहता हूं। थोड़ा मनन, थोड़ा अध्ययन।" अजितसिंह प्रसन्न हो उठे, "अपने इस सौभाग्य की मैं कल्पना भी नहीं कर सकता स्वामी जी! किंतु आप कहते हैं तो यह सत्य ही होगा।"

123

राजा एक लंबी अनुपस्थिति के बाद खेतड़ी लौटे थे। संबंधियों, अधिकारियों और कर्मचारियों को उनसे भेंट करनी थी। ऐसा कौन था, जो उन्हें प्रणाम करने और उनका कुशल समाचार जानने नहीं आएगा। गवाक्ष दर्शन की परपंरा अब समाप्त हो गई थी; किंतु प्रजा, राजा के दर्शन तो करेगी ही। समारोह तो होना ही था।

अजितसिंह अपने सहचरों के साथ उद्यान भवन के खुले स्थान में बैठे थे।

"स्वामी जी कहां हैं?" उन्होंने पूछा।

"कदाचित् अपने कक्ष में होंगे।" दीवान ने कहा।

"किसी को भेजिए दीवान जी! जाकर देखे कि यदि वे ध्यान न कर रहे हों तो उनसे हमारा संदेश कहे कि बाहर प्रकृति बहुत मनोहर हो गई है। वे भी आएं और थोड़ी देर हमें अपने संगति का आनन्द दें।"

आदेश पाकर सेवक स्वामी के कक्ष की ओर दौड़ गया।

अजितसिंह का मन जैसे संसार से उदासीन हो चुका था। क्या पाने के लिए मनुष्य इस पृथ्वी पर आने को ललचता है? क्यों लालायित है, वह इस नर देह को पाने को? क्या रखा है, इस रक्त और मांस की देह में? इसकी उत्पत्ति के क्षण से ही इसके विनाश के तत्व इसमें निहित हैं। वनस्पति के समान इसका बीजवपन होता है। बीज अंकुरित होता है। पल्लवित और पुष्पित होता है और अपने नियत समय से वैसे ही मुरझा जाता है, जैसे कोई पौधा ऋतु बीत जाने पर मुरझा जाता है। खेत में कुछ महीने लहरा कर फसल की कटाई हो जाती है। प्रकृति मनुष्य की खेती करती है। समय से फसल उगती है, समय से हरी भरी होती है; और समय से पक कर, कट जाती है। तो क्यों लालायित है यह आत्मा खेत की फसल बनने को?

स्वामी जी को सेवक सादर लिवा लाया था।

"प्रकृति का आनन्द ले रहे हैं राजन्!" स्वामी ने मुसकरा कर कहा।

"हम जैसे जो अपने भीतर आनन्द पाने में असफल रहते हैं, वे बाहर प्रकृति में आनन्द खोजने का प्रयत्न करते हैं महाराज!" अजितसिंह बोले।

स्वामी ने राजा पर एक गहरी दृष्टि डाली, "धन्य हैं, वे लोग, जो भीतरी आनन्द के अभाव में व्याकुलता का अनुभव करते हैं और उसे पाने के लिए पागल हो जाते हैं–वे ही लोग अपने लक्ष्य पर पहुंचेंगे।"

"स्वामी जी!" जगमोहन ने कहा, "हमारे महाराज अन्य राजाओं के समान, अपने राज-पाट का सुख क्यों नहीं भोग पाते? अन्य सारा राजसमाज सांसारिक भोगों में डूबा रहता है–आखेट करता है, सुरासेवन करता है, रागरंग में डूबा रहता है। कभी ईश्वर को स्मरण नहीं करता और सदा सुखी रहता है।"

"वे सुखी नहीं हैं। नशे में हैं या स्वप्नावस्था में हैं।" स्वामी बोले, "चेतेंगे तो जानेंगे कि वे अब तक अपने लिए दुख का सागर खोद रहे थे।"स्वामी ने अपनी आंखें बंद कीं और 'शिव शिव' का उच्चारण किया।

हलचल हुई। स्वामी ने आंखें खोलीं, सामने से नर्तकियों का एक दल चला आ रहा था।

स्वामी ने अजितसिंह की ओर देखा, जैसे पूछ रहे हों, 'अध्यात्मचर्चा के मध्य यह माया की शोभायात्रा कहां से आ गई? क्या इसके लिए ही उन्हें यहां बुलाया गया था?'

"स्वामी जी!" जगमोहन बोले, "ये नर्तकियां 'सलाम मालूम' करने के लिए उपस्थित हुई हैं। महाराज इतने दिनों के बाद लौटे हैं तो यह इनका भी राजकीय कर्तव्य है कि राजा के दर्शन करें।"

"'सलाम मालूम'? वह क्या है?"

"राज्य के आश्रितों, सेवकों और किसी पद के प्रत्याशियों के लिए प्रातः एवं सायंकाल राजा जी की सेवा में अभिवादन करने के निमित्त उपस्थित होने का नियम है। इस अभिवादन का नाम ही 'सलाम मालूम करना' है।"

"यह दल अभिवादन कर चला जाएगा?"

"यदि राजा किसी को कोई आदेश न दें तो न बरसने वाले मेघों के समान ये लोग लौट जाएंगे।"

स्वामी कुछ आश्वस्त दिखे।

नर्तकियों ने राजा का सामूहिक अभिवादन किया। और तब उनमें से मैनाबाई आगे बढ़ आई। वह उनकी अगुवा तो नहीं लगती थी। उसने हाथ जोड़कर अत्यंत विनीत भाव से प्रणाम किया। सिर झुकाए हुए ही मधुर स्वर में बोली, "महाराज की कृपापूर्ण अनुमति मिले तो मैं एक भजन सुनाना चाहती हूं।"

स्वामी ने देखा : गायन की इच्छुक महिला में यौवन सुलभ चांचल्य नहीं था। न वह गणिकाओं के समान हेला का सहारा ले रही थी। वह प्रौढ़ और गंभीर दिखाई दे रही थी। राजा ने उसे गाने का आदेश नहीं दिया था। वह स्वयं ही गाने का प्रस्ताव कर रही थी। वह राजा और अन्य उपस्थित लोगों को अपने रूप से नहीं रिझा सकती थी, अतः अपने संगीत से उन्हें लुभाना चाहती थी?

स्वामी ने राजा की ओर देखा।

अजितसिंह स्वाभाविक रूप से मुसकरा रहे थे। उनके चेहरे पर अपरिचय का भाव नहीं था। वे शायद उस महिला को भली प्रकार पहचानते थे।

"अवश्य गाओ मैनाबाई!" उन्होंने कहा, "तुम्हारे मधुर कंठ का संगीत सुने काफी समय हो गया है।"

मैनाबाई बैठ गई, जैसे वह सलाम मालूम करने नहीं, गाने की पूरी तैयारी कर के आई थी। वाद्य यंत्र प्रस्तुत कर दिए गए। संगत करने वाले भी साथ आ बैठे। गाना आरंभ होने को ही था।

स्वामी के मन में वितृष्णा जागी। वे संगीत के विरोधी नहीं थे; किंतु वे राजा और दरबारियों की संगति में एक वेश्या का मुजरा सुनने यहां नहीं आए थे।

स्वामी अपने स्थान पर लौट जाने के लिए उठ खड़े हुए।

मैनाबाई ने उनका उठना तत्काल लक्षित किया, जैसे वह पहले से ही उसके लिए आशंकित हो। उसने हाथ जोड़ कर निवेदन किया, "स्वामी जी! आप अवश्य विराजिए।"

स्वामी उसका तिरस्कार नहीं करना चाहते थे। वे असमंजस में खड़े के खड़े रह गए।

"महाराज! मैं जानती हूं कि गणिकाओं के मुजरे में संन्यासी नहीं बैठा करते।" उसने अपने जुड़े हाथों पर अपना माथा टेक दिया, "किंतु आपके बैठने से यह राजसभा मंदिर की मर्यादा पा जाएगी।" उसने स्वामी की ओर देखा, "आज मैं महाराज के लिए नहीं गा रही। मैं भगवान के लिए भी नहीं गाना चाहती। उनके लिए मैं अपने एकांत में गाती हूँ।" मैनाबाई ने निःशंक भाव से कहा, "आज मैं आपको ही एक भजन सुनाना चाहती हूं। इस पतिता की यह प्रार्थना सुन लीजिए।" उसका स्वर कातर हो उठा था, "दीनबंधो! आप तारनहार हैं। आपका स्नेह राजा तक ही क्यों सीमित रहे, प्रजा पर भी

उसकी वर्षा होनी चाहिए। इस पापिष्टा को निराश मत कीजिए।"

उसकी कातरता स्वामी जी के मन को छू गई।

स्वामी की दृष्टि राजा की ओर मुड़ी। राजा ने गणिका के आग्रह में अपनी अवहेलना नहीं मानी थी। उन्होंने अपनी ओर से भी अनुरोध किया, "स्वामी जी! मैनाबाई का गायन सुनकर सभी प्रसन्न होते हैं। आप भी दया कर इसे सुन लीजिए। यह मुझ पर भी आपकी कृपा होगी। यह सांसारिक गीत नहीं सुनाएगी, कोई श्रेष्ठ भजन ही गाएगी।"

स्वामी मन ही मन हंसे। वे राजा को जिस रोग से मुक्त करना चाहते हैं, राजा उसीके कीटाणु तश्तरी में रख कर उन्हें परौस रहे थे।

स्वामी का जाना स्थगित हो गया। वे ठहर गए। गायिका की कातर प्रार्थना में उन्हें कुछ सात्विकता का आभास हुआ था। राजा के अनुरोध का भी कोई विशेष अर्थ होना चाहिए। राजा स्वामी को किसी गणिका का बाजारू गीत सुनवाने के लिए इस प्रकार का आग्रह नहीं करेंगे।

वे बैठ तो गए; किंतु उनकी अन्यमनस्कता किसी से छिपी हुई नहीं थी। लग रहा था कि वे इस परिवेश से तटस्थ होकर अपने भीतर रमने का प्रयत्न कर रहे थे। वे ध्यान करने का प्रयत्न कर रहे थे।

मैनाबाई ने ताल और सुर के साथ सूरदास का पद आरंभ किया :

"हमरे प्रभु औगुन चित्त न धरो!"

स्वामी सजग हो उठे। वह पापिनी तो पहले ही अपने अवगुणों को स्वीकार कर रही है। पश्चात्ताप कर रही है। यह किसी गणिका द्वारा महफिल को रिझाने का प्रयत्न नहीं, एक भक्त का भगवान के सम्मुख आत्मनिवेदन था।

"समदर्सी है नाम तिहारो, अब मोहि पार करो।
इक लोहा पूजा में राखत, इक घर बधिक परो।
सो दुविधा पारस नहीं जानत, कंचन करत खरो।"

स्वामी देख रहे थे, वह संगीत में पारंगत थी। उसका कंठ भी मधुर था; किंतु सबसे महत्वपूर्ण तो उसके शब्द थे, जो उसके हृदय की स्थिति प्रकट कर रहे थे। वे केवल गायिका के शब्द न होकर एक समर्पित भक्त की वाणी थी, जिसे अपने दोषों का पूर्ण ज्ञान था। वह उन्हें स्वीकार कर रही थी और प्रभु से विनती कर रही थी। वह उन शब्दों का उच्चारण भर नहीं कर रही थी, उन शब्दों को जी रही थी।

"इक नदिया इक नार कहावत, मैलो हि नीर भरो,
जब दोऊ मिलि इक बरन भए, सुरसरि नाम परो।
यह माया भ्रमजाल निवारो, सूरदास सगरो,
अबकी बेर मोहि पार उतारो, नहिं प्रन जात टरो।"

गायिका अपने संगीत में ही नहीं, अपने भावों में भी तन्मय थी। वह राजा के दरबार में नहीं बैठी थी, अपने आराध्य की सेवा में उपस्थित थी। सुनने वाले भी चित्रवत् हो गए

थे। सभा पर एक विलक्षण विद्युत-सी दौड़ गई थी। भक्त हृदय के निवेदन का भाव स्वामी को भी छू गया। वे इस स्त्री को गणिका मानकर उसके संगीत की उपेक्षा कर यहां से उठकर जा रहे थे, वह सचमुच उन्हीं के माध्यम से भगवान से निवेदन कर रही थी।

स्वामी का मन जैसे चौंक उठा, यह भजन कहीं स्वामी द्वारा किए गए उसके तिरस्कार का उत्तर तो नहीं? वह तो स्वामी के सम्मुख ही अपना हृदय उंडेल रही है। ऐसा न भी कर रही हो, तो भी स्वामी के लिए उसका निवेदन विचारणीय है।

वे तो वेदांती हैं—अद्वैत वेदांत के अनुयायी। विश्वास करते हैं कि संसार में जो कुछ भी है, वह ईश्वर का ही प्रतिरूप है। ईश्वर के सिवाय यहां और कुछ है ही नहीं। वेदांती प्रत्येक जीव में स्वयं को और स्वयं में प्रत्येक जीव को देखता है। तो फिर वे इस गणिका में स्वयं को क्यों नहीं देख पाए? गणिका के भीतर जो आत्मा है, वह भी तो परमात्मा का ही अंश है। वे स्वयं यह शरीर नहीं हैं, उनका वास्तविक स्वरूप यह नहीं है। वे आत्मा हैं, शुद्ध आत्मा-परमात्मा का अंश। तो यह गायिका भी तो वही है। स्वामी यदि यह शरीर नहीं हैं, तो वह गायिका कैसे शरीर मात्र हो सकती है। वह भी तो आत्मा ही है। शुद्ध बुद्ध आत्मा। परमात्मा का अंश। कलेवर ही तो भिन्न है। और वे उसे स्त्री मानकर उससे दूर हट रहे थे, क्योंकि संन्यासी ब्रह्मचारी होता है और ब्रह्मचारी को स्त्री के संपर्क में नहीं आना चाहिए। वे उसे गणिका मानकर उसकी उपेक्षा कर रहे थे। पर वह गणिका नहीं है, वह तो उनकी गुरु है, जो उन्हें उपदेश दे रही है।

ठीक कह रही है वह, 'मेरे औगुन प्रभुजी चित्त न धरो... समदर्सी है नाम तिहारो...'

स्वामी के मन में अहंकार कहां से आ गया? वे स्वयं को उस गायिका से पृथक् और श्रेष्ठ कैसे मानने लगे? वे अपने भीतर न देख कर, बाहर, दूसरों के अवगुण देखने लगे। आत्मा तो निर्लिंग होती है। आत्मा न स्त्री है, न पुरुष। उसका कोई शरीर नहीं है। शरीर तो प्रकृति द्वारा फैलाया गया मायाजाल है। वे शरीर के प्रति इतने सचेत कैसे हो गए। बाहरी आवरण का भेद उन्हें किसी की आत्मा से पृथक् कैसे कर सकता है। ठीक कह रही है गायिका... समदरसी है नाम तिहारो....

स्वामी को लगा, उनसे कोई अपराध हो गया है। अहंकार ने उनपर पूर्ण प्रभुत्व जमा लिया था, जिससे उनके मन में द्वैत भाव आ गया था। गायिका ने न्याय के लिए गुहार की है। उसे न्याय मिलना ही चाहिए। स्वामी को प्रायश्चित करना होगा।

'इस पतिता समझी जाने वाली स्त्री ने एक भक्त का पद गाकर, सर्वं खल्विदम् ब्रह्म—के तत्व को हृदयंगम करा दिया है। वे सोच रहे थे, 'मेरा संन्यास भी क्या संन्यास है? मैं संन्यासी हूं और यह एक पतिता नारी है—यह ऊंच-नीच की भावना...यह भेदबुद्धि आज भी दूर नहीं हुई? शिव! शिव!! सब प्राणियों में ब्रह्मानुभूति बड़ा ही कठिन कार्य है। चांडाल की बातें सुनकर शंकराचार्य के मन से भेदबुद्धि तिरोहित हो गई थी। स्वामी के मन से वही भेदबुद्धि दूर करने के लिए भगवान् को इस रूप में आना पड़ा है?

स्वामी अपने स्थान से उठकर उसके पास आए, "माता! मैंने अपराध किया है, क्षमा करो। मैं तुम्हें घृणा की दृष्टि से देख कर यहां से उठ जाना च हता था; किंतु तुम्हारा ज्ञानगर्भित भजन सुनकर मेरी आंखें खुल गई हैं। तुम मेरी ज्ञानदायिनी माता हो।"

गायिका ने अश्रुपूर्ण नेत्रों से स्वामी की ओर देखा। उसके अधरों पर मुस्कान थी। उसके चेहरे पर तृप्ति के भाव थे। किंतु उसके कंठ से वाणी नहीं फूटी। भावातिरेक ने उसके कंठ को अवरुद्ध कर दिया था। बोलती तो कदाचित् उसके अश्रु उसके कपोलों तक बह आते...

124

रानी ने राजा के स्वागत के लिए अपनी भुजाएं फैला दीं।

"कितना भाग्यशाली हूं, जो तुम जैसी सुंदर और प्रेम करने वाली पत्नी मिली।" राजा उनके निकट आ गए।

रानी अब स्वयं को रोक नहीं पाईं। राजा के एक ही वाक्य ने उनका संयम तोड़ दिया, "पर मैं सोचती ही रह जाती हूं कि मैं अपना भाग्य सराहूं या उसका शोक करूं।"

राजा ने चकित होकर रानी की ओर देखा।

"एक रात तो मेरे पति मुझ से इतना प्रेम जताते हैं; और दूसरी रात वे संन्यासी की चरणसेवा करने उसके कक्ष में पहुंच जाते हैं।"

राजा उनसे दूर हट गए।

"क्यों बुरा लगा?"

"सत्य में बुरा लगने की क्या बात है।" राजा सहज भाव से बोले, "मैं तो यह सोच रहा था कि मैं भी विचित्र जीव हूं, जिसे एक क्षण तो यह संसर ब्रह्ममय दिखाई देता है और दूसरे ही क्षण वह नारीमय हो जाता है। मैं स्वामी जी के निकट जाता हूं, तो लगता है कि मोक्ष ही वास्तविक सुख है; और आपके निकट आता हूं तो लगता है कि आपसे बड़ा सुख और कोई है ही नहीं।"

"द्वंद्व में हैं?" रानी ने पूछा।

"नहीं, मोह में हूं।" राजा बोले, "स्थिर नहीं रह पाता हूं। सत्य का आभास है मुझे; किंतु उस पर टिक नहीं पाता हूं। सत्य को प्राप्त करना चाहता हूं; किंतु माया को छोड़ भी नहीं पाता हूं। अभी शायद मेरा सांसारिक भोग पूरा नहीं हुआ।"

तो राजा कुछ छिपा नहीं रहे थे–रानी सोच रही थीं–वे अपने मन की स्थिति स्पष्ट रूप से स्वीकार कर रहे थे। उनके मन में किसी प्रकार का अपराधबोध नहीं था।

"मैंने सुना है कि आपने स्वामी जी से प्रार्थना की है कि वे आपको दीक्षा प्रदान करें।"

"सत्य सुना है आपने।" राजा ने कहा, "किंतु उन्होंने अभी अपनी स्वीकृति नहीं दी है।"

"तो आप उनको अपना गुरु बनाना चाहते हैं?"

"बनाना क्या चाहता हूं, उन्हें अपना गुरु मानता हूं। वे मेरे गुरु हैं।"

"वे दीक्षा न दें, तो भी?"

"हां, तो भी।" राजा बोले, "किसी को अपना गुरु मानने के लिए दीक्षा आवश्यक नहीं होती।"

"मानिए। आप उनको गुरु मानिए।" रानी बोली, "पर गुरु से दीक्षा के अतिरिक्त भी तो कुछ मांगा जा सकता है। आपको उसमें संकोच तो नहीं होगा।"

"नहीं! गुरु से कुछ मांगने में संकोच कैसा। शिष्य तो होता ही याचक है।"

"तो उनसे कहिए कि वे आपको एक पुत्र का वर दें। खेतड़ी को युवराज की आवश्यकता है।" रानी बोली, "आपकी दो दो संतानें होने पर भी अभी खेतड़ी को युवराज की प्रतीक्षा है।"

राजा स्तब्ध रह गए : रानी क्या कह रही हैं।

"मैं उनसे मोक्ष की प्रार्थना करूं या सांसारिक बंधनों की?"

रानी उठकर बैठ गईं, "जानती हूं, आपको मोक्ष चाहिए–राज्य से, मुझ से, अपनी पुत्रियों से।"

"जानती हैं, या मानती हैं?"

"निश्चित् रूप से जानती हूं; इसीलिए एक राजकुमार मांग रही हूं, ताकि जब आप हमारी भुजा छोड़ दें, तब कोई तो हो, हमें सहारा देने वाला, हमारी बांह थामने वाला।"

राजा चुपचाप रानी को देखते रहे : रानी तो बहुत दूर तक सोच गई थीं। उन्होंने तो अभी ऐसा कोई निश्चय नहीं किया था।

"मोक्ष तो संसार से होता है रानी! जन्म-मरण के चक्र से होता है।" अंततः राजा बोले, "अपनी पत्नी और संतान से मोक्ष किसने मांगा है।"

"इतना तो मैं भी समझती हूं राजन्! कि पत्नी और संतान को त्यागे बिना संसार नहीं त्यागा जाता। संसार और है ही क्या?" रानी ने उनको भरपूर दृष्टि से देखा, "मैं नहीं चाहती कि आप संन्यास ग्रहण करें। मैं चाहती हूं कि आप सुख और सम्मान से अपने घर, अपने परिवार में रहें। अपनी प्रजा और अपनी संतान का पालन करें। समाज को न्याय दें; किंतु यदि आपने घर त्यागने का निर्णय कर ही लिया अथवा आपके गुरु ने आपको गृहत्याग का आदेश दे दिया, तो हम किसके सहारे जिएंगे? युवराज के बिना रियासत नहीं टिकेगी। तो फिर खेतड़ी को युवराज चाहिए या नहीं?"

राजा ने हंसने का प्रयत्न किया, "आपके मन में मेरे प्रति प्रेम कम, आशंकाएं अधिक हैं–यह तो मैंने कभी जाना ही नहीं था।"

"प्रेम कम नहीं है महाराज!" रानी तड़प कर बोली, "प्रिय भाग न जाए, यह आशंका भी अपनेआप में प्रेम का ही एक रूप है। आप मेरे साथ बंध कर रहें, तो भी हमें युवराज की आवश्यकता है। आप गृहस्थी से मुक्त होना चाहें, तो मैं आपके मार्ग की बाधा न बनूं, उसके लिए भी आवश्यक है कि खेतड़ी का एक युवराज हो।"

"पर आपने यह सोच कैसे लिया कि मैं आपको असहाय, बेसहारा छोड़ कर बिना किसी प्रबंध के तपस्या के लिए वन को चल दूंगा।"

"जिन्हें तपस्या का आदेश या आवेश होता है, वे स्वयं भी ईश्वर पर निर्भर होते हैं और शेष सबको भी ईश्वर के भरोसे ही छोड़ देते हैं।" रानी ने उनकी ओर देखा, "सारे जीवों के प्रति करुणा के अवतार, महात्मा बुद्ध तक अपनी पत्नी को सोई छोड़ कर तपस्या करने चले गए थे।"

"पर मैंने तो कभी गृहत्याग की बात सोची ही नहीं है। मेरे मन में तो कभी ऐसा कुछ आया ही नहीं।"

"ठीक है, किंतु ऐसी कोई प्रेरणा होने में वर्षों नहीं लगते। क्षण भर में आदमी क्या से क्या हो जाता है।"

राजा कुछ क्षण मौन बैठे रहे और फिर सहसा बोले, "ठीक है रानी! मैं आपको वचन देता हूं कि यदि कभी ऐसा कोई अवसर आया, तो आप स्वयं को बेसहारा नहीं पाएंगी।"

रानी ने प्रसन्न होकर अपनी भुजाओं, अपने नयनों और अधरों के संकेतों से राजा को आमंत्रित किया; किंतु राजा ने जैसे यह सब देखा ही नहीं। वे उठकर कक्ष से बाहर चले गए।

राजा के मन में ऐसी पीड़ा जागी कि वे हार्मोनियम ले कर बैठ गए–

"विन बिन मोहिकूं कछु न सुहावै,
तरफत चित अति ही अकुलावै।
ए री! सखी हमरे पीतम कौ,
जाय कोई यह बात सनावै।
यह जीवन छीजत है छन छन,
बीत गए पर फिर नहीं आवै।
बहुत काल बीते आवन के,
गिनत गिनत जियरा घबरावै।
हाय दई अंखियां तरसत हैं,
विरह विपत नित मोहि जरावै।
मरण न देत आस मिलिबे की,
जीवन छिन विन बिन नहिं भावै।
सुध बुध सब ही भूल गई री।
यह दुख तो अब सह्यौ न जावै।
मतलब को गरजी जग सारो,
अरजी मोर कौन सुनावै।

तन मन जीति रीति सब करिकै,
भजिहौं राम काम बनि आवै।
हे जगदीश ईश विश्वंभर,
तुम बिन यह दुख कौन मिटावै।
करो कृपा करुणानिधि मो पै,
मिलै पिया जिय हरष न भावै।
ज्ञानी याही ज्ञान करि देखै,
रसिक याही रस पच्छ लगावै।
जोग भोग गति दोय एक करि,
सुमति अजित पद् सहज बतावै।

"स्वामी जी!" अजितसिंह ने हाथ जोड़े, "आपसे एक प्रार्थना है।"

स्वामी ने उनकी ओर देखा।

"मैं चाहता हूं आप आजीवन खेतड़ी को ही अपना निवास बना लें; और मेरे गुरु बन कर यहीं रहें। मुझे आजीवन आपके चरणों की सेवा का सौभाग्य मिले।"

"राजन्! संन्यासी को एक खूंटे से बांधने का प्रयत्न कर रहे हैं।" स्वामी हल्के से हंसे, "असंभव के पीछे भागने का क्या लाभ?"

"संन्यासी भी तो किसी एक स्थान पर अपना आश्रम बना कर रहते हैं।" अजितसिंह बोले।

"आश्रम एकांत में होना चाहिए। किसी वन में, किसी नदी अथवा सागर के तट पर, किसी द्वीप में, जहां सामान्य लोगों का आवागमन न हो। राजमहलों में आश्रम नहीं बनते।"

"राजमहलों में आश्रम नहीं बनते; किंतु राजमहल तो आश्रम बन सकते हैं।"

"वे आश्रम नहीं होते, किसी बनिए की दुकान हो सकती है। आश्रम का अर्थ है –साधनास्थली। साधना वहां नहीं हो सकती, जहां लोगों का अधिक आवागमन हो। और राजमहल में लोगों का आवागमन रोक देना कोई न्याय नहीं है।" स्वामी बोले, "वैसे संन्यासी को कहीं भी उतना ही रुकना चाहिए, जितने समय तक वहां उसकी आवश्यकता हो।" स्वामी का स्वर गंभीर हो गया, "धारा का धर्म है–बहना। रुकते ही वह जौहड़ बन जाएगी। खेतों और वनों को नहीं सींचेगी, भैंसों के नहाने के काम आएगी।"

"महाराज! वह भी तो उपयोगी है। गांव के लिए तो तालाब ही वरदान है।"

"तालाब एक गांव का होता है और धारा सारे धराधाम की होती है।" स्वामी बोले, "धारा को तालाब बनाने का प्रयत्न मत करो राजन्! तालाबों को धारा में बदलने के लिए श्रम करो।"

"तो स्वामी जी! क्या यह संभव है कि जब आप यहां रुक न सकें, तो मैं भी आपके

साथ चलूं। धाराएं अपने तट पर आए कंकड़ पत्थर को बहा कर अपने साथ तो ले ही जाती हैं।"

"नहीं! आप मेरे साथ नहीं जाएंगे।" स्वामी का प्रखर स्वर गूंजा, "आप इस धारा के संपर्क में आने वाले कंकड़ पत्थर नहीं हैं, आप धारा का कगार कटने से रोकने वाले पर्वत हैं। आपको अपने स्थान पर रहना है और स्थिर रूप से रहना है, ताकि धारा अपने नियत मार्ग पर बह सके।" स्वामी ने रुककर एक गंभीर दृष्टि राजा पर डाली, "मैं केवल रूपक नहीं बांध रहा हूं। आपको एक यथार्थ सूचना दे रहा हूं। आपका जन्म एक विशेष लक्ष्य के लिए है। आपको विश्व की कुछ महान् घटनाओं में सहयोगी की भूमिका निभानी है। इसलिए आप खेतड़ी में ही रहेंगे और अपने राज्य का त्याग भी नहीं करेंगे। आप जिस दायित्व को लेकर जन्मे हैं, उसके लिए अपने राज-धर्म का निर्वाह करते हुए जीवन भर तपस्या करेंगे।"

"यह तपस्या है स्वामी जी!" राजा हंस पड़े, "यह भोग विलास, ये वस्त्राभूषण, ये महल और हवेलियां–यह सब तपस्या है तो भोग क्या होता है?"

स्वामी भी हंस पड़े, "यदि यह भोग-विलास है, यदि यह सुख का साधन है, तो आप इसके त्याग की चर्चा क्यों करते हैं?"

"क्योंकि ये भोग मेरे लिए सुखकर नहीं हैं।" राजा का स्वर कुछ अवसादपूर्ण हो गया, "एक बच्चा जिस खेल को बहुत प्रसन्नता से खेलता है, किसी भी वयस्क के लिए वह खेल पीड़ादायक हो जाता है।"

"किंतु यदि उस वयस्क को कहा जाए कि बच्चे की मां अभी किसी काम में लगी है, इसलिए बच्चे को बहलाए रखने के लिए दो घंटे उसके साथ वही खेल खेलते रहो–तो?"

"तो अपना दायित्व समझते हुए, खेल में रुचि न होते हुए भी वह खेल खेलेगा।" राजा ने कहा।

और सहसा राजा के चेहरे का भाव बदल गया। उन्होंने एक नई सी दृष्टि से स्वामी की ओर देखा, "आपका अभिप्राय है कि मुझे अपना कर्तव्य मानकर राजा बने रहने का यह खेल खेलना होगा?"

"आप ठीक समझे।" स्वामी बोले, "आपको इस भूमिका का निर्वाह करना होगा, ताकि बच्चे की मां अपना काम कर सके।"

राजा मौन बैठे स्वामी की ओर देखते रहे, जैसे उनके मन में कुछ रहस्य खुल रहे हों। और सहसा वे कुछ चंचल हो उठे।

"तो महाराज! यदि मुझे खेल ही खेलना है, तो उसे पूरी ईमानदारी से खेलना चाहिए। सारा साजोसामान भी वैसा ही होना चाहिए।"

"हां राजन्! जब हम बच्चे के साथ खेलते हैं और बच्चा सिंह का अभिनय करता हुआ हमें डराता है, तो यह जानते हुए भी कि वह सिंह नहीं है, हम भयभीत होने का

अभिनय करते हैं। वैसे ही आप सत्य को जानते हुए भी राजा बने रहेंगे। राजा के समान अभिनय करेंगे और दूसरों को बाध्य करेंगे कि वे आपकी प्रजा का सा व्यवहार करें।"

"आप जानते हैं स्वामी जी! राजा बने रहने का अर्थ है, ठाकुरों के उस समाज का अंश होकर रहना, जिसमें दिन रात विलास का खेल होता है। मांसाहार होता है, मदिरापान होता है, मुजरे होते हैं..."

"यद्यपि वे राजधर्म के अंग नहीं हैं, किंतु आज के राजसमाज का व्यवहार अवश्य है।" स्वामी मुसकराए, "मैं जानता हूं कि आप संन्यासी होकर राज्य नहीं कर सकते। आपको भी राजा बन कर रहना होगा।"

"तो स्वामी जी! महारानी की उत्कट अभिलाषा है कि वे इसबार खेतड़ी के युवराज को जन्म दें। कृपा कर उनकी आकांक्षापूर्ति का वर दें।" राजा स्वामी के सामने अपने घुटनों पर बैठ गए, "वे चाहती हैं कि दो राजकुमारियों के बाद इसबार पुत्र का जन्म हो, ताकि वे खेतड़ी का ऋण उतार कर अपने दायित्व से मुक्त हो सकें।"

"संन्यासी से मुक्ति की नहीं, बंधन की याचना कर रहे हैं राजन्!"

"जब खेल ही खेलना है महाराज! तो मन लगा कर खेला जाए।" राजा भी मुसकरा रहे थे।

"मन लगा कर नहीं राजन्! खेल को अनासक्त भाव से खेला जाए।" स्वामी मौन हो गए। उन्होंने अपनी आंखें बंद कर लीं। कुछ क्षणों में उनकी आंखें खुलीं, "मैं अपने गरुदेव के नाम पर आपको पुत्रजन्म का आशीर्वाद दे रहा हूं। भगवान की इच्छा हुई तो इसबार आपको पुत्रलाभ ही होगा।"

स्वामी ने राजा के सिर पर अपना हाथ रख दिया।

राजा ने स्वामी के चरण पकड़ लिए, "एक कृपा और करें महाराज!"

"उठिए!" स्वामी ने कहा, "अपने आसन पर बैठिए। अभी आपका कोई सेवक आ जाएगा।"

राजा उठकर अपने आसन पर बैठ गए, "महाराज! आप खेतड़ी से जहां कहीं भी जाएं, वहां हमारे प्रणाम स्वरूप खेतड़ी राज्य की ओर से एक सौ रुपए प्रति मास की राशि स्वीकार करते रहें।"

स्वामी जोर से हंस पड़े, "राजन्! आपका कोई कर्मचारी किसी अन्य रियासत से भी वेतन स्वीकार करने लगे तो?"

"कोई कर्मचारी दो राज्यों से वेतन नहीं पा सकता। वह तत्काल ही राज्य की सेवा से निष्कासित कर दिया जाएगा।"

"तो राजन्! हम संन्यासी भी जिस दरबार के कर्मचारी हैं, उसी से वेतन ले सकते हैं। कहीं और से वेतन लेते ही दरबार की चाकरी से निष्कासित कर दिए जाएंगे।"

"आप किसके चाकर हैं स्वामी जी?" राजा ने कुछ आश्चर्य से पूछा।

"हम राम जी के दरबार के चाकर हैं राजन्! किसी और के कोष से एक दमड़ी नहीं

ले सकते। किसी और का अन्न का एक दाना खाते ही उल्टी हो जाएगी। रामजी की चाकरी के नियम बहुत कठोर हैं।"

"पर मैं तो गुरुदक्षिणा का संकल्प कर चुका महाराज!"

स्वामी मौन रह कर कुछ सोचते रहे। राजा अपने संकल्प को टूटते देखना नहीं चाहते थे और स्वामी इस प्रकार की वृत्ति स्वीकार कर नहीं सकते थे।

"राजन्! संन्यासी पूर्णतः ईश्वर पर निर्भर है। वह अपने लिए वेतन और वृत्तियां बांध कर नहीं चलता।" स्वामी ने सस्नेह कहा।

"स्वामी जी, मेरे मन में आया संकल्प अकारण नहीं हो सकता। इस ईश्वरीय प्रेरणा का भी तो कोई अर्थ होगा।"

दोनों मौन बैठे शून्य में ताकते रहे।

"क्या मैं यह वृत्ति आपके मठ के नाम कर दूं?"

"शिव! शिव!!" स्वामी बोले, "वैसे तो मैं आपके धन को सात्विक धन ही मानता हूं; किंतु संन्यासियों के एक मठ को राजा से वृत्ति लेने का विधान नहीं है। वे गृहस्थ नहीं हैं कि राजा से मासिक वृत्ति स्वीकार कर सकें। दान आए तो प्रजा की ओर से ही आए।"

"तो महाराज! मुझे अनुमति दें कि मैं यह धन आपकी माता के चरणों में भेंट कर सकूं। उनकी आय का भी तो कोई साधन नहीं है। आपकी नानी की भूमि बिक चुकी और वह धन भी अब तक व्यय हो चुका होगा। उनका भरण पोषण कैसे होता होगा? वे गृहस्थ हैं, वे तो राजकोश की वृत्ति को स्वीकार कर सकती हैं।"

स्वामी ने मुसकरा कर आकाश की ओर देखा, "मैं नहीं जानता था कि ठाकुर मेरे परिवार का प्रबंध खेतड़ी के राजकोश से कर रहे हैं।" वे रुके, "तो ठाकुर की इच्छा पूरी हो। और राजन्! आपका संकल्प भी पूरा हो।" स्वामी ने आंखें बंद कर लीं, "शिव! शिव!!"

125

अजितसिंह ने स्वामी को बुला भेजा था। माइक्रोस्कोप विलायत से सुधर कर आ गया था। अजितसिंह चाहते थे कि किसी और के देखने से पहले, स्वामी स्वयं उसका निरीक्षण कर लें।

स्वामी ने माइक्रोस्कोप पर से आंखें उठाईं, "मेरा विचार है कि अब यह ठीक काम कर रहा है। आप भी देख सकते हैं।"

अजितसिंह माइक्रोस्कोप के निकट जा बैठे। उन्होंने अपनी आंख शीशे पर लगाई और उसे देखते रहे।

"हां! अब ठीक है।" राजा ने स्वामी की ओर देखा, "स्वामी जी! आप संन्यासी नहीं वैज्ञानिक हैं। आपको तो किसी बड़ी वैज्ञानिक प्रयोगशाला का निदेशक होना चाहिए था।"

"संसार भी तो एक प्रयोगशाला ही है, जिस में विज्ञान भी है और अध्यात्म भी।

जड़ भी है और चेतन भी।" स्वामी बोले, "और मैं जाने कब से, संभव है कई जन्मों से, इसके निदेशक को खोज रहा हूं।"

"उसको खोजना भी आप जैसे महारथियों का ही काम है। वह इतना सूक्ष्म है कि इस माइक्रोस्कोप में भी दिखाई नहीं देता। संभव है कि उसको देख पाने वाला कोई यंत्र आपके पास हो।" राजा बोले, "किंतु स्वामी जी! इस माइक्रोस्कोप में दोष क्या था यह तो पता ही नहीं चला।"

"वह भी इसके निर्माताओं से पूछ लेंगे।" स्वामी ने कहा, "अब आप रसायनशास्त्र का ठीक से अध्ययन कर सकेंगे। आपकी प्रयोगशाला स्थापित हो गई है। छोटी है; किंतु अपने आप में पूर्ण और आत्मनिर्भर है। और महल की छत पर लगे, टेलिस्कोप से आप आकाश के तारे देख पाएंगे। खगोलशास्त्र समझ लेंगे तो फिर ज्योतिषशास्त्र का भी अध्ययन किया जा सकता है।"

"स्वामी जी! आपका दृष्टिकोण इतना वैज्ञानिक है, फिर भी आप ज्योतिष पर विश्वास करते हैं।"

स्वामी ने वक्ता की ओर देखा : वे शिक्षा विभाग के अध्यक्ष शंकरलाल शर्मा थे। यह व्यक्ति जाने कब से अपने मन में यह शिकायत लिए फिर रहा था, जो इस अवसर पर उसके मुख से फिसल गई थी। यह शिकायत केवल ज्योतिष के लिए नहीं हो सकती। यह व्यक्ति तो सारे अभौतिक सूक्ष्म विषयों का विरोधी हो सकता है।

"यह आपको किसने कह दिया कि ज्योतिष अवैज्ञानिक है?" स्वामी की आंखों में तेज झलका।

"मेरा तात्पर्य यह नहीं था।"

"और क्या तात्पर्य था आपका?" स्वामी बोले, "भयभीत होकर चुप रह जाने की आवश्यकता नहीं है। निर्भय होकर अपना पक्ष प्रस्तुत कीजिए।"

"पृथ्वी से इतनी दूरी पर स्थित उन जड़ विराट पिंडों का हम मनुष्यों के जीवन से क्या लेना देना। उन्हें क्या पड़ी है कि वे हमारे जीवन में हस्तक्षेप करें, या हमारी नियति का निर्माण करें।" शंकरलाल बोले, "ज्योतिष का कोई प्रमाण भी तो नहीं है। अंततः तो वह अंधविश्वास ही है, या कुछ अंधविश्वासी लोगों का व्यसन है।"

"प्रमाण खोजे बिना आपने पश्चिम के अंधानुकरण में कह दिया कि प्रमाण तो है नहीं। दोष तो प्रमाण का ही है कि वह आपके पास नहीं आया।" स्वामी हंस रहे थे, "ऐसे तो शर्मा जी! संसार में किसी वैज्ञानिक तथ्य का भी प्रमाण नहीं था। वैज्ञानिकों ने बड़े परिश्रम से उन्हें खोजा है।" सहसा स्वामी रुके, "आपने खगोलशास्त्र पढ़ा है?"

"नहीं!"

"ज्योतिष का अध्ययन किया है?"

"नहीं!"

"तो आप उन लोगों में से हैं, जो अपने अज्ञान को संसार का सब से बड़ा प्रमाण

मानते हैं।" स्वामी बोले, "आपके पास आकाशगंगा का भी कोई प्रमाण नहीं है, इसलिए ब्रह्मांड में कोई आकाशगंगा भी नहीं होगी। शंकरलाल जी! अंधविश्वासी कौन है?"

"क्षमा करें, मुझ से भूल हुई स्वामी जी!" शंकरलाल ने पल्ला झाड़ लेना चाहा।

"यह भूल नहीं है शर्मा जी!" स्वामी हंस पड़े, "यह मन में जमा हुआ विरोध है। और यह विरोध केवल ज्योतिष के प्रति नहीं, पूरे भारतीय ज्ञान के प्रति है।"

"नहीं! ऐसा कुछ नहीं है स्वामी जी! भला मैं भारतीय ज्ञान का विरोध क्यों करूंगा। अंग्रेज़ तो मैं हूं नहीं।"

"यही तो अंग्रेज़ों का चमत्कार है कि हमारे ही मध्य में से कितने अंग्रेज़ बना डाले।" स्वामी बोले, "बल्कि यह तो उनसे भी पहले से चल रहा है। विदेशी आक्रमणकारी यहां के राजा बन बैठे। उन्होंने आपसे आपकी भाषा छीन ली। भाषा छिनी तो उस भाषा में लिपिबद्ध आपका सारा ज्ञान भी आपसे छिन गया। उन्होंने फारसी और अरबी पढ़ानी आरंभ की। इस देश को लगा कि सारा ज्ञान तो अरबी और फारसी में ही है। फिर अंग्रेज़ आए। उन्होंने आपको बताया कि सारा ज्ञान केवल अंग्रेज़ी में है। वही ज्ञान है। वही विज्ञान है। वही शास्त्र है। आपके पास या तो कुछ है ही नहीं, या फिर जो है, वह भ्रमित ज्ञान है, अंधविश्वास है। भारतीय जनमानस ने इन विचारों को स्वीकार कर लिया। तो फिर अंग्रेज़ों की क्या आवश्यकता थी। भारत और भारतीय गौरव का विरोध करने वाले लोग भारत में ही बड़ी संख्या में उत्पन्न हो गए। आप भी अजाने में ही उसी विचारधारा के शिकार हो गए हैं शर्मा जी!"

"ठीक कह रहे हैं, स्वामी जी! संभवतः यही हुआ है।" नारयणदास शास्त्री बोले, "मेरा किसी भारतीय या पाश्चात्य विद्या से कोई विरोध नहीं है; किंतु एक समस्या मेरी भी है।"

"क्या समस्या है पंडितजी!"

"खेतड़ी नरेश के लिए धरती और आकाश–दोनों के अध्ययन की तैयारी हो गई है।" शास्त्री जी बोले, "परंतु राजा जी के पास कीमियागर भी हैं और ज्योतिषी भी।"

"महाराज के पास एक से बढ़कर एक रसोइए भी हैं।" स्वामी ने उनकी बात की दिशा भांपते हुए कहा, "किंतु उन्होंने पाकशास्त्र का भी ज्ञान प्राप्त किया है।"

"वह उनका शौक है। पाकशास्त्र का ज्ञान प्राप्त कर वे महल की रसोई में भोजन नहीं पकाने लगेंगे। राजा लोग आखेट करते हैं किंतु वे कसाई बनकर मांस नहीं बेचने लगते। आप जिन विषयों की चर्चा कर रहे हैं, उनमें तो उन्हें स्वयं ही लगना पड़ेगा।" राजपंडित का स्वर कुछ तीखा था, "राजा के लिए यह सब पढ़ना आवश्यक है क्या? राजा का सबसे बड़ा कर्तव्य प्रजापालन है। वे ये सारे भौतिक विज्ञान ही पढ़ते रहेंगे तो प्रजा की ओर ध्यान कब देंगे?"

"यह सब प्रजा के लिए ही है पंडित जी!" स्वामी ने कहा, "राजा को इन विषयों का ज्ञान नहीं होगा, तो वह प्रजा को इनका ज्ञान कैसे कराएगा। राजा को सूचना होनी

चाहिए कि आज के संसार में ज्ञान की दिशा क्या है। उन्हें बाहरी और भीतरी–दोनों संसारों को जानना है। भौतिक और आध्यात्मिक विज्ञानों में सामंजस्य स्थापित करना है। राजा अनपढ़ होगा तो प्रजा की शिक्षा का प्रबंध कैसे करेगा?"

"बहुत अध्ययन किया है महाराज ने।" राजपंडित बोले, "संगीत का जितना ज्ञान उनको है, उतना कम ही लोगों को होता है। जैसी कविता वे कर लेते हैं, वैसी भारतवर्ष का कोई राजा नहीं कर सकता।"

"शास्त्री जी!" अजितसिंह ने शांत स्वर में कहा, "स्वामी जी न मेरा अहित कर रहे हैं, न मेरी प्रजा का। वे चाहते हैं कि खेतड़ी के लोग उस नए विहान की ओर भी देखें, जो संसार पर उदित हो रहा है।"

"पर आपके पास और बहुत काम हैं महाराज!"

"वे काम भी प्रजा के लिए हैं और यह भी प्रजा के लिए ही है।" अजितसिंह ने कहा, "प्रजा सुशिक्षित नहीं होगी, तो राजा को अपनी प्रजा के रूप में एक बर्बर जाति मिलेगी। इसलिए आवश्यक है कि राजा स्वयं भी शिक्षा ग्रहण करे और अपनी प्रजा को भी शिक्षित करे।"

"सत्य यह है पंडित जी! अपनी निर्धन प्रजा की निर्धनता दूर करने का भी एक ही मार्ग है कि उसे शिक्षित किया जाए।" स्वामी बोले, "उनके नष्टप्राय व्यक्तित्व को पुनः विकसित करने की आवश्यकता है। यह इतना बड़ा काम हमारे देश के निवासियों और हमारे राजा महाराजाओं पर निर्भर करता है।"

"स्वामी जी! आपको शायद ज्ञात नहीं है कि हमारी यह प्रजा शिक्षित होना ही नहीं चाहती।" शंकरलाल शर्मा ने पुनः साहस कर कहा, "पाठशाला हो भी तो लोग उसमें आना नहीं चाहते।"

पर स्वामी उनसे सहमत नहीं हो पाए, "समाज के सबल लोगों के अत्याचारों और विदेशी शक्तियों के दमन और शोषण के कारण वे शताब्दियों से कुचले जा रहे हैं। वे यह भी भूल गए हैं कि वे मनुष्य हैं और मनुष्यों के समान जीना उनका अधिकार है।" स्वामी बोले, "उन्हें उन्नत विचारों की आवश्यकता है। संसार में चारों ओर क्या हो रहा है, यह दिखाने के लिए उनकी आंखें खोलने की आवश्यकता है। इसके उपरांत अपनी मुक्ति का उपाय वे स्वयं कर लेंगे। प्रत्येक जाति, प्रत्येक स्त्री और पुरुष को अपनी मुक्ति का मार्ग स्वयं ढूंढ़ लेना चाहिए। उन्हें उच्च विचार प्रदान कीजिए, बस केवल इतनी-सी सहायता की उन्हें आवश्यकता है। आगे सब कुछ स्वयं ही हो जाएगा। हम लोग केवल रासायनिक पदार्थों को एकत्रित कर दें, प्रकृति के नियमानुसार स्फटिक तो स्वयं ही तैयार हो जाते हैं। उन्हें विचार देना हमारा कर्तव्य है, शेष तो वे स्वयं ही कर लेंगे।"

"क्या हम प्रत्येक गांव में एक विद्यालय नहीं खोल सकते?" राजा ने शंकरलाल की ओर देखा।

"महाराज! वे पाठशालाओं में भी नहीं आते।" शंकरलाल ने कुछ सकपका कर

कहा।

"मान लें कि श्रीमान ने प्रत्येक ग्राम में एक-एक निःशुल्क पाठशाला खोल भी दी, परंतु उनसे कुछ उपकार न होगा। शर्मा जी ठीक ही कह रहे हैं कि हमारे ग्रामीण, पाठशालाओं में नहीं आते।" स्वामी ने कहा, "भारतवर्ष में इतनी दरिद्रता है कि बालक पाठशालाओं में न जाकर, अपने माता-पिता के साथ खेतों में काम करेंगे। अथवा अपनी आजीविका का कोई और उपाय करेंगे।"

"तब?" राजा ने पूछा।

"दरिद्र बालक यदि शिक्षा के समीप नहीं आ सकते, तो शिक्षा को बालकों के पास जाना चाहिए।"

"पर खेतड़ी राज्य के पास भी इतने साधन नहीं है कि एक-एक बालक को पढ़ाने के लिए अध्यापक को उसके पास खेत में भेजा जाए।" इस बार शंकरलाल का स्वर कुछ अधिक प्रखर था।

"जानता हूं। "स्वामी बोले, "किंतु हमारे देश में सहस्रों स्वतंत्र विचारों वाले त्यागी संन्यासी रहते हैं, जो गांव-गांव जाकर भिक्षा के लिए धार्मिक शिक्षा देते रहते हैं।" स्वामी ने कहा, "यदि इनमें से कुछ लोग सांसारिक शिक्षा देने के लिए संगठित कर लिए जाएं, तो वे गांवों में द्वार-द्वार पर जाकर, धर्मप्रचार के साथ सांसारिक शिक्षा भी दे सकेंगे।"

"यह कैसे संभव है स्वामी जी?" राजा ने पूछा।

"मान लीजिए कि इनमें से दो संन्यासी संध्या समय कैमरा, ग्लोब तथा मानचित्र लेकर किसी गांव में चले जाएं, तो वे वहां के अशिक्षितों को गणित, ज्योतिष और भूगोल इत्यादि की बहुत सी बातें बता सकते हैं।" स्वामी बोले, "भिन्न-भिन्न जातियों की कथा कह कर वे उन बेचारों को कानों द्वारा ही उतनी शिक्षा दे सकते हैं, जितनी कि वे आजीवन पुस्तकें पढ़ कर भी प्राप्त नहीं कर सकते।"

"पर यह होगा कैसे?" शंकरलाल बोले।

"इसके लिए संगठन की आवश्यकता है, और संगठन के लिए द्रव्य अपेक्षित है।" स्वामी ने उत्तर दिया, "इस प्रकार का कार्य करने के लिए भारतवर्ष में बहुत लोग हैं, परंतु दुख इस बात का है कि उनके पास धन नहीं है।"

"तो?" राजा उनकी ओर बहुत ध्यान से देख रहे थे।

"किसी पहिए को चलाने में अवश्य ही बड़ी कठिनाई होती है, परंतु एक बार चला देने से ही वह अधिकाधिक तीव्र गति से घूमने लगता है।" स्वामी बोले, "आपके समान उन्नत विचारों वाले एक ही राजवंशी भारत को अपने पांवों पर खड़ा करने के लिए बहुत कुछ सहायता कर सकते हैं और ऐसा नाम छोड़कर जा सकते हैं, जिसकी पूजा भविष्य की संतान करेगी।"

"स्वामी जी! महाराज से आपकी जो अपेक्षाएं हैं, मैं उनकी प्रशंसा करता हूं; किंतु देश के प्रत्येक बालक का पढ़ना क्यों आवश्यक है?"

"बालक का ही नहीं, प्रत्येक बालिका का पढ़ना भी परमावश्यक है, शास्त्री जी!" स्वामी बोले।

"वही तो पूछ रहा हूं कि क्यों? देश और राज्य का आवश्यक कामकाज करने के लिए जितने लोगों की आवश्यकता है, उतने लोगों को चुनकर, उनकी शिक्षा का प्रबंध कर दिया जाए। शेष लोग...।"

"नहीं शास्त्री जी! संसार ज्यों-ज्यों आगे बढ़ रहा है, त्यों-त्यों जीवन समस्या गहरी और व्यापक हो रही है। उस प्राचीन काल से ही, जब कि जगत् के अखंडत्व रूप वेदांती सत्य का प्रथम आविष्कार हुआ था, उन्नति के मूल मंत्रों तथा सार तत्वों का प्रचार होता आ रहा है। विश्वब्रह्मांड का एक परमाणु सारे संसार को अपने साथ घसीटे बिना तिल भर भी नहीं हिल सकता। जब तक सारे संसार को साथ-साथ उन्नति के पथ पर आगे नहीं बढ़ाया जाएगा, तब तक संसार के किसी भी भाग में, किसी भी प्रकार की उन्नति संभव नहीं है। दिन प्रति दिन यह भी स्पष्ट होता जा रहा है कि किसी प्रश्न की मीमांसा केवल जातीय, राष्ट्रीय या किन्हीं संकीर्ण भूमियों पर नहीं टिक सकती। प्रत्येक विषय तथा भाव को तब तक बढ़ाना चाहिए, जब तक उसमें सारा संसार न आ जाए। प्रत्येक आकांक्षा को तब तक विकसित करते रहना चाहिए, जब तक वह समस्त मनुष्य जाति को ही नहीं, वरन् समस्त प्राणिजगत् को आत्मसात न कर ले। इसी से विदित होगा कि क्यों हमारा देश, गत कई शताब्दियों से वैसा महान् नहीं रह गया है, जैसा वह प्राचीन काल में था। हम देखते हैं कि जिन कारणों से वह पतित हो गया है, उनमें से एक कारण है दृष्टि की संकीर्णता तथा कार्यक्षेत्र का संकोच। हम कब तक इसी भूल को दोहराते जाएंगे?"

"आप ठीक कहते हैं स्वामी जी!" राजपंडित ने कहा, "आपसे अधिक धर्म और राजधर्म को और कौन जानता है। किंतु यदि सारी प्रजा और राजा पश्चिम से आए हुए विज्ञान को ही पढ़ेंगे तो संस्कृत का व्याकरण कौन पढ़ेगा? खेतड़ी को किसी राजपंडित की आवश्यकता है क्या?"

राजा स्तब्ध रह गए। शास्त्री जी को शायद अपनी चिंता थी। वे स्वामी के खेतड़ी आने के पहले दिन से ही आशंकित थे। उन्हें राजा की ओर से कोई आश्वासन चाहिए था।

स्वामी जोर से हंसे, "अरे पंडित जी! आप भी किसकी किसके साथ तुलना कर रहे हैं। आप राजपंडित इसलिए नहीं हैं कि साधारण ग्रामीण बालकों को संस्कृत का व्याकरण पढ़ाएं। उनको पढ़ाने के लिए साधारण संन्यासी आएंगे या फिर साधारण अध्यापक नियुक्त किए जाएंगे। वे धर्म के साथ साथ सांसारिक विद्याओं का ज्ञान भी प्राप्त करेंगे, ताकि अपनी आजीविका कमा सकें।"

"और मैं क्या करूंगा?"

"आप मुझे अष्टाध्यायी और महाभाष्य का अध्ययन कराएंगे।"

नारायणदास निःस्पंद खड़े रह गए–स्वामी उनसे व्याकरण पढ़ेंगे! आज तक तो

उन्होंने पाठशाला के उच्चवर्गीय विद्यार्थियों को ही पढ़ाया था। या कभी-कभार कुछ पंडितों की शंकाओं का समाधान भी किया था। अब ये स्वामी–जिनकी विद्या और विद्वता की धाक राजा पर भी थी। राजा उनको अपना गुरु मानते थे। वे स्वामी कह रहे हैं कि वे उनसे व्याकरण पढ़ेंगे।

"क्यों इस गरीब ब्राह्मण के साथ परिहास कर रहे हैं।"

"यह परिहास नहीं है पंडित जी! मैं सचमुच आज तक एक योग्य गुरु की खोज में था, जो मुझे अष्टाध्यायी पढ़ा सके।"

"और वह योग्य गुरु आपको मुझ में मिला है?" नारायणदास हंस रहे थे, "आपकी प्रतिभा अलौकिक है। आपकी जिह्वा पर स्वयं मां सरस्वती निवास करती हैं।" पंडित जी ने अपने सूखते होंठों को जिह्वा से गीला किया, "और फिर आपको संस्कृत बोलते, मैंने सुना है। आपको व्याकरण पढ़ने की क्या आवश्यकता है। व्याकरण तो आपकी वाणी का अनुगामी है।"

"आपको अवश्य ही कोई भ्रम है पंडितजी! शिष्य के रूप में मेरी अयोग्यता तो स्वतः प्रमाणित है!"

नारायणदास ने कुछ कहना चाहा; किंतु स्वामी ने उन्हें रोक दिया, "आप नहीं जानते। मैं आपको पिछली घटना सुनाता हूं। अपनी असफलता की गाथा..."

सब की टकटकी बंध गई।

"मैं जयपुर में दो सप्ताह तक था। भगवान की कृपा से वहां भी एक विद्वान वैयाकरण से भेंट हो गई। मैंने उनके साथ अष्टाध्यायी का अध्ययन आरंभ किया। पंडितजी ने पहले सूत्र का भाष्य किया। पंडित जी की विद्वता मेरे सिर के ऊपर से जा रही थी। सूत्र का अर्थ मेरी समझ में नहीं आया। उन्होंने दूसरे दिन भी समझाया; किंतु मैं कोरे का कोरा ही रहा। उन्होंने तीन दिनों तक उस सूत्र का अर्थ स्पष्ट करने का प्रयत्न किया; किंतु मैं वह अर्थ ग्रहण नहीं कर पाया। अतः चौथे दिन पंडित जी ने स्वयं ही कह दिया, 'स्वामी जी! मैं समझता हूं कि मेरे साथ अध्ययन करने पर आपको कोई विशेष लाभ नहीं हो रहा है। क्यों न हम इस अध्ययन को यहीं रोक दें।' मैं समझ गया कि मेरी अयोग्यता से पंडित जी ने हार मान ली है। तब से इसी कारण भयभीत रहता हूं कि मेरी अयोग्यता मेरे अन्य गुरुओं पर भी प्रकट न हो जाए।"

"आपकी इस कथा से तो राजपंडित भयभीत हो जाएंगे।" राजा हंसे।

"नहीं! मैं समझता हूं कि मुझे पंडितजी जैसा अध्यापक जीवन भर नहीं मिलेगा।" स्वामी बोले, "यदि इनके साथ अध्ययन कर भी कोई लाभ नहीं हुआ तो अपने भाग्य से हार मान लूंगा।"

126

राजा ने डाक के कागज़ पूरे किए और साथ ही चुरुट भी एक ओर डाल दिया। उठकर हाथ-मुंह धोया और महल में आकर विराजमान हुए। तभी 'सलाम मालूम' करने वाले लोग

आए। वे प्रणाम कर चले गए तो मुंशी जमीर अली आ गए। वे राजा के आदेश पर जयपुर से कुछ पुस्तकें लेकर आए थे। राजा ने पुस्तकें उल्टीं, पल्टीं और मुंशी की ओर देखा, "मुंशी जी! लगता है कि अब पुस्तकों की खरीद बंद करनी होगी।"

"क्या हो गया महाराज?" मुंशी चकित थे, "पुस्तकों से मन भर गया क्या?"

"नहीं मुंशी जी! अब इन पुस्तकों से कुछ मिलता नहीं।" राजा बोले, "ढेर सारी पुस्तकों से भी उतना नहीं मिलता, जितना स्वामी जी के चरणों में आधे घंटे बैठने से उपलब्ध होता है।"

"आप ठीक कहते हैं दरबार!" मुंशी बोले, "लेखक साधारण जीव हैं या गंभीर किस्म के किताबी कीड़े हैं। स्वामी जी ज्ञानी हैं, महापुरुष हैं।"

मुंशी प्रणाम कर चले तो राजा ने पुकारा, "मुंशी जी! पता कीजिएगा कि स्वामी जी इस समय कहां हैं और क्या कर रहे हैं।"

"वे प्रातः ही निकल गए हैं और डेरेदार को कह गए हैं कि वे दोपहर के भोजन के लिए नहीं लौटेंगे।"

"आजकल स्वामी जी का पर्याप्त समय नगर में बीतने लगा है।" राजा जैसे अपने आप से बोले।

"हां सरकार! वे प्रजा से मिलते रहते हैं। उनका सुख दुख बांटते रहते हैं। मंदिरों में जाकर पंडित पुजारियों से भी चर्चा करते हैं।"

"दोपहर का भोजन वे कहां करेंगे?" राजा ने पूछा।

"शायद पंडित शंकरलाल शर्मा के घर। सुना है कि वे प्रायः वहां भोजन कर लेते हैं।"

"कोई बुराई नहीं। पर उनके घर पूरी सुविधा तो है न?"

"महाराज! राजभवन जैसी बात तो कहीं भी नहीं हो सकती।" मुंशी ने मुसकराने का प्रयत्न किया।

"ठीक है। मैं मुंशी जगमोहनलाल से कह दूंगा। वे देख लेंगे।" राजा बोले।

हुजूरी ने आकर गंगासहाय के आने का समाचार दिया।

"भेज दो।" अजितसिंह उठकर बैठ गए।

गंगासहाय ने उपस्थित होकर हाथ खर्च के हिसाब किताब का निरीक्षण करवाया। उसमें लगभग एक घंटा लग गया।

"हिसाब तो ठीक है गंगासहाय!" राजा ने कहा, "किंतु खर्च अधिक है। तुम्हारा कर्तव्य केवल खर्च का हिसाब रखना ही नहीं है, खर्च को हिसाब में भी रखना है। यह खर्च हिसाब से बाहर जा रहा है।"

"दरबार ठीक कहते हैं।" गंगासहाय ने उत्तर दिया, "किंतु महाराज! मैं अपने अन्नदाता और उनके परिवार के खर्च में कटौती तो नहीं कर सकता न। कृपणता

राजपरिवार का नहीं, बनिए के घर का आभूषण है। भगवान ने आपको दिया है, तो खर्च करने के लिए ही न।"

"गंगासहाय! पैसा तो भगवान ने ही दिया है; किंतु राजा, प्रजा के धन का भंडारी है। यह प्रजा का पैसा है, जिससे हम महल बनवाते हैं, दारू पीते हैं और बड़े बड़े भोज करते हैं।" अजितसिंह बोले, "हाथखर्च का यह पैसा अपने पास न रख कर तुम्हारे पास क्यों रखवाया है?"

"मेरी नौकरी बनी रहे और मेरा परिवार भूखा न मरे।"

"नहीं! पैसा मेरे हाथ में होगा तो मैं किसी के खर्च में कटौती नहीं कर सकता। तुम्हारे पास रख दिया है कि तुम उचित अनुचित का विचार कर, नियम कानून का हवाला देकर, कह सको कि कहां पैसा खर्च नहीं होगा।"

हुजूरी पुनः प्रकट हुआ, "महाराज! स्वामी जी पधारे हैं।"

"लिवा लाओ।" राजा ने गंगासहाय की ओर देखा और संकेत से ही जाने की अनुमति दे दी।

स्वामी भीतर आ गए।

"कैसे हैं राजन्!"स्वामी ने पूछा, "कोई गोपनीय शासकीय कार्य तो नहीं हो रहा?"

"हर ओर माया का ही साम्राज्य है महाराज! आप आते हैं तो कुछ समय के लिए उससे मुक्ति मिलती है।"

राजा आकर स्वामी के सामने भूमि पर बैठ गए, "मेरे मन में आज प्रातः से ही एक प्रश्न घुमेरी बन कर घूम रहा है।"

"आप आसन ग्रहण करें तो चर्चा हो।"

राजा ने आसन ग्रहण किया।

"कहिए।"

"स्वामी जी! हम कर्मसिद्धांत को मानते हैं। इसका अर्थ है कि हम कर्म करने को स्वतंत्र हैं और अच्छे कर्मों का फल सुखकर ही होता है।"

"दोनों बातें सत्य हैं।" स्वामी बोले, "किंतु विचारणीय यह है कि हम सुख किसको कहते हैं? एक पहलवान जब अखाड़े में अपना पसीना बहाता है, तो हमें वह सुखकर नहीं लगता; किंतु उसके शरीर को पुष्ट करने के लिए वह लाभकारी है। वैसे ही एक व्यक्ति एक समय में एक सेर रबड़ी खाता हो, तो हम उसे सुखी मानते हैं, किंतु वह रोगों को आमंत्रित करने की तैयारी है।"

"वंश, धन, संपत्ति, विद्या तथा सम्मान की दृष्टि से आपका जन्म जहां हुआ, वह आपके सत्कर्मों का ही फल हो सकता है। ठीक है?"

स्वामी कुछ बोले नहीं, चुपचाप बैठे राजा की ओर देखते रहे।

"आपका रूप, शारीरिक बल, बुद्धि, स्मरणशक्ति, संगीत इत्यादि की प्रतिभा–ये सब किसी दुष्कर्म का फल नहीं हो सकते। वे सब सत्कर्मों के ही परिणाम थे।"

स्वामी ने फिर कोई उत्तर नहीं दिया।

"किंतु फिर अकस्मात् ही जीवन के कष्ट सामने आते हैं। मकान, अन्न और वस्त्र का कष्ट–यह सब तो सत्कर्मों का फल नहीं हो सकता। तो ऐसा क्या है कि आपके जीवन में एक सीमा तक सुख का भोग है और उसके पश्चात् जैसे वे सारे पुण्यकर्म समाप्त हो जाते हैं; और संसार में कष्ट ही कष्ट रह जाते हैं। आपको नहीं लगता कि कर्म सिद्धांत इसका कोई बोधगम्य स्वष्टीकरण नहीं देता?"

स्वामी मुसकराए, "मैंने अपने विषय में तो नहीं, किंतु संसार के अनेक धार्मिक और सात्विक पुरुषों के कष्टों के विषय में पवहारी बाबा से पूछा था। वे मुसकराए थे, 'कष्ट क्या होता है भक्त! ये सब तो मेरे प्रियतम के पास से आए हुए दूत हैं। यह उसका प्रेम है। आपको क्या उसके प्रेम की पहचान नहीं है? जिनसे वह रुष्ट होता है, उन्हें इतना सुख देता है कि वे उसे भूल जाते हैं।'"

"कभी-कभी ऐसा ही लगता है।" अजितसिंह बोले, "किंतु तब कर्म सिद्धांत का क्या अर्थ रह जाएगा? ये दोनों आपको एक दूसरे की विरोधी बातें नहीं लगतीं? कर्म सिद्धांत में हम स्वतंत्र हैं; किंतु प्रभु की कृपा में हम स्वतंत्र नहीं हैं। ऐसा क्यों है कि एक सीमा तक तो हमारा कर्म फल देता है और उसके पश्चात् प्रभु की कृपा फल देने लगती है और वह भी विपरीत फल? जिससे रुष्ट होता है, उसे इतना सुख देता है।"

"यह विरोध नहीं, विरोधाभास है।" स्वामी बोले, "मेरे पुण्य का परिणाम तो यह था कि मुझे प्रभु की भक्ति मिली, सांसारिक भोगों के प्रति वैराग्य का भाव मिला। अब जब इस जीवन में मेरा कर्म आरंभ हुआ, तो मैंने प्रभु से उनकी भक्ति ही नहीं, उनके दर्शन मांगे, उनकी शरण मांगी, सांसारिकता से मुक्ति मांगी। इस जन्म में मैं जो मांग रहा हूं, वह सांसारिकता से कुछ उच्चतर है। उसके लिए, मेरे मन से सांसारिकता का कर्दम तो उतारना ही पड़ेगा। इस कदर्म को न तो कोई स्वयं उतारता है, न अपनी इच्छा से उतरने देता है। जब प्रभु उस कर्दम को हमारे मन, शरीर और आत्मा से धोते हैं, तो वह प्रक्रिया हमें कष्टकारक लगती है। जब शरीर छोड़ना इतना यातनापूर्ण है तो माया का कटना तो त्वचा छीलने जैसा, दुखदायी हो जाएगा।"

अजितसिंह कुछ क्षणों तक चुपचाप बैठे रहे। फिर बोले, "मैं आपकी बात समझ रहा हूं। किंतु यह प्रक्रिया कर्मसिद्धांत के समान तर्कपूर्ण नहीं लगती।"

"तो आप इसे ऐसे समझें राजन्!" स्वामी बोले, "आत्मा अपने मूल स्वरूप में माया से मुक्त है। वह माया-क्षेत्र से ऊपर है, ब्रह्म के समकक्ष है, उसी का अंश है। उस समय वह प्रकृति के कार्य-कारण नियम से स्वतंत्र है; किंतु किन्हीं अज्ञात कारणों से वह मोहग्रस्त हो जाती है, वह संसार में आकर भोग करना चाहती है। उसके लिए उसे प्रकृति की माया के क्षेत्र में प्रवेश करना पड़ता है। प्रकृति की माया का क्षेत्र, कार्य-कारण के क्रूर नियमों पर चलता है। जीव अपनी स्वतंत्रता छोड़ कर प्रकृति की माया के नियमों का बंधन स्वीकार करता है। मुक्तावस्था से बद्धावस्था में आने की प्रक्रिया कष्टमयी है। ठीक

है राजन्!" स्वामी रुक गए।

अजितसिंह ने सहमति में सिर हिला दिया।

"अब जब बद्ध जीव ईश्वर को पाना चाहता है, मोक्ष चाहता है, तो विपरीत प्रक्रिया आरंभ होती है।" स्वामी बोले, "अब वह प्रकृति के मायाक्षेत्र से बाहर निकलना चाहता है। ऐसे समझ लीजिए कि मायाक्षेत्र एक बोतल है, जिसका मुंह काफी संकरा है और उसमें से आना जाना बहुत कष्टकर है। पहले जीव ने उस बोतल में प्रवेश करने के लिए कष्ट उठाया था; और जब तक वह बोतल में रहा, माया की सृष्टि में रहा, उसके सुखों का भोग करने की कामना पालता रहा, तब तक वह कार्य-कारण के नियमों का बंदी था। अब वह माया के शासन से बाहर जाना चाहता है। अपने स्वरूप को पाना चाहता है। ईश्वर को पाना चाहता है। अर्थात् वह प्रकृति की माया के क्षेत्र से बाहर निकलने का प्रयत्न कर रहा है। वह उस बोतल के संकरे मुख को पार करने का प्रयत्न कर रहा है। यहां वह उस बोतल और बाहरी वायुमंडल के मध्य में है। पूरी तरह से प्रकृति की माया में बद्ध नहीं है। वह कार्य-कारण के शासन से मुक्त होने की प्रक्रिया में है। अतः उसके लिए वे ही नियम तो नहीं रह जाएंगे, जो बोतल के भीतर थे। वह दास से स्वामी बनने जा रहा है। तो ऐसे में इस यात्रा का कष्ट भी नहीं उठाएगा क्या? कर्दम के खरोंचे जाने की पीड़ा भी उसे सहनी पड़ेगी ही। वह प्रभु की करुणामयी कृपा ही है, जो उस समय कष्ट के रूप में आई है।"

स्वामी रुक गए। अजितसिंह कुछ नहीं बोले।

"विरोध दूर हुआ या नहीं?"

"शायद मैं आपकी बात समझ रहा हूं।"

"एक उदाहरण दीर्घायु और अल्पायु का है।" स्वामी ने कहा, "एक व्यक्ति की अकाल मृत्यु हो जाती है। सांसारिक दृष्टि से हम यही कहेंगे कि वह अभागा था, जीवन के सुख नहीं भोग पाया; किंतु पारमार्थिक दृष्टि से हम यह भी तो कह सकते हैं कि वह जीवन के सुख भोग गया। और अधिक जीवित रहता तो रोग शोक भी आते, वृद्धावस्था भी आती, उसके कष्ट भी आते। वह उन सब से बच गया। अब सत्य क्या है? यह इस पर निर्भर करता है कि हमारी दृष्टि कैसी है। मोहग्रस्त है, तो उसे कष्ट मानेगी; और मोह से मुक्त है तो उसे वह जाने वाले का सुख मानेगी।"

127

स्वामी एक वृक्ष के नीचे रुक गए।

धूप चढ़ आई थी और चलना बहुत थकान का काम हो गया था। ठहरना आवश्यक हो गया था। थोड़ा विश्राम कर लें। धूप ढल जाए। तब वे पुनः यात्रा कर पाएंगे।

आसपास कोई घर दिखाई नहीं दे रहा था। छोटा-मोटा वन ही दीख रहा था। दूर-दूर तक वृक्ष और झाड़-झंखाड़ फैले हुए थे। वनस्पति तो बहुत थी; किंतु हरियाली उतनी नहीं थी। पथरीली भूमि थी। आसपास कहीं कोई खेत नहीं था। कहीं कुछ वनचर रहते

हों, तो रहते हों। कृषक तो कहीं दिखाई नहीं देते थे।

आज ज़ब खेतड़ी से चले थे तो यह नहीं सोचा था कि वे वन की ओर जा रहे हैं। न ही वे एकांत में तपस्या करने की सोच कर चले थे। सोचा था कि नगर बहुत देख लिया। अब नगर से दूर ग्रामीणों का जीवन देखेंगे। उनसे परिचय करेंगे, संभव हुआ तो उनके जीवन में धर्म को देखेंगे। पर वे तो जैसे एकदम बीहड़ वन में पहुंच गए थे। उन्होंने कल्पना भी नहीं की थी कि नगर से कुछ ही दूर जाकर जनसंख्या इस प्रकार विरल हो जाएगी।

वृक्ष के तने से टिक कर स्वामी ने आंखें बंद कर लीं। पता ही नहीं चला कि कब उन्हें झपकी आ गई। सो ही गए होंगे। उसी निद्रा में लगा कि वे कोई स्वप्न देख रहे हैं। चार-पांच स्त्री पुरुष आकर उनके चरणों की वंदना कर रहे थे। वे चरण स्पर्श नहीं कर रहे थे। भूमि छू कर ही उनको प्रणाम कर रहे थे।

"कोई पहुंचे हुए साधु लगते हैं, जो इस प्रकार वन में अकेले लेटे हैं। आस पास कोई चेला-चांटा भी नहीं है। कोई तामझाम भी नहीं है।"

"सुना है आजकल हमारे राजा अजितसिंह के पास कोई महान् संन्यासी टिके हुए हैं, वे अकेले भी घूमने फिरने निकल जाते हैं। न राजा की चिंता करते हैं, न राजपुरुषों की–प्रजा से बहुत प्रेम है उनको।"

"वे ही होंगे।"

स्वामी समझ गए : वे स्वप्न नहीं देख रहे थे। जिन्हें खोजते हुए स्वामी नगर से निकले थे, वे ही लोग उन्हें खोजते हुए उनके पास आ गए थे।

स्वामी उठ बैठे।

"प्रणाम महात्मा जी! प्रणाम महात्मा जी।" शोर मच गया।

"आप लोग?" स्वामी ने पूछा।

"हम नगर गए थे, कुछ सामान लाना था। बेटी का विवाह है।" एक प्रौढ़ ने कहा, "आपको देखा तो रुक गए।"

"आप वही हैं न, जो हमारे महाराज के मित्र हैं?"

"हां! वही हूं।"

"तो इस प्रकार वन में बिना किसी रक्षक या सिपाही के?"

"महाराज! हमारा भविष्य बता दें।" एक महिला ने पुरुष की बात काट दी।

"मैं ज्योतिषी नहीं हूं।"

"अंतर्यामी तो हैं।"

"अंतर्यामी तो परमात्मा हैं।"

"पर महाराज! आशीर्वाद तो दे सकते हैं।" पहले प्रौढ़ ने सारा विवाद समाप्त कर दिया, "आशीर्वाद दें कि हमारी बिटिया अपने ससुराल में सुखी रहे।"

"भगवान आपकी पुत्री को सुखी रखें। वे सब की पुत्रियों को सुखी रखें।" स्वामी

ने हाथ उठा कर आशीर्वाद दिया।

"महाराज! आप कब तक यहां विराजेंगे?"

"जब तक थकान न मिटे या जब तक घूप न ढले।"

"बस?" उस व्यक्ति पर जैसे गाज गिरी, "इतने में तो हमारे गांव का एक भी मानस यहां नहीं आ सकेगा।"

"महाराज! दो चार दिन रह जाते तो हम सब लोगों का भी कुछ भला हो जाता।" दूसरे व्यक्ति ने चिरौरी की।

"अरे तो प्रणाम कर लो सब लोग।" प्रौढ़ ने ऊंचे स्वर में कहा, "चरणरज ले लो। फिर जाने इस जन्म में यह अवसर आए न आए।"

स्वामी की चरणरज लेने की होड़ मच गई। धक्का-मुक्का होने लगा। स्वामी शांतिपूर्वक उन्हें देख रहे थे, जैसे बच्चों का कोई खेल हो रहा हो।

तब तक पीछे से एक अन्य दल आ गया।

"क्या बात है भाया?"

"स्वामी जी हैं। राजा जी के मित्र। सुस्ता रहे हैं। अभी उठ कर चल देंगे।"

दूसरा दल भी ठहर गया।

"गांव में सब को खबर कर दो महात्मा जी के विषय में।" किसी ने कहा।

"अरे अपने गांव में ही क्यों बत्तीस गांवों में डुगडुगी पिटवा दो कि सिद्ध महात्मा वन में धरती से प्रकट हुए हैं। जाने कब उठ कर चल दें।"

"महाराज मेरे सिर पर एक बार हाथ रख दें।" एक व्यक्ति ने अपना सिर उनके सामने धरती पर धर दिया।

"महाराज! मेरा बच्चा अस्वस्थ है। दिन प्रतिदिन दुबराता जा रहा है। कुछ खाता पीता नहीं। ऐसे तो मर जाएगा।"

"उसे किसी चिकित्सक को दिखाओ।"

"किसी डागडर वैद के वश का नहीं है महाराज! सब को दिखा लिया।"

"जब उनके वश का नहीं है, तो मेरे वश का कैसे है?"

"महाराज एक चुटकी भभूत दे दें।"

"जब धूनी ही नहीं है, तो भभूत कैसे दे दें।" स्वामी हंस रहे थे।

"तो महाराज अपनी चरण रज दे दें। घोल कर पिला दूंगा।" वह उनके चरणों से लिपट गया।

"चल परे हट।" किसी ने उसे धकेल दिया, "ठकुराइन को जगह दे।"

ठकुराइन ने माथा टेका, "महाराज! मेरी बहू की कोख नहीं खुलती। हमारा तो वंश ही समाप्त हो जाएगा।"

उसने बैठ कर अपना आंचल फैलाया, "महाराज आशीष दें। हमारे वंश की बेल आगे चले।"

"महाराज! मेरे लाल पर मेरी सौतन ने टोना कर दिया है। उसकी काट कर दें महाराज!"

स्वामी देख रहे थे। सब भवसागर में गोते खाते लोग थे। दुखी थे। उनकी कामनाएं उन्हें सूली पर टांगे हुए थीं। उनके तन और मन को बींध रही थीं। रुद्धकामना, पीड़ित मन से वे संसार में भटक रहे थे। वे नहीं जानते थे कि वे लोग अपने भविष्य के लिए और अधिक बंधनों की सृष्टि कर रहे थे। भवबंधन से छूटने की बात उनके मन में नहीं आती थी। धर्म का स्वरूप वे नहीं जानते थे। वे तो चाहते थे कि धर्म के नाम पर कोई अलौकिक शक्ति आकर उनकी मनोकामनाएं पूरी कर दे। अज्ञानी लोग–स्वयं धर्म पर चलना नहीं चाहते थे, धर्म को अपनी कामनाओं भरे कंटकाकीर्ण मार्ग पर ले चलना चाहते हैं।

"अरे भगवान के नाम का कीर्तन करो।" किसी ने जोर से कहा, "साधु के दर्शन करो तो उसकी विधि भी सीखो।"

और उस व्यक्ति ने उच्च स्वर में आरंभ किया, "ॐ नमो भगवते वासुदेवाय। जोर से बोलो–ॐ नमो भगवते वासुदेवाय।"

स्वामी का मन भी कुछ शांत हुआ।

बड़ी देर से भूरेलाल वृक्षों के मध्य ढकी छुपी अपनी झुग्गी के द्वार पर खड़ा यह सब देख रहा था।

उसकी इच्छा हुई कि वह जाए और स्वामी के चरणों में प्रणाम कर, पूछ आए कि उन्हें किसी चीज की आवश्यकता तो नहीं है। यदि वे चाहें तो उसकी कुटिया में थोड़ा आराम कर लें। उसकी कुटिया में? वह मन ही मन हंसा–एक धर्मात्मा संन्यासी उस चमार की कुटिया में आकर विश्राम करेंगे? वे उसके घर का पानी तक तो पिएंगे नहीं। पर उसमें उनका भी क्या दोष? वह काम ही ऐसा करता है। मरे पशुओं का चर्म उतारता है वह। उसके हाथ का छुआ अन्न-जल कोई साधु कैसे ग्रहण कर सकता है?

तीन दिनों से वहां सैकड़ों लोग उनका आशीर्वाद पाने के लिए दिन रात धाराप्रवाह, उनके पास आते रहे। भूरेलाल अपने स्थान पर बैठा और कभी-कभी लेटा हुआ ऐंठता रहा। लोगों ने काम का यह कैसा असह्य बोझ डाल रखा था साधु पर। सबको अपनी अपनी पड़ी थी। किसी को तनिक भी चिंता थी कि उनकी क्या दशा है? किसी ने भी पूछा कि उन्हें विश्राम चाहिए? उन्हें भोजन चाहिए? उन्होंने एक घूंट पानी भी पिया है?

रात को भूरेलाल को बहुत कम नीन्द आई। उसे लगा कि वह सारी रात उस साधु और उनके भक्तों के विषय में स्वप्न ही देखता रहा था। नींद उचटी तो प्रभात का समय था। भूरेलाल की दृष्टि साधु को खोजने लगी।

इस समय भक्तों की भीड़ चली गई थी। वहां एकांत था। साधु भी वृक्ष का सहारा लेकर अधलेटे पड़े थे। पता नहीं सो गए थे, या अचेत थे या निढाल हो गए थे। भूरेलाल

को लगा, वह अब और नहीं रुक पाएगा। साधु चाहे बुरा मानें या भला, वह अब उनसे दूर नहीं रह सकता। वे चाहे उसे दुत्कार ही दें। वह उनके पास जाएगा।

वह अपना संकोच झाड़ और आत्मबल बटोर, उनके पास आया।

"कैसे हैं महाराज?" उसने उत्तर की प्रतीक्षा नहीं की। वह रुक गया तो साधु जाने क्या कह दें। वह लगातार बोलता ही चला गया, "आपका यह उपवास कब तक चलेगा? भोजन कब करेंगे?"

स्वामी ने अपनी क्लांत दृष्टि उसकी ओर उठाई।

"तीन दिनों से देख रहा हूं। भोजन तो भोजन, एक सकोरा पानी भी नहीं पिया आपने। ऐसे कैसे चलेगा?" लगा भूरेलाल पीड़ा से रो देगा।

स्वामी ने मुस्कराने का प्रयत्न किया, "तुम सत्य कह रहे हो पुत्र!"

"कह तो सत्य ही रहा हूं।"

"क्या तुम मुझे थोड़ा भोजन दे सकते हो?"

भूरेलाल का आवेश कम हुआ। चेहरा कुछ म्लान हो आया, "दे तो सकता हूं, पर आप खा नहीं सकेंगे महाराज!"

स्वामी ने उसकी ओर देखा।

"जाति का चमार हूं। मृत पशुओं का चर्म खींचना मेरा काम है। मेरे घर का भोजन कर सकेंगे?"

"तुम देख रहे हो कि मैं भूख से मर रहा हूं। फिर भी भोजन देना नहीं चाहते?" स्वामी अब भी मुसकरा रहे थे।

"तो यह बात अपने भक्तों से क्यों नहीं कहते। उन्हें तो उपदेश देते रहे। भजन सुनाते रहे। धर्म का ज्ञान देते रहे। और भूख की शिकायत मुझ से कर रहे हो। मरने की धमकी दे रहे हो।" भूरेलाल ने अपना आत्मबल बटोरा, "यदि आज्ञा हो तो आटा, मसूर की दाल, नमक-मिर्च ले आता हूं। अपने लिए दो रोटियां ठोक लो।"

"तुम अपने घर से कुछ चपातियां ला दो। मेरा भोजन हो जाएगा।" स्वामी बोले, "मैंने अग्नि न छूने का व्रत ले रखा है। स्वयं भोजन नहीं पका सकता।"

"किंतु महाराज! मुर्दा मांस खींचने वाला चमार होकर यदि मैं अपने हाथ से पका कर आपको भोजन कराऊंगा, तो मुझे नरक में भी स्थान नहीं मिलेगा।"

"और यदि तुम भोजन नहीं कराओगे, और मैं भूखा मर जाऊंगा, तो तुम्हें स्वर्ग में स्थान मिल जाएगा?"

"वह तो ठीक है महाराज! किंतु यदि राजा जी को यह सूचना मिल गई कि मैंने अपने हाथ का पकाया भोजन आपको कराया है, जो राजा जी मेरी खाल खिंचवा लेंगे।"

"महाराज यह सुन कर प्रसन्न नहीं होंगे कि तुमने भूख से मरते एक व्यक्ति को अन्न और जल देकर उसे जीवनदान दिया?"

"मैं क्या जानूं महाराज! कि राजा जी क्या करेंगे।" वह बोला, "आप मेरी बात मान

लें। भोजन स्वयं पका लें।"

"तो फिर मुझे भूख से मर जाने दो।"

भूरेलाल के वक्ष पर जैसे वज्र का सा आघात हुआ, "नहीं! मैं ऐसा नहीं होने दूंगा।"

"चाहे राजा चमड़ी उधड़वा दें।"

"हां! चाहे राजा जी मेरी चमड़ी ही क्यों न उधेड़ दें।" वह बोला, "आप अनुमति दें तो मैं पास के गांव से आपके किसी भक्त के घर से भोजन ला दूं।"

स्वामी की आंखों से प्रेम और कृतज्ञता के अश्रु टपक पड़े।

"तुम मेरे लिए उनसे भिक्षा मांगने जाओगे? वे तुम्हें भिक्षा दे देंगे? दुत्कार कर गांव से बाहर नहीं निकाल देंगे?"

"वे आपके भक्त हैं।"

"वे मेरे भक्त हैं, जिन्होंने तीन दिन और तीन रातों तक यह नहीं देखा कि मैंने कुछ खाया नहीं है। उन्होंने मुझे एक सकोरा जल पीने तक का अवकाश नहीं दिया। वे केवल अपने लिए, अपने बच्चों के लिए, अपने संबंधियों के लिए स्वास्थ्य, धन संपत्ति और समृद्धि मांगते रहे? ऐसे स्वार्थी लोगों को तुम मेरा भक्त मानते हो?"

"वे भक्त नहीं थे? आपके लिए भक्ति नहीं थी, उनके मन में?"

"नहीं!"

"तो यहां जंगल में क्या करने आए थे?"

"उनका अंधा स्वार्थ उन्हें मेरे पास लाया था। वे मेरे लिए नहीं, अपने लिए आए थे।"

"तो भक्त कौन है महाराज?"

"तुम हो। तीन दिनों तक मेरे पास नहीं आए; किंतु मेरे अन्न-जल और विश्राम की चिंता करते रहे। अपनी पीड़ा से नहीं, मेरी पीड़ा से तड़पते रहे।" स्वामी बोले, "क्या नाम है तुम्हारा?"

"भूरेलाल।"

"भूरेलाल! तुम ने मेरी चिंता की, अपनी नहीं। तुम मेरी पीड़ा और मेरी असुविधा से दुखी होते रहे, अपने स्वार्थ के कारण नहीं। तुम वास्तविक भक्त हो।" स्वामी ने उसके सिर पर हाथ रखा, "जाओ, अपने घर से एक सकोरा पानी लाओ। फिर कुछ खाने के लिए ले आना, पुत्र।"

128

"यह सब क्या है राजन्!" स्वामी हंसे, "वस्त्रों का बाजार लगा है।"

"जीणमाता की यात्रा की तैयारी हो रही है स्वामी जी!" राजा बोले।

"ये वस्त्र माता के मंदिर में चढ़ाए जाएंगे?" स्वामी विस्मित थे। "नहीं!" राजा ने हंस कर कहा, "यह यात्रा घोड़ों पर होगी न।"

"तो ये वस्त्र घोड़ों के लिए आए हैं? वे पहनेंगे इन्हें?" स्वामी किसी नटखट बालक

के समान हंस रहे थे।

"नहीं स्वामी जी! ये वस्त्र तो आपके लिए आए हैं।"

"क्यों? मेरे पास तो अपने वस्त्र हैं।" स्वामी ने कहा।

"तो आप इन्हीं वस्त्रों में घुड़सवारी करेंगे?"

"क्या हर्ज है?" स्वामी बोले, "ऋषि अश्वारोहण करते होंगे तो राजसी वेशभूषा तो धारण नहीं करते होंगे।"

"उन्हें तो मैंने देखा नहीं है।" अजितसिंह बोले, "किंतु आप अपने इन कपड़ों में यात्रा नहीं करेंगे। पहली बात तो है, राजपुताने की गर्मी और सर्दी। सिर में हवा लग गई तो अस्वस्थ हो जाएंगे। इसलिए पगड़ी तो आप बांध ही लीजिए। राजस्थान में साफा अनेक प्रकार से बांधा जाता है। प्रत्येक राज्य और प्रत्येक क्षेत्र की अपनी शैली है। आप जैसा मन आए, वैसे बांधिए किंतु सिर ढका हुआ होना चाहिए। भगवान न करे, किंतु यदि घोड़े से खिसक जाएं तो गहरी चोट से बचने के लिए, सिर पर साफा होना चाहिए।"

"ठीक है। पगड़ी बांध लूंगा किंतु यह कमरखी और अंगरखा इत्यादि नहीं।"

"प्रश्न कमरखी और अंगरखा का नहीं है। प्रश्न है, धोती और पाजामे का।" राजा बोले, "वैसे तो लोग लांग वाली धोती भी इस प्रकार बांध लेते हैं कि घुड़सवारी में किसी प्रकार की परेशानी नहीं होती। किंतु पाजामा उससे भी अधिक सुविधाजनक रहता है। आपने देखा ही होगा कि राजपूतों ने मध्यकाल में युद्ध की दृष्टि से पाजामा ही अंगीकार कर लिया था। आप भी अब राजस्थानी वेशभूषा में आ जाइए।"

"मैं संन्यासी हूं भाई राजपूत सिपाही नहीं।"

"आप सफेद न पहनना चाहें तो भगवा धारण कीजिए; किंतु यह लपेटी हुई धोती और ऊपर से ओढ़ी हुई चादर नहीं चलेगी।"

"तो आप घुड़सवारी के नाम पर एक संन्यासी का वेश बदलना चाहते हैं।"

"स्वामी जी आप मुझ से कहीं अच्छी तरह समझते हैं कि वस्त्र किसी भी प्रदेश की जलवायु और काम की सुविधा के अनुसार पहने जाते हैं।" अजितसिंह बोले, "जो वस्त्र बंगाल की जलवायु के अनुकूल थे, वे राजस्थान में उपयुक्त वस्त्र नहीं माने जाएंगे। जो वस्त्र पैदल या रेलगाड़ी की यात्रा के उपयुक्त हैं, वे घुड़सवारी के लिए अनुकूल नहीं हो सकते।"

"तो आप क्या चाहते हैं?"

"वस्त्रों की रूढ़ि छोड़ दें। आवश्यकता के अनुसार परिधान धारण करें।" राजा ने हाथ जोड़ कर कहा, "मरुभूमि और समुद्र की यात्राओं में न वस्त्र एक जैसे हो सकते हैं और न भोजन। मरुभूमि की यात्रा में मछली नहीं मिलती और समुद्र की यात्रा में दालबाटी के दर्शन नहीं होते। हमको समय और आवश्यकता के अनुसार स्वयं को बदलना पड़ता है स्वामी जी!"

स्वामी ने कुछ नहीं कहा। वे मौन बैठे रहे।

129

हरविलास शारदा ने अपने घर का बाहरी द्वार खोला तो चकित रह गए : स्वामी उनके सामने खड़े थे।

"अरे आप?" हरविलास ने उनके चरण छू लिए।

स्वामी ने उन्हें आशीर्वाद दिया।

उन्हें जल इत्यादि देकर हरविलास ने पूछा, "आप खेतड़ी से कब आए?"

"बस आ ही रहा हूं।"

"तो अब आप मेरे पास ही रहेंगे न?"

"जब तक अजमेर में हूं, तब तक तो यही सोचा है।"

"आप खेतड़ी में लंबे समय तक रुके रहे।"

"हां!" स्वामी बोले, "जीण माता के दर्शनों को चले गए। लौटे तो बारह अक्तूबर का दशहरा था। दशहरे के शुभ उपलक्ष्य में पूजा, सवारी, जुलूस, तथा विराट दरबार हुआ। लोगों को पुरस्कार और उपाधियां बांटी गईं। फिर एक राजसी भोज हुआ। मुझे बड़ा आश्चर्य हुआ हरविलास! अजितसिंह ने संध्या इत्यादि न करने वालों को एक अलग पंक्ति में बैठा कर भोजन कराया। मुझे लगा कि अजितसिंह इस विषय में पर्याप्त कठोर हैं।"

"पर दशहरा तो बारह अक्तूबर को ही हो गया।"

"हां! इक्कीस अक्तूबर को माता साहब उदावत जी का श्राद्ध था।"

"कैसा रहा श्राद्ध।"

"वह भी एक उत्सव ही था।"

"स्वामी जी! हमारे एक मित्र हैं–श्यामजी कृष्ण वर्मा। बहुत ही विद्वान् पुरुष हैं। आबू से लौट कर मैंने उनसे आपके विषय में चर्चा की थी। वे आपके ज्ञान, वाक्शक्ति तथा देशभक्ति की चर्चा से बहुत प्रभावित थे और आपसे मिलना चाहते थे। किंतु..."

"वे अजमेर में नहीं रहते क्या?"

"नहीं! रहते तो अजमेर में ही हैं; किंतु इन दिनों बंबई गए हुए हैं। वहां उनका ससुराल है। जाने कब लौटें।" हरविलास कुछ दुखी थे, "यदि आपने अपने आने की सूचना दी होती, तो मैं उन्हें रोक लेता।"

"नाम तो बहुत सुंदर है श्यामजी कृष्ण वर्मा।" स्वामी बोले, "वे श्याम भी हैं और कृष्ण भी। वे अजमेर में होते तो मैं उनसे अवश्य मिलता। चलो वे नहीं हैं। तुम तो हो। ख्वाजा मुइनुद्दीन चिश्ती की दरगाह तो है। अकबर के महल तो हैं।"

"होने को तो और भी बहुत कुछ है।"

"बताओ क्या क्या है?"

"तारागढ़ की पहाड़ी पर गढ़ बिटली है। अढ़ाई दिन का झोंपड़ा नामक मसजिद है।

अकबर और जहांगीर द्वारा बनवाई गई मसजिदें हैं। शाहजहां का महल है। कहते हैं कि उसने अजमेर को अपना अस्थायी निवास ही बना लिया था। तारागढ़ की पहाड़ी पर उसने एक दुर्ग-प्रासाद बनवाया था। अजमेर के निकट ही अनासागर झील है। उसकी सुंदर पार्वत्य दृश्यावली पर मुग्ध होकर शाहजहां ने यहां संगेमर्मर के महल बनवाए थे।"

स्वामी को अजमेर से विदा करने के दो ही दिन पश्चात् श्यामजी कृष्ण को अपने घर आया देख, हरविलास ने अपना सिर पीट लिया।

"क्या हुआ तुम्हें?" श्यामजी ने पूछा।

"अरे आप अजमेर लौट भी आए? और स्वामी तो ब्यावर चले गए। दो ही दिन तो हुए हैं।"

"ऐसी बात है तो हम उन्हें फिर से अजमेर ले आते हैं। ब्यावर तक ही तो गए हैं न?बयावर नगर है ही कितना बड़ा।"

और श्यामजी कृष्ण, स्वामी को अजमेर लौटा जाए।

"हमने सृष्टि का चरम सत्य पाया। उच्चतम आकांक्षा पाई। फिर भी आज हम इतने पतित क्यों हैं?"

"धर्म के लोप के कारण।" स्वामी के स्वर में पीड़ा का चीत्कार था, "धर्म का लोप होने से भरत की अवनति हुई। अवनति नहीं, यह दुर्गति हुई।"

"धर्म तो हमारे यहां अब भी है।" हरविलास ने कहा, "किसी भी देश से अधिक है।"

"धर्म नहीं, धर्म की भ्रांति है।" स्वामी बोले, "एक समय ऐसा था जब भारत में धर्म और मोक्ष का सामंजस्य था। उस समय यहां मोक्षाकांक्षी व्यास, शुक तथा सनकादि के साथ साथ, धर्म के उपासक युधिष्ठिर, अर्जुन, दुर्योधन, भीष्म और कर्ण भी वर्तमान थे।"

"आप दुर्योधन और कर्ण को धर्म के उपासक कह रहे हैं?" हरविलास कुछ चकित था।

"थे तो वे धर्म के ही उपासक, किंतु अधर्म के मार्ग पर चल पड़े थे।" श्याम जी ने कहा, "उन्हें वह मोड़ दिखाई नहीं दिया, जहां से उनका मार्ग अधर्म की ओर घूम गया था।"

हरविलास ने संपुष्टि के लिए स्वामी की ओर देखा : क्या वे भी इससे सहनत थे?

स्वामी ने मुसकरा कर गर्दन हिला दी और बोले, "बुद्धदेव के बाद इस देश में धर्म की पूर्ण उपेक्षा हुई और मोक्ष मार्ग ही प्रधान बन गया। कहना चाहिए कि केवल मोक्ष मार्ग ही शेष रह गया। इसीलिए अग्निपुराण में रूपक की भाषा में कहा गया है कि जब गयासुर ने सभी को मोक्षमार्ग दिखा कर जगत् का ध्वंस करने का उपक्रम किया था, तब देवताओं ने आकर छल किया तथा उसे सदा के लिए शांत कर दिया। कुछ लोगों को

विचार है कि संभवतः यहां भगवान बुद्ध को ही गयासुर कहा गया है।"

"मैं कुछ भ्रमित हो गया हूं।" हरविलास ने कहा, "मोक्ष हमारा चरम लक्ष्य भी है और वही हमारी दुर्गति का कारण भी?"

"सच बात तो यह है कि देश की दुर्गति–जिसकी चर्चा हम यत्रतत्र सुनते रहते हैं–का मूल कारण इसी धर्म का अभाव है।" स्वामी बोले, "यदि देश के सभी लोग मोक्ष धर्म का अनुशीलन करने लगें, तब तो बहुत ही अच्छा हो, किंतु वह होता नहीं।"

"क्यों?"

"भोग न होने से त्याग नहीं होता। पहले भोग करो, फिर त्याग होगा।" स्वामी बोले, "हुआ क्या? लोग त्यागी या संन्यासी तो हो नहीं पाए, अगृहस्थ हो गए। कर्म–जो उनका धर्म था–से विमुख हो गए। सारे के सारे लोग, वस्त्रों से तो संन्यासी हो गए; किंतु उनका मन संन्यस्त हो नहीं सका। उसके लिए अपेक्षित तपस्या–कर्म तपस्या–तो किसी ने की नहीं थी। वे न इधर के रहे, न उधर के।"

"पर भगवान् बुद्ध ने तो उन्हें मोक्ष मार्ग ही दिखाया था। तो फिर यह उत्पात कैसे हो गया?"

"जिस समय बौद्ध राज्य में एक एक मठ में एक एक लाख साधु हो गए थे, उस समय देश अपने सर्वनाश की ओर अग्रसर हो रहा था।" स्वामी कुछ आवेश में बोले, "बौद्ध, जैन, ईसाई, मुसलमान–सभी का यह भ्रम है कि सारे मनुष्यों के लिए एक ही कानून और एक ही नियम है।"

"ऐसा नहीं है क्या?"

"यह एकदम गलत है। जाति और व्यक्ति के प्रकृतिभेद से, उसके स्वभाव और स्वधर्म से–उसके शिक्षा-व्यवहार के नियम पृथक् पृथक् हैं। बलपूर्वक उन्हें एक करने से क्या होगा?" स्वामी बोले, "बौद्ध कहते हैं कि मोक्ष के सदृश्य और क्या है; सब मनुष्य मुक्ति प्राप्ति की चेष्टा करें। ऐसा कभी हो सकता है?"

"क्यों नहीं हो सकता?"

"हिंदू शास्त्र कहते हैं–तुम गृहस्थ हो, तुम्हारे लिए वे सब बातें आवश्यक नहीं हैं, जो मोक्षार्थी के लिए आवश्यक हैं। तुम अपने धर्म का आचरण करो।" स्वामी जैसे अपने आप से बातें करने लगे थे, "पहले मोक्षार्थी होने की योग्यता प्राप्त करो। एक हाथ भी लांघ नहीं सकते और लंका लांघ जाना चाहते हो? क्या यह उचित है? दो मनुष्यों का पेट भर नहीं सकते, दो लोगों के साथ सहमत होकर, अपने स्वार्थ का दमन कर, प्रभु की सृष्टि के लिए कोई कल्याणकारी काम कर नहीं सकते, पर मोक्ष लेने दौड़ पड़े हो।"

हरविलास को लग रहा था, उनके सामने ज्ञान का एक नया संसार खुल रहा था।

"हिंदू शास्त्र कहते हैं कि धर्म की अपेक्षा, मोक्ष बहुत बड़ा है, किंतु पहले धर्म करना होगा। बौद्धों ने इसी स्थान पर भ्रम में पड़कर अनेक उत्पात खड़े कर दिए।" स्वामी धाराप्रवाह बोले रहे थे, "अहिंसा ठीक है, निश्चय ही बड़ी बात है। कहने में बात तो अच्छी

है; किंतु शास्त्र कहते हैं कि तुम गृहस्थ हो, तुम्हारे गाल पर यदि कोई एक थप्पड़ मारे और यदि तुम उसका उत्तर दस थप्पड़ों से न दो, तो तुम पाप करते हो। आततायिनमायान्तम् इत्यादि।"

"यह क्या है?" हरविलास ने पूछा।

"मनु ने कहा है, "श्याम जी ने उत्तर दिया, "गुरुं वा बालवृद्धौ वा ब्राह्मणं वा बहुश्रुतम्। आततायिनमायान्तं हन्यादेवाविचारयन्।।"

"हत्या करने के लिए कोई आए, तो ऐसा ब्रह्मवध भी पाप नहीं है–ऐसा मनुस्मृति में लिखा है।" स्वामी ने कहा, "यही सत्य है, इसे भुलाना नहीं चाहिए। वीरभोग्या वसुंधरा–वीर्य प्रकाशित करो, साम दाम दंड भेद की नीति को प्रकाशित करो, पृथ्वी का भोग करो, तब तुम धार्मिक होंगे। गाली गलौज सह कर चुपचाप सिर झुका कर घृणित जीवन बिताने से यहां भी नरक भोगना होगा और परलोक में भी। यही शास्त्र का मत है। सब से महत्व की बात है कि स्वधर्म का अनुसरण करो, जैसा कि भगवान कृष्ण ने कहा है।"

"और विश्व को एक कुटुंब मानना। सब से बंधुत्व स्थापित करना।" हरविलास ने कहा।

"अन्याय मत करो, अत्याचार मत करो, यथासाध्य परोपकार करो। किंतु गृहस्थ के लिए अन्याय सहना पाप है। प्रतिकार उसका धर्म है। अन्याय का प्रतिशोध तत्काल लेना होगा।" स्वामी बोले, "बड़े उत्साह के साथ अर्थोपार्जन कर स्त्री तथा परिवार के दस प्राणियों का पालन करना होगा, दस कल्याणकारी काम करने होंगे। समाज के हित में त्याग करना होगा। ऐसा न कर सकने पर तुम मनुष्य किस बात के? जब तुम आदर्श गृहस्थ ही नहीं प्रमाणित हो सके तो फिर मोक्ष की चर्चा ही व्यर्थ है।"

"पर हम तो कर्म संन्यास को आदर्श मानते रहे।" श्यामजी ने कहा

"तभी तो भगवान कृष्ण ने कर्म संन्यास ओर कर्मयोग में अंतर किया।" स्वामी ने कहा, "मैं पहले ही कह चुका हूं कि धर्म कार्यमूलक है। धार्मिक व्यक्ति का लक्षण है, सदा कर्मशीलता। अनेक मीमांसकों का मत है कि वेद के जिस प्रसंग में कार्य करने के लिए नहीं कहा गया है, वह प्रसंग वेद का अंग ही नहीं है : आम्नायस्य क्रियार्थत्वात् आनर्थक्यम् अतदर्थानाम्।"

"क्या भक्ति से संसार में सब कुछ ठीक नहीं हो सकता?" हरविलास बोले, "हमें तो यही बताया गया कि मध्यकाल में भक्त कवियों ने अपनी भक्ति से अपने धर्म और देश की रक्षा कर ली।"

"उनसे विरोध नहीं है मेरा।" स्वामी ने उत्तर दिया, "'ॐकार का ध्यान करने से सब कामों की सिद्धि होती है। हरिनाम का जप करने से सब पापों का नाश होता है, शरणागत हो जाने पर सब वस्तुओं की प्राप्ति होती है। शास्त्र की ये सारी अच्छी बातें सच्ची अवश्य हैं, किंतु देखा जाता है कि लाखों मनुष्य ॐकार का जप करते हैं, हरिनाम

लेने में पागल हो जाते हैं, रात दिन 'प्रभु जो करे', कहते रहते हैं; पर उन्हें मिलता क्या है?" स्वामी ने रुक कर हरविलास की ओर देखा, "तब खोज करनी होगी कि किसका जप यथार्थ है? किसके मुख में हरिनाम वज्रवत् अमोघ है। कौन सचमुच भगवान की शरण में जा सकता है? इन सारे प्रश्नों का उत्तर है : वही, जिसने कर्म द्वारा अपनी चित्त शुद्धि कर ली है, अर्थात् जो धार्मिक है।"

"तो धार्मिक वही है, जो कर्म करता है?"

"प्रत्येक जीव शक्तिप्रकाश का एक केन्द्र है। पूर्व कर्मफल से जो शक्ति संचित हुई है, उसी को लेकर हम लोग जन्मे हैं। जब तक वह शक्ति कार्यरूप में प्रकाशित नहीं होती, तब तक कहो तो कौन स्थिर रहेगा, कौन भोग का नाश करेगा? तब दुख भोग की अपेक्षा सुख भोग अच्छा नहीं? कुकर्म की अपेक्षा क्या सुकर्म अच्छा नहीं?"

"बड़ा विभ्रम है।" हरविलास ने पुनः कहा, "समझ में नहीं आता कि क्या करना चाहिए और क्या नहीं करना चाहिए।"

"क्या करना चाहिए?" स्वामी जैसे कुछ उद्दीप्त हो उठे, "मुक्ति के इच्छुक का कर्तव्य कुछ और है; और धर्म चाहने वाले का कुछ और। गीता का उपदेश देने वाले भगवान ने इसे बड़ी अच्छी तरह समझाया है। इसी महासत्य पर हिंदुओं का स्वधर्म और जातिधर्म आदि निर्भर है।"

श्यामजी ने भी कुछ चौंक कर स्वामी की ओर देखा।

" 'अद्वेष्टा सर्वभूतानांमैत्रः करुण एव च।' इत्यादि भगवद्वाक्य मुमुक्षुओं के लिए हैं; और 'क्लैव्यं मा स्म गमः पार्थ।' एवं 'तस्मात्त्वमुत्तिष्ठ यशो लभस्व।' इत्यादि धर्मप्राप्ति का मार्ग हैं। भगवान ने सब कुछ स्पष्ट कर दिया है। इसमें विभ्रम कहां है?"

कमरा धूलधक्कड़ से अटा पड़ा था।

"इसकी सफाई..." स्वामी ने दरबान की ओर देखा, "अच्छा, एक झाडू मिल जाएगा?"

"वह सब हो जाएगा।" दरबान ने कहा और बाहर चला गया।

वे खड़े सोच ही रहे थे कि एक युवा आकर उनके सामने खड़ा हो गया। उसके हाथ में झाडू था।

"तुम यहां के कर्मचारी हो भाई?"

"नहीं। मैं तो साधुओं की सेवा करने के लिए आता हूं।"

"क्यों करते हो साधुओं की सेवा?" स्वामी ने चुहल की।

"युधिष्ठिर के राजसूय में श्रीकृष्ण ने साधुओं के जूठे पत्तल क्यों उठाए थे?" युवक ने पलट कर प्रश्न किया।

"श्रीकृष्ण संसार को समझा रहे थे कि सेवा से अपने अहंकार का विगलन होता है।"

"वे समझा रहे थे। मैं समझ रहा हूं।" युवक हंसकर बोला, "संभव है कि सत्संगति से कोई लाभ हो जाए।"

"क्या नाम है तम्हारा?"

"नंदू। नंदलाल। आप जो भी चाहें।"

वह झाड़ू करने में जुट गया। जाड़ू कर उसने थोड़ी झाड़पोंछ कर दी।

"आप अपना कंबल बिछा सकते हैं। मैं आपके लिए जल लेकर आता हूं।"

स्वासी अपनी चीज़ें लगा रहे थे कि वह जल लेकर आ गया।

"महाराज! आपकी पत्नी का देहांत हो गया या वह आपको छोड़ कर चली गई?"

"मेरा विवाह ही नहीं हुआ नंदू!"

"तो क्या संपत्ति लुट गई या व्यापार में घाटा हो गया?"

"संपत्ति थी ही नहीं और व्यापार कभी किया नहीं।"

"तो फिर संन्यासी हो जाने का कारण?" नंदू बोला, "देखने में तो भले चंगे लगते हैं।"

स्वामी मुसकराए, "भला चंगा ही हूं।"

"तो फिर यह संन्यास?" उसने पूछा।

"कुछ छिन जाने अथवा समाज के अस्वीकार के कारण ही तो कोई संन्यासी नहीं होता।"

"तो?"

"जिसका तिरस्कार संसार करता है, वह संन्यासी नहीं बनता, भिखारी चाहे बन जाए। संन्यासी वह बनता है, जो संसार का तिरस्कार कर सकता है, जिसके सामने स्वयं संसार भिखारी बन जाता है।"

नंदू ने कुछ चौंक कर स्वामी की ओर देखा। शायद उसके लिए यह समाधान सर्वथा अजाना था। कुछ सोच कर धीरे से बोला, "तो संसार का तिरस्कार कर के ही क्या होगा?"

"हमने इस कमरे में पड़ी धूल मिट्टी का तिरस्कार क्यों किया?"

"ताकि यह कमरा साफ हो सके।"

"अर्थात् गंदगी का तिरस्कार किया कि सफाई पा सकें। मल का तिरस्कार किया कि शुचिता पा सकें।"

"हां!"

"वैसे ही ऐश्वर्य का तिरस्कार किया जाता है, ताकि ईश्वर को पा सकें।" स्वामी बोले, "संसार का तिरस्कार किया जाता है, ताकि अध्यात्म पा सकें। माया का तिरस्कार किया जाता है, ताकि ब्रह्म को पा सकें।"

नंदू चकित दृष्टि से स्वामी को देखता रहा। यह सब कुछ उसको बहुत नया लग रहा था।

"आप किस लक्ष्य से तपस्या कर रहे हैं?"

"बताया तो कि हम संसार का तिरस्कार क्यों करते हैं?"

"वह सब त्याग की चर्चा है। प्राप्ति की चर्चा उसमें कहीं नहीं है।" नंदू बोला।

"तुमने इस कमरे की गंदगी बाहर निकाली। तुमने जो पाया हो, उसे हाथ में उठाकर दिखाओ।"

नंदू कुछ झेंपा, "हाथ में उठाकर तो नहीं दिखा सकता किंतु देखिए तो यह कमरा कितना अच्छा लग रहा है। गंदे कमरे में तो आप बैठ भी नहीं सकते थे।"

"वैसे ही हृदय की निर्मलता और सात्विकता को हाथ में उठा कर नहीं दिखाया जा सकता कि मैंने यह प्राप्त किया है। एक बार मनुष्य का हृदय स्वच्छ हो जाए तो उसमें भगवान बैठ सकते हैं। मैं उसीके लिए पसीना बहा रहा हूं।"

"मैं समझा नहीं।" नंदू ने कहा।

"इसमें न समझने जैसा क्या है?"

"जब तक मेरे हाथ गंदे रहेंगे, मैं भोजन नहीं कर सकता। मैं हाथों का मल त्यागता हूं, तो मुझे भोजन मिलता है। कमरे का मल निकालता हूं, तो मुझे कमरा मिलता है। आप बताएं संसार को त्यागने से क्या मिलता है?"

"मैं कहूं कि संसार त्यागने से ईश्वर मिलता है, तो तुम कहोगे कि मैं तुम्हें ईश्वर दिखाऊं। यह भी पूछ सकते हो कि ईश्वर मिलने से लाभ क्या होगा?"

"आप ठीक कह रहे हैं।" नंदू बोला, "मैं तो इसी रूप में सोच पाता हूं।"

"देखो।" स्वामी पुनः बोले, "एक व्यक्ति एक कमरे में बंद हो। कमरे में संसार की सारी सुख सुविधाएं वर्तमान हों ; किंतु उस व्यक्ति के हाथ पैर बंधे हों, तो वह क्या करना चाहेगा?"

"बंधनों को तोड़ना चाहेगा। अपने शरीर से लिपटी रस्सियों को तोड़ना चाहेगा।"

"क्यों?"

"ताकि वह वहां वर्तमान सुख सुविधाओं से वंचित न रह जाए। वह उनको प्राप्त कर सके।" नंदू बोला।

"एक अन्य व्यक्ति कमरे में नहीं, खुले आकाश के नीचे है। उसके हाथ पैर बंधे हुए हैं। उसे रस्सियों ने नहीं, सांपों ने बांध रखा है। ऐसे में वह व्यक्ति क्या मुक्त होना चाहेगा? अपने बंधन तोड़ना चाहेगा?"

"अवश्य। कौन बंधा रहना चाहेगा और सांपों से बंधे रहने का तो कोई अर्थ ही नहीं है।"

"रस्सियों से मुक्त होकर उसे क्या मिलेगा?" स्वामी ने जैसे उसका पाठ दुहराया।

"स्वतंत्रता।"

"क्या तुम स्वतंत्रता की प्राप्ति को दिखा सकते हो?"

"नहीं! पर मैं उसकी प्रसन्नता का अनुभव कर सकता हूं।"

"और सांपों से मुक्त होने का प्रयत्न करोगे?"

"सांपों से मुक्त होना तो बहुत ही आवश्यक है।" वह बोला, "सांप मेरे रक्त में विष उंढेल रहे हैं। वे मुझे दंश की पीड़ा दे रहे हैं।"

"उनसे मुक्त होकर तुम्हें क्या प्राप्त होगा?"

"पीड़ा से मुक्ति। स्वतंत्रता।"

"हमारे मनीषियों ने अपनी साधना से यह आविष्कार किया है कि सारी सृष्टि माया का निर्माण है। मनुष्य को माया ने जकड़ रखा है। वे माया की रस्सियों भी हैं और माया के सर्प भी। यदि हम उन सर्पों से मुक्त होंगे, तो हम पीड़ा से मुक्त होंगे। सांसारिक दुःखों से मुक्त होंगे। यदि हम माया के रज्जु से मुक्त होंगे, तो आत्मा की स्वतंत्रता पाएंगे। अपने वास्तविक स्वरूप को पाएंगे, जो ईश्वर का अंश है। हम मूलतः कुछ और हैं और भ्रमवश स्वयं को कुछ और समझ रहे हैं और इस मोह के कारण भ्रमित होकर भटकते फिर रहे हैं।"

स्वामी ने पुनः नंदू की ओर देखा : लगा बात फिर उसकी समझ से बाहर हो गई है।

"आपको कोई ऐसी अलौकिक शक्ति नहीं चाहिए, जो आपको अपार धन दे सके?" नंदू ने पूछा।

"नहीं! धन बंधन है।"

"आपको कोई ऐसी अलौकिक शक्ति नहीं चाहिए, जो आपको ऐसी भौतिक शक्ति दे, जिससे आप अपनी इच्छा मात्र से किसी का भी नाश कर सकें?"

"नहीं। शक्ति अहंकार को जन्म देगी और अहंकार हमें बांध कर जन्म जन्मांतरों के लिए इस संसार में डाल देगा।"

"आपको कोई ऐसी शक्ति नहीं चाहिए, जिससे आप किसी को मोहित कर उससे अपनी इच्छाएं पूरी करवा लें। संसार की सुंदरतम स्त्रियां मुग्ध होकर अपने आपको आपके चरणों में डाल दें, आपके वश में हो जाएं?"

"नहीं! नारी तो मां स्वरूपा है। मैंने तो स्वयं को मां के चरणों में डाल रखा है। मैं मां के वश में हूं।"

"आपको मांस और मदिरा का स्वाद भी नहीं चाहिए।"

"मुझे भोजन चाहिए। स्वाद नहीं।"

नंदू जैसे थक गया।

"पाने के लिए प्रयत्न करना पड़ता है महाराज! त्याग के लिए क्या प्रयत्न करना।" नंदू बोला, "जो कुछ आपके पास है, उसमें से जिसे चाहें, जब चाहें, त्याग दें।"

स्वामी हंसे, "त्याग कर दिखाओ।"

"क्या त्यागूं, बोलिए।"

"तुम्हारी जेब में कितने पैसे हैं?"

नंदू कुछ सकपकाया। फिर जैसे साहस कर बोला, "संयोग से इस समय मेरी जेब

में दो सौ रुपए हैं। मेरे महीने भर के वेतन से कुछ अधिक ही है।"

"तुम उनका त्याग कर दिखाओ। राह चलते किसी भिखारी को दे आओ। न हो तो इसी मठ के कोश में डाल आओ।"

नंदू के चेहरे पर अनिच्छा जागी, "मेरे घर का महीना कैसे चलेगा?"

"अर्थ यह है कि तुम त्याग नहीं सकते। पर तुम तो कहते थे, कि जब चाहो, त्याग दो।"

"हां! जब चाहूं त्याग दूं। पर मैं त्यागना चाहता ही नहीं।"

"मुझे प्रसन्नता है कि तुम सत्य बोल पा रहे हो। एकदम सत्य। मैं भी तुम्हें यही समझाना चाहता था। त्यागना चाहो तो त्याग सकते हो, किंतु त्याग की इच्छा जगाना बहुत कठिन है। वही वैराग्य है। वस्तुतः हम में त्याग की इच्छा नहीं, ग्रहण की वासना है। उससे मुक्त होने के लिए व्यक्ति को कठोर तपस्या करनी पड़ती है।"

"पर आपको नहीं लगता कि हमें उन कामनाओं में सुख भी मिलता है?"

"सर्प के विष में थोड़ा नशा भी होता है।" स्वामी बोले, "हम उसी के अभ्यस्त हो जाते हैं। जैसा कि प्रत्येक नशे के साथ होता है, हम नशे की लत में उस विष को भी पीते रहते हैं।"

131

"आज कोई विशेष अनुष्ठान है?"

नंदू ने उनकी ओर देखा, "आपको निमंत्रण नहीं मिला?"

"नहीं तो।" स्वामी बोले, "कोई पूजा है?"

"पूजा नहीं। उत्सव है। पवित्र आत्माओं का समारोह।" नंदू ने कहा और चला गया।

स्वामी को लगा कि नंदू के स्वर में उत्सव तो दूर उत्साह भी नहीं था। तनिक भी प्रसन्न नहीं था। उसने कहा तो था कि समारोह था; किंतु उसके स्वर में तनिक भी प्रशंसा का भाव नहीं था। इसका अर्थ था कि जो कुछ भी हो रहा था, वह नंदू को प्रिय नहीं था।

अंधकार हो जाने के पश्चात् ऊपर के उस कमरे के कपाट बंद हो गए। कुछ विचित्र स्वर सुनाई दे रहे थे। उन स्वरों में अनेक स्वर स्त्रियों के भी थे। ये स्वर तो किसी उत्सव में एकत्रित हुए, स्त्री-पुरुषों के प्रसन्न और अराजक स्वर जैसे थे। हंसने खिलखिलाने और आनन्द के चीत्कार और सीत्कार और ये स्वर उसी बड़े कक्ष में से आ रहे थे। यह कमरा बंद क्यों था?

स्वामी ने ध्यान दिया। अब वे स्वर अराजक नहीं थे। वे लोग एक स्वर में अनुशासित ढंग से श्लोक पाठ कर रहे थे :

पंचतत्वं खपुष्पंच पूजयेत् कुलयोषितम्।
वामाचारो भवेत्तत्र वामो भूत्वा यजेत पराम्।।

स्वामी के मन में जैसे धमाका हुआ : ये कहीं पंचमकार का सेवन करने वाले वामाचारी साधक तो नहीं हैं? तभी उन्होंने सुना–

मद्यैर्मांसैस्तथा मत्स्यैर्मुद्रया मैथुनैरपि

तो स्वामी अनजाने ही उन लोगों के मठ में आ गए हैं, जो कामोपासक हैं। यौनसुख के साधक हैं। पता नहीं, किस किस प्रकार की बीभत्स उपासनाएं करते होंगे। अपनी वासनाओं को उपासना का नाम देते होंगे। अपनी कामुकता को पूजा कहते होंगे। भोग को तपस्या मानते होंगे। तभी तो नंदू उनसे बार-बार पूछ रहा था कि वे क्या पाने के लिए तपस्या कर रहे हैं?

यह वे कहां आ गए?

स्वामी का मन विचलित हो उठा। ऐसे स्थान पर तो एक क्षण रुकना भी पाप है। उनका मन हुआ कि वे तत्काल इस अपवित्र स्थान से भाग जाएं।

वे उठे। अपना कंबल लपेटा और कमंडल उठा लिया।

स्वामी वरांडे के अंत तक आए किंतु सीढ़ियों तक नहीं पहुंच सके। वहां सींखचों वाले दरवाजे पर ताला लटक रहा था। रात का समय था। दरबान ताला लगा कर सोने चला गया होगा। उन्हें सूर्योदय की प्रतीक्षा करनी ही होगी। कल प्रातः की उपासना भी यहीं, इसी अपवित्र मठ में करनी होगी।

उसके पश्चात् उन्हें नीन्द नहीं आई। पहले तो ध्यान करने का विचार आया; किंतु फिर वे गुरु के नाम का जप करने बैठ गए।

स्वामी सारी रात जप करते रहे। सूर्य की पहली किरण के साथ वे अपने कमरे से निकल आए। सीढ़ियों तक पहुंचे। फाटक का ताला तो नहीं खुला था; किंतु दरबान वहीं बैठा था।

"ताला खोलो भाई!"

"आपको बाहर से जो कुछ चाहिए, आज्ञा करें, मैं यहीं ला दूंगा।"

"मुझे बाहर से कुछ नहीं चाहिए।" स्वामी बोले, "मैं स्वयं बाहर जाना चाहता हूं।"

"पर क्यों?" दरबान ने कुछ अधिकार से पूछा।

"क्योंकि मैं अब यहां और रहना नहीं चाहता।" स्वामी बोले, "मैं यह मठ छोड़ना चाहता हूं।"

"बड़े महाराज से पूछ लिया क्या?"

"इसमें बड़े महाराज से पूछने की क्या आवश्यकता है?"

"हमें यह आदेश है कि आपको उनसे पूछे बिना बाहर न दिया जाए।" दरबान कुछ रुखाई से बोला।

"तो क्या मैं उनका बंदी हूं?"

"आप जो भी समझें।" दरबान ने मुंह फेर लिया।

बड़े महाराज अपने कक्ष में अकेले ही बैठे थे।

"बैठो प्रियदर्शन!" उन्होंने बहुत मधुर ढंग से कहा।

स्वामी कहना चाहते थे कि उनका नाम प्रियदर्शन नहीं था। किंतु मौन रहे। बड़े महाराज ने संज्ञा से नहीं, विशेषण से उन्हें पुकारा था।

स्वामी बैठ गए।

"आपको यहां कोई कष्ट है?"

"शारीरिक कष्ट तो कोई नहीं है महाराज!"

"तो फिर मठ क्यों त्यागना चाहते हैं–द्वार द्वार भिक्षा मांगने के लिए और वृक्षों के नीचे सोने के लिए?"

"संन्यासी का यह आदर्श तो शंकराचार्य ने बहुत पहले ही घोषित कर दिया था।" स्वामी बोले, "कष्टों से भयभीत होकर तो कोई संन्यासी नहीं हो सकता।"

"जब बैठे बैठाए खाने को अच्छा मिलता हो, रहने को छत, पहनने को स्वच्छ वस्त्र मिलते हों। जीवन की सुविधाएं ही नहीं सारे सुख भोग भी मिलते हों, तो भटकना आवश्यक है क्या?" बड़े महाराज ने बड़ी लुभावनी शैली में कहा।

"यह सब तो मैं अपने गृहस्थ जीवन में भी प्राप्त कर सकता था।" स्वामी बोले, "फिर संन्यास ग्रहण करने का क्या लाभ?"

"तपस्या शक्ति के लिए होती है। गृहस्थ जीवन में हम न अलौकिक शक्तियां प्राप्त कर सकते हैं, न अलौकिक सुख।"

"इसका क्या प्रमाण है कि अलौकिक शक्तियां मिलेंगी ही?" स्वामी जान रहे थे कि अब वे जिज्ञासा नहीं कर रहे, बड़े महाराज से विवाद कर रहे थे।

"शक्ति मिलती है। शक्ति के साथ सुख मिलता है। ऐसा अलौकिक सुख आजतक किस गृहस्थ को मिला है, जो सुख हम संन्यासी यहां भोगते हैं।" बड़े महाराज के नेत्र आरक्त हो गए, "पांच पांच योगिनियां और एक एक योगी। उनका शक्तिसंगम... पुरुष के तन में स्वयं ईश्वर को जगा देती हैं, वे योगिनियां–कैसा अद्भुत स्वर्गीय सुख होता है... आकंठ अमृत में तैरते हैं हम।"

"न यह अलौकिक है और न स्वर्गीय।" स्वामी कुछ कठोर स्वर में बोले, "जिसने आध्यात्मिक आनन्द का कण मात्र भी अनुभूत किया है, वह जानता है कि यह मात्र ऐन्द्रिय सुख है। इंद्रियों का पाशविक सुख। उससे साधक के भीतर कोई शक्ति नहीं जागती, कोई ईश्वर नहीं जागता, मात्र उसके पौरुष का हनन होता है। मादक पदार्थों से संचित ऊर्जा का एक साथ क्षरण होता है। मनुष्य अधिक से अधिक अभद्र होता जाता है और अंततः पशु हो जाता है।"

"तो सुख किसमें है–इंद्रियों के दमन में? प्रकृतिप्रदत्त सुख के नकार में?" बड़े महाराज कुछ रुष्ट हो गए थे, "मैं तुमसे सहमत नहीं हूं। हमारी साधना पंचमकार ही है। हमारा दृढ़ विश्वास है कि इस साधना में सुख भी है और शक्ति भी।"

"फिर आप मुझ से क्या चाहते हैं?"

"तुम आकर्षक व्यक्तित्व के साधु हो। योगिनियां तुम्हें देख कर मतवाली हो जाएंगी। उनके भीतर वह रस जागेगा, जो आजतक कोई योगी नहीं जगा सका।"

स्वामी ने कुछ नहीं कहा।

"तुमने वर्षों तक ब्रह्मचर्य का पालन किया है। किया है न?"

"जी!" स्वामी ने कहा।

"भाग्य से तुम अब हमारे पास आ गए हो। इस में भी प्रकृति का कोई संकेत ही समझो।"

"मैं समझा नहीं।"

"तुमने संचय ही संचय किया है। उसका कभी व्यय नहीं किया। इस अर्जन का तुम्हें कभी विसर्जन करना भी नहीं है। यह तुम्हारे किसी काम का नहीं है। कृपण का धन नष्ट ही होता है। इसलिए...।"

स्वामी ने बड़े महाराज की ओर देखा।

"इसलिए अब तुम्हें अपने इस दीर्घकालीन संचय का लाभ हमें देना चाहिए।"

"कैसा लाभ चाहते हैं आप?"

"हम एक विशेष प्रकार की साधना के लिए तुम्हारा ब्रह्मचर्य खंडित करेंगे, और उससे अपने लिए कुछ अलौकिक शक्तियां प्राप्त करेंगे।" बड़े महाराज पूर्णतः आश्वस्त थे।

स्वामी हिल गए। किंतु यह न तो परेशानी प्रकट करने का समय नहीं था, न विरोध करने का।

"ब्रह्मचर्य मेरा खंडित होगा और शक्ति आपको प्राप्त होगी। यह बात मेरी समझ में नहीं आती।" स्वामी ने कहा।

"तुम्हारा समझना तनिक भी आवश्यक नहीं है।" बड़े महाराज बोले।

"और यदि मैं सहमत न होऊं तो?"

"तुम्हारी सहमति हमारे लिए आवश्यक नहीं है।" बड़े महाराज बोले, "हमारी साधनाएं हमारे संकल्प से होती हैं।"

"मैं विरोध करूं तो?"

"यह तुम्हारे लिए संभव नहीं है।" बड़े महाराज मुसकराए, "तुम हमारे अधिकार में हो। आवश्यक होने पर हम बलप्रयोग भी कर सकते हैं।"

स्वामी ने अपना धैर्य बनाए रखा और दिखाया कि वे तनिक भी विचलित नहीं हैं।

संध्या समय नंदू आया।

"नंदू! तुम्हें मठ के बाहर भीतर आने जाने में कोई रोक टोक तो नहीं है?"

"नहीं! मुझे तो कभी किसी ने नहीं रोका।"

"अच्छा नंदू! लींबड़ी में सब से साधु पुरुष कौन है?" सहसा स्वामी ने पूछा, "यदि कभी–भगवान न करें–यदि कभी तुम पर कोई संकट आ पड़े और तुम्हें लगे कि तुम्हें कहीं से भी न्याय नहीं मिल रहा, तो तुम किसके पास जाओगे?"

"हमारा क्या है स्वामी जी! हमें कहीं से भी न्याय नहीं मिलेगा। जो कुछ मिलता है, ईश्वर से ही मिलता है। पर लोगों से सुना है कि लींबड़ी के महाराजकुमार ठाकुर जसवंत सिंह बहुत धार्मिक और दयालु व्यक्ति हैं।"

स्वामी को लगा, यह नाम परिचित है। हां! अहमदाबाद में सब जज लालशंकर ने भी ठाकुर जसवंतसिंह का ही नाम लिया था। यह तो बहुत ही शुभ लक्षण हैं। ठाकुर साहब धार्मिक भी हैं, न्यायी भी हैं और लींबड़ी के महाराजकुमार भी हैं।

"यदि आवश्यकता पड़े तो तुम उनके पास जा सकते हो?"

"पर मुझे वहां जाना ही क्यों है?"

"मेरा एक काम है।" स्वामी बोले, "मेरा एक संदेश उन तक पहुंचा दो।"

"संदेश!" नंदू कुछ चकित था, "आप उन्हें जानते हैं क्या?"

"नहीं। मैं नहीं जानता; किंतु मैं एक संकट में हूं।" स्वामी बोले, "नंदू! तुम्हें एक गोपनीय बात बता रहा हूं। तुम्हारे इस मठ के बड़े महाराज ने मुझे बंदी कर लिया है।"

"बंदी?"

"मुझे यहां से निकलने के लिए ठाकुर जसवंतसिंह की सहायता चाहिए।"

"अच्छा। मैं आपके लिए चाय लाता हूं।"

नंदू लौटा तो उसके हाथ में चाय का प्याला था। स्वामी ने उसकी ओर देखा।

"चाय लाया हूं।" नंदू बोला, "चाहें तो पी लें, चाहें तो फेंक दें।"

"फिर?"

"कोयले का एक टुकड़ा भी लाया हूं। जो लिखना हो, इस प्याले पर लिख दें। मैं उसे ठाकुर साहब को दे आऊंगा।"

स्वामी नंदू की समझदारी पर मुग्ध हो गए। किंतु वे समझ रहे थे, प्याले पर कोई पत्र नहीं लिखा जा सकता था। दो-चार शब्द ही लिखे जा सकते थे।

"पर बाहर जाते हुए, उन्हों ने तुम्हारे हाथ में प्याला देख कर रोक लिया तो?"

"प्याला तोड़ दीजिए। कहूंगा, फेंकने जा रहा हूं।"

उन्होंने लिखा, "मुझे मुक्त कराएं।" इससे अधिक लिखने का स्थान ही नहीं था।

"लो नंदू। अब मेरी लाज तुम्हारे हाथ में है।" स्वामी ने प्याला उसकी ओर बढ़ा दिया, "यदि प्याला मठ वालों के हाथ में पड़ गया तो हम दोनों की ही कुशल नहीं है। यदि ठाकुर साहब तक पहुंच सको, तो भी इस पर लिखा हुआ कुछ नहीं कह पाएगा। मेरी स्थिति के विषय में तुम्हें ही सब कुछ बताना पड़ेगा।"

नंदू ने उनके चरण छुए और चल पड़ा।

"नंदू!" स्वामी ने उसे रोका, "यदि प्याला मठ के किसी व्यक्ति के हाथ पड़ गया

और उसने संदेश पढ़ लिया तो उसे क्या उत्तर दोगे?"

"उसमें क्या है।" नंदू हंसा, "कहूंगा कि यह तो ईश्वर से प्रार्थना है। किसे संसार से मुक्ति नहीं चाहिए।" वह रुका नहीं।

132

ठाकुर जसवंतसिंह के सिपाही अभी अभी स्वामी को मठ से छुड़ा कर राजप्रासाद में ले आए थे। ठाकुर ने स्वामी पर एक भरपूर दृष्टि डाली और जैसे अभ्यासवश ही हाथ जोड़ कर प्रणाम किया।

स्वामी ने उनकी ओर देखा। वे कर्मठ पुरुष लगते थे। बताया गया था कि वे लींबड़ी के युवराज हैं। महाराज वृद्ध होंगे। इसलिए युवराज ही राजकाज देख रहे होंगे।

स्वामी ने आशीर्वाद की मुद्रा में अपना दाहिना हाथ उठा दिया।

"आसन ग्रहण करें स्वामी जी।" ठाकुर साहब ने कहा और अपने सिपाहियों की ओर देखा, "कोई कठिनाई तो नहीं हुई? कोई विरोध? प्रतिरोध?"

"नहीं कुंवर साहब! कुछ भी नहीं हुआ।" एक सिपाही ने बताया, "हमने फाटक पर से दरबान को बांध लिया और स्वामी जी के कमरे पर पहुंच गए। वहां से स्वामी जी को साथ लिया। दरबान को फाटक पर छोड़ा और कहा कि वह अपने बड़े महाराज को बता दे कि युवराज के आदेश से हम स्वामी जी को अपने साथ ले जा रह हैं। उन्हें कुछ कहना हो तो महाराज की सेवा में उपस्थित हों।"

"अच्छा हुआ कि कोई खून खराबा नहीं हुआ।" युवराज बोले, "अच्छा! तुम लोग जाओ।"

युवराज बैठ गए, "स्वामी जी! आपके विषय में आपके उस भक्त ने मुझे बहुत कुछ बताया है। वह व्यक्ति बहुत समझदार है।"

"जी!"

"शायद आप भी उसे अधिक नहीं जानते।" युवराज बोले, "वह अपनी आध्यात्मिक जिज्ञासाओं के चलते, बहुत दिनों से उस मठ में जा रहा है और सदा निराश हुआ है। मुझे मालूम नहीं कि आप मठ से कितने रुष्ट हैं किंतु वह तो उस मठ को नष्ट करवा देना चाहता था। वह तो चाहता था कि मैं मठ के प्रत्येक संन्यासी को बंदी कर लूं।"

"तो क्या आपके लिए भी ऐसे प्रयोगों को रोकना संभव नहीं है?" स्वामी ने कहा, "वे धर्म के लिए ही नहीं, आपकी प्रजा के लिए भी बहुत घातक हैं। जाने कितने लोग धर्म के नाम पर वहां जाकर अपने चरित्र ही भ्रष्ट नहीं कर रहे, अपनी आत्मा का भी नाश कर रहे हैं।"

"आप मुझ से अधिक ही जानते हैं स्वामी जी! कि धर्म के नाम पर संसार में कितने ही प्रकार के अनर्थकारी प्रयोग होते हैं। अपनी प्रजा की भावनाओं का ध्यान कर, शासन उनमें तब तक हस्तक्षेप नहीं करता, जब तक वे सार्वजनिक रूप से कोई अपराध नहीं करते।" युवराज बोले, "यदि वे आपको न छोड़ते और सिपाहियों का प्रतिरोध करते, तो

संभवतः हम आपको बंदी बनाए रखने के आरोप में उनको कोई दंड दे सकते।"

"पर वहां व्यभिचार हो रहा है।"

"वहां जो भी लोग जाते हैं, वे अपनी इच्छा से जाते हैं। स्त्रियां हों या पुरुष–उनमें से कभी किसी ने शिकायत नहीं की है।" युवराज बोले, "मेरी दृष्टि बहुत दिनों से उस मठ पर है, इसीलिए नंदू के आते ही मैं सिपाही भेज सका; किंतु अभी तक ऐसा कोई कारण नहीं मिला है कि वहां के बड़े महाराज को किसी आपराधिक कांड में लिप्त प्रमाणित किया जा सके।"

"उसका भी कोई विशेष लाभ नहीं है। वस्तुतः हमें अपनी जनता को ही अधिक जागरूक बनाना होगा। उन्हें बताना होगा कि धर्म वस्तुतः क्या है। सामान्यतः लोग किसी चमत्कार के लोभ में ऐसे तांत्रिकों के पास जा फंसते हैं।"

"मैं ईश्वर से आपके लिए प्रार्थना करूंगा।" स्वामी उठ खड़े हुए, "अच्छा! अनुमति हो तो मैं चलूं।"

"वैसे तो आप संन्यासी हैं। निरंतर भ्रमण करते हैं। जाने कैसे कैसे स्थानों पर ठहरते होंगे; किंतु एक बात मैं आपसे कहना चाहता हूं।"

स्वामी ने उनकी ओर देखा।

"बिना देखे-भाले, बिना सोचे समझे, ऐसे ही किसी डेरे पर मत ठहर जाया कीजिए। संसार में जितना धर्म है, उससे कहीं अधिक अधर्म भी है। साधना के नाम पर पाप भी बहुत है।"

"अब तक ऐसा कोई अनुभव नहीं हुआ था, इसलिए नहीं जानता था।" स्वामी बोले, "अब ऐसा नहीं होगा।"

"भगवान आपकी सहायता करें।"

"तो अनुमति है?" स्वामी ने पूछा।

"कहां जाएंगे? "युवराज ने कुछ असमंजस में पूछा," कोई निश्चित् ठिकाना है या फिर ऐसे ही किसी दुष्ट तंत्र में फंस जाएंगे।"

"नहीं! साधु का निश्चित् ठिकाना कैसा।" स्वामी हंसे, "पर आप चिंता न करें। अब भूल नहीं होगी।"

"यदि मैं आपके ठहरने का प्रबंध यहीं कर दूं तो आपको कोई आपत्ति है?" युवराज बोले, "आप जितने दिन लींबड़ी में हैं, हमारे अतिथि होकर रहिए। हमें प्रसन्नता होगी।"

"पर आप मुझे इतना महत्व क्यों दे रहे हैं?"

"मेरी भी कुछ जिज्ञासाएं हैं और आपका वह भक्त नंदू आप के विषय में कुछ ऐसा कह गया है कि मेरा मन होता है कि कुछ समय मैं भी आपका सत्संग करूं।" युवराज मुसकराए, "निश्चिंत रहें, आप को असुविधा नहीं होगी।"

पूत अनोखो जायो-3

133

स्वामी के पास प्रायः प्रतिदिन अनेक स्थानीय पंडित आने लगे थे। कभी अकेले दुकेले और कभी समूहबद्ध होकर। वे संस्कृत वार्तालाप में पारंगत लगते थे। स्वामी को भी यह अवसर संस्कृत संवाद के अपने अभ्यास के लिए बहुत लाभदायक प्रतीत हो रहा था। दो-चार ही दिनों में उनकी समझ में आ गया कि वे पंडित संस्कृत बोलते तो हैं; किंतु वह मात्र अपने अभ्यास अथवा निष्ठा के कारण ही नहीं–उसमें बार-बार स्वामी की परीक्षा लेने की इच्छा भी सम्मिलित होती थी। आते तो वे किसी न किसी जिज्ञासा के समाधान का बहाना लेकर ही थे। किंतु स्वामी भी समझते थे कि उन सारी वार्ताओं में जिज्ञासा कम और प्रतिस्पर्धा ही अधिक थी। कहीं कहीं ईर्ष्या भी दिखाई पड़ जाती थी। ठाकुर साहब के स्वामी के प्रति आदर ने, पंडितों की ईर्ष्या को भड़का दिया था।

संयोग ही था कि उन्हीं दिनों जगन्नाथपुरी के गोवर्धन मठ के शंकराचार्य भी लींबड़ी में ही थे। वे संध्या समय होने वाले इन संवादों में दो-तीन दिन उपस्थित भी रहे।

उस दिन लींबड़ी के पंडित, हिंदुओं के संस्कारों की समस्या लेकर स्वामी के पास आए थे। हिंदुओं में अपने उन संस्कारों के प्रति बढ़ती हुई उदासीनता से वे चिंतित थे। वे जानना चाहते थे कि अपने प्रभाव से समाज को उन संस्कारों के प्रति निष्ठावान बनाया जाए, या संस्कारों को आज की परिस्थितियों में अनावश्यक मानकर सदा के लिए त्याग दिया जाए?

स्वामी कुछ देर मौन बैठे उनकी ओर देखते रहे। फिर जैसे बादल के समान फट पड़े, "आपने कभी विचार किया है कि जिस प्रदेश में इस प्रकार भीषण अकाल की परिस्थितियां हों, जहां अपना पेट भरने के लिए लोग चोरी, डकैती और हत्याओं पर उतर आए हों–वहां वे संस्कारों की सोचेंगे या अपनी आजीविका की? हम उन्हें यज्ञोपवीत धारण न करने पर समाज से निष्कासित करने की धमकी दें, तो वे मानेंगे कि पुरोहित समाज अपनी आजीविका के लिए उनका पेट काटने पर उतारू है। आप समझते हैं कि उसके पश्चात् संस्कारों के प्रति वे कुछ अधिक आकृष्ट हो सकेंगे?"

"तो हम अपनी आंखों के सामने अपने धर्म को नष्ट होता हुआ चुपचाप देखते रहें?"

"नहीं! चुपचाप क्यों देखते रहें।" स्वामी बोले, "हम विचार करें कि संस्कार और धर्म पयार्य हैं क्या? पहले मनुष्य के प्राण बचाने हैं या उसके संस्कार?"

"उनके प्राण बचाने के लिए तो हम कुछ कर नहीं सकते।"

"हम अपने पास से भूखे को अन्न दे सकते हैं तो दें। अपने पास से नहीं दे सकते तो अपने यजमानों को प्रेरित करें कि वे अकाल पीड़ित लोगों की सहायता करें। अकाल सदा के लिए नहीं आया है। वह चला जाएगा तो हम अपने भंडार भरने की बात भी सोच सकते हैं और संस्कारहीन लोगों को संस्कार देने की भी।" स्वामी ने उन लोगों को देखा,

"धर्म मनुष्य को श्रेष्ठ मनुष्य बनाने का साधन है। बच्चा अस्वस्थ है। दो एक दिन उसकी मां उसे नहीं भी नहलाती तो वह बच्चा उसकी संतान नहीं रहता क्या? और जब वह स्वस्थ हो जाता है तो वह उसे नहला धुलाकर पहले के ही समान साफ-सुथरा नहीं बना देती क्या?"

"तो हम क्या करें?"

"कर सकें तो अपने घर से उन्हें अन्न दें, अपने खर्च पर उनका यज्ञोपवीत करवाएं।" स्वामी बोले, "न कर सकें तो उनकी स्थिति सुधरने की प्रतीक्षा करें।"

शंकराचार्य सारा समय साक्षी बने बैठे रहे। वे कुछ नहीं बोले। पंडितों के विदा हो जाने पर उन्होंने प्रशंसाभरी दृष्टि से स्वामी को देखा, "तुम्हारे जैसे युवा संन्यासी की विद्वता, समझ और संवेदना का विस्तार ही नहीं, तुम्हारी मौलिक धर्म दृष्टि और समाज का नेतृत्व करने क्षमता देखकर मैं चकित हूं वत्स! भगवान तुम्हें अपने अभियान में सफल करें। मुझे लगता है कि तुम हिंदुओं का उद्धार करने के लिए ही आए हो। स्वस्ति, पुत्र! स्वस्ति!!"

"मैंने शायद कभी आपसे चर्चा की हो कि मैं इंगलैंड और अमरीका की यात्रा कर आया हूं।" ठाकुर साहब बोले।

"नहीं! आपने आज तक तो नहीं कहा।"

"कभी प्रसंग नहीं आया होगा।" ठाकुर साहब बोले, "मैंने पाया कि वे लोग हमारे धर्म के विषय में कुछ नहीं जानते किंतु जानने को उत्सुक हैं।"

"मैं तो कभी गया नहीं ठाकुर साहब! इसलिए कह नहीं सकता कि उत्सुक हैं या नहीं।"

"नहीं! वे उत्सुक हैं, किंतु आजतक उन्हें बताने वाला कोई उपयुक्त व्यक्ति ही नहीं मिला।" ठाकुर साहब बोले, "यदि कभी आप वहां जा कर हिंदुओं के विषय में उन्हें जानकारी दें तो मुझे लगता है कि आपके विचारों का बहुत स्वागत होगा। वे खुले मन के लोग हैं। वे आपके विचारों का...।"

"ये मेरे विचार नहीं हैं ठाकुर साहब! ये तो भारतीय ऋषियों के विचार हैं। उन्होंने इन विचारों का आविष्कार किया है। उन्होंने इन सत्यों का दर्शन किया है। मैं तो केवल उनके विचारों को आप लोगों के सामने कह भर देता हूं।"

"हां! यह भारतीय मनीषा का चिंतन है।" ठाकुर साहब बोले, "किंतु इनका मूल्य यहां कोई नहीं समझता। जहां लोगों को अपने पेट भरने की पड़ी हो, जहां वे पारस्परिक ईर्ष्या से दग्ध हो रहे हों, जहां वैभव के लोभ में लोग अपनी मां को हाट में बेचने को तत्पर हों, वहां वे वेदांत का महत्व क्या समझेंगे। मेरी मानिए, आप अमरीका और इंगलैंड जाइए।" ठाकुर साहब कुछ देर रुके, "मैं इतने दिनों से देख रहा हूं, आपकी प्रतिभा अप्रतिम है। आपका अंग्रेज़ी का ज्ञान इतना विस्तृत और समर्थ है कि आप उन लोगों

को उनकी भाषा में समझा सकेंगे और उनका ज्ञान विस्तृत कर सकेंगे।"

स्वामी चुपचाप बैठे कुछ सोचते रहे।

"क्या आप मुझसे सहमत नहीं हैं?"

"नहीं! ऐसी बात नहीं है ; किंतु मैं केवल उनके ज्ञानवर्धन के लिए वहां नहीं जाना चाहता। यह मेरा दायित्व नहीं है।"

"तो?"

"क्या आपने कभी ध्यान नहीं दिया कि हिंदुओं पर, उनके धर्म पर, उनकी संस्कृति और सभ्यता पर, उनकी जीवन शैली पर, उनके महापुरुषों पर, जितना कीचड़ उछाला गया है, वह सब अमरीका और इंगलैंड के लोगों द्वारा ही उछाला गया है। उसके पीछे उनका अज्ञान भी है और द्वेष भी।"

"आप ठीक कह रहे हैं।"

"मैं उसका प्रतिकार करना चाहता हूं।" स्वामी बोले, "यदि हो सके तो मैं अपनी माता के मुख पर बलात् पोती गई यह कालिमा धो देना चाहता हूं; और अपनी माता का उज्ज्वल मुख संसार के लोगों को दिखा देना चाहता हूं। वे देखें कि मेरी माता कितनी निर्मल और उज्ज्वल है, वे देखें कि वह कितनी सुंदर और दिव्य है। वह चिथड़ों में लिपटी, मलिन, रोगी और चीत्कार करते हुए बच्चों से घिरी हुई, हेय अबला नहीं है।" स्वामी के मुख पर जैसे तेज बरसने लगा, "वह सृष्टि भर के सौन्दर्य का समुच्चय स्वयं श्री–लक्ष्मी –है, वह अबला नहीं, संसार भर को शक्ति प्रदान करने वाली, संपूर्ण शक्ति की स्वामिनी, सिंहवाहिनी मां दुर्गा है। वह ज्ञानशून्य, तमसावृत्त, मूढ़ मानवी नहीं, कमल पर बैठी वीणा का संगीत बरसाती, निर्मल ज्ञान की देवी मां सरस्वती है। ऐसी है मेरी मां! मैं चाहता हूं कि संसार मेरी मां के वास्तविक रूप को देखे।"

"तो आप कब जाएंगे?" ठाकुर साहब ने पूछा।

"जब मां की आज्ञा होगी।" स्वामी का स्वर एकदम शांत था।

"जाएंगे तो?"

"मां की आज्ञा होगी तो अवश्य जाऊंगा।"

"अपनी इच्छा से कभी नहीं जाएंगे?" ठाकुर साहब के स्वर में कुछ आग्रह था।

"मेरी क्या इच्छा!" स्वामी विह्वल स्वर में बोले, "संसार क्या मेरी इच्छा से चलता है।"

"संसार नहीं, किंतु आप तो अपनी इच्छा से चल सकते हैं।" ठाकुर साहब बोले।

"भ्रम है ठाकुर साहब! भ्रम है।" स्वामी जैसे आकाश को चीर का उसके पार देख रहे थे, "जितनी जल्दी इस भ्रम से मुक्त हो सकें, हो जाएं। यह मां की सृष्टि है, यहां उसकी इच्छा ही चलती है। यह सब उसकी ही लीला है।"

134

जूनागढ़ पहुंच कर स्वामी दिन भर तो नगर-भ्रमण करते रहे। जो कुछ महत्वपूर्ण लगा, उसे

देखते निरखते रहे; किंतु संध्या घनी होने से पहले ही वे रियासत के दीवान, हरिदास बिहारीदास देसाई के निवास पर जा पहुंचे।

"प्रणाम स्वामी जी!" दीवान जी ने कहा, "पधारिए, मैं तो पिछले सप्ताह से ही आपकी प्रतीक्षा कर रहा हूं।"

"आप मुझे जानते हैं?"

"कुछ जानता हूं, कुछ जानना चाहता हूं।" दीवान जी उनको मार्ग देने के लिए एक ओर हटते हुए बोले, "आप भीतर तो आएं। बाहर क्यों खड़े हैं।"

"पर आप मुझे कैसे जानते हैं?"

"लींबड़ी के ठाकुर जसवंतसिंह ने आपके विषय में लिखा था।"

स्वामी के लिए और कुछ पूछना आवश्यक नहीं रह गया था। उन्होंने हाथ में पकड़ा ठाकुर साहब का पत्र अपनी जेब में डाल लिया। मां की यही इच्छा थी कि अब वे न वृक्ष तले सोएं और न ही तांत्रिकों के फंदे में फंसें।

उन्हें आसन देकर दीवान जी स्वयं अपने हाथों से उनके लिए पीने का जल लाए। नौकरों को आदेश दिया कि स्वामी जी के लिए तैयार किया गया कमरा झाड़ पोंछ दिया जाए और आवश्यकता की सारी चीजें वहां पहुंचा दी जाएं।

स्वामी को उनकी सारी चेष्टाओं में पुत्र का सत्कार करने को आतुर एक वात्सल्यमयी माता दिखाई दे रही थी।

"आप बहुत थके हुए तो नहीं हैं?"

"थका होता भी तो आपका यह सारा स्नेह देखकर पुनः स्फूर्ति का अनुभव करने लगता। वैसे कोई विशेष थका हुआ नहीं हूं।"

"मैं पूछना चाहता था कि आप इतने दिन कहां खो गए? ठाकुर साहब का पत्र आए तो कुछ दिन हो गए।"

"दीवान जी! परिव्राजक न तो डाकगाड़ी में चलता है और न उसकी कोई गाड़ी सीधी चलती है।" स्वामी हंसे, "जल्दी तो वह करे, जिसे कहीं पहुंचना हो। संन्यासी को कहीं पहुंचना नहीं है। उसका गंतव्य तो ईश्वर है। और आप जानते हैं कि ईश्वर सब कहीं विद्यमान है।"

"फिर भी?"

"लींबड़ी से यहां आने से पहले मैं भावनगर और सीहोर की यात्रा भी कर आया।" स्वामी बोले, "उन नगरों को यह नहीं लगना चाहिए कि उनकी उपेक्षा हुई है। आखिर वे भी तो भगवान की बनाई हुई धरती के ही अंश हैं।"

"आप ठीक कहते हैं स्वामी जी! आपकी दृष्टि अत्यंत विराट् है। मैं तो धैर्यशून्य-सा संकीर्ण दृष्टि का व्यक्ति हूं। मुझे जूनागढ़ के बाहर के नगर नहीं दीखे। मैं कुछ अधिक ही अधीर हो उठा था।" दीवान जी बोले, "आप संध्या वंदन इत्यादि भोजन से पहले करेंगे या भोजन के पश्चात्?"

"आप भोजन का समय बता दीजिए, शेष की व्यवस्था मैं कर लूंगा।" स्वामी की मुस्कान बहुत आकर्षक हो गई थी।

दीवान जी स्वामी से मिलने आए। वे अकेले नहीं थे। उनके साथ रियासत के अनेक उच्चाधिकारी भी थे।

"हम स्वयं को आर्य मानते हैं।"

स्वामी ने उनकी ओर देखा भर।

"अंग्रेज़ कहते हैं कि आर्य बाहर से आए थे और यहां के लोगों को दास बना कर यहां बस गए थे। इससे वे प्रमाणित करना चाहते हैं कि यह देश हमारा नहीं है। हम भी उतने ही विदेशी हैं, जितने वे हैं।" दीवान जी बोले, "आप इसे कहां तक सत्य मानते हैं?"

"यूरोपीय विद्वानों का यह कहना कि आर्य लोग कहीं से घूमते घामते आकर, भरत में बसी आदिम जातियों को मारकाट कर, उनकी भूमि छीन कर यहां बस गए–मूढ़ता की पराकाष्ठा है।" स्वामी कुछ आवेश में बोले, "आश्चर्य की बात तो यह है कि हमारे तथाकथित भारतीय विद्वान् भी उनके ही स्वर में स्वर मिला रहे हैं। और फिर ये सारी धूर्ततापूर्ण असत्य बातें हमारे बच्चों को पढ़ाई जाती हैं। घोर अन्याय है यह।"

"तो आप क्या कहते हैं?"

"मैं स्वयं अल्पज्ञ हूं। मैं विद्वता का दावा नहीं करता। किंतु मानता हूं कि हमें अपनी पुस्तकों को पढ़कर इस समस्या का समाधान करना चाहिए।" स्वामी बोले, "अबतक का इतिहास विदेशियों ने लिखा है। हमें अपना गौरवपूर्ण इतिहास स्वयं लिखना चाहिए।"

"पर यूरोपीय विद्वान ऐसी झूठी बातों का प्रचार क्यों कर रहे हैं?" दीवान जी ने पूछा, "वे विद्वान हैं तो उन्हें ज्ञान का प्रचार करना चाहिए, मिथ्यावाद का नहीं।"

"यूरोपीय जातियों को जब जब और जहां जहां अवसर मिला, उन लोगों ने वहां के आदिम निवासियों का सर्वनाश कर दिया–नरसंहार। और फिर उस भूमि पर स्वयं आनन्द से रहने लगे। इसीलिए वे प्रमाणित करना चाहते हैं कि आर्यों ने भी वैसा ही किया है। इतना ही नहीं, इस सिद्धांत से उन्हें भारत पर राज्य करने का नैतिक अधिकार भी मिल जाता है।" स्वामी ने कुछ उग्र होकर कहा, "ये बुभुक्षित पश्चिमी जातियां, सदा ही अन्न अन्न चिल्लाती हुई, 'किसको लूटें?', 'किसको मारें?', 'किसको काटें?' की योजनाएं बनाती हुई, पृथ्वी तल पर घूमती रहती हैं। इसीलिए वे लोग कहते हैं कि आर्यों ने भी वैसा ही किया। किंतु इस धारणा का उनके पास कोई आधार नही है। कोई प्रमाण नहीं है। निराधार बकवाद है यह।"

"पर हमारे पास भी तो कोई प्रमाण नहीं है कि आर्य भारत के ही निवासी थे।" दीवान जी के कार्यालय प्रबंधक पंड्या ने कहा।

"यदि आर्य बाहर से आए होते तो अपनी मातृभूमि की प्रशंसा में उन्होंने सहस्रों

सूक्त रचे होते। अंग्रेज़ अमरीका में गए तो उन्होंने नए स्थानों पर अपने पुराने नगरों के नामों के ही नगर बसाए। वहां न्यू इंगलैंड भी है, न्यूयार्क भी, न्यू जर्सी भी।" स्वामी बोले, "किस वेद, सूक्त अथवा कहीं और आर्यों ने अपनी पुरानी भूमि को स्मरण किया है? इस बात का प्रमाण कहां है कि उन्होंने यहां की आदिम जातियों को मार काट कर यहां निवास किया? इस मूढ़ता का क्या उपचार है?"

"आपने स्वयं कहा कि आप अल्पज्ञ हैं। वैसे भी आपका क्षेत्र इतिहास नहीं, धर्म है। तो फिर आप ऐसा दावा कैसे कर सकते हैं?" हरीश भाई का स्वर दंभ से गंधा रहा था।

"कहा कि अल्पज्ञ हूं; किंतु अज्ञानी अथवा मूढ़ तो नहीं हूं।" स्वामी बोले, "हम ज्ञान को क्षेत्रों में बांट कर नहीं चलते। आपने कैसे मान लिया कि मैंने इतिहास पढ़ा ही नहीं है।"

"चलिए छोड़िए इतिहास को।" हरीश भाई कुछ इठला कर बोले, "कुछ लोग मानते हैं कि रामायण की कथा इस तथ्य का प्रमाण है।"

"ये हरीश भाई हैं।" दीवान जी ने उनका परिचय दिया, "रियासत के ऐतिहासिक संग्रहालय के प्रबंधक हैं। अभी कुछ दिन पहले ही विलायत से अध्ययन कर लौटे हैं। अतः इतिहास के अधिकारी विद्वान् हैं।"

स्वामी मुसकराए, "कहना चाहिए कि ये उस इतिहास के विद्वान् हैं, जो अंग्रेज़ हमें पढ़ाना चाहते हैं।"

"मुझे छोड़िए, आप अपनी बात कहिए।" हरीश भाई ने कहा, "रामायण के विषय में क्या कहना है आपको?"

"रामायण पढ़ी भी है आपने या आपके उन विद्वानों ने?" वे क्षण भर थमे और झंझावात के से स्वर में बोले, "रामायण में से क्या समझा आपने? यह समझा आपने कि श्रीराम ने दक्षिण की आदिम जातियों को जय कर उन सबको यमलोक पहुंचा दिया था? अयोध्या से अपने संबंधियों को ले जाकर लंका में बसा दिया था? उसका नाम न्यू अयोध्या रख दिया था?" स्वामी ने सीधे हरीश भाई की आंखों में देखा, "यह सत्य है कि श्रीराम सभ्य जातियों के राजा थे; किंतु उनका युद्ध किसके साथ था? लंका के राजा रावण के साथ। रामायण पढ़कर देखिए तो आप जान पाएंगे कि सभ्यता की दृष्टि से लंका अयोध्या से अधिक विकसित थी। राक्षसों के पास कवचरक्षित रथ थे। सशस्त्र और सुशिक्षित सेनाएं थीं। वे सागर पार कर सकते थे, आकाश मार्ग से आ जा सकते थे। उनके पास अपार धन संपत्ति थी। वह सोने की लंका थी। दशरथ भी रावण का नाम सुन कर भय से पीले पड़ गए थे। वे राक्षस ही थे जो स्थान स्थान पर दुर्बल राज्यों और जातियों को मार रहे थे। उनकी भूमि छीन रहे थे। उनको दास बना रहे थे। उन्हें हाट में बेच रहे थे। उनके मांस का व्यापार कर रहे थे। उनको मार कर खा रहे थे। उनको बौद्धिक नेतृत्व देने का प्रयत्न करने वाले ऋषियों को मार कर उनकी हड्डियों का ढेर लगा रहे थे, ऋषि

शरभंग के द्वार पर।"

"पर वानर तो सभ्य नहीं थे।" हरीश भाई ने तर्क किया।

"तो राम ने कौन सा गुह अथवा वाली का राज्य छीन लिया?" स्वामी बोले, "उन्होंने तो लंका का राज्य भी विभीषण को दे दिया। युद्ध को जीतने के पश्चात् वानर सेना तो लंका में प्रविष्ट भी नहीं हुई। तो फिर किसको मारा राम और उनकी वानरसेना ने? केवल उन लोगों को जो शस्त्रबद्ध होकर युद्धक्षेत्र में लड़ने आए थे।" और सहसा स्वामी का स्वर कुछ और तीखा हो गया, "आप रावण का पक्ष लेकर अपने सिद्धांत गढ़ रहे हैं। जानते भी हैं आप, कि रावण कौन था? क्या वह लंका की आदिम जाति का था? वह पुलत्स्य ऋषि का पौत्र और विश्रवा ऋषि का पुत्र था। वह लंका का निवासी नहीं था। उसने लंका कुबेर से छीनी थी। वह तो स्वयं बाहर का व्यक्ति था जो अपने राक्षसी सैन्य के बल पर लंका के मूल निवासियों पर शासन कर रहा था। और वानरों की बात कर रहे हैं आप?"

"जी!" हरीश भाई के स्वर में चुनौती थी।

"वानर राम के मित्र थे। राम ने उनकी राक्षसों से ही नहीं, वाली जैसे दुष्ट राजा से भी रक्षा की थी।"

"वाली दुष्ट कैसे था? उसे अपनी जाति के राजा होने का अधिकार था।" हरीश भाई ने कहा।

"अधिकार तो था ही।" स्वामी बोले, "वह उनका राजा था भी। तो उसने सुग्रीव के वध का प्रयत्न क्यों किया? उसे घर से निष्कासित क्यों किया? उसकी पत्नी का अपहरण कर उसके साथ अत्याचार क्यों किया?"

"वह तो दो भाइयों का झगड़ा था।"

"नहीं! वह नीति का झगड़ा था। नहीं तो तारा का भाई तार सुग्रीव का साथ क्यों देता। हनुमान जैसा ज्ञानी, बलशाली और तेजस्वी पुरुष सुग्रीव के साथ वन वन क्यों मारा फिरता? अंगद, सुग्रीव और राम का अनुचर क्यों बनता?" स्वामी बोले, "वाली विलासी, मद्यप और व्यभिचारी था। वह रावण का मित्र था। तो वह न्यायप्रिय राजा कैसे हो सकता था। इसीलिए उसकी सहायता नहीं ली राम ने। सुग्रीव से मित्रता की। सुग्रीव के सारे कष्ट दूर किए और फिर उससे सीता की खोज के लिए सहायता मांगी।"

"आखिर वानरों ने ही उनका युद्ध लड़ा न!" हरीश भाई क स्वर अब भी वक्र ही था।

"वह तो स्पष्ट ही है।" इस बार स्वामी मुसकरा रहे थे, "किंतु राम वानरों से नहीं लड़े। या तो वानरों ने राम का युद्ध लड़ा, या फिर राम ने वानरों का युद्ध लड़ा।" स्वामी ने हरीश भाई की ओर देखा, "राम ने वाली को मारा, वानरों को नहीं; और उनका राज्य भी सुग्रीव को दिया। राम ने राक्षसों की सेना का नाश किया, लंकावासियों का नहीं; और लंका का राज्य भी उन्होंने विभीषण को दे दिया। अब बताओ हरीश भाई! कि आर्यों ने किन आदिम जातियों को मार कर उनकी भूमि छीनी?"

"मैंने तो यही पढ़ा है।" हरीश भाई अब भी अपने ज्ञान पर अडिग थे, "और आपका

भी तो अनुमान ही है। आपके पास कौन-सा कोई ऐतिहासिक या पुरातात्विक प्रमाण है।"

"पढ़ा तो था। पढ़ने में कोई हानि भी नहीं है; किंतु भगवान ने जो बुद्धि आपको दी है, उसका प्रयोग कर, पढ़े को समझने का भी तो प्रयत्न करें। जो कुछ अंग्रेज़ों ने पढ़ा दिया, उसीको तोते के समान रटने और दासों के समान मान लेने से तो आप भारतमाता की सेवा नहीं कर पाएंगे।" स्वामी बोले, "और जहां तक ऐतिहासिक और पुरातात्विक प्रमाणों की बात है - आपने अयोध्या की खुदाई कर ली क्या? आपने पंचवटी और किष्किंधा के महल खोज निकाले? आपने जनकपुर के ढूहों को उलट-पलट लिया क्या? आपने लंका में जाकर पड़ताल कर ली क्या? शूर्पणखा और मंदोदरी से भेंट कर आए आप? हरीश भाई! अपनी देसी खोपड़ी में विदेशी फसल उगाने का कोई लाभ नहीं है। न ही हमको अपनी बुद्धि उनको पटे पर दे देनी चाहिए।"

135

स्वामी गुफा के बाहर निकले तो देख कर चकित रह गए। एक व्यक्ति वहां बैठा था। वह जैसे उनके गुफा से बाहर निकलने की राह देख रहा था। उन्हें देखते ही उठ खड़ा हुआ। उनके चरण स्पर्श कर, हाथ जोड़, प्रणाम की मुद्रा में खड़ा का खड़ा रह गया।

"स्वामी जी! मेरा नाम हंसमुख देसाई है। मुझे जूनागढ़ के दीवान साहब ने भेजा है।" वह बोला।

स्वामी कुछ चकित हुए, "उन्होंने यहां तक भी मेरी खोजखबर रखी है।"

स्वामी की आंखों के सामने दीवान साहब का वात्सल्यमय चेहरा उभर आया।

"उन्हें आपकी बहुत चिंता है।" हंसमुख बोला, "उन्होंने कहा है कि मैं इधर उधर से पूछ पड़ताल करके नहीं, आपको देखकर, आपसे मिल कर, आपका हाल चाल पूछ कर ही लौटूं।"

"इसके लिए तुम्हें भी ये दस सहस्र सीढ़ियां चढ़नी पड़ी होंगी।"

"जी! चढ़े बिना ऊंचाई कहां मिलती है। चढ़ कर ही, आप तक आ सकता था।"

"चढ़े बिना ऊंचाई कहां मिलती है।" स्वामी प्रशंसा के भाव से बोले, "चढ़ने की कठिनाई भी देखी होगी।"

"जी! मैं पहले भी यहां आ चुका हूं।" हंसमुख बोला, "मैं इन पहाड़ियों से परिचित हूं। परिचित न होता तो आप तक पहुंच भी नहीं सकता।"

"अब उतरोगे भी।"

"उतरूंगा नहीं तो दीवान जी तक कैसे पहुंचूंगा।"

"तो तुमने देखा हंसमुख! कि यहां से उतरना बहुत कठिन है; किंतु चढ़ना उससे भी अधिक कठिन है।"

"जी!"

"संसार में सब कहीं यही क्रम है, पुत्र!" स्वामी बोले, "उत्थान कठिन है और पतन दुर्भाग्यपूर्ण। अतः कठिन हो न हो, पतन भी कम दुखद नहीं है।"

"जी! आपने तो दो वाक्यों में मुझे संसार की गति ही समझा दी।" हंसमुख हंसा, "दीवान जी जानना चाहते हैं कि आप पूर्णतः स्वस्थ हैं न?"

"उनसे कहना, उन्होंने बड़ी कृपा की कि मेरे स्वास्थ्य के विषय में जानने के लिए एक व्यक्ति को भेज दिया। यह उनका वात्सल्य है। तुम स्वयं देख सकते हो हंसमुख! कि मैं यहां सुख से हूं।"

"आप सुख से हैं? दीवान जी ने पूछा है कि आपको किसी वस्तु की आवश्यकता हो।"

"उनकी कृपा से, मुझे यहां किसी भी वस्तु की आवश्यकता नहीं है।"

"आपको किसी भी वस्तु की आवश्यकता नहीं है? पर आपके पास तो यहां कुछ भी नहीं है..."

"तो यहां क्या घोड़ा गाड़ी होनी चाहिए।" और सहसा स्वामी एकदम गंभीर हो गए, "हंसमुख! कुछ स्थितियां ऐसी होती है, जहां मनुष्य आवश्यकताओं से ऊपर उठ जाता है। मैं यहां ऐसी ही स्थिति में हूं। यदि तुम उस स्थिति की कल्पना नहीं कर सकते तो मेरी बात का विश्वास करो। मुझे यहां किसी भी वस्तु की आवश्यकता नहीं है। कामना न हो तो आवश्यकता भी नहीं होती।" स्वामी रुके, "दीवान जी से कहना कि मैं कुछ ही दिनों में उनके दर्शन करूंगा।"

हंसमुख कुछ मौन खड़ा रहा।

"क्या बात है?"

"मैं अपने साथ कुछ सामान लाया हूं।"

"सामान? कैसा सामान?"

"थोड़ा दूध। चाय की पत्ती। दीवान जी ने कहा, प्रातः आपको चाय नहीं मिलती होगी।"

स्वामी हंस पड़े, "कृष्ण द्वारकाधीश हो गए और यशोदा सोचती ही रहीं कि उनके कन्हैया को मक्खन रोटी कौन देता होगा? विचित्र है यह वात्सल्य का भाव भी।"

हंसमुख कुछ समझा, कुछ नहीं समझा। बोला, "कहां रख दूं? आपकी गुफा में? बाहर तो कौए खा जाएंगे।"

"संचय कौवों के भय से नहीं, अपनी कामना के कारण होता है।" स्वामी हंसे, "मुझे ध्यान में चाय की तलब नहीं होती।" वे रुके, "अब लाए ही हो तो मार्ग में जो याचक मिले उसे दे देना। समझ लेना, मैंने पी ली। प्रत्येक कंठ से कृष्ण ही चाय पी रहे हैं।"

"जी! वे तो दूध पीते थे। उस समय चाय कहां थी।" हंसमुख कुछ समझ नहीं पाया था।

"ठीक कहते हो किंतु कृष्ण तो आज भी हैं। हम सब के मुख से वे ही तो खा पी रहे हैं।"

"मैं समझा नहीं।"

"तीर्थस्थल है, यहां जितने दाता आते हैं, उनसे अधिक भिक्षुक भी होते हैं। दान कर अपने बोझ से मुक्त हो जाओ पुत्र!"

"दीवान जी ने कुछ फल भी भेजे हैं।" हंसमुख ने कहा, "उन्हें रखने में तो कोई आपत्ति नहीं है? चाय की तलब न लगती हो किंतु पेट की भूख तो सताती ही होगी।"

"अब तुम कहोगे कि गेहूं की बोरी भी लाए हो...। हमारे दीवान जी जैसा वात्सल्यभरा हृदय भी किस का होगा।" स्वामी ने ठहाका लगाया, "तपस्वी को भूख की चिंता सताती तो महात्मा बुद्ध यशोधरा को सोती छोड़ कर नहीं जाते, उसे नीन्द से उठा कर कहते, मार्ग के लिए कुछ भोजन तैयार कर दो। दीवान जी से कहना बुद्ध तपस्या के लिए जाते हुए, गेहूं की बोरी लेकर नहीं चले थे।"

हंसमुख संकुचित हो उठा, "गेहूं तो नहीं, किंतु कुछ कपड़े लाया हूं–ओढ़न, बिछावन, बिस्तर...।"

"हंसमुख! जो कुछ भी लाए हो, लौटा कर ले जाओ। लौटाकर न ले जाना चाहो तो मार्ग में भिक्षुकों में बांट दो।"

"दीवान जी को अच्छा नहीं लगेगा।"

"जानता हूं; किंतु उन्हें मेरे प्रति अपने इस मोह से मुक्त होना ही होगा। नहीं तो मैं उनके मोह में फंस जाऊंगा।" स्वामी बोले, "मोह कष्ट को जन्म देता है; और संन्यासी के प्रति मोह तो सिवाय कष्ट के और कुछ दे ही नहीं सकता। और हंसमुख!"

"जी स्वामी जी!"

"संन्यासी के मन में मोह जाग जाए तो वह उसका सर्वनाश कर के ही छोड़ता है। मैं समझता हूं कि दीवान जी मेरा सर्वनाश करना नहीं चाहेंगे।"

हंसमुख स्वामी की बात सुनता जा रहा था, उनकी किसी बात का विरोध भी नहीं कर रहा था; किंतु जिस लक्ष्य से वह आया था, उससे तनिक भी विचलित नहीं हो रहा था।

"गुफा में नहीं रखना चाहते तो इन वस्तुओं को निकट ही कहीं रख देता हूं। समय समय पर आवश्यकता के अनुसार आपकी सेवा करता रहूंगा।"

स्वामी ने प्रयत्नपूर्वक स्वयं को संयत किया। कहीं उनका रोष प्रकट ही न हो जाए, "मेरा विचार है कि अब तुम अपनी इस सारी संपत्ति के साथ यहां से चले ही जाओ।" उनका स्वर कुछ कठोर हो गया, "इसे मेरा आदेश समझो।"

किंतु हंसमुख अपने स्थान पर खड़ा रहा।

"अब क्या है?" स्वामी ने पूछा।

"दीवान जी ने पूछा है कि आपको नीचे उतरने के लिए किसी प्रकार की सवारी की आवश्यकता होगी–वे कोई व्यवस्था करें?"

"नीचे उतरने की कोई जल्दी नहीं है। जब उतरना होगा, सवारी की आवश्यकता नहीं होगी।" स्वामी हंस पड़े, "इस स्थान से पैदल नीचे उतरना ही सर्वाधिक सुरक्षित है।

तुम जाओ। दीवान जी को सब प्रकार से मेरी ओर से आश्वस्त कर देना। और हां! संभल कर नीचे उतरना।"

हंसमुख ने उनके चरण छुए और जाने के लिए मुड़ा।

स्वामी खड़े उसे देखते रहे। उसके शिथिल पांव बता रहे थे कि वह बहुत भारी मन से लौट रहा है।... स्वामी के मन में कहीं से राजा दशरथ का मंत्री सुमंत्र आ बैठा। वन जाते हुए अपने पुत्रों और पुत्रवधू के लिए दशरथ ने उसे रथ और स्वर्णाभूषण दे कर भेजा था। दशरथ जानते थे कि राम कुछ नहीं लेंगे; किंतु सीता, स्त्री होते हुए, आभूषणों का मोह छोड़ पाएंगी, इसकी उन्होंने कल्पना भी नहीं की होगी।

136

गिरनार से वापस जूनागढ़ लौट कर स्वामी, भुज चले गए।

भुज के दीवान ने अपने हाथों में पकड़ा पत्र पढ़कर स्वामी को भरपूर दृष्टि से देखा। उनके व्यक्तित्व का आकलन किया; और सहसा उनका ध्यान इस ओर गया कि स्वामी तब से खड़े ही हैं।

"अरे आप खड़े क्यों हैं?"

"क्योंकि अभी तक आपने मुझे बैठने को नहीं कहा है।" स्वामी मुसकरा रहे थे।

"मुझ से भूल हुई। आप आसन ग्रहण करें।" दीवान उठ खड़े हुए, "वस्तुतः मैं अपनी इस जिज्ञासा में खो गया था कि एक साधु में ऐसा क्या है कि जूनागढ़ के दीवान उसे इस प्रकार मेरे पास भेज रहे हैं, जैसे वह उनका अपना ही पुत्र हो। प्रायः संन्यासियों से हमारे इस प्रकार के पारिवारिक संबंध नहीं होते।"

"आपकी जिज्ञासा का समाधान हुआ?"

"अभी तक तो नहीं।"दीवान बोले, "सिवाय इसके कि आपका व्यक्तित्व बहुत आकर्षक है। देखने वाले पर अच्छा प्रभाव पड़ता है।"

"नहीं! आपकी जिज्ञासा का समाधान मेरे व्यक्तित्व में नहीं, जूनागढ़ के दीवान हरिदास जी के व्यक्तित्व में है।"

"वह कैसे?" दीवान चकित थे।

"उनका हृदय वात्सल्य से भरा हुआ है। वे मेरे जैसे किसी अपरिचित को भी पुत्र का सा स्नेह दे सकते हैं।"

"मैं आपकी बात मान लेता हूं कि आपमें कोई विशेषता नहीं है। जो कुछ है वह हरिदास भाई में ही है।" दीवान हंसे, "मैं आपके रहने का प्रबंध कर देता हूं। किंतु एक प्रश्न आप से पूछना चाहता हूं।"

"पूछिए।" स्वामी ने कहा।

"आप मुझे आत्मा, प्रकृति और ईश्वर का संबंध समझा सकते हैं? इसने मुझे बहुत भरमाया है।"

"आप समझना चाहें, तो समझाने का प्रयत्न अवश्य कर सकता हूं।" स्वामी बोले।

"स्वामी जी!" दीवान ने पहली बार उन्हें कुछ सम्मानजनक ढंग से पुकारा, "थोड़ा रुकें। मैं चाहता हूं कि मैं महाराज से आपका परिचय करा दूं। इस विषय में महाराज की भी बहुत रुचि है।"

दीवान उठ खड़े हुए, "आइए।"

स्वामी, दीवान के पीछे-पीछे चले। दीवान ने उन्हें बाहर रुकने को कहा और स्वयं भीतर चले गये।

कुछ ही क्षणों में वे लौटे और स्वामी को भीतर ले जाते हुए बोले, "महाराज अपने दरबारियों के संग बैठे हैं। आप चर्चा करेंगे तो कुछ दरबारी आपका विरोध भी कर सकते हैं।"

"क्यों?"

"ताकि वे सिद्ध कर सकें कि वे आपसे बड़े विद्वान हैं।" दीवान बोले, "आप बुरा तो नहीं मानेंगे?"

"बुरा क्या मानना।" स्वामी बोले, "यहां हर कोई स्वयं को दूसरों से बड़ा दिखाने का प्रयत्न करता रहता है। यही अहंकार है। अहंकार न हो तो संसार कैसे चलेगा।"

"अपना कहा स्मरण रखिएगा।"

राजा उनसे बहुत प्रभावित हुए। वे उनके ज्ञान से चकित लग रहे थे। कोई और कुछ कहता, उससे पहले ही वे बोले, "स्वामी जी! जिस प्रकार अनेक पुस्तकों को पढ़कर सिर भन्ना जाता है, वैसे ही आपका प्रवचन सुन कर मेरा सिर चकरा गया है। इस सारी प्रतिभा का उपयोग आप किस रूप में करेंगे?"

"जैसे प्रभु करवाएं।" स्वामी ने आकाश की ओर देखा, "शिव। शिव।"

राजा बोले, "प्रभु की तो प्रभु ही जानें, मुझे लगता है कि आप तब तक चैन से नहीं बैठेंगे, जब तक संसार में कोई अद्भुत चमत्कारी कार्य नहीं कर लेंगे।"

137

भुज से स्वामी पुनः जूनागढ़ लौटे। दीवान जी उन्हें देख कर बहुत प्रसन्न हुए। किंतु उनकी प्रसन्नता क्षण भर में ही चिंता से ग्रस्त हो उठी, "स्वामी जी! आप बहुत निर्बल हो गए हैं और मुझे तो अत्यंत क्लांत भी लग रहे हैं।"

स्वामी ने ज़ोर का ठहाका लगाया, "आज तक किसी पिता को अपना बालक हृष्टपुष्ट भी दिखाई दिया है? मुझे क्या हुआ है दीवान जी!"

"आपने इस यात्रा में अपनी देखभाल नहीं की है।" दीवान जी बोले।

"अपनी देखभाल तो सब ही कर रहे हैं, मुझे चिंता है कि इस पीड़ित मानवता की देखभाल कौन करेगा?" स्वामी बोले।

"जानता हूं।" दीवान जी ने कहा, "पर आप स्वयं ही अस्वस्थ हो गए, तो पीड़ित मानवता की चिंता कैसे कर लेंगे। पहले अपना शरीर देखिए। उसके सामर्थ्य को बनाए

रखिए। ऐसा न हो कि इस पीड़ित भक्त को आपकी देखभाल करनी पड़े।" वे रुके, "आजकल चारों ओर जिस प्रकार अकाल की छाया मंडरा रही है, और लोग जिस प्रकार लोभी हो रहे हैं, इन परिस्थितियों में बाहर आपको खाने पीने को कुछ अच्छा मिल भी तो नहीं सकता। मेरा विचार है कि इस बार आप यात्रा पर जाएं तो अपने साथ कुछ सामग्री और एक रसोइया भी लेते जाएं। एक वैद्य तो साथ होना ही चाहिए।"

"तब तो औषधालय भी साथ ले जाना पड़ेगा।" स्वामी हंस पड़े, "आप चिंता न करें, दीवान जी। आपकी छत्रछाया में कुछ दिन यहां विश्राम करूंगा तो फिर से पहले जैसा मोटा हो जाऊंगा।"

"ठीक है, तो आप कुछ दिन यहां विश्राम करें।"

संध्या समय दीवान जी अपने कुछ अधिकारियों के साथ स्वामी से मिलने आए।

"मैंने सुना है स्वामी जी! कि आप भुज में कच्छ के राजा और दीवान के साथ अधिकांशतः सांसारिक विषयों पर चर्चा करते रहे हैं।" दीवान जी ने कहा।

"हां! चारों ओर अकाल पड़ा है तो कृषि के संबंध में चर्चा होनी ही थी।" स्वामी हंसे, "आपको इस में कुछ आश्चर्य हुआ?"

"उसके लिए कृषि पंडित हैं।" दीवान जी बोले, "उद्योग व्यापार और अर्थक्षेत्र की चिंताएं करने वाले अर्थशास्त्री हैं। यदि साधु संन्यासी भी वे ही काम करने लगेंगे, तो फिर ईश्वर की चिंता कौन करेगा?"

"मैं संसार की चिंता नहीं कर रहा दीवान जी!" स्वामी बोले, "मैं तो अपने प्रभु का ही चिंतन कर रहा हूं। बस अंतर इतना ही है कि अपने मन में बैठे प्रभु के संकेत पर बाह्य संसार में प्रभु के साक्षात् रूपों की भी चिंता कर रहा हूं। उन्हें कष्ट में नहीं देख सकता।"

"मैं समझा नहीं।"

"आप जानते हैं कि कारण ही कार्य के रूप में अभिव्यक्त होता है। इसका यह अर्थ है–यदि ईश्वर सृष्टि का कारण है तो सृष्टि कार्य है। ईश्वर ही सृष्टि बन गया है। यह सारा विश्व उस ब्रह्म का शरीर है। इस शरीर की सेवा, ईश्वर की ही सेवा है।"

"शरीर की सेवा।" दीवान जी ने अपनी बात अधूरी छोड़ दी।

"प्रातः ही आप मुझे अपने शरीर की देखभाल का परामर्श दे रहे थे।" स्वामी हंसे, "और यह तो उस परम ब्रह्म का शरीर है, इसकी उपेक्षा हम कैसे कर सकते हैं।"

"तो फिर एक अर्थशास्त्री और योगी में क्या अंतर होगा?"

"अर्थशास्त्री को केवल अर्थ की चेतना है। उसे ब्रह्म की चेतना नहीं है। उसे उसकी चिंता भी नहीं है। वह संसार का जीव है, संसार को संसार के रूप में ही जानता है। उसके पीछे के ईश्वर को नहीं जानता। वह मनुष्य के विषय में सोच रहा है। वह मनुष्यों को एक दूसरे से भिन्न मानता है। इसीलिए कुछ मनुष्य उसके अपने हैं, कुछ पराए हैं।"

स्वामी बोले, "योगी ब्रह्म को जानता है। वह मनुष्य की नहीं, ब्रह्म के विभिन्न रूपों की चिंता कर रहा है। उनकी सेवा कर रहा है। उसके आसपास जो पीड़ित जनता है, वे सब ब्रह्म के ही विभिन्न रूप हैं। उनकी चिंता भी ब्रह्म की ही चिंता है। ईश्वर के इन रूपों को कष्ट से छुटकारा पाना है, तो उन्हें शिक्षा की ओर बढ़ना होगा। शिक्षा के बिना वे अपनी समस्याओं का समाधान नहीं कर पाएंगे। अतः हमें अपनी एक सशक्त शिक्षा पद्धति का विकास करना होगा।"

"आपके मन में शिक्षा का कोई विशेष स्वरूप है स्वामी जी?"

"हमें गुरुगृहवास और उस जैसी अन्य शिक्षा प्रणालियों को पुनः जीवित करना होगा। आज हमें आवश्यकता है वेदांतयुक्त पाश्चात्य विज्ञान की। ब्रह्मचर्य के आदर्श और श्रद्धा तथा आत्मविश्वास की। दूसरी बात जिसकी आवश्यकता है, वह है उस शिक्षा पद्धति के निर्मूलन की, जो मार मार कर गधों को घोड़ा बनाना चाहती है।"

"मैं समझा नहीं।" दीवान जी के कार्यालयाध्यक्ष पंड्या ने पूछा।

"सत्य यह है कि कोई किसी को कुछ नहीं सिखा सकता। जो शिक्षक यह समझता है कि वह किसी को कुछ सिखा रहा है, वह सारा गुड़ गोबर कर देता है। वेदांत का सिद्धांत है कि मनुष्य के अंतर में ज्ञान का समस्त भंडार निहित है–एक अबोध शिशु में भी–केवल उसको जाग्रत कर देने की आवश्यकता है। और यही आचार्य का काम है। हमारे शिक्षाशास्त्री बच्चों को केवल तोता बना रहे हैं और रटा-रटाकर उनके मस्तिष्क में कई विषय ठूंसते जा रहे हैं। भारत के हित में है कि यह शिक्षा अलभ्य हो जाए।"

"उससे हमें क्या लाभ होगा?"

"यह उच्च शिक्षा बंद हो जाएगी तो देश को कुछ सांस लेने का, विचार करने का समय तो मिलेगा। ग्रेजुएट बनने की यह अंधी दौड़ तो थमेगी।" स्वामी का स्वर कुछ उत्तेजित हो उठा, "इस शिक्षा से हमारे बालक सीखते क्या हैं–बस यही तो कि हमारा धर्म, आचार-विचार और रीति-रिवाज, सब निकृष्ट कोटि का है; और पश्चिम की सारी बातें अत्यंत श्रेष्ठ हैं। ऐसी अकल्याणकारी उच्च शिक्षा के रहने और न रहने से क्या बनता बिगड़ता है? इस उच्च शिक्षा को प्राप्त कर नौकरी के लिए कार्यालयों की धूल फांकने से कहीं अच्छा है कि वे लोग थोड़ी यांत्रिक शिक्षा प्राप्त करें, जिससे काम धंधे में लग कर अपना पेट पाल सकें।"

स्वामी प्रभास क्षेत्र की ओर चल पड़े थे। पहले वेरावल पहुंचे। वेरावल प्राचीन बंदरगाह है। किसी समय यहीं से यह देश अत्यंत समृद्ध व्यापार करता था। पाटण में सोमनाथ अपने विराट ध्वंसावशेषों में बिखरा पड़ा था। यह भारत का गौरव और स्वाभिमान था। स्वामी भूल नहीं सकते कि उसी गौरव और स्वाभिमान को नष्ट करने के लिए, इसे तीन बार तोड़ा गया। पर जब जब स्वाभिमान जागा, तब तब इसका पुनर्निर्माण किया गया। तीन ही बार इसका पुनर्निर्माण हुआ। इतिहास बताता है कि विदेशी विधर्मियों द्वारा

ध्वस्त किए जाने से पहले दस सहस्र ग्रामों की जागीर इस मंदिर के नाम थी; और तीन सौ संगीतज्ञ मंदिर की सेवा में नियुक्त थे।

स्वामी उस महान् और विराट ध्वंसावशेष के निकट एक पत्थर पर बैठ गए। उनके शरीर में जैसे रोमांच हो रहा था। यहां आसपास की मीलों तक की मिट्टी इस देश के लिए पवित्र और श्रद्धा की भाजन थी। यह वह स्थान है, जहां श्रीकृष्ण ने अनेक लीलाएं की थीं। यहीं कहीं आस पास सागर में अपने साथियों के साथ उन्होंने कितनी ही बार स्नान किया होगा। वे अर्जुन और अपनी रानियों के साथ भी यहां आए थे। उन्होंने रागरंग में सारा दिन व्यतीत किया होगा। क्या स्थान है यह, जहां स्वयं श्रीकृष्ण ने अपने दिव्य शरीर से नृत्य किया था। और यहां निकट ही वह स्थान भी होगा, जहां यादवों ने एकत्रित होकर एक दूसरे का वध किया था। यहां मदांध यादवों का रक्त बहा होगा।

श्रीकृष्ण की दिव्य इच्छा से वह महान् राज्य धूल में मिल गया था। यह जान कर कि उनके लौटने का समय आ गया है, कृष्ण एक प्राचीन विराट वृक्ष के नीचे ध्यान की मुद्रा में बैठ गए और व्याध के बाण के लक्ष्य बने।

स्वामी ने सोमनाथ के प्राचीन मंदिर, सूर्य मंदिर और इंदौर की रानी अहल्याबाई द्वारा निर्मित नए मंदिर के दर्शन किए। प्रभास के निकट सरस्वती, हिरण्या और कपिला नदियों के संगम में स्नान किया।

जूनागढ़ से तीसरी बार विदा होकर स्वामी दीवान पंडित शंकर पांडुरंग के नाम एक परिचयपत्र लेकर पोरबंदर गए। पोरबंदर के राजा अभी वयस्क नहीं हुए थे, अतः राजकाज शंकर पांडुरंग ही देखते थे। उन्होंने स्वामी का भव्य स्वागत किया।

स्वामी को भोजेश्वर कोठी में ठहराया गया। उनका कमरा भवन के उत्तर पश्चिम के कोने में था। मुख्य सीढ़ियों से दाएं मुड़ने पर उनतक पहुंचा जा सकता था। शंकर पांडुरंग संस्कृत के विद्वान् थे और अवसर मिलने पर संस्कृत बोलने का प्रयत्न करते थे। स्वामी अधिकांशतः संस्कृतनिष्ठ हिंदी में ही चर्चा करते थे। कुछ लोग मान लेते थे कि वे हिंदी में संस्कृत और बांग्ला के शब्द बोल रहे हैं।

वे सायं की सैर के लिए निकल पड़े। दीवान जी भोजेश्वर की मरुभूमि में सैर करने जाया करते थे। आज भी वे उसी ओर चल पड़े। स्वामी के हाथ में उनका दंड था और दीवान जी के पास उनका भाला।

कुछ दूर चल कर पांडुरंग ने कहा, "स्वामी जी! शायद आपका ध्यान इस ओर गया हो कि मैं इन दिनों वेदों का अनुवाद कर रहा हूं।"

"जानता हूं पंडित जी! कि आप वेदों के विद्वान् हैं; और आजकल उनमें काफी गंभीर रूप से डूबे हुए हैं।"

"मैं अपने ज्ञान और विद्वता की बात नहीं कर रहा हूं।" पांडुरंग कुछ संकोचपूर्वक

बोले, "वस्तुतः मैं आपकी विद्वता से इतना प्रभावित हुआ हूं कि चाहता हूं कि आप मेरे अनुवाद कार्य में मेरा मार्गदर्शन करें।"

"नहीं कर सकता।" स्वामी ने अत्यंत सपाट वाणी में कहा।

पांडुरंग ने चकित होकर उनकी ओर देखा : कोई इतनी निमर्मता से किसी को मना कैसे कर सकता है?

"मैं आपकी सहायता कर सकता हूं, मार्गदर्शन कैसे कर सकता हूं।" स्वामी ने कहा।

पांडुरंग को लगा, उनकी रुकी हुई श्वास-निःश्वास प्रक्रिया जैसे फिर से चल पड़ी थी। ठीक ही कह रहे थे स्वामी। काम वे कर रहे थे, तो दूसरा व्यक्ति उनकी आवश्यकता के अनुसार सहायता ही कर सकता था। कोई उनका मार्गदर्शन कैसे कर सकता था।

"मैं वेदों का अनुवाद कर रहा हूं।" पांडुरंग बोले, "मैं चाहता हूं कि मैं उनका हिंदी और गुजराती रूप प्रस्तुत करूं। आपका ज्ञान मेरा सहायक हो तो उसमें कुछ आभा उत्पन्न हो सकेगी।"

"जब तक मैं पोरबंदर में हूं, तब तक जो कुछ हो सकेगा, अवश्य करूंगा।" स्वामी बोले, "उसमें मेरा ही स्वार्थ है पंडित जी!"

"आपका स्वार्थ?"

"मेरे ज्ञान में भी कुछ निखार आएगा। मेरा अध्ययन विस्तृत और गंभीर होगा।" वे रुके, "यदि आप अनुमति दें तो मैं अपना पाणिनी के महाभाष्य का अध्ययन भी पूरा कर लूं। उसमें आप मेरे सहायक होंगे।"

"मेरा अहोभाग्य।" पांडुरंग ने कहा।

अगली संध्या, वे दोनों अपनी दिनचर्या के रूप में उसी मार्ग पर सैर के लिए निकले।

चलते-चलते सहसा पांडुरंग बोले, "स्वामी जी! आपका संस्कृत का अध्ययन हो गया। अंग्रेज़ी आपको पर्याप्त आती है। आप अब थोड़ा फ्रांसीसी का भी अभ्यास करें।" शंकर पांडुरंग ने कहा।

"उसका क्या होगा पंडित जी?"

"यह भाषा आपके लिए बहुत उपयोगी होगी स्वामी जी।" शंकर पांडुरंग ने कहा, "आपसे छिपा नहीं है कि यदि आधा संसार अंग्रेज़ी में काम करता है तो शेष आधे संसार की भाषा फ्रांसीसी है।"

"तो मुझे कौन सा सारे संसार में डोलना है।" स्वामी हंस पड़े।

"इस देश में रहकर आप बहुत कुछ नहीं कर सकेंगे। यहां बहुत कम लोग आपका महत्व समझ सकेंगे। आपको तो यूरोप और अमरीका जाना चाहिए, जहां लोग आपको और आपके महत्व को समझ सकें। आप अपने सनातन धर्म का प्रचार कर, पाश्चात्य

संस्कृति के विषय में भी संसार को बहुत कुछ नया समझा सकते हैं।"

"किंतु आपने मुझे फ्रांसीसी पढ़ने का परामर्श दिया है।"

"मेरा विचार है कि जब आप लंदन जाएं तो पेरिस भी अवश्य जाएं।" पांडुरंग बोले, "नए विचारों का जैसा स्वागत पेरिस में होता है, वैसा संसार में और कहीं नहीं होता। इस संदर्भ में वे अंग्रेज़ों की तुलना में कहीं अधिक उदार है।"

"आप ठीक कह रहे हैं।" स्वामी बोले, "किंतु आपको नहीं लगता कि विदेश में प्रचार से अधिक महत्वपूर्ण है–अपने देश का आध्यात्मिक उत्थान।"

"उसके लिए यहां बहुत लोग प्रयत्न कर रहे हैं।" पांडुरंग बोले।

"देख रहा हूं।" स्वामी बोले, "अपने देश को जकड़ने वाली रूढ़ियों को देख रहा हूं। नागों के समान उन्होंने इस देश को अपनी कुंडली में बांध रखा है। उनके रहते आध्यात्मिक विकास कैसे होगा?"

"पर लोग उन रूढ़ियों को तोड़ भी तो रहे हैं।" पांडुरंग बोले।

स्वामी ने निःश्वास छोड़ा। उनका स्वर अवसादपूर्ण था, "आपको नहीं लगता पंडित जी! कि उन रूढ़ियों की अपनी सीमाएं हैं; और रूढ़ियां तोड़ने का प्रयत्न करने वाले समाज सुधारकों की अपनी।"

"लगा तो मुझे भी है। बात कुछ ऐसी ही है।"

"सब ओर तुच्छ ईर्ष्याएं हैं, स्वार्थ हैं, वैर, विरोध और शत्रुताएं हैं। सामंजस्य का सर्वथा अभाव है।" स्वामी बोले, "भारत में सर्वश्रेष्ठ होने की योग्यता है, जगत्गुरु बनने की क्षमता है, हमारा देश संसार का कीर्तिस्तंभ है।... किंतु हमारे ये तथाकथित नेता, ये मूर्ख और स्वार्थी नेता, अपनी प्राचीन संस्कृति का वैभव नष्ट करने पर तुले हुए हैं। ये लोग उन सुधारों का प्रचार कर रहे हैं, जिससे उनकी जयजयकार हो, किंतु देश का गौरव नष्ट हो जाए। ये अपनी संस्कृति और उसके गुणों को समझे बिना उसमें सुधार का दुस्साहस कर रहे हैं। हिंदुओं का आध्यात्मिक विकास न कर, हिंदू धर्म को सामी मतों के सांचे में ढालने को ही अपना गौरव समझ रहे हैं। जो आदर्श कभी अपने जीवन में अवतरित नहीं कर पाए, उनका प्रचार कर रहे हैं। पश्चिमी सभ्यता की चमक-दमक और अल्पकालिक शक्ति से अंधे होकर, अपने जातीय अनुभव को उठा कर समुद्र में फेंक देने को तुले हुए हैं।"

स्वामी प्रासाद के ऊपर वाले छज्जे पर टहल रहे थे। सहसा उनकी दृष्टि महल की ओर आने वाले मार्ग पर पड़ी। साधुओं का एक दल प्रासाद की ओर आ रहा था। दो चार साधु नहीं थे। एक भरा-पूरा बड़ा दल था। और यह क्या? उनके आगे-आगे, उनके नेता के समान यह कौन चल रहा था, यह तो उनका अपना सारदाप्रसन्न मित्र था–स्वामी त्रिगुणातीतानन्द। स्वामी के मन में प्रसन्नता का ज्वार उठा। बहुत दिनों के पश्चात् दिखाई दिया था–सारदा, उन्हें त्रिगुणातीतानन्द के इस क्षेत्र में होने की कोई सूचना नहीं

थी। यह अकस्मात् ही यहां कैसे आ गया? या फिर ठाकुर ने उसे कृपापूर्वक भेज दिया।

स्वामी कुछ क्षण तो त्रिगुणातीतानन्द संबंधी स्मृतियों का आनन्द लेते रहे; किंतु फिर कुछ क्षुब्ध भी हुए...उनके ये गुरुभाई उनका पीछा करना क्यों नहीं छोड़ते?

त्रिगुणातीतानन्द ने इस अप्रत्याशित रूप में स्वामी को अपने सामने खड़ा पाया तो उनका हृदय आह्लाद से जैसे पिघल गया।

"संसार में परिभ्रमण के लिए और कोई क्षेत्र नहीं है क्या? मेरा पीछा क्यों कर रहे हो? ईश्वर को क्यों नहीं खोजते, सदा मुझे ही खोजते रहते हो।"

त्रिगुणातीतानन्द हक्के-बक्के रह गए। उन्हें लगा उनकी जिह्वा पर जैसे शब्द नहीं आ रहे, आंखों में अश्रु आ रहे हैं। उन्हें क्या पता था कि उनके प्रिय गुरुभाई को उनसे मिलकर इतनी हताशा होगी।

"पर मैं आपका पीछा नहीं कर रहा।" त्रिगुणातीतानन्द ने बड़ी कठिनाई से रुद्धकंठ कहा, "मैं तो यह भी नहीं जानता था कि आप इन दिनों पोरबंदर में हैं।"

"पता नहीं था तो यहां क्या करने आए हो?" स्वामी बोले, "मुझसे मिलने नहीं आए?"

"नहीं!"

"तो।"

"मैं पोरबंदर पहुंचा तो हाटकेश्वर मंदिर के दर्शन करने गया। वहां हिंगलज की यात्रा के लिए निकले संन्यासियों का एक बड़ा दल डेरा डाले पड़ा था। वे अब तक पैदल यात्रा कर रहे थे; किंतु अब वे अत्यधिक थक चुके थे। वे लोग पोरबंदर से स्टीमर पर कराची जाना चाहत थे और वहां से ऊंटों पर हिंगलज तक। उनके पास स्टीमर की टिकट और ऊंट के किराए के लिए पैसे नहीं थे। अतः किसी दानी की प्रतीक्षा कर रहे थे।"

"तो तुम ने कहा कि तुम वह दानी हो?"

"नहीं!" त्रिगुणातीतानन्द ने स्वामी को कुछ रुष्ट दृष्टि से देखा, "उन्हें किसी प्रकार यह ज्ञात हो गया कि मैं बंगाली हूं। उन्हें यह सूचना थी कि एक विद्वान् बंगाली साधु पोरबंदर के महाराज के अतिथि हैं। उनका विचार था कि दीवान, हिंगलज तक की यात्रा का व्यय देने के इच्छुक न हों तो ये संन्यासी उनसे उसका प्रबंध करवा सकते हैं।"

"तो तुमने बताया ही क्यों कि तुम बंगाली हो?" स्वामी बोले, "केवल हिंदू बने रहना पर्याप्त नहीं था क्या?"

"कहीं किसी का बंगाली होना भी गुप्त रह सकता है?" त्रिगुणातीतानन्द भी रोषपूर्वक बोले, "दो शब्द मुंह से निकलते हैं कि सामने खड़ा व्यक्ति जान जाता है कि मैं बंगाली हूं। हम तो राजप्रासाद से कुछ दान पा जाने के लोभ में ही आए हैं।"

"सच बताना।" स्वामी का स्वर अब भी पर्याप्त शुष्क था, "मेरे विषय में कुछ भी ज्ञात नहीं था?"

"नहीं।" और सहसा त्रिगुणातीतानन्द का स्वर बदल गया, "अब आप बताएं, हम

राजा या दीवान के सामने यह प्रस्ताव रखें या लौट जाएं।" वे क्षण भर रुके, "आपका आदेश हो तो इन लोगों को यहीं छोड़ कर मैं अकेला लौट जाऊं। हिंगलज तक की यात्रा करनी भी हो तो इनके साथ न जाकर अकेला ही वह तीर्थ करूं।"

स्वामी का स्वर पहली बार कुछ कोमल हुआ, "नहीं सारदा! इस धन का प्रबंध तो हो जाएगा।" वे निमिष भर रुके और उनका स्वर फिर से आदेशात्मक हो गया, "किंतु अब मेरे पीछे मत आना।"

138

द्वारका की भूमि पर पांव रखते ही जैसे श्रीकृष्ण की स्मृतियों से स्वामी का मन परिपूर्ण हो गया। यह वह स्थान था, जहां व्यूह बांधकर श्रीकृष्ण ने धर्म की रक्षा की थी। यहां न कालयवन जैसा राक्षस उनका कुछ बिगाड़ सकता था, न जरासंध जैसा दैत्य। जरासंध के सारे अधर्मी और पापी मांडलिक राजा उनका कोई अहित नहीं कर सके। यही श्रीकृष्ण की द्वारका थी, जिसमें यादव देवताओं के समान निर्भीक होकर वैभवपूर्ण जीवन व्यतीत कर रहे थे। यहीं उनका कोट था, मंदिर थे। अग्निशालाएं थीं। आश्रम थे। इन्हीं आश्रमों में घूम-घूम कर कृष्ण ने उपनिषदों पर चर्चाएं की होंगी। उन्हें मथ कर उनका नवनीत निकाला था। गीता का साक्षात्कार किया था। यहीं वह रैवतक पर्वत था, जहां के मेले जैसे परिवेश में अर्जुन को सुभद्रा की पहली झलक मिली थी। कृष्ण ने उन दोनों का परिचय कराया था। और फिर अर्जुन को सुभद्रा के हरण का परामर्श दिया था। बलराम तो सुभद्रा के लिए दुर्योधन का चयन कर चुके थे। बलराम के सामने शायद वसुदेव भी असमर्थ थे। तभी तो महाभारत के युद्ध में यादव खुल कर, पांडवों के पक्ष से कौरवों के विरुद्ध नहीं लड़ सके। बलराम स्वयं तीर्थयात्रा के नाम पर युद्धक्षेत्र से दूर चले गए। कृष्ण के पुत्रों को भी अपने साथ ले गए, ताकि वे अपने पिता की सहायता न कर सकें और स्वयं कृष्ण को भी निःशस्त्र कर गए। ऐसे में कृष्ण सुभद्रा का विवाह अर्जुन से करने का प्रस्ताव करते तो कौन मानता उसे? ऐश्वर्य पाकर तब तक यादव ईश्वर को भूलने लगे होंगे। किंतु कृष्ण अपनी प्रिय भगिनी का विवाह दुर्योधन जैसे पापी से कैसे कर देते। तभी तो उन्होंने न केवल अर्जुन को सुभद्रा के हरण का परामर्श दिया, वरन् उस कार्य के लिए अपना युद्धक रथ भी उसे सौंप दिया।

किंतु उस दिव्य वैभव का, उस अलौकिक महानता का, अब एक कण भी वहां शेष नहीं था। सारी पृथ्वी के राजाओं का नियंत्रण करने वाले उन श्रीकृष्ण के नगर द्वारका पर अब समुद्र उफन-उफन कर गर्जन कर रहा था, जैसे भारत पर समुद्र पार से आए हुए गोरे मदांध होकर शासन कर रहे थे। स्वामी, उस सागर को, उसके गर्जन-तर्जन को, उसकी विराट लहरों को देखते रहे; और उनके मन में यातना के झंझावात उठते रहे। अंग्रेज़ों का साम्राज्य भी इसी समुद्र के समान विस्तृत और विराट् था। वे भी इस देश का दलन उसी प्रकार कर रहे थे, जैसे सागर ने द्वारका को उदरस्थ कर लिया था। कहते हैं, अंग्रेज़ों के शासन में कभी सूर्यास्त नहीं होता। आज यहां सागरतट पर बैठ कर कोई कृष्ण की द्वारका

की छाया भी नहीं देख सकता। आज उसकी कल्पना भी नहीं की जा सकती, तो कोई कैसे जान सकता है कि अब भारत की जो मलिन मूर्ति दिखाई पड़ रही है, वह उस महान् गौरव का ध्वंसावशेष मात्र भी नहीं है। वह भव्य नाटक तो कब का समाप्त हो चुका। जो सामने है वह तो उस दिव्य नाटक का उजड़ा मंच मात्र है, जिसकी यवनिकाएं विदेशी चुरा ले गए हैं। जिसके स्तंभ शताब्दियों तक विदेशी प्रहारों को झेल कर जीर्ण होकर गिर चुके हैं। जिसके काष्ठ देशी और विदेशी मूर्खों ने ईंधन के समान अपने चूल्हों में जला डाले हैं।

उनकी टांगें स्वयं को सीधा नहीं रख सकीं। वे सागरतट पर बैठ गए। उनके मन में तीव्र और व्यग्र उत्कंठा थी। क्या है उनके भारत का भविष्य? क्या यह इसी प्रकार विदेशियों के चरणों की ठोकरें खाता रहेगा? उनका दास बना रहेगा? अज्ञानी और तुच्छ बने रहना ही इसका भाग्य है क्या? क्या यह देवभूमि राक्षसों के पदों तले इसी प्रकार कुचली जाती रहेगी? कहां हैं वे कृष्ण और अर्जुन, जो सुभद्रा को अधर्मी दुर्योधन से बचा लें? जो उजड़े सागरतट को समृद्ध और आकर्षक द्वारका में बदल दें। हमारी पवित्र भूमि पर आक्रमण करने वाले आततायियों के दांत खट्टे कर सकें। इंद्रप्रस्थ को लीलने के लिए बढ़ते आते, खांडववन को जला कर, उसमें छिपे अपने शत्रुओं को भस्म कर सकें। खांडव जैसे वन को भी भव्य इंद्रप्रस्थ में बदल दें।

यह देश ऐसा ही तो नहीं रहेगा। इसे ऐसा नहीं रहना है। यह विश्वगुरु था और इसे विश्वगुरु बनना है। पर स्वामी की इच्छा मात्र से तो ऐसा नहीं होगा। सारे देश को उठना होगा। उठ खड़ा होना होगा। कौन उठाएगा इसे? ईश्वर की विचित्र लीला है। हीरा तो यहां धूलधूसरित स्थिति में पड़ा है और कांच सारे संसार पर राज्य कर रहा है। जिसे यह ज्ञात नहीं है कि ज्ञान क्या है, वह संसार भर को ज्ञान का दान करने के दंभ में अकड़ा बैठा है। और भारत जैसा देश, दीन-हीन अवस्था में किसी विधवा की लुटी मांग के समान निष्प्राण हुआ पड़ा है। ऐसा ही देखा होगा, इसे शंकराचार्य ने–ऐसा ही देखा होगा गुरु गोविंदसिंह ने। तभी तो उन्होंने इसे झंझोड़ कर जगाया। पर अब?

वे जैसे किसी स्वप्न में से उठ कर शंकराचार्य द्वारा स्थापित 'शारदा मठ' की ओर चल पड़े। 'शारदा मठ' के नाम से उन्हें मां शारदा का स्मरण हो आया। वे उनको वचन देकर आए थे कि वे कुछ बन कर ही लौटेंगे। प्रश्न उनके कुछ बनने का था अथवा इस देश को संवारने का? इसे दलदल से निकाल कर उसे बताने का था, कि यह देश क्या था, क्या हो गया है और क्या हो सकता है।

यादवों के उस ध्वस्त नगर के खंडहरों पर, मठ के उस एकांत कक्ष में बैठ कर स्वामी चिंतन करते रहे। मनन करते रहे। क्या होगा इस देश का? प्रतिभा का अभाव नहीं है यहां। बुद्धि और परंपरागत ज्ञान भी बहुत है। तपस्वी भी मिल जाएंगे। सहस्रों मीलों तक फैला सागरतट है। असंख्य पर्वतश्रेणियां हैं। नदियों की मालाएं भारतमाता के गले में झूलती हैं। खेतों में आज चाहे राख उढ़ रही हो, किंतु ये ही खेत सोना भी उगलते हैं।

हमारी धरती रत्नगर्भा है। क्या नहीं हे हमारे पास? बस एक बार इस देश के चेत जाने की आवश्यकता है। स्वार्थ से पीछा छूटे। ईर्ष्या द्वेष नष्ट हों। कुछ कर गुज़रने की इच्छा जागे। क्या नहीं कर सकता यह देश!

स्वामी को लगा कि उनके सामने भारत माता की एक मूर्ति उभरी है। मूर्ति मिट्टी की बनी हुई है। उसके चेहरे पर व्यग्रता है। वह विचलित है। वह कसमसा रही है। स्वयं को झिंझोड़ कर जगा रही है। मूर्ति में सचमुच का स्पंदन होता है और उसके शरीर की ऊपरी पर्तों में दरक पड़ जाती है। मिट्टी की पर्तें उतरने लगती हैं और उसके भीतर से मां की स्वर्ण प्रतिमा प्रकट होती है—आभामयी, तेजस्विनी और करुणामयी। यह था भारत के देदीप्यमान भविष्य का स्वरूप। भारत माता मिट्टी की नहीं, स्वर्ण की प्रतिमा थी। कालांतर में उस पर मिट्टी की परत जम गई थी। पर मिट्टी के उस लेप को साफ ही तो करना था। भारत माता की मूर्ति को गढ़ना नहीं था, उसे केवल प्रकट भर कर देना था।

स्वामी ने अखंडानन्द को अपने सामने खड़े देखा तो वे भी जैसे खिल उठे, "अरे गैंजेस तुम! तुम यहां कैसे आ गए?"

"मैं तो जयपुर से ही आपके पीछे लगा हूं।"

"जयपुर से?" स्वामी चकित रह गए, "बड़ी दूर तक पीछा किया तुमने मेरा। मार्ग में कहीं कोई दुर्घटना तो नहीं हुई?"

अखंडानन्द ने डाकुओं के विषय में बताया।

"इतना संकट झेलना क्या समझदारी है?" स्वामी ने कुछ रोष जताया, "खच्चर और सिपाही क्यों नहीं मांगा?"

"बाद में वही किया; और देखकर आश्चर्य हुआ कि लोग साधुओं के प्रति अपनी श्रद्धा के कारण इस प्रकार की व्यवस्था कर देते हैं।"

"हां! इस प्रदेश में हमारे बंगाल की तुलना में साधुओं के प्रति श्रद्धा का भाव बहुत अधिक है।" स्वामी बोले, "कारण जानते हो?"

"यहां के लोगों की धर्म में अधिक आस्था है।"

"नहीं!" स्वामी बोले, "यहां साधु वेशधरियों ने उतने पाप नहीं किए हैं।"

और फिर स्वामी ने गृहस्वामी की ओर मुड़ कर उनसे अखंडानन्द का परिचय कराया, "अब आपको मेरे साथ इनके रहने का भी प्रबंध करना पड़ेगा।"

"मेरा सौभाग्य।" भटिया बोले, "ऐसा दायित्व तो किसी को अपने पुण्यों से ही मिलता है।"

कुशल समाचार पूछने के पश्चात् स्वामी ने अपनी विनोदभरी बातों से अखंडानन्द की सारी क्लांति हर ली। उन्होंने एक सिरे से जैसे ठाकुर के साथ व्यतीत किए हुए दिनों का पुण्य स्मरण किया।

"तुम्हें स्मरण है गंगा! हम लोग मेरठ में पृथक् हुए थे।"

"स्मरण है।" अखंडानन्द बोले, "और हम सब का विचार था कि आपके इस प्रकार अकेले यात्रा करने की इच्छा के पीछे कोई न कोई लक्ष्य अवश्य है।"

"इतना समझते हो न।" स्वामी ने कहा, "अब तुम इतनी कठिनाई से, इतने संकट झेल कर, मेरे पास आए हो, तो मेरा मन यह कहने को नहीं होता कि तुम जाओ और मुझे अकेला रहने दो। किंतु मेरे सामने एक लक्ष्य है, और यदि तुम मेरे साथ रहोगे तो मेरा वह लक्ष्य पूरा नहीं हो पाएगा।"

"जानता हूं।" अखंडानन्द ने कहा, "किंतु स्मरण कीजिए, आपको कलकत्ता से विदा करते हुए मां ने कहा था, 'मैं अपना सर्वस्व तुम्हारे हाथों में सौंप रही हूं गंगाधर! ध्यान रखना, नरेन्द्र को किसी प्रकार को कोई कष्ट न हो।'"

"सब कुछ स्मरण है मुझे।" स्वामी ने कहा, "किंतु यदि तुम्हारे साथ रहने से ही मुझे कष्ट हो तो?"

अखंडानन्द पर जैसे गाज गिरी। वे कल्पना भी नहीं कर सकते थे कि स्वामी उनसे ऐसी बात भी कह सकते हैं।

"मेरे साथ रहने से आपको कष्ट होगा?"

"सुनो। रुष्ट मत होना किंतु सत्य यही है कि अब मैं एकदम ही बिगड़ैल और नाकारा हो चुका हूं। किसी के किसी काम का नहीं रहा। मेरा पीछा छोड़ दो।"

"आप बिगड़ैल ही नहीं, चरित्रहीन भी हो चुके हों, तो क्या? मुझे आपसे प्रेम है।"

"और मेरा लक्ष्य? मेरा गंतव्य?"

अखंडानन्द कुछ नर्म पड़े, "इतना तो मैं भी समझता हूं, कि आपके निकट रहने के मेरे लोभ से आपको असुविधा होगी। आप मन ही मन इस समय आशंकित होंगे कि मैं आपके साथ चिपक गया और आपको छोड़ कर जाने को सहमत न हुआ तो?"

"देखो गंगा! मेरी बात का बुरा न मानना और न ही इसे अपनी उपेक्षा समझना। अपने गुरुभाइयों के प्रति मेरे स्नेह में कहीं कोई कमी नहीं आई है। तुम लोगों से दूर रहकर उसमें वृद्धि ही हुई है। तुम भूले नहीं हो कि मां ने मुझे तुम्हें सौंपा था और मैं यह नहीं भूला हूं कि तुम सबको ठाकुर मुझे सौंप कर गए थे। पर वे ही मुझ पर मां का कार्य भी डाल गए थे। यदि तुममें से कोई भी मेरे साथ रहेगा तो मैं अपनी योजनाएं पूरी नहीं कर पाऊंगा। तो फिर मां का कार्य कैसे होगा? बस यही मान लो कि मैं तुम लोगों के काम का नहीं रहा। मेरा विचार त्याग दो। मेरे प्रति अपना मोह कम करो।"

अखंडानन्द हंसे, "क्या हुआ, यदि आप हमारे काम के नहीं रहे। मैंने कहा न कि मैं आपसे प्रेम करता हूं। मैं आपसे मिलने के लिए अत्यंत व्याकुल था और अब मेरी वह इच्छा पूरी हो गई है। आप अपने मार्ग पर अपनी इच्छानुसार अकेले जा सकते हैं।"

स्वामी विस्मित हुए। बोले, "तुमसे मुझे यही आशा थी गंगा। अब मैं तुम्हें बता सकता हूं कि मैं कल ही भुज जा रहा हूं।"

"और मैं?"

"तुम एक दिन यहां और रुक जाओ। बहुत यात्रा की है तुमने।" स्वामी बोले, "तुम्हें कुछ विश्राम करना चाहिए। भाटिया तुम्हारी पूरी देखभाल करेंगे। परसों तुम भी चल पड़ना और मेरे पास भुज आ जाना। मैं अपना पता छोड़ जाऊंगा।"

"आप को असुविधा तो नहीं होगी?"

"नहीं।"

139

स्वामी बाहरी बरामदे में ही बैठे थे। स्वामी ने अभेदानन्द को इस प्रकार अप्रत्याशित रूप से अपने सामने उपस्थित पाया तो प्रसन्नता के मारे उठ खड़े हुए।

अभेदानन्द अपने अश्रु रोक नहीं पाए। कितने लंबे अंतराल के पश्चात् आज वे स्वामी को अपने सामने देख रहे थे।

"मैं और पंडित जी अभी अभी अद्वैत की ही चर्चा कर रहे थे।" स्वामी ने कहा, "और पंडित जी! ये मेरे गुरुभाई हैं अभेदानन्द। हम इन्हें इनके संन्यासपूर्व नाम से भी बुला लिया करते हैं–काली।"

पंडित सूर्यराम मनसुखराम त्रिपाठीने हाथ जोड़ कर नवागंतुक संन्यासी को प्रणाम किया, "आसन ग्रहण करें स्वामी जी!"

अभेदानन्द बैठ गए तो स्वामी ने कहा, "ये मेरे आध्यात्मिक भाई हैं और अभेदानन्द नाम से ही स्पष्ट है कि इनका मूल क्षेत्र अद्वैत है। अब ये आपके साथ शास्त्रों की चर्चा करेंगे।"

अभेदानन्द चकित रह गए। वे थके हुए थे और अभी आए ही थे। स्वामी ने यह भी नहीं पूछा कि कहां से आ रहे हैं? कब से चले हुए हैं? कब से कुछ खाया हैं, या नहीं खाया है? और एक लंबी अवधि के पश्चात् मिलने पर भी कोई बात न कर सीधे शास्त्रार्थ के लिए बैठा दिया।

पर स्वामी उनके नेता थे। ठाकुर ने उन सब गुरु भाइयों को स्वामी के हाथों में ही सौंपा था और आदेश दिया था कि वे लोग स्वामी की आज्ञा का पालन करें।

त्रिपाठी जी ने संस्कृत में जिज्ञासा की और अभेदानन्द ने संस्कृत में ही उत्तर देना आरंभ किया। त्रिपाठी जी पूर्व पक्ष प्रस्तुत कर रहे थे और अभेदानन्द उसका उत्तर दे रहे थे।

सहसा अभेदानन्द की आंखें स्वामी की ओर उठ गईं। वे उनकी चर्चा को बहुत ध्यान से सुन रहे थे। उनके चेहरे की प्रसन्नता प्रकट कर रही थी कि वे अभेदानन्द के उत्तरों से पूर्णतः संतुष्ट ही नहीं थे, वरन् फूले नहीं समा रहे थे। वे अपने गुरुभाई की योग्यता पर उसी प्रकार गर्व और सफलता का अनुभव कर रहे थे, जैसे कोई पिता अपने पुत्र की असाधारण क्षमताओं को देखकर गर्व से भर उठता है।

त्रिपाठी जी ने अत्यंत विनीत भाव से अभेदानन्द को विश्राम करने को कहा।

उनके लिए एक कमरे की व्यवस्था कर दी गई। उन्होंने घर के भीतर कहलवा दिया कि अभेदानन्द भी दोपहर का भोजन उनके साथ ही करेंगे।

अभेदानन्द की समझ में अब आ रहा था कि स्वामी ने उनके आने पर क्यों न तो उन्हें विश्राम करने दिया था, न उनकी भूख-प्यास के विषय में चिंता की थी। क्यों घर में पग धरते ही उन्हें सीधे त्रिपाठी जी से शास्त्रार्थ के लिए बैठा दिया था। यदि वे तब कह कर अभेदानन्द के लिए भोजन पानी और विश्राम मांगते तो शायद उनका आना त्रिपाठी जी को बोझ लगता और वे मानते कि स्वामी उन पर अपने गुरु भाई को आरोपित कर रहे हैं। एक और अतिथि का बोझ उनपर डाल रहे हैं। वह स्वामी की इच्छा होती; किंतु उस थोड़े से शास्त्रार्थ के पश्चात् अब वे त्रिपाठी जी की इच्छा से उनके घर में थे। उनके उस घर में आश्रय लेने का आग्रह स्वयं गृहस्वामी का था। अभेदानन्द चकित रह गए, स्वामी किस ढंग से कितनी दूर तक सोच लेते हैं। दूसरा व्यक्ति तो उनका व्यवहार समझ ही नहीं पाता।

"एक बात और कहता हूं काली!" स्वामी बोले, "निकट भविष्य में हम मिलें या न मिलें; किंतु मेरा लक्ष्य मुझे अकेले यात्रा करने के लिए बाध्य कर रहा है।"

"मुझे कुछ ऐसा आभास हुआ है।" अभेदानन्द ने कहा, "इसीलिए मैं पूछना चाह रहा था कि आप अपने मठ में कब लौटेंगे?"

स्वामी ने ऊपर की ओर देखा, "शिव! शिव! अपना मठ!" उनकी दृष्टि अभेदानन्द पर टिक गई, "अपना मठ वह स्थान है, जहां हमारी साधना का अंकुर फूटा था। अब वह वृक्ष बढ़ कर बहुत फैल गया है। सारा देश अपना मठ है। हमारी कर्मभूमि सारा देश है। जब तक इसका भविष्य नहीं सुधर जाता, तब तक मठ में लौटने का कोई अर्थ नहीं है। हमें भारतमाता का यही रूप नहीं रहने देना है। इसे संवारना है, चाहे उसके लिए हमें संसार के दूसरे छोर तक जाना पड़े।"

"अपनी साधना को छोड़ कर कुछ और करना चाहते हैं?"

"नहीं! साधना ही करनी है किंतु उसके रूप को समझना है। वर्तमान बहुत निराशाजनक है; किंतु भविष्य वैसा नहीं रहेगा।" स्वामी बोले, "किंतु उस भविष्य को प्राप्त करने के लिए कुछ करना होगा। इसीलिए कहता हूं कि मेरा पीछा मत करना।"

"योजना क्या है?"

"वह तो ठाकुर ही जानें किंतु मेरे मन में भारत के देदीप्यमान भविष्य का एक चित्र है।"

"कैसा चित्र।"

"अभी कुछ कह नहीं सकता।"

मणिभाई ने वह पत्र पढ़ा, एक बार स्वामी का चेहरा देखा और बिना कोई विशेष प्रतिक्रिया

व्यक्त किए बोले, "एक व्यक्ति आपके साथ भेज देता हूं। वह सारी व्यवस्था कर देगा। मैं आकर देखूंगा। कोई त्रुटि रह जाए, तो मुझे बता दीजिएगा।"

मणिभाई ने हजूरी को संकेत किया। मुंह से कुछ कहा भी नहीं और चले गए।

हजूरी मंत्री का संकेत समझ गया। वडोदरा में सब ही जानते थे कि मंत्री महोदय, अत्यंत मितभाषी हैं।

यह भेंट दो मिनट की भी नहीं थी। मणि भाई ने दीवान जी साहब की इच्छा का पालन कर दिया था। राजकीय कर्तव्य कि रूप में जूनागढ़ के दीवान के एक अतिथि के रहने की व्यवस्था कर दी थी। इससे अधिक न उन्हें स्वामी में कोई रुचि थी, न दीवान जी साहब में।

स्वामी अपने कक्ष में आ गए।

जूनागढ़ से विदा होकर उन्होंने रामेश्वरम जाने का मन ही नहीं बना लिया था, पूरी तैयारी भी कर ली थी; किंतु दीवान जी साहब चाहते थे कि एक बार दक्षिण की ओर निकल जाने से पहले स्वामी नाडेड अवश्य जाएं। नानडेड दीवान जी साहब का अपना नगर था। वहां उनका पैतृक भवन था। उनका परिवार था। स्वानी उन सबसे मिले बिना रामेश्वरम की ओर बढ़ गए तो दीवान जी साहब का सारा परिवार जन्म जन्मों तक तृषित ही रह जाएगा। परिव्राजक का क्या पता है, वह फिर इस ओर लौटे न लौटे। अपने परिवार के लोगों को स्वामी के दर्शन कराने में तो उनका निजी स्वार्थ था। किंतु वे उन्हें वडोदरा भी भेजना चाहते थे। महाराज सायाजी राव गायकवाड़ से उनका मिलना राष्ट्रीय हित में था। वडोदरा जाए बिना तो स्वामी को आगे बढ़ना ही नहीं चाहिए था।

दीवान जी साहब की ये कामनाएं निरर्थक नहीं थीं। न उनमें कोई व्यक्तिगत स्वार्थ ही था, न सांसारिक महत्वाकांक्षा। स्वामी को भी उसमें प्रभु का कोई अदृष्ट निर्देश दिख रहा था, नहीं तो दीवान जी साहब इतनी हठ क्यों करते।

बंबई से पहले स्वामी को वडोदरा जाना ही था। वडोदरा के गायकवाड़ के विषय में स्वामी ने बहुत कुछ सुना था।

स्वामी ने देखा कि मणि भाई उनकी ओर आ रहे थे।

"आप यह मत समझिएगा कि आप राजकीय अतिथि गृह में हैं। आप यही मान कर चलिए कि आप मेरे घर में हैं।" मणि भाई ने कहा, "मैं बहुत ईश्वरभीरु व्यक्ति हूं, इसलिए आपको अपने घर में ठहराने का साहस नहीं कर सका। वहां आपको इतनी सुविधाएं नहीं मिल सकती थीं। आपको पूजा-साधना के लिए एकांत की भी आवश्यकता होगी। मेरे घर में वह कहां! वहां तो चौबीस घंटे किलकिल ही रहती है। बड़ा परिवार है हमारा।"

स्वामी को आश्चर्य हुआ : यह मितभाषी मंत्री एक साथ कितना बोल गया।

"कोई बात नहीं।" स्वामी ने कहा, "मैं यहां पर्याप्त सुख से हूं।"

"और कोई सेवा हो तो बताएं।"

"मैं महाराज सायाजी राव से मिलना चाहता हूं।"

मणि भाई जैसे स्तब्ध रह गए, "बड़ी कठिन आज्ञा देदी आपने।"

"क्यों वे किसी से मिलते नहीं?"

"संन्यासी तो हैं नहीं कि किसी से नहीं मिलेंगे। राजा हैं, सब से मिलना ही पड़ता है।" मणिभाई बोले।

"तो क्या आजकल बहुत व्यस्त हैं?"

"ऐसी बात भी नहीं है।" मणि भाई बोले, "वे अन्य भारतीय राजाओं से कुछ भिन्न हैं। आप उनसे क्या बात करेंगे? न वे आपसे धर्मचर्चा करेंगे, न आप उनको भोग से विरत करने के लिए कोई उपदेश दे सकेंगे।"

"मैं उनसे प्रजा की शिक्षा के विषय में बात करना चाहता हूं।"

"क्या कहेंगे कि पाठशालाओं में वेद पढ़ाओ।"

"आप तो ऐसे कह रहे हैं, जैसे वेद पढ़ाना कोई मूर्खता की बात है। पाठशालाओं में वेद पढ़े और समझे जाते तो भारत कभी पराधीन नहीं होता।" स्वामी बोले, "वेदों में अध्यात्म भी है; किंतु जीवन को समझने और उसके अनेक क्षेत्रों का ज्ञान भी बहुत है। यदि हमने वेदों से गणित पढ़ा होता, तो आज भी हम संसार के शीर्ष पर होते।"

"आप शिक्षाविद हैं क्या?"

"मैं तो एक संन्यासी हूं।" स्वामी मुसकराए, "किंतु संन्यासी भगवान का चिंतन करते हुए, भगवान के बनाए हुए जीवों के हित का भी चिंतन करता है। अतः शिक्षा के विषय में सोचना आवश्यक है।"

"पर हमारे राजा अपनी प्रजा की भौतिक उन्नति भी चाहते हैं।" मणिभाई ने कहा, "वे उसे ज्ञानी ही नहीं, संपन्न और समृद्ध भी देखना चाहते हैं।"

"मैं भी वही चाहता हूं।"

मणिभाई स्तब्ध रह गए, "अच्छा! मैं दीवान जी से इसकी चर्चा करता हूं। आशा है, वे महाराज से आपकी भेंट का प्रबंध करा देंगे।"

स्वामी को जिस समय सायाजी के साथ भेंट के लिए लाया गया, वे एक छोटे कमरे में अपने दीवान के साथ थे। एक प्रकार से वहां एकांत ही था। स्वामी के मन में पहली बात यही आई कि सायाजी उनसे सार्वजनिक रूप से अपने दरबार में मिलना नहीं चाहते थे। इस भेंट में भी जैसे एक प्रकार की गोपनीयता थी।

"आइए स्वामी जी!" सायाजी राव गायकवाड़ अपने स्थान से उठ खड़े हुए। उन्होंने हाथ जोड़कर प्रणाम किया। संन्यासी के चरण नहीं छुए।

स्वामी ने हाथ उठा कर आशीर्वाद दिया, "यशस्वी हों राजन्! भगवान आपके हाथों प्रजा का कल्याण करवाएं।"

"विराजिए।" सायाजी ने कहा, "आपके ठहरने की व्यवस्था में कोई त्रुटि तो नहीं

है?"

"कोई त्रुटि नहीं है। मैं बहुत सुख से हूं।" स्वामी बोले, "मैं अपने लिए कुछ मांगने नहीं आया।"

सायाजी ने कुछ आश्चर्य से स्वामी की ओर देखा, "धर्मचर्चा करने आए हैं? मेरी उसमें कोई रुचि नहीं है।"

"आया तो मैं धर्मचर्चा करने ही हूं।" स्वामी हंसे, "किंतु मोक्ष की चर्चा नहीं, राजधर्म की चर्चा।"

सायाजी चुपचाप उनकी ओर देखते रहे।

"अंग्रेज़ हम पर शासन क्यों कर रहे हैं?" स्वामी ने कहा, "वे अध्यात्म में तो हम से उन्नत नहीं हैं।"

"ठीक कह रहे हैं आप।" सायाजी ने कहा, "वे भौतिक शक्ति में हमसे बढ़े-चढ़े हैं।"

"तो आप अपनी प्रजा के भौतिक विकास का प्रयत्न करें।" स्वामी बोले, "हमारे भारतीय राजाओं को अपनी प्रजा के विकास से कहीं अधिक अंग्रेज़ों की प्रसन्नता की चिंता है। आप उनसे कुछ भिन्न हैं। आपने प्रजा को आधुनिक शिक्षा देने का प्रयत्न किया है।"

"प्राचीन भारतीय शिक्षा न देकर क्या मैंने अच्छा किया?"

"गुरुकुल प्रणाली को भी पूर्णतः छोड़ना नहीं चाहिए।" स्वामी बोले, "न ही संस्कृत और आधुनिक भारतीय भाषाओं का त्याग करना चाहिए।"

"दोनों बातें कैसे संभव हैं?"

"यह संसार चैतन्य और जड़ प्रकृति–दोनों से बना है।" स्वामी ने कहा, "ब्रह्म ही जब सक्रिय होता है, तो वह प्रकृति बन जाता है। हम दोनों को एक ही मान कर चलें। किसी एक की भी उपेक्षा न करें।" स्वामी ने रुक कर साया जी को देखा, "हमने विद्या को अपनाया और अविद्या को एक दम छोड़ दिया। अध्यात्म को अपनाया, और संसार को छोड़ दिया। वस्तुतः हमने अध्यात्म को भी ठीक से नहीं अपनाया। मैं कहना चाहता हूं कि संसार की उपेक्षा न हो। प्राचीन ज्ञान के साथ हम नए ज्ञान को भी जोड़ें। देश में विज्ञान के विश्वविद्यालय खुलें। कल कारखाने आएं। उद्योग फैले। गुजराती, व्यापार में तो चतुर हैं; किंतु उद्योग में उनका मन नहीं लगता। आप अपने राज्य में वेद भी पढ़ाएं और कल कारखाने भी बढ़ाएं।"

"चकित हूं स्वामी जी!" साया जी के स्वर में अपार श्रद्धा थी, "नहीं तो संन्यासी आकर कहते हैं कि मंदिर बनवा दो, धर्मशाला खुलवा दो। वे पाठशाला और औषधालय की भी बात कर सकते हैं; किंतु उद्योग धंधे...इनकी तो कभी चर्चा ही नहीं हुई।"

"मैं समझता हूं राजन्! हमारे देश को व्यापार से अधिक उद्योग की आवश्यकता है।" स्वामी ने कहा, "औद्योगिक उत्पादन के क्षेत्र में हमें अंग्रेज़ों और अमरीकियों से प्रतिस्पर्धा करनी होगी। आवश्यक है कि औद्योगिक प्रशिक्षणशालाएं खुलें, इंजीनियरिंग

कॉलेजों की स्थापना हो।"

अवाक् सायाजी स्वामी को देख भर रहे थे। थोड़ी देर के पश्चात् बोले, "आप जानते हैं मेरे पूर्ववर्ती गायकवाड़ को अंग्रेज़ रेज़ीडेंट की हत्या का आरोप लगा कर राज्य से हटाया गया।"

"जानता हूं।"

"यदि हत्या का प्रयत्न किया गया तो क्यों किया गया?"

"स्वाधीनता के लिए।"

"अंग्रेज़ों की गृध्र दृष्टि वडोदरा पर लगी है। वडोदरा में पत्ता भी हिलता है तो अंग्रेज़ों को विद्रोह की गंध आने लगती है।" सायाजी ने कहा, "और भारतीयों की शिक्षा मात्र से अंग्रेज़ों का अहित होता है। वे चाहते हैं कि भारतीय लोग अनपढ़ और अचेत बने रहें, ताकि वे सुख शांति से राज्य कर सकें।"

"जानता हूं।"

"तो यदि मैं शिक्षा का प्रचार करता हूं, तो वह अंग्रेज़ों की दृष्टि में विद्रोह है। अतः मुझे सावधान होकर चलना पड़ता है।" साया जी ने कहा, "मैं हिंदू साधु संन्यासियों से नहीं मिलता। धर्माचार्यों का स्वागत नहीं करता, क्योंकि उससे अंग्रेज़ों को देशभक्ति की गंध आती है।"

स्वामी को लगा कि उनका अनुमान एकदम सत्य था।

"राजन्! कोई भी काम करने के लिए संगठन आवश्यक है। राजा भी चाहे तो अकेला कोई काम नहीं कर सकता, उसके लिए उसे एक तंत्र की स्थापना करनी पड़ती है।" स्वामी बोले, "क्या आपके उच्चाधिकारी भी जन सामान्य को जागरूक भारतीय बनाने में आपके सहायक हैं।"

"वस्तुतः यह काम तो मेरे राज्य संभालने से पहले ही आरंभ हो गया था।" सायाजी ने कहा, "टी. माधव राव, बहुत अच्छे प्रशासक थे। उन्होंने एक अच्छा संगठित दल मेरे लिए तैयार कर दिया था।" सायाजी ने रुक कर स्वामी की ओर देखा, "मैं नहीं चाहता कि मैं अंग्रेज़ों की दृष्टि में खटकने लगूं। इसीलिए वडोदरा का आधुनिकीकरण बहुत खुले रूप से नहीं करना चाहता। अब मैं एक ऐसे सहायक की खोज में हूं, जो योग्य हो, सेवापरायण हो, देखने सुनने में पूर्णतः अंग्रेज़ और अंग्रेज़ित समर्थक दिखाई पड़े, किंतु जिसकी आत्मा पूर्णतः भारतीय हो।"

स्वामी मौन बैठे रहे।

"आपको लगता है कि ऐसा कोई व्यक्ति मिल सकता है?"

"मेरा विचार है, बंगाल से ऐसे कई युवक निकलेंगे।" स्वामी बोले, "वहां के लोग जिस प्रकार पाश्चात्य शिक्षा और ईसाई धर्म की ओर आकृष्ट हुए हैं, उसकी प्रतिक्रिया भी अवश्यंभावी है। अंग्रेज़ों के निकट पहुंचकर वे उनका निमर्म और नृशंस रूप देखेंगे तो अपनेआप उनसे घृणा करने लगेंगे।"

"प्रभु आपके वचन को सत्य करें।" राजा ने कहा।

"अच्छा राजन्!" स्वामी उठ खड़े हुए, "चलता हूं। मैं जो अपेक्षाएं लेकर आया था, आप पहले से ही उनका कार्यान्वयन कर रहे हैं। भगवान आपको आपके लक्ष्य के निकट पहुंचाएं। वडोदरा, अंग्रेज़ों से रुष्ट युवकों की विहारस्थली बने।"

सायाजीराव गायकवाड़ ने चौंक कर देखा : यह संन्यासी अंग्रेज़ों का भेदिया तो नहीं है? या फिर यह कोई भविष्यवाणी ही तो नहीं कर रहा?

"मुझे बताया गया है कि आप वडोदरा छोड़ कर जा रहे हैं।" अंततः सायाजी ने कहा।

"जाना तो मुझे वैसे भी था," स्वामी ने कहा, "किंतु आज आपसे चर्चा कर यहां से शीघ्र जाने का मेरा संकल्प और भी दृढ़ हुआ है।"

"क्यों?"

"यद्यपि न आप कोई राजनीतिक षड्यंत्र रच रहे हैं और न ही मैं राजनीति नें कोई हस्तक्षेप कर रहा हूं। फिर भी मुझे लगता है कि वडोदरा में मेरा रुकना हम दोनों के लिए ही कल्याणकारी नहीं है।"

141

अभेदानन्द ने दो एक जगह पूछा और खोजते खोजते नरोत्तम मुरारजी गोकुलदास के घर पहुंच गए।

देखा, नरेन्द्रनाथ वहां पहले से ही विद्यमान थे।

इससे पहले कि अभेदानन्द अपने मन के भावों को देख परख सकते, उनका विश्लेषण कर सकते, स्वामी ने हंसकर कहा, "भाई! तुम व्यर्थ ही मेरा पीछा क्यों कर रहे हो? हम दोनों ही ठाकुर का नाम लेकर बाहर निकले हैं। अच्छा हो कि हम अकेले अकेले ही यात्रा करें।"

अभेदानन्द का पहले से ही ईर्ष्यापीड़ित मन, स्वागत के इस वाक्य को झेल नहीं पाया।

कहां तो वे सोच रहे थे कि नरेन्द्रनाथ उन्हें देखते ही प्रसन्नता से उछल पड़ेंगे। जूनागढ़ के ही समान उन्हें अपने कंठ से लगा लेंगे। वे लोग कुछ समय आनन्दपूर्वक एक साथ बिताएंगे। और कहां बिना किसी अभिवादन के, बिना कोई कुशल समाचार पूछे, वे कह रहे हैं कि अभेदानन्द उनका पीछा क्यों कर रहे हैं? फिर अपना महत्व...

अभेदानन्द बहुत प्रयासपूर्वक हंसे; किंतु उनकी कटुता न मिट सकी, न छिप सकी।

"तुम्हारा पीछा क्यों करूंगा? उससे क्या मिल जाएगा मुझे? मैं ईश्वर के पीछे लगा हूं, तुम्हारे पीछे नहीं।" उनका स्वर पर्याप्त तीखा था, "परिभ्रमण करते हुए, जैसे तुम यहां आ गए हो, वैसे ही संयोग से मैं भी यहां आ पहुंचा हूं। यह ईश्वर की इच्छा है या ठाकुर की प्रेरणा; किंतु इसमें मेरी कोई योजना नहीं है।"

स्वामी ने उनकी बात का कोई प्रतिकार नहीं किया। न ही उनके चेहरे पर किसी

प्रकार की कोई उद्विग्नता उभरी। वे शांत भाव से चुपचाप बैठे अभेदानन्द की ओर देखते रहे।

अभेदानन्द का आक्रोश अभी चुका नहीं था। वे उसी प्रवाह में बोले, "इसके पश्चात् मैं पुणे, वडोदरा, नासिक, दंडकारण्य इत्यादि की यात्रा करते हुए दक्षिण की ओर जाऊंगा। मेरा विचार है कि तुम उत्तर की ओर चले जाओ, ताकि हम फिर इस प्रकार कहीं भी संयोग से न मिल सकें।"

स्वामी जोर से हंसे। अभेदानन्द के आक्रोश का उनपर कोई प्रभाव नहीं हुआ था।

गोकुलदास ने आश्चर्य से दोनों को देखा, "तो आप लोग पहले से ही एक दूसरे को जानते हैं?"

"हम दोनों गुरु भाई हैं।" स्वामी ने कहा, "ये स्वामी अभेदानन्द बड़े विद्वान् और तपस्वी हैं। आप इन्हें मुझसे किसी प्रकार भी कम न मानें।"

अभेदानन्द का आक्रोश झाग बन कर बैठ गया। क्या स्वामी जान गए थे कि अभेदानन्द ने मन ही मन उनसे अपनी तुलना की थी। वे गोकुलदास को बता रहे थे या स्वयं अभेदानन्द को ही जता रहे थे कि वे कहीं भी उनकी अवहेलना नहीं करेंगे। नरेन्द्रनाथ में सचमुच अहंकार नहीं था। नहीं तो अभेदानन्द के कथन के पश्चात् वे उनकी इस प्रकार प्रशंसा नहीं करते। शायद अभेदानन्द तपस्या में उनसे कुछ ऊने ही थे।

गोकुलदास ने हाथ जोड़ कर अभेदानन्द को प्रणाम किया, "स्वामी जी! कृपा कर आप हमारा आतिथ्य स्वीकार करें। अपने गुरुभाई से भेंट कर ही न लौट जाएं। उससे हमारा संतोष नहीं होगा।"

"यदि आप लोगों को कोई असुविधा न हो तो मुझे क्या आपत्ति हो सकती है।" अभेदानन्द ने सहज होने का प्रयत्न किया, "मैं तो स्वयं ही आश्रय की खोज में आया था। मैं क्या जानता था कि मेरे ये गुरुभाई भी यहां पहले से ही स्थापित हैं।"

"हमें क्या असुविधा हो सकती है।" गोकुलदास बोले, "हमारा तो यह परम सौभाग्य है।"

"वैसे मैं यहां दो तीन दिन ही रुकूंगा।" अभेदानन्द ने अनायास ही स्वामी को सुनाया, "संन्यासी तीन दिनों से अधिक कहीं नहीं रुकता।"

"उसके पश्चात्?" गोकुलदास ने पूछा।

"पुणे चला जाऊंगा।"

"चलिए, तीन दिन ही सही। हमारे लिए इतना भी बहुत है।"

भोजन के पश्चात् जब दोनों गुरुभाई विश्राम करने आए तो उन्होंने पहली बार एक दूसरे को एकांत में देखा।

"आप कुछ चिंतित लग रहे हैं।" अभेदानन्द ने कहा।

"समस्याएं ही समस्याएं हैं।" स्वामी बोले, "क्या तुमने ध्यान नहीं दिया कि हिंदुओं

को इस समय आध्यात्मिक उत्थान की अत्यधिक आवश्यकता है।"

अभेदानन्द चुपचाप उनकी ओर देखते रहे : तो समस्या उनकी अपनी नहीं, समग्र हिंदू समाज की थी। पर संन्यासी होकर नरेन्द्रनाथ इन सामाजिक पचड़ों में पड़ते ही क्यों हैं?

"प्राचीनतम मुसलमान इतिहास लेखक फरिशता के प्रमाण से, उसके समय में हिंदुओं की संख्या साठ करोड़ थी। अब हम बीस करोड़ हैं। शेष कहां गए?" स्वामी ने रुककर उनकी ओर देखा, "मर गए? हां! मरे भी, मारे भी गए। शेष मुसलमान और ईसाई हो गए। और फिर जब हिंदू धर्म में से एक व्यक्ति बाहर जाता है, उससे न केवल हमारा एक व्यक्ति कम हो जाता है, वरन हमारा एक शत्रु बढ़ जाता है। फिर जो हिंदू मुसलमान या ईसाई बने हैं, उनमें अधिकतर तलवार के भय से बने हैं, या फिर वे उनके वंशज हैं।"

"पर वे तो हिंदू धर्म त्याग चुके हैं। वे भ्रष्ट हो चुके।" अभेदानन्द ने निःश्वास छोड़ा।

"तो?" स्वामी का स्वर कुछ उग्र था।

अभेदानन्द को आश्चर्य हुआ : नरेन्द्रनाथ अपने प्रत्यक्ष अपमान पर भी उग्र नहीं होते थे, किंतु अपने धर्म और देश की बात पर...

"उन्हें फिर से हिंदू धर्म में वापस लिया जा सकता है?" अभेदानन्द ने कहा।

"अवश्य! निश्चय ही वे वापस लिए जा सकते हैं और लिए जाने चाहिएं।" स्वामी बोले, "यदि हम ऐसा नहीं करेंगे तो हमारी संख्या निरंतर घटती जाएगी और अंततः संसार का यह सर्वश्रेष्ठ धर्म समाप्त हो जाएगा।"

"जो लोग तलवार के बल पर मुसलमान बनाए गए थे, वे अब जीवित नहीं हैं। अब जो मुसलमान और ईसाई हैं, वे जन्मतः पराए हैं।"

"जन्मतः परायों के तो समूह के समूह, अतीत में हिंदू धर्म में लिए गए हैं और यह उपक्रम आज भी चल रहा है।"

"किनको स्वीकार किया हिंदुओं ने?" अभेदानन्द कुछ उत्तेजित थे।

"आदिम जातियों, सीमांत के राष्ट्रों और मुसलमानों से पूर्व आए सभी विदेशी विजेताओं को हिंदुओं ने अपनी बाहों में समेट लिया था। आज तुम उनको पृथक् से पहचान भी नहीं सकते। यह उन जातियों के विषय में भी सत्य है, जिनकी पुराणों में विशेष उत्पत्ति हुई है। मैं समझता हूं कि वे लोग बाहर से आए थे और हिंदू धर्म को ग्रहण कर भारतमाता की संतान बन गए थे।"

"तो क्या उन्हें प्रायश्चित् करना होगा?"

"अपनी इच्छा से धर्म परिवर्तन कर, अपने मातृधर्म में लौटने के लिए प्रायश्चित् का अनुष्ठान उपयुक्त है; किंतु जो लोग बलात् हमसे पृथक् कर दिए गए, अथवा वे नए लोग, जो हममें सम्मिलित होना चाहते हैं–उनके लिए, प्रायश्चित की शर्त नहीं होनी

चाहिए।"

"पर इस प्रकार हिंदु धर्म में आए लोग किस जाति के होंगे? उनकी कोई पहचान भी तो होनी चाहिए, नहीं तो वे हिंदुओं के इस विशाल समाज में कभी खप नहीं पाएंगे। उन्हें समाज में कोई उचित स्थान भी तो मिलना चाहिए।"

"लौटने वाले लोग निश्चय ही अपनी पहली जाति प्राप्त कर लेंगे। नए लोग अपनी नई जाति बना लेंगे।" स्वामी बोले, "तुम्हें स्मरण होगा कि वैष्णव धर्म में पहले भी ऐसा किया जा चुका है। विभिन्न जातियों से आए हुए और बाहर के लोग एक झंडे के नीचे मिले और उन्होंने अपनी एक जाति बना ली–और वह भी बहुत आदरणीय। रामानुज से लेकर बंगाल के चैतन्य तक, सभी महान आचार्यों ने यही किया है।"

"नए लोग शादी विवाह कहां करेंगे?"

"आपस में। जैसा कि अब करते हैं।" स्वामी ने शांत भाव से कहा।

पर अभेदानन्द का मन शांत नहीं था। स्वामी की इन बातों ने उनके मन के शांत समुद्र में सहस्रों प्रश्नतरंगों को जन्म दे दिया था।

"इन नवागंतुक हिंदुओं को बहुमुखी हिंदू धर्म में से अपनी इच्छानुसार कोई धार्मिक विश्वास चुन लेने की स्वतंत्रता होगी या उनके लिए कोई एक पद्धति निश्चित् कर दी जाएगी?"

"वे अपने लिए स्वयं चुनेंगे। जब तक मनुष्य अपने लिए स्वयं नहीं चुनता, हिंदू धर्म की भावना ही नष्ट हो जाती है। हमारे धर्म का सार ही अपना इष्ट स्वयं चुनने में है।"

स्वामी उठकर कुछ व्याकुलता में टहलने लगे।

अभेदानन्द को लगा कि स्वामी इस समय एक धधकती ज्वाला के समान थे। हिंदुओं के आध्यात्मिक उत्थान के विचारों से उनकी आत्मा तिलमिला रही थी।

"तुम्हारी इस व्याकुलता से मुझे कुछ डर लगता है।" अभेदानन्द ने कहा, "कोई अनहोनी न हो जाए।"

"डरो नहीं।" स्वामी के स्वर में पर्याप्त आश्वासन था, "भय की कोई बात नहीं है। मैं अपने भीतर ऐसी ऊर्जा और शक्ति का अनुभव कर रहा हूं कि जैसे मैं फट पड़ूंगा। क़िंतु यह ऊर्जा फटने के लिए नहीं, अपना लक्ष्य पूरा करने के लिए है; और वह यह कर के ही रहेगी।"

142

ठाकुर साहब का प्रणाम कुछ सहमा हुआ और उदास लग रहा था। स्वामी ने आशीर्वाद दिया; किंतु समझ गए कि आज ठाकुर साहब जैसे अपने आप में नहीं थे। वे साधारण बातों से विचलित होने वाले पुरुष नहीं थे!

"स्वामी जी! क्या किसी को कभी पूर्ण सत्य भी मिल सकता है?" ठाकुर साहब की जिज्ञासा पीड़ा का दंश लिए हुए थी, "मुझे जीवन भर लगता रहा है कि जिसे हमने

सत्य माना, वह कुछ ही दिनों में अपनी सत्यता से डिग जाता है और हमें कुछ और सत्य दिखने लगता है।"

"ईशावास्योपनिषद् में आपने पढ़ा होगा, 'हिरण्मयेन पात्रेण सत्यस्यापिहितं मुखम्। तत्त्वं पूषन्नपावृणु सत्यधर्माय दृष्टये।।' " स्वामी बोले, "इसकी व्याख्या लोगों ने विभिन्न प्रकार से की है; किंतु एक अर्थ यह भी है कि सत्य का मुख स्वर्ण से ढंका हुआ है। उस स्वर्णिम आवरण को हटा लीजिए, ताकि मैं उस सत्य का दर्शन कर सकूं।" स्वामी रुके, "सत्य प्राप्त होता है; किंतु केवल उन्हीं को, जो निर्भय होकर, बिना दुकानदारी किए, उसके मंदिर में जाकर केवल उसी के लिए उसकी पूजा करते हैं।"

पुणे में न्यूट्रल लाईन में उलप्पा बलराम भवन में बैठे ठाकुर जसवंतसिंह किसी गहरी सोच में डूबे थे।

स्वामी चले गए थे। महाबलेश्वर और पुणे में उनका संग बड़ा मधुर रहा था। ठाकुर साहब का हाथ बार-बार अपनी गोद में रखी अपनी दैनन्दिनी पर चला जाता था। वे कितनी ही बार उसके पृष्ठ उलट कर अपनी ही लिखी हुई पंक्तियों को पढ़ चुके थे। वे पंक्तियां पढ़ते हुए उन्हें लगता था कि वे स्वामी के निकट पहुंच गए हैं।

"12 मई : कल की चर्चा से प्रमाणित हुआ कि प्राचीन काल में वर्ण केवल गुण और कर्म पर आश्रित थे।"

जब स्वामी ने यह बात कही थी तो ठाकुर साहब को विश्वास ही नहीं हुआ था। वे ही क्या सारा समाज मानता था कि संसार में भगवान की इच्छा के बिना एक पत्ता भी नहीं हिलता है। तो हिंदू समाज में जो वर्ण थे, उन्हें कोई और कैसे बना सकता है? उन्होंने अपनी आपत्ति स्वामी के सामने रखी थी। स्वामी ने उन्हें महाभारत में से युधिष्ठिर और नृग की कथा सुना दी थी।

"किंतु भगवान् ने तो गीता में कहा है कि मैंने चार वर्णों का निर्माण किया है।" ठाकुर साहब ने कहा।

"भगवान् ने कहा है, 'गुण कर्म विभागशः...' इसका अर्थ कहीं भी यह नहीं है कि भगवान ने संसार में चार वर्ण बनाए हैं। इसका अर्थ है कि भगवान ने संसार में चार प्रकार के गुणों वाले लोग–चार प्रकार के स्वभाव वाले लोग–बनाए हैं। और प्रत्येक व्यक्ति अपने स्वभाव के अनुसार ही कर्म करता है।"

"किंतु पिता पुत्र का स्वभाव तो एक ही होगा न?" ठाकुर साहब ने कहा।

"क्यों प्रह्लाद का स्वभाव हिरणकशिपु के समान था क्या? या रावण का स्वभाव विश्रवा मुनि के समान था?" स्वामी बोले, "दशरथ ने अनेक विवाह किए, किंतु भगवान राम ने एकपत्नीव्रत का निर्वाह किया। कृष्ण ने ऋषियों के चरण धोए और उनका पुत्र सांब ऋषि का परिहास करने के लिए पेट पर मूसल बांध कर स्त्री वेश धारण कर उनके पास जा पहुंचा। आपको लगता है कि वंश परंपरा से माता-पिता के गुण संतान में संक्रमण

करते हैं?..."

"तो फिर भगवान ने ऐसा क्यों कहा?"

"भगवान ने जो कहा, हम उसे ठीक से समझने का प्रयत्न नहीं कर रहे हैं।" स्वामी बोले, "और भगवान ने तो यह भी कहा है :

न कर्तृत्वं न कर्माणि लोकस्य सृजति प्रभुः।

न कर्मफलसंयोगं स्वभावस्तु प्रवर्तते।।

प्रभु न कर्तापन की, न कर्म की और न ही कर्मफल की रचना करते हैं। यहां तो स्वभाव ही परस्पर व्यवहार कर रहे हैं।"

"पर स्वभाव तो प्रभु ने ही बनाया है न?"

स्वामी हंसे, "ठाकुर साहब! हम पुनर्जन्म के संदर्भ में यह बात निश्चित् कर चुके हैं कि हमारे पिछले जन्म के कर्म, हमारे साथ इस जन्म का स्वभाव बन कर आते हैं।"

"हां! यह तो हम निश्चित् कर चुके हैं।"

"तो आपका वर्तमान जन्म का स्वभाव किसने बनाया? आपके पिछले जन्म के कर्मों ने!"

"तो फिर प्रभु ने क्या किया?"

"त्रिगुणात्मक प्रकृति बनाई। उसके अलंघ्य नियम तय किए।" स्वामी बोले, "हमारा समाज जिसे वर्ण कहता है, वह वंश पर आधृत हैं। वंश एक प्रकार का समाज है। समाज को हमने बांटा है। यह सामाजिक व्यवस्था है। प्रभु ने ऐसा कुछ नहीं बनाया है।"

ठाकुर साहब अपनी दैनन्दिनी के पृष्ट उलटते गए–

18 मई : अधर्म अथवा पाप पर बहुत लंबी चर्चा हुई। धर्म के दस लक्षणों के विरुद्ध किया गया कोई भी कर्म अधर्म माना जाएगा। वही पाप है। पाप तीन प्रकार के हैं– शारीरिक, मानसिक और वाचिक।

23 मई : सत्व, रजस और तमस के भेद के कारण मनुष्यों का स्वभाव भिन्न भिन्न होता है।

25 मई : स्वामी दयानन्द ने कहा है कि ईश्वर, माया और जीव अनादि हैं। किंतु विवेकानन्द कहते हैं कि प्रकृति और पुरुष अनादि हैं। और उनके संगम का प्रभाव है –जीव। मुझे उनका विचार उचित जान पड़ता है।"

स्वामी विदा हो रहे थे तो जसवंतसिंह प्रार्थना किए बिना नहीं रह सके, "स्वामी जी! मेरे साथ लींबड़ी चलें और सदा के लिए वहीं रहें।"

स्वामी की आंखों में स्निग्ध इंकार प्रकट हुआ, "अभी नहीं राजन्! अभी मुझे बहुत काम करना है।"

जसवंतसिंह समझ नहीं पाए कि संन्यासी को ऐसा क्या काम करना है, जिसके

कारण वह एक स्थान पर टिक कर नहीं रह सकता। पर काम तो स्वामी को करना ही था। ऐसे लोग संसार में जीवन का सुख भोगने नहीं आते, वे कुछ काम करने ही आते हैं।

"अभी मैं विश्राम नहीं कर सकता।" स्वामी बोले, "यदि कभी मुझे अवकाश प्राप्त जीवन जीने को मिला, तो मैं आपके पास आ जाऊंगा।"

जसवंत सिंह का मन स्वामी के शब्दों पर अटक गया–अवकाशप्राप्त जीवन–जैसे वे कोई नौकरी कर रहे हों। नौकरी आवश्यक हो। परिवार के पालन-पोषण के लिए नौकरी होती है। अपनी वृद्धावस्था के लिए कुछ प्रबंध करने के लिए नौकरी होती है। और फिर या तो व्यक्ति की आवश्यकताएं पूरी हो जाती हैं, तो वह नौकरी का त्याग कर देता है, या वह अवस्था के उस शिखर पर पहुंच जाता है, जहां से उसका स्वामी उसे स्वयं ही नौकरी से मुक्त कर देता है। पर स्वामी का न कोई परिवार था। न वे कोई नौकरी कर रहे थे। तो फिर यह अवकाशप्राप्ति...

"आप किसी की नौकरी में हैं क्या?" जसवंतसिंह ने कुछ चुहल में कहा।

"नहीं! नौकरी में नहीं हूं। मैं तो दास हूं। नौकरी आप अपनी इच्छा से छोड़ सकते हैं, दासता से मुक्त होना अपने वश का नहीं होता।"

जसवंतसिंह चकित रह गए, "किसके दास हैं आप?"

"जगदंबा का और अपने गुरु का।" स्वामी मुसकराए, "उनका काम पूरा करूंगा, तो ही वे मुझे अवकाश देंगे।"

जगदंबा का काम–जसवंत सिंह सोच रहे थे–स्वामी सचमुच ही जगदंबा का काम कर रहे थे। उनके जिम्मे कोई अलौकिक काम था–वह साधारण काम नहीं था।

143

स्वामी पुणे से बंबई आए। 120 मील। और वहां से खंडवा चले गए। 333 मील।

उन्हें रामेश्वरम जाना था। खंडवा उनके मार्ग में नहीं पड़ता था, फिर भी वे खंडवा चले आए। मन में ओंकारेश्वर और उज्जैन के दर्शन करने की इच्छा थी। इंदौर जाने की भी इच्छा थी। न होती तो वे एक इंदौरवासी के नाम दीवान जी साहब से पत्र क्यों लेते।

ओंकारेश्वर, नर्मदा में एक सुंदर टापू है। ओंकारेश्वर के दर्शन कर स्वामी, माहेश्वर आए। यह भी नर्मदा में स्थित है और इसका संबंध अहल्याबाई होल्कर के साथ बताया जाता है। स्वामी के मन में अहल्या बाई के लिए भी बहुत सम्मान था। वे स्थानों से ही नहीं मिलते थे, उनसे संबंधित लोगों से भी जैसे भेंट करते चलते थे। स्वामी मंडलेश्वर भी गए। इसका संबंध मंडनमिश्र की पत्नी उभयभारती से जोड़ा जाता है। उन्होंने कामशास्त्र संबंधी प्रश्नों से शंकराचार्य को मूक कर दिया था। स्वामी मन ही मन में हंस रहे थे, कहीं उनका सामना भी किसी 'उभयभारती' से न हो जाए।

स्वामी बरवाहा से इंदौर गए। 40 मील। तब उज्जैन।

इंदौर में जिस व्यक्ति के नाम दीवान जी साहब का पत्र था, वह महाराष्ट्रीय ब्राह्मण

था। वहां तक पहुंचने में संध्या व्यतीत हो गई और प्रायः रात्रि का आगमन हो गया था। फिर भी स्वामी ने पूरी आश्वस्ति से द्वार का कुंडा खटखटाया।

कपाट खोलने वाले स्वयं गृहस्वामी ही थे। उन्होंने एक अपरिचित संन्यासी को अपने द्वार पर खड़े देखा तो उनका चेहरा विकृत हो गया।

"नमोनारायणः।" स्वामी ने कहा और दीवान जी साहब का पत्र उन्हें थमा दिया।

"क्या चाहते हैं आप?"

"संन्यासी को धन संपदा नहीं, मात्र आश्रय चाहिए।"

"तो किसी धर्मशाला में जाइए।" वह बोला, "यह मेरा घर है, कोई मठ नहीं।"

स्वामी के लिए यह सब बहुत अप्रत्याशित था। दीवान जी साहब के पत्र का इतना अपमान कहीं नहीं हुआ था।

"धर्मशाला या मठ में जाने के लिए मुझे आपके नाम दीवान जी साहब का पत्र लाने की क्या आवश्यकता थी?" स्वामी ने पूछा।

"खैर, दीवान जी साहब का पत्र आपको इस घर में रहने का अनिवार्य अधिकार नहीं दे देता है। यह कोई परमिट या लाइसेंस नहीं है, न ही दीवान जी साहब मेरे स्वामी हैं। घर मेरा है, दीवान जी साहब का नहीं; और मैं अपने घर में संन्यासियों को ठहराना उचित नहीं समझता।"

"तो जाऊं?"

"जा भी सकते हैं और चाहें तो रात भर के लिए कहीं पड़े भी रह सकते हैं।" गृहस्वामी का स्वर तनिक भी कोमल नहीं हुआ था, "संन्यासी को पलंग और गद्दों की आवश्यकता नहीं होनी चाहिए।"

"जाता हूं। नमोनारायणः।" स्वामी ने कहा, "भगवान आपको सद्‌बुद्धि दें।"

"क्यों रात को रुकना नहीं है?"

"नहीं।"

"कहां जाएंगे?"

"कहीं भी रह लूंगा। किसी वृक्ष के नीचे।"

"क्यों गृहस्थ की छत चुभती है क्या?"

"प्रातः उठने पर आप कहेंगे, कुल्ला करने को पानी भी नहीं दूंगा, तो?"

"संन्यासी को इतना क्रोधी भी नहीं होना चाहिए।"

"किसी को इस कारण उपदेश भी नहीं देना चाहिए, क्योंकि वह संन्यासी है और आपके द्वार पर आश्रय मांगने आया है।"

स्वामी चल पड़े।

144

बैरिस्टर हरिदास चट्टोपाध्याय न्यायालय से लौटे तो उन्होंने अपने द्वार पर एक संन्यासी को खड़े पाया।

"कहिए महाराज!" हरिदास ने बंगाली हिंदी में कहा।

"ए खाने केयू शाधुबाशा पाया जाबे न कि?"

हरिदास का मुंह विस्मय से खुल गया, "आपनी बांगाली न कि?"

और बिना स्वामी का उत्तर सुने, हरिदास उनका स्वागत कर बैटे, "आशुन! आशुन!!"

"बंगाल से दूर, एक बंगाली को देख कर बहुत प्रसन्नता होती है।" वे स्वामी को अपने घर के भीतर ले गए, "और जो बंगाल से जितनी दूर है, वह उतना ही प्रसन्न होता है।"

"ऐसे ही भारत से दूर किसी भारतीय को देख कर प्रसन्नता होगी।" स्वामी बोले।

"उसका अनुभव मुझे नहीं है।"

"अनुभव तो मुझे भी नहीं है।" स्वामी बोले, "मैंने तो बस आपकी बात का फलक कुछ व्यापक कर दिया है। हम बंगाली हैं, यह ठीक है; किंतु हमें स्वयं को वहीं तक सीमित नहीं रखना चाहिए–मनुष्य बन सकें, तो सब से अच्छा, न हो तो भारतीय तो बन हो जाना चाहिए।"

"हम तो यहां बंगालियों को ही जोड़ नहीं पा रहे हैं।" हरिदास हंसे, "कुछ प्रयत्न आप भी कर देखें। आप यहां कितने दिन रुकेंगे?"

"यह तो आश्रय मिलने पर निर्भर है।" स्वामी ने कहा, "वैसे मैं रामेश्वर जाने का संकल्प कर निकला हूं। बहुत दिन खंडवा में रहने का विचार नहीं है।"

"तो आप साधुबासा न खोजें, मेरे ही घर पर टिक जाएं।" हरिदास ने कहा, "मैं प्रयत्न करूंगा कि आप यहां के बंगाली समाज से मिल सकें।"

"ठीक है। उनसे मिल लूंगा। कुछ धर्मचर्चा हो जाएगी और कुछ संगीत।"

"संगीत!" हरिदास की आंखों चमक उठीं।

खंडवा के सिविल जज, माधवचंद्र बंद्योपाध्याय ने स्वामी के सम्मान में अपने घर पर एक भोज दिया। वहीं सारा बंगाली समाज जुट आया।

"स्वामी जी! भोजन से पहले संगीत। धर्मचर्चा बाद में।" लोगों ने शोर मचाया।

स्वामी हंसे, "मेरे संगीत ज्ञान के संदर्भ में आप कुछ जानते भी नहीं हैं, फिर भी संगीत का आग्रह कर रहे हैं। और भोजन के पश्चात् आप अपने अपने घर जा कर विश्राम करना चाहेंगे, तो धर्मचर्चा कब होगी?"

कोई कुछ नहीं बोला।

"ठीक है, पहले संगीत।" स्वामी ने जैसे उनकी बात मान ली, "धर्मचर्चा हो न हो।"

उपस्थित लोगों में उत्साह की लहर उठी, "यह स्वामी काफी उदार और आधुनिक लगता है।"

स्पष्ट था, धर्मचर्चा के लिए वे लोग अधिक उत्सुक नहीं थे।

स्वामी ने गाया :

ॐ पूर्णमदः, पूर्णमिदम् , पूर्णात् पूर्णमुदच्यते।

पूर्णस्य पूर्णमादाय, पूर्णमेवावशिष्यते।।

इन पंक्तियों को स्वामी ने घुमा फिरा कर अनेक बंदिशों में गाया। उनके स्वर का जादू स्पष्ट ही सबको बांध रहा था।

स्वामी मौन हुए, तो एक प्रकार की मर्मर ध्वनि उठी, जैसे लोग शिकायत कर रहे हों।

"क्या बात है–आप लोगों को मेरा गायन प्रीतिकर नहीं लगा?" स्वामी मुसकरा रहे थे।

"नहीं! ऐसी बात नहीं है,स्वामी जी!" हरिदास बोले, "शब्द, स्वर और संगीत तो अद्भुत है। किंतु किसी को अर्थ समझ नहीं आया। आप शायद उपनिषद् से गा रहे हैं और उससे लोगों का परिचय नहीं है।"

"हां! यह ईशावास्योपनिषद का पहला मंत्र है।" स्वामी बोले, "संगीत से तो आपका परिचय कोई भी करवा देगा; किंतु उपनिषद् की चर्चा संन्यासी भी न करे, तो कौन करेगा हरि बाबू?"

"बात तो ठीक है किंतु उपनिषद् समझ में भी तो आना चाहिए।"

"बहुत सरल अर्थ है।" स्वामी बोले, "ऋषि ने कहा है कि 'वह पूर्ण है। यह भी पूर्ण है। पूर्ण में से पूर्ण ही उत्पन्न होता है। और यदि पूर्ण में से पूर्ण को निकाल लें, तो भी पूर्ण ही शेष बचता है।' "

"यह कविता है या पहेली?" प्यारेलाल गांगुली ने टिप्पणी की, "हमारे धर्मग्रंथों में ऐसी ऊटपटांग बातें भरी पड़ी हैं, इसीलिए तो कोई उनको पढ़ता नहीं है।"

प्यारेलाल गांगुली वकील थे और संस्कृत के अच्छे जानकार थे। उनका अहंकार किसी से छिपा हुआ नहीं था।

"सत्य कहा आपने। जिन मंत्रों को सहस्रों वर्षों से लोग अपने गले का हार बनाए हुए हैं, उनके विषय में आपका विचार है कि उनको कोई पढ़ता नहीं है–क्योंकि आपने उन्हें नहीं पढ़ा।" स्वामी बोले।

"ऐसा ही मान लीजिए।"

"तो उपनिषद् का पहला प्रमाण तो आप ही हैं।" स्वामी हंस पड़े, "आप अपने आप को पूर्ण सृष्टि मानते हैं। आप नहीं पढ़ते तो कोई नहीं पढ़ता। अब आप से पूर्ण और कौन हो सकता है।"

एक जोरदार ठहाका पड़ा और प्यारेलाल गांगुली कुछ झेंप गए, "अच्छा मान लिया कि लोग पढ़ते हैं, कंठस्थ करते हैं किंतु समझते भी हैं? मुझे तो ऐसा कोई नहीं मिला।"

"हां! आपको आज तक कोई नहीं मिला। पर अब हम प्रयत्न करते हैं कि आज

आपको कोई ऐसा मिल जाए, जो इसका अर्थ समझता हो और आपको भी समझा सकता हो।" स्वामी का स्वर अत्यंत गंभीर हो गया, "ध्यान दीजिए कि यह ऊटपटांग बात क्या है।"

"क्या है?"

"इस मंत्र में 'वह' का तात्पर्य है ब्रह्म! हम मानते हैं कि ब्रह्म पूर्ण है।" स्वामी ने कहा, "और 'यह' का अर्थ है–सृष्टि। हम मानते हैं कि सृष्टि भी अपने आप में पूर्ण है।"

"सृष्टि कहां से पूर्ण हो गई?" प्यारेलाल गांगुली के स्थान पर बसु बाबू ने मोर्चा संभाल लिया।

"सृष्टि से अभिप्राय है 'प्रकृति'।" स्वामी बोले, "आज के वैज्ञानिक प्रकृति का अध्ययन कर उसके नियमों का आविष्कार कर रहे हैं और पाते हैं कि नेचर इज़ कंप्लीट इन इटसेल्फ।"

"नेचर की बात और है। नेचर इज़ कंप्लीट इन ऑल इट्स आस्पेक्ट्स।"

"हम 'नेचर' को ही संस्कृत और बांग्ला में 'प्रकृति' कहते हैं महाशय। 'मदर नेचर' अर्थात् 'जगदंबा'–मां दुर्गा।" स्वामी बोले, "ब्रह्म में से प्रकृति का जन्म हुआ है। पूर्ण में से पूर्ण का जन्म हुआ है।"

"क्या प्रमाण है?" बसु बाबू ही पुनः बोले।

स्वामी ने सामने ही बैठी, एक मां-बेटी की ओर संकेत किया, "इन माता और पुत्री को जानते हैं आप?"

"हां! ये गांगुली बाबू की पत्नी और पुत्री हैं।"

"आपकी पत्नी पूर्ण स्त्री हैं या नहीं गांगुली बाबू?"

"नहीं मानेंगे तो घर जाकर पिटेंगे।" पीछे से एक स्वर आया।

"हां! हां! पूर्ण स्त्री हैं।" प्यारेलाल गांगुली बाबू ने मान लिया, "कोई भी जानता है कि वे विकलांग नहीं हैं।"

"उनसे इस पुत्री का जन्म हुआ। यह पूर्ण कन्या है या नहीं?"

"है।"

"यही है पूर्ण से पूर्ण का जन्म होना।" स्वामी बोले, "गूलर से पूर्ण बरगद का जन्म होता है और बरगद से अनेक गूलरों का; और वे सारे गूलर अपने आप में पूर्ण होते हैं तथा कितने ही पूर्ण वटवृक्ष उगा सकते हैं। कितने उदाहरण चाहिएं आपको?"

"ये उदाहरण तो ठीक हैं।" बसु बाबू बोले, "किंतु गणित का विज्ञान इसको नहीं मानता। पूर्ण में से पूर्ण को निकाल लेंगे, तो शेष क्या बचेगा–अंडा? दस में से दस को निकाल लेंगे तो शेष दस नहीं बचते, शून्य ही बचता है। ऐसा न होता; और संसार आपके मंत्र जैसा होता तो हम दस रुपए जेब में डाल कर हाट करने जाते, दस रुपयों की मछली खरीदते और दस रुपए बचा कर घर ले आते, क्योंकि दस में से दस निकालने पर दस

ही तो बचते।"

"ऐसा क्यों?" गांगुली बाबू बोले, "मैं तो प्रति दिन सौ रुपए अपने पर्स में डालता। उसमें से सौ रुपए अपनी पत्नी को दे देता और फिर अपने पर्स में सौ ही रुपए बचे हुए पाता।"

"सरकार अपने सारे कर्मचारियों को वेतन दे देती और फिर उसके राजकोश में उतना ही धन बचा रहता।" किसी और ने कहा, "एकाऊंट्स और ऑडिट वाले झख मार रहे होते।"

"गणित तो अपने आप में पूर्ण विज्ञान है; किंतु उसको अभी आप छोड़ दीजिए। जो मां संतान को जन्म देती है, वह क्या अपूर्ण हो जाती है? वह आपको कहीं अधूरी लगने लगती है? उसमें से कुछ कम हो जाता है? अभाव का अनुभव होता है आपको?" स्वामी मुसकराए, "संतान को जन्म देने के पश्चात् भी वह संपूर्ण है। आम की एक गुठली से एक वृक्ष जन्मता है और उसमें सैकड़ों-सहस्रों पूर्ण आम फलते हैं, जो उन गुठलियों से युक्त होते हैं, जो सहस्रों वृक्ष उगा सकती हैं, तो क्या वह वृक्ष कहीं से अपूर्ण हो जाता है?"

"गणित की बात कीजिए महाशय! गणित की।" बसु बाबू बोले, "कृषिशास्त्र को अभी रहने दीजिए।"

"चलिए गणित की ही बात करते हैं।" स्वामी ने उनकी बात स्वीकार कर ली।

गांगुली बाबू का मुखड़ा खिल उठा था और हरि बाबू कुछ चिंतित हो उठे थे।

"आप दस में से दस घटाते हैं, तो शेष बचता है शून्य। दस में दस जोड़ते हैं तो परिणाम है–बीस।"

"ठीक।"

"गणितज्ञों से मेरा प्रश्न है कि पूर्ण क्या है–दस, या बीस या शून्य या इंफिनिटी –अप्रमेयता?"

"निर्णय दें जज महोदय!" एक सज्जन ने कहा।

"दस या बीस तो गणित की दृष्टि से भी पूर्ण नहीं हैं।" माधवचंद्र बंद्योपाध्याय बोले, "पूर्ण तो शून्य ही है।"

"तो शून्य में से शून्य को घटाइए और शून्य में शून्य को जोड़िए।" स्वामी बोले, "फल क्या है–शून्य ही तो।"

उपस्थित लोगों में एक मर्मर ध्वनि फैल गई, जैसे उनकी समझ में कोई चमत्कार हो गया हो।

"समुद्र में से मेघ उठते हैं और सारे संसार को सींच आते हैं किंतु समुद्र की पूर्णता मे कोई अंतर नहीं आता और उन मेघों का बरसाया हुआ सारा जल पुनः आकर समुद्र में मिल जाता है और समुद्र एक से दो नहीं हो जाता–पूर्ण से कुछ अधिक नहीं हो जाता।"

"यह मंत्र तो हमारी समझ में आ गया है स्वामी जी!" हरि बाबू बोले, "क्यों जज साहब?"

"हां! यह तो स्पष्ट ही है।" जज साहब बोले, "इससे स्पष्ट और क्या होगा, "पक्षी के अंडे में से भी पूर्ण पक्षी जन्मता है और अन्य जीव जंतुओं और वनस्पतियों की संतान भी अपने आप में पूर्ण ही नहीं होती, अपने जैसे पूर्ण जीव को जन्म देने में समर्थ होती है।"

"और पूर्ण में पूर्ण जोड़ें कैसे?" गांगुली बाबू पुनः अटक गए थे।

"मनुष्य हो, या कोई अन्य जीव-जंतु अथवा कोई वनस्पति–अपने क्षय के पश्चात् जब वह पंचभूतों में विभाजित हो जाती है और प्रकृति में जा मिलती है, तो भी प्रकृति पूर्ण ही रहती है, पूर्ण से कुछ अधिक नहीं हो जाती।" स्वामी ने अपने सामने उपस्थित लोगों को देखा. "एक मंत्र और सुनना चाहेंगे?"

"हां! स्वामी जी!" जज साहब ने आग्रह किया।

प्यारेलाल गांगुली का स्वर भी बदल गया था। उन्हों ने हरिदास बाबू से कहा, "स्वामी का चेहरा ही उनकी महानता को प्रकट करता है।"

जोरों की चर्चा थी कि शिकागों में धर्म संसद का आयोजन होने जा रहा है। हरि बाबू ने स्वामी से आग्रह किया कि वे उसमें अवश्य सम्मिलित हों। स्वामी ने कहा कि उन्होंने उसकी चर्चा पोबंदर और जूनागढ़ में भी सुनी है।

"तो आप उसमें सम्मिलित क्यों नहीं होते?" हरि बाबू ने कहा, "आप किसी से कम हैं क्या?"

"कम ज्यादा मैं नहीं जानता। बात तो किराए भाड़े की है।" स्वामी बोले, "यदि मुझे कहीं से मार्गव्यय मिल जाए तो कदाचित् मैं अमरीका चला जाऊं।"

हरिदास बाबू ने प्रार्थना की, "यदि आप खंडवा में कुछ अधिक समय तक रहें, तो मेरा विश्वास है कि आपके मार्गव्यय का प्रबंध यहीं से हो जाएगा"

स्वामी ने कहा, "मेरी कामना है कि मैं ऐसा कर सकूं। यहां प्रत्येक व्यक्ति इतना कृपालु है। किंतु मुझे तीर्थ करने रामेश्वरम जाना है। यदि मैं इस प्रकार स्थान-स्थान पर दो दो सप्ताह रुकता हुआ चलूंगा, तो में कभी रामेश्वरम नहीं पहुंच पाऊंगा।"

स्वामी को जाने के लिए तत्पर देखकर हरि बाबू ने उन्हें बंबई में रहने वाले अपने भाई के नाम पत्र दिया और कहा, "वे आपका बंबई के प्रसिद्ध बैरिस्टर रामदास छबीलदास से परिचय करा देंगे। संभवतः वे आपकी कुछ सहायता कर सकें।"

बंबई में हरिदास चट्टोपाध्याय के भाई ने उनका परिचय बैरिस्टर रामदास छबीलदास से करा दिया। बैरिस्टर रामदास स्वामी के समवयस्क ही थे। उन्होंने उनका स्वागत किया और खंबाला हिल्स स्थित अपने बंगले में उनके रहने का प्रबंध कर दिया। वहीं स्वामी

का बैरिस्टर के पिता सेठ छबीलदास लल्लूभाई भंसाली से प्रगाढ़ परिचय हुआ। छबीलदास लल्लू भाई ने उनका परिचय महामहोपाध्याय राजाराम शास्त्री और उनके पुस्तकालय से करा दिया। उन पुस्तकों और शास्त्री जी के मोह में स्वामी बंबई में दो महीनों तक टिके रह गए। इनकी चर्चा उन्होंने दीवान जी साहब को लिखे अपने एक पत्र में की।

"मुझे यहां कुछ संस्कृत पुस्तकें और उन्हें समझने के लिए सहायता मिल गई है, जिनके अन्यत्र मिलने की आशा मैं नहीं करता। मैं उन्हें समाप्त करने के लिए व्यग्र हूं। कल यहां मैंने आपके मित्र श्री मनसुखाराम से भेंट की, उनके साथ एक संन्यासी मित्र ठहरा है। वे और उनके पुत्र मेरे प्रति बहुत ही दयालु हैं।

"यहां 15-20 दिन रहने के बाद मैं रामेश्वरम के लिए प्रस्थान करूंगा और लौटते समय निश्चय ही आपके पास आऊंगा।

"यह संसार वास्तव में आप जैसे उच्चात्मा, सहृदय एवं दयालु पुरुषों के कारण ही समृद्ध है। शेष तो जैसा किसी संस्कृत कवि ने लिखा है, 'कुठार सदृश्य हैं, जो अपनी माताओं के तारुण्य वृक्ष का उच्छेदन करते हैं।'

यह असंभव है कि मैं कभी आपकी पितृवत् उदारता और देखभाल को भूल जाऊं, और मुझ जैसा गरीब फकीर आप जैसे महान् मंत्री का इस प्रार्थना के सिवा क्या प्रत्युपकार कर सकता है कि संसार में जो कुछ काम्य है, समस्त वरदानों का प्रदाता उसे आपको प्रदान करे, और जीवन के अंत में–जो अंत बहुत, बहुत ही दिन तक भगवान स्थगित रखे–आपको परमानन्द, अनन्त सुख और पवित्रता की अपनी शरण में ले ले।

भवदीय

विवेकानन्द

पुनश्चः देश के इन भागों में यह देख कर मुझे बड़ा दुख है कि संस्कृत तथा अन्य विद्याओं का बड़ा अभाव है। देश के इस भाग के निवासी स्नान, खान पान आदि संबंधी स्थानीय अंधविश्वासों के पुंज को ही अपना धर्म समझते हैं और यही उनका सारा धर्म है।

ये बेचारे! इनको नीच और धूर्त पुरोहित, वेदों और हिंदू धर्म के नाम पर निरर्थक हास्यपूर्ण कुरीतियां और मूर्खताएं सिखा रहे हैं (स्मरण रखें कि इन बदमाश पुरोहितों और इनके पूर्वजों ने 400 पीढ़ियों से वेद की एक प्रति के दर्शन तक नहीं किए हैं।) आम लोग उसी का अनुगमन कर स्वयं को पतित कर लेते हैं। कलियुगी ब्राह्मणरूपी राक्षसों से भगवान इनकी रक्षा करें।

146

1892 ई. में अक्तूबर का महीना था।

बंबई के विक्टोरिया टर्मिनस स्टेशन पर पुणे जाने वाली गाड़ी प्लेटफार्म पर लग चुकी थी। तिलक आए तो उन्हें डब्बा एकदम खाली मिला। वे आराम से बैठ गए। सामान जमा लिया। घड़ी देखी : गाड़ी चलने में अभी कुछ समय शेष था। क्या करें? प्रश्न था

कि इतने से समय में वे क्या कर सकते थे?

उनके चिंतन प्रवाह में बाधा पड़ी। डब्बे के द्वार पर कुछ लोग आ खड़े हुए थे। शायद वे भी इसी डब्बे में यात्रा करना चाहते थे। तिलक का ध्यान अनायास ही उस ओर चला गया। वे लोग डब्बे में प्रवेश कर रहे थे। सबसे पहले जो व्यक्ति भीतर आया, वह संन्यासी था–गेरुआधारी युवा संन्यासी। उसकी अवस्था अभी तीस वर्षों की भी नहीं होगी। उसका व्यक्तित्व प्रभावशाली और कुछ विशिष्टिता लिए हुए था। उसके साथ तीन व्यक्ति और थे। वे साधारण गुजराती व्यापारी जैसे लग रहे थे। संन्यासी ने तिलक की ओर ध्यान नहीं दिया था; किंतु उसके साथियों में से एक ने तिलक को देख लिया था।

"अरे आप!" उसने हाथ जोड़ कर प्रणाम किया।

तिलक ने पहचाना, वे बंबई के प्रसिद्ध बैरिस्टर रामदास छवीलदास थे। बंबई के प्रसिद्ध व्यापारी सेठ छबीलदास लल्लूभाई के ज्येष्ट पुत्र।

उन्हें प्रणाम करते देख उनके साथियों का ध्यान भी तिलक की ओर गया। उन्होंने भी हाथ जोड़कर सम्मानपूर्वक प्रणाम किया।

संन्यासी ने भी उनकी ओर देखा।

बैरिस्टर रामदास ने परिचय कराने की शैली में कहा, "स्वामी जी! आप हमारे प्रसिद्ध सामाजिक और राजनीतिक नेता–श्री बालगंगाधर तिलक हैं। आपने 'केसरी' और 'मराठा' समाचार पत्र देखे ही होंगे। ये ही उनके संपादक-संचालक हैं। राजनीति में काफी उग्रता और निर्भीकता से अंग्रेज़ों का विरोध करते हैं। वैसे विरोध तो ये कंसेंट बिल का भी कर रहे हैं। पता नहीं ये बाल विवाह का समर्थन क्यों कर रहे हैं।"

स्वामी ने देखा : पैंतीस एक वर्षों के युवा तिलक अपनी मूंछों में काफी भव्य लग रहे थे। उनके चेहरे पर जो तेज था, वह उनकी ऊर्जा का परिचायक था।

स्वामी ने हाथ उठा कर अभिवादन किया, "नमोनारायणः।"

"और ये हमारे स्वामी जी हैं।" बैरिस्टर रामदास ने कहा, "बहुत ही विद्वान् व्यक्ति हैं। सिद्ध कोटि के तपस्वी हैं। आपको इनसे बात कर अच्छा लगेगा।"

"यात्रा अच्छी कटेगी आपकी।"

"स्वामी जी!" तीसरे व्यक्ति ने कहा, "अब जब संयोग से तिलक जी मिल ही गए हैं और परिचय हो ही गया है, तो आप पुणे में इनके घर पर भी ठहर सकते हैं।"

तिलक ने कुछ विस्मय से उस व्यक्ति को देखा। रामदास ने कहा होता तो भी कोई बात थी। कहने वाले व्यक्ति को वे नहीं जानते थे। वे उस संन्यासी को भी नहीं जानते थे। फिर वे लोग किस विश्वास से कह रहे थे कि संन्यासी उनके घर पर ठहर सकते हैं। पर संन्यासी ने भी उस प्रस्ताव के विषय में कोई उत्साह नहीं दिखाया था। तो फिर तिलक ही क्या कहते? वे चुपचाप बैठे रहे। पुणे पहुंच कर देखा जाएगा कि संन्यासी क्या चाहता है। आवश्यक हुआ तो उसके रहने का प्रबंध किसी सार्वजनिक स्थान पर करवा देंगे।

गाड़ी चलने का संकेत मिलते ही वे तीनों गुजराती सज्जन विदा हो गए। स्वामी

ने ऊपर की ओर देखा, "शिव! शिव!!" उन्होंने अपने भावी आतिथेय के रूप में तिलक से परिचय बढ़ाने का कोई प्रयास नहीं किया। वे कहीं आत्मलीन हो गए लगते थे।

तिलक अपनी जिज्ञासा रोक नहीं पाए। बोले, "स्वामी जी! पुणे में कहां ठहरेंगे?"

"जहां ईश्वर ठहराएंगे, वहीं ठहर जाऊंगा।"

"वहां ईश्वर का कोई घर नहीं है।"

"सारे घर ईश्वर के ही हैं, लोग उन्हें अपना माने बैठे हैं।" स्वामी मुसकराए।

तिलक ने पहली बार ध्यान दिया कि संन्यासी की आंखें बहुत गहरी और आकर्षक हैं।

"आपने गीता तो पढ़ी होगी?" तिलक ने पूछा, "या उस संप्रदाय के हैं, जिसमें लिखना पढ़ना निषिद्ध है?"

"पढ़ी तो है, चाहे उतनी समझी न हो, जितनी आपने समझी है।"

तिलक उनकी ओर देखते रहे–यह शालीनता थी अथवा संन्यासी कटाक्ष कर रहा था?

"मैंने भी क्या समझी है," अंततः तिलक बोले, "एक बात मेरी समझ में नहीं आई?"

संन्यासी ने दृष्टि उठाकर उनकी ओर देखा : कुछ कहा नहीं।

"भीष्म से झगड़ कर कर्ण ने शपथ ली थी कि जब तक पितामह जीवित हैं, वह युद्ध में सम्मिलित नहीं होगा। किंतु जब दुर्योधन, अपने गुरु द्रोण के सम्मुख युद्धक्षेत्र में उपस्थित अपने योद्धाओं के नाम गिना रहा है, उसमें कर्ण का नाम भी है।" तिलक बोले, "तो क्या कर्ण ने अपनी प्रतिज्ञा तोड़ी?"

"पहली बात तो यह है कि कर्ण ने कहा था कि भीष्म पितामह के युद्ध में सक्रिय रहते हुए, वह युद्ध में शस्त्र नहीं उठाएगा। उसने यह नहीं कहा था कि वह युद्धक्षेत्र में झांकने भी नहीं आएगा। उस समय युद्धक्षेत्र में ऐसे अनेक लोग थे, जो युद्ध नहीं कर रहे थे।" स्वामी ने कहा, "दूसरी बात। दुर्योधन ने उन लोगों के नाम गिनाए हैं, जो उसके लिए शस्त्र धारण कर अपने प्राण देने को तत्पर हैं। वे इस समय युद्धक्षेत्र में हैं, अथवा युद्ध कर रहे हैं–ऐसा कुछ उसने नहीं कहा है।"

"आप ठीक कह रहे हैं।" तिलक ने कहा।

"पितामह के शरशैया पर लेट जाने के पश्चात् कर्ण युद्ध में सम्मिलित हुआ। पितामह जीवित थे, किंतु युद्ध से निरस्त हो चुके थे।" स्वामी बोले, "इसका अर्थ यह हुआ कि पितामह को महासेनापति मान कर, उनके अधीन युद्ध करना कर्ण को स्वीकार्य नहीं था। शायद यही उसकी प्रतिज्ञा थी, क्योंकि द्रोण के सेनापतित्व में उसने युद्ध किया।"

"यह बात तो स्पष्ट हो गई।" तिलक को लगा कि संन्यासी से चर्चा करने की उनकी अनिच्छा समाप्त हो गई थी, "मेरी समझ में यह नहीं आया कि दुर्योधन, धृष्टद्युम्न

को द्रोण का शिष्य कैसे कह रहा है।"

स्वामी ने कुछ कहना चाहा किंतु तिलक ने उन्हें रोक दिया, "यह मत कह दीजिएगा कि हवनकुंड से जन्म लेकर वह द्रोण का शिष्य बनने आ गया और द्रोण ने उसे अपनी नियति मान कर धृष्टद्युम्न को शिष्य बना लिया–जैसा कि महाभारत में लिखा है। जितना मैं द्रोणाचार्य के चरित्र को समझता हूं। उनमें प्रतिशोध और प्रतिहिंसा का जितना तत्व है, उसको देखते हुए वे ऐसा कर ही नहीं सकते। अपनी हत्या के उद्देश्य से उत्पन्न हुए धृष्टद्युम्न को अपने अधिकार में पाकर द्रोण पहले ही क्षण में उसे समाप्त कर देते। जो व्यक्ति निर्दोष एकलव्य का अंगूठा कटवा सकता है, अपने प्रियतम शिष्य अर्जुन को पानी भरने के लिए भेज कर अपने पुत्र को धनुर्वेद की शिक्षा दे सकता है, वह धृष्टद्युम्न को इसलिए शस्त्र विद्या देगा कि उसे सीख कर धृष्टद्युम्न उसका वध कर सके? असंभव! असंभव!!"

"सहमत हूं।" स्वामी ने कहा, "पर गीता में दुर्योधन ने द्रोण से आपके शिष्य–'द्रुपदपुत्रेण तव शिष्येण'–कहा है। या तो हम मान लें कि उस काल के संस्कृत व्याकरण को हम नहीं जानते, अतः इन शब्दों का गलत अर्थ लगा रहे हैं..."

"ऐसा नहीं है।" तिलक ने कहा, "इन शब्दों का और कोई अर्थ हो ही नहीं सकता।"

"मैं इस बात को इतनी दृढ़ता से नहीं कहता हूं, क्योंकि कालभेद से भाषा और उसके अर्थ को समझने में कठिनाई भी हो सकती है। फिर भी मैं आपसे सहमत हो जाता हूं कि ऐसा नहीं है।" स्वामी ने कहा, "दुर्योधन झूठ भी बोल सकता है–महाभारत में अनेक बार उसने मिथ्याभाषण किया है। किंतु यहां वह झूठ नहीं बोल रहा। जो द्रोण का शिष्य न रहा हो, उसके विषय में वह द्रोण से ही नहीं कह सकता कि वह उनका शिष्य है।"

"तो?"

"इसका अर्थ है कि धृष्टद्युम्न कभी न कभी, किसी कालखंड में द्रोण का शिष्य अवश्य रहा है।" स्वामी ने कहा, "द्रुपद और द्रोण की शत्रुता हो जाने के पश्चात् यह संभव नहीं है। तो इसका अर्थ है कि वह उनका शिष्य उस काल में था, जब द्रुपद और द्रोण मित्र थे।"

"पर धृष्टद्युम्न का तो जन्म ही द्रोण द्वारा द्रुपद को अपमानित करने, अर्जुन द्वारा उनको बांध कर लाए जाने और द्रोण द्वारा उनका आधा राज्य छीन लेने के पश्चात् हुआ है।" तिलक कुछ उत्तेजित स्वर में बोले।

"आप ठीक कह रहे हैं।" स्वामी ने कहा, "यदि आपकी बुद्धि यह स्वीकार कर सकती है कि एक युवा योद्धा, अपने शस्त्रों के साथ हवनकुंड से जन्म ले सकता है, तो धृष्टद्युम्न कभी द्रोण का शिष्य नहीं रहा; किंतु यदि हम यह मानें कि वह एक सामान्य बालक के समान मां के गर्भ से उत्पन्न हुआ था। समय आने पर वह अपने पिता के मित्र

द्रोणाचार्य के आश्रम में शिक्षा के लिए गया था। उसके पश्चात् किसी समय द्रोणाचार्य ने विवाह किया। उनके पुत्र का जन्म हुआ। वह बड़ा हुआ और जब उन्हें लगा कि वे अपने पुत्र को गाय का दूध भी नहीं दे पा रहे हैं, तब वे द्रुपद के पास आए। वहां उन दोनों में मतभेद या विरोध हुआ और द्रोण हस्तिनापुर चले आए। कुरु राजकुमारों को प्रशिक्षित किया और उनको ले जाकर द्रुपद को पराजित किया। तब द्रुपद ने अपने अपमान का प्रतिशोध लेने के लिए एक यज्ञ कर अपने परिवार सहित व्रत लिया। उस व्रत में माना गया कि धृष्टद्युम्न और द्रौपदी इसे अपना नया जीवन मानेंगे। उसका लक्ष्य केवल प्रतिशोध है। वे मानेंगे कि वे मां के गर्भ से नहीं, प्रतिशोध के हवनकुंड में से जन्मे हैं।" स्वामी ने रुक कर तिलक की ओर देखा, "आप ध्यान दीजिए कि शिखंडी हवन कुंड में से नहीं जन्मा है। इसीलिए उसके जीवन का लक्ष्य द्रोण का वध नहीं है।"

"तो आपका कहना है कि धृष्टद्युम्न और द्रोण हवनकुंड में से नहीं जन्मे थे, उन्होंने उसे अपना नया जीवन मानने का व्रत लिया था?"

"जी! यही कह रहा हूं।" स्वामी ने कहा।

"पर यह बेतुकी बात नहीं लगती आपको?" तिलक बोले, "यह नया जन्म क्या होता है?"

"संभव है कि आपको बेतुकी लगती हो, किंतु मुझे नहीं लगती।" स्वामी हंसे।

"क्यों?"

"मैं ने अपनी माता के गर्भ में से जन्म लिया था। मेरे माता-पिता थे, बहन भाई थे, जाति और गोत्र थे। मेरा एक नाम था। जीवन में कुछ ज्ञान और कुछ धनसंपदा पाने के लक्ष्य थे, कुछ कर्तव्य और अधिकार थे।"

"तो?"

"तब मैंने संन्यास अंगीकार किया।" संन्यासी ने कहा, "उस क्षण से मेरा पिछला जीवन समाप्त हो गया और एक नया जीवन आरंभ हो गया। अब न मेरे माता पिता हैं, न भाई-बहन हैं, न कुलगोत्र और जाति इत्यादि हैं। मेरा वह नाम भी नहीं है। मैं उन्हें भूल गया हूं। अपने स्कूल कॉलेज के प्रमाणपत्र फाड़ दिए हैं मैंने। अब अपने परिवार के प्रति मेरा कोई दायित्व नहीं है। मेरा एक ही व्रत है–ईश्वर की खोज। मेरा यह जन्म उस विधि विधान में से हुआ है, जिसमें मुझे संन्यास की दीक्षा दी गई।"

तिलक विस्मय से संन्यासी को देखते रहे : संन्यासी का तर्क कितना अकाट्य और पूर्ण था। उन्होंने कभी यह सोचा नहीं था। उनके मन में संन्यासी के प्रति सम्मान बढ़ता जा रहा था।

"स्वामी जी! इसी संदर्भ में एक और प्रश्न मेरे मन में है।"

"पूछिए।" स्वामी ने मुसकरा कर कहा, "संकोच मत कीजिए। हो सकता है कि आपके उस प्रश्न का उत्तर मेरे पास न हो।"

"तो फिर पूछने का लाभ क्या होगा?"

"फिर हम दोनों मिल कर उस प्रश्न का उत्तर खोजेंगे।" स्वामी की मुसकान अत्यंत मनमोहक थी, "सत्य की खोज बड़ी आनन्ददायक यात्रा है।"

तिलक संन्यासी से असहमत नहीं थे। वे जानते थे कि किसी भी और कैसे भी सत्य की खोज कितनी आनन्ददायी थी। बोले, "गीता के अनुसार, अर्जुन ने कृष्ण से कहा कि मेरा रथ दोनों सेनाओं के मध्य ले चलो, मैं देखना चाहता हूं कि वे कौन कौन से लोग हैं, जो दुर्योधन के पक्ष से मेरे विरुद्ध शस्त्र उठाकर लड़ने आए हैं। यहां तक कह दिया, 'योत्स्यमानान् अवेक्षे अहम् ये ऐते अत्र समागताः। धार्तराष्ट्रस्य दुर्बुद्धेः युद्धे प्रियचिकीर्षवः।। दुर्बुद्धि दुर्योधन का युद्ध में हित चाहने वाले, जो राजा इस सेना में आए हैं, उन युद्ध करने वालों को मैं देखूंगा–ठीक है?"

स्वामी ने सहमति में सिर हिला दिया।

"और जब उसने देखा कि द्रोण और भीष्म भी उससे लड़ने आए हैं, तो उसने गांडीव फेंक दिया।" तिलक बोले, "मेरे मन में प्रश्न उठता है कि जब वह युद्धक्षेत्र में आया और उसने कहा कि मुझे दोनों सेनाओं के मध्य ले चलो, तो क्या वह नहीं जानता था कि द्रोण और भीष्म उसके विरुद्ध लड़ेंगे? इतनी सूचना तो सारे ही योद्धाओं को थी कि भीष्म दुर्योधन के महासेनापति हैं। द्रोण भी हस्तिनापुर राज्य के कर्मचारी थे। तो अर्जुन ने युद्धक्षेत्र में ऐसा नया क्या देखा, जिससे वह इतना विचलित हो गया; और कहने लगा कि वह भिक्षा मांग कर जीवन व्यतीत कर लेगा किंतु अपने गुरुओं और कुल वृद्धों का वध नहीं करेगा?"

स्वामी मुसकराए, "द्रोण और भीष्म से तो वह विराट के गोहरण प्रसंग में हुए युद्ध में भी लड़ा था। उन्हें वहां पराजित भी किया था, किंतु वहां उनका वध नहीं किया था। वध करना अनिवार्य नहीं था, क्योंकि गायों को छुड़ाने का अपना लक्ष्य वह प्राप्त कर चुका था। आपको स्मरण होगा कि अपनी तरुणाई में भी अर्जुन ने द्रुपद को पराजित कर उसका वध नहीं किया था, उन्हें बंदी कर ले आया था और जब भीम ने पांचाल सैनिकों का संहार करना आरंभ किया था, तो अर्जुन ने ही यह कह कर उसे रोक दिया था कि व्यर्थ में रक्तपात क्यों कर रहे हो?"

"हां!"

"किंतु यहां वध अनिवार्य था। वह उनका वध न करता, तो वे उसका वध कर डालते।" स्वामी ने उनकी ओर देखा, "किंतु एक बात और है। विराटनगर में वह अकेला लड़ रहा था। वह मानता था कि उसके प्राणों को कोई संकट नहीं था। और यहां...!"

"यहां?"

"यहां 'भ्रातृन, पुत्रान, पौत्रान, सखीन' को भी देखा। यहां युद्धक्षेत्र में उसके अपने भाई और पुत्र भी खड़े थे। युद्धक्षेत्र में खड़े प्रत्येक व्यक्ति को प्राणों का संकट होता है। वहां किसी के भी प्राण जा सकते हैं। अर्जुन को राज्य की आकांक्षा अपने लिए नहीं, अपने पुत्रों और पौत्रों के लिए ही थी। राज्य उन्हीं लोगों के लिए चाहिए था और वे युद्धक्षेत्र

में खड़े थे। अर्जुन जानता था कि यदि युद्ध होता है, तो उनमें से कोई भी मारा जा सकता है, वे सारे के सारे भी मारे जा सकते हैं।" स्वामी बोले, "उसका मोह तो स्पष्ट है। वह नहीं चाहता था कि वह भीष्म और द्रोण को मारे; किंतु वह यह भी नहीं चाहता था कि उसके भाई, पुत्र और पौत्र मारे जाएं। भीष्म और द्रोण के प्रति तो मोह था ही; किंतु उसका अधिकांश मोह तो अपने पुत्रों, भाइयों, भतीजों और पौत्रों के प्रति था। वह उन की मृत्यु नहीं देख सकता था।"

"हां!" तिलक बोले, "किंतु उसने यह कहा तो नहीं।"

"और इससे स्पष्ट क्या कहता।" स्वामी ने उत्तर दिया, "वह युद्ध करता रहा और भीष्म तथा द्रोण का वध करने से बचता रहा। उसके लिए कृष्ण और युधिष्ठिर से डांट खाता रहा। किंतु अपने पुत्र को मरने से तो वह नहीं रोक सका। इसी परिणाम की आशंका से उसके होंठ सूख रहे थे। शरीर क्लांत हो रहा था।"

तिलक आत्मलीन से बैठे चुपचाप कुछ सोचते रहे।

"अर्जुन के मोह को आज आपने एक दूसरे ही रूप में दिखाया है।" कुछ क्षणों के पश्चात् वे बोले, "अच्छा! आप गीता को समाजशास्त्रीय ग्रंथ मानते हैं, या धार्मिक?"

"पहले आप यह बताएं कि आप इन दोनों में कैसे अंतर करते हैं?" स्वामी ने कहा, "भेद क्या है इन दोनों में?"

तिलक ने संन्यासी से उत्तर की अपेक्षा की थी, प्रश्न की नहीं; किंतु प्रश्न महत्वपूर्ण था। संन्यासी यह प्रश्न न भी पूछते तो संभव था कि किसी समय तिलक स्वयं ही अपने आप से यह जिज्ञासा करते। बोले, "समाजशास्त्र से तात्पर्य है कि समाज में सबके अधिकार बराबर मान कर, सबके हित में काम किया जाए। समाज के प्रति अपने दायित्वों को पहचाना जाए और उनको पूरा किया जाए। किस प्रकार सारा समाज उन्नति करे, कैसे सारे समाज में सौहार्द का वातावरण बने; और फिर भी व्यक्ति अपना विकास कर सके।"

"और धर्म क्या है?" संन्यासी ने पूछा और फिर स्वयं ही बोले, "धर्म भी तो सबके अधिकारों की रक्षा करना ही है। दूसरों को उनका देय देना और अपना अधिकार प्राप्त करना है। धर्म है, न दूसरे का धन छीनना और न अपना धन छिनने देना। न पराई स्त्री पर पापपूर्ण दृष्टि डालना और न अपनी पत्नी पर किसी को पापपूर्ण दृष्टि डालने देना।"

"इस दृष्टि से तो नागरिकशास्त्र और धर्मशास्त्र में कोई अंतर ही नहीं है।" तिलक बोले, "पर मेरा ध्यान बार-बार गीता के वर्क-कल्चर पर जाता है। काम करो, पूरा काम करो, निष्काम कर्म करो। किसी भी समाज के विकास के लिए, यह सर्वश्रेष्ठ मार्ग है।"

"यहां तक तो वह ठीक है। यह व्यक्ति और समष्टि, मनुष्य और प्रकृति का संबंध स्पष्ट करता है। किंतु समाजशास्त्र या नागरिकशास्त्र का कोई ग्रंथ यह नहीं कहता

कि एक विद्वान् ब्राह्मण, चांडाल, गाय, हाथी और कुत्ते को एक ही दृष्टि से देखो। समाजशास्त्र का कोई ग्रंथ स्थितप्रज्ञ की परिभाषा नहीं करता। वह अहंकार का निषेध नहीं करता। वह कर्म, अकर्म और विकर्म का संबंध स्पष्ट नहीं करता। वह कर्म में अकर्म और अकर्म में कर्म देखने को नहीं कहता।"

"ठहरिए! ठहरिए! स्वामी जी!" तिलक ने जैसे कुछ हड़बड़ी में कहा, "मैं जानना चाहता हूं कि कर्म में अकर्म, और अकर्म में कर्म देखने का अर्थ आप क्या करते हैं।"

"इस वक्तव्य की व्याख्या अनेक लोगों ने अपनी-अपनी रुचि और अपने अपने सम्प्रदाय के सिद्धांतों के अनुसार की है।" संन्यासी ने उनकी ओर देखा, "मैं घोर आस्तिक हूं, इसलिए ईश्वर को बीच में लाए बिना नहीं रहता।"

"ईश्वर? ईश्वर का यहां क्या काम?"

"ईश्वर का ही तो सारा काम है तिलक जी महाराज!" स्वामी ने हंसकर कह, "मैं भोजन करता हूं। मैं मानता हूं कि मैंने अपने भोजन से अपने शरीर में रक्त का निर्माण किया है। पर क्या यह सच है?"

"सच नहीं है क्या?"

"तो आप थाल में भोजन परोसें और उसका रक्त बना कर दिखाएं।"

"मैं रक्त नहीं बनाता किंतु मेरा शरीर बनाता है।" तिलक बोले, "मुझ में और मेरे शरीर में अंतर क्या है?"

"मुझ में और मेरे शरीर में बहुत अंतर है।" संन्यासी अत्यधिक गंभीर हो गए, "मैं तो आत्मा हूं, परमात्मा का अंश हूं। शरीर क्या है–पंचभूतों का पुतला। मैं अमृतपुत्र हूं और शरीर मृत्तिका का पुतला है, जिसे ईश्वर ने बनाया है। ईश्वर ने यह यंत्र बनाया, ईश्वर ने अन्न उपजाया...।"

"तो हम यह न माने कि अन्न किसान ने उपजाया?"

"किसान अन्न उपजा सकता तो कभी अकाल न पड़ता।" स्वामी ने कहा, "हम यह मानते हैं कि ईश्वर किसान के माध्यम से अन्न उत्पन्न करता है। हमें दिखाई देता है कि किसान कर्म कर रहा है; किंतु कर्म तो ईश्वर कर रहा है। तो किसान के कर्म में अकर्म है। और ईश्वर हमें कर्म करता दिखाई नहीं देता, इसलिए ईश्वर के अकर्म में कर्म है।" स्वामी ने तिलक की ओर देखा, "आप मेरी बात समझ रहे हैं न? ईश्वर ने ऐसा बीज न बनाया होता, जिस में से अंकुर फूट सकता और अनाज की बालियां प्रकट हो सकतीं, तो किसान किस से अन्न उत्पन्न करता? ईश्वर ने ऐसा शरीर न बनाया होता, जो अन्न खा कर, उसमें से रक्त, मांस, मज्जा और मल बनाता तो मैं अन्न खा कर रक्त कहां से बनाता? इसका अर्थ हुआ कि ऊपर का सारा व्यापार माया का व्यापार है। हमें सब कुछ भौतिक धरातल पर होता दिखाई देता है और उसका कर्ता कोई न कोई है; किंतु सत्य यह है कि न तो हमें अपनी इन भौतिक आंखों से कर्ता दिखाई देता है, न उसका कर्म। इसीलिए हमें अकर्म में कर्म देखना चाहिए। दूसरी ओर जो कर्ता और कर्म दिखाई

देते हैं–वहां न कर्ता है, न कर्म। वहां हमें कर्म में अकर्म और कर्ता में अकर्ता देखना चाहिए।"

"जब हम कुछ करते ही नहीं हैं, तो कर्म सिद्धांत का क्या होगा?"

"कर्म सिद्धांत अपने स्थान पर एकदम ठीक है। भगवान कहते हैं कि तुम कर्म करो, उसका फल मैं दूंगा।" संन्यासी बोले, "हमको समझना चाहिए कि हम कुंआं खोदेंगे तो भगवान हमें वह जल देंगे, जो उन्होंने पृथ्वी के नीचे एकत्रित कर रखा है। किंतु हमको यह नहीं मानना चाहिए कि हमने स्वयं जल उपजाया है। हमारा यह शरीर अपने कर्म से जल खोज सकता है, उसे अपनी इच्छानुसार संचित और प्रवाहित भी कर सकता है, उसका प्रबंधन कर सकता है; किंतु जल तो ईश्वर ने ही बनाया है और उसे विभिन्न रूपों में अनेक स्थानों पर हमारे उपयोग के लिए रख दिया है–पृथ्वी के नीचे, समुद्र में, मेघों में, पर्वतों के ऊपर हिम के रूप में।" संन्यासी निमिष भर रुके, "भगवान कहते हैं कि तुम घर्षण करो तो मैं तुमको अग्नि दूंगा, जो मैंने लकड़ी में संचित कर रखी है। हमने घर्षण ही किया है, अग्नि उत्पन्न नहीं की। मनुष्य मानता है कि संतान उसने उत्पन्न की है; किंतु स्त्री और पुरुष भगवान ने बनाए हैं, वीर्य और रज का निर्माण ईश्वर ने किया है। भगवान के अकर्म में से हमें सब स्थानों पर उसके कर्म को पहचानना होगा। और जितना हम इस तथ्य से परिचित होते जाएंगे, उतना ही हमारा कर्तृत्व का अहंकार कम होता जाएगा।"

"ठीक है।" तिलक बोले, "तो हम चर्चा कर रहे थे कि गीता समाजशास्त्र का ग्रंथ है अथवा धर्म का।"

"और मैं कह रहा था कि समाजशास्त्र के नियम वस्तुतः धर्म के ही नियम हैं।" स्वामी ने कहा, "किंतु गीता में केवल नियम नहीं हैं। वह सृष्टि का सत्य प्रकट करती है। स्रष्टा का विराट रूप प्रदर्शित करती है। जीव का स्वरूप बताती है। जीव और ईश्वर के संबंध को व्याख्यायित करती है। सृष्टि का आदि और अंत बताती है। और धर्म से आगे बढ़ कर मोक्ष का मार्ग दिखाती है। उसके लिए, कर्म, ज्ञान और भक्ति के मार्गों का निर्देश करती है। अंत में कृष्ण कहते हैं कि सारे धर्मों को छोड़ कर मेरी शरण में आ जा, मैं तुझे सारे पापों से मुक्त कर दूंगा। ऐसा क्या नागरिकशास्त्र का कोई ग्रंथ कह सकता है?"

"तो हम उसे हिंदुओं का नीतिशास्त्र नहीं कह सकते क्या?"

"नीतिशास्त्र भी कह सकते हैं," स्वामी बोले, "किंतु वह नीतिशास्त्र मात्र नहीं है, उससे कहीं अधिक है।"

तिलक मौन हो गए। वे कुछ विचार कर रहे थे। उनके चेहरे पर द्वंद्व के कुछ भाव उभरे, जैसे मन में कुछ तर्क वितर्क चल रहा हो।

"मैंने कुछ अनुचित कह दिया क्या?" स्वामी ने पूछा।

"नहीं। आपने तो कुछ अनुचित नहीं कहा, मैं ही सोच रहा हूं कि जो लोग

अध्यात्म में लिप्त होना नहीं चाहते, वे गीता से किस रूप में लाभान्वित हो सकते हैं।"

"गीता तो ऐसी सीढ़ी है, जिसके जितने सोपान आप चढ़ जाएं, आप उतने ही ऊंचे हो जाएंगे।" संन्यासी ने कहा, "मोक्ष नहीं चाहते तो धर्म ले लीजिए। धर्म भी नहीं चाहते तो समाजशास्त्र ले लीजिए, नीतिशास्त्र ले लीजिए, मनोविज्ञान ले लीजिए।"

तिलक को लगा कि संन्यासी एकदम ठीक कह रहे हैं। यदि कहीं विभिन्न प्रकार के सिक्कों और नोटों के रूप में एक सहस्र रुपए रखे हैं और कोई व्यक्ति एक सहस्र रुपए नहीं चाहता, तो जितने चाहता है, उतने तो ले ही सकता है।

गाड़ी पुणे स्टेशन पर रुकी; और वे दोनों साथ-साथ उतरे। तिलक का सामान कुली ने उतारा। स्वामी ने अपना सामान स्वयं ही उठा लिया।

"अच्छा श्रीमान्!" स्वामी ने कहा, "आपकी संगति में यात्रा अच्छी कट गई। चर्चा लाभकारी रही।"

तिलक चौंके, "आप मुझ से विदा हो रहे हैं?... वे गुजराती सज्जन तो कह गए थे कि आप मेरे घर पर ठहरें।"

"उन्होंने प्रस्ताव रखा था। आपने उसकी स्वीकृति नहीं दी थी। घर आपका है, उन गुजराती सज्जन का नहीं।" स्वामी मुसकरा रहे थे।

"तब मैं आपको जानता ही कितना था!"

"अब ही आप मुझे कितना जानते हैं।"

"ठीक है स्वामी जी!" तिलक बोले, "बिना सोच विचार किए मैं तत्काल किसी प्रस्ताव को स्वीकार नहीं कर सकता। यह मेरे स्वभाव की मर्यादा है।"

"मैं समझता हूं। मुझे कोई शिकायत नहीं है।"

तिलक ने जैसे स्पष्टीकरण दिया, "किसी अपरिचित को अपने घर में कैसे ठहराया जा सकता है। अंग्रेज़ों के गुप्तचर..."

स्वामी हंसे, "मैंने आपको कितना जाना और आपने मुझे कितना जाना–पता नहीं। किंतु गीता के विषय में मैंने आपके कुछ विचार जाने और आपने मेरे। संभव है कि हमने गीता को कुछ अधिक जान लिया हो।"

"मैंने जाना है कि आपकी संगति में कितना जाना जा सकता है। मेरी इच्छा है कि मैं कुछ और समय आपके साथ व्यतीत करूं।"

"मैं राजनीतिक व्यक्ति नहीं हूं।"

"जान गया हूं।" तिलक बोले, "किंतु मैं अध्यात्म से इतना दूर भी नहीं हूं कि आपसे कोई चर्चा ही न कर सकूं।"

"आपको मेरे कारण कोई असुविधा नहीं होगी?"

"नहीं! एकदम नहीं।" तिलक बोले, "मेरे घर का एक भाग ऐसा भी है, जिसमें

आप एकांतवास कर सकेंगे। अपनी वकालत और संपादकी के कारण मैं घर पर अधिक रहता ही नहीं। भोजन के समय ही आप से भेंट हुआ करेगी। आइए।"

तिलक चल पड़े।

"आपका नाम क्या है स्वामी जी?" सहसा तिलक ने पलट कर पूछा, "सामाजिक मर्यादा की बात मैं नहीं कहता किंतु अवस्था में मैं आपसे बड़ा हूं। कहीं तो आपके नाम की चर्चा करनी पड़ सकती है।"

"मेरा नाम!" स्वामी हंसे, "नाम और रूप की माया से ही तो हमें मुक्त होना है महाराज! मैं कुछ नहीं हूं, बस एक साधारण संन्यासी हूं। और ऐसा मैंने क्या किया है कि आपको मेरे नाम का उल्लेख करना पड़ जाए।"

तिलक समझ गए, संन्यासी अपना नाम नहीं बताना चाहते।

तिलक कचहरी जाने लगे तो पूछा, "एकांत से ऊब तो नहीं जाएंगे? किसी को आपके पास भेज दूं?"

"मैं अकेला नहीं हूं।" संन्यासी हंसे, "मेरे साथ अनेक चिंताएं हैं; और उनका निवारण करने के लिए मेरे भगवान हैं।"

"मैंने तो इसलिए पूछा, क्योंकि मनुष्य एक सामाजिक प्राणी है।"

"समाज विरोधी नहीं हूं; किंतु समाज प्रतिक्षण मुझे घेरे रहे, ऐसी इच्छा भी नहीं है। साधक को कुछ समय एकांत में भी बिताना चाहिए।"

"आप ठीक कह रह हैं।" तिलक बोले, "पर आप किसी से मिलना चाहेंगे–किसी धर्माचार्य से? किसी सेठ साहूकार से? किसी पत्रकार या संपादक से?"

'नहीं! आपसे मिल लेने के पश्चात् किसी और पत्रकार से क्या मिलना?"

"किसी अधिकारी से? किसी राजनीतिक नेता से?"

"नहीं।"

"किसी को कह जाऊं कि कुछ अंतराल से आकर आपकी आवश्यकता पूछ जाए?"

"नहीं! मुझे किसी चीज़ की आवश्यकता नहीं पड़ेगी।" स्वामी पूर्णतः संतुष्ट थे।

"आपके पास कुछ पैसे हैं क्या? यदि आपको किसी चीज़ की आवश्यकता हो..."

"पैसे तो मेरे पास नहीं हैं।" स्वामी हंसे, "आज भी नहीं हैं और प्रायः होते भी नहीं। संन्यासी का पैसों से क्या संबंध?"

"आपके पास थोड़े से पैसे भी नहीं हैं?"

"एक पैसा भी नहीं।"

"कभी नहीं होता?"

"प्रायः नहीं होता।"

"तो काम कैसे चलता है?"

"चल ही रहा है। भगवान चलाते हैं। आवश्यकता होने पर वे ही धन भेज देते हैं।"

"यात्रा के लिए टिकट भी भगवान ही खरीद देते हैं या फिर बिना टिकट चलते हैं, अंग्रेज़ी राज के खाते में?"

"यात्राओं के लिए कोई श्रद्धालु अगले गंतव्य तक की टिकट ले देता है।" संन्यासी बोले, "आप मेरे लिए चिंतित न हों। संन्यासी तो सदा ही ईश्वर के भरोसे है।"

तिलक चले गए।

दोपहर के भोजन के लिए तिलक, समय से आ गए थे।

"आपको राजनीति में तनिक भी रुचि नहीं है?"

"ईश्वर को खोजने वाले और उससे प्रेम करने वाले संन्यासी को माया में रुचि कैसे हो सकती है।"

"पर हमारा देश अंग्रेज़ों का दास है।" तिलक कुछ आवेश में बोले, "वे हमारी गर्दन दबाए हुए हैं। हमारी छाती पर बैठे हुए हैं। हमारा खून पी रहे हैं। ऐसे में हम राजनीति से उदासीन कैसे रह सकते हैं?"

"मैं देशवासियों से उदासीन कहां हूं।" स्वामी का स्वर भी कुछ ऊपर उठा, "प्रभु के बनाए इन जीवों की चिंता मुझे सोने नहीं देती; किंतु भारत की समस्याओं का समाधान राजनीति तो नहीं है।"

"राजनीतिक समस्याओं का समाधान राजनीतिक नहीं तो और क्या होगा?"

"न ये समस्याएं राजनीतिक हैं, न उनका समाधान राजनीतिक होगा।" स्वामी बोले, "समस्या है—मनुष्य का लोभ और स्वार्थ। समस्या है—मनुष्य का अहंकार और ऐंद्रिय भोग की लिप्सा।"

"और वह तो रहेगी ही।" तिलक का स्वर कुछ ऊंचा हो गया, "आप तपस्या कर अपनी लिप्साओं से मुक्त हो सकते हैं किंतु अंग्रेज़ों की लिप्सा तो हमारी तपस्या से नहीं छूटेगी। उनसे हम अपनी रक्षा कैसे करें? राजनीतिक संघर्ष न करें? भारतमाता को बेड़ियों में जकड़े रहने दें?"

"नहीं!" स्वामी बोले, "भारतमाता बेड़ियों में क्यों जकड़ी रहे। भारतमाता को बेड़ियों में जकड़ा किसने—अंग्रेज़ों की धन और अधिकार लिप्सा ने, अथवा भारत के शासकों के स्वार्थ और लोभ ने? अंग्रेज़ों की बंदूक ने अथवा भारतवासियों के विलास और कायरता ने? अंग्रेज़ों के बल ने अथवा भारतीयों की धर्महीनता ने?"

तिलक मौन रह गए। सचमुच यह चिंतन मनन का विषय था। विदेशी आक्रांताओं का इतिहास क्रूरतापूर्ण अवश्य था, किंतु उस समय के भारत का इतिहास भी तुच्छता, दुर्बलता, मूर्खता और अत्याचारों का ही इतिहास था।

"हिंदुओं का चरित्र इतना गिरा हुआ न होता, तो विदेशी कैसे यहां आकर शासन करने लगते? हम ईर्ष्या द्वेष के मारे एक-दूसरे के विरुद्ध विदेशियों की सहायता न करते,

तो वे हमारे देश में पग भी कैसे रख सकते?" स्वामी ने कहा, "पहले हिंदुओं ने अपना धर्म, कर्तव्य, देशप्रेम और बलिदान का आदर्श त्यागा या पहले विदेशी आक्रांता आकर उनकी छाती पर बैठ गए?"

"आप इतिहास का बहुत बड़ा सत्य रेखांकित कर रहे हैं; किंतु अब तो वह सब हो चुका है। हम शताब्दियों की दासता झेल चुके हैं। अब तो अपनी स्वतंत्रता के लिए, राजनीतिक संघर्ष करना होगा न?"

"नहीं! यदि हिंदुओं का चरित्र वैसा का वैसा रहा, तो कोई राजनीतिक संघर्ष उन्हें स्वराज्य नहीं दिला सकता। स्वराज्य मिल भी गया और चरित्र न सुधरा तो पुनः दासता आ घेरेगी। इसलिए तिलक जी! समस्या चरित्र की है। हमें इस देश का चरित्र सुधारना होगा और उसका एक मात्र मार्ग है–अध्यात्म। मैं राजनीतिक आंदोलन के स्थान पर आध्यात्मिक अभियान चलाना चाहता हूं। हिंदू स्वार्थी और लोभी न रहे। वह सेवा की दीक्षा ले। दीन दुखियों पर अत्याचार का अपना शताब्दियों पुराना अभ्यास बंद करे। पीड़ितों को साक्षात् भगवान शिव का रूप मान कर उनकी सेवा करे, उनकी उपासना करे; और इस सेवा का अवसर देने के लिए उनका कृतज्ञ हो। तब ही यह देश स्वाधीन हो पाएगा।"

तिलक मुग्ध भाव से स्वामी को देखते रहे।

"क्या देख रहे हैं?"

"आपको इस प्रकार बोलते सुन कर मन में एक विचार आया है," तिलक बोले, "क्यों न यहां आपके सार्वजनिक भाषण का आयोजन किया जाए। आप हिंदी या अंग्रेज़ी किसी भी भाषा में बोल सकते हैं।"

"नहीं!" स्वामी कुछ चिहुंक कर बोले, "मैंने कभी सार्वजनिक भाषण नहीं किया। उसका मुझे अभ्यास नहीं है। मुझे उसकी आवश्यकता भी नहीं है। और जहां तक भाषा का प्रश्न है, अंग्रेज़ी एक विदेशी भाषा है। उस पर मेरा कितना अधिकार हो सकता है? हिंदी हमारे राष्ट्र की भाषा अवश्य है। उसमें सारे देश का कार्यव्यापार चलता है; किंतु मेरी मातृभाषा तो बांग्ला ही है, उसे यहां कोई समझेगा नहीं।"

"आप भक्तों के सामने प्रभुचर्चा नहीं करते?"

"वह भाषण नहीं होता। प्रभु की लीला के विषय में एक भक्त के कृतज्ञ उद्‌गार होते हैं।"

अगले दिन तिलक भोजन पर बैठे तो जैसे उनके मन में पहले से ही कुछ प्रश्न तैयार थे।

"स्वामी जी! आप राजनीतिक आंदोलन के समर्थक नहीं हैं; किंतु समाज सुधार के विषय में आपका क्या विचार है?"

"समाज को तो सुधरना ही होगा, नहीं तो यह देश रसातल में चला जाएगा।" स्वामी बोले, "किंतु मैं समझता हूं कि इस क्षेत्र में भी अभी बहुत सोच-विचार का अवकाश है।

विदेशी विधर्मी संस्कारों के अनुकरण को मैं समाजसुधार नहीं मानता।"

"कोई उदाहरण देंगे आप?"

"आप बताएं, आप किसको समाज सुधार कहते हैं?"स्वामी बोले, "आर्यसमाज और ब्राह्मसमाज ने हिंदू समाज के सुधार के नाम पर बहुत कुछ ऐसा किया है, जिसे मैं मात्र हिंदुओं का विभाजन मानता हूं, सुधार नहीं।"

"विधवा विवाह के विषय में आपका क्या विचार है?"

"विधवा विवाह का हमारे धर्मशास्त्र में कोई विरोध नहीं है। उसके अनेक रूप और उदाहरण हमारे पास पहले से ही विद्यमान हैं। कुछ विशिष्ट परिस्थितियों में विवाह विच्छेद और पुनर्विवाह की अनुमति भी दी गई है।" स्वामी ने कहा।

"उदाहरण दे सकते हैं?"

"तारा ने सुग्रीव से विवाह किया। कुछ लोग मानते हैं कि मंदोदरी ने भी विभीषण से विवाह किया।" स्वामी बोले, "गुप्त वंश में ध्रुवस्वामिनी ने रामगुप्त को त्याग कर चंद्रगुप्त से विवाह किया। मैं इनमें से किसी का भी विरोधी नहीं हूं। समाज अपनी आवश्यकताओं के अनुसार अपने विधान का निर्माण करता है। महाभारत में बहुपतित्व, कानीन पुत्र और नियोग पद्धति द्वारा संतान उत्पन्न करने को भी मान्यता दी गई है। किंतु यह समाज का विधि-विधान है, अध्यात्म की दृष्टि से आदर्श स्थिति नहीं है।"

"अध्यात्म क्या कहता है?"

"धर्म से आगे, अध्यात्म में चरण वह रखता है, जो सांसारिक सुख का उल्लंघन कर मोक्ष प्राप्ति की ओर बढ़ता है।" स्वामी ने कहा, "वहां इंद्रियों का भोग श्रेयस्कर नहीं है। अतः शरीर भोग को भी मोक्ष के मार्ग की बाधा माना जाता है। मन में वैराग्य जाग जाए तो स्त्री पुरुष का शारीरिक भोग मन में सुख नहीं, वितृष्णा उत्पन्न करता है। इसलिए हनुमान और भीष्म के ब्रह्मचर्य को सम्मान की दृष्टि से देखा जाता है। कौशल्या, सुमित्रा, कैकेयी और कुंती की वैधव्य तपस्या को पूजनीय माना जाता है।"

"तो?"

"विवाह सामाजिक प्रथा है। उसकी आवश्यकता भी है, क्योंकि समाज की इकाई परिवार है; किंतु यदि दैवयोग से किसी को वैधव्य रूप में सामाजिक दायित्वों से मुक्ति मिल गई है, तो उसे पुनः उसी जंजाल में फंसाना बहुत श्रेयस्कर नहीं है।" स्वामी ने कहा, "उसे उस ईश्वरप्रदत्त अवसर का समाजहित में प्रयोग करना चाहिए।"

"इसे स्पष्ट करें।" तिलक ने उनकी ओर देखा।

"बंगाल में स्थिति कुछ भिन्न है। वहां पर्दाप्रथा है। स्त्रियां प्रायः पर्दे में बंद हैं। सार्वजनिक रूप से समाज में नहीं आतीं। सामाजिक कार्य के क्षेत्र में उनसे बहुत अधिक अपेक्षाएं नहीं की जा सकतीं; किंतु चूंकि महाराष्ट्र में महिलाएं पर्दे में बंद नहीं हैं, इसलिए कुछ कुलीन विधवाएं, गार्हस्थ्य के दायित्व से मुक्त होने के कारण, बौद्ध काल के योगियों के समान धर्म और अध्यात्म के प्रचार प्रसार के लिए अपना जीवन समर्पित

कर सकती हैं।"

"आप तो सब को संन्यासी बना देंगे।"

"नहीं! मैं सबको संन्यासी बनाना नहीं चाहता। आपको तो मैंने एक बार भी संन्यास ग्रहण करने को नहीं कहा।" स्वामी जोर से हंसे, "संन्यास केवल उनके लिए है, जो मोक्षार्थी हैं। निष्काम कर्म और सेवा के माध्यम से अपने रजोगुण को विलीन कर चुके हैं।"

"पर सारी विधवाएं तो इस श्रेणी में नहीं आतीं।"

"हां! सारी विधवाएं इस श्रेणी में नहीं आतीं।" स्वामी बोले, "न ही किसी स्त्री के लिए यह कामना की जा सकती है कि वह विधवा हो जाए; किंत प्रभु के विधान के अनुसार यदि कोई विधवा हो ही गई है, तो उसे उस वैधव्य को स्वीकार कर लेना चाहिए कि ईश्वर ने उसके लिए गार्हस्थ्य का नहीं, तपस्या का विधान किया है।"

"यह बात पुरुषों के लिए भी कही जा सकती है।" तिलक ने प्रतिकार किया।

"एकदम कही जा सकती है। मैं कब कहता हूं कि विधुर दूसरा विवाह करें ही।" स्वामी बोले, "मैं यह मानता हूं कि कोई भी महान् सामाजिक, धार्मिक, आध्यात्मिक, राष्ट्रीय या मानवीय कार्य करने के लिए परिवार के बंधन से मुक्त रहना चाहिए। जो पति अथवा पत्नी के बिना न रह सके, वह विवाह करे, अवश्य करे; किंतु विवाह को मानव जीवन का अनिवार्य सत्य न माना जाए। एक बार विवाह कर यदि दैव की इच्छा से उससे मुक्त हो जाता है, तो उसे पुनः उस जंजाल में न फंस कर मानव की सेवा का व्रत लेना चाहिए।"

"यह एक संन्यासी का दृष्टिकोण है।"

"आप ऐसा कह सकते हैं; किंतु देश का स्वातंत्र्य युद्ध करने वाले क्रांतिकारी भी यही कहेंगे।" स्वामी बोले, "किसी भी क्षेत्र का साधक यही कहेगा। या तो मनुष्य अपने परिवार का पालन-पोषण कर सकता है, या फिर कोई साधना कर सकता है।"

"पर आप कुलीन विधवाओं से ही ऐसी आशा क्यों करते हैं?"

"उनकी सामाजिक मर्यादा के कारण।" स्वामी बोले, "समाज में उनकी बात अधिक ग्राह्य होगी।"

तिलक ने अकस्मात् ही जैसे पैंतरा बदला, "कहीं आपकी यह धारणा तो नहीं है कि भगवद्गीता संन्यास का प्रचार करती है, इसलिए सबको संन्यासी हो जाना चाहिए?"

"भगवद्गीता संन्यास का प्रचार करती तो कृष्ण अर्जुन को युद्ध के लिए प्रोत्साहित नहीं करते।" स्वामी बोले, "गीता कर्मसंन्यास और कर्मयोग में चाहे बहुत भेद न करती हो, किंतु जितना भी भेद करती है, उसमें वह कर्मयोग को ही श्रेष्ठ मानती है। वह प्रत्येक व्यक्ति को निष्काम भाव से कर्म करने को कहती है। अनासक्त कर्म ही तो योग है। कर्म समाज में होता है, वन में नहीं। सामाजिक कर्म भी समाज में होता है। तपस्या में एकांत का महत्व है किंतु वह तपस्या का अभ्यास है, वास्तविक तपस्या तो समाज में ही

होती है। वन के एकांत में रह कर कोई व्यक्ति सत्य बोलने की तपस्या कैसे कर सकता है? सत्य तो समाज में ही बोला जा सकता है। सेवा तो समाज में ही की जा सकती है। त्याग भी तो समाज में ही हो सकता है।"

संध्या समय तिलक घर आए। चाय पी। स्वामी से दिनभर की उनकी गतिविधि के विषय में जानकारी प्राप्त चुके तो बोले, "स्वामी जी! जहां तक मैं समझ पाया हूं, आप बहुत लोगों से मिलना-जुलना पसंद नहीं करते; किंतु किसी सभा में जाने में भी कोई आपत्ति है क्या?"

"आपकी मान्यता है कि मैं अधिक लोगों से मिलना-जुलना नहीं चाहता; किंतु सभा में भी तो लोग ही होंगे। जितने अधिक लोग होंगे, उतनी ही सभा सफल होगी।" स्वामी हल्के हल्के मुसकरा रहे थे।

"कहना मैं यह चाहता था कि आप यह तो पसंद नहीं करते कि लोग यहां आकर आपको विचलित करें, आपकी दिनचर्या में बाधा डालें, तो क्या आप एक सभा में चलना चाहेंगे, जहां कुछ भले लोग आपसे मिल सकें और आप कुछ भले लोगों से परिचित हो सकें।"

"कहां ले जाना चाहते हैं?"

"हीराबाग में एक क्लब है–दक्कन क्लब। मैं उसका सदस्य हूं। प्रायः उसकी साप्ताहिक बैठकों में जाया करता हूं। आज काशीनाथ गोपीनाथ का भाषण है।

"किस विषय पर भाषण देंगे?"

"ज्ञात नहीं है, किंतु विषय दर्शनशास्त्र से संबंधित है।" तिलक बोले, "संभव है, विषय आपकी रुचि का हो।"

"हो भी सकता है।" स्वामी हंसे, "पर महाराज! मेरी रुचि केवल दार्शनिक विषयों तक ही सीमित नहीं है।"

"फिर तो अवश्य चलें।"

काशीनाथ गोपीनाथ का भाषण जटिल दार्शनिक समस्याओं से संगुंफित उत्कृष्ट भाषण था। उस भाषण के पश्चात् किसी के पास कुछ कहने को नहीं था। एक तो विषय ही इतना विद्वतापूर्ण था कि अंग्रेज़ी शिक्षा के उपाधिधारियों की पहुंच वहां तक नहीं थी। दूसरे बात जिनकी समझ में आ गई थी, उन्हें कुछ पूछना ही नहीं था। तीसरे, जो बात समझ में ही न आई हो, उसके विषय में प्रश्न कैसे पूछा जा सकता था।

तलिक ने स्वामी की ओर देखा, "आप कुछ कहना चाहेंगे स्वामी जी!"

वे चकित रह गए, जब उन्होंने देखा कि स्वामी बोलने के लिए उठ खड़े हुए। स्वामी ने प्रांजल अंग्रेज़ी में उस विषय का दूसरा पक्ष प्रस्तुत कर रहे थे। वह क्रमशः उसकी गहराई में उतरते गए। विषय वही था किंतु प्रस्तुति इतनी भिन्न थी कि लगता था कि श्रोता

किसी और विषय में सुन रह हैं।

स्वामी ने अपना वक्तव्य पूरा किया तो लोगों ने घड़ी देखी : वे पूरा एक घंटा बोलते रहे थे। प्रत्येक श्रोता उनकी योग्यता से अत्यधिक प्रभावित हुआ था। सबकी इच्छा थी कि स्वामी और बोलें। अन्य विषयों पर भी बोलें। किसी दिन उनका अकेले का स्वतंत्र भाषण रखा जाए।

नगर के अनेक लोग स्वामी के आस-पास जमा होने लगे। स्वामी उनसे प्रायः गीता और उपनिषदों के विषय में चर्चा करते थे। जब लोग अधिक संख्या में आने लगे, स्वामी ने तिलक से कहा, "मैं कल आपसे विदा ले रहा हूं।"

अगले दिन घर के किसी भी सदस्य के जागने से पहले ही वे जा चुके थे।

147

1892 के अक्तूबर का महीना था। प्रातः 6 बज रहे थे। वकील भाटे स्नान-ध्यान कर अभी उठे ही थे कि किसी ने दरवाजा खटखटाया।

सामने एक संन्यासी खड़ा था।

भाटे ने मराठी में कहा, "कहिए, मैं आपकी क्या सेवा कर सकता हूं?"

संन्यासी ने उत्तर मराठी में नहीं दिया। हिंदी में बोला, "मुझे वकील साहब से मिलना है। श्रीमान भाटे से।"

"मैं ही हूं–भाटे। कहिए।"

"मैं आपके एक मित्र का पत्र लाया हूं। क्या आप उसे देखना चाहेंगे?" संन्यासी ने पूछा।

इस बार भाटे ने अपना प्रश्न अंग्रेजी में किया, "किस मित्र की ओर से आए हैं आप?"

उत्तर में संन्यासी अत्यंत शुद्ध उच्चारण के साथ अंग्रेजी में ही बोला, "मैं रावसाहब लक्ष्मणराव गोलवलकर की ओर से आपके नाम एक पत्र लाया हूं।"

"कौन से गोलवलकर?" भाटे ने परीक्षा की दृष्टि से पूछा।

"कोल्हापुर के महाराज के निजी सचिव।" संन्यासी रुका और फिर मराठी उच्चारण में बोला, "खानगी करभारी।"

भाटे एक ओर हट गए और बोले, "भीतर आइए।"

गणपति ने चटाई बिछा दी। स्वामी आकर उसपर बैठ गए। भाटे भी पूरे सम्मान के साथ स्वामी के निकट चटाई पर ही बैठे।

"कहां है वह पत्र?"

संन्यासी ने एक लिफाफा निकाला और भाटे की ओर बढ़ा दिया।

पत्र गोलवलकर का ही था; और उन्होंने संन्यासी की प्रशंसा में इतना कुछ लिखा था कि भाटे सहज ही उस पर विश्वास नहीं कर सके। गोलवलकर ऐसा व्यक्ति नहीं था, जो किसी की इस प्रकार अतिशयोक्तिपूर्ण प्रशंसा करे। उसके शब्द सधे हुए तथा नपेतुले

हुआ करते थे। और यह पत्र तो अपना संतुलन खोए हुए, अथवा पूर्णतः समर्पित किसी भक्त का था।

"आप रावसाहब को कैसे जानते हैं?" भाटे ने पूछा।

"मैं श्रीमान गोलवलकर को नहीं जानता था।" संन्यासी ने सहज भाव से कहा, "मुझे किसी और ने उनके नाम पत्र दिया था और कोल्हापुर में मैं महाराज का अतिथि था। उसी अवधि में रावसाहब को मुझ से कुछ स्नेह हो गया।"

"लक्ष्मणराव के नाम आपको परिचयपत्र किसने दिया था?" भाटे ने पूछा।

"राव साहब के नाम मैं भावनगर के दरबार से पत्र लेकर गया था।"

इस बार भाटे की आंखें विस्मय से पूरी तरह खुल गईं–यह कैसा संन्यासी था, जो एक दरबार से परिचय पत्र लेकर दूसरे दरबार जाता था। यह संन्यासी है या कोई राजदूत? तत्काल भाटे के मन में संशय जागा–कहीं यह सब झूठ ही तो नहीं। किंतु सत्यासत्य की परीक्षा का उनके पास कोई साधन नहीं था। जबतक उनके पास कोई पुष्ट प्रमाण नहीं था, तब तक वे संन्यासी को ठग और इस पत्र को जाली कैसे मान सकते थे। यदि वे ऐसा कुछ करते तो लक्ष्मणराव के प्रति यह अन्याय ही होता।

"ठीक है।" भाटे उठते हुए बोले, "आप स्नान-ध्यान कर लें। तब तक भोजन तैयार हो जाएगा।" चलते-चलते भाटे ठहर गए, "यहां कितने दिन ठहरेंगे?"

"संन्यासी को किसी नगर में तीन दिन से अधिक नहीं ठहरना चाहिए।"

भाटे कुछ निश्चिंत हुए : यदि यह व्यक्ति ठग भी था, तो ऐसा क्या हो जाएगा। उसे तीन ही दिन तो ठहरना था। इससे अधिक ठहरने का प्रयत्न करेगा, तो वे ठहरने नहीं देंगे।

"क्या आप ब्राह्मण नहीं हैं?"

"संन्यासी का कोई वर्ण नहीं होता।" स्वामी ने कहा, "वैसे मैं संन्यास से पूर्व भी ब्राह्मण नहीं था। आपकी दृष्टि से मैं अब्राह्मण ही हूं।"

"आप ब्राह्मण नहीं हैं और फिर भी संन्यासी हैं।"

"संन्यास तो किसी भी वर्ण का व्यक्ति धारण कर सकता है।" संन्यासी ने कहा, "वह तो ईश्वर और सत्य के निकट पहुंचने के लिए अपनाई गई जीवनपद्धति है। ईश्वरप्राप्ति प्रत्येक जीव का अधिकार और हमारे जीवन का उद्देश्य है।"

"आपका नाम क्या है स्वामी जी?" भाटे ने चलते-चलते पूछा, "लक्ष्मणराव ने तो आपका कोई नाम लिखा ही नहीं है।"

"मेरा फिर वही उत्तर होगा," संन्यासी ने मुसकरा कर कहा, "संन्यासी का कोई नाम नहीं होता। आपके लिए मेरा इतना ही परिचय है कि मैं एक संन्यासी हूं।"

"यह रहस्यात्मकता तो मैंने कभी किसी संन्यासी में नहीं देखी।"

स्वामी मुसकराए, "यह अहंकार को मिटाने का एक प्रयत्न मात्र है। नाम और रूप अहंकार के ही अंग तो हैं।"

"नाम से अहंकार का क्या संबंध?" भाटे ने कहा, "नाम तो प्रत्येक व्यक्ति का होता है।"

"प्रत्येक व्यक्ति में अहंकार भी तो होता है।" स्वामी ने कहा, "मेरा एक नाम होगा तो मैं दूसरों से पृथक् एक अस्तित्व हूंगा। यदि मेरा अस्तित्व दूसरों से पृथक् है तो दूसरों से मेरी तुलना भी होगी। यदि दूसरों से मेरी तुलना होगी तो मैं स्वयं को दूसरों से विशिष्ट प्रमाणित भी करना चाहूंगा। अहंकार इसी प्रकार स्फीत होता है श्रीमन्!" स्वामी ने कुछ रुक कर कहा, "मैं यह नहीं कहता कि मेरा अहंकार पूर्णतः समाप्त हो गया है; किंतु उसका प्रयत्न तो कर ही रहा हूं।"

"जैसी आपकी इच्छा।" भाटे चलने के लिए उठ खड़े हुए थे, "आप विश्राम करें। मैं भोजन की व्यवस्था करता हूं।"

148

भाटे ने स्वयं अपनी देख-रेख में स्वामी को भोजन करवाया। वे यह भूल नहीं सके कि इस संन्यासी को कोल्हापुर के महाराज के निजी सचिव स्वयं लक्ष्मणराव ने विशेष आग्रह के साथ भेजा है। इसके सत्कार में कोई कमी नहीं होनी चाहिए। यद्यपि संन्यासी को सत्कार की कोई अपेक्षा भी नहीं होनी चाहिए। संन्यासी के लिए नियम निर्धारण करना भाटेका काम नहीं है। उन्हें तो अपने धर्म का निर्वाह करना था–गृहस्थ का धर्म!

भाटे ने देखा कि स्वामी ने भोजन से किसी प्रकार की कोई विरक्ति नहीं दिखाई। जो कुछ परोसा गया, उसने पूरे समारोह से खाया। न किसी पदार्थ विशेष के प्रति आतुरता दिखाई और न ही अन्य किसी पदार्थ का अनादर किया।

भोजन हो चुका तो गणपति ने स्वामी के हाथ धुलवाए।

संन्यासी ने कुल्ला किया और गणपति से पूछा, "क्यों बालक! तुम्हारे घर में सुपारी और पान का पत्ता मिल जाएगा क्या?"

गणपति ने अपने पिता की ओर देखा।

"हां! हैं क्यों नहीं। हैं न।" भाटे ने स्वयं कहा, और पुत्र को आदेश दिया, "जाओ मां से पान का पत्ता और सुपारी ले आओ।"

संन्यासी ने गणपति को रोका, "यदि पान का तंबाकू हो तो थोड़ा सा वह भी ले आना।"

भाटे ने फिर एक बार आश्चर्य से संन्यासी की ओर देखा, "आप ब्राह्मण न होकर भी संन्यासी हैं। संन्यासी होकर भी भोग की कुछ पदार्थों की इच्छा रखते हैं। यह सब तो एक संन्यासी के लिए बड़ा विचित्र लग रहा है स्वामी जी! भोग और संन्यास–दोनों एक साथ निभ सकते हैं क्या?"

"तंबाकू का सेवन भी तो वैसा ही साधारण अभ्यास है, जैसा प्रतिदिन भोजन करना। इससे ईश्वर को पाने और न पाने में किसी प्रकार की सुविधा या असुविधा नहीं है। तो

उसको त्यागने के लिए व्यर्थ अपनी ऊर्जा क्यों गंवाऊं?"

संध्या समय भाटे घर लौटे तो कपड़े बदल कर सीधे स्वामी के पास गए। देखा, स्वामी लेटे हुए कोई पुस्तक पढ़ रहे थे।

"क्या पढ़ रहे हैं स्वामी जी?"

स्वामी उठ बैठे, "आ गए वकील साहब?"

"हां! आज कचहरी के बाद सीधा घर ही चला आया।" भाटे ने कहा, "सोचा, आज आपके सत्संग का लाभ उठाया जाए।"

"आइए। हमारे पास सिवाय सत्संग के और है ही क्या। शिव! शिव!! अनुचित न समझें तो यहीं बैठें।" स्वामी ने कहा।

"नहीं! आइए बाहर बैठते हैं। अच्छा मौसम है।" भाटे ने कहा, "ऐसा मौसम आप और कहीं नहीं पाएंगे। यह बेलगाम की ही विशेषता है।"

"मेरे देश की प्रत्येक ऋतु प्यारी है। कौन सी ऋतु नहीं है हमारे पास। हमारा भूगोल कितना वैविध्यपूर्ण है। सहस्रों वर्गमील का पर्वतीय क्षेत्र है। सहस्रों मील लंबा सागरतट है। सपाट मैदान हैं, घाटियां हैं, वादियां हैं, नदियां हैं, मरुभूमि है। क्या नहीं है हमारे पास!"

स्वामी उठकर उनके साथ चल पड़े। चलने से पहले उन्होंने पुस्तक गेरुए वस्त्र में लपेट कर वहीं रख दी।

"क्या पढ़ रहे थे स्वामी जी?"

"फ्रांसीसी संगीत के विषय में एक पुस्तक है।" स्वामी ने धीरे से उत्तर दिया।

भाटे का मन फिर से खटक गया : एक संन्यासी का फ्रांसीसी संगीत से क्या संबंध? कल को यह कहेगा कि मैं फ्रांसीसियों की दावतों में बैंड भी बजाता हूं। या ईश्वर को जैसे भजन गा कर रिझाया जा सकता है, वैसे ही फ्रांसीसी तुरही बजाकर भी रिझाया जा सकता है।

"पुस्तक अंग्रेज़ी में है?" विचारों के वेग को रोक कर भाटे ने अपने मन को किसी और दिशा में मोड़ते हुए कहा।

"नहीं। फ्रांसीसी में है।" स्वामी अन्यमनस्क से बोले, "शिव! शिव!!"

"आप फ्रांसीसी भाषा भी जानते हैं?" भाटे मन ही मन सोच रहे थे कि वे इस संन्यासी के विषय में किस-किस बात को लेकर चमत्कृत होंगे। वे उसके विषय में जितना भी जानते जाते हैं, उतने ही चकित भी होते जाते हैं।

"पोरबंदर के दीवान शंकर पांडुरंग शास्त्री ने कुछ कुछ सिखा दी है–थोड़ी-सी लैटिन भी पढ़ा दी है। संस्कृत के काफी निकट की भाषा है लैटिन।" स्वामी ने कहा, "काम चलाऊ ज्ञान प्राप्त कर लिया है।" सहसा वे हंसे, "पता नहीं कि इस पुस्तक को पढ़कर अपना संगीत संबंधी ज्ञान बढ़ा रहा हूं या फ्रांसीसी भाषा का ही अभ्यास कर रहा हूं। भाषा

का सौन्दर्य भी मां सरस्वती का अद्भुत वरदान है। कहीं विषय प्रधान हो जाता है और कहीं भाषा ही महत्वपूर्ण हो जाती है।"

बाहर आकर वे लोग खुले में रखी कुर्सियों पर बैठ गए।

"अन्य कौन-सी पुस्तकें आप अपने साथ रखते हैं?" भाटे ने जानकारी चाही, "अपनी प्रिय पुस्तकें आप अपने साथ रखते होंगे?"

"संन्यासी के पास कोई स्थाई संपत्ति नहीं होती। पुस्तकें भी नहीं। "स्वामी ने कहा, "और हमारे लिए प्रिय क्या और अप्रिय क्या। सब उसी विभु की विभुता है।" स्वामी कुछ रुक कर बोले, "वैसे इस समय मेरे पास भगवद्गीता की एक प्रति और कुछ उपनिषद् हैं। उनको थोड़ा-थोड़ा पढ़ता हूं और कुछ-कुछ मनन करता रहता हूं।"

"आपको संस्कृत का भी ज्ञान है?" भाटे ने पूछा, "या फिर अनुवाद के माध्यम से ही गीता और उपनिषदों का अध्ययन करते हैं?"

"मां के प्रसाद से संस्कृत का भी थोड़ा सा कामचलाऊ ज्ञान पाया है। संस्कृत से असंपृक्त रहकर इस देश की आत्मा को समझना बड़ा कठिन है।" स्वामी ने कहा, "मेरी इच्छा है कि इस देश के लोग संस्कृत को कुछ और गंभीरता से पढ़ें।"

भाटे को इतनी प्रसन्नता संन्यासी की किसी अन्य बात से नहीं हुई थी।

"यह तो बहुत ही अच्छी बात है स्वामी जी। मैं स्वयं सोचता हूं, आजकल संस्कृत का ज्ञान है ही कितने लोगों को। मेरे मन में बड़ी अभिलाषा है कि मेरा पुत्र संस्कृत का अच्छी तरह अभ्यास कर संस्कृत का वास्तविक विद्वान् बन जाए। आजकल मैं उसे अष्टाध्यायी पढ़वा रहा हूं।"

149

"अरे भाटे! सुना है आजकल तुम्हारे यहां कोई संन्यासी ठहरा हुआ है।"

तारकुंडे का दफतर पास ही था। वे बहुधा दोपहर के समय गपशप के लिए भाटे के पास कचहरी में आ जाया करते थे।

"हां! दो दिन से एक स्वामी जी आए हुए तो हैं। इंजीनियर साहब! किंतु आपको किसने कहा?"

"सब ओर चर्चा है।" तारकुंडे ने कुर्सी पर बैठते हुए कहा, "आप्टे कह रहा था, संन्यासी की बड़ी सेवा कर रहे हो। पढ़े-लिखे होकर भी तुम किन जाहिलों के चक्कर में पड़े हो।" तारकुंडे के चेहरे पर उसकी वितृष्णा उभर आई, "साधु सेवा! माई फुट।"

"अरे भाई! एक्सिक्यूटिव इंजीनियर साहब!" भाटे हंसे, "तुम्हारे जैसा धर्मप्राण हिंदू तो सारे देश में ढूंडे नहीं मिलेगा। ब्रह्ममुहूर्त में उठकर रात के सोने तक तुम्हारा ऐसा कौन सा क्षण है, जो धर्मिक कर्मकांड से मुक्त होता है। कोई पूर्णिमा, अमावस्या, एकादशी तुम नहीं छोड़ते; और तुम ही साधुसेवा की निन्दा कर रहे हो।"

"देखो भाटे!" तारकुंडे बोले, "यह सारा ढकोसला मैं मात्र अभ्यास के कारण ढोए जा रहा हूं। अन्यथा विज्ञान के युग में धर्म की सार्थकता ही क्या है। और फिर ये

साधु संन्यासी, जो निठल्ला काम नहीं करना चाहता, वह संन्यासी हो जाता है।" तारकुंडे ने भाटे की ओर देखा, "तुम स्वयं किसी भले आदमी से फीस लिए बिना, न उसकी बात सुनोगे, न उसे कोई परामर्श दोगे; किंतु उस साधु के इशारों पर दुनिया भर के नाच नाचोगे। बताओ, यह कोई वैज्ञानिक दृष्टिकोण है?"

तब तक आप्टे और दीघे भी वहां आ गए थे। तारकुंडे की बात उन्होंने कुछ सुनी थी, कुछ नहीं सुनी थी; किंतु इस वार्तालाप में उनकी रुचि कम नहीं थी।

"साधुसेवा सत्संगति और धर्मलाभ के लिए होती है।" आप्टे ने कहा, "वह व्यवसाय तो है नहीं कि सोचा जाए कि उससे क्या लाभ होगा; और विज्ञान को तो उसमें करना ही क्या है।"

"मेरी बात सुनो।" भाटे ने कहा, "मैं तारकुंडे से चाहे पूरी तरह सहमत न भी होऊं, किंतु किसी मूर्ख को धर्मगुरु मानकर, उसकी पूजा करने के पक्ष में मैं भी नहीं हूं।"

"तो फिर उस साधु को क्यों बैठा रखा है घर में?" तारकुंडे ने कहा, "निकाल कर बाहर करो।"

"यही तो कह रहा हूं।" भाटे बोले, "अपने पत्र में तो लक्ष्मणराव ने उसकी प्रशंसा लिखी ही थी, मैंने भी उसे अब तक बहुत अद्भुत पाया है। मुझे तो वह बहुत विद्वान् और पंडित लगता है।"

"अच्छा।" तारकुंडे ने जैसे अपनी आंखें भाटे के वक्ष में गाड़ दी, "अंग्रेज़ी समझता है?"

"तुम से अच्छी अंग्रेज़ी बोलता है।" भाटे ने कहा, "संस्कृत के ग्रंथ उसे कंठस्थ हैं। हिंदी धाराप्रवाह बोलता है। बांग्ला उसकी मातृभाषा है। फ्रांसीसी की पुस्तक पढ़ रहा है।"

तारकुंडे ने भाटे को इस प्रकार देखा, जैसे वे यह सब उसे ही नीचा दिखाने के लिए कह रहे हों, "अच्छा! अच्छा!! कोई बड़ा भाषाविद है। जानता भी है या जानने का नाटक कर रहा है?" किंतु भाटे के उत्तर से पहले ही बोले, "अच्छा बताओ, दर्शनशास्त्र पढ़ा है उसने?"

"मैं नहीं जानता।" भाटे बोले, "किंतु साधु है तो दर्शन से अनभिज्ञ भी नहीं होगा।"

"मैं बताऊं।" आप्टे ने कहा, "मेरा विचार है कि हमें अपने नगर के नेताओं और विद्वानों को एकत्रित कर, उसकी विद्वता की थाह लेनी चाहिए। इतना ही पढ़ा-लिखा है तो उसे इसमें कोई आपत्ति नहीं होनी चाहिए।"

"नहीं! उसे आपत्ति क्या होगी।" भाटे सहमत हो गए।

"स्वामी जी! मुझे बताया गया है कि आप बहुत विद्वान् पुरुष हैं। हमारा सौभाग्य है कि आप हमारे नगर में पधारे हैं।" तारकुंडे ने मधुर ढंग से बात आरंभ की; किंतु उन

शब्दों के पीछे से झांकती उनकी अश्रद्धा को कोई भी स्पष्ट देख सकता था, "यदि आप बुरा न मानें तो दो एक प्रश्न मैं भी करना चाहूंगा।"

"अवश्य! अवश्य!!" स्वामी ने स्वागत किया, "मैं विद्वान् हूं या नहीं हूं–उससे क्या। धर्मचर्चा मुझे अच्छी लगती है।"

"धर्मचर्चा तो हमें भी अच्छी लगती है स्वामी जी! किंतु यदि वह मूर्खतालिप्त न हो तो।" तारकुंडे अपनी पर आ गए, "स्वामी जी! पौराणिक कपोल कथाएं मत सुनाइएगा; वैज्ञानिक ढंग से आप मुझे यह बताइए कि आपका वेदांत जो यह कहता है कि सारी सृष्टि में एक ही तत्व विद्यमान है–उसका कोई वैज्ञानिक प्रमाण भी है?"

"अवश्य है। चेतन, अचेतन, स्थूल, सूक्ष्म–सभी दम साधे एकत्व की ओर दौड़ रहे हैं।" संन्यासी ने सहज भाव से मुसकरा कर कहा, "पहले मनुष्य ने जिन भिन्न पदार्थों को देखा, उनमें से प्रत्येक को भिन्न मान कर, उनको भिन्न-भिन्न नाम दिए। बाद में विचार कर यह निश्चय किया कि समस्त पदार्थ तिरसठ मूल द्रव्यों से उत्पन्न हुए हैं।" स्वामी ने रुक कर तारकुंडे की ओर देखा, "मूल द्रव्य समझते हैं न आप? जिन्हें अंग्रेजी में रसायनशास्त्र पढ़ने वाले लोग एलिमेंट कहते हैं।"

तारकुंडे ने अपना सिर हिला दिया, जैसे सब कुछ समझ रहे हों।

"बहुत से लोगों को संदेह था कि इन मूल द्रव्यों में से अनेक मिश्रित द्रव्य अर्थात् यौगिक–कंपाउंड–हैं।" संन्यासी ने बात आगे बढ़ाई, "जैसे-जैसे समय बीतता जा रहा है, अनेक मूल द्रव्य मिश्रित द्रव्य प्रमाणित होते जा रहे हैं। जब रसायनशास्त्र अंतिम मीमांसा पर पहुंचेगा, उस समय सभी मूल द्रव्य एक ही पदार्थ के अवस्थाभेद मात्र समझे जाएंगे।"

आपके पास इसका कुछ प्रमाण भी है?" तारकुंडे ने कुछ उद्दंडता से कहा।

"पहले ताप, आलोक और विद्युत को सभी भिन्न समझते थे। अब प्रमाणित हो गया है–ये सब एक ही हैं। एक ही शक्ति के अवस्थांतर मात्र हैं।" संन्यासी ने अपनी दृष्टि श्रोताओं पर जमाई, "लोगों ने पहले समस्त पदार्थों को चेतन, अचेतन और उद्भिज–इन तीन श्रेणियों में विभक्त किया था। उसके बाद देखा गया कि उद्भिज में भी दूसरे सभी चेतन प्राणियों के समान प्राण हैं, केवल गमन शक्ति नहीं है। तब बाकी रह गई दो श्रेणियां–चेतन और अचेतन। भविष्य का शोध तय कर देगा कि जिन्हें हम अचेतन कहते हैं, उन में भी थोड़ा बहुत चैतन्य अवश्य है।"

"यह तो निराधार भविष्यवाणी है। आपकी इस बात को हम बिना किसी प्रमाण के कैसे स्वीकार कर लें?" तारकुंडे के स्वर में स्पष्ट अभद्रता थी।

भाटे को लगा, कहीं इस प्रकार तारकुंडे को बुलाकर उन्होंने भूल तो नहीं की? किसी की विद्वता और ज्ञान को परखना एक बात है और उसका अपमान करना दूसरी। तारकुंडे तो झगड़ा मोल लेने के लिए शोहदों का सा व्यवहार कर रहा है।

'तारकुंडे! स्वामी जी से इस प्रकार बात नहीं करते।" भाटे से कहे बिना नहीं रहा

गया।

स्वामी ने अपना हाथ उठाकर, भाटे को रोका, "कोई बात नहीं वकील साहब! आप चिंतित न हों। मैं इन बातों का बुरा नहीं मानता।" संन्यासी ने तारकुंडे की ओर देखा, "किस बात का वैज्ञानिक प्रमाण चाहिए आपको?"

"आपने आरंभ में ही कह दिया है स्वामी जी! कि चेतन और अचेतन सभी एकत्व की ओर दौड़ रहे हैं; किंतु आपके पास क्या प्रमाण है कि अचेतन पदार्थ एकत्व की ओर दौड़ रहे हैं?"

"प्रमाण उनके पास नहीं है, जो पृथ्वी का निरीक्षण नहीं करते," स्वामी ने सहास कहा, "पृथ्वी में जो ऊंची नीची जमीन देखी जाती है, वह भी समतल होकर एकरूप में परिणत होने की सतत चेष्टा कर रही है। वर्षा के जल से पर्वत आदि ऊंची जमीन धुल जाने पर उस मिट्टी से गढ़े भर रहे हैं। एक उष्ण पदार्थ को किसी स्थान पर रखने पर वह चारों ओर के द्रव्यों के साथ समान उष्ण भाव धारण करने की चेष्टा करता है। उष्णता इस प्रकार संचालन, संवाहन, विकिरण आदि पद्धतियों से सर्वदा समभाव या एकत्व की ओर अग्रसर हो रही है।"

"ये सब तो कवि के प्रमाण हैं, वैज्ञानिक के नहीं।" तारकुंडे ने पुनः कहा, "कोई वैज्ञानिकों वाला प्रमाण दीजिए।"

"वृक्ष के फल, फूल, पत्ते और उसकी जड़–ऊपर से भिन्न प्रतीत होते हैं। पाठशालाओं में बच्चों को पढ़ाया भी इसी प्रकार जाता है। किंतु रूपाकार भिन्न होने पर भी पदार्थ तो एक ही है। विज्ञान इसे प्रमाणित कर चुका है।" स्वामी ने कहा, "प्रिज़्म के भीतर से देखने पर सफेद रंग, इंद्रधनुष के सात रंगों के समान पृथक् पृथक् विभक्त दिखाई देता है। खाली आंखों से देखने पर एक ही रंग और लाल या नीले चश्मे से देखने पर सभी कुछ लाल या नीला दिखाई देता है।"

"आप विषय से भटक रहे हैं स्वामी जी!" तारकुंडे के चेहरे पर विजयिनी मुसकान थी, "अपने इन बचकाने उदाहरणों से आप प्रमाणित क्या कर रहे हैं?"

भाटे के चेहरे पर फिर विरोध झलका किंतु स्वामी का चेहरा तथा स्वर अब भी निर्द्वंद्व थे, "सत्य तो एक ही है। माया के द्वारा हम उसे पृथक्-पृथक् देखते हैं। देशकालातीत सत्य अद्वैत और अखंड है। उसके कारण मनुष्य को इस सृष्टि के विभिन्न पदार्थों का ज्ञान होता है; किंतु उस संपूर्ण सत्य को मनुष्य देख नहीं पाता, जान नहीं पाता।"

भाटे का विचार था कि अब शायद तारकुंडे का मुख बंद हो जाएगा; किंतु तारकुंडे चुप नहीं हुए। पैंतरा बदल कर बोले, "जो कुछ हम अपनी आंखों से देखते हैं, सदा वही सत्य नहीं होता। रेल की समानांतर पटरियां दूर जाकर परस्पर मिलती हुई प्रतीत होती हैं। मृगतृष्णा तथा रज्जू में सर्पभ्रम आदि ऑपटिकल इल्यूजन होते ही रहते हैं। सभी प्राणियों के नेत्र भिन्न-भिन्न क्षमतायुक्त लेंस मात्र हैं। हम लोग किसी वस्तु को जिस प्रकार का देखते हैं, घोड़ा उसको कुछ बड़े आकार में देखता है, क्योंकि उसके नेत्रों का

लेंस कुछ भिन्न शक्ति वाला है।" तारकुंडे गर्वपूर्ण भाषण की मुद्रा में आ गए थे, "जॉन स्टुआर्ट मिल ने कहा है..." सहसा उन्होंने रुककर स्वामी की ओर देखा, "जॉन स्टुआर्ट मिल का नाम सुना है न?"

स्वामी हल्के से मुस्कराए।

"जॉन स्टुआर्ट मिल ने कहा है, "तारकुंडे ने अपनी बात आगे बढ़ाई, "मनुष्य चाहे सत्य के पीछे पगला जाए, किंतु परम सत्य को समझने की क्षमता उसमें नहीं है; क्योंकि प्राकृतिक सत्य सामने आने पर भी मनुष्य समझ नहीं पाएगा कि यही वास्तविक सत्य है। हम लोगों का सारा ज्ञान सापेक्ष है, निरपेक्ष तथा पूर्ण सत्य को देख सकने की पूर्ण क्षमता, हममें नहीं है। अतएव निर्गुण ब्रह्म अथवा जगत् के कारण को मनुष्य कभी नहीं समझ सकता।" तारकुंडे ने संन्यासी की ओर देखा, "क्या कहते हैं स्वामी जी!"

तारकुंडे के स्वर का विष सबका हृदय जला रहा था। यदि कोई उससे अप्रभावित दिख रहा था, तो वे स्वयं स्वामी ही थे।

स्वामी ने सहज शांत भाव से कहा, "हो सकता है कि आपको और आपके परिचितों को परम तथा निरपेक्ष ज्ञान न हो; किंतु इससे यह निष्कर्ष कैसे निकाला जा सकता है कि किसी को भी परम ज्ञान नहीं है।' संन्यासी ने तारकुंडे पर अपनी दृष्टि जमाई, "आप कभी उत्तरी ध्रुव प्रदेश गए हैं?"

"नहीं!"

"आपका कोई मित्र गया है?"

"नहीं।"

"आपका कोई संबंधी गया है?"

"नहीं।"

"पर फिर भी वहां अन्य लोग गए हैं। वहां कुछ लोग रहते भी हैं।" स्वामी ने कहा, "ज्ञान और मिथ्या ज्ञान नामक दो अवस्थाएं हैं। इस समय आप जिसे ज्ञान कह रहे हैं, वह वस्तुतः मिथ्या ज्ञान है। सत्य ज्ञान के उदित होने पर, वह तिरोहित हो जाता है, उस समय सब एक दिखाई देता है–द्वैत ज्ञान अज्ञानजनित है।"

संन्यासी से सहमत होने के स्थान पर तारकुंडे कुछ और भी उग्र हो गए, "यह तो बड़ा भयानक तर्क है साधु महाराज! यदि ज्ञान तथा अज्ञान–ये दो ही अवस्थाएं हैं; तो जिसे आप परमज्ञान समझते हैं, वह भी तो मिथ्याज्ञान हो सकता है। और हमारे जिस द्वैतज्ञान को आप मिथ्याज्ञान कह रहे हैं, वह भी तो सत्यज्ञान हो सकता है।"

स्वामी के माथे पर बल नहीं पड़ा, "आप ठीक कहते हैं, इसीलिए तो वेद में विश्वास करना चाहिए। हमारे पूर्वकालीन ऋषि मुनिगण समस्त द्वैतज्ञान को पार कर, इस अद्वैत ज्ञान का अनुभव कर, जो कह गए हैं, उसी को वेद कहते हैं। स्वप्न और जाग्रत अवस्थाओं में से कौन सी सत्य है और कौन सी असत्य, इसे विचारने की क्षमता हम लोगों में नहीं है। जब तक हम लोग इन दोनों अवस्थाओं को पार कर, इनकी परीक्षा नहीं कर सकेंगे,

तब तक कैसे कह सकते हैं कि यह सत्य है और वह असत्य? केवल दो विभिन्न अवस्थाओं का अनुभव होता है—इतना ही कहा जा सकता है। जब हम एक अवस्था में रहते हैं तो दूसरी अवस्था हमें भूल मालूम पड़ती है। स्वप्न में हो सकता है हमने कलकत्ता में क्रय-विक्रय किया, पर दूसरे ही क्षण में स्वयं को बिछौने पर लेटे हुए पाते हैं। जब सत्य ज्ञान का उदय होगा, तब एक से भिन्न और कुछ नहीं देखोगे। उस समय समझ सकोगे कि पहले का द्वैतज्ञान मिथ्या था। किंतु ये सब दूर की बातें हैं। हाथ में खड़िया लेकर अक्षरारंभ करते ही यदि कोई रामायण-महाभारत पढ़ने की इच्छा करे, तो यह कैसे संभव होगा? धर्म अनुभव का विषय है, बुद्धि के द्वारा समझने का नहीं। अनुभव के लिए प्रयत्न करना ही होगा, तब उसका सत्यासत्य समझा जा सकेगा।"

तारकुंडे का धैर्य चुक गया। अत्यंत खीज के साथ बोले, "स्वामी जी! मैंने आपसे पहले ही कहा था कि मैं आपका प्रलाप नहीं सुनूंगा। मुझे तो केवल वैज्ञानिक प्रमाण चाहिए।"

"तारकुंडे।" भाटे ने उन्हें टोका।

"आप शांत रहें वकील साहब!" स्वामी ने कहा, "मैं इन्हें वैज्ञानिक प्रमाण ही दूंगा। बिना तर्कसंगत वैज्ञानिक प्रमाण के हम किसी की बात क्यों स्वीकार कर लें।" वे तारकुंडे की ओर मुड़े, "दो अंश उद्‌जन और एक अंश ओषजन लेकर पानी बनता है? कहने से काम नहीं चलेगा। उनको एक सख्त स्थान पर रखकर, उनके भीतर से विद्युतप्रवाह चलाकर उनका संयोग करना होगा। तभी पानी दिखाई देगा और ज्ञात होगा कि उद्‌जन और ओषजन नामक गैसों से पानी उत्पन्न होता है। अद्वैत ज्ञान की उपलब्धि के लिए भी ठीक उसी प्रकार धर्म में विश्वास चाहिए, आग्रह चाहिए, अध्यवसाय चाहिए; और चाहिए प्राणपण से प्रयत्न। तब कहीं अद्वैत ज्ञान होता है। एक महीने के अभ्यास को तो मनुष्य त्याग नहीं सकता, फिर दस वर्ष के पुराने अभ्यास की तो बात ही क्या। प्रत्येक व्यक्ति के सैकड़ों जन्मों का कर्मफल, उसकी पीठ पर बंधा है। एक मुहूर्त भर श्मशान-वैराग्य हुआ नहीं कि कहने लगे—कहां! मुझे तो सब एक दिखाई नहीं पड़ता।"

"यह बात मान लें तो अदृष्टवाद आ जाता है।" यद्यपि तारकुंडे ने अभी मैदान नहीं छोड़ा था, फिर भी उसके मंद स्वर से उसका क्षीण होता हुआ आत्मविश्वास, प्रकट हो रहा था, "यदि पिछले इतने सारे जन्मों का कर्मफल एक जन्म में समाप्त नहीं हो सकता, तो फिर उसके लिए प्रयत्न ही क्यों किया जाए? जब सबको मुक्ति मिलेगी तो हमको भी मिल जाएगी।"

"वैसा नहीं है।" स्वामी ने कहा, "कर्मफल तो भोगना ही पड़ेगा; किंतु अनेक उपायों से कर्मफल त्वरित गति से भी समाप्त हो सकते हैं। मैजिक लैंटर्न की पचास तस्वीरें दस मिनट के भीतर भी दिखाई जा सकती हैं, और दिखाते दिखाते सारी रात भी काटी जा सकती है। यह तो उसकी तीक्ष्णता पर निर्भर है।"

तारकुंडे ने पहले के समान तत्काल ही न तो कोई आपत्ति की और न ही कोई प्रश्न

दागा। वे थोड़ी देर मौन बैठे रहे। अन्य लोग इस अपेक्षा में मौन साधे बैठे रहे कि अभी तारकुंडे कुछ न कुछ पूछेंगे ही। पहले वे अपनी तसल्ली कर लें।

"अच्छा स्वामी जी! अंत में मुझे केवल एक बात और बताइए कि हमारे ऋषि उसी ढंग से भौतिक आधार पर अपने सिद्धांत प्रतिपादित क्यों नहीं करते, जैसा कि पाश्चात्यों ने किया है?"

स्वामी ने क्षण भर अपने मस्तिष्क को विचारों पर केंद्रित किया और बोले, "सुविधा के लिए हम संपूर्ण सृष्टि को दो भागों में बांट सकते हैं–चेतन और अचेतन। मनुष्य चेतन विभाग का एक श्रेष्ठ प्राणी है। किसी किसी धर्म के मतानुसार ईश्वर ने अपने ही समान रूपवाली सर्वश्रेष्ठ मानवजाति का निर्माण किया है। कोई कहता है, मनुष्य पूंछरहित वानर विशेष है; कोई कहता है कि केवल मनुष्य में ही विवेचना शक्ति है, उसका कारण यह है कि मनुष्य के ही मस्तिष्क में जल का अंश अधिक है। जो भी हो, मनुष्य प्राणी विशेष है; और सभी प्राणी सृष्टि के अंश मात्र हैं–इस विषय में मतभेद नहीं हैं। अब, सृष्टि क्या है–इसे समझने के लिए एक ओर पाश्चात्य विद्वान् संश्लेषण-विश्लेषणात्मक उपायों का अवलंब लेकर, 'यह क्या?' 'वह क्या?' इस प्रकार अनुसंधान करने लगे; और दूसरी ओर हमारे पूर्वज भारत की गर्म हवा और उर्वर भूमि में, शरीर रक्षा के लिए बिल्कुल थोड़ा समय देकर, कौपीन धारण कर, टिमटिमाते दिए के प्रकाश में बैठकर, कमर बांध कर विचार करने लगे कि ऐसा कौन-सा पदार्थ है, जिसके जान लेने पर, सब कुछ जाना जा सकता है–कस्मिन् विज्ञाते सर्वमिदं विज्ञातं भवति? उन लोगों में अनेक प्रकार के लोग थे। इसलिए चार्वाक के, 'जो कुछ दिखता है, वही सत्य है' मत से लेकर शंकराचार्य के अद्वैत मत तक सभी हमारे धर्म में पाए जाते हैं।" स्वामी ने रुककर तारकुंडे की ओर देखा, "दोनों की अपनी अपनी अन्वेषण पद्धति है, दोनों की अपनी अपनी तर्कपद्धति है; और दोनों की अपनी अपनी अनुभव पद्धति।"

"पर हम क्या करें स्वामी जी!" तारकुंडे जैसे झल्लाए हुए थे, "एक के अनुसार चलें तो दूसरे के द्वारा गलत ठहराए जाते हैं; और दूसरे के अनुसार चलें तो पहले के द्वारा। आप उस व्यक्ति की पीड़ा के विषय में सोचिए, जो अपनी परंपरा और अभ्यास के अनुसार, एक विशिष्ट जीवनपद्धति में जी रहा हो, और उसकी ज्ञानपद्धति अन्य वर्ग की होने के कारण प्रत्येक क्षण उसे कहती रहती है कि उसकी जीवनपद्धति पूर्णतः भ्रमित है। वह न अपना आचरण बदल सकता है और न अपना ज्ञान।"

"या तो वह व्यक्ति एक ही वर्ग से अपना आचरण और ज्ञान प्राप्त करे अथवा उनका समन्वय करे। दोनों को पृथक्-पृथक् रख कर दोनों को अंगीकृत करना असंभव है।"

"किंतु उन दोनों का समन्वय तो हो ही नहीं सकता।"

स्वामी मुस्कराए, "अब ये दोनों दल एक ही स्थान पर पहुंच रहे हैं; और अब दोनों ने एक ही बात कहनी आरंभ कर दी है। दोनों ही कहते हैं कि इस ब्रह्मांड के सभी पदार्थ

एक अनिर्वचनीय, अनादि, अनन्त वस्तु के प्रकाश मात्र हैं। देश और काल भी वही हैं। काल अर्थात् युग, कल्प, वर्ष, मास, दिन और मुहूर्त आदि समयसूचक काल, जिसके अनुभव में सूर्य की गति ही हमारी प्रधान सहायक है। जरा सोचकर तो देखो, वह काल क्या मालूम होता है? सूर्य अनादि नहीं है। ऐसा समय अवश्य था जब इस सूर्य की सृष्टि नहीं हुई थी और ऐसा समय भी आएगा, जब यह सूर्य नहीं रहेगा। यह निश्चित् है। अतः अखंड समय एक अनिर्वचनीय भाव अथवा वस्तु विशेष के अतिरिक्त भला और क्या है? देश या आकाश कहने पर हम लोग पृथ्वी अथवा सौर जगत् संबंधी सीमाबद्ध स्थान विशेष समझते हैं; किंतु वह तो समग्र सृष्टि के अंश मात्र के सिवाय और कुछ भी नहीं है। अतएव अनन्त देश भी काल के ही समान एक अनिर्वचनीय भाव या वस्तु विशेष है।"

"यही लगता है स्वामी जी!" तारकुंडे पहली बार कुछ सहमत होते से लगे।

"अब सौर जगत् और सृष्टि पदार्थ कहां से और किस प्रकार आए? साधारणतः हम लोग कर्ता के अभाव में क्रिया को नहीं देख पाते। इसलिए समझते हैं कि इस सृष्टि का अवश्य कोई कर्ता है; किंतु ऐसा होने पर तो सृष्टिकर्ता का भी कोई सृष्टिकर्ता आवश्यक है; किंतु वैसा हो नहीं सकता..."

"यही तो। यही तो।" तारकुंडे जैसे सारा आत्मनियंत्रण खोकर स्वामी के साथ सहमति जता बैठे।

"इसीलिए आदि कारण, सृष्टिकर्ता या ईश्वर भी अनादि, अनिर्वचनीय, अनन्त भाव अथवा वस्तुविशेष है।" स्वामी ने कहा, "पर अनन्त की अनेकता तो संभव नहीं है, अतः ये सारी अनन्त वस्तुएं एक ही हैं ; और वही एक, विविध रूपों में प्रकाशित है।"

स्वामी ने जैसे अपनी बात पहली बार पूर्ण कर के देखा, "तुम्हारी शंकाओं का समाधान हुआ जिज्ञासु?"

तारकुंडे कुछ नहीं बोले। उन्होंने अपनी आंखें मूंद कर हाथ जोड़ दिए।

"किंतु स्वामी जी!" भाटे ने बहुत दिनों से अपने मन में जमी हुई आपत्ति को मुखरित किया, "क्या आपको ऐसा नहीं लगता कि वेदांत के सिद्धांत कायरों और आलसियों को अपनी दुर्बलताओं को छिपाने के लिए ढाल के समान उपयोगी लगते हैं?"

"सत्य है कि कायर और आलसी भी वेदांत की आड़ ले सकते हैं। उसकी घोषणाएं कर सकते हैं; किंतु उसका व्यवहार केवल वीर तथा समर्थ हृदय लोग ही कर सकते हैं।" स्वामी ने भाटे की ओर देखा, "वेदांत मंदाग्नि के रोगियों के लिए अपाच्य है।"

भाटे ने कुछ नहीं कहा; किंतु उनकी दृष्टि में पूर्ण संतोष नहीं था। वे जैसे अब भी इस विषय को कुछ और स्पष्ट किए जाने के लिए स्वामी की ओर देख रहे थे।

"यदि एक बलिष्ठ पुरुष सायास सोच समझ कर अपने दुर्बल विरोधी के प्रति बलप्रयोग नहीं करता, तो यह कहा जा सकता है कि वह उदात्त चरित्र का स्वामी है।" स्वामी ने कहा, "किंतु दूसरी ओर एक दुर्बल व्यक्ति पिटता भी रहे और यह कहता भी

रहे कि उसने हिंसा का प्रयोग न करने का संकल्प किया है, तो यह अहिंसा नहीं, उसकी कायरता का आवरण मात्र है। यही कहा था श्रीकृष्ण ने अर्जुन से," स्वामी के स्वर में एक अलौकिक दीप्ति थी, "अर्जुन की युद्ध के प्रति अनिच्छा, अपने बंधुओं के विरुद्ध बलप्रयोग न करने के संकल्प के रूप में ही नहीं, उसके मोहग्रस्त मन की कायरता के रूप में समझी जा सकती है। इसीलिए श्रीकृष्ण ने उसे क्लीव कहा।"

भाटे ने उत्तर में कुछ नहीं कहा। शायद वे स्वामी की बात पर मनन कर रहे थे और इस विषय में तत्काल कुछ नहीं कहना चाहते थे।

सहसा स्वामी हंस पड़े, "आज कुछ अधिक ही हो गई गंभीर वार्ता, तर्क वितर्क और पक्ष विपक्ष।"

"अभी तो आपकी भेंट हमारे आंचलिक वनाधिकारी से नहीं हुई है।" भाटे भी कुछ हल्के मन से बोले, "यदि कहीं वे भी आ गए होते, तो वितंडावाद कुछ और भी उग्र हो गया होता।"

"कौन हैं वे?" स्वामी ने सहज जिज्ञासा की।

"वे भी आपके बंगाल के ही निवासी हैं–हरिपद मित्र। वे भी पाश्चात्य विज्ञान के रोग से ग्रस्त हैं। अतः धर्म को और विशेष रूप से हिंदू धर्म को केवल रूढ़िग्रस्त, अवैज्ञानिक और अंधविश्वास मानते हैं।"

"ऐसे विद्वान् लोगों से तो अवश्य ही धर्मचर्चा करनी चाहिए।" स्वामी बोले, "संभव है कि वे भी आजकल में दर्शन दें।"

"नहीं!" भाटे बोले, "मेरा विचार है कि शायद वे यहां नहीं आएंगे।"

"क्यों?"

"सामान्यतः मराठीभाषियों की गतिविधियों से वे स्वयं को असंपृक्त ही रखते हैं। वैसे भी वे यह मानते हैं कि हम ब्राह्मण हैं, अतः अशिक्षित और पोंगापंथी हैं। वे कायस्थ होने के नाते सुशिक्षित और प्रगतिशील हैं।"

"वे तो बड़े रम्य व्यक्तित्व के स्वामी प्रतीत होते हैं।" स्वामी बोले, "देखिए, शायद हमारे भाग्य से वे आपके घर पदार्पण करें।"

भाटे के मन में एक नई योजना बन आई, "स्वामी जी! यदि आपको बहुत अटपटा न लगे तो हम थोड़ी देर के लिए उधर हो ही आते हैं। अभी भोजन में कुछ विलंब है।" भाटे कुछ रुक कर बोले, "शायद बंगाल की भूमि से इतनी दूर एक बंगाली से मिलकर उन्हें प्रसन्नता हो।"

"मुझे कोई आपत्ति नहीं है।" संन्यासी ने उत्तर दिया।

150

नौकर ने कपाट खोले तो हरिपद ने देखा : भाटे साहब थे। पर उनके साथ यह गेरुआ धारण किए कौन था, मोटा सा स्थूलकाय संन्यासी। कैसा प्रसन्न लग रहा था मोटू। बिना पैसे के खाने को मिल जाता है न। तभी।

और भाटे को तो यह रोग ही है कि किसी न किसी बाबा को पकड़ कर उसके सामने हाथ जोड़े बैठा रहता है। उसका विचार है कि ये बाबा लोग बहुत ज्ञानी और पहुंचे हुए हैं। इनके चरण धो-धो कर पिएगा, तो वह सीधा मेल ट्रेन से स्वर्ग जाएगा। स्वयं बुद्ध है तो सारी दुनिया को सीधा समझता है। इस संसार में इतना सरल होना भी ठीक नहीं है।

पर यह इस बाबा को हरिपद के घर क्यों ले आया?

हरिपद कुछ पूछता, उससे पहले ही भाटे ने हिंदी में कहा, "ये एक विद्वान् बंगाली संन्यासी हैं। आपसे मिलने आए हैं।"

"बंगाली हैं?" हरिपद के मन में क्षेत्रीयताजन्य आत्मीयता जागी। उसने निकट आए संन्यासी की ओर ध्यान से देखा : एक प्रशांत मूर्ति, नेत्रों में जैसे तड़ित का आवास हो, दाढ़ी मूंछ मुड़ी हुई, शरीर पर भगवा अलखला, पैरों में कोल्हापुरी चप्पल और सिर पर गेरुआ पगड़ी।

हरिपद को वह भव्य मूर्ति आकर्षक लगी। मन सहज ही उनके अनुकूल हो गया और उनका सत्कार करने की इच्छा जागी।

"आइए! बैठिए।" हरिपद ने बांग्ला में कहा, और आसन की ओर संकेत किया। उसका मन कह रहा था–विद्वान् हैं और बंगाली भी हैं–वार्तालाप में सुविधा रहेगी।

"हम बांग्ला में बात करें या भाटे साहब की सुविधा के लिए अंग्रेजी नें?"

"भाटे साहब को असुविधा न हो, इसलिए हम बांग्ला में बात नहीं करेंगे; किंतु अंग्रेजी क्यों? हिंदी में क्यों नहीं? बंगाल के बाहर भिन्न भाषाभाषियों को अंग्रेजी में नहीं हिंदी में बात करनी चाहिए। हिंदी हमारी राष्ट्रभाषा है।" स्वामी ने कहा।

हरिपद का माथा ठनका–भाटे ठहरा महाराष्ट्र का ब्राह्मण। उसके घर मछली नहीं मिली होगी, तो बाबा जी ने सोचा, 'चलो हरिपद मित्र के घर चलो। बंगाली है। और कुछ नहीं तो मछली तो खिलाएगा ही।

अभी खिलाता हूं इसे मछली–हरिपद ने मन ही मन कहा–यह भी क्या याद करेगा कि किसी बंगाली बाबू से पाला पड़ा था, "बाबा! आप हुक्का पीते हैं क्या?" हरिपद स्वयं ही अपने स्वर की खनक से प्रसन्न हो रहा था, "पर पहले ही बता दूं कि मैं कायस्थ हूं और मेरे घर में एक ही हुक्का है। यदि आपको आपत्ति न हो तो थोड़ा तंबाकू मंगवाऊं।"

"जो भी मिल जाए, उसी से काम चल जाएगा–हुक्का, सिग्रेट, बीड़ी, चुरुट और मुझे आपके हुक्के से तंबाकू पीने में कोई आपत्ति नहीं है।"

कैसा संन्यासी है यह–हरिपद ने सोचा–तनिक भी सात्विक मालूम नहीं होता। छूआछूत को नहीं मानता–कोई अघोरी है क्या?

"अच्छा! आप बैठिए।"

स्वामी और भाटे बैठ गए तो हुक्का तैयार करवाने के लिए कहने के बहाने, हरिपद भीतर चला गया।

इंदुमती ने पूछा, "कौन आया है?"

"दो गिलास पानी भिजवा दो और हुक्का तैयार करवा दो।" हरिपद बोला, "अभी बताता हूं।"

नौकर के हाथ पानी भेज कर इंदुमती ने पुनः पूछा, "कौन है?"

"अरे वह मूर्ख भाटे एक बंगाली संन्यासी को ले आया है।"

"कोई संन्यासी है? हमारे घर ठहरेंगे?" इंदुमती ने उत्साह से पूछा।

हरिपद ने एक कठोर दृष्टि उसपर डाली, "इसमें प्रसन्न होने की क्या बात है?"

"क्या वे अपना सामान लाए हैं?" इंदुमती ने जैसे हरिपद की बातों को सुना ही नहीं था, "उन्होंने कहा है कि वे हमारे घर में ठहरेंगे?"

"तुम तो मूर्ख हो एकदम। किसी भी पाखंडी को देख कर भक्तिसागर में गोते खाने लगती हो।"

"रहने दो, अब यह सब।" इंदुमती की वाणी में आदेश था किंतु हरिपद की उपेक्षा नहीं थी, "अपने घर से इतनी दूर कभी कोई बंगाली भद्रपुरुष आया भी है। और फिर ये तो संन्यासी हैं। उन मरे ईसाई पादरियों से इतना सिर मारते हो, थोड़ी देर इनसे भी कुछ धर्मचर्चा कर लेना।"

"मैं तो चर्चा कर लूं पर उसको कुछ आता हो तब न।" हरिपद खीज कर बोला, "सिर मुड़ा कर भगवा धारण कर लेने से ही तो कोई ज्ञानी नहीं हो जाता।"

"अच्छा! तुम बात कर के तो देखो।" इंदुमती बोली, "विद्वान् संन्यासी हो तो ठीक। मर्ख भिखारी हो तो दो दिन में चलता कर देना।"

हरिपद असमंजस की स्थिति में स्वयं को ठेलता हुआ बैठक में आ तो गया, किंतु उसे जैसे कोई बात ही नहीं सूझ रही थी। उसी झोंक में बोला, "आप अपना सामान तो लाए नहीं हैं, तो मेरे यहां ठहरेंगे कैसे?" मुख से शब्दों के निकलते ही उसकी समझ में आ गया कि उसका व्यवहार कहीं न कहीं शालीनता का अतिक्रमण कर रहा है। स्वयं को सुधारते हुए बोला, "मेरा अभिप्राय है कि आपका सामान यहां मंगवा लूं क्या?"

स्वामी ने बहुत ठहरी हुई दृष्टि से हरिपद को देखा, "मैं भाटे साहब के घर में बहुत आराम से हूं। वहां मुझे तनिक भी असुविधा नहीं है।" फिर सहसा स्वामी के चेहरे पर शैशव का उल्लास और चपलता आ विराजी, "यहां आ गया तो भाटे कहेंगे कि एक बंगाली को देखते ही मेरी प्रादेशिकता जाग उठी है और मैं मछली के लोभ में यहां आ गया हूं।" पुनः गंभीर होकर उन्होंने कहा, "भाटे परिवार अत्यंत भक्ति और स्नेह से मेरी देखभाल कर रहा है। उनका मन दुखाना उचित होगा क्या?"

हरिपद को शांति मिली, किंतु तत्काल स्मरण हो आया कि इंदुमती की योजना संन्यासी को अपने घर ठहराने की है। ऐसा न हो कि वह मान बैठे कि हरिपद ने ही संन्यासी को यहां न ठहरने के लिए प्रेरित किया है। उसे पत्नी का विशेष भय नहीं था; किंतु उसने अपने मन को पहचाना : वह अपने आप को कहीं बहुत अपमानित पा रहा

था। संन्यासी का तिरस्कार कर उसे बहुत प्रसन्नता होती, किंतु संन्यासी ने उसे उसका अवसर ही नहीं दिया।

"कुछ वर्दियां बड़ी सुरक्षित होती हैं।" वह बोला, "जैसे पुलिस की वर्दी। सेना की वर्दी। वर्दी देखते ही उनका सम्मान करना पड़ता है। उन वर्दियों को प्राप्त करने के लिए कुछ परीक्षाएं देनी पड़ती हैं। सरकार की मान्यता प्राप्त करनी पड़ती है; किंतु संन्यासी की वर्दी बड़े मजे की है। जो चाहे, जब चाहे, उसे पहन कर सम्मान का भाजन बन जाता है। क्यों बाबा?"

स्वामी ने तनिक भी उत्तेजित हुए बिना, अत्यंत शांत भाव से कहा, "हां! बहुत से अपराधी भी वारंट के भय से अथवा अपने दुष्कर्मों को छिपाने के लिए संन्यासी के वेश में घूमते फिरते हैं।"

संन्यासी ने जिस निर्दोष भाव से यह बात स्वीकार कर ली थी, उससे हरिपद स्वयं अपनी ही दृष्टि में दोषी हो गया था। उसने देखा कि संन्यासी की आंखें तो अब भी निर्मल थीं; किंतु भाटे के अधर अवश्य हंसी में कुछ वक्र हो गए थे। अपने अपराध की फांस को कुछ कम करने के लिए अनायास ही हरिपद जैसे स्पष्टीकरण देने पर आ गया, "नहीं! मेरा अभिप्राय किसी अपराधी से नहीं था। मैं तो उनके विलास की बात कर रहा था। संसार का भोग भी करेंगे और त्यागी भी कहलाएंगे। मेरा तात्पर्य है—गांजा... चरस.."

"हां! साधुओं के भी कुछ विलास होते हैं।" स्वामी ने मुसकरा कर कहा, "किंतु इसमें तुम लोगों का भी कुछ दोष है। तुम लोग सोचते हो, संन्यासी होते ही उसे ईश्वर के समान त्रिगुणातीत हो जाना चाहिए। उसे पेट भर अच्छा खाने में दोष, बिछौने पर सोने में दोष, यहां तक कि जूता और छाता तक व्यवहार में लाने में दोष। क्यों? वह मनुष्य नहीं है?" संन्यासी ने हरिपद की आंखों में देखा, "तुम लोगों के मत में जब तक कोई परमहंस न हो जाए, तब तक उसे गेरुआ वस्त्र पहनने का अधिकार नहीं है।"

हरिपद को संन्यासी के तर्क का उत्तर नहीं सूझा, तो जैसे अंधेरे में ही बाग मारा, "यह मतभेद तो किसी भी विषय में हो सकता है।"

"मतभेद तो कहीं भी हो सकता है। देश, काल और पात्र के भेद से नैतिकता एवं सौन्दर्यशास्त्र तक में मतभेद पाया जाता है।"

उसने संन्यासी के तर्क को अपनी ओर मोड़ा, "तो जब मत-वैविध्य इतना स्वाभाविक है तो मुझे भी अधिकार है कि मैं संन्यासियों के विषय में आपसे भिन्न, अपना एक स्वतंत्र मत रखूं।"

"अवश्य। मतवैभिन्न्य के ही तो उदाहरण हैं—हमारे इतने सारे धर्म और संप्रदाय।" संन्यासी तत्काल सहमत हो गया, "विविधता अपने आप में तनिक भी अनुपयोगी या हानिकारक नहीं है। उससे असुविधा तब होती है, जब कोई एक मत स्वयं को दूसरे पर आरोपित करने का प्रयत्न करता है; अथवा किसी समस्या का समाधान करने के स्थान पर, लोग अपने-अपने मत का पक्ष ले कर झगड़ा करने लगते हैं।"

और हरिपद स्वयं भी समझ नहीं पाया कि कब उसके मनने संन्यासी के प्रति प्रशंसा और विरोध को मिलाकर एक ही उक्ति में प्रकट कर दिया, "बाबा! आप यदि प्रयत्न करें, तो मुझ से भी अधिक धन अर्जित कर सकते हैं।"

संन्यासी तनिक भी आहत नहीं हुआ। मुसकरा कर बोला, "तुम इतने कष्ट से उपार्जन कर रहे हो। इसका बहुत थोड़ा-सा अंश अपने लिए व्यय करते हो, शेष का एक अंश उनके लिए व्यय करते हो, जिन्हें अपना समझते हो। वे लोग उसके लिए न तुम्हारा आभार मानते हैं और न उतने से संतुष्ट होते हैं, जितना तुम उनके लिए व्यय करते हो। जो राशि तुम कौड़ी-कौड़ी जोड़ रहे हो, उसका तुम्हारे बाद कोई और उपभोग करेगा और बहुत संभव है कि यह कहकर तुम्हारी निन्दा करे कि तुम उसके इतनी कम राशि छोड़ कर गए।" स्वामी बोले, "मैं कोई परिश्रम नहीं करता। भूख लगने पर पेट पर हाथ रखकर, हाथ को मुंह के पास लेजा कर, संकेत कर देता हूं। जो पाता हूं, खा लेता हूं। कुछ भी कष्ट नहीं उठाता, कुछ भी संग्रह नहीं करता। हम दोनों में से कौन अधिक बुद्धिमान है–तुम या मैं?"

हरिपद अवाक् बैठा रह गया : संन्यासी सच बोल रहा था। पर यह सत्य कितना कटु था। हरिपद स्वयं को बुद्धिमान समझ रहा था और संन्यासी उसे बता रहा था कि यह सारी दुनियादारी मात्र मूर्खता है। हरिपद इस संन्यासी को इस प्रकार तो नहीं छोड़ सकता...

किंतु तभी स्वामी उठ खड़े हुए। उनके बिना कुछ कहे ही भाटे भी उठकर खड़े हो गए, जैसे स्वामी के संकेतों पर नाचने वाली कोई कठपुतली हों।

हरिपद को लगा कि सुख का कोई साधन न होने पर भी यह संन्यासी उससे सहस्रगुना सुखी है। उसे कोई अभाव नहीं है, उसके मन में कोई अपेक्षा ही नहीं है, कोई कामना और इच्छा नहीं है।

"अच्छा! अब हम चलते हैं। आपसे मिलकर बहुत प्रसन्नता हुई।" स्वामी ने कहा, "आशा है, फिर भी मिलेंगे।"

हरिपद इस आकस्मिकता से अकबका गया, "थोड़ी देर और बैठते।" उसे लग रहा था कि उसके स्वर में आग्रह नहीं, याचना थी।

"वैसे तो हम कुछ करते नहीं। निठ्ठले बैठे रहते हैं। फिर भी हमारी एक दिनचर्या है।" स्वामी बोला, "दिन भर कुछ न कुछ करते ही रहना पड़ता है। अब भी कुछ करने का समय हो गया है।" स्वामी ने जाने के लिए पग बढ़ाया।

हरिपद समझ नहीं पाया कि उसे ऐसा क्यों लग रहा था कि जैसे उसका कुछ बहुत मूल्यवान छिना जा रहा है; और उसे बचाने के लिए उसे कुछ उद्यम तो करना ही चाहिए। सारा कुछ नहीं बच सकता तो कुछ न कुछ तो बचा ही लिया जाए।

"बाबा! आप मेरे यहां ठहरना नहीं चाहते तो कल प्रातः चाय पीने ही आ जाइए।" हरिपद के मुख से अनायास ही निकला, "मुझे बड़ी प्रसन्नता होगी।"

"अच्छा।" स्वामी ने और कुछ नहीं कहा और बाहर की ओर चल पड़े।

प्रातः हरिपद लगातार स्वामी की प्रतीक्षा करता रहा। एक आध बार उसके मन ने उसे धिक्कारा भी–संन्यासी की प्रतीक्षा क्यों? क्या लेना था उसे, संन्यासी से? वह उसके घर नहीं ठहरना चाहता, न ठहरे। चाय पीने के लिए नहीं आना चाहता, न आए। किंतु अगले ही क्षण उसके विवेक ने उसके मन को डपट दिया–संन्यासी को ठहरने के लिए बहुत स्थान मिल जाएंगे। चाय भी बहुत मिल जाएगी पीने को। हरिपद को ही वैसा संन्यासी नहीं मिलेगा। हरिपद से वह सहस्रगुना विद्वान् है। सुख के किसी साधन के अभाव में भी वह हरिपद से कहीं अधिक सुखी है। हरिपद उसे क्या देगा? वही हरिपद को हजार चीजें दे सकता है।

आठ बज गए तो हरिपद के लिए और रुकना कठिन हो गया।

उसे धुला हुआ धोती कुर्ता निकालते देख, इंदुमती ने कहा, "अभी तो कपड़े बदले थे। अब क्या है?"

"वे कपड़े तो मैंने घर में रहने के लिए पहने थे, अब बाहर जा रहा हूं।"

"कहां जा रहे हो?"

"भाटे के घर।" हरिपद कुछ आवेश में बोला, "वह मराठी ब्राह्मण स्वामी जी को आने नहीं दे रहा होगा। कह रहा होगा कि हरिपद तो कायस्थ है।"

"कौन स्वामी जी? वे बाबा, जो कल आए थे?" इंदुमती ने कुछ आश्चर्य से पूछा, "वे अब स्वामी जी हो गए।"

"हां! हां!! वे ही। अब तुम मेरा माथा मत खाओ।" हरिपद कुछ खीज कर बोला, "मैं उन्हें लिवाने जा रहा हूं।"

इंदुमती मुस्कराई, "तुम अकेले बंगाली उस महाराष्ट्रीय ब्राह्मण से अपने स्वामी जी को छीन लाओगे?"

"हां! हां!! छीन लाऊंगा।" हरिपद आवेश में बोला, "अकेला क्यों? अपने साथ कवीश्वर को ले जाऊंगा।"

इंदुमती कुछ नहीं बोली। हड़बड़ाहट में तैयार होते हुए हरिपद को, चुपचाप देखती रही।

कवीश्वर के साथ भाटे के घर पहुंचकर हरिपद ने देखा कि वहां पूरा दरबार लगा हुआ था। भाटे ने भी जाने किस किस को बुलाकर, भीड़ जमा कर रखी थी। कुछ एक वकील थे, कुछ व्यापारी। दो एक अध्यापकों को भी हरिपद पहचानता था। किंतु अन्य अनेक ऐसे लोग थे, जिन्हें उसने कभी देखा भी नहीं था।

हरिपद द्वार पर ही ठिठक गया। ब्राह्मण वकील खांडेकर अंग्रेजी में पूछ रहा था, "संध्या इत्यादि आह्निक कृत्य के मंत्र संस्कृत में हैं। उसका एक भी शब्द मेरी समझ

में नहीं आता। इस मंत्रोच्चारण का क्या कोई फल है?"

स्वामी ने अंग्रेज़ी में ही पूछा, "आपको संस्कृत नहीं आती?"

"मुझे हिंदी भी नहीं आती। मराठी भी टूटी-फूटी ही है।"

"जिन मंत्रों का उच्चारण करते हुए आपको उनका अर्थ समझ में नहीं आता, उनका भी उत्तम फल है। इच्छा होते ही आप उन शब्दों का अर्थ सुविधा से समझ सकते हैं। अर्थ समझने का प्रयत्न नहीं करते तो दोष किसका है।" स्वामी बोले, "और यद्यपि आप मंत्रों का अर्थ नहीं समझते, तो भी जब संध्या वंदन आदि आह्निक कार्य करने बैठते हैं, उस समय आपके मन में क्या भाव होता है–कोई पुनीत कर्म कर रहा हूं अथवा पाप कर रहा हूं? यदि पुनीत कर्म करने के संकल्प के साथ बैठते हैं, तो उत्तम फल पाने के लिए यही पर्याप्त है।"

स्वामी के रुकते ही हरिपद ने भीतर प्रवेश कर प्रणाम किया। स्वामी ने आशीर्वाद देने के मुद्रा में हाथ उठा दिया; किंतु न तो किसी विशेष परिचय को प्रकट किया और न ही आज के चाय के निमंत्रण के विषय में कुछ कहा। हरिपद चुपचाप एक ओर बैठ गया।

तभी अध्यापक दंडवते ने संस्कृत में कहा, "धर्म विषयक चर्चा मलेच्छ भाषा में नहीं होनी चाहिए। पुराणों में इसका स्पष्ट निषेध है।" और दंडवते ने अपने अभ्यासानुसार संस्कृत का एक श्लोक उद्धृत कर दिया।

"किसी भी भाषा में धर्मचर्चा हो सकती है।" संन्यासी ने संस्कृत में ही कहा और उन्होंने वेद से प्रमाण उद्धृत करते हुए मुसकरा कर निर्णय दिया, "उच्च न्यायालय के निर्णय को अधीनस्थ न्यायालय निरस्त नहीं कर सकता।"

हरिपद अवाक् बैठा सुनता रहा। लगा जैसे क्रिकेट की नेट-प्रैक्टिस हो रही है। स्वामी बल्ला लिए खड़े थे और श्रोतागण चारों ओर से तेज गेंदबाजों के समान अपने प्रश्न फेंकते जा रहे थे–कभी संस्कृत में, कभी अंग्रेजी में और कभी हिंदी में। स्वामी का चमत्कार देखो कि प्रत्येक प्रश्नकर्ता को उसी भाषा में उत्तर देते हैं, जिसमें उसने प्रश्न पूछा है।

नौ बज गए, सभा समाप्त हो गई। लोग अनिच्छापूर्वक उठे और क्षमा मांग कर गए, जैसे इस प्रकार उठकर जाना कोई अपराध हो। पर किसी को कचहरी जाना था, किसी को कार्यालय, किसी को स्कूल...

हरिपद उठ कर स्वामी के एकदम निकट आ गया।

"बच्चा!" स्वामी बोले, "इतने लोगों का मन दुखा कर तुम्हारे घर आना, उचित नहीं जंचा। तुम बुरा नहीं मानना।"

हरिपद को जैसे टिकने के लिए आधार मिल गया, "वे लोग तो विदा हो चुके। कृपया अब चलें। अपना सामान भी दिखा दें। हम लिए चलते हैं। अब दो चार दिन मेरे घर रहें। मेरी व्यथा शांत हो जाएगी।"

"क्षतिपूर्ति चाहते हो?" स्वामी मुस्कराए।

"क्षतिपूर्ति नहीं!" हरिपद ने कानों को हाथ लगाया, "अपना स्वार्थ साध रहा हूं। लोभी मनुष्य न्याय-अन्याय तो नहीं देखता न।"

"संन्यासी के लिए सब घर एक जैसे हैं।" स्वामी ने कहा, "घर और वन एक जैसे हैं। इसलिए मेरा न कोई आग्रह है, न कोई विरोध। हां! मैं अपने कृपालु आतिथेय की उपेक्षा नहीं करूंगा। तुम भाटे को मना लो, मैं तुम्हारे साथ चला चलूंगा।"

स्वामी वहीं बैठे रहे। भाटे को हरिपद अलग ले गया और स्वामी जी को अपने साथ ले जाने की बात कही। भाटे भला कहां सहमत होने वाले थे।

"देखो! इतने स्वार्थी मत बनो। साधुओं पर सबका समान अधिकार होता है। मेरा भी कुछ उपकार हो जाएगा तो तुम्हें क्या आपत्ति है?"

"पर कोई कारण भी तो हो।" भाटे ने कहा, "उन्हें यहां कोई कष्ट है क्या, या तुम उनको यहां से अधिक सुविधाएं दे सकोगे। स्वामीजी को अधिक सुख हो, तो तुम अवश्य उनको ले जाओ। पर केवल बंगाली होने के कारण, तुम उनपर अपना अधिकार मान कर, यहां से उठा ले जाओ, तो न मैं तुम्हारा यह अधिकार मानता हूं और न ही साधु को अपने घर से निकालने का पाप मैं अपने सिर पर लूंगा।"

"नहीं! बंगाली होने का अधिकार मैं नहीं जमा रहा हूं।" हरिपद बोला, "न ही स्वामी जी तुम में और मुझ में कोई भेद कर रहे हैं। यह तो हमारा अपना भाईचारा है। तुम मेरे सुख के लिए थोड़ा सात्विक त्याग नहीं कर सकते? ब्राह्मण हो, कुछ तो त्यागी बनो। मैं तो कायस्थ हूं, स्वार्थ कैसे छोड़ दूं।"

भाटे कुछ देर चुप रहे फिर बोले, "चलो, तुम्हें कोई सुख मिलता है, तो तुम उन्हें ले जाओ; पर देखो, अपने मूर्खतापूर्ण प्रश्नों से उन्हें अधिक परेशान मत करना। मैं जानता हूं कि तुम आधे नास्तिक हो और आधे ईसाई। भगवान की दया से तुममें धर्मबुद्धि जागी है, तो मैं तुम्हारे मार्ग का रोड़ा नहीं बनना चाहता; किंतु संध्या सनय स्वामी जी को पुनः यहीं ले आना। संध्या समय बहुत सारे लोग उनके दर्शन करने तथा उनसे वार्तालाप करने यहीं आएंगे।"

हरिपद ने गद्गद् होकर भाटे के सामने हाथ जोड़ दिए, "धन्यवाद ब्राह्मण देवता। धन्यवाद।"

उसका मन कुछ ऐसा विह्वल हो रहा था कि यदि वह थोड़ा संयम न करता, तो शायद भाटे के पांव ही छू लेता।

"सामान?"

भाटे हंसे, "गाड़ी लादनी है?अरे भाई। कमंडलु स्वामी जी स्वयं उठाएंगे। भगवे कपड़े में लिपटी एक दो पुस्तकें है, उन्हें तुम उठा लो।"

हरिपद के घर पर उत्सव का वातावरण था। इंदुमती की दीर्घाभिलिषित वस्तु उसे

प्राप्त हो गई थी। उसे लग रहा था, उसके पति का अब नास्तिकता से पीछा छूटने ही वाला है। और ब्राह्मण रसोइया, 'महाराज' तो जैसे अपने जीवन की सार्थकता ही पा गया था।

समारोहपूर्वक चाय का आयोजन हुआ। स्वामी ने मिठाई का पहला टुकड़ा मुंह में रखा ही था कि हरिपद ने बड़ा साहस कर के अपने मन में बड़ी देर से कुलबुलाता हुआ प्रश्न पूछा, "स्वामी जी! कौन सी पुस्तक पढ़ रहे हैं आप?"

उन्होंने हरिपद की ओर देखा, "तुमने क्या क्या पढ़ा है अब तक?"

"मैं! मैं!" हरिपद थोड़ा हकलाया, किंतु फिर अपने संपूर्ण आत्मविश्वास का आह्वान कर बोला, "मैंने अंग्रेज़ी शिक्षा प्राप्त की है स्वामी जी। कॉलेज में मैंने भौतिकशास्त्र, रसायनशास्त्र, भूगर्भशास्त्र तथा वनस्पतिशास्त्र इत्यादि वैज्ञानिक विषय पढ़े हैं।"

"पाठ्यक्रम के बाहर भी कुछ पढ़ा है?"

"हां! मैंने हक्सले, डार्विन, मिल, टिंडल, स्पेंसर आदि पाश्चात्य विद्वानों को भी कुछ कुछ पढ़ा है।" हरिपद ने उत्तर दिया।

"ऐसा कुछ नहीं पढ़ा, जिसे भारतीय कहा जा सके।" स्वामी ने मुस्कराकर कहा।

"मैं केवल तर्कसंगत तथा युक्तियुक्त विषय ही पढ़ सकता हूं।" हरिपद को लगा, उसने स्वामी का आतंक परे धकेल दिया है और उसके भीतर फिर पुराना हरिपद जाग उठा है, जो धर्म के विरुद्ध शास्त्रार्थ करने को कमर कस कर तैयार हो गया है।

"यह तो उचित ही है," स्वामी उससे सहमत हो गए, "पर इससे भारत के ज्ञान का विरोध कहां है?"

"भारतीय ही नहीं," हरिपद कुछ धृष्टता से बोला, "मेरा तो विचार है कि ईश्वर तथा धर्म संबंधी कोई भी विचार वैज्ञानिक नहीं है। कम से कम भारत में तो नहीं ही है।"

पिछले ही दिनों उसने 'टाइम्स' में एक कविता पढ़ी थी, जिसमें कवि ने दावा किया था कि 'ईश्वर क्या है, कौन-सा धर्म सत्य है–आदि तत्वों को समझना अत्यंत कठिन है।' हरिपद वह कविता उठा लाया और बोला, "इसे पढ़िए। देखिए, कैसी सुंदर कविता है और कवि ने कितनी सत्य बात कही है।"

स्वामी ने उसके हाथ से वह कतरन ले ली, "यह कवि तो बहुत ही भ्रम में पड़ा हुआ है, जबकि कविकर्म तो अपनी भावात्मक तीव्रता के आधार पर सत्य का साक्षात्कार करने में है।"

"आप इससे सहमत नहीं हैं?" हरिपद ने कुछ आक्रामक स्वर में पूछा।

"सहमति अथवा असहमति तो किसी विचार से हुआ करती है।" स्वामी ने उत्तर दिया, "इस कविता में तो कोई विचार ही नहीं है।"

"विचार कैसे नहीं है।" हरिपद जैसे फूट पड़ने की सीमा तक जा पहुंचा, "धर्म में जिस प्रकार की परस्पर विरोधी बातें कही जाती हैं, उन्हें कौन समझ सकता है?"

"कौन सी परस्पर विरोधी बातें?"

"जैसे कि... जैसे कि..." हरिपद क्षण भर के लिए अटका, "ईश्वर को न्यायप्रिय भी कहा गया है और दयावान भी। क्या आप समझते हैं कि जो न्यायी है, वह किसी पर दया भी कर सकता है? है कोई इसका वैज्ञानिक आधार?"

"क्यों नहीं।" स्वामी उसी प्रकार सहज भाव से बोले, "क्या प्रत्येक जड़ पदार्थ में केन्द्र प्रसारी और केन्द्रगामी–दो परस्पर विरोधी शक्तियां काम नहीं करतीं?"

हरिपद मुंह बाए स्वामी को देखता रहा, जैसे कुछ भी न समझा हो।

"सेंट्रिफ्यूगल और सेंट्रिपिटल फोर्सेस समझते हो?" स्वामी ने पूछा।

हरिपद ने सहमति में सिर हिला दिया।

"वे ही। यदि प्रत्येक जड़ पदार्थ में ये दो विरोधी शक्तियां हो सकती हैं तो दया और न्याय–ये दोनों विरोधी होते हुए भी, ईश्वर में नहीं रह सकते?" स्वामी ने अपनी दृष्टि उसके चेहरे पर टिका दी, "मैं इतना ही कह सकता हूं कि ईश्वर के संदर्भ में तुम्हारा ज्ञान नहीं के बराबर है।"

उसने जैसे अपने दुर्ग को बचाने का एक और प्रयत्न किया, "मुझे पूर्ण विश्वास है कि सत्य ..." वह शब्दों के अभाव में अटका और फिर अंग्रेज़ी में बोला, "दि ट्रुथ इज़ एब्सौल्यूट।"

"सत्य निरपेक्ष है।" स्वामी ने उसके वाक्य का अनुवाद कर दिया।

"हां! सत्य निरपेक्ष है। उसके विभिन्न या एकाध रूप नहीं हो सकते। इसलिए इतनी विरोधी बातों का प्रचार करने वाले ये सारे धर्म एक ही समय में सत्य कैसे हो सकते हैं?"

"सत्य तो निरपेक्ष ही है।" स्वामी बोले, "किंतु सत्य के नाम पर किसी भी विषय में हम जो कुछ जानते हैं, या कालांतर में जानेंगे, वह सभी सापेक्ष सत्य–रिलेटिव ट्रुथ है।"

"क्यों? हम एब्सौल्यूट ट्रुथ क्यों नहीं जान सकते?" हरिपद ने स्वामी की बात समाप्त होने की प्रतीक्षा नहीं की।

"निरपेक्ष सत्य की धारणा इस सीमाबद्ध मन-बुद्धि के द्वारा असंभव है।" स्वामी ने कहा, "सत्य अपने आप में निरपेक्ष होते हुए भी अलग-अलग संस्कारों और देशकाल के लोगों के मन में अलग-अलग रूपों में प्रकाशित होता है।"

संन्यासी का तर्क हरिपद की समझ में आ गया था; फिर भी हठ करता सा वह बोला, "यदि धर्म इतना ही वैज्ञानिक और तर्कसंगत है, तो फिर धर्म के प्रचारक, तर्क की बात न कर, बार-बार मात्र विश्वास पर इतना बल क्यों देते हैं? वे क्यों यह मानते हैं कि धर्म का मूल ही है विश्वास।"

"कोई किसी देश का राजा हो जाए, तो फिर उसे खाने पीने का कष्ट नहीं रहता; किंतु राजा होना ही तो कठिन है।" स्वामी के चेहरे पर एक हल्की-सी मुस्कान उभरी, "विश्वास हो गया तो फिर शेष रह ही क्या गया? क्या जोर जबर्दस्ती करने से भी कभी विश्वास हुआ है? बिना अनुभव के विश्वास होना असंभव है।"

"आपका विचार है कि लोगों में विश्वास नहीं है?"

"ईश्वर में विश्वास कर के न तो कोई झूठ बोल सकता है, न चोरी कर सकता है, न अन्याय कर सकता है, न अत्याचार। जब यह सब है तो विश्वास कहां है?"

हरिपद की इच्छा हुई कि स्वामी के चरणों में लोट जाए और रोकर कहे, "तो उसके अनुभव की विधि भी बता दीजिए स्वामी!" पर कह नहीं सका। बोला, "आप जैसा साधु मिल जाए तो जीवन सार्थक हो जाए।"

स्वामी पहली बार हंसे। हरिपद उस हंसी का कारण नहीं समझ पाया।

"हम क्या साधु हैं।" स्वामी का स्वर एक हल्का अवसाद लिए हुए था, "साधु तो ऐसे-ऐसे हैं कि उनके दर्शन अथवा स्पर्श मात्र से मनुष्य में दिव्य ज्ञान उदित हो जाए।"

दोपहर के भोजन का विशद और वैभवपूर्ण आयोजन था। भोजन करा कर हरिपद ने स्वयं लोटा भर जल लेकर उनके हाथ धुलाए और हाथ पोंछने को गमछा दिया।

"भोजन बहुत ही अच्छा और स्वादिष्ट था।" स्वामी ने हरिपद से कहा, "किंतु संन्यासी को ऐसा भोजन रुचिकर नहीं हो सकता, जिसके लिए दूसरे लोगों को इतना श्रम और आयोजन करना पड़े।"

"यह तो मेरी पत्नी की श्रद्धा थी, स्वामी जी।" हरिपद ने कहा।

"मैं उस भावना का तिरस्कार नहीं कर रहा; किंतु संन्यासी को किसी के कष्ट का निमित्त नहीं बनना चाहिए।"

151

अपने वचन के अनुसार हरिपद संध्या समय स्वामी को लेकर भाटे के घर पहुंचा। वहां सचमुच ही लोगों की भीड़ लगी थी। भाटे का बड़ा-सा कमरा, उस अवसर के लिए छोटा पड़ गया था। स्वामी के आसन ग्रहण करते ही, लोगों की जिज्ञासाएं आरंभ हो गईं।

"संन्यासी तो समाज को त्याग देता है," ठाकरे ने हिंदी में प्रश्न किया, "तो फिर वह अपने देश की माया छोड़कर, सभी देशों पर समदृष्टि रखकर, सारी मानव जाति के कल्याण की चिंता क्यों नहीं करता? उससे देशभक्ति की अपेक्षा क्यों है?"

"जो अपनी मां को भोजन नहीं देता, वह दूसरे की मां का पालन क्या करेगा।" स्वामी ने संक्षिप्त-सा उत्तर देकर ठाकरे की ओर देखा।

ठाकरे ने दूसरा प्रश्न नहीं किया। स्वामी के एक ही वाक्य ने जैसे उसकी सारी जिज्ञासाओं का समाधान कर दिया था।

"स्वामी जी! हमारे प्रचलित धर्म में, आचार-व्यवहार में, सामाजिक प्रथाओं में अनेक दोष हैं।" समाजसुधारक घाटे ने कहा, "तो फिर हम उनकी प्रशंसा कैसे कर सकते हैं?"

"उन सभी का संशोधन करने की चेष्टा करना, हम लोगों का मुख्य कर्तव्य है; किंतु सार्वजनिक रूप से समाचारपत्रों में उनकी निन्दापूर्ण व्याख्या कर अंग्रेजों की दृष्टि में स्वयं

को और भी हीन प्रमाणित करने की क्या आवश्यकता है? घर के दोषों को मुहल्ले में प्रदर्शित करने वाले के समान मूर्ख और कौन होगा? अपने घर के गंदे कपड़ों को लोगों की आंखों के सम्मुख फैलाने का क्या प्रयोजन है?"

"अंग्रेजों ने हमारे दोषों को जाना, तभी तो मिशनरी लोगों ने इस देश में आकर हमारा इतना उपकार किया।" हरिपद कहे बिना नहीं रह सका।

"अपकार भी तो कम नहीं किया।" स्वामी ने उत्तर दिया, "श्रद्धा को सर्वथा नष्ट कर दिया है। श्रद्धानाश से मनुष्यत्व का भी नाश हो जाता है। हमारे देव-देवियों की निन्दा किए बिना वे अपने धर्म की श्रेष्ठता क्यों नहीं दिखा पाते? जो जिस धर्म मत का प्रचार करना चाहते हैं, उन्हें उसमें पूर्ण विश्वास होना चाहिए और तदनुरूप कार्य करना चाहिए। अधिकांश मिशनरी कहते कुछ हैं और करते कुछ और हैं। कपट के लिए तो धर्म में कोई स्थान नहीं है।"

"स्वामी जी! कृपया सुख और दुख की तनिक व्याख्या करें।"

"समस्त प्राणी सतत सुखी होने की चेष्टा में रत है; किंतु बहुत ही थोड़े लोग सुखी हो पाते हैं। काम धाम भी सभी लोग सतत करते रहते हैं; किंतु उसका ईप्सित फल पाना प्रायः संभव नहीं होता। विपरीत फल उपस्थित होने का कारण क्या है, यह समझने की चेष्टा भी कोई नहीं करता। इसलिए मनुष्य दुख पाता है।" स्वामी ने प्रश्नकर्ता की ओर देखा, "धर्म का मूल उद्देश्य है मनुष्य को सुखी करना। किंतु अगले जन्म में सुख पाने के लिए, इस जन्म में दुख भोगना कोई बुद्धिमानी का काम नहीं है। इस जन्म में ही, इसी मुहूर्त से सुखी होना होगा। जिस धर्म के द्वारा यह संपन्न होगा, वही मनुष्य के लिए उपयुक्त धर्म है।"

"किसी एक धर्म का क्या अर्थ है स्वामी जी!" भाटे ने पूछा, "आपका तात्पर्य हिंदू धर्म, इस्लाम अथवा ईसाई मत से तो नहीं?"

"नहीं वकील साहब!" स्वामी के चेहरे पर स्नेह सिंचित मुस्कान थी, "धर्म से मेरा तात्पर्य वह नहीं है। देखो–विद्या, बुद्धि आदि सभी विषयों में प्रत्येक मनुष्य का स्वभाव पृथक् पृथक् देखा जाता है। इसी कारण उनके उपयुक्त धर्म का भी भिन्न-भिन्न होना आवश्यक है; अन्यथा वह किसी भी तरह उनके लिए संतोषप्रद नहीं होगा।"

"यह धर्म तो पूजा पद्धति नहीं, कर्मपद्धति हुई स्वामी जी!" खांडेकर ने कहा, "क्या कर्म भी हमारा धर्म हो सकता है?"

"कर्म ही तो हमारा धर्म है।" स्वामी बोले।

वे हरिपद के घर लौट रहे थे। हरिपद के पग चलते जा रहे थे; किंतु उनसे कहीं अधिक वेग से उसका मन चल रहा था।

"स्वामी जी! आप किसी भी समय, किसी भी प्रश्न का इतना सुंदर और उत्तम उत्तर कैसे ढूंड लेते हैं?"

"तुम्हारे लिए ये प्रश्न नए हैं। मैं तो लगातार इन्हीं प्रश्नों का चिंतन, मनन तथा अध्ययन करता रहा हूं। ये प्रश्न जाने कितनी बार मैंने अपने आप से पूछे हैं और जाने कितनी बार लोगों ने ऐसी जिज्ञासाएं मुझ से की हैं। मैं उनके समाधान का प्रयत्न निरंतर करता रहा हूं।"

पिछले काफी समय से इंदुमती किसी गुरु से मंत्र-दीक्षा लेने की हठ कर रही थी; किंतु हरिपद का तो अपना कोई विश्वास ही नहीं था। वह यह भी नहीं चाहता था कि उसकी पत्नी किसी ऐसे व्यक्ति को अपना गुरु बना ले, जिसके प्रति हरिपद के मन में तनिक भी सम्मान न हो। उसने मना तो कभी नहीं किया; किंतु बार बार यही कहता रहा कि ऐसे व्यक्ति को ही गुरु बनाना, जिसकी भक्ति वह भी कर सके।

"जाग रही हो या सो गईं?"

इंदुमती ने उनीन्दी सी करवट ली, "क्या है?"

"मैंने तुमसे कहा था न कि यदि किसी सद्‌गुरु को गुरु बनाओगी तो मैं भी तुम्हारे साथ दीक्षा ले लूंगा।"

"तो?"

"यदि स्वामी तुम्हें गुरु बनाने योग्य लगें," हरिपद ने कहा, "तो...।"

इंदुमती उत्कंठा में उठ कर बैठ गई, "वे गुरुदीक्षा दे दें, तो मैं तो कृतार्थ हो जाऊं।"

"पूछ कर देखूंगा।" हरिपद ने धीरे से कहा।

प्रातः नीन्द खुली तो हरिपद के मन में सबसे पहले दीक्षा लेने की ही बात आई। तत्काल वह स्वामी को प्रणाम करने उनके कमरे की ओर गया। मन में श्रद्धा और भक्ति थी, इसलिए साहस और बढ़ गया था। जाकर देखा : स्वामी जी अपनी पुस्तक उलट-पलट रहे थे। लगा कि वे काफी पहले से जागे हुए हैं। संभव है कि अब तक इंदुमती या महाराज उनको चाय इत्यादि भी पूछ गए हों।

हरिपद ने निकट जाकर प्रणाम किया। स्वामी ने आशीर्वाद की मुद्रा में हाथ उठाया और बोले, "संन्यासियों को नगर में तीन दिन और गांव में एक दिन से अधिक नहीं रुकना चाहिए। मैं आज यहां से चला जाना चाहता हूं।"

हरिपद जैसे आकाश से गिर पड़ा।

"स्वामी जी! हम दोनों तो आपसे गुरुदीक्षा लेने का स्वप्न लिए बैठे हैं। आप चले गए, तो हमारा वर्षों का स्वप्न बिखर जाएगा।"

स्वामी हंसे, "देश में गुरुओं की कमी है क्या? कोई और आ जाएगा, जो स्वयं ही तुम्हारा गुरु बनने को व्याकुल होगा।"

हरिपद तड़प उठा, "मैं किसी भी संन्यासी को अपना गुरु बनाने को तैयार नहीं हूं।"

"व्यक्ति को ठोकपीट, परख और देखकर गुरु बनाना चाहते हो, उसी प्रकार मुझे

भी तो शिष्य बनाने के लिए व्यक्ति को देखना-परखना होगा।"

"वही तो कह रहा हूं।" हरिपद ने कहा, "आप यहां रहें और हमें देखें, परखें; और जब आप संतुष्ट हो जाएं, तो ही हमें गुरुमंत्र दें।"

"मुझे मेरे ही शब्दों में बांध रहे हो।" स्वामी बोले, "गृहस्थ के लिए गृहस्थ गुरु ही ठीक है। गुरु को शिष्य का समस्त भार वहन करना पड़ता है। दीक्षा से पहले गुरु के साथ शिष्य का कम से कम तीन चार बार साक्षात्कार होना आवश्यक है।"

"तो उसमें कठिनाई ही क्या है?" हरिपद ने पूछा।

"हम लोगों ने घर और आत्मीय जनों का त्याग किया है। अतः जिन बातों से उस प्रकार की माया में बढ़ने की संभावना हो, उनसे दूर रहना ही अच्छा है।"

हरिपद मौन नहीं रह सका। बोला, "आप कभी मुग्ध होने वाले नहीं हैं। आप माया मोह में पड़ने वाले नहीं। मैं तो सोच रहा था कि आप यहां रहेंगे तो सर्वसाधारण के लिए आपके व्याख्यान की व्यवस्था करूंगा ताकि लोग आपके विचारों को सुनें और उनका कल्याण हो।"

"तो तुम मेरे लिए माया के और भी बंधन तैयार कर रहे हो।" स्वामी मुस्कराए।

"माया के बंधन नहीं, मैं तो जनकल्याण के लिए आपके व्याख्यान की बात सोच रहा हूं।" हरिपद बोला, "आप संन्यासी होकर जनकल्याण की उपेक्षा कर सकते हैं क्या?"

"नहीं!" स्वामी बोले, "किंतु व्याख्यान देने पर नाम, यश, ख्याति की स्पृहा जागती है और उससे अहंकार का पोषण होता है। मैं व्याख्यान आदि कर्मों से दूर ही रहना चाहूंगा। पर यदि लोग आकर मुझ से प्रश्न करते हैं और मैं उनके प्रश्नों का समाधान कर सकता हूं, तो उसमें मुझे आपत्ति नहीं है।"

"आप आज ही चले जाएंगे, तो लोग आपसे प्रश्न करने किस समय आएंगे?" हरिपद धीरे से बोला, "आप आज न जाएं स्वामी जी!"

स्वामी हंसे, "जिस प्रकार संन्यासी को मोह नहीं पालना चाहिए, वैसे ही संन्यासी के प्रति मोह नहीं पालना चाहिए।"

हरिपद को लगा, वह अब शांत नहीं रह पाएगा। बहत संभव है कि स्वामी की अस्वीकृति से उसकी आंखों में आंसू आ जाएं। अपने आप को संभालता हुआ बोल , "आप जाने का प्रयत्न करेंगे, तो मैं सपरिवार आपके चरणों को थामकर आपके मार्ग में लेट जाऊंगा।"

स्वामी कुछ देर शांत बैठे सोचते रहे, "तुम मेरा मोह बढ़ा कर ही रहोगे। अच्छा, आज मैं रुक जाता हूं; किंतु कहे देता हूं कि दो दिनों से अधिक नहीं रुकूंगा। उसके पश्चात् चाहे तुम मेरे पैर पकड़ कर लेटो, या कुछ और करो, मैं रुक नहीं पाऊंगा और इस बात का तुम बुरा भी नहीं मानना।"

हरिपद को पुनर्जीवन मिल गया।

"ठीक है दो दिन ही सही।" हरिपद बोला, "किंतु इन दो दिनों में ही हमें गुरुमंत्र

देने का भी समय अवश्य निकालें।"

"जैसी तुम्हारी इच्छा।" स्वामी ने कहा।

"आपके मन में कभी विदेश जाने का विचार भी आया है?"

"क्यों?"

"आपको देखा तो मन में आया कि परिव्राजक की सीमा क्या है? आपके लिए तो सारा संसार एक जैसा है। भ्रमण का सुख आपको कहीं भी ले जा सकता है।"

"भ्रमण केवल सुख के लिए नहीं है। उसका लक्ष्य है–ईश्वर की खोज। वही शायद मुझे विदेश भी ले जाए।"

हरिपद को लगा कि यह कहते हुए, स्वामी की मुद्रा कुछ और ही हो गई है। वे सामान्य व्यक्ति नहीं रह गए हैं, जैसे इस संसार के जीव ही न हों।

"कहां?" उसके मुख से अनायास ही निकला।

"सुना है कि अमरीका के नगर शिकागो में एक धर्म संसद हो रही है। संभव है कि मुझे उसमें जाना पड़े।"

हरिपद की दृष्टि स्वामी के चेहरे की दीप्ति से बंध गई। वह चेहरा, उसे वैदिक काल के किसी ऋषि के से तेज से चमकता लग रहा था। वे कह रहे थे कि संभव है कि उन्हें वहां जाना पड़े। 'पड़े' का क्या अर्थ था? क्या कोई और उनको बाध्य कर रहा था कि वे वहां जाएं? कौन है वह जो उन्हें बाध्य कर रहा है? वह कोई सांसारिक शक्ति तो नहीं हो सकती।

और सहसा स्वामी सहज हो गए, "मेरी इच्छा धर्म संसद में जाने की है। पर जाने के लिए काफी धन की आवश्यकता है, जिसका प्रबंध मेरे पास नहीं है।"

हरिपद के मन में उत्साह जागा, "आप तैयारी करें। हम इस काम के लिए सारे नगर में से चंदा इकट्ठा कर सकते हैं।"

हरिपद का उत्साह स्वामी को प्रोत्साहित नहीं कर सका, "नहीं पुत्र! अभी नहीं। पहले मुझे रामेश्वरम जाना है। मैंने उस तीर्थ के दर्शन करने का प्रण कर रखा है।"

"चले जाइएगा, इतनी जल्दी भी क्या है।" हदिपद ने कुछ विनोद के स्वर में कहा, "न रामेश्वरम कहीं जा रहा है और न आपका प्रण टलने वाला है।"

"यदि मैं इस प्रकार रुकता-रुकता चलूंगा तो शायद वहां कभी भी नहीं पहुंच पाऊंगा।"

"कैसे जाएंगे–पैदल?"

"संन्यासी पैदल ही जा सकता है। हाथी-घोड़े तो मेरे पास हैं नहीं।"

"आपके पास हाथी-घोड़े नहीं हैं, किंतु सरकार के पास रेल गाड़ी है।" हरिपद बोला, "कृपया उसका सदुपयोग करें।"

"उसकी टिकट में भी पैसे लगते हैं।"

"जानता हूं।" हरिपद बोला, "आपके लिए टिकट मैं ले आऊंगा।"

स्वामी मुसकराए, "तो मैं रेलगाड़ी में चला जाऊंगा।"

क्षण भर बाद हरिपद ने पूछा, "यहां से सीधे रामेश्वरम जाएंगे?"

"नहीं! यहां से गोवा जाने का विचार है।" स्वामी ने रुककर उसकी ओर देखा, "डॉ. वी. वी. शिरगांवकर को जानते हो?"

"बेलगांव में उन्हें कौन नहीं जानता। बेलगांव के अत्यधिक प्रमुख नागरिक हैं।"

"उन्होंने मडगांव में अपने एक विद्वान् मित्र सुब्राय नायक को लिखा है कि वे वहां मेरी देखभाल करें।"

"तो आपको मडगांव तक का टिकट लादूं?" हरिपद ने पूछा, "पणजी में तो रेल का स्टेशन है नहीं।"

"यही ठीक रहेगा।"

स्वामी गाड़ी के डिब्बे में बैठ गए, तो हरिपद ने अपना सिर उनके चरणों पर रख दिया, "आज से पहले मैंने कभी श्रद्धा और भक्ति से आपूर्त मन से इस प्रकार किसी को प्रणाम नहीं किया है। आपको प्रणाम करने का ऐसा अवसर पाकर मैं स्वयं को धन्य मान रहा हूं।"

स्वामी ने आशीर्वाद बरसाता अपना हाथ उसके सिर पर रख दिया।

गाड़ी चली तो स्वामी ने धीरे से कहा, "डॉ. शिरगांवकर को सूचना दे देना कि मैं गोवा के लिए चल पड़ा हूं।"

152

स्टेशन से लौटते हुए, मार्ग में ही हरिपद डॉ. शिरगांवकर को सूचित करता आया कि स्वामी गोवा चले गए हैं।

घर में घुसते ही उसे बहुत भयंकर सा खालीपन लगने लगा था–पूर्ण रिक्ति। खोखलापन। घर क्या था किसी विधवा की उजड़ी हुई मांग थी। सूनी-सूनी। घर का सारा वैभव लुट गया था। श्री उजड़ गई थी।

उसे और कुछ नहीं सूझा तो वह स्वामी को पत्र लिखने बैठ गया। उसने अपने विषय में कुछ लिखा। लिखा, शायद इस समय वह बहुत भावुक स्थिति में है। अवसाद उसे घेरे हुए है और वह नहीं जानता कि वह इससे कैसे निकल पाएगा। वे वहां पहुंच गए होंगे। अपना ध्यान रखें। अपने आप को बहुत कठिनाई में न डालें। कठिन व्रत न लें।

पत्र भेजकर वह जैसे उसी क्षण से उसके उत्तर की अचेतन सी प्रतीक्षा करने लगा था। किंतु उत्तर आने में एक सप्ताह लग गया। स्वामी का पत्र काफी संक्षिप्त था; किंतु भावनाशून्य नहीं था। उन्होंने अपने विषय में सारी सूचनाएं दे दी थीं। हरिपद को लगा, जैसे उसके हाथ कोई अनमोल खजाना लग गया है। वह स्वयं को रोक नहीं पाया। पत्र

जेब में डालकर सीधा डा. शिरगांवकर के पास पहुंचा।

डॉ. शिगांवकर ने पत्र पढ़ा :

मडगांव,
1892

प्रिय हरिपद,

अभी-अभी तुम्हारा एक पत्र मिला है। मैं यहां सकुशल पहुंच गया। मैं पणजी और उसके आसपास के कुछ ग्रामों को देखने गया था। आज ही लौटा हूं। गोकर्ण, महाबलेश्वर और अन्य स्थानों के दर्शन की इच्छा का मैंने परित्याग नहीं किया है। कल प्रातः ही गाड़ी से मैं धारवाड़ जा रहा हूं। मैं छड़ी साथ ले आया हूं। डॉ. यागदेकर के मित्र ने मेरा बड़ा आतिथ्य किया। भाटे तथा अन्य लोगों को, जो वहां हैं, मेरा अभिवादन कहना। भगवान तुम और तुम्हारी धर्मपत्नी पर आशीर्वाद की वर्षा करें। पणजी नगर बहुत ही साफ सुथरा है। यहां के अधिकतर ईसाई साक्षर हैं तथा अधिकांश हिंदू निरक्षर हैं।

तुम्हारा, सस्नेह
सच्चिदानन्द

पत्र पढ़ कर डॉ. शिरगांवकर ने उसकी ओर देखा।

"डॉक्टर साहब गोवा के हिंदू अनपढ़ क्यों हैं?"

"स्वामी ने ऐसा लिखा अवश्य है; किंतु ऐसा कुछ नहीं है। न हिंदू अनपढ़ हैं, न ईसाई पढ़े-लिखे हैं।" डॉ. शिरगांवकर ने कहा, "जो संभ्रांत और पढ़े-लिखे हिंदू थे, वे पुर्तगाली शासन से अपनी संपत्ति बचाने के लिए ईसाई हो गए हैं। पुर्तगाली नियमों के अन्तर्गत गोवा में संपत्ति का अधिकार केवल ईसाइयों को ही है। अतः उन पढ़े-लिखे संभ्रांत हिंदुओं ने अपने धर्म और अपनी संपत्ति में से संपत्ति को चुना और धर्म का त्याग कर दिया।"

"ओह!" हरिपद को आश्चर्य हुआ, "तो मनुष्य अपने धर्म से अधिक अपनी संपत्ति को प्रेम करता है।"

"सत्य तो यही है।" डॉ. शिरगांवकर ने कहा, "स्वामी के बेलगांव में पदार्पण करने से पहले यहां ही कितने लोग अपने धर्म से प्रेम करते थे? और यहां तो कोई लोभ और भय भी नहीं था।"

"आप ठीक कह रहे हैं।" हरिपद को लगा, डॉ. शिरगांवकर जैसे उसकी ही मनःस्थिति की ओर संकेत कर रहे थे। वह भी तो विज्ञान के भ्रम में धर्म को हीन मानता आया था।

"ये डॉ. यागदेकर कौन हैं?" सहसा हरिपद ने पूछा।

"मेरे मित्र हैं।" डॉ. शिगांवकर ने कहा, "गोवा के सुब्राय नायक मेरे मित्र डॉ. यागदेकर के मित्र हैं। मैं समझता हूं कि वे उन्हीं की चर्चा कर रहे हैं।"

"स्वामी ने बहुत संक्षिप्त पत्र लिखा है।" हरिपद ने कहा, "कितना अच्छा होता,

यदि वे विस्तार से सब कुछ लिखते। पर शायद उनके पास इतना समय नहीं रहा होगा।"

डॉ. शिरगांवकर हंसे, "मित्र महाशय! पत्र की संक्षिप्तता आपके गुरु की महानता का प्रमाणपत्र है।"

"मैं समझा नहीं।"

"उन्होंने अपने पत्र में जो कुछ लिखा है, वह सत्य ही लिखा है; किंतु वहां जो कुछ घटित हुआ है, वह इससे कहीं अधिक है। उनके स्थान पर मैंने अथवा आपने यह पत्र लिखा होता तो आत्मगौरव में सैकड़ों पृष्ठ लिखे होते।"

हरिपद चुपचाप उनकी ओर देखता रहा।

"जो सूचनाएं मुझे मिली हैं, उनके अनुसार, जब स्वामी मड्गांव के रेलवे स्टेशन पर उतरे तो उनके स्वागत के लिए सैकड़ों लोग आए हुए थे। स्वामी चुपचाप निकल जाना चाहते थे; किंतु वहां पूरा समारोह था। ईसाई पुर्तगालियों के दबाव में वहां के हिंदुओं का दम घुट रहा था। अतः एक विद्वान् हिंदू संन्यासी के गोवा आगमन को उन्होंने एक धार्मिक उत्सव का रूप दे दिया था। यह उनका धर्म-प्रेम भी था और अपने विदेशी विधर्मी शासकों के प्रति विद्रोह का उद्घोष भी।"

"पर गोवा में यह सूचना पहुंची कैसे?"

"मैंने भिजवाई थी।" डॉ. शिरगांवकर ने कहा, "स्वामी जी को एक सुसज्जित बग्घी में बैठाकर शोभायात्रा के रूप में सुब्राय नायक के घर तक लाया गया, जहां उनके ठहराए जाने की व्यवस्था थी।"

"सुब्राय नायक?"

"सुब्राय नायक संस्कृत के विद्वान् और शास्त्रों के ज्ञाता हैं। अच्छे वैद्य हैं और धर्मप्राण व्यक्ति माने जाते हैं।" डॉ. शिरगांवकर ने कहा, "थोडी-सी चर्चा से ही सुब्राय नायक, स्वामी की मेधा, विद्या और ज्ञान से अभिभूत हो गए। तब स्वामी ने सुब्राय नायक को बताया कि वे एक विशेष उद्देश्य से गोवा आए हैं। वे ईसाई मत संबंधी लैटिन तथा अन्य भाषाओं में लिखी गई, उन पुरानी पुस्तकों और पांडुलिपियों को पढ़ना चाहते थे, जो अन्यत्र अनुपलब्ध थीं।" डॉ. शिरगांवकर ने बताया, "पहले तो नायक को आश्चर्य हुआ कि एक हिंदू संन्यासी ईसाई मत के विषय में जानना ही क्यों चाहता है। अपना समय नष्ट करने से क्या लाभ? क्या हिंदू शास्त्रों में ज्ञान की कमी थी? और फिर जो कुछ स्वामी पढ़ना चाहते थे, वह सब अंग्रेजी में नहीं था। कुछ लेटिन में था, कुछ पुर्तगाली में, कुछ स्पेनिश में और कुछ फ्रांसीसी में? स्वामी क्या करेंगे उनका? उन्होंने स्वामी से धर्म और ईश्वर चर्चा आरंभ की। उन्हें समझाने का प्रयत्न किया कि वह सब पढ़ने का कोई लाभ नहीं है।"

"स्वामी समझ गए?" हरिपद ने पूछा।

"नहीं! सुब्राय नायक समझ गए कि स्वामी अपने ईश्वर को केवल हिंदू शास्त्रों तक ही सीमित नहीं मानते। वे ईश्वर को प्रत्येक कोण से जानना चाहते हैं।" डॉ. शिरगांवकर

बोले, "नायक को यह भी समझ में आ गया कि स्वामी को ईसाई मत के विषय में विस्तृत ज्ञान था। उन्हें कुछ भी समझाना नायक की क्षमता से बाहर था। तो उन्होंने अपने एक विद्वान् ईसाई मित्र जे. पी. आलवेर्स को अपने घर पर आमंत्रित किया। स्वामी से उसका परिचय कराया। और उन दोनों को भिड़ा दिया।"

"कौन चित हुआ?"

"यह पता नहीं है किंतु आलवेयर्स ने स्वामी से चर्चा की, तो उनकी भी समझ में आ गया कि उनके सामने बैठा जिज्ञासु साधारण व्यक्ति नहीं था और उसके प्रश्नों का उत्तर देना, आलवेयर्स के बस का नहीं था। उसने स्वामी को बताया कि उनके प्रश्नों के उत्तर तो शायद मिल जाएंगे, किंतु वह सामग्री लैटिन में है। स्वामी ने कहा कि वे यह जानते हैं; किंतु इसका उतना महत्व भी नहीं है। लैटिन का कुछ ज्ञान उन्हें है, कुछ वे काम चला लेंगे। किसी जानकार से अनुवाद करवा लेंगे। किसी की सहायता ले लेंगे।"

"स्वामी के मार्ग में कोई चीज़ बाधा नहीं हो सकती।" हरिपद ने जैसे अपने आप से कहा, "उनका संकल्प बाधाओं के पर्वतों को रेणु में बदल देता है।"

"अल्वेयर्स, स्वामी के व्यक्तित्व और ज्ञान से इतना प्रभावित हुआ कि उसने तत्काल ही उनके रहने का प्रबंध राचोल के मठ में करवा दिया। वह मडगांव से चार मील दूर था और गोवा में धर्मज्ञान का सबसे पुराना मठ था। लैटिन के प्राचीन और महत्वपूर्ण ग्रंथ तथा पांडुलिपियां वहीं संगृहीत की जाती थीं।"

"तो स्वामी ने जो लिखा है कि वे पणजी के आसपास के ग्राम देखने गए थे, वे ग्राम राचौल में ही थे?" हरिपद उल्लसित मुद्रा में आ गया था।

"स्वामी ने आत्मगौरव नहीं गाया। बस ग्रामों में जाने की सूचना भर दे दी।" डॉ. शिरगांवकर ने कहा, "स्वामी ने उस मठ में ईसाइयों के साथ, ईसाइयों के समान, तीन दिन व्यतीत किए। महत्वपूर्ण ग्रंथों का मनोयोग से अध्ययन किया। मठ के छात्रों, पादरियों और फादर सुपीरियर तक से धर्मचर्चा की। और इस सीमा तक की कि उनके ईसाई मत संबंधी गहन और अद्भुत ज्ञान को देख कर वहां के सब से बड़े धर्म ज्ञाता फादर सुपीरियर भी चकित रह गए। कहना चाहिए कि स्वामी के ज्ञान के सम्मुख नतमस्तक हो गए। उन लोगों ने बड़े सम्मान और समारोह के साथ उनको अपने मठ से विदा किया और फिर आने का निमंत्रण भी दिया।"

"स्वामी मडगांव लौट आए?"

"हां! वे मडगांव लौट आए। वहीं से तो यह पत्र लिखा है। उनके साथ-साथ उनकी ख्याति भी मडगांव आ गई, वरन् पूरे गोवा में फैल गई। उसे हिंदुओं ने कम, ईसाइयों ने अधिक फैलाया। पास और दूर के अनेक पादरी स्वामी से नियमित रूप से मिलने के लिए आने लगे; और गोवा से विदाई के समय हिंदुओं द्वारा स्वामी को सम्मानित करने के लिए जो समारोह आयोजित किए गए, उनमें उन पादरियों ने भी उत्साहपूर्वक भाग लिया।"

"तो स्वामी अब गोवा में नहीं हैं?"

"उन्होंने अपने पत्र में लिखा तो है कि वे अगले दिन धारवाड़ के लिए चल पड़ेंगे।"

"तो मुझे उनका पत्र ही विलंब से मिला है?"

"हां!"

"गोवा में ईसाइयों ने भी स्वामी का सम्मान किया?"

"उन्होंने भी किया।" डॉ. शिरगांवकर बोले, "सुब्राय नायक संस्कृत के विद्वान् तो हैं ही, प्रतिष्ठित वैद्य भी हैं। उनके परिवार के इष्टदेव दामोदर जी हैं। उन्होंने स्वानी को इतना पवित्र और महान् माना कि उनके ठहरने का प्रबंध दामोदर जी के मंदिर के साथ वाले कमरे में किया गया। नायक ने उन्हें अपने इष्टदेव के बाद दूसरा स्थान दिया। उस कमरे तथा स्वामी द्वारा प्रयुक्त प्रत्येक वस्तु को उन्होंने उसी रूप में सुरक्षित रखने का संकल्प किया है, जिस रूप में स्वामी उसे छोड़ गए हैं। उन्होंने माना है कि स्वामी दामोदर जी के प्रतिनिधि थे, अतः उस परिवार में उनका वही महत्व रहेगा।" डॉ. शिरगांवकर ने रुक कर हरिपद की ओर देखा, "यह सब लिखा तुम्हारे गुरु ने?"

"नहीं।"

"क्यों नहीं लिखा?"

"क्यों?"

"क्योंकि उस व्यक्ति में अहंकार का लेश मात्र भी नहीं है। वे अपने अहंकार को जीत चुके हैं। समाज के जिस व्यवहार को हम अपने लिए गौरव की बात मानेंगे, वे उसका कोई महत्व ही नहीं मानते। यह उनके चरित्र की नम्रता और सहजता है।" डॉ. शिरगांवकर रुके, "मुझे एक और बड़े रोचक प्रसंग की सूचना मिली है।"

"कैसा प्रसंग?"

"सुब्राय नायक के अनुरोध पर एक दिन स्वामी ने कुछ भजन गाए। गोवा के प्रसिद्ध तबलावादक खारुप जी ने उनके साथ संगत की। स्वामी गाते रहे और खारुप जी के चेहरे की ओर देखते रहे। संगीत का कार्यक्रम समाप्त हो गया। सब लोग प्रसन्न थे। स्वामी की प्रशंसा कर रहे थे और नायक को ऐसा अच्छा कार्यक्रम करवाने के लिए बधाई दे रहे थे। तभी स्वामी ने खारुप जी से पूछा कि जब इतना मनोहारी संगीत चल रहा हो तो उनके चेहरे पर आनन्द की अनुभूति न होकर विकृतियां क्यों प्रकट होने लगती हैं? वे अपना चेहरा इतना तोड़ते-मरोड़ते क्यों हैं? आसपास खड़े लोग सुनकर स्तब्ध रह गए। वे खारुप जी को एक श्रेष्ठ तबलावादक मानते थे, और कहीं यह भी स्वीकार करते थे कि संगीत में जान डालने के लिए खारुप जी द्वारा किया गया कठिन प्रयास ही उनके चेहरे और शरीर को हिलाता डुलाता है। और स्वामी कह रहे हैं कि वे अपना चेहरा बिगाड़ते क्यों हैं? खारुप जी को स्वामी की बात से ठेस लगी। उनका अभिमान जागा और उन्होंने कहा कि चेहरा तो बिगड़ेगा ही। उसके बिना तबला बजाना संभव नहीं है।"

"तो?"

"स्वामी ने तबला अपनी ओर घसीट लिया। विदा होते हुए लोग रुक गए। संगीत सभा फिर से आरंभ हो गई। स्वामी ने खारुप जी को अपने सामने बैठा लिया और उनके समान ही बजा कर दिखाया, किंतु उनके चेहरे पर कोई विकार नहीं आया। वे पूर्णतः शांत और स्वाभाविक बने रहे। खारुप जी ने उन्हें बहुत विस्मय से देखा। उनके मन की ग्लानि उनके चेहरे पर प्रकट हुई। उन्होंने हाथ जोड़कर स्वामी से क्षमा मांगी। स्वामी हंस पड़े। बोले, 'मुझ से क्यों क्षमा मांगते हैं। मांगनी ही है तो मां सरस्वती से मांगें कि आप उनके सामने प्रसन्नवदन होकर नहीं बैठ सके।"

153

मैसूर के महाराज श्री चामराजेन्द्र वाडियार का दरबार लगा हुआ था। शेषाद्री ऐयर ने उनके सामने युवा संन्यासी को प्रस्तुत किया।

"महाराज! हममें से बहुतों ने धर्म के विषय में बहुत कुछ पढ़ा है; किंतु हमारी उपलब्धि क्या है?" शेषाद्री ऐयर बोले, "मैं आज तक जितने भी लोगों से मिला हूं, उनमें से किसी के पास भी इस युवा संन्यासी की सी अंतर्दृष्टि नहीं है। यह अद्‍भुत है। इन्होंने धर्मज्ञाता के रूप में ही जन्म लिया है, नहीं तो इतनी छोटी सी अवस्था में उन्होंने इतना ज्ञान कैसे प्राप्त किया होगा।"

महाराज ने देखा : स्वामी गैरिक वस्त्र में थे; किंतु उनका व्यक्तित्व सर्वथा राजसी लग रहा था।

"आपको क्या चाहिए महाराज?" राजा ने पूछा।

"आपसे कुछ नहीं चाहिए।" स्वामी ने तेजस्वी स्वर में कहा, "मैं आपके पास याचना लेकर नहीं आया। मुझे देने वाला मेरा प्रभु है।"

"प्राचीन काल में भी जब कोई तपस्वी अपना आश्रम छोड़ कर राजसभा में आता था, कुछ मांगने ही आता था।"

"अब धर्म पाने के लिए, राजा, ऋषि के आश्रम में नहीं जाते, इसलिए धर्म देने के लिए संन्यासी को राजा के दरबार में आना पड़ता है।" स्वामी ने कहा, "मैं आपको कुछ देने के लिए ही आया हूं।"

महाराज चकित रह गए, "आप मुझे क्या देंगे स्वामी जी?"

"मैं आपको वेदों और भारतमाता का संदेश देने आया हूं।"

महाराज को लगा कि संन्यासी के पास तेजस्वी और भास्वर विचार हैं, व्यक्तित्व के आकर्षण है और जैसे कि शेषाद्रि ऐयर कह रहे हैं, अतुल ज्ञान और सूक्ष्म धार्मिक अंतर्दृष्टि है।

"तो आजसे आप राज-अतिथि हुए।" महाराज ने कहा, "आपका निवास राजप्रासाद में ही होगा, ताकि आप जो कुछ हमें देने आए हैं, वह हम समय-समय पर आपसे प्राप्त करते रहें।"

और तब अकस्मात् ही राजा ने पूछा, "स्वामी जी! आपका मेरे दरबारियों के विषय

में क्या विचार है?"

स्वामी ने उत्तर देने में एक क्षण का भी विलंब नहीं किया, "महाराज का हृदय परमार्थी और उदार है; किंतु दुर्भाग्यवश आप दरबारियों से घिरे हुए हैं; और दरबारी सदा दरबारी ही होते हैं।"

राजा अचकचा गए, "नहीं स्वामी जी! कम से कम मेरे दीवान ऐसे नहीं हैं। वे बुद्धिमान और विश्वसनीय हैं। उन्होंने आपकी इतनी प्रशंसा की है।"

"ठीक है महाराज! किंतु दीवान का तो काम ही राजा को लूटना और पोलिटिकल एजेंट का घर भरना है।"

राजा को लगा कि यदि इस विषय पर स्वामी से और चर्चा की गई, तो यहीं, इसी समय कोई दुर्घटना घट जाएगी। उन्होंने विषय बदल दिया।

राजा ने स्वामी को अपने निजी कक्ष में बुलाया, "मेरे प्रिय संन्यासी! बहुत स्पष्टवादी होना सदा सुरक्षित नहीं होता। यदि आप इसी प्रकार मुखर होकर सार्वजनिक रूप से वक्तव्य देते रहे, जैसा कि आपने उस दिन दरबार में दिया था, तो मुझे भय है कि किसी दिन आपको विष देकर कोई आपकी हत्या कर देगा।"

स्वामी ओजस्वी स्वर में बोले, "प्राणों के भय से एक सच्चा संन्यासी सत्य बोलने से डर जाएगा क्या? कल यदि आपका पुत्र मुझसे आपके विषय में पूछे, तो क्या मैं उसे यह नहीं बताऊंगा कि अन्य अनेक भारतीय राजाओं के समान आप भी अधिकांशतः अंग्रेज़ों की कठपुतली ही हैं। आप किसी भी क्षेत्र में न तो दबाव डाल कर अपनी बात मनवा सकते थे, न मनवाने का प्रयत्न करते थे। परिणामतः उससे आपकी प्रजा का अहित ही हुआ है और देश के लिए भी यह व्यवहार कल्याणकारी नहीं है।"

"पर यह आपके हित में नहीं है।"

"मैं अपना हित साधने के लिए कुछ नहीं कहता।" स्वामी ने कहा, "आपके प्रिय तिप्पेस्वामी हैं। बहुत प्रतिष्ठित व्यक्ति हैं; किंतु प्रजा के मनमें उनकी छवि तनिक भी शुभ नहीं है। हो सकता है कि वह छवि गलत ही बनी हो, अकारण हो। किंतु वैसा है।"

"जानता हूं।"

"आप उन्हें अपने से कुछ दूर ही रखें।"

"मैंने आज तक जितने मनुष्यों को जाना है, आप उनमें सब से महान् हैं। आप संसार में असाधारण कार्य करने के लिए अवतरित हुए हैं। अतः मैं नहीं चाहता कि आपके प्राणों पर किसी भी प्रकार का कोई संकट आए।"

"आपकी छत्रछाया में मुझे क्या संकट हो सकता है।"

"तिप्पेस्वामी की शक्ति को आप नहीं जानते।" महाराज ने कहा, "मैसूर के राजप्रासाद अथवा राजदरबार में तिप्पेस्वामी का तिरस्कार या निन्दा करने वालों के लिए प्राणों का संकट है।"

"आप जो कह रहे हैं, वह सत्य ही होगा; किंतु न मैं असत्य भाषण करता हूं, न सत्य को छिपाने के लिए मौन रहता हूं।"

"आप इतने कठोर क्यों हैं?" राजा ने कहा, "कोई आपकी बातें सुनेगा तो सोचेगा कि आप मेरा अपमान कर रहे हैं, जबकि मैं जानता हूं, ऐसा नहीं है। मुझे बताया गया है कि मेरी अनुपस्थिति में आप मेरी चर्चा प्रेम और सम्मान से ही करते हैं।"

"मेरा स्वभाव ही ऐसा है कि मैं व्यक्ति के मुख पर उसके दोष बताता हूं और उसकी पीठ पीछे, उसके दोषों को भुला कर उसके गुणों का बखान करता हूं।"

"किंतु संसार की तो यह रीति नहीं है।"

"मैं संसार की रीति सीखने नहीं, उसे नीति सिखाने आया हूं।"

महाराज उनकी ओर देखते ही रह गए।

दीवान, स्वामी के ऐसे भक्त हुए कि उनके पीछे पड़ गए कि वे उनसे कोई उपहार स्वीकार कर लें। उन्होंने सुन लिया था कि कोल्हापुर की रानी, स्वामी के प्रति अपनी सारी श्रद्धा भक्ति के पश्चात् भी, उनके चरण पकड़ कर एक नया भगवा वस्त्र स्वीकार करने को ही सहमत कर पाई थीं। उससे अधिक कुछ नहीं।

पर दीवान चाहते थे कि वे स्वामी को कौपीन या कोई भगवा वस्त्र नहीं, कुछ ऐसा समर्पित कर दें, जो संसार में सदा स्मरण रखा जाए। मूल्यवान से मूल्यवान वस्तु, जो अबतक कोई राजा महाराजा भी उन्हें न दे सका हो। उनके वश में होता तो वे स्वामी को कोहेनूर हीरा समर्पित कर देते।

उन्होंने अपने एक सचिव को आदेश दिया कि वे स्वामी को बाजार की सर्वश्रेष्ठ दुकान पर ले जाएं। वहां जो कुछ उपलब्ध हो, वह सब उन्हें दिखाएं। स्वामी जिस जिस चीज़ पर अंगुली रख दें, वह चीज़ उन्हें खरीद दी जाए। वे चाहें तो सारी दुकान या सारा बाजार ही खरीद दिया जाए। उसके लिए जो भी मूल्य चुकाना पड़े, वह चुकाने के लिए दीवान तैयार थे।

स्वामी बड़े धर्मसंकट में थे। उन्हें न कोई उपहार चाहिए था, न कोई मूल्यवान पदार्थ। किंतु दीवान कुछ ऐसे तुल गए थे कि उनको मना करना स्वामी को बहुत क्रूर कर्म लग रहा था।

अपने आतिथेय को हताशा से बचाने के लिए स्वामी सचिव के साथ बाजार जाने को तैयार हो गए। सचिव ने बड़ी संख्या में नकद धनराशि अपने साथ ले ली। किंतु तब भी वे आशंकित थे कि कहीं वह धन कम न पड़ जाए। जितना बड़ा उपहार दीवान स्वामी को देना चाहते थे, उसे देखते हुए, ऐसी स्थिति आने की पर्याप्त संभावना थी। उस स्थिति से निपटने के लिए उन्होंने अपने साथ चेकबुक भी ले ली थी। स्वामी कितनी भी महंगी चीज़ मांग लें, उस राशि का चेक तो लिखा ही जा सकता था। उसका भुगतान कैसे हो, वह बाद में देखा जाएगा।

स्वामी एक उत्सुक और चंचल बच्चे के समान सब कुछ देखते रहे और अनेक चीज़ों की प्रशंसा करते रहे। वे बच्चों के खिलौनों से लेकर हीरे जवाहरात के आभूषणों तक– सब कुछ देख गए। उनकी सब चीज़ों में रुचि थी। वे उनके विषय में अनेक प्रश्न करते थे। कभी कभी मूल्य भी पूछ लेते थे। सचिव का रक्तचाप ऊंचा नीचा होता रहा।

अंत में स्वामी बोले, "बंधु! दीवान जी की इच्छा है कि मैं अपनी पसंद का सर्वश्रेष्ठ पदार्थ खरीद लूं।"

"जी स्वामी जी!"

"मूल्य...।"

"मूल्य कितना भी हो।"

"यहां चुरुट बहुत अच्छे हैं।" स्वामी बोले, "ऐसा करो कि तुम मुझे यहां उपलब्ध सर्वश्रेष्ठ चुरुट ले दो। महंगे तो हैं किंतु दीवान जी हठ कर रहे हैं।"

सचिव की जान में जान आई। चुरुट कितने भी महंगे हों, हीरों से महंगे नहीं हो सकते।

"कितने डिब्बे स्वामी जी?"

"एक चुरुट भाई!"

"बस एक चुरुट?" सचिव जैसे आकाश से गिर पड़ा : ऐसा नासमझ आदमी उसने आज तक नहीं देखा था।

"हां! एक चुरुट। आधा तो ये लोग बेचेंगे नहीं।" स्वामी बोले, "क्या बहुत महंगा है?"

"महंगा तो है। पूरे एक रुपए का एक चुरुट है।" सचिव ने कहा।

दुकान से बाहर आ कर स्वामी ने एक रुपए में खरीदा गया वह चुरुट सुलगाया। उनके चेहरे पर संसार भर का संतोष अंकित हो गया। अपनी खरीददारी से इतने प्रसन्न वे कभी नहीं हुए थे।

महाराज ने स्वामी को अपने निजी कक्ष में बुलाया। दीवान भी स्वामी के साथ गए।

महाराज ने पूछा, "स्वामी जी! मैं आपके लिए क्या कर सकता हूं?"

स्वामी ने सीधा उत्तर नहीं दिया। वे एक घंटे तक अपने संकल्पों और योजनाओं की चर्चा करते रहे। उन्होंने राजा को भारत की स्थिति के विषय में बताया। कहा, 'भारत की संपत्ति उसका अध्यात्म और दर्शन है। किंतु आज हमारे देश की आवश्यकता आधुनिक वैज्ञानिक विचार और सर्वांगीण, आमूल चूल सुधार की है।'

राजा स्तब्ध अवाक् बैठे रहे। स्वामी ने कहा, भारत का दायित्व है कि वह अपना कोश पश्चिम के साथ बांटे। स्वामी स्वयं वेदांत के प्रचार के लिए अमरीका जाना चाहते हैं।

"उससे हमें क्या लाभ होगा?"

"मैं चाहता हूं कि पश्चिमी संसार हमारे युवकों को कृषि, उद्योग तथा अन्य तकनीकी विज्ञानों की शिक्षा देकर हमारी भौतिक स्थिति को सुधारने में हमारी सहायता करे।"

"ऐसा संभव है क्या?"

"संभव क्यों नहीं है। ज्ञान का आदान प्रदान तो सदा से होता रहा है।"

"तो आप अमरीका जाएं।" महाराज जैसे अपने आपे में नहीं थे।

"चला तो जाऊं। किंतु अमरीका जाने और वहां रहने का खर्च?" स्वामी जैसे उन्हें चुनौती दे रहे थे।

महाराज को आज समझ आया था कि यह संन्यासी उन्हें आज तक किस काम के लिए तैयार कर रहा था। उसका स्वार्थ आज उनके सामने खुल गया था। किंतु वह कोई बहुत बड़ी चीज़ नहीं मांग रहा था। फिर वह काम पूरे देश के लिए लाभकारी था।

"वह सब आप हमपर छोड़ दें। हम आपको वचन देते हैं कि आपको किसी प्रकार की कोई असुविधा नहीं होगी।"

"आप जानते हैं कि आप मुझे क्या वचन दे रहे हैं?" स्वामी ने उन्हें चेताया।

"जानते हैं। सब कुछ सोच-समझकर कह रहे हैं।" राजा ने कहा, "न हम नशे में हैं, न किसी आवेश में, न आपने हमें किसी मंत्र से सम्मोहित कर हमारी चेतना का हरण किया है। ऐसे श्रेष्ठ कार्य के लिए आपको जिस भी सहायता की आवश्यकता होगी, वह हम करेंगे।"

स्वामी की आंखें बंद हो गईं, जैसे वे कुछ सोच रहे हों। जब आंखें खुलीं, तो वे तनिक भी उत्साहित नहीं लगे। अत्यंत शांत स्वर में बोले, "ठीक है महाराज! आपका यह वचन उधार रहा। उपयुक्त अवसर आने पर मैं आपके इस वचन का उपयोग करूंगा।"

"पर अभी क्यों नहीं?" दीवान कुछ परेशान होकर बोले, "केवल इसलिए कि आपको रामेश्वरम् जाना है? यह तो कोई ऐसा कारण नहीं है, जिसके लिए इतने महान् कार्य को टाला जाए।"

"रामेश्वरम् तो आप फिर भी जा सकते हैं।" महाराज ने कहा, "अमरीका से लौटकर।"

"नहीं! पहले तो मुझे रामेश्वरम् ही जाना होगा।" स्वामी बोले, "चाहे अमरीका रामेश्वरम् के मार्ग में ही क्यों न पड़ता हो।"

"क्यों?"

"यह तो मां ही जानें। अभी मुझे मां का आदेश नहीं है।" स्वामी ने कहा और आकाश की ओर देखा, "शिव। शिव।"

"मां? कौन मां? आपकी मां? उनको पत्र लिखकर पूछा जा सकता है।" दीवान जी बोले, "यहां से किसी व्यक्ति को भेजा जा सकता है।"

"मां तो एक ही हैं। त्रिपुर सुंदरी। महिषासुरमर्दिनी।" स्वामी बोले, "उनके निर्देश के बिना कोई कुछ नहीं करता। कहीं कुछ नहीं होता। उनका काम है, वे ही करेंगी।"

स्वामी ने जिस दिन मैसूर से विदा होने की चर्चा की, महाराज का मन भर आया। बोले, "क्या आप कुछ दिन और नहीं ठहर सकते?"

वही शाश्वत समस्या–स्वामी ने सोचा और कहा, "नहीं! अब और संभव नहीं है। कारण मत पूछिएगा। मैं बता नहीं पाऊंगा।"

"तो फिर मुझे आपकी स्मृति के रूप में कुछ चाहिए।" राजा ने कहा, "मैं आपकी वाणी का फोनोग्राफिक रिकार्ड बनवाना चाहता हूं।"

"मुझे कोई आपत्ति नहीं है राजन्!" स्वामी ने कहा, "किंतु न मेरा यह शरीर और मेरा यह स्वर शाश्वत है, न ही वह रिकार्ड शाश्वत होगा। नश्वर पदार्थों का संग्रह किस काम आएगा? शाश्वत का संग्रह कीजिए। हरिनाम ही शाश्वत है।"

"अपना शरीर रहते तक मैं जब चाहूं, तब आपका स्वर सुन पाऊं, मेरे लिए इतना ही पर्याप्त है। शाश्वत तो मैं भी नहीं हूं।"

राजा ने वह रिकार्ड बनवाया और राजप्रासाद की अत्यंत मूल्यवान वस्तुओं के साथ उसे भी सुरक्षित स्थान पर रखवा दिया।

राजा ने कहा, "स्वामी जी! मैं आपकी चरणपूजा करना चाहता हूं।"

"क्यों?"

"गुरु की चरणपूजा क्यों की जाती है?"

"किंतु मैं आपका गुरु नहीं हूं।"

"मेरी दृष्टि में हैं। मैं ऐसा मानता हूं।"

"आप ऐसा मानते हैं, तो भी मैं आपको उसकी अनुमति नहीं दूंगा।" स्वामी ने कहा, "चरण पुजवाने की साध, गुरु और संन्यासी के लिए भी हितकर नहीं है। आपकी इच्छा पूरी हो, उसमें मुझे कोई आपत्ति नहीं है। किंतु मैं अपने शिष्यों को भी अपने पतन का उपकरण नहीं बनने दूंगा।"

स्वामी विदा होने को तैयार खड़े थे।

राजा ने उनके लिए मूल्यवान उपहारों का ढेर लगा रखा था। वे चाहते थे कि स्वामी वह सब कुछ स्वीकार करें।

"आप तो मुझे लाद ही देना चाहते हैं।" स्वामी हंसे पड़े, "किंतु मैं इन्हें कहां रखूंगा? ले कैसे जाऊंगा?"

"उसकी व्यवस्था हम करेंगे।" राजा ने कहा, "बस आप स्वीकार भर कर लीजिए।"

"और संन्यासी के अपरिग्रह का क्या होगा?"

"इतनी सी चीजों से अपरिग्रह समाप्त हो जाएगा क्या।" दीवान जी बोले, "इतना

सामान तो आपको किसी भी राजा के एक वरांडे में रखा मिलेगा।"

"पर न मैं राजा हूं, न मेरा कोई वरांडा है।" स्वामी हंसे, "आप कल्पना कीजिए कि यह सामान किसी प्रकार मेरे साथ चले और मैं किसी खेत की मेढ़ पर वृक्ष के नीचे सो जाऊं, तो यह सामन किसका होगा?"

"लुटेरों का।"

"तो आप लुटेरों को क्यों यह सुविधा देना चाहते हैं?"

"किंतु हम तो यह सब आपको दे चुके।" राजा बोले, "अब आप लुटेरों को दें अथवा साधुओं में बांट दें।"

राजा के आग्रह को देखते हुए, अंततः स्वामी ने कहा, "यदि आपका इतना ही आग्रह है तो कृपा कर मुझे एक धातुविहीन हुक्का दें। वह मेरे लिए उपयोगी होगा।"

राजा प्रसन्न हो गए। उन्होंने प्रशिंशपा की लकड़ी की बहुत बारीक काम वाली अलंकृत पाइप प्रस्तुत की। स्वामी ने उसे स्वीकार कर लिया।

राजा ने अपने मंत्रियों, अधिकारियों और प्रजा की उपस्थिति में झुक कर स्वामी के चरणों में प्रणाम किया। दीवान जी स्वामी द्वारा स्वीकार किए गए, एक रुपए के एक चुरुट से संतुष्ट नहीं थे। उन्होंने अपने अंतिम प्रयत्न के रूप में स्वामी के अलखले की जेब में नोटों की एक गड्डी ठूसने का असफल प्रयास किया।

"आप मुझे भेंट नहीं, पीड़ा दे रहे हैं दीवान जी!"

"आपको इनकी आवश्यकता होगी स्वामी जी!"

"भगवान आवश्यकता देंगे, तो उसके अनुसार धन भी भेज देंगे।" स्वामी बोले, "कुछ करना ही चाहते हैं तो कृपया मेरे लिए रेल का एक टिकट खरीद दें।"

154

सूर्योदय हुआ। पक्षियों ने कलरव कर प्रभु की वंदना की। पुरोहित ने आकर बंद मंदिर के कपाट खोले।

सामने के वटवृक्ष के नीचे एक संन्यासी आसन जमाए बैठा था। यह कोडंगाल्लूर का प्रसिद्ध काली मंदिर था। उसमें पूजा उपासना करने के लिए दूर-दूर से लोग आते थे। एक दिन भी ऐसा नहीं होता था कि राजपरिवार के लोग वहां दर्शन करने न आएं।

स्वामी अपने स्थान से उठ आए। द्वार के निकट पहुंचे तो एक आरक्षी ने मार्ग छेक लिया और मलयालम में कुछ कहा।

"मैं देवी की उपासना करना चाहता हूं।" स्वामी ने संस्कृत में कहा।

आरक्षी ने भी कुछ कहा। उसकी मुद्रा कह रही थी कि वह स्वामी को भीतर जाने की अनुमति नहीं देगा। स्वामी ने बिना उत्तेजित हुए, उसकी ओर देखा, वहीं खड़े रह कर देवी को हाथ जोड़ कर नमस्कार किया और वटवृक्ष के नीचे अपने स्थान पर लौट आए।

मंदिर में जो पहला दर्शनार्थी आया, वह युवा था। उसने मंदिर में प्रवेश करते हुए, स्वामी की ओर देखा। आरक्षियों से कुछ चर्चा भी की। वह मंदिर में बहुत देर तक नहीं

रुका। शायद स्वामी के ध्यान ने ही उसे देवी के निकट अधिक देर रुकने नहीं दिया था। बाहर निकल वह सीधे स्वामी के सम्मुख आ खड़ा हुआ।

"क्या चाहिए तुम्हें?" वह बोला, "प्रसाद से ही हो जाएगा कि तुम्हारे भोजन का प्रबंध करूं?"

स्वामी ने उसकी ओर देखा, किंतु कुछ कहा नहीं। चुपचाप आंखें बंद कर लीं। निश्चित् रूप से वह उनकी भूख के लिए चिंतित नहीं था। वह उन्हें चिढ़ाने का प्रयत्न कर रहा था।

युवक को संतोष नहीं हुआ।

"ऐ, कहां से आए हो? मां के दर्शन करने आए हो, अथवा मां ने ही भेजा है तुम्हें?" वह पुनः बोला, "पर हमारे पास एक पुरोहित है, दूसरे की हमें आवश्यकता नहीं है।"

इस बार स्वामी ने आंखें भी नहीं खोलीं।

"आसपास नारियल के बहुत पेड़ हैं। किसी पर भी चढ़ जाओ और नारियल तोड़ कर खा लो।" उसने कहा, "या फिर गूलर तोड़-तोड़कर पेट भर लो।"

"तुम दिन भर यही करते हो क्या?" स्वामी ने शांत भाव से पूछा।

"वेश तो संन्यासी का है, किंतु तुम मुझे संन्यासी लगते नहीं हो।"

"मैंने कब यह इच्छा प्रकट की कि मैं तुम्हें संन्यासी लगूं?"

दो और युवा मंदिर की ओर जाते दिखाई दिए। पहला युवक लपककर उनकी ओर बढ़ गया। वह उन्हें स्वामी के विषय में कुछ बताता रहा। वे तीनों ही स्वामी के पास लौट आए।

"नमस्कार। हम कोडंगाल्लूर के राजकुमार हैं। मेरा नाम कोचुन्नी थंपूरन है। मेरे भाई का नाम भट्टन थंपूरन है।" उनमें से एक ने संस्कृत में कहा, "आप कहीं बाहर से आए लगते हैं और हमारा मित्र विनीतकुमार बता रहा है कि आप शायद कल रात से ही यहां बैठे हैं।"

"रात से तो नहीं किंतु प्रभात से बैठा हूं।" स्वामी ने संस्कृत में उत्तर दिया, "देवी के दर्शनों के लिए मुझे मंदिर में प्रवेश करने से क्यों रोका गया?"

"बाहर से आए लोगों की जाति का निर्णय करना कठिन है। इसलिए इस मंदिर की परंपरा है कि बाहर से आए किसी व्यक्ति को प्रवेश नहीं करने दिया जाता।" भट्टन ने कहा।

"जाति का मंदिर में प्रवेश से क्या संबंध है?" स्वामी ने कहा. "क्या मां कालिका किसी एक जाति की ही माता हैं। इतर जातियां उनकी संतान नहीं हैं।"

"नहीं! ऐसा नहीं है।" इस बार भी भट्टन ही बोला, "वस्तुतः मंदिर का निर्माण इसलिए होता है कि वहां पवित्र विचारों के सच्चरित्र लोग आएं। वहां का परिवेश सात्विक तरंगों से भरा रहे। दर्शनार्थी का मन पवित्र रहे। यदि हम जाति विचार नहीं करेंगे, तो वहां किसी भी जाति का व्यक्ति प्रवेश करेगा और अपने साथ अपवित्र विचार तरंगों को

ले जाएगा। मंदिर की पवित्रता नष्ट होगी।"

"जाति का चरित्र से क्या संबंध है?"

"ब्राह्मण लोग सच्चरित्र होते हैं।" कोचुन्नी ने कहा, "आप ऐसा नहीं मानते?"

"नहीं!' स्वामी ने कहा, "आपका यह मित्र विनीतकुमार क्या ब्राह्मण है?"

"जी!"

"और यह प्रातः से मुझे चिढ़ाने और अपशब्द कहने में लगा है, जबकि मैंने इससे बात भी नहीं की थी।" स्वामी ने कहा, "आपको ज्ञात ही होगा कि युधिष्ठिर के राजसूय यज्ञ में भगवान कृष्ण ने ऋषियों के जूठे पत्तल उठाए थे।"

"ज्ञात है।" कोचुन्नी ने कहा।

"उन्हीं भगवान कृष्ण के पुत्र सांब ने अपने मित्रों के साथ मिलकर ऋषियों के उपहास की योजना बनाई थी।"

"हां! सांब ने पेट पर मूसल बांध, गर्भवती स्त्री का वेश बनाया था। उसके मित्र उसे लेकर ऋषियों के पास गए थे और उनसे पूछा था कि यह गर्भवती स्त्री पुत्र को जन्म देगी या कन्या को?" भट्टन ने कहा।

"तो आप यह भी जानते होंगे कि उन ऋषियों ने शाप दिया था–श्रीकृष्ण के पुत्रों को शाप दिया था कि वह गर्भवती महिला एक मूसल को जन्म देगी और उससे सारे यादव वंश का नाश होगा।" स्वामी ने कहा, "आपका यह ब्राह्मणपुत्र प्रातः से मेरे साथ वही व्यवहार कर रहा है, जो यादवपुत्रों ने ऋषियों के साथ किया था।" स्वामी ने दोनों राजकुमारों की ओर देखा, "मैं जाति और चरित्र के संबंध के इस सिद्धांत को मानने से इंकार करता हूं।"

"तो आप मानते हैं कि जाति और चरित्र का कोई संबंध नहीं है?"

"नहीं! एकदम नहीं।" स्वामी बोले, "बताइए जाति क्या है?"

"हम ब्राह्मण हैं।"

"नहीं!" स्वामी ने कहा, "जाति का संबंध आपके व्यवसाय से है। आप मंदिर में पूजा करने की नौकरी करते हैं अथवा लोगों के घर जाकर उनका पूजा पाठ का काम कर उसकी दक्षिणा पाते हैं, तो पुरोहिताई आपका व्यवसाय है। जितने लोग यह व्यवसाय करते हैं, वे एक साथ रहते हैं। एक प्रकार का जीवन जीते हैं। आपस में ही शादी विवाह करते हैं। वे एक समाज का निर्माण करते हैं। उसे वे अपनी जाति या बिरादरी कहते हैं।"

"और वर्ण?" भट्टन ने पूछा।

"वर्ण, आपका स्वभाव, स्वधर्म अथवा आपकी प्रकृति है। ईश्वर ने संसार में विभिन्न प्रकार के व्यक्ति बना कर भेजे हैं। उनके स्वभावों को मोटे तौर पर चार भागों में विभाजित किया गया है। यह मनुष्य का मन अथवा मानसिकता है। उसका मनोविज्ञान है। यह उसका व्यक्तिगत गुण है, यह किसी समाज की विशेषता नहीं है।" स्वामी ने कहा, "आपका जन्म किसी भी वंश में हुआ हो, उसका वर्ण से संबंध नहीं है। महात्मा बुद्ध

क्षत्रिय राजा के घर जन्मे थे; किंतु संन्यासी हो गए। उनका स्वधर्म ब्राह्मण का था। विश्वामित्र वंश से क्षत्रिय थे, किंतु वर्ण से ब्राह्मण थे। रावण वंश से ब्राह्मण था, किंतु वर्ण से राक्षस अथवा शूद्र था। मराठों के अनेक पेशवा वंश से ब्राह्मण थे; किंतु अपने वर्ण और व्यवसाय से क्षत्रिय थे। वर्ण का ठीक अर्थ समझो, राजकुमारो!"

दोनों राजकुमार अवाक् खड़े रह गए। क्या कहते, उनके पास स्वामी के तर्कों का कोई उत्तर नहीं था।

"जाति अथवा वर्ण के आधार पर किसी व्यक्ति अथवा समाज को अपमानित करना पाप है और केरल में यह पाप बहुत अधिक मात्रा में हो रहा है। इसका प्रायश्चित उसे करना पड़ेगा।" स्वामी बोले, "ब्राह्मण के मन में दया और करुणा होनी चाहिए। उसका श्रेय धर्म और ज्ञान होना चाहिए। तप और त्याग उसका गुण है। जिनके जीवन का लक्ष्य ईश्वर, धर्म और ज्ञान न होकर शासन, धन संपत्ति और भोग है–वे ब्राह्मण कैसे हो सकते हैं?"

"क्या शास्त्र इसका प्रमाण देता है?" भट्टन ने बड़े निरीह से स्वर में पूछा।

"अनेक स्थानों पर। महाभारत में नृग और युधिष्ठिर तथा शिव और पार्वती का वार्तालाप देख लें। भगवत्गीता में स्वयं भगवान श्रीकृष्ण की उक्तियां देख लें।"

"हम स्वयं इन प्रमाणों को देखना चाहेंगे।" कोचुन्नी ने कहा।

"अवश्य देखिए।" स्वामी ने कहा, "प्रभु आपका कल्याण करें।"

राजकुमार जाने के लिए मुड़े।

"आप कहां ठहरे हैं?" सहसा कोचुन्नी ने पूछा।

"जहां प्रभु ने ठहरा रखा है।" स्वामी ने कहा।

"कहां" भट्टन ने कुछ आग्रह से पूछा।

"इसी वटवृक्ष के नीचे।" स्वामी हंसे, "आजकल यही मेरा आश्रम, मठ, प्रासाद, डेरा और ठिकाना है।"

"आप चाहें तो मंदिर में जाकर देवी के दर्शन कर सकते हैं। अब आपको कोई नहीं रोकेगा।"

"आपकी कृपा के लिए आभारी हूं।" स्वामी ने कहा, "किंतु मैं कोई विशेषाधिकार नहीं चाहता। केवल अपने स्वार्थ के लिए आपकी परंपराएं तोड़ना उचित नहीं समझता। जब मंदिर के द्वार सबके लिए खुल जाएंगे, मैं भी दर्शन कर लूंगा। मां तो जानती ही हैं कि मैं उनके द्वार पर बैठा हूं। उनकी ममता उमड़ेगी तो स्वयं चलकर बाहर आ जाएंगी।"

कोचुन्नी का चेहरा कैसा तो हो गया और भट्टन के भी पग रुक गए। वे दोनों स्वामी के निकट आ गए, "आप समझते हैं कि ऐसा संभव है?"

"मां अपनी संतान को उससे कहीं अधिक प्रेम करती है, जितना प्रेम संतान अपनी मां से करती है। मैं अपनी मां के लिए करता ही क्या हूं, फिर भी सदा मांगता रहता हूं।

वे सब कुछ करती हैं, कुछ मांगती नहीं, सदा देती ही रहती हैं।"

कोचुन्नी और भट्टन ने एक दूसरे की ओर देखा। भट्टन ने आगे बढ़कर स्वामी के चरण छू कर प्रणाम किया, "आप एक बार हमारे महल में पधारें।"

"मैं मां के द्वार पर आया हूं, महाराज के द्वार पर नहीं।"

"हम प्रयत्न करेंगे कि महाराज आपके दर्शनों के लिए समय निकालें। राजपुरोहित से भी थोड़ी धर्मचर्चा हो जाए तथा हमारी माता भी आपको प्रणाम कर सकें।"

स्वामी खिलखिला कर हंस पड़े, "मैं तो स्वयं माता को प्रणाम करने के लिए यहां धरना दिए बैठा हूं। अब राजप्रासाद में जाऊं ताकि माता मुझे प्रणाम कर सकें—कैसी विचित्र बात कर रहे हैं आप?"

"आह! हां!" कोचुन्नी ने कहा, "अच्छा हम कल आपके दर्शन करेंगे और इस विषय में चर्चा भी करेंगे।"

वे प्रणाम कर चले गए।

अगले दिन राजमहल से कुछ स्त्रियां आईं। उस समय स्वामी ध्यान कर रहे थे। उनका ध्यान पूरा होने तक उन्होंने प्रतीक्षा की। स्वामी के चेहरे की आभा और एक प्रकार की दिव्य शांति के भाव वैसे ही थे, जैसे शास्त्र में उल्लिखित थे।

"मैं कोचुन्नी और भट्टन की बड़ी भाभी हूं।" स्वामी का ध्यान पूरा होने पर, उन्हें प्रणाम कर, उसने संस्कृत में कहा।

स्वामी ने कुछ चकित भाव से उसकी ओर देखा, "आप संस्कृत बोलती हैं मां!"

"हां! हम लोग तो संस्कृत ही बोलते हैं। क्यों?"

"भारत के किसी भी भाग में महिलाओं को संस्कृत बोलते नहीं सुना। शताब्दियों पुराने नाटकों में भी महिलाएं प्राकृत बोलने लगी थीं।"

"होगा। किंतु हम लोग संस्कृत ही बोलती हैं।" वह बोली, "मेरी सास, कोचुन्नी और भट्टन की माता भी आपके दर्शन करने आना चाहती थीं, किंतु कुछ कारणों से वे नहीं आ सकीं।"

"कोई बात नहीं।" स्वामी बोले, "उन्हें इतना कष्ट करने की आवश्यकता नहीं है। वे स्वयं माता हैं। वहीं से मुझे आशीर्वाद दे दें, बहुत है। मेरे भाग्य में होगा तो मुझे उनके दर्शन हो जाएंगे। किंतु मां मैं आपसे निवेदन करना चाहता हूं।"

"आदेश करें।"

"आप लोगों के यहां शिक्षा का अभाव नहीं है। आप सब पढ़ी-लिखी विदुषी हैं, फिर मैं यह क्या देख रहा हूं कि समाज में भेदभाव बहुत है। शिक्षा ने सबको समान नहीं बनाया है, भेद को बढ़ाया है। इसका अर्थ है कि शिक्षा का सदुपयोग नहीं हो रहा है। जिस पिछड़े समाज को शिक्षा से वंचित रखा गया है और उसे उपेक्षित और अपमानित किया जा रहा है, वह भी तो उसी नारायण का अंश है, जिसके अंश हम हैं। या वे लोग हमारे प्रभु के

बनाए हुए नहीं हैं? किसी और की संतान हैं वे?"

"नहीं! स्वामी जी। दूसरा कोई परमात्मा है ही नहीं। ईश्वर तो एक ही है।"

"तो फिर यह भेद भाव क्यों है? ऊंच-नीच क्यों है? कुछ लोग मां के दर्शनों से वंचित क्यों हैं? वे शूद्र क्यों हैं? हम उन्हें आर्य बनाने का प्रयत्न क्यों नहीं कर रहे, जो हमारे ऋषि कर रहे थे?"

"आप महात्मा हैं स्वामी जी! आप ही ऐसी बातें सोच सकते हैं। हम तो साधारण जीव हैं। अपनी परंपराओं का पालन भर कर रहे हैं। इस विषय में कभी सोचा ही नहीं।"

"परंपराओं का पालन अवश्य करो मां! मैं भी परंपरावादी व्यक्ति हूं। किंतु रूढ़ियों से तो समाज को मुक्त करो। जिसका अपमान आपका समाज कर रहा है, वह भी तो नारायण का ही अंश है। नारायण के इस अपमान का दंड आपको नहीं मिलेगा क्या?"

"शाप न दें स्वामी जी!" एक दूसरी महिला ने कहा, "हम सब तो आपका आशीर्वाद प्राप्त करने आई हैं।"

"मैं शाप नहीं दे रहा मां!" स्वामी बोले, "आपको कर्म सिद्धांत समझा रहा हूं। अपने आज के कर्मों से आपका समाज अपना भविष्य लिख रहा है।"

"हम आपकी बात को महाराज और राजपुरोहित–दोनों के सम्मुख रखेंगी।" पहली महिला बोली, "आप रुष्ट न हों।"

"प्रभु आपका कल्याण करें।" स्वामी ने अपना हाथ उठा दिया।

राजकुमारियां स्वामी का संकेत समझ गईं। वे उनको जाने को कह रहे थे।

अगले दिन कोचुन्नी और भट्टन अपनी माता और बड़ी भाभी के साथ प्रातः, मुंह अंधेरे ही स्वामी के दर्शनों के लिए आए। किंतु स्वामी अपने स्थान पर नहीं थे। उन लोगों ने प्रतीक्षा की, शायद स्वामी आसपास कहीं गए हों। किंतु स्वामी वहां कहीं नहीं थे। आरक्षियों से पूछा गया। वे इतना ही बता पाए कि पिछली रात सूर्यास्त तक तो स्वामी वहीं थे।

"लगता है, चले गए।"

"परिव्राजक एक स्थान पर टिक कर नहीं रहते।" माता ने कहा, "इससे यह भी स्पष्ट है कि वे यहां राजपरिवार की कृपा पाने की प्रतीक्षा में नहीं बैठे थे।"

"मुझे तो लगता है कि वे राजपरिवार पर कृपा करना नहीं चाहते थे।" कोचुन्नी ने कहा।

"मैं सोच रही हूं," उनकी भाभी ने कहा, "कि उनके दर्शनों की हमारी अभिलाषा पूरी नहीं हुई, तो हम कितने निराश हुए है। शायद वे हमें यह समझाना चाहते थे कि देवी के दर्शनों की अभिलाषा से आने वाले लोगों का मंदिर में प्रवेश वर्जित कर, हम उन्हें कितना निराश कर रहे थे।"

माता ने अपनी पुत्रवधू को देखा, "शायद तुम ठीक कह रही हो वधू!"

155

एरनाकुलम के सागरतट पर एक नाव किनारे लगी। उसमें से दो चार लोग उतरे थे। स्वामी भी उतरे।

"नमो नारायणः।" स्वामी ने कहा, "आप लोग एरनाकुलम के हैं?"

"नो हिंदी।"चंदूलाल ने कहा, "कम टू माई हाउस। ईट समथिंग।"

रमैया को कुछ अच्छा नहीं लगा : यह चंदूलाल भी विचित्र है। किसी को भी अपने घर ले जाएगा, खिलाए पिलाएगा। अरे पहले यह तो पूछ लो कि वह कौन है, कहां से आया है, क्या चाहता है? वह नाव से ही तो उतरा है, किसी दिव्य विमान से तो नहीं उतरा।

वे तीनों चंदूलाल के घर आए।

"आप थोड़ी अंग्रेज़ी जानते हैं?"

"बहुत थोड़ी-सी।" स्वामी ने मुसकरा कर कहा।

चंदूलाल स्वामी के खिलाने पिलाने का प्रबंध करने में लगा और रमैया ने अपने सारे मित्रों को सूचना पहुंचा दी कि चंदूलाल सागर पार कर आए एक संन्यासी को अपने घर ले आया है, जो हिंदी और अंग्रेज़ी जानता है, पर मलयालम नहीं जानता।

थोड़ी ही देर में चंदूलाल के घर पर लोगों की भीड़ लग गई।

चितंबी स्वामी भी उस समय एरनाकुलम में ही थे। वे स्वामी से मिलने के लिए आए। किंतु वहां भीड़ लगी देखकर वापस लौट गए। ऐसी भीड़ में तो वे स्वामी से कोई चर्चा नहीं कर सकते थे।

स्थानीय लोगों ने स्वामी को चितंबी स्वामी के विषय में बहुत कुछ बताया। कुछ लोगों ने यह वचन भी दिया कि वे चितंबी स्वामी को वहां लाएंगे और उनसे परिचय कराएंगे, ताकि वे दोनों कुछ बातें कर सकें।

"यदि चितंबी स्वामी इतने महान् व्यक्ति हैं, तो वे मेरे पास क्यों आएं, मैं ही उनके पास जाऊंगा।"

चितंबी स्वामी उस समय शंकर मेनन के घर पर रह रहे थे। स्वामी, शंकर मेनन के घर गए। चितंबी स्वामी हिंदी नहीं जानते थे; किंतु संस्कृत का उन्हें अच्छा ज्ञान था। वे स्वामी को एकांत में एक पेड़ की छाया में ले गए। जिस वृक्ष के नीचे वे लोग बातें कर रहे थे, उसके ऊपर शंकर मेनन का पाला हुआ बंदर बैठा था। वह कुछ व्याकुल होकर पेड़ हिलाने लगा।

स्वामी ने सिर उठा कर बंदर की ओर देखा और बोले, "मेरे मन के समान ही चंचल है।"

चितंबी स्वामी उत्फुल्ल हो उठे, "कोई महान् व्यक्ति ही ऐसी बात कर सकता है।"

स्वामी ने कहा, "चिन्मुद्रा ऐसी क्यों होती है?"

चितंबी स्वामी तमिल साहित्य के विद्वान् थे। उन्होंने उसका उचित उत्तर दिया। स्वामी ने प्रसन्न होकर उनके दोनों हाथ थाम लिए और अपना सिर झुका कर उससे स्पर्श

किया और हिंदी में कहा, "बहुत अच्छे।"

"आइए आपको कुछ श्लोक सुनाऊं।"

स्वामी ने उस दिन केवल शंकराचार्य की वाणी ही गाई।

"आपका स्वर स्वर्ण पात्र के समान है।" चितंबी स्वामी बोले, "ओह! कितना मधुर स्वर है। और आपकी आंखें! जैसे स्वयं योग ध्यानस्थ हो गया हो।"

13 दिसंबर 1892 को प्रातः प्रो. के. सुंदरामा अय्यर अपने घर पर किसीकी प्रतीक्षा कर रहे थे। उनके अतिथि को अब तक आ जाना चाहिए था।

बाहर कुछ हलचल हुई। उनके बारह वर्षों के पुत्र रमेश ने सूचना दी, "अप्पा! आपसे मिलने के लिए दो मुसलमान आए हैं।"

"मुसलमान?" उन्होंने पूछा, "उनमें एक हिंदू संन्यासी नहीं है?"

"लगता तो नहीं।"

'तो यह कोई और आ गया है।' प्रो. सुंदरामा ने सोचा, 'आना किसी और को था, आ कोई और गया।'

वे बाहर आए। देखा : दो व्यक्ति खड़े थे। एक तो साधारण मुसलमान था, किंतु यह दूसरा–कुछ स्पष्ट नहीं था।

"जी?"

"मैं एरनाकुलम् से आ रहा हूं। मुझे कोचिन के दीवान के सचिव डबल्यू. रमैया ने आपके पास भेजा है। मेरे आने की सूचना आपको होगी–ऐसा मुझे बताया गया था।" भगवावेशधारी ने कहा, "ये मेरे मार्गदर्शक हैं–मुहम्मद करीम। कोचिन रियासत के कर्मचारी हैं। कोचिन सरकार की ओर से इन्हें मेरे साथ भेजा गया है।"

सुंदरामा परेशानी में थे। सूचना तो थी किंतु उन्हें तो एक हिंदू संन्यासी के आने की सूचना थी।

सुंदरामा उन्हें ऊपर के कमरे में ले गए।

संन्यासी ने कहा, "आप मेरा परिचय जानना चाहेंगे।"

"अवश्य। आपका नाम?" सुंदरामा ने कहा।

"मैं एक संन्यासी हूं और संन्यासियों की नाम में कोई विशेष रुचि नहीं होती। मैं चारों धाम करने निकला हूं। रामेश्वरम की ओर जा रहा हूं।"

सुंदरामा के मन में बात स्पष्ट हो गई। ये वे ही हिंदू संन्यासी थे, जिनके आने की सूचना उन्हें थी। पहली बार उन्होंने ढंग से प्रणाम किया, "प्रणाम स्वामी जी।"

स्वामी ने हाथ उठा कर आशीर्वाद दिया।

"फिर भी आप अपने विषय में कुछ बताएंगे?"

"प्रभु की खोज में निकला एक संन्यासी हूं। अपने विषय में क्या बताऊं? कोई पद नहीं है, कोई अधिकार नहीं है। कोई गुण भी नहीं है। मेरा क्या परिचय।" स्वामी

ने कहा, "आप से एक प्रार्थना है।"

"कहिए।" प्रो. सुंदरामा कुछ आशंकित थे, जाने संन्यासी की क्या आज्ञा हो जाए, जिसे वे प्रार्थना कह रहे हैं।

"जितनी जल्दी हो सके, मेरे साथी के लिए भोजन की व्यवस्था करवा दें। वे भूखे हैं।"

"आप विश्राम करेंगे?"

"नहीं! वह सब बाद में होगा, पहले आप उनके भोजन की व्यवस्था कर दें।"

"आप भी कुछ लेंगे?"

"पहले आप उनके भोजन की व्यवस्था कर दें।"

"आपके लिए कमरा तैयार है।"

"ठीक है; किंतु पहले आप उन्हें खिला दें।"

"आपने कुछ खाया है?"

"मार्ग में थोड़ा दूध पिया था। पर उसकी आप चिंता न करें। मुझे कई-कई दिन भूखे रहने का अभ्यास है। आप मेरे मार्गदर्शक के लिए..."

प्रो. सुंदरामा के मन में कुछ खीज जागी। मन हुआ कि पूछे, वह कोई लाट साहब है क्या? या कोचिन का दीवान है? किंतु स्वयं को संयत किया और यथासंभव शांत स्वर में पूछा, "वे कोचिन स्टेट के कोई बड़े अधिकारी हैं?"

"हां! वे कोचिन स्टेट सर्विस में चपरासी हैं। सरकारी अधिकारी हैं और मेरे मार्गदर्शक हैं। उन्होंने यह सारा कष्ट मेरे लिए सहन किया है।" संन्यासी ने कहा, "कृपया आप...।"

"वे अपनी सरकारी नौकरी पर हैं।"

"वह उनकी सरकार जाने। मैं तो इतना ही जानता हूं कि उन्होंने मेरे लिए कष्ट सहा है और इस समय वे भूखे हैं। वैसे कोई सरकारी नौकरी पर हो, तो भी उसे भूख लगती ही है। कृपया आप...।"

"अच्छा! अच्छा!"

सुंदरारामा उठ गए। भीतर जा कर पत्नी से कह कर मुहम्मद करीम के भोजन की व्यवस्था के लिए कहा।

"संन्यासी से पहले एक मुसलमान चपरासी को खिलाएंगे?"

"हां!"

"चपरासी खाता रहेगा और संन्यासी भूखा बैठा रहेगा?"

"तो मैं क्या करूं, संन्यासी की ऐसी ही इच्छा है।"

स्वामी ने अपनी उपस्थिति में मुहम्मद करीम को भोजन करवाया। उसने तृप्त होकर खाया और स्वामी भी संतुष्ट दिखे। उसे विदा कर वे घर के भीतर आए।

"आपने भी दो दिनों से ढंग से भोजन नहीं किया होगा।"

स्वामी हंसे, "वह मुझ से अधिक भूखा था। वह स्वतंत्र नहीं था। मेरी आज्ञा के अधीन था। अतः उसका भरण पोषण मेरा दायित्व था। सेवक को भूखा रखकर तो भगवान भी स्वयं नहीं खाते। फिर वह हमारा अतिथि भी था।"

"आपने एरनाकुलम से चलने के पश्चात् क्या खाया है?"

"थोड़ा दूध पी लिया था।"

"बस एक गिलास दूध ही तो। अब बताइए, आप कैसा भोजन करना चाहेंगे।"

"आप जो खिला देंगे, खा लूंगा।"

सुंदरामा ने भोजन लाने को कह दिया।

"किस प्रदेश के निवासी हैं? केरल के तो नहीं लगते।"

"यह शरीर बंगाल की मिट्टी से बना है।"

"ओह! बंगाल ने इधर बहुत सारे महानुभाव उत्पन्न किए हैं।" सुंदरामा ने कहा, "आजकल मझे ब्राह्म समाज के प्रचारक केशवचंद्र सेन सब से महान् दिखाई देते हैं।"

"अच्छा है कि केशवचंद्र सेन महाशय का नाम आप लोगों तक पहुंच गया है। किंतु मेरा आपसे थोड़ा मतभेद है। आध्यात्मिक क्षेत्र में मेरे ठाकुर की तुलना में केशवचंद्र सेन अभी मात्र एक बालक हैं। वे मेरे गुरु श्री श्रीरामकृष्णदेव के चरणों में बैठकर उनसे शिक्षा ग्रहण करते थे।"

सुंदरामा ने स्वामी की ओर देखा : क्या वे मात्र अपने गुरु की महिमा को प्रतिपादित करने के लिए ऐसा कह रहे हैं?

"आप अपने गुरु के विषय में कुछ बताएंगे?"

"अवश्य।" स्वामी बड़ी देर तक उन्हें अपने गुरु के विषय में बताते रहे।

भोजन आया। स्वामी ने अपना दो दिनों का उपवास तोड़ा और रुचिपूर्वक भोजन किया। स्वामी की उपस्थिति, उनका स्वर, उनकी आंखों की द्युति, उनके विचार और उनकी वाणी का प्रवाह ऐसा मनोहारी था कि सुंदरामा का वहां से उठने का मन ही नहीं हुआ।

पत्नी ने संकेत कर उन्हें भीतर बुलाया, "आपको जाना नहीं है? राजकुमार आपकी प्रतीक्षा कर रहे होंगे।"

सुंदरामा को सब कुछ स्मरण था। किंतु स्वामी की उपस्थिति ने उन्हें एक प्रकार के सम्मोहन में बांध रखा था। उनकी स्थिति तो उस बच्चे के समान हो रही थी, जो घर आए अतिथि के आगे पीछे इसलिए घूम रहा हो कि वे अभी अपना सामान खोलेंगे और उसके लिए विभिन्न प्रकार के खिलौने निकाल कर उसे देंगे।

संध्या समय प्रो. सुंदरामा, स्वामी को लेकर प्रो. रंगाचार्य के घर गए। प्रोफेसर उस समय घर पर नहीं थे। कहां गए होंगे? अधिक संभावना थी कि वे तिरुवनन्तपुरम् क्लब में गए होंगे। वे वहां मिल गए तो बहुत अच्छा। न मिले तो और अनेक लोग होंगे। लक्ष्य तो स्वामी को विभिन्न लोगों से मिलवाना ही था।

प्रो. रंगाचार्य क्लब में नहीं थे। प्रो. सुंदरामा ने स्वामी का परिचय प्रो. सुंदरम् पिल्लै से कराया। तब तक प्रो. रंगाचार्य भी आ गए। उनसे भी परिचय हुआ। दीवान पेशकार और नारायण मेनन से भी परिचय हो गया।

पर नारायण मेनन शायद क्लब से विदा हो रहे थे। उन्होंने दीवान पेशकार को प्रणाम किया। पेशकार ने अपना बायां हाथ, दाहिने हाथ से थोड़ा ऊपर उठा कर उसके नारायण मेनन के अभिवादन का उत्तर दिया। स्वामी का मन खटक गया। उन्होंने केरल में आकर ही जाना था कि यहां के ब्राह्मणों द्वारा शूद्रों के अभिवादन का उत्तर देने की यही पारंपरिक पद्धति थी। तो दीवान पेशकार वंश से ब्राह्मण रहे होंगे और नारायण मेनन को वे शूद्र मानते होंगे। पद्धति जो भी रही हो, किंतु प्रो. नारायण मेनन जैसा विद्वान् व्यक्ति शूद्र कैसे माना जा सकता था?

प्रो. सुंदरामा ने भी देखा कि पेशकार का व्यवहार स्वामी को अच्छा नहीं लगा। स्पष्टतः वे मान रहे थे कि पेशकार ने प्रो. मेनन का अपमान करने का प्रयत्न किया था। स्वामी के चेहरे पर प्रतिकार की एक हल्की-सी रेखा उभरी। किंतु उन्होंने कुछ कहा नहीं।

लोग आते और जाते रहे। अंत में वहां केवल पांच व्यक्ति बच गए थे। स्वामी, दीवान पेशकार, उनके भाई, प्रो. रंगाचार्य और प्रो. सुंदरामा। जब वे भी विदा होने लगे तो दीवान पेशकार ने झुक कर स्वामी को प्रणाम किया।

"नमोनारायणः।" स्वामी ने कहा। न उन्होंने पेशाकर के अभिवादन का उत्तर हाथ जोड़ कर दिया और न ही, आशीर्वाद के लिए हाथ उठाया। संन्यासी द्वारा गृहस्थों के अभिवादन का उत्तर देने की यह प्राचीन परंपरागत पद्धति थी।

पेशकार का चेहरा विकृत हो गया। जब वह स्वयं को रोक नहीं सका तो बोला, "स्वामी जी! संन्यासी द्वारा भी किसी भले आदमी के अभिवादन का समुचित उत्तर तो दिया ही जाना चाहिए। आपको नहीं लगता कि आपका व्यवहार मेरे प्रति अपमान का नहीं तो अवहेलना का तो है ही।"

स्वामी उसकी ओर मुड़े, "यदि नारायण मेनन के अभिवादन का उत्तर ब्राह्मणों की परंपरागत पद्धति में देने का अधिकार आपको है, तो मुझे भी आपके अभिवादन का उत्तर संन्यासियों की परंपरागत पद्धति में देने का पूरा अधिकार है।"

उत्तर कठोर था। इसमें स्वामी का रोष ही नहीं, पेशकार के लिए उनके अनुचित अहंकार के लिए फटकार भी थी। पेशकार मुंह फुलाए हुए चले गए।

अगले दिन पेशकार के भाई प्रो. सुंदरामा के घर आए।

"कहिए।" प्रो. सुंदरामा ने कहा।

"मैं जरा स्वामी जी से मिलना चाहता हूं।"

"क्यों? लड़ने आए हैं?"

"नहीं! लड़ने तो नहीं आया।"

"तो?"

"मिलने आया हूं।"

"देखिए, एक बात स्पष्ट कर दूं।" प्रो. सुंदरमा ने कहा, "मेरे घर पर कोई स्वामी जी से असम्मानपूर्वक बात करे, यह मुझे सहन नहीं होगा।"

"नहीं भाई! आप यह क्यों मान रहे हैं कि मैं स्वामी जी के लिए प्रतिकूल भाव लेकर आया हूं।" वे बोले, "आप मुझे उनके दर्शन तो करने दें।"

प्रो. सुंदरामा ने उनको अनिच्छापूर्वक स्वामी जी के कक्ष में भेज दिया।

उसने हाथ जोड़कर अभिवादन किया और स्वामी जी के सामने भूमि पर बैठ गया।

"मैं दीवान पेशकार का भाई हूं।"

"कहिए।"

"कल शायद आप उनसे रुष्ट हो गए थे।"

"संन्यासी को किसी से रुष्ट होने का अधिकार नहीं है।" स्वामी ने बहुत शांत स्वर में कहा, "हां! नारायण मेनन का अपमान मुझे कुछ विचलित अवश्य कर गया था।"

"हां! दीवान को ऐसा नहीं करना चाहिए था। हमें उसका दुख है।" उसने कहा, "मैं आपसे यही कहने आया था कि भविष्य में ऐसा नहीं होगा। आप अपना रोष त्याग दें।"

"मैं रुष्ट नहीं हूं।"

"आपकी कृपा बनी रहे।" उसने खड़े होकर हाथ जोड़े और लौट गया।

स्वामी ने क्लब में बहुत थोड़ा सा समय बिताया था किंतु वे सारे उपस्थित लोगों पर अपने व्यक्तित्व की छाप छोड़ गए। तिरुवनन्तपुरम् में हिंदू समाज का एक विचित्र-सा मिश्रित रूप था। उस छोटे से नगर में दक्षिण भारत की सारी जातियों-प्रजातियों के लोग मिले जुले दिखाई पड़ते थे। तिरुवनन्तपुरम् क्लब की भी वही स्थिति थी।

स्वामी सबसे ही खुल कर बातें करते थे किंत प्रो. रंगाचार्य में उनको जैसे अपना सा ही रूप दिखाई दिया। उनके विचार और मूल्य एक जैसे हो थे और वे भी ज्ञान के वैसे ही भंडार थे, जैसे स्वयं स्वामी थे। अभिव्यक्ति का वैसा ही चारु और स्पष्ट कौशल। अपने ज्ञान का तात्कालिक प्रयोग कर सकने की क्षमता। नैतिक और बौद्धिक विवादों के बुलबुलों को तत्काल अपनी कुशाग्रता से फोड़ सकने की क्षमता। मनुष्य में प्रत्येक उदात्त, नैतिक और कल्याणकारी तत्व, प्रकृति और कला में प्रत्येक सुंदर वस्तु के लिए भावात्मक लगाव और सहानुभूति।

"एक द्रविड़ के रूप में मैं स्वयं को हिंदू शासनतंत्र से सर्वथा निष्कासित पाता हूं।"

स्वामी ने उन्हें देखा : ये प्रो. सुंदरम् पिल्लै थे।

"प्रो. सुंदरम आप चाहे कितने ही विद्वान् क्यों न हों; किंतु बिना विशेष चिंतन मनन किए ही, स्वयं को जातीय पूर्वाग्रहों की धारा में बहने के लिए छोड़ देना स्पृहणीय

नहीं है। मैंने दक्षिण भारत की यात्रा में पहले भी असंतुलित और अति साधारण मस्तिष्क के लोगों में यह अरुचिकर रोग पाया है।"

युवराज की प्रार्थना पर, स्वामी और प्रो. सुंदरामा उनसे मिलने के लिए राजप्रासाद में गए।

"मेरे गुरु ने बताया है कि आप परिव्राजक के रूप में भारत के चारों धामों की यात्रा कर रहे हैं।" युवराज ने कहा, "मुझे इस प्रकार के जीवन का कोई अनुभव नहीं है। इसलिए जानने की उत्सुकता है कि आप कहां कहां गए और किन-किन लोगों से मिले।"

स्वामी ने विभिन्न देसी रियासतों, राजाओं और उनके दरबारों की चर्चा की। युवराज की रुचि और भी बढ़ गई।

"आपको भारतीय राजाओं में किसने सब से अधिक प्रभावित किया?"

"मैं जिन हिंदू राजाओं से मिला हूं, उनमें से अपनी योग्यता, देशभक्ति, ऊर्जा और दूरदर्शिता से मुझे सबसे अधिक बडोदरा के गायकवाड़ ने प्रभावित किया। राजस्थान में एक छोटी-सी रियासत है, उसे रियासत भी नहीं कहना चाहिए, वह जयपुर राज्य का ठिकाना भर है–खेतड़ी। वहां के राजा अजितसिंह ने भी मुझे बहुत प्रभावित किया। वे तो मेरे मित्र ही हो गए। उनमें देशभक्ति, प्रजावत्सलता के साथ-साथ धर्म और अध्यात्म का तत्व भी बड़ी मात्रा में है। जैसे जैसे में दक्षिण की ओर बढ़ा, मुझे भारतीय राजाओं और शासकों की क्षमता, बुद्धि और चरित्र में अवरोह ही दिखाई दिया है।"

"आप मेरे चाचा–ट्रावनकोर के महाराज–से मिले हैं?"

"नहीं!"

"क्यों? आप उनसे मिलना नहीं चाहेंगे?"

"मिलना तो चाहता हूं; किंतु अभी समय ही नहीं मिला है।" स्वामी ने कहा, "जैसे ही उनसे मिलने की व्यवस्था होगी, भेंट करने जाऊंगा।"

स्वामी ने मार्तण्ड वर्मा के अध्ययन इत्यादि के विषय में गंभीर जिज्ञासाएं कीं। उनसे उनके जीवन का लक्ष्य भी पूछा।

"मेरी ट्रावनकोर रियासत के लोगों और उनके कार्यकलापों में बहुत रुचि है। मेरा संकल्प है कि मैं महाराज के प्रमुख और निष्ठावान प्रजाजन के रूप में राजपरिवार और अपनी प्रजा के कल्याण की वृद्धि के लिए, उनके हित में जो भी कर सकूंगा, वह करूंगा।"

युवराज, स्वामी से बहुत प्रभावित हुए। उनका रूपरंग और व्यक्तित्व ऐसा था कि उनसे प्रभावित हुए बिना रहा ही नहीं जा सकता था।

"मैं आपका एक चित्र खींचना चाहता हूं स्वामी जी!" युवराज ने कहा, "मुझे वैसे भी फोटोग्राफी का व्यसन है; किंतु आप जैसा व्यक्तित्व सामने पाकर मैं स्वयं को रोक नहीं पा रहा।"

स्वामी छवि खिंचवाने की मुद्रा में बैठ गए, "लो राजकुमार! अपना व्यसन पूरा

करो।"

युवराज ने चित्र उतारा।

"अब क्या करोगे इसका?"

"इसे एक कलाकृति के रूप में विकसित करूंगा और मद्रास संग्रहालय में कलाचित्रों की प्रदर्शनी में प्रदर्शित करूंगा।"

"तुममें बहुत सारी संभावनाएं हैं, युवराज!" स्वामी बोले, "किंतु मुझे भय है कि विश्विद्यालय की यह पश्चिमी शिक्षा कहीं तुम्हें आत्मकेंद्रित और स्वार्थी न बना दे।"

"मेरी अपनी ऐसी कोई इच्छा नहीं है; और प्रभु की इच्छा के सम्मुख मेरा कोई वश नहीं है।"

स्वामी युवराज को आशीर्वाद देकर चले आए।

दीवान, शंकर सब्बियर ने राजा से भेंट का प्रबंध कर दिया।

"आइए स्वामी जी! ट्रावनकोर में आपका स्वागत है।" राजा ने कहा, "आप सकुशल हैं? किसी प्रकार की कोई असुविधा तो नहीं है?"

"भगवान की कृपा है।"

"जब तक आप तिरुवनन्तपुरम् और ट्रावनकोर राज्य में हैं, हमारे दीवान आपकी प्रत्येक सुविधा का ध्यान रखेंगे।"

भेंट तीन मिनटों में समाप्त हो गई। राजा को स्वामी के व्यक्तित्व और उनकी योजनाओं में कोई रुचि नहीं थी। स्वामी को कुछ निराशा हुई। किंतु राजा का व्यवहार इतना गरिमामय था कि स्वामी को उनसे कोई शिकायत भी नहीं थी।

स्वामी का तिरुवनन्तपुरम् में वह चौथा दिन था। उन्हें सूचना मिली कि मद्रास में महालेखाकार के सहायक मन्मथनाथ भट्टाचार्य सरकारी काम से तिरुवनन्तपुरम् आए थे। रेसिडेंट के खजाने में किसी प्रकार के गबन की उन्हें खोजबीन करनी थी।

स्वामी प्रातः ही मन्मथ बाबू के पास चले जाते थे और प्रायः अपना समय वहीं बिताते थे। वे रात्रिभोजन के पश्चात् ही लौटते थे।

"यह क्या है स्वामी जी! प्रो. सुंदरामा ने स्वामी से शिकायत की, "आप हम से ऊब गए हैं क्या?"

स्वामी हंसे, "हम बंगाली लोग भी बड़ी संकीर्ण सामाजिकता के लोग हैं। मन्मथ बाबू मेरे सहपाठी रहे हैं। वे संस्कृत कॉलेज कलकत्ता के पूर्व प्राचार्य पंडित महेशचंद्र न्यायरत्न के पुत्र हैं। इसलिए उनका मुझ पर विशेष अधिकार है। बहुत दिनों से मछली भी नहीं खाई है। मन्मथनाथ बाबू के घर मछली भी मिल रही है।"

"मांसाहार।" सुंदरामा ने तत्काल अपनी वितृष्णा प्रकट की।

"भारत के प्राचीन ब्राह्मण मांसाहार करते थे। अपने अतिथियों को मधुपर्क देने के लिए भी वे पशु बलि करते थे।" स्वामी बोले, "यद्यपि हिंदू शास्त्र शाकाहार को ही वरीयता

देते हैं; किंतु मांसाहार का सर्वथा निषेध नहीं करते। बौद्ध धर्म के प्रचार के साथ ही शाकाहार का विकास हुआ है। मांसहार के त्याग ने भारतीय शक्ति को कम किया है, उनकी लड़ने की इच्छा को समाप्त किया है और परिणामस्वरूप हम लोग अपनी स्वतंत्रता खो बैठे हैं।"

"मैं सहमत नहीं हूं।" प्रो. सुंदरामा बोले, "एकमात्र वैदिक धर्म ने ही मनुष्य को सिखाया है कि प्रकृति से उसका संबंध बंधुत्व और एकता का है। मनुष्य भी प्रकृति का ही अंग है। हमें राजनीतिक सत्ता अथवा इंद्रियों के सुख जैसे तुच्छ लक्ष्यों के लिए मानवता से पतित नहीं होना चाहिए।"

"वैदिक धर्म को थोड़ा बहुत मैं भी समझता हूं।" स्वामी मुस्कराते रहे।

"स्वामी जी! आप यहां एक सार्वजनिक भाषण क्यों नहीं देते?" प्रो. सुंदरामा ने एक दिन स्वामी से आग्रह किया, "लोगों को उससे बहुत लाभ होगा।"

"मैं ने आजतक कोई सार्वजनिक भाषण नहीं दिया है।" स्वामी ने कहा, "यदि मैं ऐसा कुछ करूं तो मेरे हाथों एक शोचनीय और उपहासास्पद असफलता लगेगी।"

"मैसूर के महाराजा ने आपको शिकागो में होने वाली धर्म संसद में हिंदू धर्म का प्रतिनिधित्व करने को कहा है।" प्रो. सुंदरामा ने कहा, "यदि आप एक साधरण सभा में भाषण नहीं कर सकते तो विद्वानों की उस महासभा का सामना कैसे करेंगे?"

स्वामी ने आकाश की ओर देखा और वे जैसे कुछ और ही हो गए, "प्रभु की इच्छा होगी कि मैं उनकी वाणी बनकर उनका संदेश संसार को दूं और सत्य तथा सात्विक जीवन की सेवा करूं, तो वे मुझे उसके योग्य बना देंगे।"

सुंदरामा मान लेते कि स्वामी उन्हें टालने का प्रयत्न कर रहे हैं; किंतु स्वामी का तेज कह रहा था कि वे जो कुछ कह रहे हैं, उसमें उनका पूर्ण विश्वास भी था।

"यद्यपि मुझे हिंदू धर्म के मूलभूत और केन्द्रीय सत्यों में पूर्ण विश्वास है, फिर भी मुझे इस प्रकार के किसी अलौकिक हस्तक्षेप में बहुत संदेह है।" सुंदरामा ने कहा, "मैंने मूल ग्रंथ नहीं पढ़े हैं और न ही उनके तर्कों के संदर्भ में अंतर्दृष्टि प्राप्त की है। न ही मुझे ऐसी कोई दिव्य अनुभूति का ही दावा है कि मैं आपके वक्तव्य के सत्य को देख सकूं।"

"प्रो. सुंदरामा! आप अपने दैनन्दिन जीवन में परंपरागत विधिविधान और पूजापाठ वाले निष्ठावान हिंदू हैं, किंतु आपके मन में विश्वास नहीं हैं। आपका पूजापाठ बस दिखावा ही है। प्रभु पर विश्वास नहीं है आपको। आप अपनी शक्ति को ही संसार भर की शक्ति की सीमा मानते हैं। प्रभु की शक्ति को भी उसी प्रकार ससीम मानते हैं।"

मन्मथनाथ भट्टाचार्य के साथ स्वामी प्रस्थान करने वाले थे।

संस्कृत व्याकरण के महाविद्वान् पंडित वागीश्वर शास्त्री भागते आए।

"मुझे स्वामी जी से मिलना है।"

"पर वे तो जा रहे हैं।"

"जानता हूं; किंतु मुझे मिलना है।" वे बोले, "चाहे कुछ मिनटों के लिए ही सही। पर मुझे उनसे मिलना है।"

"वे इतने दिनों तक यहां थे, आप तब क्यों नहीं आए?"

"मुझे सूचना थी कि उत्तर भारत से एक अत्यंत विद्वान् संन्यासी आपके घर पर ठहरे हुए हैं; किंतु मैं अस्वस्थ था।"

स्वामी और भट्टाचार्य गाड़ी में बैठने के लिए सीढ़ियां उतर रहे थे।

शास्त्री जी ने देखा, तो जैसे उनके प्राण सूख गए। अत्यंत याचनापूर्ण ढंग से प्रो. सुंदरामा से बोले, "इन्हें रोक लो। कुछ क्षणों के लिए ही सही पर उनको रोक लो।"

स्वामी रुक गए।

"क्या बात है शास्त्री जी!" स्वामी ने संस्कृत में पूछा।

शास्त्री जी से संस्कृत में ही वार्तालाप आरंभ किया, जो सात-आठ मिनट तक चला।

प्रो. सुंदरामा संस्कृत नहीं जानते थे। वे समझ नहीं पाए कि उन दोनों में क्या चर्चा हुई।

वार्तालाप समाप्त कर स्वामी चले गए। शास्त्री जी अपनी आंखों में प्रशंसा का सागर लिए निष्कंप से खड़े रह गए।

"क्या बात हुई शास्त्री जी!" प्रो. सुंदरामा ने पूछा।

"संस्कृत व्याकरण की एक उलझी हुई गुत्थी को लेकर मैं वर्षों से उद्विग्न था। स्वामी जी ने सीढ़ियां उतरते-उतरते उसका समाधान कर दिया।" शास्त्री जी ने कहा, "संस्कृत व्याकरण उनके लिए हथेली पर रखे आंवले के समान है; और सरस्वती उनकी जिह्वा पर विराजमान है। उन्हें संस्कृत भाषा का कैसा उत्कृष्ट ज्ञान है।"

156

रामेश्वर जाने का संकल्प बीच में ही रह गया। स्वामी कन्याकुमारी की ओर खिंचे चले आए। नगरकाइल से कन्याकुमारी का मार्ग सीधा और छोटा था। उसके इतने निकट आकर वहां से उल्टी दिशा में मुड़ जाना उचित नहीं था। किंतु स्वामी यह भी अनुभव कर रहे थे कि कोई उनके मन को कन्याकुमारी की ओर आकृष्ट कर रहा था। बार-बार लगता था कि मां अपनी तर्जनी से कन्याकुमारी की ओर संकेत कर रही हैं। पवन उसी ओर चला जा रहा था। सागर का जल उसी ओर प्रवाहित हो रहा था। स्वामी यह निश्चय नहीं कर पा रहे थे कि यह कोई वास्तविक निर्देश था, या उनके अपने ही मन की माया उन्हें भरमा रही थी।

नगरकाइल में मन्मथ बाबू से विदा होकर वे पैदल ही चल पड़े। मन्मथ बाबू उनके लिए किसी सवारी का प्रबंध कर देने पर तुले हुए थे; किंतु स्वामी ने उसे स्वीकार नहीं किया। मां के द्वार पर जाना था, तो सवारी पर नहीं, मां की दी हुई, अपनी इन दो टांगों

पर ही चल कर जाना था। मार्ग में कई स्थानों पर वे सागर के कुछ निकट और कहीं कुछ दूर होते गए थे। पर उन्हें सागर उतना आकृष्ट नहीं कर रहा था, जितना प्रायः किया करता था। उन्हें लग रहा था कि वे किसी स्थान विशेष तक पहुंचने को व्याकुल नहीं थे। स्थान का क्या है। धरती हो या सागर–वे तो सब स्थानों पर एक जैसे ही थे; किंतु कन्याकुमारी कोई स्थान नहीं था। वहां तो स्वयं मां साक्षात् वर्तमान थीं। उनकी मां। जिन्हें वे कहां कहां ढूंढ़ आए थे। थीं तो वे सर्वत्र ही; किंतु कहीं वे सर्वथा अदृश्य थीं, कहीं उनका आभास मात्र मिलता था, और कहीं वे पूर्णतः प्रकट थीं–साक्षात्।

जैसे-जैसे वे कन्याकुमारी के निकट होते जा रहे थे, उनके पैरों में पंख उगते आ रहे थे। पंख बढ़ते जा रहे थे–संपाती जैसे। मन होता था, उड़ कर मां के चरणों में पहुंच जाएं या फिर हनुमान जी के समान एक बार कूदें और सीधे मां के सम्मुख जा उतरें।

आदि शक्ति माता जगदंबा ने कन्या के रूप में भगवान भोलेनाथ को पाने के लिए जहां तपस्या की थी, पहले तो भक्तों ने उनका मंदिर वहीं बनाया होगा। किंतु मां की यह कैसी माया थी कि उस स्थान को सर्वसाधारण से कुछ दूर रखने के लिए उन्होंने सागर को आदेश दिया कि वह अपनी लहरों रूपी खड्ग से काट कर उस शिला को मुख्य भूमि से पृथक् कर दे। उस शिला–श्रीपाद शिला–को कुछ दूर कर दे। सागर स्वयं उसकी रक्षा करे। सागर के जीव-जंतु-बड़ी मछलियां, मकर, नक्र, ग्राह उसके पहरेदार बने रहें, ताकि विशेष आवश्यकता होने पर ही कोई वहां जाए। मंदिर तो साधारण लोगों ने बनवाया था; किंतु श्रीपाद शिला पर, चरण-चिह्न तो स्वयं मां ने छोड़े थे। तपःपूत चिह्न!

श्रीपाद शिला के मुख्य भूमि से कट जाने पर, लोगों ने शिला तक जाने के परिश्रम से बचने के लिए, मुख्य भूमि पर वैसा ही एक मंदिर बना लिया था। श्रीपाद चिह्न तो वे नहीं ला सके थे, पर उसमें मां की प्रतिमा स्थापित कर दी थी। अब वही मां का मंदिर था। लोग वहीं पूजा-अर्चना कर संतुष्ट थे। वहां मां नहीं, तो मां की छाया तो थी ही।

बहुत देर से मां से बिछड़ा हुआ बच्चा, जिस आतुरता से अपनी मां से मिलता है, उसी आतुरता से दौड़ते हुए स्वामी ने सागर तट पर बने मंदिर में मां की प्रतिमा को हर्षोन्माद में साष्टांग प्रणाम किया।

"बहुत भटकाया तुमने मां! पर अब मैं आ गया हूं! मैं आ गया हूं!"

स्वामी की आंखों से निरंतर अश्रु बह रहे थे। हृदय उमड़-उमड़ कर ऊपर आ रहा था। वे डबडबाई आंखों से मां के चेहरे को देख रहे थे। उन्हें मां के नयनों में स्वागत की द्युति दिखाई दी। वे जानते थे कि वे यहां रोने धोने नहीं आए थे। वे तो मां के बुलाने पर आए थे। क्यों बुलाया है मां? क्या इस पुत्र के प्रति कुछ माया जन्मी है? दर्शन होंगे मां? एक बार ठाकुर के कहने पर उस रात दक्षिणेश्वर के मंदिर में गए थे। कैसा जीवित और सघन आभास हुआ था। वह अनुभूति वे आज तक नहीं भूल पाए।

वे एक कोने में बैठ गए। स्तुति गायन किया और नाम-जप करने लगे। मन ने कहा, 'मां की चरण वंदना करने आया है, तो उनके श्रीपाद के दर्शन भी तो कर।'

स्वामी मां को प्रणाम कर मंदिर से बाहर निकल आए। उनकी दृष्टि श्रीपाद शिला की दिशा में टिकी हुई थी; और पैर चलते जा रहे थे। चलते-चलते, वे वहां तक पहुंच गए, जहां मिट्टी समाप्त हो रही थी और पानी आरंभ हो रहा था। जल ने पैरों को छुवा, तो उनका ध्यान उस ओर गया।

"साधु महाराज! क्या मगरमच्छ पकड़ने जा रहे हैं?" एक नाविक उनके सामने खड़ा था।

स्वामी ने दृष्टि उठा कर उसकी ओर देखा : वह हिंदी बोल रहा था।

"तो तुम हिंदी भी बोले लेते हो?"

"यह तीर्थस्थल है महाराज! यहां सारे भारत से भक्त जन आते हैं। वे हिंदी ही बोलते हैं। यहां अंग्रेज़ी से काम नहीं चलता। हिंदी न बोलें तो पेट कहां से भरें।" वह रुका, "मैंने पूछा, 'शार्क पकड़ने जा रहे हैं क्या?' "

"तुम शार्क खरीदते हो क्या?" स्वामी ने हंसकर पूछा।

"मैं खरीद कर क्या करूंगा?"

"तो मैं पकड़ कर किसको बेचूंगा?"

नाविक हंस पड़ा, "तो महाराज! पानी में कहां चलते जा रहे हैं। यह स्थान शार्क और हिंस्र जलचरों से भरा पड़ा है। दो-चार गज भी जल में गए, तो वे आप को घसीट कर पाताल में ले जाएंगे।"

स्वामी ने देखा कि उनके आस पास लोगों की भीड़ एकत्रित होती जा रही थी। वे लोग उनकी चर्चा सुन रहे थे। उन में तीर्थयात्री भी थे, पंडे भी और नाविक भी। कुछ छिटपुट सामान बेचने वाले लोग भी थे।

"मुझे श्रीपाद शिला पर जाना है।" स्वामी ने कहा।

"तो आओ, ले चलते हैं।" दो-तीन नाविकों ने एक साथ कहा और जैसे वे उन्हें अपनी अपनी नौका की ओर खींचने लगे।

"इतने लोग क्यों खींच रहे हो भाई! मुझे तो किसी एक नौका में ही जाना है।"

सहसा एक नया नाविक प्रकट हुआ, "जाओगे तो एक ही नौका में, किंतु देने के लिए भाड़ा भी है?"

"कितना भाड़ा है?"

"दो पैसे दे दो।"

"नहीं! तुम संन्यासी हो। पांच पाइयां, चलो चार पाइयां ही दे दो।"

"मेरे पास तो एक पाई भी नहीं है।" स्वामी बोले, "पता नहीं, क्यों पूछ बैठा कि भाड़ा क्या है।"

"तो हम किस लाभ के लिए, इन शार्कों और हिंस्र जलचरों के बीच में से अपनी नौका लेकर जाएं।"

"तुम्हारे लाभ के विषय में मैं क्या कहूं, मेरे पास तो कुछ नहीं है।"

"तो अपनी नाव ले आओ।" नया आया नाविक चला गया।

अन्य लोगों की रुचि भी समाप्त हो गई थी। स्वामी अब उनके लिए ग्राहक नहीं थे। उनके साथ माथापच्ची करना व्यर्थ था।

स्वामी तट के साथ-साथ कुछ दूर तक चलते चले गए। उन्हें नहीं लगता था कि इस तीर्थभूमि पर कोई नाविक उन्हें शिला तक निःशुल्क ले जाएगा। भक्तों के लिए यह तीर्थ होगा; किंतु नाविकों के लिए तो यह अर्जनभूमि थी। वे यहां अपनी आजीविका कमाने आए थे, पुण्य कमाने नहीं। या तो स्वामी तब तक रुकें, जब तक कि कोई श्रद्धालु भक्त उनका भाड़ा देने के लिए, प्रस्तुत नहीं हो जाता। किंतु स्वामी के पास समय नहीं था। मां उन्हें बुला रही थीं। मां उन्हें बुला रही थीं और वे भाड़े के अभाव में रुके बैठे थे? जिसकी सृष्टि है, जिसका सागर है, जिसके शार्क हैं–वही मां उन्हें बुला रही है और वे इस प्रतीक्षा में खड़े हैं कि कोई नौका उन्हें उस शिला तक ले जाए। काठ की नौका? शिला तक तो धन का शुल्क लेने वाली, काठ की नौका ले जाएगी–भव-सागर को तरने के लिए कौन-सी नौका आएगी? किस धन से उसका और उसका शुल्क चुकाया जाएगा? वे व्यर्थ के झंझट में पड़े हैं। मां ने बुलाया है और उन्हें जाना है। मां ने कब कहा कि वे नाव में ही आएं? वहां सामने की उस शिला पर मां बैठी उनकी प्रतीक्षा कर रही हैं और वे नौका और नाविक की प्रतीक्षा में हैं। मां से बड़ा नाविक भी कोई है क्या?

बिना किसी से कोई चर्चा किए, बिना अधिक सोच विचार किए, बिना अपने आसपास देखे, स्वामी एक चट्टान पर चढ़े और उस शार्कग्रस्त जल मे कूद पड़े–

छपाक्!

कुदने के शब्द से अनेक लोगों का ध्यान उस ओर आकृष्ट हुआ। तट पर जमा हो आई भीड़ ने देखा कि वह युवा संन्यासी सागर में तैरता हुआ, श्रीपाद शिला की दिशा में बढ़ रहा था। आसपास का सागर बहुत अशांत था। लहरों पर लहरें उठ रही थीं, थपेड़ों पर थपेड़े पड़ रहे थे, जैसे लहरें संन्यासी को उसके दुस्साहस पर चेतावनी दे रही हों।

किंतु स्वामी का मन उस सागर से भी अधिक व्याकुल था। उन्हें लहरों पर नृत्य करती अपनी मां दिखाई दे रही थी। आकृति स्पष्ट नहीं थी। चारों ओर वाष्प का आवरण था। नीहारिकाओं के समान वह आकृति बन और बिखर रही थी। उसकी मुद्राएं पल-पल परिवर्तित हो रही थीं। कभी वह हंस कर भुजाएं बढ़ा देती थी, जैसे गोद में उठा लेंगी, कभी केवल मुस्कान से आकृष्ट कर रही थीं। कभी माथे पर त्यौरी आ जाती थी, 'तुझ में मां से मिलने की अटूट आतुरता क्यों नहीं है? समुद्र से डरता है? शार्कों से डरता है? उन तुच्छ जीवों की शक्ति पर तुझे विश्वास है और अपनी मां, जगदंबा की शक्ति पर विश्वास नहीं है? मां नहीं चाहेंगी तो कोई महामत्स्य तेरे निकट भी कैसे आएगा और मां की इच्छा होगी तो इन लहरों से तुझे कौन बचा सकता है। समर्पण नहीं है तुझ में? विश्वास का कच्चा है क्या? तू समुद्र की गोद में नहीं, अपनी मां की गोद में है। मां अपनी

भुजाओं में थोड़ा हिलाए डुलाए, थोड़ा उचका दे, उछाल दे, तो क्या उससे संतान का अहित हो सकता है? देखा है किसी बच्चे को इस प्रकार मां के हाथों से गिर कर चोट खाते? प्राण गंवाते?'

स्वामी तैरते जा रहे थे। कैसा अच्छा लग रहा था। वे थे और उनकी मां थीं। उनके मध्य कोई नहीं था। उनके मन में मां से मिलने की जितनी और जैसी उत्कंठा आज थी, उसका एक विचित्र-सा सुख था। लग रहा था कि वे प्रकृति से जैसे कोई खेल खेल रहे हैं। वे मां से मिलना चाहते थे और प्रकृति मार्ग में विभिन्न प्रकार की बाधाएं फैलाए बैठी थी, जैसे कोई बच्चा अपनी मां को सामने देख कर दौड़ता हुआ सीधा उसके पास जा रहा हो, और कोई व्यक्ति खेल खेल में ही मार्ग में अपनी बाहं फैलाकर उसको रोक ले, अपनी टांग अड़ा कर उसे आगे न जाने दे, या आंखों के सामने अपनी हथेली रख कर मां को दृष्टि से ओझल कर दे। किंतु वे वैसे शिशु नहीं थे कि मां के आंख से ओझल होते ही हताश हो कर रो पड़ते। वे जानते थे कि मां उनके निकट ही है। आस-पास है। वे उन्हें देख रही है। लीला कर रही है। मां और बेटा लुक्का-छिपी खेल रहे हैं। उन्होंने मां को खोज लिया तो ठीक, अन्यथा मां ही उन्हें गोद में उठा लेंगी और खिल-खिलाकर हंस पड़ेंगी।

स्वामी ने समुद्र बहुत बार देखा था; किंतु पानी के इतने ऊंचे उठते पहाड़ पहले कभी नहीं देखे थे। लहरों से उन्होंने बहुत खेल खेले थे; किंतु लहरों ने अजगर बनकर उनको इस प्रकार कभी नहीं बांधा था, न इस प्रकार उठा उठा कर फेंका था, जैसे हाथी क्रुद्ध होकर किसी को अपने सूंड में उठा उठा कर दूर फेंकता रहे, या फिर क्रुद्ध ऋषभ किसी के प्राण लेने के लिए उसे अपने सींगों पर उठा-उठाकर ऊंचे से ऊंचे उछालने का प्रयत्न करे। समुद्र में कूदने के पहले उन्होंने लोगों से शार्क की चर्चा सुनी थी। किसी ने नहीं कहा था कि यहां समुद्र बहुत भयंकर था, सभी ने यही कहा था कि इसमें रहने वाले जलचर अत्यंत हिंस्र और मानवभक्षी थे।

सहसा स्वामी की समझ में अपनी मां का खेल आ गया। वस्तुतः समुद्र उन्हें उछाल नहीं रहा था, उन्हें शार्कों से बचा रहा था। लहरें उन्हें छोड़तीं तो शार्क उन्हें पकड़ते। लहरें उन्हें अपने सिर पर उठा लेती थीं और शार्क नीचे से ही मुंह बाए उन्हें देखते रहते थे। लहरें उन्हें ऊपर ही ऊपर से समुद्र पार करा रही थीं, जैसे वे सागर के ऊपर से उड़ते हुए जा रहे हों। क्या हनुमान ने भी इसी प्रकार सागर पार किया था? कहा जाता है कि उन्होंने कूद कर एक छलांग में ही सागर पार कर लिया था; किंतु उनकी समुद्री यात्रा में बाधाएं तो सारी समुद्र में से ही उपजी थीं। तो वे तैर ही रहे होंगे, किंतु इसी प्रकार तैर रहे होंगे, जिसमें जल में कम और हवा में अधिक रहे होंगे।

सहसा उन्हें पानी के कम होने का आभास हुआ और उन्होंने देखा कि वे श्रीपाद शिला के निकट पहुंच गए थे। पैरों के नीचे उन्हें चट्टानों का ठोस आधार मिल गया था;

किंतु सामने जहां वे हाथ टेक कर पानी से बाहर आने की सोच रहे थे, वहीं एक महामत्स्य बैठा सुस्ता रहा था, अथवा उनकी प्रतीक्षा कर रहा था। वह अभी उनकी बांह को अपने दांतों में चीथ कर उन्हें घसीटता हुआ जल में ले जाएगा तो इतना तैर कर थक गए स्वामी आत्मरक्षा के लिए क्या कर पाएंगे?

किंतु महामत्स्य समुद्र में से सहसा इस प्रकार प्रकट हो गए एक नए जीव को अपने इतने निकट देखकर जैसे घबरा गया और अपने बचाव के लिए समुद्र की शरण में चला गया। उसके द्वारा खाली किए गए, स्थान पर अपना हाथ टिका, स्वामी समुद्र से बाहर आ गए। अब वे पूर्णतः आश्वस्त थे कि वे अपने गंतव्य पर पहुंच गए हैं।

उन्होंने दृष्टि उठाकर देखा : सागर और आकाश मिलकर एक हो रहे थे। उनके मध्य की दूरी लहरों ने मिटा दी थी। वेदांत का कितना अच्छा उदाहरण था। सारी प्रकृति मिलकर एकरूप हो गई थी। यह जगदंबा का निराकार रूप था। वास्तविक रूप। शरीर तो वे किसी कारणवश धारण करती थीं। स्वामी का मन भी लहरों के समान ही नाच रहा था।

वे आगे आए : श्रीपाद चिह्न वहां से दूर नहीं थे। स्वामी की आंखों में अश्रु आ गए–शरीर रोमांचित हो उठा और मन उमड़ उमड़ कर मुंह की ओर आने लगा। यहां उनकी मां ने तपस्या की थी। वे घुटनों के बल वहीं बैठ गए। मां! तुम्हारी तपस्या से पाषाण पिघल गए थे और तुम्हारे चरण चिह्न यहां अंकित हो गए थे, या भक्तों ने बाद में तुम्हारी प्रतिमा स्थापित की थी और तुमने स्वयं ही सागर का जल बनकर उस मंदिर और प्रतिमा को धो दिया? क्यों करती हो मां! तुम ऐसा क्यों करती हो? किसी के मन में प्रेरणा बनकर उभरती हो कि वह तुम्हारी प्रतिमा बनाए, तुम्हारा मंदिर बनाए और कहीं और किसी के मन को प्रेरित करती हो कि वह तुम्हारे मंदिर को तोड़ दे, प्रतिमा को खंडित कर तुम्हें अपमानित करे?

सहसा, स्वामी का मन ठहर गया। क्या मां भी मान-अपमान का अनुभव करती हैं? क्या अपना मंदिर बनता देख, वे प्रसन्न होती हैं? और मंदिर के खंडित होने पर उनको कष्ट होता है? क्या मां को भी यश की तृष्णा है? उन्हें भी सम्मान की भूख है? ऐसा होता तो उनका मंदिर कैसे टूट सकता था? उनकी प्रतिमा कैसे खंडित हो सकती थी? यह तो मनुष्य का ही मन था कि अपने अहंकारवश स्वयं को सारी सृष्टि को पृथक् मानता था। अपने मान सम्मान की चिंता करता था। अपना यश अपयश मानता था। स्वयं को किसी से छोटा और किसी से बड़ा मानता था।

स्वामी ने मां के चरणों के सम्मुख माथा टेक दिया। 'दर्शन दो मां! प्रत्यक्ष दर्शन दो। अपना दिव्य रूप दिखाओ–एक बार दक्षिणेश्वर में तुम्हारा आभास पाया था तो मेरी मोह माया नष्ट हो गई थी। अब एक बार तुम्हारे प्रत्यक्ष दर्शन हो जाएं, तो यह सुख दुख सब मिट जाएं। चिंताएं और समस्याएं समाप्त हो जाएं। मैं तुम्हारे चरणों में बैठा, तुम्हारे सुंदर मुख को निहारता रहूं। तुम्हारी आनन्दस्वरूप प्रतिमा को देखता, स्वयं को भूला रहूं।

मेरे लिए इस माया मोह का अस्तित्व ही न रहे।"

सहसा स्वामी को मां की सजीव उपस्थिति का भान होने लगा। मां यहीं थीं उनके आसपास थीं। अपने विराट रूप में उनके चारों ओर थीं। बस प्रकट नहीं हो रही थीं।

पल-पल में आकाश और समुद्र के रंग बदल रहे थे। मेघों और झंझावातों के रूप बन और बिगड़ रहे थे। पवन का अलौकिक संगीत जैसे किसी आनन्द नगरी का निर्माण कर रहा था। और उसमें से स्वामी को मां की संगीतमयी वाणी सुनाई पड़ रही थी, "तू आया तो है पुत्र! किंतु किसलिए आया है? सागर का सौन्दर्य देखने तो नहीं आया है। सोच पुत्र! ध्यान कर! अपने लक्ष्य का निर्धारण कर। मुझे प्रत्यक्ष देखना चाहता है, या चाहता है मैं तेरे हृदय में सदा निवास करूं? बोल क्या चाहता है? क्षण भर के दर्शन अथवा सदा का हृदय निवास?"

स्वामी ने आंखें खोलीं, तो उन्हें आभास हुआ कि कोई और भी उनके निकट है।

दो व्यक्ति हाथ जोड़े उनके सामने खड़े थे।

"मैं सदाशिव पिल्ले और ये सुब्बा राव। हमने आपको समुद्र में कूदते देखा था। हम आपकी कुशलता का समाचार लेने आए हैं।"

"मैं सकुशल हूं।" स्वामी ने बहुत मंद स्वर में कहा।

"आपने कल से कुछ खाया भी नहीं है।"सुब्बा राव ने कहा।

"हम प्रतीक्षा कर रहे थे कि आप ध्यान से उठे तो हम आप से लौट चलने की बात भी करें।"

"मैं आपका आभारी हूं कि आपने मेरा इतना ध्यान रखा।" स्वामी ने भावशून्य निर्विकार स्वर में कहा।

"हम आपके लिए कुछ भोजन भी लाए हैं।"

"आप मुझे परेशान न करें।"

"पर आप कल से भूखे हैं।"

"तो एक खोह में कुछ फल और दूध रख जाइए।" स्वामी बोले, "आवश्यकतानुसार खा लूंगा।"

उस अंतिम शिला पर बैठकर स्वामी ने अपना मन एकाग्र किया। वे ध्यान में गहरे उतरते चले गए। उनका ध्यान भारत के वर्तमान और भविष्य पर एकाग्र हो रहा था। देश के इस पतन का कारण क्या है? एक द्रष्टा के दिव्यदर्शन के रूप में उन्होंने देखा–क्यों भारत उन्नति की चोटी से पतन के गर्त में गिर गया। उस एकांत में जहां चारों ओर झाग और पवन का वेग ही सुनाई पड़ता था, उनके सारे अस्तित्व में मानों भारत का गंतव्य प्राण के रूप में स्पंदन कर रहा था। भारत की उपलब्धियां आकाश के ग्रहों के समान उनके हृदयाकाश में द्युतिमान थीं। अनागत शताब्दियां काल के आवरण को हटाकर अपना रहस्य

उद्घाटित कर रही थीं। भारतीय संस्कृति के क्षमतावान स्वरूप के यथार्थ को स्वामी ने साक्षात् देखा। जिस प्रकार कोई वास्तुकार अनबने भवन की कल्पना ईंट और पत्थरों में करता है, उसी प्रकार उन्होंने भारत को उसके मूर्त्त रूप में देखा। साक्षात् देखा। सांगोपांग देखा। उन्होंने देखा कि भारत माता की धमनियों में दौड़ने वाला रक्त कुछ और नहीं, केवल धर्म था। अध्यात्म ही उसका प्राण था। उन्हें अनुभव हुआ : भारत का निर्माण उसी सर्वोच्च आध्यात्मिक चेतना की पुनर्प्रतिष्ठा से होगा, जिसने उसे सदा के लिए भक्ति, श्रद्धा और मानवता का पालना बना दिया था। उन्होंने भारत की महानता को देखा। उन्होंने उसकी सीमाओं और दुर्बलताओं को भी देखा। भारत अपनी अस्मिता खो चुका था। अब एक मात्र आशा ऋषियों की संस्कृति में थी। उसे पुनः जगाया जाए, उसे पुनः जीवंत किया जाए, उसे पुनः स्थापित किया जाए। धर्म भारत के पतन का कारण नहीं था। पतन का कारण था–धर्म के आदेशों की अवहेलना, उनका उल्लंघन। धर्म का आचरण संसार की सब से बड़ी शक्ति को जन्म देता है।

मोक्षोन्मुखी संन्यासी एक सुधारक, एक राष्ट्रनिर्माता, विश्वशिल्पी में परिणत हो गया था। उनकी आत्मा करुणा से पिघल कर जैसे सर्वव्यापक हो गई। हे भगवान! जिस देश में बड़ी-बड़ी खोपड़ी वाले आज दो सहस्र वर्षों से यह ही विचार कर रहे हैं कि दाहिने हाथ से खाऊं या बाएं हाथ से? पानी दाहिनी ओर से लूं या बाईं ओर से। अथवा जो लोग फट फट स्वाहा, क्रां, क्रुं हुं हुं करते हैं, उनकी अधोगति न होगी, तो और किसकी होगी? कालः सुप्तेषु जागर्ति कालो हि दुरतिक्रमः। काल का अतिक्रम करना बहुत कठिन है। ईश्वर सब जानते हैं, भला उनकी आंखों में कौन धूल झोंक सकता है?

जिस देश में करोड़ों लोग महुआ खाकर दिन गुज़ारते हैं, और दस बीस लाख साधु और दस-बारह करोड़ ब्राह्मण उन गरीबों का खून चूसकर जीते हैं; और उनकी उन्नति के लिए कोई चेष्टा नहीं करते, वह देश है या नरक? वह धर्म है या उसकी भ्रमित व्याख्या करने वाला पिशाच नृत्य? मैं भारत को घूम घूम कर देख चुका हूं–क्या बिना कारण के कहीं कोई कार्य होता है? क्या बिना पाप के दंड मिल सकता है? 'सब शास्त्रों और पुराणों में व्यास के ये दो वचन हैं–परोपकार से पुण्य होता है और परपीड़न से पाप।' देश का दारिद्र्य और अज्ञता देखकर मुझे नीन्द नहीं आती। क्या हमारे गुरुदेव नहीं कहा करते थे कि खाली पेट से धर्म नहीं होता? वे गरीब, जो पशुओं का सा जीवन व्यतीत कर रहे हैं, उसका कारण अज्ञान है। पाजियों ने युग-युगों से उनका खून चूसा है और उन्हें अपने पैरों तले कुचला है। हिंदू, मुसलमान, ईसाई–सबने ही उन्हें पैरों तले रौंदा है। उनके उद्धार की शक्ति भी भीतर से अर्थात् कट्टर हिंदुओं से ही आएगी। प्रत्येक देश में बुराइयां धर्म के कारण नहीं, वरन् धर्म को न मानने के कारण ही विद्यमान रहती हैं। दोष धर्म का नहीं, समाज का है। स्वामी ने स्पष्ट देखा : संन्यास और सेवा–ये युगल विचार ही भारत का उद्धार कर सकते हैं।

हां! वे अमरीका जाएंगे। भारत के करोड़ों लोगों के नाम पर, उनके प्रतिनिधि बनकर

वे अमरीका जाएंगे। अपने मस्तिष्क की शक्ति से वे वहां संपत्ति अर्जित करेंगे। भारत लोटकर वे अपने देशवासियों के उत्थान का प्रयत्न करेंगे। या फिर इस प्रयत्न में अपने प्राण दे देंगे। और कोई सहायता करे न करे, गुरुदेव उनकी सहायता करेंगे।

उनका वर्षों का चिंतन आज कुछ निकर्षों पर पहुंचा था। उन्हें मार्ग मिल गया था। उन्होंने अश्रुभरी आंखों से सागर को देखा : उनका हृदय अपने गुरु और जगदंबा के चरणों में नत हो गया। आज से उनका जीवन अपने देश की सेवा को समर्पित था। विशेष रूप से अस्पृश्य नारायण की सेवा के लिए, भूखे नारायणों के लिए, करोड़ों करोड़ दलित और दमित नारायणों के लिए। ब्रह्म का साक्षात्कार, निर्विकल्प समाधि का आनन्द, उनके जीवन का लक्ष्य नहीं था, जीवन का लक्ष्य था–सेवा। उन्हों ने नारायण को देखा, संसार के स्वामी, अनुभवातीत, किंतु सारे जीवों में व्याप्त। उनका असीम प्रेम कोई भेदभाव नहीं करता–कोई ऊंच-नीच नहीं है, शुद्ध और अशुद्ध धनी और निर्धन, पुण्यात्मा और पापी –किसी में कोई भेद नहीं करते वे। उनके लिए धर्मलाभ ही मनुष्य के लिए महत्वपूर्ण नहीं था। मनुष्य को प्रयत्न करना चाहिए–वेद, ऋषि, तपस्या और ध्यान, आत्म साक्षात्कार...किंतु यह सर्वसाधारण...उनका जीवन, उनके सुख दुख, उनकी पीड़ा और दीनता, उनकी निर्धनता और असहायता। मानव यातना से निरपेक्ष धर्म तत्वहीन और सारहीन था।

चौथे दिन सदाशिव पिल्लै ओर सुब्बाराव पुनः आए। आज उनके साथ और लोग भी थे। वे लोग इस प्रकार एक संन्यासी को भूखे प्यासे मर जाने की अनुमति नहीं दे सकते थे।

किंतु आज स्वामी का मन कुछ बदला हुआ था। उनका व्यवहार शुष्क और हतोत्साहित करने वाला नहीं था।

"क्या बात है बंधुओ?"

"स्वामी जी! हम आपको वापस ले जाने के लिए आए हैं।"

"क्यों? क्या तुम्हारे देश में एक संन्यासी को एकांत तपस्या करने का अधिकार नहीं है?" स्वामी हंस रहे थे।

"क्यों नहीं है।" सुब्बा राव ने साहस कर कहा, "किंतु ग्राहों से घिरे एक एकांत द्वीप पर उसे भूखे मरने की अनुमति तो समाज नहीं दे सकता।"

"तो?"

"हमारे साथ वापस चलें।" सदाशिव ने कहा, "और समाज के निकट कहीं अपने अनुकूल स्थान खोज कर तपस्या करें।"

"ठीक है।" स्वामी हंस पड़े, "मां ने कहा है, 'समाज के निकट नहीं, समाज के लिए तपस्या कर।' "

वे लोग स्वामी को लेकर अपनी कठनौका में वापस कन्याकुमारी आए। तट पर

उत्सुक लोगों की भीड़ एकत्रित हो गई थी।

"क्या करने गए थे?"

"मां के चरण चिह्नों को प्रणाम करने गया था।"

"तीन दिनों तक प्रणाम करते रहे?"

"प्रणाम करने में तो एक क्षण ही लगा," स्वामी बोले, "तीन दिन तो उन्हें पुकारने में लग गए।"

"आप कौन हैं?"

"मैं! मैं श्रीरामकृष्णदेव का एक साधारण शिष्य हूं।"

"वे कौन हैं?"

"वे एक ऋषि थे।" स्वामी के चेहरे पर तेज आ विराजा, "संसार बहुत शीघ्र उनके विषय में बहुत कुछ जानेगा और उनकी पूजा करेगा।"

"कैसी तपस्या करते हैं आप?"

"जो समाज के दुख दूर कर सके।" वे बोले।

"आपने वहां क्या पाया?"

"जिस सत्य की खोज में मैं वर्षों से मानसिक और शारीरिक यात्रा कर रहा था, वह मुझे श्रीपाद शिला पर मिल गया।"

157

रामेश्वरम् जाना था; किंतु स्वामी सागरतट के साथ-साथ न चलकर उत्तर में मदुरै पहुंचे। रामनाड के राजा, भास्कर सेतुपति वहीं थे। स्वामी ने उनके पास ट्रावनकोर के युवराज का पत्र भिजवा दिया। सेतुपति ने उन्हें तत्काल बुला भेजा।

"ट्रावनकोर के युवराज को आप कैसे जानते हैं?"

"तिरुवनन्तपुरम् में मैं उनके गुरु प्रो. सुंदरामा का अतिथि था।"

"आप मुझसे क्यों मिलना चाहते हैं?"

"युवराज ने कहा था कि आप भारत के राजाओं में अत्यंत मेधावी लोगों में से एक हैं।"

"उससे क्या?"

"मैं आपके साथ देश के लोगों के विषय में कुछ चर्चा करना चाहता हूं।"

"धर्मचर्चा नहीं?"

"नहीं।"

"तो कहिए।"

स्वामी ने उन्हें निर्धन लोगों की शिक्षा, कृषि के विकास, भारत की समस्याओं और भारत की शक्ति के विषय में अपने विचार बताए।

सेतुपति स्तंभित रह गए, "ऐसा संन्यासी तो मैंने पहले कभी नहीं देखा। आप कह रहे हैं कि मां ने आपको समाज के लिए तपस्या करने के लिए कहा है।"

"जी।"

सेतुपति अभिभूत हो उठे, "आप शिकागो की धर्म संसद में अवश्य जाएं स्वामी जी! मुझे लगता है कि आपके उस सम्मेलन में सम्मिलित होने से भारतमाता का भाल अवश्य ऊंचा होगा। भारत के अध्यात्म की ओर सारे संसार का ध्यान आकर्षित करने तथा भावी भारत के निर्माण का श्रीगणेश करने का यह स्वर्णिम अवसर है।"

"मैं भी ऐसा ही समझता हूं।" स्वामी ने कहा, "किंतु उसके लिए काफी धन की आवश्यकता है।"

"तो सेतुपति का धन कब और किसके काम आएगा?"

"पर आप मेरे लिए इतना कुछ क्यों करना चाहेंगे?"

"आपमें मुझे भारत का भविष्य दिखाई पड़ रहा है।" सेतुपति ने कहा, "मेरा दायित्व है कि मैं धर्मकार्य के लिए सागर लांघने आए वानरों की भी सहायता करूं।"

"पर मैं वानर नहीं हूं।" स्वामी हंसे।

"आप विद्वान् और सुदर्शन संन्यासी हैं; किंतु आप हनुमान जी से कम नहीं हैं, जो सागरतरण का संकल्प किए बैठे हैं।" सेतुपति ने रुककर उनकी ओर देखा, "आज के युग में अमरीका ही सोने की लंका है। आप सागर पार करें और उस धरती पर राक्षसी प्रवृत्तियों के घर जला आएं। भारत का सम्मान, जो पश्चिम में बंदी भी है और अपमानित भी, उसे सुरक्षित लौटा लाएं। इसके लिए मैं आपको दस सहस्र रुपए देने को प्रस्तुत हूं।"

"पर अमरीका से पहले मैं रामेश्वरम् जाना चाहता हूं।" स्वामी ने कहा।

"और अमरीका?"

"उपयुक्त अवसर पर आपको अपने निश्चय की सूचना दूंगा।"

स्वामी चले गए, तो जैसे सभासद सजीव हुए। उनकी वाणी फूटी। "आपका दस सहस्र का प्रस्ताव ठुकरा कर चला गया।"

"इतना भी नहीं सोचा कि इससे दाता का कितना अपमान होता है।"

रामेश्वरम् में समुद्र के पवित्र जल में स्नान करने और मंदिर में पूजा करने के पश्चात् स्वामी को लगा कि उनके जीवन की एक चिर इच्छा पूर्ण हुई है।

वे धनुषकोडि तक गए। वहां का भूगोल देखकर वे चमत्कृत रह गए। राम जी ने भी कैसा स्थान चुना था, लंका प्रवेश के लिए। सारे सागरतट पर यह लंका से निकटतम स्थल था। वानरों ने घूम फिर कर सारा सागरतट छान मारा होगा। तभी तो वे राम जी को यह सूचना दे पाए होंगे कि यह निकटतम स्थल था। पहले इस स्थान को अपने अधिकार में किया होगा, ताकि यहां सेतु-निर्माण की सामग्री सुरक्षित रखी जा सके, सेतु बनने की गतिविधि निर्बाध चल सके। फिर राम ने अपने प्रभु महादेव शिव की उपासना कर इस स्थान को रामेश्वरम् घोषित किया होगा। यह स्थान वानरसेना का स्कंधावार रहा

होगा सेतु की रक्षा का प्रबंध यहीं से संचालित होता होगा। कौन होगा सेतुपति उस समय? रामकथा में तो उसकी चर्चा नहीं है; किंतु वह सुग्रीव का कोई सेनापति ही रहा होगा। संभव है कि युद्ध के पश्चात् उसी सेनापति को इस सेतु और रामनाड के क्षेत्र का अधिपति बना दिया गया हो। सेतु की रक्षा और उसके रखरखाव के लिए आवश्यक धन रामनाड की आय से ही आता होगा। तो भास्कर सेतुपति, सुग्रीव के उसी सेनापति का वंशज होगा। किंतु उसे किसी वानर का वंशज कहा जाए, तो उसे अच्छा नहीं लगेगा।

158

कई दिनों तक स्वामी भिक्षा मांगते दिशाओं और मार्ग से निरपेक्ष पैदल चलते जा रहे थे। सहसा मार्ग में धूल अधिक उड़ने लगी। अकस्मात् ही आंधी चल पड़ी है क्या? उन्होंने घूम कर देखा : एक गाड़ी आ रही थी और उनके निकट पहुंच चुकी थी।

वे एक किनारे होकर ठहर गए। गाड़ी पास आ कर रुकी और उसमें से मन्मथनाथ भट्टाचार्य प्रकट हुए।

"मैं तब से कह रहा था कि मेरे साथ चलिए और आप धूल भरे मार्गों पर पैदल चलने की हठ पकड़े हुए हैं। धूलिधूसरित पदाति संन्यासी–कैसा रोमांटिक विचार है। कमंडलु में कुछ है क्या? भिक्षाटन करते आ रहे हैं?"

स्वामी मुसकराए, "आप कहां से आ रहे हैं मन्मथ बाबू, और कहां जा रहे हैं?"

"मैं तो अपनी नौकरी के चक्कर में घूम रहा हूं। अब पांडिचेरी जा रहा हूं।" मन्मथ बाबू ने कहा, "आइए गाड़ी में बैठिए। मार्ग में बातें होंगी।"

स्वामी गाड़ी में बैठ गए।

"कहां कहां से हो आए?"

"कन्याकुमारी, मदुरै, रामेश्वरम्...।"

"और अब?"

"अभी निश्चय नहीं किया।"

"तो मेरे साथ चलिए।" मन्मथ बाबू बोले, "पांडिचेरी में कुछ दिनों का काम है। आप विश्राम करें। फिर हम एक साथ मद्रास चलेंगे। वहां आप मेरे घर पर बहुत सुविधा से रह सकते हैं। वहीं से आपको शिकागो भेजने का प्रबंध करेंगे।"

"बहुत बड़ी बात कह रहे हैं मन्मथ बाबू।"

"मां ने कहलवा दी।"

"तो चलो मां की ही इच्छा पूरी हो।"

पांडिचेरी का सागरतट सचमुच बहुत सुंदर था। सागरतट और नगर में बने हुए फ्रांसीसी रुचि के भवन, पांडिचेरी का रूप अंग्रेज़ों द्वारा शासित प्रदेशों से कुछ भिन्न कर देते थे।

"स्वामी जी! आप तमिल जानते हैं?"

"थोड़ी थोड़ी समझ सकता हूं; किंतु उसमें भली प्रकार संवाद नहीं कर सकता।" स्वामी ने अंग्रेज़ी में कहा।

अलासिंगा चौंके, उन्होंने जीवन में पहली बार किसी संन्यासी को अंग्रेज़ी बोलते सुना था।

"मैं एम. सी. अलासिंगा पेरुमल हूं। पाचयेप्पा कॉलेज, मद्रास, से संबंधित हाई स्कूल का हेडमास्टर हूं।" उन्होंने कहा, "ये मेरे मित्र बालाजी तथा जी. जी. नरसिम्हाचारी हैं। हमारे कुछ अन्य मित्रों भी हमारे साथ पांडिचेरी आए हुए हैं। हमने देखा कि आप यहां लिख कर लगाए गए कुछ आदेशों को बड़े ध्यान से पढ़ रहे हैं। तभी उत्सुकता जागी कि आप तमिल और अंगेज़ी में से कोई भाषा पढ़ और समझ सकते हैं क्या? मद्रास के आप लगते नहीं, इसलिए तमिल नहीं जानते होंगे और हिंदू संन्यासी को अंग्रेज़ी का ज्ञान हो नहीं सकता।"

"प्रभु की कृपा है कि थोड़ी अंग्रेज़ी और फ्रांसीसी पढ़ और समझ लेता हूं।"

"स्थान कहां है आपका?"

"परिव्राजक हूं।"

"मेरी एक जिज्ञासा है स्वामी जी!"

स्वामी ने उनकी ओर देखा।

"भ्रमण का क्या लाभ है? संन्यासी एक स्थान पर टिक कर तपस्या क्यों नहीं करता?"

"दो कारण हैं।" स्वामी ने कहा, "एक तो किसी स्थान विशेष और समाज विशेष से मोह न हो और दूसरे, भ्रमण के बिना जीवन का वास्तविक ज्ञान प्राप्त नहीं होता।"

"भ्रमण केवल भारत में ही हो?" पेरुमल ने कहा, "ज्ञान केवल भारत में ही है।"

"आध्यात्मिक ज्ञान तो केवल भारत में ही है।" स्वामी बोले, "फिर भारत के चारों धाम करने का अर्थ पूरे भारतवर्ष से अपना रागात्मक संबंध स्थापित करना भी है। यह राष्ट्रप्रेम और देशभक्ति का ही एक अन्य रूप है।" वे रुके, "वैसे विदेश भ्रमण का कहीं निषेध नहीं है।"

"संन्यासी हो?" सहसा किसी ने उन्हें संस्कृत में टोका।

स्वामी ने दृष्टि उठा कर देखा : एक दाक्षिणात्य ब्राह्मण अपनी परंपरागत वेशभूषा में उनके सामने खड़ा था।

"हां!"

"हिंदू हो?"

"मैं तो यही मानता हूं।"

"शास्त्र पढ़े हैं? संस्कृत जानते हो?"

स्वामी को उसके ये सारे प्रश्न बेहद उटपटे लगे। वह तो जैसे उनकी परीक्षा ले रहा था। और कैसी पुलिसिया पड़ताल कर रहा था, 'ऐ लाइसेंस है?'

"कुछ न कुछ तो जानता ही हूं महाराज! पर आपकी जिज्ञासा क्या है?"

"तुम कुछ नहीं जानते। सामान्य जन को शास्त्रविरोधी बातें बता रहे हो।"

स्वामी समझ गए कि उनका सामना एक रूढ़िवादी, कट्टरपंथी और अहंकारी पंडित से हो गया है। कुछ विवाद होने की भी संभावना थी। वह व्यक्ति विद्वान् कम और उग्र अधिक था।

"क्या कह दिया?" स्वामी कुछ चकित थे।

"शास्त्रानुसार हिंदुओं को न विदेश जाने, न विदेशियों और विधर्मियों से संपर्क करने तथा अपना ज्ञान उनके साथ बांटने की अनुमति है।"

"तो फिर समाज में सुधार कैसे होगा?" स्वामी बोले, "देश और समाज में प्रगति कैसे होगी?"

"हिंदू धर्म को सुधार की कोई आवश्यकता नहीं है। पश्चिम में सब मलेच्छ हैं। उनके साथ संपर्क हिंदुओं को दूषित ही करेगा।" वह बोला, "समुद्रयात्रा की चर्चा सुनकर ही मेरे तन बदन में आग लग जाती है।" उसने अपना अंगूठा स्वामी के चेहरे के सामने नचाया, "कदापि न। कदापि न।"

"राम भी तो सागर पार कर लंका गए थे।"

"अपने को श्रीराम समझते हो? वे गए थे, मलेच्छों और राक्षसों को मारने। तुम मलेच्छों से मिलने की बात कर रहे हो। प्रकृति ने स्वयं ही हिंदू राष्ट्र और मलेच्छों को विलग करने के लिए उनके मध्य समुद्र बना दिया है।" वह बोला।

"समय आ गया है कि हिंदूधर्म आत्मनिरीक्षण करे।" स्वामी बोले, " पश्चिम के साथ अपने गौरव, संस्कृति और महत्व की तुलना करे। अपने मूलभूत सिद्धांतों को त्यागे बिना नए युग और नई परिस्थितियों के अनुकूल स्वयं को ढाले।"

पंडित ने बहुत उग्र रूप से विरोध किया, "हिंदू धर्म को न आत्मनिरीक्षण की आवश्यकता है, न संशोधन की और न किसी प्रकार की तुलना की। पश्चिम में केवल मलेच्छ रहते हैं। उनसे संपर्क से हिंदू धर्म पतित ही होगा।"

स्वामी का स्वर भी कुछ उग्र हो गया, "प्रत्येक सुशिक्षित हिंदू का यह दायित्व है कि वह हिंदू सिद्धांतों को व्यावहारिकता की कसौटी पर कसे। हमें अपनी भूतकालीन अंध गुफाओं से बाहर निकलना चाहिए और आगे बढ़ते हुए प्रगतिशील विश्व को देखना और समझना चाहिए।"

"यह सब अंग्रेज़ी पढ़े मूर्खों की बकवास है।" पंडित ने चिल्ला कर कहा। "समय है कि क्षुद्रजन अपना अधिकार मांगें। सुशिक्षित हिंदुओं का दायित्व है कि वे दमित और पिछड़े हुए लोगों को शिक्षा देकर उन्हें आगे बढ़ाएं, उन्हें आर्य बनाएं। सामाजिक समता का सिद्धांत अपनाएं, पुरोहितों के पाखंड को निर्मूल करें, जातिवाद के दूषित सिद्धांतों को समाप्त करें; और धर्म के उच्चतर सिद्धांतों को प्रकट कर, उन्हें व्यवहार में लाएं।"

पंडित को क्रोध आ गया। बोला, "भिक्षा मांगने वाला एक परिव्राजक धर्म के विषय

में क्या जानता है। तुम अभी बच्चे हो। जो कुछ तुम कह रहे हो, वह कभी नहीं होगा –कदापि न। कदापि न।"

वह चला गया।

तब स्वामी का ध्यान गया कि पेरुमल और उनके मित्र अभी भी उनसे चर्चा करने की प्रतीक्षा में खड़े हैं।

"आप कब तक पांडिचेरी में हैं?" पेरुमल ने पूछा।

"मां ही जानें।"स्वामी बोले, "जिस दिन मन्मथ बाबू का काम पूरा हो जाएगा, हम यहां से चल पड़ेंगे।"

"कहां जाएंगे?" बालाजी ने पूछा।

"मद्रास। मन्मथ बाबू मद्रास में ही नौकरी करते हैं।"

"हम आपसे मद्रास में भी मिलेंगे।" पेरुमल ने कहा, "यहां भी एक संध्या आपके साथ बैठ कर कुछ चर्चा करें?"

"संन्यासी के द्वार पर दरबान नहीं हुआ करते।"

अगले दिन संध्या समय तीनों मित्र स्वामी से मिलने आए।

"कल उस पंडित से आपकी जो चर्चा हुई..."

"चर्चा नहीं हुई," स्वामी हंसे, "धक्के-मुक्के से कहा सुनी हो गई।"

"आप उसे जो भी कहें, हमें तो उसमें बहुत प्रकाश दिखाई दिया है।" पेरुमल ने कहा, "आधुनिक शिक्षा हमारे मन में अपने धर्म और संस्कृति के संबंध में अनेक संशय और प्रश्न उत्पन्न करती है। हमारे प्राचीन पंडित उन संशयों को दूर करने के स्थान पर वितंडावाद करते हैं, जिससे हमें कोई लाभ नहीं होता। ऐसे में इच्छा होती है कि एक आधुनिक विद्वान् से अपने धर्म और संस्कृति को जानें-समझें। आपने एकदम मेरे मन की बात कही थी कि प्रत्येक शिक्षित व्यक्ति का दायित्व है कि वह अपने धार्मिक सिद्धांतों की परीक्षा करे। उन्हें आधुनिकता की कसौटी पर कसे।"

"तो आप मेरी प्रशंसा करने के लिए उपस्थित हुए हैं?" स्वामी हंस रहे थे।

"नहीं!" पेरुमल हंसे, "हमें 'हिंदू' के संपादक से यह ज्ञात हुआ है कि शिकागो में धर्म संसद का आयोजन हो रहा है। उसमें संसार के सारे देशों से विभिन्न धर्मों के प्रतिनिधियों को बुलाया जा रहा है।" पेरुमल ने कहा, "किंतु अभी तक नहीं सुना कि सनातनधर्म के, किसी प्रतिनिधि को भी आमंत्रित किया गया है।"

"क्या प्रमाण है?"

"हिंदू के संपादक के पास तो निमंत्रण आया है किंतु जगद्गुरु शंकराचार्य के पास नहीं। हिंदू के संपादक की इस संसद में कोई रुचि नहीं है। उन्होंने न तो उसके विषय में सूचनाओं को ध्यान से पढ़ा है और न ही उन्हें संभाल कर रखा है। इतना तो उन्होंने बताया है कि उन्हें धुंधला-सा स्मरण है कि थियोसोफिस्ट, जैन, बौद्ध, ब्राह्मसमाज, आर्य

समाज इत्यादि संगठनों को निमंत्रित किया गया है।"

स्वामी चिंतित दृष्टि से उसकी ओर देख रहे थे।

"हम चाहते थे कि वहां हिंदू धर्म का प्रतिनिधित्व हो; किंतु उसके उपयुक्त कोई व्यक्ति दिखाई नहीं दे रहा था।" बाला जी ने कहा।

"अब कोई दिखाई दे गया?" स्वामी ने जैसे परिहास में पूछा।

"आप हैं न!" पेरुमल ने कहा, "हम चाहते हैं कि आप वहां जाएं।"

"तुमने मुझ में ऐसा क्या देख लिया भाई?" स्वामी बोले, "कि मैं सागरतट पर एक उदंड पंडित से झगड़ा कर सकता हूं।"

"नहीं! हमने बहुत कुछ देखा है और बहुत सोच समझ कर आपके पास आए हैं।" पेरुमल बोले।

"इच्छा तो मेरी भी है। किंतु मैं मां के आदेश के बिना नहीं जाऊंगा।"

"मां का आदेश? वह कैसे आएगा। वे पत्र लिखने से तो रहीं।" पेरुमल को लग रहा था कि स्वामी असंभव बात कह रहे हैं। उन्होंने आज तक नहीं सुना कि किसी व्यक्ति को किसी भी देवी अथवा देवता ने यात्रा का आदेश दिया हो।

"नहीं! पत्र तो नहीं लिखतीं।" स्वामी ने ठहाका लगाया, "तार भेज देती हैं।"

159

पांडिचेरी छोड़ने से पहले मन्मथ बाबू ने मैसूर में अपने एक मित्र को पत्र लिखा था कि स्वामी उनके साथ हैं; और वे उनके साथ मद्रास जाएंगे। उस मित्र ने मद्रास में अपने अनेक परिचितों को सूचित कर दिया कि स्वामी निकट भविष्य में मद्रास आ रहे हैं।

मन्मथ बाबू, रहमत बाग, बीच रोड, संत थोम, में रहा करते थे। स्वामी को उन्होंने घर के पश्चिमी भाग में दो कमरों का एक खंड दे दिया था।

स्वामी जिस दिन मद्रास पहुंचे उसी दिन पेरुमल, जी. जी. नरसिम्हाचारी, बाला जी तथा उनके चार मित्र उनसे मिलने पहुंचे।

मन्मथ बाबू ने उनका स्वागत किया, "जल्दी आ गए आप लोग। स्वामी आज ही तो आए हैं। थके हुए भी हैं।"

"हमें कुछ-कुछ ऐसा आभास था; किंतु हम अपना धैर्य और बनाए नहीं रख सके।" पेरुमल ने कहा, "हम जिस दिन से पांडिचेरी से आए हैं, उसी दिन से स्वामी जी की प्रतीक्षा कर रहे हैं।"

"ठीक है किंतु उन्हें बहुत थकाइएगा नहीं।"

मन्मथ बाबू उन्हें स्वामी की संगति में छोड़कर चले गए।

स्वामी का चेहरा मुस्कराता हुआ और तेजस्वी था। आंखों में चमक थी।

उनका शरीर थका हुआ था; किंतु थकान उनके उत्साह को मंद नहीं कर पाई थी।

"स्वामी जी हमारी एक संस्था है ट्रिप्कलीन सोसायटी फॉर लिट्रेचर। हम सब ही

आधुनिक शिक्षा प्राप्त, और अपने अपने क्षेत्रों के पढ़ने लिखने वाले लोग हैं। हमारी जिज्ञासाएं अनन्त हैं।" पेरुमल ने कहा, "हमारी संस्था में भी आपके विषय में चर्चा हुई है। हममें से अधिकांश की इच्छा है कि आपको अपनी संस्था में भाषण के लिए बुलाया जाए।"

"पर अभी यह निश्चित् नहीं हुआ कि आपको विषय क्या दिया जाए।" बाला जी ने कहा, "आप जानते ही हैं कि सब लोगों को तो धर्म और अध्यात्म में रुचि होती नहीं।"

"संसार में ऐसा कोई विषय नहीं है, जिसमें संसार के प्रत्येक व्यक्ति को रुचि हो।"

"क्या आप बता सकते हैं कि आर्य और द्रविड़ संस्कृति में कोई समन्वय हो सकता है?"

"क्या आप मुझे आर्य और द्रविड़ संस्कृतियों का अंतर बता सकते हैं?" स्वामी ने एक तीखी दृष्टि प्रश्नकर्ता पर डाली, "या क्या आप मुझे बता सकते हैं कि आर्य किसी जाति या रेस का नाम है?"

"क्यों नहीं! आर्य लोग बाहर से भारत में आए हैं; और द्रविड़ भारत के मूल निवासी हैं।"

"आपके पास इसका कोई प्रमाण है?" स्वामी ने पूछा, "क्या सारे वैदिक और संस्कृत वाङ्मय में आपको कोई ऐसा प्रमाण मिला है, जिसमें आपकी तथाकथित आर्य जाति ने अपने मूल निवास स्थान को स्मरण किया हो? क्या आपके तथाकथित द्रविड़ साहित्य में आर्यों के भयंकर आक्रमण और नरसंहार का कोई वर्णन है?... या कोई और प्रमाण?"

"तो हमें ऐसा क्यों पढ़ाया जाता है?"

"स्कूलों और कॉलेजों में वही पढ़ाया जाता है, तो शासक चाहते हैं। अंग्रेज़ चाहते हैं कि आप यह सब पढ़ें और फलःस्वरूप भारत अनेक टुकड़ों में बंटे। हिंदू स्वयं को एक न मानें। किंतु आप अपने देश को खंडित करने वाली बातें क्यों कर रहे हैं?"

"हमने तो कभी सोचा भी नहीं था कि पाठ्यक्रम में जो कुछ पढ़ाया जाता है, वह असत्य भी हो सकता है।"

"तो आज से आंखें खोलकर अपना पाठ्यक्रम पढ़िए। वह एक विदेशी शासक द्वारा इस देश पर अपना शिकंजा जकड़ने का एक माध्यम भी तो हो सकता है।" स्वामी के स्वर में तेज जागा, "वे आप पर शासन करने आए हैं, आपको सत्य का पाठ पढ़ाने नहीं आए।"

"तो 'आर्य' का क्या अर्थ है?"

"सभ्य। सुसंस्कृत। सुशिक्षित। ऋषिगण इस सारे समाज को सुशिक्षित कर आर्य बना रहे थे और रावण, सब को भौतिकता और स्वार्थ में लिप्त कर राक्षस बना रहा था।"

"आपको लगता है कि साहित्य से समाज का कोई हित होता है?" बाला जी ने विषय बदल दिया।

"पहली बात तो यह है कि साहित्य के नाम पर जो कुछ लिखा जाता है, वह सारा कुछ साहित्य नहीं होता। किंतु जो सत्साहित्य होता है, वह निश्चय ही समाज के लिए हितकारी होता है।"स्वामी बोले, "आखिर हम आज भी रामायण और महाभारत से लाभान्वित हो रहे हैं।"

"तो आप सत्साहित्य किसे मानेंगे?"

"जो अपनी कला की रक्षा तो करे; किंतु आपकी परंपरा में से सर्वश्रेष्ठ को प्रतिष्ठित करे।" स्वामी बोले, "जो साहित्य जीवन को कुरूप करता है, जाति का नाश करता है, अपनी परंपरा को ध्वस्त करता है–वह सत्साहित्य कैसे हो सकता है?"

"आपको लगता है कि भाषा का संस्कृति से कोई संबंध होता है?"

"निश्चित रूप से होता है।" स्वामी बोले, "संस्कृत का एक शब्द है–आयु। आप उसे क्या कहेंगे?"

"एज।" पेरुमल ने कहा।

"और वय को क्या कहेंगे? अवस्था को क्या कहेंगे?"

"एज।"

"अब देखिए, आयु का अर्थ है–पूर्ण जीवन का वह काल, जो जीवात्मा ब्रह्मा से लिखा कर लाया है। वह नियत है। आयु, जन्म के समय ही निश्चित होती है। अथवा ऐसे कहिए कि आयु निश्चित कराकर ही जीवात्मा जन्म लेता है।"

"आप सत्य कह रहे हैं।"

"तो यह शब्द बताता है कि हम उस संस्कृति से संबद्ध हैं, जो यह मानती है कि जीवात्मा अपनी नियति के साथ आता है।"

"ठीक।"

"आयु किस आधार पर नियत होगी? उसका कोई कारण भी तो होगा।"

"पूर्वजन्म के कर्म।"

"तो आप यह मान कर चल रहे हैं कि पूर्व जन्म भी होता है और उसके कर्मों का फल जन्म जन्मांतरों में जीवात्मा के साथ चलता है।"

"जी।"

"तो आप जन्मांतरवाद और कर्मसिद्धांत दोनों में विश्वास करते हैं।"

"जी।"

"तो एक स्थिति वह भी होगी, जब कर्मफल अभी आरंभ नहीं हुआ था।"

"अवश्य।"

"तब जीवात्मा ने कर्म नहीं किया था, कामना नहीं की थी। तब वह शुद्ध आत्मा थी।"

"जी!"

"तब हम आत्मा के स्वरूप पर विचार करते हैं और इस निष्कर्ष पर पहुंचते हैं कि

जब तक किन्हीं भी कारणों से आत्मा के साथ सूक्ष्म शरीर नहीं जुड़ जाता, जब तक वह मन बुद्धि और अहंकार से संबद्ध नहीं होती, तब तक वह शुद्ध आत्मा है, परमात्मा का अंश है।"

"ठीक कह रहे हैं आप।"

"तो एक शब्द 'आयु' के साथ एक संस्कृति के चिंतन के इतने आयाम जुड़े हुए हैं। शताब्दियों की अपनी तपस्या से मनीषियों ने उस शब्द नें ये अर्थ भरे हैं। यदि वह शब्द आपकी भाषा में से विलुप्त हो जाता है, तो आप एक शब्द नहीं, बहुत कुछ खो रहे हैं।"

"तुम कुछ नहीं पूछ रहे नरसिम्हचारी? तुम्हारी इस चर्चा में कोई रुचि नहीं है क्या?" स्वामी ने कहा।

"नहीं! रुचि तो बहुत है; किंतु मैं अपने इन मित्रों के समान विद्वान् नहीं हूं।"

"तुम क्या हो?"

"मैं सबसे समझदार हूं। मौन बैठा, उन प्रश्नों के उत्तरों को सुनता हुआ ज्ञान लाभ कर रहा हूं।"

"मैंने ट्रिप्लिकेन साहित्य समिति की चर्चा की थी।" पेरुमल ने कहा, "हमारी महत्वाकांक्षा है कि यह जीवन के महत्वपूर्ण विषयों पर गंभीर चर्चा करने वाली अत्यंत सक्रिय संस्था बने।"

"तुम लोग अच्छा काम कर रहे हो।"

"हमारी इच्छा है कि इस बार आपका व्याख्यान हो। उससे न केवल हमारा ज्ञानवर्धन होगा, वरन् मद्रास की जनता भी आपसे परिचित हो पाएगी।"

जाने क्या हुआ कि स्वामी अपना चिरपरिचित वाक्य, 'मैं सार्वजनिक भाषण नहीं देता।' नहीं कह सके। वे मौन बैठे रहे।

"तो हम इसे आपकी स्वीकृति मानें?" पेरुमल ने पूछा।

स्वामी फिर भी मना नहीं कर सके। उनके भीतर से अस्वीकार नहीं उठ रहा था। बोले, "भाषण क्या और व्याख्यान क्या। तुम लोगों से कुछ धर्मचर्चा कर लूंगा।"

दो घंटों की चर्चा के पश्चात् यात्रा से थके संन्यासी को विश्राम करने का अवसर देने के विचार से पेरुमल और उनके मित्र विदा हो गए।

स्वामी विश्राम के लिए लेटे तो उनके मन में एक ही प्रश्न था–उन्होंने सार्वजनिक भाषण के लिए मना क्यों नहीं किया? क्या मां चाहती हैं कि वे मंच से बोलें?

मन्मथ बाबू का घर नगर के युवा और वृद्धों के लिए, अध्यापकों और छात्रों के लिए, परंपरावादी पंडितों और आधुनिकतावादी विद्वानों के लिए बौद्धिक चर्चा और जिज्ञासा का तीर्थ हो गया। स्वामी को भी वराहनगर मठ छोड़ने के पश्चात् पहली बार यहां विश्वविद्यालयों में शिक्षित युवकों की संगति मिली थी। उन्होंने पाया कि वे युवक अपने

देश की सेवा करने के इच्छुक थे; किंतु अभी दिशा और मार्ग से परिचित नहीं थे। शायद वे प्रतीक्षा में थे कि कोई आए और उन्हें किसी महान् कार्य में नियुक्त करे।

किसी ने पूछा, "वेदांतिक चिंतन के होते हुए भी हिंदू मूर्तिपूजक क्यों हैं?"

चपला सरीखी दमकती आंखों से स्वामी ने प्रश्नकर्ता की ओर देखा और कहा, "क्योंकि हमारे पास हिमालय है।"

श्रोता की समझ में नहीं आया : यह उसके प्रश्न का उत्तर था क्या?

"नहीं समझे?" स्वामी ने पूछा।

"नहीं!" श्रोता ने सिर हिला दिया।

"हमारे पास प्रकृति इतने सुंदर रूप में है कि मनुष्य उसको देखकर मुग्ध होकर उसकी पूजा किए बिना रह ही नहीं सकता।" स्वामी बोले, "तो मूर्तिपूजा तो होगी ही।"

"यूरोप में भी तो आल्प्स है।" श्रोता ने कहा।

"उनके पास आल्प्स तो है, किंतु न सौन्दर्य देखने वाली भारतीय आंखें हैं, न हमारे जैसा भावनाप्रधान श्रद्धामय हृदय है।" स्वामी ने कहा, "और किसी ने भी अपने देश की वैसी कल्पना की है, जैसी हमने भारतमाता के रूप में की है?"

श्रोताओं को लगा कि स्वामी शालीनता, विनय, स्पष्टवादिता और प्रामाणिकता के समन्वय थे। किसी समय वे ऐसे पंडित से क्षमायाचना कर लेते थे, जो उनका निरंतर अपमान करता रहा हो; और किसी समय अपने श्रोताओं को अपने तर्क से बचने का कोई अवसर दिए बिना, उनपर प्रभंजन के समान फट पड़ते थे। किंतु वह सब नैसर्गिक और स्वतःस्फूर्त होता था। वे किसी के लिए भी कठोर शब्दों का प्रयोग नहीं करते थे। किंतु आवश्यक होने पर वे आलोचना से चूकते नहीं थे।

एक पंडित ने पूछा, "समयाभाव के कारण क्या संध्यावंदन त्यागने में कोई हानि है?"

"क्या?" स्वामी ने जैसे तड़प कर उग्र रूप धारण कर लिया, "प्राचीन काल के वे विराट पुरुष, वे पुराण ऋषि, जो समयाभाव के कारण, मंथर गति से चलते नहीं, भूमि को फलांगते थे, उनके विषय में सोच कर ही आप एक भुनगे के रूप में संकुचित हो जाएंगे –उन ऋषियों के पास समय था और आपके पास समय नहीं है।"

एक पश्चिमीकृत मस्तिष्क के हिंदू ने अपमानजनक ढंग से कहा, "वैदिक ऋषियों की निरर्थक शिक्षाएं..."

स्वामी ने उसे अपना वाक्य पूरा नहीं करने दिया। उसपर वज्र के समान टूट पड़े, "अपने पूजनीय पूर्वजों की इस प्रकार चर्चा करने का तुम्हारा साहस कैसे हुआ? थोड़े से ज्ञान ने तुम्हारे मस्तिष्क को कुचल डाला है। तुमने ऋषियों के विज्ञान की परीक्षा की है? तुमने कभी वेद पढ़े भी हैं? ऋषियों ने संसार को चुनौती दी है। साहस है तो उस चुनौती को स्वीकार करो। उनके निष्कर्षों की परीक्षा करो।"

जिन लोगों ने स्वामी को मद्रास में सुना, वे यह देखकर चकित थे कि स्वामी वेदों

और वेदांत को विज्ञान के रूप में प्रस्तुत करते थे। और अपने व्यक्तिगत जीवन में उसे चरितार्थ कर बताते थे। अभी वे वाल्मीकि, कालिदास और भवभूति का गुण वखान रहे होते थे, और दूसरे ही क्षण वे होमर, विर्जिल, शेक्सपियर और बायरन की चर्चा कर रहे होते थे। वे ट्रॉजेन, पांडवों, हेलेन और द्रौपदी की एक सांस में चर्चा कर सकते थे। अभी वे ग्रीक कला की इंद्रियग्राह्यता की चर्चा कर रहे होते थे और दूसरे ही क्षण वे हिंदू कला और संस्कृति की इंद्रियातीत स्थिति को प्रतिष्ठित कर रहे होते थे।

160

संध्या समय स्वामी समुद्रतट पर टहल रहे थे। वहां भी पंद्रह-बीस व्यक्ति तो उनके साथ थे ही।

"स्वामी जी! वहां मन्मथ बाबू के घर पर पचासों लोग आपकी प्रतीक्षा कर रहे हैं और आप यहां सागरतट पर खुली हवा का आनन्द ले रहे हैं।"

"लोगों की उस भीड़ से बचने के लिए ही तो प्रकृति माता की शरण में आ गया हूं।" स्वामी ने ठहाका लगाया।

पर तभी उन्होंने माता प्रकृति की गोद में मछुवारों के भुभुक्षा पीड़ित, नंगधडंग बच्चों को कमर तक जल में डूबकर अपनी माताओं के साथ काम करते देखा।

उनकी आंखों में अश्रु आ गए। स्वर भर्रा गया, "हे मेरे प्रभु! तुम ऐसे दीनहीन जीवों की सृष्टि क्यों करते हो? मैं उनको देख नहीं सकता। कब तक? हे प्रभु कब तक?"

लगा, वे भी उन बच्चों के साथ मछलियां पकड़ने के लिए चले जाएंगे।

"आइए, हम दूसरी ओर चलें।" अलासिंगा ने कहा।

"चिंगा! तुम मुझे बच्चा समझ कर बहलाना चाह रहे हो।"

अलासिंगा को अच्छा लगा, स्वामी उन्हें चिंगा कहकर संबोधित कर रहे थे। यह नाम उनके मित्रों का दिया हुआ था।

"आपको क्या बहलाना?" अलासिंगा ने कहा, "मां की लीला से आपसे अधिक कौन परिचित है। आप ही तो कहते हैं कि मां से अधिक दयालु और कोई नहीं है।"

"हां! पर मां की दया का यह रूप बड़ा ही करुण है।"

स्वामी के पास विभिन्न वर्गों और दलों के युवा आ रहे थे। वे लोग प्रायः किसी न किसी समाज सुधार आंदोलन से प्रभावित थे। समाज में कोई नई क्रांति कर देने को आतुर व्याकुल थे।

स्वामी ने उन्हें देखा और सहम गए। वे लोग गलत दिशा में जा रहे थे–वे सुधार का एक ही अर्थ जानते थे। अपनी समग्र परंपरा का तिरस्कार–नकार–ध्वंस, अपना ही विनाश। जिस अंग पर एक फोड़ा हो, उस अंग को शरीर से काट कर पृथक् कर देना।

क्रिश्चियन कॉलेज में रसायनशास्त्र के आसिस्टेंट प्रोफेसर, शिंगारवेलु मुदालियार से

स्वामी की कीर्ति सुनी नहीं गई। मन में ईर्ष्या की ऐसी आग लगी कि स्वामी से साक्षात्कार करने का निश्चय कर डाला। आज तक वह स्वयं को नास्तिक मानता आया था। व्यावहारिक जीवन में यदि धर्म का कोई लाभ था, तो ईसाई होने में ही था। हिंदू धर्म की कोई उपयोगिता इस संसार में तो दिखाई नहीं पड़ती थी। अपने ऐंठते हुए मन में वह स्वामी के सम्मान को रौंदने की महत्वाकांक्षा लेकर आया था।

"देखिए स्वामी जी!" उसने कहा, "संसार में कितने सुख आराम हैं। प्रेम है, संबंध हैं, धन संपत्ति है, वस्त्राभूषण हैं, खेत-खलिहान हैं। और आप इन सबकी ओर से आंखें मूंदे, उस ईश्वर की ओर देख रहे हैं, जो कहता है कि संसार के सुख त्याग दो। सुखों के उस अपहरणकर्ता से प्रेम कर, क्या मिलेगा आपको?"

"तुम्हारी भेंट महात्मा बुद्ध से हो गई होती, तो उन्हें ज्ञान हो जाता कि संसार में कोई सुख भी है। तब वे क्यों कहते, 'सर्वं दुःखम्।'" स्वामी मुसकराए, "ईसा तुम से मिले होते, तो क्यों कहते कि ईश्वर के राज्य में, एक ऊंट तो सूई के छेद में से गुजर सकता है; किंतु एक धनी व्यक्ति स्वर्ग में प्रवेश नहीं पा सकता। कृष्ण से तुम्हारी भेंट हो गई होती, तो वे क्यों अनासक्ति का प्रचार करते? ओह! शिंगारवेलु! तुम इतनी देर से क्यों आए?"

"आप कटाक्ष कर रहे हैं?"

"नहीं! मैं तो शोक प्रकट कर रहा हूं।"

"तो आप ही बताइए कि सांसारिक भोगों को किस सुख के लोभ में त्याग दें? ऐसा क्या है, जिसे पाने के लिए इंद्रियों का भोग छोड़ दें?"

"जाओ, किसी बच्चे को समझा आओ कि उसके मिट्टी के घोड़े से अधिक मूल्यवान वस्तुएं भी संसार में हैं। वह उस घोड़े को त्याग दे और वास्तविक घोड़ा प्राप्त करने का प्रयत्न करे।" स्वामी बोले।

"इसका मेरे प्रश्न से क्या संबंध?"

"तुम भी उस बच्चे के ही समान हो। अपना मिट्टी का घोड़ा नहीं छोड़ोगे।"

शिंगारवेलु स्तब्ध रह गया : सचमुच वह इतना अज्ञानी है कि वह जानता ही नहीं कि इस सृष्टि में वास्तविक सुख क्या है।

"किसी कुत्ते को समझा सकते हो कि संसार में एक से बढ़कर एक पकवान हैं, वह सूखी हड्डी को चबाना छोड़ दे; क्योंकि हड्डी को चबाकर वह जिस रस का अनुभव कर रहा है, वह और कुछ नहीं, उसके अपने मसूड़ों का रक्त है।"

"नहीं! कुत्ते को तो यह नहीं समझाया जा सकता।" शिंगारवेलु के मुख से अनायास ही निकल गया, "पर मैं कुत्ता नहीं हूं।"

"मैंने तुम्हें कुत्ता कब कहा मेरे बच्चे! मैं तो कुछ उदाहरण दे रहा था।" स्वामी हंसे, "कीचड़ का कीड़ा कभी कल्पना नहीं कर सकता कि साफ सुथरा फर्श कीचड़ से अधिक सुखकर हो सकता है।"

"आप मुझे विभिन्न प्रकार की गालियां दे रहे हैं।"

"नहीं! मेरे बच्चे! मैं तुमसे प्रेम करता हूं। चाहता हूं कि तुम्हारी हठधर्मी छूटे और तुम ज्ञान के संसार में प्रवेश करो।"

"आपके सामने मेरी हठधर्मी क्या चलेगी।" शिंगारवेलु मुसकराया, "मैं तो आपके एक ही तर्क से पराभूत हो गया। मुझे आप अपना एक निष्ठावान शिष्य समझें।"

"सचमुच तुम बहुत प्यारे और निर्मल बुद्धि के अबोध शिशु हो। तुम्हारा नाम शिंगारवेलु किसने रख दिया। तुम्हारा नाम तो किडी होना चाहिए था।" स्वामी हंसे, "सीज़र ने कहा था–मैं आया, मैंने देखा और मैं विजेता हो गया। किंतु किडी आया, उसने देखा और वह पराजित हो गया।' "

वी. सुब्रमणिया ऐयर भी अपने कुछ सहपाठियों के साथ मन्मथ बाबू के घर कुछ तमाशा करने का सुख प्राप्त करने आया था।

उस समय स्वामी अर्द्धनिद्रित और अर्द्धजाग्रत सी अवस्था में हुक्का पी रहे थे। लगता था कि किसी गहरी सोच में हैं। उनकी मुद्रा ही ऐसी थी कि व्यवधान उपस्थित करने का साहस करना कठिन था।

किंतु सुब्रमणिया के साथियों में साहस की कमी नहीं थी। जो अधिक साहसी था, वह आगे बढ़ा और उसने पूछा, "सर! भगवान् क्या है?"

स्वामी हुक्का पीते रहे, जैसे उन्होंने प्रश्न सुना ही न हो और फिर अकस्मात् ही बोले, "मेरे बच्चे! ऊर्जा क्या है?"

सुब्रमणिया और उसके सहपाठी 'ऊर्जा' की परिभाषा करने लगे और स्वामी उन्हें काटते चले गए। जब कोई भी संतोषजनक परिभाषा नहीं कर पाया तो स्वामी पूर्ण चैतन्य होकर बोले, "मेरे मित्रो! जिसका उपयोग तुम प्रतिदिन, प्रतिक्षण करते हो, उसकी परिभाषा तो तुम कर नहीं सकते; और मुझसे अपेक्षा करते हो कि मैं ईश्वर की परिभाषा करूं, और तुम्हें समझा भी दूं।"

सुब्रमणिया के साथियों की ओर से कुछ और प्रश्न किए गए, और उन्हें उनके अवाक् कर देने वाले उत्तर मिले। अंततः सुब्रमणिया को छोड़ सब लोग चले गए।

सुब्रमणिया, किसी अनाम अपरिभाषित आकर्षण में रुका रहा। संध्या हो गई थी। स्वामी सागरतट पर टहलने के लिए निकल पड़े। उनके साथ उनके शिष्यों का पूरा समूह था। सुब्रमणिया भी उनके पीछे-पीछे चल पड़ा।

सहसा स्वामी ने पूछा, "मेरे बच्चे! वितंडावाद ही कर सकते हो या तुम कुश्ती भी लड़ सकते हो?"

सुब्रमणिया इस विचित्र प्रश्न के लिए तनिक भी तैयार नहीं था। अनायास ही उसके मुख से निकल गया, "हां! क्यों नहीं।"

"तो आओ। दो दो हाथ हो जाएं।" स्वामी ने कहा।

"आपका नाम तो 'पहलवान स्वामी' या 'एथलीट स्वामी' होना चाहिए।" सुब्रमणिया हंस पड़ा।

161

स्वामी ने ट्रिप्लिकेन साहित्य समिति में भाषण दिया। नगर के चुने हुए एक सौ बुद्धिजीवी उपस्थित थे। वे लोग इस निष्कर्ष पर पहुंचे थे कि स्वामी अभूतपूर्व वक्ता थे। उनके उस आकर्षक व्यक्तित्व में असाधारण, विराट और चामत्कारिक बौद्धिकता, विराट ज्ञान, राष्ट्रभक्ति की उद्दाम ज्वाला, नटखट परिहास, और अकुंठ संन्यास का भाव संचित था।

वहीं अलासिंगा पेरुमल ने यह प्रस्ताव रखा कि शिकागो में होने वाली धर्म संसद में हिंदू धर्म का प्रतिनिधित्व करने के लिए स्वामी को भेजा जाए। सारी सभा ने मुक्त कंठ से प्रस्ताव का समर्थन किया। चारों ओर से जैसे जयजयकार होने लगा। उस उत्साह को देख कर स्वामी स्वयं चकित थे।

सभा के अंत में स्वामी ने पूछा, "चिंगा! यह सब क्या था? क्या तुम पहले से योजना बना कर आए थे? यह बैठक क्या इसी उद्देश्य से बुलाई थी?"

अलासिंगा मुसकराए, "निश्चय कर के तो नहीं आया था; किंतु मन में तो था ही। मैंने आपको पांडिचेरी में ही कहा था।"

"पर यहां इस घोषणा का लाभ?"

"यह तो जनमत जानने के लिए है।" अलासिंगा ने कहा, "हमने जान लिया है कि लोग इस प्रस्ताव के पक्ष में हैं।"

"किंतु तुम्हारी ट्रिप्लिकेन साहित्य समिति यह निर्णय कैसे कर सकती है। तुम्हारी संस्था का सामर्थ्य है कि इतना खर्च उठा सके?"

"नहीं है।" अलासिंगा ने कहा, "अब तक यह हमारी कामना थी–व्यक्तिगत कामना। कभी मैंने कहा कि आप जाएं। कभी आपने कहा कि आप जाना चाहते हैं। अब हम उसे एक संस्था की ओर से प्रस्तावित कर रहे हैं। हमारा अगला पग होगा कि हम कुछ प्रतिष्ठित लोगों को अपने इस प्रयास में सम्मिलित कर लें। एक संगठन बनाएं। यात्रा इत्यादि के लिए धन एकत्रित करें। अब तक जितने भी लोगों ने आपको सहायता का आश्वासन दिया है, उनसे धन प्राप्त करें।"

स्वामी भी समझ रहे थे। अलासिंगा ठीक कह रहे थे : अब तक कामना के परे न तो कोई प्रयास ही किया गया था। और न ही किसी संगठन ने ऐसा कोई लक्ष्य अपने सामने रखा था।

प्रातः का समय था। पंद्रह बीस युवक मैलापुर में सर एस. सुब्रमण्य ऐयर के घर की ओर जा रहे थे। स्वामी भी उनके साथ थे। उनके हाथ में अपना दंड था और युवकों के हाथ में प्रस्ताव कि स्वामी को हिंदू धर्म के प्रतिनिधि के रूप में शिकागो की धर्म संसद

में भाग लेने के लिए भेजा जाए।

नगर में अनेक लोगों को सूचना थी कि आज अलासिंगा पेरुमल और उनके मित्र इस प्रकार का प्रस्ताव लेकर सर सुब्रमण्य ऐयर के पास जाने वाले हैं। उनका विचार था कि यदि सर सुब्रमण्य ऐयर इस प्रस्ताव से सहमत हों तो वे इस आयोजन के संरक्षक बनना स्वीकार करें। विभिन्न गलियों से निकल कर अनेक लोग, अपना समर्थन जताने के लिए उन युवकों के साथ मिलते जा रहे थे। क्रमशः भीड़ बढ़ती जा रही थी। ऐयर महोदय के घर तक जाते-जाते इतने लोग हो गए कि उन्हें बाहर ही रुकना पड़ा। कुछ थोड़े से लोगों के साथ स्वामी घर के भीतर गए।

सर सुब्रमण्य ऐयर ने उनका स्वागत किया।

"आपका प्रस्ताव बहुत शुभ है।" उन्होंने कहा, "मुझे मालूम नहीं है कि क्या कराण है कि धर्म संसद का निमंत्रण किसी भी प्रतिष्ठित हिंद संस्था के पास नहीं आया है। या तो संसद के आयोजक हम लोगों के विषय में कुछ जानते ही नहीं हैं, या फिर वे हमारे किसी प्रतिनिधि को आमंत्रित नहीं करना चाहते। ऐसे में यह और भी आवश्यक हो जाता है कि हम किसी योग्य व्यक्ति को अपने प्रतिनिधि के रूप में भेजें। नहों तो त्रिश्व स्तर के उस मंच पर हिंदुओं का पक्ष सर्वथा अनुपस्थिति रहेगा।"

"हम आपसे सहमत हैं।" अलासिंगा ने कहा।

"और आप क्या कहते हैं स्वामी जी?"

"मैं समझता हूं कि अपने सिद्धांतों के प्रचार का समय आ गया है। ऋषियों के धर्म के सक्रिय होने का अवसर उपस्थित है। जब विदेशी हाथ हमारे धर्म के प्राचीन दुर्ग को ध्वस्त करने पर तुले हुए हों, क्या हम चुपचाप निष्क्रिय बैठे रहेंगे? क्या हम इसकी अपराजेयता से संतुष्ट हैं? हम निष्क्रिय बैठे रहेंगे, या प्राचीन काल में धर्मगौरव के प्रचार के दिनों के समान कुछ सक्रिय और आक्रामक होंगे? हम अपनी जातियों, विरादरियों, संप्रदायों और प्रादेशिकता के बंदी रहेंगे या हम भारत के हित में, अन्य चिंतन-वृक्षों में अपनी शाखाएं पल्लवित करेंगे?" स्वामी का तेजस्वी स्वर गूंजा, "पुनः उठ खड़े होने के लिए भारत को सबल और संगठित होना होगा। अपनी संपूर्ण जिजीविषा को एकाग्र करना होगा।"

सर सुब्रमण्य ऐयर मुसकराए, "आप देख रहे हैं कि यह युवा संन्यासी, सारे सांसारिक बंधन तोड़कर स्वयं को सर्वथा मुक्त कर चुका है। फिर भी उसके मन में अपने देश के प्रति प्रेम का सागर है। उसकी एक ही पीड़ा है–देश का दुख दारिद्र्य, उसकी पतितावस्था।" उन्होंने रुककर स्वामी की ओर देखा, "मैं समझता हूं कि स्वामी को अदृष्ट से धर्म के प्रचार का आदेश मिल चुका है। अतः अब विलंब का कोई कारण नहीं है। अब इस कार्य का श्रीगणेश होना चाहिए स्वामी जी! और इसे आप ही कर पाएंगे।"

"तो हम संगठित होकर उसके लिए धन एकत्रित करना आरंभ कर दें?" अलासिंगा ने पूछा।

"अवश्य।" सर सुब्रमण्य ऐयर ने कहा, "किंतु एक परामर्श है।"

सबने उनकी ओर देखा।

"हमें इस विषय में न तनिक संकीर्ण होना है, न कृपण। हमें अधिक से अधिक लोगों को इसमें सम्मिलित करना है। एक सभा दीवान बहादुर रघुनाथ राव की अध्यक्षता में होनी चाहिए। वे राष्ट्रीय ख्याति के व्यक्ति हैं। उन्होंने अनेक कानूनी शोधग्रंथ लिखे हैं। एक लंबे समय तक वे हिंदू नेशनल सोशल कॉन्फ्रेंस के महासचिव रहे हैं। उनका हमारे साथ होना, हमारे लिए बहुत हितकारी है।"

"वैसे भी वे एज ऑफ कंसेंट बिल के बहुत बड़े समर्थक हैं।" अलासिंगा ने कहा, "इस दृष्टि से स्वामी उन्हें अपने मन के बहुत निकट पाएंगे।"

"उस सभा में स्वामी भारतीय संस्कृति की पाश्चात्य व्याख्याओं का विश्लेषण करें और लोगों को समझाएं कि पश्चिम के लोग हमें कितना गलत समझते हैं और हमारे सिद्धांतों के साथ वे कैसा अनर्थ कर रहे हैं।"

"मैं सोच ही रहा था कि इस संदर्भ में भी कुछ चर्चा होनी चाहिए।" स्वामी ने कहा।

"और वहीं विधि-विधानपूर्वक स्वामी को शिकागो भेजे जाने का प्रस्ताव पारित किया जाए।"

"यह तो ठीक है; किंतु उससे भी आवश्यक है, हिंदुओं को यह समझाना कि आधुनिक सभ्यता के संदर्भ में अपने महान् आध्यात्मिक सिद्धांतों को जीवन में चरितार्थ कैसे किया जाए।" स्वामी ने कहा।

स्वामी बाहर से आए तो देखा कि मन्मथ बाबू का रसोइया उनका हुक्का अपने हाथों में लेकर बहुत ध्यान से देख रहा है। यह प्रशिंशपा का बना वही हुक्का था, जो स्वामी को मैसूर के महाराज ने भेंट किया था।

स्वामी को देखते ही उसने हुक्का उसके स्थान पर रख दिया; और आंखों में कुछ भय लिए स्वामी की ओर देखता रहा, जैसे चोरी करता हुआ पकड़ा गया हो।

"क्या देख रहे थे?" स्वामी ने मुस्करा कर पूछा।

"आपका हुक्का।"

"सुंदर है?"

"बहुत सुंदर है! मैंने आज तक ऐसा सुंदर हुक्का नहीं देखा।"

"तुम्हें मिल जाए तो?"

रसोइए ने संकोच से सिर झुका लिया। 'न' वह कहना नहीं चाहता था और 'हां' कहने का साहस नहीं हो रहा था।

स्वामी ने हुक्का उठा कर उसकी ओर बढ़ा दिया, "यह लो। अब यह तुम्हारा हुआ।"

रसोइया अपनी झेंप में हंसा : उसे विश्वास नहीं हो रहा था। यह कैसे संभव हो सकता था?

किंतु स्वामी ने वह हुक्का उसकी ओर बढ़ा दिया, "लो।"

रसोइए की जैसे आंखें फट गईं, "नहीं स्वामी जी! मेरा तात्पर्य यह नहीं था।"

"यह हुक्का अब तुम्हारा हुआ।" स्वामी ने पुनः कहा।

"बाबू मेरी चमड़ी उधेड़ देंगे।"

"कोई कुछ नहीं कहेगा। मेरा हुक्का है, मैं तुम्हें दे रहा हूं।" स्वामी ने कहा और वहां से चले गए।

162

अलासिंगा पेरुमल और उनके मित्रों ने स्वामी की यात्रा के लिए धन एकत्रित करना आरंभ कर दिया था। मन्मथ बाबू ने पांच सौ रुपए देकर इस संग्रह का शुभारंभ किया। नगर के अन्य संभ्रांत लोगों ने भी काफी उदारता दिखाई। अलासिंगा अत्यंत उत्साहित थे। वे घर घर जा कर धन एकत्रित कर रहे थे। द्वार किसी धनी का हो अथवा निर्धन का–खटखटाया अवश्य जाना चाहिए। कोई एक पैसा दे, एक रुपया दे, सौ रुपए दे–सबका स्वागत होना चाहिए।

शिष्यों के उत्साह से स्वामी भी उत्साहित थे। अमरीका जाने की चर्चा तो कब से चल रही थी; किंतु वह चर्चा ही थी। अब उसने आकार लेना आरंभ किया था। यह मां की ही इच्छा थी। स्वामी ने अपनी ओर से तो कुछ भी नहीं किया था। जहां जहां उनके सामने धन का प्रस्ताव आया, उन्होंने शालीनतापूर्वक टाल दिया। अब मां ने स्वयं ही इन लड़कों के रूप में आयोजन आरंभ कर दिया है। स्वामी को भी स्वयं को तैयार कर लेना चाहिए।

अलासिंगा ने आकर प्रणाम किया।

"सुखी रहो पुत्र।"

"स्वामी जी! वैसे तो हमारा अनुष्ठान ठीक ही चल रहा है। लोग अपने अपने सामर्थ्य के अनुसार, उदार मन से धन दे रहे हैं।" उसने कहा, "किंतु जहां से हमें अधिक आशा थी..."

"कहां से अधिक आशा थी?"

"रामनाड के राजा भास्कर सेतुपति से।"

"उन्होंने तुम्हारी आशा पूरी नहीं की?"

"उनकी तो प्रतिक्रिया ही हमारी समझ में नहीं आई।"

"क्या हुआ?" स्वामी ने कुछ आश्चर्य से पूछा।

"हमने उनको भी पत्र लिखा था।" अलासिंगा ने बताया, "उनका उत्तर आया है कि वे इस प्रयोजन के लिए एक पाई भी देने को तैयार नहीं हैं। उन्हें अब किसी भी

संन्यासी पर विश्वास नहीं रहा, विशेष रूप से बार-बार अपना निश्चय बदलने वाले इस संन्यासी पर।"

स्वामी मौन बैठे रह गए।

"क्या राजपूताना से कोई सहायता नहीं मिल सकती?" अलासिंगा ने पूछा।

"दुख है कि इस समय मेरे लिए पुनः राजपूताना लौटना संभव नहीं है।"

"कोई विशेष कारण?"

"यहां सागरतट पर ही, इस समय इतनी भयंकर गर्मी पड़ रही है। पता नहीं, राजपूताना की उस मरुभूमि में और भी कितनी भयंकर गर्मी होगी। और मैं गर्मी एकदम सहन नहीं कर सकता।"

"कोई तो मार्ग निकालना ही होगा स्वामी जी!"

"मैं मद्रास से बंगलूर और वहां से ग्रीष्म ऋतु बिताने के लिए उटकमंड चला जाऊंगा। गर्मी में मेरा मस्तिष्क खौलने लगता है।" स्वामी बोले।

"और हमारी योजना?"

"हमारी योजना क्या होती है, सब मां की इच्छा से होता है!"

"ठीक है। किंतु हम इतनी जल्दी घुटने नहीं टेक सकते।" अलासिंगा ने कहा, "हम कैसे मान लें कि यह सेतुपति का कोई भ्रम न होकर मां की इच्छा है। आपको ऐसा कोई संकेत मिला है?"

"मेरी सारी योजनाएं मिट्टी में मिल गईं।" स्वामी बोले, "मैं केवल मद्रास पर निर्भर नहीं रहना चाहता था, इसीलिए मद्रास से शीघ्रातिशीघ्र चल देने के लिए, व्यग्र हो उठा था। चला गया होता तो मेरे पास कई महीनों का समय होता। किंतु मद्रास में मुझे विलंब हो गया। बहुत विलंब हो गया। सब कुछ मटियामेट हो गया।"

"कुछ तो करना होगा स्वामी जी!"

"करना क्या है। इस प्रयास को छोड़ देना होगा। अब मैं पूर्णतः ईश्वर पर निर्भर हूं।" स्वामी बोले, "उसकी जो इच्छा है, वही पूर्ण हो। यह मेरे प्रारब्ध का फल है, किसी को क्या दोष देना। 'जैसे स्वर्ग में होती है, वैसे ही इस धरती पर भी तुम्हारी इच्छा पूर्ण हो। जगत् में तुम्हारी ही महिमा घोषित हो रही है और सब ओर तुम्हारा ही राज्य है।'"

"किंतु स्वामी जी! हमने काफी धन एकत्रित कर लिया है।" अलासिंगा ने उनके सामने एक कागज रख दिया।

स्वामी ने कागज़ पर लिखी राशि पढ़ी तो कुछ विचलित हो उठे, "हे मां! मैं यह सब अपनी इच्छा से कर रहा हूं? या इसमें अदृश्य का भी कोई हाथ है? ओ मां! अपनी इच्छा प्रकट करो। तुम ही कर्ता हो। मैं तो तुम्हारा एक उपकरण मात्र हूं।"

स्वामी ने अपनी आंखें मूंद लीं। वे कुछ सोच रहे थे।

"इस धन को ले जाओ और निर्धनों में वितरित कर दो।" स्वामी मुसकराए, "मेरे

बच्चो! मैं मां को अपनी इच्छा प्रकट करने को बाध्य करने के लिए दृढ़प्रतिज्ञ हूं। मैं अंधकार में आगे पग बढ़ाऊं, उससे पहले मां को बताना होगा कि उसकी इच्छा क्या है। यदि यह उसकी इच्छा है तो धन पुनः आएगा। अपने आप आएगा।"

अलासिंगा का द्वंद्व पिघल नहीं रहा था।

"यह धन वितरित करदो, मेरे कंधों से एक बहुत बड़ा बोझ उतर जाएगा।"

गुरु की आज्ञा का पालन करने के सिवाय, अब अलासिंगा के सामने और कोई मार्ग नहीं था।

विलक्षण बौद्धिक और देशभक्ति की अग्नि से धधकता संन्यासी अब केवल भक्त था। स्वामी के लिए मां और प्रभु में कोई अंतर नहीं था। उनकी आत्मा अशांत थी। वे मां की इच्छा जानने के लिए तड़प रहे थे। वे उनकी इच्छा जानने के लिए दृढ़प्रतिज्ञ थे। संध्या समय लोग आ जाते थे तो प्रवचन भी होता था किंतु उसका विषय एक ही था– भक्ति। आत्मसमर्पण। शरणागति। प्रार्थना। वे निरंतर मां और अपने गुरु से मार्गदर्शन के लिए प्रार्थना करते रहे। अब वे दीर्घकालीन ध्यान में बैठते थे। भोजन बहुत कम हो गया था और मां के भजन गाते-गाते, इतने भावुक हो जाते थे कि समाधि की सी स्थिति हो जाती थी।

पता नहीं, पुत्र को कौन वैभव प्राप्त हो जाएं,
पिता ने जिसका स्वप्न भी न देखा हो,
मां अपनी पुत्री में
हजार गुना शक्तियां भर सकती है,
उसकी इच्छा।

मन्मथ बाबू को लग रहा था जैसे उनका घर कोई सामान्य घर नहीं रह गया है। वह पवित्र मंदिर हो गया है। वहां, कोई भी आध्यात्मिक उन्माद की तरंगों का अनुभव कर सकता था।

163

स्वामी चकित थे। अकस्मात् ही हैदराबाद से यह निमंत्रण कैसे आ गया? जैसे शून्य में से कोई पर्वत उग आया हो। बुलाने वालों में इतने अधिक और महत्वपूर्ण नाम थे कि उसके महत्व को नकारना कठिन था।

स्वामी मां की लीला पर मुग्ध थे। वे यहां मां के सम्मुख, आसन-पट्टी डाले, हठ ठाने बैठे थे कि मां अपनी इच्छा प्रकट करें; और मां थीं कि उन्हें टालने के लिए हैदराबाद से निमंत्रण भिजवा रही थीं। कुछ दिनों के लिए हैदराबाद आ जा–टल जा–हठ छोड़। कैसा संकेत है यह–क्या इच्छा है मां की? जाने इस निमंत्रण का क्या अर्थ है।

मन्मथ बाबू ने हैदराबाद में सुप्रिंटेंडिंग इंजीनियर, अपने मित्र मधुसूदन चट्टोपाध्याय को पत्र लिखा कि स्वामी दस फरवरी को हैदराबाद पहुंच रहे हैं; और वे उनके अतिथि

होंगे। आमंत्रित करने वाले कोई भी हों, मन्मथ बाबू अड़े हुए थे कि स्वामी, मधुसूदन बाबू के घर पर ही ठहरें।

हैदराबाद स्टेशन पर पांच सौ लोगों की भीड़ उनका स्वागत करने के लिए जमा थी। जाने-माने और महत्वपूर्ण लोग आए थे–धनी भी, ज्ञानी भी, पदाधिकारी भी। स्वामी मन ही मन मुस्कराए–मां लुभा रही थीं उनको–रुक जा! यहीं रुक जा! यहां भी बहुत लोग हैं, तुझे सुनने वाले, सम्मान करने वाले, पैर पूजने वाले। क्या करेगा शिकागो जाकर? क्या रखा है वहां? यश चाहिए? यहीं मिल जाएगा। धन चाहिए? यहीं ढेर लग जाएगा। न सही भास्कर सेतुपति! और लोग हैं धनवाले। सेतुपति से भी धनवान। और धन तो मां का है। जिसे चाहें, निहाल कर दें। रुक जा! रुक जा!

पर मां! मैं यश या धन के लिए नहीं जा रहा। मैं तो यह मान कर जा रहा था कि यह तुम्हारी इच्छा है–धर्म के प्रचार के लिए, देश के सम्मान के लिए, दरिद्रों की सेवा के लिए। मुझे यश और धन का क्या करना है? मुझे तो तुम्हारी भक्ति ही पर्याप्त है। तुमने ही तो मुझे समाधि से परे धकेला कि मुझे अपना सुख नहीं खोजना है। मुझे तुम्हारा काम करना है। तो बताओ, क्या काम है तुम्हारा? अपनी इच्छा प्रकट करो मां!

स्वामी अपने भगवे वस्त्रों में हाथ में कमंडल पकड़े, आत्मलीन से, गाड़ी से उतरे। किससे बात करें, किससे न करें–किसका प्रणाम स्वीकार करें, किसका न करें–किसे आशीर्वाद दें, किसे न दें–पर ऐसा तो कोई जीव नहीं है, जिसे आशीर्वाद न दिया जा सके, किंतु वे इन जीवात्माओं से नहीं, अपनी मां से बात करना चाहते थे और मां थी कि सैकड़ों शरीर धारण कर उनके सामने खड़ी थी। वह उन्हें अन्तर्मुखी नहीं रहने देगी। वह उन्हें बाहर के संसार में धकेल रही थी। स्वामी देख रहे थे : उन्हें एक प्रकार की शोभायात्रा के रूप में बाबू मधुसूदन चट्टोपाध्याय के बंगले तक लाया गया। अनेक लोग, जो उनका स्वागत करने स्टेशन नहीं पहुंच पाए थे, वे बंगले पर पहुंचे थे।

"किसी हिंदू संन्यासी का स्वागत करने के लिए कभी इतनी भीड़ स्टेशन पर नहीं उमड़ी।" मधुसूदन बाबू ने बताया।

"उसका सारा श्रेय आप लोगों को है। आपने परिश्रमपूर्वक प्रचार किया, संगठन किया, लोगों को जुटाया। जाने मेरे विषय में लोगों को क्या क्या बताया।" स्वामी बोले, "मां! तेरी लीला। अपने पुत्र को बहलाने के लिए, कैसे कैसे मंच सजाती है।"

और मन ही मन स्वामी, मां से कह रहे थे। तुम नहीं चाहती कि मैं शिकागो जाऊं, तो स्पष्ट बता दे न मां! इतनी माया रचने की क्या आवश्यकता है? मैं तो तुम्हारे आदेश के भ्रम में अमरीका जाना चाहता था। तुम नहीं चाहतीं, तो क्यों जाऊंगा। मैं, एक संन्यासी, सांसारिक व्यवहार से अनभिज्ञ, अकेला और अनजाना, उस अपरिचित और अनजाने देश में, एक अपरिचित संस्कृति में पले लोगों को उनके लिए एकदम अनजाना संदेश सुनाने क्यों जाऊंगा?

लोग अपनी श्रद्धा प्रकट कर और उनके चरणों में प्रणाम निवेदन कर विदा हो गए।

आज का इतना ही कार्यक्रम था। वे चाहते थे कि स्वामी अब विश्राम करें।

अगले दिन नगर के एक सौ प्रतिष्ठित हिंदुओं का शिष्टमंडल स्वामी से मिलने आया। वे अपने साथ मिठाई, फल और दूध लाए थे। उन्होंने निवेदन किया कि स्वामी नगर के महबूब कॉलेज में एक व्याख्यान करने की कृपा करें। इससे नगर के लोगों का लाभ होगा।

"परसों ठीक रहेगा?"

"13 फरवरी। ठीक है।"

"समय और विषय इत्यादि आप लोग निश्चित् कर लें।"

स्वामी कालिचरण बाबू के साथ गोलकुंडा का दुर्ग देखने चले गए।

अगली सुबह स्वामी सर खुर्शीद जाह के निमंत्रण पर कालिचरण बाबू के साथ उनसे मिलने गए। कालिचरण बाबू ने मार्ग में ही बता दिया, कि सर खुर्शीद जाह, साधारण मुसलमानों के समान नहीं थे। वे अपनी धार्मिक सहिष्णुता के लिए विख्यात थे। वे पहले मुसलमान थे, जिन्होंने हिमालय से कन्याकुमारी तक के सारे हिंदू तीर्थों के दर्शन किए थे।

खुर्शीद जाह बड़े सम्मान से मिले। उन्होंने आदरपूर्वक स्वामी को बैठाया और बोले, "क्या ऐसा संभव नहीं है कि हम हिंदू धर्म, इस्लाम और ईसाइयत इत्यादि को भूल कर केवल धर्मचर्चा कर सकें?"

"संभव क्यों नहीं!" स्वामी बोले, "ईश्वर, उसके प्रेम और आत्मानुभव की बात करें, तो अपने आप ही अध्यात्म चर्चा हो जाएगी। मेरे गुरु केवल अध्यात्म चर्चा करते थे। विभिन्न पंथों की दीवारों का उनके लिए कोई अस्तित्व ही नहीं था।"

यह भेंट दो घंटों तक चली। हिंदूधर्म, ईसाई मत और इस्लाम के तत्वचिंतन पर भी चर्चा हुई। नवाब ने हिंदू धर्म में स्वीकृत सगुण साकार ईश्वर की अवधारणा पर आपत्ति की। वे निर्गुण निराकार ईश्वर को मानते थे।

स्वामी ने ईश्वर की अवधारणा के विकास की विस्तृत चर्चा की। और उन्हें ईश्वर के व्यक्ति के रूप में अस्तित्व की आवश्यकता समझाई। नैसर्गिक रूप से मनुष्य का अनुभव व्यक्तिगत था, इसीलिए मनुष्य का विचार जिस सीमा तक जा सकता था, वह वैयक्तिक ही हो सकता था।

उन्होंने बताया कि सिवाय हिंदू धर्म के प्रत्येक धर्म का संस्थापक कोई एक –व्यक्ति–मनुष्य था। उन धर्मों को अपने अस्तित्व के लिए उस एक व्यक्ति पर निर्भर रहना होता था। दूसरी ओर वेदांत कुछ सिद्धांतों पर आधृत था, अतः उसे व्यक्तियों की आवश्यकता नहीं थी। इसी तथ्य के आधार पर वह सार्वभौनिकता का दावा करता था। समस्त धर्मों की सारी अवधारणाएं, मनुष्य की प्रकृति से जन्मी थीं; और सत्य को जानने के प्रयत्न में से उत्पन्न हुई थीं। सारे आदर्श-सिद्धांत सत्य थे। उपासना पद्धतियां तो उन

आदर्शों तक पहुंचने के लिए मार्ग भर थीं। उनमें से किसी भी पद्धति का एकाग्रता से पालन किया जाए, तो मनुष्य में विद्यमान देवत्व को प्रकट होना ही था। वेदांत का अद्वैत-सिद्धांत स्पष्ट करते हुए, उन्होंने कहा कि मनुष्य सारे जीवों में सर्वश्रेष्ठ है, क्योंकि मनुष्य की शुद्ध आध्यात्मिक बुद्धि ने ही इन सत्यों का आविष्कार किया है। इस प्रकार मनुष्य माया के सारे बंधनों का अतिक्रमण कर सकता था और स्वभाव से ही वह दिव्य था।

स्वामी बोल रहे थे और उनकी आंखें चमक रही थीं, उनका चेहरा आलोकित था। उनके व्यक्तित्व से ऊर्जा निःसृत होती लग रही थी। स्वयं को बहुत संयत रखते हुए भी उन्होंने कह ही दिया कि वे शाश्वत धर्म का प्रचार करने के लिए पश्चिमी देशों में जाना चाहते हैं।

"स्वामी जी! मैं आपके इस उद्देश्य में सहायता करना चाहता हूं। इस प्रयोजन के लिए मैं आपको एक सहस्र रुपए दे सकता हूं।"

"अभी समय नहीं आया है नवाब साहब!" स्वामी ने कहा, "मां का आदेश मिल जाएगा, तो मैं आपको अवगत करा दूंगा।"

13 को प्रातः स्वामी हैदराबाद के प्रधान मंत्री, सर आशमन जाह से मिले। रियासत के पेशकार राजा नरेन्द्रकृष्ण बहादुर और महाराजा शिवराज बहादुर से मिले। उन सारे ही उच्च अधिकारियों ने उनकी सहायता का वचन दिया।

अपराह्न में महबूब कॉलेज में उनका व्याख्यान था : "पश्चिमी देशों में मेरा उद्देश्य।" पंडित रत्नलाल उस समय अध्यक्ष थे। एक सहस्र लोगों ने व्याख्यान सुना, जिनमें कुछ यूरोपीय भी थे।

स्वामी ने हिंदू धर्म की महानता की चर्चा की। अतीत में हिंदू संस्कृति और हिंदू समाज की महानता को प्रतिष्ठापित किया। वैदिक और वेदांतिक चिंतन का समग्र रूप प्रस्तुत किया। ऋषियों की महान् विधि निर्माताओं के रूप में चर्चा की, उनका शास्त्रकार रूप प्रस्तुत किया। स्पष्ट किया कि पुराण किस प्रकार उदात्त नैतिक सिद्धांतों की स्थापना करते हैं। अंततः उन्होंने अपने जीवन-लक्ष्य की चर्चा की–भारत का पुनरुत्थान! उससे कम किसी स्थिति में नहीं।

उन्होंने घोषणा की कि उनको आदेश था कि वे भारत के एक प्रतिनिधि के रूप में व्रती बनकर पश्चिम के देशों में जाएं और वहां वेदों और वेदांत के गौरव का उद्घाटन करें।

"महाराज! मेरे सिर पर हाथ रख दें, ताकि मेरा ज्वर मुझे छोड़ जाए।"

स्वामी जानते थे कि भारत में यह सामान्य विश्वास था कि यदि कोई संत किसी रोगी के सिर पर हाथ रखे तो वह रोगी ठीक हो जाता है।

"तुम्हें ज्वर है?"

"हां महाराज! और वह वैद्यों की औषध से ठीक नहीं हो रहा।"

"किंतु तुम हो कौन? अपना परिचय तो तुमने दिया ही नहीं।"

उस व्यक्ति ने अपने आसपास खड़े लोगों की ओर देखा।

"सम्मानित ब्राह्मण हैं। व्यवसाय से व्यापारी हैं। समाज में अच्छी साख है।" कालिचरण बाबू ने बताया, "इनमें ऐसी शक्ति है कि ये शून्य में से कोई भी वस्तु प्रकट कर सकते हैं।"

"किंतु लुप्त नहीं कर सकते?" स्वामी हंसे।

"हां महाराज! नहीं तो इस ज्वर को लुप्त कर देता।" उस व्यक्ति ने कहा, "आप कृपापूर्वक मेरे सिर पर हाथ रख दें।"

"मैं भी तुम्हारा जादू देखना चाहता हूं पुत्र!" स्वामी ने कहा, "मुझे भी अपना चमत्कार दिखाओ।"

"ज्वर से मुक्त होकर अवश्य दिखाऊंगा।"

"वचन देते हो?"

"हां! वचन देता हूं।"

स्वामी ने उसके सिर पर हाथ रख दिया।

उस समय तो वह स्वामी के चरण छू कर चला गया; किंतु अगले दिन आया।

"स्वस्थ हो?"

"हां महाराज! आपके स्पर्श से ज्वर लुप्त हो गया।"

"प्रसन्न हो?"

"इतना प्रसन्न तो मैं कभी नहीं था महाराज!"

"तो अपना चमत्कार दिखाओ।"

उसने एक लंगोटी के सिवाय अपने सारे वस्त्र उतार दिए।

मौसम कुछ ठंडा था। वह अभी-अभी ज्वर से उठा था कहीं फिर से अस्वस्थ न हो जाए। स्वामी ने अपना कंबल उसे दे दिया। वह कंबल ओढ़कर कमरे के एक कोने में बैठ गया। पच्चीस जोड़ा आंखें उसकी ओर देख रही थीं।

"आपको जो कुछ भी चाहिए, कागज़ के एक टुकड़े पर लिख दीजिए।" उसने कहा।

पच्चीस के पच्चीस लोगों ने लिख कर दिया। अधिकांश लोगों ने उन फलों के नाम लिखे थे, जो वहां फलते ही नहीं थे–अंगूरों के गुच्छे, संतरे, सेब तथा ऐसे ही अन्य फल, जो केवल पर्वतों पर फलते थे। किसी एक ने अंजीर भी लिख दिया था। सबने अपनी पर्चियां उसे पकड़ा दीं।

उसने अपने उस खाली कंबल में से फल निकालने आरंभ किए–अंगूरों के गुच्छे–गुच्छे नहीं झाबे–संतरों के ढेरों के ढेर–सेबों की टोकरियों पर टोकरियां–उस व्यक्ति के अपने शरीर के भार से दुगने फल वहां जमा हो गए।

"खाइए। इन फलों को खा कर देखिए। अच्छे हैं।"

किसी ने हाथ नहीं बढ़ाया। सबने एक दूसरे की ओर देखा। कौन पहल करे? एक प्रकार का संकोच था। संभवतः यह सम्मोहन था और वास्तविक फल वहां थे ही नहीं।

अपने दर्शकों का संकोच देख कर उस व्यक्ति ने स्वयं फल खाने आरंभ कर दिए। अन्य लोगों का संकोच भी टूटा। सबने ही कोई न कोई फल खाया। वे वास्तविक फल थे–रस और स्वाद से भरपूर।

अंत में उसने गुलाब के फूलों का एक बड़ा सा गुच्छा निकाला। प्रत्येक फूल अपने आप में पूरा और अत्यंत सुंदर था। उसकी पंखुड़ियों पर ओस की बूंदें जड़ी हुई थीं। एक एक पंखुड़ी अक्षत थी–न मसली हुई, न कुम्हलाई हुई, न मुरझाई हुई।

"आखिर यह सब क्या है? कैसा चमत्कार है? इसका रहस्य क्या है?"

"कुछ नहीं। हाथ की सफाई है।" वह मुस्कराया।

"कुछ भी हो सकता है किंतु मात्र हाथ की सफाई नहीं है।" स्वामी ने कहा, "हाथ की सफाई होती तो तुम इतनी चीज़े, इतनी बड़ी मात्रा और इतनी अधिक संख्या में कहां छुपा कर रखते?"

वह मुस्करा कर मौन रह गया।

स्वामी ने बहुत सोचा और उसके चमत्कार का विश्लेषण किया। वे इस निष्कर्ष पर पहुंचे कि व्यक्ति–मन, विश्व-मन के संपर्क में है। प्रत्येक मन का संसार के प्रत्येक दूसरे मन से संपर्क है। वह योगी–जिसने व्यवस्थित ढंग से अध्ययन किया है, और अपने अभ्यास से इन असाधारण शक्तियों को प्राप्त किया है, वह अपनी इच्छा के आग्रह से दूसरों के मन को भी बाध्य कर सकता है कि वे वही देखें और अनुभव करें, जो उसका मन चाहता है।

मद्रास स्टेशन पर उनकी अगवानी के लिए उनके शिष्य आए हुए थे।

स्वामी आत्मविश्वास से भरे हुए थे। महबूब कॉलेज में व्याख्यान ने स्पष्ट कर दिया था कि वे छोटी गोष्ठियों में ही नहीं बड़े सम्मेलनों में भी अपनी बात सफलतापूर्वक कह सकते थे और लोगों को प्रभावित कर सकते थे। निश्चित् रूप से अधिक श्रोताओं को देख कर वक्ता की निहित क्षमताएं भी प्रकट हो जाती हैं।

मद्रास में प्रतिदिन नए शिष्य और नए श्रोता आ रहे थे; किंतु स्वामी के मन में अमरीका जाने का विचार और भी सघन और दृढ़ होता जा रहा था। किसी-किसी क्षण उन्हें पूर्वाभास होने लगता था कि अमरीका में कैसी घटनाएं उनकी प्रतीक्षा कर रही हैं।

मार्च और अप्रैल में स्वामी के शिष्यों ने पुनः उनकी यात्रा के लिए धन एकत्रित करना आरंभ किया। उनमें से कुछ मैसूर, रामनाड और हैदराबाद भी गए। उन्होंने स्वयं को एक चंदा समिति के रूप में संगठित कर लिया था। अलासिंगा पेरुमल उनके नेता थे। उन्हें घर घर जा कर पैसे मांगने में भी कोई संकोच नहीं था। अधिकांशतः वे मध्य

वर्ग के लोगों के पास ही जाते थे। स्वामी ने कहा था : "यदि मां की इच्छा है कि मैं अमरीका जाऊं तो उसके लिए धन साधारण जन से आना चाहिए। मैं भारत के असहाय और निर्धन लोगों के लिए ही अमरीका जा रहा हूं।"

अप्रैल के मध्य तक चंदा समिति ने चार सहन रुपए एकत्रित कर लिए थे। इसमें मैसूर और रामनाड के राजाओं का भी योगदान था। मन्मथ बाबू के आग्रह पर इस बार रामनाड के राजा ने अपना विरोध छोड़ कर 500 रुपए भेज दिए थे। सुब्रमण्या और मन्मथ बाबू ने भी पांच पांच सौ रुपए दिए।

स्वामी ने पुनः मां और अपने गुरु से प्रार्थना की। उन्हें आभास हो रहा था कि उन्हें जाना है; किंतु वे उसका दिव्यदर्शन चाहते थे, स्पष्ट आदेश चाहते थे।

स्वामी अर्द्ध सुप्तावस्था में थे–वे समझ नहीं पा रहे थे कि वे कहां हैं। सहसा जैसे धुंध हटी और उन्हें लगा कि वे स्वयं तो सागर से दूर हैं; किंतु उनके सामने सागरतट था। वे सागरतट तक जा नहीं सकते थे, किंतु उसे अत्यन्त स्पष्ट रूप में देख सकते थे। और उस सागर तट पर ठाकुर खड़े थे।

स्वामी को रोमांच हो आया। उनकी आत्मा जैसे ठाकुर के निकट जाने को तड़प उठी, किंतु वे अपने स्थान से हिल भी नहीं पा रहे थे। ठाकुर ने मुसकरा कर उनकी ओर देखा, जैसे यशोदा ने कृष्ण को ऊखल के साथ बांधकर देखा होगा। एक ललित हठीली मुस्कान...

ठाकुर अपने स्थान पर खड़े नहीं रहे। वे स्वामी की ओर देखते रहे और सागर की ओर बढ़ते रहे। तट छोड़ कर वे सागर के जल में आ गए थे। सागर की लहरें उनके चरणों पर लोट रही थीं। ठाकुर तब भी नहीं रुके। वे आगे बढ़े। अब लहरें उनके घुटनों घुटनों तक थीं। स्वामी कहना चाहते थे, 'ठाकुर पानी की ओर ध्यान दें।' किंतु ठाकुर उन्हें लुभा रहे थे। वे आगे, और आगे, और आगे बढ़ते जा रहे थे।

"ठाकुर!" स्वामी ने पुकारना चाहा; किंतु उनके कंठ से स्वर नहीं निकला।

ठाकुर ने अपने हाथ से उन्हें अपने पास आने का संकेत किया।

"किंतु आप तो स्वयं पानी में डूबते जा रहे हैं।" स्वामी ने कहना चाहा, "ये लहरें आपको बहा ले जाएंगी।"

उन्हें ठाकुर का स्वर सुनाई दिया, "आ जा। मेरे पीछे आ जा।"

और ठाकुर की आकृति विलीन हो गई।

स्वामी जाग ही नहीं उठे, सचेत भी हो गए। उनका मन आनन्द से परिपूर्ण हो गया था। गुरु का आदेश मन पर अंकित हो गया था, "आ जा। मेरे पीछे आ जा।"

तो ठाकुर भी उनके साथ होंगे। यह दिव्याभास साधारण नहीं था। स्वामी मान गए कि यह अलौकिक आदेश था। अब उन्हें अमरीका जाना ही था। उनके संशय और द्वंद्व समाप्त हो चुके थे।

पर दूसरी ही रात उन्होंने स्वप्न देखा कि उनकी माता भुवनेश्वरी देवी का देहांत हो गया है।

इसमें दिव्याभास जैसा कुछ नहीं था। यह तो साधारण स्वप्न ही था। किंतु ऐसा स्वप्न भी क्यों? मन व्याकुल हो उठा।

अपने परिवार और मठ से इन दिनों उनका कोई संपर्क नहीं था। ऐसी सांसारिक बातों के लिए वे पत्र व्यवहार चाहते भी नहीं थे। एक ओर वे जगदंबा और अपने गुरु के आदेश पर विदेश जाने की तैयारी में थे और दूसरी ओर उनके सांसारिक संबंध और मोह उन्हें भ्रमित कर रहे थे। किंतु वे वास्तविकता जाने बिना इतनी लंबी यात्रा पर जा भी कैसे सकते थे?

मन्मथ बाबू ने वास्तविकता जानने के लिए, कलकत्ता एक तार भेजा।

मद्रास में उनकी यात्रा के प्रबंधक उन्हें तत्काल अमरीका भेजने पर तुले हुए थे; और दूसरी ओर स्वामी का मन अपनी माता के जीवन और स्वास्थ्य को लेकर चिंतित था। माता के विषय में पक्का समाचार पाए बिना वे किसी भी प्रकार अमरीका जाने को प्रस्तुत नही थे। कैसे संन्यासी थे वे?

मन्मथ बाबू, स्वामी की मानसिक स्थिति से परिचित थे। स्वामी ऐसे नहीं जाएंगे। न वे अपनी आध्यात्मिक शक्ति का प्रयोग करेंगे, न वे पत्र लिखेंगे। वे जगदंबा के आदेश की प्रतीक्षा करेंगे।

गोविन्द चेट्टी नगर से कुछ दूर रहता था। माना जाता था कि उसने अपनी तपस्या के बल पर कुछ रहस्यमय शक्तियां प्राप्त कर ली थीं। वह मनुष्य का भूत और भविष्य पढ़ लेता था।

मन्मथ बाबू के निवेदन पर अपने संशयों से मुक्ति पाने के लिए स्वामी गोविन्द चेट्टी से मिलने के लिए तैयार हो गए।

मन्मथ बाबू, अलासिंगा, एक और शिष्य और स्वामी ने कुछ यात्रा रेल से और कुछ पैदल की। वे गोविन्द चेट्टी के पास पहुंचे। एक भयानक कंकाल-सा मनुष्य उनके सामने था। वह श्मशान के निकट बैठा हुआ था। उसके शिष्यों ने बताया कि गोविन्द चेट्टी की शक्तियां भूतों को पूरी तरह बस में किए हुए हैं।

वे लोग चेट्टी के निकट जाकर बैठ गए। गोविन्द चेट्टी ने उनकी ओर तनिक भी ध्यान नहीं दिया। जैसे वे वहां हों ही नहीं। वह अपने किसी कर्मकांड में लगा रहा। स्वामी बैठे बैठे उक्ता गए। उनका व्याकुल मन कुछ और अशांत हो उठा था। बोले, "चलो। यहां कोई समाधान नहीं है। हम व्यर्थ ही इस चक्कर में पड़े हैं।"

मन्मथ बाबू भी कुछ शंकालु हो उठे थे। आवश्यक तो नहीं कि जो कुछ चेट्टी के विषय में कहा जाता है, वह सत्य ही हो। हो भी तो क्या, वह उनकी सहायता करना चाहे,

तभी तो कुछ होगा।

"उठो।" मन्मथ बाबू ने अलासिंगा को संकेत किया।

अलासिंगा भी उठकर खड़े हो गए। वे विदा होने लगे तो चेट्टी ने कुछ कहा।

स्वामी ने अलासिंगा की ओर देखा। अलासिंगा दोभाषिए का कार्य कर रहे थे।

"रुकने के लिए कह रहा है।" अलासिंगा ने बताया।

चेट्टी ने पेंसिल से कुछ आकृतियां बनाईं और उसके पश्चात् उस पर अपना ध्यान केंद्रित करने की प्रक्रिया में सर्वथा स्थिर हो गया–स्तब्ध, स्पंदनहीन, जैसे मनुष्य न हो, प्रस्तर की प्रतिमा हो। उसके पश्चात् उसने धीरे धीरे बोलना आरंभ किया।

"नरेन्द्र...नरेन्द्रनाथ दत्त है तुम्हारा नाम। विश्वनाथ दत्त के पुत्र हो–माता का नाम भुवनेश्वरी देवी है..." और उसके पश्चात् जैसे वह उनकी पूरी वंशावली ही बोल गया।

अलासिंगा अनुवाद करते जा रहे थे।

स्वामी चुपचाप उसकी ओर देखते रहे।

"स्वामी रामकृष्णदेव तुम्हारी रक्षा कर रहे हैं। तुम्हारे इन सारे परिभ्रमण में वे तुम्हारे साथ रहे हैं। छाया के समान। छाया के समान तुम्हारे साथ लगे रहे हैं।"

"मेरी मां!" स्वामी ने कुछ आतुरता से कहा, "मेरी मां का क्या समाचार है?"

अलासिंगा ने प्रश्न दुहरा दिया और उसका उत्तर सुनकर कहा, "स्वामी जी! वे कह रहे हैं, आपकी माता जी पूर्णतः स्वस्थ और प्रसन्न हैं। उन्हें किसी प्रकार का कोई मानसिक और शारीरिक कष्ट नहीं है। भरमा रही हैं। प्रेतात्माएं भरमा रही हैं। वे धर्म का प्रसार रोकना चाहती हैं।"

और सहसा चेट्टी पर जैसे कोई दौरा पड़ गया। उसने अपने उन्माद में कुछ कहा।

स्वामी ने अलासिंगा की ओर देखा।

"वे कह रहे हैं कि बहुत शीघ्र ही आपको बहुत दूर के, सात समुद्र पार के देशों की यात्रा करनी पड़ेगी–धर्म के प्रचार के लिए।"

स्वामी स्तब्ध रह गए। श्मशान की सीमा पर बैठे इस चेट्टी के मुख से मां किस रूप में अपनी इच्छा प्रकट कर रही है। अपना यह आदेश सुनाने के लिए ही क्या मां ने उन्हें इतनी दूर बुलाया था?

स्वामी मद्रास लौट आए। तब तक कलकत्ता से तार भी आ चुका था कि उनकी माता स्वस्थ और सानन्द हैं। किंतु अब इस तार का कोई विशेष महत्व नहीं था। वे तो साक्षात जगदंबा का आदेश सुन कर आए थे। उनका मन पूर्णतः शांत था। फिर भी... चेट्टी की सूचना सूक्ष्म मार्ग से आई थी और यह सूचना स्थूल भौतिक माध्यमों से। इससे पहली सूचना के सत्य की पुष्टि हो गई थी।

स्वामी कर्नल ऑलकॉट से मिलने, थियोसोफिकल सोसायटी के कार्यालय में गए।

कर्नल ने उनका स्वागत किया, "मेरा सौभाग्य स्वामी सच्चिदानन्द कि आप हमारे कार्यालय में आए।"

स्वामी ने उनकी ओर देखा, "मैं अपने एक स्वार्थ से आया हूं।"

"आप जैसे संन्यासी का क्या स्वार्थ हो सकता है।" वे हंसे।

"मैं आपसे अमरीका के कुछ लोगों के नाम परिचयपत्र चाहता हूं, ताकि यदि आवश्यकता हो तो मुझे अमरीका में सहायता मिल सके।"

"क्यों नहीं। क्यों नहीं।" कर्नल ऑलकॉट ने कहा, "उसके लिए आवश्यक है कि आप हमारी संस्था के सदस्य हों। फिर हम संसार में कहीं भी आपकी सहायता के लिए प्रस्तुत हैं।"

स्वामी कुछ नहीं बोले।

"आप हमारी सोसयटी की सदस्यता स्वीकार करेंगे?"

"नहीं।" स्वामी ने कहा, "मैं आपकी सदस्यता कैसे ग्रहण कर सकता हूं। मैं आपके अनेक सिद्धांतों पर विश्वास नहीं करता।"

"मुझे खेद है कि ऐसी स्थिति में मैं आपके लिए कुछ नहीं कर सकता। हमारी सहायता अपने सदस्यों के लिए है, अपने विरोधियों के लिए नहीं।"

'एक निर्धन, अज्ञात संन्यासी–अमरीका जा रहा है, सात समुद्र पार बिना किसी परिचय और बिना किसी मित्र और सहायक के। और मानवता का यह पुजारी धर्मांतरण का खेल खेल रहा है। यह भी किसी चर्च के पादरी से कम तो नहीं। स्वामी सोच रहे थे।

स्वामी को विदा कर कर्नल ऑलकॉट तत्काल अमरीका में अपने मित्रों को पत्र लिखने बैठ गया। वह उनको चेतावनी दे रहा था कि वे लोग भारत से आने वाले एक संन्यासी स्वामी सच्चिदानन्द से सावधान रहें। उसे किसी प्रकार की कोई सहायता न दें। वह उनका विरोधी ही नहीं, भयंकर शत्रु प्रमाणित हो सकता है।

यात्रा के लिए स्वामी की सारी मानसिक तैयारी हो चुकी थी। कर्नल ऑलकॉट का तिरस्कार उनका उत्साह मंद नहीं कर सका था। वे श्रीमां का आशीर्वाद लेकर कलकत्ता से निकले थे। अब देश छोड़ने से पहले उनको श्रीमां का आशीर्वाद लेना ही था।

कलकत्ता जाना संभव नहीं था। वह श्रेयस्कर भी नहीं था। उन्होंने श्रीमां को पत्र लिख कर आशीर्वाद मांगा; किंतु यह भी लिख दिया कि वे उनकी योजना अभी किसी पर प्रकट न करें।

श्रीमां को अपने सर्वाधिक प्रिय पुत्र नरेन का पत्र मिला। कितने महीने बीत गए थे। कहीं से नरेन का कोई समाचार नहीं आया था।

श्रीमां की आंखों में सामने उनका वह दिव्य स्वप्न घूम गया–ठाकुर के देहांत के

पश्चात् उन्होंने देखा था–श्रीरामकृष्णदेव का सूक्ष्म शरीर अपने प्रिय शिष्य नरेन के शरीर में समा गया था। भविष्य में वे अपने इस सर्वप्रिय प्रियदर्शी शिष्य के माध्यम से ही काम करने वाले थे।

किंतु पत्र पढ़कर श्रीमां के प्राण जैसे उनके नखों में समा गए। वे अपने इस प्रिय पुत्र को सात समुद्र पार कैसे भेज दें। वे अपने पुत्र को दंडकवन जाने से भी कठोर आज्ञा कैसे दे सकती हैं। किंतु वे यह भी जानती थीं कि ठाकुर की यही इच्छा थी। नरेन के शरीर में जैसे ठाकुर ही विदेश जा रहे थे। वे कहा करते थे कि दूर देश में भी उनके कुछ शिष्य हैं, जिनकी भाषा वे नहीं समझते। वे अपने मातृत्व को नरेन के लिए बंधन नहीं बनने देंगी। मां का दुर्बल हृदय तो पुत्र को कभी अपने से दूर होने ही नहीं देगा किंतु ठाकुर की इच्छा। वे ठाकुर की इच्छा के मार्ग का अवरोधक नहीं बनेंगी।

श्रीमां ने स्वामी को आशीर्वाद भेजा। अपना ध्यान रखने को भी कहा। अपना समाचार भेजते रहने का निर्देश दिया और लिखा–मैंने अपनी आंखों से देखा है कि ठाकुर का सूक्ष्म शरीर तम में समा गया है। ठाकुर ने यह इसीलिए दिखाया होगा कि मैं तुम्हारे विषय में अधिक चिंता न करूं। किंतु चिंता तो मुझे करनी ही होगी। मां अपने पुत्र के विषय में चिंता किए बिना कैसे रह सकती है।

स्वामी ने पत्र पढ़ा। वे आनन्द से नाच उठे और खूब खूब रोए। अपने आवेग को संभालने के लिए, वे पहले तो अपने कमरे में जाकर बंद हो गए और वह भी पर्याप्त नहीं लगा तो निकल कर सागरतट पर चले गए।

"समय आ गया है।" उन्होंने अपने आप से कहा, "मां की यही इच्छा है।"

सागरतट से लौटे तो जैसे कोई ज्योति उनके चेहरे को आलोकित किए हुए थी।

उनके शिष्य उनका प्रवचन सुनने के लिए एकत्रित हो चुके थे।

"हां! अब मुझे पश्चिम के लिए प्रस्थान करना होगा। पश्चिम की ओर। मैं प्रस्तुत हूं। तत्पर हूं। जगदंबा ने अपनी इच्छा का संकेत कर दिया है, उसे प्रकट कर दिया है, लिख कर आज्ञा भेज दी है। किसी को कोई संशय नहीं रहना चाहिए। अब हमें पूरी गंभीरता से तैयारी में जुट जाना चाहिए। यहां मत बैठो, जाओ काम करो।"

164

"मुंशी जी! हम से बड़ा प्रमाद हुआ है।"

मुंशी जी चकित खड़े रह गए।

"हमने अपने गुरु को खेतड़ी से विदा कर फिर उनकी सुध ही नहीं ली ."

"इसमें महाराज का क्या दोष है। एक परिव्राजक का अता पता कोई कैसे रख सकता है।"

"स्वामी जी ऐसे परिव्राजक नहीं हैं, जिनका ठौर ठिकाना ढूंड़ना कठिन हो। जिस नगर में जाते हैं, वहां आध्यात्मिक भूचाल आ जाता है। वहां के सारे समाचारपत्र उनके समाचारों से अटे पड़े होते हैं। हमने ही अपना सूत्र तोड़ लिया था।" राजा रुके, "और

कितनी लज्जा की बात है कि अजितसिंह का गुरु अपनी विदेश यात्रा के लिए वहां मद्रास में बैठा साधारण जन से धन एकत्रित कर रहा हो। मेरा धन फिर किस काम का है?"

"तो महाराज की क्या आज्ञा है?"

"आप आज ही मद्रास चले जाइए। वे किसी मन्मथनाथ भट्टाचार्य के घर पर ठहरे हुए हैं। उनको ढूंडना कठिन नहीं होगा। उनके पैर पकड़ कर यहां ले आइए।"

"यदि वे अमरीका के लिए प्रस्थान कर चुके हुए तो?"

"उनके भाई के पत्र से तो ऐसा नहीं लगता।" अजितसिंह बोले, "वे जा चुके हुए, तो हम कुछ नहीं कर सकते। या तो उत्सव नहीं होगा, या फिर फीका होगा। किंतु यदि वे अभी नहीं गए हैं, तो उन्हें ले आइए।"

"वे आने को सहमत न हुए तो?"

जगमोहनलाल ने देखा कि उनकी ओर उठी हुई अजितसिंह की आंखों में रोष था, "तो आपकी योग्यता किस दिन के लिए है। उनके चरण पकड़कर ले आइए। चाहे वे एक ही दिन के लिए आएं किंतु अमरीका जाने से पहले राजकुमार को आशीर्वाद देते जाएं। और...।"

जगमोहनलाल चुपचाप उनकी ओर देखते रहे।

"और उनसे कहिएगा, उनको अमरीका भेजने के व्यय का सारा दायित्व मेरा है। यह खेतड़ी का अधिकार है। वे हमें हमारे अधिकार से वंचित करने की कठोरता न बरतें।"

मद्रास पहुंच कर मुंशी जी को मन्मथ बाबू का मकान खोजने के लिए थोड़ा परिश्रम करना पड़ा। किंतु इतना तो वे समझ ही गए कि किसी भी पढ़े लिखे व्यक्ति से अंग्रेज़ी बोलने वाले विद्वान् बंगाली संन्यासी के विषय में पूछा जाए तो वह कुछ न कुछ बता ही देता है।

मुंशी जी ने कपाट खटखटाए।

नौकर ने द्वार खोला, "क्या है?"

"स्वामी जी हैं?" मुंशी जी ने पूछा।

"नहीं है।"

मुंशी जी के प्राण सूख गए। अभी यह कह देगा कि वे अमरीका चले गए हैं, तो वे क्या करेंगे...राजा जी का तो दिल ही बैठ जाएगा। पुत्र जन्म के उत्सव बेरंग और बेढब हो जाएंगे।

"कहां गए हैं?" मुंशी जी ने साहस कर पूछा।

"समुद्र पर।" नौकर ने कहा।

मुंशी जी को लगा कि उनकी धमनियों में रक्त जम गया है। आखिर वही हुआ, जिसका भय था। वे समुद्र पर चले गए हैं। समुद्र पर...समुद्र पार...

अब मुंशी जी समुद्र की यात्रा पर गए हुए जलपोत को लौटा तो नहीं सकते थे। क्या करें वे? और महाराज को क्या उत्तर दें? खेतड़ी में सब लोग आस लगाए बैठे होंगे...

मुंशी जी अपनी व्याकुलता में टहलने लगे।

"तुम कौन है? कोथाय से आया है?" नौकर ने पूछा।

मुंशी जी क्या कहते। कौन है...कहां से आए हैं...क्या करने आए हैं...

उनकी दृष्टि पास वाली कोठरी पर पड़ी। खिड़की खुली थी और उसमें से खूंटी पर टंगे भगवे वस्त्र दिखाई पड़ रहे थे।

मुंशी जी चौंके, "ये वस्त्र किसके हैं?"

"शामी जी का है।"

"तुम तो कह रहे थे कि स्वामी जी समुद्र पर गए हैं?"

"हां! गिया तो है। तो क्या सारा कापोड़ा लेकर जाएगा।"

तभी मकान के सामने एक गाड़ी आ कर रुकी। मुंशी जी ने देखा : उसमें से स्वामी जी उतर रहे थे। उनके साथ दो एक लोग और भी थे। मुंशी जी की जान में जान आई। स्वामी अभी गए नहीं थे। शायद सागरतट पर गए थे। टहलने के लिए अथवा तैरने के लिए...

मुंशी जी ने आगे बढ़ कर स्वामी जी के चरण पकड़ लिए।

स्वामी ने कुछ आश्चर्य से देखा, "अरे मुंशी जी! आप कहां से आ गए? अकस्मात्!"

"सीधा खेतड़ी से आ रहा हूं महाराज!"

"खेतड़ी में सब कुशल तो है न?"

"आपकी कृपा है।" मुंशी जी बोले, "भगवान की कृपा और आपके आशीर्वाद से खेतड़ी के युवराज जयसिंह ने जन्म लिया है। महाराज अजितसिंह तब से आपके दर्शनों के लिए व्याकुल हैं। वे अपने गुरु की अनुपस्थिति में पुत्रजन्म के आनन्द का अनुभव भी नहीं कर पा रहे। मैं आपको राजकुमार के जन्मोत्सव के लिए, खेतड़ी ले चलने के लिए आया हूं महाराज!"

स्वामी ने उनकी ओर देखा, "आइए, भीतर आइए।"

स्वामी अपने आसन पर बैठ गए। मुंशी जी को भी बैठने का संकेत किया।

"राजा अजितसिंह मेरे अभिन्न मित्र हैं। उनके इस सुख से मैं अप्रभावित कैसे रह सकता हूं" स्वामी बोले, "किंतु 31 मई को मैंने अमरीका जाने का निश्चय किया है। उसी के लिए प्रबंध में लगा हूं।"

मुंशी जी स्वामी की ओर देखते रहे।

"ऐसी दशा में खेतड़ी कैसे जा सकता हूं। अब समय ही कहां है।" स्वामी बोले, "आप मेरी बात समझ रहे हैं न?"

मुंशी जैसे रो पड़े, "अधिक नहीं तो एक दिन के लिए आप पधारिए। आपका चलना आवश्यक है। राजा जी ने आग्रहपूर्वक निवेदन किया है। इस अवसर पर आपके न जाने से राजा जी के मन को बहुत कष्ट होगा।"

"मैं राजा अजितसिंह को तनिक भी कष्ट देने को पाप समझता हूं।" स्वामी बोले, "किंतु मैं यह सारा काम अधूरा छोड़कर तो नहीं जा सकता।"

"आप विदेश जाने के प्रबंध की तनिक भी चिंता न करें। राजा जी सारा प्रबंध कर देंगे। बस आप एक बार खेतड़ी पधारें।" मुंशी जी ने कहा, "महाराज इस बात से दुखी हैं कि उनके गुरु के विदेश जाने का व्यय कहीं और से आ रहा है। यह उनका अधिकार है। उनका अधिकार उनसे क्यों छीना जा रहा है?"

स्वामी को मुंशी जी के इस वाक्य में जैसे एक नया प्रकाश दिखाई दिया : क्या जगदंबा चाहती हैं कि उनकी यह यात्रा भी अजितसिंह के पवित्र धन से हो? अब उन्हें समझ में आ रहा था कि जगदंबा ने उन्हें क्यों मैसूर और रामनाड के राजा और हैदराबाद के रईसों का धन लेने की अनुमति नहीं दी। यह धन तो राजा अजितसिंह के कोश से ही आना था। और वे मान रहे थे कि वे राजपूताना को बहुत पीछे छोड़ आए हैं।

"मन्मथ बाबू! मुझे खेतड़ी जाना ही होगा।" स्वामी के स्वर में उनका संकल्प बोल रहा था।

मद्रास से खेतड़ी की इस लंबी यात्रा में उनका पहला पड़ाव बंबई था।

"बंबई में ठहरने की क्या व्यवस्था होगी मुंशी जी?"

"जैसी आप चाहेंगे। कोई बंगला किराए पर ले लें। या किसी होटल में जा टिकें।"

"नहीं! मैं पंडित महामहोपाध्याय राजाराम शास्त्री बोडस के घर ठहरूंगा। आठ महीने पूर्व उनके साथ शास्त्र अध्ययन कर चुका हूं। वहां मैं आराम से रहूंगा।" स्वामी बोले, "किंतु उनके पास शायद आपको सुविधा न लगे। राजपुरुष हैं न!"

मुंशी जी समझ रहे थे : स्वामी उन्हें संकेत कर रहे थे कि शायद पंडित जी के घर में उतना स्थान न हो अथवा वहां सुविधा न हो।

"यदि आप वहां सुविधा से हों, तो आप हमारी चिंता न करें।" मुंशी जी ने कहा, "पर यहां कितने दिन टिकना है? वहां राजा जी आपकी प्रतीक्षा कर रहे होंगे।"

"मुंशी जी! यात्रा थका भी देती है। बस कुछ विश्राम कर लूं। अपने कुछ मित्रों से मिल लूं। और कंपनी के कार्यालय में जाकर अमरीका के लिए अपना टिकट आरक्षित कर लूं।"

"किंतु राजा...।" मुंशी जी कुछ कहते-कहते रुक गए, "मैं अभी इतना धन लेकर नहीं आया कि टिकट खरीदा जा सके।"

"कोई बात नहीं। मद्रास के मेरे शिष्यों ने जो धनराशि एकत्रित कर मुझे दी है, उससे अमरीका का टिकट खरीदा जा सकता है।"

मुंशी जी उन्हें रोकना चाहते थे; किंतु कुछ सोच कर चुप रह गए।

मुंशी जी ने स्वामी जी के पधारने की सूचना राजा को दी।

रात के नौ बज हे थे। सारा महल दीपावली से जगमगा रहा था। चारों ओर उत्सव चल रहे थे और नगर सजा हुआ था। गीत और संगीत अपने यौवन पर थे। स्वामी की गाड़ी को आते देख, सैनिकों ने अपने शस्त्रों से सलामी दी।

राजा अपने राजसी बजरे में थे, जो हीरों, फूलों, मालाओं और पाम के पौधों से सजाया गया था।

राजा ने आसन छोड़ दिया और अपने गुरु के सम्मुख लेटकर साष्टांग प्रणाम किया। स्वामी ने राजा को आशीर्वाद दिया और उनको हाथ से पकड़कर खड़ा किया। सारे उपस्थित मुसाहिब और अतिथि खड़े हो गए और उन्होंने स्वामी को प्रणाम किया।

राजा स्वामी को उनके आसन की ओर ले गए और गायकों ने स्वागत का गीत गाया।

मुंशी जगमोहनलाल ने दो रुपए स्वामी की नज़र किए और राजा ने चांदी के पच्चीस रुपए भेंट किए। राजा ने अपने अतिथियों को स्वामी का परिचय दिया और बताया कि स्वामी जी के ही आशीर्वाद से उनके घर राजकुमार का जन्म हुआ है। नवजात शिशु को बड़े समारोह से स्वामी के सम्मुख लाया गया, ताकि स्वामी उसे आशीर्वाद दे सकें। आशीर्वाद के पश्चात् राजकुमार को वापस प्रासाद में भेज दिया गया।

स्वामी ने द्रष्टा भाव अपना लिया था। राजा के मुसाहिब अपने आनन्द के लिए बैठे थे; और स्वामी राजा के सुख के लिए। रात को दस बजे नावें रोक दी गईं। वे लोग उतर कर तालाब से बाहर आए।

राजा ने अब स्वामी जी से गण्यमान्य अतिथियों, राजाओं और सरदारों का परिचय करवाया। स्वामी जी द्वारा सनातन धर्म के सिद्धांतों को प्रतिपादित करने के लिए पश्चिम की यात्रा की योजना की सूचना दी। वे सब स्वामी के चारों ओर घिर आए। एक प्रकार से पंक्तिबद्ध होकर उन्होंने स्वामी को प्रणाम किया और उनका आशीर्वाद लिया।

राजा स्वयं, नवलगढ़ के बैरीसाल जी,कुंवर नारायणसिंह जी, जगमोहनलाल और स्वामी जी को हाथियों पर बैठा कर बाग में लाए। उद्यान में अन्य लोगों को विदा कर स्वामी के साथ स्वयं छवि निवास में आ विराजे। राजा के पास कहने को बहुत कुछ था और उन्हें स्वामी से पूछना भी बहुत कुछ था। बातों का कोई अंत नहीं था, राजा परम प्रसन्न थे।

21 अप्रैल 1893 से 10 मई 1893 तक–तीन सप्ताह हर्षोल्लास के साथ व्यतीत हो गए। स्वामी के जाने का समय निकट आ रहा था। 9 नई 1893 को स्वामी जी को जनानी ड्योढ़ी में लाया गया। उन्होंने राजकुमार को सच्चरित्र होने का आर्शीवाद दिया।

महारानी और उपस्थित महिलाओं ने स्वामी जी को प्रणाम कर आशीर्वाद प्राप्त

किया।

अजितसिंह ने स्वामी की विदाई से पहले, डाक दरबार बुलाया।

"विदाई के इन क्षणों में हमें कुछ कहने दें महाराज!" राजा ने कहा, "जो व्यक्ति सत्य के वास्तविक रूप को जानता है, उसके लिए आपका यह नाम–विविदिषानन्द–हमें बहुत अटपटा लगता है। कठिन भी है। बिना टीकाकार की सहायता से साधारण लोगों को इसका अर्थ समझ में नहीं आ सकता। उच्चारण करना भी सरल नहीं है। इसे क्यों ढो रहे हैं?"

स्वामी मुस्कराए, "मैं जिज्ञासु हूं। ज्ञानपिपासु हूं। विविदिषा का यही अर्थ है–जिज्ञासा, ज्ञान पिपासा। इसे कैसे छोड़ दूं? उससे तो मेरा चरित्र ही बदल जाएगा।"

"हम शिष्यों को विश्वास है कि आपका विविदिषाकाल समाप्त हो चुका है।" राजा बहुत आत्मविश्वास से बोले, "आप उसे बहुत पीछे छोड़ आए हैं।"

"तो आपके विचार से मेरा नाम क्या होना चाहिए?"

"आपको पूर्ण ज्ञान प्राप्त हो चुका है, इसलिए हम आपके अनुयायी बनना चाहते हैं। हमारे विश्वास को आप बना रहने दीजिए। हमारी दृष्टि में आप विवेक की पराकाष्ठा तक पहुंच चुके हैं। हम आपको विवेकानन्द कहना चाहते हैं। हमारी प्रार्थना स्वीकार कीजिए। हमें कह लेने दीजिए।"

"जैसी आपकी इच्छा राजन्!" स्वामी ने सहज ही स्वीकार कर लिया। किंतु राजा को जैसे पूर्ण संतोष नहीं हुआ, "एक निवेदन और है।"

"क्या?"

"अब से आप अपना परिचय इसी नाम से देंगे और इसे परिवर्तित नहीं करेंगे।"

"नहीं करूंगा; किंतु जो लोग मुझे नित्यानन्द, सच्चिदानन्द, चिन्मयानन्द अथवा विविदिषानन्द के नाम से जानते हैं, उन सबको कैसे सूचित करूंगा कि मैंने अपना नया नामकरण किया है।" स्वामी बोले, "और मेरे गुरु भाई! वे तो मुझे नरेन्द्र नाम से ही जानते हैं, या फिर नरेन्द्र बाबा!"

"हम अपना इतिहास नहीं बदल सकते; किंतु अपना नया भविष्य तो आरंभ कर ही सकते हैं।"

"ठीक है राजन्! आपकी इच्छा पूरी होगी।"

राजा प्रातः ही उठ गए। स्वामी को आज विदा होना था। वे स्वामी के साथ उद्यान में पधारे। वहां से स्वामी पींजस में बैठकर खेतड़ी से रवाना हुए। जयपुर तक अजितसिंह स्वयं साथ गए। स्वामी को विदा करने के लिए विपुल धन देकर, मार्गव्यय और आवश्यक सामान की यथेष्ट व्यवस्था करने के लिए, अजितसिंह ने जगमोहन लाल को साथ बंबई भेजा।

अजितसिंह के लिए स्वामी को स्वयं से विलग करना कठिन था और विशेषकर तब,

जब वे जानते थे कि स्वामी एक दीर्घ काल के लिए, उनसे बहुत दूर जा रहे हैं। स्वामी को विदा कर, राजा भारी मन से खेतड़ी लौटे।

स्वामी 18 को बंबई पहुंचे। खेतड़ी से ही मद्रास सूचना भेज दी थी कि वे मद्रास से नहीं, 31 मई को बंबई से प्रस्थान कर रहे हैं। स्वामी बंबई स्टेशन पर उतरे तो अलासिंगा उनका स्वागत करने के लिए वहां उपस्थित थे।

अलासिंगा ने स्वामी के चरण छुए और उठकर खड़े हुए तो उनकी आंखों में अश्रु थे।

"क्या हुआ चिंगा? तुम बहुत विह्वल लग रहे हो।"

"स्वामी जी मैं मद्रास से आपके लिए एक बहुत दुखद समाचार लाया हूं।"

"क्या हुआ?"

"बाला जी के पुत्र का निधन हो गया है।"

"भगवान उसकी आत्मा को शांति दें।" स्वामी बोले, "इस अवस्था में पुत्र शोक।"

"आप भी वहां नहीं थे। उसे सांत्वना कौन देता और कैसे देता।" अलासिंगा बोले, "मेरा तो कुछ कहने का साहस ही नहीं हो रहा था। बड़ी कठिनाई से उसका सामना कर सका।"

"मैं उसे पत्र लिखूंगा।"

दीवान जी हरिदास बिहारीदास देसाई जानते थे कि इस बार स्वामी के साथ अनेक लोग होंगे। कुछ लोग उन्हें विदा करने भी आएंगे। उन्होंने उनके ठहरने की व्यवस्था अपने एक व्यापारी मित्र के घर कर दी थी। किंतु उन व्यापारी महोदय का पत्र खेतड़ी में ही मिल गया था कि स्वामी जी अकेले होते तो और बात थी। वे इतने लोगों के ठहरने का प्रबंध नहीं कर पाएंगे।

"तो कहां रुकना है स्वामी जी?" जगमोहन ने स्वामी की ओर देखा, "उन व्यापारी ने तो पहले ही मना कर दिया है।"

"चिंता क्या है मुंशी जी!" स्वामी हंसे, "ठहरना तो हमें वहां है, जहां मां ने हमारा ठिकाना बनाया है। यह स्थान तो दीवान जी साहब ने चुना था। मां नहीं चाहतीं कि हम वहां ठहरें। कोई कारण होगा। दीवान जी साहब मां की व्यवस्था में हस्तक्षेप करने का प्रयत्न कर रहे थे। अतः अपने मन की कर नहीं पाए।"

अंततः मुंशी जी ने अपना प्रबंध कौशल दिखाया। उन्होंने अलासिंगा सहित स्वामी को बंबई में हवादार और खुले स्थान पर ठहराने का प्रबंध कर दिया। यह ध्यान भी रखा कि कुछ और लोग स्वामी से मिलने आएं तो स्थान का अभाव न हो।

मुंशी जगमोहनलाल को अकेले जाकर सारी खरीदारी करना उचित नहीं जंचा। वे चाहते थे कि स्वामी जी साथ चलकर अपनी पसंद की चीज़ें खरीद लें। और स्वामी थे कि

मानते थे कि उनके पास उनकी आवश्यकता की चीज़ें पहले से ही पर्याप्त मात्रा में विद्यमान हैं।

मुंशी जी उन्हें बाजार ले आए। स्वामी देखते रहे और मुंशी जी उनके लिए आवश्यक सामग्री एकत्रित करते रहे।

कपड़े की दुकान पर मुंशी जी ने कहा, "कोई अच्छा सा रेशमी वस्त्र दिखाइए, महाराजाओं के पहनने योग्य।"

"किस प्रयोजन के लिए?" दुकानदार ने पूछा।

"स्वामी जी का अलखला बनेगा। अलखला समझते हैं–चोगा। उसी वस्त्र की पगड़ी होगी–साफा।"

"मुंशी जी! आप एक संन्यासी के लिए वस्त्र खरीद रहे हैं या राजा अजितसिंह के लिए?" स्वामी ने टोका।

"मैं उस संन्यासी के लिए वस्त्र खरीद रहा हूं, जो राजाओं के गुरु हैं।" मुंशी जी बोले, "आप सनातन धर्म के प्रतिनिधि ही नहीं, खेतड़ी महाराज के गुरु होकर धर्म संसद में जा रहे हैं। इसके बिना शोभा नहीं होगी। और मैं अपने राजा का सम्मान कम नहीं होने दूंगा।"

"तो?"

"गुरु को अपने शिष्य से भी उत्तम वस्त्र पहनने चाहिएं। आप अपना मान सम्मान न मानें; किंतु खेतड़ी के महाराज का सम्मान तो होना चाहिए।" जगमोहन बोले।

वहां से बाहर निकल कर मुंशी जी टॉमस कुक एंड कंपनी के कार्यालय में घुस गए।

"यहां क्या काम है?"

"आपके लिए टिकट खरीदनी है।" मुंशी जी बोले, "वैसे भी यह कंपनी अमरीका में आपसे संपर्क रखेगी। डाक इत्यादि का प्रबंध देखेगी। आपको धन की आवश्यकता हो तो इस कंपनी के माध्यम से भेजा जा सकता है।"

"पर टिकट तो मैं खरीद चुका हूं।"

"वह साधारण श्रेणी का है।" जगमोहन ने उत्तर दिया, "महाराज ने कहा है कि आपको प्रथम श्रेणी में यात्रा करनी है।"

"संन्यासी प्रथम श्रेणी में...।"

"खेतड़ी के महाराज के गुरु प्रथम श्रेणी से नीचे नहीं चलते।"

"स्वामी जी! आप अमरीका जा रहे हैं, वहां समय का बहुत महत्व है।" अलासिंगा ने कहा, "आपके पास एक घड़ी भी होनी चाहिए।"

"ठीक है। एक खरीद दो।" स्वामी ने सहज भाव से कहा।

"आपके पास कुछ परिचय कार्ड भी होने चाहिएं।"

"ठीक है। एक सौ छपवा लो।"

"कार्ड पर क्या नाम लिखूं–सच्चिदानन्द?"

जगमोहनलाल के कान खड़े हो गए।

स्वामी ने मुंशी जी की ओर देखा और मुस्कराए, "नहीं! विवेकानन्द लिखो।"

"आपने फिर से नाम बदल लिया?" अलासिंगा चकित थे।

"नहीं! अपने वचन का निर्वाह कर रहा हूं।"

स्वामी जी यात्रा में कम से कम सामान रखना चाहते थे। इतने अधिक सामान की देखभाल करना भी उनके लिए एक समस्या थी।

31 मई 1893 को स्वामी जी को जलयान में बैठाने के लिए मुंशी जगमोहनलाल, अलासिंगा पेरुमल, तथा बंबई के कुछ अन्य लोग, बंदरगाह पर गए। ओरियेंट कंपनी के पेनिनशुला जहाज़ से स्वामी बंबई से अमरीका के लिए रवाना हुए।

स्वामी के मुखमंडल पर एक अलग ही भाव झलक रहा था। अनमने से स्वामी जलपोत के चौबारे पर टहल रहे थे। उनके मन में कभी भारत और कभी अमरीका का चित्र झलकने लगता था। कभी धीरे-धीरे टहलते और कभी स्थिर खड़े हो जाते। परंतु वे किसी से बात नहीं कर रहे थे।

स्वामी के एक नवीन शिष्य ने कहा, "महाराज! आप परदेश में हिंदू धर्म पर बोलने जा रहे हैं। साथ कुछ ग्रंथ इत्यादि भी ले जा रहे हैं क्या? नहीं ले जा रहे तो कम से कम यह तो लेते ही जाइए। काम आएगा।"

उसने स्वामी की ओर एक पुस्तक बढ़ा दी। स्वामी ने देखा : वह मध्वाचार्य का 'सर्वदर्शन संग्रह' ग्रंथ था।

स्वामी के मुख से धाराप्रवाह श्लोक प्रवाहित होने लगे। शिष्य ने मिलान किया, वे सारे उसी ग्रंथ में से थे।

"इतना पर्याप्त है या सारा ग्रंथ सुनाऊं?"

शिष्य अवाक् खड़ा रह गया। उसके पास न कुछ कहने को था, न कोई और ग्रंथ देने का साहस।

स्वामी जी जंगले का का सहारा लिए, जलपोत के चौबारे पर खड़े थे। मातृभूमि क्षिप्रवेग से उनसे दूर होती जा रही थी। उस समय कितनी ही कल्पनाएं, उनके मानस पटल से होकर गुज़र रही थीं। ठाकुर, श्रीमां और वराहनगर मठ में रहने वाले तथा वन-पर्वतों में तपस्यारत अपने गुरुभाइयों की स्मृतियां जैसे उनकी आत्मा से लिपटी हुई थीं। उन्तीस वर्षों की अवस्था का वह युवक अपने साथ असंख्य स्मृतियों का बोझ लिए भारत भूमि से विदा हो रहा था। अपने महान् पूर्वजों की परंपरा और उनका उत्तराधिकार, गुरुदेव का आशीर्वाद, हिंदू शास्त्रों का ज्ञान, पश्चिम का ज्ञान विज्ञान, अपनी आध्यात्मिक अनुभूतियां, भारत के अतीत का गौरव, उसका वर्तमान पतन और भावी गौरव का आभास, तेज धूप में खेतों में श्रमरत करोड़ों भारतवासियों की आशा–आकांक्षाएं, पुराणों की भक्तिपूर्ण कथाएं, बौद्ध दर्शन की दार्शनिक उड़ानें, वेदांत का इंद्रियातीत सत्य, भारतीय दर्शन की

सूक्ष्मता, संत कवियों के प्राणस्पर्शी भजन, अजंता-एलोरा के प्रस्तर शिल्प तथा मूर्तिकला, राजपूत और मराठा योद्धाओं की वीरगाथाएं, आलवार भक्तों के स्तोत्र, उत्तुंग हिमालय की तुषारमंडित गिरि श्रृंखलाएं, गंगा की कलकल ध्वनि, इन सबने मिलकर स्वामी के मन पर भारतमाता का चित्र अंकित कर दिया था। स्वामी सोच रहे थे–धर्म संसद में भारतमाता का प्रतिनिधित्व करने के लिए मां के पास विवेकानन्द से अधिक योग्य कोई पुत्र नहीं था क्या?

165

श्रीमां के रहने का प्रबंध बेलुड़ ग्राम में ठीक गंगातट पर नीलांबर मुखोपाध्याय के मकान में किया गया था।

प्रातः त्रिगुणातीतानन्द श्रीमां की पूजा के लिए हरसिंगार के पुष्प लेकर पहुंचे।

"पुत्र! लगता है कि अब साधारण पूजा से काम नहीं चलेगा। पंचतपा करना ही होगा। पर वह होता क्या है, मैं नहीं जानती।"

पंचतपा का नाम सुनकर ही त्रिगुणातीतानन्द जैसे हतप्रभ रह गए। अपने प्राणों का सारा साहस संचित कर बोले, "मां! जब आप जानती ही नहीं कि वह है क्या, तब आप पंचतपा क्यों करना चाहती हैं?"

"पहले हम किसी वस्तु को जानते हैं और तब उसकी आवश्यकता पड़ती है पुत्र! या पहले आवश्यकता पड़ती है, तब हम उसे खोज निकालते हैं?"

"ठीक है मां! मैं शारदानन्द महाराज से इसकी चर्चा करता हूं।"

त्रिगुणातीतानन्द चले गए। श्रीमां पूजा में लग गईं।

योगीन मां आई तो श्रीमां ने उनसे भी से पूछा, "यह पंचतपा क्या होता है योगीन?"

"क्यों पूछ रही हो मां?"

"बहुत टाल लिया, किंतु लगता है अब पंचतपा बिना निर्वाह नहीं है।" श्रीमां ने निश्चयात्मक स्वर में कहा।

योगीन उत्सुकता भरी दृष्टि से उन्हें देखती रहीं। फिर पूछा, "क्यों निर्वाह नहीं है?"

"ठाकुर के देहमुक्त होने के पश्चात् मेरे मन में तीव्र वैराग्य उत्पन्न हुआ था। सामने आए कार्यों को मैं कर्तव्य भाव से कर तो अवश्य लेती थीं, किंतु मन में निरंतर गूंजता रहता था कि जब ऐसे अनोखे महापुरुष ही चले गए तो मेरे रहने की क्या सार्थकता है। मुझे कुछ भी अच्छा नहीं लगता था। किसी से बात करने अथवा मिलने की इच्छा नहीं होती थी। किसी का मुख भी नहीं देखना चाहती थी। मैं मुंह ढांपे चुपचाप पड़ी रहती थी। जड़वत् हो गई थी।"

"इसी को तो वैराग्य कहते हैं मां!"

"संसार से वैराग्य हो तो प्रभु के प्रति अनुराग होता है।" श्रीमां बोली, "पर मेरा मन तो जैसे उचाट ही हो गया था–मृत शिला-सा। उन्हीं दिनों मुझे प्रायः एक दर्शन होता था–दाढ़ी-मूंछ वाले एक संन्यासी मुझे पंचतपा करने के लिए कहा करते थे।"

"दाढ़ी-मूंछ वाले संन्यासी!" योगीन चकित थीं।

"मैं पहले तो इसके प्रति उदासीन रही; किंतु संन्यासी बार-बार हठ करते रहे। उनका वह आग्रह मेरे लिए न मान्य था, न त्याज्य। यह द्वंद्व मेरे लिए और भी कष्टकारक हो गया। तब ठाकुर के शिष्य–मेरे ये पुत्र–मुझे इस जड़ता से मुक्ति दिलाने के लिए तीर्थयात्रा कराने ले गए थे। हम लोग जब काशी में थे तो एक नेपाली साध्वी प्रायः मेरे पास आया करती थीं। वे विविध अनुष्ठानों से अभिज्ञ थीं। एक दिन उन्होंने मुझसे कहा, 'माई पंचतपा करो।' "

"वह भी?"

"साध्वी की बात से मेरा चिंतन दूसरी ओर मुड़ा। मैंने सोचा, बाहर यदि दुःसह आग जलाई जाए तो भीतर की ज्वाला बुझ भी सकती है; अथवा कम से कम उसका कष्ट कम हो सकता है। यह बोध भी होने लगा था कि मेरे इस शरीर की रक्षा का भी कोई प्रयोजन है। मेरे कानों में ठाकुर के ये शब्द ध्वनित होते रहते थे, 'तुम मर नहीं पाओगी। तुम्हें जीवित रहना होगा।' "

"ठीक ही तो कहते थे ठाकुर। आप भी निकट नहीं होंगी, तो आपके इन सारे बच्चों का क्या होगा।" योगीन ने कहा।

"मैं भी ठाकुर की इच्छा के विरुद्ध कहां कुछ करना चाहती थी।" श्रीमां ने कहा, "उन्हीं दिनों मुझे कुछ और दिव्य दर्शन हुए। मैंने कामारपुकुर में अपनी खुली आंखों से देखा कि एक ग्यारह बारह वर्ष की बालिका मेरे साथ-साथ डोलती फिर रही है। कभी आगे, कभी पीछे और कभी साथ-साथ। उसके बाल रूखे, वस्त्र गैरिक और गले में रुद्राक्ष की माला थी।"

"आपने पूछा नहीं कि वह कौन है?"

"पूछती किससे? वह कोई और लगती तो उससे पूछती। ऐसा लगता था कि मेरे मन का कोई अंग जैसे मेरे शरीर से बाहर निकल कर मेरे सामने खड़ा हो गया है। वह बालिका मुझसे कुछ कहती नहीं थी। बस मेरे सामने आ-आकर मुझे कुछ स्मरण कराती रहती थी।" श्रीमां ने कहा, "मैं जितना उसकी ओर मुखर होती थी, उसका मौन और भी सुदृढ़ होता जाता था। वह रूक्ष और शुष्क थी। मैं बहुत देर में समझ पाई कि वह मेरा आंतरिक वैराग्य था, जो उस बालिका के रूप में मूर्तिमंत हो उठा था।"

"तो अब क्या हुआ मां?"

"वह गैरिकधारिणी रूक्ष कन्या मुझे सोने नहीं देती है।" मां बोली, "मैं सोती हूं तो वह आकर मेरे साथ लेट जाती है। अब पंचतपा किए बिना नहीं चलेगा।" मां चुप तो हो गईं; किंतु जैसे एक वाक्य और कहने से स्वयं को रोक नहीं पाईं, "मेरा वह पुत्र भी जाने कहां तप रहा होगा।"

"कौन? नरेन?"

"हां!"

"ठीक है मां! तपना ही है, तो हम सब तपें।" योगीन ने कहा, "मैं भी आपके साथ पंचतपा करूंगी।"

श्रीमां और योगीन–दोनों के लिए पंचतपा अनुष्ठान की व्यवस्था की गई। छत के ऊपर मिट्टी डालकर, चारों ओर पांच-पांच हाथ की दूरी पर उपलों की आग जलाई गई। अग्नि का घेरा काफी बड़ा था। तेज लपटें उठ रही थीं। उधर आकाश पर ग्रीष्म ऋतु का प्रचंड मार्तण्ड अपने पूरे वेग से तप रहा था। श्रीमां जब गंगा स्नान कर के आईं, तब उन पांचों अग्नियों का भीषण दृश्य देखकर उनके मन में संशय जागा।

"यह व्रतानुष्ठान संभव होगा योगीन?"

योगीन ने साहस बढ़ाते हुए कहा, "मां! प्रवेश करो। भय किस बात का है?"

श्रीमां ने ठाकुर का स्मरण कर उस अग्नि के ठीक बीच आसन जमा लिया और ठाकुर के नाम का जाप करने लगीं। योगीन भी पास ही बैठ गईं। पंचाग्नियों के बीच प्रविष्ट हो, श्रीमां ने अनुभव किया कि जैसे अग्नि तापहीन हो गई है। वह अग्नि उनको डरा ही रही थी, तपा नहीं रही थी। तो क्या यह उनके संकल्प और मनोबल की परीक्षा थी?

प्रातः का सूर्य मध्याह्न में सिर पर आ गया; और अपना प्रचंड ताप ढाल, अपना क्रूरतम रूप दिखाकर संध्या के समय विदा हो गया। तब मां अपनी सहचरी के साथ उठ आईं।

उनके अनेक शिष्य एकत्रित थे। चिंता से उनके चेहरे मुरझाए हुए थे। उन्होंने दिन भर वहां उपस्थित रह कर श्रीमां को इस प्रकार तपते देखा था। अब तो उन्हें निश्चित हो जाना चाहिए था। श्रीमां अग्नि के घेरे से बाहर निकल आई थीं। वे स्वस्थ थीं, सुरक्षित थीं।

श्रीमां ने अपना हाथ उठाकर उन्हें आशीर्वाद दिया, "सुखी रहो पुत्रो! ठाकुर में तुम्हारी भक्ति बनी रहे। मेरे लिए चिंता करने की आवश्यकता नहीं है।"

"आप बहुत दुर्बल लग रही हैं।" त्रिगुणातीतानन्द ने कहा, "कहीं आप अस्वस्थ ही न हो जाएं।"

"पंचाग्नि ताप ने थका भर दिया है, वैसे स्वस्थ हूं।"

एक दिन के तपने से उनका आत्मबल कुछ बढ़ा ही था। अब तक जो अज्ञात था, वह अब ज्ञात हो गया था। यह ताप तो कुछ भी नहीं था। श्रीमां उससे कहीं अधिक ताप सह सकती थीं।

सात दिनों तक श्रीमां की तपस्या चलती रही। तपस्या पूरी कर जैसें उन्होंने पहली बार अपने रूप की ओर ध्यान दिया। सारे शरीर की त्वचा झुलसकर काली पड़ गई थी। किंतु मन की अग्नि का ताप शांत हो गया था और प्रकाश कुछ बढ़ गया था। मन की सर्वथा बंध्या भूमि में जैसे जीवन की कुछ कोंपलें उग आई थीं। उन्होंने अनेक बार अपने

चारों ओर उस रूक्ष गैरिकवस्त्रा बालिका को ढूंढ़ा। वह अब उनके आस पास कहीं नहीं थी। क्या वह उनके भीतर समा गई थी?

"मां! आपको तपस्या की क्या आवश्यकता है? साक्षात जगदंबा भी तपस्या करेंगी क्या?"

"पार्वती ने भी शिव के लिए तपस्या की थी। मैंने भी यह सब किया-अपने लिये, अपनों के लिए।"

"पर आपको यह सब करने की क्या आवश्यकता है? आपके इतने शिष्य हैं..."

"पुत्र! तुम सबके लिए ही किया। लड़के क्या इतना कर सकेंगे। इसी से मुझे करना पड़ता है।" श्रीमां ने उत्तर दिया, "मेरे सारे पुत्र तप रहे हैं। उन सबके कष्ट को कुछ कम करने के लिए यह सब किया।"

166

मंगलवार, 25 जुलाई 1893 को सात बजे सायं, जलपोत कनाडा के जलपत्तन वैंकुअर पहुंचा। उस समय वैंकुअर, 1886 में जल गए नगर के ध्वंसावशेष पर बना हुआ, टूटा फूटा, जर्जर नगर था।

स्वामी और छबीलदास लल्लू भाई भंसाली–अपने सामान सहित डेक पर खड़े थे।

"लीजिए स्वामी जी! आपको कष्ट तो बहुत हुआ; किंतु अब वैंकुअर आ गया है। आशा है आपके कष्ट समाप्त हो जांगे।" लल्लू भाई बोले।

स्वामी हंसे, "संन्यासी को क्या सुविधा और क्या असुविधा। क्या कष्ट और क्या सुख आराम।"

"नहीं। शीत ने आपको बहुत परेशान किया। कप्तान ने ऊनी वस्त्रों से सहायता न की होती..."

"हां! कप्तान भला आदमी है। भगवान उस पर अपनी कृपा बनाएं रखें। संन्यासी को यह सब सहन करना चाहिए।" स्वामी बोले, "मुझे शीत से उतना कष्ट नहीं हुआ, जितना ईश्वर के प्रतिबिंब–इन जीवों के प्रति हो रहे, भेदभाव को देखकर।"

स्वामी की दृष्टि सामने से गुज़रने वाले फटे हाल काले मजदूरों की एक टोली पर टिकी हुई थी।

"कैसा भेदभाव स्वामी जी?"

"बहुत भेदभाव है मनुष्यों में। भेद से असहिष्णुता जन्मी है और असहिष्णुता से धर्मांधता।"

"क्या कह रहे हैं आप?" लल्लू भाई ने चौंक कर कहा।

"जलपोत पर भी सत्ता, धर्म और जाति के आधार पर मनुष्यों को विभाजित देखा।" स्वामी बोले, "स्वयं को श्रेष्ठ मानना। दूसरों को कष्ट देना, उन्हें अपमानित करना। लगता है अहंकार ने मानवता को निगल लिया है।"

लल्लू भाई भी अपने सामने से गुजरते लोगों को देख रहे थे। कोई बहुत धनी था, कोई एकदम फटेहाल। प्रायः गोरे लोग संपन्न वेश में थे और काले, मजदूरों के रूप में।

"संसार में भेद-भाव तो सदा ही रहा है स्वामी जी! जो अधिक पैसे की टिकट खरीदेगा, वह सुख से यात्री करेगा और...वैसे भी शासक लोग दासों से..."

"इस संसार के आगे भी एक यात्रा है।" स्वामी स्वप्निल से स्वर में बोले, "उसके लिए अच्छी टिकट की चिंता नहीं है किसी को। दास और स्वामी... !" वे हल्के से हंसे, "अपने स्वामी को पहचानते नहीं, इसलिए स्वयं को दूसरों का स्वामी समझ बैठे हैं। अपने अहंकार में ईश्वर के जीव को पीड़ित कर हम स्वयं ईश्वर का ही अपमान कर रहे हैं। शिव! शिव!!"

लल्लू भाई को स्वामी की बात का कोई उत्तर नहीं सूझ रहा था। वैसे भी उन्हें यहां से निकलने की जल्दी थी, "आइए चलें।"

" जलपत्तन में बेहद भीड़भाड़ और हलचल थी। लोगों की भीड़ की भीड़ जलपोत से उतरती थी उनकी अगवानी करने आए लोगों का उत्साह और कोलाहल बढ़ जाता था। स्वामी अपने सामान सहित, खोए से, एक ओर खड़े हो गए थे। लल्लू भाई कुछ सूचनाएं लेने चले गए थे। स्वामी को अपना यह सारा सामान जी का जंजाल लग रहा था। संन्यासी को क्या लेना इस सारे सामान से? किंतु जगमोहन और स्वामी के अन्य शिष्यों ने उनकी एक नहीं मानी। कहने को वे सारे शिष्य थे; किंतु अंत तक अपनी मनमानी ही करते रहे।

"एटलांटिक एक्प्रेस तो छूट चुकी है स्वामी जी!" लल्लू भाई ने आकर बताया, "और कोई गाड़ी इस समय जाती नहीं। अब प्रातः ही कुछ मिलेगा।"

"तो?"

"चलिए, सामान उठवाते हैं और रात काटने का कोई प्रबंध करते हैं।"

रात काटने के लिए एक कोठरी का प्रबंध लल्लू भाई ने कर लिया था। प्रातः उन्हें अपने गंतव्य तक जाने के लिए रेलगाड़ी मिल गई। यह कैनेडियन पैसेफिक की गाड़ी थी और स्वामी के कहने पर लल्ल भाई ने उसकी ऑब्जर्वेशन कार का टिकट लिया था, ताकि वे मार्ग में उसकी ऊपर की मंज़िल से शीशे की खिड़कियों में से सारी दृश्यावली देख सकें। गाड़ी सुविधाजनक थी; किंतु दक्षिण पश्चिम कनाडा में से होकर गुजर रही थी। पहाड़ों पर बर्फ जमी हुई थी। स्वामी को अपने सूती कपड़ों में कुछ कुछ ठंड लग रही थी।

"सावन में ऐसा शीत।"

"स्वामी जी! आपके पास ऊनी कपड़े हैं न?" लल्लू भाई कुछ चिंतित दीखे।

"जगमोहन ने भी नहीं सोचा था कि इस ऋतु में ऊनी कपड़ों की आवश्यकता होगी।" स्वामी हंसे, "और दुनिया भर का भूगोल पढ़ कर मेरे ध्यान में भी नहीं आया कि यहां यह स्थिति होगी।"

कैथरीन सैनबोर्न भी उसी गाड़ी में यात्रा कर रही थी। उसके लिए विराट पर्वतों की हिमाच्छादित चोटियां, घाटियां, खड्ड, पर्वतों के फट जाने से बनी कंदराएं, विराट ग्लेश्यर भी बहुत आकर्षक थे; किंतु विश्व भर से आए यात्रियों के उस जनसागर में भी उसकी रुचि कम नहीं थी। वे सब शिकागो जा रहे थे। भारत के पारसी, कैंटन के लखपति व्यापारी, न्यूज़ीलैंड से आए यायावर, पुर्तगाली और स्पेनी व्यापारियों की सुंदर फिलिपिनो पत्नियां, जापानी संभ्रांत पुरुष, उनकी सुसंस्कृत पत्नियां, कॉलेजों में पढ़ने वाले उनके पुत्र –राजसी ढंग से पले और ज्ञानी...

उसकी उन सबमें रुचि थी, अतः वह अपने स्थान पर बैठने के स्थान पर उन सब के पास जा-जाकर, उनसे परिचय बढ़ा रही थी, उनसे बातें कर रही थी। वे सब उसको अपने घरों में आमंत्रित कर रहे थे। कैथरीन जानती थी कि उसका अपना घर उनके प्रासादों और अट्टालिकाओं के समान नहीं था। अपने घर के विषय में उसे कोई भ्रम भी नहीं था; किंतु वह निःसंकोच अपने उस देहाती घर की प्रशंसा कर रही थी। वह उन सबको अपना परिचय कार्ड दे रही थी, जिस पर उसका स्थायी पता लिखा था–मैटकाफ मास। वह बॉस्टन और उसके आसपास के जाने माने विद्वान् और धनी लोगों की चर्चा भी कर रही थी, जो प्रायः उससे मिलने आया करते थे। उसका अपने सहयात्रियों को खुला निमंत्रण था, जो कोई भी उसके घर आना चाहे...उसका द्वार उन सब के लिए खुला था। वहां उनका हार्दिक स्वागत होगा। उस भीड़ में कैथरीन की दृष्टि उस भारतीय संन्यासी पर भी पड़ी –पौरुष की भव्य प्रतिमूर्ति। लंबा ऊंचा, सांवला और आकर्षक–जैसे इतालवी अभिनेता साल्विनी, ऑथेलो के रूप में उसके सामने आ खड़ा हुआ हो। उसकी चाल कैसी राजसी थी, जैसे कोई सिंह उन्मुक्त रूप से वन में विचरण कर रहा हो। उसकी आंखें कैसी काली और स्नेहमयी थीं। बातों में रुचि लेने पर उन्हीं आंखों में कैसे दीपक जल उठते थे। उसकी पगड़ी कई गज़ लंबे पीले कपड़े की थी। भगवा चोगा, जो कुछ गुलाबी कमरबंद से बांधा गया था। पतलून नसवारी भूरी थी। गहरे चाकलेटी, लगभग काले जूते।

कैथरीन को लगा कि संन्यासी उससे भी अच्छी अंग्रेज़ी बोल रहा है। और वह प्राचीन और समकालीन अंग्रेज़ी साहित्य से परिचित था। वह सहज रूप से शेक्सपियर, लौंगफैलो, टैनिसन, डार्विन, मूलर और टिंडल की उक्तियां उद्धृत कर रहा था। बाइबल के पृष्ट ऐसे बोल रहा था, जैसे सारा बाइबल उसे कंठस्थ हो। सारे पंथों का ज्ञान था उसे और उनके विषय में पर्याप्त सहिष्णु भी था। वह व्यक्ति नहीं, स्वयं शिक्षा, प्रकाश या ज्ञान का प्रकटीकरण था।

विदा होते हुए, कैथरीन संन्यासी को नहीं भूली। बोलो, "यदि कभी किसी संयोग से आप मेरे घर आ जाएं तो मैं आपको कुछ विद्वान् और सुसंस्कृत लोगों से मिलाना चाहूंगी।"

अट्ठाईस जुलाई को विनीपेग और फिर सेंटपाल रेलवे स्टेशन पर गाड़ी बदल, वे लोग

रविवार, 30 जुलाई को शिकागो पहुंचे। रात के गयारह बज चुके थे। स्टेशन पर बहुत गहमागहमी थी। चारों ओर कुलियों की छीनझपट ही नहीं, उनकी जबर्दस्ती भी दिखाई पड़ रही थी। पास से गुजरते लोग स्वामी की वेशभूषा को आश्चर्य से देख रहे थे। कुछ मुंह बना रहे थे।

"परे हट निगर! अब ये काले लोग भी हमारे लिए रास्ता नहीं छोड़ते।" एक व्यक्ति मुखर ढंग से घृणा दर्शाता हुआ अपने मार्ग चला गया।

स्वामी आश्चर्य से उसे देखते ही रह गए, "शिव! शिव!"

कुछ कुली जर्मन बोल रहे थे। स्वामी उनकी भाषा नहीं समझते थे और न ही वे लोग स्वामी की बात समझ पा रहे थे। लल्लू भाई तटस्थ भाव से खड़े थे।

"इनका क्या करना है?" स्वामी ने पूछा।

"हमें क्या करना है।" लल्लू भाई बोले, "अभी किसी अच्छे होटल का कोई एजेंट आ जाएगा, तो सब ठीक हो जाएगा।"

...और होटल का एक एजेंट आया।

"आइए! मैं आपको ले चलता हूं। कब तक स्टेशन पर इन कुलियों से कुश्ती करते रहेंगे।" उसने अपना रेटकार्ड निकाल कर लल्लू भाई को दे दिया था।

स्वामी ने लल्लू भाई की ओर देखा।

"कुछ महंगा है।"

स्वामी ने सहमति में अपना सिर हिला दिया।

लल्लू भाई ने हामी भर दी। एजेंट ने संकेत किया। उसके साथियों ने सामान संभाल लिया।

एक व्यक्ति ने स्वामी का दंड उठाया, "इसका क्या करना है?"

स्वामी ने दंड स्वयं पकड़ लिया।

"यह होटल कुछ महंगा है स्वामी जी!" लल्लू भाई ने कहा।

"इस अपरिचित नगर में यही सुरक्षित है।" स्वामी बोले, "कल वर्ल्ड कोलंबियन एक्सपोज़ीशन के कार्यालय में चलेंगे। प्रतिनिधियों के रहने इत्यादि की व्यवस्था वे कर ही देंगे। रात भर की ही तो बात है।"

"कर दें, तो ही अच्छा है। नहीं तो..." लल्लू भाई ने अपना वाक्य अधूरा ही छोड़ दिया।

167

वर्ल्ड कोलंबियन एक्ज़पोजीशन एक विराट प्रदर्शनी थी। चारों ओर भाप और बिजली की चमत्कारी चीजें प्रदर्शित हो रही थीं। संभ्रमित से स्वामी उन सबके बीच में से गुजर रहे थे। वे अकेले ही थे। लल्लू भाई अपने व्यापार के संदर्भ में आए थे। उनके हजार काम थे। वे स्वामी को घूमने का समय देकर स्वयं कहीं निकल गए थे।

स्वामी पूछताछ के कार्यालय में पहुंचे।

काउंटर पर बैठे व्यक्ति ने स्वामी की विचित्र वेशभूषा को कुछ विस्मय से देखा और एक कुर्सी की ओर संकेत कर उन्हें बैठने को कहा।

"कहिए।"

"मैं धर्मसंसद में भाग लेने के लिए भारत से आया हूं।"

"धर्मसंसद तो ग्यारह सितंबर से आरंभ होगी।" उस व्यक्ति ने कहा।

स्वामी ने आश्चर्य से उसकी ओर देखा, "उसमें तो अभी छह सप्ताह हैं।"

"हैं तो।"

"पर इस एक्सपोजीशन को आरंभ हुए तो तीन महीने हो चुके हैं।"

"तो? इससे धर्मसंसद के आरंभ होने का क्या संबंध? धर्मसंसद, एक्सपोजीशन का अंग है, एक्सपोजीशन तो धर्मसंसद का अंग नहीं।"

"यहां शिकागो में मेरे पास अपने रहने की कोई व्यवस्था नहीं है।"

"तो सोच-समझकर आना चाहिए न। यह कोई धर्मशाला तो है नहीं।" वह कुछ रुका, "आप प्रतिनिधि हैं?"

स्वामी ने स्वीकार में सिर हिला दिया।

"आपका पंजीकरण हो चुका है?" उस व्यक्ति ने अपने सामने रखा रजिस्टर उठा लिया, "क्या नाम है आपका?"

"पंजीकरण? नहीं तो। क्या करना है उसके लिए?"

"तो पंजीकरण भी नहीं हुआ। सोए हुए थे क्या अब तक? परिचय और संस्तुतिपत्र कहां हैं?"

"कैसा परिचयपत्र?" स्वामी चकित थे।

"किस संस्था के प्रतिनिधि हैं आप? कोई प्रत्ययपत्र नहीं लाए?" उस व्यक्ति ने कहा।

"मैं वेदांत के विषय में चर्चा करने आया हूं। वेदांत, जो मानव मात्र की समानता का सिद्धांत है।"

"चर्चा तो तब करोगे, जब हम करने देंगे। स्वीकृत प्रतिनिधियों के सिवाय वहां कोई बोल नहीं पाएगा।"

"मैं संसार के प्राचीनतम धर्म के अनुयायी हिंदुओं का प्रतिनिधि हूं।"

"ऐसी कोई संस्था हमारी मान्य सूची में नहीं है। वैसे संसद में श्रोता के रूप में बैठना हो तो बात और है। टिकट लेकर भी बैठ सकोगे।"

"यदि मैं ऐसा कोई प्रत्ययपत्र भारत से मंगवा लूं तो?"

उस व्यक्ति ने थोड़ी देर तक चुपचाप उनकी ओर देखा और बोला, "पूछकर आता हूं।"

वह व्यक्ति अपने पीछे के मेज पर बैठे अपने अधिकारी के पास चला गया। स्वामी

उसकी ओर देखते रहे। वह उनकी ओर संकेत कर कुछ कह रहा था। अधिकारी भी चकित भाव से उनकी ओर देखता रहा; और फिर विद्रूप से हंस पड़ा।

वह व्यक्ति लौटा, "खेद है कि प्रतिनिधियों के पंजीकरण का समय समाप्त हो चुका है। अब प्रत्ययपत्र लाने पर भी कुछ नहीं हो सकता।"

स्वामी क्या करते। एक निराश दृष्टि उसपर डाल कर लौट पड़े। मां की यही इच्छा है।

वह व्यक्ति और उसका अधिकारी अपने-अपने स्थानों से उन्हें जाते देखते रहे। वे बाहर निकल गए तो अधिकारी सामने काऊंटर पर आ गया, "न समय का पता किया, न पंजीकरण कराया और आधी दुनिया की यात्रा कर चला आया।"

"काले लोगों की बुद्धि।"

168

सायंकाल का समय था। अपनी सारी असफलता और निराशा भूल कर, स्वामी उस भीड़भाड़ में जा रहे थे। आए तो वे धर्म संसद के लिए थे; किंतु प्रदर्शिनी में भी उनकी रुचि कम नहीं थी।

भारतीय राजाओं की वेशभूषा में एक व्यक्ति को देख वे रुक गए। स्वामी ने इधर उधर देखा, अपने अनुमान की पुष्टि कैसे करें? निकट ही भारतीय रंगरूप का एक व्यक्ति –लांग वाली धोती बांधे हुए–हाथ में कागजों का पुलिन्दा लिए कुछ बेच रहा था।

"प्रणाम स्वामी जी!"

"कल्याण हो।" स्वामी बोले, "आप मुझे पहचानते हैं?"

"इस वेश को कोई भी भारतीय सुविधा से पहचानता है।"

"वे कौन हैं?"

उस व्यक्ति ने प्रकट विरक्ति से उस ओर देखा, "कपूरथला के राजा हैं। यहां आकर भारत की जनता का धन निर्दयता से लुटा रहे हैं।"

महाराजा ने दो भारतीयों को हिंदी बोलते सुनकर उनकी ओर देखा।

"कल्याण हो महाराज!" स्वामी ने कहा।

"ओह! भारत के संन्यासी!" राजा ने कहा, "क्या करने आए हैं महाराज यहां–धन कमाने अथवा छुट्टियां बिताने?"

राजा ने प्रश्न अवश्य पूछा था किंतु उसका उत्तर सुनने के लिए वे नहीं रुके। अपने मुख पर एक वक्र-सी मुस्कान लेकर आगे बढ़ गए।

"देखा आपने। कैसे मुंह फेर कर चल दिए। ये लोग अपने देशवासियों को पहचानना भी नहीं चाहते।"

"आप कहां से आए हैं?" स्वामी ने पूछा।

"महाराष्ट्र से।" वह बोला, "ब्राह्मण हूं।"

निर्धन था, पढ़ा-लिखा भी विशेष नहीं लगता था; किंतु ब्राह्मणत्व का गर्व था।

"यहां कोई काम करते हैं?"

"कलाकार हूं। अपने नाखून से कागज पर चित्र बनाता हूं और उसे इस मेले में बेचता हूं।"

"आपका परिचय?"

स्वामी ने घूम कर देखा, पांच छः लोगों को झुंड था। कुछ कैमरे थे। तो ये पत्रकार होंगे।

"आप?" स्वामी ने पूछ ही लिया।

"हम पत्रकार हैं। मेले के समाचार लेने आए हैं।"

"मैं भारत से आया एक संन्यासी हूं। संन्यासी समझते हैं आप?"

"समझते हैं।" प्रश्नकर्ता ने कहा, "क्या करने आए हैं?"

"धर्मसंसद में भाग लेने का आकांक्षी हूं।"

"आप कपूरथला के महाराजा को जानते हैं? यहां उन्हें बहुत महत्व दिया जा रहा है। कुछ लोग तो उन्हें आसमान पर चढ़ा रहे हैं।"

स्वामी समझ गए कि पत्रकार की रुचि उनमें या भारत में नहीं, कपूरथला के महाराजा में है।

"नहीं! मेरा उनसे कोई परिचय नहीं है।"

"वह इनसे बात करेगा तो ये उसे जानेंगे।" महाराष्ट्रीय ब्राह्मण बीच में कूद पड़ा, "वह तो भाग खड़ा हुआ। कुलीनों के सामने वह कैसे खड़ा होगा।"

"वे कुलीन नहीं हैं?" पत्रकार ने पूछा।

"नहीं। यह आदमी बड़ी नीच जाति का है।" महाराष्ट्रीय ब्राह्मण बोला।

"पर वह राजा है।"

ब्राह्मण उत्तेजित हो उठा, "क्या होता है राजा? अंग्रेज़ों के जूते चाटने से कोई राजा हो जाता है। राजा तो तब होता है, जब उसका राज्य हो। उसके पास अधिकार हो। वह प्रजा का पालन करता हो।"

"तो इनके साथ वैसा नहीं है?"

"ये!" ब्राह्मण घृणा से बोला, "ये अंग्रेज़ों के दास हैं। उनके जूठे पत्तल चाटते हैं। उनकी दया पर जीते हैं, उनकी कृपा से मरते हैं। करने को कुछ है नहीं। भोगी हैं, विलासी हैं। इनमें से प्रायः तो अत्यन्त नीच कोटि के दुराचारी हैं।"

"अच्छा! धन्यवाद।"

पत्रकार अपने कागज समेटने लगा और उसका साथी स्वामी और ब्राह्मण के चित्र खींचने में व्यस्त हो गया।

प्रातः स्वामी समाचार पत्र का पहला ही पृष्ठ देखकर चौंक गए। समाचार के साथ बड़ी प्रमुखता से उनका चित्र छपा था। उन्होंने ध्यान से वह पढ़ा। उसे रख कर दूसरा

और तीसरा समाचारपत्र भी देखा।

वे चकित थे : यह सब तो उन्होंने नहीं, उस सनकी ब्राह्मण ने कहा था। इन सत्यवादी संपादकों ने, उसे उनके नाम से छाप दिया और कॉलम के कॉलम रंग डाले। उनकी प्रशंसा के पुल बांधकर, उनके मुखसे ऐसी-ऐसी कल्पित बातें कहलवा डालीं, जो उन्होंने कभी स्वप्न में भी नहीं सोची थीं। पत्रकार का काम सत्य का प्रसारण है। मसाला बेचना नहीं। इनका क्या विश्वास करे कोई। ऐसी मुरम्मत की है कि शिकागो के संभ्रात समाज में राजा मुंह नहीं दिखा सकेंगे। अपना पत्र बेचने के लिए मेरे ही देशवासी को ऐसी चोट पहुंचाई। बेचारे महाराजा!

स्वामी मेज पर रखे नोट और सिक्कों को ध्यान से देख रहे थे। उन्होंने निराशा में सिर हिलाया। कपाट खटके और लल्लू भाई ने कमरे में प्रवेश किया।

"तो क्या सोचा है स्वामीजी?" लल्लू भाई ने कहा, "मुझे तो यह नगर बहुत महंगा लग रहा है।"

"जानता हूं। पैसे खर्च होते जा रहे हैं और धर्मसंसद आरंभ होने में अभी एक मास और है।"

"मैं बॉस्टन जा रहा हूं। वह शिकागो से बहुत सस्ता नगर है।" लल्लू भाई बोले, "मैं वहां से आगे चला जाऊंगा। आप चाहें तो यह एक महीना वहीं बिता लें। कुछ पैसों की बचत तो अवश्य होगी।"

"शायद आप ठीक कह रहे हैं।" स्वामी ने कहा।

169

स्वामी और लल्लू भाई बॉस्टन जाने वाली गाड़ी के एक डिब्बे में आत्मलीन से बैठे कुछ सोच रहे थे। लल्लू भाई को अपने काम के अतिरिक्त स्वामी की भी चिंता थी। स्वामी न अमरीका से परिचित थे, न पैसे के संसार से। जिस प्रकार वे खर्च करते थे, या कहें कि जिस प्रकार लोग उनसे पैसे ठग कर ले जाते थे, उससे उनका धन बहुत जल्दी समाप्त हो जाएगा। तब?

एक हट्टा-कट्टा किंतु जाहिल सा दिखने वाला व्यक्ति स्वामी के निकट से निकला। उसने स्वामी को विचित्र दृष्टि से देखा। वह स्वामी का उपहास-सा करता हुआ हंसा। अपने इस उपहास को छुपाने का उसने तनिक भी प्रयन नहीं किया। लल्लू भाई की आंखों में कुछ विरोध उभरा।

वह व्यक्ति बिफर गया, "घूरता क्या है बे। एक चूंसे में बत्तीसी बाहर आ जाएगी।"

उसने घूम कर अपने साथियों की ओर देखा, जैसे उनसे अपने कृत्य की प्रशंसा चाह रहा हो। दूसरा व्यक्ति भी स्वामी को देखकर, दुष्टता से मुस्कराया। लल्लू भाई और स्वामी से कोई विरोध न पाकर, वह निराश-सा आगे बढ़ गया।

पहला हटा तो दूसरा आ गया। स्वामी ने उसकी ओर देखा। वह उनकी पगड़ी पकड़ कर खींचने का प्रयत्न कर रहा था। स्वामी ने अपनी पगड़ी बचाने का प्रयत्न किया।

उस व्यक्ति ने अपने गंदे दांत दिखाए, "पूंछ है? पूंछ है तेरी? तू बंदर है?" वह निर्लज्जता से हंसता हआ आगे निकल गया।

कैथरीन सैनबोर्न अपने घर लौटकर शायद अपनी घुमक्कड़ी को थकान से ही अस्वस्थ हो गई थी। बिमारी से उठी ही थी कि पैंतालीस शब्दों का एक तार प्राप्त हुआ। सूचना थी कि आब्ज़र्वेशन कार का उसका परिचित भारतीय संन्यासी बॉस्टन के क्विंसी हाउस में ठहरा था और उसके संदेश की प्रतीक्षा कर रहा था।

उसे स्मरण हो आया कि उसने संन्यासी को कहा था कि यदि वह स्वयं को एकाकी अनुभव करे, या उसे सहायता की आवश्यकता पड़े तो कैथर्रीन के घर के द्वार उसके लिए सदा खुले थे। वह उनका पूरा सत्कार करेगी। उन्हें हावर्ड के प्रोफेसरों, कॉनकार्ड के दार्शनिकों, न्यूयार्क के पूंजीपतियों, समाज की प्रतिष्ठित महिलाओं और प्रतिभाशाली लेखकों और वक्ताओं से मिलाएगी। यह मध्य अगस्त था। विश्वविद्यालय में अवकाश था। कोई महत्वपूर्ण व्यक्ति नगर में नहीं था। सब छुट्टियां मनाने गए हुए थे। तो उस विद्वान् पंडित को वह कहां व्यस्त रखेगी। कैथरीन सचमुच पगला गई थी। फिर भी साहस कर तार भेजा, "आपका तार मिला। आज आ जाएं। 4.20 की गाड़ी से।"

गाड़ी रुकी। कैथरीन ने उन्हें उतरते देखा और आशंका से कांप उठी। जाने उनका रंग रूप और वेश भूषा स्थानीय लोगों पर क्या प्रभाव डाले। किंतु स्वामी का स्वागत स्तब्धता ने किया। लोगों के लिए वे एक अजूबा ही थे। ऑब्जर्वेशन कार में संसार भर के लोगों के बीच वे चाहे राजसी और कुछ पृथक् से लग रहे थे; किंतु गूसविले के इस स्टेशन पर वे विस्मयकारी ही थे। उनका सामान इतना अधिक था कि उसे उतारने के प्रयत्न में गाड़ी अपने अगले स्टेशन पर दस मिनट विलंब से पहुंची। वे अपने साथ एक पूरा पुस्तकालय लेकर आए थे। उन पुस्तकों का बोझ–तौबा–उनका साफा पहले से भी अधिक गुलाबी हो गया था। वे इस स्थान के एकांत और सरलता से प्रभावित हुए किंतु अपनी शालीनता में उन्होंने कुछ कहा नहीं।

मेटकाफ ग्राम में केट का घर–ब्रीज़ी मेडोज़–पुराना-सा भवन था। उसकी आधी छत वाइल नामक बेल से छाई हुई थी। आसपास पाइन, सिल्वर बर्चेस और एल्म के बड़े अड़े वृक्ष थे। एक प्राकृतिक तलैया भी थी, जिस में कुमुदनी खिली हुई थी। दो छोटी कुल्याएं भी आसपास से निकलती थीं, जिनके किनारे फॉरगेट-मी-नॉट से अटे पड़े थे।

केट एक दक्ष गृहिणी के समान स्वामी को चाय पिला रही थी।

"यहां का परिदृश्य बहुत सुंदर है। कब से रह रही हैं आप यहां?"

"मैं मूलतः न्यू हैम्पशायर से हूं। यहां यह उजड़ा-सा फार्म मुझे भा गया। मैंने इसे खरीद कर अब ब्रीज़ी मेडोज़ बना दिया है।"

"करती क्या हैं?"

"घूमती हूं। बातें बनाती हूं। व्याख्यान देती हूं; और कुछ लिखती हूं।" केट हंसीं।

"क्या लिखती हैं?"

"कृषि जीवन के विषय में कुछ साधारण उपन्यास लिखे हैं। यात्रा-वृत्तांत लिखे हैं।" केट ने विषय बदला, "मेरे कुछ अच्छे विद्वान् मित्र हैं। मेरी इच्छा है कि आपको उन सबसे परिचित कराऊं। मेरा चचेरा भाई हैं फ्रैंकलिन बैंजामिन सैनबोर्न। कॉनकॉर्ड में रहता है। विद्वान् व्यक्ति है। वह अमरीका की समाजशास्त्र परिषद् का सचिव है और उसने बहुत सारे दार्शनिकों की जीवनियां लिखी हैं। आप उसे पसंद करेंगे।"

"मुझे आपके मित्रों से मिलकर निश्चित् रूप से प्रसन्नता होगी।"

अगली सुबह स्वामी अपने विचारों में डूबे पोर्च में बैठे थे। या शायद वे अपने सक्रिय मस्तिष्क से सारे विचारों को निष्कासित कर रहे थे, ताकि दिव्य प्रकाश के लिए वहां कोई स्थान बन सके। उनका शरीर एकदम स्थिर था, आंखें शून्य में टिकी हुई थीं। वे समाधि की अवस्था के बहुत निकट थे कि बिल हैंसन पिछवाड़े से वहां आ गया। उसने स्वामी को देखा। उसके मन में कुछ सम्मान जागा और कुछ उसका मनोरंजन हुआ। उसने कैथरीन के कर्मचारी से कहा, "बाप रे! इस बार यह क्या ले आई? और इसे कैसे बनाया गया?"

"आप ही बताइए कि क्या हो सकता है?" कर्मचारी ने पूछा।

"या तो यह आदमकद मोम का पुतला है।"बिल हैंसन ने विचार प्रकट किया, "या फिर यह कंबल का बनाया हुआ बड़ा-सा पुतला है। केट ने इसे बना और रंग कर यहां स्थापित कर दिया है कि आते-जाते लोग इसे देख कर चमत्कृत हों और अपना मनोरंजन करें।

बॉस्टन में सड़क पर से बग्घी पर केट सैनबोर्न और स्वामी जा रहे थे। स्वामी शांत भाव से बैठे थे और केट कुछ उचकी-सी सड़क पर अपने परिचितों को देखकर हाथ हिला रही थी। उसकी आंखों में जैसे किसी उपलब्धि का संतोष था और अधरों पर शरारत भरी मुस्कान। लोग स्वामी को देख कर मुस्करा ही नहीं रहे थे, मुख से विचित्र आवाजें भी निकाल रहे थे।

बग्घी हनेवेल की ओर निकल गईं। पथरीली ग्रामीण सड़क पर एल्म वृक्षों से घिरे हुए पुराने घर थे, पुराने चर्च। मौन गांव। शांत प्रसन्न खेत।

स्वामी के चेहरे पर कोई प्रसन्नता नहीं थी। उन्हें यह सब विचित्र ही नहीं, एक

बोझ-सा लग रहा था, जैसे वे बलात् अपना दमन कर, किसी बाध्यता में यह सब झेल रहे थे।

बॉस्टन के तारघर में स्वामी ने फार्म भरा और क्लर्क की ओर बढ़ाया, "ये पैसे।"

उन्होंने एक नोट उसके सामने रख दिया। क्लर्क ने हिसाब कर अपने पैसे काट शेष लौटा दिए।

"यह तार आज भारत पहुंच जाएगा?"

"यहां से आज चला जाएगा।" क्लर्क बोला, "पहुंचने के विषय में मैं कुछ नहीं जानता। पता नहीं, तुम्हारे देश में तार है भी या नहीं।"

स्वामी बिना कुछ कहे, तारघर से बाहर निकल आए।

वे उदास से चलते जा रहे थे। उन्हें ठंढ लग रही थी। वे अपने ठंढे होते हए हाथों और भुजाओं को रगड़ कर गर्म करने का प्रयत्न कर रहे थे। सहसा पीछे से किसी ने उन्हें धक्का दिया। उन्होंने पलट कर देखा : एक आवारा-सा व्यक्ति खड़ा था। वह बिना किसी संकोच के अपने गंदे दांत दिखा कर हंस रहा था। तभी दूसरा आकर उनके पास खड़ा हो गया। स्वामी को देखा और हंसा। सहसा अपना हाथ बढ़ा कर उसने स्वामी को चिकोटी काटी।

स्वामी समझ गए कि वे लोग उनसे झगड़ा आरंभ करने का बहाना खोज रहे हैं। स्वामी को न उनसे झगड़ा करना था, न लड़ना था। वे चुपचाप मुड़कर कुछ जल्दी-जल्दी चलने लगे। वे दोनों व्यक्ति अपने स्थान पर खड़े हंसते रहे, जैसे उनका अपमान करने का प्रयत्न कर रहे हों।

सहसा स्वामी पलटकर देखा, उनके पीछे आवारा लड़कों और पुरुषों की एक भीड़ सी चल रही थी। वे लोग किसी भी समय उनपर आक्रमण कर सकते थे। स्वामी दौड़ने लगे। भीड़ भी चिल्लाती हुई उनके पीछे दौड़ पड़ी। वे और वेग से भागने लगे। एक दो मोड़ मुड़कर, एक स्थान पर ओट पाकर स्वामी दीवार के पीछे दुबक गए। भीड़ दौड़ती हुई आगे निकल गई।

शोर थमा तो स्वामी बाहर निकले। आकाश की ओर देखा, "शिव शिव।

कैसी परीक्षा ले रहे हो प्रभु?"

अलासिंगा पेरूमल चिंतित आंखों से अपने गुरु के तार को देख रहे थे।

पत्नी ने उनकी चिंता देखी तो बोली, "क्या है? कौन आया था?"

"अमरीका से स्वामी जी का तार आया है। हम लोगों ने बड़ी मूर्खता की। बिना समय और वहां की जलवायु का पूरा पता लगाए, उन्हें अमरीका भेज दिया। वहां के शीत में स्वामी जी ठिठुर रहे हैं। उनके पास न वहां रहने के लिए पैसे हैं, न भारत लौटने के लिए।"

"तो?"

"मैं जा रहा हूं।"

"कहां? अमरीका?"

"पगली हो तुम तो। यहां उनके भक्तों से कहकर कुछ पैसे भिजवाने का प्रबंध करने जा रहा हूं।"

"खेतड़ी के महाराज को क्यों नहीं लिखते?"

"उन्हें भी सूचित करूंगा, किंतु हमें भी तो कुछ करना चाहिए।"

"तुम किसी धन्ना सेठ से कम तो हो नहीं।"

मद्रास में थियोसोफिकल सोसायटी के कार्यालय में बैठे दो व्यक्ति समाचारपत्र पढ़ रहे थे।

कर्नल ऑल्कॉट बाहर से आए तो उनकी बाछें खिली हुई थीं।

"लो सुनो। समाचार आया है कि उस संन्यासी सच्चिदानंद को उसके भक्तोंने सूली पर चढ़ा दिया।"

"जैसे ईसा को यहूदियोंने चढ़ाया था।"

पहला व्यक्ति भी चिहुंक कर बोला, "सच? क्या हुआ?"

"कुछ पूछा न जाना; और भेज दिया उसे अमरीका। धर्मसंसद के आरंभ होने में अभी महीना भर पड़ा है और उसके पास न भोजन के लिए पैसे हैं और न शीत ऋतु के लिए ऊनी कपड़े। ठंड में अकड़ कर मर जाएगा वह शैतान तो। भगवान हमारा भला करें।"

"आपको कैसे सूचना मिली कर्नल?"

"उसका वह शिष्य अलासिंगा गली गली पैसे इकट्ठे करता डोलता फिर रहा है।"

"वैसे बहुत प्रसन्न होने की बात नहीं है। वह वहां किसी धनी महिला को पटा लेगा। तुम नहीं जानते उसे। बहुत सारे गुर हैं उस के पास।" पहले व्यक्ति ने कहा।

कर्नल ऑल्कॉट सहमत नहीं हुए, "अरे छोड़ो। इस समय अमरीका की जो हालत हैं, जानते भी हो। मंदी चल रही है वहां। बैंक बंद हो रहे हैं। व्यापार घाटे में जा रहे हैं। चारों ओर बेकारी फैली हुई है। इस समय उसे कोई घास भी नहीं डालेगा।"

"कोई न डाले घास। उसका क्या है, हाथ में कटोरा लेगा और भिक्षा मांगने चल देगा।"

"भारत नहीं है वह कि कटोरा लेकर भिक्षा मांगने चल देगा।" कर्नल ऑल्कॉट ने कहा, "पकड़ कर जेल में डाल देंगे बच्चू को।"

"सड़क पर सोएगा तो बर्फीली रात की ठंढ से अकड़ कर मर जाएगा और भीख मांगेगा तो जेल में सड़ कर मरेगा।"

वे तीनों परमानन्द की स्थिति में जोर से हंसे।

अलासिंगा मन्मथनाथ भट्टाचार्य के घर पहुंचे।

"क्या बात है पेरुमल! कुछ घबराए हुए लगते हो।"

अलासिंगा ने स्वामी का तार मन्मथ की ओर बढ़ा दिय, "हमने अपने मूर्ख उत्साह के कारण स्वामीजी को बहुत बड़ी कठिनाई में डाल दिया है।"

मन्मथ बाबू ने तार पढ़ा, "ओह! पर हमें धर्मसंसद के आरंभ होने की ठीक-ठीक तिथि ज्ञात क्यों नहीं हुई?"

"कौन बताता?" अलासिंगा ने कहा, 'हिंदू' के संपादक ऐयर धर्मसंसद की परामर्शदाता समिति में थे; किंतु उनको न उसमें सम्मिलित होना था, न किसी को भेजना था। उनसे ही हमने यह उड़ता उड़ता समाचार सुना था। इससे अधिक तो वे भी नहीं जानते थे। यहां से किसी ने पत्रव्यवहार तो किया ही नहीं।"

"पर भारत में किसी को तो ठीक-ठीक सूचना होगी।"

"जो कुछ मुझे अब ज्ञात हुआ है, वह इतना ही है कि धर्मसंसद के प्रबंधकों ने अपने परामर्शदाताओं के रूप में भारत से जिनको चुना, वे हैं कलकत्ता के प्रतापचंद्र मजूमदार। बंबई के बी. बी. नागरकर। ये दोनों ही ब्राह्मसमाजी हैं। स्वयं को हिंदू मानते ही नहीं। तो हमें समाचार कहां से मिलता।"

"यह कौन-सी बुद्धि है कि विश्व भर के धर्मों की संसद हो और उनमें एक भी हिंदू प्रतिनिधि न हो।" मन्मथ बाब बोले।

"वह जो हुआ सो हुआ। अब स्वामीजी को कुछ पैसे तत्काल भेजे जाने चाहिएं। मैं यहां से प्रयत्न कर रहा हूं। आप खेतड़ी के महाराज से संपर्क करें।"

राजा अजितसिंह ने जगमोहनलाल को बुलाया, "दीवान जी!"

"हुकुम!"

"आपने अपनी ओर से निस्संदेह बहुत अच्छा प्रबंध कर स्वामी जी को अमरीका भेजा; किंतु वे तो वहां भयंकर संकट में हैं।"

"क्या हुआ महाराज?"

"अरे वहां इतनी महंगाई है। स्वामी जी के पास न रहने का स्थान है, न भोजन की व्यवस्था और न ही ऊनी कपड़े। उन्हें तत्काल पांच सौ रुपए भेजिए।"

जगमोहनलाल अकबका गए, "ऐसी बात है तो उन्हें कोई बड़ी राशि भेज दें।"

"आप जानते हैं, वे संन्यासी हैं। अपनी आवश्यकत से अधिक एक पैसा स्वीकार नहीं करेंगे। अभी इतने ही भेजिए, पर भेजिए तत्काल। वह कंपनी है न, टॉमस कुक एंड सन। उनके माध्यम से भेजिए। रुपए उन्हें शीघ्रातिशीघ्र मिलने चाहिएं।"

महिला कारागार, बॉस्टन की अधीक्षिका श्रीमती जॉन्सन, केट सेनबॉर्न से मिलने आईं।

"केट! हमारा एक काम कर दो भई।"

"क्या काम है, जो मैं कर सकती हूं और आप नहीं कर सकतीं?"

"हमारी सुधारशाला में तुम्हारा एक रोचक-सा भाषण हो जाए। बहुत दिनों से वहां कोई मनोरंजक कार्यक्रम नहीं हुआ। मनहूसित छाई रहती है। तुम्हारे जैसा विनोदी वक्ता आसपास कोई और है नहीं और तुम पिछले दिनों यहां थीं भी नहीं।"

"जैसे कि होती तो तुम्हारे उस मनहूस जेल में चली ही आती।" केट हंसीं।

"क्या?"

"तुम जानती हो, मैं अपने विनोदी व्याख्यान ऐसे ही नहीं उंडेलती फिरती।" केट ने कहा, "मैं वह काम पैसों के लिए करती हूं। तुम्हारी सुधारशाला क्या देगी मुझे? और वैसे भी उस कारागार में बंदिनी उन स्त्रियों के सामने बोल कर मुझे क्या मिलना है?"

"बड़ी स्वार्थिनी हो।" श्रीमती जॉनसन के मुख से अनायास ही निकला, "किसी और का भला करने के विषय में भी कभी सोच लिया करो।"

केट ने कुछ कहने को मुंह खोला ही था कि स्वयं को रोक लिया। उसकी आंखों में एक आकस्मिक चमक जागी।

"चलो तुम्हारी उन बंदरियों के मनोरंजन का प्रबंध मैं कर देती हूं।"

"बंदरियों?"

"अरे बंदरियां ही सही। क्या अंतर है?"

"कैसे?" श्रीमती जॉन्सन ने शब्दों पर अधिक विवाद नहीं किया। वे जानती थीं कि केट को शब्दों से खेलने का व्यसन था।

"मैं अपने साथ लाई तो हूं एक विचित्र देश का वह विचित्र प्राणी–विवेकानन्दा। उसे ले जाओ। वह केवल धर्म की बातें करता है। पैसा मांगना उसे आता ही नहीं। वह तुमसे कुछ नहीं मांगेगा।"

"मेरी वे बंदनियां धर्मोपदेश सुनेंगी? और वैसे भी वह ईसाई नहीं है। उस मूर्तिपूजक हीदन का धर्मोपदेश?"

"अरे उसे देखकर ही तम्हारी बंदनियों के चेहरे खिल उठेंगे। अपने संदर चेहरे और उस भगवे परिधान में वह संन्यासी नहीं भारत से आया कोई महाराजा लगता है। और वह बुढ़ऊ नहीं है। युवा है एकदम। तीस वर्षों का भी नहीं होगा।"

श्रीमती जॉन्सन कुछ विचार कर बोलीं, "सच कह रही हो?'

"एकदम सच! शत प्रतिशत सच।"

19 अगस्त को स्वामी, महिला कारागार में आए। श्रीमती जॉन्सन अपने कार्यालय

में बैठी थीं। स्वामी को प्रवेश करते देख, वे उठकर खड़ी हो गईं। उनका मुख विस्मय से कुछ खुल गया।

कुछ सजग होकर उन्होंने स्वागत किया, "आपकी बड़ी कृपा है स्वामी जी। हमारे निमंत्रण पर आप पधारे। किसी संन्यासी को यहां बुलाने का मेरा पहला ही अवसर है। किसी धार्मिक प्रयोजन से चर्च के कोई पादरी आए हों तो आए हों; किंतु व्याख्यान के लिए..."

"आप चिंता न करें, मेरा भी किसी कारागार में आने का यह पहला ही अवसर है श्रीमती जॉन्सन!"

"हम इसे सुधारशाला कहते हैं।"

"क्या सचमुच ही उन्हें सुधारने का प्रयत्न किया जाता है?"

"आप स्वयं अपनी आंखों से देख लें। हम उन्हें दंडित नहीं करते। बाहर के दुष्ट प्रभावों से उनकी रक्षा कर, उनको सुधरने का पूरा अवसर देते हैं।"

"आश्चर्यजनक। बंदियों से इतना सहृदय व्यवहार। उनका चरित्र सुधर जाए तो वे लौटकर समाज के उपयोगी अंग बन सकते हैं।"

"हम चाहते हैं कि आप उनको अपने देश की परंपराओं और रीति रिवाजों के विषय में बताएं।" श्रीमती जॉन्सन ने कहा, "ये महिलाएं, अपराध के अतरिक्त भी कुछ चर्चा सुनें। कुछ अच्छी बातें सीखें और अपने जीवन को सुधारें।"

स्वामी कुछ भावुक हो उठे, "मैं किसी दुखी के कुछ काम आ सकूं तो मेरा जीवन सार्थक हो जाएगा।"

स्वामी एकांत में व्याकुल-से टहल रहे थे। उनके मनमें विचारों के असंख्य झंझावात चल रहे थे।

"भारत में नारी संबंधी आदर्श बहुत महान् हैं; किंतु उनकी वर्तमान स्थिति अच्छी नहीं है। हम शाक्त हैं। किंतु शाक्त का अर्थ क्या है? शराब और भांग का सेवन?" उन्होंने आकाश की ओर देखा, "हे प्रभु! क्यों नहीं मेरे देशवासियों को समझाते कि जगत् में सर्वव्यापक महाशक्ति तुम ही है। जो स्त्रियों को तुम्हारी शक्ति का रूप माने, वही शक्ति का पुजारी है।" वे कुछ आत्मलीन हो गए, "यहां लोग अपनी स्त्रियों को इसी रूप में देखते हैं। हम लोग स्त्री जाति को नीच, अधम, महा हेय और अपवित्र कहते हैं। फल हमारे सामने है–हम लोग पशु, दास, उद्यमहीन एवं दरिद्र हो गए। शक्ति के बिना संसार का उद्धार नहीं हो सकता। भारत में शक्ति का निरादर होता है।" कुछ चौंककर, वे थोड़े उल्लास से बोले, "उस अनुपम शक्तिको भारत में पुनः जाग्रत करने के लिए ही क्या श्रीमां का जन्म हुआ है?"

उन्होंने अपनी आंखें बंद कर लीं। उनके मन में एक चित्र उभरा–श्रीमां का एक अत्यंत भव्य चित्र। उनकी आंखों से वात्सल्य और प्रेरणा की धारा बहकर स्वामी को जैसे

निमज्जित कर रही थी– "मां! तुम्हें केन्द्र बनाकर फिर से गार्गी और मैत्रेयी जैसी नारियों का जन्म संसार में होगा।" स्वामी ने पुनः अपनी आंखें बंद कर लीं– "मां! कल महिला कारागार देखा। बंदियों से ऐसा सहृदय व्यवहार। भारत के दरिद्रों, पतितों और पापियों का कोई साथी नहीं, कोई सहारा देने वाला नहीं, उनका निस्तार नहीं है। क्रूर समाज उन्हें जो चोट पहुंचा रहा है, उसका अनुभव वे कर रहे हैं, पर वे नहीं जानते कि चोट कौन कर रहा है। वे भूल गए हैं कि वे भी मनुष्य हैं। परिणाम है पराधीनता।"

कुछ देर स्वामी मौन रहे और पुनः बोले, "चिंतनशील लोगों ने विचार भी किया तो दुर्भाग्यवश इसका दोष हिंदू धर्म के मत्थे मढ़ा।" आंखें मूंद कर स्वामी ने अपने गुरु को स्मरण किया, "ठाकुर! वे मानते हैं कि संसार के इस सर्वश्रेष्ठ धर्म का नाश ही समाज की उन्नति का एकमात्र उपाय है। वे नहीं समझते कि दोष धर्म का नहीं है। धर्म तो सिखाता है कि संसार भर के सभी प्राणी हमारी ही आत्मा के विविध रूप हैं। वे विचारवान होकर भी नहीं समझते कि इस हीन अवस्था का कारण है–धर्म पर अचरण नहीं करना। समाज में सहानुभूति का अभाव।"

स्वामी एक वृक्ष के पास रुक गए, "अत्याचार और दासता एक ही सिक्के के दो पक्ष हैं। पृथ्वी पर ऐसा कोई धर्म नहीं है, जो हिंदू धर्म के समान इतने उच्च स्वर से समानता के गौरव का उपदेश देता हो, और पृथ्वी पर ऐसा कोई समाज नहीं है, जो हिंदू समाज के समान गरीबों और नीच जाति वालों का गला ऐसी क्रूरता से घोंटता हो।" स्वामी ने सिर उठा कर आकाश की ओर देखा, "प्रभु! तुमने मुझे दिखा दिया है कि इसमें दोष धर्म का नहीं, उनका है जो ढोंगी और दंभी हैं, जो पारमार्थिक और व्यावहारिक सिद्धांतों के रूप में अनेक प्रकार के अत्याचारों के अस्त्रों का निर्माण करते हैं। युगों के मानसिक, शारीरिक और नैतिक अत्याचार ने ईश्वर के प्रतिरूप इस मनुष्य को भारवाही पशु और भगवती की प्रतिमा स्त्री को संतान को जन्म देने वाली दासी बना दिया है।" उनकी आंखें पुनः आकाश की ओर उठ गईं, आंखों में अश्रु आ गए, कंठ अवरुद्ध हो गया, "मुझे शक्ति दो प्रभु! कि मैं इनके लिए कुछ कर सकूं।"

स्वामी भीतर जा रहे थे कि द्वार पर ही केट मिल गईं।

"बाहर किस से बातें कर रहे थे स्वामी!"

"अपने ईश्वर से।"

"उससे तो अच्छा था कि थोड़ी देर मेरे पास ही बैठ जाते, मैं तुम्हारी बातों का उत्तर तो देती।"

स्वामी हंसे, "वह उत्तर ही नहीं देता कुछ प्रश्न और उन प्रश्नों का समाधान करने का सामर्थ्य भी देता है।"

केट भौंचक-सी उन्हें देखती रही और फिर संभल कर मुस्कराई , "शायद अपनी इसी चातुरी के कारण तुम यहां की स्त्रियों में बहुत लोकप्रिय होते जा रहे हो।" वे रुकीं, "तुम्हें

स्मरण है न, कल तुम्हें बॉस्टन जाना है?"

"हां! और वहां एक बड़े महिला क्लब में मुझे व्याख्यान देना है, जो रमाबाई की सहायता कर रहा है।"

"हां! पर मैं यह स्मरण दिला रही हूं कि बॉस्टन में कुछ कपड़े भी खरीदने हैं। अमरीका में अधिक दिन रहना है, तो तुम्हारे इस विचित्र परिधान से काम नहीं चलेगा। देखते नहीं हो, मार्ग में तुम्हें देखने के लिए भीड़ लग जाती है।" केट बोली, "चहां काले रंगका एक लंबा कोट पहनो। वह सम्मानजनक लगता है।"

"किंतु मेरा यह भगवा परिधान?" ...

"व्याख्यान देने के समय के लिए, एक गेरुआ पहनावा और पगड़ी रख लो। मेरा कहा मानो। यहां की महिलाएं यही चाहती हैं। यहां हमारी ही प्रभुता है। हमारी सहानुभूति के बिना काम नहीं चलेगा। किसी काम में सफलता नहीं म्लिगी तुम्हें।"

"और उन कपड़ों पर जो खर्च आएगा?"

"हां! खर्च तो आएगा।" केट ने कहा, "जाड़ों के कपड़ों का भी आर्डर देना है। बहुत साधारण वस्त्र लिए जाएं, तो भी..."

"सौ पचास रुपयों में हो जाएगा?" स्वामी ने पूछा।

"नहीं! रुपयों में?" हिसाब करती हैं, "तीन चार सौ रुपए तो लग ही जाएंगे। पर स्वामी! कुछ भले आदमी तो लगोगे। देखो, यहां की महिलाएं पुरुषों के वस्त्रों पर बहुत ध्यान देती हैं; और इस विषय में बहुत हठी हैं। फिर इस देश में स्त्रियों की ही प्रभुता है। पादरी लोग इनसे खूब धन निचोड़ लेते हैं। महिलाएं ही प्रतिवर्ष रमाबाई की ढेर सारी सहायता करती हैं। अब तुम अपने विषय में सोच लो।"

स्वामी मुसकराए, "जैसी तुम्हारी इच्छा मां!"

171

केट से सूचना पाकर, उनके चचेरे भाई फ्रैंकलिन बेंजामिन सैनबोर्न ब्रीज़ी मेडोज़ में स्वामी से मिलने आए।

"एक सच्चा हिंदू साधक! भक्त भी है। यह व्यक्ति तो शोध के लिए बड़ा रोचक विषय है।" फ्रैंकलिन हंसे।

"रोचक नहीं, वह सरस है। सुरुचिपूर्ण भी है।" केट ने संशोधन किया।

"इस समय कहां है?"

"भीतर एकांत में बैठा ध्यान कर रहा है। कभी अप्ने ईश्वर से बातें क्र रहा होता है, कभी दीवारों से।"

"देखो! मैं अब इतना छोटा बच्चा भी नहीं हूं कि कोई बौद्ध गुह्य साधक मुझे मूर्ख बना सके।"

"पर वह बोद्ध तो नहीं है।" केट ने कहा।

"तो ब्रह्मविद्यावादी होगा–थियोसोफिस्ट।"

"नहीं! वह थियोसोफिस्ट भी नहीं है। वह हिंदू है–शुद्ध परंपरावादी सनातनी हिंदू।"

"तुम तो अपने हल्के फुल्के उपन्यास और यात्रा वृत्तांत लिखो।" फ्रैंकलिन ने कहा, "साधना और धर्म के चक्कर में मत पड़ो। मुझे स्वयं उससे बात कर अपना आकलन करने दो।"

सालेम में श्रीमती केट टैनेट वूड्स के घर में 'थॉट एंड वर्क क्लब' की बैठक हो रही थी। श्रीमती केट टैनेट वूड्स उसकी अध्यक्षा थीं।

"यह केट सैनबोर्न उस हिंदू संन्यासी को क्या ले आई है, अपने को बड़ी तीसमार खां समझने लगी है।"

"तो तुम्हें क्या कष्ट है। तुम भी किसी को ले आओ। न हो तो उस संन्यासी को ही केट से झटक लो।" दूसरी महिला ने कहा।

"बहुत सुंदर है क्या?" तीसरी ने पूछा।

"काला है और मूर्तिपूजक है।" पही महिला ने वितृष्णा से कहा।

"सुंदर तो है न–ऑथेलो जैसा?" तीसरी महिला ने पुनः बल देकर पूछा।

"बकवास बंद करो।" पहली महिला रुष्ट हो गई, "बात को समझने का प्रयत्न करो। हमारा क्लब इतना प्रतिष्ठित हो चुका कि केट को इससे ईर्ष्या होने लगी है। हमें नीचा दिखाने के लिए वह इस हिंदू संन्यासी को कहीं से पकड़ कर लाई है।"

श्रीमती वूड्स ने कुछ उच्च स्वर में कहा, "जरा शांत हो जाइए और कुछ गंभीर भी। मैं केट सैंबोन के घर उस संन्यासी से मिल चुकी हूं। वह चाहे उसका प्रदर्शन कर रही हो या शेखी बघार रही हो। मैंने यह बैठक इसलिए बुलाई है, क्योंकि मुझे लगता है कि हमें उसका एक भाषण अपने क्लब में रखना चाहिए। एक दूर और विचित्र देश से आया व्यक्ति हमें कुछ न कुछ नया अवश्य बताएगा। मेरा विश्वास कीजिए, वह व्यक्ति विद्वान् है।"

"हां व्याख्यान हो! ठीक तो है।" तीसरी महिला ने कहा, "लाया कोई भी हो। वह कोई हीरों का नेकलेस तो है नहीं कि जो लाया है, उसी के गले में पड़ा रहे। हम भी उसे अपने क्लब में बुला सकते हैं। हमारी सदस्याएं भी अपनी आंखें सेंक लें। केट हमें रोक नहीं सकती। सुना है भगवे में वह बड़ा भव्य लगता है।"

श्रीमती वूड्स पुनः बोली, "मेरी बात सुनिए। मैं आपकी ठंडी होती हुई आंखें सेंकने के लिए उसे यहां बुलाना नहीं चाहती। मैं उसे धर्मचर्चा के लिए बुलाना चाहती हूं।"

"पागल हो तुम। वह हीदन है, मूर्तिपूजक। उसी धर्म का है, जिसने बाल विधवाओं की दुर्गति कर रखी है। जिसमें स्त्रियों का कोई सम्मान नहीं है। पंडिता रामबाई ने क्या बताया था हमें?" पहली महिला ने कहा।

तीसरी महिला तमक कर कुछ कहने को हुई कि दूसरी महिला ने उसे रोक दिया,

"तो इसमें परेशानी की क्या बात है। भारत में महिलाओं की दशा पर ही उसका भाषण करवा लेते हैं। अपने आप ही घिर जाएगा। जितनी पिटाई चाहो, कर लेना।"

"और जितनी चाहो, आंखें सेंक लेना।" तीसरी महिला ने कहा।

"फिर वही।" पहली महिला तड़प कर बोली।

"तो इतना चिढ़ती क्यों है, कटखन्नी!" तीसरी महिला ने जैसे चुनौती दी, "मैं तो स्वामी को दस जगह बुलाऊंगी। वह कौन सा उसके लिए पैसे मांगता है।"

श्रीमती वूड्स बोली, "आपको सूचना दे दूं कि मैंने उस संन्यासी को अपने घर अतिथि के रूप में रहने का निमंत्रण दिया है। वह सहमत हो गया है। वह 28 अगस्त को सालेम आएगा। आप लोगों की सहमति हो तो उसी दिन संध्या समय उसका भाषण रख लें।"

तीसरी महिला ने चिढ़ाती हुई वक्र आंखों से पहली महिला को देखा, "रख लो। रख लो। जो चिढ़ते हैं, उनको चिढ़ने दो।"

अब तक चुप रहने वाली चौथी महिला ने भी अपना परामर्श दे डाला, "मुहल्ले के बच्चों के लिए भी उसका एक भाषण करवा देना। उनका ज्ञानवर्धन हो होगा। हां! वह कौन सा पैसे मांगता है।"

स्वामी और फ्रैंकलिन बैंजामिन सैनबोर्न कहीं बाहर से आए थे।

केट ने कपाट खोलते ही पूछा, "अरे कहां चले गए थे तुम लोग। प्रोफेसर तुमसे मिलने बॉस्टन गए और तम लोग मिले ही नहीं।"

"कौन प्रोफेसर?" स्वामी ने पूछा।

"वे हमारे, मेरा तात्पर्य है, वे फ्रैंकलिन के मित्र हैं।"

"जिनसे मिलने हम बॉस्टन गए थे–प्रो. जॉन हेनरी राइट। मैंने बताया न कि वे भाषाविज्ञान, पुरातत्व और यूनानी इतिहास के विद्वान् हैं।" फ्रैंकलिन ने पूछा, "पर तुम्हें कैसे मालूम हुआ केट! कि उनसे हमारी भेंट नहीं हो सकी?"

"उनका संदेश आया है कि उन्हें बड़ा खेद है कि वे स्वामी से नहीं मिल सके।" केट ने कहा।

"भगवान की इच्छा।" स्वामी ने कहा, "अच्छा! मैं कुछ देर एकांत में रहूंगा।"

स्वामी अपने कमरे में चले गए।

"यह अच्छा नहीं हुआ।" फ्रैंकलिन ने कहा, "मैं चाहता था कि स्वामी को एक बार प्रो. राइट से अवश्य मिलवा दूं।"

"तो अभी क्या बिगड़ा है।" केट ने उत्तर दिया, "वे अपने परिवार के साथ एनिक्वास्म में छुट्टियां बिताने आए हुए हैं। स्वामी को वहां आने और सप्ताहांत बिताने का निमंत्रण दे गए हैं। वहीं चले जाओ। दर ही कितना है।"

"केट! आज फिर मेरी स्वामी से चर्चा हुई है–विभिन्न विषयों पर। तुम व्यर्थ ही

रमाबाई सर्किल, सुधारशाला और बालबाड़ियों में उसके भाषण करवा रही हो। यह उस व्यक्ति और उसके ज्ञान का अपव्यय है, अवमूल्यन भी और शोषण भी। वह इन सबसे कहीं बड़ा विद्वान् है।"

"अरे तो मैं कोई बलात् धकेल देती हूं। वह स्वयं ही तो उन लोगों के निमंत्रण स्वीकार कर रहा है। मना क्यों नहीं कर देता। और वैसे भी घर में व्यर्थ आंखें बंद कर बैठे रहने से तो कहीं अच्छा है कि बाहर निकल कर चार लोगों से मिल लेता है। और कुछ नहीं तो इसी बहाने उसका हमारे समाज से परिचय तो हो जाएगा।"

172

बॉस्टन से तीस मील दूर उत्तरपूर्व में एटलांटिक सागर के तट पर, एनिक्वास्म ग्राम के बाहर, एक आकर्षक स्थल पर प्रो. जॉन हेनरी राइट, स्वामी के साथ टहलते हुए आ रहे थे। वे अपने परिवेश से सर्वथा असावधान और स्वामी की वाणी से पूर्णतः ग्रस्त थे।

स्वामी अपनी गंभीर संगीतमयी वाणी के सहारे जैसे अपना कहा हुआ एक-एक शब्द उनकी चेतना में उतारते जा रहे थे।

"सीखना मेरा धर्म है। मैं अपने धर्मग्रंथ को, आपके धर्मग्रंथ के प्रकाश में अधिक अच्छी तरह पढ़ता हूं। एक धर्म के प्रवक्ता के वक्तव्य से दूसरे धर्म की अनेक अस्पष्ट बातें भी स्पष्ट हो जाती हैं। सत्य सदैव विश्वव्यापी होता है। यदि केवल मेरे ही हाथ में छह अंगुलियां हों और आप सबके हाथों में पांच, तो आप यह कभी नहीं मानेंगे कि मेरा हाथ वास्तव में प्रकृति की सच्ची कृति है, अपितु आप उसे असामान्य और रोगग्रस्त ही मानेंगे।"

"सत्य कह रहे हैं आप।"

"ठीक यही बात धर्म के विषय में भी है।" स्वामी ने कहा, "यदि केवल एक ही धर्म सच्चा हो, और शेष सभी असत्य, तो आपको यह कहने का अधिकार होगा कि वह धर्म रोगग्रस्त है। यदि एक धर्म सत्य है, तो अन्य सब भी सत्य होने चाहिएं। इस प्रकार हिंदू धर्म उतना ही आपका भी है, जितना कि मेरा।"

"ठीक है।" प्रो. राइट ने स्वामी को आगे नहीं बढ़ने दिया, "किंतु हिंदू धर्म इतना बिखरा हुआ है कि यह निर्णय करना कठिन हो जाता है कि वस्तुतः हिंदू धर्म है क्या?"

"हिंदू धर्म वेदों पर आधृत है। वेद का अर्थ है जानना। यह विद् धातु से बना है।" स्वामी ने एक भी क्षण के व्यवधान के बिना उत्तर दिया, "वेद एक ऐसी ग्रंथमाला है, जिसमें हमारे विचार से, सभी धर्मों का सारतत्व निहित है, पर हम ऐसा नहीं मानते कि सत्य केवल उनमें ही है।"

"उनका कथ्य क्या है?" प्रो. राइट ने पूछा।

"ये ग्रंथ हमें आत्मा के अमरत्व की शिक्षा देते हैं।" स्वामी ने कहा, "प्रत्येक देश के प्रत्येक मानव हृदय में एक शाश्वत संतुलन खोज निकालने की नैसर्गिक इच्छा है– कुछ ऐसा खोजने की आकांक्षा, जो कभी परिवर्तित न होता हो। हम ऐसी वस्तु प्रकृति

में नहीं पा सकते; क्योंकि यह समस्त विश्व अनन्त परिवर्तनों का एक समूह मात्र ही तो है। वेदांत हमें सिखाता है कि मनुष्य मात्र अपनी पांच इंद्रियों से बंधा नहीं है। इंद्रियां केवल वर्तमान को जानती हैं, भूत तथा भविष्य को नहीं; किंतु वर्तमान में भूत और भविष्य भी निहित होते हैं, तथा तीनों ही समय के विभाजन मात्र हैं। यदि कोई ऐसी वस्तु न होती, जो इंद्रियों से परे है, जो समय से स्वतंत्र है, तथा जो भूत और भविष्य को मिलाकर वर्तमान में एकीभूत कर देती है, तो वर्तमान भी अज्ञात ही होता।"

"पर स्वतंत्र है क्या?" प्रो. राइट ने अपने गंभीर स्वर में कुछ इस प्रकार पूछा, जैसे इस स्वतंत्रता का ही निषेध कर रहे हों।

"हमारा शरीर नहीं, क्योंकि वह बाह्य स्थितियों पर निर्भर है।" स्वामी ने उत्तर दिया, "न हमारा मन ही; क्योंकि जिन विचारों से वह बना है, वे कारणजन्य होते हैं। स्वतंत्र हमारी आत्मा है। वेद कहते हैं कि समस्त संसार स्वतंत्रता और परतंत्रता का, मुक्ति और बंधन का मिश्रण है, किंतु इन सबके माध्यम से स्वतंत्र, अमर, शुद्ध, पूर्ण और पवित्र आत्मा देदीप्यमान है। यदि वह स्वतंत्र है, तो नष्ट नहीं हो सकती। मृत्यु तो एक परिवर्तन मात्र है। आत्मा स्वतंत्र है तो वह पूर्ण भी अवश्य होगी। यह अमर और पूर्ण आत्मा सर्वोच्च ईश्वर से लेकर क्षुद्रातिक्षुद्र मानव में एक ही होनी चाहिए। उन दोनों के बीच का अंतर, केवल आत्मा की अभिव्यक्ति के परिमाण का अंतर होगा।"

प्रो. राइट ने जैसे स्वामी को टोकने के लिए मुंह खोला, किंतु फिर कुछ सोच कर चुप ही रह गए।

"किंतु आत्मा शरीर धारण क्यों करती है?" स्वामी के स्वर में जैसे उनकी जिज्ञासु आत्मा का चीत्कार था। वे अपने ही प्रश्न का साक्षात् उत्तर बन गए, "जिस कारण से मैं अपने आप को देखने के लिए दर्पण का उपयोग करता हूं। जिस प्रकार मैं दर्पण में प्रतिबिंब होता हूं, उसी प्रकार शरीर में आत्मा प्रतिबिंब होती है। आत्मा ईश्वर है। प्रत्येक मनुष्य अपने भीतर पूर्ण देवत्व धारण करता है। कोई शीघ्र तथा कोई विलंब से अपने उस देवत्व को प्रदर्शित करता है। यदि मैं एक अंधेरे कमरे में हूं, तो मेरे लाख चाहने पर भी वहां तनिक भी प्रकाश नहीं होगा। प्रकाश करने के लिए मुझे दियासलाई जलानी ही पड़ेगी। ठीक उसी प्रकार हम कितना ही रोएं, कलपें, उससे हमारा अपूर्ण शरीर, तनिक भी अधिक पूर्ण नहीं हो सकता। किंतु वेदांत शिक्षा देता है कि अपनी आत्मा का आह्वान करो; और अपना देवत्व प्रदर्शित करो।"

"मनुष्य में देवत्व है?"

"मनुष्य दिव्य है और धर्म सकारात्मक वस्तु है, नकारात्मक प्रलाप मात्र नहीं। वह कष्ट पाकर आर्तनाद का विषय नहीं है। धर्म हमारा प्रसार और हमारी अभिव्यक्ति है।"

"ठीक है।" प्रो. राइट बोले, "किंतु आज का मनुष्य प्रत्येक वस्तु को अपनी उपयोगिता की कसौटी पर कसना चाहता है। अमरीका में आपसे प्रत्येक व्यक्ति पूछेगा कि आपके इन सिद्धांतों अथवा निष्कर्षों का व्यावहारिक पक्ष क्या है?"

स्वामी ने चौंकर प्रो. राइट को इस प्रकार देखा, जैसे पूछना चाहते हों कि क्या तुम लोग इतनी-सी बात भी नहीं समझते? किंतु उनके शब्द, प्रत्यक्ष रूप से प्रो. राइट के प्रश्न का उत्तर थे, "प्रत्येक धर्म यह मानता है कि मनुष्य का वर्तमान उसके अतीत का परिणाम मात्र है। तब इसकी व्याख्या क्या हो सकती है कि प्रत्येक बालक ऐसे अनुभव लेकर जन्मता है, जिन्हें केवल आनुवंशिक संक्रमण का फल नहीं कहा जा सकता। यह कैसे होता है कि कोई अच्छे माता-पिता से उत्पन्न होता है, अच्छी शिक्षा प्राप्त करता है, और अच्छा मनुष्य बन जाता है, जबकि दूसरा व्यक्ति मंद और निर्बुद्ध माता-पिता से उत्पन्न हो कर फांसी के तख्ते पर अपना अंत प्राप्त करता है। बिना ईश्वर पर दोषारोपण किए, आप इस असमानता का कारण कैसे स्पष्ट कर सकते हैं? एक दयालु पिता, अपनी संतान को ऐसी स्थितियों में क्यों डाले, जिनसे दुर्गति का आना अवश्यम्भावी है। यह कहने से काम नहीं चल सकता कि ईश्वर आगे उसमें सुधार करेगा। ईश्वर के पास दंड देने के लिए साक्षिधन तो है नहीं। फिर यदि वह मेरा प्रथम जन्म है, तो मेरी स्वाधीनता कहां जाएगी? बिना पूर्वजन्म के अनुभव के, इस संसार में आने पर तो मेरी स्वाधीनता का अंत हो ही जाएगा। क्योंकि मेरा मार्ग निर्धारण तो दूसरों के अनुभवों के आधार पर होगा। यदि मैं स्वयं अपना भाग्यनिर्माता नहीं हूं तो मैं स्वतंत्र नहीं हूं। अपने इस अस्तित्व की दुर्गति के दायित्व को मैं स्वीकार कर लेता हूं और कहता हूं कि पूर्वजन्म में मैंने बुरा किया है, उसका मैं प्रतिकार करूंगा। यह हमारी आत्मा के पुनर्जन्म का दर्शन है। हम इस जीवन में पिछले जीवन का अनुभव लेकर आते हैं और इस जीवन का सौभाग्य और दुर्भाग्य, हमारे कर्मों का फल होता है। इस प्रकार हम सदैव श्रेष्ठ से श्रेष्ठतर होते जाते हैं। अंततः हमें पूर्णता की प्राप्ति होती है।"

"आपकी बात मैं समझ रहा हूं स्वामी!" प्रो. राइटने पुनः अपनी शंका प्रकट करने की इच्छा से स्वामी को टोका, "किंतु हिंदू धर्म का कोई एक विशिष्ट रूप तो इससे प्रकट नहीं होता। हिंदू धर्म के अंतर्गत ईश्वर के इतने रूप हैं ; और उपासना की इतनी पद्धतियां हैं। क्या उन सबके मूल में कोई एक सिद्धांत स्वीकार किया जा सकता है?"

"हम विश्व के एक पिता, असीम और सर्वशक्तिमान ईश्वर में विश्वास करते हैं।" स्वामी ने उत्तर दिया, "यदि हमारी आत्मा, अंततः पूर्ण हो जाती है, तो वह भी असीम हो जाएगी। पर दो निरपेक्ष, असीम सत्ताओं के अस्तित्व के लिए स्थान नहीं है। इसलिए हम एक सगुण ईश्वर में विश्वास करते हैं, और हम स्वयं ही तो वह हैं। ये तीनों वे स्थितियां हैं, जिन्हें प्रत्येक धर्म ने प्राप्त किया है। पहले हम ईश्वर को बहुत दूर देखते हैं, फिर हम उसके निकट आ जाते हैं; और उसे सर्वव्यापकता देते हैं। इस प्रकार हम उसमें निवास करने लगते हैं तथा अंत में हमें ज्ञान होता है कि हम स्वयं वही हैं।"

"हम स्वयं ही ईश्वर हैं तो हम बाहर किसे खोजते हैं?"

"एक बाह्य ईश्वर की धारणा असत्य नहीं है।' स्वामी बोले, "वस्तुतः ईश्वर संबंधी हर धारणा सत्य है। इसलिए हर धर्म सत्य है। वेदों की पूर्णता की धारणा की लक्ष्य

प्राप्ति की यात्रा में, ये तो भिन्न-भिन्न सोपान मात्र हैं। इसलिए न केवल हम सहन ही करते हैं, अपितु हम हिंदू लोग हर धर्म को स्वीकार करते हैं। मुसलमानों की मसजिदों में नमाज़ पढ़ते हैं, पारसियों के मंदिर में अग्नि के सम्मुख उपासना करते हैं, ईसाइयों के क्रूस के सम्मुख घुटने टेकते हैं। हम यह मानते हैं कि निम्नतम जड़ पूजा से लेकर, उच्चतम अद्वैतवाद तक–मानवात्मा द्वारा असीम को प्राप्त और प्रत्यक्ष करने के अनेक प्रयत्न हैं। ये अपने जन्म और वातावरण के संयोग से निर्धारित होते हैं, तथा जिनमें से प्रत्येक, प्रगति की एक अवस्था प्रकट करता है। हम इन सब पुष्पों को एकत्र करके उन्हें प्रेम के सूत्र में बांधते हैं; और इस प्रकार उपासना का एक आश्चर्यजनक पुष्पगुच्छ निर्मित करते हैं।" स्वामी ने अपनी दृष्टि प्रो. राइट के चेहरे पर टिकाई, "यदि मैं ईश्वर हूं तो मेरी आत्मा सर्वोच्च सत्ता का मंदिर है और मेरी प्रत्येक क्रिया उपासना का एक अंग होनी चाहिए। पुरस्कार के लोभ अथवा दंड के भय के बिना, भक्ति केवल भक्ति के लिए तथा कर्तव्यपालन केवल कर्तव्य के लिए होना चाहिए।" स्वामी ने प्रो. राइट की ओर देखा, "इस प्रकार मेरे धर्म का अर्थ है आत्मप्रसार। प्रसार का उच्चतम भाव में अर्थ होता है–साक्षात्कार और प्रत्यक्षीकरण। शब्दों की केवल अस्पष्ट गुनगुनाहट, सिर झुकाना या घुटनों के बल बैठना मात्र धर्म नहीं है। मनुष्य को अंततः ईश्वर होना है। इसीलिए वह एक अनन्त यात्रा में दिनोंदिन अधिक से अधिक देवत्व को प्राप्त करता जाता है।"

प्रो. राइट को लगा, अब उनका मन विद्रोही मुद्रा में नहीं है। वह स्वामी के तर्कों को काटने के लिए किसी भी प्रकार के कुतर्क खोजने का क्लांतिहीन प्रयास नहीं कर रहा है; और यह अनुभव कर रहा है कि वह आजतक इस सत्य को नहीं जानता था।

वे लोग इस समय तक प्रो. राइट के कॉटेज और श्रीमती लेन के बोर्डिंग हाउस के मध्य का लॉन पार कर रहे थे। अपने अपने विचारों में लीन वे इस तथ्य के प्रति सजग नहीं थे कि आस पास के सारे लोगों की आंखें न केवल उनकी ओर उठती जा रही थीं, वरन् उनपर टिकती जा रही थीं।

173

श्रीमती मेरी राइट ने अपने कॉटेज में से देखा : प्रो. राइट के साथ आने वाला व्यक्ति अभी युवा ही था। उसने एक लंबा भगवा कोट पहन रखा था। कोट! हां, कोट ही तो था; किंतु उसमें कुछ तो ऐसा था, जो उसे राजसी रूप प्रदान करता था। कोट घुटनों के नीचे तक पहुंचता था और कमर पर से लाली लिए, नारंगी रंग के कमरबंद से बंधा हुआ था। युवक की चाल डगमगाती हुई, किंतु रौबदार और महिमामयी थी। उसकी सीधी तनी हुई ग्रीवा और अनढंके सिर में कुछ ऐसा था कि राह चलने वाला प्रत्येक व्यक्ति रुक कर, एक बार उसे अवश्य देखता था। युवक झूमता-झामता धीरे-धीरे ऐसे चल रहा था, जैसे उसने चलने में कभी शीघ्रता बरती ही न हो। उसके कमरबंद के अंत में बंधा फुंदना कुछ इस गरिमा के साथ झूल रहा था कि देखने वाला यह भूल ही जाता था कि अपनी इस अवस्था में वह अपेक्षा से अधिक स्थूल था।

प्रो. राइट ने स्वामी से बैठने का आग्रह किया। स्वामी ने नम्रतापूर्वक सिर झुकाया और कुर्सी पर बैठ गए। बैठकर उन्होंने अपने लहराते चोले सदृश्य कोट से अपनी टांगों को अच्छी तरह ढंक लिया, जैसे कोई महिला अथवा पुरोहित ही ढंक सकते हैं।

श्रीमती राइट ने देखा : उस युवक की काली, असाधारण और संदर आंखों में से एक अपरिचित संस्कृति झांक रही थी। युवक कुछ सांवला था, जिसे अमरीका में हल्के रंग का वर्णसंकर भी माना जा सकता है। उसके भरे हुए अधर काकेशियन जाति के लोहित आभा वाले अधर थे, जिनपर बैंगनी रंग की हल्की सी परछाईं थी। उसके दांत नियमित और व्यवस्थित थे–झक सफेद। उसकी आंखें मुखर और सुंदर थीं; और माथा गौरवमय ढंग से उठा हुआ था। उसकी अवस्था कम लगती थी–अपने वास्तविक वय से भी कम।

प्रो. राइट ने परिचय कराया, "ये स्वामी विवेकानन्द हैं। किसी विश्वविद्यालय में प्रोफेसर नहीं हैं; किंतु बीहड़ विद्वान् हैं। इतना जानते हैं, जितना कि कोई व्यक्ति जान सकता है।"

इससे पहले कि श्रीमती राइट हाथ मिलाने के लिए आगे बढ़तीं, स्वामी ने अपना दाहिना हाथ उठा कर उन्हें आशीर्वाद दिया।

"तुम समझ गई होंगी मेरी! कि ये वे ही हिंदू संन्यासी हैं, जिनकी मैं प्रतीक्षा कर रहा था।"

"जानती हूं कि आप प्रतीक्षा कर रहे थे।" श्रीमती राइट हंसी, "वैसी प्रतीक्षा, जैसी किसी महत्वपूर्ण ग्रंथ के निष्कर्षों की करते हैं, या किसी विशिष्ट उत्खनन में रुचि लेते हुए, उसके परिणामों की करते हैं।"

"दोनों उपमाएं बहुत सुंदर हैं।" स्वामी ने कहा।

"अच्छा, स्वामी जी क्या लेंगे आप?" श्रीमती राइट ने पूछा, "चाय, कॉफी या कुछ ठंडा? वैसे थोड़ी सी वर्षा के कारण इतनी उमस हो गई है कि ठंडा पेय ही अच्छा लगेगा।"

"जी नहीं। धन्यवाद। अभी कुछ नहीं। रात के भोजन से पहले कुछ नहीं।" स्वामी पूर्णतः संतुष्ट लग रहे थे।

"पर कुछ तो...।" श्रीमती राइट ने किसी दक्ष गृहिणी के समान आग्रह किया, "सुना है, भारत में अतिथि को देवता माना जाता है।"

"हां। और देवता का सत्कार किया जाता है।" स्वामी बोले, "आपको भी सत्कार का पर्याप्त अवसर मिलेगा ; किंतु इस समय कुछ नहीं।"

"कारण जान सकती हूं?"

"गृहस्थ और संन्यासी में कुछ अंतर तो आपको करना ही पड़ेगा–भोजन संबंधी नियमों का भी।"

"आप संन्यासी हैं, अर्थात् धर्मप्रचारक?" प्रो. राइट ने कहा।

"नहीं! मैं धर्मप्रचारक नहीं हूं।" स्वामी का स्वर स्पष्ट रूप से दृढ़ हो गया, "और

उस अर्थ में तो एकदम ही नहीं, जिस अर्थ में ईसाई पादरी धर्मप्रचारक होते हैं।'

"धर्मप्रचारकों में भी कोई अंतर हो सकता है क्या?" श्रीमती राइट ने जिज्ञासा की।

"बहुत अंतर है। ईसाई पादरी वस्तुतः धर्मप्रचारक कम, धर्मांतरण प्रचारक अधिक होता है। हिंदू किसी के धर्मपरिवर्तन में रुचि नहीं रखता, क्योंकि वह मानता है कि ईश्वरप्राप्ति और अपने मोक्ष के लिए किसी को भी उपासना पद्धति के परिवर्तन की आवश्यकता नहीं है। आवश्यकता है, अपने पथ पर पूरी निष्ठा और सच्चाई से चलने की।"

श्रीमती राइट स्तब्ध रह गईं, "आप यह नहीं मानते कि आपका धर्म संसार का एकमात्र सच्चा धर्म है?"

स्वामी हंस पड़े, "नहीं! हम न ऐसा मानते हैं, न ऐसा कहते हैं। हम मानते हैं कि सत्य एक ही है, जिसे विद्वान् लोग विभिन्न शब्दों में प्रकट करते हैं। हम धर्मांधता और कट्टरता को धर्म नहीं संप्रदाय मानते हैं, और सांप्रदायिकता मानवता के लिए एक संकट है।"

"कब से संन्यासी हैं आप?"

"मैंने अट्ठारह वर्षों की अवस्था में संन्यास लिया था। अब लगभग तीस वर्षों का हूं।"

"संन्यासी होने का अर्थ क्या है?"

"संन्यासी का अपना कोई परिवार नहीं होता।" स्वामी बोले, "वह कंचन और कामिनी से दूर रहता है।"

"तो फिर आप मुझे से दूर रहेंगे? मैं भी तो स्त्री हूं।"

स्वामी हंसे, "संन्यासी स्त्री से दूर नहीं रहता। कोई अपनी माता से दूर कैसे रह सकता है। वह स्त्री के कामिनी रूप से दूर रहता है। मेरे लिए प्रत्येक स्त्री माता के समान है।"

"कंचन से दूर रहते हैं तो आप अपनी आजीविका अपने मठ से प्राप्त करते हैं?"

"हमारा कोई मठ नहीं है। कोई संपत्ति नहीं है। हमारे लिए अपरिग्रह का अर्थ सचमुच अपरिग्रह है।"

"तो आजीविका...?"

"ईश्वर पर निर्भर रहते हैं।"

"भिक्षा मांगते हैं?" प्रो. राइट ने पूछा।

"नहीं! वह भी नहीं कर सकते। मांगते नहीं। दान देने वाले की प्रतीक्षा करते हैं।"

प्रो. राइट ने देखा कि मेरी के प्रश्न समाप्त हो गए थे। बोले, "यदि आप धर्मप्रचारक नहीं हैं, तो स्वयं को क्या मानते हैं?"

"मैं! मैं धर्म का अन्वेषक हं। साधक हूं।" स्वामी ने कहा, "उसका साक्षात् अनुभव करने का प्रयत्न कर रहा हूं।"

"वह तो एक गृहस्थ भी हो सकता है। उसके लिए संन्यासी होने की क्या

आवश्यकता है?"

"संन्यास तो अपना सब कुछ ईश्वर को सौंपने और पूर्णतः उसपर निर्भर होने की घोषणा है।" स्वामी हंसे, "इससे लोगों को ज्ञात हो जाता है कि मेरा कोई परिवार नहीं है। सांसारिक बातों में मेरी कोई रुचि नहीं है।"

"स्वामी! धर्म का अन्वेषण तो हो चुका। आप उसमें और क्या अन्वेषण करेंगे?"

"आप सत्य कहते हैं।" स्वामी हंसे, "किंतु अपने लिए तो धर्म का अन्वेषण प्रत्येक व्यक्ति को स्वयं ही करना पड़ता है। ईसा ने धर्म का साक्षात्कार किया और हमें मार्ग दिखाया। अब उस मार्ग पर चलना तो हमें स्वयं ही पड़ेगा न। केवल यह कहने से कि ईसा धर्म के मार्ग पर चले थे, अथवा तुम भी मानो कि ईसा धर्म के मार्ग पर चले थे, हमें मोक्ष नहीं मिल सकता।"

"तो हिंदुओं में धर्म का अन्वेषण क्या है?"

"किसी धर्मगुरु अथवा किसी धर्मसिद्धांत पर अपनी निष्ठा प्रकट कर देना हिंदू धर्म नहीं है।"

"तो।"

"अपने जीवन में निरंतर ईश्वर की खोज करना, उसको पहचानना, निरंतर उसके निकट जाना, उसके समान होने का प्रयत्न करना और फिर वही हो जाना–हिंदू धर्म है।"

"तो आप इस विचार का प्रचार नहीं करते?"

"हां! कोई पूछता है तो उसे बताते हैं ; किंतु यह नहीं कहते कि अपना मार्ग छोड़ कर हमारे मार्ग की महत्ता स्वीकार करो। उससे कहते हैं कि अपने मार्ग पर सच्चाई और निष्ठा से चलो। अपने मार्ग से ही ईश्वर तक पहुंचो। ईश्वर को प्राप्त करने का प्रयत्न करो। अपने मार्ग का गुणगान करना और लोगों को उस मार्ग की महत्ता स्वीकार करने को बाध्य करना धर्म का अन्वेषण नहीं, सांप्रदायिक प्रचार है। जब भावना संप्रदाय की हो तो उसमें धर्म रंच मात्र भी नहीं रह जाता। धर्म को पाने के लिए संप्रदाय से उदासीन होना पड़ता है।"

"ये धर्म और संप्रदाय एक ही नहीं हैं?" श्रीमती राइट की जिज्ञासा पुनः जाग उठी थी।

"नहीं!' स्वामी का स्वर कुछ उत्तेजित था, "संप्रदाय को धर्म मानना बहुत बड़ी भूल है।"

"दोनों में अंतर क्या है?"

"अपनी उपासना पद्धति को सृष्टि की एकमात्र उपासना पद्धति मानना या उसे दूसरी पद्धतियों से श्रेष्ठ मानना संप्रदाय है। और किसी भी उपासना पद्धति से ईश्वर तक पहुंचने का प्रयत्न धर्म है।"

"आपको मालूम है स्वामी कि ईसाई धर्म इस बात को नहीं मानता।"

"चर्च नहीं मानता।" स्वामी ने जैसे प्रो. राइट की बात में संशोधन किया।

"और अमरीका उसी चर्च की बात मानता है।" प्रो. राइट ने कहा, "आपके विचार आपके लिए इस ईसाई देश में कठिनाई उत्पन्न कर सकते हैं।"

"मैं इस समय माता मरियम के पुत्र की संतानों के बीच हूं। इसमें भय क्या है, मैं भी ईसा से उतना ही प्रेम करता हूं।"

"ईसा से प्रेम करते हैं तो आप ईसाई हैं।" मेरी ने कहा।

"मैं ऐसा ईसाई हूं, जो श्रीकृष्ण से भी प्रेम करता है और बुद्ध से भी; और चाहता हूं कि आप ऐसी ईसाई हों, जो ईसा के साथ श्रीकृष्ण से भी प्रेम कर सकें।" स्वामी ने कहा, "आपको ईसा को त्यागने की आवश्यकता नहीं है, श्रीकृष्ण और बुद्ध को भी ग्रहण करने की आवश्यकता है।"

प्रो. राइटके मन में जैसे आंधी चल रही थी। उन्होंने भी धर्म और धर्मों के इतिहास को बहुत पढ़ा और समझा था। किंतु ऐसा धर्म और उसका ऐसा साधक।

स्वामी ने अपनी प्लेट में भोजन परोसा, "मेरा विचार है कि श्रीमती राइट की निरीक्षण शक्ति पर्याप्त तीक्ष्ण है, भाषा सही और सटीक है तथा उसमें विनोद और परिहास भी है। गंभीर तो वे हैं ही। यदि वे कुछ लिखें तो अच्छी लेखिका हो पाएंगी।" स्वामी ने रुककर उस दंपती को देखा, "मुझे तुलना तो नहीं करनी चाहिए, फिर भी मुझे लगता है कि केट सैनबोर्न, यद्यपि लेखिका हैं, तो भी उनकी निरीक्ष्ण क्षमता और भाषा–दोनों ही न इतनी प्रखर हैं, न इतनी गंभीर।"

"आप नहीं जानते।" प्रोफेसर ने उत्तर दिया, "मेरी बहुत कम लिखती है, किंतु लिखने की आकांक्षा उसके मन में भी बहुत है।"

"कम क्यों लिखती हैं?" स्वामी ने सहज जिज्ञासा की।

"मुझे बहुत कम विषय लिखने के लिए प्रेरित करते हैं।" श्रीमती राइट ने स्वीकार किया, "और फिर मुझे अपने बच्चों को भी तो संभालना है।"

"बच्चे बड़े हो रहे हैं। उन्हें आत्मनिर्भर होने दो। उन्हें अनावश्यक रूप से अपने ऊपर आश्रित रखना उचित नहीं है।" प्रो. राइटने स्वामी की ओर देखा, "वैसे इनकी लेखन प्रतिभा का अधिकांश अंश ते पत्र लिखने में ही व्यय हो जाता है।"

वे लोग बैठक में आकर सोफे पर बैठ गए। प्रो. राइट ने अपना चुरुट सुलगाया ही था कि उनकी दृष्टि स्वामी पर जा पड़ी।

"आप चुरुट लेंगे?" उन्होंने अचकचा कर पूछा।

"मिल जाए, तो अच्छा ही लगेगा।"

प्रो. राइटने उठकर उन्हें एक चुरुट दिया और उसे सुलगाने में उनकी सहायता की, "मेरी अशिष्टता को क्षमा कीजिएगा। जाने क्यों मैंने स्वयं ही मान लिया कि आप तंबाकू का रसास्वादन नहीं करते होंगे।"

"संन्यासी से अपेक्षित तो यही है कि वह कोई भी व्यसन न पाले।" स्वामी मधुर ढंग से मुस्कराए, "किंतु हमारे गुरुदेव कहा करते थे कि सोने में मिलावट न हो तो उसका कोई गहना नहीं बन सकता। शायद वैसे ही किसी व्यसन के बिना कोई शरीर नहीं बनता।"

श्रीमती राइट बच्चों को उनके कमरे में पहुंचा कर आई थीं। वे अभी बैठी भी नहीं थीं कि उनकी दृष्टि द्वार की ओर उठ गई, "शायद कोई आया है।"

उन्होंने कपाट खोले। सामने हार्डि लॉ स्कूल के प्रोफेसर यूगीन वामबॉ खड़े थे। अभिवादन के पश्चात् वे भीतर आए।

"मैं आप लोगों के एकांत का अतिक्रमण कर रहा हूं।" वे अत्यंत शिष्ट ढंग से बोले, "किंतु स्थिति कुछ ऐसी ही है कि मैं स्वयं को रोक नहीं पा रहा हूं।"

"आप बैठिए तो।" श्रीमती राइट ने सोफे की ओर संकेत किया, "मुझे तो आप कुछ नर्वस लग रहे हैं–घबराए हुए से।"

"ओह हां!" प्रो वामबॉ अपनी झेंप मिटाने के लिए जोर से हंसे, "आपने मेरी चोरी पकड़ ली है श्रीमती राइट! मैं इस समय सचमुच कुछ नर्वस हूं।"

प्रो. राइटने उन्हें सोफे पर बैठ जाने भर का समय दिया, और पूछा, "कोई विशेष कारण?"

"विशेष ही समझिए।" वे बोले, "मिस लेन बोर्डिंग हाउस की अंतःवासिनियों और कुछ अन्य स्थानीय लोगों के साथ कुछ सैलानियों ने भी इन भद्र पुरुष को आपके साथ यहां आते देखा है।"

"ओह! ये स्वामी विवेकानन्द हैं।" प्रो. राइटने प्रो वामबॉ को बीच में ही टोक दिया, "ये भारत से आए हिंदू संन्यासी हैं।"

प्रो वामबॉ ने उठकर स्वामी से हाथ मिलाया, "लोग इनके विषय में जानना चाहते हैं। बीस बाईस व्यक्ति तो इस समय मेरे ड्राईंगरूम में बैठे हैं। मैं उन लोगों को भी इस समय अपने साथ यहां ले आता; किंतु एक तो उसके लिए आपकी अनुमति चाहिए थी, दूसरे आपके ड्राईंगरूम में इतने लोगों के लिए स्थान भी नहीं है।"

"आप ठीक कह रहे हैं।" प्रो. राइट ने उत्तर दिया, "हमें स्वामी की अनुमति लिए बिना उनको अमरीकी जनता की कृपा पर छोड़ने का अधिकार नहीं है।"

स्वामी का ध्यान अमरीकी समाज की भिन्नता की ओर गया। भारत में न तो उनसे मिलने के लिए किसी को इस प्रकार अनुमति की आवश्यकता थी, और न ही कोई गृहस्वामी कहता कि उसका घर छोटा है, इसलिए लोग उसके घर न आएं। वह तो अपनी कुटिया में भी सबका स्वागत करता।

"स्वामी आपको अमरीकी जनसाधारण से मिलने में कोई आपत्ति न हो तो हम प्रो. वामबॉ के कॉटेज में चलें?" प्रो. राइट ने कहा।

स्वामी तत्काल उठ खड़े हुए, "मुझे क्या आपत्ति हो सकती है। मैं तो अमरीकी भाई

बहनों से मिलने के लिए ही आधी पृथ्वी की यात्रा कर के आया हूं।"

ड्राईंगरूम में पर्याप्त प्रकाश था। अनेक लोग थे, बहुत सारा कोलाहल था। ऋतु पर्याप्त गर्म थी। वर्षा हो चुकी थी; किंतु उमस कम नहीं हुई थी। स्वामी ने पहली ही दृष्टि में देख लिया था कि वह अमरीका की साधारण जनता थी। सब लोग एक ही जैसे नहीं थे। यदि उनमें प्रो. वामबॉ जैसे अध्यापक थे तो साधारण ग्रामीप भी थे, जो शायद अंग्रेज़ी की वर्णमाला से भी परिचित न हों। किंतु अधिक संख्या साधारण नागरिक स्त्री पुरुषों की थी, जो शायद मिस लेन के बोर्डिंग हाउस में ठहरे हुए सैलानी थे।

स्वामी ने हाथ उठा कर उन्हें आशीर्वाद दिया। और आग्रह के अनुरूप एक कुर्सी पर जा बैठे।

प्रो. वामबॉ ने उपस्थिति श्रोताओं से उनका परिचय कराया और कहा कि स्वामी का लक्ष्य है–धर्मचर्चा। जो सज्जन अपनी जानकारी बढ़ाने के लिए उनसे कोई प्रश्न पूछना चाहें, वे पूछ सकते हैं।

स्वामी ने पाया कि इन लोगों के मध्य भी वे ब्रीज़ी मेडोज़ की सी स्थिति में ही प्रस्तुत किए गए थे। श्रोता ज्ञान अथवा धर्म संबंधी अपनी जिज्ञासाएं लेकर प्रस्तुत नहीं हुए थे। स्वामी उनके सम्मुख किसी नए तथा विचित्र जंतु के समान प्रस्तुत कर दिए गए थे। अब जिसे जैसे खेलना हो, खेल ले। उनके चेहरों पर स्वामी के प्रति विरोध नहीं था; किंतु अपरिचय तथा असंबंध की भावना तो थी ही।

"आपके पिछड़े देश को अंग्रेज़ों जैसी उन्नत और सभ्य जाति के संपर्क में आकर कैसा लगता है?"

स्वामी की तल्लीनता टूटी। उन्होंने दृष्टि उठाकर प्रश्नकर्ता की ओर देखा : स्वयं प्रो. वामबॉ ऐसा प्रश्न कर रहे थे, जो भारत में कोई गंवार भी अपने अतिथि से नहीं पूछेगा। चिड़ियाघर में किसी निरीह प्राणी के पिंजरे के बाहर खड़े अबोध बच्चे जब उससे अपना परिचय बढ़ाने के लिए उसे कंकड़ मारते हैं, तो क्या वे जानते हैं कि वे उस प्राणी से शत्रुता का व्यवहार कर रहे हैं?

स्वामी की बड़ी-बड़ी आंखें पूर्णतः खुल गईं। उनकी आत्मा में जैसे कोई दुर्दमनीय निर्झर फूट पड़ा; और अपनी संगीतमयी वाणी में वे मंथर गति से बोले, जैसे कोई संकरे बांध पर पांव जमा जमा कर चल रहा हो, "अभी कुछ दिन पहले, चार सौ वर्ष भी तो नहीं हुए, जब अंग्रेज़ सर्वथा असभ्य और बर्बर थे। क्रूर, निष्ठुर, नृशंस और बर्बर–उनकी महिलाओं की चोलियों पर कीड़े रेंगा करते थे। वे नहाते नहीं थे, अपने शरीर से उड़ती दुर्गंध को दूर करने के लिए, अपने शरीर पर सुगंधित तरल छिड़का करते थे। अब भी वे अपनी बर्बरता से कुछ उबरे ही हैं, उससे मुक्त नहीं हुए। उनके संपर्क में आकर सहस्रों वर्षों की सुसंस्कृति में पगी हिंदुओं जैसी जाति को कैसा लगेगा?" .

"झूठ!" एक क्षुब्ध श्रोता अपने दुख और पीड़ा को चीत्कार में परिणत कर बोला,

"झूठ है यह। ऐसी स्थिति तो कम से कम पांच सौ वर्ष पूर्व थी।"

स्वामी सहज भाव से मुस्कराए, "क्या मैंने नहीं कहा कि कुछ दिन पहले? जब आप मानव जाति के इतिहास को देखते हैं, तो कुछ शताब्दियों का अर्थ ही क्या है।" और सहसा उनके स्वर में परिवर्तन आया। उसमें आवेश नहीं था। वह लुब्ध करने वाला तथा पूर्णतः शांत था, "वे लोग बर्बर हैं, पर उसके लिए मैं उन्हें दोष नहीं देता। भयंकर शीत, तंगी और अभाव–जो उनकी जलवाय की देन है–ने उन्हें बर्बर बना दिया है। वे केवल हत्याओं और लूटपाट की बात सोचते हैं। वे वृद्ध सम्राट् बहादुरशाह ज़फ़र के पुत्रों के सिर काट कर थालियों में सजा कर, पिता के पास भेंट स्वरूप भेज सकते हैं। वे जिस मार्ग से जाते हैं, उसे जला कर क्षार कर देते हैं। माताओं की आंखों के सम्मुख उनके बच्चों को दो टुकड़े कर देते हैं। स्त्री-पुरुषों को भाले की नोकों पर उछाल सकते हैं। असंख्य निरीह लोगों को फांसी पर लटका कर, भारत के प्रत्येक वृक्ष की शाखा को लज्जा में नतशिर होने को बाध्य कर सकते हैं।' स्वामी ने अपनी प्रभावशाली आंखें, अपने श्रोताओं पर जमा दी, "उन्होंने भारतीय उद्योग धंधों को नष्ट करने के लिए भारतीय कारीगरों के हाथ काट दिए। कृषि को ध्वस्त करने के लिए भूमि का प्रबंध ऐसा किया कि किसान दो समय भोजन भी प्राप्त न कर सके। व्यापार को नष्ट करने के लिए हमारा सारा धन ढोकर अपने देश ले गए। लोग संगठित होकर उनका विरोध न कर सकें, उसके लिए सारे समाज को धर्मों, जातियों तथा क्षेत्रों के आधार पर विभाजित कर, उनके मन में एक दूसरे के विरुद्ध विष के बीज बोए। कहां है उनका धर्म? वे पवित्र आत्मा का नाम लेते हैं, वे मानव बंधुओं से प्रेम का दावा करते हैं, वे दूसरों को सभ्य बनाते हैं–ईसाई बनाकर। हमारे सामने प्रश्न है कि वे मानवपुत्र को ईसाई बनाकर उसे सभ्य बना रहे हैं, अथवा उसकी जातीय अस्मिता छीनकर उसे अपना दास बना रहे हैं?"

"क्या ईसा की शरण में जाकर लोग सभ्य नहीं बनते?" एक ओर से किसी ने चिल्ला कर कहा।

"अंग्रेज़ों को उनके धर्म ने नहीं, उनकी भूख ने सभ्य बनाया है।" स्वामी बोले, "और जैसे सभ्य वे हैं, वह हम जानते हैं। मानव प्रेम केवल उनके अधरों पर है। हृदय में तो सिवाय हिंसा और कलुषित लोभ के और कुछ नहीं है। 'मैं तुमसे प्रेम करता हूं, मेरे भाई!' कहते-कहते भी वे उसकी गर्दन रेतते रहेंगे। उनके दोनों हाथ रक्त से आरक्त हैं।" स्वामी का स्वर और भी धीमा और मधुर हो गया। उसकी सघनता बढ़ती ही जा रही थी, मानों वह किसी मनुष्य का स्वर न हो, किसी मंदिर में बजने वाली संगीतमयी घंटी हो। वे जैसे किसी और लोक से बोल रहे थे, "किंतु ईश्वर का न्याय उनपर वज्र के समान गिरेगा। ईश्वर ने कहा था, 'प्रतिशोध का अधिकार मेरा है। प्रतिदान मैं दूंगा।" स्वामी की आंखों में एक अपार्थिव प्रकाश था, "विनाश आ रहा है। तुम ईसाई हो ही कितने? संसार के एक तिहाई भी तो नहीं। उन चीनियों को देखो। कोटि कोटि हैं वे। वे हैं ईश्वर के प्रतिशोध का साक्षात् रूप। और वे तुमपर टूट पड़ेंगे। एक बार फिर जैसे हूणों का

आक्रमण होगा।" स्वामी के अधरों पर मंद हास छा गया, "वे सारे यूरोप पर छा जाएंगे। वे उसकी ईंट से ईंट बजा देंगे। पुरुष स्त्रियां और बच्चे–सब नष्ट हो जाएंगे। एक बार फिर से अंधकार युग का आरंभ होगा।" स्वामी का स्वर दया और विषाद से परिपूर्ण था। और फिर जैसे उन्होंने स्वयं को सायास उस मनःस्थिति से विलग किया, "पर मुझे चिंता करने की क्या आवश्यकता है? विनाश तो आकर ही रहेगा। ईश्वर के प्रतिशोध को तो आना ही है, किंतु उस विनाश में से एक नए और सुंदर विश्व का निर्माण होगा।"

श्रोताओं के चेहरे पर भय की कालिमा थी। उन आंखों में त्रास था। उनके मुख सूख गए थे; और कंठ शायद अवरुद्ध हो गए थे। स्वामी की वाणी ने यह विनाशलीला उनकी आंखों के सम्मुख सजीव रूप में प्रस्तुत कर दी थी।

"क्या यह सब बहुत शीघ्र होने वाला है?" किसी ने फुसफुसाती सी आवाज में धीरे से पूछा।

स्वामी ने अपनी तल्लीनता से बाहर निकल कर अपने श्रोताओं की ओर देखा : लोगों के मन उत्कंठा से जैसे अपने पंजों पर खड़े थे। उनकी गर्दनें तनी हुई थीं और उनकी सहमी हुई आंखें किसी प्रकार का कोई संरक्षण खोज रही थीं।

"उसे आने में एक सहस्र वर्ष भी नहीं लगेंगे।"

श्रोताओं ने चैन की सांस ली। उनकी तनी हई शिराएं ढीली पड़ गईं। वे सुरक्षित थे, वे लोग केवल अपने इस जीवन के लिए चिंतित थे। इसके पश्चात् क्या होगा, इसकी चिंता उन्हें नहीं थी। यह विश्व उनका नहीं है, यह देश उनका नहीं है, मानव जाति उनकी नहीं है। इसके बाद का कोई नया जीवन भी उनका नहीं है।

"ईश्वर प्रतिशोध लेगा।" स्वामी ने पुनः कहा, "तुम उसे धर्म में नहीं देख सकते, तुम इसे राजनीति में नहीं देख सकते; किंतु तुम्हें इसे इतिहास में देखना पड़ेगा। जैसा अतीत में हुआ है, वैसा ही भविष्य में होगा। यदि तुम लोगों का दलन करोगे, तो तुम भी उत्पीड़ित किए जाओगे। भारत में इस समय हम ईश्वर के प्रतिशोध से पीड़ित हैं। ध्यान से मेरी बात सुनो।" स्वामी के स्वर में एक सघन अनुगूंज थी, "उन्होंने धन के लिए असहाय लोगों का दमन किया। उन्होंने यातना की असहाय पुकार नहीं सुनी। लोग जब अन्न के कुछ दानों की भिक्षा मांग रहे थे, उन्होंने उसे अनसुना कर सोने और चांदी के बर्तनों में व्यंजनों का आस्वादन किया। परिणाम क्या हुआ? मुसलमान उन पर टूट पड़े। हत्याएं...नरसंहार–वे उन्हें पैरों तले रौंदते चले गए। वे भारत पर छा गए। शताब्दियों तक भारत बार-बार पराजित हुआ। एक के पश्चात् एक जातियां आती रहीं और भारत का विनाश करती रहीं। और अंत में अब आए हैं–अंग्रेज़। सबसे पतित। सबसे क्रूर। सबसे बर्बर। आजके भारत को देखो। हिंदुओं ने अपने पीछे क्या छोड़ा? स्थान स्थान पर अद्भुत मंदिर। मुसलमानों ने क्या छोड़ा? सुंदर प्रासाद और भवन। और अंग्रेज़ों ने क्या छोड़ा? मनों के हिसाब से शराब की टूटी हुई बोतलों के ढेर। और कुछ नहीं। ईश्वर ने मेरे देशवासियों पर दया नहीं की, क्योंकि उनके अपने मन में दया नहीं थी। उन्होंने

क्रूरतापूर्वक अपनी प्रजा का क्षरण किया था, इसीलिए जब उन्हें सहायता की आवश्यकता पड़ी, उनकी प्रजा में इतनी शक्ति ही नहीं बची थी कि वह उनकी सहायता कर सकती। मनुष्य ईश्वर का प्रतिशोध न भी देखे, वह इतिहास के प्रतिशोध से इंकार नहीं कर सकता। अंग्रेज़ों से भी प्रतिशोध लिया जाएगा। उन्होंने अपनी एड़ियां हमारी गर्दनों में धंसा रखी हैं; उन्होंने अपने सुख के लिए हमारे रक्त की अंतिम बूंदें भी निचोड़ ली हैं। हमारे गांव के गांव और प्रदेश के प्रदेश, भूख से तड़प-तड़पकर मर गए हैं, क्योंकि अंग्रेज़ हमारे अरबों रुपए लूट कर अपने देश ले गए हैं।"

स्वामी मौन हो गए। मंद स्वरों का एक अद्‌भुत गुंजन जन्मा। स्वामी ने उस पर कोई विशेष ध्यान नहीं दिया। थोड़ी-थोड़ी देर के पश्चात् वे आंखें उठाकर, छत को देख लेते थे और मंद तथा मधुर स्वर में कहते, "शिव! शिव!!" उनको घेर कर बैठे श्रोता व्याकुल और परेशान थे। ऊपर से चाहे वे मौन थे; किंतु उनके हृदय में तपता हुआ लावा बह रहा था। उनके सामने बैठा यह काला आदमी उनके सजातियों को इस प्रकार बुरा भला कह रहा था और वे लोग अपने सारे आक्रोश के बावजूद, स्वयं को इतना असहाय पा रहे थे।

प्रो. राइट अनासक्त भाव से बैठे स्वामी को देख रहे थे : यह व्यक्ति सत्य कह रहा था। इतिहास का विश्लेषण इसी प्रकार होना चाहिए। जातियों के उत्थान पतन शायद इसी प्रकार होते हैं। हम उसमें कार्य-कारण का संबंध ढूंडते हैं; किंतु ईश्वर का न्याय नहीं खोजते। किंतु भारत में अंग्रेज़ों का राज्य है। यह व्यक्ति जब भी भारत लौटेगा, बंदी बना लिया जाएगा इसे गोली मारी जा सकती है। फांसी दी जा सकती है। आजीवन कारावास दिया जा सकता है, भारत लौटने पर ही क्यों, यहां भी...यह इंग्लैंड न सही, न्यू इंग्लैंड तो है। गोरी जातियां, एशियाई और अफ्रीकियों की तुलना में तो स्वयं को परस्पर सजातीय ही मानती ही हैं।

"स्वामी!" सहसा प्रो. राइट बोले, "अंग्रेज़ों के विषय में सार्वजनिक रूप से ऐसे वक्तव्य देकर, क्या आप अपने लिए संकट नहीं मोल ले रहे हैं?"

"भारत लौटना है या नहीं।" भीड़ में से किसी ने अपना मुंह छिपा कर कहा।

"नहीं! वे एक योगी के साथ ऐसा व्यवहार करने का साहस नहीं कर सकते।" स्वामी ने कहा और जैसे वे आवेशग्रस्त होकर अपना नियंत्रण खो बैठे, "कई बार मेरी इच्छा होती है कि अंग्रेज़ सरकार मुझे बंदी बना ले; या मुझे गोली से उड़ा दे। ऐसा दुस्साहस करके दिखाए वह। यह उनके ताबूत की पहली कील होगी।" स्वामी के सफेद दांतों की चमक जैसे सारे परिवेश में उजास भर गई, "मेरी मृत्यु सारे देश में दावाग्नि का काम करेगी। दावाग्नि का...।"

"अंग्रेज़ इतने ही आततायी हैं, तो आप लोग विद्रोह क्यों नहीं करते?" एक ग्रामीण ने स्वामी के आवेश से सम्मोहित होते हुए कहा, "क्या आपको स्वतंत्रता नहीं चाहिए?"

वह व्यक्ति अपने विरोध के कारण, उनसे कुतर्क नहीं कर रहा था। वह तो शायद

उनकी सहानुभूति में, उनकी पीड़ा से दुखी होकर, अपना आश्चर्य प्रकट कर रहा था।

"1857 ई. में भारत में विद्रोह ही तो हुआ था।" स्वामी ने उत्तर दिया, "उसे किस निर्दयता से कुचला गया। लोगों को संगीनों से बींधा गया, वृक्षों की शाखाओं से लटकाया गया, तलवारों से काटा गया, उनके जीवित शरीरों को तपते हुए लोहे से दागा गया। मृत्यु के पश्चात् भी उन्हें अपमानित तथा धर्मभ्रष्ट करने के लिए मुसलमानों को जलाया गया और हिंदुओं को दफनाया गया।"

"वह विद्रोह था?" प्रो वामबॉ जैसे अनायास ही आपत्ति कर बैठे, "हमने तो पढ़ा है कि वह राज्यद्रोह था, गदर था। भारतीय सिपाहियों ने सैनिक अनुशासन ही भंग नहीं किया था, निर्दोष अंग्रेज़ स्त्री पुरुषों और बच्चों को मार भी डाला था। तो क्या उन्हें दंडित नहीं किया जाता?"

"हां! आप शायद उसे गदर ही कहेंगे और मानेंगे।" स्वामी ने सीधे प्रो. वामबॉ की आंखों में देखा, "पर हम उसे भारतीय सिपाहियों का विदेशी सत्ता के विरुद्ध पहला विद्रोह और देश का प्रथम स्वतंत्रता संग्राम मानते हैं। यदि अनुशासन भंग करने वाले सैनिकों को दंडित ही करना था, तो दिल्ली में सर्वनाश, कत्लेआम करने की क्या आवश्यकता थी? दुकानों को लूटने और मकानों में आग लगाने की क्या आवश्यकता थी? घरों में भीत मूषिक के समान छिपे हुए, बूढ़ों, बच्चों और स्त्रियों को खोज-खोज कर उनकी हत्या करने की क्या आवश्यकता थी?"

"आपके पास क्या प्रमाण है कि यह सब हुआ?" मिस लेन के बोर्डिंग हाउस में ठहरे एक सैलानी ने असमंजस भरे स्वर में कहा।

"मैं तो केवल उन घटनाओं की ओर संकेत भर कर रहा हूं, जिनका लिखित वर्णन स्वयं सैनिक और असैनिक अंग्रेज़ अधिकारियों ने किया है।" स्वामी बोले, "आपकी इच्छा हो तो मैं उनके नाम गिनाऊं।"

"कोई अंग्रेज़ अपने अत्याचारों का लिखित वर्णन क्यों करेगा?" श्रीमती राइट चकित थीं।

"क्योंकि वे उसे अत्याचार नहीं मानते। वे भारतीयों को मनुष्य नहीं नानते। जैसे वे अमरीका और आस्ट्रेलिया के पूर्ववासियों को पशु मानकर उनका आखेट करते रहे हैं, वैसे ही वे हमें भी पशु मानते हैं, जिनके प्राण लेना उनके लिए गर्व का विषय है। यह उनकी वीरता है।" स्वामी के स्वर में उत्तेजना थी, "वे उन शिकारियों के समान हैं, जो वन के सिंहों को मार कर, उनके सिर गर्वपूर्वक अपने घर की दीवारों पर टांगते हैं। तुम समझते हो कि ईश्वर इस प्रकार के राक्षसी कृत्य क्षमा कर देगा? नहीं! प्रतिशोध ही उसका न्याय है। ईसा ने स्वयं कहा है, 'जो पेड़ अच्छा फल नहीं देता, वह काटा और आग में झोंक दिया जाएगा।'" स्वामी ने पुनः छत को देखा, "शिव! शिव!!"

थोड़ी देर के लिए वहां एक कष्टकर सन्नाटा छा गया।...उसे तोड़ा प्रो. राइट ने, "स्वामी! मेरा प्रश्न कुछ भिन्न है। व्यक्ति संन्यास ग्रहण करता है, क्योंकि उसे धन नहीं

चाहिए। किंतु जीवनयापन के लिए, संस्था के निर्माण, प्रचार और प्रसार के लिए, धन की आवश्यकता तो होती ही है। तब वही संन्यासी, जिसने स्वेच्छा से धनोपार्जन त्यागा था, व्यक्ति, संस्था अथवा समाज से धन की याचना करता है। जब धन से मुक्ति ही नहीं है, तो फिर उसके त्याग से क्या लाभ? संन्यासी याचना के स्थान पर अर्जन क्यों नहीं करता? क्यों नहीं वह स्वार्जित धन, अपने लक्ष्य के लिए दान करता?"

"कौन याचक है और कौन दाता? कौन मांगता है और कौन देता है? कौन लेकर कृतज्ञ होता है और कौन देकर कृतार्थ होता है?" उन्होंने रुककर प्रो. राइट की ओर देखा, "शेक्सपियर ने कहा है कि सारी संपत्ति तो ईश्वर की है। मनुष्य उसका चौकीदार मात्र है।"

प्रो. राइट अपने मनन में कुछ इतने डूब गए कि उन्होंने कोई उत्तर नहीं दिया। प्रो. वामबॉ ने इस अवसर का लाभ उठाकर चर्चा को आगे बढ़ाया, "मैं संन्यास को बुरा नहीं समझता। ईसाई संन्यासी ईसा के मत का प्रचार करते हैं; क्योंकि वह मत अपने अनुयाइयों की रक्षा करता है, उनका उद्धार करता है, उनका पालन-पोषण करता है, उन्हें समृद्ध करता है। सारे ईसाई देश समृद्ध और शक्तिशाली हैं। किंतु एक हिंदू संन्यासी?"

स्वामी ने अपनी बड़ी-बड़ी श्यामल आंखें प्रो. वामबॉ पर टिका दी, "ईसाई मत ने इथोपियन और अबीसीनियाई लोगों का उद्धार क्यों नहीं किया? ईसाई देश धनी हैं और ईसा कहते हैं, 'सूई के नाके से होकर ऊंट का निकलना अधिक सहज है, किंतु धनी का ईश्वर के राज्य में प्रवेश पाना कठिन है।'" अब तक स्वामी का आवेश जैसे पुनः लौट आया था, "अध्यात्म के धरातल पर इस पृथ्वी का कोई भी देश हिंदुओं से आंखें नहीं मिला सकता। इस राक्षसी और नारकीय संसार में केवल दुष्ट और अधर्मी लोग ही समृद्ध होते हैं, धर्म तो सदा ही कष्ट झेलता आया है। वैसे भी भौतिक विज्ञान केवल सांसारिक समृद्धि ही दे सकता है, जबकि अध्यात्म उसे शाश्वत जीवन प्रदान करता है।"

स्वामी का आवेश सागर की लहरों के समान लौट-लौटकर आ रहा था, "और यदि आपका विचार है ईसाई होने मात्र से ही कोई सच्चरित्र हो जाता है, तो अपने देश और समाज के चरित्र पर दृष्टि डालिए। अपने देश में मंच पर होने वाली स्त्री की दुदर्शा और नग्नता देखिए। अपनी सड़कों पर बिखरी हुई भयंकर अनैतिकता को देखिए। अपने समाज के विकट मदिरापान को देखिए। अपने यहां की चोरियों और डकैतियों को देखिए। पश्चिम में होने वाली हत्याओं और दक्षिण में होने वाली छुरेबाजी की घटनाओं की ओर ध्यान दीजिए। ईसाई जगत् में इतने अपराध क्यों हैं? ईसाई हो जाने से ही कोई धार्मिक हो जाता, तो यह सब क्यों है?"

श्रीमती राइट के मन में भारत में होने वाले ठगों के भयंकर उत्पात की चर्चाएं घूम गईं। किंतु फिर उनका मन संकुचित होकर रह गया। यह आरोपों, प्रत्यारोपों का अवसर नहीं था। स्वामी का कथन सत्य था–वे अपने देश के चरित्र को नहीं जानतीं क्या? विचित्र बात थी कि

एक दूरस्थ और अपरिचित देश से आकर स्वामी उन लोगों को उनके समाज की दुर्बलत एं दिखा रहे थे और वे लोग जैसे किसी मंत्र में बंधे, सब कुछ सुन रहे थे।

प्रातः चाय की मेज पर श्रीमती राइट बोलीं, "स्वामी! आपको नहीं लगता कि कल रात वातावरण बहुत गर्म हो गया था?"

"मौसम या वार्तालाप?"

"दोनों ही। हवा में उमस थी और आपके शब्दों में ताप।"

"मैंने कुछ अनुचित कहा क्या?"

"कह नहीं सकती; किंतु सोचती हूं, कि भारतीयों ने भी तो अंग्रेज़ों के विरुद्ध कुछ किया ही होगा।" श्रीमती राइट बोलीं।

"किया क्यों नहीं।" स्वामी का स्वर कुछ उल्लसित हो उठा, "झांसी की रानी लक्ष्मीबाई ने अपनी सेना सजा कर, अंग्रेज़ों से झांसी की रक्षा का प्रयत्न किया। वह लड़ी। घोड़े पर सवार होकर, हाथ में तलवार लेकर मर्दों से बढ़कर लड़ी। पराजय सामने दिखी तो समर्पण के अपमान से बचने के लिए अपने प्राणों पर खेल गई। उसने वीरों के समान मृत्यु को गले लगाया। वह मानवी नहीं, देवी थी–रणचंडी। हम उसकी पूजा करते हैं, अंग्रेज़ों के हाथों में पड़ गई होती तो वे उसे जॉन ऑफ आर्क के समान जीवित जला देते। इससे नीच कार्य भी कोई जाति कर सकती है?" स्वामी का स्वर कुछ मंद हुआ, "मैं एक ऐसे व्यक्ति को जानता हूं... जिसके चार-चार पुत्रों ने अंग्रेज़ों के हाथों वीरगति प्राप्त की है। वह जब उनकी चर्चा करता है, तो तनिक भी विचलित नहीं होता; किंतु जब वह झांसी की रानी की चर्चा करता है, तो उसकी आंखों से झर-झर आंसू बहने लगते हैं। उस देवी का स्वाभिमान और स्वतंत्रता का युद्ध क्यों अनुशासनहीनता है? वह क्या राज्यद्रोह था?"

श्रीमती राइट ने पहली बार एक विचित्र असमंजस क अनुभव किया। जिस घटना को उन्होंने आज तक गदर माना था, स्वामी ने उसे एकदम ही विपरीत रूप में प्रस्तुत किया था। जैसे सारा नक्शा ही बदल गया था। उन्होंने तो यह ही जाना था कि भारतीय सैनिकों ने विश्वासघात किया था, सैनिक शपथ तोड़ी थी, अपने अंग्रेज़ अधिकारियों की हत्याएं की थीं। दिल्ली, कानपुर और झांसी में निरीह, शरण मांगने आए, असहाय अंग्रेज़ स्त्री, पुरुषों और बच्चों की क्रूर हत्याएं की थीं। पर शायद स्वामी का पक्ष ही सत्य था। हिंदुओं में अहिंसा का बहुत महत्व था। फिर वे लोग स्त्री को देवी मानते थे, वे इस प्रकार निरीह हत्याएं नहीं कर सकते। किंतु उन सिपाहियों में मुगल, पठान और तुर्क सिपाही भी तो रहे होंगे। उन्हें अहिंसा नहीं सिखाई गई थी, न वे स्त्रियों को उस सम्मान की दृष्टि से देखते थे। संभव है, वे हत्याएं उन्होंने की हों...प्रतिशोध में वैसे भी तो मनुष्य पशु ही हो जाता है।

प्रो. राइट बड़े ध्यान से स्वामी को देख रहे थे।

"क्या सोच रहे हैं प्रोफेसर आप?" स्वामी ने अत्यंत मधुर ढंग से कहा, "यदि मेरी चिंता है तो मुझे बता दें।"

"क्या यह अपनी यौगिक क्षमता दिखा रहा है?" प्रो. राइट के मन में विचार आया, "क्या वह बताना चाहता है कि वह सामने बैठे व्यक्ति के मन के विचार पढ़ सकता है?"

"आपको नहीं लगता स्वामी! कि कल आप आग उगल रहे थे? आप सदा ऐसे ही होते हैं?"

"नहीं तो! एकदम नहीं।"

"ठीक है कि आत्मरक्षा के लिए कभी कभी कठोर भी होना पड़ता है।" प्रो. राइट ने कहा।

"नहीं! यह आत्मरक्षा नहीं थी।" स्वामी ने मंद किंतु गंभीर स्वर में कहा, "संन्यासी अपनी रक्षा के लिए ईश्वर पर निर्भर है। किंतु वे मेरे देश और धर्म को लांछित कर रहे थे।" स्वामी ठहर गए, "वस्तुतः मैं उनकी रक्षा भी नहीं कर रहा था। मैं तो उनका वास्तविक स्वरूप समझा रहा था और केवल सत्य बोल रहा था।"

"मेरा विचार है स्वामी! कि छुट्टियां बिताने आए लोगों के सामने बिना किसी निश्चित विषय के बोलने से कहीं अच्छा है कि आप परसों चर्च में प्रार्थना करने आए लोगों के सम्मुख भाषण दें।"

"मुझे चर्च के मंच से भाषण करने की अनुमति मिल जाएगी?"

"मैं उसके लिए आपको आमंत्रित कर रहा हूं।" प्रो. राइट ने कहा, "आप जैसा वक्ता एनिक्वास्म के चर्च को कहां मिलेगा।"

"तो इसमें मुझे भी क्या अपत्ति हो सकती है। मैं यहां भी मां की शरण में हूं–ईसा की माता मां मरियम की शरण में।"

प्रो. राइट ने चकित होकर स्वामी की ओर देखा : किंतु वहां कोई छद्म नहीं था।

"ऑस्टिन! तुम स्वामी जी से क्या बातें कर रहे थे?"

"मां! स्वामी जी मुझे बहुत सरस कहानियां सुना रहे थे।" ऑस्टिन ने अपनी उमंग में बताया, "वन में रहने वाले पशु पक्षियों की कहानियां। वे सब मनुष्यों के समान ही सोचते समझते हैं मां!"

स्वामी मुस्कराए, "हम उन्हें पंचतंत्र की कहानियां कहते हैं। संस्कृत में एक पुस्तक है 'पंचतंत्र'। उसमें बच्चों को जीवन संबंधी कुछ मूल्य सिखाने और कुछ व्यावहारिक ज्ञान देने के लिए पशु-पक्षियों की कहानियां प्रस्तुत की गई हैं।"

"स्वामी तुम्हें हिंदू पूजा तो नहीं सिखा रहे थे," प्रो. राइट ने परिहास किया, "वे स्वयं तो दिन में कई घंटे पूजा करते हैं।"

"मैंने स्वामी से पूजा करनी सीखी है।" ऑस्टिन से भी पहले एलिजाबेथ बोली,

"कितना सरल है पापा! किसी शांत और एकांत स्थान पर बैठ जाओ और भगवान का ध्यान करो। बस हो गई पूजा।"

"और पापा! स्वामी कहते हैं कि जहां बैठकर भगवान का ध्यान करो, वही चर्च होता है। मैंने सोचा, उसे चर्च नहीं शांतिधाम कहना चाहिए–हाउस ऑफ क्वाएट।" ऑस्टिन ने कहा।

"तुमने ठीक ही सोचा है ऑस्टिन!" स्वामी ने उसे स्नेहमयी दृष्टि से देखा, "हम उसे ध्यानमंडप कहते हैं; किंतु उसे शांतिधाम भी कहा जा सकता है।"

"मुझे बताओ स्वामी!" सहसा प्रो. राइट गंभीर हो गए, "हमें धर्म की आवश्यकता ही क्या है? क्या हमारा जीवन धर्म के बिना ही सुचारु रूप से नहीं चल सकता?"

स्वामी ने पहले तो प्रो. राइट को तन्मयता से देखा और फिर अपनी बड़ी-बड़ी श्यामल आंखें मूंद लीं। आंखें खोलकर उन्होंने बिना किसी भूमिका के बोलना आरंभ किया, "रेल की पटरी पर एक भीमकाय इंजन तेजी से भागा जा रहा था। एक छोटा-सा कीड़ा उस पटरी पर रेंग रहा था। इंजन आ रहा है, यह देखकर उसने धीरे से पटरी से उतरकर अपने प्राण बचाए। वह क्षुद्र कीट, जो किसी भी क्षण इंजन से दबकर मर सकता था, एक प्राणी है; और इंजन इतना विराट, इतना विशाल होने पर भी, केवल एक यंत्र ही है। एक में जीवन है और दूसरा केवल जड़ पदार्थ है–उसमें चाहे कितनी शक्ति हो, कितनी गति हो, कितना वेग हो–वह मृत, जड़ यंत्र के सिवाय और कुछ भी नहीं है। वह क्षुद्र कीट, जो पटरी के ऊपर चल रहा था, इंजन के स्पर्श मात्र से जिसकी मृत्यु निश्चित थी, वह उस भीमकाय इंजन की तुलना में श्रेष्ठ और महिमासम्पन्न है। वह उस असीम का ही क्षुद्र अंश है, इसी कारण वह उस शक्तिशाली इंजन से श्रेष्ठ है।"

'स्वामी की बात का प्रोफेसर के प्रश्न से कोई प्रत्यक्ष संबंध दिखाई नहीं दे रहा था।' श्रीमती राइट सोच रही थीं, 'पर स्वामी की यही तर्क शैली थी। वे अभी घूम फिर कर प्रोफेसर के प्रश्न पर आ जाएंगे, पर तब तक वे अपने श्रोताओं को अपनी कहानियों और उदाहरणों से सहमत कर चुके होंगे।'

"क्यों श्रेष्ठ है वह?" स्वामी ने प्रश्न किया और फिर स्वयं ही उत्तर दिया, "जीवित प्राणी में स्वाधीनता का भाव है, बुद्धि है। जड़ पदार्थ में स्वाधीनता नहीं है, क्योंकि उसमें बुद्धि नहीं है, वह कुछ जड़ नियमों की सीमा में बद्ध है। जिस स्वाधीनता के कारण हम यंत्र से भिन्न हैं–उसी स्वाधीनता को पूर्णरूपेण पाने के लिए, ही हम सारी चेष्टाएं कर रहे हैं–उन सबका एक ही उद्देश्य है कि कैसे हम अधिकतम स्वाधीन हों। पूर्ण स्वाधीनता पाने पर ही हम पूर्णत्व पा सकते हैं।"

"पर धर्म में पूर्णत्व पाने का प्रयत्न कहां है?" प्रो. राइट ने स्वामी के तर्क की दिशा को भांपते हुए कहा, "वहां अधिकाधिक अपनी दुर्बलता और अपने अपूर्णत्व की स्वीकृति है। आत्मसमर्पण है। अधिक से अधिक दासता है। स्वाधीनता कहां है वहां?"

"लोग समझते हैं कि किसी अज्ञात रूप से देवादि पुरुष हमारी अपेक्षा अधिक बड़े

हैं, बहुत शक्तिशाली हैं और वे हमारी स्वाधीनता में बाधा डालते हैं।" स्वामी ने श्रीमती राइट द्वारा तैयार किया हुआ चाय का प्याला उठाते हुए कहा, "इसी कारण इन सब देवताओं को वे संतुष्ट करने की चेष्टा करते हैं, जिससे वे उनका किसी प्रकार अनिष्ट न करें। अर्थात् जिससे वे अधिकाधिक स्वाधीनतालाभ कर सकें।" स्वामी बिना रुके कहते गए, "स्वाधीनता की प्राप्ति ही मानव जीवन का परम लक्ष्य है–जब तक वह इस स्वाधीनता की प्राप्ति नहीं करता तब तक किसी तरह भी उसका असंतोष दूर नहीं हो सकता।"

प्रो. राइट कुछ कहने ही वाले थे कि स्वामी ने मुस्कराकर उन्हें शांत रखने के लिए अपना हाथ उठाया, "मैं आपकी बात पर ही आ रहा हूं।"

प्रो. राइट तो मौन रह गए, किंतु श्रीमती राइट ने स्वामी को आगे बढ़ने नहीं दिया। वे अपने पति से बोलीं, "आप स्वामी को कुछ खाने पीने भी देंगे, या बातों में ही उलझाए रखेंगे।"

प्रो. राइट कुछ झल्ला कर बोले, "खाना पीना बहुत महत्वपूर्ण है; किंतु इतना महत्वपूर्ण भी नहीं है कि दो ग्रास अधिक खिलाने के चक्कर में तुम एक सुंदर वार्तालाप को नष्ट कर दो।"

"आप तनिक भी चिंता न करें मां! यह पेटू संन्यासी भोजन के सामने से कभी भूखा नहीं उठता।'

"स्वाधीनता की आकांक्षा से ही मनुष्य में यह धारणा उत्पन्न होती है कि एक ऐसा पुरुष अवश्य है, जो संपूर्णतया मुक्तस्वभाव है। ईश्वर की अवधारणा मनुष्य के मन का स्वाभाविक गुण है।" स्वामी कह रहे थे, "हम इसका अर्थ चाहे न समझें, किंतु अचेतन रूप से हमारे मानवीय भाव के साथ हमारे आध्यात्मिक भाव का, निम्नस्तर के भाव का उच्च स्तर मन के साथ संघर्ष चल रहा है, और यह संघर्ष अपना पृथक् स्वभाव बचा रखने के लिए–जिसे हम व्यक्तित्व कहते हैं–प्रयत्न करता है।" स्वामी ने रुक कर प्रो. राइट की ओर देखा, "जितने दिन हम प्रकृति की नियमावली को मानकर चलते हैं, उतने दिन हम यंत्र के समान हैं–उतने दिन जगत्प्रवाह अपनी गति से चलता रहता है–उसकी श्रृंखला हम तोड़ नहीं सकते। नियम का पालन ही मनुष्य की प्रकृति हो जाती है; किंतु जब हमारे भीतर प्रकृति का यह बंधन तोड़ कर मुक्त होने की चेष्टा उत्पन्न होती है, तभी उच्च स्तर के जीवन का प्रथम उन्मेष होना समझना चाहिए। मुक्ति, ओ मुक्ति। मुक्ति, ओ मुक्ति–यही आत्मा का संगीत है।"

"ठीक है।" इस बार प्रो. राइट ने कुछ अधिक बलपूर्वक कहा, "मुक्ति की इच्छा को, उसकी आवश्यकता को–मैं भी स्वीकार करता हूं; किंतु हम विज्ञान के माध्यम से भी तो वही कर रहे हैं, फिर धर्म या अध्यात्म...।"

स्वामी मुसकराए, "प्रकृति के भीतर तो स्वाधीनता या मुक्ति संभव नहीं है। उसके भीतर नियम–केवल नियम हैं। विशाल सूर्य मंडल से लेकर क्षुद्र परमाणु तक सभी प्रकृति

के नियमाधीन हैं। इसीलिए मनुष्य तड़पकर कहता है, 'मैं जन्म से ही प्रकृति का दास हूं–बद्ध हूं।' फिर भी एक ऐसा पुरुष है, जो प्रकृति के नियमों में बद्ध नहीं है। जो नित्यमुक्त है और प्रकृति का भी प्रभु है।" स्वामी चाय का एक घोंट पीने के लिए रुके, "जिस प्रकार बंधन की धारणा हमारे मन का अच्छेद्य और मौलिक अंश है, ईश्वर की धारणा भी उसी प्रकार प्रकृतिगत और हमारे मन का अच्छेद्य, मौलिक अंश है। और दोनों ही स्वाधीनता की भावना से उत्पन्न हुई हैं।" स्वामी क्षण भर के लिए रुके, "स्वाधीनता का भाव न रहने पर, एक पौधे तक में भी जीवन नहीं रह सकता। पौधे अथवा कीट में भी जीवन को व्यक्तित्व की धारणा तक ऊपर उठना पड़ता है। इन दो धारणाओं का लगातार संग्राम चल रहा है। मुक्ति या स्वाधीनता के इस मूर्त विग्रहस्वरूप, प्रकृति के प्रभु को हम ईश्वर कहा करते हैं। उसको आप अस्वीकार नहीं कर सकते; क्योंकि इस स्वाधीनता के भाव के बिना, जीवन धारण नहीं किया जा सकता।"

"किंतु ईश्वर की उपासना...।" प्रो. राइट ने कुछ अधैर्य से कहा।

स्वामी अब पूर्णतः अपने प्रवाह में आ चुके थे, "समग्र प्रकृति ही ईश्वर की उपासना है। जहां भी किसी प्रकार का जीवन है, वहीं मुक्ति का अनुसंधान है; और वह मुक्ति ही ईश्वर स्वरूप है। मुक्तिलाभ करने पर निश्चय ही समग्र प्रकृति पर आधिपत्य प्राप्त होता है। ज्ञान के बिना मुक्ति पाना असंभव है। हम जितने अधिक ज्ञान संपन्न होते हैं, उतना ही हम प्रकृति पर आधिपत्य पा सकते हैं। यदि ऐसा कोई पुरुष है, जो पूर्णतः मुक्त और प्रकृति का प्रभु है, तो उसे ही प्रकृति का पूर्ण भान है। वह सर्वव्यापी और सर्वज्ञ है। मुक्ति और स्वाधीनता के साथ वह पूर्ण पुरुष भी होगा। जो व्यक्ति उस पूर्ण पुरुष को प्राप्त कर लेगा, केवल वही प्रकृति के पार जाने में समर्थ होगा। विज्ञान का लक्ष्य यह नहीं है, यह अध्यात्म का लक्ष्य है।" स्वामी ने प्रो. राइट पर एक गहरी दृष्टि डाली, "वेदांत के ईश्वर विषयक सभी विचारों के मेल में पूर्ण मुक्ति एवं स्वाधीनता से उत्पन्न परमानन्द तथा नित्य शांतिरूप धर्म की उच्चतम धारणा विद्यमान है। संपूर्ण मुक्त भाव से अवस्थान–कुछ भी उसको बद्ध नहीं कर सकता। वहां प्रकृति नहीं है, किसी प्रकार का परिवर्तन नहीं है, ऐसा कुछ भी नहीं है, जो उसमें किसी प्रकार का परिणाम उत्पन्न कर सके। यह मुक्त भाव आपके भीतर भी है और वही एकमात्र यथार्थ स्वाधीनता है।"

नाश्ता समाप्त हो चुका था। सबने अपने हाथ रोक लिए थे और प्लेटें परे धकेल दी थीं। किंतु कोई भी मेज से उठ नहीं रहा था।

श्रीमती राइट एक विचित्र प्रकार के असमंजस में थीं। यदि ये लोग इसी प्रकार बैठे रहे, तो घर की सारी व्यवस्था बिगड़ जाएगी। दोपहर के भोजन का क्या होगा और घर के अन्य काम? किंतु प्रो. राइट ठीक ही कह रहे थे, घर की व्यवस्था को बनाए रखने के प्रयत्न में वे स्वामी की ये बातें रुकवा देंगी क्या?

"ईश्वर सदा ही अपने महिमामय अपरिणामी स्वरूप में प्रतिष्ठित है। आप और हम उसके साथ एक होने की चेष्टा कर रहे हैं; किंतु इधर बंधन की कारणभूत प्रकृति, नित्य

जीवन की छोटी-छोटी बातें–धन, नाम, यश, मानव प्रेम प्रभृति-प्राकृतिक विषयों पर निर्भर हैं। किंतु यह जो समग्र प्रकृति प्रकाश पा रही है, उसका प्रकाश किसपर निर्भर है? ईश्वर के प्रकाश से ही प्रकृति प्रकाश पाती है; सूर्य, चंद्र, तारों के प्रकाश से नहीं। उसके प्रकाशमान होने से ही और सब कुछ प्रकाशित होता है।"

स्वामी को लग रहा था कि उनके पास बताने को बहुत कुछ है और प्रो. राइट को वह सब सुनने में रुचि थी। धीरे-धीरे स्वामी के चिंतन के विरुद्ध उनके तर्क भी जैसे शिथिल हो गए थे। वे स्वामी के ज्ञान को अधिक से अधिक पा लेना चाहते थे। दोपहर के भोजन के उपरांत भी वे दोनों बाहर लॉन में जा बैठे थे। श्रीमती राइट जब उनको यह पूछने गईं कि वे लोग कॉफी लेंगे क्या? तो उन्होंने देखा वहां प्रो. वामबॉ भी आए बैठे थे। तीन-चार और लोग भी थे और स्वामी पूर्ण तल्लीनता से अपनी बात कह रहे थे।

श्रीमती राइट की इच्छा नहीं हुई कि वे उनका प्रवाह भंग करें। किंतु वे उलटे पांव लौट भी नहीं सकीं। वे क्षण भर यह सुनने के लिए रुकीं कि अब स्वामी किस विषय पर चर्चा कर रहे हैं, तो खड़ी की खड़ी रह गईं।

स्वामी कह रहे थे, "ईश्वर स्वतः सिद्ध है : निर्गुण, सर्वज्ञ, प्रकृति का ज्ञाता और प्रभु! सब उपासनाओं के मूल में वह विद्यमान है। हम चाहे समझें या न समझें, सब ओर उसी की उपासना हो रही है। जिसको अशुभ कहा जाता है, वह भी उसी की उपासना है। वह भी मुक्ति का ही एक खंड है। केवल यही नहीं, मैं इससे भी भीषण बात कहूंगा–जब आप कोई अशुभ काम करते हैं, तो वहां भी मुक्ति की अदम्य आकांक्षा ही विद्यमान रहती है। वह पथभ्रष्ट और भ्रांत हो सकती है, परंतु वह विद्यमान है अवश्य। समग्र ब्रह्मांड में मुक्ति–स्वाधीनता का स्पन्दन हो रहा है। इस ब्रह्मांड के अंतःस्थल में यदि एकत्व न रहता, तो हम विविधता को समझ ही नहीं सकते थे। उपनिषद् में ईश्वर की धारणा इसी प्रकार की है। कभी कभी यह धारण और भी उच्चतर हो जाती है। उससे हमारे सामने एक ऐसे आदर्श की स्थापना होती है, जिससे पहलेपहल तो हम को स्तंभित रह जाना पड़ता है–स्वरूपतः हम सब ईश्वर से अभिन्न हैं। वह जो तितली का विचित्र वर्ण है, और वह जो गुलाब की कली का खिलना है–उसके मध्य भी शक्ति के रूप में वही विद्यमान है, जिसने हमें जीवन दिया है। हमारे अंतर में भी वही विराज रहा है। उसकी अग्नि से जीवन का आविर्भाव और उसकी शक्ति से कठोरतम मृत्यु होती है। उसकी छाया ही मृत्यु है और उसकी छाया ही अमृतत्व है। जो कुछ भी भीषण है, उससे हम आखेटक द्वारा खदेड़े गए खरगोश के समान भाग रहे हैं। उससे मुंह चुरा कर स्वयं को निरापद समझ रहे हैं।"

श्रीमती राइट एक कुर्सी धीरे से खिसकाकर बैठ गईं। अब स्वामी की पूरी बात सुने बिना उनका जाना संभव नहीं था।

"जो कुछ भयानक है, उसका सामना करना पड़ेगा, साहसपूर्वक उसके सामने खड़ा होना होगा।" स्वामी कह रहे थे, "यदि हमको मुक्ति या स्वाधीनता का अर्जन करना है,

तो हमें प्रकृति को जीतना ही होगा। प्रकृति से भागना नहीं होगा। कापुरुष कभी जय नहीं पा सकता। हमको भय, कष्ट और अज्ञान के विरुद्ध संग्राम करना होगा, तभी वे हमारे सामने से भाग जाएंगे।" स्वामी के मुखमंडल पर असाधारण शांति आ विराजी थी, "मृत्यु क्या है? आतंक क्या है? उन सबके भीतर क्या प्रभु का आनन दिखाई नहीं देता? दुख, कष्ट और आतंक से दूर भाग कर देखो–वे तुम्हारा पीछा करेंगे। उनके सामने खड़े हो जाओ, वे भाग जाएंगे। सारा संसार सुख और आराम का उपासक है। जो कष्टप्रद है, उसकी उपासना करने का साहस बहुत कम लोग करते हैं। इन दोनों का ही अतिक्रमण मुक्ति है। मनुष्य इस दुखदायी द्वार में से गुजरे बिना मुक्त नहीं हो सकता। हम ईश्वर की उपासना करने की चेष्टा करते हैं, किंतु प्रकृति और हमारी देह–ईश्वर और हमारे मध्य खड़ी होकर–हमें अंधा कर देती है। हमें कठोर वज्र के भीतर, लज्जा, मलिनता, दुःख-दुर्विपाक, पाप-ताप के भीतर, भी हमें उनसे प्रेम करने की शिक्षा लेनी होगी। समग्र संसार, धर्ममय ईश्वर का प्रचार चिरकाल से करता आ रहा है। मैं उसी ईश्वर का प्रचार करना चाहता हूं, जो एक ही समान धर्म और अधर्ममय हो। यदि साहस हो तो इस ईश्वर को ग्रहण करो। यही मुक्ति का एकमात्र उपाय है। इसके द्वारा आप, उस एकत्वरूप चरम सत्य में पहुंच सकेंगे। तभी यह धारणा नष्ट होगी कि एक व्यक्ति, दूसरे से बड़ा है। जितना ही हम उस मुक्ति तत्व के पास जाते हैं, उतना ही हम ईश्वर के आश्रय में आते हैं, उतना ही हमारा दुख-कष्ट दूर होता है। तब हम नरक के द्वार को, स्वर्ग द्वार से पृथक नहीं समझेंगे। तब हम मनुष्य और मनुष्य में भेदबुद्धि रख यह नहीं कहेंगे, कि मैं जगत् में किसी अन्य प्राणी से श्रेष्ठ हूं। जब तक हमारी ऐसी अवस्था नहीं होती कि हम संसार में उस प्रभु के सिवाय और किसी को न देखें, तब तक हम दुख और कष्ट से घिरे ही रहेंगे। तब तक हम सब में भेद देखेंगे। हम भगवान से, उस आत्मा से अभिन्न हैं, और जब तक हम ईश्वर को सर्वत्र नहीं देखेंगे, तब तक हम समग्र संसार के एकत्व का अनुभव नहीं कर सकेंगे।"

संध्या समय प्रसिद्ध प्राणीशास्त्री प्रो. अलफियस हैयट के घर पर बच्चों का एक नाटक होने वाला था। उस में प्रो. राइट के दोनों बच्चे भी अभिनय कर रहे थे। उनकी बहुत इच्छा थी कि स्वामी भी उस नाटक को देखें।

श्रीमती राइट की समझ में नहीं आ रहा था कि स्वामी को इस प्रकार परेशान करने का क्या लाभ? सदा ईश्वर में रमे हुए इस व्यक्ति को बच्चों के इस बचकाने नाटक में समय नष्ट करने के लिए कहना...बच्चों की हठ उन्हें सुहा नहीं रही थी; किंतु बच्चे कल संध्या से ही स्वामी के आस पास इतना मंडरा चुके थे और उन्हें इतना अपना चुके थे कि उनका नाटक हो और स्वामी उसे न देखें–यह उनको सह्य नहीं था। श्रीमती राइट का मन थोड़ा डर भी रहा था। एक अपरिचित संन्यासी का बच्चों पर इतना प्रभाव क्या शुभ है? कहीं स्वामी उन्हें सम्मोहित तो नहीं कर रहे। भारत के विषय में उन्होंने ऐसी

बहुत सारी बातें सुन रखी थीं। किंतु फिर वे स्वयं ही अपने ऊपर हंस पड़ीं–बच्चे ही क्या! यहां तो बड़े बड़े उनसे सम्मोहित हुए पड़े थे। सबसे अधिक तो प्रो. राइट ही उनके जादू में बंध चुके थे। कल संध्या समय उनकी स्थिति उस छोटे से बच्चे के समान हो रही थी, जो घर में आए किसी अतिथि को उत्सुकतावश देखता हुआ, उसके आगे पीछे ही डोलता फिरता है। मजाल है कि अपनी इच्छा से उन्होंने एक क्षण के लिए भी स्वामी को छोड़ा हो। अंततः उन्होंने प्रो. राइट से ही कहा, "बच्चे चाहते हैं कि स्वामी भी उनका नाटक देखें।"

"तो चलें न!" प्रोफेसर बहुत सहज भाव से बोले, "यहां, हमारी अनुपस्थिति में पीछे घर पर बैठे बैठे करेंगे भी क्या।"

"संभव है, उन्हें बच्चों के नाटक में कोई रुचि न हो।"

"मेरी! मुझे तो ऐसा नहीं लगता।" प्रो. राइट ने कहा, "उस संन्यासी को संसार के प्रत्येक निर्दोष क्रियाकलाप में रुचि है–ऐसा मेरा अनुमान है। वैसे मेरा अपना स्वार्थ भी है। मैं चाहता हूं कि इसी बहाने मैं वहां स्वामी का कुछ नए लोगों से परिचय करा दूं।"

श्रीमती राइट ने आज अपने पति का यह नया ही रूप देखा था। आज तक उन्होंने देखा था कि लोग, प्रो. राइट के निकट आने का प्रयत्न कर रहे हैं और प्रोफेसर उनसे अपना पीछा छुड़ाने को छटपटा रहे हैं; किंतु अब एक ऐसा व्यक्ति आया था, जिसके निकट जाने और लोगों को उसके निकट लाने का प्रयत्न स्वयं प्रो. राइट कर रहे थे।

"फिर भी आप स्वामी से पूछ तो लें।" श्रीमती राइट ने आग्रह किया।

"अवश्य।" प्रोफेसर बोले, "उनसे पूछे बिना उन्हें कैसे ले जाऊंगा।"

स्वामी पूरी रुचि से बच्चों का नाटक देख रहे थे और वहां उपस्थित सारे लोगों की रुचि स्वामी में बढ़ती जा रही थी। स्वामी इस बात से अनभिज्ञ ही थे कि प्रो. अलफियस हैयट ने प्रो. राइट से आग्रह कर, उन्हें इस बात के लिए तैयार कर लिया है कि नाटक के पश्चात् वे लोग वहीं रुकेंगे और चाय पीने के बहाने कुछ लोग स्वामी से चर्चा करेंगे।

नाटक समाप्त होने के पश्चात् एलिजाबेथ और ऑस्टिन अपने साथियों के साथ स्वामी से विशेष रूप से पूछने के लिए आए कि उन्हें नाटक कैसा लगा। स्वामी ने उनके नाटक और अभिनय की तो प्रशंसा कर दी; किंतु यह नहीं बता पाए कि उनके इस नाटक के माध्यम से, आज पुनः उन्होंने अपना बचपन देखा था। उन्हें कालिदास की उपमा स्मरण आ रही थी, उनका मन कैसे रथ पर लगे हुए झंडे के समान, पीछे लौटने को फड़फड़ा रहा था...उन्हें अपने बचपन के वे दिन स्मरण आ रहे थे, जब उन्होंने अपनी नाट्य मंडली बनाई थी। उन्हें प्रोत्साहित करने के लिए एक नृसिंह दत्त थे, या कभी-कभी रामदादा आ जाते थे। यहां तो सारे बच्चों के माता-पिता आए थे। उन्होंने नाटक के लिए सारी सुविधाएं जुटाई थीं और उन्हें प्रोत्साहित किया था। स्वामी उन्हें कैसे बताते कि भारत में

भी माता पिता अपने बच्चों से प्रेम करते हैं...कहीं-कहीं तो मोह की सीमा तक, किंतु भारतीय समाज में बच्चों के अधिकारों को इस प्रकार मान्यता प्राप्त नहीं है।

स्वामी को बच्चों से बातें तो बहुत सारी करनी थीं, किंतु प्रो. हैयट उन्हें अपने साथ घसीट ले जाने की बहुत जल्दी में थे। स्वामी को लगा कि पिछले एक दिन में ही उनकी चर्चा सारे एनिक्वास्म में फैल गई है। स्वामी का मन एक अद्भुत आह्लाद से भर उठा, उन्हें लगा कि अकस्मात् ही उन्हें अपने गुरु की कोई योजना समझ में आ गई है। तो यह इच्छा है ठाकुर की। सदा कहते रहते थे कि 'तुम्हें मेरा काम करना होगा।' तो यह काम है ठाकुर का। किस ढंग से उन्हें यहां भेज दिया और अब चारों ओर प्रचार कर दिया, 'देखो, भारत से एक विचित्र जंतु यहां आया है। इसको देखो।' यह तो मुहल्ले में आए विज्ञापन करने वाले लकड़ी की लंबी लंबी टांगें लगाए, विदूषक के समान हुआ। बच्चे एक विचित्र प्रकार के विदूषक को देखने की उत्सुकता में आते हैं और पदार्थ का प्रचार हो जाता है। वैसे ही ये अमरीकी भारत से आए, एक विचित्र प्राणी को देखने आते हैं और ठाकुर का प्रसाद लेकर जाते हैं।

"अच्छा स्वामी!" प्रो. हैयट ने बात आरंभ की, "आप वेदांत की दृष्टि से मनुष्य और ईश्वर का संबंध किस रूप में स्वीकार करते हैं?"

स्वामी ने प्रो. हैयट की ओर देखा : यह प्रश्न अकस्मात् ही बातचीत के मध्य में से नहीं उभरा था। यह तो पूर्वविचारित प्रश्न था। प्रो. हैयट ने तय कर रखा होगा कि स्वामी से यह पूछना ही है। बहुत संभव है कि यह स्वामी को घेरने का ही कोई प्रयत्न हो, किंतु देखो तो ठाकुर की चतुराई। जो अमरीकियों की घेराबंदी है, वही वेदांत का प्रचार है।

स्वामी कुछ अंतर्मुखी हो गए। वे बोले तो उनकी वाणी में अद्भुत गांभीर्य था, "एक ही वृक्ष पर सुंदर पंखों वाले, अभिन्न सखा, दो पक्षी हैं। उनमें से एक वृक्ष के ऊपर वाले भाग पर और दूसरा नीचे वाले भाग पर बैठा है। नीचे का सुंदर पक्षी वृक्ष के मीठे और कड़वे फलों को खाता है। जिस मुहूर्त में उसने कड़वे फल को खाया, उसको कष्ट हुआ; कुछ क्षणों के बाद एक और फल खाया, और जब वह भी कड़वा लगा तो उसने ऊपर देखा। ऊपर उसको दूसरा पक्षी दिखाई दिया–वह मीठे अथवा कड़वे किसी भी फल को नहीं खाता। वह अपनी महिमा में मग्न हो स्थिर और धीर भाव से बैठा है। किंतु वह उसे देखकर भी फिर से फल खाने लगा–अंत में उसने एक ऐसा फल खाया, जो अत्यधिक कड़वा था। तब वह फल खाने से विरक्त हो फिर उस ऊपर वाले, महिमामय पक्षी को देखने लगा। धीरे-धीरे वह उस ऊपर वाले पक्षी की ओर अग्रसर होने लगा–जब वह उसके एकदम निकट पहुंचा, तब उस ऊपर वाले पक्षी की अंगज्योति उस पर पड़ी और धीरे-धीरे ज्योति ने उसको अपने में वेष्टित कर लिया। अब नीचे वाले पक्षी ने देखा कि वह ऊपर वाले पक्षी में परिणत हो गया है। तब से वह शांत महिमामय और मुक्त हो गया। उसे ज्ञात हो गया कि वस्तुतः वृक्ष पर दो पक्षी कभी थे ही नहीं–केवल एक

ही पक्षी था। नीचे वाला पक्षी ऊपर वाले पक्षी की छाया मात्र था।" स्वामी ने पहली बार बहिर्मुखी होकर अपने श्रोताओं को देखा, "यह कथा मुंडकोपनिषद की है। यह हमें बताती है कि वस्तुतः हम ईश्वर से अभिन्न हैं; किंतु जिस प्रकार एक सूर्य लाखों ओसकणों में प्रतिबिंबित होकर, छोटे-छोटे लाखों सूर्यों सा प्रतीत होता है, उसी प्रकार ईश्वर भी असंख्य जीवों के रूप में प्रतिभासित होता है।"

स्वामी ने अपनी बात समाप्त की ही थी कि श्रीमती हैयट ने तड़पकर कहा. "कहानी तो ठीक है, वरन् बच्चों के लिए बहुत रोचक है; किंतु क्या यह संभव भी है?"

"यह कहानी पंचतंत्र की नहीं, मुंडकोपनिषद की है। बच्चों के लिए नहीं, ब्रह्मविद्या के जिज्ञासु व्यस्क जनों के लिए है।" स्वामीने कहा, "किंतु आप क्या पूछ रही हैं–क्या संभव है?"

"जो आपने बताया।" श्रीमती हैयट बोली, "नीचे वाले पक्षी का ऊपर वाले पक्षी से जा मिलना। मनुष्य का ईश्वर में मिल जाना।"

"अपने मूल स्वरूप को भुला देने का यही परिणाम होता है। कोई याद भी दिलाए तो न याद आता है, न उसका विश्वास होता है।" स्वामी मुस्कराए, "यदि हम अपने प्रकृत ब्रह्मस्वरूप के साथ अभिन्न होना चाहें, तो प्रतिबिंब को दूर करना आवश्यक है। विश्व प्रपंच हमारे कार्यों की सीमा कदापि नहीं हो सकता। इसीलिए कृपण अर्थ-संचय करता रहता है, चोर चोरी करता रहता है, पापी पाप करता रहता है और आप दार्शनिक तर्क-वितर्क करते हैं। मुक्ति लाभ को छोड़ कर हमारे जीवन का और कोई उद्देश्य नहीं है। ज्ञान से हो अथवा अज्ञान से, हम सब पूर्णता पाने की चेष्टा कर रहे हैं; और प्रत्येक व्यक्ति उसे एक न एक दिन पाएगा ही।"

"पर स्वामी! यदि हम अपने अज्ञान में भी अपनी पूर्णता, जिसे आप मुक्ति कहते हैं, की ओर ही बढ़ रहे हैं," प्रो. राइट के चेहरे पर कुछ असमंजस था, "तो फिर ये इतने सारे धर्मावतार, नबी, पैगंबर, संत, महात्मा हमें क्या उपदेश देने के लिए आते हैं? उसकी आवश्यकता ही क्या है?"

स्वामी ने भांपा–उन्हें उन्हीं के शब्दों में बांधने का प्रयत्न किया जा रहा था। और कैसा तो भाव था, उनके श्रोताओं के चेहरों पर–जैसे कह रहे हों, 'स्वामी! अब क्या कहोगे तुम? तुम्हें तो पूर्णतः ध्वस्त कर दिया गया।'

और स्वामी का तेजस्वी स्वर गूंजा, " 'तुम जिस ईश्वर की अज्ञान में उपासना कर रहे हो, उसी की मैं तुम्हारे सामने घोषणा कर रहा हूं।' किसकी घोषणा है यह?" स्वामी ने उनकी ओर देखा।

श्रोताओं ने एक दूसरे की ओर देखा। वे नहीं जानते थे कि यह किसकी घोषणा थी।

"यह संत पॉल की घोषणा है।" अंततः स्थानीय चर्च के पादरी ने कहा।

"हां! यह संत पॉल की घोषणा है।" स्वामी ने समर्थन किया, "समग्र जगत् को

यह शिक्षा ग्रहण करनी होगी। हमें विभिन्न वस्तुओं के भेद भाव को दूर कर, सर्वत्र अभेद का दर्शन करना होगा। मनुष्य को सबको सब वस्तुओं में देखना सीखना होगा।"

"यह तो ईसाई धर्म का ही प्रचार है।" अगली पंक्ति में स्वामी के अत्यंत निकट बैठी एक वृद्ध महिला ने विजय गर्व से कहा, "पर ये सब लोग तो कह रहे थे कि तुम हिंदू धर्म का प्रचार कर रहे हो।"

स्वामी की बड़ी-बड़ी आंखों में आह्लाद का मद लहराय, "मैं किसी मत का प्रचारक नहीं हूं माता! मैं तो धर्म की चर्चा कर रहा हूं। सत्य के मार्ग को खोज रहा हूं। हमारे गुरुदेव कहते थे, सभी मत ईश्वर तक पहुंचने की सीढ़ियां हैं। कोई बांस की है, कोई लकड़ी की, कोई लोहे की, कोई सीमेंट की। किसी से सुविधापूर्वक और जल्दी चढ़ा जा सकता है और किसी से थोड़ी कठिनाई हो सकती है। किंतु ईश्वर तक तो सब पहुंचाएंगी ही। इसीलिए हमें अपनी संकीर्ण भावनाओं को त्यागना होगा, प्रत्येक व्यक्ति में ईश्वर का दर्शन करना होगा। देखो ईश्वर ही सब हाथों से काम कर रहे हैं, सब पैरों से चल रहे हैं, सब मुखों से भोजन कर रहे हैं, प्रत्येक व्यक्ति में वास कर रहे हैं। सारे मनों द्वारा मनन कर रहे हैं। वे स्वतः प्रमाण हैं। हमारे निज की अपेक्षा, वे हम से अधिक निकटवर्ती हैं। यही जानना धर्म है–यही विश्वास है। प्रभु मनुष्य को यह विश्वास दें।"

प्रत्येक व्यक्ति यह अनुभव कर रहा था कि सारा परिवेश जैसे एक अद्‌भुत सात्विकता से परिपूर्ण हो उठा था, जैसे यह प्रो. हैयट की बैठक न हो, कोई पूजास्थल हो। जहां अभी अभी किसी दिव्य रूप का अनुभव किया गया हो।

"पर हम उस अखंडता का अनुभव क्यों नहीं करते?" पीछे बैठे बड़ी-बडी मूंछों वाले एक व्यक्ति ने कहा।

स्वामी को लगा, उस व्यक्ति के चेहरे पर लगभग वे ही भाव हैं, जो किसी पाखंड का भंडाफोड़ करने वाले व्यक्ति के चेहरे पर होते हैं। उनका मन कुछ विचलित हुआ, और एक अनाम-सा आवेश उन्हें ग्रस गया।

"जिस क्षण हम उस अखंडता का अनुभव करेंगे, उसी क्षण हम अमर हो जाएंगे।" स्वामी की वाणी मानों उनके अपने नियंत्रण से मुक्त होती जा रही थी, "भौतिक दृष्टि से देखने पर भी हम अमर हैं, सारे संसार के साथ एक हैं। जब तक एक व्यक्ति भी इस संसार में श्वास ले रहा है, तब तक मैं उसके भीतर जीवित हूं, मैं यह संकीर्ण, क्षुद्र व्यष्टि जीव नहीं हूं, मैं समष्टि स्वरूप हूं। अतीत में जितने प्राणी हो गए हैं, मैं उन सभी का जीवन स्वरूप था; मैं ही बुद्ध, ईसा और मुहम्मद का आत्मस्वरूप हूं, मैं ही चोरी करने वाला चोर हूं, हमारे जितने लोग फांसी पर लटके हैं, उनका भी स्वरूप मैं ही हूं। मैं सर्वमय हूं।" स्वामी का स्वर लौकिक नहीं रह गया था। उसका प्रवाह तथा अनुगूंज अलौकिक थी, "तुम स्वयं समग्र जगत् के साथ अभिन्न हो–यही मानना यथार्थ विनय है। घुटने टेक कर, 'मैं पापी हूं। मैं पापी हूं।' चिल्लाने का नाम विनय नहीं है। जब इस भेद का आवरण छिन्न विच्छिन्न हो जाता है, तभी सर्वोच्च उन्नति समझनी होगी। संपूर्ण जगत् का अखंडत्व–

यह सर्वश्रेष्ठ धर्म है।"

स्वामी को लगा कि उन्हें जो कुछ कहना था, वे कह चुके हैं।

वे मौन हो गए। उनके साथ सारा परिवेश मौन था। उपस्थित समुदाय, जैसे उनकी वाणी से, उनके विचारों से और उनकी उपस्थिति मात्र से ऐसा आच्छादित हुआ था कि उपनी पृथक् विशेषताएं छोड़ कर, उन्हीं विचारों में लीन हो गया था।

प्रातः प्रो. राइट उठे तो उन्हें लगा कि जैसे वे रात भर सोए नहीं थे, स्वामी के विचारों पर मनन करते रहे थे।

ये स्वामी भी विचित्र हैं—उन्होंने सोचा—स्वयं तो कह-कहाकर चैन से सो गए, और मैं रात भर उनके उस अपरिचित लोक में भटकता रहा।

वे अपने कमरे से बाहर आए और अनायास ही स्वामी को ढूंढ़ने लगे। अपनी इच्छा को समझ वे चौंके भी : इस समय क्या काम है, उन्हें स्वामी से? वे अपने काम में लगें। नाश्ते की मेज पर स्वामी से भेंट हो जाएगी। किंतु फिर भी न उनके पैर रुके और न ही उनकी आंखों ने स्वामी को खोजने का प्रयत्न त्यागा।

स्वामी बाहर लॉन में बच्चों के साथ खेल रहे थे।

प्रो. राइट स्तब्ध खड़े रह गए। यह गहनतम दार्शनिक गुत्थियां सुलझाने वाला व्यक्ति, जिसके एक-एक वाक्य से श्रोताओं के शरीर में रोमांच हो उठता है—वही स्वामी बच्चों के साथ खेल रहे हैं।

प्रो. राइट वहीं थम गए, और चुपचाप उनकी ओर देखने लगे।

स्वामी ने ऑस्टिन के हाथों से छड़ी लेकर अपने दाहिने हाथ की तर्जनी और अनामिका के बीच फंसाई और बोले, "इसे इस प्रकार पकड़ो।" फिर अंगूठे की सहायता से उसे धीरे से घुमाया, "अपनी अंगुलियों का इस पर प्रयोग करो।"

छड़ी घूम रही थी और उसको घुमाने वाली अंगुलियों का प्रयास स्पष्ट दिखाई दे रहा था; किंतु क्रमशः अंगुलियों का प्रयास बढ़ा और लकड़ी की गति भी बढ़ गई। जैसे-जैसे लकड़ी की गति बढ़ती गई, स्वामी की अंगुलियों की गति अदृश्य होती गई; और लकड़ी के स्थान पर एक वृत्त बन गया। अब वहां केवल घूमता हुआ वृत्त ही दिखाई पड़ रहा था।

स्वामी के चेहरे पर उल्लास था—एक खिलंडरे लड़के के चेहरे का उल्लास, जो धीरे-धीरे मुस्कान और फिर उत्फुल्ल हंसी में बदल गया।

एलिजाबेथ और ऑस्टिन अपने मुंह खोले आश्चर्य से स्वामी का खेल देख रहे थे। उनके चहरों पर प्रो. राइट ने एक स्पष्ट बालसुलभ ईर्ष्या देखी। स्वामी एक ऐसा खेल कर रहे थे, जो वे नहीं कर सकते थे। छोटा जॉन भी एक कोने में खड़ा, अपनी प्रसन्न आंखों से यह कौतुक देख रहा था।

सहसा ऑस्टिन ने झपट कर न केवल उस चक्र को रोक लिया, वरन् उस लकड़ी को भी पकड़ लिया।

एलिजाबेथ क्रोध में चल्लाई, "ऑस्टिन! क्या कर रहे हो तुम?"

"अब मैं करूंगा, "ऑस्टिन बोला, "मेरी बारी है। पिछली बार तुमने मुझे ठीक से करने नहीं दिया था।"

"तुम से कुछ होता तो है नहीं।" एलिजाबेथ चिल्लाई।

"ठहरो बैसी!" स्वामी ने शांत स्वर में कहा, "संसार में ऐसा कोई काम नहीं है, जो एक व्यक्ति कर सकता हो और दूसरा न कर सकता हो। बात तो केवल प्रयत्न और अभ्यास की है।"

स्वामी ने वह लकड़ी अपने हाथों से ऑस्टिन की अंगुलियों में फंसाई और उसे अपनी अंगुलियां घुमा कर दिखाईं, "ऐसे।"

"आइए स्वामी! हम लोग चाय पीएं।" प्रो. राइट अपने स्थान से आगे बढ़ आए, "इन दोनों को अभ्यास करने दीजिए।"

स्वामी ने आगे बढ़ कर जॉन को गोद में उठा लिया, "आओ जॉन! भीतर चलें। तुम अभी इस खेल के लिए बहुत छोटे हो।"

चाय तैयार थी। वे लोग बैठ गए तो श्रीमती राइट ने उनके लिए प्याले बनाकर उनकी ओर खिसका दिए।

प्रो. राइट ने चाय की पहली चुस्की ली और बोले, "स्वामी! कल आपने जो कुछ कहा, मैं उसके विषय में सोचता रहा हूं। पर ये सारे मत मतांतर इतने भिन्न हैं, कि एक पर विश्वास जमते ही दूसरा असत्य लगने लगता है।"

"आपकी कठिनाई समझता हूं मैं। आपका पालनपोषण उस परंपरा में हुआ है, जहां सत्य का एक स्थिर रूप है। उससे भिन्न प्रत्येक वस्तु असत्य हो जाती है।" स्वामी हंसे, "किंतु हमारी परंपरा यह मानती है कि सत्य इतना विराट है कि उसे मनुष्य न तो उसकी पूर्णता में देख सकता है, न जान सकता है। वह उसके एक अंश अथवा एक पक्ष को जानता है। ऐसे में उसे यह स्वीकार करना ही होगा कि जिस किसी व्यक्ति ने सत्य के किसी अन्य अंश अथवा किसी अन्य पक्ष को देखा है, उसने भी सत्य के ही दर्शन किए हैं। सच्चाई यह है प्रोफेसर! कि हम असत्य से सत्य की ओर नहीं बढ़ते, सत्य से उच्चतर सत्य की ओर बढ़ते हैं। विभिन्न उपासना प्रणालियां आत्मविरोधी नहीं हैं।"

प्रो. राइट ने स्वामी की ओर देखा, किंतु कहा कुछ नहीं। उन्होंने चाय की चुस्की भी इस मुद्रा में ली कि स्वामी आश्वस्त हो सकें कि वे उनकी बात पूरे ध्यान से सुन रहे हैं।

स्वामी अपनी बात कहते गए, "साधक उपासना की निम्नतम प्रणाली से ही अपनी यात्रा आरंभ करता है। अपनी साधना के माध्यम से वह जड़ विषयों की चिंता से स्वयं को मुक्त करता है और उच्च आध्यात्मिक उपासना के क्षेत्र में प्रवेश करता है। अपनी आध्यात्मिक साधना की चरम सीमा पर पहुंच कर अपनी आत्मा के माध्यम से, और अपनी

आत्मा में, वह उस अखंड, अनन्त, समष्टिरूप ईश्वर की यथार्थ उपासना करने में सक्षम होता है। जिसका अंत है, वह जड़ है। चैतन्य का अंत नहीं है, वह अनन्त है। ईश्वर चैतन्यस्वरूप है, इसीलिए वह अनन्त है। आत्मा भी अनन्त है; और केवल अनन्त ही अनन्त की उपासना में समर्थ है।" स्वामी ने प्याले को मेज पर परे खिसकाते हुए प्रो. राइट पर एक गंभीर दृष्टि डाली, "ऋषियों ने बार बार घोषणा की है–क्षुरस्य धारा निशिता दुरत्यया दुर्ग पथस्तत कवयो वदंति–मुक्ति का पथ उस्तरे की भांति तीक्ष्ण, दीर्घ और कठिन है। उपनिषद् कहते हैं–उत्तिष्ठ जाग्रत प्राप्य वरदान् निबोधत। उठो, जागो और जब तक उस लक्ष्य पर पहुंच नहीं जाते, तब तक रुको मत।"

प्रो. राइट अपने स्थान से उठकर खड़े हो गए और क्षण भर बाद ही अपनी व्याकुलता में लॉन के एक सिरे से दूसरे सिरे तक टहलने लगे। स्वामी को समझने में तनिक भी कठिनाई नहीं हुई कि वे अपने आक्रोश के दमन करने का प्रयत्न कर रहे हैं।

"प्रो. राइट!" स्वामी ने उन्हें सस्नेह पुकारा, "क्या बात है?"

प्रो. राइट आकर उनके सम्मुख खड़े हो गए, और इस बार बिना किसी भूमिका के बोले, "क्या वह संभव है?"

"संभव!" स्वामी बोले, "मनुष्य साधना के बल से एक दिन देव और दानव–दोनों का ही प्रभु हो सकता है। अपने दुखों के लिए केवल हम ही उत्तरदायी हैं; और कोई भी नहीं। आप क्या समझते हैं कि मनुष्य यदि अमृत के लिए चेष्टा करे, तो उसके विनिमय में केवल विष ही मिलेगा। नहीं! अमृत है। उसकी प्राप्ति के निमित्त प्रयत्नशील प्रत्येक मनुष्य के लिए वह है। श्रीकृष्ण ने स्वयं कहा है : सर्वधर्मान् परित्यज्य मामेकं शरणं व्रज। अहं त्वा सर्व पापेभ्यो मोक्षयिष्यामि मा शुचः। सभी धर्मों का परित्याग कर मेरी शरण में आ। मैं तुझे समस्त पापों के पार लगा दूंगा। भय मत कर।"

"यही! यही बात है।" प्रो. राइट आवेश में नहीं, पूर्णतः क्रोध में थे, "फिर आप कहते हैं कि ईश्वर एक है, धर्म एक है, सारी उपासनाएं सत्य हैं।"

"क्या हुआ?" स्वामी ने शांत भाव से पूछा।

"श्रीकृष्ण भी कहते हैं कि सारे धर्मों को त्याग कर मेरी शरण में आ; हिब्रू धर्मशास्त्र में भी ईश्वर कहता है, 'मैं तेरा प्रभु, तेरा ईश्वर एक ईर्ष्यालु ईश्वर हूं। मेरे सिवा तू किसी अन्य ईश्वर को नहीं रख सकता। मुझे कोई प्रतिद्वंद्वी सह्य नहीं है।'" प्रो. राइट आक्रोशपूर्वक बोले, "यहां क्या ईश्वर ही मानवों में भेद उत्पन्न नहीं कर रहा? वह स्वयं ही ईश्वर के विभिन्न रूपों को मानने वालों को परस्पर विरोधी नहीं बना रहा?"

स्वामी ने प्रोफेसर की बात पूरे धैर्य से सुनी और फिर अत्यंत मधुर ढंग से बाले, "ईश्वर के वचनों को समझने में भूल न करें प्रो. राइट! ईश्वर के सिवाय और कुछ सत्य है ही नहीं। शेष सब मात्र परछाइयां हैं। प्राणहीन मूर्तियां हैं। ईश्वर पूर्ण समर्पण मांगता है। उसे प्राप्त करना है तो सारी छायाओं को, परछाइयों को तथा मायावी प्रतिमाओं को त्यागना पड़ेगा। यह संभव नहीं है कि आप धन भी चाहें, और ईश्वर से भी प्रेम करें। यश

की कामना भी रखें और ईश्वर का साक्षात्कार भी कर लें। कामिनी को भी रिझा लें और ईश्वर को भी पा लें। ईश्वर को पाना है तो सब कुछ छोड़ना होगा। आपका ईश्वर और कोई नहीं होगा–न धन, न यश, न सुख, न भोग, न अहंकार, न कंचन, न कामिनी, न अपना अस्तित्व। आपका ईश्वर तो बस वह प्रभु ही होगा। वही होगा, और कोई नहीं होगा, कुछ नहीं होगा।"

प्रो. राइट विस्मयपूर्वक स्वामी को देख रहे थे : उन्होंने इन शब्दों का अर्थ तो समझा था, किंतु उनका मर्म नहीं जाना था। बहुत संभव है कि इन शब्दों को पूजने वाले अपनी संकुचित तथा अनुदार दृष्टि के कारण, उसके मर्म तक पहुंच न पाते हों। वे अपनी संकीर्णता के कारण अपने ईश्वर तथा उसके शब्दों तथा आज्ञाओं को भी संकीर्ण कर रहे हों। वे दूसरों को विधर्मी कहते हैं, अज्ञानी कहते हैं, काफिर और हीदन कहते हैं, किंतु यहां खड़ा है वह व्यक्ति, जो धर्म को केवल धर्म के रूप में ही देखता है। इस धर्म या उस धर्म के रूप में नहीं। वह ईश्वर को ईश्वर के रूप में जानता है, इस देश या उस देश, इस जाति या उस जाति के ईश्वर के रूप में नहीं।

"स्वामी!" प्रो. राइट का स्वर आह्लाद विह्वल था, "आपको शिकागो में होने वाली धर्मसंसद में अवश्य भाग लेना चाहिए। आपकी बातें उस मंच से प्रचारित होनी चाहिए, जहां से वे सारे विश्व तक पहुंचें।"

स्वामी के चेहरे पर किसी प्रकार का कोई उत्साह प्रकट नहीं हुआ

"आया तो मैं भी इसी विचार से था," अंततः स्वामी ने कहा, "किंतु धर्मसंसद में भाग लेने के लिए निवेदन करने की तिथि कब की बीत चुकी; और मेरे पास किसी संस्था का प्रतिनिधि होने का प्रमाण अथवा प्रत्ययपत्र भी नहीं है। मैं किसी का प्रतिनिधि नहीं हूं।"

प्रो. राइट की वाणी में कुछ आवेश झलका, "आपसे प्रमाणपत्र मांगना, सूर्य से उसके प्रकशित होने के अधिकार का प्रमाणपत्र मांगना है। यह अनर्थ है।"

"जो है, वह है।" स्वामी बोले, "उन नियमों के विरुद्ध तो वहां मेरे बोलने की व्यवस्था नहीं हो सकती।"

"उसकी व्यवस्था में करूंगा।" प्रो. राइट बलपूर्वक बोले, "आप धर्मसंसद में भाग लेंगे और उसमें भाषण करेंगे।"

"आप बहुत दयालु हैं मेरे मित्र।" स्वामी धीरे से बोले, "किंतु मेरी कोई एक ही तो कठिनाई नहीं है।"

"मैं समझा नहीं।" प्रो. राइट ने कहा।

"संसद के उद्घाटन में अभी प्रायः पंद्रह दिन शेष हैं और मैं एक हिंदू संन्यासी हूं।" स्वामी हंसे, "यहां मैं भिक्षाटन नहीं कर सकता। न ही मेरे पास शिकागो जाने और वहां पंद्रह दिन रहने के लिए धन ही है। वहां मैं रहूंगा कहां? खाऊंगा क्या?"

क्षण भर को तो प्रो. राइट जैसे स्तंभित ही रह गए; किंतु शीघ्र ही उन्होंने स्वयं को

संभाला, "उसकी आप चिंता न करें। आप केवल धर्मसंसद में सम्मिलित होने की तैयारी करें। अब वह दायित्व मेरा है कि आप धर्मसंसद में भाग लें।"

स्वामी के चेहरे पर प्रसन्नता प्रकट हुई, "जो ईश्वर की इच्छा।" उन्होंने अपनी आंखें ऊपर उठाईं, "शिव! शिव!! तेरी इच्छा पूर्ण हो।"

संध्या समय प्रो. राइट स्वामी को एनिक्वास्म यूनिवर्सलिस्ट चर्च में ले गए। चर्च के पुरोहित ने स्वयं स्वामी को भाषण देने के लिए आमंत्रित किया।

स्वामी को अब तक कुछ बड़े कमरों में एकत्रित हुए, कुछ प्रशंसक श्रोताओं के सम्मुख बोलने का ही अभ्यास था। फिर भी बड़ी सभाओं को संबोधित करने का अभ्यास उन्हें करना ही था। उसके बिना तो वे अपना लक्ष्य प्राप्त नहीं कर सकते थे। वैसे इस चर्च का हॉल भी बहुत बड़ा नहीं था। हां! लोग ऊपर चौबारे पर भी बैठे थे।

स्वामी के मन में स्पष्ट था कि वे अपने देश से बहुत दूर, एक अन्य देश में अपने देशवासियों से बहुत भिन्न प्रकार के लोगों के मध्य हैं। वे लोग उन्हें एक बाहरी व्यक्ति के रूप में ही देखते हैं। उनका समाज धर्म के विषय में, धर्म के रूप में चिंतन नहीं करता। वे केवल ईसाई मत को ही धर्म मानता है। शेष धर्म उनके लिए विरोधी और असत्य का प्रचार करने वाले संप्रदाय मात्र हैं। फिर भी एक ईसाई पुरोहित ने न केवल उन्हें अपने समाज के सम्मुख, भाषण करने के लिए आमंत्रित किया था, वरन् बोलने के स्थान के रूप में चर्च को चुना था। यह किराए पर लिए गए हॉल में बोलना नहीं था। वे उनके धर्मस्थल की व्यासपीठ से बोल रहे थे। स्वामी का मन ईसा के सम्मुख श्रद्धा से नतमस्तक हो गया। भारत में रहकर यह संभव ही नहीं था कि वे ईसा के अनुयायियों के सम्मुख बोलने का अवसर पा सकते और वे लोग इस चाव से उन्हें सुनने के लिए आते। शायद इसीलिए उन्हें भारत से इतनी दूर आना पड़ा था।

"मेरे अम्रीकी मित्रो!" स्वामी ने अपना भाषण आरंभ किया, "हिंदुओं के लालन पालन में एक प्रमुख तत्व यह है कि आरंभ से ही उन्हें अन्य धर्मों का आदर करना सिखाया जाता है। हमें सिखाया जाता है कि भगवान स्वयं को अनेक रूपों में प्रकट करता है और विभिन्न देश तथा काल के लोगों ने उसे विभिन्न रूपों में देखा और पहचाना है। इसीलिए किसी एक रूप के सत्य होने और अन्य रूपों के असत्य होने का प्रश्न ही नहीं उठता। किसी एक विधि के धर्मसम्मत होने तथा अन्य विधियों के अधार्मिक तथा पाखंडपूर्ण होने की कल्पना भी नहीं की जा सकती।"

स्वामी ने रुककर अपने श्रोताओं पर दृष्टि डाली : वे लोग पूर्ण तन्मयता से उनकी बात सुन रहे थे यदि आरंभ में किसी के मन में कोई विरोध रहा भी हो, तो अब वह दिखाई नहीं पड़ रहा था। स्वामी ने पुनः बोलना आरंभ किया, "हिंदू प्रत्येक कार्य धार्मिक ढंग से करता है। वह धार्मिक ढंग से खाता है, धार्मिक ढंग से सोता है, प्रातःकाल धार्मिक ढंग से जागता है, धार्मिक ढंग से सत्कर्म करता है और धार्मिक ढंग से बुराई भी करता

है। हमारे देशवासियों का यह विश्वास है कि निःस्वार्थ भावना ही शुभ है तथा स्वार्थ की सारी भावना अशुभ है। उनका तर्क है कि घर बनाना स्वार्थपूर्ण कार्य है, इसीलिए वह ईश्वर की उपासना तथा अतिथिदेव के लिए घर बनाता है। अपने लिए भोजन पकाना स्वार्थपूर्ण कृत्य है, इसीलिए वह दीन दुखियों के लिए भोजन बनाता है और यदि कोई भूखा अतिथि आ जाए, तो वह उसे खिला कर ही स्वयं खाएगा। यह भावना पूरे देश में व्याप्त है। कोई भी व्यक्ति भोजन और आश्रय की याचना कर सकता है।" स्वामी अपने प्रवाह में बोलते गए, "दुर्भिक्ष के कारण एक ब्राह्मण, उसकी पत्नी, उसका पुत्र और उसकी पुत्रवधू को कुछ समय से कुछ खाने को नहीं मिला था। परिवार का मुखिया घर से बाहर निकला और खोज कर कहीं से कुछ जौ ले आया। उसने उसके चार भाग किए और जब वह परिवार अपना भोजन करने ही वाला था, तो द्वार पर खटखटाहट हुई। बाहर एक अतिथि खड़ा था। वह भूखा था और भोजन चाहता था। उस ब्राह्मण परिवार के एक-एक सदस्य ने क्रमशः अपना भोजन उसे दे दिया। वह अपनी भूख शांत करके चला गया। उसका सत्कार करने वाले वे चारों व्यक्ति भूख से मर गए।" स्वामी रुके उनके श्रोता जैसे यह कथा सुनकर स्तंभित रह गए थे। इस प्रकार का आतिथ्य शायद उनकी कल्पना से बाहर था।

"भारत में यह कथा यह सिखाने के लिए कही जाती है कि आतिथ्य के पवित्र नाम पर किस सीमा तक जाना चाहिए।" स्वामी ने कहा, "इसके लिए आवश्यक है कि समाज श्रेष्ठ ढंग से शिक्षित हो। उसके मूल्य उदात्त हों। वह धर्म और जीवन के मर्म को समझता हो। प्राचीन काल में भारत में शिक्षा की बहुत ही अच्छी व्यवस्था थी। शिक्षा का काम आश्रमों में होता था। आश्रम का कुलपति एक ऋषि होता था। उसका सम्मान राजा भी करता था। आश्रम में प्रवेश करने से पूर्व राजा अपने शस्त्र तथा अपना वाहन त्याग देता था। ऋषि के सम्मुख सिर झुका कर उन्हें प्रणाम करता था और उनकी आज्ञा को शिरोधार्य करता था। प्राचीन काल में जब आश्रमों में सहशिक्षा प्रणाली फलफूल रही थी, स्त्रियों को शिक्षा की समस्त सुविधाएं प्राप्त थीं। भारतीय ऋषियों के विवरणों में महिला ऋषिकाओं का भी महत्वपूर्ण स्थान है।" स्वामी क्षण भर के लिए रुके और पुनः बोले तो उनका स्वर पहले से भी मधुर था, "पर हम अपने ढंग से कैसे जी सकते हैं? हम अपनी शिक्षा और आध्यात्मिक चिंतन की रक्षा कैसे कर सकते हैं। संसार की सबल जातियां हमारा विनाश करने पर तुली हुई हैं। अंग्रेज़ हमें बर्बर समझते हैं और हमें सभ्य बनाना चाहते हैं–वे अंग्रेज़, जिनकी अपनी सभ्यता बाइबल, बायोनेट और ब्रांडी से बनी है। इस सभ्यता ने यह स्थिति उत्पन्न कर दी है कि औसत हिंदू की आय पचास सेंट प्रतिमास रह गई है।" स्वामी अपने आवेश में मंच के एक सिरे से दूसरे सिरे तक टहलने लगे। उनकी उत्तेजना उनके चेहरे से स्पष्ट परिलक्षित थी, "यूरोप हमें शिक्षित करना चाहता है। विदेशों में शिक्षा प्राप्त हिंदू शैम्पेन और नए विचारों से भरे हुए अपने देश लौटते हैं। उन्हें अपने देश में सब कुछ दूषित ही दिखाई देने लगता है। वे विदेशियों से भी अधिक विदेशी हो जाते हैं और अपने देश के शत्रु होकर, उसका सब कुछ नष्ट कर देना चाहते हैं।"

स्वामी का स्वर मार्मिक ही नहीं हृदयविदारक हो उठा, "पर जब तक भारत अपने और अपने धर्म के प्रति सच्चा है, उसका कुछ नहीं बिगड़ेगा। इस भयावह निरीश्वरवादी पश्चिम ने, मेरे देश में पाखंड और नास्तिकता भेज कर, उसके हृदय पर प्रहार किया है। मेरा आपसे निवेदन है कि आप अपशब्दों की बोरियां, भर्त्सना की गाड़ियां और दोषारोपों के जहाज भेजने बंद करें। प्रेम की एक अनन्त धारा उस ओर बहे। हम सब मनुष्य बनें।"

स्वामी मंच से उतर आए। सभा में एक सन्नाटा-सा छा गया, जैसे स्वामी के शब्दों ने अपने श्रोताओं को न केवल बांध लिया था, उन्हें उनकी भूल का अहसास भी करा दिया था। वे अपनी भूल से नतमस्तक थे, करुणा से विगलित थे।

चर्च के पुरोहित मंच पर आए। उन्होंने सारी सभा पर एक दृष्टि डाली, जैसे कुछ आंक रहे हों फिर धीरे से बोले, "स्वामी विवेकानन्द के भाषण के पश्चात् मेरे लिए कुछ कहना बहुत कठिन है। एक ही बात कहता हूं, कि हमें अपने धन और बल का दुरुपयोग नहीं करना चाहिए। दुर्बल की सहायता करनी चाहिए और उसे सन्मार्ग पर चलने से विचलित नहीं करना चाहिए। स्वामी का देश अपने आदर्शों पर चले। वह अपनी परंपराओं की रक्षा करे।"

श्रीमती राइट के मन में एक विचित्र प्रकार की प्रसन्नता थी : पुरोहित ने आज यह मानवीय मार्ग कैसे अपना लिया। श्रोताओं ने अपनी पटरी से हट कर यह सब कैसे सुन लिया।

"और हनसे जो हो सके, हम उनकी सहायता करें।" पुरोहित कह रहे थे, "हम आज जो धन संग्रह करें, वह स्वामी विवेकानन्द के देश के लिए करें। उनकी शिक्षा के लिए करें। वे उस धन से एक कॉलेज की स्थापना करें, जो शुद्ध रूप से भारतीय सिद्धांतों और मूल्यों पर चले।" पुरोहित ने रुककर अपने श्रोताओं के चेहरों को देखा, "मैं पहले ही स्पष्ट कर दूं, आज चर्च को दिया हुआ आपका धन भारत के लिए है, और उनके अपने धर्म के लिए है।"

श्रीमती राइट का मुख विस्मय से खुल गया। क्या आज कुछ धन संग्रह हो पाएगा? आज का एकत्रित धन हिंदू बच्चों को ईसाई बनाने के लिए नहीं, उन्हें अच्छे हिंदू बनाए रखने के लिए खर्च होगा।

और श्रीमती राइट के आश्चर्य की सीमा नहीं रही। सबसे पहले उठकर प्रो. राइट ने अपनी जेब के सारे नोट बिना गिने ही पात्र में डाल दिए। और उसके पश्चात् तो जैसे तांता ही लग गया। हॉल में बैठा हुआ, शायद ही कोई व्यक्ति बचा होगा, जिसने अपना योगदान न किया हो।

श्रीमती राइट को लगा कि उनके भीतर जैसे उत्फुल्लता की एक झंकार उठी है। शायद वे हंस रही थीं या शायद वे चकित थीं। आज अमरीका के एक चर्च में एक विधर्मी कॉलेज के लिए, उसे विधर्मी सिद्धांतों पर चलाए जाने के लिए, धन संग्रह हो रहा था–ए हीदन कॉलेज इन इंडिया, टू बी रन स्ट्रिक्टली ऑन हीदन प्रिंसिपल्स–यह

चमत्कार तो स्वामी ही कर सकते थे।

श्रीमती राइट की एक सखी ने मिलने आई थी। दोनों बैठी चाय पी रही थीं।

"जब जॉन स्वामी जी को अपने साथ लाए तो मैं स्तब्ध सी देखती ही रह गई।" श्रीमती राइट ने कहा, "व्यक्तित्व में कैसी दिव्यता। वे यहां रहे तो लगा कि नगर उनको देखने को उमड़ रहा है। दिन भर धर्मचर्चा। यहां तो धर्म का पुनरुत्थान हो गया।"

"हमारे रमाबाई सर्किल में तो उसने जो कुछ कहा, वह किसी को भी अच्छा नहीं लगा।" सखी ने कहा।

"हां! वह तो होना ही था। तुम लोग पंडिता रमाबाई को सहायक जो हो।"

"उससे क्या?" सखी ने कुछ उपेक्षा से कहा।

"रमाबाई स्वयं हिंदू थीं। धर्म बदल कर ईसाई हो गईं। अब वह हिंदुओं की शत्रु हैं। उनके विरुद्ध विष उगलती हैं और ईसाई धर्म के नाम पर धन एकत्रित करती हैं।"

सखी का स्वर विरोध में एकदम ऊंचा हो गया, "क्या तुम्हारे उस स्वामी ने पैसे एकत्रित नहीं किए?"

"क्या मजे की बात है। जॉन ने स्वामी का एक भाषण चर्च में भी रखवा दिया। भाषण के पश्चात् दान संचय हुआ। भारत में बनने वाले विधर्मियों के सिद्धांतों पर चलने वाले एक विधर्मी कॉलेज के लिए पहली बार, चर्च में ईसाइयों ने पैसा दिया। यह देखकर मैं एक कोने में चली गई और इतना हंसी, इतना हंसी कि अंत में रो पड़ी।"

"इतना प्रसन्न होने का कोई कारण नहीं है। सब लोग प्रसन्न नहीं हैं स्वामी से। सेंट्रल बैपटिस्ट चर्च के डॉ. गार्डनर और फादर नॉब्स बहुत रुष्ट हैं।"

"क्यों नहीं होंगे।" श्रीमती राइट ने कहा, "स्वामी ने कह जो दिया कि पादरी लोग भारत के विषय में झूठा प्रचार कर रहे हैं। यहां के लोगों से भारत में धर्मप्रचार के नाम पर पैसा लूटते हैं। भारत के पास बहुत धर्म है, उसे धर्म की नहीं, उद्योगों की आवश्यकता है।"

"हमारे और भी पादरी उससे रुष्ट हैं और चाहते हैं कि वह धर्मसंसद के पहले ही इस देश से चला जाए।" सखी ने कहा।

"और जॉन कहते हैं कि स्वामी हमारे सारे विद्वान् प्रोफेसरों को मिला कर भी उनसे अधिक विद्वान हैं। उनको धर्मसंसद में भाषण करने का पूरा अधिकार है। उन्हें धर्मसंसद में भाषण करना ही चाहिए।"

"उसके पास तो कोई प्रत्ययपत्र भी नहीं है।" सखी इठलाई।

"जॉन कहते हैं कि स्वामी से प्रत्ययपत्र मांगना सूर्य से उसके चमकने के अधिकार के लिए प्रत्ययपत्र मांगने जैसा है। उनके प्रयत्न से स्वामी धर्म संसद के लिए प्रतिनिधि स्वीकार कर लिए गए हैं।"

सखी ने अपने आवेश में प्याला मेज पर रखने के बहाने दे मारा, "तुम और तुम्हारे

प्रो. जॉन हेनरी राइट! धर्मसंसद का आयोजन विद्वानों को एकत्रित करने के लिए नहीं, ईसाई धर्म की अन्य धर्मों पर श्रेष्ठता सिद्ध करने के लिए किया गया है।"

अब उसके लिए बैठना असंभव हो गया था। वह उठकर खड़ी हो गई।

"जा रही हो?" श्रीमती राइट ने बहुत शांत भाव से पूछा।

"और नहीं तो उस संन्यासी की प्रशंसा सुनने के लिए बैठी रहूंगी।"

"अच्छा फिर आना।" श्रीमती राइट मुस्करा रही थीं।

174

साराटोगा से शिकागो जाने वाली डेलावेयर और हडसन रेलरोड की गाड़ी अपनी पूरी गति से शिकागो की ओर भागी जा रही थी। विश्वमेला देखने के लिए शिकागो जाने वालों को यह कंपनी आधे मूल्य में टिकट दे रही थी। इसमें मेलेवालों का भी लाभ था और रेल कंपनी का भी।

स्वामी ने अपनी दृष्टि ऊपर की ओर उठाई और मन ही मन उच्चारण किया, "शिव! शिव!!"

वे अनुभव कर रहे थे कि गाड़ी में मेले के यात्रियों की ही अधिक भीड़ थी, जैसे भारत में किसी पर्व त्यौहार पर तीर्थयात्रियों की होती है। यही कारण था कि गाड़ी में गुल-गपाड़ा भी काफी था। लोग शायद मेला देखने जाने की उत्तेजना में अधिक कोलाहलमय हो गए थे।

स्वामी भी इस यात्रा में अकेले नहीं रहे थे। अमरीकियों की उस भीड़ में उन्हें भी एक भारतीय व्यापारी मिल गया था। मिल क्या गया था, उसी ने स्वामी को खोज निकाला था। पहले तो उन्हें वह थोड़ी-थोड़ी देर पश्चात् दूर से देखता रहा; किंतु जब स्वयं को रोक नहीं पाया, तो उनके निकट आ गया।

"आप भारत से आए हैं?" उसने हिंदी में पूछा।

"हां!" स्वामी ने स्वीकृति में सिर हिला दिया।

"देखा! कैसे पहचाना आपको।" वह प्रसन्न होकर बोला। बहुत संभव था कि अधिक निकट आने पर, वह आत्मीयतापूर्वक उनके कंधे पर हाथ मारता।

स्वामी को भी प्रसन्नता हुई कि उन्हें एक भारतीय सहयात्री मिल गया; किंतु उन्हें पहचान लेने के लिए किसी विशेष योग्यता अथवा चतुराई की आवश्यकता नहीं थी। वे अपनी गंभीर वाणी में बोले, "पहचाना तो आपने खूब। किंतु मुझे पहचानने में क्या कठिनाई है। कोई भी भारतीय, मुझे–भारत के एक संन्यासी को–उसकी वेशभूषा से पहचान सकता है।" स्वामी ने रुक कर उसकी ओर देखा, "आप शायद सिंधी हैं, कराची से आए हैं।"

वह व्यक्ति चकित रह गया, "आपने मुझे कैसे पहचाना?"

"मैं जादूगर हूं।" स्वामी मुसकराए।

"नहीं!" वह आकर स्वामी के साथ बैठ गया, "आपको अवश्य ही कोई सिद्धि प्राप्त

है। क्या आप व्यक्ति को देखते ही उसके मन की बात जान जाते हैं?"

स्वामी का मुस्कराता चेहरा गंभीर हो गया, "कृपया किसी भ्रम में न रहें।" स्वामी बोले, "मैं एक साधारण संन्यासी हूं। मैंने केवल परिहास में अपनी जादूगरी का दावा किया था।"

"तो आपने मुझे पहचाना कैसे?"

"जो व्यक्ति भी भारतीय भाषाओं और उसके प्रांतों के विषय में कुछ भी जानता है, वह आपकी भाषा, शब्दावली तथा उच्चारण को सुनते ही बता सकता है कि आप सिंधी हैं। इसके लिए किसी आध्यात्मिक सिद्धि की आवश्यकता नहीं है।"

वह व्यक्ति निराश हो गया; किंतु फिर जैसे सायास उल्लसित होता हुआ बोला, "आप मुझसे छिपा रहे हैं स्वामी जी! मुझे तो आप सिद्ध पुरुष लगते हैं; और सिद्ध पुरुष अपना प्रचार तो करते नहीं।"

"आप सच्चाई को स्वीकार न करना चाहें, तो मैं क्या कर सकता हूं।" स्वामी मुस्कराए, "आप इस प्रकार गेरुआ वस्त्र देखकर, आध्यात्मिक सिद्धि पर विश्वास करते रहेंगे तो अनेक पाखंडियों को सुविधा रहेगी।" स्वामी ने उसकी ओर देखा, "अच्छा है कि हम कोई और बात करें।" और फिर उन्होंने स्वयं ही बातचीत की दिशा मोड़ दी, "आप कब से हैं अमरीका में?"

"कई वर्ष हो गए।" वह बोला; किंतु स्पष्ट था कि विषय परिवर्तन से वह प्रसन्न नहीं था, "आप कब आए?"

"मुझे तो महीना डेढ़ ही हुआ है।" स्वामी बोले, "आप व्यापार के लिए आए हैं?"

"हां! व्यापार ही करता हूं।" वह बोला, "आप क्या भ्रमाण के लिए आए हैं?"

स्वामी ने गाड़ी की छत की ओर देखा, जैसे पूछ रहे हों–'बताओ! मैं किसलिए आया हूं।' फिर 'शिव! शिव!' का उच्चारण करते हुए बोले, "आया तो मैं भिक्षा मांगने था..."

"भिक्षा मांगने।" व्यापारी कुछ चकित होकर बोला, "इतनी दूर? भिक्षा तो आपको भारत में भी बहुत मिल जाती।"

"हां! ठीक कहा आपने।" स्वामी हंसे, "अपने लिए तो मुझे देश में ही बहुत भिक्षा मिल जाती। किंतु मैं अपने देश के लिए ही भिक्षा मांगने आया हूं।"

"कैसी भिक्षा?" व्यापारी ने पूछा, "स्वतंत्रता की? स्वतंत्रता भीख में नहीं मिलती।"

स्वामी ने उस पर एक परीक्षक दृष्टि डाली, कहीं वह पुलिस इत्यादि से तो संबंधित नहीं है?

"नहीं! मेरा राजनीति से कोई संबंध नहीं है।" अंततः वे निःशंक स्वर में बोले, "मैं अपने देश के लिए स्वतंत्रता की कामना तो करता हूं, किंतु उसके लिए राजनीतिक धरातल पर प्रयत्नशील नहीं हूं। मैं चाहता हूं कि हमारा देश समृद्ध हो, संपन्न हो, निर्धनता समाप्त हो। शायद उससे स्वाधीनता का मार्ग भी खुले।"

"पर भिक्षा से भी कोई समृद्ध हुआ है?" उस व्यापारी ने पूछा।

"मैं अपने देश के लिए औद्योगिक प्रशिक्षण की भिक्षा मांगता हूं।" स्वामी बोले, "आपने शिकागो का विश्वमेला देखा है?"

"हां! देखा तो है।"

"तो उद्योग के क्षेत्र में अमरीकियों का सामर्थ्य भी देखा होगा। यह तो बिजली और वाष्प का चमत्कार है। आवश्यकता है कि भारत में भी उद्योग धंधे खुलें। लोगों को आजीविका मिले। वे जीवन की आवश्यकताओं की ओर से निश्चिंत होकर अपने विषय में कुछ सोच सकें।"

"तो कुछ मिला आपको?" उसने पूछा।

"अभी तक तो नहीं।" स्वामी ने धीरे से कहा, "किंतु लगता है कि इस देश में याचक बनकर रहना उचित नहीं है। यहां भिक्षा देने का प्रचलन नहीं है। यहां भारत को दाता ही बनना पड़ेगा।"

"दाता।" व्यापारी हंसा, "भारत अमरीका को क्या दे सकता है?"

"धर्म।" स्वामी बोले, "हमारे पास धर्म है, चिंतन है, दर्शन है, साधना है। अमरीका के पास इनमें से कुछ भी नहीं है।"

"फिर तो आप भी व्यापारी हो गए।" वह हंसा, "धर्म देंगे और उद्योग लेंगे।"

"नहीं! मैं व्यापारी नहीं हूं, न मेरा देश ही कभी व्यापारी रहा है।" स्वामीके स्वर में श्रद्धा थी, "मेरा देश तो सदा से ब्राह्मण रहा है। साधना करता है और उसका फल सारे संसार में मुक्तहस्त वितरण करता है। भारतीय जनता की आर्थिक निर्धनता देखकर, मेरे मन में करुणा जागी थी ; किंतु यह देश तो आध्यात्मिक धरातल पर पूर्णतः कंगाल है। यह भूखा है। इनकी भूख मिटाए बिना मैं अपने देश की भूख की चर्चा कैसे कर सकता हूं।" स्वामी ने उसकी ओर देखा, "सुग्रीव के शत्रु को मारे बिना, उसका दुख दर्द मिटाए बिना, श्रीराम ने उससे अपने शत्रु और अपने कष्ट की चर्चा नहीं की थी। मैं राम के देश से आया हूं। उनके विपरीत आचरण कैसे कर सकता हूं।"

स्वामी ने उस व्यक्ति के चेहरे पर अपनी दृष्टि टिकाई : शायद वह स्वामी की बात का अर्थ समझ नहीं पाया था। और फिर जैसे उसने उसे समझने का प्रयत्न ही छोड़ दिया था। बोला, "अब आप कहां जा रहे हैं?"

"परसों शिकागो में धर्मसंसद आरंभ हो रही है।" स्वामी बोले, "उसी में भाग लेने की इच्छा है।" सहसा स्वामी ने रुककर उसकी ओर देखा, "आप शिकागो नगर से कितने परिचित हैं?"

"खूब परिचित हूं।" वह बोला, "कोई काम हो तो कहिए।"

"मुझे धर्मसंसद की प्रबंध समिति के अध्यक्ष, डॉ बैरोज़ के कार्यालय जाना है। वैसे तो मेरे मित्रों ने कुछ निर्देश दिए हैं; किंतु यदि आप वहां पहुंचने में कुछ सहायता कर सकें।"

"क्यों नहीं। क्यों नहीं।" वह बोला, "वैसे तो मैं आपके साथ चलकर आपको वहां पहुंचा आता, किंतु मेरे एक मित्र स्टेशन पर मुझे लेने आएंगे। मुझे उनके साथ जाना होगा। पर विदा होने से पहले, आप वह पता मुझे बताइएगा, मैं आपको वहां का रास्ता अच्छी तरह समझा दूंगा।"

तभी उस व्यापारी की दृष्टि उसी डब्बे में दूसरी ओर बैटे अपने किसी परिचित पर पड़ी।

"मैं अभी आया।" वह उठकर अपने उस परिचित के पास चला गया।

स्वामी ने खिड़की से बाहर देखा : बाहर सघन अंधकार हो गया था। स्वामी ने अपने अभ्यास के अनुसार आकाश की ओर ताका। आकाश पर तारे नहीं थे। स्वामी ने स्वयं को टोका–तारे तो वहीं थे। हां! उन्हें दिखाई नहीं पड़ रहे थे। मनुष्य का अहंकार तो देखो : अपनी दृष्टिसीमा के कारण तारे देख नहीं पाता तो मान लेता है कि आकाश पर तारे हैं ही नहीं।

गाड़ी झटके से रुकी और स्वामी अपने स्थान से उठ खड़े हुए। उन्होंने देखा कि वह व्यापारी प्लेटफार्म पर किसी परिचित व्यक्ति को देखकर उत्फुल्ल हो हाथ हिला रहा था। गाड़ी के रुकते-रुकते ही वह प्लेटफार्म पर उतर गया था।

"सुनिए।" स्वामी ने उसे पुकारा।

स्वामी समझ नहीं पाए कि उसने उनकी पुकार सुन ली थी या उसने अकारण ही पलटकर पीछे देखा था। उसकी दृष्टि स्वामी पर पड़ी और उसने विदाई के प्रतीक-स्वरूप अपना हाथ उठा दिया। स्वामी ने भी स्वतःचालित ढंग से अपना हाथ हिला दिया। अगले ही क्षण वह उस भीड़ में कहीं गुम हो गया था।

स्वामी शिकागो के डियरबोर्न स्ट्रीट रेलवे स्टेशन पर उतरे थे। चारों ओर भीड़ थी और सब ही लोग बड़ी जल्दी में लग रहे थे। वैसे भी रात हो चुकी थी। सबको अपने अपने गंतव्य तक पहुंचने की जल्दी रही होगी। जल्दी तो स्वामी को भी थी। उन्हें धर्मसंसद की प्रबंध समिति के कार्यालय पहुंचना था।

वे उस भागती-दौड़ती भीड़ से बचने के लिए, हटकर एक ओर हो गए। उन्होंने अपने कोट की जेब में हाथ डाला। वे पता तो देखें, जहां उन्हें पहुंचना था। किसी से मार्ग पूछने के लिए उसे पता तो बताना ही पड़ेगा।

स्वामी ने एक-एक कर अपनी सारी जेबें टटोल डालीं। किंतु वह कागज कहीं नहीं मिला, जिस पर उन्होंने प्रबंध समिति के कार्यालय का पता तथा वहां पहुंचने के लिए मार्ग संबंधी निर्देश लिखे थे। कहां गया वह कागज? उन्होंने कंधे से झोला उतारकर उसे अच्छी तरह टटोला...

सहसा उनके अधरों पर एक मुस्कान आ गई। मां फिर से एकबार उनकी परीक्षा ले रही थीं। वे समझते थे कि उनकी सारी समस्याओं का समाधान हो गया था। कठिनाइयों का अंत हो गया था, वे आत्मनिर्भर हो गए थे। अपने लिए सारी व्यवस्था स्वयं कर

रहे थे।

परसों प्रातः धर्मसंसद का आरंभ होने वाला था। उन्हें प्रतिनिधि के रूप में मान्यता मिल गई थी। वे शिकागो पहुंच भी गए थे। किंतु वे यह नहीं जानते कि इस नगर में उन्हें पहुंचना कहां है। यदि वे परसों तक प्रबंध समिति के कार्यालय तक ही नहीं पहुंच पाए तो? परसों क्यों? जब संसद का कार्य आरंभ हो जाएगा, तो किसको अवकाश होगा कि वह नए प्रतिनिधियों की ओर ध्यान दे? वे वापस प्रो. राइट के पास लौट जाएं? उन्हें तार दें?

पर वे रात कहां बिताएंगे? पते का कागज टटोलते हुए, उन्होंने सहज ही समझ लिया था कि उनकी जेब में कहीं कोई पैसा भी नहीं था। या तो उनकी जेब में से किसी ने वे नोट खिसका लिए थे, या फिर उन्होंने अपनी असावधानी में पते वाले उस कागज के समान वे नोट भी कहीं गिरा दिए थे।

एनिक्वास्म से चलते हुए, प्रो. राइट ने उन्हें कुछ धन राशि देने का प्रयत्न किया था, तो स्वामी एक बार ही विचलित हो उठे थे।

श्रीमती राइट ने उन्हें इस प्रकार विचलित देखकर कहा था, "स्वामी! आपके चेहरे से तो लगता है कि जैसे किसी ने आपको कोई आघात पहुंचाया हो, या आपका अपमान किया हो।"

"धन के लिए काम करना है तो अपमान ही।" स्वामी ने कहा था।

"पर यह धन आपके लिए तो है ही नहीं।" प्रो. राइट ने उनकी बात समझकर कहा था, "यह तो भारत में शिक्षा के प्रसार के लिए है, जो उस दिन चर्च में एकत्रित किया गया था। आपके पास तो यह एक थाती के रूप में ही रहेगा।"

"आप ठीक कह रहे हैं अध्यापक महाशय!" स्वामी ने कहा था, "किंतु मैं ठहरा संन्यासी। मेरे लिए तो जीवन की बड़ी से बड़ी चिंता भी इतनी बड़ी नहीं है, जितनी इस धन की रक्षा की समस्या।"

"तो इसे अभी हम ही रख लेते हैं।" प्रो. राइट ने सुझाव दिया, "यह हमारे पास भारत की थाती रहेगी। जब आप जाएं, इसे साथ ले जाइएगा, या फिर जब आप इसे भारत भिजवाना चाहें, बता दीजिएगा।"

स्वामी को कुछ शांति हुई, जैसे उनके माथे से कोई कलंक धुल गया हो या सिर से कोई भारी बोझ टल गया हो।

किंतु तभी प्रो. राइट ने अलग से एक राशि उनकी ओर बढ़ाई, "और यह आपके लिए है।"

स्वामी ने जब भी धन के विषय में सोचा, उनके मन में कूड़े के ढेर को कुरेदते हुए एक कौवे का बिंब ही जागा था। और अब प्रो. राइट फिर से....

"यह अमरीका है मेरे मित्र!" प्रो. राइट ने बहुत स्नेह से कहा था, "यहां वस्तुओं के विनिमय के इस साधन के बिना, आप एक पग भी नहीं चल पाएंगे।"

और अब विनिमय का वही साधन उनके पास नहीं था। वे न कोई सवारी किराए पर ले सकते थे, न किसी होटल में ठहर सकते थे। उन्हें धर्मसंसद की प्रबंध समिति के कार्यालय तक पहुंचना ही होगा।

स्वामी का ध्यान बहिर्मुखी हुआ। अब तक प्लेटफार्म से अधिकांश भीड़ छंट चुकी थी। अब प्रायः वे ही लोग रह गए थे, जिनके पास या तो सामान अधिक था, जिसकी व्यवस्था में उन्हें समय लग रहा था, या फिर वे किसी की प्रतीक्षा कर रहे थे।

स्वामी ने अपने सबसे निकट के व्यक्ति को बहुत नम्रता से पूछा, "महाशय! आप मुझे धर्मसंसद की प्रबंध समिति के कार्यालय का पता बता सकते हैं?"

उस व्यक्ति ने उत्तर में जो कुछ कहा, वह स्वामी समझ नहीं पाए। वह अंग्रेज़ी नहीं बोल रहा था। शायद उसने जर्मन में उत्तर दिया था। उसके शब्द स्वामी के लिए अबूझ थे; किंतु उसका चेहरा अबूझ नहीं था। उसके चेहरे पर छपा रोष ही नहीं, उसके नीचे दबी वितृष्णा और घृणा भी पर्याप्त मुखर थी।

स्वामी ने वही प्रश्न फ्रांसीसी में दुहराया, शायद वह व्यक्ति फ्रांसीसी समझता हो।

इस बार उस व्यक्ति ने अपनी भाषा में न केवल कुछ चिल्लाकर कहा, वरन् अपने हाथ-पैर भी कुछ इस प्रकार झटके कि लगा कि यदि स्वामी तत्काल वहां से हट नहीं जाते तो वह उन्हें पीट ही बैठेगा।

स्वामी हट गए। उन्हें उस व्यक्ति पर दया आई। शायद वह अंग्रेज़ी और फ्रांसीसी एकदम नहीं समझता था और इस समय उनसे भी अधिक परेशान था। संभव है, रात के इस समय, शीघ्रता से सुनसान होते जा रहे इस प्लेटफार्म पर, अपने सामान के विषय में चिंतित और भयभीत हो। ऐसे में सचमुच ही वह उनकी परेशानी को क्या समझेगा?

स्वामी आगे बढ़ गए। कुछ कदम चलकर वे रुके और प्लेटफार्म पर खड़े लोगों पर एक दृष्टि डाली। ऐसे ही किसी भी व्यक्ति से पूछने का क्या लाभ? उन्हें किसी ऐसे व्यक्ति से पूछना चाहिए, जो अंग्रेज़ी जानता हो, स्वयं परेशान न हो और कुछ भला आदमी लगता हो।

वे अपने स्थान पर खड़े, अपने सामने से गुजरते हुए लोगों को देखते रहे। पांच-सात लोगों के गुजर जाने के बाद, एक व्यक्ति पर उनकी दृष्टि टिकी। वह अपनी वेशभूषा और हावभाव से, दूसरे लोगों की अपेक्षा कुछ अधिक पढ़ा-लिखा और सभ्य लग रहा था। उसके चेहरे पर क्रूरता अथवा कठोरता के भाव के स्थान पर, कुछ नम्रता का भाव था। वह किसी प्रकार की जल्दी में भी नहीं लग रहा था। अपना सामान उठाए हुए, सीटी बजाता हुआ, वह मजे से जा रहा था।

स्वामी ने उसे रोका, "आप मुझे बता सकते हैं... ?"

उसने स्वामी पर इस प्रकार की दृष्टि डाली, जैसे स्वामी ने अपने अभद्र व्यवहार से उसका अपमान कर दिया हो, या उसे कोई बड़ी हानि पहुंचाई हो। उसके मुख से जर्मन के ही कुछ वाक्य उच्चरित हुए और वह इस प्रकार आगे बढ़ा कि यदि स्वामी उसके मार्ग

से हट ही नहीं जाते तो वह उन्हें धकियाता हुआ, बाहर निकल जाता। शायद उसने उन्हें चोट पहुंचाने के लिए ही इस प्रकार का व्यवहार किया था।

इस बार स्वामी ने एक कुली से जिज्ञासा की, "क्यों भाई! क्या तुम धर्मसंसद की प्रबंध समिति के कार्यालय का पता जानते हो?"

कुली ने पहले तो कुछ क्षण उन्हें विस्मय से देखा और फिर उसके चेहरे पर विद्रूप उभर आया। बोला तो वह अंग्रेज़ी में ही; किंतु उसकी अंग्रेज़ी टूटी-फूटी और आहत विकृत थी। उसका उच्चारण जर्मनों के ही समान था, "एक नीग्रो को धर्म से क्या काम? जा किसी की जेब काट या किसी का सामान उठाकर भागने का जुगाड़ कर। चोर साला ठग।"

कुली ने वितृष्णा से मुंह दूसरी ओर घुमाकर, घृणापूर्वक भूमि पर थूका और आगे बढ़ गया।

स्वामी ठगे से खड़े रह गए। यहां तो लोग अंग्रेज़ी समझते नहीं, समझते हैं तो उन्हें काला आदमी मानकर उनके साथ ऐसा व्यवहार करते हैं, ऐसे में रात के इस समय, जेब में बिना एक भी पैसे के, वे बाहर सड़क पर निकलेंगे, तो क्या होगा? कैसा व्यवहार होगा उनके साथ? पिछला जो समय शिकागो से बाहर, कुछ सभ्य लोगों के मध्य बिताया था, उससे वे भूल ही गए थे कि आरंभ में शिकागो में लोगों ने उनके साथ कैसा व्यवहार किया था...

स्वामी के अधरों पर एक मुस्कान आई। जैसे लोग मान लेते हैं कि हिंदू किसी एक ईश्वर के बनाए हुए हैं, मुसलमान तथा ईसाई किन्हीं अन्य ईश्वरों के, वैसे ही शायद उन्होंने अपने मन में मान लिया था कि भारत तो मां काली का है और अमरीका की भूमि किसी और की है। इसीलिए वह संन्यासी, जो भारत में ईश्वर पर निर्भर रहता था, यहां आकर आत्मनिर्भर होने का प्रयत्न कर रहा था। वे अपनी व्यवस्था में लगे थे, किंतु जगदंबा की इच्छा शायद वह नहीं थी। मां ने उनके लिए कोई और ही प्रबंध कर रखा था। वे ही जानती हैं कि उन्हें कहां भेजना है, कहां रखना है, क्या खिलाना है और क्या काम लेना है।

"तेरी ही इच्छा पूर्ण हो मां।" स्वामी ने हाथ जोड़कर नमन किया, "अच्छा किया कि समझा दिया। मैं तो अपनी मूर्खता में स्वयं को ही कर्ता मान बैठा था।"

स्वामी का मन हल्का हो गया। उनकी सारी चिंताएं स्वयं ही विलीन हो गईं। जिसकी चिंता है, वह करे, उन्हें क्या पड़ी है कि अपना माथा फोड़ें। वे तो अब कहीं पड़कर सो रहेंगे। बहुत थक गए हैं, इस यात्रा से।

स्वामी प्लेटफार्म पर चलते चले गए। प्लेटफार्म समाप्त हो गया, तो यार्ड आरंभ हो गया। स्वामी ने रुककर आंख उठाई, तो उनके सामने मालगाड़ी का एक डब्बा था–बॉक्सकार, स्वामी समझ गए, आज रात मां ने उनके सोने की व्यवस्था यहीं की थी।

वे डब्बे के निकट आए। उसमें बड़े झरोखे-सा एक द्वार था। नीचे घास-फूस बिखरा

हुआ था। स्वामी ने अपने चिंतन में जैसे सुधार किया, "घासफूस बिछा है।" हां! उनके लिए बिस्तर तैयार था। झरोखे का द्वार जरा-सा भिड़ा दिया जाए, तो उन्हें ढंड भी नहीं लगेगी। ऐसे में उन्हें इस बॉक्सकार से अच्छा शयनकक्ष और कहां मिलेगा।

स्वामी ने सहज भाव से बॉक्सकार में प्रवेश किया। फूस को कुछ सरिया संवार कर अच्छी तरह एक बिस्तर बनाकर, निश्चिंत होकर लेट गए। अभी उन्हें नींद तो नहीं आई थी, किंतु आरंभिक सितंबर का यह मौसम उनके लिए ठंडा ही था। उस ठंड से सुरक्षित होकर वे कितने निश्चित और आत्ममग्न हो गए थे...

पिछले प्रायः दो सप्ताह का समय कैसे बीत गया, पता ही नहीं चला। कैसा स्वप्न सा लगता है। एनिक्वास्म से विदा होकर वे श्रीमती केट टान्नैट वूड्स के निनंत्रण पर सालेम पहुंचे थे। श्रीमती वूड्स को जब केट सैनबोर्न के घर पर देखा था, तो स्वामी ने उन्हें वार्धक्य की ओर बढ़ती हुई महिला मान लिया था। उनकी अवस्था अट्ठावन वर्ष की अवश्य थी; किंतु उनकी गतिविधि में तनिक भी शिथिलता नहीं आई थी। उनका एक ही पुत्र था–प्रेंटिस। इन दिनों वह डाक्टरी पढ़ रहा था। श्रीमती वूड्स, सुश्री सैनबोर्न के ही समान घूम-घूम कर व्याख्यान करती थीं और अपनी प्रकार की लेखिका भी थीं। सप्ताह भर में कैसे घुल मिल गए थे, वे मां बेटा स्वामी के साथ। एकदम परिवारजन जैसे। स्वामी को भी उनका घर अपने घर जैसा लगने लगा था। किंतु संन्यासी का भी क्या घर? श्रीमती वूड्सने उसी शाम उनके भाषण की वेसली चर्च में व्यवस्था की थी। अब तक स्वामी ने मान लिया था कि यहां चर्च मात्र एक पूजास्थल नहीं था, वह यहां के लोगों की सामान्य गतिविधियों का केन्द्र भी था। किंतु जिस बात से स्वामी को अधिक प्रसन्नता हुई थी, वह थी डॉ एफ. ए. गार्डनर तथा सेंट्रल बैपटिस्ट चर्च के पादरी एस. एफ. नॉब्स जैसे लोगों का उनके भाषण सुनने के लिए आना। किंतु रमाबाई मंडलों की याद उनके मन में ताजा थी। फिर भी वे चाहते थे कि उन लोगों के संबंधों में कोई कड़वाहट न आए।

उन्होंने जानबूझ कर अपने भाषण का विषय–भारत का धर्म–नहीं चुना था। वे भारत की सामाजिक और आर्थिक स्थिति की चर्चा कर रहे थे। उन्होंने भारत की निर्धनता की विषद् चर्चा की थी और बताया था कि भारत के करोड़ों लोगों की औसत आय पचास सेंट मासिक से भी कम थी। कहीं-कहीं तो पूरे-के-पूरे जिले के लोग एक विशेष प्रकार के वृक्ष में लगने वाले फूलों को उबालकर खाते हुए, महीनों और कभी-कभी वर्षों बिता देते थे। दूसरे जिलों में केवल पुरुष ही भात खा पाते थे। स्त्रियों और बच्चों को माड़ से ही संतोष करना पड़ता था। किसी कारण किसी वर्ष धान की फसल कम हो, या न हो, तो उसका अर्थ था अकाल। आधे लोग दिन में एक बार भोजन कर निर्वाह करते थे और शेष आधे लोगों को पता नहीं कि दूसरे समय का भोजन कहां से आएगा। स्वामी के अपने शब्द ही उनके मन में गूंज रहे थे, "भारत के लोगों को धर्म की अधिक आवश्यकता नहीं है, उनके पास विपुल मात्रा में धर्म वर्तमान है। उन्हें आवश्यकता है व्यावहारिकता की।" उन्होंने निवेदन किया कि अमरीका यदि भारत की सहायता ही

करना चाहता है, तो भारत में धर्मप्रचारक नहीं, उद्योग धंधों का प्रशिक्षण देने वाले लोगों को भेजे, ताकि भारतवासी अपना आर्थिक उत्थान कर सकें। धर्म तो भारत के पास पहले से ही बहुत है।

यहीं से उन दोनों पादरियों ने अपनी टीका टिप्पणी आरंभ कर दी थी। वे बीच-बीच में टोक रहे थे। बार-बार प्रश्न पूछने के बहाने भारत को अपमानित कर रहे थे। वे नहीं चाहते थे कि भारत के उच्च आध्यात्मिक धरातल की चर्चा की जाए। वे यह भी नहीं चाहते थे कि अमरीका की औद्योगिक प्रगति की प्रशंसा की जाए। वे चाहते थे कि वे यह सिद्ध करें के भारत में स्त्रियों के साथ अमानवीय व्यवहार होता है। पति की मृत्यु होने पर उन्हें पति के शव के साथ जीवित जला दिया जाता है। उन्हें पर्दे में बंद कर, बंदियों के समान रखा जाता है।

उनकी टिप्पणियों के बाद स्वामी के पास कोई विकल्प नहीं रह गया था। उन्हें उनकी आपत्तियों, आक्षेपों तथा आरोपों का उत्तर देना ही था। उन्हें कहना ही पड़ा कि हिंदू पुरुष नारी का किसी देवी के समान आदर करते हैं। उन्हें सारे कष्टों से बचाकर, अलग रखा जाता था। स्त्री भी अपने पति से इतना प्रेम करती थी कि उसके बिना जीवित नहीं रह सकती थी। वे विवाह में पति से अभिन्न थीं और उनका मृत्यु में भी अभिन्न होना आवश्यक था। जिसे ऐसा लगता था, वही स्त्री पति के साथ चितारोहण करती थी, अन्यथा भारत में लाखों की संख्या में विधवाएं जीवित थीं। उनकी अपनी माता ने भी पति के साथ चितारोहण नहीं किया था और उन्हें किसी ने उसके लिए बाध्य नहीं किया था।

उन पादरियों का इस बात पर भी बल था कि हिंदू इतने अंधविश्वासी थे कि वे स्वयं को जगन्नाथ के रथ के सम्मुख फेंक देते थे और इस प्रकार आत्महत्या कर लेते थे। स्वामी ने उन्हें बताया कि इसके लिए सामान्य हिंदुओं या हिंदू धर्म को दोष देना उचित नहीं है। यह काम तो कुछ धर्मोन्मादी लोगों का था। अधिकांशतः कुछ असाध्य रोगों से पीड़ित रोगी जो अपने जीवन से निराश हो चुके थे, इस प्रकार अपने प्राण देते थे।

स्वामी ने बाद में अनुभव किया था कि श्रीमती वूड्स शायद स्वयं भी नहीं जानती थीं कि वे पादरी इस इच्छा से यहां आए थे। उनकी कट्टरता, अनुदारता और संकीर्णता, श्रीमती वूड्स को पसंद नहीं आई थी। परिणामतः स्वामी के प्रति वूड्स परिवार का स्नेह और भी बढ़ गया था।

श्रीमती वूड्स ने शायद बहुत सोचकर ही उनके और भाषण नहीं रखवाए थे। हो सकता है कि उनके मन में आशंका रही हो कि अधिक भाषणों से कटुता भी बढ़ेगी। संभव है कि उन्हें स्थानीय पादरियों से कुछ अधिक ही आशंकाएं हों; या वे स्वामी से अधिक जानती रही हों कि वहां के लोग स्वामी के कितने अनुकूल थे और कितने प्रतिकूल... स्वामी के लिए तो यह तनिक भी महत्वपूर्ण नहीं था। वे किसी से झगड़ा करने नहीं आए थे। किंतु किसी को प्रसन्न करने के लिए न तो वे असत्य को स्वीकार कर सकते थे,

न मिथ्या भाषण कर सकते थे और न ही अपने धर्म अथवा देश पर लगाए गए झूठे आरोपों को स्वीकार कर सकते थे।

इस बीच स्वामी के पास बहुत सारा समय था। वे घूम सकते थे, लोगों से मिल सकते थे, अध्ययन कर सकते थे, ध्यान और मनन कर सकते थे। यद्यपि सब कुछ ईश्वर पर छोड़ कर, स्वामी निश्चिंत से दिखाई पड़ते थे; किंतु उनका ध्यान बार-बार धर्मसंसद की ओर भी जाता था। ग्यारह सितंबर से धर्मसंसद आरंभ होने वाली थी और उनके पास अभी तक कोई सूचना नहीं थी कि प्रतिनिधि के रूप में उन्हें मान्यता भी मिली है या नहीं। वे उसमें भाग ले भी पाएंगे या नहीं। वस्तुतः उन्होंने तो अपनी ओर से यह स्वीकार कर ही लिया था कि अपने अज्ञान में वे भूल कर चुके थे और अब वे उस में भाग नहीं ले पाएंगे। यह तो प्रो. राइट का आश्वासन और प्रयत्न ही था, किसने उनके मन में फिर से एक आकांक्षा जगा दी थी।

अंततः उन्होंने प्रो. राइट को एक संक्षिप्त-सा पत्र लिखा :

सालेम

30 अगस्त 1893

प्रिय अध्यापक जी,

आज मैं यहां से चला जाऊंगा। आशा है कि आपको शिकागो से कोई सूचना आई होगी। श्री सैनबोर्न का निमंत्रण मुझे सभी निर्देशों के साथ मिल गया है। इसीलिए मैं सोमवार को सैराटोगा जाऊंगा। आपकी पत्नी के लिए शुभकामनाएं और ऑस्टिन एवं अन्य बच्चों के लिए प्यार। वास्तव में आप एक महात्मा हैं और श्रीमती राइट तो अद्वितीय हैं।

सस्नेह आपका

विवेकानन्द

उनकी इच्छा 30 अगस्त को ही सालेम से चले जाने की थी। पर संध्या समय श्रीमती वूड्स ने बहुत स्पष्ट शब्दों में उनसे कह दिया कि फ्रैंकलिन सैनबोर्न के निमंत्रण के अनुसार, वे सोमवार को ही सालेम छोड़ें। तब तक वहीं रहें। उन्होंने रविवार को ईस्ट चर्च में उनके एक और भाषण का आयोजन किया था, ताकि सूचनाओं का आदान-प्रदान तो हो, ज्ञान की वृद्धि तो हो, किंतु कटुता तथा विरोध का न प्रदर्शन हो, न प्रसार।

सचमुच ही ईस्ट चर्च के पादरी का सारा दृष्टिकोण तथा व्यवहार पूर्णतः मैत्रीपूर्ण था। न विरोध था और न ही परायापन। स्वामी ने बड़ी आत्मीयता से उन्हें अपने देश, अपने धर्म तथा अपने लोगों के विषय में बताया था।

रविवार के उस भाषण से पहले ही प्रो. राइट के पत्र के साथ कुछ परिचयपत्र मिले, जो शिकागो में धर्मसंसद के विभिन्न अधिकारियों के नाम थे, जिनमें स्वामी के गुणों और योग्यता की मुक्त कंठ से प्रशंसा की गई थी। किंतु यदि प्रबंधक उन्हें प्रतिनिधि की मान्यता ही नहीं देते, तो पदाधिकारियों के नाम उन परिचयपत्रों का वे क्या करेंगे। जाने

प्रो. राइट क्या कर रहे थे, पर तभी शिकागो से उन्हें थैलेस महोदय का पत्र मिल गया था, जिसमें उन्हें प्रतिनिधि के रूप में मान्यता प्रदान किए जाने की सूचना थी।

स्वामी का हृदय एक अद्भुत आह्लाद से भर उठा था। ईश्वर की योजना भी अद्भुत थी। स्वामी का मन अपने ईश्वर के प्रति स्नेह और कृतज्ञता से भर उठा था। यदि वे शिकागो में रुककर ही प्रयत्न करते रहते, तो उन्हें धर्मसंसद में भाग लेने का अवसर कभी न मिलता। ईश्वर ने उन्हें निराशा की स्थिति में बॉस्टन भेजा। केट सैनबोर्न से भेंट करवाई उसके माध्यम से फ्रैंकलिन बैंजामिन सैनबोर्न और उसके माध्यम से प्रो. राइट तक पहुंचाया, जिनके खटखटाने से धर्मसंसद के बंद द्वार स्वामी के लिए खुल गए।

स्वामी का मन कैसा तो विह्वल हो उठा। अपनी इस कृतज्ञता को वे कैसे प्रकट करें? ईश्वर सर्वव्यापी है, अन्तर्यामी है, वह सब कुछ जानता है। वह स्वामी के मन के भाव भी जानता है, वह उनकी कृतज्ञता को भी जानता है और उनके स्नेह को भी। पर फिर भी स्वामी आज इस भाव को अपने ही मन में सीमित रखकर संतुष्ट नहीं हो पाएंगे। उन्हें उसे अभिव्यक्त करना ही होगा, अपने संतोष के लिए...।

स्वामी कागज और कलम लेकर बैठ गए। भाव जैसे अपने आप उमड़ रहे थे, लेखनी स्वतः चलती जा रही थी–

"पहाड़ी घाटी पर्वतश्रेणियों में,
मंदिर, गिरजा, मसजिद,
वेद, बाइबल, कुरान,
तुझे खोजा, इन सबमें व्यर्थ।
सघन वनों में भूले शिशु सा
रोया-एकाकी रोया,
तुम कहां गए प्रभु, प्रिय?
'चले गए।' कहा ध्वनि ने।"

क्षण भर के लिए स्वामी सजग हुए। इन दिनों अंग्रेज़ी में बोलने और लिखने का इतना अभ्यास हो चला था कि कविता की ये पंक्तियां भी अंग्रेज़ी में ही लिख गए थे। पर उन्होंने स्वयं को रोका नहीं। अमरीका में लिख रहे हैं, तो अंग्रेज़ी में ही सही। सब भाषाएं ईश्वर की ही दी हुई हैं, सब भाषाएं ईश्वर तक ही ले जाती हैं।

वे लिखते चले गए–

"जीवन की इस प्रवहमान धारा में,
तू आत्माओं की आत्मा,
'ऊं तत् सत् ऊं' तू है मेरा प्रभु,
मेरे प्रिय! मैं तेरा मैं तेरा।"

रविवार की शाम को स्वामी को कहीं बाहर नहीं जाना था। श्रीमती वूड्स ने अपने

घर के बगीचे में ही स्वामी के एक व्याख्यान का प्रबंध किया था। यह व्याख्यान केवल बच्चों के लिए था। स्वामी ने इस विषय में जितना सोचा, वे श्रीमती वूड्स की समझदारी तथा उनकी प्रबंधपटुता पर मुग्ध होते गए। सालेम में स्वामी के पहले भाषण के दौरान पादरियों ने अपने व्यवहार से जो कटुता उत्पन्न कर दी थी, उसे धो डालने के लिए श्रीमती वूड्स कितना प्रयत्न कर रही थीं। जब तक उस विषय में वे पूर्णतः आश्वस्त नहीं हो गईं, तब तक उन्होंने न स्वामी को कहीं और जाने दिया और न ही उनका कोई व्याख्यान ही होने दिया। प्रातः ईस्ट चर्च के व्याख्यान के समय चर्च के पादरी ने अपने व्यवहार से जैसे अन्य पादरियों के व्यवहार का प्रायश्चित किया था और अब संध्या समय केवल बच्चों के सामने भाषण। इससे अधिक सुखद स्थिति और क्या होगी कि जो बातें वे प्रो. राइट के घर में ऑस्टिन और एलिजाबेथ को सुनाते थे, जो कुछ वे श्रीमती वूड्स के पुत्र से कहते रहते थे, उन्हीं बातों को वे बच्चों के एक बड़े समूह के सम्मुख कह सकेंगे।

बच्चों के सम्मुख बोलते हुए उन्हें लगा कि वे अपने शैशव, बाल्यावस्था और किशोरावस्था को जैसे एक बार पुनः जी रहे हैं। जो खेल वे खेलते थे, जिन पर्व-त्यौहारों को वे मनाते थे, जिन स्कूलों में वे पढ़ते थे, जो उनकी रुचियां थीं, जो उनके शौक थे, और जो उनकी जीवन पद्धति थी। उन सबकी ही तो चर्चा उन्हें करनी थी।

बच्चों ने बहुत ध्यान से उनकी बातें सुनीं थीं, जैसे वे स्वामी का व्याख्यान न सुन रहे हों, किसी परीलोक की कोई रोचक कथा सुन रहे हों। स्वामी ने अपने गुरुओं के विषय में भी उन्हें बताया। अपने गुरु के प्रति किसी भारतीय शिष्य की क्या भावना हो सकती है...स्वामी की कल्पना में श्रीरामकृष्णदेव की मूर्ति थी और वे गुरु के गुण बखानते जा रहे थे।

तभी एक छोटी बच्ची ने उन्हें टोका, "कितने सौभाग्यशाली हैं आपके देश के बच्चे, जिन्हें ऐसे गुरु मिलते हैं। मेरी तो एक टीचर ने मुझे इतना मारा कि मेरी एक अंगुली तोड़ ही दी।" उसने पट्टी बंधी हुई अपनी अंगुली स्वामी को दिखाई।

स्वामी की आंखों के सम्मुख अपने स्कूल का दृश्य घूम गया, जब उनके एक अध्यापक ने उन्हें बेतहाशा पीटने के बाद उन्हें उनके कानों से पकड़ कर उठा लिया था और उनके कानों से खून बहने लगा था।

स्वामी ने बच्ची के सिर पर स्नेह से हाथ फेरा।

"कभी-कभी हमारे यहां भी ऐसी दुर्घटनाएं हो जाती थीं।" स्वामी बोले, और फिर विस्तार से अपने पीटे जाने और घायल होने की घटना सुना कर कहा, "किंतु तब से किसी भी बच्चे को शारीरिक दंड देने की मनाही हो गई। मैंने कष्ट पाया तो उससे अनेक बच्चों को लाभ हुआ। वैसे ही मेरी बच्ची! तुम्हारे इस कष्ट का फल अनेक बच्चे पाएंगे। तुम्हारी यह चोट उनकी रक्षा करेगी। तुम्हारी टीचर अब किसी बच्चे को नहीं पीटेगी और इस शुभकाम के पुण्य की भागी तुम होंगी।"

सोमवार को स्वामी सालेम से विदा हुए। वूड्स परिवार का स्नेह अब तक बहुत स्पष्ट था। श्रीमती वूड्स काफी भावुक हो उठी थीं और उनका पुत्र पेट्रिस तो स्वामी को जाने ही नहीं देना चाहता था। उसे यही समझाना कठिन था कि स्वामी का साराटोगा स्प्रिंग्स जाना क्यों आवश्यक है, तो उसे यह कैसे समझाया जा सकता था कि हिंदू संन्यासी को किसी एक स्थान पर अधिक समय तक रहने की अनुमति नहीं है। किसी प्रकार उसे मना लिया गया कि स्वामी को आवश्यक काम से साराटोगा जाना है, वह उन्हें जाने दे। स्वामी उनसे विदा नहीं हो रहे हैं। वे अपना काम निबटा कर फिर वहीं लौट आएंगे और तब उनसे विदा लेंगे।

"तो फिर अपना सामान लेकर क्यों जा रहे हैं?" पेट्रिस ने उलाहना दिया।

स्वामी उस किशोर के निःस्वार्थ स्नेह पर मुग्ध हो उठे। उसका तर्क भी पर्याप्त सार्थक था। उन्होंने तत्काल अपना सामान–एक ट्रंक और एक कंबल वहीं छोड़ दिया, "लो अपना सामान यहीं छोड़कर जा रहा हूं। तुमसे मिलने भी आऊंगा और अपना सामान लेने भी। अब तो प्रसन्न हो?"

"अपना यह हथियार लेकर क्यों जा रहे हैं?" उसने स्वामी के दंड की ओर संकेत किया।

"लो। यह हथियार भी तुम ही रखो।" स्वामी ने हंसकर वह दंड भी उसे पकड़ा दिया, "वैसे भी इसे लेकर कहीं जाता हूं तो प्रत्येक व्यक्ति मुझे विचित्र दृष्टि से देखता है। उसे मैं अपरिचित और पराया लगता हूं।"

उनका सामान रखवा कर पेट्रिस संतुष्ट हो गया। स्वामी एक छोटी-सी संदूकची में कुछ कपड़े और कुछ आवश्यक चीजें ले कर चले। श्रीमती वूड्स उनके साथ कुछ और दूर तक आईं, "आपने अपना सामान यहीं छोड़ दिया है। आपको असुविधा नहीं होगी स्वामी?"

"इस सामान के साथ यात्रा सुवधिाजनक नहीं है श्रीमती वूड्स!" स्वामी ने प्रसन्न मुद्रा में कहा, "पैट्रिस के रूप में भगवान ने स्वयं आकर मेरा बोझ मेरे सिर से उतरवा लिया है। मैं निश्चिंत हो कर यात्रा कर सकूंगा। मैं तो एक झोले को कंधे पर टांग कर ही यात्रा करने का अभ्यस्त हूं।"

स्वामी ने करवट बदली। वे क्या जानते थे कि उनसे डॉ. बैरोज का पता खो जाएगा और उन्हें न सोने का स्थान मिलेगा, न बिस्तर...। पर फिर वे स्वयं पर ही हंस पड़े... वे कैसे कह सकते हैं कि उन्हें स्थान मिला न बिस्तर, जिसने यह स्थान दिया है, उसने बिस्तर भी तो दिया ही है।

फ्रैंकलिन बैंजामिन सैनबोर्न के विषय में केट सैनबोर्न ने बताया था कि वह व्यवसाय से लेखक एवं पत्रकार था और प्रकृति से समाज सुधारक। उसके परिचय में यह भी बताया गया था कि वह अमरीकी समाजशास्त्र परिषद् का सचिव था और उसी

अधिकार से उसने उन्हें साराटोगा स्प्रिंग्स में होने वाले अपने सम्मेलन में भाषण देने के लिए आमंत्रित किया था।

किंतु उसका विस्तृत परिचय तो उन्हें सारागटोगा पहुंचकर ही मिला। वह अपनी बहन केट सैनबोर्न से कहीं अधिक गंभीर तथा अध्ययनशील प्राणी था। दार्शनिक और आध्यात्मिक विषयों में उसकी पर्याप्त रुचि थी। उसने 'कॉनकार्ड स्कूल ऑफ फिलासॉफी' की स्थापना की थी; और उसके विचार अनुभवातीत आंदोलन के प्रभाव में निर्मित हुए थे। वह मैसाचूसे के 'बोर्ड ऑफ चैरिटीज़' का सचिव था और छोटी बड़ी अनेक संस्थाओं के संस्थापकों में से एक था।

'अमरीकी समाजशास्त्रीय परिषद्' भी उन सारी संस्थाओं से सर्वथा एक भिन्न संस्था थी, जिनके संपर्क में अब तक स्वामी आए थे। वह चर्च के पादरियों, महिला क्लबों अथवा जन संगठनों से भिन्न अमरीका के गंभीर विद्वानों की संस्था थी और उसकी प्रकृति सर्वथा इहलौकिक थी। और सबसे बड़ी बात यह थी कि यहां स्वामी का भाषण सुनने वाले लोग एक एकत्रित जनसमूह नहीं था, वह अपने अपने क्षेत्र के विद्वानों का सम्मेलन था, जिसमें अनेक वक्ताओं में से स्वामी भी एक थे।

फ्रैंकलिन ने बहुत स्पष्ट रूप में स्वामी से कह दिया था कि वैसे तो वे अपना विषय चुनने को स्वतंत्र थे, किंतु उन्हें यह ध्यान रखना चाहिए कि वह धार्मिक या आध्यात्मिक मंच नहीं था, यह समाजशास्त्रीय मंच था। अतः वहां लौकिक विषयों की चर्चा ही अनुकूल पड़ेगी।

स्वामी तो फ्रैंकलिन का निमंत्रण पाकर सहज ही साराटोगा चले आए थे, तब उनका ध्यान इस ओर नहीं गया था; किंतु अब वे देख रहे थे कि अमरीका के चुने हुए विद्वानों के बीच इस प्रकार एक अनजाने हिंदू संन्यासी को बुलाकर इस महत्वपूर्ण सभा में उनके भाषण की व्यवस्था करना, इस बात का स्पष्ट प्रमाण था कि फ्रैंकलिन उन्हें किस दृष्टि से देखता है। निश्चय ही प्रो जॉन हेनरी राइट के ही समान वह भी उनके विषय में बहुत सम्मानजनक राय रखता था। और स्वामी का परिचय कराते हुए उसने कहा भी था, "स्वामी विवेकानन्द अमरीका में अभी जाने नहीं जाते; किंतु जो उनकी बौद्धिक प्रतिभा से तनिक सा भी परिचित है, वह निस्संकोच यह कह सकता है कि इस देश के प्रमुख, महत्वपूर्ण तथा समस्त क्षेत्रों के श्रेष्ठ विद्वानों की इस सभा के मध्य भी स्वामी विवेकानन्द के रूप में मैं एक असाधारण और अद्भुत प्रतिभा को प्रस्तुत कर रहा हूं। और उनके भाषणों का सुनना हम सबका परम सौभाग्य होगा।"

स्वामी की विचार शृंखला टूटी, तो उन्हें ध्यान आया कि वे अभी सोए नहीं हैं। बाहर कहीं दूर कोई कुत्ता भौंका था, शायद उसी से उनके विचार का प्रवाह बाधित हुआ था।

7 सितंबर 1893 को स्वामी साराटोगा के बोर्डिंग हाउस में थे। किसी ने उनके कक्ष का कपाट खटखटाया।

स्वामी ने कपाट खोले हैं। फ्रैंकलिन उनके सामने खड़ा था।

"तुम्हारे लिए एक अच्छा समाचार लाया हूं स्वामी!" उसने कहा।

स्वामी ने जिज्ञासा से उसकी ओर देखा।

"केट ने समाचार भेजा है कि तुम्हारे किसी शिष्य पेरुमल अलासिंगा और महाराज अजितसिंह ने भारत से तुम्हारे लिए कुछ रुपए भिजवाए हैं। तुम्हें खोजते खोजते वे विभिन्न स्थानों से घूम फिर कर केट के पास पहुंचे हैं।"

"उन्होंने गुरु के प्रति अपना शिष्य धर्म निभाया किंतु..."

"किंतु क्या?"

"शायद अब मुझे उसकी आवश्यकता नहीं है।"

"तुम भी विचित्र आदमी हो स्वामी। तुम्हें धन प्राप्ति से भी प्रसन्नता नहीं होती।"

स्वामी मुस्कराए, "मेरा तो धन ही कोई और है।"

फ्रैंकलिन उन्हें विदा करने के लिए स्टेशन तक आया था। वह अब पहले से भी कहीं अधिक विनीत और आत्मीय हो गया था।

"स्वामी जी!" वह चलते-चलते बोला, "यह हमारा सौभाग्य था कि हमें आप जैसा विद्वान् वक्ता मिल गया। मुझे विश्वास है कि आपसे मेरा संबंध बना रहेगा और हम आपके ज्ञान का भविष्य में भी लाभ उठा सकेंगे।"

स्वामी ने बड़ी ममता से उसके कंधे पर हाथ रखा, "सौभाग्य तो मेरा है कि मुझे इस पराए देश में भी तुम जैसा मित्र मिल गया।"

"यह आपकी सदाशयता है। मैंने तो बस अपना स्वार्थ ही साधा है।" वह धीरे से बोला, "अच्छा अब आप गाड़ी में बैठिए। समय हो रहा है।" उसने अपने झोले में से निकालकर दो समाचारपत्र उनकी ओर बढ़ा दिए, "ये डेली सैराटोगियन के दो अंक हैं। उनमें हमारे सम्मेलन का विवरण छपा है। गाड़ी में देख लीजिएगा।"

गाड़ी के चलने और चारों ओर की हलचल के शांत होने तक वे समाचार पत्रों को भूले ही रहे। उधर ध्यान गया तो उन्होंने समाचारपत्र निकाले। हां! विवरण छपा था। किसी ने लाल रौशनाई से उन्हें चिह्नित भी कर दिया था। शायद फ्रैंकलिन ने ही...

संध्या का सत्र आठ बजे आरंभ हुआ। कमरे में एक भी स्थान खाली नहीं था। पहले पदाधिकारियों का चुनाव हुआ।

न्यूयार्क के श्री ऑस्कर एस. स्ट्रॉस ने 'तुर्की तथा सभ्यता' पर एक निबंध पढ़ा, जिसमें उन्होंने बलपूर्वक इस बात का खंडन किया कि तुर्की एक असभ्य देश है।

उसके पश्चात् भारत में मद्रास नगर के एक संन्यासी स्वामी विवेकानन्द मंच पर आए, जो भारत भर में घूम कर प्रचार करते रहे हैं। उनकी समाजशास्त्र में बहुत रुचि है तथा वे एक अत्यंत प्रतिभाशाली तथा रोचक वक्ता हैं। उन्हों ने 'भारत में मुस्लिम शासन'

पर व्याख्यान दिया।

आज फिर विवेकानन्द 'भारत में चांदी के उपयोग' पर भाषण करेंगे।"

अगला चिह्नित शीर्षक था :

"स्थानीय समाचार :

भारत से आने वाले एक सुशिक्षित हिंदू स्वामी विवेकानन्द, इस सप्ताह अमरीकी सामाजशास्त्रीय सम्मेलन में भाग ले रहे हैं। वे डॉ. हैमिलिटन की खचाखच भरी बैठक में, अपने अद्भुत देश के रीति रिवाजों और विश्वासों पर दो व्याख्यान दे चुके हैं। वे बहुत सुरुचिपूर्ण और रोचक वक्ता हैं। वे अत्यंत सुशिक्षित व्यक्ति हैं और उनके विषय अत्यंत वैविध्यपूर्ण तथा आकर्षक होते हैं। अपनी प्राच्य वेशभूषा में वे अत्यंत भव्य लगते हैं। आज इंस्टिट्यूट में ठीक सात बजे, उन्हें देखने और सुनने के लिए आप सब आमंत्रित हैं। व्याख्यान साढ़े सात बजे समाप्त हो जाएगा।"

स्वामी ने दूसरा समाचार पत्र खोला। उसमें भी एक स्थान पर लाल रौशनाई से चिह्नित था :

"समाजशास्त्रियों के सम्मेलन में श्रेष्ठ निबंधों का विषय था–मुद्रा।

अध्यक्ष एंड्रयूज ने भारत में मुद्रा संबंधी प्रयोगों के विषय में क्या कहा–अनेक रोचक निबंध–आज का कार्यक्रम :

सारे भाषण तथा निबंध अर्थ तथा अर्थव्यवस्था से ही संबंधित थे, जो समकालीन परिस्थितियों में बहुत सार्थक सिद्ध हुए। हार्टफोर्ड के कर्नल जैकब एल. ग्रीन ने द्विधातुवाद पर एक निबंध पढ़ा, जिसमें विषय पर विस्तारपूर्वक प्रकाश डाला गया था। उनके पश्चात् न्यूयार्क के डॉ. चार्ल्स बी. स्पहूका निबंध 'चांदी का महत्व' पढ़ा गया, जिसे श्रोताओं ने बहुत ध्यान से सुना। ब्राउन विश्वविद्यालय के प्रो. ई. बैंजामिन एंड्रयूज, जो सम्मेलन के अध्यक्ष भी हैं, ने अपना निबंध 'भारत में मुद्रा संबंधी प्रयोग' पढ़ा। यह निबंध चिंतन और बौद्धिकता की दृष्टि से अत्यंत उत्कृष्ट था।

सम्मेलन के अंत में हिंदू संन्यासी विवेकानन्द ने 'भारत में चांदी का प्रयोग' विषय पर तर्कपूर्ण तथा रोचक व्याख्यान दिया।"

प्रातः स्वामी की नींद टूटी।

क्षण भर को तो उन्हें समझ में ही नहीं आया कि वे कहां हैं; किंतु रात की घटना का ध्यान आते ही, सब कुछ स्पष्ट हो गया।

'अब?' उन्होंने अपने आप से पूछा।

अपने ही प्रश्न के उत्तर में वे मुस्कराए, 'अब क्या? जो मां की इच्छा होगी, वह होगा। धर्मसंसद भी उसकी इच्छा से हो रही है, और उनका उसमें भाग लेना भी उसकी इच्छा से ही होगा। प्रयत्न उनको करना है, वे करेंगे। सारे शिकागो नगर को पैदल छान मारेंगे, और सामने पड़ने वाला प्रत्येक द्वार खटखटाएंगे। यदि ईश्वर की यह इच्छा न होती, तो उनसे

डॉ. बैरोज़ का पता क्यों खो जाता? उनके पास जो थोड़े बहुत पैसे थे, वे लुप्त क्यों हो जाते?

स्वामी यार्ड से बाहर निकल आए।

उन्होंने पहले व्यक्ति से पूछा, "क्यों भाई! क्या बता सकते हो कि धर्मसंसद का कार्यालय कहां है?"

उस व्यक्ति ने तुनककर उनकी ओर देखा और उसके चेहरे पर रोष प्रकट हो गया, "कलूटा कहीं का।"

वह आगे बढ़ गया। स्वामी अपलक-अवाक उसे देखते रह गए। अपनी आकृति और वेशभूषा पर उनका ध्यान गया : उनका भगवा चोला मैला और मसला कुचला लग रहा था। उनके सिर पर की पगड़ी यहां के लोगों के लिए विचित्र-सी वस्तु थी। अमरीकियों की तुलना में उनका रंग सांवला ही था। उनका हाथ अनायास ही अपने चेहरे पर चला गया। दो दिनों से दाढ़ी भी नहीं बनाई थी। ऐसी स्थिति में अवश्य ही यहां उन्हें कोई भला आदमी नहीं मानेगा।

राह चलते किसी व्यक्ति से कुछ पूछने का विचार उन्होंने छोड़ दिया। जिस किसी से पूछेंगे, वह उसी प्रकार दो-चार बातें सुनाकर चलता बनेगा और वे उसे यह कहने के लिए भी नहीं रोक पाएंगे कि वह उनकी बात तो सुन ले। उससे तो अच्छा है कि वे किसी का द्वार खटखटाएं। वह भला आदमी अपना घर छोड़कर तो कहीं चला नहीं जाएगा। कम से कम उनकी बात तो सुनेगा।

उन्होंने पहले घर का फाटक खोला। वे अभी भीतर प्रवेश भी नहीं कर पाए थे कि भीतर से एक व्यक्ति दौड़ता हुआ आ गया। वेशभूषा से स्पष्ट था कि वह घर का नौकर था।

"ऐ क्या कर रहे हो?" उसने ललकार कर पूछा।

"फाटक खोल रहा हूं।" स्वामी ने शंतिपूर्वक कहा।

"क्यों?"

"मुझे एक पता पूछना है।" स्वामी ने अत्यंत मधुर ढंग से कहा, "क्या आप ही बता देंगे?"

"भागो यहां से।" वह व्यक्ति किसी कटखन्ने कुत्ते के समान गुर्राया, "यह कोई दफतर है या पुलिस थाना। भागो यहां से, नहीं तो अभी कुत्ता छोड़ता हूं।"

"मेरी बात तो सुनो भाई।" स्वामी ने विनीत भाव से कहा।

"मुझे कुछ नहीं सुनना है।" उसने उन्हें धकिया कर फाटक बंद कर लिया, "हमारे पास चोरों और उठाईगीरों के लिए पूरा प्रबंध है। चार-चार कुत्ते हैं, एक भी छोड़ दिया तो बोटियां नोच लेगा तुम्हारी।"

स्वामी को वहां खड़े रहना अनावश्यक लगा। मां की इच्छा...वे आगे चल पड़े।

वे एक और द्वार के सामने रुके। यहां फाटक नहीं था। कपाट ही था। उन्होंने कपाट

थपथपाए। थोड़ी-सी प्रतीक्षा के पश्चात् कपाट खुले।

कपाट खोलनेवाली एक सौम्य-सी महिला थी। स्वामी कुछ कहते, उससे पहले ही उस महिला की आंखें भय से फटी-फटी-सी हो गईं। उसने एक चीख मारी और कपाट खुले छोड़ कर ही भीतर भाग गई।

वहां खड़े रहने का कोई लाभ नहीं था। संभव है कि वह डरी हुई महिला घर के भीतर से कुछ क्रुद्ध पुरुषों के साथ लौटे। जैसी स्थिति है, उसमें कोई उनकी बात नहीं सुनेगा। संभव है कि वे लोग मान लें कि उन्होंने उस महिला से कुछ अभद्र व्यवहार किया है। बात बढ़ जाएगी तो झंझट भी बढ़ जाएगा। और उन्हें तो अज डॉ. बैरोज़ के कार्यालय में पहुंचना ही है।

स्वामी चल पड़े। समझ गए कि मां की इच्छा नहीं है कि उन्हें यहां से कोई सहायता मिले। तो फिर उसकी इच्छा के विरुद्ध तो कुछ नहीं हो सकता।

वे कुछ दूर चले गए। सहसा वे रुके और सामने जो द्वार दिखाई दिया, उसे ही खटखटा दिया। अब तक उन्हें लगने लगा था कि वे काफी भूखे हैं और थक भी चुके हैं। यदि उन्हें डॉ. बैरोज़ के कार्यालय का पता नहीं मिलता तो उन्हें भिक्षा तो मिलनी ही चाहिए।

इस बार कपाट खोलने वाला व्यक्ति हृष्ट-पुष्ट किंतु अधेड़ वय का पुरुष था।

"क्या है?" उसके शब्दों में जिज्ञासा नहीं, ताड़ना थी, "क्या समझकर तुमने द्वार खटखटाया? तुम्हारे बाप की जागीर है कि जहां मर्जी घुस गए और जो दरवाजा सामने आया, उसे ही पीट दिया।"

''सुनिए... मैं...।" स्वामी ने कहना चाहा।

"सुनना क्या है?" वह अशिष्ट ढंग से बोला, "मैं तो पुलिस को भी नहीं बुलाता हूं। तुम जैसे बहरूपिए उठाईगीरों का इलाज मैं स्वयं ही कर लेता हूं। जब दो चार हड्डियां टूट जाएंगी, तो तुम स्वयं ही पुलिस के पास जाओगे।" उसने अपने बड़े-बड़े गंदे दांत दिखाए, "अब तुम चलते हो या दूं एक घूंसा?"

स्वामी चल पड़े।

देश तो यह भी जगदंबा का ही है, किंतु यह भारत से भिन्न भूमि है–स्वामी सोच रहे थे–भारत निर्धन है, किंतु वहां सामान्य परिस्थितियों में कोई व्यक्ति भूखा नहीं मरेगा। कोई साधारण गृहस्थ भी उसे एक मुट्ठी अन्न दे ही देगा। अमरीका एक धनाढ्य देश है, किंतु यहां दान की परंपरा नहीं है, भूखे के प्रति सहानुभूति नहीं है, संन्यासी के प्रति सम्मान नहीं है। पर स्वामी क्या कर सकते हैं। वे तो भिक्षा पर ही आश्रित रह सकते हैं। मां की इच्छा होगी तो भिक्षा आएगी। उसकी इच्छा नहीं होगी, तो नहीं आएगी, फिर जो हो, सो हो...

स्वामी चलते जा रहे थे। उन्होंने द्वार खटखटाने और किसी से पूछने का विचार ही छोड़ दिया था। अब तो वे वह ही खाएंगे, जो मां भेजेगी; उधर ही जाएंगे, जिधर मां ले

जाएगी; और उसी सूचना पर निर्भर करेंगे, जो मां स्वयं भेजेंगी।

स्वामी के पग चलते जा रहे थे। वे कहां जा रहे हैं, वे नहीं जानते थे। किधर मुड़ रहे थे, उन्हें मालूम नहीं था। वे कहां-कहां से गुजरे, उन्होंने देखा ही नहीं, इतना तो अनुभव उन्हें हो रहा था कि वे भूखे हैं, थके हुए हैं, उनके लिए चलना कठिन हो रहा था, पर वे चलते जा रहे थे।

अंततः वे रुके। अब विश्राम किए बिना और चलना कठिन था। तो उन्हें रुक ही जाना चाहिए। पग थम गए। किंतु बैठने का स्थान ही कहां है? उन्होंने इधर-उधर दृष्टि घुमाई। सड़क के किनारे लगा पत्थर ही एक ऐसा स्थान था, जिस पर आने जाने वालों के लिए बाधा बने बिना बैठा जा सकता था। स्वामी आगे बढ़े और एक पत्थर पर बैठ गए।

वे क्रमशः अंतर्मुखी होते जा रहे थे। एक बार उनकी इच्छा हुई भी कि व्यर्थ प्रतीक्षा में यूं ही बैठे रहने से अच्छा है कि ध्यान करने का प्रयत्न करें, पर फिर लगा कि जिसे वे आत्मलीनता मान कर ध्यान करने की सोच रहे हैं, कहीं वह मात्र नींद का झोंका ही तो नहीं? रात शायद वे ठीक से सो न पाए हों।

तभी सड़क पार के सामने के मकान का द्वार खुलने का खटका हुआ। स्वामी का ध्यान उधर ही चला गया। साथ ही एक आशंका भी जागी। संभव है कि वह व्यक्ति उन्हें यहां निठल्ला बैठा देखकर रुष्ट हो जाए। यह भी संभव है कि उसने किसी खिड़की से उन्हें देख ही लिया हो उनको भगाने के लिए ही आ रहा हो, अब तक तो उनके साथ ऐसा ही व्यवहार हुआ है। भारत में ऐसा नहीं होता। वहां सबै भूमि गोपाल की है। कोई कहीं भी बैठ जाता है–सड़क के किनारे, पेड़ की छाया में, कुंएं की जगत् पर, किंतु यह अमरीका है। यहां मकान के सामने की सड़क को भी लोग अपनी ही संपत्ति मान लेते हैं।

कपाट खुले और उसके पीछे से एक महिला प्रकट हुई। स्वामी ने देखा, वह घर की नौकरानी नहीं थी। स्वामिनी हो सकती थी। चेहरा सौम्य और दयालु था, वेशभूषा संपन्न तथा कलात्मक थी। उसकी अवस्था पैंतालीस से पचास वर्षों के मध्य होगी। वह सीढ़ियां उतरकर घर के अहाते से बाहर निकल आई।

स्वामी ने अपना ध्यान दूसरी ओर लगाया, कोई अपने काम से अपने घर से निकल कर कहीं भी जा सकता है। आवश्यक तो नहीं कि शिकागो का प्रत्येक व्यक्ति स्वामी के ही पीछे पड़ा हो।

किंतु वह महिला तो सीधी स्वामी की ओर ही आ रही थी।

वह आकर उनके सम्मुख खड़ी हो गई।

स्वामी ने दृष्टि उठाकर उसकी ओर देखा : किंतु उस चेहरे पर न रूक्षता थी, न कठोरता और न ही विरोध। वह अत्यंत मैत्रीपूर्ण ढंग से मुस्करा रही थी, "महाशय! क्या आप धर्मसंसद में भाग लेने आए कोई प्रतिनिधि हैं?"

स्वामी के मन की सारी आशंकाएं लुप्त हो गईं। लगा, कोई और महिला नहीं, स्वयं मां काली ही आ खड़ी हुई हैं। यह तो मां की लीला है, स्वयं छिप जाती हैं और बालक को भटकने के लिए छोड़ देती हैं; किंतु उसकी ओर से उदासीन तो नहीं होतीं। जैसे ही देखती हैं कि बालक कुछ व्याकुल हो गया है, तत्काल प्रकट होकर उसकी बांह थाम लेती हैं।

"धन्य हो मां!" स्वामी ने आंखे मूंदकर, हाथ जोड़ नमस्कार किया।

वह महिला कुछ समझ नहीं पाई। उसने पुनः पूछा, "क्या आप धर्मसंसद के लिए आए प्रतिनिधि हैं महाशय?"

स्वामी की इच्छा हुई कि मां के चरण थामकर कहें, "सब कुछ जानते हुए भी इस प्रकार क्रीड़ा कर रही हो मां।" पर जब मां स्वयं को प्रकट करना नहीं चाहतीं, तो वे क्यों उसका आग्रह करें।

उन्होंने सिर हिलाकर स्वीकृति दे दी, "हां मां! किंतु इस समय बड़ी कठिनाई में हूं।"

"तो यहां इस प्रकार क्यों बैठे हैं?"

"बैठा कहां हूं, ईश्वर ने बैठा दिया है।"

"इसका क्या अर्थ हुआ?" महिला मुस्कराई।

"कल रात शिकागो पहुंचा हूं, पर मुझसे वह पता खो गया है, जहां मुझे स्वयं को प्रस्तुत करना है।"

महिला जैसे हतप्रभ हो गईं, "तो यहां बैठे क्या कर रहे हैं?"

स्वामी मुस्कराए, "प्रभु के दूत की प्रतीक्षा।"

"एक पता संभाल कर नहीं रख सकते तो धर्म को संभाल कर कैसे रखेंगे?"

"संभालकर तो मेरे पिता ही रखते हैं माता!" स्वामी ने कहा, "मैं तो उनका अबोध शिशु हूं।"

"पता स्मरण नहीं है?"

"नहीं। एकदम नहीं। लगता है ध्यान से पढ़ा ही नहीं।"

"धर्मशास्त्र स्मरण है, एक पता स्मरण नहीं रख सके। कैसी स्मरणशक्ति है तुम्हारी?"

"ईश्वर की लीला है माता! जो स्मरणशक्ति उसे सौंप रखी है, वह संसार का कुछ भी स्मरण नहीं रखती।"

श्रीमती हेल ने ध्यान से उनके चेहरे को देखा, "भूखे हैं?"

"और थका हुआ भी।" वे मुस्कराए, "रात मालगाड़ी के उस डब्बे में अच्छी नींद नहीं आई और प्रातः से भूखे पेट ढाई मील से अधिक चल चुका हूं।"

श्रीमती हेल के चेहरे पर पहले तो कुछ आवेश झलका और फिर जैसे स्वामी की अबोधता पर मुग्ध हो गईं। स्निग्ध भाव से देख कर बोली, "मेरे साथ आइए।"

श्रीमती हेल जाने के लिए मुड़ीं। स्वामी भी उठ खड़े हुए।

श्रीमती हेल पलटीं, "कोई सामान नहीं है?"

"संन्यासी का क्या सामान माता! पर जो कुछ बोझ था, वह स्टेशन पर क्लॉकरूम में डाल दिया था।"

"पर्ची है या वह भी खो दी?"

स्वामी ने जेब टटोलकर पर्ची निकाली, "बहुत भुलक्कड़ हूं, किंतु यह बची रह गई है।"

श्रीमती हेल ने पर्ची अपने हाथ में ले ली, "आओ।"

"जाने क्यों स्टेशन पर न कोई मेरी बात समझ सका, न मैं उनकी।"

"उस क्षेत्र में प्रायः जर्मन मजदूर रहते हैं। वे न अंग्रेज़ी समझते हैं, न बोलते हैं।"

स्वामी की स्थिति उस आह्लादित बालक की सी थी, जिसने अपने सम्मुख छद्म रूप में आई अपनी मां को पहचान लिया हो और मन-ही-मन मां की लीला पर मुग्ध हो रहा हो... मां जानती है कि वे भूखे हैं, और अजान बनकर कह रही है कि 'लगता है कि प्रातः से आपने कुछ खाया ही नहीं है।'

ड्राइंगरूम का वैभव देखकर स्वामी चकित रह गए : मां यहां बैठी उनकी प्रतीक्षा कर रही थी और वे कहां-कहां, किस किस का द्वार खटखटा रहे थे। तो उनको फटकार पड़नी ही चाहिए थी न, जो अपनी मां का घर नहीं पहचानता, जो अपनी मां का सहारा छोड़ स्वयं इधर-उधर भटकने लगता है, वह अभागा नहीं तो क्या है?

"बैठिए।" महिला ने मुस्करा कर एक कुर्सी की ओर संकेत किया, "मैं श्रीमती बेले हेल हूं। आप?"

"मैं विवेकानन्द हूं-एक हिंदू संन्यासी। भारत से आया हूं।" स्वामी बोले, "मुझ से डॉ. बैरोज़ का पता खो गया है और जो थोड़े बहुत पैसे मेरे पास थे, वे भी मेरी असावधानी से कहीं गिर गए हैं।"

"कोई बात नहीं।" वे मुस्कराईं, "आप स्वच्छ होकर कुछ खा-पी लें, तो मैं आपको डॉ बैरोज़ के कार्यालय तक ले चलूंगी।" वे रुकीं, "लगता है आप प्रातः से काफी भटक चुके हैं।"

स्वामी ने अपने भटकने की गाथा संक्षेप में सुना दी।

"किंतु आपने डॉ. बैरोज़ का पता जानने के लिए टैलिफोन डायरेक्ट्री अथवा पुलिस की सहायता क्यों नहीं ली?" श्रीमती हेल ने विस्मय से पूछा।

स्वामी ने निमिष भर सोचा और बोले, "मैं तो एक संन्यासी की प्रवृत्ति के अनुकूल ही चलता रहा, ईश्वर के भरोसे। अन्य साधनों के विषय में तो मैंने सोचा ही नहीं।"

"आप एक्सपोज़ीशन के कार्यालय से भी डॉ. बैरोज़ का पता पूछ सकते थे।"

"सूझा ही नहीं।"

"चलिए, कोई बात नहीं। अब आप ठीक स्थान पर आ गए हैं।"

श्रीमती हेल ने घंटी बजाकर नौकर को बुलाया और उसे आवश्यक निर्देश देकर, स्वामी को उसके साथ उनके लिए नियत कमरे में भेज दिया।

नौकर के पीछे-पीछे चलते हुए स्वामी के मन में अनेक प्रश्न उग आए थे। वे श्रीमती हेल से पूछना चाहते थे कि उन्हें कैसे मालूम हुआ कि बाहर एक ऐसा व्यक्ति बैठा हुआ है, जिसको उनकी सहायता की आवश्यकता है? उन्होंने उन्हें साधारण बेघर ठग अथवा उठाईगीरा न समझ कर यह कैसे समझ लिया कि वे धर्मसंसद के लिए आए हुए प्रतिनिधि हैं? और उनके मन में सड़क किनारे बैठे हुए एक व्यक्ति के प्रति–चाहे वह धर्मसंसद का प्रतिनिधि ही क्यों न हो–इतनी सहानुभूति क्यों है? श्रीमती हेल दूसरों से इतनी भिन्न कैसे हैं, वे अमरीका की नागरिक नहीं हैं, या अमरीकी समाज का अंग नहीं है।

स्नान के पश्चात् स्वामी श्रीमती हेल के भोजन कक्ष में सहज भाव से बैठे, खा रहे थे।

"आप ब्रेकफास्ट कर लें।" श्रीमती हेल ने कहा, "और जिस वस्तु की आवश्यकता हो, निःसंकोच कहें। इसे अपना ही घर समझें।"

"पर माता! धर्मसंसद के कार्यालय का पता कहां से मिलेगा। वे लोग वहाँ मेरी प्रतीक्षा कर रहे होंगे।"

"ओह स्वामी! तुम बच्चों के से अबोध हो। मैं ले चलूंगी तुमको वहां।"

श्रीमती एमिली लियन आकर बैठक में बैठ गईं। जब कोई आएगा तो यहां से अवश्य पता लग जाएगा।

रात काफी बीत गई थी। उनका यह भरापूरा घर, जिसमें दिनभर आवागमन का कोलाहल रहता था, इस समय सर्वथा शांत सो रहा था। भरापूरा घर...वे मन-ही-मन हंसीं। इस समय तो जैसे उनका सारा कुटुंब ही उनके घर पर एकत्रित हो गया था। शिकागो के बाहर से आने वाले उनके निकट संबंधियों में से शायद ही कोई ऐसा हो, जो उनके घर में न टिका हुआ हो। वे क्या जानती थीं कि शिकागो में लगने वाले इस मेले का उनके घर पर यह प्रभाव पड़ेगा। वैसे स्वभाव से न वे अतिथिविरोधी थीं, न उनके पति जॉन बी. लियन। वे दोनों तो अपने सत्कार के लिए प्रसिद्ध थे। तभी तो मेला आरंभ होने से पहले, जब उनके चर्च–फर्स्ट प्रसेबिटेरियन चर्च–के अध्यक्ष, डॉ. बैरोज़ ने पूछा था कि धर्मसंसद के लिए आने वाले किसी प्रतिनिधि को वे अपने घर पर ठहराना चाहेंगी, तो उन्होंने सहर्ष उसकी अनुमति दे दी थी। अनुमति ही क्या...सच तो यह है कि उन्होंने आग्रहपूर्वक कहा था कि एक प्रतिनिधि उनके घर पर अवश्य ठहराया जाए। इसी रूप में वे धर्मसंसद के आयोजन में सहयोगी होकर अपने चर्च की सेवा कर सकेंगी। वे जानती थीं कि उनके पति जॉन को धर्म में कोई विशेष रुचि नहीं थी और धर्मांधता से तो उन्हें घृणा ही थी; किंतु दर्शनशास्त्र में उनकी गहरी रुचि थी। संभव है कि जॉन को आने वाले उस

प्रतिनिधि से मिलकर प्रसन्नता ही हो। घर पर जब उन्होंने अपने पति से इसकी चर्चा की, तो जॉन ने हंसकर कहा, "इतना बड़ा घर है हमारा। एक आध प्रतिनिधि को टिका लेने से यहां कौन-सी भीड़ हो जाएगी। पर उन्हें बता दिया है न कि वे किसी उदार विचारों के व्यक्ति को भेजें। किसी धर्मांध कठमुल्ले को हमारे घर न भेजें।"

"यह बात कहीं मैं भूल सकती हूं।" श्रीमती लियन ने उत्तर दिया था।

पर तब श्रीमती लियन क्या जानती थीं कि उस प्रतिनिधि के आने से पहले ही प्रदर्शनी देखने के लिए आने वाले कुटुंबियों से उनका घर इतना भर जाएगा कि एक भी और व्यक्ति को ठहराने का अवकाश नहीं रहेगा। इस बात का अहसास उन्हें तब हुआ, जब उन्हें अपने कमरे भी अपने अतिथियों को देने पड़े।

अपराह्न के समय डॉ. जॉन एच. बैरोज़ की बैठक में स्वामी बैठे थे। उनके साथ तीन पुरुष और थे।

"स्वामी! ये डॉ. जॉन हैनरी बैरोज़ हैं। शिकागो के धर्मवृद्ध। ये फर्स्ट प्रेस्बिटेरियन चर्च, शिकागो के धर्मगुरु हैं। हम इन्हीं के घर में बैठे हैं। ये ही धर्मसंसद के मूल प्रबंधक हैं। आपके विषय में प्रो. जॉन हेनरी राइट ने इन्हें ही लिखा था।" पहले पुरुष ने दूसरे की ओर संकेत किया, "और ये हैं पादरी जार्ज कैंडलिन। ये अभी-अभी चीन से लौटे हैं। इन्होंने वहां सोलह वर्षों तक धर्म प्रचार का काम किया है।"

"स्वामी! आप भारत में कहां रहते हैं?" डॉ. बैरोज़ ने पूछा।

"मेरा कोई घर नहीं है।"

"तो?"

"मैं भारत में कॉलेज-कॉलेज घूमकर छात्रों के सम्मुख भाषण करता हूं। यहां आने से पहले मैं मद्रास में था।"

"मैं समझता हूं कि यहां आकर आपको कोई कष्ट नहीं हुआ होगा।" डॉ. बैरोज़ ने कहा।

"नहीं! लोगों का व्यवहार बहुत शालीन और सहानुभूतिपूर्ण है।"

"संसद का प्रतिनिधि बनकर कैसा लग रहा है आपको?"

"प्रसन्न हूं। संभव है धर्म के इतिहास पर इस संसद का कुछ सुखद प्रभाव पडे।"

"आप यहां क्या अपेक्षा लेकर आए हैं?" पादरी कैंडलिन ने पूछा।

"कुछ सीखने की अपेक्षा से आया हूं। जो सत्य यहां पाऊंगा, उसे मैं अपने देश के डेढ़ करोड़ निष्ठावान ब्राह्मणों तक पहुंचाऊंगा।" स्वामी ने उत्तर दिया।

"आप ठीक स्थान पर आए हैं। आपको प्रकाश मिलेगा। हमारा विश्वास है कि ईसाई मत अन्य सारे धर्मों के पैर ही नहीं उखाड़ देगा, वह उनका स्थान भी ले लेगा।" डॉ. बैरोज़ ने कहा, "उसमें वे सारे सत्य सम्मिलित हैं, जो अन्य धर्मों में एक-एक दो-दो कर कहे गए हैं। उनके अतिरिक्त हम उस प्रभु के गुण गाते हैं, जो त्राता है, मसीहा है।" वे रुके,

"यद्यपि प्रकाश का अंधकार से कोई मेल नहीं है, किंतु झुटपुटे उजाले से उसका कुछ संबंध अवश्य है। प्रभु ने अपना प्रकाश देकर, अपने साक्षी संसार में भेजे हैं। इसीलिए जिनके मन में क्रॉस का पूरा प्रकाश है, उन्हें मंद प्रकाश में ठोकरें खाते हुए लोगों के प्रति बंधुत्व का भाव रखना ही चाहिए।"

"मैं वही बंधुत्व लेकर आपके पास आया हूं डॉ. बैरोज़!" स्वामी ने कहा।

शिकागो में 262 मिशिगन एवेन्यू। हल्के जैतूनी हरे रंग का मकान।

संध्या के समय एक व्यक्ति ने द्वार खटखटाया। थोड़ी प्रतीक्षा के पश्चात् उसने आतुरता से पुनः खटखटाया और इस बार जोर से खटखटाया।

श्रीमती एमिली लियन ने कपाट खोले।

"क्यों भले आदमी! तुम थोड़ा धीरज नहीं रख सकते? कोई द्वार पर तो बैठा नहीं कि तुमने कपाट थपथपाए और द्वार खुल गया।"

"क्षमा कीजिएगा श्रीमती लियन! मैं कुछ जल्दी में हूं।"

"मैं तुम्हारी जल्दी में भागदौड़ कर गिरकर अपनी हड्डी नहीं तुड़वाना चाहती।" श्रीमती लियन ने कहा।

"मुझे खेद है श्रीमती लियन! मैं दि फर्स्ट प्रेस्बिटेरियन चर्च से आया हूं। आपने अनुरोध किया था कि धर्मसंसद का एक प्रतिनिधि आपके घर भी ठहरा दिया जाए।"

"हां! पर उसके मस्तिष्क के द्वार खुले होने चाहिएं।"

"ठीक है। हमारे चर्च के लोग उन्हें लेकर आएंगे; किंतु उनके यहां पहुंचने तक आधी रात तो बीत ही जाएगी।"

"आधी रात! खैर। कौन है? किस धर्म का है?"

"यह तो मैं नहीं जानता।" उस व्यक्ति ने कहा।

व्यक्ति ने हाथ के संकेत से नमस्कार किया और चला गया। श्रीमती लियन वहीं खड़ी उसे जाते देखती रहीं। वस्तुतः वे उस प्रतिनिधि और अपने घर की स्थिति के विषय में सोच रही थीं। न तो घर में स्थान बचा था और न वे अतिथि को मनाकर सकती थीं।

सहसा किसी निश्चय पर पहुंचकर उन्होंने कपाट बंद कर दिए।

श्रीमती लियन भीतर आईं। उनका बड़ा पुत्र एक कमरे से निकल कर आया। श्रीमती लियन ने उसे रोक लिया।

"सुनो पुत्र! तुम जरा पड़ोस में मिस्टर डेविड के घर चले जाओ। उनसे कहो कि हम अपने चार अतिथि उनके घर ठहराना चाहते हैं।"

"क्यों मां!"

"चर्च वाले आज धर्मसंसद के एक प्रतिनिधि को हमारे घर ठहरने के लिए भेज रहे हैं। और हमारे सारे कमरे अपने संबंधियों से ही भर चुके हैं। इस प्रदर्शनी को देखने के लिए संसार भर से तो हमारे संबंधी ही आए हुए हैं।"

"तो आप चर्च वालों को मना कर दीजिए।"

"मना कर दूं? अरे मैंने स्वयं ही तो उनसे कहा था कि वे एक प्रतिनिधि को हमारे घर में ठहरा सकते हैं।"

"ओह!"

रात के ग्यारह बज रहे थे। श्रीमती लियन को नींद नहीं आ रही थी। उन्होंने पूरे घर का एक चक्कर लगाया। सब सो चुके थे। सब कमरों के द्वार बंद थे। रसोई में से चीजें समेट दी गई थीं।

वे अपने कमरे में लौट आईं। उनके पति जॉन भी सो चुके थे। वे भी लेट गईं।

बाहर की घंटी बजी। उन्होंने दीवार पर लगी घड़ी को देखा। सवा बारह का समय था। वे धीरे से उठीं, ताकि उनके पति की नींद खराब न हो। चल कर बाहर के द्वार तक आईं और कपाट खोले।

"आपके प्रतिनिधि श्रीमती लियन!"

श्रीमती लियन ने अपने हाथ से ठेल कर पूरा कपाट खोल दिया : सामने स्वामी खड़े थे।

श्रीमती लियन चौंकी ही नहीं, कुछ भयभीत भी हो गईं। भगवा चोगा। लाल कमर बंद और गेरुए रंग की पकड़ी। उनकी दृष्टि स्वामी के चेहरे पर टिकी रह गई।

स्वामी मुस्कराए।

श्रीमती लियन ने स्वयं को संयत किया, "आइए।"

"मैं चलता हूं श्रीमती लियन!" साथ आए व्यक्ति ने कहा, "नमस्कार।"

स्वामी को भीतर आने का मार्ग देकर, श्रीमती लियन ने कपाट बंद कर, चिटकिनी चढ़ा दी। स्वामी खड़े प्रतीक्षा करते रहे।

"क्या नाम है आपका?" अंततः श्रीमती लियन ने पूछा।

"नाम तो विवेकानन्द है माता!"

'माता' संबोधन पर श्रीमती लियन ने जैसे रोमांचित होकर उनकी ओर देखा। क्षणिक आह्लाद भी उभरा; किंतु फिर चिंता की छाया ने उसे ढंक लिया।

"भारत में लोग संन्यासियों को स्वामी कहते हैं। इसलिए मैं स्वामी विवेकानन्द कहलाता हूं।"

एक कमरे के सामने आकर श्रीमती लियन ने धकेल कर कपाट खोला, "इस समय परिवार के सारे लोग सो चुके हैं। उनसे आप प्रातः ही मिल पाएंगे।"

"आपको मेरे कारण जागना पड़ा।" स्वामी के स्वर में क्षमायाचना थी।

"कोई बात नहीं। वह मेरा दायित्व था। आपको इस समय किसी वस्तु की आवश्यकता तो नहीं?"

"नहीं! किसी भौतिक पदार्थ की आवश्यकता नहीं है।"

श्रीमती लियन मुस्कराईं और चली गईं। भौतिक पदार्थ की आवश्यकता नहीं, तो न जाने, इस संन्यासी को किस चीज़ की आवश्यकता थी।

प्रातः जॉन लियन ने आंखें खोलीं, तो देखा कि श्रीमती लियन अपने बिस्तर पर बैठी हुई थीं।

"अरे तुम जगी बैठी हो।"

"हां! तुम्हारे जागने की ही प्रतीक्षा कर रही थी।"

"क्यों? मेरे बिना तुम्हारा कौन सा काम रुका पड़ा है?" जॉन ने हंसकर कहा, "क्या तुम चाहती हो कि आज सुबह की चाय मैं बनाऊं?"

"सुनो जॉन!" श्रीमती लियन उनके परिहास से तनिक भी प्रभावित नहीं हुईं, "रात को धर्मसंसद का वह प्रतिनिधि आ गया है।"

"तो? घर में जगह नहीं है क्या?"

"नहीं! वह तो मैंने कर लिया है। पर वह प्रतिनिधि काला है–पूर्वी भारत से आया है।"

"तो?"

"अरे तुम समझते क्यों नहीं।" श्रीमती लियन कुछ खीज कर बोलीं, "हमारे वे सारे संबंधी जो इस समय हमारे घर में टिके हुए हैं, रंगभेद के विषय में कितने असहिष्णु हैं। जो व्यक्ति गोरा नहीं है, वह उनके लिए हमारे काले नीग्रो दासों के समान है। वे स्वामी को हमारे घर में टिकने देंगे? या उसे निकाल बाहर करेंगे, या हमसे रुष्ट होकर स्वयं चले जाएंगे।"

जॉन की मुद्रा भी चिंतनशील हो गई।

"क्यों न हम स्वामी को घर के पास के किसी अच्छे होटल में ठहरा दें?"

"नहीं!" जॉन का स्वर निष्कंप था, "मैं समाचार पत्र पढ़ने जा रहा हूं। स्वामी को भी मेरे अध्ययन कक्ष में ही भेज दो। मैं उससे जरा बात कर लूं।"

श्रीमती लियन मेज पर नाश्ता लगवा रही थीं। नीग्रो नौकरानियां उनकी सहायता कर रही थीं। तभी जॉन अपने अध्ययन कक्ष से लौट कर आए।

"अभी कोई नहीं आया?"

"हम तो आ गए हैं, दादा जी!"

उनकी विधवा बहू और पोती आ गई थीं। जॉन भी कुर्सी पर बैठ गए।

"तुम अच्छी बिटिया हो, इसलिए आ गई हो।" जॉन बोले, "आओ बैठो। बैठो बहू।"

"क्या सोचा?" श्रीमती लियन ने चिंतित स्वर में पूछा।

"मैंने स्वामी से बात की है।" जॉन बोले तो उनका स्वर प्रखर और दृढ़ था,

"एमिली! हमारा कोई संबंधी रहे या जाए, किंतु स्वामी तब तक यहीं रहेंगे, जब तक वे स्वयं चाहेंगे।" वे रुके, "आज तक जितने लोग हमारे घर में आए हैं, यह भारतीय उन सबसे अधिक प्रतिभाशाली और सात्विक पुरुष है।"

175

11 सितंबर 1893 ई.। प्रातः दस बजे, दस घंटे बजे। धर्मसंसद के प्रतिनिधि एक शोभायात्रा के रूप में प्रकट हुए। अध्यक्ष बॉनी और कार्डिनल गिब्बंस एक दूसरे के हाथ पकड़े सबसे आगे थे। उनके पीछे संसद के अधिकारी और प्रबंधक थे। उसके पश्चात् प्रतिनिधि आए। उन लोगों ने हॉल के पिछले द्वार से प्रवेश किया। श्रोताओं के मध्य से मार्ग बनाते हुए, मंच की ओर आए। प्रतिनिधियों की उसी भीड़ में स्वामी भी थे। वे कुछ घबराए हुए से लग रहे थे। सूखी जिह्वा से अपने सूखे होंठों को गीला करने का प्रयत्न कर रहे थे। शोभायात्रा मंच तक आ पहुंची और सब लोग अपने लिए नियत स्थान पर बैठ गए।

मंच के केन्द्र में पश्चिमी संसार के रोमन कैथोलिक चर्च के सबसे बड़े धर्माधिकारी, कार्डिनल गिब्बस बैठे थे। वे राजसिंहासन सी दिखने वाली कुर्सी पर बैठे थे; और उन्होंने ही प्रार्थना कर सभा का उद्‍घाटन किया। उनकी दाईं और बाईं ओर पूर्वी देशों के प्रतिनिधि बैठे थे, जिनके भड़कीले रंगों के परिधान कार्डिनल के लोहित रंग के चोगे से प्रतिस्पर्धा कर रहे थे। ब्रह्म, बुद्ध और मुहम्मद के उन अनुयायियों में स्वामी विवेकानन्द भी बैठे थे। उनका नयनाभिराम चटख़ भगवा परिधान, राजस्थानी पगड़ी, ध्यानाकर्षक नयन-नक्श और तांबई वर्ण उस भीड़ में भी छिप नहीं रहा था। उनके साथ बंबई से आए, ब्राह्म समाज के प्रतिनिधि नागरकर बैठे थे। अगले व्यक्ति लंका के बौद्ध प्रतिनिधि धर्मपाल थे, फिर कलकत्ता से आए, ब्राह्म समाज के ही प्रतापचंद्र मजूमदार थे। उसी भीड़ में जैन मत के प्रतिनिधि गांधी थे और ब्रह्मविद्या मत के चक्रवर्ती और स्वयं श्रीमती एनी बेसेंट थीं। मजूमदार, स्वामी के पुराने परिचित थे। चक्रवर्ती से उनका परिचय परस्पर नाम जानने तक का ही था। आगार और ऊपर का चौबारा लोगों से ठसाठस भरा हुआ था। छह-सात सहस्र व्यक्तियों से कम क्या होंगे। स्वामी ने इतने लोगों के सामने कभी भाषण नहीं दिया था। इस प्रकार के धुरंधर धर्माधिकारियों के मध्य भी वे कभी नहीं बैठे थे। वे तो भारत की धूल मिट्टी में घूमने वाले, भिक्षा मांग कर खाने वाले मनमौजी संन्यासी थे। उनके होंठ सूखते जा रहे थे।

गिब्बंस प्रार्थना कर चुके थे। अब मंत्रपाठ, प्रार्थना, आशीर्वाद और परिचय का दौर चल रहा था।

सभा के प्रथम वक्ता ग्रीक चर्च के आर्कबिशप जांटे थे।

"भगवान ने सारे मनुष्यों को जन्म दिया, अतः वह हमारा पिता है। उसको न मानना नास्तिकता है। मैं अपने दोनों हाथ उठाकर हृदयानुभूत प्रेम से आपके महान् देश अमरीका तथा प्रसन्न एवं यशस्वी अमरीकियों को आशीर्वाद देता हूं।"

बॉनी ने तालियां बजाते हुए कहा, "आप वस्तुतः महान् हैं।"

हॉल में भी तालियों की गड़गड़ाहट बढ़ती ही चली गई।

ब्रह्म समाज के प्रतापनारायण मजूमदार का भाषण प्रभावशाली था। उन्होंने अपना भाषण समाप्त कर हार्दिक धन्यवाद दिया। श्रोताओंने उदार मन से तालियां बजाईं। किंतु स्वामी को लग रहा था कि थियोसोफिस्ट चक्रवर्ती का भाषण मजूमदार से भी अधिक महत्वपूर्ण था। उन सबके भाषण पूर्वलिखित लगते थे। कम से कम उसकी तैयारी तो पहले से अवश्य ही की गई थी। और एक स्वामी थे कि न कुछ लिख कर लाए थे, न कुछ सोच कर आए थे। इस समय भी कुछ निश्चय नहीं कर पा रहे थे कि वे क्या बोलेंगे। धुरंधरों की इस भीड़ में बिना तैयारी के आना उचित नहीं था।

चीन के पुग क्वांग यु आए और ढेरों तालियां बजती चली गईं। लोग अपने अपने स्थान पर उठकर खड़े हो गए और रूमाल तथा हाथ हिलाते रहे।

बॉनी ने कुछ चकित होकर अपने साथ बैठे, कार्डिनल गिब्बंस से पूछा, "इन्होंने तो अभी भाषण किया भी नहीं। लोग इतने प्रसन्न क्यों हैं?"

कार्डिनल हंसे, "आपने अपने भाषण में कह दिया कि हमने अपने देश में चीन के साथ शिष्ट व्यवहार नहीं किया है। ये लोग उसी व्यवहार की क्षतिपूर्ति कर रहे हैं।"

स्वामी तब तक अपने स्थान पर अंतर्मुखी से बैठे थे, जैसे उपासना कर रहे हों। उनके साथ वाली कुर्सी पर फ्रांसीसी पादरी जी. बॉनी मॉरी बैठे थे।

तभी मंच पर से स्वामी का नाम पुकारा गया।

"इस बार भी आप कुछ बोलेंगे या नहीं, डेलिगेट?" डॉ. बैरोज़ स्वामी की ओर देख रहे थे, "अपने इन श्रोताओं को आप दो शब्दों में अपना आशीर्वाद भी नहीं देंगे?"

"आप बोलते क्यों नहीं?" मॉरी बोले, "आप तीन बार अपनी बारी छोड़ चुके हैं।"

स्वामी क्या बताते कि बुलाए जाने पर भी वे क्यों नहीं बोल रहे। उन्होंने अपनी घबराहट को समेटा। मन ही मन देवी सरस्वती को नमन किया। आंखें खोलीं। मुस्करा कर मॉरी की ओर देखा। उस दृष्टि में कृतज्ञता भी थी और प्रसन्नता भी। वे उठकर व्यासपीठ पर आ गए। डॉ. बैरोज़ ने उनका परिचय दिया।

उनका चेहरा आवेश से धधक रहा था। उन्होंने अपने सामने बैठे उन श्रोताओं का सिंहावलोकन किया। लोगों की दृष्टि जैसे बंध गई। ऐसा सन्नाटा छाया, जैसे आंधी आने वाली हो। सारा हॉल निस्पंद था।

"अमरीकी बहनो और भाइयो!"

उनका वह संबोधन हॉल में जैसे विद्युत की धारा के समान बह गया। सारा हॉल तालियों की गड़गड़ाहट से गूंज उठा। लोग अपने स्थानों पर उठकर खड़े हो गए। सुंदरी युवतियां बैंचों पर चलती हुई स्वामी की ओर बढ़ती दिखाई दीं।

अध्यक्षद्वय–बॉनी और कार्डिनल–चकित होकर एक-दूसरे की ओर देखते रह गए...आखिर यह हुआ क्या है?

स्वामी अकबका से गए। वे दो मिनटों तक आगे बोलने का प्रयत्न करते रहे किंतु उस कोलाहल में कुछ भी बोलना संभव नहीं था। क्रमशः तालियां कुछ धीमी पड़ी तो स्वामी ने बोलना आरंभ किया :

"जिस सौहार्द और स्नेह से आपने हम लोगों का स्वागत किया है, उससे मेरा हृदय अकथनीय आह्लाद से भर उठा है। गौतम जिसके एक सदस्य मात्र थे, संसार की उस प्राचीनतम ऋषि परंपरा की ओर से, मैं आप सबका धन्यवाद करता हूं। जैन और बौद्धमत जिसकी शाखाएं मात्र हैं, संसार के धर्मों की उस जननी की ओर से, मैं आपके प्रति आभार प्रकट करता हूं। और सारी जातियों और संप्रदायों के करोड़ों हिंदुओं की ओर से मैं आपके प्रति कृतज्ञता प्रकट करता हूं।

"मैं उन वक्ताओं के प्रति भी धन्यवाद ज्ञापित करता हूं, जिन्होंने इस सभामंच पर से कहा कि ये दूर-दूर से आए विभिन्न राष्ट्रों के प्रतिनिधि यहां जिस सहिष्णुता का अनुभव करेंगे, उसे अपने देशों में ले जाएंगे। इस विचार के लिए मैं उनका आभारी हूं।

"मुझे उस धर्म से संबंधित होने का गौरव प्राप्त है, जिसने संसार को सहिष्णुता और सर्वस्वीकृति का पाठ पढ़ाया। हम न केवल संसार में सबके प्रति सहिष्णुता में विश्वास करते हैं, वरन् सारे धर्मों को सत्य मानते हैं। मैं आपको यह बताते हुए गर्व का अनुभव कर रहा हूं कि मेरा संबंध उस धर्म से है, जिसकी पवित्र भाषा संस्कृत में अंग्रेज़ी के शब्द एक्सक्लूज़न का अनुवाद ही नहीं हो सकता।"

हॉल में जोर की तालियों की गर्जना देर तक होती रही। कोलाहल कुछ कम हुआ तो स्वामी पुनः बोले :

"मुझे उस राष्ट्र का सदस्य होने का गर्व प्राप्त है, जिसने संसार के सारे धर्मों और देशों के उत्पीड़ित और निराश्रित लोगों को अपने यहां आश्रय दिया है। हमें गर्व है कि हमने इसराइलियों के पवित्र अवशेषों को अपने हृदय में छिपा कर रखा है। वे उस समय हमारे पास आए थे, जब रोमन अत्याचारियों ने उनके पवित्र मंदिर को ध्वस्त किया था। मुझे उस धर्म से संबंधित होने का गर्व है जिसने महान् ज़ोरोस्त्रियन राष्ट्र के अवशेषों को आश्रय दिया और आज भी उनका पालन कर रहा है।

"भाइयो! मैं आपके सम्मुख एक स्तोत्र की कुछ पंक्तियां उद्धृत कर रहा हूं, जिसका प्रत्येक हिंदू बालक प्रतिदिन उच्चारण करता है। मैं अनुभव करता हूं कि इस स्तोत्र, जिसका मैं अपने शैशव से आज तक जप करता आया हूं, जिसका भारत में करोड़ों करोड़ लोग नित्य जप करते हैं, की आत्मा अंततः साकार हो गई है : 'विभिन्न स्रोतों से निकल कर, अंततः समुद्र में मिलने वाली नदियों के समान, हे प्रभो! भिन्न भिन्न रुचि के अनुसार, विभिन्न कुटिल अथवा सरल मार्गों से जाने वाले लोग, अंत में आ कर तुझ में ही मिल जाते हैं।'

"यह सभा जो संसार की आज तक की सर्वश्रेष्ठ सभाओं में से एक है, अपने आप में यह संकेत है, गीता में प्रचारित उस अद्भुत उपदेश की घोषणा है : 'हे अर्जुन! जो

भक्त मुझे जिस प्रकार भजते हैं, मैं भी उनको उसी प्रकार भजता हूं। क्योंकि सभी मनुष्य सब प्रकार से मेरे ही मार्ग का अनुसरण करते हैं।'

"सांप्रदायिकता, धर्मांधता और उनकी भयंकर संतान कट्टरवादिता, इस संसार पर बहुत राज्य कर चुकीं। उन्होंने पृथ्वी पर हिंसा का तांडव किया है, संसार पर रक्त की वर्षा की है, सभ्यताओं का नाश किया है, और राष्ट्रों को हताशा के सागर में डुबोया है। किंतु अब उनका अंतकाल आ गया है और मैं पूरी निष्ठा से विश्वास करता हूं कि आज प्रातः संसार के विभिन्न धर्मों के प्रतिनिधियों के सम्मान में जो घंटध्वनि हुई थी, वह कट्टरता की मृत्यु की घोषणा थी।

"वह खड्ग अथवा लेखनी से किए जाने वाले सारे अत्याचारों के लिए, और विभिन्न मार्गों से एक ही लक्ष्य की ओर जाते हुए भाइयों के मध्य वर्तमान कठोर भावों की मृत्यु की घोषणा थी।"

सभा में फिर से तालियों का झंझावात उत्पन्न हो गया।

स्वामी अपने स्थान पर आ बैठे। वे एक प्रकार की क्लांति का अनुभव कर रहे थे। शायद भावनाओं के आवेग ने उन्हें थका दिया था।

कोलंबस आगार में एक प्रकार की भगदड़ मची हुई थी। लोग उठकर बाहर की ओर भाग रहे थे–स्त्रियां और पुरुष सब। उस भगदड़ में धक्का मुक्का भी हो रहा था। कुछ चीख चिल्लाहट भी थी। किसी महिला की टोपी गिर गई थी, किसी के बाल उलझ गए थे। किसी ने आगे बढ़ने की आतुरता में अपने अगले व्यक्ति के कंधे पर हाथ रख दिया था और अगला व्यक्ति उसे हटाने का प्रयत्न कर रहा था। किसी का पैर दूसरे के पैर पर पड़ गया था। इतनी अराजक अफरा-तफरी पहले तो कभी नहीं हुई थी।

मंच पर बैठे लोग भी उत्सुकता से उस ओर देख रहे थे। एक प्रतिनिधि घबराकर उठने लगा, "कोई दुर्घटना हो गई लगती है।"

साथ बैठे प्रतिनिधि ने उसकी बांह पकड़कर उसे बैठा लिया, "बैठे रहिए। घबराहट का कोई कारण नहीं है।"

पहला प्रतिनिधि बौखलाए हुए स्वर में बोला, "तो ये सब लोग पागल हो गए हैं क्या?"

"हां! ये सब उस स्वामी विवेकानन्द से हाथ मिलाने के लिए भाग रहे हैं। इस स्थिति में वह बेचारा आवश्यक होने पर प्रसाधन तक भी नहीं पहुंच पाएगा।" वह हंसा।

पहला प्रतिनिधि अवाक् सा मुंह खोले, अपने साथी का चेहरा तकता रह गया।

श्रीमती ब्लाडजेट अपने स्थान पर बैठे बैठे गीली आंखों से यह सब देख रही थीं। अमरीकी सुंदरियों का सारा यौवन जैसे स्वामी के लिए निवेदित हो रहा था, इस प्रस्ताव के लिए तो स्वर्गलोक के देवता भी तड़पते होंगे। उनके होंट कांपे। वे जैसे अपने आप से ही बोलीं, "इस प्रलोभन का संवरण कर सको मेरे बच्चे! तो तुम मनुष्य नहीं,

सचमुच देवता हो।"

संसद का पांचवां दिन था–15 सितंबर 1893। शुक्रवार। अपराह्न में सभा का वातावरण कुछ अधिक ही उद्दंड हो उठा था। ऐसा लगता था कि विभिन्न संप्रदायों में आज रक्तपात ही हो जाएगा। किसी वक्ता के लिए भी बोलना कठिन हो गया था। कोलाहल था कि शांत ही नहीं हो रहा था। प्रत्येक संप्रदाय का प्रतिनिधि सारे शील और तर्क को भूलकर, अपने सिद्धांतों की श्रेष्ठता का प्रतिपादन करने के लिए वितंडावाद पर उतर आया था। अंततः स्वामी अपने स्थान से उठे।

"भाइयो! मैं आप लोगों को एक छोटी-सी कहानी सुनाता हूं।"

सभागार में कुछ शांति हुई। जहां तर्क के खड्ग चल रहे थे, वहां एक कहानी। कहानी का क्या काम था? पर स्वामी कहानी सुनाना चाह रहे थे और उनके श्रोता उनको सुनना चाहते थे। कहानी थी, तो कहानी ही सही।

"अभी जिन वक्ता महोदय ने अपना व्याख्यान समाप्त किया है,उनके इस वचन को आप लोगों ने सुना है कि 'आओ, हम लोग एक-दूसरे को बुरा कहना बंद कर दें।' उन्हें इस बात का बड़ा खेद है कि लोगों में सदा इतना मतभेद क्यों रहता है। हम सब चाहते हैं कि हममें इतना मतभेद न रहे। हम एकमत हो जाएं। प्रेम और शांति से जीवन व्यतीत करें। पृथ्वी पर शांति विराजे, किंतु ऐसा होता नहीं है, क्यों?" स्वामी ने अपनी दृष्टि सारे आगार में घुमाई, "चलिए, इस कहानी से अपने प्रश्न का उत्तर मांगते हैं।"

सब ओर सन्नाटा छा गया। ऐसी कौन सी कहानी थी, जो संसार की इस विकट बौद्धिक समस्या का समाधान करने वाली थी?

"एक कुंएं में बहुत समय से एक मेढ़क रहता था। वह वहीं पैदा हुआ था और वहीं उसका पालनपोषण हुआ था।" स्वामी ने कहना आरंभ किया, "वह मेढ़क अभी छोटा ही था। आज के क्रमविकासवादी वहां नहीं थे, जो यह बताते कि उस मेढ़क की आंखें थीं या नहीं; पर कहानी के लिए यह मान लेना चाहिए कि उसकी आंखें थीं। जल के क्षुद्र जंतुओं और कीड़ों को खाकर जल को शुद्ध रखने के लिए वह प्रतिदिन इतना परिश्रम करता था, जितना हमारे आधुनिक कीटतत्ववादियों को यशस्वी बना दे।

"वह मेढ़क धीरे-धीरे मोटा और तगड़ा हो गया। एक दिन समुद्र से एक मेढ़क उस ओर आया और कुंएं में गिर पड़ा।

"तुम कहां से आए हो?" कूपमंडूक ने पूछा।

"मैं समुद्र से आया हूं।"

"समुद्र! भला कितना बड़ा है वह? क्या वह भी उतना ही बड़ा है, जितना बड़ा मेरा कुंआं है?" यह कहते हुए, उसने कुंएं के एक किनारे से दूसरे किनारे तक छलांग लगाई।

समुद्री मेढ़क ने कहा, "मेरे मित्र! भला समुद्र की उपमा तुम इस छोटे से कुंएं से कैसे दे सकते हो?"

कूपमंडूक ने दूसरी छलांग लगाई, "तो क्या इतना बड़ा है?"

समुद्री मेढ़क ने कहा, "मूर्खता की बातें मत करो। क्या समुद्र की तुलना इस कुंएं से हो सकती है?"

कूपमंडूक चिढ़कर बोला, "जा जा! मेरे कुंएं से विशाल और कुछ हो ही नहीं सकता। संसार में इससे विराट और कुछ नहीं है? झूठा कहीं का। अरे, इसे पकड़ कर कुंएं से बाहर निकालो।"

"भाइयो! ऐसे संकीर्ण भाव ही कलह के कारण हैं।" स्वामी बोले, "मैं हिंदू हूं। मैं अपने छोट से कुंएं में बैठा, यही समझता हूं कि मेरा कुंआं ही संपूर्ण संसार है। ईसाई लोग भी अपने क्षुद्र कुंएं में, यही समझते हैं कि सारा संसार उसी कुंएं में है। और मुसलमान भी तुच्छ कुंएं में बैठे, उसी को सारा ब्रह्मांड मानते हैं। मैं आप अमरीकावासियों का आभार मानता हूं, कि आप लोग हमारे इन क्षुद्र संसारों की सीमाओं को तोड़ने का प्रयत्न कर रहे हैं। मैं आशा करता हूं कि भविष्य में परमात्मा, आपके इस उद्योग में सहायता देकर, आपका मनोरथ पूर्ण करेंगे।"

तीन और दिनों तक स्वामी कुछ नहीं बोले। 19 सितंबर को वे अपना मुख्य भाषण देने के लिए खड़े हुए।

"आज स्वामी विवेकानन्द हिंदू धर्म का परिचय देंगे।" डॉ. बैरोज़ ने कहा, "यद्यपि हमारे पास भारत के कई प्रतिनिधि हैं। उनमें से कुछ बंगाल से भी आए हैं। किंतु श्रोता ध्यान दें कि वे सब किन्हीं संस्थाओं, विचार धाराओं, संगठनों और संप्रदायों के प्रतिनिधि हैं। हिंदू धर्म का प्रतिनिधित्व करने वाले स्वामी विवेकानन्द एक ही वक्ता हैं। और हिंदू धर्म भारत का प्रमुख धर्म है।"

आज स्वामी को तनिक भी घबराहट नहीं थी। सामने बैठे श्रोता जैसे उनके चिरपरिचत मित्र थे। वे स्वामी को पहचानते थे और स्वामी उन्हें जान गए थे। मंच पर बैठे विद्वानों की विद्वत्ता की थाह वे पा चुके थे। उनके पदों और संगठनों का स्वामी के मन पर तनिक भी आतंक नहीं था।

स्वामी ने बहुत सहज भाव से बोलना आरंभ किया. "ऐतिहासिक युग के पूर्व के केवल तीन ही धर्म आज संसार में विद्यमान हैं–हिंदू, पारसी और यहूदी। ये तीन धर्म अनेकानेक प्रचंड आघातों के बाद भी लुप्त न होकर, आज भी जीवित हैं। यह उनकी आंतरिक शक्ति का परिणाम है। पर जहां हम यह देखते हैं कि यहूदी धर्म ईसाई धर्म को पचा नहीं सका, वरन् अपनी सर्वविजयिनी संतान ईसाई धर्म के द्वारा अपने जन्मस्थान से निर्वासित कर दिया गया और यह कि केवल मुट्ठी भर पारसी ही अपने महान् धर्म की गाथा गाने के लिए अब शेष हैं, वहीं आधुनिक विज्ञान के नवीनतम आविष्कार जिसकी प्रतिध्वनि मात्र हैं, ऐसे वेदांत के अत्युच्च आध्यात्मिक भाव से लेकर सामान्य मूर्तिपूजा एवं तदानुषंगिक अनेकानेक पौराणिक दंतकथाओं, बौद्धों के अज्ञेयवाद तथा जैनों के

निरीश्वरवाद तक के लिए हिंदू धर्म में स्थान है। तो वह कौन-सा सामान्य बिंदु है, जहां इतनी विभिन्न दिशाओं में जाने वाली त्रिज्या रेखाएं केन्द्रस्थ होती हैं? वह कौन-सा एक सामान्य आधार है, जिसपर इतने परस्पर विरोधी लगने वाले ये सब भाव आश्रित हैं?"

लगा कि हॉल में बैठे श्रोताओं की जिज्ञासा के कारण श्वास प्रक्रिया ही रुक गई।

"हिंदू जाति ने अपना धर्म अपौरुषेय वेदों से प्राप्त किया है। उनकी धारणा है कि वेद अनादि और अनन्त हैं। संभव है कि आपको यह हास्यास्पद लगे। कोई पुस्तक अनादि और अनन्त कैसे हो सकती है? पर यहां ऐसा ही है। वेद का अर्थ है विभिन्न कालों में विभिन्न व्यक्तियों द्वारा आविष्कृत आध्यात्मिक सिद्धांतों का संचित कोश। गुरुत्वाकर्षण का सिद्धांत मानव जाति द्वारा आविष्कृत होने से पूर्व भी विद्यमान था, और आज यदि मानव जाति उसे विस्मृत कर दे, तो भी वह अपना कार्य करता रहेगा। ठीक वही बात आध्यात्मिक नियमों के विषय में भी सत्य है। एक आत्मा का दूसरी आत्मा के साथ, और प्रत्येक आत्मा का परम पिता परमात्मा के साथ, जो नैतिक और दिव्य आध्यात्मिक संबंध है–वह ऋषियों द्वारा आविष्कृत होने से पूर्व भी विद्यमान था; और यदि किसी काल में हम उसे स्मरण न रखें, तो भी वह वैसा ही बना रहेगा।

इन सत्यों या नियमों का आविष्कार करने वाले महामानव ऋषि कहलाते हैं और हम उन्हें पूर्णत्व-प्राप्त विभूति मानकर, उनका सम्मान करते हैं। यह बताते हुए मुझे हर्ष हो रहा है कि इन अतिशय उन्नत ऋषियों में कुछ स्त्रियां भी थीं।

यह संशय किया जा सकता है कि आध्यात्मिक सत्य अनन्त चाहे हों किंतु उनका आदि तो अवश्य होना चाहिए। वेद हमें यह सिखाते हैं कि सृष्टि का न आदि है, न अंत; अतः उसका नियमन करने वाले ये नियम भी अनादि और अनन्त हैं। विज्ञान ने सिद्ध कर दिया है कि सारी सृष्टि की समग्र शक्ति-समष्टि का परिणाम सदा एक ही रहता है। तो यदि ऐसा कोई समय था, जब किसी भी वस्तु का अस्तित्व नहीं था, उस समय यह संपूर्ण व्यक्त शक्ति कहां थी? कुछ लोग मानते हैं कि वह ईश्वर में निष्क्रिय रूप में समाहित थी। तब तो ईश्वर कभी निष्क्रिय और कभी सक्रिय है। इससे तो वह विकारशील हो जाएगा। प्रत्येक विकारशील पदार्थ मिश्रित होता है; और प्रत्येक मिश्रित पदार्थ में वह परिवर्तन अवश्यम्भावी है, जिसे हम विनाश कहते हैं। यदि हम ईश्वर को विकारशील मानेंगे, तो उसकी भी कभी न कभी मृत्यु हो जाएगी, जो सर्वथा असंभव और हास्यास्पद कल्पना है। अतः ऐसा समय कभी नहीं था, जब सृष्टि नहीं थी। सृष्टि अनादि है। स्रष्टा और सृष्टि मानों दो समानांतर रेखाएं हैं, जिनका न आदि है, न अंत। ईश्वर नित्यक्रियाशील महाशक्ति स्वरूप है, सर्वविधाता है, जिसकी प्रेरणा से प्रलयपयोधि में से नित्यशः एक के बाद एक ब्रह्मांड का सृजन होता है। कुछ काल तक उनका पालन होता है; और तत्पश्चात् वे पुनः नष्ट कर दिए जाते हैं। प्रत्येक हिंदू बालक प्रतिदिन अपने गुरु के साथ पाठ करता है– 'सूर्याचन्द्रमसौ धाता यथापूर्वमकल्पयत्' अर्थात् इस सूर्य और इस चंद्रमा

को विधाता ने पूर्व कल्पों के सूर्य और चंद्रमा के समान निर्मित किया है। यह सिद्धांत आधुनिक विज्ञान द्वारा भी अनुमोदित है।

मैं अपनी आंखें बंद कर यदि अपने अस्तित्व 'मैं' का अनुभव करने का प्रयत्न करूं, तो मुझ में किस भाव का उदय होता है? 'मैं शरीर हूं।' तो क्या मैं भौतिक पदार्थों के समूह के सिवाय और कुछ नहीं हूं? वेदों की घोषणा है–नहीं! मैं शरीर नहीं हूं। मैं इस शरीर में रहने वाली आत्मा हूं। शरीर मर जाएगा; किंतु मैं नहीं मरूंगा। मैं इस शरीर में विद्यमान हूं और जब शरीर का क्षय होगा, तब भी मैं विद्यमान रहूंगा। इस शरीर को ग्रहण करने के पूर्व भी मैं विद्यमान था। आत्मा किसी पदार्थ से सृष्ट नहीं हुई है, क्योंकि सृष्टि का अर्थ है, भिन्न-भिन्न द्रव्यों का संयोग। संयोग का परिणाम है, भविष्य में अवश्यम्भावी वियोग। अतएव यदि आत्मा का सृजन हुआ है, तो उसकी मृत्यु भी होनी चाहिए। इससे सिद्ध होता है कि आत्मा का सृजन नहीं हुआ था। वह कोई सृष्ट पदार्थ नहीं है।

कुछ लोग जन्म से ही सुखी होते हैं। पूर्ण स्वास्थ्य का आनन्द भोगते हैं। उन्हें सुंदर शरीर, उत्साहपूर्ण मन और सभी आवश्यक सामग्री प्राप्त होती है। अन्य कुछ लोग जन्म से ही दुखी होते हैं। कोई शारीरिक रूप से अपंग होता है, कोई बौद्धिक दृष्टि से मंद। वे येनकेन प्रकारेण अपने जीवन के दुखी दिन काटते हैं। ऐसा क्यों? यदि ये सभी जीव उस दयालु और न्यायी ईश्वर ने उत्पन्न किए हैं, तो उसने एक को सुखी और दूसरे को दुखी क्यों बनाया? भगवान ऐसा पक्षपाती क्यों है? फिर ऐसा मानने से भी बात नहीं बनती कि जो अभी दुखी है, वह भविष्य में सुखी हो जाएगा। न्यायी और दयालु ईश्वर की इस सृष्टि में कोई वर्तमान जीवन में भी दुखी क्यों रहे? दूसरी बात यह कि सृष्टि के उत्पादक ईश्वर को मान्यता देने वाला यह सिद्धांत, सृष्टि में इस वैषम्य का कोई कारण तक बताने का प्रयत्न नहीं करता। वह एक स्वेच्छाचारी प्रभु के निष्ठुर व्यवहार को ही प्रकट करता है।

स्पष्ट है कि यह कल्पना युक्तिविरोधिनी है। अतः हमें यह स्वीकार करना ही होगा कि इस जन्म के पूर्व के कुछ कारण होने चाहिएं, जिनसे मनुष्य इस जीवन में सुखी या दुखी होता है। ये कारण हैं, उसके अपने ही पूर्वानुष्ठित कर्म! आनुवंशिकता का सिद्धांत मानता है कि मनुष्य के शरीर और मन का गठन, उसके पिता और पितामह के अनुकूल होगा। इस सिद्धांत की क्या स्थिति है? यह स्पष्ट है कि जीवनस्रोत जड़ और चैतन्य– इन दो धाराओं में प्रवाहित हो रहा है। यदि जड़ और जड़ के विकार ही आत्मा, मन, बुद्धि आदि, सबके उपयुक्त कारण सिद्ध हो सकते हैं, तो स्वतंत्र आत्मा के अस्तित्व को मानने की आवश्यकता ही नहीं रह जाती। किंतु यह सिद्ध नहीं किया जा सकता कि चैतन्य का विकास जड़ से हुआ है। अतएव यह स्वीकार कर लेने पर कि एक जड़ पदार्थ से सब कुछ सृष्ट हुआ है, यह भी स्वीकार करना निःसंशय युक्तियुक्त होगा कि एक मूल चैतन्य से ही समस्त सृष्टि कार्य का निर्वाह हो रहा है। यह केवल युक्तियुक्त ही नहीं, वांछनीय भी है।

यह अस्वीकार नहीं किया जा सकता कि कुछ शारीरिक प्रवृत्तियां माता-पिता से प्राप्त होती हैं: किंतु इसका संबंध केवल शारीरिक गठन से है, जिससे जीवात्मा की कोई विशेष प्रवृत्ति प्रकट होती है। उसकी इस प्रवृत्ति विशेष का कारण, उसी के पूर्वकृत कर्म हुआ करते हैं। एक विशेष प्रवृत्ति वाला जीवात्मा, 'योग्य योग्येन युज्यते' के नियमानुसार, उसी शरीर को धारण करता है, जो उस प्रवृत्ति को प्रकट करने के लिए, सबसे उपयुक्त आधार हो। विज्ञान कहता है कि प्रवृत्ति या स्वभाव अभ्यास से बनता है; और अभ्यास बारम्बार अनुष्ठान का फल है। नवजात शिशु को वर्तमान जीवन से वह प्रवृत्ति प्राप्त नहीं हो सकती, अतः उसकी स्वाभाविक प्रवृत्तियों का कारण, पुनः-पुनः अनुष्ठित उसके पूर्वकर्मों को मानना आवश्यक हो जाता है।

अपने पूर्वजन्म की कोई बात मुझे स्मरण क्यों नहीं है? इसका समाधान सरल है। मैं अभी आपके सम्मुख अंग्रेज़ी बोल रहा हूं। यह मेरी मातृभाषा नहीं है। इस समय अपनी मातृभाषा का कोई भी शब्द मेरे चित्त में नहीं है। किंतु उन शब्दों को स्मरण करने का थोड़ा-सा प्रयत्न करने पर ही वे मेरे मन में उमड़ने लगते हैं। मानससमुद्र की सतह पर जो कुछ होता है, वही हमें बोधगम्य होता है। हमारी शेष अनुभव राशि उसके तल में छिपी रहती है। उद्यमपूर्वक मंथन करने की आवश्यकता है,। वे सारे अनुभव उठकर ऊपरी सतह पर आ जाएंगे; और पूर्वजन्मों की सारी स्मृतियां जाग उठेंगी।"

हॉल में जोरदार तालियां बजीं, जैसे उस विशाल भीड़ की किसी निजी समस्या का समाधान हो गया हो और वे लोग किसी दीर्घकालीन पीड़ा से मुक्त हो गए हों।

"पूर्वजन्म के संबंध में यही साक्षात् प्रमाण है।" स्वामी बोले, "ऋषिगण समस्त संसार को ललकार कर कह रहे हैं, कि हमने उस रहस्य का पता लगा लिया है, जिससे स्मृतिसागर को उसकी गहराई तक मथा जा सकता है। उस विधि का प्रयोग करो और अपने पूर्वजन्मों की स्मृति प्राप्त कर लो।

हिंदू का विश्वास है कि वह आत्मा है। "इस आत्मा को शस्त्र काट नहीं सकते, अग्नि जला नहीं सकती, पानी गला नहीं सकता, वायु उसे सोख नहीं सकती।" हिंदुओं की धारणा है कि आत्मा एक ऐसा वृत्त है, जिसका केन्द्र शरीर में अवस्थित है, किंतु उसकी परिधि कहीं नहीं है। मृत्यु का अर्थ केवल इतना ही है कि उस केन्द्र का स्थानांतरण एक शरीर से दूसरे शरीर में हो जाता है। यह आत्मा भौतिक नियमों के वशीभूत नहीं है। वह स्वरूपतः नित्य-शुद्ध-बुद्ध-मुक्त स्वभाव है। किंतु किसी अचिंत्य कारण से वह स्वयं को जड़ से बंधी हुई पाती है और मायावश स्वयं को जड़ ही समझने लगती है।

प्रश्न यह है कि यह विशुद्ध, पूर्ण और विमुक्त आत्मा स्वयं को जड़ क्यों मानने लगी है? पूर्ण को अपूर्ण होने का भ्रम कैसे हो सकता है? हिंदू सत्य का निष्कपट पुजारी है। वह मिथ्या तर्क-युक्ति का सहारा नहीं लेना चाहता। वह सत्यनिष्ठ के समान इस प्रश्न का सामना करने का साहस रखता है। अतः उत्तर देता है, 'मैं नहीं जानता। मैं नहीं जानता कि पूर्ण आत्मा स्वयं को अपूर्ण कैसे मानने लगी। जड़ पदार्थों के संयोग से स्वयं

को जड़ नियमाधीन कैसे समझने लगी।' पर वस्तुस्थिति जो है, वही रहेगी। प्रत्येक व्यक्ति स्वयं को शरीर मानता है। हिंदू यह समझने का प्रयत्न नहीं करता कि मनुष्य स्वयं को शरीर क्यों समझता है। 'यह ईश्वर की इच्छा है।' – यह इस शंका का कोई समाधान नहीं है। यह उत्तर, हिंदू के उत्तर 'मैं नहीं जानता।' से किसी प्रकार अधिक यथार्थ नहीं है।

हमने देखा कि आत्मा अनादि और अमर है, पूर्ण और अनन्त है। और मृत्यु का अर्थ है, केन्द्र का एक शरीर से दूसरे शरीर में स्थानांतरण। वर्तमान हमारे पूर्व कर्मों द्वारा सुनिश्चित होता है; और भविष्य, हमारे वर्तमान कर्मों द्वारा। आत्मा, जन्म और मृत्यु के चक्र में अनवरत घूमती हुई, कभी ऊपर उठती है और कभी उसका पतन हो जाता है।

प्रश्न उठता है कि क्या मनुष्य उस छोटी-सी नौका के समान है, जो प्रचंड तूफान में पड़कर, एक क्षण किसी वेगवान तरंग के फेनिल शिखर पर चढ़ जाती है और दूसरे क्षण भयानक गर्त में धकेल दी जाती है। मनुष्य इस प्रकार अपने अच्छे और बुरे कर्मों से नितांत परवश हो, केवल इधर-उधर भटकता फिरता है? क्या वह कार्य-कारण के सतत प्रवाही, निर्मम, भीषण और गर्जनशील प्रवाह में पड़ा हुआ शक्तिहीन, निस्सहाय, भग्नपोत मात्र है? क्या वह उस कर्मचक्र के नीचे पड़ा हुआ, एक क्षुद्र कीटाणु मात्र है, जो कर्मचक्र पतिशोक से व्याकुल विधवा के आंसुओं तथा अनाथ बालक की आहों की तनिक भी परवाह न करते हुए, अपने मार्ग में आने वाली सभी वस्तुओं को कुचल डालता है? इस प्रकार के विचार से अंतःकरण कांप उठता है। पर प्रकृति का नियम तो यही है। तो क्या कोई आशा नहीं है? इससे बचने का कोई उपाय नहीं है? यही करुण पुकार, निराशा-विह्वल हृदय के अंतःस्तल से ऊपर उठी और उस करुणानिधान विश्वपिता के सिंहासन तक जा पहुंची। वहां से आशा तथा सांत्वना की वाणी निकली और एक वैदिक ऋषि के अंतःकरण में प्रेरणा रूप से आविर्भूत हुई। ईश्वरीय शक्ति द्वारा अनुप्राणित इस महर्षि ने संसार के सामने खड़े होकर, घन गंभीर स्वर में इस आनन्द संदेश की घोषणा की :

शृणवंतु विश्वे अमृतस्य पुत्रा, आ ये धामानि दिव्यानि तस्थुः।
वेदाहमेतं पुरुषं महान्तम्, आदित्यवर्णं तमसः परस्तात्।
तमेव विदित्वाऽतिमृत्युमेति, नान्यः पंथा विद्यतेऽयनाय।

"हे अमृत के पुत्रो! हे दिव्यधामवासी देवगण! सुनो , मैंने उस अनादि पुरातन पुरुष को पहचान लिया है, जो समस्त अज्ञान, अंधकार और माया से परे है। केवल उस पुरुष को पहचानकर ही तुम मृत्यु के चक्र से छूट सकते हो। दूसरा कोई पथ नहीं है।"

कैसा मधुर और आशाजनक संबोधन है, 'हे अमृत के पुत्रो!' बंधुओ! इसी मधुर नाम से पुकारने की मुझे अनुमति है। हिंदू तुम्हें पापी कहना अस्वीकार करता है। तुम तो ईश्वर की संतान हो, अमर आनन्द के भागीदार हो, पवित्र और पूर्ण आत्मा हो। तुम इस मर्त्यभूमि पर देवता हो। तुम पापी? मनुष्य को पापी कहना ही पाप है। वह मानव स्वभाव पर घोर लांछन है। उठो, आओ, ऐ सिंहो! इस मिथ्या भ्रम को झटक कर दूर फेंक दो कि तुम भेड़ हो। तुम तो जरा-मरण-रहित नित्यानन्दमय आत्मा हो। तुम जड़ पदार्थ

नहीं हो। तुम केवल शरीर नहीं हो। जड़ पदार्थ तो तुम्हारा दास है, तुम उसके दास नहीं हो।

अतः वेद ऐसी घोषणा नहीं करते कि यह सृष्टि व्यापार कतिपय भयावह, निर्दय अथवा निर्मम विधानों का प्रवाह है। और न यही कि कार्य-कारण का एक अच्छेद्य बंधन है; वरन् वे यह घोषित करते हैं कि इन सब प्राकृत नियमों के मूल में, प्रत्येक अणु परमाणु में तथा शक्ति के प्रत्येक स्पंदन में ओतप्रोत वही एक पुराणपुरुष विराजमान है, 'जिसके आदेश से वायु चलती है, अग्नि दहकती है, बादल बरसते हैं और मृत्यु पृथ्वी पर इतस्ततः नाचती है।'

और उस पुरुष का स्वरूप क्या है? वह सर्वव्यापी, शुद्ध, निराकार, सर्वशक्तिमान है। सब पर उसकी पूर्ण दया है। 'तू हमारा पिता है, तू हमारी माता है, तू हमारा परम प्रेमास्पद सखा है। तू ही सभी शक्तियों का मूल है। तू ही इन अखिल भुवनों का भार वहन करने वाला है। तू मुझे इस जीवन के क्षुद्र भार को वहन करने में सहायता दे।' वैदिक ऋषियों ने यही गाया है कि हम उसकी पूजा किस प्रकार करें? प्रेम द्वारा ही उसकी पूजा की जा सकती है। 'ऐहिक तथा पारत्रिक समस्त प्रिय वस्तुओं से भी अधिक प्रिय जानकर, उस परम प्रेमास्पद की पूजा करनी चाहिए।'

वेद हमें शुद्ध प्रेम के विषय में इस प्रकार की शिक्षा देते हैं। श्रीकृष्ण ने, जिन्हें हिंदू लोग पृथ्वी पर पूर्णावतार मानते हैं, इस प्रेम के पूर्ण विकास की साधना के संबंध में कहते हैं कि मनुष्य को इस संसार में कमल पत्र के समान रहना चाहिए। पानी में रह कर भी कमल पत्र उससे भीगता नहीं, उसी प्रकार मनुष्य को भी संसार में रहना चाहिए। उसका हृदय ईश्वर की ओर लगा रहे और हाथ निर्लिप्त रूप से काम में लगे रहें। इहलोक अथवा परलोक में पुरस्कार की आशा से ईश्वर से प्रेम करना बुरी बात नहीं, पर केवल प्रेम के लिए ही ईश्वर से प्रेम करना, सर्वोत्तम है और उसके सामने यही प्रार्थना करनी चाहिए :

न धनं न जनं न सुंदरीं कवितांवा जगदीश कामये।
मम जन्मनि जन्मनीश्वरे भवताद् भक्तिरहैतुकी त्वयि।।

'हे भगवान! मुझे न तो संपत्ति चाहिए, न संतति, न विद्या। यदि तेरी इच्छा है तो सहस्रों बार जन्म मृत्यु के चक्र में पड़ूंगा, पर हे प्रभु केवल इतना ही दे कि मैं फल की आशा छोड़कर, तेरी भक्ति करूं। केवल प्रेम करने के लिए ही तुझ पर मेरा निःस्वार्थ प्रेम हो।' उस समय भगवान कृष्ण के शिष्य धर्मराज युधिष्ठिर भारत के सम्राट थे। उनके शत्रुओं ने उन्हें राजसिंहासन से च्युत कर दिया था और उन्हें अपनी साम्राज्ञी के साथ, हिमालय के जंगल में आश्रय लेना पड़ा था। वहां एक दिन साम्राज्ञी ने उनसे प्रश्न किया, 'नाथ! आप इतने धार्मिक हैं कि लोग आपको धर्मराज कहते हैं। तो फिर आपको इतना दुख क्यों सहना पड़ रहा है?' युधिष्ठिर ने उत्तर दिया, 'महारानी! देखो, यह हिमालय कैसा भव्य और सुंदर है। मैं इससे प्रेम करता हूं। यह मुझे कुछ नहीं देता, पर मेरा स्वभाव है

कि मैं भव्य और सुंदर वस्तु से प्रेम करता हूं। उसी प्रकार मैं ईश्वर से प्रेम करता हूं। वह अखिल सौन्दर्य और समस्त सुषमा का मूल है। वही एक ऐसा पत्र है, जिससे प्रेम करना चाहिए। मैं किसी पदार्थ के लिए उससे प्रार्थना नहीं करता। मैं उससे कोई वस्तु नहीं मांगता। उसकी जहां इच्छा हो, मुझे रखे। मैं तो सब अवस्थाओं में केवल प्रेम करने के लिए ही उससे प्रेम करना चाहता हूं। मैं प्रेम में सौदा नहीं कर सकता।'

वेद कहते हैं कि आत्मा ब्रह्मस्वरूप है, वह केवल पंचभूतों के बंधनों में बंध गई है और उन बंधनों के टूटने पर, वह अपने पूर्व के पूर्णत्व को प्राप्त हो जाएगी। इस अवस्था का नाम मुक्ति है, जिसका अर्थ है स्वाधीनता, अपूर्णता-जन्म मृत्यु आधि-व्याधि से छुटकारा। आत्मा का वह बंधन केवल ईश्वर की दया से ही टूट सकता है और उसकी दया शुद्ध, पवित्र स्वभाव वाले जीवों को ही प्राप्त होती है। अतएव पवित्रता ही उसके अनुग्रह की प्राप्ति का उपाय है। जब उसकी दया होती है, तब शुद्ध और पवित्र हृदय में वह आविर्भूत होता है। विशुद्ध और निर्मल मनुष्य इसी जीवन में ईश्वरदर्शन प्राप्त कर कृतार्थ हो जाता है। 'तब उसकी समस्त कुटिलता नष्ट हो जाती है। सारे संदेह दूर हो जाते हैं।' तब वह कार्य-कारण के भयानक नियम के हाथ का खिलौना नहीं रह जाता। यही हिंदू धर्म का मूलभूत सिद्धांत है–यही उसका वास्तविक भाव है। हिंदू शब्दों और सिद्धांतों के जाल में समय बिताना नहीं चाहता। यदि इस साधारण वैषयिक जोवन के परे और भी कोई अवस्था है, कोई अतीन्द्रिय जीवन है, तो वह उसका प्रत्यक्ष अनुभव करना चाहता है। यदि उसमें कोई आत्मा है, जो जड़ वस्तु नहीं है, यदि कोई सर्वव्यापी परमात्मा है, तो वह उसका साक्षात्कार कर लेना चाहता है; क्योंकि ईश्वर के केवल प्रत्यक्ष दर्शन से ही उसकी समस्त शंकाएं दूर होंगी। अतः हिंदू ऋषि ईश्वर के विषय में, आत्मा के विषय में, यही सर्वोत्तम प्रमाण देता है कि 'मैंने आत्मा का दर्शन किया है। मैंने ईश्वर का दर्शन किया है।' और यही पूर्णत्व की एकमात्र शर्त है। भिन्न-भिन्न मत और मतांतरों या सिद्धांतों पर विश्वास करने के प्रयत्न–हिंदू धर्म नहीं है। हिंदू धर्म प्रत्यक्ष अनुभूति और साक्षात्कार का धर्म है। हिंदू धर्म का मूल मंत्र है, 'मैं आत्मा हूं' यह विश्वास होना और तद्रूप बन जाना।

अतः हिंदुओं की सारी साधना प्रणाली का लक्ष्य है–सतत अध्यवसाय द्वारा पूर्ण बन जाना, देवता बन जाना, ईश्वर के निकट जाकर उनके दर्शन कर लेना। और इस प्रकार ईश्वर सान्निध्य को प्राप्त होकर उस सर्वलोक पिता के समान पूर्ण हो जाना। मनुष्य पूर्णत्व को प्राप्त कर असीम आनन्द का जीवन व्यतीत करता है। वह सर्वोत्कृष्ट लभ स्वरूप परमानन्दधाम ईश्वर को प्राप्त कर के, परम आनन्द का अधिकारी हो जाता है।

तुरीय अथवा निर्विकल्प अवस्था का नाम ही पूर्णावस्था है। और यह निर्विकल्प अवस्था तो एकमेव, अद्वितीय और गुणातीत है, जिसमें व्यक्तित्व कदापि नहीं रह जाता। अतः जब आत्मा पूर्णत्व को प्राप्त कर लेती है, तब वह ब्रह्म के साथ एकता को प्राप्त होती है। द्वैत ज्ञान से रहित हो जाने के कारण वह स्वयं ही सत्स्वरूप, ज्ञानस्वरूप एवं

आनन्दस्वरूप हो जाती है। हम इस अवस्था के विषय में कुछ पाश्चात्य दार्शनिकों के ग्रंथों में बारंबार पढ़ते हैं कि मनुष्य अपने व्यक्तित्व को खोकर जड़ता प्राप्त करता है या पत्थर के समान हो जाता है। इससे उन पंडितों की अनभिज्ञता ही दीख पड़ती है। जिनको कभी चोट नहीं लगी, वे ही घाव के चिह्न का परिहास कर सकते हैं।

यदि एक शरीर में आत्मबोध होने से इतना आनन्द होता है, तो दो शरीरों में आत्मबोध का आनन्द अधिक उत्कट होना चाहिए। उसी प्रकार क्रमशः अनेक शरीरों में आत्मबोध के साथ-साथ आनन्द की मात्रा भी अधिकाधिक बढ़नी चाहिए। जब विश्वात्मा का बोध हो जाएगा, तो आनन्द की परम अवस्था प्राप्त हो जाएगी।

उस असीम विश्व व्यक्तित्व की प्राप्ति के लिए इस दुखमय क्षुद्र व्यक्तित्व के बंधन का अंत होना चाहिए। जब मैं प्राणस्वरूप हो जाऊंगा, तभी मृत्यु के हाथों से मेरा छुटकारा हो सकता है। जब मैं आनन्दस्वरूप हो जाऊंगा, तभी दुख से छुटकारा हो सकता है। विज्ञान भी अंततः इसी सिद्धांत पर आ पहुंचा है। विज्ञान ने सिद्ध कर दिया है कि यह शरीर प्रत्यक्ष तथा सदा एकसा नहीं है। हमारा यह भौतिक व्यक्तित्व भ्रम मात्र है। वास्तव में इस निरविच्छन्न जड़सागर में यह क्षुद्र शरीर तरंगवत् सदा परिवर्तित होता रहता है। प्रतिक्षण नवीन होता रहता है। किंतु हमारा चैतन्यांश कभी परिवर्तनशील या भ्रमात्मक नहीं है। अतः वह पूर्णतया सत्य है और इसी कारण केवल यह अद्वैतज्ञान ही कि 'मैं एकमेव अद्वितीय आत्मा हूं।' एकमात्र युक्तियुक्त सिद्धांत है।

विज्ञान एकत्व की खोज के सिवाय और कुछ नहीं है। ज्यों ही विज्ञान की कोई शाखा पूर्णता तक पहुंच जाएगी, त्यों ही उसकी प्रगति थम जाएगी, क्योंकि वह अपने लक्ष्य तक पहुंच चुका होगा। उदाहरणार्थ रसायनशास्त्र एक बार उस मूल द्रव्य का पता लगा ले, जिससे और सारे द्रव्य बन सकते हैं, तो फिर वह और आगे नहीं बढ़ सकेगा। भौतिकशास्त्र जब उस मूल शक्ति का पता लगा लेगा, जिससे अन्य शक्तियां प्रकट होती हैं, तब वह पूर्णता को प्राप्त होगा। वैसे ही धर्मशास्त्र भी उस समय पूर्णता को प्राप्त हो जाएगा, जब वह उस मूल कारण को जान लेगा, जो इस मर्त्यलोक में एकमात्र अमृतस्वरूप है। जो इस नित्य परिवर्तनशील जगत् का एक मात्र अचल अटल आधार है। जो एकमात्र परमात्मा है और अन्य सब आत्माएं जिसके प्रतिबिंब स्वरूप हैं। इस प्रकार अनेकेश्वरवाद, द्वैतवाद आदि में से होते हुए, इस अद्वैतवाद की प्राप्ति होती है। धर्मशास्त्र इससे आगे नहीं जा सकता। यही सारे विज्ञानों का चरम लक्ष्य है।

सभी शास्त्र अंत में इस सिद्धांत पर पहुंचने वाले हैं। आज विज्ञान इस जगत् को सृष्टि का नाम देना नहीं चाहता, वह उसे विकास मात्र कहता है। हिंदू को प्रसन्नता इस बात की है कि जिस सिद्धांत को वह अपने अंतःकरण में इतने दिनों से धारण किए हुए था, वही सिद्धांत आज बड़ी प्रबल भाषा में, विज्ञान के अत्यंत आधुनिक प्रयोगों द्वारा अधिक स्पष्ट रूप से सिद्ध करके सिखाया जा रहा है।"

स्वामी जैसे सांस लेने को रुके और पुनः बोले, "अब हम वेदांत के उत्तुंग शिखर

से नीचे उतरकर साधारण अशिक्षित लोगों के धर्म की ओर आते हैं। आरंभ में ही मैं आपको बता देना चाहता हूं कि भारत में अनेकेश्वरवाद नहीं है। प्रत्येक मंदिर में आप यही पाएंगे कि भक्तगण सर्वव्यापित्व से लेकर ईश्वर के सभी गुणों का आरोप उन मूर्तियों में करते हैं। यह न तो अनेकेश्वरवाद है और न ही किसी देव विशेष का प्राधन्यवाद। गुलाब को चाहे दूसरा कोई भी नाम क्यों न दे दिया जाए, पर उसकी सुगंध वैसी ही रहेगी।

मेरे शैशव की बात है। एक ईसाई पादरी कुछ लोगों की भीड़ जमा करके, धर्मोपदेश कर रहा था। बहुत सारी रोचक बातों के साथ वह पादरी यह भी कह गया कि 'यदि मैं तुम्हारी देवमूर्ति को एक डंडा लगाऊं, तो वह मेरा क्या कर सकती है?' एक हिंदू श्रोता ने तत्काल उत्तर दिया, 'यदि मैं तुम्हारे ईश्वर को गाली दे दूं, तो वह मेरा क्या कर सकता है?' पादरी बोला, 'मरने के पश्चात् वह तुम्हें दंडित करेगा।' हिंदू तन कर बोला, 'जब तुम मरोगे तो हमारी देवमूर्ति भी तुम्हें उसी प्रकार उपयुक्त दंड देगी।' वृक्ष अपने फलों से जाना जाता है। जब मुझे ऐसे मूर्तिपूजक दिखते हैं, जिनके चारित्र्य, आध्यात्मिक भाव और प्रेम, अतुलनीय होते हैं, तब मैं यही सोचता हूं कि क्या पाप से पवित्रता उत्पन्न हो सकती है?

अंधविश्वास मनुष्य का महान शत्रु है, पर हठधर्मी उससे भी बढ़ कर है। ईश्वर यदि सर्वव्यापी है, तो ईसा के अनुयायी 'गिरजाघर' नामक एक स्वतंत्र स्थान में, उसकी आराधना के लिए क्यों जाते हैं? क्यों वे क्रूस को इतना पवित्र मानते हैं? प्रार्थना के समय अपना मुख आकाश की ओर क्यों उठाते हैं? कैथोलिक गिरजाघरों में इतनी मूर्तियां क्यों होती हैं? प्रोटेस्टेंट ईसाइयों के मन में प्रार्थना के समय इतनी भावमयी मूर्तियां क्यों रहती हैं? मेरे भाइयो! मन में किसी मूर्ति के बिना आए, कुछ सोच सकना उतना ही असंभव है, जितना श्वास लिए बिना जीवित रहना। स्मृति की उद्दीपक भाव परंपरा के अनुसार, जड़ मूर्ति के दर्शन से मानसिक भाव विशेष का उद्दीपन होने से तदनुरूप मूर्ति-विशेष का भी आविर्भाव होता है। इसीलिए तो हिंदू आराधना के समय बाह्य प्रतीक का उपयोग करता है। वह आपको बतलाएगा कि यह बाह्य प्रतीक उसके मन को अपने ध्यान के विषय –परमेश्वर– में एकाग्रता से स्थिर रहने में सहायता करता है। वह भी यह बात उतनी ही अच्छी तरह से जानता है, जितनी अच्छी तरह से आप जानते हैं कि वह मूर्ति, न तो ईश्वर ही है, न सर्वव्यापी ही। सच पूछिए तो दुनिया के लोग 'सर्वव्यापित्व' का जो अर्थ समझते हैं, वह तो केवल एक शब्द या प्रतीक मात्र है। क्या परमेश्वर का भी कोई क्षेत्रफल है? नहीं है न? तो भी जिस समय हम सर्वव्यापी शब्द का उच्चारण करते हैं, उस समय विस्तृत आकाश या विशाल भूमिखंड की ही कल्पना अपने मन में लाने के सिवाय हम और क्या करते हैं?

तात्पर्य यह है कि अपनी मानसिक प्रकृति के नियमानुसार हमें अपनी अनन्तत्व की भावना को नील आकाश या अपार समुद्र की कल्पना से संबद्ध करना पड़ता है। उसी प्रकार हम पवित्रता के भाव को अपने स्वभावानुसार, गिरजा, मसजिद या क्रूस से जोड़

देते हैं। हिंदू लोग पवित्रता, नित्यत्व, सर्वव्यापित्व, आदि-आदि भावों का संबंध देवमूर्तियों से जोड़ते अवश्य हैं, किंतु अंतर यह है कि जहां अन्य लोग अपना सारा जीवन गिरजाघर की किसी मूर्ति की भक्ति में बिता देते हैं, और उससे आगे नहीं बढ़ते, क्योंकि उनके लिए तो धर्म का अर्थ यही है कि वे कुछ विशिष्ट सिद्धांतों को स्वीकार कर लें और अपने मानव भाइयों की भलाई करते रहें। वहीं एक हिंदू की सारी धर्म भावना प्रत्यक्ष अनुभूति या साक्षात्कार में केन्द्रीभूत हुआ करती है। मनुष्य को ईश्वर का साक्षात्कार करके, स्वयं ईश्वर बनना है। मूर्तियां, मंदिर, गिरजाघर या शास्त्र ग्रंथ तो धर्मजीवन की बाल्यावस्था में केवल आधार या सहायक मात्र हैं, पर मनुष्य को तो उत्तरोत्तर उन्नति ही करनी चाहिए।

साधक को कहीं भी रुकना नहीं चाहिए। वेदों का वाक्य है कि 'बाह्य पूजा या मूर्तिपूजा सबसे नीचे की अवस्था है। आगे बढ़ने का प्रयास करते समय, मानसिक प्रार्थना, साधना की दूसरी अवस्था है। और सबसे उच्च अवस्था तो वह अवस्था है, जब परमेश्वर का साक्षात्कार हो जाए। वही अनुरागी साधक जो पहले मूर्ति के सामने झुककर पूजा प्रणामादि में मग्न रहता था, अब ज्ञान लाभ के पश्चात् क्या कह रहा है– 'सूर्य उस परमात्मा को प्रकाशित नहीं कर सकता, न चंद्रमा, न तारागण ही, वह विद्युत्प्रभा भी परमेश्वर को उद्भासित नहीं कर सकती, तब इस सामान्य अग्नि की बात ही क्या? ये सब उसी परमेश्वर के कारण उद्भासित होते हैं।' यह साधक बाह्य मूर्तिपूजा की अवस्था को पारकर चुका। किंतु अन्य धर्मावलंबियों के समान वह मूर्तिपूजा को गाली नहीं देता; और न उसे पाप का मूल ही बताता है। वह तो उसे जीवन की एक आवश्यक अवस्था मानकर उसे स्वीकार करता है। शैशव ही यौवनादि का जन्मदाता है। तो क्या किसी वृद्ध पुरुष का अपने शैशव या युवावस्था को पाप या दूषित कहना उचित होगा?

यदि कोई मनुष्य अपने बाह्यभाव को मूर्ति के सहारे अधिक सलरता से अनुभव कर सकता है, तो क्या उसे पाप कहना उचित होगा? और जब वह उस अवस्था के परे पहुंच गया है, तब भी उसके लिए मूर्तिपूजा को भ्रमात्मक कहना समुचित होगा? हिंदू की दृष्टि से मनुष्य असत्य से सत्य की ओर नहीं जा रहा, वह निम्नतर सत्य से उच्चतर सत्य की ओर अग्रसर हो रहा है। हिंदू के मतानुसार क्षुद्र अज्ञानी के धर्म से लेकर, वेदांत के अद्वैतवाद तक जितने भी धर्म हैं, वे सभी अपने अपने जन्म तथा अवस्थाभेद के अनुसार उस अनन्त ब्रह्म के ज्ञान तथा उपलब्धि के उपाय हैं। ये उपाय उन्नति की सीढ़ियां हैं। प्रत्येक जीव उस युवा गरुड़ पक्षी के समान है, जो धीरे-धीरे ऊंचा उठता हुआ, तथा अधिकाधिक शक्ति संपादित करता हुआ, अंत में उस प्रकाशमय सूर्य के पास पहुंच जाता है।

विभिन्नता में एकता–यही तो प्रकृति की रचना है। और हिंदुओं ने इसे भली-भांति पहचाना है। अन्य धर्मों के कुछ निर्दिष्ट मतवाद विधिबद्ध कर दिए गए हैं। सारे समाज को उन्हें मानना अनिवार्य कर दिया गया है। वे समाज के सामने केवल एक ही नाप की कमीज़ रख देते हैं, जो राम, श्याम और हरि सबके शरीर पर ठीक आनी चाहिए। यदि

वह कमीज़ राम या श्याम के शरीर पर ठीक नहीं बैठती, तो उसे बिना कमीज़ के ही नंगे बदन रहना होगा। हिंदुओं ने जान लिया है कि निरपेक्ष ब्रह्मतत्व की उपलब्धि, धारण या प्रकाश, केवल सापेक्ष के सहारे ही हो सकता है। मूर्तियां, क्रूस या चांद, तो आध्यात्मिक उन्नति के सहायक मात्र हैं। वे मानों बहुत-सी खूटियां हैं, जिन पर धार्मिक भावनाएं लटकाई जाती हैं। ऐसी बात नहीं है कि प्रत्येक के लिए इन साधनों की आवश्यकता हो, पर बहुतों के लिए तो यह आवश्यक हुआ ही करते हैं; और जिनको अपने लिए इन साधनों की सहायता की आवश्यकता नहीं रहती, उन्हें यह कहने का कोई अधिकार नहीं है कि इन साधनों का आश्रय लेना अनुचित है।

भारतवर्ष में मूर्तिपूजा कोई भयावह या जघन्य बात नहीं है, वह व्यभिचार की जननी नहीं है, वरन् वह तो अविकसित मन के लिए उच्च आध्यात्मिक भाव को ग्रहण करने का उपाय है। हिंदुओं में बहुत सारे दोष हैं, पर उनके ये सारे दोष अपने शरीर को दंड देने तक ही सीमित हैं, वे कभी अन्य धर्मावलंबियों का गला काटने नहीं जाते। एक धर्मांध हिंदू स्वयं को भले ही चिता पर जला डाले, वह विधर्मियों को जलाने के लिए कभी अग्नि प्रज्ज्वलित नहीं करेगा, जैसा कि यूरोप में इंक्विज़ीशन के समय में ईसाइयों ने किया था। हिंदुओं का धर्म, डायिनों को जलाने वाले ईसाई धर्म से अधिक दोषी नहीं है।

हिंदुओं की दृष्टि में धर्म, जगत् के भिन्न-भिन्न रुचि वाले स्त्री पुरुषों का, विभिन्न अवस्थाओं एवं परिस्थितियों में से होते हुए, उस एक ही लक्ष्य–ईश्वर लाभ की ओर अग्रसर होना है। प्रत्येक धर्म धर्मभावापन्न मानव को ब्रह्म में परिणत करने के लिए प्रयत्नशील है। और वही ईश्वर इन समस्त धर्मों का प्रेरक है। तो फिर ये सब धर्म, परस्पर इतने विरोधी क्यों हैं? हिंदुओं का कहना है कि यह विरोध केवल आभास मात्र है, वास्तविक नहीं। विभिन्न अवस्थापन्न, भिन्न-भिन्न प्रकृति वाले लोगों के लिए उपयोगी होने के लिए उस एक ही सत्य ने इस प्रकार परस्पर विरोधी भाव धारण किए हैं।

एक ही ज्योति भिन्न-भिन्न रंग के कांच में से भिन्न-भिन्न रूपों में प्रकट होती हैं। विभिन्न स्वभाव वाले लोगों के लिए उपयुक्त होने की दृष्टि से यह वैभिन्न्य आवश्यक भी है। परंतु प्रत्येक के अंतःस्तल में–प्रत्येक धर्म में उसी एक सत्य का राज्य है। कृष्णावतार में भगवान ने हिंदुओं को उपदेश दिया, 'प्रत्येक धर्म में मैं, मौक्तिक माला में सूत्र के समान, पिरोया हुआ हूं। जहां भी तुम्हें मानव सृजन प्रक्रिया को उन्नत बनाने वाली और पावन करने वाली अतिशय पवित्रता और पावनशक्ति दिखाई दे, तो जान लो कि वह मेरे तेज के अंश से ही उत्पन्न हुई है।' इस शिक्षा का परिणाम? सारे संसार को मेरी यह चुनौती है कि वह समग्र संस्कृत दर्शनशास्त्र में एक भी ऐसी उक्ति दिखा दे, जिसमें यह बताया गया हो कि केवल हिंदुओं का ही उद्धार होगा, अन्य धर्मावलंबियों का नहीं। भगवान कृष्ण द्वैपायन व्यास का वचन है, 'हमारी जाति और संप्रदाय की सीमा के बाहर, भी पूर्णत्व को पहुंचे हुए मनुष्य हैं।'

प्रश्न उठ सकता है कि ईश्वर में ही अपने सभी भावों को केन्द्रित करने वाला हिंदू,

अज्ञेयवादी बौद्ध धर्म और निरीश्वरवादी जैन धर्म पर कैसे श्रद्धा रख सकता है? यद्यपि बौद्ध तथा जैन ईश्वर पर निर्भर नहीं रहते, तथापि उनके धर्म में 'मनुष्य में देवत्व या ईश्वरत्व का विकास'–जैसे महान् सत्य पर ही पूरा जोर दिया गया है। यही प्रत्येक धर्म का केन्द्रस्थ सत्य है। उन्होंने जगत्पिता जगदीश्वर को भले ही न देखा हो, पर उनके पुत्र स्वरूप, आदर्श मनुष्य बुद्धदेव या 'जिन' को तो देखा है, और जिसने पुत्र को देख लिया, उसने पिता को भी देख लिया!

भाइयो! हिंदुओं के धार्मिक विचारों का यही संक्षिप्त विवरण है। हो सकता है कि हिंदू अपनी संपूर्ण योजना के अनुसार कार्य न कर सका हो। किंतु यदि कभी कोई सार्वभौमिक धर्म हो सकता है, तो वह ऐसा ही होगा, जो देश या काल से मर्यादित न हो, जो उस अनन्त भगवान के समान ही अनन्त हो, जिस भगवान के संबंध में वह उपदेश देता है, जिसकी ज्योति भगवान कृष्ण के भक्तों, ईसा के प्रेमियों, संतों और पापियों पर समान रूप से प्रकाशित होती हो, जो न तो ब्राह्मणों का हो, न बौद्धों का, न ईसाइयों का, और न मुसलमानों का, वरन् इन सभी धर्मों का समष्टि स्वरूप होते हुए भी, जिसमें उन्नति का अनन्त पथ खुला रहे, जो इतना व्यापक हो कि अपनी अनन्त प्रसारित बाहुओं द्वारा, सृष्टि के प्रत्येक मनुष्य का आलिंगन करे और उसे अपने हृदय में स्थान दे, चाहे वह मनुष्य हिंसक पशु से किंचित ही विकसित हुआ हो, नीच बर्बर, अति नीच बर्बर और जंगली ही क्यों न हो, अथवा अपने मस्तिष्क और हृदय के सद्गुणों के कारण मानव समाज से इतना ऊंचा क्यों न उठ गया हो कि लोग उसकी मानवीय प्रकृति में शंका करते हुए, देवता के समान उसकी पूजा करते हों। वह विश्वधर्म ऐसा होगा, जिसमें अविश्वासियों पर अत्याचार करने या उनके प्रति असहिष्णुता प्रकट करने की नीति नहीं रहेगी, वह धर्म प्रत्येक स्त्री और पुरुष के ईश्वरीय स्वरूप को स्वीकार करेगा और उसका संपूर्ण बल, मनुष्य मात्र को अपनी सच्ची ईश्वरीय प्रकृति का साक्षात्कार करने में सहायता देने में ही केन्द्रित होगा।

आप ऐसा सार्वभौमिक उदार धर्म सामने रखिए और सारे राष्ट्र आपके अनुयायी बन जाएंगे। सम्राट अशोक की धर्मसभा, केवल बौद्धों की ही थी। अकबर बादशाह की धर्मसभा अधिक उपयुक्त होते हुए भी केवल शोभा की ही वस्तु थी। पर 'प्रत्येक धर्म में ईश्वर है।' इस बात की घोषणा, दुनिया के सभी प्रदेशों में करने का भार नियति ने अमरीका के लिए ही रख छोड़ा था। वह ही परमेश्वर, जो हिंदुओं का ब्रह्म, पारसियों का अहुरमज़्द, बौद्धों का बुद्ध, मुसलमानों का अल्लाह, यहूदियों का जेहोवा और ईसाइयों का स्वर्गस्थ पिता है, आपको अपने उदार उद्देश्य को कार्यान्वित करने की शक्ति प्रदान करे। पूर्व गगन में नक्षत्र उदित हुआ, कभी धुंधला और कभी देदीप्यमान होते हुए, धीरे-धीरे पश्चिम की ओर यात्रा करते-करते उसने समस्त जगत् की परिक्रमा कर डाली और अब वह पुनः पूर्व क्षितिज में सहस्रगुणी अधिक उज्ज्वलता के साथ उदित हो रहा है।

ऐ स्वाधीनता की मातृभूमि कोलंबिया, तू धन्य है! तूने पड़ोसियों के रक्त से अपने

हाथ कभी कलंकित नहीं किए, तूने अपने प्रतिवेशियों का सर्वस्व हरण कर सहज में धनी और संपन्न होने की चेष्टा नहीं की। अतएव तू ही सभ्य जातियों में अग्रणी होकर शांति पताका फहराने की अधिकारिणी है।"

स्वामी मौन हो गए और हॉल में तालियों का जैसे भूचाल आ गया।

176

'शिकागो टाइम्स' के कार्यालय में बड़ी चहल-पहल थी।

"इन पादरियों ने यह सोचकर शिकागो में यह अखाड़ा बनाया था कि संसार के सारे धर्मों के लोगों को यहां बुलाकर पटकनी दे देंगे। उन्होंने कभी यह कल्पना भी नहीं की थी कि भारत से एक ऐसा मल्ल आ जाएगा, जो इन्हें इनके घर में घुस कर ऐसा चित करेगा कि ये आकाश ताकते रह जाएंगे।" एक पत्रकार ने कहा।

"अरे ऐसा क्या कर दिया उसने?" दूसरे ने पूछा।

"तुमने देखा नहीं, उसके शब्द सुनकर लोग कैसे पागल हो गए थे। हमारे पास एक भी ऐसा ज्ञानी वक्ता है?"

"ज्ञानी वक्ता। माई फुट। अरे ये स्त्रियां तो होती ही पागल हैं। कोई मेधावी व्यक्ति तो उससे प्रभावित हुआ नहीं। इन औरतों ने उसका रंग-बिरंगा परिधान देखा और उस पर मर मिटीं। कौन सुनता है तर्क को और कौन देखता है ज्ञान को।" दूसरे पत्रकार ने कहा।

"केवल परिधान?"

"नहीं, केवल परिधान नहीं। वह युवा भी है; और असाधारण रूप से सुदर्शन भी। हमारा कोई वक्ता उतना युवा नहीं है। सब बुड्ढ़े खूसट बैठा दिए वहां।"

"मैं जानता हूं कि तुम अपनी रपट में यही लिखोगे कि उसके आकर्षक नारंगी रंग के कोट, उसके लाखे रंग के कमरबंद और केसरिया पगड़ी ने अमरीकी महिलाओं का मन मोह लिया है, किंतु सत्य यह नहीं है।"

"क्या है सत्य?" दूसरे पत्रकार ने चुनौती दी।

"अमरीकियों ने आज से पहले, कभी ऐसा कोई पुरुष देखा ही नहीं था, जिसने आध्यात्मिक सच्चाइयों का इस प्रकार साक्षात् अनुभव किया हो।"

"आध्यात्मिक सच्चाइयां। माई फुट।"

"तुम चाहे न मानो, किंतु सत्य यही है।" तीसरे पत्रकार ने हस्तक्षेप किया, "आज तक हमने माना कि उनके धर्म जैसे प्राचीन छायाएं मात्र हैं, जो ईसाई मत के प्रकाश के पड़ते ही शून्य में विलीन हो जाएंगी। किंतु वे और विशेष रूप से हिंदू धर्म का वह प्रतिनिधि–साधारण लोग नहीं हैं। उनकी आंखों से ईसाइयों ने भी पहली बार उनके धर्मों की गरिमा और गंभीरता को देखा है।"

"अरे क्या गहराई है उनके धर्म में?" दूसरा पत्रकार वितृष्णा से बोला।

"ईसाइयों ने पहली बार सीखा है कि अन्य धर्मों का भी वही लक्ष्य है, जो हमारे

धर्म का है। वे धर्म भी मानवता के परिष्कार का काम कर रहे हैं। नैतिकता और उच्च आदर्शों के प्रचार में वे हमारे सहयोगी हैं, विरोधी नहीं। ऐसे ही तो सहस्रों अमरीकी वहां घंटों नहीं बैठे रहते।" तीसरे पत्रकार ने कहा।

"तुम यह क्यों मानते हो कि वे उस हिंदू संन्यासी को ही सुनने बैठे रहते हैं? वे ईसाई वक्ताओं को भी तो सुनते हैं।" दूसरा बोला।

"हां! लोग गर्मी में घंटों बैठे तुम्हारे ईसाई विद्वानों के ऊबाऊ और नीरस वक्तव्य इस आशा में सुनते रहते हैं कि हिंदू संन्यासी पंद्रह मिनट तो बोलेगा।" तीसरे ने कहा, "जिस दिन स्वामी विवेकानन्द का नाम वक्ताओं में होता है, उस दिन सत्र आरंभ होने से घंटा भर पहले ही भीड़ से हॉल के दरवाजे टूटने लगते हैं। अध्यक्ष स्वामी को अंत तक बैठाए रखता है, ताकि श्रोता उठकर घर न चले जाएं। तुम जानते नहीं हो कि स्वामी का भाषण समाप्त होने पर एक तिहाई श्रोता उठकर हॉल से चले जाते हैं।"

"बेकार की बात। हमारे वक्ताओं ने जैसी खरी-खरी सुनाई है...।" दूसरा बोला।

"सुनाई हैं तो सुनी भी हैं।" पहला पत्रकार निश्चयात्मक स्वर में बोला, "स्वामी विवेकानन्द ने उनकी प्रत्येक बात का उत्तर दिया है।"

कोलंबस आगार में मोटा-तगड़ा पादरी जोसेफ कुक पूरे जोश से बोल रहा था, "यह स्पष्ट है कि हम ईश्वर, अपनी अंतर्रात्मा और अपने पिछले पाप कृत्यों से मुक्त नहीं हो सकते। यह ध्रुव सत्य है कि आकाश के नीचे और मानव जाति के मध्य सिवाय ईसाई धर्म के कोई ऐसा धर्म नहीं है जो अन्तर्रात्मा, ईश्वर और अपने पापकृत्यों से संगति बैठा कर आत्मा को शांति दे सके।"

स्वामी का मन जैसे निरंतर उसका प्रतिवाद कर रहा है , "तुम अमृत के पुत्र हो! भूतल पर चलने वाली दिव्य विभूतियां हो! तुम पापी? मनुष्य को पापी कहना अपने आप में एक पाप है। यह मानव जाति का अपमान है।"

जोसेफ कुक का व्याख्यान चल रहा है, "मनुष्य के मौलिक पाप को अस्वीकार कर स्वामी ने सिद्ध कर दिया है कि वह सच्चे धर्म के विषय में कुछ नहीं जानता। वह प्राणांतक असत्य की शिक्षा दे रहा है। धिक्कार है उन पर जो इस ज्ञानांध मार्गदर्शक का अनुसरण कर अपने विनाश की ओर जा रहे हैं।"

"हम जो पूर्व से यहां आए हैं, दिनोंदिन बैठे यह सुनते रहे हैं कि हमें ईसाई धर्म स्वीकार कर लेना चाहिए, क्योंकि ईसाई देश बहुत समृद्ध हैं। हम देखते हैं कि इंग्लैंड संसार का सबसे समृद्ध देश है; किंतु वह पच्चीस करोड़ एशियावासियों की गर्दनें अपने पैरों तले दबाए हुए है। इतिहास बताता है कि ईसाई यूरोप की समृद्धि स्पेन से आरंभ हुई। स्पेन की समृद्धि मैक्सिको की हत्या से आरंभ हुई। ईसाई देश अपने मानव बंधुओं का गला काटकर धनी बनते हैं। इस मूल्य पर किसी हिंदू को समृद्धि नहीं चाहिए।" स्वामी का चेहरा सत्य के तेज से उद्भासित था।

संध्या समय। एक बड़े ड्राईंगरूम में श्रीमती पाल्मर, श्रीमती हेनरोटिन तथा अन्य महिलाएं एकत्रित थीं। स्वामी वहां मुख्य अतिथि थे।

"स्वामी जी! हमें बताया गया है कि भारत की महिलाएं बहुत पिछड़ी, दबी कुचली हुई हैं।" एक महिला ने कहा, "वे स्वयं को पुरुष के पैर की जूती समझती हैं। क्या हमारे ये पादरी सच बोल रहे हैं?"

"जब वे जूते से ऊपर देखते ही नहीं तो और क्या बताएंगे।"

"तो भारत में नारीत्व का आदर्श क्या है?" श्रीमती पाल्मर ने पूछा।

"पूर्ण स्वाधीनता। और उसका गंतव्य है–सतीत्व। पत्नी भारतीय परिवार की धुरी है। उसकी स्थिरता और दृढ़ता उसके सतीत्व पर ही निर्भर करती है।"

"हिंदू स्त्रियां बहुत धार्मिक होती हैं?" श्रीमती हेनरोटिन ने जिज्ञासा की।

"बहुत आध्यात्मिक। बहुत धार्मिक। संसार की सारी महिलाओं से अधिक धार्मिक।" स्वामी बोले, "यदि हम भारतीय स्त्रियों के पारंपरिक गुण सुरक्षित रखते हुए उनका मानसिक स्तर ऊंचा उठा सकें, तो भविष्य की हिंदू नारी संसार की आदर्श नारी होगी।"

"आपको अमरीकी नारी में कोई गुण दिखाई नहीं दिया स्वामी?" श्रीमती पाल्मर हंसीं।

"जैसी महिलाएं इस देश में हैं, संसार में कहीं नहीं हैं।" स्वामी ने कहा, "निर्मल, स्वतंत्र, आत्मविश्वासी तथा दयालु। महिलाएं ही इस देश की आत्मा और जीवन हैं। सारी विद्या और संस्कृति उन्हीं में संचित है। मैं अमरीकी महिलाओं को देखकर अवाक् हूं।"

"स्वामी! इससे तो हम फूल कर कप्पा हो जाएंगी।" एक महिला ने कहा।

"मैं अपनी ईर्ष्या से लड़ता हूं।" स्वामी ने कहा, "आप अपने अहंकार से लड़िए।"

177

जॉन लियन की पोती, छह वर्षों की कार्नेलया स्कूल से लौटी थी। उसके कंधे पर स्कूल का बस्ता था। वह दौड़ती हुई कपाट ठेल कर, स्वामी के कमरे में घुस गई। स्वामी उस समय अपनी पगड़ी बांध रहे थे। उन्होंने हल्के से मुड़कर देखा, "आ गई बिटिया।"

कार्नेलया रुकी नहीं, दौड़कर उनकी गोद में चढ़ गई।

"स्वामी! आप अपना यह हैट बार-बार खोलते और बांधते क्यों हैं?"

"क्योंकि यह हैट नहीं पगड़ी है। इसे हर बार खोलना और बांधना ही पड़ता है। अच्छा बताओ आज क्या पढ़कर आईं?"

कार्नेलया गोद से उतर गई। उसने अपना बस्ता खोलकर एटलस निकाल ली। उसमें से विश्व का मानचित्र निकाल कर दिखाया, "आज हमने यह पढ़ा।"

स्वामी ने ध्यान से मानचित्र को देखा और भारत पर अंगुली रखकर बोले, "देखो, यह है मेरा देश–भारत।"

"यह गुलाबी देश?" कार्नेलिया ने पूछा।

"हां! यही गुलाबी देश, जिसे विदेशी काला करने पर तुले हुए हैं।"

कार्नेलया को ढूंढ़ती हुई उसकी मां ज़ोया भी वहीं आ गई, "स्कूल से आकर किसी से नहीं मिलतीं शैतान बच्ची! सीधे स्वामी को परेशान करने आ जाती हो।"

"मुझे स्वामी से मोर और बंदर की कहानी सुननी है।" कार्नेलिया ने कहा।

ज़ोया ने कार्नेलिया को गोद में उठा लिया, "सुन लेना। पर अभी स्वामी को भोजन कर बाहर जाना है।"

"क्यों?"

"क्योंकि उनको एक स्थान पर भाषण करना है।"

"स्वामी इतने भाषण क्यों करते हैं मामा?" कार्नेलिया ने पूछा।

"क्योंकि उन्हें और कुछ करना ही नहीं आता।" स्वामी ने कहा।

जॉन लियन, श्रीमती लियन, कार्नेलया और ज़ोया तथा स्वामी भोजन की मेज पर बैठे थे।

"स्वामी! आपको कुछ विशेष चाहिए तो...।" श्रीमती लियन ने कहा।

"नहीं माता! मेरे गुरु ने कहा था कि मुझे वही खाना है, जो आप खाते हैं।"

"किंतु हमारे भोजन में मसाला नहीं होता न! आपको फीका-फीका लगता होगा।"

"नहीं! ऐसी कोई बात नहीं।" स्वामी ने कहा।

"अच्छा लीजिए यह है टोबास्को सॉस।" श्रीमती लियन ने एक शीशी उनकी ओर बढ़ा दी, "इसकी कुछ बूंदें मैं सलाद पर डाला करती हूं। बहुत तीखी है। आप इसकी एक-दो बूंदें अपने भोजन पर डाल लें।"

स्वामी ने शीशी थाम ली। उसे देखा और फिर उसका ढक्कन खोलकर सारी सॉस अपनी प्लेट में डाल ली। सबके मुंह आश्चर्य से खुल गए।

"स्वामी यह बहुत ही तीखी मिर्च है।" श्रीमती लियन ने कहा, "आप खा नहीं पाएंगे।"

स्वामी ने एक चम्मच भरकर मुख में डाला। उसका स्वाद लिया और मुसकराए, "बहुत अच्छी है। इसने मेरी जिह्वा का स्वाद फिर से जगा दिया है।"

सिंफनी कंसर्ट समाप्त हो गया, तो स्वामी और ज़ोया हॉल से बाहर निकले।

"आपको अच्छा लगा?" ज़ोया ने पूछा, "कुछ रस आया?"

"हां! बहुत सुंदर था।"

"किंतु आप कुछ सोच रहे हैं।" ज़ोया ने कहा।

"मैं दो बातों को लेकर कुछ असमंजस में हूं।"

ज़ोया ने उनकी ओर देखा।

"कार्यक्रम के अंत में घोषणा की गई है कि कल यही कार्यक्रम संध्या समय दोहराया जाएगा।"

"हां!"

"भारत में ऋतुओं और दिन के प्रहर के अनुसार संगीत अपना रूप बदलता है।" स्वामी बोले, "दोपहर का संगीत कुछ और होता है और संध्या का कुछ और। जो संगीत अपराह्न के समय आपके कानों को अच्छा लगता है, वही संध्या समय आपको उतना मनोहारी नहीं लगेगा।"

"और दूसरी बात?"

"संगीत में ओवरटोन का सर्वथा अभाव और स्वरों के मध्य इतना अंतराल मुझे बहुत विचित्र लगा। मेरे कानों को इस संगीत में वैसे ही रंध्र लगते हैं, जैसे उस स्विस चीज़ में होते हैं, जो तुम मुझे खाने को देती हो।"

ज़ोया चकित दृष्टि से स्वामी की ओर देखती रह गई : उसका ध्यान इन दोनों बातों की ओर नहीं गया था।

स्वामी बाहर से आए थे। उनके हाथ में एक पोटली थी, जैसे रूमाल में कुछ बांधकर लाए हों। श्रीमती लियन खाने की मेज के पास खडी थीं।

"आज बहुत प्रसन्न लग रहे हैं स्वामी! भाषण के पश्चात् बहुत पैसे मिले क्या?"

स्वामी ने कुछ नहीं कहा। अपने हाथ की पोटली ढीली कर मेज पर उलट दी। उसमें सिक्के और नोट थे।

"कितने हैं?" श्रीमती लियन ने पूछा।

"नहीं जानता।"

"तुम बहुत भोले हो मेरे बच्चे! बैठो।"

श्रीमती लियन एक कुर्सी पर बैठ गईं। स्वामी भी साथ की कुर्सी पर बैठ गए। श्रीमती लियन ने नोट और सिक्के पृथक किए। सिक्कों की ढेरियां लगाईं।

"इन्हें गिनना सीखो स्वामी! नहीं तो किसी दिन कोई तुम्हें ठग ले जाएगा।"

"आप इन्हें संभालिए। यह किसी और का धन है, किसी और के कान के लिए है। मेरा इस में क्या है माता!"

"ठीक है, मैं बैंक जाकर, इन्हें आपके खाते में जमा करा दूंगी; किंतु आप इन्हें गिनिए और पिछली राशि में जोड़कर इनका कुल योग निकालिए।"

स्वामी पैसों को गिनना सीखने का अभिनय-सा करने लगे। कुछ ही देर में ऊब कर सारे पैसे श्रीमती लियन की ओर खिसका दिए।

"आज मुझे ज्ञात हुआ है माता! कि मेरे प्राण जिसमें बसते हैं, वह अमरीका में ही है।"

श्रीमती लियन ने चौंककर स्वामी की ओर देखा, "वह लड़की अविवाहित है?"

स्वामी जोर से हंसे, "वह कोई स्त्री नहीं है माता! वह है–संगठन। मेरे गुरु रामकृष्णदेव के शिष्य अकेले–अकेले एक ग्राम में जाते हैं, और एक वृक्ष के नीचे बैठ कर प्रतीक्षा करते हैं कि जिनको उनकी आवश्यकता है वे आएं और उनका परामर्श लें। यह तो मैंने अमरीका में देखा है कि संगठन से कैसा चमत्कार हो सकता है।"

श्रीमती लियन कुछ शांत हुईं, "वह तो ठीक है किंतु क्या यह सत्य है स्वामी! कि कोई युवती आपको बहका नहीं रही? आपके रूप, बुद्धि और ऊर्जा ने अमरीका की अनेक असाधारण सुंदरी युवतियों को उन्मादी बना रखा है। आप सांसारिक विषयों में इतने अबोध हैं। कहीं ऐसा न हो कि उनके द्वारा आपका कोई अहित हो जाए।"

"ओह! माताएं सब जगह एक जैसी ही होती हैं।" स्वामी हंसे, "यह सत्य है कि मैं किसी कृषक द्वारा दिए गए भात का एक कटोरा खाकर, रात को बरगद की छाया में सोने वाला निर्धन संन्यासी हूं; किंतु यह भी उतना ही सत्य है कि मैं बड़े-बड़े राजाओं के महलों में भी अतिथि होकर रहता हूं। वहां रात्रि भर एक युवती दासी मोर पंख झुलाने के लिए नियुक्त कर दी जाती है। ऐसी स्थितियों का मुझे अभ्यास है। आप मेरी चिंता न करें मेरी अमरीकी माता!" स्वामी मौन ही नहीं हो गए, अन्यमनस्क भी हो गए।

"कहां खो गए स्वामी?"

स्वामी मुसकराए, "खोया नहीं था मां! उनको खोज रहा था, जो संसार की माया में भटक गए हैं।"

"आप ऐसे मत खो जाइएगा कि हम आपको खोजते रह जाएं।"

178

थॉमस कुक एंड कंपनी के कलकत्ता कार्यालय में एक अंग्रेज़ अधिकारी एक पत्र हाथ में लेकर बैठा हुआ है। दूसरे को यह सब कुछ विचित्र-सा लगा।

"क्या बात है? बड़ी देर से उस कागज से बातें कर रहे हो। कोई प्रेम पत्र है क्या?"

"है तो प्रेम पत्र ही, किंतु मेरे नाम नहीं है।" पहला व्यक्ति बोला, "कोई कालीकृष्ण दत्ता है, जो किसी स्वामी विवेकानन्द के संबंधियों और मित्रों की ओर से लिख रहा है कि यह स्वामी हमारी कंपनी के माध्यम से बंबई से अमरीका गया था।" वह कुछ रुका, "तुम जानते हो उसको?"

"नहीं! मैं नहीं जानता। मैं संन्यासियों की खोज खबर नहीं रखता। क्या चाहता है कालीकृष्ण दत्ता?"

"संन्यासी का पता चाहता है।" पहला व्यक्ति बोला, "लिख रहा है कि उसने अमरीका में कोई बहुत बड़ा काम किया है, इसलिए वहां के समाचार पत्रों में उसके विषय में जो कुछ छप रहा है, वह सारी सामग्री हम अपनी एजेंसियों के माध्यम से एकत्रित करा कर उनको उपलब्ध कराएं। वे उसका खर्च दे देंगे।"

"संन्यासी और बड़ा काम!" दूसरा व्यक्ति हंसा, "सबसे अधिक घंटे भीख मांग कर उसने कोई रिकार्ड बनाया है क्या? बाई द वे... वह सीधा उस संन्यासी को ही क्यों नहीं

लिखता?"

"उसका तो कोई पता ही नहीं है। कहता है कि संन्यासियों की परंपरा के अनुसार वह न तो अपना पता भेजेगा, न अपनी कुशल के विषय में कुछ लिखेगा।"

"ऐसी तर्कशून्य और स्टुपिड परंपराएं क्यों बना लेते हैं ये लोग।"

लियन परिवार भोजन के लिए जुटा था। श्रीमती लियन, उनका छोटा पुत्र बॉब, विधवा बहू ज़ोया और कार्नेलिया, जैसे ध्यानर्मन बैठे थे। सब चुप थे। कार्नेलिया ने अपनी मां के कान में धीरे से कुछ कहा। ज़ोया ने श्रीमती लियन की ओर एक मौन संकेत कर कार्नेलिया को चुप रहने को कहा। तभी जॉन लियन भी आ गए। उन्होंने अपनी पत्नी को देखा : वह गुमसुम-सी बैठी थी। जॉन लियन कुर्सी खींच कर बैठ गए।

"क्या बात है, गुमसुम बैठी हो। स्वामी का कोई समाचार नहीं आया, इसलिए?"

श्रीमती लियन ने मुसकराने का प्रयत्न किया, "हां! जाने कहां भटक रहा होगा। पत्र भी तो नहीं लिखता।"

"कहीं चैन से बैठे तो पत्र भी लिखे।" जॉन बोले, "दिन भर रेलगाड़ी में यात्रा करेगा, और फिर किसी स्थान पर भाषण कर फिर से गाड़ी में जा बैठेगा। बिना विश्राम किए एक ही दिन में ढाई सौ मीलों की यात्रा करेगा। दिन भर रेलगाड़ी में होगा, या लेक्चर थियेटर में। न सो पाएगा, न खा पाएगा।"

"क्यों दादा जी! स्वामी विश्राम क्यों नहीं करते?" कार्नेलिया ने पूछा।

"बेटी उन्होंने स्लेटन लैक्चर ब्यूरो वालों से भाषण करने का अनुबंध कर लिया है। वे एक दिन उनका भाषण अमरीका के दक्षिण में रखेंगे तो दूसरे दिन कनाडा की सीमा पर। उनका तेल निकाल लेंगे लैक्चर ब्यूरो वाले।"

"पर स्वामी ने तो उनसे तीन वर्षों का अनुबंध कर लिया है।"

"संन्यासी है। सांसारिक लोगों की चतुराई तो समझता नहीं।" जॉन बोले, "अब वे उसे सारे अमरीका में दौड़ाते रहेंगे।"

"पर उनको इसकी आवश्यकता ही क्या थी?" ज़ोया भी स्वयं को रोक नहीं पाई।

"उसे भारत में एक कॉलेज खोलने के लिए धन चाहिए।" श्रीमती लियन ने कहा।

"पर उतना धन तो उनकी एक अपील पर मिल जाएगा।"

"मिल सकता है किंतु वह अपने श्रम से ही धन एकत्रित करना चाहता है।" श्रीमती लियन बोलीं।

"श्रम से धन।" जॉन मुसकराए, "इंगरसोल एक व्याख्यान के पांच-छह सौ डॉलर लेता है और स्वामी को ये क्या देंगे–तीस से अस्सी डॉलर।"

"मुझे उसके लिए भय भी लगता है। इस देश में सब स्थानों पर अच्छे ही लोग तो नहीं हैं।" श्रीमती लियन उदास थीं।

स्वामी तल्लीन होकर भाषण कर रहे थे :

"मैं उन संन्यासियों में से हूं, जिन्हें इस देश के सबसे बड़े मंच पर से भिखारी कहा गया है। वक्ता ने अपनी घृणा दर्शाने के लिए यह कहा, किंतु यह मेरे जीवन का गौरव है। मैं इस अर्थ में ईसा समान होने का गर्व कर सकता हूं। आज जो उपलब्ध है, मैं वह खाता हूं और कल के लिए सोचता भी नहीं हूं। लिली के फूलों को देखो, वे न खेती करते हैं और न सूत कातते हैं। बारह वर्ष हो गए, मैं ऐसे ही जी रहा हूं। मैं नहीं जानता कि मेरा अगला भोजन कहां से आएगा। मैं अपने प्रभु के नाम पर भिखारी होने पर गर्व का अनुभव करता हूं। पूर्वी देशों में पैसे लेकर विद्यादान नीच कर्म माना जाता है। और पैसे लेकर भगवान के नाम का प्रचार करना तो इतना पतित काम है कि उसके लिए पुजारी की जाति छीनकर उस पर थूका जाएगा। यदि भारत और चीन में पुजारी संगठित हो जाएं, तो समाज और मानवता के पुनर्निर्माण के लिए अद्‌भुत ऊर्जा मिलेगी। मैंने भारत में संगठन का प्रयत्न किया, किंतु धन के अभाव में असफल रहा। संभव है अमरीका में मुझे वह सहायता मिल जाए। किंतु हम जानते हैं कि ईसाई लोगों से किसी हिंदू को सहायता मिलना बहुत कठिन है।

"अमरीका के ईसाई भाइयो! आप लोगों को हिंदुओं की आत्मा बचाने के लिए मिशनरी भेजने का बहुत चाव है। मैं आपसे पूछता हूं कि हिंदुओं के शरीर को बचाने के लिए आपने क्या किया है? ईसाई मिशनरी हिंदुओं की सहायता का प्रस्ताव करते हैं; किंतु शर्त यह है कि हिंदू अपने पूर्वजों का धर्म छोड़कर ईसाई हो जाएं। सैकड़ों ऐसे चर्च हैं, जो हिंदुओं की सहायता से बनाए गए हैं, किंतु एक भी हिंदू मंदिर ऐसा नहीं है, जिस के लिए किसी ईसाई ने एक धेला भी दिया हो।

"भूख की पीड़ा से तड़पकर मरते हुए मनुष्य को धर्म का उपदेश देना, उसका अपमान है। यदि बंधुत्व भाव को साक्षात् करना चाहते हो, तो हिंदुओं को हिंदु रहते हुए सहानुभूति दो। आप मिशनरी भेजिए, जो उन्हें रोटी कमाना सिखाएं, धर्म के नाम पर मूर्खताएं सिखाने के लिए नहीं।"

इंगरसोल के ड्राइंगरूम में इंगरसोल और स्वामी–दोनों आमने सामने बैठे चुरुट पी रहे थे।

"स्वामी! आपको बहुत साहसी नहीं होना चाहिए। मैं उसे आपका दुस्साहस ही कहूंगा। बहुत स्पष्ट भी नहीं कह देना चाहिए सब कुछ। नए सिद्धांत प्रतिपादित करते हुए बहुत सावधान रहना चाहिए। अमरीकियों के जीवन और उनकी आस्थाओं की समीक्षा करते हुए भी सावधान रहना चाहिए।"

"क्यों? सत्य और स्पष्ट बोलने में किसी को क्या आपत्ति हो सकती है?"

इंगरसोल मुसकराए, "आप पचास वर्ष पहले इस देश में प्रचार करने आए होते तो आपके गले में रस्सी का फंदा डालकर आपको किसी पेड़ से टांग दिया गया होता। या

आपको जीवित जला दिया गया होता, या फिर पत्थर मार-मार कर ग्राम से बाहर निकाल दिया गया होता।"

स्वामी भी हंसे, "इसीलिए तो मां ने मुझे पचास वर्ष बाद भेजा है।"

"आप जानते हैं, मैं अज्ञेयवादी हूं। मानता हूं कि सब कुछ नहीं जाना जा सकता। अपने ज्ञान की सीमा के भीतर ही सुख उठाना चाहता हूं। मैं केवल इस संसार को जानता हूं। इसीलिए इस संसार का पूर्ण लाभ उठाना चाहता हूं। संतरे को पूरी तरह निचोड़ना चाहता हूं। उसे तब तक चूसते जाना चाहता हूं, जब तक वह पूरी तरह सूख ही न जाए।"

स्वामी हंसे, "इस संतरे को मैं और भी अच्छी तरह चूसना चाहता हूं। इसलिए आपकी तुलना में कुछ अधिक ही प्राप्त करता हूं।"

"कैसे?" इंगरसोल ने कुछ चकित होकर पूछा।

"आप अज्ञोयवादी हैं, अतः सब कुछ जान नहीं सकते। हम मानते हैं कि मूल तत्व को जान लेने से और कुछ जानना शेष नहीं रहता।" स्वामी बोले, "मैं जानता हूं कि मेरी मृत्यु नहीं होगी। अतः मैं तनिक भी शीघ्रता में नहीं हूं। मैं जानता हूं कि भय का कोई कारण नहीं है। इसीलिए मैं संसार को निचोड़ने और जीवन को चूसने का सुख प्राप्त करता हूं। मेरा कोई दायित्व नहीं है। कोई बंधन नहीं है–न पत्नी का, न बच्चों का, न संपत्ति का। इसीलिए मैं प्रत्येक मानव से प्रेम कर सकता हूं। मेरे लिए प्रत्येक मानव में ईश्वर विराजमान है। मनुष्य को ईश्वर के रूप में प्रेम करने की कल्पना करें। संसार रूपी संतरे को इस प्रकार निचोड़ें, इस प्रकार चूसें और सहस्रों गुणा अधिक सुख पाएं। प्रत्येक बूंद का स्वाद लें।"

स्वामी रेलगाड़ी में थे और रेलगाड़ी मोइनेस के पास से गुज़र रह थी। उनके साथ वाली सीट पर एक काउब्वाय बैठा था।

"तुम ईश्वर को मानते हो?" काउब्वाय ने पूछा।

"हां!"

"मैं प्रेसबिटेरियन ईसाई हूं। और तुम?" काउब्वाय ने पूछा।

"मैं हिंदू हूं।"

"ईसाई नहीं हो?"

"नहीं।"

"तो नरक में सड़ोगे।" काउब्वाय कुछ चिंतित हो उठा, "तुम्हारी आत्मा को कौन बचाएगा?"

स्वामी उसकी ओर देखकर मुसकराए, "मृत्यु अवश्यंभावी है न?"

"हां! हर आदमी को मरना है।"

"मरकर नरक में सड़ने से बचने के लिए तुम्हारा शरीर कयामत की प्रतीक्षा में कब्र में पड़ा अनंत काल तक सड़ता रहेगा?"

"हां! और कर ही क्या सकते हैं?" वह बोला।

"मेरी मृत्यु के पश्चात् मेरे शरीर को जला दिया जाएगा। मेरी आत्मा अपनी रक्षा के लिए पुनः जन्म लेगी या जाकर ब्रह्म में समा जाएगी।"

काउब्वाय मुख खोले आश्चर्य से उन्हें देखता रह गया।

"तुम कब्र में प्रतीक्षा करना पसंद करोगे या चाहोगे कि फिर से एक नया जन्म और एक नया शरीर मिल जाए, ताकि तुम स्वयं अपने कर्मों के माध्यम से अपनी आत्मा की रक्षा कर सको?"

काउब्वाय कुछ असमंजस से बोला, "फिर से जन्म लेना ही ठीक रहेगा।"

स्वामी ने हॉल बैठे श्रोताओं को ध्यान से देखा...

"हम हिंदू ईश्वर के प्रेम के कारण उसकी उपासना करने में विश्वास करते हैं, उसके वरदानों के लोभ में नहीं। कोई देश, कोई राष्ट्र, कोई समाज ईश्वर को तब तक प्राप्त नहीं कर सकता, जब तक वह केवल प्रेम के कारण ईश्वर की उपासना करने को तैयार न हो। एक बार एक शिष्य ने अपने गुरु से पूछा, उसे ईश्वर कब प्राप्त होंगे? गुरु उसे पानी के एक सरोवर के निकट ले गए और उसे पानी में धक्का दे दिया। शिष्य संभल नहीं सका और पानी में गिर गया। उसने कुछ डुबकियां भी खाईं। बड़ी कठिनाई से वह उठा। गुरु ने उसे पुनः पानी में धक्का ही नहीं दे दिया, उसकी गर्दन पकड़ कर उसे पानी में डुबो दिया। शिष्य को समझ नहीं आया कि उसके गुरु उसकी हत्या क्यों करना चाहते हैं। उसने बड़ी कठिनाई से गुरु को धक्का देकर स्वयं को मुक्त किया। 'क्या कर रहे हैं आप?' उसने गुरु को डांटा। 'क्या हुआ?' गुरु ने पूछा। 'सांस के बिना मेरे प्राण निकल रहे थे।' शिष्य बोला। 'इसी प्रकार जिस दिन ईश्वर के बिना तुम्हारे प्राण निकलने लगेंगे, उस दिन तुम्हें ईश्वर मिल जाएंगे।' "

स्वामी एक अन्य स्थान पर भाषण दे रहे थे। श्रोता बदले हुए थे कि परिवेश वैसा ही था।

"एक हिंदू को ईसाई बनाने का सामान्य खर्च 30000 डॉलर है, जो आप दे रहे हैं। आपका पादरी हमें गर्दन से पकड़ता है और कहता है : ओ तुम रास्कली हीदन, तुम्हें ईसाई धर्म स्वीकार करना होगा। ईसाई हिंदू की सहायता नहीं करेगा। वे धर्मांतरित हिंदू की ही सहायता करेगा। उनकी नहीं, जो अपने धर्म के प्रति निष्ठावान रहेंगे। यदि आज मैं ईसाई हो जाऊं तो कल ही मुझे भारत में निर्धनों के लिए बनाए जाने वाले अपने विद्यालय के लिए दस लाख डॉलर मिल जाएंगे। किंतु मैं अपने परिश्रम से धन एकत्रित करना पसंद करता हूं। यद्यपि उतना धन कमाने के लिए शायद मेरा सारा जीवन भी पर्याप्त नहीं है।"

"मुझे भय है कि कहीं स्वामी हमारी धर्मदासियों में न घिर जाएं।" श्रीमती लियन ने उदास स्वर में कहा।

"धर्मदासियां कौन मामा?" ज़ोया ने पूछा।

"ओह! वे असाधारण रूप से धर्मोन्मादिनी हैं।" जॉन बोले, "वे पादरियों की मुट्ठी में हैं। जैसे वे चाहते हैं, उन्हें नचाते हैं और वे किसी के भी जीवन को नरक बना देती हैं।"

"पर उनका भी क्या दोष है पापा! यह जाल भी तो पादरियों का ही बिछाया हुआ है।" बॉब ने कहा, "आपको याद है, हमें बचपन से ही वह गीत रटाया गया था, जिसमें कहा गया है कि हिंदू माताएं अपने बच्चे मगरमच्छों के खाने के लिए नदी में बहा देती हैं।

"ओह वह!" ज़ोया बोली, "वह तो मैंने भी पढ़ा है :

See the heathen mother stand
Where the sacred current flows ;
With her own maternal hands
Mid the waves her babe she throws.

Hark , I hear the piteous scream;
Frightful monsters seize their prey,
Or dark and bloody stream
Bears the struggling child away.

Fainter now and fainter still,
Breaks the cry upon the ear,
but the mothers' heart is steel
She unmoved that cry can hear.

Send, oh send the Bible there.
Let its precept reach the heart.
She may then her child spare
Act the tender mother's part.

"तभी तो स्वामी ने कहा था कि हिंद महासागर का सारा कीचड़ भी उस मल से कम है, जिसका लेप इन पादरियों ने उसकी मातृभूमि पर कर दिया है।" जॉन बोले।

"कभी-कभी सोचती हूं कि स्वामी की मां ने उसका किसी सुंदर-सी लड़की से विवाह

कर उसे बांधकर अपने पास ही क्यों नहीं रख लिया।" श्रीमती लियन बोली, "क्यों छोड़ दिया उसे इस प्रकार इस क्रूर संसार में भटकने को।"

"तुम क्या समझती हो कि उन्होंने ऐसा करने का प्रयत्न नहीं किया होगा?" जॉन लियन ने पूछा।

"स्वामी चर्चा कर रहे थे कि उनके पिता ने उनकी जन्म पत्रिका बनवाई थी" ज़ोया ने बताया, "जिसमें उनके लिए यह भविष्यवाणी थी कि वे संन्यासी के रूप में पृथवी तल पर भ्रमण करेंगे।"

"तो फिर ईश्वर की इच्छा के विरुद्ध कोई क्या कर सकता है।" श्रीमती लियन ने कहा।

प्रतापचंद मजूमदार ने दर्शकों का धन्यवाद किया और अपना भाषण समाप्त कर मंच पर अपने आसन पर आ बैठे।

दर्शकों में से एक व्यक्ति उठ खड़ा हुआ, "आपका भाषण मैंने पूरे ध्यान से सुना है। आपने उसमें स्वामी विवेकानन्द और उनके गुरु श्रीरामकृष्ण परहंसदेव की भरपूर निन्दा की है।"

"मैंने किसी की निन्दा नहीं की, केवल उन लोगों का स्वरूप स्पष्ट किया है।" मजूमदार ने कहा।

उस श्रोता ने अपना हाथ ऊंचा उठाया, उसमें एक छोटी-सी पुस्तिका थी, "जहां तक मैं समझता हूं यह पुस्तिका आपकी ही लिखी हुई है। आपका नाम प्रतापचंद्र मजूमदार ही है न!" और उसने एक स्थान से पढ़ना आरंभ किया, "मेरा मन अभी उसी प्रकाश में डूबा हुआ है, जो यह अद्‌भुत दिव्य मानव, जब और जहां जाता है, अपने चारों ओर प्रकट करता है। यह दिव्य पुरुष हिंदू धर्म में माधुर्य और गहराई का जीवंत प्रमाण है। उन्होंने अपने शरीर को पूर्णतः नियंत्रित कर रखा है। वह पूर्ण आत्मा है–सत्य और धर्म से परिपूर्ण, आनन्द से आप्लावित और ईश्वरीय कृपा से प्राप्त सात्विकता में निमज्जित। उसकी निष्कलुष पवित्रता, उनकी अनिर्वचनीय आशीषपूर्ण उपस्थिति, उनका अपुस्तकीय अनन्त ज्ञान, उनकी शिशु सरीखी शांति, और सारे मानवों के प्रति प्रेम, सर्वव्याप्त, सर्वस्वीकार्य, ईश्वरीय प्रेम ही, उनका एकमात्र पुरस्कार है। हमारा अपना धार्मिक आदर्श उनसे कुछ भिन्न है; किंतु वे हमें अपना जितना भी समय देंगे, हम प्रसन्नतापूर्वक उनके चरणों में बैठेंगे, ताकि उनसे सात्विकता का उदात्त स्वरूप, असांसारिकता, आध्यात्मिकता, और ईश्वरीय प्रेम का मद प्राप्त कर सकें।"

मजूमदार ने वह पुस्तक पकड़ ली, उसे उलट-पलट कर देखा। उसके चेहरे पर हवाइयां उड़ने लगीं।

"हां! मेरा नाम प्रतापचंद्र मजूमदार है। यह पुस्तिका मैंने ही लिखी थी। तब मुझे पूरी जानकारी नहीं थी। मैं एक भ्रम में फंसकर यह लिख बैठा था।"

"अब आपका भ्रम दूर हो गया है और आप सारे संसार को भ्रमित करने निकल पड़े हैं।" वह व्यक्ति बोला, "धर्म की चर्चा करते हैं और नैतिकता का कण नहीं है आपमें।"

180

जॉर्ज हेल के घर की बड़ी-सी लॉबी में बहुमूल्य कालीन बिछा हुआ था। स्वामी उस पर अपने जूतों में रोलर स्केट्स बांधे हुए दक्षतापूर्वक वेग से दौड़ रहे थे। विभिन्न स्थानों में मेरी हेल, हैरियेट हेल, इसाबेल मैक्किंडले तथा हैरियट मैक्किंडले खड़ी थीं। स्वामी उनके निकट से निकलते तो वे जैसे उन्हें रोकने और पकड़ने का प्रयत्न करतीं।

"स्वामी! अब आप रुक भी जाइए।" मेरी हेल ने कहा, "पिछले दो दिनों से आप निरंतर रोलर स्केट्स पर ही दौड़ रहे हैं, और कोई बात ही नहीं करते।"

"कोई सुनेगा तो कहेगा कि मैं संसार में सबसे अधिक समय तक अनवरत स्केटिंग करने का कीर्तिमान बना रहा हूं।" स्वामी का वेग कम हो गया और वे धीरे-धीरे थम गए।

"ऐसा समझने वाला तो वही होगा, जिसको न भाषा का ज्ञान होगा, न मुहावरों का।" हैरियेट बोली।

"और यदि किसी को ऐसी भ्रांति हुई भी तो हम उसे बता देंगे कि आपने बीच में भोजन किया था; और रात को सोए भी थे।" इसाबेल ने जोड़ दिया।

"तो वह पूछेगा कि सोए तो थे; किंतु स्केट्स पहने हुए सोए थे, या उतार कर?"

"स्वामी प्लीज़! ये स्केट्स उतारिए।" मेरी ने कहा।

स्वामी उसके निकट आ गए, "तुम्हें मेरा स्केटिंग सीखना पसंद नहीं?"

"नहीं, ऐसी बात तो नहीं है;" मेरी ने कहा, "किंतु आप तो भूत के समान किसी चीज के पीछे ही पड़ जाते हैं।"

स्वामी ने एक कुर्सी पर बैठकर, स्केट्स उतारे, "भूत के समान पीछे पड़ जाने को ही एकाग्रता कहते हैं, उसके बिना जीवन में कोई असाधारण सफलता भी नहीं मिलती।"

"एकाग्रता तो ठीक है; किंतु यहां तो दो दिनों से लग रहा है कि आप न हमारे घर में हैं; और न ही हमारे साथ।" इसाबेल बोली।

"तो कहां हूं?" स्वामी चकित थे।

"आप स्केटिंग रिंग में अपने स्केट्स के साथ हैं और स्केटिंग चैम्पियन बनने का अभ्यास कर रहे हैं?" मेरी ने कहा।

"नहीं! ऐसा कुछ भी नहीं है।" स्वामी बोले, "किसी और के सामने और किसी और स्थान पर स्केटिंग करने का शायद कोई अवसर ही न आए। यह तो मैं अपनी एक कामना को इतना तृप्त कर लेना चाहता हूं कि फिर कभी वह कामना ही न जागे। पर तुम लोग मुझे क्यों रोक रही हो?"

"स्वामी! मेरी सहेलियों का विचार है कि एक हिंदू संन्यासी अवश्य ही ज्योतिषी होना चाहिए। आप हमें हमारा भविष्य बताएं।" मेरी ने आग्रह किया।

"मैं ज्योतिषी नहीं हूं।" स्वामी हंसे, "पर उससे क्या। मैं तुम्हारा भविष्य तो जानता ही हूं।"

"क्या?" वे चारों बहनें एक साथ चिल्लाईं।

सबसे पहले हैरियेट हेल झपटकर उनके पास आई। उसने उनके सामने अपना हाथ पसार दिया, "तो सब से पहले आप मेरा भविष्य बताइए।"

"हाथ देखने की आवश्यकता नहीं है।"

"तो कैसे बताएंगे?"

"तुम्हारा जीवन सबसे अधिक सौभाग्यपूर्ण और सुखी होगा। तुम इतनी कल्पनाशील और भावुक नहीं हो कि अपनी दुर्गति होने दो। हां! इतनी भावनाएं अवश्य है कि तुम्हारा जीवन मधुर हो सके। और पर्याप्त सहजबुद्धि और कोमलता भी है कि जीवन में आने वाले क्रूर तत्वों को मृदुल कर सको।"

"और मैं स्वामी?" हैरियेट मैक्किंडल बीच में आ कूदी।

"तुम भी वैसी ही हो। शायद हैरियेट हेल से कुछ अधिक ही।" स्वामी बोले, "तुम जैसी लड़कियां अच्छी पत्नियां सिद्ध होती हैं।"

"और मैं?" मेरी ने पूछा।

"तुम तेजस्विनी हो। साहसी हो। विराट और शानदार। तुम एक अच्छी रानी सिद्ध हो सकती हो–रूप में, बुद्धि में। तुम जोशीली, उत्साही, संकट से खेलने वाले, वीर पति के साथ फबोगी। किंतु मेरी बहना! पत्नी की भूमिका में तुम बहुत सफल नहीं रहोगी। सामान्य जीवन के आरामपसंद, व्यावहारिक और पैर घसीटने वाले आलसी पति के तो तुम प्राण ही खींच लोगी।"

"और इसाबेल के विषय में क्या विचार है?" मेरी ने कहा।

"इसाबेल का स्वभाव भी तुम्हारे ही जैसा है। हां! किंडरगार्टन वाले इस काम ने बच्चों के साथ रहने के कारण, अवश्य ही उसे धैर्य और सहनशीलता का पाठ पढ़ाया है। संभव है कि इसके बाद वह एक अच्छी पत्नी भी सिद्ध हो सके।"

"छोड़िए स्वामी! आप क्या जानें कि अच्छी पत्नी क्या होती है? आपने तो विवाह ही नहीं किया।" इसाबेल बोली।

स्वामी हंस पड़े, "मैंने तो कभी संतान को भी जन्म नहीं दिया, पर मैं जानता हूं कि अच्छी मां क्या होती है?"

"स्वामी! अच्छी मां और अच्छी पत्नी को छोड़िए। यह बताइए कि क्या आप जानते हैं कि सुंदर युवती कैसी होती है?" मेरी ने कहा, "शिकागो वाले मानते हैं कि हमारी इसाबेल, वीनस डि मेलो के समान सुंदर है।"

"मैंने वीनस डि मेलो को देखा है और तुम ठीक कहती हो, इसाबेल का चेहरा उस मूर्ति से बहुत मिलता है। हां! इसके हाथ उसके हाथों से कहीं अधिक सुंदर हैं। मूर्ति के हाथ तो टुंडे ही हैं–मेरी दृष्टि से।"

"इसका क्या अर्थ हुआ? मात्र समानता से तो कुछ भी प्रमाणित नहीं होता।" हैरियट ने आपत्ति की।

स्वामी मुस्कराए, "इसाबेल सुंदर है, क्योंकि वह वीनस के समान है; और वीनस सुंदर है, क्योंकि वह इसाबेल के समान है। मेरा तो विचार है कि इसाबेल उस मूर्ति से कहीं अधिक सुंदर है।"

हैरियेट के चेहरे पर एक वक्र मुस्कान उभरी, "लगता है स्वामी! आप इसाबेल से प्रेम करने लगे हैं।"

"प्रेम करने लगा हूं? इस का क्या अर्थ हुआ?" स्वामी बोले, "मैं उससे प्रेम करता हूं। मैं तुम चारों से प्रेम करता हूं। कौन ऐसा भाई होगा, जो अपनी बहनों से प्रेम नहीं करता।"

"मेरा अभिप्राय वह नहीं था।" हैरियेट ने प्रतिवाद किया।

"समझता हूं। किंतु अपने सुख के लिए किसी की कामना प्रेम नहीं है मेरी समझदार बहना! प्रेम का वास्तविक अर्थ समझना चाहिए।" स्वामी बोले, "बिना किसी कामना के जब आप किसी के लिए कुछ करते हैं, तो वह प्रेम होता है। जब नैं तुम्हारे घर के सामने सड़क पार भूखा-प्यासा, खोया-सा बैठा था और तुम्हारी माता मुझे घर के भीतर ले आई थीं, सारी सुविधाएं दी थीं और मुझे मेरे गंतव्य पर पहुंचा दिया था, तो उसमें उनका कोई स्वार्थ नहीं था। वह उनका प्रेम था।"

"मामा को तो पता चलना चाहिए कि कोई व्यक्ति कठिनाई में है, वे अपने सारे काम छोड़कर उसकी सहायता करने चल देंगी।" मेरी ने कहा।

"मामा ही ऐसा नहीं करतीं। तुम सब भी वही करती हो। तुम सबमें सात्विक आत्माएं हैं। अन्यथा मैं तुम्हारे घर को अपना घर कैसे मान सकता था।"

181

"स्वामी! मेरी बहू तुम्हारे सामने एक जिज्ञासा रखना चाहती है।" श्रीमती लियन ने कहा, "यदि तुम कोई समाधान दे सको।"

स्वामी ने स्नेह भरी दृष्टि से ज़ोया को देखा, "तो पूछती क्यों नहीं हो बहन?"

"बात कुछ विचित्र-सी है। इसलिए संकोच होता है।"

"चिंता मत करो। इस विचित्र व्यक्ति से लोग विचित्र जिज्ञासाएं ही करते हैं।" स्वामी बोले।

"स्वामी! आप शिकागो से बाहर चले गए तो मैंने धर्म, दर्शन और अध्यात्म के विषय में कुछ अध्ययन किया। थोड़ी-सी साधना करने का भी प्रयत्न किया और तब मैंने एक दिन पाया कि..." ज़ोया ने अपना वाक्य अधूरा छोड़ दिया।

स्वामी ने दृष्टि उठाकर उसकी ओर देखा, "क्या पाया?"

"एक पुराने और फटे हुए पत्र के टुकड़े मेरे हाथ लग गए।" ज़ोया ने कहा, "मैं इस चिंता में उन्हें बटोर कर उलट-पलट रही थी कि कहीं वह कोई महत्वपूर्ण पत्र तो नहीं

है, जिसे भूल से फाड़ दिया गया हो। और तभी...” वह पुनः चुप हो गई।

स्वामी सहित सबने उसकी ओर देखा।

“आप मेरा विश्वास करेंगे?” ज़ोया ने पूछा।

“मैंने तुमको कभी मिथ्याभाषिणी नहीं माना।” स्वामी ने कहा।

“मेरी आंखों के सामने एक व्यक्ति का चेहरा और उसका मन साकार होने लगे, जैसे कोई चित्र उभरा हो और कोई उस व्यक्ति के गुण-अवगुण बता रहा हो।”

“ओह! यह!” स्वामी सहज भाव से हंसे, “मन निर्मल हो तो साधना के आरंभिक दिनों में कुछ ऐसी शक्तियां अपने आप ही प्राप्त हो जाती हैं। मेरे साथ भी ऐसा हुआ था। तब मैं बालक था, इन बातों को समझता नहीं था। लोगों को चकित करने के लिए मैं इसका प्रदर्शन भी कर दिया करता था। तब मेरे गुरु ने मुझे समझाया। उन्होंने बताया कि ऐसी क्षमता का प्रयोग केवल संसार के कल्याण के लिए करना चाहिए। अपने किसी लाभ अथवा प्रदर्शन के लिए नहीं। जिन हाथों में यह गुण आ जाता है, वे दूसरों को उनकी पीड़ा से मुक्त भी कर सकते हैं। प्रभु के दिए अपने इस उपहार का उपयोग लोगों को रोग मुक्त करने के लिए करो।”

मैडम एमा कालवे डरी सहमी-सी भीतर आईं। एक अमरीकी महिला ने मुस्करा कर उनका स्वागत किया।

“आप अपने नियत समय पर आई हैं। सीधी स्वामी के अध्ययनकक्ष में चली जाइए। जाकर उनके सम्मुख बैठ जाइए। किंतु तब तक उनसे कुछ कहिएगा नहीं, जब तक वे स्वयं आपको संबोधित न करें।”

एमा का भय अब भी कुछ कम नहीं हुआ था। वे सीधी चलती गईं। सामने के कमरे के कपाट खुले थे। उन्होंने बाहर से ही देखा कि स्वामी भूमि पर ही पद्मासन में बैठे थे। उनके नेत्र बंद तो नहीं थे; किंतु वे नीचे की ओर देख रहे थे, इसलिए बंद जैसे ही लगते थे। एमा चुपचाप खड़ी रह गईं। क्षण भर के मौन के पश्चात् स्वामी ने बिना ऊपर देखे हुए कहा।

“तुम्हारे चारों ओर कैसी पीड़ादायक हलचल मची हुई है। झंझावात चल रहे हैं। मन को शांत करो मेरी बच्ची। शांति आवश्यक है।”

“मैं बैठ जाऊं स्वामी जी?”

“फर्श पर बैठने का अभ्यास हो तो बैठ जाओ।” स्वामी बोले, “वैसे तुम ऑपेरा गायिका हो। हमारे देश में गायक लोग घंटों भूमि पर बैठकर ही गायन करते हैं।”

एमा के मन का आश्चर्य उनके चेहरे पर भी झलका, “आप जानते हैं कि मैं ऑपेरा गायिका हूं?”

“जानता हूं। जानता हूं कि तुम अपनी सारी सफलता और ख्याति के बाद भी सदा ही उद्विग्न और भयभीत हो।”

"पर क्यों है ऐसा? मैं विक्षिप्त होती जा रही हूं क्या?" एमा ने धीरे-से पूछा।

स्वामी हंस पड़े, "नहीं। तुम रुग्ण नहीं हो, न ही तुम विक्षिप्त हो रही हो। केवल तुम अपना मोह नहीं छोड़ पा रही हो।"

"वह क्या होता है?"

"तुम समझती हो कि जो धन और यश तुम्हें मिला है, वह तुमने स्वयं कमाया है। तुम भयभीत हो कि लोगों की ईर्ष्या और द्वेष, तुम्हारा भविष्य नष्ट कर सकता है और तुम एक दयनीय जीवन जीने को बाध्य हो जाओगी।"

"आपने यह सब कैसे जाना?" एमा के मुख से अनायास निकल गया, "मैंने तो आज तक यह सब किसी को बताया ही नहीं। मेरे निकटतम लोग भी नहीं जानते कि इतनी हंसी-खुशी गाने वाली यह गायिका, सबको इतना आनन्द देने वाली यह गायिका, भीतर से कितनी दुखी है। जीवन बोझ हो गया है। न जीते बनता है, न मरते।"

"क्योंकि तुम यह समझती हो कि यह जीवन तुम्हारा है। यश तुमने कमाया है, वह तुम्हारा है। धन तुमने अर्जित किया है। वह तुम्हारा है।"

"आपने यह सब कैसे जाना? किसी ने आपको बताया।" वे कुछ परेशान हो उठीं।

"किसी का बताना आवश्यक नहीं है। मैंने यह सब तुममें पढ़ा है।"

"तो समाधान क्या है स्वामी जी?"

"सदा स्मरण रखो, यह जीवन तुम्हारा नहीं है। यह ईश्वर का दिया हुआ है। धन तुम्हारा नहीं है, प्रभु ने तुम्हें प्रदान किया है। कीर्ति तुम्हारी अर्जित की हुई नहीं है। यह प्रभु की विभूति है। जिसने दिया है, वह ईर्ष्यालु नहीं, दयालु है। वह तुमसे कुछ नहीं छीनेगा। छीनना होता तो देता ही क्यों? और फिर यदि देने वाला वापस लेना ही चाहेगा, तो न तो उसमें अन्याय है और न ही उसे रोका जा सकता है। जो कुछ तुम्हारा है ही नहीं, उसके लिए क्यों चिंतित हो? जिसका है, वही उसकी रक्षा करेगा।"

"तो मैं क्या करूं?"

"लोगों के लिए मत गाओ, प्रभु के लिए गाओ।" स्वामी बोले, "तुम नहीं गाती हो, प्रभु गाते हैं। संगीत उनकी विभूति है। अपनी चिंताओं को प्रभु को समर्पित कर दो। आशंकाओं को भूल जाओ। फिर से प्रसन्न रहने का अभ्यास करो।"

182

पादरी ह्यूम ने 'डिट्रायट फ्री प्रेस' का 11 फरवरी 1894 का अंक पढ़ा। उसकी दृष्टि स्वामी संबंधी एक टिप्पणी पर अटक गई :

"धर्मसंसद से अब तक स्वामी ने विभिन्न नगरों और महानगरों में असंख्य श्रोताओं के सामने व्याख्यान दिए हैं। उन श्रोताओं के मन में स्वामी के प्रति प्रशंसा का भाव है। स्वामी के व्यक्तित्व का आकर्षण उनमें उत्साह जगाता है। और ऐसा लगता है कि वे जिस किसी विषय को लेते हैं–वह प्रकाशित ही नहीं, जीवन्त हो उठता है। स्वामी के ही समान अनेक महान प्रश्नों के उत्तर पृथ्वी के दूसरे सिरे से आए हैं और अमरीकवासियों को

आंदोलित कर देने वाले हैं। जब यह सांवला काले बालों वाला संभ्रांत गौरवशाली व्यक्ति अपने पीले लबादे में उठकर, उन्हीं की भाषा में शुद्ध, असाधारण और प्रवाहपूर्ण भाषण देता है, तो स्वामी के श्रोता चकित रह जाते हैं।"

पादरी की दृष्टि शून्य को घूरने लगी, जैसे उसे निगल जाएगी। उन आंखों में घृणा घनीभूत होने लगी; और उसके पश्चात् जैसे वह पागल हो गया। उसने समाचार पत्र को उठाकर भूमि पर पटक दिया। उसका चेहरा काला पड़ता गया। उसके जबड़े भिंच गए और उसकी आंखों में घृणा जैसे सजीव हो उठी। उसका चेहरा इतना विकृत हो गया कि देखने वाले को भय लगने लगे। वह अपने पैरों से समाचार पत्र को कुचलता हुआ, घर से बाहर चला गया।

बारह फरवरी 1894 को प्रातः एक बजे डिट्रायट रेलवे स्टेशन पर हिमपात हो रहा था। श्रमिक बेलचों से रेल की पटरी पर से बर्फ हटा रहे थे। तभी गाड़ी आई। उसके आगे दो इंजन लगे हुए थे।

पॉल एफ. बागले प्लेटफार्म पर खड़ा प्रतीक्षा कर रहा था। एक डब्बे में से स्वामी उतरे। उनका भगवा वस्त्र उनको पहचान लेने के लिए पर्याप्त था। पॉल बागले उनके स्वागत के लिए आगे बढ़ा। उन्होंने हाथ मिलाए।

"आपको कष्ट तो बहुत हुआ होगा। गाड़ी सात घंटे देर से पहुंची है।"

"नहीं! कष्ट क्या होना था? रास्ते भर हिमपात होता रहा। बर्फ हटाई जाती रही और दो-दो इंजन गाड़ी को खींचते रहे।" स्वामी बोले, "मेरे लिए यह सब नया था, अतः रुचि से देखता रहा।"

"आइए चलें।" पॉल ने कहा, "मां तो सो गई हैं, हां! मेरी बहनें आपके स्वागत के लिए जाग रही होंगी।"

"इस समय? प्रातः का एक बज गया है।"

"हां! वे सारी रात जागने का व्रत लिए बैठी हैं।"

श्रीमती जॉन जे. बागले के घर में भव्य भोज का सा परिवेश था। महिलाएं और पुरुष अपने सर्वश्रेष्ठ वस्त्रों में सजधज कर आए थे–बिशप, पादरी, रब्बी, प्रोफेसर, मेयर तथा उसकी पत्नी। डिट्रायट के तीन सौ महत्वपूर्ण लोग उपस्थित थे। कमरे की छत बहुत ऊंची थी। गैस से जलने वाले फानूस, रंगीन गोलों और क्रिस्टल के पेंडेंट से कक्ष सजा हुआ था।

"कितना विचित्र है न कि हमने एक विदेशी अधर्मी को धार्मिक विषयों पर बोलने के लिए डिट्रायट बुलाया है।" एक महिला अपनी सखी से कह रही थीं।

"वह जबसे इस देश में आया है, कितने ही ईसाइयों को हिंदू बना चुका है।" सखी ने कहा।

"शिकागो के प्रेस्बिटेरियन पत्र के संपादक ने लिखा है कि जब तक धर्मसंसद चल रही थी, विवेकानन्द हमारा अतिथि था। किंत अब संसद समाप्त हो चुकी है। अब हमें पूरे जोश और रोष से उस पर और उसके मिथ्या सिद्धांतों पर आक्रमण करना चाहिए।" एक पुरुष ने कहा।

पादरी निन्दे और श्रीमती बागले के साथ स्वामी ने कक्ष में प्रवेश किया। लोगों ने तालियां बजाकर उनका स्वागत किया।

सबसे पहले एक पत्रकार लपक कर सामने आया, "क्या आपके देश में धर्मांतरण का प्रयत्न नहीं किया जाता?"

"हम ईसाई पादरियों के समान कभी भी धर्म प्रचार नहीं करते। हम अपने धार्मिक सिद्धांत किसी दूसरे धर्मावलंबी पर आरोपित करने का प्रयत्न नहीं करते।" स्वामी ने कहा।

निन्दे ने पत्रकार को रोक दिया, "अभी कुछ प्रतीक्षा करो मेरे पुत्र! तुम्हें भी प्रश्न पूछने का अवसर दिया जाएगा।"

श्रीमती बागले, निन्दे और स्वामी को लेकर मंच पर आ गईं।

"मित्रो! अपने इस भारतीय मित्र स्वामी विवेकानन्द को आपके सम्मुख प्रस्तुत करते हुए मुझे प्रसन्नता हो रही है।" निन्दे ने उच्च स्वर में कहा, "शिकागो में हुई धर्मसंसद में दिए गए इनके भाषणों के कारण सारा संसार इनको जान गया है। हमारे लिए यह प्रसन्नता का विषय है कि श्रीमती जॉन बागले के निमंत्रण पर वे डिट्रायट आए हैं। हम जानते हैं कि मिशिगन के भूतपूर्व गर्वनर स्वर्गीय श्री. जॉन जडसन बागले की धर्मपत्नी श्रीमती बागले डिट्रायट की सबसे प्रभावशाली महिला ही नहीं हैं, वे अतीव सुसंकृत तथा असाधारण आध्यात्मिक गुणों की स्वामिनी भी हैं। वे पांच महीने पूर्व धर्मसंसद में स्वामी जी से मिली थीं। उनके निमंत्रण पर ही स्वामी यहां आए हैं। हमें इसके लिए श्रीमती बागले का कृतज्ञ होना चाहिए।"

"कृतज्ञ न कुछ और! हमें तो स्थानीय समाचार पत्रों में विज्ञापन देना चाहिए कि जिन ईसाइयों को अपना धर्म परिवर्तन कर, हिंदू बनना हो, वे श्रीमती जॉन जे. बागले के घर पर इस आशय का अपना प्रार्थना पत्र भेज सकते हैं।" श्रोताओं में से एक पुरुष ने फुसफुसा कर अपने साथी से कहा, "एक हिंदू संन्यासी जिसने धर्मसंसद को अपने भाषणों से प्रभावित किया था, उन भद्र महिला का अतिथि है। हमने उसे अपनी आत्माओं के परित्राण और स्वयं को अपने पापों से मुक्ति दिलाने के लिए बुलाया है।"

उसके साथी ने घबराकर मंच की ओर देखा। इस बीच निन्दे स्वामी को बोलने के लिए आमंत्रित कर चुके थे; और स्वामी उठकर खड़े हो रहे थे।

"हमारा धर्म अधिकांश धर्मों और सारे ईसाई संप्रदायों से प्राचीन है। ईसाई संप्रदायों को उनके आत्मविरोधी लक्षणों और उनके परस्पर द्वेष के कारण मैं धर्म नहीं कहता। ये सीधे हिंदू धर्म से आए हैं। उसकी एक महत्वपूर्ण शाखा हैं। कैथोलिक धर्म ने भी अपने

सारे रूप हमसे ही प्राप्त किए हैं। अपने पापों की स्वीकृति और प्रायश्चित, संतों के प्रति विश्वास तथा अन्य बहुत कुछ...एक कैथोलिक पादरी ने यह पूर्ण साम्य देखा और कैथोलिक धर्म के इस मूल उत्स को पहचाना, उसको उसके पद से हटा दिया गया, क्योंकि उसने इस सत्य को अपनी एक पुस्तक में प्रकाशित कर दिया था।"

"आप अपने धर्म में अज्ञेयवादियों को भी स्वीकार करते हैं?" एक पत्रकार ने चिल्ला कर पूछा।

"हां! दार्शनिक अज्ञेयवादियों को, जिन्हें तुम नास्तिक कहते हो। जब भगवान बुद्ध से उनके एक शिष्य ने पूछा, 'क्या ईश्वर का अस्तित्व है?' उन्होंने उत्तर दिया, 'ईश्वर! मैंने ईश्वर की चर्चा कब की? मैंने तो कहा, भले बनो, भला करो।'"

"आप लोग अन्य धर्म के लोगों को हिंदू क्यों नहीं बनाते?" दूसरे पत्रकार ने पूछा, "क्या धर्मप्रचार को आप लोग अपमानजनक काम मानते हैं?"

"हमें अपने पंथ को महान् बताकर अन्य लोगों का अपमान नहीं करना चाहिए। पूज्यपूजन होना चाहिए। जो जितने सम्मान के योग्य है, उसे उतना सम्मान देना चाहिए। दूसरों की सेवा कर हम अपने पंथ का प्रचार ही करते हैं, दूसरों का अपमान कर हम अपने पंथ की सेवा नहीं कर सकते।"

"तो फिर आपकी आत्मा का परित्राण कैसे होगा? कौन करेगा?"

"भगवान बुद्ध ने कहा है, अपने मोक्ष का कार्य स्वयं करो। मैं तुम्हारी सहायता नहीं कर सकता। कोई किसी की सहायता नहीं कर सकता। अपनी सहायता स्वयं करो। अपने दीपक स्वयं बनो।"

डिट्रायट में जर्मन भाषा की अध्यापिका सुश्री मार्ग्रेट कुक अपनी एक सखी के साथ खाने की मेज पर बैठी थीं।

उनकी नौकरानी उनके पास खड़ी कुछ कहने का साहस बटोर रही थी। अंततः साहस कर वह बोली, "मिस कुक! आज तीन दिन हो गए, आपने अपने हाथ भी नहीं धोए हैं। जर्मन भाषा के अध्यापक ऐसे ही होते हैं क्या?"

सखी ने आश्चर्य से मिस कुक की ओर देखा, "मार्ग्रेट! तुमने तीन दिनों से अपने हाथ नहीं धोए?"

मिस कुक अपने हृदय के पूर्ण स्नेह से अपने हाथों को निहारती बैठी रहीं। कुछ बोलीं नहीं।

"क्या बात है?" सखी ने आग्रहपूर्वक पूछा।

मिस कुक कुछ नहीं बोलीं, तो नौकरानी ही बोली, "उस दिन उस हिंदू संन्यासी से हाथ जो मिला आई हैं।"

सखी ने पुनः मिस कुक की ओर आश्चर्य से देखा, जैसे उसे नौकरानी की बात का विश्वास ही न हो रहा हो।

"उस दिन स्वामी विवेकानन्द आए थे न श्रीमती बागले के घर। मैं भी वहां थी। मैंने उनका भाषण सुना। भाषण के पश्चात् विदा होते हुए उनसे हाथ मिलाया। सहसा मैं एकदम अभिभूत-सी रह गई। मुझे उनकी प्रशंसा में कहने को एक भी शब्द नहीं सूझा। स्वामी ने मेरा हाथ कई क्षणों तक पकड़े रखा।"

"तो क्या हो गया?" सखी बोली, "अब तुम अपने हाथ ही नहीं धोओगी?"

"उनकी वह अन्वेषी दृष्टि मैं कभी नहीं भूल पाऊंगी।" मिस कुक बोली, "उनकी महानता और पवित्रता मेरे इस हाथ में कुछ ऐसी बस गई है कि मैं इस हाथ को धोकर अपनी इस निधि से वंचित नहीं होना चाहती।"

"ओह मार्ग्रेट!" सखी की समझ में नहीं आ रहा था कि वह क्या कहे?

डिट्रायट फ्री प्रेस का एक उपसंपादक बिशप निन्दे का पत्र लेकर संपादक के पास आया।

संपादक ने दृष्टि उठाकर उसकी ओर देखा।

"बिशप निन्दे ने छापने के लिए एक पत्र भेजा है।"

संपादक ने स्मरण करने का प्रयत्न किया, "बिशप निन्दे। वही, जिसने श्रीमती बागले के घर स्वामी को लोगों से परिचित कराया था?"

"जी! वही।"

"क्या कहता है?" संपादक ने पूछा।

"श्रीमती बागले को प्रसन्न करने के लिए वहां स्वामी का परिचय कराने चला तो गया, पर अब उसका पादरीपन संकट में पड़ गया है। अपना स्पष्टीकरण दे रहा है।"

"क्या लिखा है?"

उपसंपादक ने कुर्सी खींच ली और बैठ गया।

तभी डैलडॉक भी आकर खड़ा हो गया।

संपादक ने उसकी ओर देखा, "डैलडॉक! तुम भी स्वामी के भाषण में उपस्थित थे?"

"हां! था।"

संपादक ने उपसंपादक की ओर देखा, "पढ़ो।"

"लिखा है, 'मुझे मेरे कुछ अत्यंत विश्वसनीय मित्रों ने बहुत आग्रहपूर्वक निमंत्रित किया था और इच्छा प्रकट की थी कि चूंकि मैं भारत भ्रमण कर आया हूं, इसलिए मैं स्वामी का उनके श्रोताओं से परिचय करा दूं। उन्होंने मुझे इस आश्वस्ति के साथ बुलाया था कि वहां ऐसा कुछ भी नहीं कहा जाएगा, जो किसी ईसाई के कानों को कष्ट दे। मैंने माना था कि वहां किसी धार्मिक पूर्वाग्रह के बिना संसार के सबसे रोचक देश के रीति-रिवाजों का वर्णन कर विद्वान वक्ता हमारा मनोरंजन करेंगे।"

"झूठ बोल रहा है यह।" डेलडॉक तड़प कर बोला, "भारत का भ्रमण करके आने वाला डिट्रायट में यह इकलौता व्यक्ति तो नहीं है। अभी कुछ दिन पहले ही तो नगर में

फ्रेड्रिक स्टिर्यन ने अपने भारत भ्रमण के विषय में भाषण किए थे। और भी बहुत लोग हैं जो भारत से घूम कर आए हैं।"

"आगे पढ़ो।" संपादक ने संकेत किया।

"वक्ता ने हिंदुओं के गुणों को बढ़ा-चढ़ाकर बताया है और ईसाई राष्ट्रों की निन्दा की है। वह इस बात को नहीं जानता कि हिंदुओं में जो नैतिकता है भी, वह ईसाई पादरियों द्वारा ईसा मसीह के उपदेशों के कारण जागी है।"

डैलडॉक पुनः बीच में कूद पड़ा, "निन्दे को क्या यह ज्ञात नहीं है कि बुद्ध, ब्रह्म, कंफ्यूशियस तथा अन्य उद्धारकों की नैतिक मान्याताएं ईसा के जन्म से भी पूर्व विद्यमान थीं। मनुष्य में देवत्व तथा भ्रातृभाव का पाठ मनुष्यों को युगों पहले से पढ़ाया जा रहा है।"

संपादक ने उसकी ओर देखा, "तुम्हारे पास निन्दे की प्रत्येक बात का उत्तर है?"

"हां! यदि तुम उसका पत्र छापोगे, तो तुम्हें मेरा उत्तर भी छापना पड़ेगा।" डैलडॉक ने कहा।

संपादक ने उपसंपादक की ओर देखा, "निन्दे के पत्र में सत्य तो नहीं है; किंतु तुम इसे छापो। पत्रकारिता की दृष्टि से यह रोचक मामला है। इसी बहाने डिट्रायट में कुछ गर्मी आएगी।"

"पर निन्दे इस हिंदू संन्यासी से इतना चिढ़ता क्यों है?" उपसंपादक ने कहा, "हम सैकड़ों ईसाई पादरी भारत भेजते हैं, यदि एक हिंदू पादरी हमारे मध्य आ गया तो कौन सा पाप हो गया?"

दो दिन बाद 'डिट्रायट ईवनिंग न्यूज' का एक उपसंपादक, हाथ में कुछ कागज लिए हुए संपादक के केबिन में आया, "आपके निर्देश के अनुसार संपादकीय लिख दिया है।"

"खूब कठोर बनाया है न?" संपादक ने पूछा, "लिख दिया है न कि पुट अप और शट अप? या तो योगियों के वे चमत्कार कर के दिखाओ, या फिर स्पष्ट स्वीकार करो कि तुम वह सब कुछ नहीं कर सकते।"

"एक बात पूछूं सर!"

संपादक ने दृष्टि उठाकर उसकी ओर देखा।

"आपका इन चमत्कारों पर इतना बल क्यों है?"

"नहीं जानते?" संपादक ने कहा, "अब न तो तुम्हारी पीढ़ी के लोग जानते हैं, न समझते हैं। अरे, चमत्कार दिखाए थे नाज़रेत के ईसा ने। अब ये भी वे चमत्कार दिखाएंगे तो ये ईसा मसीह के समकक्ष नहीं हो जाएंगे?"

"आज वह हिंदू यूनिटेरियन चर्च में बोलेगा।"

"बोलता रहे। सहस्रों अमरीकी उससे अच्छा और लंबा बोल सकते हैं।" संपादक ने चिढ़कर कहा।

एक व्यक्ति ने संपादक के केबिन में प्रवेश किया और नमस्कार कर उसके सामने

खड़ा हो गया।

संपादक ने हल्के से सिर हिला कर उसके नमस्कार को स्वीकार किया, "कौन हैं आप?"

"मैं ओ. पी. डेलडॉक हूं। सुना है आप स्वामी के विरुद्ध संपादकीय लिख रहे हैं।"

"संपादक हूं तो संपादकीय लिखूंगा ही। किसी के पक्ष में लिखूं, विपक्ष में लिखूं। दैट इज नन ऑफ योर बिज़नेस।"

"सर! ये ओ. पी. डेलडॉक हैं।" उपसंपादक ने कहा, "ये स्वामी के विरोधियों के विरोध में लिखते हैं।"

"सीधे क्यों नहीं कहते कि मैं स्वामी के पक्ष में लिखता हूं।" डेलडॉक ने कहा, "कट्टरपंथियों के इस युग में भी स्वामी विभिन्न संप्रदायों और उपासना पद्धतियों के मध्य एकता और मानव मात्र में भाईचारा स्थापित करने का प्रयत्न कर रहे हैं। उनका विरोध मानव एकता का विरोध करना है।"

"जाओ तुम अपना काम करो। हमें उपदेश मत दो।" संपादक ने उसे डांटा।

"उपदेश देने नहीं आया हूं। यह बताने आया हूं कि यदि स्वामी के विरोध में संपादकीय लिखोगे तो उनके पक्ष में मेरा पत्र भी छापना पड़ेगा।" डेलडॉक ने कहा।

---

17 फरवरी 1894 को स्वामी अपने कमरे में बैठे थे। नौकरानी एक युवक को साथ लेकर आई, "ये किसी समाचार पत्र से आए हैं। आपसे बात करना चाहते हैं। आने दूं?"

"नहीं आने दोगी और ये आना ही चाहेंगे तो क्या करोगी?"

"कुत्ते छोड़ दूंगी।"

"नहीं! कुत्ते मत छोड़ो। इन्हें ही छोड़ जाओ।" स्वामी हंसे, "आओ भाई यहां बैठो।"

युवक सहमा-सा आकर कुर्सी पर बैठ गया।

"कहो!"

"मैं ईवनिंग न्यूज का प्रतिनिधि हूं। हमने आपके विरुद्ध एक बहुत कठोर संपादकीय छापा है।"

स्वामी मुस्कराए।

"आप अब भी कोई चमत्कार दिखाएंगे क्या?"

स्वामी का स्वर गंभीर हो गया, "मैं कोई जादूगर नहीं हूं। और दूसरी बात यह है कि मैं जिस हिंदू धर्म का प्रचारक हूं, वह चमत्कारों, जादू टोने पर आधृत नहीं है। हम इन बातों को स्वीकार नहीं करते।"

"आप योगी नहीं हैं?"

"योगी कोई जादूगर नहीं होता। वे सारे चमत्कार, जो भारत में बाजारों और चौराहों पर दिखाए जाते हैं, और विदेशी पत्रों में जिनका प्रचार होता है। वे केवल हाथ की सफाई और सम्मोहन के चमत्कार हैं। वे न योग हैं, न हिंदू धर्म।

"तो हम छाप दें कि आप स्वयं यह स्वीकार कर रहे हैं कि आप कोई चमत्कार नहीं कर सकते।" प्रतिनिधि ने धमकी दी।

"अवश्य छाप दो।" स्वामी ने सहज भाव से कहा, "सत्य छापने में संकोच कैसा।"

फ्रांसिस बागले स्कूल तो आ गई थी, किंतु उसके मन में वे सारी बातें, जो पिछले कुछ दिनों में उसके घर परिवार में घटी थीं, इतनी सजीव थीं कि वह अपने आप को रोक नहीं पा रही थी। उसकी इच्छा हो रही थी कि वह अपनी सारी सहेलियों को स्वामी के विषय में बताए।

कक्षा की सारी लड़कियां अनुशासनबद्ध बैठी हैं। उन सबका ध्यान अध्यापिका की ओर था। और सहसा अध्यापिका की दृष्टि फ्रांसिस पर पड़ी। वह अपने साथ बैठी लड़की से कुछ कानाफूसी कर रही थी। अध्यापिका रुक गई। उसने घूर कर उसे देखा।

"फ्रांसिस बागले! तुम्हारा ध्यान पढ़ाई में नहीं है।"

"मैं सुन रही हूं टीचर!"

"नहीं! तुम बातें कर रही हो।" अध्यापिका ने साथ बैठी लड़की से पूछा, "तुम बताओ सोफिया! यह क्या कह रही थी।"

सोफिया कुछ सहमी सी उठकर खड़ी हो गई, "इसके घर में भारत का एक योगी आया हुआ है। यह उसका एक चमत्कार सुना रही थी।"

"क्या चमत्कार है?"

"टीचर!..."

श्रीमती बागले के विराट भवन के अंतिम छोर पर स्थित एक आगार में अनेक लोग एकत्रित थे। दीवारों के साथ कुर्सियां लगी हुई थीं; किंतु उन पर बहुत कम लोग बैठे हुए थे। अधिकांश लोग कमरे के मध्य में ही झुंडों के रूप में खड़े थे। उत्तेजना और हलचल का वातावरण था। श्रीमती बागले प्रसन्न नहीं थीं; किंतु उनके निकट ही स्वामी प्रसन्न मुद्रा में खड़े थे। एक प्रौढ़ व्यक्ति जो अपनी वेशभूषा से अत्यधिक संभ्रांत लग रहा है कुछ अधिक ही शेखी में खड़ा था।

"तो फिर आओ मेरे साथ!" उस व्यक्ति ने अपनी जेब में से चाबियों का गुच्छा निकाला, "आओ।"

वह आगे-आगे चलता गया। स्वामी उसके साथ चल पड़े। अन्य अनेक लोग भी उनके पीछे जुलूस के रूप में चले। किंतु अधिकांश लोग उदासीन से अपने स्थान पर ही खड़े परस्पर वार्तालाप में व्यस्त रहे। श्रीमती बागले असमंजस में कुछ क्षण खड़ी रहीं; और फिर वे भी उनके पीछे चल पड़ीं। फ्रांसिस भी उनके साथ थी, जैसे उनका पल्लू पकड़े पकड़े उनके साथ चल रही हो।

उस व्यक्ति ने भवन के दूसरे छोर पर बने फ्रांसिस के दादा श्री बागले के अध्ययन कक्ष का ताला खोला। कपाट हटाए और भीतर प्रवेश कर गया। उसके साथ आए लोग

भी भीतर चले आए।

"आपको अकेले यहां छोड़कर हम सब बाहर निकल जाएंगे।" उस व्यक्ति ने कहा, "हम बाहर से ताला लगा देंगे। और फिर हम उस पार्लर में आनन्द मनाएंगे।"

स्वामी ने कुछ नहीं कहा। बस मुस्कराते रहे। इधर उधर देखा और एक कुर्सी पर बैठ गए। उस व्यक्ति ने अपनी देख रेख में सब को कमरे से बाहर निकाला और स्वयं भी बाहर निकल आया। श्रीमती बागले अब भी स्वामी के पास ही खड़ी थीं और उनकी अंगुली थामे फ्रांसिस भी वहीं थी।

उस व्यक्ति ने श्रीमती बागले को बाहर आने का संकेत किया, "ओह कम ऑन मिसिज बागले।"

श्रीमती बागले ने एक निरीह-सी दृष्टि स्वामी पर डाली और कमरे से बाहर निकल आईं। फ्रांसिस ने उनका हाथ और भी कस कर पकड़ लिया था। वह घिसटती-सी उनके साथ बाहर आ गई।

उस व्यक्ति ने कपाट भिड़ा कर कुंडा लगा दिया और ऊपर से ताला जड़ दिया।

वह पलटा तो उसके चेहरे पर विजय की मुस्कान थी।

वे लोग पार्लर में लौट आए। वहां लोग अब भी खड़े परस्पर बातें कर रहे थे। सेवक-सेविकाएं उनको खाने और पीने की सामग्री उपलब्ध करा रहे थे। वह व्यक्ति दिग्विजयी नायक के समान सबके मध्य में आ खड़ा हुआ था। प्रकटतः वह श्रीमती बागले से बातें कर रहा था; किंतु वस्तुतः वह अपनी विजय का समारोह मना रहा था।

फ्रांसिस देख रही थी, उसकी दादी तनिक भी प्रसन्न नहीं थीं।

"मैं जानता हूं कि स्वामी पाखंडी नहीं हैं।" वह व्यक्ति श्रीमती बागले को सांत्वना दे रहा था, "किंतु 'योग' के जादू का भी तो भंडा फूटना चाहिए।"

"किंतु हमें स्वामी को इस प्रकार परीक्षा देने के लिए बाध्य नहीं करना चाहिए था। यह उनका अपमान है।" श्रीमती बागले ने दुखी मन से कहा।

तभी किसी ने उस व्यक्ति के कंधे को थपथपाया। वह व्यक्ति घूमा और सब का ध्यान उस ओर चला गया। श्रीमती बागले की आंखें भी उस ओर उठ गईं। वहां स्वामी खड़े मुसकरा रहे थे।

"मैं इसका विश्वास नहीं कर सकता।" उस व्यक्ति के कंठ से फूटा।

"मत करो। अच्छा है मत करो।" स्वामी ने कहा।

"पर आप तो वहां स्टडी में बंद थे।"

स्वामी मुस्कराए, "मैं अब भी बंद हूं।"

वह व्यक्ति झटके से पीछे हटा और तेजी से स्टडी की ओर चल पड़ा। श्रीमती बागले भी अनजाने ही फ्रांसिस की अंगुली थामे उसके साथ चल पड़ीं। वे नहीं चाहती थीं कि कमरे के कपाट खुलने पर वह वहां अकेला ही हो।

एक छोटी-सी भीड़ भी उनके पीछे चल पड़ी।

वह व्यक्ति आ तो गया; किंतु द्वार के सम्मुख आकर जैसे जड़ हो गया था। लोगों ने उसे घेर लिया था और वह अपने हाथों में चाबियां पकड़े कुछ सोच रहा था। अंततः उसने ताला खोला और किवाड़ों को धक्का दिया। सामने स्वामी उसी कुर्सी पर बैठे एक पुस्तक पढ़ रहे थे।

वे उठकर खड़े हो गए और मधुर ढंग से मुसकराए, "आप देख सकते हैं कि मैंने यहां कोई उत्पात नहीं किया है।"

"ओह माई गॉड।" अध्यापिका ने कहा, "किंतु यह कैसे संभव है।"

"मैंने स्वयं देखा है टीचर!" फ्रांसिस ने कहा।

"तुमने कोई सपना देखा होगा बच्ची।" अध्यापिका ने कहा, "या फिर किसी से सुनकर तुमने उसका विश्वास कर लिया होगा।"

अलासिंगा एक प्रकार की व्याकुलता में कमरे के एक कोने से दूसरे कोने तक टहल रहे थे। उनकी पत्नी दीवार से पीठ लगाए, भूमि पर बैठी थी। अपने पति को इस प्रकार टहलते हुए देख कर वे ऊब चुकी थी।

"आखिर आपकी परेशानी क्या है? क्या ऐसा नहीं हो सकता?"

"योगशास्त्र के अनुसार ऐसा संभव है कि एक व्यक्ति एक ही समय में एकाधिक स्थानों पर प्रकट हो। ठाकुर के विषय में भी ऐसी चर्चा है कि वे एक समय में एक से अधिक स्थानों पर प्रकट हुए थे।"

"तो फिर आप किस परेशानी में धरती को रौंदे जा रहे हैं?"

अलासिंगा ने उसकी ओर देखा, "विश्वास करना कठिन है कि स्वामी ने ऐसा शक्ति प्रदर्शन किया होगा; अथवा अपनी शक्ति की ऐसी परीक्षा लिए जाने की अनुमति दी होगी। वे अपने मित्रों को प्रभावित करने के लिए भी ऐसा नहीं कर सकते।"

"मेरा विचार है कि अब आप विश्वास कर ही लीजिए।" पत्नी ने अपना निष्कर्ष सुना दिया।

183

17 फरवरी 1894 की संध्या को यूनिटेरियन चर्च, डिट्रायट, के हॉल में स्वामी मंच पर खड़े थे।

उनसे पहला प्रश्न एक महिला ने किया, "क्या हिंदू अपने बच्चों को मगरमच्छों को खिला देते हैं?"

स्वामी मुस्कराए, "यदि ऐसा हुआ होता तो आज भारत की जनसंख्या तीस करोड़ कैसे हो जाती? मगरमच्छ तीस करोड़ हो गए होते और कुछ वृद्ध हिंदू बचे होते। बच्चे नहीं बचते और बच्चे नहीं बचते तो युवा कौन होता?"

"तो फिर क्या हमारे उस जहाजी ने झूठ कहा है, जिसने स्वयं यह सब देखा है?"

दूसरी महिला तड़प कर बोली।

स्वामी कुछ आवेश में आ गए, "क्या देखा है आपके जहाजी ने?" उन्होंने स्वयं को संयत किया, "मुझे नहीं मालूम कि आपके जहाजी ने क्या देखा है मैं तो इतना ही जानता हूं कि उसने गंगा के मुहाने पर दो चार शव बहते हुए देखे, जो संयोग से बच्चों के ही थे। वह कोई दुर्घटना भी हो सकती थी या फिर कोई संयोग। हिंदुओं में बाल मुत्यु होने पर अनेक स्थानों पर उनके शरीर को जलसमाधि दी जाती है। समुद्र में भाटा के कारण वे शव मुहाने पर एकत्रित हो गए होंगे। तो आपके जहाजी ने यह सिद्धांत बना लिया कि हिंदू माताएं अपने बच्चों को मगरमच्छों को खिला देती हैं।" वे रुके, "कोई आपके कब्रिस्तान को देखे और यह सिद्धांत प्रतिपादित करे कि ईसाई लोग अपने भाई बंधुओं का वध कर उनके शवों को छिपाने के लिए भूमि में दबा देते हैं।"

श्रोताओं में शोर मच गया। कहीं आक्रोश था है और कहीं हास्य। कहीं स्वानी का समर्थन था और कहीं विरोध।

एक महिला ने चिल्लाकर पूछा, "क्या आपकी मां ने आपको मगरमच्छ को खिलाने के लिए गंगा में प्रवाहित नहीं किया?"

स्वामी गंभीर हो गए। फिर जैसे प्रयत्नपूर्वक अपने क्षोभ को संयत कर मुस्कराए, "जब मैं छोटा-सा शिशु था तो मेरी मां भी मगरमच्छ को खिलाने के लिए मुझे गंगातट पर ले गई थीं। उन्होंने मुझे मगरमच्छ के सामने डाल भी दिया था। किंतु नैं इतना मोटा बच्चा था कि मगरमच्छ के मुख में नहीं समाया और वह मेरी माता को 'नो थैंक यू' कहकर आगे बढ़ गया।

हॉल में हंसी का ज्वार फूटा और एक प्रकार की अराजकता फैल गई। किंतु प्रश्न अभी भी शेष थे।

"हिंदू माता-पिता लड़कियों को ही मगरमच्छों को क्यों खिला देते हैं?" एक महिला उठकर खड़ी हो गई।

"शायद इसलिए कि लड़कियों का मांस कुछ अधिक कोमल होता है और जलचर उसे सुविधा से चबा सकते हैं।"

हॉल के दूसरे कोने से एक महिला इंजन की सीटी की सी तीखी आवाज में चिल्लाई, "यह बात भारतीय जलचरों के विषय में नहीं, अमरीकी पुरुषों के विषय में कही जानी चाहिए।"

हॉल में अधिकांश लोग हंस रहे थे कि एक तमतमाई हुई नहिला उठ खड़ी हुई, "ये लोग मसखरापन कर रहे हैं। पर मुझे सच-सच बताओ कि क्या हिंदू अपनी स्त्रियों को जला नहीं देते?"

स्वामी का स्वर दृढ़ हो गया, "भारत में लोग स्त्रियों को नहीं जलाते। मेरे पिता के देहांत के पश्चात् मेरी मां आज भी वर्तमान हैं। विधवाओं को जला दिया जाता तो वृंदावन में इतनी विधवाएं कहां से आती? हिंदुओं ने तो कभी चुड़ैलों के भी नहीं जलाया, जो तुम

सदा से करते आए हो।"

इस बार एक पुरुष उठ खड़ा हुआ, "किंतु अविश्वासी लोगों को ईसा की शरण में लाने में क्या दोष है। यह तो उनके हित के लिए ही है।"

स्वामी का स्वर फिर कुछ आक्रोशमय हो गया, "भोले भाले अबोध लोगों को उत्कोच देकर, ललचाकर, बहका कर, फुसला कर, झूठ बोलकर उनका धर्मांतरण करवाना और यह कहना कि भगवान ने संसार में कुछ ही लोगों को इसके लिए चुना है, मानवता के साथ अत्याचार है।" स्वामी की मुद्रा बदली और वे प्रवाह में आ गए, "एक बात मैं तुमसे कहूंगा। और मेरा आशय अप्रिय आलोचना नहीं है। तुम क्या करने के लिए मनुष्य को सिखाते, वस्त्र देते, शिक्षा और द्रव्य देते हो? इसके लिए न, कि वह मेरे देश में जाकर मेरे सभी पूर्वजों को, मेरे धर्म को और सभी बातों को कोसें और गालियां दें। वे एक मंदिर के निकट जाते हैं और कहते हैं , 'हे मूर्तिपूजको! तुम नरक में गिरोगे।' पर वे भारतके मुसलमानों के प्रति ऐसा करने का साहस नहीं करते, क्योंकि वहां तलवार निकल पड़ेगी। हिंदू बहुत नम्र होता है। वह मुस्करा कर चल देता है और कहता है, 'मूर्ख को बकने दो।' उनका यही दृष्टिकोण है। और तब यदि तुमको, जो अपने आदमियों को गालियां देना और आलोचना करना सिखाते हो, मैं नितांत सदुदेश्यपूर्वक तनिक-सी आलोचना से छूता भी हूं, तो तुम सिहर उठते हो और चिल्लाते हो, 'हमें न छूओ। हम अमरीकी हैं। हम संसार के सब लोगों की आलोचना करते हैं, उन्हें कोसते हैं, उन्हें गालियां देते हैं। उनसे कुछ भी कहते हैं, पर हमें न छूओ। हम छुईमुई हैं।' तुम जो चाहो सो करो, पर साथ ही मैं तुमको बताने जा रहा हूं कि हम जैसे हैं, वैसे रहते हुए संतुष्ट हैं। और एक बात में हम अधिक अच्छे भी हैं, हम अपने बालकों को ऐसी भयानक चीजें निगलना नहीं सिखाते, जहां अनको हर वस्तु तो प्रसन्नता देने वाली है, केवल मनुष्य ही नीच है। और जब कभी भी तुम्हारे पुरोहित हमारी आलोचना करें, तो वे यह याद रखें कि यदि संपूर्ण भारत उठ खड़ा हो और हिंद महासागर तल का संपूर्ण कीचड़ उठा ले और उसे पाश्चात्य देशों की ओर फेंके, तो भी वह उसका अति सूक्ष्मांश भी न होगा, जो तुम हमारे साथ कर रहे हो। और यह किसलिए? क्या हमने कभी एक भी धर्म प्रचारक संसार में किसी का धर्म परिवर्तित करने के लिए भेजा? हम तो तुम से कहते हैं, 'तुमको तुम्हारा धर्म कल्याणकारी हो, पर मुझे अपना धर्म रखने दो।' तुम अपने धर्म को आक्रामक धर्म कहते हो। तुम आक्रामक हो, पर तुमने कितनों को पाया है? संसार में हर छठवां व्यक्ति चीनी प्रजा है। अर्थात् बौद्ध है, और तब जापान, तिब्बत, रूस और साइबेरिया, बर्मा और श्याम हैं; और यह चाहे अच्छा न लगे, किंतु यह ईसाई नैतिकता, यह कैथोलिक संप्रदाय, सब उन्हीं से निःसृत हैं। अच्छा तो यह कैसे किया गया? तुम बताओ कि अपने दंभ और आत्मश्लाघा के बावजूद, बिना रक्तपात के, बिना तलवार के, ईसाइयत कहां सफल हुई है? संपूर्ण विश्व में मुझे एक स्थान दिखाओ, केवल एक, मैं कहता हूं, ईसाई धर्म के संपूर्ण इतिहास में मुझे एक दिखलाओ; केवल एक। मैं दो नहीं चाहता। मैं जानता हूं, तुम्हारे

पूर्वजों का किस प्रकार धर्मांतरण किया गया। उनके सामने दो मार्ग थे, धर्मपरिवर्तन अथवा मृत्यु! बस, यही। तुम अपने समस्त दंभ के बावजूद, इस्लाम धर्म से क्या अच्छा कर सकते हो। 'बस हमीं है।' और क्यों? 'क्योंकि हम दूसरे को मार सकते हैं।' अरबों ने यह कहा और उन्होंने दंभ किया और आज अरब कहां हैं? वे गृहहीन हैं। रोमन ऐसा कहा करते थे और आज वे कहां हैं? शांति लाने वाले ही धन्य हैं, पृथवी उन्हों की होगी! ऐसी वस्तुएं भूमिसात हो जाती हैं, वे रेत पर बनी होती हैं। वे बहुत समय तक नहीं टिक सकतीं।

"हर ऐसी वस्तु , जो स्वार्थ पर आधारित हो, प्रतियोगिता जिसका दाहिना हाथ हो, और भोग जिसका लक्ष्य हो, शीघ्र या कुछ विलंब से अवश्य नष्ट होगी। ऐसी वस्तुएं अवश्य नष्ट होंगी। भाइयो! मैं तुमको बताऊं, यदि तुम जीवित रहना चाहते हो, यदि वास्तव में तुम चाहते हो कि तुम्हारा राष्ट्र जीवित रहे, तो ईसा के पास लौट चलो। तुम ईसाई नहीं हो। नहीं। एक राष्ट्र के रूप में नहीं हो। ईसा के पास लौट चलो। उनके पास लौट चलो, जिनके पास कहीं सिर टेकने को स्थान न था। 'चिड़ियों के घोसले हैं, और पशुओं की मांद हैं, पर मनुष्य के इस पुत्र के पास अपना सिर टेकने को कोई स्थान नहीं है।' तुम्हारा धर्म ऐसा धर्म है, जो विलास के नाम पर प्रचारित होता है। भाग्य का यह कैसा व्यंग्य है? यदि तुम जीवित रहना चाहते हो, तो इसे उलट दो। मैंने जो कुछ इस देश में सुना है, वह सब छल पाखंड है। यदि इस राष्ट्र को जीवित रखना है, तो इसे ईसा के पास लौटने दो। तुम ईश्वर और कुबेर की सेवा एक साथ नहीं कर सकते। यह सारी समृद्धि ईसा से आई है? ईसा इस प्रकार की सभी नास्तिकता को अस्वीकार कर देते। कुबेर के साथ आने वाली, सारी समृद्धि है, केवल क्षणिक। वास्तविक स्थिरता, ईश्वर में है। यदि तुम इन दोनों को, इस आश्चर्यजनक समृद्धि को ईसा के सिद्धांत से मिला सको तो ठीक है, पर यदि तुम ऐसा न कर सको, तो अधिक अच्छा होगा कि तुम ईसा के पास लौट जाओ। और इस समृद्धि का त्याग कर दो। ईसा के बिना महलों में रहने से अच्छा है कि तुम चिथड़े पहन कर ईसा के साथ रहो।"

184

श्रीमती बागले अपनी सखियों के साथ बैठी थीं। उन्होंने चाय का प्याला उठाया और एक चुस्की लेकर रख दिया।

"स्वामी जी ने हमारे साथ डेढ़ महीना बिताया और उनके सान्निध्य का प्रत्येक क्षण हमारे लिए आनन्ददायक रहा। डिट्रायट के विभिन्न क्लबों में उन्हें आमंत्रित किया गया। संभ्रांत परिवारों में उनके सम्मान में भोज दिए गए, ताकि अधिक से अधिक संख्या में लोग उनसे मिल सकें, उनसे बातें कर सकें, उनके विचारों को सुन सकें। सब स्थानों पर उनका सम्मान हुआ, जिसके वे अधिकारी थे।"

"कुछ स्थानों पर कुछ लोगों ने उनको अपमानित करने का भी प्रयत्न किया, किंतु परिणामस्वरूप उनका सम्मान बढ़ा ही, कम नहीं हुआ।" एक महिला ने उनका समर्थन किया।

"एक पार्टी में एक महानुभाव ने उनके ज्ञान की परीक्षा लेने के लिए..."

"परीक्षा लेने के लिए नहीं, उनका उपहास करने के लिए..." किसी ने संशोधन किया।

"चलो उपहास के लिए ही सही, उनसे पूछा कि वे रसायनशास्त्र की किन पुस्तकों को पढ़ने का परमर्श देंगे।"

"उन्होंने तो अंग्रेज़ी में लिखी हुई रसायनशास्त्र की लंबी सूची ही गिना दी, जैसे वे रसायनशास्त्र के प्रोफेसर हों।" पहली महिला स्वयं को रोक नहीं पाई।

"और वह जो एक भद्र पुरुष ने खगोलशास्त्र की पुस्तकों के विषय में पूछा था, जैसे उनको अनपढ़ समझते हों।"

"उसे तो उन्होंने और भी लंबी सूची गिनाई जो उसकी सात पीढ़ियों में किसी ने न सुनी हो।"

"एक स्त्री ने क्राइस्ट का अर्थ पूछा था।" एक सखी बोली।

"उन्होंने उसका अर्थ ही नहीं बताया, और भी बहुत कुछ समझा दिया।" श्रीमती बागले ने कहा, "उन्होंने अमरीका की दो बातों की बहुत प्रशंसा की है।"

"क्या?" कई महिलाओं ने एक साथ पूछा।

"अमरीका में स्त्रियों की समाजिक प्रतिष्ठा और उनकी बुद्धिमत्ता।" श्रीमती बागले ने कहा।

तीसरी सखी को यह पर्याप्त नहीं लगा। बोली, "उन्होंने यह भी कहा है कि हमने निर्धनता की समस्या का समाधान कर लिया है। निर्धनों के साथ हमारा व्यवहार बहुत अच्छा है। हमने उनके लिए औषधालयों और धर्म संस्थानों की स्थापना की है। श्रम बचाने के लिए मशीनें बनाई हैं।"

"किंतु उनके मन में हमारी भौतिक उन्नति और संपत्ति के लिए, कोई सम्मान नहीं है।" श्रीमती बागले ने कहा, "वे मानते हैं कि उससे मानवता का पतन होता है।"

बैपटिस्ट चर्च में पादरी उपदेश दे रहे थे :

"विवेकानन्द और उसके धर्म को मानने वाले एकदम पूजा नहीं करते। वे जानते ही नहीं कि प्रार्थना क्या होती है। किससे प्रार्थना करेंगे वे? उनका ब्रह्म तो निराकार है। शरीर नहीं है उस बेचारे का। कोई अंग नहीं है। कान नहीं हैं। वह सुन ही नहीं सकता। कान हों तो सुने।"

सैंट्रल क्रिश्चियन चर्च में पादरी न्यूमैन अपने भक्तों को समझा रहे थे : "आज मुझे यहां इस बात की चर्चा करनी पड़ रही है, क्योंकि यहां ऐसे लोग वर्तमान हैं, जो उस हिंदू संन्यासी की कही हुई प्रत्येक बात को सत्य मानने को तैयार बैठे हैं। अपने उन खोखले सिद्धांतों में आस्था रखने के लिए मैं उस हिंदू संन्यासी की प्रशंसा कर सकता हूं; किंतु मैं यह विश्वास ही नहीं करता कि विवेकानन्द भारत अथवा हिंदुओं का प्रतिनिधि है। जिस प्रकार इस नगर की स्त्रियां उसके पीछे भागीं और उसकी प्रशंसा कर उसे आकाश

में ले जा बैठाया, उसे देखकर मैं चकित हूं। उसके अपने देश की स्त्रियां होती तो वे अपने आंचल से अपना मुंह ढांप कर घर के किसी अंधेरे कोने में छिपी बैठी रहतीं। किसी भी राष्ट्र की नैतिकता समाज में उसकी स्त्रियों की स्थिति से जांची परखी जाती है। मैं आपको उस देश की स्त्रियों के विषय में बताना चाहता हूं। स्त्रियों की ऐसी हीन दशा होने पर भी विवेकानन्द का कहना है हमारे धर्मप्रचारक भारत में जाएं और वहां से नैतिकता सीख कर आएं।"

पादरी एच. एम. मोरे अपना प्रवचन करते हुए कह रहे थे :

"विवेकानन्द ने जो कहा है, वह सत्य नहीं है। वह अर्द्धसत्य है। वह मिथ्या है; किंतु सत्य के समान भासता है। हम स्वीकार करते हैं कि डिट्रायट में गिरजाघरों के आस पास भी मदिरापान, व्यभिचार और क्रूरता विद्यमान है। किंतु वह सब कुछ कलकत्ता में भी है। यहां वह सब कुछ हमारे धर्म के विरोध में, आदिम बर्बरता के अवशेष के रूप में वर्तमान है, जो अब तक ईसाइयों द्वारा समाप्त नहीं किया जा सका है। किंतु कलकत्ता में वह सब उनके देवमंदिरों में वर्तमान है और उनके देवी-देवताओं तथा धर्म सिद्धांतों द्वारा मान्य है। भारत में मदिरापान और व्यभिचार के लिए अपने देवी-देवताओं का अनुकरण भर ही करना पड़ता है।

"यहां विवेकानन्द से कुछ प्रश्न पूछे गए थे। उसने छद्म स्पष्टता तथा परिहास में उनके उत्तर दिए। क्या हिंदू माताएं अपने शिशुओं को मगरमच्छों को खिला देती हैं? क्या हिंदू स्वयं को जगन्नाथ के रथ के नीचे कुचलवा कर आत्महत्या करते हैं? क्या वे अपनी विधवाओं को उनके पतिओं के शवों के साथ जला देते हैं? वह सत्य बताए। और उनसे प्रभावित होकर रब्बी ने कह दिया कि हमारे यहां से धर्म प्रचारकों को भारत भेजना मात्र हमारा उन्माद है।"

डॉ. बॉग्स अपने चर्च में उपदेश दे रहे थे :

"एक ब्राह्मण अपने देश में शूद्रों से घृणापूर्ण व्यवहार करता है। उनको अछूत मानता है। और फिर यहां, अमरीका में आकर मानवों के भाईचारे की बात करता है। हिंदू धर्म का कोई त्राता नहीं है। केवल ईसा ही भारत को बचा सकते हैं। भारत को ईसाई धर्म प्रचारकों की सदा आवश्यकता रही है। आज भी है और सबसे अधिक है। हमें ईसा के धर्म ध्वज को लहराते जाना है। हमें भारत में अधिक से अधिक धर्मप्रचारक भेजने चाहिएं; और अपने पुष्कल विश्वास को बनाए रखना चाहिए।"

'वेस्ट फोर्ट स्ट्रीट' में अलान शेल्डेन के मकान की पहली मंजिल पर एक बैनर फड़फड़ा रहा था :

"फोर्ट स्ट्रीट प्रेसबिटेरियन चर्च की मिशनरी सोसायटी की बैठक"

भवन के भीतर एक बड़े कक्ष में बैठक हो रही थी। बैठे हुए प्रत्येक व्यक्ति के सामने परंपरानुसार उसका नाम लिखा हुआ था। जो वक्ता इस समय बोल रहे थे, उनके सामने

पट्टिका थी–(पादरी) डॉ. थैकवैल।

"हिंदुओं का विश्वास है कि ईश्वर क्रोधी, क्रूर तथा रक्त का प्यासा है। वह उनका संहार करने को उद्यत है। इसलिए उसे शांत करना होगा।"

एक खुले परिसर में किसी बड़े सम्मेलन का सा दृश्य था। द्वार पर बैनर लगा हुआ था :

दि स्टूडेंट वॉलेंटियर मिशनरी मूवमेंट का दूसरा अंतर्राष्ट्रीय सम्मेलन
(28 फरवरी से 4 मार्च)

चारों ओर चहल पहल थी। प्रतिनिधियों के बैठे होने और मंच पर से भाषण होते रहने का कार्यक्रम चलता जा रहा था। उस समय कुछ प्रस्ताव पारित हो रहे थे। श्रोताओं में से कुछ लोग खड़े होकर आपत्ति भी कर रहे थे। मंच का प्रयत्न सदा उन्हें आश्वस्त किए जाने का था।

'मिशिगन क्रिश्चियन एडवोकेट' का प्रतिनिधि बड़ी देर से बैठा सारी कार्यवाही देख और सुन रहा था। वह बार-बार अपनी घड़ी भी देख रहा था। उसे समय से समाचार भेजना था, ताकि वह आजके ही समाचारपत्र में छप सके।

उसने अपनी रपट बनाई : "इससे पूर्व संख्या की दृष्टि से इतना बड़ा सम्मेलन डिट्रायट में कभी नहीं हुआ। इसका संसार में दूरगामी परिणाम होगा। धर्मप्रचारकों के सम्मेलन की दृष्टि से यह न केवल डिट्रायट में होने वाला सबसे विशाल और महत्वपूर्ण सम्मेलन है, वरन् इस महादेश में होने वाला सबसे विराट सम्मेलन है। संभव है, संसार भर में होने वाले धर्म प्रचारकों के सम्मेलनों में से यह सबसे अधिक महत्वपूर्ण हो। इस में 1187 प्रतिनिधियों ने भाग लिया। वे 294 शिक्षण संस्थाओं से आए थे। वे 38 वर्गों में बांटे गए थे। विभिन्न मिशनरी सोसाइटियों के प्रतिनिधियों के रूप में 50 सचिवों, 50 रिटर्ण्ड धर्मप्रचारकों, यंगमैन क्रिश्चियन एसोसिएशसन के प्रतिनिधि और अन्य संस्थाओं के प्रतिनिधियों को मिला कर इसमें 1357 लोगों ने भाग लिया। यह सम्मेलन डिट्रायट में स्वामी विवेकानन्द के व्याख्यानों का ईसाई धर्मप्रचारकों द्वारा दिया गया उत्तर है।

"सम्मेलन के अंत में सम्मेलन के अध्यक्ष पादरी मॉट के द्वारा भारत के धर्मप्रचारकों की ओर से भी एक संदेश पढ़ा गया। यह संदेश स्वामी विवेकानन्द के नगर कलकत्ता से भेजा गया था। उसमें कहा गया था कि भारत को इस समय एक सहस्र उत्साही और उद्यमी धर्मप्रचारक स्वयंसेवकों की आवश्यकता है।"

'ट्रिब्यून' कार्यालय में संपादक अपने कक्ष में अपने सहयोगियों से चर्चा कर रहे थे।

"यदि एक ईसाई यह जानता है कि वह किस में और क्यों विश्वास करता है, तो उसे स्वामी विवेकानन्द से कोई भय नहीं होना चाहिए। यदि वह अपनी आस्था एक प्लेट में लिए घूमता है, जो तनिक से झटके से भूमि पर गिर सकती है, तो अब समय आ

गया है कि वह गिर ही जाए।" संपादक ने तमककर कहा, "एक पादरी, जो अपने श्रोताओं की बुद्धि का सम्मान करता है, उसके लिए यह उचित नहीं है कि वह उनको बताए कि संसार में केवल एक ही धर्म है। समय आ गया है कि विभिन्न धर्मों का तुलनात्मक अध्ययन किया जाए। पर वह पादरी डॉ. गोर्डन कहता है कि अमरीका से धर्मप्रचारक न केवल संसार भर में जाएं, वरन् ईश्वर के दूत बनकर जाएं। एक भारतीय अविश्वासी पश्चिम के ईसाई देशों में अपने धर्म का प्रचार करे, सहस्रों लोग उसे सिर पर उठा लें, उसका अनुसरण करें–पादरियों की दृष्टि में यह असह्य और अक्षम्य अपराध है।"

"इंगलैंड ने भारत में सुधार किए–एकदम बकवास। इंग्लैंड ने सती प्रथा बंद की, तो केवल इसलिए कि वह उसमें से धन अर्जित नहीं कर सकता था।" जे. स्टील ने कहा, "इंगलैंड जहाजों के जहाज भर कर मदिरा और उसे बेचने तथा वितरित करने वाले अपने प्रतिनिधि भेजता है। यदि विधवाएं बनाकर अधिक धन कमा सकता, तो इंग्लैंड वही करता। भारत उसकी मदिरा नहीं चाहता। चीन उसकी अफीम नहीं चाहता। किंतु इंग्लैंड ने अपनी तोपों के बल पर चीन में अफीम बेची और भारत में मदिरा। मैं समझता हूं कि धर्मप्रचारकों की सबसे अधिक आवश्यकता इंग्लैंड को ही है। और विदेशों में धर्म प्रचारक भेजने वालों को उसकी उपेक्षा नहीं करनी चाहिए।" उन्होंने कुछ रुक कर दृढ़ स्वर में कहा, "यदि ईश्वर की इस हरी भरी पृथ्वी पर धर्म प्रचारकों की सबसे अधिक आवश्यकता कहीं है, तो वह बॉस्टन में डॉ. गॉर्डन के अपने चर्च में ही है।"

"ठीक कहते हैं आप।" डेलडॉक ने कहा, "विदेश सैर करने जाने के अपने मोह में वे भूल जाते हैं कि उनके अपने देश की ही स्त्रियां और पुरुष इतने दुराचारी हैं कि सबसे अधिक धर्मप्रचार की आवश्यकता अपने घर में ही है। हमें भारत और चीन से कुछ धर्म प्रचारक चाहिएं, कुछ अच्छे धर्म प्रचारक। क्योंकि बुरे धर्मत्रचारक तो हमारे अपने पास पहले से ही बहुत हैं। वे मूर्तिपूजक हैं तो हम क्या हैं? हम भी प्रतिमाओं की पूजा करते हैं। वे प्रतिमाएं हैं–सोना और चांदी। अन्य मूर्तिपूजक सुरा और सुंदरी के मंदिर की पूजा करते हैं। हत्याएं, रक्तपात, दंगे, अराजकता, पत्नी, बच्चों और पशुओं के प्रति क्रूरता– जिनके साथ वे दासों का सा व्यवहार करते हैं। हमारी राष्ट्रीयता मनुष्य के रक्त में घुटनों तक डूबी है। रक्त हमारे धर्म का मूलाधार है। उन्नीसवीं शताब्दी में अमरीका में बाल हत्याएं इतनी सामान्य थीं कि कोई उसकी ओर ध्यान भी नहीं देता था। बाल दासता और स्त्री दासता, स्वेट हाउसेस, आत्महत्याएं। समाज, राज्य और जातियां। उत्कोच, राजनीति, प्रेस में भ्रष्टाचार। हम अपराधियों को पीड़ित करते हैं, जलाते हैं और फंदे में टांग देते हैं। हमारे यहां दंगे होते हैं। हम कारागार बनाते हैं। पागलखानों का निर्माण करते हैं और उनको लबालब भरे रखते हैं। हमारे अधिकतम संभ्रांत परिवारों में अफीमची लोग हैं। राजपथों पर डकैतियां, बहुपत्नीत्व, और वेश्यागामिता भयंकर स्थिति तक पहुंच गई है। सत्ताधारियों के द्वारा व्यभिचार के अड्डे किराए पर दिए जाते हैं। हमारे पादरी भी कोई

संत नहीं हैं। वे प्रायः मर्यादा से पतित होते ही रहते हैं। किंतु जब वे यहां पतित होते हैं, उनको विदेश में धर्मप्रचार के लिए भेज दिया जाता है। हमारी महिलाएं दासता की कड़ियों में इस प्रकार बंधी हैं कि उन्हें संगठित होकर अपने लिए अधिकार मांगने पड़ते हैं; और अपनी रक्षा के लिए कानून बनवाने की मांग करनी पड़ती है। हमारे यहां भुखमरी है। भिक्षावृत्ति है। अपराध हैं। हड़तालें हैं। श्रमिकों के दंगे हैं। हम कौन होते हैं हिंदुओं को नैतिकता और धर्म सिखाने वाले?"

उषाकाल में डिट्रायट रेलवे स्टेशन पर स्वामी एक गाड़ी से उतरे। दोनों छोटी बागले बहनें प्रतीक्षा कर रही थीं। दोनों आतुरता से उनकी ओर बढ़ीं।

"प्रणाम।"

"कैसी हो मेरी बहनो?"

"आइए। बाहर गाड़ी में बातें करते हैं। यहां तो ढंड बहुत है।"

वे तीनों बाहर निकल कर शीघ्रातिशीघ्र गाड़ी में बैठ गए।

"आपके भाषण के लिए टिकटें तो लगभग सारी बिक चुकी हैं।" बड़ी बहन ने कहा, "आपके भाषण के पहले ही वातावरण बहुत गरमा गया है। चारों ओर उत्तेजना है।"

स्वामी मुस्करा कर चुप रह गए।

"आपके यहां से जाने के पश्चात् इन कठमुल्ले पादरियों की बन आई है। जिसको देखा, वही अपने सर्मन में ईश्वर की चर्चा के स्थान पर आपकी निन्दा कर रहा है।"

"यही तो धार्मिक उपदेश है कि जो सामने न हो और अपना बचाव न कर सके, उसकी भरपूर निन्दा करो।" छोटी बहन ने कहा।

स्वामी मुस्कराए, "तो तुमने मुझे उनसे भिड़ने के लिए बुलाया है।"

"भिड़ने के लिए नहीं।" छोटी ने शीघ्रता से कहा, "किंतु आपका मित्र वर्ग चाहता है कि आप इस निन्दा का निराकरण करें।"

स्वामी के चेहरे पर एक प्रकार की विवशता झलकी, "मेरी बहना! तुम्हारा स्नेह मैं समझता हूं; किंतु मैं संन्यासी हूं। संन्यासी को स्पष्टीकरण देने, अपना बचाव करने की अनुमति नहीं है। मैं उनसे इस प्रकार का वाग्युद्ध करना नहीं चाहता।"

"आत्मरक्षा न करें; किंतु सत्य की रक्षा तो करें।" बड़ी बहन ने कहा, "यदि आप अपने आदर्शों और सिद्धांतों की रक्षा नहीं करेंगे, तो आपके द्वारा प्रचारित वे सारे सिद्धांत, झूठे मान लिए जाएंगे।"

स्वामी गंभीर हो गए, "यही तो चिंता का विषय है और यही मेरा द्वंद्व है।"

घर आ गया। गाड़ी रुक गई।

श्रीमती बागले उनका स्वागत करने के लिए द्वार पर खड़ी थीं। वे अत्यंत प्रसन्न मुद्रा में थीं, जैसे उनकी कोई चिरप्रतीक्षित कामना पूरी हुई हो।

स्वामी का बैग उनके कमरे में पहुंच गया और वे एक कुर्सी पर बैठ गए तो श्रीमती

बागले ने एक पत्र स्वामी की ओर बढ़ाया।

"यह आपके नाम मिस्टर पाल्मर का पत्र है। वे तो चाहते थे कि यह स्टेशन पर ही आपको दे दिया जाए; किंतु मैंने ऐसा उचित नहीं समझा।"

"ऐसा है तो इसमें कोई गंभीर संदेश होना चाहिए।"

स्वामी ने पत्र खोला और उसे एक ही दृष्टि में पढ़ गए। पत्र को तह करते हुए उन्होंने श्रीमती बागले की ओर देखा, "पाल्मर महोदय इस बात से प्रसन्न नहीं हैं कि मैं फिर आपके ही यहां ठहर रहा हूं। वे आज दोपहर बाद मुझे लेने आएंगे।"

"दोपहर बाद लेने आएंगे न। अभी आए तो नहीं बैठे।" श्रीमती बागले हंसीं, "आप अपना सामान खोलिए और स्नान ध्यान कीजिए। मैं कुछ खाने का प्रबंध करती हूं।"

स्वामी अचकचा गए, "अब सामान खोलूं और दोपहर बाद फिर उसे इस बैग में भरूं। इतना झमेला कौन करे।"

"मुझे आश्चर्य है स्वामी!" श्रीमती बागले बोलीं, "कि सृष्टि की जटिलतम गुत्थियों को सुलझाने वाले व्यक्ति के लिए, एक छोटे से बैग में से सामान निकालना और फिर उसे व्यवस्थित रूप से भरना कितना बड़ा काम है।"

"यह सामान खोलना और भरना बहुत झमेला है श्रीमती बागले! मैं इससे बचा ही रहूं तो अच्छा है।"

"तो बंधा पड़ा रहे न।" बड़ी बेटी ने कहा, "इसमें हानि ही क्या है।"

"तो स्वामी शेव कैसे करेंगे?" श्रीमती बागले ने पूछा।

"नहीं करूंगा। दोपहर बाद शेव करने से ही क्या बिगड़ जाएगा।"

दोपहर बाद स्वामी पाल्मर के घर आ गए। वे दोनों बैठे काफी पी रहे थे।

"मैंने आपका अनुबंध देख लिया है। अन्य अनेक विधिविदों को भी दिखा लिया है। यह अनुबंध नहीं है, धोखाधड़ी है।" पाल्मर बोले, "आप इससे किसी भी क्षण मुक्त हो सकते हैं।"

"किंतु मैं संन्यासी हूं। अपने बचाव में मुकदमा नहीं लड़ सकता। अपने बचाव के लिए ईश्वर पर निर्भर हूं।"

"आप ईश्वर पर ही निर्भर रहिए।" पाल्मर बोले, "ईश्वर हमें आदेश कर रहा है कि चूंकि आप मुकदमा नहीं लड़ सकते, इसलिए हम लड़ें। मैंने लैक्चर ब्यूरो वालों को सूचना भिजवा दी है। आशा है कि न्यायालय में गए बिना ही कोई समझौता हो जाएगा।"

"वे मुझे इतनी सुविधा से मुक्त कर देंगे?" स्वामी के स्वर में कुछ संशय था।

"नहीं करेंगे तो स्वयं जेल जाएंगे। मैंने आपके व्याख्यानों की व्यवस्था के लिए एक और आदमी ढूंढ लिया है। उसका नाम होल्डन है। वह शायद स्टेलटन के समान चतुर न हो; किंतु वह बेइमान नहीं है।"

पेरुमल अलासिंगा पत्र पढ़ रहे थे।

"स्वामी जी का पत्र है?" पत्नी ने पूछा।

"तुमने कैसे जाना?"

"इतनी श्रद्धा से तुम किसी और का पत्र पढ़ते हो क्या? कैसे हैं स्वामी जी?"

"डिट्रायट में पाल्मर के घर हैं। पाल्मर के प्रयत्न से स्टेलटन के लैक्चर ब्यूरो से मुक्त हो गए हैं। किंतु उनका नया प्रबंधक होल्डन भी बहुत दक्ष नहीं है। स्वामी प्रसन्न नही हैं। वे और व्याख्यान देना भी नहीं चाहते। ऊब गए हैं।"

"क्या, यह सब लिखा है उन्होंने?"

"और क्या अपने मन से बनाकर कह रहा हूं। उन्होंने लिखा है : आई डू नॉट केयर फॉर लैक्चरिंग ऐनी मोर। इट इज़ टू डिस्गस्टिंग।"

"क्यों?"

"अरे ऐसे में व्याख्यान देना भी एक व्यवसाय बन जाता है। व्यवसाय का ध्येय है अधिक-से-अधिक धन कमाना। प्रबंधक चाहते हैं कि उन विषयों पर बोला जाए और इस प्रकार बोला जाए, जो लोगों को प्रिय हो। अधिक टिकटें बिकें। अधिक धन आए। स्वामी जी क्या वहां लोगों का मनोरंजन करने के लिए भाषण देंगे? वे भांड हैं क्या?"

"तो फिर धन कैसे एकत्रित होगा?" पत्नी ने पूछा।

"उन्होंने लिखा है कि इस समय उनके पास इतना पैसा है कि वे मार्ग में दर्शनीय स्थलों को देखते हुए भारत लौट सकें।"

'डिट्रायट क्रिटिक' के संपादक और एक संवाददाता कार्यालय में प्रवेश कर रहे थे।

"लोग कहते हैं कि विवेकानन्द अपने व्याख्यानों से बहुत सारा धन कमा रहा है। ऐसे तो हमारे देश का बहुत सारा धन भारत चला जाएगा।" संवाददाता ने कहा।

"मैंने भी बहुत सुना है कि अपने इस रोमांचक अभियान में हीदन चिंतन के महान् सत्यों और आध्यात्मिक आशीर्वादों का प्रचार कर, डिट्रायट में विवेकानन्द बहुत सारा धन कमा रहा है।" संपादक ने कहा।

"वही तो।"

"पर मैं जानता हूं कि वह कितना कमा रहा है।" संपादक हंसा, "अपने इस सारे व्यायाम से वह जितना कमा पा रहा है, उतना तो हम विदेशों में काम करने वाले अपने ईसाई धर्मप्रचारकों को पेट पालने के लिए बिना तनिक भी विचार किए दे देते हैं।"

185

पाल्मर का घर एक विशाल प्रासाद जैसा था। उस समय वहां कहीं कोई नहीं था। स्वामी अकेले ही आराम कुर्सी पर बैठे हुए थे। उनके अधरों में चुरुट दबा था और हाथों में समाचारपत्र था। सहसा उन्होंने मुस्कराकर समाचार पत्र रख दिया और उठ खड़े हुए।

ये लोग मुझे एक वातचक्र कहते हैं। कहते हैं कि मैं बहुत काम कर रहा हूं। कर्म

का ज्वर चढ़ा हुआ है मुझे। पर ये सब व्यर्थ की बातें है। मैं कुछ नहीं हूं। ईश्वर ही एक मात्र कर्ता है। हम उसके हाथ की कठपुतलियां हैं। केवल कठपुतलियां। भाषणों से जितनी लोकप्रियता और सुविधा मिलती जाती है, मन उससे उतना ही ऊबता जाता है। मेरा अंतिम व्याख्यान अब तक के व्याख्यानों में सर्वश्रेष्ठ था। मिस्टर पाल्मर कितने उल्लसित थे और श्रोता सम्मोहित से बैठे रहे। व्याख्यान पूरा करने के पश्चात् ही मेरा ध्यान इस ओर गया कि मैं इतनी देर तक बोला हूं। कोई भी वक्ता श्रोताओं की बेचैनी और अपकर्षण को भांप लेता है। भगवान मुझे इस प्रकार की बकवास से बचाए। वैसे अब तक सब कुछ ठीक है; किंतु मैं नहीं जानता कि जब से मैं यहां हूं, मेरा मन इतना उदास क्यों है। शायद मैं भाषणबाजी से तंग आ चुका हूं। सब बकवास है। यह सैकड़ों प्रकार के मानव-पशुओं से मिलना, मुझे व्याकुल कर गया है। मुझे लगता है कि मैं लिख नहीं सकता। बोल नहीं सकता। किंतु मैं बहुत गहराई से सोच सकता हूं। और जब मैं प्रवाह में आ जाऊं तो आग उगल सकता हूं। किंतु यह कुछ थोड़े से चुने हुए लोगों के सामने ही होना चाहिए। यदि वे चाहें तो मेरे विचारों को प्रचारित प्रसारित कर सकते हैं–मैं नहीं। यह श्रम का विभाजन है। एक ही व्यक्ति चिंतन और प्रसारण में सफल नहीं होता। चिंतन और मनन के लिए व्यक्ति को स्वतंत्र होना पड़ता है–विशेषकर आध्यात्मिक चिंतन के लिए। चिंतन की स्वतंत्रता पर यह बल इसलिए है ताकि यह सिद्ध हो सके कि मनुष्य कोई यंत्र नहीं है। यही सारे धार्मिक विचारों का मकरंद है। दैनन्दिन के मशीनी जीवन में इस प्रकार का चिंतन संभव नहीं है। प्रत्येक वस्तु को मशीन के धरातल पर ले आने वाली प्रवृत्ति ने ही, पाश्चात्य देशों को यह अद्भुत समृद्धि दी है और यही है, जिसने सारे धर्मों को उनके द्वार से दूर हटा दिया है। जो कुछ बच भी है, उसे पश्चिमी देशों ने यांत्रिक व्यायाम में बदल दिया है।

मुझे बहुत वितृष्णा होती है कि किन्हीं श्रोताओं की रुचि और सनक के अनुकूल मुझे उसी धरातल पर उतर कर बोलना पड़े। वे मुझे योद्धा संन्यासी कहते हैं; किंतु मेरा यह शक्तिशाली पौरुष किसी असावधान द्रष्टा को ही 'योद्धा' लगता होगा। मेरा संघर्ष शायद ही कभी शालीनता से विहीन रहा हो। जो मेरे संघर्षशील रूप के पार नहीं देख सके, वे नहीं जानते कि मैं अपनी सारी गतिविधियों में दैवी आदेश मांगता और पाता रहा हूं।

सहसा स्वामी का ध्यान मेरी हेल द्वारा शिकागो से भिजवाए गए पत्र की ओर चला गया। उन्हें मेरी को पत्र भी लिखना था :

डिट्रायट,
18 मार्च 1894

प्रिय बहन मेरी,

कलकत्ता का पत्र भेजने के लिए हार्दिक धन्यवाद।

यह कलकत्ता के मेरे गुरु भाइयों द्वारा भेजा गया था। और मेरे गुरुदेव के जन्म महोत्सव को मनाने के लिए व्यक्तिगत निमंत्रण के अवसर पर लिखा गया था। गुरुदेव

के विषय में तुमने बहुत कुछ सुना है। अतः इस पत्र को फिर तुम्हारे पास लौटा रहा हूं। पत्र में लिखा है कि मजूमदार कलकत्ता लौट आया है और यह प्रचार कर रहा है कि विवेकानन्द अमरीका में विश्व के समस्त पाप कर रहा है। भगवान उसका भला करें। (तुम चिंता मत करना। भारत में लोग मेरे चरित्र को बहुत अच्छी तरह जानते हैं।) मेरे गुरुभाई, मेरे जीवन भर के संगी मुझे इतना पहचानते हैं कि वे इस बकवास का कभी विश्वास नहीं करेंगे। वे मजूमदार की मूर्खतापूर्ण हरकतों पर हंसेंगे। यह तुम्हारे अमरीका का 'अद्भुत आध्यात्मिक पुरुष' है। यह उनका दोष नहीं है। जब तक कोई वास्तव में आध्यात्मिक न हो जाए, अर्थात् जबतक किसी को आत्मस्वरूप में वास्तविक अंतर्दृष्टि प्राप्त नहीं हो जाती और आत्मा के जगत् की एक झांकी नहीं मिल जाती, तब तक वह बीज को भूसे से, असली गहराई को थोथी बातों से पृथक् नहीं कर सकता। मुझे बेचारे मजूमदार के लिए खेद है। उसका इतना पतन हुआ। वह कहता है कि मैं अमरीकी महिलाओं के साथ असंयमी पाशविक जीवन जी रहा हूं!! उस वयस्क बालक का भगवान भला करें। अमरीका की महिलाएं मुझे उससे अधिक अच्छी तरह जानती हैं।

तुम्हारा भाई
विवेकानन्द

'ईवनिंग न्यूज' के एक उपसंपादक ने संपादक के केबिन में प्रवेश करते ही पूछा, "सर! आपने विवेकानन्द का भाषण सुना?"

"हां! सुना ही नहीं उस से प्रभावित भी हुआ।" संपादक ने कहा, "सचमुच हमें कोई अधिकार नहीं है कि हम एशियाई लोगों के घरों में जाकर उनसे यह कहें कि वे सहस्रों वर्षों से धर्म के रूप में एक मलिन छाया का पीछा करते रहे हैं; और यदि वे हमारा नया धर्म स्वीकार नहीं करेंगे तो इस संसार में उनका यह जीवन निश्चित् रूप से यातनामय होगा। इस जीवन के पश्चात् उनकी आत्मा नरक की यंत्रणा सहेगी।"

"पर हमारे पादरी तो कहते हैं कि हमें यही करना चाहिए।" उपसंपादक ने कहा।

"करें; किंतु तब दूसरे धर्मों को अपना प्रचार करने और हमारे धर्म को भला बुरा कहने का अधिकार भी दें।" संपादक ने कहा, "उसके लिए वे एकदम तैयार नहीं हैं। प्रचार तो दूर, एशिया से यहां आकर एक व्यक्ति अपने धर्म के विषय में बता ही रहा है तो पादरी लोग अपने क्षोभ से मरे जा रहे हैं। ये रूढ़िवादी ईसाई पादरी अपने धर्म को संसार का एक मात्र सच्चा धर्म मानते हैं और शेष सब को शैतान का कृतित्व समझते हैं। यह न न्याय है, न समान अधिकार।"

"पर विवेकानन्द के एक भाषण ने सबको चुप करा दिया। उन्होंने उसीमें सब को समेट लिया। अब कहीं कोई विरोध सुनाई नहीं पड़ता।"

"पर मेरा अनुभव कहता है कि ये पादरी चुप बैठने वाले नहीं हैं।" संपादक ने चिंतित स्वर में कहा।

संध्या बीत चुकी थी। रात्रि का अंधकार अपना पूरा अधिकार जता चुका था। गली में हल्का-सा प्रकाश तो था; किंतु सर्वथा एकांत था। राबर्ट ए. ह्यूम अपने पादरी के चोगे में सिमटे से चले जा रहे थे। वे पर्याप्त सशंक लग रहे थे। अपनी झुकी आंखों से चतुराईपूर्वक इधर-उधर देख रहे थे। वे नहीं चाहते थे कि कोई भी उन्हें इस समय यहां देख पाए।

वे एक मकान के द्वार पर रुके। इधर-उधर देख, एकांत पा, संतुष्ट होकर कपाट खटखटाए। द्वार नहीं खुला तो दूसरी बार खटखटाया।

इस बार द्वार खुल गया। कपाट की ओट अब भी थी। भीतर अंधेरा था। प्रकाश करने का कोई प्रयत्न नहीं किया गया था। ह्यूम जल्दी से भीतर प्रवेश कर गए।

"सब लोग आ गए?" ह्यूम ने पूछा।

"हां! आपकी ही प्रतीक्षा थी।" उस व्यक्ति ने बताया।

व्यक्ति मुड़ गया। ह्यूम उसके पीछे-पीछे सीढ़ियां चढ़ने लगे।

कुछ लोग ऊपर के एक कमरे में बैठे थे। कमरे में इतना ही उजाला था कि कभी कभी किसी चेहरे का कोई पक्ष दिखाई पड़ जाए। चेहरे स्पष्ट रूप से दिखाई नहीं पड़ रहे थे।

"मेरा विचार है कि हम जानते हैं कि हम सब यहां क्यों एकत्रित हुए हैं।" ह्यूमने बात आरंभ की।

"मैं तो इतना ही जानता हूं कि हम किसी बहुत ही महत्वपूर्ण विषय पर गोपनीय चर्चा करने के लिए एकत्रित हुए हैं।" एक व्यक्ति ने कहा।

"हां! विषय गोपनीय नहीं है; किंतु चर्चा अवश्य गोपनीय है।"

"आप जानते हैं कि शिकागो में धर्मसंसद का आयोजन हमने इसलिए नहीं किया था कि पिछड़े हुए कंगाल देशों से अविश्वासी हीदन यहां आकर हमारा और हमारे धर्म का अपमान करें और अपने पिछड़े और अवैज्ञानिक धर्म का प्रचार करें।" एक अन्य व्यक्ति ने कहा, "किंतु वही हुआ है। उस हिंदू संन्यासी विवेकानन्द ने अमरीका में अपने सहस्रों प्रशंसक उत्पन्न कर लिए हैं।"

"मैं नहीं जानता था कि हमारी स्त्रियां इतनी मूर्ख हैं कि वे उसके पीछे इस प्रकार लग जाएंगी।" तीसरे व्यक्ति ने कहा।

ह्यूम ने अपने हाथ के संकेत से उन्हें चुप कराने का प्रयत्न किया, "इसका अर्थ है कि आप भी इस बात से उतने ही विचलित हैं जितना कि मैं हूं, तभी तो अपनी स्त्रियों को मूर्ख कह रहे हैं।"

"तो हम उस विवेकानन्द की मूर्खतापूर्ण बातों का उत्तर क्यों नहीं देते?" चौथे

व्यक्ति ने जिज्ञासा की।

"हमने उसकी बातों का उत्तर दिया। शिकागो में भी और डिट्रायट में भी; किंतु उसका परिणाम क्या हुआ? उसके अनुचरों का सार्थ बढ़ता गया।"

"तो क्या हम उसकी पिटाई नहीं कर सकते?" पांचवें व्यक्ति ने कहा।

"कर तो सकते हैं; किंतु मुझे भय है कि उसे उससे भी लाभ ही होगा।" ह्यूमने कहा, "उसके प्रति लोगों की सहानुभूति और भी बढ़ेगी।"

"तो फिर क्या करना चाहिए?" पहले व्यक्ति ने पूछा।

"मेरी समझ में तो एक ही बात आती है कि उसके प्रति लोगों की सहानुभूति को घृणा में बदल देना चाहिए। इस एक हीदन के भाषणों के प्रभाव स्वरूप, हमें विदेशों में धर्मप्रचार के लिए लोगों से दान रूप में मिलने वाली राशि आधी भी नहीं रह गई है। यह हमारा प्रचार कार्य ही नहीं रोक रहा, हमारे पेट पर भी लात मार रहा है।"

"तो समाधान क्या है?"

"उसके लिए एक ही उपाय मेरी समझ में आता है कि हम योजनाबद्ध रूप से उसको बदनाम करें।" ह्यूम ने कहा, "उसके चरित्र का हनन करें। खंडन करें। लोगों को बताएं कि वह सच्चरित्र संन्यासी नहीं, पाखंडी, व्यभिचारी और लंपट है।"

"बिना किसी आधार के?"

"क्यों न हम उसे रिझाने के लिए कुछ असाधारण सुंदरियों को उसके पास भेजें।" पहले व्यक्ति ने कहा।

"अद्‌भुत। यह तो मैंने सोचा ही नहीं।" ह्यूमके चेहरे पर मुस्कान थी, "कोई कितना ही संन्यासी क्यों न बने। उसके बिस्तर में एक निर्वस्त्र सुंदरी घुस जाए, तो उसका संन्यास उसके रक्त के आवेग को रोक लेगा क्या?"

"संभव ही नहीं है।" पहले व्यक्ति ने कहा, "यदि वह पुरुष है तो।"

"किंतु वे सुंदरियां आएंगी कहां से?" ह्यूम ने पूछा।

"डॉलर वह चुंबक है, जो सुंदरी रूपी लोहे को घसीट लाता है।" दूसरा व्यक्ति बोला, "डॉलर फेंको। देखो, कैसी कैसी सुंदरियां आ जाती हैं। डिट्रायट में वेश्याओं की कमी हो तो दूसरे नगरों से बुला लो।"

"अच्छा विचार है।" ह्यूम सहमत हो गए।

लिली अपने कमरे में केवल अंतर्वसनों में लेटी थी। कुछ समझ नहीं आया तो उठकर सिग्रेट सुलगा ली। तभी कपाट खटके।

"ओह-हो।" वह झल्लाई-सी उठी और उसने कपाट खोले। उसकी सहयोगिनी रोज़ बाहर से लौटी थी। उसने बहुत आकर्षक और भड़काऊ वस्त्र पहन रखे थे। पूरा शृंगार

किए हुए थी; किंतु चेहरे से कुछ उदास और अधिक परेशान लग रही थी।

"क्यों मुर्गा नहीं फंसा?" लिली ने पूछा।

रोज़ के चेहरे पर वितृष्णा उभरी, "वह कोई ग्राहक नहीं था।"

"तो फिर तुम अपना समय नष्ट करने क्यों गई थीं?"

"अरे यह पादरी ह्यूम।" रोज़ झल्लाकर बोली, "उसने मुझे पैसे देकर भेजा था कि मैं जाकर उस हिंदू संन्यासी को पटाऊं।"

"विचित्र बात है, रस हिंदू संन्यासी चूसे और पैसे पादरी ह्यूम दे।"

"गंदी बातें मत कर।" रोज़ ने उसे डांट दिया।

"भड़क क्यों रही है, तुझ से नहीं पटा?"

"उसकी उपस्थिति मात्र से मुझे संकोच होने लगा।" रोज़ बोली, "मुझे लगा कि उसकी पवित्रता के सामने मैं मल का ढेर हूं।"

"क्यों वह पुरुष नहीं है?"

"दिव्य पुरुष है। वह संन्यासी तो एक सरल और सात्विक शिशु है। उसके सामने शरीर उघाड़ने में तो मुझे भी लज्जा आने लगी। उसने मुझे जब मां कहकर पुकारा तो मैं भूमि में ही गड़ गई।"

"ये पादरी बातें तो धर्म की करता है, किंतु जाने कैसे-कैसे नीच कर्म करता और करवाता है।" लिली ने कहा।

रोज़ ने बुरा-सा मुंह बनाया, "मुझे तो अब पादरी शब्द से ही उबकाई आने लगी है।"

187

संध्या का समय था। श्रीमती स्मिथ, श्रीमती बागले से भेंट करने आई थीं; और वे लोग बतियाने की मुद्रा में बैठ गई थीं। सेविका मेज पर चाय का सामान रख गई थी। उन्होंने अपना अपना प्याला उठा लिया था।

"आपने बहुत अच्छा किया श्रीमती स्मिथ कि आप आ गईं। देखिए, आपके आ जाने से संध्या कितनी सुहावनी हो गई है।"

श्रीमती स्मिथ हंसीं, "आप किसी भी बात को शिष्ट रूप से कहने में कितनी दक्ष हैं। वैसे तो मुझे भी अपना अकेलापन नोचता रहता है; किंतु... किंतु मैं एक विशेष प्रयोजन से आई हूं। यह कहिए कि अपनी एक चिंता आप से बांटने आई हूं। पर अभी तक साहस नहीं कर पाई कि आप से कहूं या न कहूं।"

"क्यों ऐसी क्या बात है। मैं नहीं जानती थी कि आप मुझ से इस प्रकार भय खाती हैं।"

"भय नहीं, संकोच है। शालीनता का संकोच। कहीं मैं आपको अपनी बातों से कष्ट

न पहुंचाऊं।"

"कहिए, कहिए। निस्संकोच कहिए। आप ऐसा भी क्या कह देंगी कि जिससे मुझे कष्ट पहुंचेगा।"

"नगर में आपके मित्र स्वामी विवेकानन्द के विषय में बहुत चर्चा है।" श्रीमती स्मिथ ने कहा।

"चर्चा तो होगी ही। उनका व्यक्तित्व ही ऐसा है। वे एक सात्विक, ऊर्जावान और महान् व्यक्ति हैं। ईश्वर के ध्यान में डूबे ही नहीं रहते, उसके साथ जीते हैं। वे सरल हैं और एक अबोध शिशु के समान विश्वसनीय हैं।"

"यही सब तो मेरे संकोच का कारण है।" श्रीमती स्मिथ बोलीं, "जिसको आप इतना पवित्र मानती हैं, उसके विषय में एक महिला ने मुझे बताया कि यह सब तो मात्र दिखावा है। वह प्रथम कोटि का व्यभिचारी और लंपट है। उसके रूप और वाणी-चातुर्य से लड़कियां उसके जाल में फंस जाती हैं। आप जानती ही हैं कि युवतियां अपनी इस अपरिपक्व अवस्था में कितनी भोली या कहिए कि मूर्ख होती हैं। कितनी जल्दी पुरुष पर विश्वास कर लेती हैं। उसकी ओर आकृष्ट हो जाती हैं। हमारे कुछ पादरी तो स्पष्ट रूप से कह रहे हैं कि आप अपनी पुत्रियों को उससे दूर ही रखें।"

श्रीमती बागले का क्षोभ छिप नहीं सका, "किसने कहा है आपसे–यह सब?"

"एक महिला ने, जो बड़ी कठिनाई से उसके चंगुल से बच पाई है। उसका तो जीवन ही नष्ट हो जाने को था।"

"कौन है वह विश्वसुंदरी?" श्रीमती बागले का स्वर रोष से भर आया था, "जिन धनाड्य सुंदरियों ने स्वयं जाकर स्वामी के सम्मुख आत्मसमर्पण के प्रस्ताव रखे, उनका तो स्वामी ने तिरस्कार कर दिया; और अब यह कोई हूर-परी, स्वर्ग की कोई अप्सरा उत्पन्न हो गई है, जिसे स्वामी स्वयं अपने चंगुल में फंसाने पर लगे हैं।" उन्होंने स्वयं को कुछ संयत किया, "श्रीमती स्मिथ! स्वामी स्त्री में केवल मां को देखते हैं। वे अपने सान्निध्य से अपने प्रतिरोधी उत्पन्न नहीं करते; लोगों के लिए जीवन के एक उच्चतर धरातल तक आरोहण संभव करते हैं। उनके निकट रह कर लोग मानव निर्मित वर्गों और संप्रदायों से परे देखने लगते हैं और अपने धार्मिक विश्वासों के बावजूद स्वामी के साथ तादात्म्य का अनुभव करते हैं।"

"ठीक है। ठीक है। किंतु अपनी इन अबोध बच्चियों को संकट से बचाने में हानि ही क्या है?" श्रीमती स्मिथ ने कहा।

"अपनी अबोध बच्चियां! आप बचाने की बात कर रही हैं। मैं चाहती हूं कि अमरीका का प्रत्येक नागरिक स्वामी विवेकानन्द को जाने। और यदि भारत में ऐसी और विभूतियां हों तो उन्हें वह अमरीका भेजे।"

श्रीमती बागले की सबसे छोटी और अविवाहित पुत्री हेलेन सहसा ही उधर चली आई।

"ओह मिसिज स्मिथ! मैं नहीं जानती थी कि आप भी यहां बैठी हैं। कैसी हैं आप?"

"हेलेन!" श्रीमती बागले कुछ वक्र स्वर में बोलीं, "ये मुझे बताने आई हैं कि स्वामी एक दुश्चरित्र व्यक्ति हैं और हमें उनसे अपनी बच्चियों को बचाना चाहिए।"

"क्या?"

श्रीमती स्मिथ ने कुछ साहस कर कहा, "यह भी कहा जा रहा है कि स्वामी न तो संन्यासी हैं और न ही हिंदु धर्म अथवा भारत के प्रतिनिधि। वे तो..."

"तो क्या हैं वे–ठग?" हेलेन ने पूछा।

"ऐसी सूचनाएं भारत से ही आ रही हैं मेरी बच्ची। यह भी कहा जा रहा है कि विवेकानन्द जो कुछ कह रहा है, वह सब उसका व्यक्तिगत चिंतन है। वह हिंदू धर्म नहीं है। उसके विचार किसी हिंदू संप्रदाय को स्वीकार्य नहीं हैं।"

हेलेन कुछ उत्तेजित हो उठी, "यह सब झूठ है। आदि से अंत तक। स्वामी के चरित्र की शुद्धता में अविश्वास करना पाप है। उनका सम्मान किए बिना कोई उन्हें जान ही नहीं सकता। उनके जैसा आध्यात्मिक पुरुष और कहां मिलेगा।"

"आप डिट्रायट की जिस महिला की चर्चा कर रही हैं, वह कौन है, मैं नहीं जानती। जानना भी नहीं चाहती।" श्रीमती बागले ने कुछ कठोर स्वर में कहा, "मैं केवल इतना जानती हूं कि उसकी इस कहानी का एक-एक शब्द मिथ्या, पापजनित और अपवित्र है।"

"किंतु मैं उसे खोज निकालूंगी ताकि एक बार यह स्पष्ट हो जाए कि डिट्रायट में स्वामी विवेकानन्द के विषय में कौन ऐसी कहानियां गढ़ रहा है।" हेलेन ने कहा।

संध्या के समय प्रतापचंद्र मजूमदार के घर उनके कुछ संगी साथी आए हुए थे। अमरीका से लौट आने पर मजूमदार के घर लोगों का आवागमन कुछ अधिक ही हो गया था। वे गपशप की मुद्रा में बैठे थे। खान पान का भी प्रबंध था।

मजूमदार बोला तो उसका स्वर अत्यंत क्षोभ से भरा हुआ था, "बहुत ख्याति बटोर रहा था। ब्राह्मसमाज की कहीं चर्चा ही नहीं। बस वेदांत ही वेदांत। हमारी बिल्ली हमीं से म्याऊं। कल तक तो ब्राह्मसमाज में कीर्तन करता था, आज ठाकुर का चेला वेदांती हो गया है। गोपियों में कान्ह बना बैठा था। अपनी विजय पर बहुत इतरा रहा था।"

"तो तुम अपना खून खौला कर क्या कर लोगे?" एक साथी ने संदेश का टुकड़ा मुंह में डालते हुए कहा।

"जो करना था, वह कर दिया मैंने।"

"क्या कर दिया?"

मजूमदार की मुद्रा एक विजेता की सी हो गई, "शिकागो की धर्मसंसद में ही अध्यक्ष जॉन बैरोज़ को कह दिया था कि वह संन्यासी वंन्यासी कोई नहीं है। यहां आकर साधु बना बैठा है। परले सिरे का ढोंगी और ठग है। जॉन बैरोज़ को मुझ पर इतना विश्वास था कि उसने नरेन्द्र से ढंग से बात भी नहीं की। यहां कलकत्ता में आकर मैंने लोगों को कह दिया कि मैं तो लौट आया हूं; किंतु वह नहीं आएगा। वह वहां अमरीका में अत्यंत पापपूर्ण लंपट जीवन व्यतीत कर रहा है। अमरीकी सुंदरियों के साथ ऐश कर रहा है। भोगी और विलासी है वह। निकृष्ट कोटि का पशुजीवन जी रहा है। दूसरों के धन से खाओ पियो और उनकी स्त्रियों के साथ मौज करो। और उधर लिख दिया अमरीका में अनेक लोगों को कि वह हिंदुओं के किसी भी संप्रदाय का प्रतिनिधि नहीं है। यहां गिरीशचंद्र घोष के नाटकों में अभिनय करने वाला एक साधारण अभिनेता है। कोई सच्चरित्र व्यक्ति नहीं है वह। शिथिल चरित्र की साधारण अभिनेत्रियों का मित्र है। यहां मंच पर संन्यासी का अभिनय करता था। वहां जीवन में कर रहा है।"

"अच्छा नरेन्द्र ने कभी नाटकों में भी अभिनय किया है?" एक मित्र ने पूछा।

"नरेन्द्र नहीं, शामी बिबेकानोन्दो बोलो।" दूसरा मित्र परिहास की मुद्रा में बोला, "नहीं तो उसके शिष्य लोग रुष्ट हो जाएंगे।"

"अच्छा। शामी बिबेकानोन्दो ही सही। पर उसने कभी नाटक में भी काम किया है।"

"गाता तो वह सदा ही था।" मजूमदार ने कहा, "नाटक में भी काम किया है। क्या नाम था उस नाटक का..."

"नववृन्दावन थियेटर में अभिनय किया है उसने।" तीसरे साथी ने बताया।

"न भी किया हो तो क्या फर्क पड़ता है।" दूसरा साथी बोला, "यहां कौन सा कोर्ट ऑफ इंक्वायरी के सामने शपथपूर्वक कोई वक्तव्य दिया है।"

"पर नववृन्दावन थियेटर के नाटकों में तो हमारे गुरु केशवचंद्र सेन ने भी अभिनय किया था।" पहले साथी ने कहा, "वे ही तो उस मंडली के नेता थे। तो क्या वे भी दुश्चरित्र थे?"

"वैसे तो पंद्रह वर्ष पूर्व मजूमदार ने नरेन्द्र के गुरु से मिलकर उनकी प्रशंसा में बहुत कुछ लिखा था।" दूसरा साथी बोला, "यह भी लिखा था कि मेरा मन अभी भी उस दिव्य परिवेश में डूबा हुआ है, जो उस अद्भुत महापुरुष के चारों ओर बनता चलता है। यह दिव्य पुरुष हिंदू धर्म की पवित्रता और गरिमा का प्रमाण है।"

मजूमदार ने उसे घूर कर देखा, "तू हमारा अबोध मित्र है, जो बुद्धिमान शत्रु से भी अधिक घातक होता है। हमारे गुरु मोशाय ने किया था अभिनय तो किया था। तेरा यह सब बकना बहुत आवश्यक है क्या?"

"अरे तो मैं कौन-सा नरेन्द्र से कहने जा रहा हूं या अमरीका में किसी को पत्र लिख कर सूचना दे रहा हूं।" पहला साथी बोला, "तुम सबके सामने ही तो कहा है।"

"वह तो ठीक है; किंतु तेरी मूर्खता यह है कि तू उस छोकरे की तुलना अपने गुरु से करता है।" मजूमदार ने उसे डांटा।

"भूल हुई। पर मजूमदार! तुम्हारे कहने से अमरीकी जनता मान जाएगी कि नरेन्द्र व्यभिचारी और पाखंडी है?"

"अरे अकेला मैं ही नहीं कह रहा हूं।" मजूमदार हंसा, "बंबई में नागरकर यही काम कर रहा है। एक ईसाई महिला भी है–सोराबजी। वह भी यही कर रही है। थियोसोफिकल सोसायटी वाले भी कर रहे हैं। अमरीका और भारत के पादरी तो अत्यंत संगठित होकर उसके पीछे पड़ गए हैं। वह ऐसा बदनाम होगा कि कोई भला परिवार उसे अपने घर में प्रवेश नहीं करने देगा। किसी भले घर की महिला उसका मुख नहीं देखेगी।"

मजूमदार की आंखें में आसुरी क्रूरता उभरी। उसका मुख द्वेष से जैसे काला पड़ गया।

रात्रि को मजूमदार सोने से पहले कुछ पढ़ रहा था कि उसकी पत्नी ने टोका, "आज तुम्हारे बहुत से मित्र आए।"

मजूमदार ने बिना उसकी ओर देखे हुंकारा भर दिया।

"खूब मौज मजा रहा।"

"हुं।"

पत्नी ने उसके हाथ से पुस्तक छीन ली, "क्यों पड़े हो उस लड़के के पीछे? पहले तो कभी तुम नरेन्द्र के इतने विरोधी नहीं थे।"

मजूमदार ने क्रोध से उसकी ओर देखा, "पहले कभी उसने मेरा कुछ छीना भी नहीं था।"

"तो अब क्या छीन लिया है। जो संसार त्याग कर संन्यासी हो गया, वह किसी का क्या छीन सकता है?"

मजूमदार तमतमा उठा, "मैं दस वर्ष पूर्व भी अमरीका गया था।"

"जानती हूं।"

"मेरे भाषणों के आधार पर मुझे वहां एक श्रेष्ठ वक्ता, धर्मव्याख्याता और आध्यात्मिक पुरुष माना गया था।"

"जानती हूं।"

"मैं एक समाचारपत्र का संपादक हूं। मैंने एक पुस्तक लिखी है 'दि आरियेंटल क्राइस्ट'। वह पुस्तक अमरीका में बहुत लोकप्रिय है।"

"ज्ञात है यह सब मुझे।" पत्नी झल्ला कर बोली, "उस में ईसाई धर्म का ही प्रचार है। हिंदुओं के पक्ष का उसमें कुछ भी नहीं है।"

"हां! यही सब है तो क्या। उसने मुझे वहां लोकप्रिय बनाया। इस बार भी जब तक वह नरेन्द्र धर्मसंसद में बोला नहीं था, तब तक सब ठीक था, किंतु..."

"तुम्हारी बारी आई, तुम संसद में बोले। उसकी बारी आई वह बोला।" पत्नी ने कहा, "तुम्हारा व्याख्यान उसके समान नहीं हुआ तो इसमें उस बेचारे का क्या दोष? उसने तुम्हें कोई गाली तो नहीं दी। तुम्हारी बारी तो नहीं छीनी। तुम्हारे विरुद्ध तो कुछ नहीं कहा।"

मजूमदार अपना संयम खो बैठा, "भूसा भरा है तुम्हारी मुंडी में। उसने मेरी सारी ख्याति छीन ली। मेरा सारा महत्व समाप्त कर दिया। ऐसा हो गया कि मैं कुछ हूं ही नहीं। जिसने मेरा अस्तित्व ही मिटा दिया, मैं उसे ऐसे ही छोड़ दूंगा क्या?"

"नहीं! ऐसे ही छोड़ क्यों दोगे। झूठ बोलोगे। प्रवाद फैलाओगे और फिर धर्म और अध्यात्म की बात करोगे। अध्यात्म में ईर्ष्या और द्वेष का क्या काम? तुम ईर्ष्याग्नि में जल रहे हो और पतन के कर्दम में गहरे से गहरे धंसते जा रहे हो।"

"मेरे साथ शास्त्रार्थ मत करो।" मजूमदार ने उसे धमकाया, "मैं मोक्ष के लिए नहीं, यश और वैभव के लिए अमरीका गया था।"

"वह तो तुम्हें मिल ही रहा है। 'इंडियन मीरर' देख लिया है न। तुम्हारे अपने चचेरे भाई ने छापी है तुम्हारी यशोगाथा।"

मजूमदार का मुख आश्चर्य से खुल गया, "चचेरे भाई ने? क्या छापा है?"

पत्नी ने समाचारपत्र उसकी ओर बढ़ा दिया, "पढ़ कर अपनी ईर्ष्याग्नि बुझा लो। नहीं जानते तो मुझ से सुन लो। ईर्ष्या अपने आधार को ही जलाती है। जलोगे तुम ही, नरेन्द्र का कुछ नहीं बिगड़ेगा।"

पत्नी चली गई और मजूमदार ने समाचारपत्र उठा लिया :

दि इंडियन मिरर, कलकत्ता (10.4.1894)

पैगंबर अपने देश में सम्मानित नहीं होता, यह एक साधारण बात है, जो जीवन में प्रायः प्रमाणित होती है। यह पर्याप्त संदेहास्पद है कि यदि स्वामी विवेकानन्द अमरीका न जाते तो अपने जीवन में वे इतने सुविख्यात होते। स्वामी की सफलता के लिए उदारहृदय अमरीकियों का धन्यवाद किया जाना चाहिए। यह हमें ज्ञात है कि स्वामी अपने अमरीकी श्रोताओं को हिंदू धर्म की ओर कितना आकृष्ट कर पाए हैं। हम समझते हैं कि स्वामी की इस सफलता को देखते हुए, एक अभिनन्दन पत्र प्रस्तुत करके सभी हिंदू उनके प्रति अपनी कृतज्ञता ही प्रकट करेंगे। धर्मसंसद के प्रबंधकों के प्रति भी अपनी कृतज्ञता प्रकट की जानी चाहिए। उनकी सहायता के बिना, स्वामी को अमरीका में अपने कार्य

के लिए पैर जमाने का स्थान ही नहीं मिलता। हमें विश्वास है कि हमारे देश में हमारे सारे हिंदु भाई, इस आंदोलन में हमारे साथ होंगे। स्वामी जी अभी भी अमरीका में हैं। तनिक भी विलंब किए बिना यह अभिनन्दन पत्र उनको वहीं भेजा जाना चाहिए। हमें अपने अमरीकी मित्रों को भी ज्ञात करा देना चाहिए कि उन्होंने जो सद्व्यवहार हमारे एक हिंदु भाई के साथ किया है, उसके प्रति हम अकृतज्ञ नहीं हैं। इन अभिनन्दन पत्रों को तैयार करने में अब तनिक भी विलंब नहीं करना चाहिए, और उसके लिए हमें अपने पूरे देश से हिंदु भाइयों के विचार एकत्रित करने चाहिएं।

12 अप्रैल 1894, दि इंडियन मिरर कलकत्ता

"बौद्ध प्रतिनिधि (धर्मपाल) ने सत्य ही कहा है कि सारे हिंदुओं को अपने प्रतिनिधि स्वामी विवेकानन्द को मिले सम्मान के प्रति गर्व का अनुभव होना चाहिए और प्रत्येक हिंदू परिवार से स्वामी को आशीर्वाद शुभकामनाएं भेजी जानी चाहिएं। श्री धर्मपाल का विचार है कि धर्मसंसद की सफलता का एक बहुत बड़ा कारण स्वामी विवेकानन्द थे।

188

डिट्रायट में एक विशाल आगार में विराट भोज का आयोजन था। लोग आ–जा रहे थे। सबके हाथों में प्याले या प्लेटें थीं। मिलना जुलना हो रहा था। हाथ मिलाना, गले मिलना, गाल का चुंबन करना, प्रणाम अभिवादन। हंसी-ठट्ठा। स्वामी भी उस भीड़ में एक ओर खड़े थे। उन्हें उनके कुछ अपरिचित प्रशंसकों ने घेर रखा था।

"अभी तक तो आप भले चंगे थे स्वामी!" एक महिला ने कहा, "अकस्मात् ही आप इतने अनमने क्यों हो गए हैं?"

दूसरी महिला ने अपनी कोहनी मार कर पहली को सावधान किया।

स्वामी ने उस गोपनीय चेष्टा को देख लिया और मुस्कराए, "मुझे भी कुछ ऐसा ही लगा है। लगता है अनिद्रा ने मुझे कुछ शिथिल कर दिया है।"

"तो आप एक कप काफी पी लें।" एक पुरुष ने कहा, "निद्रा तो नहीं आएगी; किंतु तंद्रा दूर हो जाएगी।"

"हां! यही उपयुक्त उपचार है शिथिलता का।"

"मैंने तो समझा कि आप समाधि की ओर जा रहे हैं।" दूसरी महिला ने कहा।

स्वामी हंसे, "यह भी संभव है। मैं कुछ अंतर्मुखी हो रहा हूं।"

एक अन्य पुरुष कॉफी ले आया, "लीजिए कॉफी' आप पीते नहीं, नहीं तो मैं आपके लिए मदिरा भी ला सकता था।"

"मदिरा न लाने की आपकी कृपा को स्मरण रखूंगा।" काफी का कप पकड़ते हुए

स्वामी बोले, "मुझे क्षमा कीजिएगा, आपकी लाई हुई कॉफी आपकी संगति में नहीं पी सकूंगा। हॉल के दूसरे सिरे पर मुझे कुछ और मित्र दिखाई दे रहे हैं। मैं उनको भी नमस्कार कर लूं।"

"क्यों नहीं। क्यों नहीं।" कॉफी लाने वाले पुरुष ने कहा, "यहां इतने लोग हैं, सब ही आपसे मिलना चाहते हैं और स्वभावतः आप भी उनसे मिलना चाहेंगे।"

स्वामी काफी का प्याला थामे चल पड़े। वे जैसे स्वयं को अकेला और उस जनसमूह से पृथक् सा अनुभव करने लगे थे। वे स्वयं समझ रहे थे कि वे अर्द्धसमाधि या सम्मोहन की सी अवस्था में थे। उनकी आंखें अर्द्धनिमीलित सी हो रही थीं। आस पास के लोग उनकी चेतना से जैसे विलुप्त हो गए थे। बस! एक छाया सी उनके साथ चल रही थी। वह छाया एक रहस्यमय वृत्त में घिरी हुई थी। सहसा उस वृत्त का विस्तार हुआ। स्वामी भी उस वृत्त की परिधि के भीतर आ गए। वह छाया और स्वामी किसी ऐसे लोक में थे, जहां और किसी का अस्तित्व नहीं था। और कोई नहीं था। स्वामी ने पहचाना : वह ठाकुर की छाया थी।

स्वामी ने कुछ बोलने का प्रयत्न किया, किंतु बोल नहीं पाए। बोलना आवश्यक भी नहीं था। वे पूर्णतः भावविभोर थे।

छाया के मुख से जैसे संगीत झंकृत हुआ, "यह कॉफी मत पीना। इसमें विष है। तुम्हारे प्राण लेने का षड्यंत्र किया जा रहा है।"

स्वामी ने प्रेम और कृतज्ञता के भावों में डूबे अश्रुपूरित नेत्रों से ठाकुर की छाया की ओर देखा, "आप यहां भी मेरे साथ हैं गुरुदेव!"

"मैं सदा तुम्हारे साथ हूं।"

वह प्रकाश वलय विलीन हो गया। छाया विलुप्त हो गई। स्वामी की आंखें खुल गईं। अब वे पूर्णतः सामान्य स्थिति में थे।

कॉफी का प्याला उन्होंने जूठे बर्तनों में रख दिया।

189

पूर्णिमा की रात्रि थी। गंगा का जल उस चांदनी में जैसे पवन के हल्के झकोरों के साथ अठखेलियां कर रहा था। श्रीमां का मन भी उस चांदनी से एकाकार होने का हो रहा था। शायद उससे मन के ताप को कुछ शीतलता मिल जाए। ठाकुर होते तो उनके प्रश्नों के उत्तर देकर कब से उनके मन की उद्विग्नता शांत कर चुके होते। ठाकुर थे नहीं और उनके पुत्र सारे संसार में भिखारियों के समान भटक रहे थे। पहले क्या कमी थी इस भारत में भिक्षुकों की कि ठाकुर उनमें कुछ और की वृद्धि कर गए। जाने बेचारा नरेन्द्र इस समय कहां होगा।

उद्यानगृह से गंगा में उतरने की सीढ़ियों पर बैठी, श्रीमां मुग्ध नेत्रों से गंगा की अद्‌भुत और अपूर्व छवि देख रही थीं।

"मां! तुम भगवान शिव की प्रिया हो। उन्होंने तुम्हें अपने शीश पर धारण कर रखा है। तुम उनकी प्रकृति हो। त्रिगुणत्मक प्रकृति। यह सब तुम्हारी ही तो माया है। मन हो रहा है कि मैं भी प्रकृति के इस सुंदर दृश्य में घुल-मिलकर तुम्हारा ही अंग बन जाऊं। तुम्हें यह सौन्दर्य प्रभु से मिला है। ईश्वर का अपना ऐश्वर्य हो तुम। इसीलिए तो अलौकिक हो, लोकोत्तर है तुम्हारा यह सौन्दर्य..."

अकस्मात् श्रीमां ने देखा कि ठाकुर उनके पीछे से आकर तेजी से गंगाजी में उतर गए। उन्होंने श्रीमां की ओर कोई ध्यान ही नहीं दिया। एक बार पलटकर देखा भी नहीं। जैसे श्रीमां वहां हों ही नहीं। ऐसी अनदेखी, पर यह क्या? ठाकुर का वह चिन्मय शरीर गंगा के पवित्र जल में विलीन हो गया। डूबा नहीं, विलीन हो गया...घुल गया गंगा में, उसीका अंग हो गया। जैसे मनुष्य का शरीर न हो, मिश्री की डली हो।

यह क्या? वे भी तो अपने शरीर को इसी प्रकार गंगा में घोल देना चाहती थीं और ठाकुर ने यहां भी आकर पहल कर दी। श्रीमां का सारा शरीर रोमांचित हो उठा। वे स्तंभित हो अपलक दृष्टि से एकटक निहार रही थीं। कदाचित् ठाकुर ने डुबकी लगाई हो, वे पुनः प्रकट हों, पर यह तो नरेन्द्र था। यह यहां कहां से आ गया? ठाकुर तो अशरीरी हो चुके थे, पर नरेन्द्र ने तो अभी शरीर धारण कर रखा था। वह इसप्रकार शून्य में से कहां से प्रकट हो गया। कहां से आ गया? और तभी नरेन्द्र ने 'जय श्रीरामकृष्ण' कहते हुए अपने दोनों हाथों में गंगा का जल लेकर चारों ओर अकस्मात् एकत्रित हो गए अगणित नर नारियों के मस्तकों पर छिड़कना आरंभ किया। श्रीमां ने देखा कि असीम जनसमुदाय उस जल के स्पर्श से उसी क्षण मुक्ति पा रहा है।

यह दृश्य इतना सजीव था कि कई दिनों तक उनकी आंखों में समाया रहा। श्रीमां समझ रही थीं कि उस समय सचमुच वह घटना घटित नहीं हुई थी। श्रीरामकृष्ण और नरेन्द्र का आना वे किसी भी प्रकार स्वीकार कर भी लें, किंतु रात्रि के उस समय जब घाट पर एक प्राणी भी नहीं था, इतने नर नारी कहां से एकत्रित हो गए। वह तो ऐसा था, जैसे कोई दाता धन लुटा रहा हो और कंगले भिखारियों को उसकी सूचना मिल जाए और वे किसी बड़े नद की बाढ़ के समान उमड़ पड़ें। नहीं! वह घटना सचमुच नहीं घटी थी, वह तो ठाकुर ने जैसी उनके मन और कल्पना में प्रकट होकर उनके प्रश्नों का उत्तर उन्हें दिया था। उन्हें बताया था कि ठाकुर स्वयं क्या करने आए थे। उनकी लीला का प्रयोजन क्या था? नरेन्द्र क्यों तप रहा था। उसका लक्ष्य क्या था। वह क्या करने वाला था। ठाकुर की लीला को वह प्रसारित करेगा। गंगा के जल के समान उसे तीनों लोकों में प्रवाहित होना है। यह सब देखने के लिए श्रीमां को भी यह शरीर धारण करना है। नरेन्द्र ने जाते हुए कहा था, कि अब वे ही उसकी मां हैं। तो मां को अपने पुत्र की तपस्या को देखने के लिए जीवन धारण करना होगा। उसको परामर्श देना होगा। उसे मार्ग दिखाना होगा। उसकी कीर्ति का सुख देखना होगा। और ठाकुर की लीला से लाभान्वित होने वाले लोगों

को आशीर्वाद देना होगा।

"मैंने अपनी आंखों से देखा है कि ठाकुर का सूक्ष्म शरीर तुममें समा गया है। ठाकुर ने यह इसीलिए दिखाया होगा कि मैं तुम्हारे विषय में अधिक चिंता न करूं। किंतु चिंता तो मुझे करनी ही होगी। मां अपने पुत्र के विषय में चिंता किए बिना कैसे रह सकती है।

(5.9.2003/11.11.2003)

- नरेन्द्र कोहली, 175, वैशाली, पीतमपुरा, दिल्ली 11008

●●●